日本思想大系23

古代中世藝術論

林屋辰三郎

岩波書店刊行

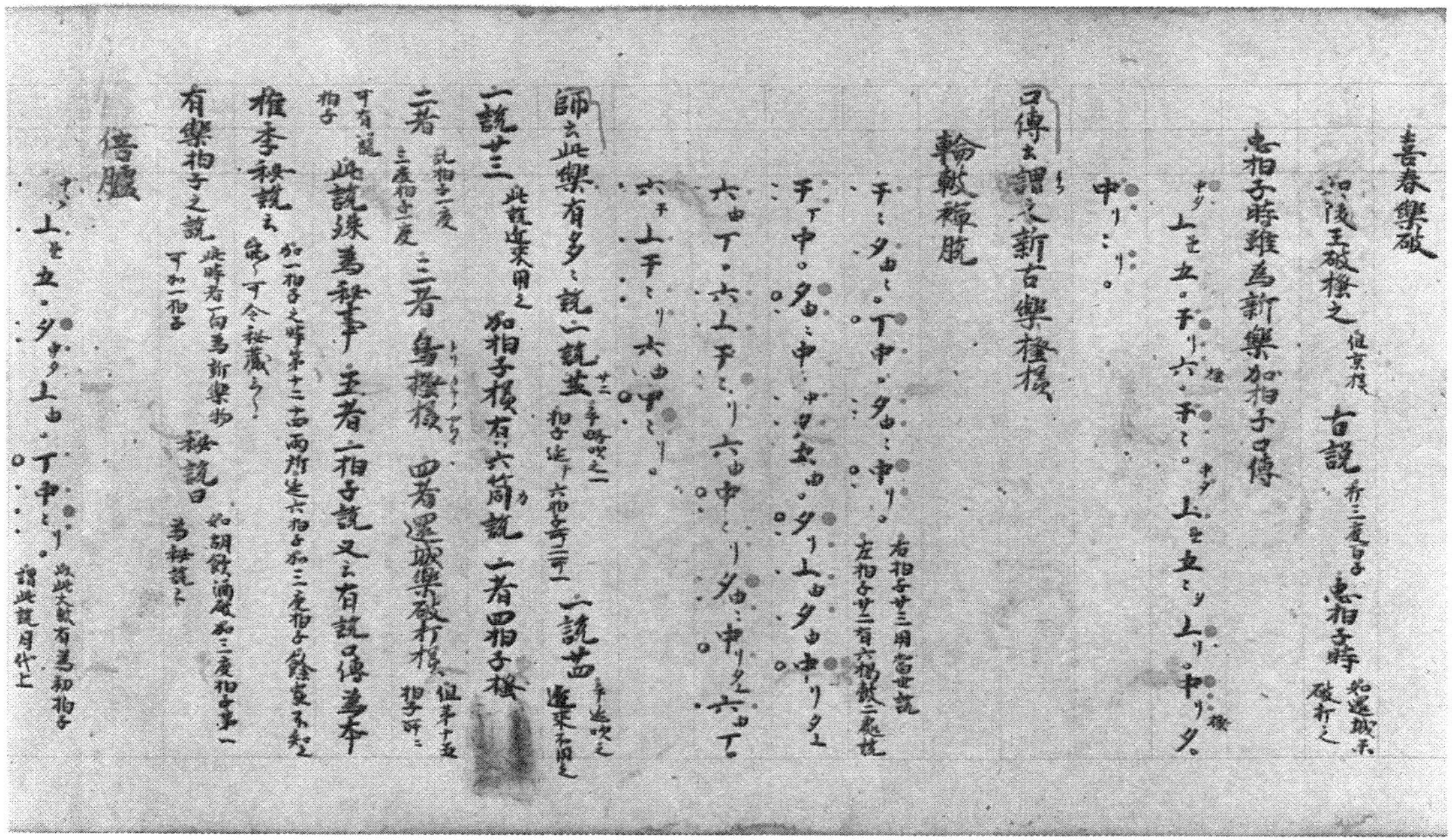

教訓抄　巻十（本書195頁上段―196頁上段）

神田喜一郎氏蔵

目次

解説

凡例

本書の内容をなす古代・中世の芸術論は、その期間もきわめて長く、芸術の範疇もはなはだ多種にわたるので、全般の展望に留意しつつ、各分野の専門家によって、いわゆる共同研究という形式で編集した。

従ってここに採りあげる芸術の分野・書目ともに校注者全員の共同討議の結果にもとづいて撰定し、校注についても一部に全員の共同研究の成果によって執筆したものがある。

ただし本書の内容に関する全体の責任は、林屋辰三郎にある。

一、底本

本巻に収載した著作の底本は次のとおりである。なお校合本その他、詳しくはそれぞれの解題を参照されたい。

教訓抄——巻一から巻十の巻首まで内閣文庫蔵本(十四冊本)、以下は神田喜一郎氏蔵本

洛陽田楽記——神宮文庫蔵旧林崎文庫本『朝野群載』(十三冊本)所収本

作庭記——谷村庄平氏蔵本

入木抄——前田育徳会尊経閣文庫蔵本『入木秘書』

古来風躰抄——穂久邇文庫蔵本

無名草子——水府明徳会彰考館本『建久物語』

老のくりごと――神宮文庫蔵『苔莚』所収本
君台観左右帳記――東北大学附属図書館蔵狩野文庫本
珠光心の文――京都平瀬家蔵本
専応口伝――東京国立博物館蔵『君台観』所収本
ひとりごと――大阪天満宮文庫蔵『芝艸抄増補』所収本
禅鳳雑談――宝山寺蔵本
八帖花伝書――早稲田大学演劇博物館蔵古活字本
わらんべ草(狂言昔語)――島原公民館蔵松平文庫本
等伯画説――本法寺蔵本

一、本　文

本文の翻刻に当っては、底本の形をできるだけ忠実に伝えることを旨としたが、読解の便をはかって、次のような整理を加えた。

1　仮名遣いは底本のままとした。
ただし、「無名草子」「禅鳳雑談」「わらんべ草」では、格助詞「お」は「を」に改めた。

2　漢文作品である「洛陽田楽記」は訓読文を本文とし、原文を併載した。

3　本文の仮名書きの部分に適当な漢字を宛てたものがある(「古来風躰抄」「無名草子」「老のくりごと」「ひとりごと」「禅鳳雑談」「八帖花伝書」「わらんべ草」)が、その場合は、底本の仮名を振り仮名の形で残した。

4　底本に付された振り仮名は、底本のままとした。「古来風躰抄」では底本の文字の左傍に付された振り仮名は、その文字の下に〈　〉にかこんで小字で示した。

5　校注者が補った振り仮名は、歴史的仮名遣いにより平仮名で示した。「教訓抄」では、振り仮名を補う場合は主として校訂本に拠った。

ただし、前掲3項を適用した作品においては、校注者の補った振り仮名を（ ）、底本の振り仮名を〈 〉でかこんで区別した。

6　底本にある朱の書き入れは適宜生かした。

7　漢字は原則として新字体を用い、古字・俗字・略字も、おおむね通行の字体に従った。

8　底本の誤字・衍字の類は、校注者においてこれを訂した。

9　脱字・脱文の補入は、他本によるものは〔　〕、校注者によるものは（　）でかこんで区別した。なお、「洛陽田楽記」では、訓読文にこの記号を用いず、原文において示した。

10　前項8・9の校訂にあたって、必要と思われるものはその旨を注記したが、その作品のもっとも主な校訂本については、煩をさけて一々注記しなかった場合がある。

「教訓抄」巻第一―第七……大阪府立図書館蔵本
　　　　巻第八―第十……宮内庁書陵部蔵旧鷹司家蔵本
「古来風躰抄」……天理図書館蔵西荘文庫旧蔵本
「老のくりごと」……宮内庁書陵部蔵本
「ひとりごと」……大阪大学土橋文庫蔵本

「八帖花伝書」……写本三本（大槻本・島津本・内閣本）共通の場合

11　適宜、段落を設け、句読点・濁点・並列点（・）・返点を施し、会話・引用文あるいは書名・曲名等には、必要に応じて「　」『　』を付して通読に資した。

12　「禅鳳雑談」底本で謡曲を引用する場合、節付をあらわす各種の符号を付しているところがあるが、本書ではすべて「、」で統一した。

13　章段ごとに通し番号あるいは小見出しを太字で付した。「作庭記」の各段の番号は田村剛氏の分類をうけつぎ、「無名草子」における章段・小見出しは大略冨倉徳次郎氏の見解（岩波文庫「無名草子」他）に従った。

一、頭注・補注・校異

1　頭注を施した語句には＊印を付けた。

2　専門的な事項や、頭注欄に収められなかったものは、それぞれの作品の末尾にまとめて補注とした。本文に付した▾印（「禅鳳雑談」）、頭注における「→補」は、補注を見よ、の意である。なお、「教訓抄」には末尾に雅楽系譜を別掲し、それを参照すべき本文中の楽人名に▾を付した。

3　「無名草子」「禅鳳雑談」は、本文に▿印をつけて、その語句に関する校異を末尾に別掲した。

4　注記に用いたいろいろな略称・略号は、その初出頭注欄に説明を付した。

本書の各作品の校注責任者は各篇のはじめに記したとおりであるが、「専応口伝」と「禅鳳雑談」は全員の共同研究にもとづいて、各担当者がまとめたものである。「洛陽田楽記」の訓読・注釈については田中謙二氏の御協力をいただいた。

「君台観左右帳記」の画人の部は赤井、飾の部は村井が担当した。

本書の刊行にあたり、貴重な資料の閲覧・複写・底本使用・写真掲載を許可下さった各所蔵家・寺院・神社・図書館・諸研究機関に深く感謝の意を表する。なお、そのほか、本巻の成立にあたって直接間接に多くの方々にお世話になった。厚く御礼申しあげる。

教訓抄

植木行宣校注

教訓抄 巻第一

*嫡家相伝舞曲物語　*公事曲

1 序

予、竹馬ニムチヲ打、手車ニノリシ程ヨリ、母達ノ方ニハ因縁子細侍間、伶楽〔ノ〕家ニマジロヒ侍シカバ、常ニ*霓裳ノ曲ハマナコニサイギリ、*絃竹ノ響ハミヽニミテリシカバ、ヲリフシニ付ツヽ、心イザナハレ侍シ時ニ、*廻雪ノ袖ハ楊柳風ニシタガフヲマネビ、*竜賀ノ詞バ春ノ鶯ノ囀カトウタガヒツヽ、イヅクニ春秋ヲ〔オクリ、ムナシク月日ツモルトイヘドモ、*当道ノ交衆ト〔ハ更ニ〕ヲモヒヨラザリ。唯〔春ハ〕春日ノ野辺ニ霞トトモニタチイデヽ、*竜笛ヲ嘯テ日ヲクラシ、秋ハ*三笠ノ森ノ月影ニサソワレテ、*賀舌ヲ含テ夜ヲアカシテ、春スギ夏タクル事モ、サスガニ年月ヲオホクツモリニケレバ、*雲客ニ袖ヲツラネ、賤女ノマドヒニ膝ヲクミ、露ニヌレ霜ニウタレヌル功ヲモヨヲスニヤ、神明ノ御ハカラヒヤ侍ケン、又*先縁ノシカラシムル期ヤイタリケム、舞笛*絹塵ノ秘曲一事モノコサズ、スミヤカニ相伝畢ヌ。爰ニ*イサヒヲナシテ、自生年廿六歳、始テ加舞道烈。朝庭ニ仕間、当座ノ名誉ハホドコストイヘドモ、面目ニアラズト云事ハナク、*二道ヲカヘリミレバ、秘曲ミニアマリテ、傍輩ムネヲヤスメズ、官職ヲ思バ、同輩ノカウベヲフミテ、*祖父ノアトヲヒタリ。*曾祖父ガ記録ヲ伝得テ、尤モ嫡家ノ流タリ。而齢既ニ*六旬ニミチナムトス。口惜カナヤ、*一両ノ息男アリトイヘドモ、道ニスカズシテ徒ニアカシクラス事、宝山〔ニ〕イリテ、手ヲムナシクテイデナムトス。甚愁歎無レ極者ナリ。仍子ヲ思フ道ニハマヨフナル事ナレバ、〔カタクナハシキ〕事ドモヲ少々シルシヲキ侍ベシ。後見ソシリヲナスベカラズ。

凡、古老無双ノ人々ニ、多年ノ間ソヒタテマツリテ侍シカバ、舞楽ニ付、各口伝物語ハソノカズウケタマハリシカドモ、*ミヽタモチナカリケルミノクチヲシサハ、ミナワスレ侍ヌラメドモ、予カ

嫡家　狛嫡流、光季の流をいう。野田流といわれる。
公事曲　節会や舞御覧など、朝廷恒例の行事に奏する曲。
1霓裳　天人などの着物を喩えていう詞。ここでは舞をさす。
絃竹　糸竹、管絃の意。
廻雪　ひるがえりとぶ雪、転じて舞姿の妙なるさま。
竜賀　横笛と篳篥。
当道　たずさわる道、雅楽。
竜笛　横笛。指孔が七箇、唐楽に用いる。　**三笠ノ森**　奈良春日大社背後の森。　**賀舌**　篳篥の舌(リード)。　**雲客**　殿上人。
先縁　前世の因縁。前縁。
絹塵ノ秘曲　大事なもの、それほどでないものすべての意。近真は狛光真の嫡として舞を、狛則近の養子となって笛を相伝(続教訓抄)。
イサヒ　委細か。舞楽の委細を極めて。　**二道**　舞・楽二道。
祖父　狛光近。　**曾祖父**　狛光時。
六旬　六〇歳。近真は当年五七歳。
一両ノ息男　二人ばかりの息子。近真に三男あるも、長男光継は道を捨て、二男光葛は相伝の器量なく、三男真葛(初め近葛)は幼少であった。(舞楽符合鈔)
ミヽタモチ　耳に保つ。記憶すること。　**心ユルハシ**　理解の端緒。
他家舞曲　狛氏以外の左方舞人が相伝する舞曲。

クレ候ナムノチハ、メクラノ杖ヲウシナヒタルガゴトクニテ、天ノウラミ侍ズラム。スヱノ世ニミルヤウニ侍トキニ、モシ*心ユルハシトモナレカシトテ、十巻〔抄〕ヲツクリテ教訓抄ト名タリ。コレヲヨク〳〵見ヲボエテ、譜ヲバミルベシ。

歌舞口伝五巻

第一 公事曲　第二 五箇大曲　第三 廿二中曲　第四 *他家舞曲　第五 *高麗曲

伶楽口伝五巻

*第六 舞曲源　第七 管図　第八 舞無楽

第九 打物　第十 記録

コレハ*タヤスカラヌ事ドモヲシルシヲキ侍ナリ。*アシキ風ニチラサズ、予ガ子々孫々フシンアラムトキ、*ヨリアヒテ不審ヲヒラクベシ。又コレヲモ*心エガタク、一見モモノウキナラバ、スミヤカニ*色紙ニナシテ、*法花経ヲカキタテマツルベシ。是偏ニ*名利ノ罪、自由ノ科ノガレガタキユヘ也。ナヲソレマデモ*心ヨセナラズハ、イソギ〳〵火ニヤキテステラルベシ。

振鉾法　万歳楽曲　賀殿曲

陵王曲　乱声 新楽 古楽 高麗

2 *振鉾様

三節乱声謂之。口伝云、鞨鼓、三鼓、*禰取者奏乱声之間為之。但号乱声時者如常也。

*金婁子云、周*武王朝至于商郊牧野、誓武王左杖*黄鉞右採白髦以代帝付定天下之時。先供(天神)祭地祇也。

初節者供天神、中節者和地祇、後節者祭先霊、謂之三節。

左右各有礼儀。奏初二後一鎮曲云々。或人鎮鉾云。

大国大*常*三卿者、神祇官也。若天子、若諸侯、若三公、若九卿、若大夫。祭先霊之時、必奏音声為神分云々。

先発乱声。于時、伶人首正礼節、採鉾為左頭*肩右袖、至舞台半、鉾右頭採直成礼。

初二後一礼有三説。〔供祭神祇先霊之後、其*鎮詞云、〕「天長地久、政和世理、王家太平、雅音成

高麗曲　高麗楽(こまがく)。唐楽に対する舞楽の一ジャンルで朝鮮系統の楽曲をいう。右舞(うまい)に分類。

第六…第八　本文では第六を第八、第七を第六、第八を第七とする。

タヤスカラヌ事　容易ならぬこと。秘すべきこと。　**アシキ風**　良くない習い。　**ヨリアヒ**　寄合。衆知を集めて。　**心エガタク**　疑問をいだくことさえ思いよらない意。

色紙　様々の色で染めた紙。

法花経　妙法蓮華経。釈迦が霊鷲山(りょうじゅせん)で説いた最後の教えで、最も流布した大乗教典。

名利　名聞利養の略。利養は財物を貪ること。

心ヨセ　配慮すること。

2振鉾　舞楽の本演奏に先んじて演じる儀礼的な舞。左右各一人が鉾を振って舞う。三節からなり、一節は左、二節は右、三節は左右がともに出て舞う。

禰取　音取。音合わせを兼ね演奏曲の調子を知らせるために奏される曲。　**金婁子**　金楼子。古今事蹟の見聞記。梁の孝元撰、六巻。

武王　周の祖。文王の子、殷の紂王を滅ぼし天下を平定。

黄鉞　黄金で飾った鉞(まさかり)。天子が用いる。　**大常**　周代春官の職。

三卿　周代の官名、司馬・司徒・司空。　**肩**　肩祖手。→二一頁注

鎮詞　舞台(場)を鎮める寿文。

一天… 太平の世を象徴する詞章。「太平之世、五日一風、十日一雨、風不レ鳴レ枝、雨不レ破レ塊」(論衡、是応篇)。
狛氏 →雅楽系譜
花厳会 華厳経を講説する法会。東大寺で三月四日に行われた。
平立 舞人が正面向(神前または鑑賞席に向って)に立つ形式。
東大寺惣供養 →八二頁
興福寺常楽会 興福寺で営む涅槃会。二月一五日に行われる。
法花会 法華経を講讃する法会。
高麗ニ 高麗乱声に。
大会 大法会。興福寺常楽会や堂・塔供養など。
紀氏 東大寺属の右舞人。
大神 右舞人大神氏。→雅楽系譜
法荘厳院 鳥羽上皇の御願で、白河の大炊御門前に建立された堂。「宝荘厳院供養(有二行幸一、件御願、播磨守家成造二進之一)」(百錬抄)。
忠教 藤原師実男。一一四一没六六歳。
春日 奈良の春日大社。藤原氏の氏神、興福寺鎮守。
閑院内裏 もと藤原冬嗣の邸に営まれた里内裏。
忠定 大納言藤原兼宗一男。一二五六没六九歳。
勝負ノ… 相撲・競馬や物合せなどの、勝負の結果として演じられる遊宴の芸能。
清則 藤原貞嗣の子孫、清範。

就」。

又云、「聖朝安穏、政和世理、国家太平、雅音成就」。

初ニ後一礼畢、後合桙時、鎮詞云、

一天雲殊静、四海波尤澄、十雨不レ破レ塊、五風不レ鳴レ枝、天地和合レ礼。

此鎮頌者、五返振テ後、桙ノ崎ヲ持上テ、地布ニ置時ニ頌シテ、打留〔ノ〕太鼓〔ニ〕、延立〔テ〕落居〔ス〕。

此鎮詞者、公家、神社、仏寺、諸家、并恒例臨時、其砌之詞、聊可ニ相替一也。殊可レ受ニ師説口伝一也。狛氏嫡家相伝也。

二部。左、新楽一度。右、高麗一度。左右同音一度。常此用レ之。

三部。新楽、高麗、古楽、各一度。同音一度。花厳会等如レ此。

四部。左、新楽、次林邑、右、高麗、次古楽、各一度。次同音一度。平立。為レ上レ中振レ之。東大寺惣供養如レ此。

興福寺常楽会三部乱声新楽一度、古楽一度、高麗大頭一度。同音二度各振桙不レ似ニ余所一。

次日法花会。同三部新楽二度、古楽二度、高麗二度。同音一度各振桙無ニ余所一。

高麗ニ大頭振事留ニ大会一。其振様普通ナラズ。

古ハ紀氏ノ舞人振レ之。今ハ大神舞人振レ之。

長承元年十月七日。法荘厳院供養之日、振鉾次第。大納言忠教奉行。

先、左右各一度、同音一度各鉾ヲフラズ、次、左右各一度、同音一度各鉾ヲフル。

承元二年正月廿七日、中宮春日行啓試楽。閑院内裏中宮権亮忠定奉行。只、同音一度、一節之振鉾ナリ。

建保四年ノ冬比、上北面ノ人ノ勝負ノ事ノ風流ニ、舞楽ノアリシニ、右〔ノ〕一烈山城守清則振桙之時、白河院御時多近方、右方ノ桙フリテカヘリ入ニ、桙ヲ不レ立シテ、桙ノ前ニ居ル。合桙ニ、左方ノ出ヲ相待テ、左桙取時、同立テ出タリケル。其記ニヨリテ舞師久行ヲシヘテ侍ナリ。

凡右桙フル作法モ、アマタノナラヒ候ケルナリ。

一ニハ、右ワレヨリモ下臈ナレバ、合桙ノ時、二振之後一寄ヌルヲ、二寄スルナリ。二ニハ、合桙終テ、向合テ中入事。是ハ鶏婁(けいろう)一鼓之一曲ノ後、中ニ入ハサモアラマホシクヲボヘ侍。

承元二年ノ新熊野*ノ六月会。仮(カム)ノ一者*(モノ)ニテ狛近房▼ガ桙ヲフリケルニ、トリモナヲサデ、左ニフリタリケルコソ、公卿已下楽屋ノ輩、耳目ヲヲドロカシタリ。マコトニ、サゾヲカシウ侍ケム。ソレヨリ後、左鉾ト異名付タリケル也。

カヤウノコトヲミキ、テ、ヨウ〳〵心ツクベキコトニテ候ゾ。一道ニトリテハ心ウキ事ナリト、古老ノ伶人ドモ申ケルトゾ。其時ノ、シリ侍シ。

抑新楽ノ乱声有二二説一、ナガキ、ミジカキ両説也。ミジカキ説ヲバ、今世ニハモチヰ侍ズ*。

古楽ノ乱声。一ニ二名アリ。古楽林邑(りんをう)ト云。古楽ハ本名ナリ。林邑*ハ天竺*ノ詞。『菩薩』ニカタドル時イフベシ。但、『鳥』『抜頭』『倍臚』ナムドニモ、林邑トゾ申ベシトヲボエレドモ、ソレモ人ハサモ申サズ。吹様、禰取(*ネトリ)トハイサ、カ、ハリテ候也。今世ニハコレマデモサタシゲモ侍ズ。

狛乱声。ウチマカセテ、吹カフル事ナシ。但、中(ナカ)ノ度(タビ)ハ、*喚頭(クワントウ)ノ夕(サク)ノ穴(アナ)ヨリ吹始(ハジ)ム。メヅラシキ説ニ侍。去(いぬる)承久二年ノ*水無瀬(ミナセ)殿ノ舞御覧ノ日、但馬守*源家長、吹二此説一。

3 万歳楽　拍子*二十　中曲　新楽

有二三帖一、終帖打二三度拍子一。或書云、我朝用明天皇御作云。旁非レ無二不審一。可レ尋也。

是ハ*モロコシニ、隋(ズイ)*陽帝(ヤウだい)ト申御門ノ御作セ給タル也。唐国(から)ニハ、賢(ケン)王ノ世ヲサメサセ給時ニ、鳳凰ト云鳥カナラズ出来テ、賢王万歳々々〔ト〕囀ナルヲ、囀詞ヲ楽ニ作リ、振舞姿(スガタ)舞ニツクラセ給テ侍也。此朝ヘハ誰人ノワタシタルトイフ事ミエズ。昔ハ舞五返アリケレドモ、三・四帖ハタヘテ、今ハ一・二・五帖バカリゾツタハリテ侍ル。当時モチヰル様、口伝ノ候ナリ。中古ハ卅拍子一帖半ヲ舞。ソノ時ハ、第一帖ト第五帖ノ終(ヲハリ)十拍子舞也。此時、笛ニモ習侍ベシ。一返卅拍子ヲ吹テ、又半帖ハ返吹テ、即加*二拍子一ナリ。尤為二秘説一。一帖廿拍子舞時ハ、第一帖ノ始(ハジメ)十拍子、第五帖*ノ始十拍子舞テ、半帖ヨリ加二拍子一ナリ。近代(コノゴロ)ハ十拍子ヲ略シテ、初半帖十拍子〔舞。第八拍子ヨリ加二三度拍子一。

白河院　七二代天皇。譲位の後上皇として院政を開く。一〇九六剃髪、法皇と称し、一一二九没七七歳。
下﨟ナレバ　右舞人が自分より下位の場合は。　**新熊野**　京都市東山区にある神社。後白河法皇が熊野権現を勧請したもの。
一者　楽所の首官、奉行。左方は狛、右方は多氏が独占した。この時の左方一者は狛則房。
侍ズ　底本「侍ル」。
林邑　いまの南ヴェトナム。林邑楽は林邑のインド音楽が、婆羅門と仏哲により中国を経て伝来したものという。
天竺　いまのインド。
喚頭　返付(かえしづけ)と組んで用いる反復記号。曲の最後から返付に戻り喚頭の記号まで演奏して終る。
水無瀬殿　後鳥羽上皇の離宮。大阪府三島郡島本町広瀬にあった。のち院をまつる水無瀬神宮となる。
源家長　備前守・但馬守等を歴任。和歌所開闔。従四位上。一二三四没。
3 拍子　→一九頁注
モロコシ　中国の古称。
陽帝　煬帝。隋の二世の帝王。悪王として古来知られる。
加拍子　曲の後半で、打楽器を打つ所をふやしたり間隔をつめたりする旋律の型。
第五帖ノ始　底本「第五帖ノ如」。

或管絃者ノ説云ク〔〕中半五拍子 加二拍子一。舞家ニハ不レ用レ之。*式講時ニハサモ侍ナン。此舞ノ様ハ、カク公事〔ニテ〕侍ル時ニ、*ウチマカセタル伶人、カクハユメニモシラヌ事ニテ侍ル秘事ニテ候。ヨク〳〵カクスベシ。舞出ルニハ*品玄ヲ吹。入時、昔ハ*入調ヲ吹ケレドモ、近代ハ*臨調子ヲモチヰル。入調秘故也。又云、品玄ニ返吹所アリトイヘドモ、入調ヘ渡テ吹説アリ。秘事也。於二此曲一者、公私(コウシ)ニ付(ツケ)テ、祝所、舞モ楽モ先奏レ之。*目出曲也。

*二代御記云、延長四年十月十九日、*大井河ノ行幸ニ、*雅明親王御年七歳ノ時、当曲ヲ赴舞給。三帖ナリ。*忠拍子説。*帝王カムニタヘヲハシマサデ、半臂ヲトキテカヅケサセ給タリケレバ、親王カタニカケテ、拝シテ、一曲ヲ乙(かなで)給タリケルコソ、古今アリガタクメデタク侍ケレ。今ニ件曲、*山階寺ノ別当ノ元日ノ朝拝ノ次ニ、*御遊アリ、ソノ忠拍子ノ『万歳楽』ノ時、必首官一曲ヲ舞。昔親王ノ一曲也。第三帖ノ舞手ノ内、忠拍子ノ曲ニテ、伝来タル也。始ハウチマカセタル御遊ノ忠拍子ノ*由利吹。半帖ヨリ*於世吹ニナリテ、『青海波』ノ程ニ早吹舞ナリ。是ヲ中帖ノ曲ト云。以外秘事也。

正治元年ノ朝拝、一者▼光重律ニ吹成ケル。*調子ノ時ニ、手ヲ作出タリナリ。別当ヨリ始テ、已下見物ノ輩、耳目ヲヲドロカシタル、物ワラヒニテアリケレ。楽於世吹ニナリテ後、入綾(イリアヤ)ノゴトクニ、舞曲ヲ如(ゴトク)二本儀(ギ)一舞タルナム、マコトニサゾヲカシク、*見所ナク侍ケム。

貞永二年ノ朝拝ニハ、一者▼光真依二服気(ブクキ)一、仮(カリ)ノ一者ニテ近房、楽拍子ノ手ヲ舞タリケレバ、楽拍子ノ近房ト異名付タリ。ナラハヌ事ヲオシテスルハ、如レ此ノハヂヲカクナリ。ヨク〳〵師説ヲウクベシ。此道ノ*スクウ神、イマニステサセ給ハデ、ナラハヌ曲ヲバアラハサセ給ナリ。

*知足院ノ禅定殿下仰云、「▼光近ハヨク此道ニハイタリニケリ。『万歳楽』ハ興(ケウ)ナキ舞トヲボユルニ、此男ノ舞ノ面白メデタキ物カナ」ト、ホメサセ給ケル。カタジケナキ事也。道ニイラバ、カヤフ〔ノ〕ヲホセヲカフルホドニコノムベシ。今世ニハ、アリガタクコソ侍レ。又*ゴラムジシラセ給人モヲハシマスベカラズ。

式講　法会と講。仏会一般をいう。　**ウチマカセタル**　ありふれた。普通の。　**品玄**　ボンゲン。横笛の旋律句の名称。またそれを奏する唐楽系舞楽の登場楽。ここは後者。　**入調**　ニュウジョウ。唐楽系舞楽に用いる退場楽。　**臨調子**　アガジョウ。入調の一。　**目出曲**　祝いの時処にふさわしいめでたい曲。　**二代御記**　醍醐・村上天皇の日記。　**大井河**　大堰川。保津川の嵐山辺の称。　**雅明**　醍醐天皇(実は宇多天皇)皇子。九二九没一〇歳。「雅明親王〈于レ時七歳〉舞二万歳楽一。舞間曲節不レ誤。主上脱二半臂一給二親王一。々々拝舞」(大鏡裏書)。　**忠拍子**　二種類の拍子が交互にくり返される拍節的なリズムの一様式。　**帝王**　醍醐天皇。　**山階寺**　興福寺のこと。藤原氏の氏寺、藤原鎌足の創建で法相宗の大本山。奈良市登大路にある。　**御遊**　天皇らが中心となり殿上人の行う一種の音楽園遊会。朝覲行幸・任大臣などになされた。　**由利吹**　由利はある音をゆり動かす装飾音。「由〈指ヲモテアナヲスルナリ〉」(体源鈔)。　**於世吹**　一小節が二分の二で強弱のはっきりしたもの。　**調子**　登・退場楽として各曲に用いられる無拍節の曲。　**見所**　見る価値のあるところ。　**スクウ神**　諸道(芸術)の守護神。守宮神(すくじん)。

であろう。 **ナラハヌ曲** 相伝のない曲。相伝がなければ舞うべきでないとする。 **知足院** 藤原忠実。知足院に隠居したので言う。摂政関白。一一六二没八五歳。 **イタリニケリ** 道を極め、至芸の域にある。 **ゴラムジシラセ給** 技芸の善悪優劣を見分ける見識をもつ。 **大曲** →二九頁注
参音声 節会などに伶人が参入する時に奏する楽。
船楽 竜頭鷁首の船で奏する楽。
立楽 庭中に立ったまま奏する楽。
4甲 頭装の一。本曲は固有の甲を用いる。 **承和御門** 仁明天皇。
藤原貞敏 琵琶の名手。八三五遣唐使准判官として渡唐。劉二郎(一説廉承武)に学び帰国。琵琶譜の日本化などに功があった。
廉承武 「大唐琵琶博士廉承武」(古事談)。
道行 舞人が舞座に着くまでの称。
物師 古代における楽人の称。
林直倉 伝不詳。 **南宮笛譜** 貞保親王の笛譜。 **博雅笛譜** 九六六源博雅編。現存最古の笛譜。→五九頁注。 **弓場殿** 大内裏の殿舎。天皇が競馬などに臨御する所。武徳殿。 **源雅清** 一二三〇没四九歳。
其子孫ハ… 賀殿の更居突を舞ってはならない(近房流には相伝がないから)。 **大臣ノ大饗** 公卿を招いて大臣が行う饗応。正月二日

此舞ハ大曲ニ准ベキニヤ。大法会ニ入調ノ始ニ、『新鳥蘇』ニ合タル事ノ侍ナリ。ウチマカセタル事ニハアラズ。

此楽、参音声*、并ニ船楽*、立楽*ニ奏ス用二古楽一。一鼓ヲ懸故ナリ。仍古楽揺拍子加二拍子一。

4 賀殿 有レ甲* 中曲 新楽

破有二一帖一、拍子各十。急有二四帖一、拍子各二十。

此曲ハ、モロコシヘ、承和御門*ノ御時、判官藤原貞敏*ト云ケル者ヲツカハシタリケルニ、廉承武*ト云人ニ琵琶ヲナラヒテ、此朝ニハヒロメタルナリ。今、急忠拍子。舞ハ同御門ノ御時ニ、有レ勅作レ舞時、以二『嘉祥楽』一為レ破、以二『嘉殿』一為レ急、以二『伽陵頻』急一為二道行*一。物師*林直倉*作レ之。或書云、大宋人云々。然者、儛ハ此朝作云々。此朝ヘ渡テ作歟。可レ尋。尤不審云々。

破二帖アリ。ツネハ一帖舞。二帖ハコモリタル物也。加拍子様、一帖乃至二帖ノ時モ、末二拍子加二三度拍子一。秘事也。南宮笛譜*ニハ、終帖加二三度拍子一光時一説同レ之。博雅笛譜*ニハ、不レ加レ撥。急四帖アリ。常ハ三返舞、加二終帖拍子一光時家一説。略時ハ二返舞、終帖加二拍子一。猶略時ハ一返舞、自二半帖一加二拍子一光時ガ秘説云。第四帖ヲバ名二更居突一。タヤスク舞連事〔ナシ〕。残シテ入綾ノ時〔一者〕舞レ之。秘事故也。於二更居突一者、蒙二別仰一舞レ之、只ノ入綾ニハ居手ヲバ舞ベカラズ。此曲入綾ハ、四帖舞ハザル程ノ舞人ハマハヌ也。

抑、承元々年ノ比、閑院内裏ニシテ舞御覧アリシニ、近房仮一者シテ参タリシヲ、召二弓場殿*一、頭中将源雅清*奉レ勅、今日『賀殿』『太平楽』ノ更居突御覧アルベキヨシ被二仰付一処〔ニ〕、申云、『太平楽』ノ更居突ハ如レ形仕ルベシ。『賀殿』更居突ハ不レ習候ヨシ申上畢。然者、其子孫ハ*更不レ可レ舞。殊ニ此更居突ハ、大臣ノ大饗*ニモチキラレ候ナリ。或古記曰、「大国ニハ国王ノ大賀セサセ給時ハ奏二此曲一」云々。舞曲モ、モロコシニ候ケルニヤ。非レ無二不審一。可レ尋レ之。

此舞ニ、百拍子ノ説ト云事アリ。其習*云、破二帖、拍子二十。急四帖、拍子八十。合百拍子ナリ。此説曰、破急ヲ連舞。破第二切末二拍子、早成テ

加二拍子一。急ハ第四帖加二拍子一。
去大治三年ノ比、依二勅定一、光時一人舞レ之着レ甲。
此様ヲ天王寺*ノ舞人ニシリタル由申ナルハ、狛行*貞ガ南北*二京ノ座、擯出セラレテ、彼寺ニ住シタリシ時、左舞ヲヲシヘ継*タル内、此百拍子ノ説ヲヲシヘタリケルニヤ。行貞モハカぐ敷シラズコソ候ケメ。

*江記曰、嘉保二年*八月ノ比、於レ院閑院新造*相撲五番御覧アリシツヰデニ、舞楽ノ沙汰ノアリケル内ニ、『万歳楽』アルベキヨシサタノアルナルヲ、*匡房申曰、「今日『万歳楽』ヲトヾメテ、『賀殿』ヲ御覧アルベシ。其故ハ、舞〔ノ〕興頗マサル。一ニハ此院新造也。『賀殿』儀尤相叶ヘリ」。仍光季ニ仰テ、曲ヲツクシタリケレバ、ヨロヅ相応シタリケリ。賢人*ノハカラヒ申サレタリケルユヘニヤ。彼閑院ハ代々帝王ノ吉所ニサダメラレテ、于レ今内裏トセリ。

或記曰、狛行光生年十六歳ニシテ、父ニ『賀殿』（父者行高也。而行光一向笛吹也）ノ曲ヲ習。ソノ、チ、春日*ヘ参詣ノ度ゴトニカタぐニ立チ寄テ、密々ニ此曲舞テマイラスル事、年月ヲヘテ後、重病ヲウケテ令二逝去一畢。冥途ニヲモブク間、貴客相副ヘリ。炎魔庁*庭ニ参付時ニ、ゴクソツ*ハゲシク責処ニ、此貴客マゲテコヒ請給テ、仍カヘサル、時ニ、問テ云ク、「コハタレ人ノソハセ給テ、カタジケナクコヒウケサセ給ゾ」ト、申トコロニ、貴客答云、「我ハコレ春日大明神也。汝年来ワレニ心ザシフカキ事アサカラズ。其恩ヲホウゼムガタメナリ」トヲホセラレテ、「地獄ノアリサマヤ、ユカシキ、見セム」トヲホセラレテ、グセサセ*給テ、是ヲミル。凡機モ心モ失ヌルホドノコト也。見終後、ナクく申テ曰ク、「イカヾシテ此苦*ヲ離ツベキ」ト申セバ、「父母ニ孝ヤウスルニスギタル事ハナシ。ハヤク本国*ニカヘリテ、コノヨシヲカタルベシ」ト、仰セラル、ト〔覚レバ〕、貴客モミエサセ給ハズ、又蘇生シヌ。其後、仁平二年九月二日令二逝去一畢。生年六十三*。御社験記*、解脱*聖人貞慶ト申シテ、世コゾリテ生仏ノゴトク、タツトミタテマツリシ人ノカキヲカセ給タリ。又説法ニモタビく セサセ給シ也。然間、件行光ハ、ムゲニ*マヂカキ物ナルニ、楽所*

恒例のものと任大臣など臨時のものがある。 **其習** 底本「某習」。 **天王寺ノ舞人** 大阪四天王寺属の舞人。秦河勝の後裔と称したが、散所楽人といわれ、大内楽所には登用されなかった。 **狛行貞** 補任(楽所補任)に、「(一一四一)近来居二住天王寺一。与二彼寺舞人一楽人同座行列無レ例故…擯出了」とある。 **南北二京ノ座** 南北二京は奈良・京都。南都・大内両楽所をいう。 **継タル内** 底本「継タル由」。 **江記** 大江匡房の日記。江帥記。 **八月ノ比** 「八月八日行二幸閑院一、見二五番相撲一」(十三代要略)。この舞曲のこと、著聞集にみえる。 **閑院新造** 「(嘉保二年六月)廿六日、上皇并女院初遷二御新造閑院一」(百錬抄)。 **匡房** 大江匡房。平安時代の学者。一一一一没七一歳。 **賢人** 匡房をいう。 **春日へ** 春日社参詣のついでに。 **炎魔庁庭** 亡者の生前の悪を裁く所。 **ゴクソツ** 獄卒。地獄で亡者を拷問するという鬼。 **グセサセ** 供セサセ。 **此苦** 地獄の苦。 **本国** 現世。 **六十三** 狛氏系図・楽所補任とも六十一歳とする。 **御社験記** 『春日権現霊験記』のことであろう。 **解脱聖人貞慶** 左少弁藤原貞憲の子。一一五五—一二一三。 **ムゲニ** 全く。行光は一一五三没六一歳。 **楽所** 大内楽所。大内に設

ニハ旧記ニモミヘズ。云伝タル事モ無侍レバ、旁不審無レ極トイヘドモ、ウチウケ給ハルガ、メデタク貴ク侍レバ、心アラム人ハ、アヤシノ曲ナリトモ、合レ掌廻向シタテマツルベキ也。

仍テ是ヲシルシ侍ル也。

延長二年正月廿五日、太上法皇ノ奉賀天皇卌算トキ、舞ヲ奏セシニ内、『含泉楽』四人舞。是『賀殿』異名也。古老『賀殿』ノ別名ト申処、或目録ハ、黄鐘調ノ内ニアリ。シカラバ別舞カ。不審ノコル。可レ尋云々。

5

羅陵王　別装束舞　通大曲　古楽

乱序一帖。囀二度。嗔序。荒序八帖、拍子八。

入破二帖、拍子各十六。

面ニ有二二様一。一者武部様、黒眉八方荒序之時用レ之。一者長恭仮面様小面云、光季家相伝宝物也。

此曲ノ由来ハ、通典ト申文ニ申タルハ、大国北斉ニ、蘭陵王長恭ト申ケル人、国シヅメンガタメニ、軍ニ出給フニ、件王ナラビナキ才智武勇ニシテ形ウツクシクヲハシケレバ、軍ヲバセズシテ、偏ニ将軍ヲミタテマツラム、トノミシケレバ、其様ヲ心得給テ、仮面ヲ着シテ後ニシテ、周師金墉城下ニウツ。サテ世コゾリテ勇、三軍ニカブラシメテ、此舞ヲ作。指麾撃刺ノカタチコレヲ習。コレヲモテアソブニ、天下泰平国土ユタカ也。仍テ、『蘭陵王入陣曲』ト云。此朝〔伝〕来様未レ勘出一。尾張連浜主ノ流ヲ正説トスル也。蓮道譜ニ云、此曲沙門仏哲伝ヘ渡ス。唐招提寺留置也。

又云、脂那国〔ニ〕一人王アリ。トナリノ国ノ王ト天子ヲアラソヒケル間ニ、彼王崩畢。其子即位シテ、ナヲアラソヒヤマザリケレバ、太子王ノ陵ニ向ヒ給テ、ナゲキ申サレ給ヒケレバ、忽墓内コヱアリ、雷電シテ占二子王一云ク、「汝ナゲクコトナカレ」トテ、則現二此形一赴二戦陣一竜顔美鬚髯不レ異。日スデニクレニヲヨビテ、戦ヤブレヌベシ。爰父王飛二神魂一日ヲ擢。仍蒼天午時成了。サテ合戦。如レ思国ヲウチトリテケリ。サテ世コゾリテ、コレヲ歌舞ス。名二『没日還午楽』一。雖レ無二本文一、自二古者一伝也。

乱序一帖。此内〔有二〕各別名一。日擢返手。〔桴飛

けられた雅楽の教習・統轄の機関。天暦期から現われ、鳥羽天皇頃に制度的に完成、蔵人所の管下に属した。その影響下、社寺にも楽所が成立した。　**侍レバ**　底本「侍ネバ」。　**ウチウケ給**　春日大明神の請にあずかる。ウチは接頭語。

太上法皇　宇多法皇。五九代天皇。八九七譲位、八九九出家、九三一没六五歳。

天皇卌算　醍醐天皇四十歳の賀。

黄鐘調…　賀殿は壱越調の曲。

5 別装束　その曲固有の装束。

通典　中国唐の杜佑撰。二〇〇巻。

大国　底・大阪本「大面」、意による。　**北斉**　中国南北朝時代の北朝の一。五四九―七七。　**長恭**　一に孝瓘。文襄の第四子で突厥を撃つ。

指麾撃刺　戦うさま。指麾は指揮、撃刺(げきし)は打ち刺すこと。

伝来様　我国に渡来した事情。

尾張連浜主　舞・楽の名手。作者としても知られる。八三九外従五位下に叙せられたが、生没年不詳。

正説　「古キヲ正説トスベシ」(八七頁)。　**蓮道譜**　不詳。

沙門仏哲　林邑(南ヴェトナム)の僧。婆羅門とともに林邑楽を伝えたとされる。　**唐招提寺**　七五九鑑真の建立。奈良市にある。

脂那国　中国。　**陵**　陵墓。

竜顔　天子の顔。　**午時**　今の午前十一時から午後一時まで。真昼。

本文　拠るべき古書などの文。

手。」青蛉返手。角走手。遊返手。大膝巻。小膝巻。

囀三度。昔七度アリケレドモ、今世ニハモチキズ。三度囀手舞事、*狛光時之流外、他舞人不レ知レ之。

其詞云、即向二四方一舞レ之。殊八方荒序之時用レ之。*

一説云、吾罰胡人。古見如来。我国守護。翻日為楽。浜主伝。

一説、我等胡人。許還城楽。石於踏泥ノ如。第二度。▼光則説。当時用レ之。

一説、阿力胡児。吐レ気如レ電初度。我採頂雷。踏レ石如レ泥。光近説。

嗔序。此内在二秘手一。髯取手、踵廻。各荒序舞時用レ之。

秘口伝云、代々ノ*御賀、若君ノ『陵王』マハセ給ニ、秘事ヲシヘマイラスル手ノ中ニ、コノヒゲトルテヲバ、カナラズヲシヘマイラス。ソレヲ御*ヒムツラヲナデサセマイラスルヤウ、ヲシヘマイラスル也。是ヲバ、ユメ〳〵人シラヌコト也。ヨク〳〵カクスベシ。今世ニハ、小乱序トナヅケテ、タヾスコシ舞ハ、ヨノツネノ様也。*粗嗔序ハ絶タル由、世人云ベシ。嗔序ノ舞手、不レ知二常舞人一故也。


古説曰、*左馬属大友成道ト云ケル舞人ノ、*究竟陵王舞也。時ノ人、生陵王トナム申ケル。*大友信正弟子也。

件舞人成道、関東ヘ下向ノ時、常陸国*鹿嶋宮ニシテ『陵王』舞ケル。夫国〔ノ〕*書生ナリケル翁、此舞ヲ見申ケル様、「ヲキナ『陵王』ヲミル事コレ始也。但物語ニシツタヘテ侍ハ、『陵王』ハ一躍ニ千里ヲカケリ、石踏バ泥如ナリ、吐レ気雷如タリ。*小竜ヲヒタヒノシハニ、タ、ミトヾメナントスル物ニテコソ侍ルナルニ、今ノ『陵王』ハ蜻蛉返、ヒゲ取手、コトノホカニ*ヌルクミユ物カナ。生陵王トコソ申ナルニ、コトノホカニモ侍物カナ」トテ、アザワラヒテ立タリケル。サテ、成道舞畢テ楽屋ニ入ヲ、ヨビムケテ、「ヤ、コノヒゲ取トコロヲバ、*諸手ニテナデ、終ヲ*アラクハナチ給ベシ。当時舞給ヲミレバ、ウケ給ハルニモタガヒテヲカシキ也。翁ガカヤウニ申ヲバ、ヲコガマシク思給トモ、聞タモチ給ヘ」ト云テ、サリニケリ。成道アサマシク思テ云、「見モシラヌヲ

狛光時之流　狛氏の嫡流をいう。
之　底本、下に「浜主伝」を混入。
御賀　長寿の祝賀。賀の祝。四十歳に始めて十年ごとに行う。その際、若君が陵王や納曽利を舞う慣例があった。
ヒムツラ　髭面。
粗　大方は。
左馬属大友成道　伝不詳。左馬属は左馬寮の四等官。
究竟　最もすぐれた。随一の。
大友信正　伝不詳。大戸真縄の弟子、狛光高の師とする。(続教訓抄)
鹿嶋宮　鹿島神宮。茨城県にある。神代に天降った天の大神を祭るという。(常陸風土記)
書生　書記生。国司に属した下級官吏。
小竜ヲ…　陵王は頭上に竜を飾った仮面を用いる。
ヌルク　ゆるやかできびしさに欠ける。
諸手　両手。
アラク…　荒々しく手をはなすべきだ。
変化シテ　化現して。
習　秘伝とすべきものの意。
常楽会　諸寺に行われたが、本書に常楽会とあるのは興福寺常楽会をいう。
ソコアラハレテ　その舞人がもつ真の力量が露呈されて。
沙陀調ノ音取　今は蘭陵王を壱越

キナノ、カ、ル遠国ニテ加様ニ申ハ、タヾニハアラジ。御神ノ変化*シテヲシヘ給ニコソ」トテ、ヲシヘノマ、ニ舞ケレバ、メデタク侍ケルトカヤ。年号月日タシカナラネドモ、古記ノ裏書ノ中ニ注レ之タリ。

口伝云、大膝巻ヲ乱序ノ内ニハ不レ舞シテ、此嗔序之内ニ舞ハ一ノ習*也。而建保五年ノ常楽会*ニ、其様ヲ、予舞テ侍シヲ、或舞人ノワラヒ侍ケルコソ、中々ニソ*コアラハレテ、ヲカシク侍レ。此説嫡家口伝之説タリ。仍不レ及レ知条尤理也。

次䉼取。先篝笙、次篳篥、次横笛。各沙*陀調ノ音取也。荒序。有二八帖一、拍*子八。此鼓、如二乱声一打レ之。有二二説一。二四八説、八方八返説。

二四八説曰ハ、北方二返、東方二返、西方二返、南方二返舞テ、楽〔ノ〕終ニ北向テ終也。コレハ当時、舞ト笛トタガフ所ナクテ、メデタク合侍也。仍此説ヲ常舞也。八方八返説曰ハ、キハメタル大事秘事ニテ候ベシ。北方ヨリ一帖舞始テ、乾*二帖、西三帖、坤*四帖、南五帖、巽*六帖、東七帖、艮*八帖。北向テ、八帖ノ舞ノ末ハ居テ終ル也。右膝突。舞ノ手モ大旨*カハリタリ。長短コトノホカ也。笛吹ニ対シテ能々合スベシ。

長承二年三月六日ノ賭弓*ノ勝負*ノ舞。此説*可レ有二御覧一由、蔵人頭*奉行ヲホセクダサレタリケル〔二〕、笛吹清延*ヲ枇杷殿*ニ、舞人光時ニ召向テ、申状吹様ヲ聞食ケリ。少々事ハ、清延ゾムゼヌ事ドモ侍ケレドモ、光時ガ任二教訓一、吹了。

口伝云、八帖ノ終〔ハ〕居タリ。舞人、入破ヲ吹出テ初ノ太鼓拍子立。第一為二秘説一。此様清延シラズ。光時ガ教訓之内也。惣異様曲也。黒眉面〔着〕時、舞出間有レ曲也。

太鼓。在二異説一。拍子之中ノ上拍子ト可レ謂云々。或笛吹説云、以二左桴一、太鼓ノ打革〔ノ〕面ヲサユル八秘説也。

一、上﨟ニ授二進荒序一例

保延元年。依二勅定一、狛光則奉レ教二于為通*侍従一。二四八説。扨同二年三月十一日、殿上賭弓令レ舞給。着二装束一。笛吹忠基*中将、太鼓光時。

仁平元年。八条中納言兼長*三河守ノ時、光近ヲ語寄給テ、習二写荒序曲一給。略定説。以二二返一八返舞様也。

調の曲とするが、古くは沙陀調であり、壱越調の音取とは別のものを奏する。音取は調子の規模の小さいもので、各楽器の音頭が奏する。各調に一つずつある。

拍子　太鼓による楽節の区切りめ。拍子八とはその区切りめが八つあることを示す。拍子記号（早拍子など）の拍子とは意味を異にする。

乾・坤・巽・艮　方位。それぞれ、北西・南西・南東・北東のこと。

大旨　大意。

賭弓　賭物を出して弓を競射させる朝廷の儀式。

勝負ノ舞　勝方が奏する楽舞。賭弓のほか、競馬・相撲にも行われ、定式が生じた。

此説　八方八返説。

蔵人頭　天皇の信任深い者が選ばれ、側近にあって宮中の事務・行事の万端を掌る重職。定員二人。楽所は蔵人所の所管であった。

清延　戸部正清二男。八幡楽人。当時左近府生。一一五〇没五八歳。

枇杷殿　近衛南・室町東（或は鷹司南・東洞院西、一町）にあった、もと藤原仲平の邸。

為通　「光則―為通（伊通公子。参議・保延殿上賭弓舞之。忠基吹之）」（荒序舞相承）。

忠基　藤原忠基。一一五八没五八歳。

兼長　藤原頼長一男。一一五八没二一歳。

不レ可レ伝ニ授于他人一由ノ被レ出ニ*起請文一。爰光重自ニ彼卿一伝給由申テ舞。頗(すこぶる)無ニ其謂一事也。但件起請文不レ可ニ取出一之由、光重語申書状ヲ、光真給。仍賭弓一度、常楽会一度舞。

一、上臈以ニ御笛一*地下輩ノ舞例

保延二年三月七日。*仁和寺御室〔ニ〕シテ、荒序御覧日、舞人光時、笛〔吹〕権中将忠基、太鼓*御室ノ坊官僧不レ知ニ実名一。

承久二年八月日。水無瀬殿舞御覧日、有ニ荒序一。舞人近真、笛吹右衛門督*親兼、太鼓但馬守*家長、笙▼忠秋。

一、無レ笛笙許舞例乱序、嗔序、破ニハ有レ笛。

保延二年正月廿三日ニ、始テ光近ガ荒序御覧侍シ時、荒序笛吹候ハザリシ間、▼時秋ガ笙許ニテ舞。太鼓光時。

仁安二年ノ常楽会ニ、『陵王』『*落蹲』ノ面修理タル始ハ、左右一者舞べキ由定ラレテ、『陵王』小面、光近、『落蹲』緑青(ロクシヤウ)色、*忠時、有ニ荒序一。笙笛時秋、太鼓▼利秋。

年号月日不レ知レ之。*近衛大殿下、▼狛光助之荒序御覧アリケルニ、笙笛利秋、太鼓忠秋。利秋禰取〔ケ〕ル時ニ、舞ニ荒序一、散々違乱云々。

一、無ニ吹物一太鼓許ニテ舞例乱序、破等有レ笛。荒序許也。

*保延元年、依ニ宿願一、於ニ*宇治離宮社一、被ニ荒序舞一。舞人光則、太鼓▼則助。

同三年十一月十八日、*熊野別当法印長範、*秋津(の)堂供養。後宴十九日。光時荒序舞。太鼓光近。*近方『採桑老』舞。

古記曰、(堀河院御宇)寛治元年相撲節或賭弓、*成兼(ナリカヌ)『陵王』舞。荒序吹時膝(ヒザ)突居。不レ知ニ件舞一故也。笛四切吹畢。笛吹*正清。荒序継故也。件成兼ハ*無双舞人ニテアリケレバ、中々ニビヾシクミユルモノカナト、上下人ホメ申ケルトナム。昔ハ人ノ心正直ニテ、シラザル事ヲバ、イカニモセザリケリ。今様ノ人ハヨモサル事侍ラジ。

入破二帖、拍子各十六。第二帖、自レ頭(カシラ)加ニ拍子一。略定一返時、自ニ半帖一加ニ拍子一。猶略定、半帖舞事アリ。末四拍子加ニ拍子一也。抑加拍子様有ニ二説一。一者*京様当世用レ之。二者*奈良様ツヾケ桴ヲ今一拍子サゲ

起請文 誓紙。 **地下** 清涼殿に昇殿を許されない者。

仁和寺 京都市右京区にある真言宗御室派の大本山。八八八成る。

御室ノ坊官 事務を取扱う寺の下役。仁和寺坊官には楽舞堪能の者が多かった。御室は仁和寺の別称。

親兼 藤原親信三男。一二四六没七五歳。 **家長** 源家長。

落蹲 一人舞の時の納曾利をいう。右舞。 **忠時** 多忠節。

近衛大殿下 藤原基通か。

保延… 底本「一 保延…」。

宇治離宮社 宇治神社。宇治市に鎮座。別称離宮は菟道稚郎子の住んだ応神天皇の離宮遺址に依る。

熊野 和歌山県東牟婁郡に鎮座する熊野神社。本宮・新宮・那智の三社をふくめ熊野三山という。

秋津堂 不詳。 **近方** 「秦公信―同公貞―多近方」(採桑老相承)。

成兼 左舞人。大友氏か、伝不詳。

正清 戸部正近男。一一一〇左近将曹、一一一八将監、一一一九没七一歳。「白河院参ニ北面ニ」(戸部系図)。

無双舞人… 秀れた舞人であったから舞いもせず只いるだけで、却って立派にみえた。この荒序は秘曲で相伝のない者は舞えなかった。

京様 京都の楽人らの流儀。

奈良様 奈良の楽人狛氏らの流儀。

競馬ノ相撲之勝負舞 競馬と相撲の際の勝負の結果舞う舞。

テ打レ之。尤秘説云々。

舞出時、吹ニ新楽乱声一。但常ニ用ニ小乱声一也。又*競馬ノ相撲之勝負舞時、二者頗ル長ク吹也。

競馬　終番走上時、始吹ニ出乱声一、御前参入ノ時吹止、吹ニ乱序一。*返数無レ定者歟。

相撲　*最結レ手出、太刀ヲ円座ニ置時、始テ吹ニ乱声一。*方屋ニ返入時吹止テ、吹ニ乱序一也。

賭弓　終番ノ左方ノ射手ノ矢放時、発ニ乱声一。射畢ヌレバ、吹ニ乱序一也。

已上三箇説、為ニ秘事一。今様〔ノ〕*伶人シル事侍ズ。

此舞、出時、趨走ト云事、有ニ三説一。一者、太鼓前。二者、舞台五尺置テ走説。三者、舞〔台〕上。八方荒序時者、踵廻テ手舞。入時、昔ハ沙陀調々子モチヰケル。而*高野姫殊ニ此曲ヲ好ヲハシマシケレバ、常ニ御前ニテ舞セテ御覧ナリケルニ、天平勝宝(高野天皇)ノ比、尾張浜主〔ガ〕仕ケル時、殊ニメデタク侍ケルニ、勅定云、此舞殊ニ目出ヲボシメス。但入時、頗其興ヲウシナウ。早止ニ*調子一、以ニ『案摩』急吹一為ニ入曲一、〔即一曲ヲ〕乙ベシ。奉ニ宣旨一、浜主忠節ヲツクシタリケレバ、叡慮ニカナイタリケレバ、永止ニ調子一、可レ用ニ『案摩』之曲一、重被ニ勅下一畢。

長保三年*辛丑十月九日丙午。*東三条院四十御賀ヲセサセヲハシマシケルニ、*宇治殿ノ若君ニテ、『陵王』アソバシケルニ、入綾手ヲシヘマイラセタリケル。サテ御師狛▼光高、其*勧賞ニ左方ノ奉行始給タリ。其以前ハ*多氏ノ一者ニテ、両方ヲ奉行シケルトカヤ。『納曾利』ハ、*頼宗イワ君九歳ニテマハセ給。多氏失ニ面目一*畢。其ヨリ此方、御賀ノ『陵王』、ミナ若君アソバス。仁平ニハ、*家成卿若君(御師匠光時)。安元ニハ、*宗家卿若君。皆入綾ノ手ヲシヘマイラスル御例也。当家之秘事在ニ此入綾之手一也。

承久元年ノ常楽会ノ後朝ニ、別当僧正*雅縁一家公卿下向アリ。大納言通具・定通、中納言*通具、已上直衣。中将*具実、渭元。可レ被レ准レ賀由定。左、『万秋楽』序一帖半、破一・二・五・六帖。舞人三人光真、▼定近、▼則定。〔太鼓近真。可レ打ニ太鼓一躰依レ無不ニ立舞一。〕右、『地久』。四人▼好氏、▼久行、▼好継、▼忠茂。破ニ*肩袒手アリ。好氏居、久行不レ居肩袒。*下﨟二人不ニ肩袒一。『陵王』▼光継ガ童デ*伊王生年十三ニテ舞。当座ノ二卿ノ御計ニテ、入綾ノ手ヲ舞ベシト付レ仰レ之。無ニ

返数　反復演奏の数。　**最**　最手(ほて)。相撲取りの最上位者。
方屋　勝負を争う者の待機する所。左右別々に設ける。
伶人　楽人。本来は雅楽寮の楽人。
高野姫　聖武天皇第二皇女、孝謙(称徳)天皇(七一八―七七〇)。
調子　曲名。舞楽の登・退場楽として用いる。ここでは調子に代えて案摩急を入曲(退場楽)にする意。
辛丑　底本「辛壬」。　**東三条院**　藤原詮子。兼家二女、道長姉。一〇〇一没四〇歳。この条は小右記・大鏡に詳しい。　**宇治殿ノ若君**　藤原頼通(九九二―一〇七四)が若君であった時。　**勧賞**　褒美。　**多氏**　楽家。→雅楽系譜。　**頼宗**　藤原道長二男。童名巌(いわ)君。九九三―一〇六五。
畢　底本「事」、書陵本による。
家成　藤原家成。　**宗家**　藤原宗家。　**雅縁**　興福寺別当第四十七世。一一九六任。源雅通の子。一二二三没八二歳。　**通具**　通方の誤であろう。源通方この年参議正三位。翌承久二年に任中納言。(公卿補任)
具実　源通具の子。一二七七没七五歳。
肩袒手　袍の右肩をぬぐ片肩袒、両肩ともぬぐ諸(もろ)肩袒がある。肩袒手及び居手をめぐりこの舞はばらばらだったわけだが、批判されず、習の有無が優先している。
下﨟　好継・忠茂を指す。
伊王　光継の童名。

地下之例　殿上人の若君でない者が舞う例。
古楽　古楽・新楽の区別の由来不詳。古・中・新楽の別は奈良朝からある。
可指南　底本「可指事」。
魯　春秋時代の国名。
廿八宿　星を二十八の星座に分類したもの。吉凶の判断に用いられた。
三宮

公里┘ ┌三宮〈輔仁親王〉―花園左大臣〈有仁〉
　　　└公用　　（大家笛血脈）

丄火夕…　横笛の譜。本譜という。丄夕五亍中口は指孔、〇は旋律のフレーズの切目を示す。
光季家　狛光季の嫡流。
正説　嫡家相伝の説。庶流相伝の説を権説とした。（続教訓抄）
早物　早拍子・早只拍子の拍節法をとる曲。早楽。
治兼丸　世系等未審。
博雅　源博雅。博雅笛譜の編著がある。
山階寺　興福寺。
尾張氏　浜主の流か。興福寺属の楽人で楽所に登用される者があった。
政長　源政長。
吉備津宮　山陽道の大社、旧吉備国一ノ宮。岡山県吉備津郡高松町にある。古くは吉備氏の氏神。

*地下之例ニ由ヲ雖ニ申返一、猶依レ被ニ責仰一、領掌申。舞終テ入時ニ、召ニ御前一也。具実中将大床(ユカノ)上ニシテ、単衣ノ袖ヲトキテ給。紅(クレナイ)。肩〔ニ〕係(カケ)テ還(カヘリ)入之時、楽屋ノ前ニテ入綾舞レ之御賀、大床上也。貴賤ノ見物ノ大衆頗(すこぶる)興入畢。ユ、シキ秘事ニテ侍也。予ハナチテハシル人ナシ。能々可ニ秘蔵一。

古記云、問、「此曲已ニ*古楽也。舞出時何ゾ用ニ新楽乱声一乎」。答、「乱序同音故也。具(トモニ)依レ為ニ双調曲一也」。

旧(キウ)譜、作ニ『竜王』一。此舞、合戦之間闘(タヽカヒ)死、已埋ニ墓郎等一。楽尊来訪之時更生又闘云々。見ニ或抄物一。*可ニ指南一。

又云、*魯陽公与レ韓搆レ難。戦酣日暮。援レ戈而擠レ之。日反三舎。許慎曰、酔和合之時也。*廿八宿為ニ一舎一。

又云、新楽乱声并陵王乱序者双調曲也。荒序并入破者沙陀調曲。已是*三宮ノ御説。

又云、[?]取者是沙陀調[?]取也。長短有ニ二説一。今者用ニ短説一也。

旧譜云、嗔序之後、聊(いさゝか)吹ニ調子之端一。仍説云々。

其詞云、*丄火夕丄火火五火夕火五火丄亍連五丄〇
五丄〇丄引由〇中火〇中夕火中火夕〇夕中火口
火亍引五〇口引〇口引

又云、『陵王』破二返、吉舞事秘説也。舞人ノ大事ニスル事ナリ〔云々〕。*光季家〔ノ〕外ハ*正説舞事ナシ。荒序舞時、大膝巻、小膝巻、蜻蛉返、鬘取手ヲバ舞ナリ。入時『案摩』ノロクロヲカク。*早物*治兼丸説云々。

*博雅譜、入時吹ニ『案摩』一云々。六孔是師説。中曲。

コレラハ古説ト申スト〔イ〕ヘドモ、有レ興事ドモニテ侍也。ヨクモヲボエテ、人ノトハセ給ハムニ〔乙〕評申スベシ。

又云、*山階寺常楽会小供之楽用レ之。惟季ハ忠拍子ニ吹侍ケルヲ、今ハ楽拍子吹。*尾張氏説。

一、当曲勝事

康平(コウヘイ)六年ノ比、備中守*政長(マサナガ)神拝ニ下向シケルニ、舞人則高・政助・節助、相具テ、*吉備津宮ニテ舞ドモセサセケルニ、狛則高『*入陣曲』ヲ舞ケルニ、彼宮ノ神殿俄〔ニ〕振リトゞメキテ、*此曲ヲ御感気

也。末代勝事也。上下人々耳目ヲオドロカス。氏人等掌合、舞曲ノ目出キ事ホメケルトナム。

久寿二年十一月中旬之比、京極大相国宗輔殿上人時、内裏ヨリ子剋許ニ退出アリケルニ、中御門ノ東〔ヘ〕御車ヲヤラセテオハシマシケル。月コトニサヘノボリテ、御心モスミテ、オモシロクオボシメサレケル。御笛ニ『陵王』ヲアソバシテ、ユル〳〵トヤラセテオハシマシケルニ、中御門東洞院角ニ社アリ。其ノ社ヨリ物出来テ車前ニ舞ケリ。アヤシクオボシナガラ、御笛ヲアソバシケルハ、早ク生陵王ノ舞ナリケリ。高三尺許ト見。不思議ナリトオボシメシナガラ車ヲヤルニ、富小路ニイタリテ、南ノツラナル小社ヘ入給ニケリ。牛飼御供ノ物ニ一切ニ見ザリケル。末代ニモサル勝事コソアリシカト、御物語ノ侍シト、後白河院ノ主典代大夫属盛基申ケル也。サテ其後ハ、彼大臣ハ中御門ヲバ車ニノリテハ、トヲラセ給ハザリケルトカヤ。

建保六年正月卅日ノ夜、母達夢見様光近嫡女、近真悲母、尼青蓮也、故父光近浄衣装束ニテ、ヨニ心地ヨゲニテ来云、我ガ家ハウセヌベシトミユル所ニ、此近真ガ道ヲツガムトイトナムコソ、返々モウレシケレ。ソレニトリテ、『陵王』ノ荒序ノ五帖ニ、二手ヒガコトヲ舞也トテ、左右ノ手ヲ左肩ヘ振係右肩ヘ振係、如レ此三度シテ、東ヨリ西ヘ廻向也。此定ニコソスルト、ヲホセラルト見ホドニ、ユメサメヌ。次朝、予ヲヨビテ、爰ミツルヤウヲマネバル。老躰ノ女人ノ身、セラルベキ事トサラニミヘズ。アハレニカタジケナクオボヘ侍バ、今ハ其様ヲ舞侍バ、楽ニモ目出ク合テ侍也。ヨノスヱニモ、カヽルメデタキ事ノ候也。シカラバコレヲ、狛ノ太子ガ夢説ト名テ侍也。

一、面桴事

寛徳ノ比、狛光高ガ家ニ相伝之陵王面アリ。各々小面。小竜ヒタヒニ立ノボル。依二不慮事一、光高ガ私宅ヲサガサル、間ニ、此面失了。タミノナゲキストイヘドモ、カヒナクシテ、数日ヲヘテ後ニ、興福寺ノ中門ノ内、コノ面ヲ懸タリ。誰人ノ所為ト云事ヲ不レ知。一寺ノ沙汰トシテ納二置庫倉一了。然而、光高寺家政所ニ子細ヲ申上テ、返給了。然間、夢相ノツゲニヨリテ、我家ノ未申ノ角ノ小社ノ下ニ

入陣曲 陵王。一〇二頁の則高の陵王もこの時のことか。
此曲ヲ… 奏舞に感応を示された。
氏人 吉備氏をいう。
宗輔 藤原宗輔。太政大臣。一一六二没八六歳。
中御門 東西の大路。東洞院は南北の大路。
物 あやしいもの。笛に感じて化現したもの。
ツラ 面。通に面した所。
盛基 世系等未審。
我ガ家… 光近死去のとき嫡子(外孫)光真一八歳。十分に舞曲を習い伝えず、庶流則近に学んだ。光真また子なく弟近真を嫡子とした。(続教訓抄)
ヒガコト 僻事。まちがったこと。
マネバル 夢で見たままを老母が舞われた。
ヨノスヱ 末法の世。
名 底本「序」。
タミ 黎民。人々の嘆である。
一寺ノ沙汰 興福寺の総意。
政所 寺務を司る所。
夢相 夢想。夢でみた神仏の告げ。
未申 南西。

ウヅミテケリ。今東御門前社也。東*門院彼私宅也。其後光季ガ時ニ為二不審一、掘テ見ケレバ、面ハサ*、ヒナクテアリケレドモ、神ノ物ト見ヘケレバ、手カクルニモアタハズシテウヅミテケリ。件小面ヲ写*テ、光季ガモチタリケルヲ、光時ガ時ニ仁和寺御室ヘ進上了。今ニ彼宝蔵(ニ)アリ。是則康之不*当随一也。

武部様眉黒、左近司在レ之。又熊*野ノ新宮、又東大寺在レ之。殊勝面也。

賀*茂社ノ面ハ天ヨリ降タリト云。指*雖レ無二日記一、古老所二申伝一也。

住*吉社ノ面ハ、淡*路ニテアミニ曳タリ。聊無二損亡一。竜宮面云々。彼社古老伝也。

一、桴*ノ事

浜主伝ニ曰ク、『陵王』ノ桴ハ蘭陵王入陣ノ時、鞭ノ姿也。而ヲ渡二我朝一之後、天平勝宝之比、高*野天皇御時ニ、以二勅定一被レ改二当曲之古記一。五箇ノ新制之内也。一者、桴ヲ被レ縮二一尺二寸一。二者、不レ可レ着二蘿半臂一。三者、止二七度囀一略定用二三度一。北方一度、南方一度用レ之。已上常説。詠詞准レ之。東西方一度。已上秘説。可レ詠レ詞。四者、古ハ吹二先古楽〔乱〕声一。今ハ用二新楽乱声一。乱序専ラ為二双調曲一。新楽乱声又此調子者*也。仍依レ為二同音一、可レ用二新楽乱声一云々。雖二女帝御一、如レ此舞*楽之生御ケルナリ。五者、古ハ入舞入時吹二沙陀調々子一。今ハ用二『案摩』急吹一。是又為*二其興一也。入綾可レ舞料也。

建保五年壬申正月十二日庚申寅ノ時ニ、範*顕肥後寺主夢*ノ状云ク、春日御社ニ参詣シテ、舞殿ノ前ノ藤ノ木ノ本ニ候テ、御殿ノ方ヲ見上テ拝礼仕候処ニ、楼門ノ下ニ、十七八許ノ御二若君一。以外ニ御勢大ニ御立テ御坐ト見マイラセ候程ニ、玉垣ノ西ノハ*ナノモトヨリ、束*帯ナル殿、藤木本ニアユミヨリ給テ、範顕ニ被レ仰云、「近真ニ『陵王』ヲ可レ仕由仰セタマヘバ、家ニ伝ヘ候桴ノ〔候〕ハネバ、エ*ツカマツリ候ベシト申也。『陵王』ノ桴作テ近真ニタ*ウテ、御前ニテ『陵王』可レ仕之由、可レ付レ仰ナリ」ト被レ仰候ヲ、畏承候ヌ。「但近真ニ、範顕『陵王』可レ仕由雖下被二仰〔付〕一候上、〔承引仕リ候ハジトヲボヘ候」ト申候ヘバ、束帯ノ殿、重テ被レ仰云ク、「其条ハ若難レ堪申サバ、可レ有二別御沙汰一」

東門院　興福寺の子院。
サヽヒ　さしさわり。支障。
写　模造。なぞらえて造ること。
不当随一　則康は二九歳で出家したが、種々非行があったらしい。「非二道心一非レ病酒狂云々。又、私主君仁和寺宮勘当故歟」(補任)。
熊野ノ新宮　熊野三山の一、熊野速玉神社。
賀茂社　京都市にある賀茂御祖・賀茂別雷神社の併称。
指　さしたる、これと言うほどの。
住吉社　大阪市住吉区にある住吉神社。
淡路…　淡路(兵庫県)の海中から網にかかって社に納まった面である。
桴　陵王に用いる桴のこと。桴は舞具の一つ。
高野天皇　孝謙天皇。
又　底本「入」。
舞楽之生　舞楽についての天性。生は生れつき。資質。
為其興也　いっそう興趣をますための措置である。
範顕　世系等未審。
夢ノ状　夢想を記した文。
ハナ　端。はずれ。
束帯ナル　束帯姿の。
エツカマツリ候　舞うことができない。　**タウ**　給。
ヲドロキ候ヌ　目が覚めた。以上、夢ノ状。

之由被仰候〕程ニ、楼ニ立セ御若君被仰云、「蒙仰ヌ。イソギマカリ出デ候ヌ」ト、被仰候御音ノ、深山ニ響以外ニ高クキコヘ候キ。「此ノ仰ノ上ハ、不及子細慶賀門ヲ出候」トヲホセ候シカバ、*ヲドロキ候ヌ。仍不経程シテ、所進光▼近之桴本様。有*禅定院御所。即令申出、任本様桴ヲ造テ、入錦袋、相具本様幷夢状于近真給了。其後令相伝于近真、令舞也。

建保五年二月十六日夜、如夢相之状、以造与桴、相語楽人等、春日ノ御社ヘ参詣シテ、玉垣前〔ニ〕シテ舞之。舞人近真但、年来宿願人々成就了。乱序皆悉、囀秘事、荒序八帖、破二切。楽人、笛景基▼、笙忠秋、太鼓景賢▼。各賜禄物。各錦衣一領。近真之沙汰也。一鼓包助*、篳篥、鉦鼓利清*。件ノ桴幷相伝面加修理之後、狛近真令相伝事。然者相伝荒序*之曲嫡之輩、可令相伝此桴者也。

一、当曲蒙勧賞*例

寛治四年朝観*行幸。『陵王』光季蒙勧賞、叙五品。『納蘇利』▼資忠以賞任将監。

保安二年*朝観行幸。『陵王』光則以賞任将監。『納曽利』忠方蒙賞。

口伝云、従尾張浜主近来、付当曲蒙勧賞日、雖五箇度云々。*別御覧幷可被仰勧賞日、雖為終舞*曳上被舞之例也。

雖末代、当曲之勝事有多々内、殊桴間大*明神託宣、為家為道尤勝事也。然者、於当曲者、神明三宝*令守護御座者也。能々可令自愛者也。

一、乱声事

新楽乱声、有二説。長説者当世用也。短説者古説也。用新楽々屋*之。仍呼新楽。

或抄云、此乱声従仙宮出ナリ。然者由来目出侍リ。爾取有二説。小部氏*説ロ夕由六引。大神氏*説夕六引。予ガ家ノ説丄六引。秘説云、此乱声双調曲也。仍爾取用丄六穴也。寅*一点奏神分乱声者新楽乱声一返許也。寅一点者、為当日時剋之始。凡神明神道御遊行幷奏祝祓必可用寅時云々。

抑祭神祇先霊之時、発乱声驚神霊者、撥天

禅定院　興福寺別当第四十八世、良円。

包助　尾張包助。興福寺属の楽人。「(一二〇〇)任雅楽属。月日。笛」(補任)。　**利清**　玉手利清。宇清の長男、雅楽属。一二五五没七五歳。

荒序　陵王荒序は狛嫡流の一子相伝の曲であった。

勧賞　功を賞し官位や禄物を賜わること。この賞はしばしば子などに譲られた。

朝観行幸　天皇が上皇または皇太后にまみえるための行幸。

保安二年…　「光則二月廿九日任将監。朝観行幸之日、依左一物也。陵王勧賞。年五十二。寛治四年光季・資忠例」「忠方同日納蘇利勧賞。資忠例。依右一物也。年卅七」(補任)。

別御覧…　勧賞は朝観行幸のほか舞御覧や諸寺の堂塔供養などに行われた。

終舞…　『陵王』はプログラムの最後に置かれる舞であるが、勧賞がある時は番を繰上げて舞う意。

大明神託宣　桴についての春日大明神の夢想の告げ。託宣は神がその意志を告げ知らせること。

神明三宝　神仏。

6 新楽々屋　不詳。

小部氏　戸部氏。笛の家。

大神氏　笛の家。→雅楽系譜

寅　今の午前四時頃。

地陳王業為古例。但神不稟非礼。仍五音七音之外、不聞*夷狄之音故、以*正花音奏乱声、致天下和為神分。五音者、宮、商、角、徴、羽、是也。七音者、宮、商、角、徴、羽、文、武、是也。此五音七音之外、猶有五音声。各合名二十一調子云々。

*礼記楽記云、宮*為君。故宮乱則荒。其君驕。商為臣。*〔故〕乱商則破。其臣壊。角為民。〔故〕乱角則哀。其民憂。徴為事。故徴乱則憂。其事*動。羽為物。故羽乱則哀。其財遺。五音者不乱。則天下和平。無弊敗之音矣。

*初夜後夜乱声事

諸大法会試楽云、*三節乱声ヲシテ、即『陵王』『*落蹲』ヲスル也。*事始終也。不可謂神分乱声歟。

古記云、凡欲楽発之時者、先乱声ヲ返々能々可為也。其故者、壱越調ハ土也。〔土〕不固者衆物不正。礼ハ理也。又治也。理衆声也。治衆者也。是*土御門大納言説云々。

又云、諸楽横笛師等、不解*和笛不得任用之。何事可尋。

集会乱声者、諸ノ神事仏事為事調、*最前、奏新楽乱声。一返也。*入御乱声者、朝観行幸之時奏之。入御奏大納言役也。奏畢還給時、楽屋之方以笏令搔給時、奏左右乱声、同音。左、新楽。右、高麗。

貞応元年正月廿日、*高陽院朝覲行幸。入御奏九条大納言殿*良平、前々ニ相違セリ。入中門スヂカヘニ橋隠ノ間ヲスギテ、打出間ニ向テ、奏給常也。是ハ中門ヨリ直ニ西ヘ渡給テ、橋隠ノ間ニ向テ奏給。是一。又催乱声笏不搔。是二。雖然行幸ハヤガテナリシカバ、*楽屋ニヲシテ奏乱声。御家*習歟、又御失〔錯歟之由各申シキ〕。而寛喜四年正月十二日、*持明院殿行幸ニ、源大納言*通方、又同之。但*元々度々奏ス。相違、尤不審也。可尋之。

仁和寺舎利会御室入御之時奏左右乱声。*天台舎利会*座主入御同。興福寺常楽会正権別当出御奏新楽許。以下之処々ノ首官長吏ノ出仕之時奏乱声、常例也新楽許也。

*御神奉下、若遷奉他社時、奏新楽乱声。度数

夷狄　夷は東方、狄は北方の蛮族。支配に属さぬ周辺の国をいう。夷狄之音は礼にはずれた野蛮な音楽の意。　**正花音**　正歌か。儀式などの礼式にかなった歌。

礼記　中国古代の法制や礼に関する理論・解説の書。五経の一。四九編。　**為君**　底本「為奥」。

故乱商　底・大阪本「乱商祖」、書陵本による。　**動**　本来は勤。

初夜後夜　いずれも夜半から朝までの称。ここでは、その時刻に行う勤行の意。　**三節乱声**　一・二・三節からなる乱声。　**落蹲**　一人舞の納曾利をいう。　**事始終也**　はじめとおわりと。乱声は初め、陵王、納曾利は最後に奏する曲である。　**土御門大納言**　土御門定通。源通親男、土御門の祖。一二四七没六〇歳。　**和笛**　わが国固有の笛。神楽笛。神楽や久米歌等に用いた。　**最前**　仏神事のはじまる最初に。　**入御**　天皇・三后が内へお入りになること。

高陽院　中御門の南、西洞院の西、堀川の東、大炊御門の北にあった。初め賀陽親王の邸で、賀陽院とも書く。　**良平**　藤原良平。従一位太政大臣。一二三九出家、一二四〇没五七歳。

楽屋ニ…　(指示がないので)楽人が計らって。　**習歟**　家に伝わるやり方か、いやそうではあるまい。

持明院殿　藤原基頼を祖とする持

明院家の邸。里内裏や仙洞となる。
通方　源通親男、中院の祖。一二三八没五〇歳。　**元々**　最初から。
天台舎利会　比叡山延暦寺の仏舎利を供養する法会。四月に行われる。　**座主**　底本「御室」。
御神奉下　神降。祭などに神霊を招きよせること。
笛鼓許…　乱声は笛・太鼓・鉦鼓だけで奏する。　**出**　舞台へ出ること。出手(でて)を舞う。　**相撲時**　相撲の時に奏する散手。　**胡**　中国で、西域の称。　**古楽ノ楽屋**　不詳。　**羯鼓打ト**…　羯鼓を用いるから新楽というのだ。　**一鼓**…　一鼓を用いるから古楽というのだ。一鼓は古楽に用いられたと伝える。
四部…　隋では九部(讌楽・清商・西涼・扶南・高麗・亀玆・安国・疏勒・康国)、唐代に一部を加え十部伎と称した。その三・四部。
催馬楽　奈良時代の民謡が遊宴の歌謡として雅楽調に編曲されたもの。胡飲酒破は催馬楽田中に合う(吉野吉水院楽書)。田中は、「田中の井戸に　光れる田水葱」と水にちなむ歌詞をもつ。
水音　青海波は「盤渉調曲、律、水音冬」(音律具類抄)。　**シルシ**　霊験。　**文侯**　中国戦国時代の魏の賢君。　**子夏**　孔子の弟子。本名卜商(前五〇七―四〇〇?)。　**鄭衛**…　鄭・衛両国の音楽。みだらなもの

無歟。コレミナ祝事也。サレバ音声ノ中ニハ乱声スグレタリ。管絃ノ中ニ笛スグレタリ。打物ノ中ニハ太鼓スグレタリト古抄ニアリ。其故笛*鼓許ナレドモケダカクニギヤカ也。又ヲモシロキ所モアル也。古老物語。

以二此乱声一出*舞。『散手』相撲時*、『陵王』『還城楽』。

古楽乱声

此乱声、或人説曰、「自二胡国*一出タル物也。仍古楽乱声謂也」。コノ説ハ不レ詳也。古楽ノ楽屋*ニ片取故ニ名二古楽乱声一。タヾヤハラゲ所レ習ヲバ新楽ト云ハ、羯鼓打ト云*ベシ。古楽ト云、一鼓*掻云ベシ。四部*乃至三部、如レ此分明ニワカチタレドモ未二落居一。可レ尋。此乱声有二二説一。手略吹様一説、〔喚頭ニ〕手ヲ吹加様一説。彌取様、夕六引一説、口夕々六引一説。是林邑之時彌取スベシ。此乱声以テ出舞。

『胡飲酒』『蘇莫者』。

抑天下大旱魃之時、於二春日御社一、奉レ祈二雨下一事、自二中古一始。其時奏二此乱声一、吹二『胡飲酒』破一、其故不レ知。若催馬*楽ノ音ニ付タル故カト申人モ侍。可レ尋也。又『青海波』『蘇志摩』舞。是ハソノ故侍也。『青海波』竜宮ノ楽也。又水音*タリ。『蘇志摩』ハ蓑笠着テ舞ヘ〔バ〕、其姿雨ヲコウナルベシ。サレバ、昔ヨリ今ニシル*シナキ事ナシ。

古楽新楽者、礼記楽記云、「魏文侯*問二於子夏*一曰、吾端冕而聴二古楽一、則唯恐レ臥、聴二鄭衛*之音一、則不レ知レ倦。敢問古楽之如レ彼何、新楽之如レ此何也。古*楽先王正楽也。子夏対曰、今夫古楽、進レ旅退レ旅、和正以広、絃匏笙簧、会守拊鼓。始奏以レ文、復乱以レ武、治レ乱以レ相、訊レ疾以レ雅。君子於レ是語、於レ是道レ古、修レ身及レ家、平二均天下一。(是)古楽之発也。今夫新楽、進俯退俯、姦声以濫、溺而不レ止。及下優*侏儒獶二雑子女一〔不レ知〕二父子一。楽終不レ可二以語一、不レ可二以道レ古。此新楽発也。今君之所レ問者楽也。所レ好者音也云々」。不レ謂二両部乱声一、六調子之楽同事也。

林邑乱声

林邑ハ天竺*ノ名也。此乱声古楽乱声ト同詞ナレドモ、四部楽屋ノ片取時ニ呼二林邑一也。

津介勝*道成之説云、用二此乱声一時、自二口穴一不二吹

出。初度如レ此可レ吹。中度自ニ口穴一吹出也。其詞云、丁中丁火〇夕中丁火〇夕丁中夕〇五中夕由引上口中夕〇如レ此吹也。今世不レ用。禰取ノ様ハサキニ申ツ。コレラヲ分別シテ習ヲ、*ヨク物ヲ習トハ申也。

以ニ此乱声一出舞。『菩薩』『迦楼頻』『抜頭』『倍臚』、コレミナ*婆羅門僧正自ニ天竺一渡給タリ。林邑ハ天竺ノ国ノ名ト申タリ。委ハ*内伝ニゾ侍ラン。可レ尋。

高麗ノ乱声

此乱声ハ、定テ*高麗国ヨリ渡テゾ侍ラム。其次第、不レ見。可レ尋。此乱声ヲ吹時ニ禰取ヲセズ。三度ナガラ、自レ始吹出。常説也。中度ハ、自ニ喚頭夕穴一吹出説、尤為ニ秘説一。以ニ此乱声一出舞。『胡蝶』『林歌』『新末鞨』『貴徳』『納曾利』。

古記云、*新古乱声者、法会時、左右乱声ヲ一度吹テ、舞人鉾振時名也。*狛乱声同吹レ之。此状不レ得レ心。可レ尋。又云、新楽乱声者、双調曲。仍禰取上六。古楽乱声者、沙陀調曲。仍禰取ロ夕由六。高麗乱声〔者〕、壱越調曲。是ニハ不ニ禰取一。

欲レ発ニ*大楽一之時、先発ニ乱声一。古三度。今一度用レ之。今*八幡放生会表ニ此儀一歟。同音奏時、新楽*宮音、高麗*商音ナレドモ、*左右相応シテメデタク也。此*三乱声ノ太鼓打様、皆カハルベシ。先初拍子。新楽ハ、*ヲホノサニユル〱ト桴ヲアツ。又打チ改ル所、五々丁六夕由引。古楽ハイマスコシ*ハヤメテ、*諸桴〔三〕*匂桴ヲアツベシ。打アラタメヌル事、反立(カヘリタツ)夕穴ト云リ。高麗ハ、キハメテ細々(コマカ)ニ桴ヲアテ、美音ニ打ベシ。打改事、喚頭ヨリト申タレドモ、中半(ナカバ)ヨリ打改ベシ。

コレラハ、ヤスキヤウニ侍ドモ人ノシラヌ事ニテ侍也。光季、*惟季ノカキヲカレタル状ヲヒカヘテ、古老ノ物ノ上手ドモニ相尋テ、不審ヲヒラキテカキ侍ドモ、ナヲ〱イカナル習モアリ、説々モ侍ラン。此道ノ*ソコハ、昔ヨリキワメヌ事ニテ侍バ、マシテ*カヤウノ物ノシレラムコト、ヒガ事モヲホク、ヲチタル事ノミコソ候ラメドモ、人ノ*料ニカキヲク事ニハ侍ズ。タヾ予ガ子孫ノ末ニモ不審ヲヒラケト也。予ガ子々孫々ノ*サイカク、コレニスグベカラズ事。

とする。　**古楽…也**　礼記になし。
優侏儒　優は俳優、侏儒は小人。
天竺　インドの古称。　**勝道成**　「外従五位下…弟魚弟子」(体源鈔)。
ヨク物ヲ習　ただ説々を習い覚えるだけでは十分ではない。その用いようを吟味し分別しなければならない意。
婆羅門僧正　インドの帰化僧。遣唐使の要請で七三六渡来。大安寺に置かれ、大仏開眼供養の導師を勤める。七六〇没五七歳。
内伝　内典であろう。仏教経典のこと。
高麗国　高句麗(こうくり)の称。古代朝鮮の一国。
新古乱声　新楽乱声・古楽乱声。
狛　高麗に同じ。
大楽　本格的な舞楽の公演。
八幡放生会　石清水八幡宮の放生会。陰暦八月十五日が恒例。放生会は供養のため生き物を放してやる法会。　**宮音**　主音が宮にある。
商音　主音が商にある。
左右相応　(同時に奏する左方・右方は調を異にするが)それがうまくつりあう。
三　三種の。
ヲホノサ　悠々と。ノサは間の抜けたさま。
ハヤメテ　テンポを早くして。
諸桴　両手の桴で打つこと。
匂桴　修飾的な打ち方をいうが、

写本云

天福元年癸巳六月日以二自筆一書写畢 在判

正六位上行左(近)衛将監狛宿禰近真撰

教訓抄 巻第二

嫡家相伝舞曲物語 大曲等*

案摩 皇帝破陣楽 団乱旋

春鶯囀 蘇合香 万秋楽

1 案摩(あま) 准二大曲一 古楽*

乱序(らむじよ)三段 囀(さへづり)三度

左笏(さく)一段 急吹(きうふき)三段

此曲、承和御門ノ御時、奉レ勅 大戸清上(をほとのきよかみ)作レ之。謂レ之陰陽地鎮曲、南之天司監曲。

古記云、此曲天竺ノ楽也。此朝ヘ渡ル次第不レ見之。而ヲ承和御時、大戸清上奉レ勅作曰、古老語テ云、更非二新製*一。改二直其詞一許也。囀詞ニ合テ、天竺ヨリ渡事、普合目出侍也。

先吹二沙陀調々子一。呂音四季合。着二舞人面*一時、吹二『案摩』笛一。此揉二鹿盧一打二太鼓一ナリ。

或記云*、鹿婁(ろくろ)不レ知二其由緒一。但古人*云、梵語*

左手で打つ図(ず)は右手の百(どう)に先だって上拍ふうに打つのが太鼓の奏法。

惟季 底本「惟孝」。

ソコ 底。蘊奥。

カヤウノ物 この程度の者。自分。卑下して言う。

人ノ料 他人のため。

サイカク 才覚。子孫の工夫のためになればの意。

大曲 中曲・小曲とともに曲の規模の標示。本来は規模に応じた演奏スタイルや拍節法なども包括したものらしいが、はっきりしない。

1古楽 中・新楽とともに奈良時代からこの区別があるが、その由来等不詳。

承和御門 仁明天皇。

大戸清上 河内の人。八三四従五位下、良枝宿禰の姓を賜わる。のち渡唐し、帰途八三九南海に漂死。笛の名手。作曲にも秀で、仁明朝期の雅楽日本化に活躍。

新製… 新しく作った曲でなく、その楽曲を改作したものだの意。

詞は笛の本譜のこと。

面 この面は顔を図案化した雑面(造面)である。

或記云 底本、以下「称鹿婁也」までを次行「有二説」の後に記す。

古人 底本「友人」。

梵語 古代インドの文語。

敷。古楽者多是*西胡楽也。又*羽林納言云、鹿婁云鼓ヲ依レ打、称二鹿婁一也。

有二二説一。

一説曰、*第六　第三　第九　第三

為二常説一。用二『安摩』一也。

一説曰、第六　第九　第六　第九　第三

以二*五音一作尤為二秘事一。用二『採桑老』一之所謂、一鼓一拍子者、似二三度拍子一、而*雌雄桴二拍子、匂桴一拍子打レ之、為二太鼓拍子一。以レ之准レ之。可レ令二存知一也。笛ヲ吹イキヲ*ツグ所播レ之。

舞人出間、在二秘事一。謂二之土立手一。一説小庭ノ曲〔ト〕謂レ之。

久安三年ノ*常楽会ニ光時舞レ之。召二堂前一賜二横皮一之。

建久九年ノ*菩提山御堂供養、『一人案摩』則近舞レ之。

*大旨、一者ノ『案摩』ヲ舞時ニ、此手ヲ可レ舞ナリ。出間不レ登二舞台一、*庭ニテ一手舞ナリ。口伝アリ。

囀三度。略時二度。昔ハ七度アリケレドモ今ハ不レ用レ之。

初音声、本出何所〔一〕

音声本出、南天竺国仏家種子阿修羅等所レ作妓楽ニ

音声娯楽仏娯楽貴人之所賦案摩　三

左笏。腰ニ笏指ヲ云也。

有二両家相違一。*光近之流ニハ、普通ノ上臈ノ笏差給定ナリ。*則近之家ニハ、*躍テ笏ヲ振テ袖ヲカキトリテ差ナリ。凡モ此舞ハ、両家カハリテ侍也。予ハ両家ヲ習伝侍ナリ。依二*貴人之仰一、*光則之流伝タリ。*則房ノ方モ払レ底習侍ナリ。

急吹。打二唐拍子一。

*渡替舞也。常不レ渡。略スル故ナリ。又空渡云手アリ。『一人安摩』時舞レ之。極テ秘事ナリ。能々可二秘蔵一手ナリ。

口伝ニ曰、『一人案摩』ハ、乱序、囀、左笏マデハ、*上手ノ作法ヲ舞也。但、東ニ向テ北ヘネジ向テ舞ヲ口伝トスルナリ。急ニナリテ渡ヌレバ、*下手ノ作法ヲ舞ナリ。タトヘバ、二人シテ舞事ヲ一人シ

西胡楽　中国唐の外来楽の称。胡は西域をいう。

羽林納言　藤原為通。羽林は近衛府の唐名。

第六…　鹿婁。六三九三の法と称する。笛と打物(打楽器)のみで奏する。

五音　宮・商・角・徴・羽の五音。→一五〇頁

雌雄　雌は左手、弱音で図。雄は右手、強音で百という。

ツグ所　ブレスする所。譜中〇印で示される。

常楽会　興福寺の常楽会をいう。

菩提山　菩提山正暦寺。九九二創建。奈良市菩提山町にある。

大旨　大体の趣旨。

庭　舞台の階下。

光近之流　狛嫡流。則高の嫡子光季以下、光時―光近―光真―近真。野田流と称す。(続教訓抄)

則近之家　狛庶流。則高の三男高季以下、行高―行則―則近―則房。辻子流と称す。(続教訓抄)

躍　舞譜の一。足の動作。

貴人　誰人か不詳。

光則之流　狛光則にはじまる流。宇治に住した。

則房ノ方　近真は則房の養子として笛の秘伝等も伝えた。

渡　舞人が互に他の舞人の座へ移る手。

上手　一﨟(側)の舞座。左方舞で

テ舞ナリ。*ヨク師説ヲウケテ後、シツクベシ。急舞終ヌレバ、又序吹。笏ヲ貫テ入作法シテ入ナリ。

二ノ舞

有面二様、上臈ハ*咲面ヲス。下臈ハ*ハレ面ヲス。『一人案摩』ノ時ハ、咲面一人舞。楽屋シテ先咲ナリ。『案摩』ニ出替。腰ヲ*ヤラシテ、笏ヲコフヨシヲス。一説、*輪作テ舞。腰ニ甲ヲ付タリ。

是、*地祇土神入*酔狂、舞乙姿也。乃謂之陰陽地鎮曲。

詠ニ曰、「日ハ*バンケイニナリニタリ、我ガユクサキハハルカナリ」ト詠ジテ*桴ヲ振ナリ。二人手ヲトリグシテ、一人ノ立テバ、一人ハ居ル。三度スル時ニ楽止了。謂之囀。*拍子一打。其後又急吹。打拍子。其時左右ノ肩差、脇差舞也。如『案摩』急ニ*マネバデ、ヨロボヒテ入ナリ。

コレハ、サシテ習事ハ侍ネドモ、▼大神光茂ガ物語申侍シヲ、ヨク〱トヒテ、其ノ申状ヲカキテ侍ナリ。コトノホカニ、アトナキ事ハヨモ侍ジトヲボヘ候。其説ニ云、「日ハ晩景ニナリタリ。吐気ノタメカ」。

長久ノ比、▼狛光高老躰シテ侍ケル時、二者ニテ▼則高ガ常楽会ノ『一人案摩』ヲ舞ケルヲ、光高是ヲ見テ、孫子光季▼(ニ)向テ、「彼ノ則高ガ『案摩』、笏持タル伏肘、今三寸サガリタリ。足ヲヒロウニハ、袍ノ尻ヲ高ク跪上」ト申サレケルヲ、光季還私宅後、則高ニカタリケレバ、次ノ年、又則高ガ舞ケルヲ光高見テ、ホヲヱミテ、「光季コゾノ事ヲ語テケリ」トゾ申ケル。昔ハ手ノ上下ヲモサタシ、足踏ナンドモ委クセンサ(ク)シケルニコソ。今ノ世ノ舞人ヲ、昔ノ人ニミセタランニ、イカニヲカシク侍ラン。無正躰也タルナリ。▼光則宿禰ノ舞ケルハ、*木ヲ折置ガゴトクニシテ、打登所ハ袍尻ヲ舞台ノ*地布ニモツカズシテ、天ニ飛ブガゴトクナリケルナンド申伝テ侍ナリ。*辻家ノ『案摩』ヲバ不似余曲神妙ナル由、昔ヨリ于今申伝タリ。サレバ行近将曹ハ、余ノ舞ハ*イトシモナカリシカドモ、『案摩』ヲバヨク舞ト、ホメラレ侍シナリ。ヨク〱*コウヲイルベキ曲也。大事也。

は舞台左側。『安摩』は二人舞で、一臈は正面向って左前隅(正左隅)、二臈は後右隅を舞座とする。
下手 二臈(側)の舞座、後右隅。
ヨク… きちんと伝授を受けそれを稽古し尽くせ。
咲面・ハレ面 咲面は翁、腫面は媼とする。
ヤラシテ 押させて。
輪 舞譜の一。舞台を回る手。
地祇土神 低位の神。
入酔狂… 酒に酔って歌舞する姿を表現したものだ。
バンケイ 晩景。
桴 一臈(咲面の上臈)は右手に桴を持つ。詠は一臈だけが舞う。
拍子 太鼓のこと。
マネバデ マネブは学ぶ、真似する。二舞は文字どおり二の舞で、『案摩』の舞振りをくずして舞う。
木ヲ折置ガ… きびきびして動きが早い舞振。走物にみる特徴的な舞振である。
地布 舞台に敷く布。「台之上置敷舞台。…而以鈍子包之。〈謂之地布黄或萌黄〉」(楽家録)。
辻 狛高季の流。
イトシモ… それほどたいしたことはないが、『案摩』に限っては、の意。
コウ 劫。はかりきれないほど永い時間の単位。稽古に稽古を重ねるべき曲だ。

2
皇帝破陣楽（わうだいはぢんらく） 有レ甲　　大曲　新楽

序一帖、拍子三十。破六帖、拍子各二十。

此曲ハ、大唐〔三〕*玄宗皇帝ト申ス御門ノ、国ヲタイラゲ給テ、即位ノ時、令レ作給タリト申伝タリ。此朝ヘ誰人ノ渡シタリト云事、タシカナラズ。可レ尋。

*粟田道麿（あはたのみちまろ）、渡二『破陣曲』一云。然者、道麿渡歟。

遊声（ゆせい）一帖無二拍子一、舞ノ出笛トス。返吹処有二二説一。*ウチマカセテハ、口（くち）ヘカヘルナリ。抑、*和爾部大田麿（わにべのおほたまろ）ガツタヘニ、舞人立定ル時、打二太鼓一拍子一。有二口伝一、尤為二秘事一ト。

序一帖、有二三半帖一。初半帖、*拍子十六。中半帖、拍子四。後半帖、拍子十。此ノ*家ニ習フ所ハ如レ此。而外従五位下尾張連浜主伝云、コノ舞ノ序、ハジメハ*早拍子ナリ。シカルヲ遣唐時*儛生（まいのせい）、還二本国一時、忘二末八拍子一ヲタリシニヨリテ、承和御時、*諸葛中納言奉レ勅、序一帖、拍子三十、以二十六拍子一為二半帖一定了。此序ニ*小部氏（こへ）大神氏ニ相違所アリ。第二ノ太鼓拍子ノ内、譜ヲハナレテヲトシテ吹ナリ。小部ノ落句ト是ヲ云。舞ニハ、サシテタガフ事ハナケレドモ、*コジツノ侍ナリ。又、初半帖十六拍子舞時モ、乃至廿拍子舞時モ、三十拍子終ノ手、二拍子舞テトヾマルナリ。コレハユ、シキ秘事ニテ侍ナリ。ウチマカセテノ舞人ハシラヌ事ナリ。ヨク〳〵秘スベシ。

破六帖、拍子各二十或云二入破一。切々（きれぎれに）吹レ之一・二・三・四帖楽吹。五・六帖序吹、*連二吹之一。

第一帖。*タイシ、六鞨鼓ノ物ナリ。其内第九拍子、八鞨鼓、末三度拍子。第十一拍子、〔八〕鞨鼓、末三度拍子。末三拍子序舞。

*光季、惟季ノ秘事トテ注タル内、八鞨鼓二所ニ籠拍子アリ。如二『蘇合』三帖一。

第二帖。*トヲリタル六鞨鼓ノ物ナリ。光時秘譜云 第十七拍子 鞨鼓四 末三拍子ヲ序ニ舞ナリ。但此帖*秘説トテ、注サル。第十三、七鞨鼓。第十五、七鞨鼓ニアツベシ。但不レ用レ之。

*中六丄由引五〇丅六引〇五丅〻引〇丁由五〇丄
由夕〇丄連五〇丅丁由〇丄連丁〇

第三帖。初拍子有二二説一五鞨鼓、七鞨鼓。已下タイシ、六鞨鼓ノ物ナリ。但、第十拍子、五鞨鼓。第十二

2 玄宗皇帝　唐六代の皇帝（六八五―七六二）。　**粟田道麿**　天武―元明朝の人。遣唐使。大宝律令の撰定に参与。七一九没。　**ウチマカセテハ**　ありふれた通常のやり方は。

和爾部大田麿　右京の人。大戸清上に学び、笛に長じた。百済笛師ついで横笛師となり、雅楽少属、大属、権大允に歴任。八六〇外従五位下、八六五没六八歳。　**拍子**　太鼓を打つ所。小節の切れめで、拍子十六は、十六小節からなることを示す。　**此ノ家**　光季の流。

早拍子　一小節を四拍にとる拍節法。四分の四にあたる。

儛生　雅楽寮の職員で舞を習う者。

諸葛中納言　藤原諸葛。八九五没七〇歳。和琴に秀でた。

小部氏　戸部氏。八幡楽人。「楽の説にあまたあり。笛にはちかごろは大神戸部両家、笙に豊原氏、これはかりなり」（残夜抄）。

コジツ　故実。　**連吹**　五・六帖をつづけて吹く意。　**タイシ**　大旨。　**光季…**　光季が惟季の秘事として記したもの。

トヲリタル　通用の。　**秘説トテ**　文末の譜、この部分の左傍書。

中六…　「。」は太鼓を打つ所を示し「•」は小節線にあたる記号。

秘説曰　文末の譜、この部分の左傍書。　**ヒロウ**　披露。

拍子、五鞨鼓。末四拍子ヲ(光時秘譜ニ云 末五拍子十序吹)〔序〕舞ナリ。

此帖ハイヅレノ帖ト云トモ〔秘事中(ナカノ)〕秘事也。

序吹五拍子ノ説アレドモ、常ニ不レ用。

第四帖。トヲリタル六鞨鼓物也。末四拍子ヲ序ニ舞也。秘*説曰、第十三拍子、四鞨鼓。十四拍子、八鞨コ。第十五、四鞨鼓。

中六上由五(四カコ)〇丅引六〇五丅〇丁由丅五(八カコ)夕〇上

連五丅丁〇上連丅〇 両説拍子如レ此ナリ

第一ノ秘説ニテ侍ナリ。ユメ〳〵*ヒロウアルベカラズ。

抑以前、四切ヲ、皆トヲリタル六鞨鼓ノ説アリト、大神氏ノ笛吹ハ申セドモ、コレハ一*定ノヒガ説トヲボヘ侍也。惟季モサル説アリトモシルサレズ。舞ノ家ニモナラハヌ事ナリ。ワレシリ侍ラネドモ、他家ノメデタキ事ハ、サ*モトヲボヘコソシ侍ニ、此説ニヲキテハ、実説ヲナラハヌ輩ノ、ヲ*シ吹ニシタリケルヤラムト、推シ侍処ニ、或右舞人申侍リシハ、八*幡ニハべリシ、小*輔寺主ト云僧ノ説トゾウケ給リシ。コ*レラ躰ノ説ニハ中〳〵アシキ也。

五・六帖。トモニ序ニ舞。二*切ヲツヾケテ舞ナリ。但、大田丸説ニハ、両帖ノ間シバラク程*ヲヌクベシ。

抑此五帖、昔ハ楽吹ニテ侍ナリ。或譜ニ、織錦(しききむ)声打(せいうち)トシルセリ。イツゴロヨリ序ニハナリタリトイフ事、ミユル物ナシ。尤不審ナリ。可レ尋。舞人ノ入時ニ、上調子(じやう)ヲ吹。備中守*ノ源政長ト云ケル人ノ説ニハ、出*入トモニ遊声ヲ吹ケル。今世ニハモチヰズ。

昔、此曲善(よく)舞者或伝者アリ

中務大輔清*原滝雄　造酒正(さけのかみ)*高階黒雄

*妓女*命婦石川色子(いしかはのいろこ)

抑応徳ノ春ノ比、白*川院ヘ、舞人光季、笛吹惟季ヲ、別ノ所ニメシスヘテ、権中納言藤*原宗俊ヲ勅使トシテ、当曲ノ秘事ヲ御タヅネアリケルニ、両人ノ申状、イサ、カモタガフ事ナカリケレバ、御感シキリニアリテ、二*道ノ高名コノ事ニアリ。此異説ハ、非ニ勅定一、不レ可レ有ニ披露一之由、奉レ勅各令ニ退出一了。

一定ノヒガ説　問題なく間違った説。一定は一つに定まること。

サモ…　いかにもそのとおり。自分は知らぬ説でも、秘説に値するほどの説ならいかにもそうだと感じるものだ。

ヲシ吹…　(説もないのに)強引に勝手に吹くだけのことだ。

八幡　石清水八幡宮をいう。

小輔寺主　世系等未審。

コレラ躰　このような輩。小輔寺主を指す。　**二切**　五・六帖。

程ヲヌク　連続に舞わず一寸間をとる。程は正常時の成人の脈搏にあたる時間の単位をいう。

源政長　正四位下備中守。一〇九七没六〇歳。笛・琵琶の名手といわれた。　**出入**　舞人の進出・退出。

清原滝雄　雅楽頭。「右大臣贈正二位夏野真人第二之子也。卒時年六十五」(楽家録)。　**高階黒雄**　伝不詳。　**命婦**　四位、五位の位階をもつ女房(延喜以後は中﨟女房)。

石川色子　内教坊の妓女。八四四従五位下。秦箏相承血脈に載る。

白川院　白河院の御所、白河北殿。京都市左京区丸太町新道の辺にあったという。

藤原宗俊　俊家の一男、権大納言正二位。一〇九七没五二歳。箏の名手で、後三条・白河院の叡感を蒙る事、著聞集にみえる。秦箏相承血脈に載る。　**二道**　舞・楽両道。

次大神元賢ト申笛吹侍キ。承安元年四月十八日、二条院舞御覧ノアリケルニ、今日『皇帝』ヲ御ランアルベキヨシ、仰下タリケルニ、件元賢『皇帝』吹ニテ只一人候ケルガ、チカラヲヨバス候、ハカバカシクモヲボヘズ候ヨシ申上ケルヲ、笙笛吹豊原時秋ソバヲツキテ、イカニワギミハロ惜事ヲバ申スゾ、時秋ガ笙〔ニ〕付テ吹ベキヨシ返々申ケレドモ、チカラヲヨバヌヨシヲ申テ、メモミアゲズシテ侍ケレバ、舞人楽人等、我ガ家ノ『皇帝』ハ今日ニウセヌルヨシ、申ノ、シリケレドモ、閉口(ヘイコウ)シテゾアリケル。上ニモロ惜事ニヲボシメシナガラ、『玉樹』ニカヘラレ了。公私面目ヲ失タリ。家ノナガキキズトゾ申侍ケル。サテ、同二年ノ春ノ比、辻判官則近家ニ来テ、ナクナク昔ノ契ヲ申ケレバ、惟季ノ譜ヲ取出シテ、両三度合コソ、手ヲツカネテヨロコビテカヘリケルト、被㆓書置㆒テ侍ケル也。其後ノ常楽会ニモクダリケル。カヤウノ事ヲ見テ、人ハ心ツクベキナリ。

建久九年ノ冬比、仁和寺ノ舎利会ニ『皇帝』アリ。御室ノ御愛弟ニ金剛ト申ス童ニ、笛合テキコシメスベキユヘ也。序十六拍子、破六帖普通説。宗賢ガ弟子、舞人ハ一者光重ナリ。其時二者ニテ則房ガ侍シガ、楽屋ニテ、誰人ノ今日『皇帝』ヲバ、舞モ吹モスベク候ゾト、孝道(タカミチ)比巴、利秋笙侍ケルニ向テ云ク。殿原弾キモ、笙吹セ給ベシ。則房〔ガ〕流ノ輩ハ舞ベシト、ノ、シリ侍ケレドモ、一者光重、笛一者宗賢、一切ニ物モ申サデコソ侍リケレ。二条院ノ舞御覧ノ時、父元賢フカズシテヤミニシコトヲ、トガメハイハムト存タルナリ。一道ハカヤウニサラスベキナリ。サリナガラ、コトナクトゲラレ侍。三帖ハ光重シラザル事ヲアラハカサン料ニ、初三拍子ハ、則房已下ノ舞人舞ハズシテ見ニ、正躰ナキ事ニテゾハベリケル。

3　団乱旋(とらむでん)　有㆑甲　　大曲　新楽

序一帖、拍子十六。中序二帖、拍子各十六。入破二帖、拍子各十六。颯踏(さつたう)二帖、拍子各十六。急声七帖、拍子各十六。

此曲モカラ国ノ舞ニテ侍ナリ。作者未㆓勘出㆒。或笛譜曰ク、大戸真縄(ノマタマ)作㆑之。而古人語ニ云、真縄

二条院　七八代天皇。後白河院の第一皇子。一一五八—六五在位。六五没。

ソバ　傍。かたわらに居てつつ いて。　**ワギミ**　吾君。あなた。

返々　ねんごろに。

我ガ家ノ　『皇帝』の笛は、基(元)賢にて失せたとある。→三六頁

上　高倉天皇。　**玉樹…**　『玉樹後庭花』に変更された。

キズ　瑕。不名誉、恥辱の意。

辻判官　「則近ヲ辻子判官トイフ」「(その流を)辻子ト申ナリ」(続教訓抄)。

家ニ来テ　基賢が則近の所へ来て。

昔ノ契　祖父惟季と則近の祖父行高との縁。行高は惟季の婿で笛の奥旨を相伝した。

カヤウノ事…　事欠く前に習っておけば面目を失うこともない、それに気付いて教訓とすべきだの意。

御室　守覚法親王であろう。親王は後白河院第二皇子。一一五六入室、六〇出家、六九寺務。一二〇二没五三歳。

金剛　神楽血脈に「証円〈童名金剛丸〉」とある者か。(仁和寺御伝)

孝道　藤原孝道。「妙音院太政大臣師長公—藤原孝道」(琵琶血脈)。

殿原　高貴の方々。ここは殿上人。

舞ベシ　光重でなく則房一流が舞うべきものだ。父則近は光重の兄光近から『皇帝』の相伝を受けた。(続教訓抄)

二条院ノ…　承安元

年四月十八日の舞御覧。
トガメ… とり立てて言う魂胆である。咎めはなじること。
一道… 芸に携わる者はこうであるべきだの意。
アラハカサン 暴露する。
舞人 底本「舞ヲ」。
3 大戸真縄 舞師。仁明朝の人。多くの楽舞を新・改作した。
此朝 日本。 **当曲** 団乱旋。多くは、いくつかの曲に共用される序奏や登・退場楽に対し、演奏の中心になるその舞固有の曲を当曲という。 **后宮** 楊貴妃をいうか。
笛ノ吹様 文末の譜、この部分の左傍書。 **太鼓ノツボ** 桴で打つ所。間合をいう。 **五夕…** 譜の右側の符号は大阪本による。
常楽会 興福寺の常楽会。
音頭 器楽パートの首奏者。独奏部分はその担当。 **申合** 演出の打合せ。切の申合せだけは常に行われたことが窺える。
光真 底本「光貞」。
カクサズ 諸本「カクセス」。さとることが出来ず、棒立のありさまだった、の意。 **心ミム** 試みる。
水無瀬殿 後鳥羽上皇離宮。現在、大阪府三島郡島本町にある水無瀬神宮。 **テナラシ** 手馴シ。稽古。
世ヲボヘ候輩 世間に知られた舞人。上手。 **予** 自分は。
人カズ 底本「人カスカ」。

ハ此*朝ノ人也。此曲ハ唐ノ舞ナリ。或書ニ云、『后帝団乱旋』。以ㇾ之推ㇾ之。『皇帝』ハ玄宗造也。当*曲ハ后*きさき宮ノ造ルニヤ。此朝ヘ渡ル事モ、『皇帝』ト一度ニ渡ルナリ。不審ナキニアラズ。タヅヌベシ。

序一帖、ミナ序吹舞ナリ。中序二帖、楽吹物、八秘説ニ云 第十第一鞨鼓十宛ㇾ〔之〕鞨鼓。末五拍子ハ序舞。常ニハ序一帖、中序一帖舞。常呼ニ一・三帖一常謂ニ〔之〕三帖一中序第二帖ハ当曲ノ秘帖ナリ。秘説云 第十第十一鞨鼓十宛ㇾ之 舞ハ三寄スルヲ〔口〕伝ス 初拍子、常鞨鼓六ニアツ。秘説九拍子アツ。一帖九拍子アツ、一説。已下、十拍子八鞨鼓、末五拍子序舞。狛光時自筆ノ舞譜説ニ云、末四拍子可ニ序舞一。抑、当曲ノ秘説トテ、当帖ニ譜ヲハナレタルヤウ候也。初拍子九。第二拍子ヨリ七鞨鼓ニテ、十一拍子アリ。末四拍子ヲ序舞。笛*ノ吹様〔モ〕カハル。太*鼓〔ノ〕ツボミナカハル。舞ハ一寄ヨリシテ舞ナリ。此説、普通ナラズ。余人シラズ。ヨク〳〵秘ベシ。

*五夕由中〇五夕由中〇五夕由五〇中ゝ〇夕由中
〇六丁中ゝ引〇夕五〇夕丄由〇六由中〇丁由丅
〇六引丁由〇夕〇丁由夕ゝ引〇 已上二帖時

抑、承久二年常*楽会、舞人、笛ノ音*頭景賢、如ㇾ常切〔ヲ〕申*合テ出デ序一帖、中序一帖、舞ヲハリテ、入破ヲフカムズラムト思所ニ、此序三帖吹出タリ。舞人光*真已下十人列立タル、一人モコレヲカク*サズ、仍アキレテタテリキ。予一人、コレハ三帖ナリ中序二帖トモ〔云〕、三帖吹ナリ。舞人ヲ心*ミムレウナリト申テ、二帖ノ片かた答ヲ舞ナリト申テ、舞始テ候シ時コソ、各付テ舞ハレテ候シガ、此会ニ一度モナキ切ナレバ、各アキレラル丶。モツトモコトハリニ侍。ユ丶シカリシ大事ナリ。其後ニ景賢、ヤウ〳〵ニ陳ジ申キ。マタク、舞人ヲ心見タテマツランノ儀ニアラズ。タヾ水*無瀬殿ノ舞御覧ニ、当曲アルベシトキコヘ侍シ間、随分ニ、テ*ナラシ侍シユヘニ、思ワタリテ吹侍ナリ。以外ノ失錯ナルヨシ、人ゴトニノベ申ケル。コレテイノ事ニ、人ノサイカクハミヘ候ナリ。世*ヲボヘ候輩ノ、舞継テ候セバ、ユ丶シキ高名ト、ノ丶シリ候テマシ。予*人*カズナラヌモノニテ侍バ、ナニトナクテヤミ候ニキ。

入破二切、六鞨鼓。末七拍子ヲ序ニ舞。切々舞ナリ。

颯踏二帖。序吹物ナリ。*連舞(つらねまふ)。抑此帖ニ乱句(らんく)ノ説ト申テ、ヨニメヅラシキヤウノ侍ナリ。舞モ楽ノ詞ノゴトクニ、*中ヲハシニ舞侍ナリ。狛行高ノ申サレケルハ、乱句ノ説ヲ吹時ハ、舞人モ立渡テ舞コソ、習アリテメデタク侍レ。

急声七帖、六鞨鼓。末七拍子ヲ序ニ舞。切々舞ナリ。

但光季ノ秘説云、第五帖ヨリ七帖マデハ、『春鶯囀』ノ鳥声ヨリ急声ニ移ガゴトク、*序ヨリ急ナリ、急ヨリ序ニナル也。但颯踏乱句時用レ之。

仁平元年三月*廿三日。*通憲入道ガ家ニテ、*極楽会被レ行ケル時、当曲ノ秘事ヲツクサレケルニ、序三切、颯踏乱句、急声ノ連句(れんく)ハ舞レ侍也。

昔此曲善舞者

*林直倉(ナホクラ)　大戸真縄(マタヾ)

久安三年ノ冬比、*法金剛院ノ*一切経会ニ*新院御幸。ヤウ〳〵舞ドモ御覧ノ内、当曲ノアリシニ、▼豊原光元ガ笙ノ笛吹ケレバ、新院御定ニ云、「抑、*キウチ家ニハ、*両曲ハ不レ吹シロシメシヲク所ニ、今仕ハ、誰人ニ習テツカマツルゾ」。光元申云、「*明暹ニ習テ仕(つかまつる)ナリ」ト陳ジ申ケレバ、重テ仰ニ曰、「其相伝甚其*謂ナシ。仕ルベカラズ」トテ、トゞメラレマイラセ了。其後、*宗輔〔ノ〕大政大臣家ヨリ御笛下給、仍時秋モユルシテ吹セケル。于レ今子孫相伝シテ吹侍也。

古記曰、『皇帝』『団乱旋』両曲、一日ニ舞事ナシ。*山階寺ノ常楽会、*雖レ有二両曲一、両日一ヅヽ、舞レ之。光時説。

*侍従大納言語云、▼基政申シハ、『団乱旋』序ヲバ、能々可レ令二秘蔵一也。目出物也。

始五穴ヨリシテ、末ニイタルマデ、盤渉調ノ音相交タル手指、殊勝曲也。

又曰、「故*按察(あぜつの)大納言者、『皇帝』『団乱旋』者面白モヲボエネバ不レ吹」ト、被レ申ケレバ、ツマハジキヲシテ、ウタテガリテ、伶人等参ザリケルトカヤ。争カ『皇帝』ノ手指、『団乱旋』調ツカイノ楽ハ可レ有哉ニ、セメテ秘蔵シテ申サレケルニヤ。

抑、於二『皇帝』『団乱旋』ノ笛一者、小部氏ハ*清近ガ後絶了。大神氏ハ元賢ガ時ニ失了。宗賢以後、以外ニハム*ジヤウストイヘドモ、様々ニカマヘ出

連舞　二帖を続けて舞うこと。
中ヲハシニ舞　舞台中央を端と心得ての意か。
序ヨリ…　通常の舞ぶりとは異なり序を急に、急を序に舞う。
廿三　大阪本「廿二」。
通憲　藤原通憲。出家し信西と称す。学者で歌舞にも通じた。著に信西古楽図あり。一一五九平治の乱にかかわり自殺。
極楽会　阿弥陀仏を念じ往生極楽を願う仏事。往生講か。
林直倉　伝不詳。
法金剛院　双丘寺また天安寺とも。一一三〇再興され、離宮となり法金剛院と改める。京都市右京区にある。
一切経会　大蔵経を供養する法会。大蔵会。
新院　崇徳院。鳥羽第一皇子。七五代天皇。一一四一譲位。一一六四配所にて没四六歳。
キウチ　貴氏か。豊原公里の流れには。
両曲　『団乱旋』と『皇帝』。
明暹　藤原明衡二男。笛と打物の名手。大家笛血脈に載る。
謂　いわれ。理由。
宗輔ノ…　道長の二男頼宗を祖とする中御門家。鳳笙を伝える。豊原時光―堀河右大臣頼宗―俊家―宗俊…と笛を相承。(大家笛血脈)
山階寺　興福寺。
雖有　底本「候有」。
侍従大納言　藤原成通であろう。
按察大納言　宗輔の父藤原宗俊。一〇九七没五二歳。宗俊は権大納言。「息ヲ持テ面白ク思フサマニ吹」(懐竹抄)という笛の名手。俊家―

タル子細アリ。後白河院御時、*妙音院被㆓*仰合㆒ケルニ、宗賢尋常笛仕男候バ、可㆓免給㆒之由、計㆑之申上候云々。*孝道朝臣説ナリ。*辻家ニハ、惟季ヨリ▼光継マデ▼真葛*七代相伝曲ナリ。

4

春鶯囀(しゅんあうでん)　有㆑甲　　大曲　新楽

序一帖、拍子十六。颯踏二帖、拍子各十六。

或説、中序云。入破四帖、拍子各十六。鳥声二帖、

拍子各十六。急声二帖、拍子各十六。

此曲モモロコシ舞也。作者未㆓勘出㆒所ニ、或書云、*合管青(ガックハンセイ)云人造㆑之。大国之法ニテ、*春宮(とうぐう)ノ立給日ハ、春宮殿大楽官ニ、此曲奏スレバ、必ズ鶯ト云鳥来アツマリテ、百囀(もゝさえづり)ヲス。*コノ朝ニモサルタメシ侍ル。興福寺僧*円憲得業ト申ケル人ハ、僧ノミナリケレドモ、管絃ノ道ニ無双ナリケレバ、天下ニユルサレタリケリ。春ノ朝ニハ、住房浄明院ノ*マガキノ竹ニ向テ、此曲ヲ吹給ケレバ、ウグヒス来リアツマリテ、笛〔ノ〕音トヲナジ*キウニ囀侍ケル。マシテカラ国ノ事ハ、サコソハ侍ケメト、ヲモシロク侍也。

古記曰、黄鐘商時号㆓『一越調春鶯囀』㆒。出㆓*会要㆒。

此曲古記云、名(なづく)㆓『天長宝寿楽』㆒者、此楽有㆓颯踏㆒。▼豊原時元曰、颯踏ハ謂序也。中序云、颯踏ハ*序吹別名ナリ。件曲有㆓二帖㆒一帖絶了。又入破ハ、破音殊ニ深入之心也。*唐時有㆓入破曲㆒。世以為㆓不詳㆒。委見㆓本文㆒。急声者、急音雖㆓同楽㆒其意ト者不㆑同。終一拍子序ニ舞事、承和之御時、尾張浜主舞了。以㆓*其相伝㆒ヲ、*光季之家ニ習。他家ニハ不㆑知㆓此説ヲ㆒云々。

序一帖、ミナ序吹物。颯踏二帖、早八鞨鼓物ナリ。古老説ニ云、「此颯踏ヲ名㆓中序㆒」云々。此説可㆑有㆓其謂㆒。仍可㆑存㆓両説㆒也。但、口伝云、用㆓此説㆒時者二切ヲ別ニ舞㆑之。為㆑習也。

入破四帖、ミナ六鞨鼓物ナリ。ツネニハ一・三帖ヲ舞侍也。

鳥声二帖、ミナ序吹物ナリ。ツラネテ舞、トヾマラズシテ、ヤガテ急声ヲ舞ナリ。二帖アリ。ミナ六鞨鼓ノ物ナリ。古老ノ伝云、如㆓文字㆒、*入破ヲバ延テユルク舞、急声ヲハヤメテ、*急舞終一拍子序

宗俊―宗忠。(鳳笙師伝相承)

清近　清延の孫。二𫝶左近府生。没年未詳。　**ハムジヤウ**　繁昌。大いに世に用いられること。

カマヘ出　勝手に説など作り出す。

妙音院　藤原師長。琵琶・箏の達人。当代の音楽に通暁し、その説は妙音院流と称され権威があった。

仰合…　処分について下問する意。

孝道　藤原孝道。「太政大臣師長―木工権頭孝道」(秦箏相承血脈)。

辻家　狛則近の流。光継は野田流だが、辻子流の笛は則房のあと近真が相承した。　**七代相伝**　是(惟)季―基政―(狛)行高―行則―則近―則房―近真―光継(大家笛血脈)。

4合管青　不詳。　**春宮**　皇太子。

コノ朝　日本。　**円憲**　明暹の師、尾張得業という。　**マガキ**　底本「マカヘ」。　**キウ**　宮。

会要　唐代に、政治の要項をぬきだして編纂した書。　**序吹**　底本「序ノ」。　**唐時**　唐に於ては。

其相伝　狛光高は浜主の流れを受ける大友信正の弟子で、また祖衆行は浜主の犨という。(続教訓抄)

光季之家　狛嫡流。　**入破ヲバ…**「惣テ何ノ楽モ、ハジメハ静ニシテ、ヤウ〳〵末ザマヲ次第ニ少シヅヽ、ハヤカルベキ也。但楽ノホドハ人ノコノミ〳〵ニ依ル也」(吉野吉水院楽書)とある。　**急舞…**文末の譜は、この部分の傍書。

舞ナリ。同楽ナレドモ、カヤウニワカチタレバコソ、ナラヒハメデタケレ。タヾヲナジヤウニシタルハ、ケウ*ナキ事也。

中引夕〇丅六〇六引

昔伝二此曲*一者

左大臣源信*朝臣　巨勢式人*

永*久二年之比、白河殿ノ朝覲ノ行幸日、此曲ノアリケルニ、▼行高其時ノ一者ニテアリケレバ、笛ノ音頭小部正清ニ、急声一切ノヨシヲ約束シテ、イデタルホドニ、令二違約一、正清二返吹了。太鼓打能元*。行高マハズシテ、庭ニ居〔タリ〕。光則、光時ハサウイナク舞了。サテ行高カヘリ入テ、ヤウ〈〈ニ正清ヲカブム*シケレバ、正清「イツヨリモ楽ノヲモシロク侍ツレバ、ナニトナク吹テ侍ナリ」トテ、アザワラヒテゾ侍リケン。終ノ帖ノ末一拍子ヲ序吹ニス。コレハスベテ人シラヌ説ナリ。ヨク〈〈カクスベシ。

又、永治元年三月四日、平等院一切経会ニ、当曲アリ。急声二切アリケルニ、行則*居ケリ。父行高ガ例ヲ存テ舞ハザリケルガ、中〈〈ヨク侍ケル。習ハヌコトヲバカヤウニスベキ也。

序モ昔ハ同様ニコソ侍ケレドモ、今ハ両家*相違シテ、ウシロアハセ*ニ舞ナリ侍ナリ。中〈〈ニ有レ興事ニテ候也。

舞ノ出ニ遊声ヲ吹。返吹所、有二一説一。『皇帝』ノ遊声〔ノ〕ゴトク、太鼓一打云々。堀河院*ノ御時、依二勅定一打セラレタリケル。此説、ヲリフシニヨルベシ。入時上調子ヲ吹。

仁明天皇*御宇。承和十二年正月八日、竜尾道ニシテ、尾張浜主*、生年百十五歳時、『長寿楽』ヲ舞タリケルヲ、メデタキタメシニ申伝テ侍レ。

二首ノ和歌詠ズ。

ナヽトシノミヨニマロベルモヽヂアマリ　トヲノヲキナノマイタテリツル

ヲ*キナトテワビノハヲラムクサモキモ　サカユルトシ〔ニ〕イデヽマイテン

天皇頗ル御感アリテ、同九日、又清涼殿ニメシテ舞セラレケルニ、又一首、和歌奏。

ハルゴトニモヽイロドリノサヘヅリテ　コトシハチヨトマイゾカナヅル

ケウ　興。興趣。
此曲　底本「以曲」。
源信　左大臣、北辺大臣と号す。絵画など諸芸に長じ、また、笛が巧みであった。八六八没五九歳。孫賓―源信。(秦箏相承血脈)
巨勢式人　伝不詳。
永久二年之比　永久四年二月十九日、六条殿行幸をいうか。当曲みえず。(御遊抄・舞楽要録)
能元　伝不詳。
カブム　下聞。
行則　この年左近府正。第二の切絶えるにより舞わざるよし、著聞集に見える。
両家　狛嫡流光季と庶流行高の流。
ウシロアハセ　後合。相反する意。
堀河院　七三代天皇。一〇八六―一一〇七在位。京大本、「或説、依吉私以二案立一打レ之。仍御聞不レ可レ然之由、有二勅定一云々」の左注あり。
仁明天皇　五四代。八一〇―八五〇。在位八三三―八五〇。この治世に、左右両部制など楽制の改革や雅楽の和風化が進む。
尾張浜主　八四五外従五位下に叙せられたが、生没年等不詳。舞・楽とくに舞の名手で、作者としても知られ、舞楽の大祖とされる。この日のことは続日本後紀に見える。同書に、浜主は時に百十三歳で、「近代未レ有二如レ此者一」と評された。

ヲキナトテ…　「翁とてわびやは居らん草も木も栄ゆる時に出でて舞ひてむ」(続日本後紀)。
信　源信。
成康親王　仁明天皇皇子。八五三没。相承系譜等に見えない。
陳後主　陳は中国南朝の一。後主叔宝(五八三—五八九在位)代に隋の文帝に滅ぼされる。
阿育大王　アショカ王。古代インドの帝王。
一七日　七日。
育偈　不詳。
柏原天皇　桓武天皇。
和邇部嶋継　伝不詳。雅楽権允。(楽家録)
末八拍子　底本「又八拍子」。
渡　伝来する。
件曲　底本「仏曲」。
已講　底本「已育」。
鞨鼓　大阪本、「光時譜、鞨鼓九」の傍注あり。
知足院　藤原忠実。「於二調子一者多以命婦説也。可レ為二彼流一歟。無二宗俊説一。又受二五節命婦説一又習二大宮右大臣又院禅説一」(秦箏相承血脈)など楽に堪能であった。
光近　蘇合序の成通説にたいする狛光近の駁説、著聞集に見える。
終ニ　底本「終ノ」。
予　近真。
源家長　備前守・但馬守等を歴任。和歌所開闔。従四位上。一二三四没。

弥御感アリテ、『天長宝寿楽』ト始テ名ニ付レ之一。イマノ『春鶯囀』コレナリ。

承和御時、依レ勅信*朝臣、以二此曲一令レ伝二習于成康*親王一、合二于御笛一儛。於二清涼殿前一視レ之者、無レ不二感心一。

蘇合香　有レ甲　　大曲　新楽

序四帖一・三・四・五帖。破三帖一・二・三帖。急五帖但、初一返非レ舞乎。

此曲ハ、陳後主*所レ作歟。一名『古唐急』。或書ニ曰、中印度ノ楽也。而モ中天竺ヨリ出タルカ。抑、阿育(アイク)*大王病ニワヅライ給タリケルニ、蘇合香ト云草ヲ、薬ニエ給ハズハ存命カタカルベシト申ケレバ、一国ノ大事ニテ、モトメケレドモ、オホカタモアリガタキ草ナレバ、モトメエズ、経二一七日(ヲ)*一、此草ヲエタリ。即病イヘ給ケレバ、ヨロコビ給テ作給ト云。儛ハ育偈*ト云ケル人、此草ヲ甲トシテ、起レ座舞ケルニ、一殿ノ内、匂カウバシカリケリ。以二此草名(ノ)一、為二楽名一。又云、『蘇合香』出二蘇合国一。諸香草煎汁名也。此朝ヘ渡ス人、柏原(かしはばら)*天皇御時、和邇部嶋継*ト見エタリ。

序五帖之内、一・二帖拍子各廿。今世ニハ一帖十二拍子アリ。末八拍子*二帖トハ、渡*間ニ道ニテ忘了云々。而、▼狛有光申云、件曲*者タシカニ、祖父▼行光、明暹已講*(ニ)習伝了。相伝笛ノ譜明白也云々。但此曲、舞家不レ伝、諸家ニモ不レ聞。尤不審也。

初二拍子、序吹物。第三拍子ニ楽拍子ニ成。初拍子ノ鞨鼓*、有二二説一。一説、五。一説、七。第二十二、第三十八又十六、第四十八又十六、第五廿四又廿(六)、第六十二、第七十六、第八十六、第九十六、第十廿又十八。

終序舞ニ留マル也。無二拍子一(早八拍子残故云々)。

抑、知足院*禅定時、殿下光近*ニオホセ下サレテ云、「此曲終ニ*太鼓一加レ打ベシ」。光近申云、「十二拍子ノ楽、十三拍子ニ成候ハムコト、イカヾ候ベカラン」ト申上処ニ、舞ノ止(トマル)習ナリ。其習頗オホカルベシト、御定下リ了。仍テ、此家ノ今ハ秘事〔ト〕スベシト云々。

去承久二年、水無瀬殿舞御覧日、以二予*(ガ)相伝一、但馬守源家長*打二〔此〕説一畢。其日ハ急、楽三返ニ、

終ノ切ニ、加ニ一拍子一タリキ。此序ヲ略テ舞様、有ニ一説一。常、初五拍子乃至七拍子舞ナリ。其説時打留太鼓不レ打レ〔之〕。一説ニハ、*ツボノ太鼓ヲサゲテ打也。

二帖。舞、楽トモニツタハリ候ハズ。可レ尋。

三帖、拍子廿六。又云、廿二。*初拍子、二鞨鼓。第二・三、四*々々。第四・五、八々々。第六、七々々。第七・八、四々々　第九・十、八々々。第十一、七々々。第十二ヨリ*十五ニイタルマデ八々々。第十六、四々々。第十七・十八、各二々々。已上三拍子、謂ニ之〔*籠拍子〕一。第十九ヨリ廿一ニイタルマデハ八々々。第廿二、四々々。第廿〔三〕・廿四、各〔二々々〕。已上三拍子、謂ニ之籠拍子一。第廿五、八々々。一説第廿六、八々々。*返吹時〔可〕レ用レ之。末一拍子序ニスルナリ。此終有ニ一説一。如ニ一帖之終一、*序吹始打ニ太鼓一一。終不レ打。則房宿禰説曰、「*管ゲンノ時、返吹説アリ」。頗有レ興説也。第十八之拍子返也。*イクカヘリト云コトナシ。興ニヨルベシ。返度不レ打ニ籠拍子一。或人云、「*口返吹レ之」。予不レ習。又、〔或〕管絃者説ニ云、「*此帖ヨリ唐急(からきう)ヘ連吹説アリ」ト云。コレラハ*本説〔ニハ〕アラズ。*イタレル先立ノ、当座ノ興ニシタリケル事ナリ。サレドモイマハ秘説ト申トカヤ。

四帖、拍子廿七。又云、廿二。一説云、拍子廿七。初拍子、二鞨鼓。又三々々為ニ秘説一。第二・三、四々々。第四・五・六、八々々。第七・八、四々々。第九ノ拍子ヨリ十五拍子ニ至ルマデ八々々。第十六、四々々。第十七・八、各二々々。已上三拍子、謂ニ之約(ツヾメ)拍子一。第十九拍子ヨリ廿一ニイタルマデ八々々。第廿二、四々々。第廿三・四、各二々々。已上三拍子、謂ニ之約(ツヾメ)拍子一。第廿五、八々々。末一拍子序ニス。廿七説時ハ、序吹首太鼓一打加レ之。

古老説云、「此ノ籠拍子ハ*両帖ナラブ時ニハ、三帖ヲバトヾメテ、四帖ニ*ウツベシ」ト申ス。サレバ、*サヤニ*ヨリ〳〵打侍トモ、舞家ニハサハナラハヌ事ニテ侍バ、両帖ニ打候ベシ。

又説云、三・四両帖、竹ヲフタツニワリタルヤウニ、イサヽカモカハラヌ説候ベシ。其説ニハ、七鞨鼓ニツヾムル所、二所如ニ三帖一也。

ツボ…　太鼓を打つ間合いをずらして。
初拍子　第一の太鼓拍子。第一楽節の意。
々々　鞨鼓。以下同。
十五　底本「十九」。
籠拍子…　書陵本による。
返吹　反復演奏の意。
序吹　自由リズムにもとづく吹き方。
管ゲン　管絃。器楽合奏。絃楽器を用いぬ舞楽(例外あり)にたいし、箏、琵琶を加えた編成で演奏される。
イクカヘリ…　返吹の度数は定めなし、その時の興趣により適宜の意。
口　くち。はじめの部分。
此帖　三帖。
本説　根本となる説。「光時、光近父子本譜ヲ本説トシテ」(→六八頁)。
イタレル先立　至芸の域に達した先輩。先立は先達。
両帖　三・四帖。
ウツベシ　底本「ウツルヘシ」。
サヤニ　そのように。
ヨリ〳〵　時々。たまに。

忠拍子　二種類の拍子が交互にくり返される拍節的な混合拍子。

下　さげる。太鼓を打つ所をずらす。

廿七説　拍子二十七の説。

延タル　延拍子の。延拍子は小節を八拍にとる拍節法。

第十六　「第十五」脱か。

喚頭　返付と組んで用いる反復記号。

家　狛嫡流近真家の。

依吉酒任　伝不詳。

楽　管絃曲の意。

道行　舞人が舞座に着くまでをいう。破を道行の楽に用いる意。

貞保親王　清和天皇皇子。琵琶・笛の名手。「管絃仙」(帝王編年記)といわれ、南宮、桂親王と号した。南宮琵琶譜をのこす。九二四没五五歳。「大唐琵琶博士廉承武―遣唐使掃部頭藤原貞敏―式部卿貞保親王」(琵琶血脈)。

抑、此四帖ニ忠拍子ノ説アリ。舞、楽トモニ、秘事之中ノ秘説也。初十拍子、*忠拍子吹。為二古楽物一。此内、第九第十、打二約(ツヅメ)拍子一。謂二之古楽揚拍子一。鞨鼓秘説在レ之。已下十六拍子、楽拍子吹。為二新楽物一。此説ノ舞手、頗カハル。第四拍子ニ前(さき)ヘ走(ワシル)。第九拍子ニ尻ヘ走(ワシル)。第十拍子居ル。右膝ヲ突。如二『玉樹』一終。於二此説一者、▼光季ノ流ノ外、他舞人シルベカラザル説也。楽一ノ内ニ、新古ノ拍子難レ有説也。

五帖、拍子廿三。又説、廿二。初拍子、三鞨鼓。第二・三、四々々。第四・五・六、八々々。第七・八、四々々。第九拍子ヨリ十九ニイタルマデ八々々。末四拍子序ニス。又序吹ノ有二太鼓三説一。一説、第二太鼓一止(トム)。一説、序吹成処*下。四帖ノ*廿七説ノ時、此説ヲバモチキルベシ。颯踏アリケレドモ、延暦ノ遣唐使、舞生和邇部嶋継、帰朝之時忘レ之云々。古老説云、依レ絶二颯踏一、今世用二入破一也。有二口伝一。

入破三帖、拍子各二十。*延(のび)タル四鞨鼓物ナリ。此舞一返乃至二返略テ舞時、第三帖末四拍子ヲ入替テ舞終ルナリ。如レ此様、常人不レ知。カクスベシ。則、急ヘ連舞也。

唐急五帖、拍子各廿。初一返ハ謂二之空立(ソラだち)一。元祚(サ)拍子有レ之歟。不レ舞踏廻許也。舞家所レ習者、拍子廿一。初拍子、三鞨鼓。第二・三・四、四々々。第五、二々々。謂二之間(ま)拍子一。第六・七・八・九、四々々。第十、二々々。謂二之間拍子一。第十一・十二・十三・十四、四々々。*第十六、二々々。謂二之間拍子一。第十七・十八・十九・廿、四々々。第廿一、二々々。謂二之推拍子一。又間拍子同事也。自二*喚頭一加二〔一〕拍子一者、常説ナリ。従二第二返之始一、加二拍子一者、為二*家秘説一也。終帖加二拍子一、可レ為二秘説一歟。又間拍子処加二拍子一、*依吉酒任説云、序吹様。中六〇丁引六引〇　一説云、中六〇丁六〇丁

中火〇中引

古老説云、「昔ハ末ヲバ延ベザリケリ。中古ヨリ付二舞家説一延レ之。忠拍子ノ時ハ不レ可レ延」。破急、忠拍子アリ。*楽許也。舞ニハ此説ナシ。

舞〔ノ〕出入ニ、破ヲ喚頭ヨリ吹出テ*道行トス。中半返吹。但、小部氏説ニハ、可レ返二吹喚頭一。*貞保

親王ノ説ニテ、返入時加二三拍子一。非二常説一。

長治元年八月一日、*堀川天皇御筆御八講ヲコナハセ給ケル。次日、*弘宣殿(こうき)ニシテ舞御覧アリケルニ、四帖ノ忠拍子ノ説*、光季ガツカマツリタリケルニ、勅定ヲウケ給テ、左大弁基綱*朝臣、以二古唐急一、入音声トシテ、入綾ヲ仕ルベシト仰。光季奉レ勅、燕*姫周郎曲、*ユキノタモトヲマハセリ。天皇頗御感アリテ、重被二勅下一云、御前ノ外、此説更仕ル事アルベカラズ。自二喚頭一吹出テ、次度ハ如二吹出一吹ヲ為レ習也。一説、第三反様謂者、此様ニハ吹出一反、喚頭一反吹ナリ。為二秘説一。

承久二年九月十九日、水無瀬殿舞御覧日、任二長治之例一、光真奉レ勅、入綾ノ曲舞。是ハ急第三反ノ時可レ吹 青陽曲ト謂レ之。

似二『青海波』一舞レ之。

大納言従二位〔兼〕中宮権大夫源時中*、横笛ノ譜ノ裏書ニ云、「寛*和二年十月十三日、太上天皇大井*川ノ辺ニ御遊覧アリケルニ、古唐ノ妙音、楽ノ急ヲ奏シケル。ヤウ〱数返ニオヨビテ、コトニ楽、水ノ音ニヲウジテ、オモシロカリケレバ、摂政*守ニ倫言ノ趣ヲ、時中朝臣ニオホセ付*〔ラレ〕ケルニ、紅葉ヲ折テ、*插(かざし)〔ニ〕サシテ、船ノ舳(へ)ニ立出デ、飜*ニ廻雪之襟袖ヲ、燕姫周郎曲、舞ノ姿、好茂、*躬(ツネ)高トイフトモ、時中〔ノ〕一曲ニハスギジ。仍仰ニ勧賞ヲ、八*座ニ列畢」。昔ハ上*臈ノ中ニモ、如レ此目出人ノアリケル也。

古善儛二此曲一者
進*物所布*勢忠雄　大宰大弐源行有*朝臣

秘説曰、唐急ハ早*八羯鼓〔物〕ナリ。仍加*二三度拍子一云々。

6　万秋楽　有レ甲近代不レ用レ〔之〕　准*二大曲一　新楽

序一帖、拍子二十六。破〔六帖〕、拍子各十八。

此ノ曲ハ仏世界曲也。序破各別ノ曲ニ侍トカヤ。ソノ様マチ〱ニテ侍。先自二百*済国一、波*羅門僧正所二伝来一也。コヽニ左大臣源信(まこと)、ウタガヒヲナシテフシ給〔ヘ〕ル、夜ノ夢ニ、天ニ音アリテ云ク、「汝ヂウタガフ事ナカレ。此序ハ五妙ノ音楽也」。ユメサメテ、弥掌合テ貴給ケリト申伝タリ。

或記曰、昔、肥*前国ニ肥沽崎ト云所ハ、日本ノ西南ノ月浦ノ東北ナリ。異ナル樹、奇キ岳アリ。其

堀川天皇…　堀河院宸筆御八講。「八月一日被レ始行一同七日結願」(舞楽要録)。　**弘宣殿**　弘徽殿。後宮の一、清涼殿の北にある。　**説**　底本「調」。　**基綱**　源基綱。従二位権中納言大宰権帥。「郢曲比巴文才人」(尊卑分脈)。著聞集に琵琶の名匠八人の一人としてみえる。一一一七没六九歳。　**燕姫周郎曲**　飛燕に似た軽やかな舞振やすぐれた演奏の意。燕姫は漢の成帝の愛妃で飛燕に似ていたという趙后飛燕。周郎は音楽の名手周瑜。　**ユキノタモト…**　廻雪の袖、風に舞う雪のような軽やかな舞振をいう。　**源時中**　雅信の子。一〇〇一没六一歳。「音楽舞曲名誉人也」(郢曲相承次第)。　**寛和二年…**　十月十日(十三日は誤)、円融法皇大井河に御遊された。(日本紀略)　**大井川**　保津川。嵐山山麓あたりの称。桂川の上流。　**摂政**　藤原兼家。　**オホセ付ラレケルニ**　底本「オホセテ付ケル ニ」。　**插**　插頭花。季節の花を用いた。現在は造花。　**飜廻…**　底本「飜シ廻ルユキノ捫姫燕周郎曲」。　**躬高**　伝不詳。天暦七年十月十八日、殿上残菊合せの勝負舞で『綾切』を舞った「近衛身高」か。(著聞集)　**八座**　参議のこと。　**上臈**　公卿の意。　**進物所**　供御の調進を司る所。宮内省内膳司に属す。　**布**

所ニ神マシマス。西ハ海ノ渚ナリ。其所ノ古者物語云、自レ昔此所ハ観音地蔵来給砌ナリ。于レ時、*睿効(エイカウ)、*勝行ト云二人僧、聞二此事ヲ一、*塩ヲ断(たち)穀ヲ断、火ノ煙ヲワスレテ、共行シテ、二大菩薩ヲ*オガミタテマツル事ヲ、祈念シ申ニ、一七日ムナシクスギヌ。ナホ心ヲヒトツニシテ、ナク〳〵申ケレバ、第八日ト云、*晨朝ニイタリテ、小船ニノリタル人、前ノ海ヲワタル。音楽ヲ調タリ。其ノコヘ、今『金商万秋楽』之曲也。又之ヲ誦ヲ聞バ、其詞ニ云、

*毎日晨朝入諸定　入諸地獄令離苦
無仏世界度衆生　今世後世能引導

此四句ノ文也。二人僧ナミダヲナガシテ、合掌礼拝ス。ハルカニ西ヲサシテ、音楽雲ノ上ニ聞ト、申伝テ侍レバ、此曲極楽浄土天上世界ノ楽ト云事、更ニウタガフベカラズ。

破ハ*日蔵上人渡唐ノ時、*唱歌ニテワタシ給ヘリト申処ニ、*実忠和尚、*都率ノ内院ヘ参詣之時、菩薩聖衆ノ曲ヲ聞給テ、ウツシ給ヘリト申伝タリ。此和尚ハ、常ニ都率ヘカヨヒ給ケリ。〔而〕波羅門僧正ト此和尚ハ師弟ナリ。序破、有二其譜一。

序一帖、有二三半帖一。初半帖、拍子十。中半帖、拍子八。後半帖、拍子八。又説拍子十。舞家ニ習所ハ、初半帖・後半帖、合十八拍子、常ニハ舞ナリ。中半帖ヲバ舞ヲ秘ス。後半帖ヲバ楽ヲ秘也。*コノテイニハ人シラズ。ヨク〳〵カクスベシ。

太鼓ニ有二三打様一。第一、常説。第二、夕(サク)説。第三、廿八拍子説。

承元元年、*最勝四天王院御供養ニ、此曲ノアリシニ、則房宿禰予ニ当曲ヲ*申合ラレシ内ニ、▼清光将曹六人ノ舞人ノ内ナリ。仍テ人数ニ立ト思ニ、中半帖ノ秘説ヲバトヾメテ、後半帖ヲ片(カタ)答ヲ舞ハムト思ヨシ候テ、其様ヲモチキラレタリ。

狛光季説曰、「此序ノ後半帖ニ、十拍子ノ説アリ」トシルセリ。舞ニハ終ニ手ヲ舞ソヘテ、終一拍子居タリ。楽ニハ太鼓ヲ今二、打チ加ヘタリト見タリ。

嘉禄元年八月廿四日夜、*夢相云、古老来テ曰、此序ニ太鼓ヲ打加ハ僻事ナリ。内院ノ曲トテ習タリシトテ、吹聞(きかす)ハ、

勢忠雄　伝不詳。　**源行有**　文徳天皇皇子。従四位上大宰大弐。八八七没三四歳。　**早**　早拍子。一小節を四拍にとる拍節法。四分の四に当る。早八拍子、早四拍子等がある。
加三度拍子　底本「如二度拍子」。
6准大曲　「四の大曲の外なれども、大曲にかなふ」(竜鳴抄)。
百済　古代朝鮮の一国家。　**波羅門**　インドの帰化僧。七三六渡来、七六〇没。　**肥前国**　現在の佐賀・長崎県(壱岐・対馬を除く)。
睿効　一〇三二没五七歳。権律師。
勝行　世系等未審。　**塩ヲ断**…　立願のため塩・穀類を摂らぬ誓をたてること。　**オガミ**…　観音・地蔵両菩薩の影向を得る意。　**晨朝**　ジンジョウ。夜明けの六時頃。
毎日晨朝…　延命地蔵経に見える。
日蔵上人　俗姓三善、道賢と称す。金峰山で密教を学び、九八五没百余歳という。(本朝高僧伝)
唱歌　旋律暗記用のうた、またはうたい方。後世の口三味線のようなもの。雅楽の管楽器を習う際などに用いられ、仮名譜として本譜に並記される。「唱歌ニテ」は、底本「唱歌ヲ」。　**実忠**　奈良―平安初期の僧。良弁の弟子。東大寺修理別当として寺の基礎を固めた。
都率ノ内院　須弥山の上方はるかにある天界。内外の二院あり、内院は弥勒菩薩の浄土とされる。

丁夕由中引夕丄丁六引五引〇五丅丁六引由丅火五火
〇五引〇夕五引由夕火五丅六由中引丄火中引〇

カク吹タルコソメデタケレト云テ、サメ〳〵トナク。予モタツトサニナク。モロトモニナクトミテサメ了。

コレハヲカシキコトニテ侍ドモ、昔モ夢説ナムド申テ、世ニモチヰラレテ候メリ。今モ*サナカルベキ事ナラネドモ、人ニヨル事ニテ侍バ、*ワガミ此道ニイタラヌウヘ、世ノ末ノ物ワラヒニナルベシ。サレドモ、タヾワガナガレヲ伝〔エン〕人々バカリ、メデタカリケル事カナト、アヒセラルベキナリ。仍テ、其吹様ヲバ、譜ニカキテ侍ナリ。ユメ〳〵*ヒロウアルベカラズ。

*知足院禅定殿下仰云、『皇帝』『団乱旋』ハ、以二小部氏笛一為レ*本ベシ、ケダカク仕ルユヘニ。『蘇合』『万秋楽』ハ、以二*大神氏笛一為レ本。ヤサシク仕ルユヘナリ。小部ノ『万秋楽』ハ、*ソノ吹様ト、『万秋楽』ニアラザレバキ、タクモナシ。其ノ上*ヲクマデハシラヌ曲也。

又、被レ仰云、当曲ハ実ノ仏世界ノ曲也。然者、舞人モ楽人モ、*心ヲスマシテ、天上世界ノ曲ヲオモヒヤリテ舞ベシ。アラ〳〵シキハ、コ、ロエヌ事ナリ。

*入道右府説曰、於二此曲一者、*弥勒仏ノ出世シ給ハン時、導師ノ登（のぼり）楽ニテアルベシ。タシカニソノイハレヲ、見出タリト云々。

*笠置寺恒例ノ*八講ニ有二舞楽一。故辻判官則近参詣ノ時ハ、カナラズ『万秋楽』ヲマハレケルハ、カヤウノコトヲシムゼラレタリケルニヤ、閉眼ノ時モ臨終正念ニシテ、念仏数百返唱給ヘリ。タノモシクメデタクオボヘ侍リ。

狛光季ノ申サレケルハ、「此舞ノ序破トモニ、終リニ居ハ、*付属ノ袈裟ヲ給ハルヨシ」ト申伝タリ。今世ニハ、序ニハ不レ居。

権大納言*藤原隆房ノ、最勝四天王院供養日、此居所ヲ見給テ、付属袈裟給ル手御覧候ヘトテ、ミナ*ナンダヲナガサレテ侍ケルモ、コトワリトオボエテ、メデタクコソ候ヘ。

破六帖、拍子各十八。一・二・三・四・五・六帖、ミナ*ツヾネテスル物也。但、五帖ノ中半ヨリ、於*

コノテイ　この舞・楽を秘す説。
最勝四天王院　一二〇五後鳥羽院の建立。一二〇七院、移御、十一月二十九日新御堂供養を行う。　**申合**　演出の打合せ。　**夢相**　夢の告げ。
サナカル…　今も同様に夢想の説があってもおかしくないが、の意。
ワガミ　自分、近真。
ヒロウ　披露。得意げに人に言いふらす意。
知足院　藤原忠実。
本　よるべきもの。根本。
大神氏　→雅楽系譜
ソノ吹様　仏世界の曲らしい気高い演奏。戸部の取柄はこの吹様にすぐれるだけだ、の意。
ヲク　奥。奥儀。
心ヲスマシテ　底本「ヒヲスマシテ」。
入道右府　不詳。
弥勒仏ノ出世　都率の内院から弥勒がこの地上に出現し、釈迦の説法に洩れた衆生を救うと信じられた。その出世にあたって、の意。
笠置寺　京都府相楽郡の笠置山にある寺。弥勒の石仏を本尊とし弥勒寺とも号した。
八講　法華八講のこと。
付属ノ袈裟　釈迦付嘱の袈裟。居手は弥勒出世の際にその袈裟を賜わる舞法だ、の意。
藤原隆房　隆季一男。一二〇六出家。五九歳。法名寂恵。没年未詳。

世吹。有㆓三説㆒。一説、第九拍子。一説、第八第九拍子間。一説、第十一拍子早吹ナリ。

*ロ夕由引○夕火上五○夕由五ゝ引○丁六○丁六

○

第一帖、常由利吹物。〔一〕返舞時者、半帖末八拍子、加㆓三度拍子㆒。

第二帖、由利吹。舞二返時者、末十拍子、可㆑加㆓拍子㆒。又一・二・四帖ヲ舞時ハ、四帖ノ始ニ加㆓三拍子㆒。光時説。大治二年常楽会 若又、四帖頭（かしら）ヨリ於世吹之説ナラバ、第十一拍子ヨリ加㆓拍子㆒。有㆓先記㆒故ナリ。

第三帖、由利吹。第二帖ノ終ヲ六気（いき）延テ、三帖ノ始ヲ約（つゞむる）者為㆓秘説㆒。

又云、此帖ニ、初太鼓十、七鞨鼓ニ打説、嫡*家ノ秘説也。舞ハ一寄シテ舞也。狛光近之自筆ノ舞譜ニ有㆓此説㆒。定（さだめて）笛ノ吹様カハルベシ。雖㆑伝㆑舞之、不㆑習㆓于笛㆒之。仍可㆑尋㆓楽家㆒歟。

第四帖、由利吹。但、弥勒仏之説云、此帖ノ始ヨリ、大曲吹ニ成ナリ。

又云、五帖ニテ終説之時者、第*八拍子ノ口*ノ穴ヨリ、於世吹成ナリ。

夕由中○夕由中○丁中○丁六ロ夕由引ゝ中夕上

連五○夕由五ゝ引

此両説者、舞、楽トモニ、当曲ノ中ノ秘事也。嫡家ノ外伶人不㆑知㆓此説㆒也。輙ク不㆑可㆑授㆓他人㆒者。箏秘説殊此口穴ヨリ於世吹云々。

第五帖、由利也。但、四帖ヨリ大曲吹ニ成時ハ、此帖ノ第一第五拍子、両所ニ打㆓三度拍子㆒。謂㆓之万秋楽〔驚（をどろき）〕拍子㆒。其後不㆑可㆑加㆓拍子㆒。為㆓一説㆒。*宗輔太政大臣御説ナリ。*保延元年内裏舞御覧、用㆓此説㆒。当曲雖㆑有㆓多*々説㆒、コ*ノナガレニハ、コトニ此説ヲ秘スル也。

第六〔帖〕大曲吹者。抑此帖ニ有㆓八箇条説㆒、楽*拍子六、光時秘譜。第十一拍子、十四拍子両所打㆓三度拍子㆒、殊有㆑謂事。但可㆑付㆓六帖㆒四拍子ノ説也 忠拍子三。但、舞曲五箇説相㆓伝之㆒。

一説、五帖之半帖ヨリ、於世吹ニ成シテ、六帖ノ初太鼓八ヲ、六鞨鼓ニテ、第九拍子ヨリ、加㆓三度拍子㆒。常説。舞説同㆑之。

一説、五帖之第九拍子ヨリ於世吹ニ成、六帖ノ初ヨリ、七拍子ヲ六鞨鼓ニテ、第九拍子ヨリ、三度拍子ニ打。謂㆓之『声歌万秋楽』㆒。日蔵伝。

ナンダ　涙。

ツヽネテ　つづけて舞うこと。連舞。

於世吹　文末の音譜、この部分の傍書。一小節が二分の二で強弱のはっきりした拍子。

ロタ…　「△」印の箇所、大阪本は「於世」とある。

嫡家　狛嫡流、近真家のみの相伝であることをいう。

第八拍子　文末の譜はこの部分の傍書。

ロノ穴　底本、次の譜の「ロ」とこの口が対応することを指示。

宗輔　藤原宗輔。笛に執心のことが著聞集に見える。

保延元年　月日不詳。

多々説　論議の絶えぬ曲であったらしい。「秘事どもはさてをきて、これこそよに事かまびすしきものなれ。いさかひあはせ、ろん世にたえぬものにてあり」(雑秘別録)。

コノナガレ　狛嫡流。

楽拍子　破・急に用いられる四拍子の拍子型。

辻家　狛庶流。辻則近の流。

慈尊万秋楽　慈尊は弥勒菩薩のこと。

博雅　源博雅。博雅笛譜の編者。

信大臣　源信。夢想のこと。→四二頁

大神惟季之家　大神の嫡流。→雅楽系譜

会要　不詳。法要の作法を記したものであろう。

尊勝寺　六勝寺の一。堀河天皇の御願として、京都白河に建てられ、一一〇二、七、二一に供養がなされた。

舞人…　惟季家のこの「御前ノ説」を舞曲として伝えるのは、舞人では、の意。

弾物　絃楽器。箏・琵琶をいう。

舞楽無相違　舞家・楽家ともにこれらの説がある意。

当曲　共用される登・退場楽にたいし、その舞固有の部分をいう。

一ノ難　ただ一つの難点、瑕瑾。

南宮　貞保親王。

帖　底本「始」。

一説、五帖之第八拍子ロ穴ヨリ、於世吹ニ成テ、六帖ノ初ヨリ、六拍子ハ六鞨鼓、第七拍子四鞨鼓、第八、八鞨鼓、即打二三度拍子一。末一拍子序ニス。謂二之『金商万秋楽』一。*辻家ニハ以二此説一第一為二秘説一。

序吹説。惟季説、中引夕〇丁中引〇

有賢説、中引夕〇丁中〇丁中火中引〇

一説、五帖之第八第九之間、夕穴ヨリ、大曲吹ニ成シテ、第十一拍子ヨリ、殊ニ早成テ、六帖ノ初二拍子、六鞨鼓。第三、四鞨鼓。第四・五、六鞨鼓。第六、延八鞨鼓。第七・八、六鞨鼓。第九拍子ヨリ加二拍子一、末二拍子序(ニ)ス。謂二之『*慈尊万秋楽』一。*博雅説并*信大臣ノ夢説。

一説、四帖ノ始ヨリ、大曲吹ニ成シテ、五帖ノ第十一拍子、第十四拍子ニ打二三度拍子一。第六帖ノ始ヨリ、殊ニ早成シテ、始二拍子、六鞨鼓。第三、四鞨鼓。第四・五、六鞨鼓。第六、八鞨鼓。第七、四鞨鼓。第八、八鞨鼓。即加二拍子一、末二拍子ヲ序ニス。

〒引六〇丁中引〇丁中夕由引〇丁中〇丁中火〇

中引〇

又説、夕ロ中〇五〒六〇丁中〇中引夕〇丁中引〇

此説号二弥勒仏之説一。日蔵上人伝、謂二之『慈尊来迎楽』一。又、二四八説トモ云。

一説、五帖ノ第十一拍子ヨリ、於世吹ニ成シテ、六帖ヲ始ヨリ、トヲリタル早八鞨鼓ニテ、第十一拍子打二三度拍子一。舞楽トモニ、『青海波』ノゴトシ。二寄舞。此説、*大神惟季之家ノ秘説也。謂二之御前説一。謂二之『大和万秋楽』一。*会要云、*尊勝寺供養、在二此説一。不二分明一。*舞人光季、行高、光則、光時、笛惟季許ナリ。*弾物ニハ無二此説一云々。

已上、六箇説、*舞楽無二相違一。但、於二*当曲一有二種々異説一。古人語云、「此曲ノ*一ノ難ナルベシ」。都六帖以二三説一、可レ為二正説一者也。六鞨鼓一説。八鞨鼓一説。二四八一説。

一説忠拍子説。第二帖終気ヲ二気止六鞨鼓、五帖始ヲ不レ延六鞨鼓。

(第)十一拍子ヨリ於世ニシテ、六帖ノ初一拍子、八鞨鼓。第二・三・四・五、六鞨鼓。第八、八鞨鼓。第七、六鞨鼓。第八已下、八鞨鼓。第十一拍子ヨリ加二拍子一。謂二之『無歌万秋楽』一。南*宮説。惟季説同レ之。

一説、六帖、始六拍子間、六鞨鼓。第七、四鞨鼓。第八、八鞨鼓。第九拍子ヨリ加二拍子一。箏説同レ之。

抑、自二第一帖*一至二六帖終一、ユル〱トスル説ハ、箏こと・琵琶、大*説(ニ)テ侍云々。予*、此説不レ習。如二『万歳楽』一云々。但、故輔*大納言家ヨリ下給了。保延三年三月四日。宇治小松殿*ニシテ、知足(院)殿御箏、当曲ヲアハセヲハシマサム料(ニ)、伶人メシアツメラレテ、『皇帝』已下ノ秘曲ヲ仕リシ時、当曲(ノ)時、元政*訴ヘ申上云。小部清延*此曲ヲ不レ伝、別*(々)ニ可レ被二聞食一申ス所ニ、被二仰下一云、故堀河院ノ御時ニ、父正清ニ御尋ノアリシニ、正ク不レ知申上畢。其上、元永二年比、宗俊大納言*家(ニ)、正清府生時*召居ヘ給テ、『万秋楽』一具、六帖ハ、只拍子ニツカマツルベシト、オホセラレシ時、不レ及レ力候、不二習伝一由慥ニ申了。其上ハ誰人ニ習伝侍ゾト御尋アリシニ、無二申旨一シテ被レ留とどめ了。同*四年春比、大殿*(ヘ)下参リテ、清延可二下*くだし預一之由、切々ニ申入ケレドモ、不二下給一テ、被二仰出一テ云、▼行則ガ許ニ行向テ、秘曲ニ吹替ヨシヲウケ給テ、行則住宅ニ来テ、御定ノ趣ヲ語ル。仍荒序ノ笛ニ吹替テ、悦ビ上洛*了。日記タシカナリ。

其後、元政モユルシテ侍了。

此曲ノ説々ハ、惟*季ノ正流ヲ得タリ。其上、堀河院幷宗俊家ノ、舞楽無二相違一様ヲシタ、メヲハシマシテ、光季ヘ下給了。仍両人ノ任*テ二記録一注レ之。又、参向さむかう、参音声まいり、奏二此曲一。懸二鶏婁一時ハ新楽也。懸二一鼓一時ハ古楽也。返吹事、第二帖ヘ、イクカヘリモ、返吹ヲロ伝トス。ヲクヲ*秘スル故也。

堀*河左大臣、臨終ノ時、『慈尊来迎楽』ヲ聞テ、都率(ニ)往生シ給ヘリ。実忠和尚ハ、『唱歌万秋楽』室ニ聞ヘテ、聖衆*来迎ヲ得給ヘリ。争カ此曲ヲシ*レラン輩、上生*内院ノ臨のぞみウタガイ侍ベキヤ。予臨終ノ時、必可レ奏二此曲一。念仏ノ中ニモ自ラ之声*歌、欲レ遂二往生之願ヲ一矣。

大説 一本「本説」に作る。大事な説、秘説の意であろう。
予 近真。
輔大納言家 「輔」は底本「帥」。藤原宗俊の流。自分は習わないが狛行高に相伝があることをいう。
小松殿 宇治殿の一つ。「宇治別業〈号二小松殿一新造〉」(百錬抄)。
元政 大神基政。
清延 正清二男。笛吹。
別々ニ 秘説が洩れるので別個に。
宗俊大納言 藤原宗俊。一〇九七没。
府生時 正清は元永二(一一一九)没で左近将曹。
同 保延。
大殿 知足院。
下預 相伝を受けること。
上洛 狛氏は興福寺属として奈良に住んだ。
惟季ノ正流 近真は大神の笛を相伝した。惟季―狛行高…則房―近真。(大家笛血脈)
ノ任 底本「ニマカセテ」。
ヲク 終帖。
堀河左大臣 源俊房。師房一男。従一位。一一二一没八七歳。
聖衆来迎 臨終の時に仏・菩薩が現じて極楽浄土へ迎えること。
シレラン 底本「シラレシ」。
上生 上・中・下三品の往生の最上位。
之声歌 この万秋楽の声歌をうたう。

『万秋楽』異名

大和万秋楽　金商(きむしやう)万秋楽　慈尊(じそん)万秋楽
慈尊来迎(らいがう)楽　曼荼(まむだ)万秋楽　絃歌(ぐえんか)万秋楽
元老(ぐえんらう)万秋楽　唱歌(しやうが)万秋楽　神仙(しむせむ)万秋楽
仙歌(せむか)万秋楽　見仏聞法(げむぶつもむぼう)楽　慈尊不徳(ふとく)楽
菩提樹(ぼだいじゆ)下楽　慈尊楽　出世成道(すつせじやうだう)楽

已上、十五名或書注レ之。不審無レ極、可レ尋レ〔之〕。

知足院禅定殿下ノ御説云、「竜*花三会曲、出世成道ノ説。謂二之弥勒仏説一也。序三半帖、初会宛ツ。破吹一・二・三帖、中会宛。急吹四・五・六帖、後会宛。如レ此ワカチテ、内院ニハ奏ナルベシ。又、九*品ノ浄土ニワカチタラムモ、目出カリナム」トゾ被レ仰ケル。コレニツキテ、私説ヲ一愚案仕(つかまつ)リ侍ナリ。

序一帖半、拍子廿六。太鼓夕(サク)説ヲ可レ用レ之。

破一・二帖連テ、第二帖第九拍子、加二三度拍子一。一段ニテ止ベシ。

又、三・四帖連テ、四帖ノ始ヨリ於世吹ニシテ、第十一拍子ヨリ、加(フ)二三度拍子一。一段ニテ止ベシ。

又、五・六帖ヲ連テ、五帖ノ始ヨリ於世吹ニシ、第十一・十四ニ打二三度拍子一。六帖ヨリハ、殊ニ早ク成テ、トヲリタル六鞨鼓ニテ、第八拍子ヨリ、加二正三度拍子一。末一拍子ヲ序吹ニシテヲハルベシ、一段。

コレハ、私ノ地*蔵講ニ、一度供養シマホシクテ、カクワリテ侍ナリ。コレモ自*由ノ案立ニモ不レ侍。粗*、古記ニモ侍也。又、輔入道家定*輔御講ニハ、『桃李花』ヲ二帖ヅヽ、三段ニワラレテ侍キ。雖レ無二其説一、管絃ニ長*ゼル人ノセサセ給シ事ナレバ、伶人等目出キ説トコソホメ侍キ。

狛光近、保元、妓*女(ぎぢよ)ノ舞授(さづく)ル記。

序一帖、拍子廿六。序ノ終ニ居タリ。

破二帖、拍子各十八、一・二帖ナリ。第九拍子、加二三拍子一。終居タリ。

急二帖、拍子各十八、五・六帖ナリ。第六帖、第三拍子、前ヘ走ル。第七拍子、尻ヘ走ル。第八拍子ヨリ、加二三度拍子一。終居タリ。

コレモ、少*納言入道通憲、弥*勒講ニ表スル竜花三

竜花三会　竜華会。弥勒菩薩がこの世に出世し、成道して仏となって衆生のためにする説法の会座。三回にわたるので竜華三会ともいう。

九品　極楽浄土にあるという九つの階位。上・中・下の三品にそれぞれ上・中・下生がある。ここでは、九品に序・破・急の構成が相当してめでたい、の意。

地蔵講　地蔵尊の功徳を讃えるために営む講。

自由ノ案立　習も説もなく我説を立てること。

粗　底本「但」。あらあら。およそ。

定輔　藤原親信の一男。権大納言。一一三三出家、一一七没六五歳。「詩歌・鞠・琵琶妙音院相国弟子也」(公卿補任)。

長ゼル　底本「長セス」。

妓女　内教坊におかれ女楽を演舞したもの。「(一一五八)五月廿九日、覧二内教房舞姫一、近代断絶、興二行之一」(百錬抄)。舞教授のこと。→七一頁

少納言入道　藤原通憲、出家し信西と称す。

弥勒講　弥勒菩薩を讃美する講。

会説トアリ。此説モワラレタリケルト見タリ。然者(バ)、*今ノ説、雖レ為二自由説一、*アトアル事ニテ侍ナリ。

此秘曲等之内、殊ニ可レ為二秘蔵物一者、『皇帝』三・四帖、四帖交拍子説。『団乱旋』序三帖。急声、奥(をくの)三切連吹説。『蘇合』四帖、忠拍子説。『万秋楽』破ノ鷲拍子説。六帖ノ二四八説。イカニモ〱ヒロウスベカラズ。能々カクスベシ耳。

写本云

天福元年癸巳六月日以二自筆一書写畢　在判

正六位上行左近衛将監狛宿禰近真撰

教訓抄　巻第三

嫡家相伝舞曲物語　中曲等

目録

1

玉樹後庭花　有レ甲近来不レ用之　中曲　新楽

有二八帖一、*拍子各十二。一・二・三帖、如レ常。四帖、*下手端渡切。六帖、*本立所*渡還切。*平立舞也。以二並立一為二平立一。初者、以レ中為レ上、四帖以後以レ端為レ上、従二六帖一亦以レ中為レ上、欲レ渡之時、如レ中為レ上。略定ノ時ハ、以二左

今ノ説　近真の立てた説。
アト　先例。

桃李花　底本「桃李楽」。
1拍子　太鼓を打つ所。小節の切れめ。各十二とはそれぞれ十二小節から成る意。
下手　舞台の後右隅。
本立所　本座。舞人がはじめに立った舞座。
渡還　本座へ戻る手。
平立　舞人が正面向に舞台に立つ型。二人立、四人立、六人立などがある。「謂二平立一者皆向二于正面一烈立言也。凡皆以二楽屋之頭一為二上首之位一、故左方以二進出之左一為レ上」(楽家録)。

右端ニ為上。秘事タル也。又『金釵両臂垂』謂之。一名『玉樹曲子』。一名『陳宮怨見許渾詩』。

会要曰、高祖受禅、軍国多務、未遑改創。楽府尚用隋氏旧文。至武徳九年正月十日、始命太常少卿祖孝孫、考正雅楽。貞観二年六月十日楽成奏之。太宗謂侍臣曰、礼楽之作。蓋聖人縁物設教、以為撙理之興替。豈此之由。御史大夫杜淹対曰、前代興亡、実由於楽。陳之将亡也、為『玉樹後庭花』。斉之将亡也、為伴侶曲。行路聞之莫不悲泣。所謂亡国之音也。以是観之、蓋楽之由也。太宗曰、不然、夫音声能感人自然之道也。故歓者聞之則悦、憂者聞之則悲。悲悦之情在於人心、非由楽也。将亡之政其民必苦、然苦心所感。故聞而則悲耳。豈楽声哀怨能使悦者悲乎。今『玉樹後庭花』伴侶之曲其声具存。朕当為公奏之、知公必不悲矣。尚書右丞魏徴進曰、古人称礼曰々々玉帛云乎哉。楽云々々鐘鼓云乎哉。楽者在人和、不由音調、上然之。

一帖、拍子十四。初ニ序吹。二拍子アリ。加此定。楽ニ成後、至八帖、拍子十二。終帖、加三度拍子。略定之時ハ、一・八帖舞也。又云、従第七返打三度拍子。終帖打三度拍子。

貞保親王譜云、但須従六返終、加一拍子、而可打也。従七返正打三度拍子。

抑此曲ニ別習アリ。謂之『金釵両臂垂』。玉樹与両臂垂、陳後主所作ナリ。大江匡房説也。

通典云、『玉樹後庭花』『堂々黄鸝留』『金釵両臂垂』、並陳ノ後主所造。恒与宮女学士及朝臣相和為詩。太楽令何胥採其尤軽艶者以為此曲。

一・二・三帖、如常『玉樹』。四帖、上手下手渉渡東西切。カレコレ渡立テ、左右ノ端ヲ上トス。舞ノ手カハルベシ。

五帖。コレハ四帖ノ片答ヲ舞ナリ。渉還本所、又以中上トシテ後、三拍子。有両説。第七拍子ヨリ、イサ、カ早成テ、末早々可吹ナリ。

六帖、謂之霓裳帖。舞ト楽ト別曲ト申ス。〔楽八〕

昔ノ『玉樹後庭花』、舞ハ『天上月宮曲』也。所謂

高祖　唐初世の帝王、李淵。

楽府　音楽をつかさどる役所。漢の武帝のとき設けられた。

武徳九　西暦六二六。

貞観二年　西暦六二八。底本「正観」。

太宗　高祖の次子、李世民。在位二三年。世に貞観の治と称す。

陳　南北朝時代の一王朝。五五七—五八九。隋に滅ぼされる。後主(三九頁)の詩に「玉樹後庭花」がある。

後庭花　底本「々々々」。以下同。

斉　南北朝時代の一王朝。梁に滅ぼされる。

不然…　「管絃はさらにいみなし。人の心を自然に感ぜさする也。なげきある物は、きけばなげく。よろこびあるものは、きけばよろこぶ。人の心にしたがふ物也」(竜鳴抄)。

魏徴　唐初の賢臣。太宗に仕え功あり。

貞保親王譜　「南竹譜ト云ハ、貞保親王譜」(懐竹抄)。南宮笛譜とも。いま知られない。

通典　唐の杜佑撰、二〇〇巻。

並　底本「置」。

渉渡　舞人が互いに舞座を入り替って舞う。「舞台の南方にきたむきによこさまに、八人たちて八反をまうなり。…一のものはにしのはし、二の物はひむがしのはし、三の物は又にし、四の物は又ひむがし。かくなかさまへ、下らうしだいにたちて、八反があいだ、一

反づゝたちかはりてまふ」(雑秘別録)とみえる。
イサ、カ… すこしテンポをはやめて。大阪本「極」に作る。
一二妓舞 一臈二臈の舞姫。両者が並行して同時に。妓舞は妓女に同じ。 **背** 一・二臈側はそれぞれ逆向きになること。背合。
青陽 春の異名。
軽攏温撚 白居易の「琵琶行」に「軽攏慢撚撥復挑」とある。
金釵 黄金のかんざし。
小輪 小さな輪の形。月宮に擬す。
玉樹… 「号三三女一者玉樹霓裳羽衣之三曲皆為二女舞一連舞名也。随二此説一則八帖終一拍子舞二之序一、故号二三女序一也」(楽家録)。
承和遣唐使 承和二年派遣。准判官として、藤原貞敏渡唐。
宇治殿 藤原頼通。
霓裳羽衣曲 もと西域の楽曲で、唐の玄宗皇帝が手を加えたもの。また、月界の仙女の舞曲により玄宗が作るとも伝える。
ソコヲ… 秘するところなくすべて。 **文集…** 白氏文集、法曲歌。
楽康 文集本文では「楽且康」。
無□楽 底本、読解しにくい。
隋書 隋の歴史を記したもの。八五巻。唐の魏徴等の撰。
経信 源経信。大納言正二位、大宰権帥。笛・琵琶等の名手。桂大納言と称す。一〇九七没八二歳。

『霓裳羽衣曲』是ナリ。別習アリ。其説曰、初拍子ノ以後早舞テ、常ニ左右ノ袖ヲモチテ、覆レ面請二金玉一、為二拍子一。其間四拍子。以レ中為レ上。第五拍子ヨリ、一・二妓舞為レ先、如レ虹舞登テ、又如二霓下一。其間四拍子。猶以レ中為レ終。又両方背登渡リテ、其間三拍子。以二左右端一為レ上。各准二鴈行一随上。第十二拍子ニイタル時、退走。相互向合待二拍子一。為レ終。

七帖、謂二之羽衣曲帖一。初拍子以後、殊ニ早ク舞。如二『青海波』一。其姿如二青陽和風一、軽攏温撚、而蜎常遮。而以二金釵之響一為二拍子一。左右各班組二交左右袂一懸レ肩。以靡寄、為二拍子一。爰ニ、一・二妓舞従二外童一、廻二両方一作二二小輪一、入二中央之宮一、各舞二登其輪一如二虹霓一。第十一拍子ノ時、以レ中為レ上。第十二拍子時、右膝突居、為二拍子一。以後序吹ニナル。

八帖、初拍子以前猶序吹。第二拍子ヨリ、殊ニ緩吹テ、則加二三度拍子一。十一拍子以後、末一拍子為二序吹一。謂二之玉樹三女序一。

承和遣唐使舞生、件帰朝之間、此楽(悉)忘タリケレバ、又ツカハシテ、此朝ニハ習トヾメタリ。

治暦二年正月廿六日。宇治殿召二光季一舞楽間事御タヅネアリケル内、『霓裳羽衣曲』ハ、今ノ『玉樹』ノ中ニ別ノ舞ノ手ノアルヨシ、タ(シカニ)光高勘申上タリキ。汝ハシレリヤ、如何。此仰ニツキテ、ソコヲハラヒテ申上処ニ、シキリニ御感ニアヅカリテ、罷出了云々。

文集第三巻云、法曲々々霓裳、政和世理音洋々、開元人楽康云々。南宮笛譜序ニハ、至レ如二『霓裳羽衣曲』『連殊火鳳』等一者、有レ舞無二□楽一。

或書云、『霓裳羽衣ノ曲』ハ、一越調(ノ)曲ナリ。本名ヲバ、『一越波羅門』ト云(ケリ)。玄宗皇帝之代、天宝年中ニ、『霓裳羽衣』ニ改タリ。異名、『金釵両臂垂』云。件舞ノ手ハ、今ノ『玉樹』ノ中ニアリ。

隋書礼楽志曰、清楽ノ中ニ、造二『黄鸝留』及『玉樹後庭花』『金釵両臂垂』等一、(必)与二幸臣一(出)二製其歌詞一。倚艶相高極於軽薄。男女唱和。真音甚哀。

此楽ノ内ニ亡国ノ音アリ。古老申サレシハ、平調音ニ成所ヲ云也。然而、経信卿ノ説ニハ、イヅレノ楽ト□(キ)カズ。楽ノアハレナルヲバ亡国ノ音ト云。

楽ノオモシロキヲバ、国治音ト云ベシ。

光季曰、『玉樹』装束者、在元興寺之宝蔵。勅使左大弁匡房シテ実検時、唐櫃ノ銘ニ、玉樹両臂垂装束二具。宝蔵焼失之時、件装束、宝冠ノ面焼失了。中古ハ諸肩袒ノ細着ニテ舞ケル。今ノ世ニハ其様ニモセズ。如常舞。

舞出吹調子。善儛此曲者、大友信正、狛光季等也。

2　秦王破陣楽　有別様装束四人舞之　向立舞
　　中曲唐書大曲　新楽唐古楽　忠拍子

一名、『神功破陣楽』。群書会要云、『斉正破陣楽』。又曰『七徳舞』美撥陣王楽。

有七帖、拍子各廿。擬七徳意。初一帖者、拍子廿二ナリ。加序吹三拍子定。

武徳中、天下始作『秦王破陣曲』、以歌舞太宗之功業。貞観初、太宗重製破陣楽図。詔魏徴・虞世南等、為之歌詞。因之名『七徳舞』。自竜朔已後、詔郊廟、享宴皆先奏之。

会要曰、貞観元年正月三日。宴郡臣奏『秦々々々々』之曲。太宗謂侍臣曰、朕昔在藩邸、屢有征罰世間、遂有此歌云々。七月七日、上製破陣楽舞之図、左ハ円ニ右ハ方ニ、先偏後伍。魚麗鵝貫、箕張翼舒、交錯屈伸、首尾回牙、以像戦陣之形。起居郎呂才、依図教楽工〔一〕百二十人、被甲執戟而習之。凡舞三変為四陣。有来往疾徐撃刺之象、以応歌節、数日而就。其後、命魏徴、虞世、南褚亮、李百薬、改製歌詞、更名『七徳之舞』。十五日、奏之庭。観者上寿云、此舞皆有百戦百勝之容。群臣咸称万歳。文集意竜朔已後用郊廟。

一帖、拍子廿三。加序吹三拍子定。其後至第七帖、拍子各廿。終帖、加三度拍子。

二・三帖、如常。

四帖、執桙。略定ノ時〔八〕、一帖ト四帖トヲ舞也。此帖加拍子。

五帖、抜剣。

六帖、剣桙ノ切云。剣ヌキ桙トル。当曲ノ中ニ、以此切、殊ニ秘事トスル也。

七帖、三度居。従始加三度拍子。此曲七反者、

元興寺　南都七大寺の一。七一八飛鳥から平城京に移建。後世の小堂、奈良市にある。

宝蔵焼失　↓五四頁

諸肩袒　袍の両肩ともぬぐ態。

大友信正　左舞人。伝不詳。

2 向立　舞人が舞台で互いに向合せに立つ様式。↓一三七頁

七徳　武に七徳あり。「武禁暴、戢兵、保大、定功、安民、和衆、豊財」(左伝、宣公十二年)。

秦々々々々　秦王破陣楽。

筎拍子　うたいもの専用の打楽器。

上拍子　底本「破」。

玄奘三蔵　中国唐代の人。六二九インドへ赴き仏典を伝え、太宗の命で訳経に従事。六六四没六五歳。三蔵は経・律・論を兼ねた人の意。

戒日大王　中インドの羯若鞠闍(カニ

則七徳ノ儀也。

光季秘説曰、自二第五帖一於世吹。忠拍子吹レ之。如二『還城楽』破一。七帖、*笏拍子打レ之。如二『還城楽』*上拍子一。末三拍子、序吹。仍准ズ二大曲一ニ。謂ユル古楽之説〔也〕。一説ニ云、七切皆自レ始用二忠拍子説一。是漢土ノ本説ナリ。加拍子ノ様、古楽揚拍子打ベシ。

保延二年二月九日。内裏ノ舞御覧ノ日。依テ二勅定一ニ、当曲只拍子説、『玉樹』異説ト舞。舞人光時▼・光近▼、楽人基政▼・時秋▼、自余ノ輩略了。

抑、*玄弉三蔵〔ノ〕西天ニ渡リ給タリシ時、*戒日大王ノ宮ニシ〔テ〕、問テ曰、「法師ハ漢土業『美撥乱陣王曲』シレリヤ。如何」。法師答テノタマワク、「僧徒ノ身、其器ニアラズトイヘドモ、争カムナシカランヤ」。時〔ニ〕大王悦タマイテ、法師ノ一曲ヲ見ト思ト、ス、メ給ケレバ、法師*ヰキヲカヘシテ、舞給ケリ。

今只拍子古楽説ナリ。*唐家始作説*者、以二大曲一為二本説一。謂二之玄弉三蔵伝一也。

*承和ノ帝ノ御時、当〔曲〕ヲ殊ニ依テレ有二御興一、此只拍子ノ説ヲ、アマリニ御秘蔵アリケレバ、伶人ニヲ、セテ、楽拍子ヲ、常ニハモチイルベキヨシ、被二宣下一了。其ヨリ此方、楽拍子由利吹ニハ成タルナリ。

古記曰、*最勝寺供養之日、有二同舞一。而左近将監*下野近末（ちかすへ）令レ着二*装束一。其後無二此装束師*一云々。

古老云、*仏師着二此装束一之様ヲ知レリ。但、*魚（ぎよ）袋（たい）付ル方、頗有二其相違一。可レ任二*舞人ノ説一、被二仰下一了。

保延二年三月廿三日。*鳥羽ノ勝光明院供養之日。一者▼狛季貞当曲ニ蒙二勧賞一。退テ舞台ノ中半（なかば）ヘ歩登テ、ウルワシク、左右ノ手ニ桙ヲ取替（とりなをし）テ、ブタウシテ、拝シテ、楽屋入了。是モ、付二此曲一唐家ノ振舞ヲキ、ヲヨ〔ビ〕タリケルニヤ。其時ハ、ビヾシクサモアラマホシクミヘテ、感ズル人モ侍ナリ。又、サシモナクトモアリナント、*ナンズル者モアリ〔ケリ〕。

舞出入ニ用二太食調々子一。楽ノ調子ノゴトクナラバ、乞食調ノ調子ヲゾ、モチイルベケレドモ、件調子ノナキユヘナリ。

（ジヤクビ）国の王。尸羅阿迭多。インドを平定、仏法を保護した。

ヰキ　威儀、あるいは息とも。

唐家…　この曲が創作されたときは、中曲でなく大曲であった。

者　底本「著〈アラハル〉」、大阪本「着」。

承和ノ帝　仁明天皇。

最勝寺供養　一一八、一二、一七永縁を導師として行われる。左、万歳楽につぎ秦王あり。最勝寺は京都市左京区岡崎の辺にあった鳥羽天皇の御願寺。六勝寺の一。

下野近末　伝不詳。

装束　「別様装束」をさす。常は襲装束を用いたか。法勝寺供養(一〇七七)以後、特別の装束が考案されたらしい。「ソノスガタ巳ニ甲冑鈒戈ヲ帯セリ」(体源鈔)とある。

装束師　着付等を指導するもの。この別様の装束が特異なので、特別に指導を要したのであろう。

仏師　仏像彫刻師。平安・鎌倉期には有力寺院に属した。

魚袋　束帯のとき革帯に付けるもの。

任舞人　底本「但舞人」。

鳥羽ノ勝光明院　京都市伏見区鳥羽にあった寺。平等院鳳凰堂を模した。

ナンズル　非難する。

3 **師子喔王**　不詳。　**率川明神**　率川の辺に祀られた神。延喜式に

3　散手破陣楽　有二別様装束一　一人舞レ之　　中曲
新楽
一名『主皇破陣楽』。常『散手』ト云。或説
云、釈迦誕生之時、師子*堀王此曲作舞レ之。
序二帖、拍子各二十。破七帖、拍子各二十。
此曲、誰人ノツクリタルト云事、勘イダサヾル所
ニ、古老伝曰、*率川(いさかはの)明神、平二新羅軍一、*抃悦之余、
向二新羅国一、指麾而舞。時人見二此姿一摸レ之。見二船舳一。
今ノ『*宝冠散手』是ナリ。
或書云、此曲新造ノ所、多奏二此曲一。*地鎮故云々。
元明天皇御宇、和銅之比、宝冠之面ハ天ヨリ降ル。
于レ今元興寺之有二宝蔵一之。以二件本*摸ヲ一写二留*山階
寺一。殊勝宝物也。而モ文治ニ件ノ宝蔵令二焼失一ヲワン
ヌ。仍件面幷『玉樹』ノ別様ノ装束、悉令二焼失一
了。其後、又山階寺ノ面ヲ写返テ、元興寺ニ留置
タリ。
序二帖、拍子二十。以二初十二拍子一為二半帖一。常ニ
ハ一帖舞。自二半帖一執レ桴ナリ。
破七帖、拍子各二十。一・二・三、如レ常。四・
五・六帖ニ執レ桴。謂二之散手長桴一。殊ニ為二秘説一ナリ。七
帖、加二三度拍子一。略定時ハ一切ヲ舞也。末六拍
子、加二拍子一。
件曲。*嵯峨帝王、殊ニ善ク儛ハセヲワシタリケル。
長桴ノ秘事ナリ。
左大臣*頼長長桴ヲ舞給。光時弟子。面ヲバ着セテゾ舞
給ケル。宝冠ノ装束シテ舞セ給ケルハ、ケダカク
ビヾシク侍ケルガ、*竜甲(たつかぶと)メシタリケル時ハ、*呪師
ニゾ似タリケル。*師長同令レ舞二此曲一給。
中納言*兼長長桴舞給。光近弟子。ソレハ*ハレニテ、舞
セ給タル事キコヘ侍ラズ。左大臣殿、春日御社ニ
テタビ／＼アソバシタリケルナリ。抑破陣〔ノ〕字、
見二皇帝解位一。着二宝冠一之時、*加二此字一云々。
*半子(はんこ)人従トモ云、本儀ハ六人。常ハ四人。略ハ二人。
舞人*下臈役ナリ。又上臈ノ例モアリ。
舞出入、有二二様一。大法会ニハ用二調子一。口伝云、
長桴ヲ舞時ハ、舞台ノ中半ニ行立〔テ〕、有レ拝二
拝〔也〕。其後作法ヲバシテ、桴ヲ立ツ手ヲバ舞也。
是第一為二秘説一也。能々可レ請二師説一也。桴立事、舞
人下臈ノ役ナリ。

率川社三座とある。率川は春日山から佐保川に注ぐ小川。　**新羅**　古代朝鮮の王国。百済ついで高句麗を倒し六六八全土を統一。日本とは任那をめぐり再三兵火を交えた。九三五滅ぶ。　**抃悦**　手をたたいて悦ぶこと。　**宝冠散手**　宝冠の面をつけて舞う散手。「宝冠ノ散手ハ常楽会バカリ也」(吉野吉水院楽書)。
地鎮故　地神を祭り鎮めるため。底本「地領存」。　**本摸**　本面を忠実に模造すること。　**山階寺**　興福寺。　**嵯峨**　五二代天皇。八〇九―八二三在位。八四二没五七歳。三筆の一。
頼長　藤原頼長。忠通の弟。保元の乱に敗れ、一一五六没三七歳。琵琶・箏の名手として知られた。　**竜甲**　現在も竜甲を着用。　**呪師**　猿楽・田楽に近い雑芸者。呪師猿楽。
師長　藤原師長。頼長の子。琵琶・箏の達人で、当代の音楽に通暁し、三五要録(琵琶譜)・仁智要録(箏譜)等の楽書を著わす。妙音院と号し、その説は妙音院流と称され権威があった。一一九二没五五歳。
兼長　藤原兼長。一一五八没二一歳。
ハレ　晴。公の場の意。　**加此字**　皇帝を加え皇帝破陣楽という。
半子　舞人に従って出る者。番子、隠従とも。　**下臈**　楽所の下位の者。　**相撲…**　相撲の際は進・退出楽として新楽乱声を用いる。
作物　日本で作曲したものをいう。

*相撲ノ時ハ用㆓新楽乱声㆒、至㆓舞台之中半㆒、左足ヲ摺(すり)テ、後(うしろ)ヲ見時ニ、番子走(はしる)也。如㆑此子細ヲ能々分別シテ可㆑舞云々。

此破ニ有㆓作物(*つくり)㆒。『裏頭楽*』也。大治三年舞御覧、用㆓此説㆒。吹様、有㆓別習*㆒。

4 武将太平楽　有㆑甲　　中曲　新楽

破二帖、拍子二十。急、拍子廿四。向立舞ナリ。人称㆓『武昌楽』㆒、或号㆓『内舞』㆒。又謂㆓『項庄鴻(門曲)』㆒。常『太平楽』云。

会要*曰、立部伎八部楽一『安楽』、後周平斉所作也。周代ニハ、為(ス)㆓之『城舞二太平楽』㆒、亦謂㆓之『五方師子舞』㆒。

通典曰、亦謂(フ)㆓之『五方師子舞』(ト)㆒。師子摯*獣出(ハツ)㆓於西南夷天竺師子等(ニ)㆒。団㆓綴(シテ)毛㆒為(シ)㆑衣(ト)、象(ル)㆓俛仰馴狎之容(ニ)㆒。二人持(チ)㆓縄払(ヲ)㆒、為(ス)㆓習弄之状(ヲ)㆒。五方師子各依(リ)㆓其方色(ニ)㆒。百四十人歌(*ヒ)㆓『太平楽』(ヲ)㆒舞。抃以従(フ)㆑之(ニ)。服飾皆作(ヘ)㆓崑崙(タリ)象(ヲ)㆒。

貞保親王ノ譜ニ云、吹㆓乱声㆒罷出。天安*天皇御㆓梨*本㆒、移㆓内裏㆒之時、左近衛府奉㆓献物㆒、常澄当経*以㆑剣攬舞。四十人被㆑甲。合㆓此三曲㆒号㆓『府装楽』㆒。

或云、公魚*舞即内舞也。項荘*剣舞、項伯以㆑袖隔㆑之。便不㆑得㆑害(スルコトヲ)㆓高帝(ヲ)㆒。

又云、嵇康*被㆑誅之日、難曰、太平引曲絶。後漢書曰、合歓之楽五音能調。或曰、有㆓抜㆑剣舞之曲㆒。若是仲*楽歟。

破二帖、拍子各廿。第二帖末六拍子、加㆓三度拍子㆒。略定一返舞時、猶末六拍子、加㆓三度拍子㆒。コノ破略様ハ、▼狛光則ガ大治三年禅定院ノ大般若供養、童舞*ニ始作テ、教タリシ説也。此破、謂(いはゆる)太平楽。楽者平調曲也。楽有(ニ)㆓只拍子説㆒。

急、拍子廿四。謂㆓之合歓塩(がつくわえん)㆒。第五拍子ヨリ舞始〔テ〕、楽返之程舞。次有㆑輪*、謂㆓之古伏輪(こふしのわ)㆒。有㆓二説㆒、野田*巡輪、右廻。辻方*逆輪、左廻。次有㆓渡*手㆒、古伏渡云。次違肘(*すぢかへ)二度ノ後、抜㆓大刀㆒、則加㆓拍子㆒。一説云、古伏輪、初加㆓拍子㆒。次大輪(*おほわ)一返、如㆑常。謂㆓之大刀輪㆒。此間有㆓更居突手㆒。次小輪*一返、各桙ヲ一返回テ立定ナリ。為㆓秘事㆒。仍常不㆑舞也。次渡、如㆑常。此間在㆓秘手㆒、謂㆓之更居突手㆒。項庄鴻門曲。一者*一人舞(ヲ)㆑之。剣ヲ納時、右膝

裏頭楽　→六六頁

4立部伎　唐の教坊楽の一部。堂上にあって坐奏する坐部伎にたいし、堂下で立奏するものをいう。安楽・太平楽・破陣楽・慶善楽・大定楽・上元楽・聖寿楽・光聖楽の八種がある。　**摯獣**　猛獣。

歌　太平楽の楽曲で舞う意。

天安　文徳・清和天皇の治世。

梨本　梨本院。大内裏にあり、内裏とは別の宮殿。天長の内裏修造の際は皇居となった。

常澄当経　伝不詳。　**公魚**　不詳。

項荘…　楚の項羽と漢の高祖が鴻門に会したとき、項羽の従弟項荘が害さんとしたのを、項伯もまた剣をとって舞い、高祖を守ったことによる。(史記、項羽本紀)

嵇康　晋人。竹林七賢人の一人。

仲　件か。　**童舞**　子供の舞う舞楽。　**輪**　舞台を廻る手。現在、左廻りを順の輪、右廻りを逆の輪という。　**野田**　狛嫡流。

辻方　狛庶流。則近の流をいう。

渡手　一・二臈側がそれぞれの舞座へ移る手。　**違肘**　舞譜の一。現在、取違という。　**大輪**　舞台を廻る手。「大輪トハスヂカヘウチテマワルヲ云ナリ」(吉野吉水院楽書)。　**小輪**　「小輪ハ左右ノ太鼓ノ前ニテツクル也」(同)。　**一者一人**　現在太平楽は四人舞。一者のみが他の舞人と異る舞手を舞う意。

突居。一説、向合。一説、*上手南向、*下手北向。此間奏二小乱声一、有二由緒一。舞出入、用二道行一。号二朝小子一、〔拍子十也。〕入時加二三度拍子一。

抑、*小六条内裏朝覲行幸、狛光季依二勅定一、入綾ヲ舞。其ノ舞〔様〕此家ニアリ。年号可レ尋。古記『合歓塩』入云々。

天治二年正月三日、*三条殿朝覲行幸日。着面。光則秘事舞。

5　喜春楽　　中曲　古楽

序二帖、拍子各十二。破七帖、拍子十四。

又『弄殿喜春楽』『寿心楽』。向立舞。

此曲作者、或書云、陳書興公作。是大国人也。則漢土之立春、春宮太管、奏二此曲一云々。而古老伝ニ云、此曲ハ、*大安寺住僧、安操法師作レ之。舞楽間不二分明一。可レ尋。

古記云、*清和天皇ノ御時、*行教法師、八幡大菩薩ヲ*オヒタテマツリテ、*男山石清水ノ宮ヘ奉レ遷間、依二夢想ノツゲニ一、『寿心楽』ノ曲ヲ作云々。是今ノ『喜春楽』也。

序二帖、拍子〔*各〕十二。常一切舞也。*ウチマカセテノ舞人ハ、二切アリトハ*シリ侍ズ。

破七帖、拍子各十四。楽者以二二返一為二一帖一。拍子七故ナリ。一・二帖、常ニ舞ナリ。三帖、*肩袒切。是ニ秘説アリ。*ヒボヲトキテ、カタヌグ間ニ、有二二説一、居〔テ〕肩袒ハ、*御前説。立ナガラ〔肩〕袒ハ、常説ナリ。四帖、大輪切。十拍子。一説云、従二此帖一、〔加二〕古楽揚拍子ニ云々。五帖、渡切。六拍子間、加二拍子一為二本説一。六帖、渡二返六拍子間一。七帖、加拍子、不レ用レ之。舞終居、右膝突。

略定様云、序一返、破三帖舞。第一帖・四帖、ヒボヲトキテ肩袒。ヤガテ大輪ヲ作〔也〕。五帖、渡二五拍子間一。則渡二返五拍子間一、即加二拍子一。舞終居。猶略定時〔八〕、此渡切ヲ不レ舞也。

舞出時用二*調子一。打二鞨鼓一。古記云、搔二鹿婁一、打二太鼓一事、如二『採桑老』出一打レ之。破終帖、加二三度拍子一。入時吹二*重破一、即加二拍子一。舞人〔ノ〕末ヨリ首ニ至マデ、乙舞入也。*如二右舞一。

東宮御元服〔ニ〕、必ズ有二此曲一。序六拍子、〔破〕一切舞也。第八拍子ニカタヌギテ、第九拍子ヨリ加二

上手・下手　一臈の舞座を上手、二臈の舞座を下手という。右方舞はこの逆。　**六条内裏**　「北六条坊門、南六条二町、(西)東洞院、東高倉二町、万寿禅寺是也」(拾芥抄)。　**三条殿**　「同(天治)二正三。三条烏丸」(御遊抄)。

5 大安寺　南都七大寺の一。六一七聖徳太子の創建した寺。百済大寺・大官大寺などともよばれた。　**清和天皇**　五六代、八五八―八七六在位。清和源氏の祖。八八〇没三一歳。　**行教**　大安寺の別当。紀兼弼の子。　**オヒタテマツリ**　背負って。「金色ノ三尊ノ御姿ニテ遷リ付カセ」(今昔物語)。　**男山**　石清水八幡宮が鎮座する山。京都府綴喜郡にある。　**各**　京大本による。　**ウチマカセテノ**　ありふれた一般の。　**シリ侍ズ**　底本「シリ侍ル」。　**肩袒**　現在は右肩をぬぐ。　**ヒボ**　紐。　**御前**　天皇など貴人鑑賞のときの秘説。　**調子**　曲名。登・退場楽として用いられる自由リズムの曲。　**重**　重吹。その曲を重ねて奏すること。退出楽として破を奏し、舞人が一人ずつ舞いながら舞台を降りることをいう。　**如右舞**　高麗舞曲では、退出楽を奏して入手を舞わないのが通則。　**抑**　底・大阪本「極」、意による。　**6 輪台**　この曲は連続して奏される輪台・青海波二曲からなる。

拍子一。此舞人楽屋之内ヨリ、ヒボヲサシテ、序二帖破二帖舞テ、第三切ニ始〔テ〕、肩袒也。一拍子之間也。抑*此破加ニ拍子一様、従ニ第五帖一加ニ一拍子一云々。旧説歟。

6

輪*台　有レ甲　　中曲　新楽

序四返、拍子十六。謂ニ『輪台』一。破七返、拍子各十二。謂ニ『青海波』一也。

大唐楽云々。作者酒*醻作レ之云。ツマビラカナラズ。可レ尋。古老伝云、『輪台』〔ハ〕国名也。其国ノ人、*蒼海波ノ衣ヲ着シテ、舞タリシユヘニ、ヤガテ付ニ其国之名一〔云々〕。

『青海波』ハ竜宮ノ楽也。昔天竺ニ被レ舞儀、青波ノ浪ノ上ニウカム。浪下ニ楽音アリ。*羅路波羅門聞レ之、伝レ之。漢ノ帝都見レ之伝ニ舞曲ニ云々。此曲、昔シ者平調楽也。而承*和天皇御時、此*朝ニシテ、依レ勅被レ遷ニ盤渉調曲一。舞者、大納言*良峯安世卿作。楽者、和爾部大田麿作。并乙*魚、清*上等也。詠者、小*〔野〕篁所レ作也。有ニ二説一。

*垣代四十人之内、序*四人、破*二人、左*右舞人、関白左右大将御随身、滝口、北面、各取ニ反*尾一。但序破舞人不レ取レ之。

『輪台』『青海波』近代作法者、先笙篳篥吹ニ調子一。左右舞人、随身、滝口、ト、ノイテ後、笛吹ニ爾取一テ、『輪台』ヲユ*ル〳〵ト吹。是ヲ道行吹云々。于レ時、青海波舞下手作ニ大*輪一。逆廻ル。左違*肘ヨリ始也。次左右舞人交立。序四人之外舞人皆返尾ヲ取。右膝突。右手ニテ取テ、フトコロニ入テ、違打也。次青海波上手違肘打也。次関白左右大将御随身立。各弓ヲ立テ、反尾ヲ取也。禁*中ニテハ、滝口立。弓置。反尾取次第、如レ先。大輪ヲハリヌレバ左右立分〔レテ、又造ニ小輪ニ〕一面。以レ中為レ上。御前向。此間、序四人甲ヲ着。光近目録、序四人諸人肩脱破二人袍、甲、大刀ヲ着。楽屋内ニテ着、常儀也。常*楽会ハ任ニ本儀一、着ニ垣代之内一。次早*輪台二返舞了。次詠*。次鳳*、陵*、賀*、音取。舞人打替*。次又詠。次唱*歌ノ末拍子打ニ反尾一。次吹渡。楽〔ノ〕末、只拍子吹。楽*屋ニ請取テ、楽一返舞了後、垣代次第如レ先。又楽一反。中半ヨリ〔従ニ第五拍子一四拍子間如レ此　従ニ第八拍子ニ平立四拍子〕序舞人ノ*下臈舞登レバ、*上臈ハ舞下〔ル〕。楽ノ

酒醻　不詳。**蒼海波ノ衣**　青海波模様の衣であろう。**羅路波羅門**　波羅門僧正。**承和天皇**　仁明天皇。**此朝**　底本「此期」。**良峯安世**　桓武天皇の皇子。八〇二姓を良岑朝臣と賜わる。諸芸に通じ、音楽を解するにより雅楽頭などを歴任、大納言正三位に至り八三〇没四六歳。**乙魚**　常世乙魚。伝不詳。笛師。**清上**　大戸清上。笛の名手。作曲家。大田麿の師とされる。八三九没。**小野篁**　岑守の子。参議左大弁従三位に至る。詩文や絵画に秀でた。八五二没五一歳。**垣代**　青海波の二臈を先頭、一臈を後尾とする一団が舞台を中心に、後に横一列に並ぶのをいう。**破**　青海波の舞人。**序**　輪台の舞人。**左右舞人…**　以下、序破舞人以外の垣代に立つもの。**反尾**　反鼻(へんび)。木で作った巴形の拍子を打つもの。**ユル〳〵**　管絃吹でゆっくり奏すること。**大輪**　舞台を中心に庭を廻る手。**違肘**　違手(すじかうるて)。舞譜の一。片手を上、片手を下からまわし腰の辺で合わす。**禁中ニテハ**　相撲節会など宮中で演じる場合。**常楽会**　興福寺常楽会。**早輪台**　管絃吹の輪台に対し、舞楽吹で早くなるのをいう。**詠・鳳・陵・賀**　↓五八頁注**打替**　一・二臈と三・四臈の位置が変わること。**唱歌**　現在その

唱法は伝わらない。
楽屋ニ… 只拍子の吹渡を管方が受けて。
下﨟 輪台舞人の三・四﨟。
上﨟 同一・二﨟。底本「上首」。
出替テ 降台する輪台舞人(一・二﨟)と行違いに青海波舞人が登台すること。
立 底本「之」。
相撲の節 宮中で、諸国の相撲人に相撲を取らせ天皇が観る節会。七月に行われた。

詠 「舞楽ノ曲ニ詠ト云事アリ、思ヲノブル義也。其心ヲロニノブルユヘニ噺トモ云也」(体源鈔)。この詠、今発声の法を伝えない。
陵 竜笛。
賀 篳篥。
鳳 笙。
楽 垣代の列の後(一説、舞台上の横)に並ぶ楽人。垣代楽人という。
今ハ… 底・大阪本なし。京大本による。
無定 底本「無之」。

末ニ破舞人二人儲〔テ〕、『青海波』吹成ナル時ニ、*出替テ楽四反ノ間舞レ之。其後、垣代次第如レ序。次又楽一返ヲ舞了後ニ、垣代次第如レ先。次楽三反。舞終帖、加ニ三度拍子一。近来ハ、第七帖計ノ舞也。自ニ第二拍子一、加ニ三度拍子一。仁平ヨリ近来所レ舞、五・六帖也。舞人終ニ拍子居右膝突。即延(のべ)ニ吹(ふく)『輪台』ヲ一。于レ時立*、破ノ上手ヲ前トシテ輪〔ヲ〕作〔ル〕。巡輪。一説云、従ニ第三拍子一打ニ三度拍子ヲ一。立次第ハ如ニ先度一也。各反尾ヲ置テ入也。

抑、相撲*ノ節ハ、殿上ヨリ賜下蔵人青色袍ノ、為ニ『青海波』之袍ト一。殊有ニ別習一。大輪之後、舞台後ノ砌、左右各造ニ二ノ小輪ヲ一。左方一輪、右方一輪。為ニ此両輪之内ト一、青海波着ニ彼袍一。但、上手ノ一者有ニ右方輪内一、下手二者有ニ左方輪内一。各着ニ装束一。已後、破ニ両輪一。以レ上為レ上。而向ニ御前一也。惣相撲ノ節外、不レ可レ作ニ小輪一也。雖レ然、便宜之時ハ、可レ依ニ御定一。就中造ニ小輪一様、為ニ極秘事ト一。有ニ二説一。能々可レ受ニ口伝一也。

垣代立様。抑、打ニ反尾一、有ニ二説一。一説云、声歌之末一拍子打レ之。一説曰、唱歌幷楽間、如ニ只拍子ニ可レ打レ之。尤可レ為ニ秘説ニナリ。

笛　比巴ビハ　是ハ音取次第ニ立様
篳篥　陵*レウ　近来用レ之
一説　笙　右垣代図　一説　賀*ガ
琵琶　鳳*ホウ　此外声歌人立加事アリ
詠*　以レ詠為レ上　詠エイ

古今条々相違。

一、古ハ舞人四十人之内、序二人、破二人、垣代卅六人。
今ハ、序四人、破二人、楽*四人、垣代三十人。各取ニ反尾一、右膝突居、取ニ声歌末ヲ一、打ニ拍子一一。

二、古ハ垣代三匝ノ後、一所〔ニ〕作レ輪ヲ。
〔今*ハ一匝ノ後、一所ニ作レ輪。〕

三、古ハ舞行立(ゆきたち)畢レバ、垣代〔ノ〕楽止〔ム〕。
今ハ不レ止シテ、連ニ吹之一。

四、古ハ『輪台』後度詠了、両所作レ輪、改着ニ青海波装束一。此間、楽〔屋〕ニ吹ニ『輪台』ヲ一。度数無*レ定。
今ハ初度作レ輪。序破舞人、同改着ニ装束一。無ニ再輪之儀一。仍『輪台』急吹四反而已。

五、古ハ『輪台』舞人入時、不レ置レ程、即吹ニ『青海波』ニ、立定時吹止。今ハ不ニ吹止一。
六、古ハ『青海波』初度詠以前、楽二返。詠後、又楽二返。後度詠後、楽三返。合七帖。
今ハ初度詠以前、楽四反。詠後、楽一返。後度詠、楽三返。合八反之内、舞七帖。一説、終一帖、加ニ拍子一。
七、古ハ舞畢テ退キ入時、更吹ニ『青海波』一。今ハ緩（ユルメ）吹ニ『輪台』一。一説、加ニ三度拍子一、号ニ道行吹一。
已上七箇条。遠ハ勘ニ長秋之笛之譜一、近ハ見ニ当時之楽礼一、所ニ弁記一、古今両説也。夫礼楽之道、沿革随レ時取捨之間、竊俟ニ後賢一耳。

詠 野田説
千里万里礼拝　奉勅安置鴻臚
鞨取　我此西盤国信三郎　尚侍金魚
声歌　五夕由中中上中夕　五中テ丁六
太良利知良利々　良太利良利打ニ反尾一
燕山裏食喰　莫賀塩声平廻
鞨取　共酌保桃美酒　相抱聚踏輪台
声歌　如レ先。小野篁所レ造。已上『輪台』詠。

桂阿殿迎（ニウ）初歳　来々已来々已
鞨取　社阿慮義早阿　貞観年
声歌　知夜利乙太打ニ反尾一
六丁中中々
折阿花樹梅下　来々已来々已
鞨取　蝶阿醮書梁辺
声歌　〔如レ先。〕已上青海波詠。篁所レ作長説。
テ（タ）々丁（ラリ）六テ（タアリ）々六中六（ラリラリ）五夕由（ラタ）五五（アラリ）々夕由
一説 辻説
千里万里礼拝　奉勅安置鴻
鞨取　我是西蕃国信三郎　常賜人王賀
声歌　五夕（タリ）由中（、タア）々中（タアリヤ）々夕上（ラ）五中（（タリ）丁（ラ）テ（リ））丁六
燕山裏食散　莫嘉塩声平廻
鞨取　共酌蒲桃美酒　相抱聚踏輪台
声歌　如レ先
桂阿殿桂乗殿来々
音取　桂阿天桂天来
声歌　六丁（ラ、ヤタリ）中夕中（タア）
相火盧美々　長果年
音取　朝果年梅吹　果長果長美

又楽二返　底本「為楽二返」。
長秋之笛之譜　九六六源博雅撰。正しくは新撰楽譜。通称長秋卿笛(竹)譜。博雅笛譜とも。双・黄鐘・水・盤渉・角譜の諸曲のみ現存。(林謙三「博雅笛譜考」)
野田説　狛嫡流相伝の説。
鞨取　音取。通常は音合わせを兼ね演奏曲の調子を知らせるために奏される曲をいうが、舞楽の中で奏されるその曲固有の音取もある。ここは後者で、垣代楽人の笙が奏しはじめ次第に篳篥、琵琶、笛と付奏し、同時に止めるもの。
声歌　唱歌とも。旋律暗記用のうた。またはうたい方。後世の口三味線のようなもの。「タラリ(太良利)」「チラリ」「ラリ」等の詞を言い、その集りを仮名譜と言う。一種の吟詠と考えられる。「五夕…」は管の指孔を指示するもので、本譜と言う。
辻説　狛庶流相伝の説。

声歌　一説、テミ丁六テミ丁中　六五夕由五
五ミ夕由　長説同。

二帖ノ始、左違肘ヲ、行高称ニ右違一。而去康和四年三月廿日、鳥羽殿御賀殿上ノ舞ニ付テ、光時申状、左違肘〔ニ〕可レ舞由、被ニ宣下一了。而今又右違舞也。

七帖ノ末、東西ニテ違テ打テ、北向テ諸手ヲ肩ニ懸下。昔、多政方之説、南並寄テ弃。狛光高此定ニ舞。

詠二人勤仕ノ例。正治二年三月三日、平等院一切経会日。近衛殿下也。有ニ御出一。『輪台』詠ハ一者光重。『青海波』詠二者則房。垣代之役二人勤仕。雖レ為ニ新儀一、則房訴訟ツヨキニヨリテ、一者光重トゞメラレテ、当座ノ面目ヲウシナイ、後代ノ家ノキズ。上下耳目ヲオドロカス。

古ハ、『青海波』ヲバ舞トモ、詠ヲバセズ。只光季ノ嫡々家流許也。行高、光則、季貞ガ一者時、ハルカノ末ノ物ニテ、光時ガセシ也。則近ノ時ヨリ、其家ニハ始テスル也。光近習タリ。其相伝ノ様、中巻申タリ。

一人『青海波』舞例。保安四年正月六日、八幡宮修正。光時一人舞レ之タリ。『輪台』童二人舞レ之。

二代御記云、康保二年十月七日。此日次殿上侍臣奏楽。長秋欲レ奏ニ此楽一。而依ニ洪水之災一停止。近日舞殊事。仍果召ニ楽人一。左近中将博雅朝臣以下、相率着ニ河竹架辺一。奏ニ『延喜楽』一之間ヨリ時々小雨。仍於ニ仁和殿階下一舞。次奏ニ『輪台』序一。修理大夫源朝臣通光。『青海波』。済時、為光。着ニ麴塵欠腋袍一、帯レ剣。左衛門督藤原朝臣、雅忠朝臣、重光朝臣以下廿四人、為ニ垣代一。朱紫交舞、視聴催レ感。

7　春庭楽（しゅんでいらく）　中曲　新楽

一名『春庭花』。又『春庭子』。

此曲、延暦御時、遣(唐)使舞生久礼真蔵（くれのサネクラ）所ニ伝来一也。或貞茂。則給ニ内教房一、奏ニ御前一。初太食調為レ楽。而モ承和御時、有レ勅改成ニ双調一〔了〕。仍春（はるの）節会ノ参音声用レ之。古楽。懸ニ一鼓一故ナリ。舞時者、新楽。

一説古楽。

又云、此楽、従五位下和邇部（わにべ）ノ大田麿所レ作云。其時拍子九。謂ニ之『夏風楽』一。

有ニ四帖一、拍子各十。如レ常舞、終帖加ニ三度拍子一。

鳥羽殿御賀　白河院五十御賀。三九試楽、同一八賀宴、同二〇後宴が行われた。鳥羽殿は京都市伏見区鳥羽にあった白河・鳥羽上皇の離宮。　**殿上ノ舞**　殿上人の舞の意。　**光時**　狛光時。光季を誤るか。光季この時左近将監として参勤。(中右記)　**平等院一切経会**　藤原頼通の創建した平等院の一切経会。「後三条二年巳酉(治暦五。改元号ニ延久元ニ)二月廿九日始ニ修之一。今以ニ三月ニ」(濫觴抄)。　**近衛殿下**　基通。基実の長男。摂政関白。一二三三没七四歳。　**訴訟**　底本「訴詔」。　**詠ヲバセズ**　狛庶流には相伝がないから詠は出来ない。　**光季ノ嫡々家**　則高から三流に分れた狛氏の嫡流。光季—光貞—光時—光近の流れをいう。行高、光則、光貞いずれも狛庶流。楽所の左一者は光季のあと、この順に継承された。光時が左一者となったのは保延三年で、季貞が籠居したのによる。一者行高の時は、左六者左近府生。　**八幡宮修正**　石清水八幡宮の修正会。　**長秋**　源博雅。　**河竹**　清涼殿東庭にある漢竹(かわたけ)。　**済時**　藤原済時。九九五没五五歳。正二位大納言。　**為光**　藤原為光。九九二没五一歳。太政大臣。　**欠腋袍**　両腋の下を縫合さず開いたままにした袍。闕腋袍(けってきほう)。　**藤原朝臣**　不詳。

常ニ切舞也。第二帖加ニ拍子一。〔一返之時、末二拍子加ニ拍子一。〕

光季秘説曰、従ニ第二帖之始一、向対(むかひ)シテ手合テ押(をし)足(あし)シテ、作ニ大輪一、如ニ『輪台』一左違肘(すぢかへ)ヨリ始テ八拍子*間廻、終拍子向合。三帖。第三、前ヘ走。第四、尻走。又第七、前ニ走ル。第八、尻ヘ走。第九、諸去肘打。第十、諸伏肘打テ、北向テ居(イル)。右膝突。四帖立テ、一面ニ北向〔也〕。則加ニ拍子一。三度拍子。一説、古楽揚拍子。

此舞、中古絶タルヨシ天下ニ其聞アリ。仍*堀河院ノ御時、狛光季可レ有ニ御尋一処ニ、習ニ伝此説一之由申上。仍於ニ御前一有ニ御覧一。舞人、光季、行高、光則、光時。其日相違アリ。*両人於ニ舞台上一、右ヲカタヌギテ舞也。入時ニ行高ハ如レ本袍(はう)ヲ着テ入了。光季等ハカタヌギナガラ入了。両説御覧ジテ、頗ル有ニ御感一之後、世人有レ舞之由始テ知〔ル〕云々。

古説曰、此舞装束、如ニ『古鳥蘇』一。冠着レ剣舞姿如ニ『地久』一云々。年号月日ナシトイヘドモ、家々譜ニシルシヲク所也。

舞人出、吹ニ*品玄一。入時、吹ニ*入調一。

8 打球楽(たぎうらく)　中曲　新楽

有ニ七帖一、拍子各十一。別装束舞*打木持、*印造。

向立舞。四人舞レ之。

此曲、*黄帝所レ作也。依ニ兵勢一作レ之。唐ニハ童舞。被レ行ニ小五月節会一時者、競馬装束ノ舞人四十人立テ、*木ノサキカヾマレルヲモチテ、*玉ヲ係(カク)。件ノ玉ハ、*一ノ上ノ下シ給ト云々。件玉ニハ、*大甘子(ダイカウジ)ヲ紙ニツヽミテ、ナゲクダシ給也。舞終ヌレバ、舞人懐中シテ罷入ナリ。是ハ宇治殿御物語ナリ。

古記云、件舞人八十人、馬(ムマ)〔ニ〕乗云々。件節時、太鼓ヲ百被レ立、打ケレバ、武徳殿ノ瓦、ヒヾキテ地ニ落ルト云々。件舞所ハ車ノ*ドウノ躰ナル物ヲ立。何事可レ尋。

一・二帖、如レ常。以下玉搔(たまかき)。其次第者、三帖、二烈(つら)、艮(うしとらかく)搔。四帖、一烈、乾(いぬい)搔。五帖、四烈、巽(たつみ)搔。六帖、三烈、坤(ひつじさる)搔。七帖、空搔乃切。即加ニ拍子一。

口伝云、*父幷ニ師匠ノ玉搔遣(つかはす)時ハ、右膝突テ居、玉留置也。可レ為ニ秘事一。次玉置様者、当曲相伝ノ、若(わかき)末(すゑ)ノ舞人令レ置レ之。其習云ク、下手ノ*ウシロヲ廻

雅忠　伝不詳。　**重光**　源重光。
朱紫　袍の色。紫は三位以上、朱は四・五位の色。
7延暦　七八二―八〇六。遣唐使は八〇四出発、翌年帰国。　**久礼真蔵**　伝不詳。　**内教房**　宮中で女楽・踏歌を教習した所。妓女が置かれ事に当った。　**承和御時**　仁明天皇の治世。　**春節会**　正月に行われる三節会。元日・白馬(あおうま)・踏歌。
其時　底本「貞時」。
間廻　底・大阪本「回廻」。
堀河院　七三代天皇。一〇八六―一一〇七在位。一一〇七没二九歳。
両人　光季・光時であろう。行高・光則は狛庶流。
品玄　唐楽系舞楽の登場楽。
入調　同退場楽。
8打木　球杖(ぎっちょう)。先の曲った八〇センチ位の木製の杖。
印　手先の型。拳(こぶし)と剣印(けんいん)がある。剣印の舞のみ指示する例で、ここは剣印をさす。
黄帝　中国古代の伝説上の帝王。
木ノ…　打木のこと。
玉　打球楽に使用する径九センチ位の擬宝珠様の玉。球子(きゅうし)。
一ノ上　左大臣の異称。
大甘子　大きな柑子蜜柑。球子に代用。　**ドウ**　車輪の中心にあり矢を受ける所。　**父**　狛光真(実は兄)をいう。師匠は義父則房をさすか。　**ウシロ**　底本「シ、ロ」。

リテ、次烈ノ前ニ置テ、如レ本道返入〔也〕。

一説云、玉ハ一烈舞人懐中シテ、第二帖ノ十拍子居テ、取出テ、*我前ニ置テ搔。皆搔了テ、第四烈第一烈搔ヤルヲ、七帖ノ空搔切、第二ノ拍子〔三〕、一烈又二烈搔ヤル。第十拍子又二烈一烈搔ヤル。十一拍子ニ居テ、懐中シテ入云々。

光季秘記云、玉搔切ハ三・四・五・六帖也。此帖之末第十拍子、古楽揚拍子。第十一拍子、打二三度拍子一。第七帖、正加二三度拍子一。此説者、玉搔手合テ目出ナリ。略定時ハ、一・二・三・七帖ヲ舞。二烈艮、二烈乾。二・三帖玉搔也。

舞出入用二調子一。抑入時ニ、一者打木ヲ肩ニ懸入了。一説、舞台ノ上行也。次烈ニテセヌ事也。而*借一者ニテ、*常楽会、光重肩懸入了。於二楽屋一一者則近散々ニ不レ知二子細一由ニテ、令二*謗言一了。仍*方大衆等事ヲ出テ切合タリ〔キ〕。

9 五常楽　有レ甲　　中曲　新楽

序一帖、拍子十六。以二楽二反一為二一帖一。破六帖、拍子十六。急、拍子八。五返舞レ之。


唐太宗朝、貞観末天観初、帝製二五常楽曲図一。五常作レ之。仁義礼智信、謂二之五常一。常トハ人ノ可二常行一也。五常ハ即配二*五音一。此曲能備二五音之和一云々。

*周礼春官下曰、凡舞ニ有二帗舞一、有二羽舞一、有二皇舞一、〔有〕二旄舞一、有二干舞一、有二人舞一。注皇或作レ翿。鄭司農云、帗舞者*今羽也。羽舞者析羽也。皇舞者以二羽冒一覆二頭上一、衣飾二翡翠之羽一也。旄舞者旄牛之尾也。干舞者兵舞也。人舞者手舞也。社稷ニハ以レ帗。宗廟ニハ以レ羽。四方ニハ以レ皇。辟雍ニハ以レ旄。兵事ニハ以レ干。星辰ニハ以二人舞一。翿読皇、書亦或為レ皇。玄謂、*援折彩繒也。若今霊星舞子持レ之是也。皇雑二五彩羽一。如二鳳皇色一。持以舞也。*人舞人所レ執、以二手袖一為二威儀一也。四方以レ羽。宗廟以レ人。山川以レ干。旱暵*以レ進也。

礼記楽記之注云、先鼓将レ奏レ楽。先撃レ鼓以警二戒衆一也。三歩謂レ将レ舞。必先三挙レ足。以見二其舞之漸一也。再始以著レ往。武王除喪、*王孟津已上、*紂未可伐、還帰二年、乃遂伐之。武舞再

我前　底・大阪本「我君」、異本京大本による。
借　仮。
常楽会　底・大阪本「常王会」に誤る。
謗言　なじること。
方大衆　興福寺において内外の諸院諸坊を六方に分けた集団組織。六方衆。大衆は一般僧侶のこと。
9五音　宮・商・角・徴・羽。↓一五〇頁
周礼　中国の経書の一。六編から成る。
今羽　周礼鄭玄注では「全羽」。
援折…　鄭玄注「帗析二五采繒一」。
人所執　鄭玄注「無レ所レ執」。
以進　鄭玄注「以皇」。
王孟津已上　鄭氏注では「至盟津之上」。
紂　底・大阪本「封」、書陵本による。

更始、以明伏時再往也。
詠詞。雖レ有ニ詞多〔々〕説一、依レ不レ用ニ近来一略レ之。
端譜一賦賀弘ニ返
報恩者欲疑上　詠寛宝連疑
師賦賀鴻仁　天寛五火常火楽〔火〕

序二帖、拍子各八。一説、拍子十六。以ニ楽二反一舞ノ一帖トス云々。*当時一帖云于舞(ハ)半帖ナリ。〔常一返舞。如レ謂者半帖也。〕此序笛、小部大神両氏、以外相違。*一度吹事更ニ不レ可レ叶。仍当時可レ付ニ*音頭一也。舞者無ニ相違。近来序与レ破之間、詠楽三度。羯鼓秘事有ニ此詠楽一。

舞人左伏肘ヲ打テ詠ズ。楽間左押*足シ、太鼓拍子ス。

破六帖、拍子各十六。終帖加ニ三度拍子一。常ニハ一・六帖舞、六帖加ニ拍子一。一返之時末五拍子加ニ拍子一。此破ヲ楽拍子吹時者、初拍子ヨリカ、忠拍子吹也。『慶雲楽』同度。是時元説ナリ。▼又楽拍子吹躰、有ニ二説一。一説、如ニ『太平楽』破一。一説、大曲。是当用説。又初四拍子ヲ延テ緩ク吹矣。一説アリ。

急、拍子八。第二返ノカシラヨリ、加ニ三度拍子一。此舞ハ如ニ*右舞一次第ニ舞入テ、楽屋ノ前ニテ各ノ乙テ可レ入。又欲ニ吹畢一時、于レ笛吹様アリ。随分秘事タリ。

白河院ノ御時、*醍醐ノ童舞御覧ノアリケルウチニ、『五常楽』急、楽コトニヲモシロカリケレバ、舞人皆入トイヘドモ、伶人不レ止ニ楽音一。シカルホドニ被ニ勅下一云、「行高一曲ヲ可レ乙」ト。于レ時行高、太鼓ノ前ニス、ミイデ、膝突、ヲホセヲカフリテ、御前ニス、ムデ、一曲ヲ仕タリケレバ、叡慮ニ叶テ、頗蒙ニ御感一。此行高ハ、此急ノ初一返ハ不レ舞〔シテ〕忠踏、押拍子ス。

此曲ニ似ニ失錯一可レ有レ情之事。此舞上ノ句二果舞テ、下句二果ニ打返テ舞〔也〕。爰ニ尚入舞暫アラマホシキ時ハ、下句二果ヲ謬テ三返吹ナリ。是ニ舞人打テ返ガ、尤有レ興ナリ。此事只一度許可レ有也。大神基政、為レ試ニ舞人行則一、▼*賀茂一切経会有ニ此曲一。基政吹ニ此説一処ニ、行則得ニ其心一、打返テ舞ケレバ、基政、行高ガ説ハウセザリケリト感ジケルトナン。

*北辺左大臣夢ノ説。在ニ此急一。是則、箏秘事ニテ侍トカヤ。

当時　底本「常時」。
一度吹事　戸部・大神両流の笛吹が同時に奏すること。
音頭　器楽の首席奏者をいう。その時の音頭の笛につけて奏すべきである、の意。
足シ　底本「是レ」。
右舞　高麗楽を主体とする右方舞楽。右方舞は、原則として当曲(本来の標題楽曲)を奏する間に楽屋へ退き、改めて退場楽を奏して入手は舞わない。
醍醐　京都市伏見区の醍醐寺。稚児の童舞が盛んであった。
賀茂　賀茂社。京都市左京区の賀茂御祖神社、同北区の賀茂別雷神社の総称。
北辺左大臣　源信。その笙に感応し天人の天降る話、著聞集にみえる。

舞出時、吹二調子一。入時者如二右舞一、且舞止也。

10 三台塩　中曲　新楽

破二帖、拍子各十六。急三帖、拍子各十六。

此曲、唐国物ナリ。酔卿日月曰、高宗ノ后則天皇后所レ造也。モロコシニ張文成ト云、イロコノム男アリケリ。后イカヾシタマヒタリケン、アイ給ニケリ。ソノヽチ、ユメカウツヽカニテ、御心ハカヨフトイヘドモ、ヒマヲヘザリケルアヒダ、心ノナグサメガタサニ、彼ノ后ノ作リ給ヘリ。可レ尋。此朝ヘハ犬上是成ガ渡シ侍ニヤ。序二帖アリケレドモ、件是成舞師時、依レ秘不レ伝レ之云々。拍子八。以二二反一為二一帖一。仍十六拍子物ニテ侍ケル。

破二帖、拍子各十六。両帖共ニ不レ加二拍子一。〔而ヲ〕大納言成通説曰、末三拍子加二三拍子一。如二『賀殿』破一。

急三帖、拍子十六。終帖、加二一拍子一。舞出時、吹二調子一。入時、重吹レ急。古老曰、「入綾舞事如レ常。肩指手ヲ舞」トナリ。童舞ニハ二人モ舞ヌ。但次烈〔ハ〕庭手許ナリ。

11 傾坏楽（けいばいらく）　中曲　新楽

破二帖、拍子十六。急三帖、拍子各十六。

此曲モ大唐ノ物ナリ。酔卿日月云、此曲貞観元年中ノ内宴ニ、長孫無忌所レ作也。会要云、『無為傾盃楽』。序二帖アリケレドモ絶了。

破二帖、拍子各十六。第二帖ヨリ加二三度拍子一。一帖ノ時ハ、不レ可レ加二拍子一。為二本説一〔也〕。或説云、末六拍子ニ加二拍子一云々。

左兵衛尉狛則季之説云、本ハ破三返ナリ。而第三帖絶了。仍不レ加二拍子一。其中状頗無二其謂一者歟。末レ絶舞楽有二其数一。皆以加二拍子一ナリ。

急三帖、拍子各十六。終帖、加二一拍子一。舞出時、吹二調子一。入時、重吹レ急。

口伝云、『三台』『傾盃楽』共ニ不レ加二拍子一楽ナリ。〔而〕一日両曲舞時、『三台』不レ加二拍子一。『傾盃楽』可レ加二拍子一。入綾次第、加二『三台』一ナリ。但当曲ニハ走手ヲ舞ナリ。ソレハ破二帖ノ中ノ手抽出舞ナリ。秘事ノ中ノ秘事也。

10 酔卿日月　不詳。
則天皇后　唐三代の帝高宗の后。のち自ら帝位につき国を大周と号した。則天皇帝・則天武后ともいう。
張文成　唐の人。遊仙窟の著者。
へ　得。
犬上是成　仁明朝の人。伝不詳。
物ニテ侍　底本「初ニテ存」。
成通　藤原宗通の四男。竜笛・蹴鞠等に通じ、「神変名人」といわれた(尊卑分脈)。成通卿口伝日記の著者。底・大阪本「成道」。
入綾　舞人が舞いつつ後面向になり、中央に寄って一列となり順次舞台を降りる退出の作法。

11 長孫無忌　唐の人。太宗の皇后長孫氏の兄、斉国侯。底・大阪本「長珎無急」。
三台　三台塩。通常、「塩」を略す。
当曲　その曲固有の標題楽曲。
抽出　破二帖の舞の手を選んで舞う意。

12 桃李花(たうりくわ) 又赤白(しやくはく) 中曲 新楽

有二六帖一、拍子各八。本是妓女*舞也。

是唐家ノ物歟。*貞保親王ノ譜云、*伊勢興房(をきふさ)申テ云、モロコシ桃花盛時ノ酒盛、三月三日、*曲水宴、奏二此楽一。序破ノ舞、古ヘ絶之。仍以二『央宮楽』舞一令二通用一之。但シ四帖ノ舞ヲ六帖ニ分宛(ワリアツル)、尤秘事タリ。口伝アリ。故則房ノ申サレシハ、昔ノ『桃李花』ノ舞ノ手内、前後へ走(さきしり)ル手アリケリ。是ヲ三帖ニ舞(也)。人ノシラヌ様ナリトゾ被(シ)レ申。

加拍子、有二又説一。六帖ヲ舞時ハ、五帖従二末四拍子一、打二三度拍子一。一帖之時、不レ加二拍子一。二帖時、末四拍子。三切舞時モ二帖末従二四拍子一、加二拍子一也。三帖皆加云々。付レ舞故也。

此曲林鐘角『赤白桃李(花)』。*内教房奏二此曲一。依レ絶レ舞、用二『央宮楽』舞一。曲水宴奏二此曲一。唐家風俗、毎国三月三日奏二此曲一。*刺史司馬等数声相和シテ、酣酔而還。

舞出入用二調子一。

13 賀王恩(かわうをむ) 中曲 新楽

有二三帖一、拍子各十六。又『感皇恩(かむわうおむ)』。古楽物云。

此曲者、嵯峨天皇御時、*大石峯良(みねよし)所レ作也。而漢土作者于レ今不二勘出一。此(朝ニテ)作タルカ。

昔ハ五切アリケレドモ、二切ハ絶テ、今三切ゾ侍ル。第三切、加二*三(度)拍子一。

光近ノ口伝云、「第三帖ハ四方ヲ拝シテ居。東南西北也」。皇恩ヲ賀(よろこぶ)心ト謂レ之。仍*妙音院禅閤者、土佐国ニ流罪之後、被二召返一給テ、於二御前一、御琵琶仕給ケル(ニ)、令レ弾二当曲一給云々。ソレモ此心ナルベシ。

太上天皇御賀参音声、奏二此曲一。用二古楽一。懸二舞人一数一*故也。

舞出入用二調子一。古記曰、有レ詠。舞出入用二*道行一。以二『皇麞』急一(為二)道行一云々。此説ヲ更(不レ)習。舞家可レ尋。

略一切舞時者、従二第十一拍子一、打二三度拍子一。一説。末四拍子*楽説。

14 秋風楽 中曲 新楽

---

12 妓女舞 内教坊で妓女が伝習した女楽。

貞保親王譜 笛譜。南宮笛譜とも。

伊勢興房 「前筑後少目従七位上伊勢朝臣」。八七三渤海使来日に際し、通事となる。(三代実録)

曲水宴 詩人が流水に坏を浮べ、それが流れ去らない間に詩を作る行事。

内教房 内教坊。

刺史司馬 中国古代の官名。刺史は州の長官、司馬は州の軍事に当たる地方官。

13 大石峯良 一〇世紀中葉の人。従五位下。篳篥を良くした。

三度拍子 底・大阪本「三拍子」、京大本による。

妙音院 藤原師長。保元の乱に流され、一一六四召還された。

故也 底・大阪本「分也」、意による。

道行 舞人が舞座に着くまでの呼称。曲は舞により変る。「出作法ハ(調子と)大旨ヲナジ事ナレドモ…少シハヤカルベシ」(体源鈔)。

楽 楽拍子の意。

14南池院　西院の地に営まれ、のち整備されて、淳和天皇の後院となる。「南池院ト申ハ、四条ナハテノ北、西ノ宮殿ノ森ノ西四町バカリ、縄手ヨリ北へ一町余」(続教訓抄)。
常世乙魚　笛師。伝不詳。
大戸清上　→二九頁注
唐譜　中国から伝わった楽譜。
喚頭　返付と組んで用いられる反復記号。
不恥　乙魚作のものが唐譜に劣らぬ意。
返吹　反復演奏のこと。
後白河院　鳥羽第四皇子、七七代天皇。一一五八譲位、以後院政三五年。九二没六六歳。梁塵秘抄の撰者。
日吉ノ御幸　文治五(一一八九)、正、二〇か。
15承和年中　底・大阪本「永和年中」、意による。
黄菊ノ宴　観菊の宴。
三嶋武蔵　伝不詳。
承和帝　仁明天皇。
左司　左史。
妓楽　→八八頁
16作物　「此破ニ有二作物一」(五五頁)。また『造物』という曲もある(一〇八頁)。
破返　「破一返」か。
李徳祐　不詳。
明帝　後漢の第二代の帝。
同記　不詳。　**金**　不詳。

有二三帖一、拍子各十六。

此曲、弘仁行二幸南池院一之時、*常世乙魚依レ勅作二此曲一。舞作歟。楽者*大戸清上制二作之一。大石峯良説。而在二*唐譜一。如何。或人説云、自レ唐伝来也。誰人哉。其時ハ無二*喚頭一云々。件ノ常世乙魚作二喚頭一云々。*不レ恥二唐家詞一云々。就中至テハ二第三帖喚頭一無双云々。昔ハ五切アリケレドモ、四・五帖絶テ、今ハ三切侍ナリ。終帖、加二拍子一。略定一返之時、如二『賀王』一従二十一拍子一加二拍子一。又末四拍子加二拍子一、楽説。舞出入用二調子一。

抑此楽及二数返一之時、*返吹様有二口伝一。以二二帖喚頭一為二四帖一、以二三帖喚頭一為二五帖一。此説ハ可レ秘物云々。殊三帖喚頭可レ秘ナリ。

*後白河院*日吉ノ御幸之時、伶人ノ中ニ、此喚頭ノ次第、御タヅネアリケルニ、トキニノゾミテ、各申ムネモナカリケルニ、狛則近コソ委クハ申サレタリケレ。頗御感アリ〔云々〕。

15　承和楽　　中曲　新楽

有二四帖一、拍子各十。又『冬明楽』云。

此曲、*承和年中ニ、*黄菊ノ宴ト云事セサセ給ケルニ、奉レ勅、舞ハ*三嶋武蔵作レ之。楽者大戸清上作レ之。即以二年号一為二楽名一。

一説云、*承和帝作レ之。承和二年*左司献レ舞。序アリケレドモ中古絶之。

有二四帖一、拍子各十。終帖、加二三度拍子一。略定時、准二余舞一。末四拍子打二三度拍子一。〔末二拍子加二拍子二云々。一説。〕舞出入〔用二〕調子一。

抑以二当曲ヲ一*妓楽ノ内『酔胡』ニ用レ之。非レ無二不審一。

16　裏頭楽　　中曲　新楽

有二三帖一、拍子各十二。『散手』破*作物用也。以二二返一為二*破返一也。

此曲、*李徳祐作レ之云。舞歟。又云、*明帝所レ作云。楽歟。*同記曰、大国法ノ、蜂払之時、以二錦羅絹綾等一、裏テレ頭ヲ払レ之。此故『裏頭楽』云。大唐*金御国ト云所アリ。一百歳ニ一度、大蜂千万来テ、害二損人一也。其時ニ奏二此曲一。彼ノ蜂皆悉ク死云々。或人語云、此曲『*霓裳羽衣之曲』。雖レ然無二其謂一者也。

昔ハ四帖アリケレドモ、今ハ二帖ヲ習伝タリ。終帖ニ加二三度拍子一。略定ノ時、一反舞。（一説云、舞人向二*南方一之時、打二三度拍子一。謂レ従二中半一説ナリ）末四拍子、加二拍子一。古ハ大法会*行道ニ用レ之。天皇御元服ノ後*宴ノ日、必奏二此曲一。舞一返ニ有二口伝一。一帖ノ終、南ニテ終故ニ、二帖ノ終一拍子取舞テ終ベシ。舞出入、調子ヲ用。出、品*玄。入、*臨調子。秘記云、出ニ品玄、入ニ*入調ヲ可レ用也。

17 感城楽（かむぜいらく）　中曲　新楽

有二三帖一、拍子各十八。

此曲誰人ノツクリタリト云事ミヘズ。可レ尋。但童親王対面ノ時、此曲ヲ作習トイヘリ。シカラバ*嵯峨ノイフ君子ノツクラセ給タルニヤ。近来常ハ一・三帖舞*中略。終帖、加二拍子一。乃至一返略定ノ時ハ、末六拍子加二拍子一。（近来八幡放生会用返之時、末四拍子加二三度拍子一楽説）舞出入、用二調子一。

18 央宮楽（やうぐうらく）　中曲　新楽

有二四帖一、拍子各十二。

此曲、イツノ御時ニカ侍ケム、*春宮始テ立給ケルニ、奉レ勅*林直倉作レ之。不二分明一、可レ尋。四帖三帖二帖ノ時、皆終帖加二三度拍子一。略定一返之時、末二拍子加二拍子一。舞出入、用二調子一。口伝云、此曲可レ吹二高声一。

『桃李花』ノ舞タヘタルニヨッテ、此舞四十八拍子ヲ『桃李花』六帖四十八拍子、*同員（カツ）タルニヨッテツリ合也。殊ニ可レ有レ習也。

19 北庭楽（ほくていらく）　小曲　新楽

有二四帖一、拍子各十四。又『北亭楽』。

是ハ*亭子院ノ御時、*不老門ノ北庭ニテ作レ之。作者不レ見。可レ尋也。*早物ナリ。ツネハ二切舞。皆終帖、（略定一反時、末四拍子許ニ可レ加二拍子一）加二三度拍子一。舞出、用二調子一。入時重吹二当(曲)一。則加二拍子一。此舞ニ入綾アリ。近代不レ舞レ之。*無常故也。

抑堀河院御時、承徳ノ比、舞御覧ニ、狛光季ニメシオカセテ、『五常楽』ノゴトクニ次第ニ舞入ベシト、任二勅定一、各曲ヲ*ツクシタリケレバ、頗有二御感一云々。

保延元年十月廿九日、内裏舞御覧日。任二承徳之例一次第也。入綾可レ仕之由有二御定一。*舞人四人光時、行貞、行則、光近 舞レ之。

霓裳羽衣之曲　→五一頁注

南方　大阪本「東方」。

行道　僧が行列して、読経しながら仏殿をめぐり歩くこと。

後宴　大宴会の後に行われる小宴会のこと。

品玄　唐楽系の舞楽に用いる登場楽。調子の一種。

臨調子　アガジョウ。唐楽系の退場楽。入調の一。

入調　唐楽系舞楽に用いられる退場楽。調子の一部分を用いる。

17 嵯峨ノイフ君子　不詳。

中略　二帖を省略する意。

18 春宮　皇太子。

林直倉　伝不詳。

同員　太鼓拍子の数が同じ。『央宮楽』は四帖で四八、『桃李花』は六帖で四八拍子。

19 亭子院　宇多天皇。八六七―九三七在位。

不老門　大内裏豊楽院の北面にあった門。

早物　早拍子・早只拍子の拍節法をとる曲をいう。早楽。

無常故　無常を感じさせるので。無常はすべてが生滅変化して不変でないこと。転じて、人生のはかなさをいう。

ツクシタリ　底本「ツクリタリ」。

舞人四人　いずれも狛氏。当時、光時は左近将曹、他はいずれも左近府生。

20 甘*州楽　　　小曲　新楽

有二五帖一、拍子各十四。

是ハ、唐玄宗皇帝ノ御作也。天宝*後、多以二辺地一、名レ曲。『泔州』『涼州』是ナリ。又有二『胡旋舞』一。而モ照*千山ト云者作レ之云。依レ勅也。甘州ハ国名ナリ。彼国ニ海アリ。竹多クオヒタリ。甘竹(かんちく)云。件ノ竹ノ根ゴトニ、毒蛇毒蚖毒虫多ミチテ、切ユルニアタハズ。毒虫ノタメニ人多ク死ス。〔而〕奏二此曲一、乗レ船来テ此竹ヲ切レバ、彼虫人ヲ不レ害。金翅*鳥ノ音ニ似ユヘニ、毒虫ヲソレヲナシテ、人ヲ害センノ心ナシ。其時ニ、此竹ヲ船ニ切入テトルト申〔タリ〕。不レ慥、可レ尋。

五帖アリ。常ハ三切若ハ四帖ヲ舞。第五帖ハ以外乃至二反之時、第三帖之頭ヨリ加二拍子一。終ノ時末(四)拍子許、加二拍子一*ノ秘事ナリ。終ノ帖、加二一拍子一。謂二之京様*一。当時用レ之。一説、加二三度拍子一。謂二之奈良様*一。近代不レ用レ之。秘スル故ナリ。コトアラン*時ニ可レ打二此説一。

舞出時、用二調子一。入時重吹二当曲*一、則加二拍子一。古老説云、此曲対*スル二『林歌』一時、打二三度拍子一。去保延元年十月廿九日ノ舞御覧ニ、依二勅定一、入綾ヲ舞。一烈、光時舞台上、二烈、▼則助庭、入舞用二三度拍子之説一。此入舞ニハ五帖手ヲ舞。仍秘事タリ。

此曲ニ有二只拍子之説一。極タル秘事也。アマタノ説侍*ドモ、ウチマカセテ*ノ正説ヲバシラズ。空*拍子説、殊ニ秘事也。即十六拍子後、成*二楽拍子一。鞨鼓ノ秘事泉郎打二此曲一也。大神氏之説ニハ、無二空拍子一シテ、自二第二返一成二楽拍子一云々。如何。

昔ハ三・四帖ノ間ニ詠アリケレドモ、今ノ世ニハ不レ用レ之。

已上廿箇曲之内、殊秘物者、

『玉樹』異説渡切(ワタシギル)　『秦王』剣鉾切　『散手』長桙
『春庭楽』異説　『青海波』詠　声歌并小輪事
『太平楽』小輪　更居突　『甘州』五切

此〔等〕ヲヨク〳〵秘スベシ。ヲノヅカラシル人アレドモ、古ニモタガヒタル事ドモニテ候ケ也。コレハ光時、光近父子本譜ヲ本説*トシテ、故則房ノ口伝教訓ニマカセテ、カキテ侍也。ヨク〳〵此説

20甘州楽　泔州楽とも。
天宝　七四二—七五六。
照千山　不詳。
金翅鳥　毒蛇を食うという霊鳥。
京様　京都方楽人の風。
奈良様　南都方楽人の風。
コトアラン時　特別の場合。勅などで急に舞うことになったときなどをいうか。
当曲　その舞固有の曲。
対　林歌と番舞になること。
侍ドモ　底本「侍ヘシトモ」。
ウチマカセテノ　普通一般に認められている。
空拍子　底本「突拍子」。
成楽拍子　底本「武楽養子」。
本説　根本となる説。

々ヲ見オホセテ、人ニモヲシヘ、ワレ〳〵モ舞ヘ候ベキ也耳。

写本云

天福元年癸巳六月日以二自筆一書写了　在判

正六位上行左近衛将監狛宿禰近真撰

教訓抄　巻第四

他家相伝舞曲物語　中曲等

目録

1 序

夫*我家ニ習伝ヘヌ曲ニ侍レバ、定テ誤ヲホク侍ルベシ。但、舞コソ知侍ラネドモ、*楽相伝タルヤウニ侍ハ、楽ノ習ニ付テ、大旨略ヲ存シテ注シ侍ベシ。須(スベカラク)ハ其家々ヲタヅネトムラヒテ、コマカニゾ注タク候ヘドモ、中〳〵ニ、*トリイラヌワレラバカリモ、サタセヌ輩モ侍ケナレバ、ソコノアラ

1 我家　狛嫡流近真家をいう。
楽相伝　近真は則房から大神の笛を相承した。「則房ヲ養父トシテ、建仁三年二月一日、笛ノ曲ヲ伝フ」(続教訓抄)。「(大神)是(惟)季—(狛)行高—行則—則近—則房—近真」(大家笛血脈)。
トリイラヌ　相伝もなく諸説も自分のものにはしていないことをいう。「取り入る」は、こびへつらう意ともとれるが、取り入れて自分のものにすることであろう。

ワレ侍事モ、*ホイナカラヌ事ニ侍ハ、只楽ニ習フ所ノ説々、古人ノ物語ヲ少々注(しるし)置侍也。昔ハ、笛工(ふき)モ、*横笛吹、*狛笛吹トテ、各別ニ侍ケレバ、雅楽允*古部正近ガ時ヨリ、左右相兼タリ。*笙ノ笛吹モ、調子吹、楽吹トテ、各ベツニ侍ケレドモ、市佐豊原時光ガ時、楽ノ調子相兼テ侍トカヤ。可レ尋之。舞人モ、昔ハ左右ヲ相兼テ侍ケルニヤ。昔*多氏ニモ、『蘇合』『青海波』舞ケルト申タリ。今ハ『胡飲酒』『採桑老』許ゾ多氏侍也。*光高ガ時ヨリ、左一者定メ置侍也。然者、此道ヲコノモシト思ハム輩者、何ノ曲ト云トモ、便宜ヲエタランハ、習写シテ置ベキナリ。マシテ*上臈ノ御中ヨリ下給ハ、古今其例幾(いくばく)ゾヤ。他家ニモ我家ニモ、シラザル事ヲウカゞヒ習タリ。楽人ノ中ニモ、楽ドモ様々替成テ侍タリ。小々申侍ベシ。日記云、保延六年十月十日。行則始テ光時ニ舞習。『安摩』渡様、『散手』破二返、『青海波』伝受了。天養元季二月十二日。狛行則ハ光時ガ許ニ来テ、『央宮楽』ヲ『桃李花』ニ舞様、『春庭楽』ノ秘説等ヲ習タリ。*真嫡男則近、多年ノ間光近ニ心ザシヲハコビテ、『玉樹』仁安二年比渡切、『秦王』剣鉾切、『青海波』詠習。其*証文在二注家一。ソレヨリサキニハ、嫡家ノ外、如レ此ノ曲ハシラヌ事ニテ侍シナリ。而ルニ、文治平等院一切経会ニ、*近衛殿下御出アリシニ、則近一者ニテ、『青海波』ノ詠仕タリケレバ、殿下、左楽屋ノ行事某ニテ有二御尋一云、「*汝家ニハ『青海波』ノ詠ハ無二相伝一由、昔ヨリ聞食置処ニ、誰人ニ習ゾヤ。可レ申二相伝一(ト)被二仰下一タリシニ、更ニ申ノブル方ハナクテ、「伝テ候」ト許ツブヤイテケル。光近ガ相伝トモ、サスガニ(エ)申上デ、閉口シテゾ侍ケル。マシテ*其以下ノ輩ノ、行貞、季時達事ハ、ヲシハカルベシ。秘事秘曲、名ヲダニモシラヌ躰ドモナリ、以レ一可レ(知)レ万。多氏舞人ハ紀氏ノ右舞ヲ習継タリ。同節近ハ、父近久ヲヲキナガラ、多景節ニ習。同好氏、好継ハ父好節(よしとき)ノ存生ノ時、*清原助成ニ舞ヲ習タリ。是皆世間ノ沙汰。可レ尋。舞人ノ中ニモ左右如レ此侍リ、楽人ノ中ニモサルト候タリ。楽ニ付申ベシ。コレヲバ習ベキ父祖父ニソヒナガラ、他人ニ物ヲ習ハ、口惜事也。但、諸道皆便宜ニヨル事ナレバ、トテモカ

ホイ　本意。教訓抄著述の主旨が、つまらぬ沙汰で曲解されるのは本意でない。

横笛　指孔が七つの横笛。竜笛(りゅうてき)。左方舞楽・管絃に使用する。

狛笛　指孔が六つの横笛。高麗笛。高麗楽と東遊に使用。

古部正近　戸部正清の父。「笛一。延近依レ為二犨猶子一。習二笛曲一改本姓為二戸部氏一。又受二吉多祝一云々」(戸部系図)。

笙　匏(ほう)という器に一七本の竹管をさし込んだフリーーリードの楽器。

多氏　右舞・神楽を相伝。右舞の家が左舞を伝える意。胡飲酒・採桑老は多氏の一子相伝の曲である。

光高…　左方奉行が置かれたのは、光高が藤原頼通に陵王を教えたその勧賞による(二一頁)。

上臈　殿上人のこと。

真　実子の意。則近は行則の嫡男。

証文　いたずらに相伝しない由の起請文であろう。則近の懇望の書状、舞楽符合鈔に見える。「狛光近哀二懇望一、皇帝三四帖…等教二授則近一畢」(舞楽符合鈔)。

近衛殿下　藤原基通。

汝家　則近の流をいう。

其以下ノ…　嫡庶それぞれ一流をなし交流の深かった光季・高季家に対し、行貞・季時は傍流であった。

クテモ侍ヌベシ。

又、▼狛光近ガ、＊妓女ノ舞ノ料ニ、▼大神是光ニ『皇麞』『五常楽』習タリシ也。▼多好方ガ、＊央集近元ト申シ物ニ、『還城楽』ヲ習タルト申サレキ。コレラ躰ノ人ノ、＊イタレルハ、ナンズル人モナシ。又、ワロクモキコヘズ。タヾ人ニシタガヒテ、尋モ問ベキ也。カヤウノ事、中〳〵ニワキマヘタキ也。能々案ベシ。

2

胡飲酒（こいむじゅ）　有二別装束一　　小曲　古楽

一名、『宴飲楽（えむをむ）』。

序二帖、拍子各七。破七帖、拍子各十四。

＊班蠡（はんれい）所レ作之。胡国人飲酒酔テ、奏二此曲一。模二其姿一乙二舞曲一。＊桴（ばち）者酒杓（さかひさご）曰。此事不レ詳。可レ尋。又云、胡国王舞レ之。＊仍桴ハ笏ナリ。

或書云、承和年中奉レ勅、舞者＊大戸真縄作レ之。楽者＊大戸清上作レ之。然者如二『青海波』一、此朝ニシテ作改タルカ。又、新作歟。不レ詳。可レ尋也。又、児女子牛飼童（うしかいわらは）、＊酒酔郷之姿作レ舞。〔謬説歟〕。

舞者＊源家ニ留ル。＊土御門御一家。楽者被レ下二＊坊家一。是習伝今者有二諸家一。

序二帖、第二帖舞人居、和事内云々。破七帖、第二反之末籠二拍子、打二三度拍子一。是多氏説。＊第三反ノ頭ヨリ打二一拍子一。＊山村氏之説。舞五返時、従二第二反頭一打二三度拍子一。＊頼吉説、第三反末加二三度拍子一。▼惟季説、打二一拍子一。

此舞昔ヨリ、＊右舞人多氏舞。其故不レ知。可レ尋。

当曲作法。

自二右楽屋一渡二左之楽屋一、著二装束一。左方頗饗応シテ一盃ノ酒ヲ勧ムル例ナリ。先奏二古楽乱声一。厳御使三度。太上天皇関白家御随身勤レ之。法皇之時ハ、庁官左ノ楽屋へ来テ、右膝突テ仰ナリ。然、＊承久二年水無瀬殿舞御覧日、御随身某右方ニ仰タリキ。御随身尾籠（びろう）ト上下申キ。

舞人出テ乱声一曲ノ後、止（テ）二乱声一、各禰取。如レ常。次序二帖有二居事一。次破七返。舞踏（ぶたう）シテ、如二＊大輪一舞廻。其姿打輪（シテ）即レ〔之〕。如レ此舞テ、七帖ノ終ニ北廻向テ終ナリ。而近来、楽七反、舞不レ合間、大旨八返九反吹ナリ。是左舞図心得ザル故ナリ。

承元二年十月廿四日。＊吉水大懺悔院御堂供養仕日、在二御幸一、

紀氏　東大寺属の右舞の家。多忠方が紀末正から舞曲を伝習したことが楽所系図に見える。

清原助成　二㕣左将曹。三九没八七歳。

妓女ノ…　内教坊の妓女に教えるために。

央集近元　矢集（やつめ）近元。→七六頁

イタレルハ　至芸の域に達した人の場合は。光近や好方をさす。

2 班蠡　范蠡か。

桴　舞具。舞人が右あるいは左手に持って舞う。

仍　底・大阪本「何」、意による。

大戸真縄　→三五頁

大戸清上　→五七頁

酔郷　酔っぱらいの天国。

源家　村上源氏。底本「漁家」。

土御門御一家　源雅実…通親（土御門内大臣）—定通（土御門）。

坊家　内教坊の舞姫をいう。

第三反　底本「者三反」。

山村氏　右兵衛尉真光にはじまる東大寺属の右舞の家。

頼吉　→一二四頁

右舞人…　胡飲酒は左舞。

承久二年…　→三五頁

大輪　舞台を廻る手。

吉水大懺悔院　大懺法院。慈円の開いた吉水坊にあり、熾盛光院とともに修法の道場となる。吉水は、京都市東山区大谷の別名。

在二『胡飲酒』一。舞人大宮亮源定仲*仁平御賀*ニ若君ニテ此曲ヲ舞給。年十一。当日着二装束一出給間ニ、メヅラシキ振舞アリ。左太鼓鉦鼓ノ中ヲ通テ、桙ノ内ヨリ太鼓ノ面ヲ経テ、違スジカヘニ戌亥*ヲ指シテ歩行テ、舞台ヲスギテ後、立返、直ウルハシク登テ二舞台一舞始。当曲秘事内云々。又失錯歟。其勧賞ニ従三位追而被二仰下一。入時重破吹*。楽屋ニ向時、加二拍子一。入間度々召返。其時、入綾ヲ舞ナリ。此内ニ勅禄。太鼓ノ前ノ手四。有二秘事一。召返サレテ御殿居。桴頭ヲ地ニ突ク手、無差*秘事侍トカヤ。

古記云、堀川院御時、多資忠▼、為二山村正貫*一、被二殺害一了。仍大旨二道*失了。仍聖主*此道ノ絶事ヲ深ク依レ有二御歎一間、彼資忠之子二人被二尋出一了。太郎ハ十五忠方▼、次郎十二近方▼。則令二元服一テ、以二勅定一道ヲ被二教継一也。右舞ハ、東大寺職事、以二紀末延*一令二習伝一。『胡飲酒』〔ハ〕右大*臣源家ヨリ下給タリ。『採桑老』ハ天王寺舞人*秦公貞*習写。神楽*ハ兄弟黒戸〔ニ〕召居スヘテ、令二勅下一御出。秘事ハ二男近方下給タリ。

或記云、昔『胡飲酒』絶了。嫡男某、不レ伝二此曲一事ヲナゲキテ、臥タル夜ノ夢〔ニ〕父来テ、此曲ヲ教写云々。ユメサメテ後、アハレ楽ニ合テコソミバヤト思処ニ、可レ然処ニ管絃ヲセラレケルヲ、ヨロコビテ無二左右一、此楽ヲ所望シケレバ、即此楽ヲス。ヨロコビナガラ進出テ、此曲ヲ舞ケリ。人々目ヲ留テミケレバ、舞手其姿、父ガイキカヘリタルカト、ウタガイツベシ。仍件男ニ次第ヲタヅネケレバ、夢状ヲカタル。道ヲ継志シ、アワレナル事ナリトゾ申ケル。是ハ年代モナシ。其ウタガイ侍レド、可レ然人ノ御日記侍ナリ。仍記レ之。可レ尋。不審無レ極説ナリ。

元永元年十二月十五日、最勝寺供養*。忠方始賜*二勧賞一。一男忠節▼伝。一男景節▼二男忠成▼伝云。而建永元年九月九日夜、忠成*、為二景節子童一被二殺害一了。又『胡飲酒』絶了。

承元元年十一月廿九日、最勝四天王院供養*。好方舞。依レ勅雅行*中将授レ之。今者上﨟ヘモ二流。定仲*二流。土御門大納言定通*、多久行。雅行*三位流。子孫侍従、多好氏。惣『胡飲酒』上二流、下二流。無念ノ事也。

源定仲　中納言師仲男。　**仁平御賀**　一一五三、三、八鳥羽院五十御賀の後宴。　**戌亥**　北西。　**重破吹**　破を退場楽とする意。　**無差**　むざとした、無造作なこと。　**山村正貫**　正連。吉貞の子。童名峰丸。多政資の外孫。右衛門志。「依二資忠事一配二出雲国一」(楽所系図)。　**二道**　舞(胡飲酒・採桑老)と神楽。　**聖主**　堀河院。　**紀末延**　東大寺右舞人。右近府生吉延の父。楽所系図は、忠方・近方に舞曲を伝えたのは末正とする。　**右大臣源家**　古事談は久我大相国、続古事談・今鏡は雅実。著聞集は久我雅実。一一一五右大臣、一一二二太政大臣。一一二七没六九歳。胡飲酒は「雅実―雅定―定仲―定通」と相承された。(胡飲酒相承)　**天王寺舞人**　秦と称した四天王寺属の楽家。→八九頁　**秦公貞**　天王寺舞人公信の子。一一〇八平等院一切経会に採桑老を舞い、とくに纏頭にあずかる。(中右記)　(多)好茂―秦公信―同公貞―多近方」(採桑老相承)　**神楽**…

堀川院┬多忠方
　　　└多近方
(神楽血脈)

最勝寺供養　→五三頁　**始**…　胡飲酒を舞い、はじめて勧賞を蒙る。「依二宣旨一右一。年卅四」(補任)。

3 採桑老（さいしやうらう）　中曲　別装束　古楽

有二四帖一、拍子十二。

唐作二『操桑子』一。其躰老人、携レ杖着二紫浅袍*一、微々行。身体如二不レ堪人一。未二古楽一。秘説云、指レ竹插*有二二説一。一者、タテサマ〔ニ〕サス。二者、ヨコサマニサス。

緌*サス。左頭。

多資忠ウタレタリシ時、此曲絶之。以二勅定一召二天王寺舞人秦公貞一、近方*所レ被二習写一也。其後、天承元季朝観行幸*、始近方舞、蒙二勧賞一。即〔任〕二右近将監一。而舞人一・二者相二並近衛将監一初例也。

承暦之比、中宮*大原野*行啓ノ試楽、飛香舎（ひぎやうしや）ニテアリケルニ、▼狛光季『太平楽』大輪之間、大刀ヲ脇ニハサム。▼多政資『採桑老』詠ノ時、藤〔ニ〕*係（かゝ）リテ詠ジタル、当日ノ興モ甚。後代ノ勝事ト申侍タリ。如レ此振舞、人ニシタガ(フ)*ベキ事ナリ。

舞出時用二調子一。揺二鹿婁一、如二『安摩』一。人係出。（杖謂レ之*）豊原氏楽人係ル例也。其氏ノ楽人ナケレバ、他氏人ニモ係也。舞人出テ、舞台ニ上ヌレバ、係物返入了。其後有レ拝、拝後止二調子一。次楽二返。

次詠　三十情方盛　四十気力微　五十至衰老
六十行歩宜　七十杖項栄　八十座巍々
九十得重病　百歳死無疑*

一説　三十性方静　四十気力靡　五十始衰老
六十行歩倚　七十鬢色白　八十座巍々

残九十百ヲバ不レ詠。イマウ*ユヘト云。

次禰取。如二『青海波』一。但楽屋取レ之。如レ此シテ、又楽一返、又詠、禰取、又楽一反*加二三度拍子一。

此拍子上様。

古人証云、此楽古楽也。須ク可レ打二古楽揚拍子一〔ト〕イヘドモ、舞姿頗老躰ナリ。仍加二三度拍子一。以レ是為レ習。

入時吹二調子一。鹿婁如レ先。一説不レ係レ之。

一説云、舞人出ザル程ハ、鹿婁不レ揺。太鼓ヲモ不レ打。此説不レ可レ然様。

一説云、此舞出間打二太鼓三一。

先太鼓前ニテ腰ノス*時一打。次舞台上時、懸（かゝり）物放時一打。次舞台ノ中半ニ行立テ、杖ヲ取

忠成…　「兄景節之子童強盗之躰ニテ打レ之」（補任）。

最勝四天王院　後鳥羽院の建立。三条白川にあった。

雅行　大納言定房男。三位。

定仲二流・雅行三位流

源雅実―雅定┬多忠方
　　　　　　├忠節―雅行┬多好方
　　　　　　│　　　　　└同好氏
　　　　　　└定仲┬定通
　　　　　　　　　└多久行
（胡飲酒相承）

定通　→二六頁注

3 袍　底・大阪本「福」、意による。

插　插頭花。　**緌**　おいかけ。

近方…　「秦公貞―多近方〈資忠子。…依二勅定一習レ之〉」（採桑老相承）。

朝観行幸　正月二日にあり、近方、右近将監に任じられる。採桑老の賞。（補任）　**中宮**　賢子。堀河院の母。　**大原野**　長岡遷都の時、春日明神を勧請したという神社。京都市右京区にある。

藤ニ…　人にかかる所を藤にかかったのが一興であった。飛香舎は庭に藤が植えてあったから藤壺といわれた。

人ニシタガフ　誰がやっても良いというものではない。演者による意。　**豊原氏**　笙相伝の楽家。→雅楽系譜　**無疑**　底本「無齢」。

イマウ　忌む。　**楽一反**　底・大阪本「置一反」。　**腰ノス**　かがめた腰を伸す意であろう。

直テ、拝ヲ始ムル時一打。或管絃者説云、幔ヲ打上テ出ニ楽屋ニ時一打云。然者四歟。出間如レ此。入時ハ不レ打レ鼓云々。

加*ニ拍子ノ様。

一説、終帖従ニ第二拍子ニ、打ニ三度拍子一。一説、第四帖従ニ第三拍子ニ、加ニ拍子一。古老説ニ云、第五拍子加ニ三度拍子一。尤為ニ秘事一。

抑此舞作法、昔ニハ今ノ様皆カハリテ侍。信*定シガタク侍。

先出入間、一鼓ニ鹿婁ヲ揺、令レ打ニ太鼓ノ事。未レ出ニ舞人ノ之間、数刻也。近来ハ、舞人好方笛▼宗賢鹿婁包助*太鼓則成*ニテ雖レ見ニ数箇度ニ、一度モ不レ用ニ異説ノキ。而嘉禄元年八*幡御放生会。上卿堀河源大納言通*具仰曰、承暦四年御放生会、上卿堀*河右府、『採桑老』多正助、『陵王』荒序狛光季。舞可レ任ニ其例ニ、依レ被ニ仰下ニ、『採桑老』多好氏、笛大神式賢▼、太鼓季清*。舞出間用ニ太鼓三打説ニ了。是新儀。次禰取者、夕五引丅六由中丄中 宗賢吹説。今ハ式賢吹ハ天王寺説カ。五丅六夕火五引連夕五丅六由中引六五火中 是又以ニ舞*人声歌ニ為ニ禰取ニ説也。雖レ有ニ已上説々ニ、父宗賢一度モ不レ用ニ此説一。何今用ニ此説ニ哉。不レ可レ然。カ*タブキ申物多侍キ。於ニ荒序ニ依ニ笛論ニ止云々。

多好氏者、此曲〔ハ〕家相伝曲也。然而師伝ヲキラ〳〵シクウケザリケルニヤ。承久元年ノ仁*和寺舎利会ニ、好氏ニ可レ舞ヨシ被ニ仰付ニタリシニ、無ニ子細ニモ「不レ及レ力候」ト申タリシカバ、「サラバ久▼行舞セムハ如何」ト、被ニ仰下ニ間、好氏一*家三人引具退出了。仍久行舞。神妙ニ仕タル由ノ*、シリキ。賜ニ纏頭ニシキノ衣一重ニ。

此久行之『採桑老』モ、先祖有ニ相伝ニトモ不レ聞。而近久相伝之由申。不審ナキニアラザル処ニ、真実ニハ天*王寺舞人薗四郎公広ト云モノニ、『退走禿』ニ舞替タルヨシ其聞アリ。実不如何、可レ尋。好氏之『採桑老』ハ重代ノ曲ナレバ、不審スベカラザル処ニ、密々ニ忠▼秋ガ沙汰トシテ、天王寺『採桑老』舞、某語寄(カタラヒヨセテ)、今、近▼秋ガ童形ノ時習伝テ、近秋ガ手ヨリ好氏ハ写渡スト云々。両家相伝如レ此云々。実不可レ尋。是皆世間沙汰。

加拍子 拍子(太鼓を打つ所)を多くすること。曲の後半で、打楽器を打つ所をふやしたり間隔をつめたりして、本来の旋律の型を変化させる。三度拍子はその一つ。

信定 信じ定めること。何が正説か、確信をもって定めることをいう。

包助 尾張包助。↓二五頁注

則成 尾張則成。↓八九頁注

八幡御放生会 石清水八幡宮の放生会。

通具 源通親二男。正二位大納言。新古今集撰者の一人、堀川大納言と号する。一二二七没五七歳。

堀河右府 藤原俊家。頼宗二男。右大臣正二位。一〇八二没六四歳。

季清 安倍季遠二男。篳篥。一〇四七右近将曹。一一二七没八〇歳。

舞人声歌 舞人が演舞のリズムを把握して舞うため口ずさむ声歌。

カタブキ申 危ぶむこと。

仁和寺舎利会 毎年十月に行われた。

一家三人 好氏および弟の好継・好利の三人であろう。

ノ、シリキ 評判だった。

天王寺舞人… ↓八九頁注。薗四郎は伝不詳。薗は秦河勝二男の家筋と称し、笙・左舞・右舞等を主業とした。

閑院内裏 もと藤原冬嗣の邸に営まれた里内裏。

舞御覧 底・大阪本「舞」字なし、

京大本による。
水無瀬殿 →一三頁注
久行始舞 採桑老相承に、承久二年上皇舞御覧に始めて採桑老を舞い「舞曲過法、老耄片腹痛事少々出来」とある。
藤ツボノ事 →七三頁
申ケル 「胡飲酒、採桑老、ねむなくおほくなりにたり」(雑秘別録)。
ハナカム手 多久行の「番舞目録」に、舞の外の四秘事の一とある。「秦公信〈天王寺舞人。鼻ヲカム手始令レ舞云給〉」(採桑老相承)。
4 波羅門 →二八頁注
仏哲 →一七頁
嫉妬皃 底本「嫉妬口良」。
シテ 底・大阪本「シタ」、意による。
弾物 箏・琵琶、弦楽器をいう。弾物の加わる管絃舞楽であった。
八人 抜頭は一人舞。
打替 底本「杖替」。 **習ザル事…** 知っているが相伝がないので、ただ記録だけ遺したことをいう。
三井寺 滋賀県大津市にある園城寺。六七四創建、八五六円珍中興し延暦寺別院とする。
男舞 舞楽は童舞・女楽を除きすべて男舞であるが、男舞は通常の舞曲に比べて優美な童舞・女楽を男性的に演じて効果をねらうものらしい。
此手 「是三」の手であろう。

承久二年五月廿九日、*閑院内裏*〔舞〕御覧。好氏始舞。安倍季清伝。同八月十九日、*水無瀬殿舞御覧日、*久行始舞。▼豊原公久伝。

其日、入時ニ、楽屋ノ本ノ桜木ニ係タリ。昔政資ガ*藤ツボノ事ヲ、マネバムトシ(タ)リケルガ、神妙ニハミヘヅシテ、カタハライタカリケルト時ノ人申キ。政資ハ藤ニ係リテ詠ヲシタリシコソ、目出カリシガ、今入時、楽屋ニ入ラントスルニ係タリケレバ、無二其曲一云々。

今ハ『胡飲酒』『採桑老』二流ニナリタリ。無念ノ事カナトゾ世ニ*申ケル。此舞ニハ*ハナカム手アリト云。天王寺〔ニ〕ハ舞侍由其聞アリ。此方ヘハ不レ渡。可レ尋。

4 抜頭(ばとう)　小曲　別装束　古楽

又『髪頭(はつとう)』。破、拍子十五。掻拍子物。

此曲天竺ノ楽ナリ。*波羅門伝来随一也。舞作者非レ詳之。一説云、沙門*仏哲伝レ之、置二唐招提寺一云々。唐后*嫉妬皃云々。未レ詳。古老語云、唐ノ后、物ネタミヲシ給テ、鬼トナレリケルヲ、以二宣旨一楼ニ籠(こめ)ラレタリケルガ、破出給テ舞給姿ヲ模ト*シテ作二此舞一。而無二作者一。尤不審云々。無二后御名一。

古記云、昔相撲節有二*弾物一。琵琶数面、箏数張有レ之。歌男(かなん)者在二左方一、歌女在二右方一。太鼓立二数十面一。彼ノ時、『抜頭』ハ*八人出舞レ之。中古来、擬二節会一者略也。

先以二林邑乱声一舞出。則チ以二此乱声一舞二乱序一。置レ桴時止二乱声一、各禰ヲ取ル。太食調音。次破ヲ吹。自レ始掻レ鼓者、常説。▼行高ノ家ノ秘説ニ云、初太鼓三ヲバ四ニ打テ、第四拍子ヨリ、古楽ノ四揚(よう)拍子ニ可レ加二拍子一。是ハ当曲ノ秘事。南向ノ様ヲ舞時打レ之。▼則房宿禰ノ申サレシハ、南向ノ様、今ノ入綾舞ノ手也。左寄見、右寄見、退キ云テ上見。是一。次ニ桴(バチ)ノ採二本末一返ツヽ、大輪一返。是二。桴ヲ右ノ面懸テ、左右伏テ面懸、如二*打替一事、如二『胡飲酒』破一。其後諸伏肘ヲ打チ、尻ヘ走テ、モドリテ打テ、居テ、返サシヲス。是三。コレハ、▼近房将監ノ*秘曲習ザル事カ、セラレ候内也。是正説〔ニ〕テ候ナリ。

承元四年十二月廿日。*三井寺舞児、興福寺下向之時、存二彼饗応一*男舞少々侍シ内ニ、▼定近*此手

親父　狛則房。
高陽院　西洞院西、堀川東、大炊御門北、中御門南にあった、もと賀陽親王邸。
御賀　後白河法皇五十の賀。
祖父　狛行高。
上臈　殿上人の意。
教長　大納言藤原忠教男。正三位参議にいたる。没年未詳。
長承　底・大阪本「長永」。
八幡御放生会　石清水八幡宮の放生会。八月十五日に行われた。
時兼　尾張時兼。則時男、右舞人。右兵衛府生。
上元　八幡楽人。伝不詳。
末方　紀末方。東大寺属の右舞人。一一二三右近府生。
5 **双調曲**　いま太食調曲。
被移　底本「被抄」。
宇治殿　藤原頼通。
秋ノ舞　季節が秋の場合。
ウルハシクハ　通常は。
小虵　現在、蛇が三回りし首をもたげた木製彩色の舞具を使用。
平等院　一〇五二頼通がその別荘を寺としたもの。京都府宇治市にある。
大神…　右舞人大神氏。抜頭はこの家の一子相伝の曲であった。(還城楽相承)
近元　矢集(やつめ)近元。近正男、右舞人。一一六六左衛門府生(一一六三在任)、没年不詳。(補任)
助方　石清水八幡の舞人。伝不詳。

ヲ舞ナリ。*親父之説頗相違。如何。又承久二年六月一日、院内裏ノ舞御覧侍シニ、息男則定此手舞。又以相違。尤不審云々。

康和四年三月廿日、*高陽院内裏ニ臨時ノ楽、狛行高此手舞。彼賞任ニ左近将監ニ云々。

安元二年三月三日、*御賀臨時楽。狛則近此手舞。在レ賞、任ニ左近将監ニ了。*祖父例云々。

*上臈此曲舞給。四位少将*教長。*長承三年内裏ノ(殿)上人舞御覧会ニ舞給。狛季貞弟子。

此外『抜頭』。

狛季時流。同光久流。此流大旨失了。*八幡御放生会堂楽終舞、*時兼、*上元、*末方舞。不レ知ニ誰人相伝ニ。

昔ハ四人舞事モ侍ケルニヤ。サル日記候也。今一人舞ニ定了。

還城楽(げんじょうらく)　中曲　別装束舞　古楽

乱序一帖。囀三度。破二帖、拍子各十八。

此曲者、西国之人好デ虵ヲ食トス、其虵ヲ求メ得テ悦姿、不レ可レ説間、模ニ其躰ニ、作ニ此舞ニ之。仍名ニ『見虵楽』ニ云々。作者不レ見。不審云々。可レ尋。

古記云、此曲唐ノ目録、入ニ*双調曲ニ。何代*被レ移ニ此調子ニ事不レ見。可レ尋也。

又云、此舞、本者虵ヲ取テ舞。而*宇治殿ノ童舞ヲヲシヘラレタル時ハ、紙ヲマキテ、輪ニツクリテゾ、モタセサセ給タリケル。

又*秋ノ舞ノ時、ス、キ、女郎花ヲ折合テ、輪ニシテ舞ケレバ、殿下ノ仰ニモ、童舞ノ時ハカヤウナルベシ。マコトノ虵形ハウトマシキナリトゾ、御定アリケル。ソレヨリ男舞ニ〔モ〕、紙輪ヲ今ニモチ〔キ〕タル也。*ウルハシクハ、*小虵ノカイマキタルヲツクリタル也。

*平等院装束ニハイマモ被レ具タリ。

*大神晴遠ガ家ノ相伝秘曲也。従レ天降タル面、嫡々相伝、今〔ニ〕其家ニアリ。又京舞人*近元舞レ之。

八幡ニ*助方舞レ之。不レ知ニ誰人ニ。可レ尋。

系図云、此晴遠逝去シ了、経ニ七日ヲ蘇生シテ語云、「我琰魔王ノ御前ニ跪処ニ、召シ問テ云、「抑、汝者*定業(ぢやうごう)有レ限。但尺迦大師御報恩ヲ修スル*興福寺ノ常楽会ニ、必有ニ『還城楽』ノ秘曲ニ。然ヲ件秘事ハ悉ク伝授シテ参タルカ如何」。于レ時晴遠、答申云、「悲哉不レ知二死期一間、今二手ヲツタヘズシテマイリテ侍ル」ヨシ申。時ニ大王ヲドロカセ給キ。人ヲ召テ勘替(かむがへ)テ、三箇日ノイトマヲ給。「于二焔*(えん)浮(ぶ)一返テ、件手ヲ伝ベシ」ト蒙レ仰テ、イトマヲ給ハリツル」トテ、サメ〳〵トナキテ、嫡男是遠▼呼居(ヨビスヘ)テ、二手ヲ伝授了。今ノカ*マツカ、ヘリ、オシモドリノ手ナリ。扨三箇年以後令二逝去一了。爰ニ晴遠ヨリ是光▼マデ、嫡子一人此曲ヲ伝来処ニ、是光之時嫡子光茂▼、二男是弘▼伝了。仍今ハ二*流ニ成タルナリ。

仁平二年十一月ニ是光朝*勘ニ成了。大*衆沙汰シテ住宅被二破損一▼也。同三年ノ常楽会、依レ無二『還城楽』舞一、十三日試楽日、大衆、一者光時▼ニ仰付云、不レ可レ有二是光之免除一。而後*日『還城楽』者、狛光久▼可レ舞ナリ。件光久者、自二八幡助方之手一正ク習伝タル由所レ申也。衆議了。然間、是光十四日以二長者宣一被二免除一了。仍不レ舞。雖レ然光久相伝ト各申。件助方ハ久安元年之放生会舞タリ。然舞人歟。多好方ハ由別当近*元トフ者ニ習伝タルヨシ、度々物語申シキ。件近元ハ、久安六年ノ放生会ノ舞ヲ、好方ハレ*ニテハ不レ舞〔之〕。

先如二『陵王』一、吹二小乱声一。大*神笛吹様。又吹二林邑乱声一。小*部氏笛吹様。大神氏モ放生会ニハ依レ為二林邑一、終ノ舞用二林邑乱声一也。

乱序、随レ舞吹レ之。大方如二『陵王』一。出二舞人舞台一▼之後、蛇ヲ置ク。楽*人ノ末ノ者之役也。

囀*三度

阿蛇具蛇我慈　等迹去果　制鉄果善　剡敵若剡
早礼薩波　落蛇楽　顔項漢曲　骺骶蛇楽

小乱声如二『陵王』一。次各禰取、乞食調(こつじきてう)音。

次破二切、終帖加二拍子一。常一帖舞、半帖加二拍子一。入時吹二『安摩』笛一、如二『陵王』一。此舞出入之躰、如二『陵王』一。而従レ昔近来迄、此定侍シガ、是茂▼ガ時ヨリ、コマカニ躍(をどり)イヅル事ハ始ナリ。若ハ秘事カ、若ハ私ニ今案カ、其氏可二相尋一者也。

6　菩薩(ぼさつ)　別装束舞　古楽

序一帖、有二二説一。破一帖、有二二説一。

定業　果報を受ける時期の定まっている業。
興福寺ノ常楽会　奈良の興福寺で営む涅槃会。二月十五日に行われる。
焔浮　閻浮。須弥山の南にあたる大洲の名で、現世のこと。
カマツカ、ヘリ　この手、不詳。
二流　是光─┬光茂─是茂─晴賢
　　　　　　└是弘─是長
（還城楽相承）
朝勘　勅勘。勅命による勘当。
大衆　興福寺大衆。楽所補任に、「十月十日本寺大衆退(追)却了」とある。
後日　法会の後日に行う直会。
近元　底本「近光」。下段一行目も同じ。
ハレ　晴の場。
大神　笛大神氏。→雅楽系譜
小部　戸部。八幡楽人。笛の家。
楽人ノ末ノ者　管方の末席の者、蛇持の役を勤める。
囀　唱法伝わらず。囀は一種の吟詠。「(詠は)其心ヲロニノブルユヘニ囀トモ云也」「詠アリトイヘドモ当世舞アルトキモ不レ用」(体源鈔)。

6化人　仏・菩薩等が人としてこの世に現われたもの。
五台山　中国山西省にある。清涼山とも。後漢の永平十年(六七)開山。
文殊師利菩薩　釈迦仏の左にあり智慧を司る菩薩。右の普賢に対す。
行基　奈良薬師寺の僧。百済王の後裔。諸国に遊化し民福をはかり、信仰当代を風靡。東大寺・国分寺の造立を補佐し大僧正となる。七四九没八二歳。時の人、文殊の化身と称した。(行基菩薩伝)
忉利天　須弥山山頂にあるという欲界の第二天。帝釈天の住む善見(喜見)城の四方に、眷属の天衆が住むとされる。
黄鐘調・壱越調　それぞれ雅楽の六調子の一。
道行　舞人が舞座に着くまでの呼称。曲は舞により異る。
橘寺　奈良県橿原市(旧高市村大字橘)にある。聖徳太子により、四天王寺・太秦寺とともに伎楽が寄せ置かれた。
南無仏…　大阪本、朱書左注「是秀(季の誤)長法師説」。
大行道　大法会で行われる本格的な行道。
鴨ノムナソリ　→一四五頁
能貞　山村義貞。右舞人。
一寺　興福寺のこと。
中真　世系等不詳。

是天竺ノ舞楽也。而波羅門僧正菩提、幷仏哲師等ノ*化人等、此朝ヘ所レ伝也云々。

先以二此曲一、登二*五台山一、欲レ供二養*文殊師利菩薩一之時、白頭ノ翁相向云、文殊師利菩薩者、利二益東土之衆生一為、化二生彼国土一給了。伝ヘ聞其名ヲ*行基菩薩ト曰。波羅門来二此土一、相二逢行基一。其時百歳許ノ老翁有二二人一。一者、自レ生眼眸（シイテ）不レ見。一者、自レ生其腰不レ立。共言語不レ通。而二菩薩相向テ伝二此楽一時、眼開腰立テ各舞悦。爰ニ波羅門問テ云、是二人不レ知二誰人一如何。行基菩薩答云ク、*忉利天之天人霊山会ノ同聞衆也。故今日向二聖人一覚知スル耳（のみ）云々。天衆ナリケレドモ宿業ニヨリテ、サルカタハ者ト生レタリケル也。此曲ノ目出事ハ、此ニテヲシ量ルベシ。

舞出様、有二二説一。一者、吹二林邑乱声一。舞出畢ヌレバ吹止テ、禰取*黄鐘調音、有二二説一。長キ禰取様一説。短キ禰取ノ様、近来用レ之。一者、吹二笙調子一、笛ニ*壱越調ノ禰取テ、吹二*道行一出（いだす）也。拍子四、以二一鼓拍子十六一為二一拍子一。近来、拍子三。而近代常楽会後日、用二道行一レドモ、此説ヲ不レ打。知〔ル〕伶人ノ無故ナリ。明レ眼立レ腰トハ、同此曲ノ故ナリ。

序一帖、拍子八。是モ長短ノ説アリ。長説ハ、古説、今不レ用レ之。謂二之大菩薩一。短説ハ、今世ニ用様ナリ。拍子、同カズナリ。

破一帖、拍子十一。此楽以二二返一為二一返一。是京様。従二喚頭一加二拍子一。古楽揚拍子。長キ説アリ。拍子十四。又説拍子十六、又十八。是者古説大菩薩道行也。所レ習道行者、自二喚頭一吹出テ、則始拍子十六後、加二拍子一。謂如二『陵王』ノ破一也。号二菩薩一之。此曲ハタシカナルベキニ、世々コトニシドケナクナレリ。能々沙汰スベシ。

古抄云、唐有二『菩薩蛮曲』一。何事ゾ可レ尋レ之。

又云、『菩薩』序破之間、有レ詠。大和国*橘寺留二此詠一。橘寺説。

合掌詠

其詞曰、*南無仏法僧礼拝。南無極楽界会同聞
　衆礼拝。

又云、近来『菩薩』舞絶了。但*大行道時、一鼓ヲ打、*鴨ノムナソリノ手ハ、是『菩薩』ノ舞ノ手也。

是舞人能貞*ノ説也。興福寺常楽会、十六日、可レ舞二
此手一。仍前頭二人菩薩懸二一鼓一。
此『菩薩』舞ハ此世ニハ絶タルヤウニ承処ニ、狛
氏ニ▼季長入道ト云者アリキ。此舞ヲ令二相伝一之由
依レ令レ申、出二一*寺沙汰一、菩薩ヲ中真*教継レ之。雖
レ然、一切不レ見二其舞手一。只入様ノツネナラズ、
従二先頭一中央ヘ舞入タル也。其外無二別手一。

7　迦陵頻　童舞　古楽

序二帖、拍子八。破二帖、拍子十六。以二二
返一為二一帖一。常一帖十。末六拍子加二拍子一。急、
拍子八。度員(カズ)*無レ定。随レ舞加二拍子一。
此曲ハ、天竺祇薗*寺供養ノ日、伽陵頻来舞儀時、
妙*音天奏二此曲一シ玉リ。阿難*伝レ之流布　矣(シタマフトイヘリ)　云
々。迦楼賓(かるひん)是梵語也。漢云二教鳥一。此鳥鳴音中、
囀二苦*空無我常楽我浄一也。銅拍子*ヲ突音、彼鳥音
マネブ也。
是波羅門僧正僧、菩薩急*仏哲師ノ所レ伝之。伽婁賓
件ノ与二菩薩一共舞　見(あらはす)レ曲。是菩薩妙音天降二南天
竺国一タマフテ、伝二此舞楽一矣。爰ニ波羅門僧正
親(まのあたり)　伝ヘ得之後、不レ留二漢土一、先本*朝伝ト云々。
序、常ニハ一返舞。破モ一返舞楽二返。従二第十一
拍子一加二拍子一。古楽揚拍子。略定時、用二八拍子一、末
四拍子、加二拍子一。又有二一説一。掻連打レ之。謂二之
鳥掻舞手合一云々。
急、拍子八。大輪之後立定時、加二三度拍子一、不
レ止二楽音一、次第ニ舞入。出時、用二乱声一。此舞ハ大
神右舞人本*トシテソナウ。又末*舞人等知レ之、舞
師ヲスル也。
此舞ヲ、供*様(くやうする)ハ、捧二供花一菩薩左『鳥舞』、右ハ『蝶
ノ舞』対シテ持テ参リ了。返入時、舞台之上、草(さう)
墪(トン)ニ居ヌレバ、菩薩ノ中ヲ通リテ下了。楽止レ之。
吹二出乱声一時、舞台ヨリ下(ヲリ)テ、始テ出テ舞〔ヲ〕
供〔ス〕。
此鳥者、極楽世界ニスミテ仏ヲ供養シタテマツル。

8　蘇莫者(そまくさ)　別装束舞　天王寺ニ舞レ之*　古楽

序二帖、拍子各六。破四帖、拍子各十二。
此舞ハ、昔役*(えんの)行者大峯ヲ下給ケルニ、笛ヲ吹給
ケルヲ、山神メデ給テ舞ケルヲ、行者ニ見付ラレ

7 **無定**　底本「無之」。**祇薗寺**　祇園精舎。須達長者が釈迦のために建てた僧坊。底本「祇薗方」。**伽陵頻**　極楽浄土にいるという鳥。迦陵頻伽の略。**妙音天**　弁才天の異称、妙音楽天の略。美声に唱歌し智慧福徳を司る。**阿難**　阿難陀。釈迦の従弟で、十大弟子の一。**苦**　本来は「若」。**銅拍子**　迦陵頻の舞人は両手に銅拍子を持つ。銅拍子は真鍮製の打楽器。**急**　底本「慈」。**本朝**　日本。**本**　もともと大神氏が相伝する舞曲の意。**末舞人**　末席の舞人。下臈。**供様**　法会に行う場合の作法。この際、菩薩・迦陵頻(鳥舞)・胡蝶(蝶ノ舞)はおのおの供花を捧げて進み、供して後、各舞を舞う。一連の供養舞として法会に組み込まれていた。

8 **天王寺**　四天王寺。大阪市天王寺区にある。推古天皇元年(五九三)の創建。はやく伎楽が寄せ置かれたが、舞楽も教習され、一流をなした。蘇莫者は「天正寺ノ舞人ノホカハマハヌ舞也」などとみえる。(続古事談)　**役行者**　修験道の祖役小角(おづぬ)。葛城山に修行し、吉野の金峰山・大峰等を開く。七世紀から八世紀初の人。

テ、舌ヲクヒ出シタルト申伝タリ。件出現ノ峯ヲバ、蘇莫者ノタケト名付テ、今ニ在ト云。而聖*徳太子河内ノ亀瀬ヲ通ラセ給ケルニ、馬上ニシテ、尺八ヲアソバシケルニ、メデ、山神舞タル由、近代法*隆寺ノ絵殿説侍ベル。御*持ノ預申侍。仍不審無レ極処ニ、或僧云、『蘇莫者』ノ事ハ、六波羅蜜経〔ニ〕具ニ説タリ。仏世界曲ナリ。非二此朝事一」。正ク申キ。以レ是案レ之、楽ガ天竺楽ニテ侍ヲ、化人タチノアソバシタリケルトヲボヘ候也。舞ハ山神ノ曲、更ウタガイナシ。可レ尋。序二帖、拍子各六。太鼓、如二荒序一打レ之。一説、如二楽*詞一打レ之。破四帖、拍子各十二。忠拍子打レ之。終帖加二拍子一、如二『還城楽』一。舞出入用二古楽乱声一也。乱声吹止各爾取盤渉調音、入時重吹レ破。

加二拍子一二説也。

或書云、本者有レ急。太*秦公貞時、令二秘蔵一間絶之。古老云、此破ヲ六鞨鼓、〔十六〕拍子延吹。昔*急トスト云々。

抑此破ニ有二楽拍子之説一。大*神惟季之流ノ外、他伶人不レ知レ之也。

永保三年十月一日、法*勝寺九重御塔供養。法*用楽ニ、惟季始吹レ之。其習云、不レ吹二喚*頭一。有二返吹処一。笙時元。自余伶人不レ吹レ之。

保延二年十月十九日、法*金剛院御塔供養。錫杖上楽〔ニ〕、基政吹レ之。

承安三年日、蓮*花王院御塔供養日。当*座ニテ、楽拍子可レ仕之由、被二仰下一。宗賢失二東西一、散々ニ吹レ之。覚給*ザル也。

建保元年三月廿六日。法勝寺又九重御塔供養ニ、任二永保例一、此楽式ノ文ニアリ。笛吹宗賢、式賢二人、此楽拍子之説ヲ、分明ニモ存知セザリケルニヤ。父宗賢ハ申旨モナカリシニ、式賢ガ楽拍子ト云ハ、早ニ吹ヲコソイヘトテ、忠*拍子、於世カケテ吹。父ハ不レ吹シテアリ。子一人シテ吹テキ。ナラハヌハ、ヲ*トナクテ侍ベキ也。父ヲサシヲキテ説ヲ作事、世末ノワ*ウワク、イロマサリタル事也。上﨟ノ御中ニモ、此楽ノ吹様コソ、先例ニ相違シタルト、聞トガメサセ給人ノヲハシマサヌ事、返々モロ惜シキナリ。後ニ予*、「楽拍子之説ハ、惟季説ガカクハ侍ズ、由利吹ニテ侍ル者ヲ」ト申シ、カ

聖徳太子　五七四―六二二。用明天皇皇子。推古天皇の摂政。四天王寺・法隆寺等を建立、仏教興隆に力を尽す。伎楽を桜井に置き少年に伝習させた。

法隆寺ノ絵殿　法隆寺東院の夢殿の北にある建物。その内陣の壁面に聖徳太子伝の障子絵があり、絵解が行われた。現絵殿は一二一九建立。

御持　護持であろう。

楽詞　底本「楽調」。

太秦公貞　秦公貞。四天王寺属の舞人。　**昔**　底本「皆」。

大神惟季之流　笛の家惟季の系統。惟季―基政―基賢―宗賢―景賢と続く。→雅楽系譜

法勝寺　六勝寺の一。白河天皇御願寺。京都市左京区岡崎にあった。塔は八角の塔として著名。一一八五大地震により倒壊。

法用楽　法要に用いる楽舞。式次第に組み込まれるもの、法楽として演奏されるものに大別される。この時は前者で奏楽のみであった。(江次第)　**喚頭**　返付と組んで用いる反復記号。

法金剛院　京都市右京区にある。

蓮花王院　通称三十三間堂。一一六四後白河院の建立。京都市東山区にある。塔供養は治承元年(一一七七)十二月十七日に行われた。

当座　予定と異り急に、の意。

給ザル　底本「給ケル」。

バ、「其説ハ蒙二御定一吹事ナリ」ト陳ジ申。中〳〵ニ無二其謂一之由、時人之沙汰之。都不二相伝一之事露顕。

此破十六拍子ニ延六拍子説ニハ、楽ノ詞ハイトカハラズ。太鼓*ツボバカリ替ナリ。楽拍子ノ由利吹説ハ、詞ヲ延ニ吹侍也。此両説者、今世ニハ予ガ流ノ外ハ、人更不レ知レ之歟。

9 陪臚(ばいろ)破陣楽(はじん) 別様舞*天王寺舞レ之 古楽

破、用二『新羅陵王』破一。急、当曲*吹。拍子十三。

*班朗徳所レ作也。是天竺楽也。而大国法、清舎日、於二陣日一奏二此曲一、知二死生一〔云々〕。此楽七返之時、有二舎毛音(しゃもうのこへ)一、我陣即勝、怨陣即破。若我陣無二此音一、自陣破、怨陣則勝云々。此舎毛音、何事哉。可レ尋。古目録云、『陪臚』道行云々。

或人云、楽者波羅門僧正伝来タリ給フ。舞者上*宮太子為レ敵二守屋臣*一、奏二此曲一之時、有二舎毛音一。仍自陣勝云。其模トシテ此舞所レ造云々。但太子伝不レ見。

先舞出時、吹二林邑乱声一。于レ時左右舞人十二人出作*レ輪。立定ヌレバ、禰取吹。『新羅陵王』破、有二二説。拍子十二説者、奈良様*。拍子四者、天王寺*。次又吹二乱声一。又禰取吹。当曲*、拍子十二。以二楽二返一為二一帖一。謂二之半帖吹説一。即加二拍子一如二『還城楽』一。次又吹二乱声一。作レ輪、乱合シテ走入云々。

天王寺公元*曰、吹二乱声一、此間舞人出降。而作レ輪、舞人立定、止二乱声一、取レ音。次吹二『陪臚』一三反。此拍子者如二『抜頭』一。今世ハ如二『蘇莫者』破一。始レ自二公定*一。一返*後、上二拍子一。楽三返間舞一返也。舞乍レ持レ楯抜レ剣舞。粗似二『秦王楽*』一。次吹二乱声一。舞人昇降作レ輪、如レ初。次又取レ音、吹二『新羅陵王』破一。四拍子一反後上二拍子*一。常儀依二楽三返一、以二此間一当二舞一反一歟。舞礼用二『秦王楽』〔破〕一。第二返末執桴之手也。舞手六拍子許也。但多少可レ在二舞人之心一。用二同手一還舞故也。舞人同等之終、依二後突之手一者、楽人見二舞手一吹止之後突者、『太平楽』終手也。

次吹二乱声一。此度有二昇降一、不レ作レ輪。入声、今見二『陪臚』昇降作レ輪之体一、疑二之『破陣楽』一。真麗鷗貫左右各同体歟。

次唐招提寺*四月八日陪臚会、此曲舞。鑑真*大和尚

忠拍子 二種類の拍子が交互に繰返される拍節的な混合拍子で、早只拍子などがある。於世吹は強弱のはっきりした二分の二の曲。
ヲトナクテ 笛を吹かずに。
ワウワク 横惑。 **予** 近真は大神惟季の流も相伝した。
ツボ 太鼓を打つ所。
9別様舞 別装束舞。
当曲 登場楽など共用曲に対しその舞固有の曲をいう。
班朗徳 不詳。
上宮太子 聖徳太子。
守屋ノ臣 物部守屋。?—五八七。排仏派の中心人物。謀反を起して敗死。
輪 舞譜の一。舞台を廻る手。
奈良様 南都楽人の流風。
天王寺 四天王寺楽人の流風。天王寺様。
当曲 底本「笛曲」。
公元 伝不詳。
公定 秦公貞。天王寺楽人。
一返 底本「一退」。
秦王楽 秦王破陣楽。神功破陣楽・斉王破陣楽ともいう。
上拍子 底本「一拍子」。
唐招提寺 七五九鑑真の建立。奈良市にある。
鑑真 日本律宗の祖。渡航失敗五度ののち、七五四渡来。東大寺にはじめて戒壇を設け、のち唐招提寺を賜わる。七六三没七六歳。

裲襠　袍の上に着用する貫頭衣形式の装束。
小舞人　散手破陣楽等の番子に当る者。
玉手ノ氏　薬師寺属、南都楽所の楽人。大内楽所にも登用され、笛を伝えた。南都では右舞も兼ねた。
円満寺　薬師寺の附近にあった寺。詳細不詳。
堂前　底・大阪本「当前」、意により改む。以下二箇所も同じ。
八多羅拍子　只拍子の一。四分の二と四分の三の小節が交互に奏される混合拍子で、太鼓を四小節ごとに打つ夜多羅四拍子、八小節ごとに打つ夜多羅八拍子がある。
彼寺　天王寺をいう。
東大寺　聖武天皇の発願により創建され、盧舎那仏を本尊とする。一一八〇焼討ちにあい、このとき再建なり落成の法会が行われた。奈良市にある。
長慶　伝不詳。
侍ズ　底本「侍天」。
10 黄麞　不詳。
為道行　道行の曲として。
七帖マデハ…　「一帖より七帖まではおなじ事を返々す」(竜鳴抄)。
楚　白楚(ずわい)。先端が曲りその先に白毛をつけた払子ようの舞具。
有基　伝不詳。

所レ伝也。可レ尋。舞人僧、著二甲裲襠一太刀楯鉾貫(つらぬきて)持。各小舞人一人相副タリ。笛ハ玉手ノ氏、三鼓之達吹レ之ナリ。太鼓打寺僧。謂円満寺ノ別当某流歟。自二堂前一下二来楽屋一、袈裟威儀ヲカヘシテ打レ之。随二太鼓一吹レ笛也。

住僧説云、毎句可三頻打二上拍子一。有二唱歌一。同志可同(かどを)、是也。又八多羅拍子云。推レ之、招提寺倍(へ)呂走(ろはしり)ドウシカドウノ鼓音ナリト云。

先吹二乱声一、如二天王寺一。不レ吹二『新羅陵王』破一シテ、直ニ吹二『陪臚』曲一。不レ似二常『陪臚』一。先自二太鼓一打出セバ、付(テ)二其音(ニ)一、笛ヲバ付也。抜二太刀一舞。七登舞ト云。是謂二倍呂走一。

頗天王寺舞相違。彼寺住僧云、此舞者、以二此寺一為二根元一。彼寺舞之時、数刻吹二此曲一。其間舞人回二堂前一数刻。其手差足踏云、用二同事一也。然後、尚令レ舞二此曲一也。久流廻二堂前一、称二道行一カ。

建仁三年十一月卅日。東大寺之惣供養日、唄ノ上楽ニ、林邑楽屋、奏(ス)二『陪臚楽』一用二忠拍子一。尤楽拍子ニテアリタク侍シカドモ、笛吹不レ知二楽拍子説一歟。長慶ト申ケル物ハ一向用二楽拍子一ケリ。サレバ、楽拍子ノ説ノ世ニナキニハ侍ズ。『慶雲楽』躰楽也。

10 皇麞　有レ甲　　中曲　新楽

破九帖、拍子各十。急、拍子廿。吹二十一反一。又七反。近代五返歟。

此曲者、黄麞谷名ナリ。於二件谷一作二此曲一云々。作者不レ見。古遊声一帖幷序侍ケレドモ、絶タル間、急ヲ延(のべ)吹テ、為二道行一出舞也。鞨鼓打様、如二道行一。古人号二寄(ヨセ)拍子一。

破九帖舞。七帖マデハ一帖ヲ返々吹レ之。八帖、有二喚頭一。九帖、皆替吹加二拍子一。狛高季説ニハ、七帖ヨリ於世ニセデ、八・九帖ヲバ殊〔ニ〕次吹云々。今大神氏ニ略シテ舞ハ、一・八帖ヲバ緩(ユル)ク吹テ、九帖ヲ火急ニ吹テ、即、打二三度拍子一也。中古ハ皆ユルク吹説タリシガ、近代如レ此舞。無二不審一アラズ。

急、拍子廿。近来四返舞。終帖、加二一拍子一、楚ヲスツル時ヨリ加二拍子一。是光高説トテ、有基語説也。

南面之儀　天子は南面して政を聴くをいう。南面は君主の位置。

程　間合い、テンポのこと。

三郎将曹…　相伝が高季になされたことをいう。「このまひは、こまのいゑにしりたりといへども、三郎将曹高季がすそのまゝうべきなり」(竜鳴抄)。

妓女…　→四八頁

人　大阪本「天」。「人(天)汝」の意不詳。

11 大戸清上　笛の上手、作曲家でもあり、多くの舞を作ったと伝えられる。?—八三九。

還唐　清上は聘唐使に従い渡唐したが、帰国の際南海に漂死した。

拍子　底本「四拍子」。

舞師云、道行今世不レ用、以テ二急笛一為二道行一。但其程信二於急一可レ吹。不レ止二拍子一。序又其舞已絶了。仍不レ用レ之。

破一帖舞人礼拝。二帖舞人向レ東居。但是人君南*面之儀也。三帖モ舞有レ手。四帖初拍子、解二錦額一云々。一名、海老葛。

五帖第三拍子、以二錦額一帯レ腰。至二第六拍子一結了。

六帖第三拍子、自二懐中一出レ甲、七帖第十拍子、著レ甲。八帖四拍子、括二甲緒一了。九帖有レ手。

急一・二・三帖、已上有レ手。四帖初第八拍子取レ楚。自二半帖一上二拍子一。五・六帖有レ手。七帖初十拍子並楚。入時、道行者、侍舞人之内、楽屋上二拍子一。其程*、准二公時一。但舞人舞入合之時、准レ急裸可レ吹。

此舞於二光季・則季▼一雖レ伝、依二父則高之命▼一不レ舞。*三郎将曹高季舞レ之。今ハ大神右舞人ゾ舞伝ケル。抑祖父▼光近*妓女令レ習料〔ニ〕、是光習ハシテ侍ケル。

妓女ニ教ケル説。

一帖礼拝。八帖*人汝ヲ纏レ頭。九帖於世吹。即加二拍子一也。左並（なみ）寄テ袖カヅキ、右並寄テ袖カヅク。如レ此向二四方一舞。

急三返、如二『三台』急一舞。第三切ニ初楚ヲ取テ加二拍子一。左右捻向テハ、足ヲ踏上ッ、舞也。

此舞、天王寺ニ舞様、大神氏舞ノ様、以外相違シタリ。

11 清上楽（しゃうじゃうらく）　惟季相伝譜書『上聖楽』云々　〔童舞〕　新楽

有二四帖一、拍子廿。

此曲ハ大戸*清上最後所レ作也。自（みづから）成愛シテ、以二我名一為二楽名一。

或云、欲レ還*唐時、作二此曲一。上奏諸曲之中殊ニ善作。有テ二勅使一以レ名其曲為レ名云々。

舞出入用二調子一。興福寺常楽会、童舞ニテ奏レ之。近来僅カニ五拍子許也。末加二拍子*一。〔大神氏舞人モテ為二舞師一也。〕

12 汎竜舟（はんれうしゅ）　拍子十八　童舞　新楽

此曲律*書楽図云、隋ノ陽*帝所レ造ル也。以二当曲一為レ破。拍子十八。以二『散吟打球楽』一為レ急。拍子十二。今常*楽舞レ之。僅ニ序破急ガ略五拍子許也。末加二三度拍子一。舞出入用二黄鐘調々子一。当曲者、則水*調曲也。尤雖レ可レ吹二水調々子一、依二秘蔵一不レ吹レ之云々。其様末ニ落居一。

詠云　稽首無上諸善道　妙法一乗無二曲
開示悟入仏知見　三乗三望法善土
供養香花及音声　以此微妙殊勝仏
乗大牛車出三界　不入化城到宝前
願共衆生東成仏

近来、此詠スル事ハナケレドモ、目出文ニテ侍バ註レ之。『変表州』ハ是『汎竜舟』ノ別読也。此古老ノ御説ニ云、『ハムレウシユ』ヲ奏レバ、南方ヨリ必スヾシキ風来テ、アツキ事ヲ失ス。此曲漢土ニテハ有二序一帖一、拍子十六アリ。〔可〕レ尋レ之。

13 河南浦（かなむふ）　拍子十六　新楽

此曲承*和大嘗会、尾張連*浜主ガ作レ之、送レ之、申伝タリ。而ヲ或書云、海浜人舞。今此曲尤故アリ云々。

詠云　去北星辰北天道　朱南日月賀会場
八嶋新器鎮万歳　自生無相属大嘗

近来不レ用レ之。

抑此舞者、興福寺常楽会第二日、十六日、法花会ハ忠*算五師之時、始テ為レ〔奉〕レ請二尾張国熱田大*〔明〕神一被二制行一法会也。其ノ分経楽ノ次ニ、一曲アリ。中間ニ草整居テ、其柷*（シキウ）置、其上ニ敔*（コウ）置。其姿ニ様云々。魚形・虎形。于レ時役人面ヲ着テ、進ミ出テ、此魚形ヲ取テ、袖ク、ミ、随二太鼓拍子一舞。先北方、次東方、次西方。則チ加二三度拍子一。舞終テ魚ヲ置。舞人居二草*尻懸一テ。此役人楽人、中臈輩。魚ヲ作*之。其時ニ、着二『二*舞』咲面一、舞者一人出テ謂二之蓼摺一鶏*婁懸レ頸。以二太鼓桴一、是摺リ舞之。寺役。此間、魚ノ尾弁ニセボネヲ、蓼摺侍テ、蓼ニヒタシテ心*ロ見由ヲシテ、骨ヲタテタルヨシヲシテ、ムネヲ打ツ。于レ時、両役人退ゾキ入リヌレバ、止レ楽。

通*憲ノ説クハ、是更ニ非二舞事一也。柷敔（シクギョイフ）謂レ之。楽之終リ頭ニ、叩レ之鼓レ之。表二多他調一云々。委有二打*物部一。是モ無二左右一事ナレドモ、魚作ル舞躰、此

律書楽図　和名抄音楽具における引用書。狩谷棭斎は箋注で「無二伝本一、撰人巻数不レ詳」と述べる。
陽帝　煬帝。　**常楽**　「会」脱か。興福寺常楽会。　**水調**　黄鐘調にある律・呂のうちの呂調をいう。
13承和大嘗会　仁明天皇即位(八三三)の後はじめて行われた大嘗祭。
尾張連浜主　→三八頁
忠算　西大寺別当。興福寺喜多院松坊に住し、九六六没四二歳。
熱田大明神　熱田神宮。名古屋市熱田区にあり、神剣草薙剣を祀ったという伝承にはじまる。
柷　奏楽開始の合図に用いた雅楽器。方形の箱で中央の穴に棒を入れて鳴らす。　**敔**　奏楽を止める合図に用いた楽器。虎の伏したような形で、背上の刻みめをすって鳴らす。　**草**　草整の略。
魚ヲ作　魚を料理する振をいう。
二舞　→三一頁。　**鶏婁**　鶏婁鼓のこと。打楽器。　**心ロ見**　味加減を見ること。　**通憲**　藤原通憲。
打物部　巻第九。　**カギラヌ**　底・大阪本「カキオハン」、意による。
14楽談史　底本「楽記史」。
野行幸　狩猟等のための行幸。
牟子　面をつける時にかぶる帽子。
鷹ナブリ　鷹を放って狩猟する様。ナブルはもてあそぶこと。　**奏之**　底・大阪本「送之」、意による。
延喜廿年…　「延喜廿十々八、召二

雅楽寮人於清涼殿前二奏レ舞」(西宮記)。著聞集(巻第六)に延喜廿一年として記事あり。
船木氏有 世系等不詳。このことにより少允に任じられる(西宮記)。
船木良実 世系等不詳。
藤原卿 著聞集は保忠とする。藤原時平一男。「号二八条一。本朝鳳笙之始也」(尊卑分脈)。
大井川… 「(承保三年十月)廿四日丁未、行二幸大井河一。御鷹逍遥也。公卿侍臣皆以供奉」(扶桑略記)はこの時のことであろう。 **竜頭** 竜頭鷁首の船。鷁の首の船に対し、舳に竜の頭を彫刻した船をさす。
秋宗 「頼吉が弟子也。陪従なり」(竜鳴抄)。「高名ノ笛吹成ケレドモ、余ノ臆病ノ者ニテ、人三人トモ集リタル所ニテハ、楽一ヲウルワシク得吹カザリケリ」(懐竹抄)。
武吉 世系等不詳。 **浅猿** あさまし。 **円憲** 宇治拾遺物語では明暹として、この話を載せる。
候之由 底本「仰之由」。 **水火ノ…** 惟季・秋宗の器量は水火の如き差がある。水火は相反する意。
成兼 世系等不詳。 **恒遠** 世系等不詳。 **行高** 狛高季嫡子。ここは、行高がまだ童であった時の意で、一四歳は一〇七五にあたる。
蔵人所 天皇と太政官の間にたつ政治機関。校書殿の西廂を占めた。楽所は院政期にこの管下に属した。

一事ニモカギラヌ*事トミユ。熱田明神御饗応ト申モ、マコトニサル事モヤトヲボヘ侍ル。此事、ヒラキガタシ。ナヲタヅヌベシ。

14 放鷹楽(はうえうらく) 拍子十八 船楽之時ハ古楽 新楽

楽談史*云、弘仁三年八月一日、楽生奏レ之。即以二猿鳴調一、于二振餌(エ)一合テ此舞時、飛二翔於舞人一。以二曲節一為二御狩一之時、如二雅楽寮一、案為二此歌舞一。此曲、野*行幸奏レ之。舞姿、牟*子シテ、左手ニ鷹ヲ居テ、右手ニ楚ヲ持タリ。鷹*ナブリノ躰カ。弘仁、天長、承和之野行幸奏*レ之。

古記云、野行幸奏二此曲一。而延*喜廿年十月十八日臨時楽之時、属船木氏*有、着二鷹飼装束一、新羅琴師船*木良実者、着二犬飼装束一、各奏二舞曲一。出二延喜御記一。件舞絶了。仍無二装束一。中納言藤*原卿無二実名一調二進鷹飼装束一云々。

或記云、白河院ノ御位ノ時、野行幸ト云事セサセ給ヒテ、嵯峨野幸ヒキ。大*井川ニ奏二船楽一。竜*頭ニ大神惟季。鷁首〔ニ〕『放鷹楽』吹タル伶人也ケル間、井戸次官秋*宗ト云管絃者ヲ召出テ、令レ着二襲(かさね)装束一、仰ラレタリケル。当座ノ面目、身ニアマリト、其日ノ、シリケルホドニ、行幸スデニ成時ニ、楽ヲス、ムル時ニ、ヲク病シテ笛ヲ河ニヲトシ入テ、不レ吹シテアリケレバ、*武吉(たけよし)ト云伶人、ハカ〳〵シクシラザリケレドモ、如レ形コトヲナシタリケル也。初ノ面目、後ノヲコ、浅*猿カリケリ。

大判官(惟季)末下伝二此曲一給上事ヲ兼テ知テ、浄明院得業(円憲)*、アハレ此男ハ来ズラム者ヲトテ、得業フシ給ハデ、マチ給ケレバ、夜半許ニ門ヲタ、ク物アリ。誰レナルラント問レケレバ、惟季ト名乗ケリ。門ヲ開テ入ラレタリケルニ、明日野行幸ニ『放鷹楽』ヲ可レ奏之由、被二仰下一。而未レ伝二此曲一。為レ令二伝授一馳下テ候*之由、申サレケレバ、即伝取テ、ヨモスガラ上洛シテ、行幸ニハアハレタリ。惟季一夜ニ受二師説一、目出カリケル。秋宗日来ナラシテ、事闕タル、水*火ノ器量ニテ侍ケル物カナ。

同記曰、左舞人六人ヲエラレケリ。光季、高季、則季、成*兼、恒*遠。今一人其躰ナカリケレバ、行*高ガ童ニテ年十四ナリケルヲ召出シテ、蔵*人所ニシテ、俄ニ男ニナサセタマイテ、加タリケルナリ。

此舞人六人事、不審ナリ。可レ尋。

同記云、此秋宗ハ笛吹無双ノ物也。*堀川院笛ヲ聞食料、件秋宗ヲ召タリケレドモ、御門ノ御前ニテ、ヲクシテ、手ヲワナヽカシテ、終ニエフカヅシ〔テ〕退出了。

院、此笛ヲ不ニ聞召一無ニ本意一ヲボシメサレテ、女房〔ニ〕心ヲアハセサセ給テ、月夜、女房ノ私ノツボネヘメシヨセテ、笛ヲ*吹ラレケレバ、女房バカリ聞給ゾトテ、ハヾカル所ナク吹ケレバ、ヨニ目出タク仕ケレバ、御門聞召テ、感ニタヘサセ給ハデ、「日比モ上手トハ聞召ツレドモ、是ホドヽハヲボシメサザリツル」ト、被ニ仰出一タリケレバ、サテハ御門ノ聞召ケルカト、タチマチニヲクシテ、エンヨリサカサマニヲチニケリ。御門ワラハセ御ハシマシテ、アンラクエントゾ、異名ニツケサセ給タリケル。カヽルヲク病者ニテゾ侍リケル。

秘説云、此曲ヲバ『放鷹楽』ト云ベシ。

15 蘇芳菲(そはうひ) 拍子九 又古楽 新楽

此曲*五月節会、舞ニ御輿之御前一。是従(リ)ニ弘仁一*初テ競馬ノ行幸奏レ之。対ニ右『狛竜』。小馬形乗。『蘇芳菲』ノ身ハ師子ノ姿ナリ。頭ハ如ニ犬頭一也。口細シテ面長。*中実装束、如ニ左*乗尻(のりじり)装束一也。木帽子、*踏懸、*糸鞋ナリ。在ニ子二人一。装束如レ犬。在ニ面帽子一、ハキモノナシ。此中実(なかざね)、楽所末者役。子者、各従出ル。乗尻ノ前〔ニ〕参向、奏ニ当曲一。向ニ御車一、付ニ御幸一。舞ノ躰者、先ヅ身ヲ振テ、左ヲ*ハクビ、右ヲ*ハクミ、次拝二度、膝ヲカヾメテハウ。御車〔ニ〕先キ立也。御車御*所寄畢後、又如レ先ハクビテ、還烈(くわんれつ)之時、即加ニ三度拍子一。

古記云、此舞弘仁ヨリ初テ、競馬行幸奏レ之。此舞躰如ニ師子一。頭有ニ〔一〕角一、頭色金色、*其身色。詠子二人。面形如出色白、蒙ニ紺帽子一、如レ犬岐之。

又船楽ニモ奏レ之。ソノユヘニ古楽トシルシタル物也。是ハ古楽ニ用時、口伝アリ。加ニ拍子一時ニ、初ノ拍子ヲバ除テ、第二ノ拍子ヨリ古楽揚拍子打レ之。尤為ニ秘事一。仁安ノ*日吉ノ競馬ノ御幸ノ舞ニハ、建仁三年ノ*七社ノ競馬御幸『蘇芳菲』ノ作法、事

男ニナサセ 元服させて成人とすること。
堀川院 特に笛をたしなみ一家言を有した。つねに稽古にはげみ、その息のしずくが「一夜ニ三坏ホドタマリケリトナン」と伝えられる(懐竹抄)。
吹ラレケレバ 秋宗をして吹かせられたところ。
15 五月節会 五月五日の節会。競馬が行われた。
初テ 底本「祈ニ」。
中実装束 獅子形の中に入る舞人の装束。 **乗尻** 騎手。
踏懸 フガケ。舞人が脚につける脚絆ようのもの。
糸鞋 シカイ。舞人のはく一般的な沓(くつ)。 **ハクビ・ハクミ** 運び。
所寄 底本「前寄」。 **其身色** 以下脱文あるか。 **日吉** 大津市坂本町に鎮座する日吉神社。
七社 日吉神社の本宮ほか二一社を上中下に区分していう称。
正説 基本となる説。
16 小部氏 戸部。師子の笛を相承。春近—吉多—信近—正近—正清—清延—清近—清景。(師子吹相承)
師子 大阪本傍書「向西方唱之」。
最勝寺供養 この年一二月一七日に行われた。
小部正清 この時、師子笛賞として左近将監に任じられる。(補任)
勝光明院供養 この年三月二三日

ノ外ニ違タリ。然者古キヲ*正説トスベシ。仍仁安振舞注置也。

16 師子(しし)

有二序破急一云々。笛与太鼓・鉦鼓許也。

此曲御願供養ニ舞。笛者、*小部氏為レ曲。舞者、師子舞役也。

有レ詠

　*師子天竺　問学聖人　瑠璃大臣　来朝太子
　飛行自在　飲食羅刹　全身仏性　尽未輩車
　毘婆太子　高祖大臣　随身眷属
　　故我稽〔首〕礼

元永元年之*最勝寺供養。*小部正清吹レ之。有二勧賞一。任二左近将監一了。生年七十。着レ甲太鼓ノ前ニ立テ吹レ之。日記分明也。

保延二年、鳥羽*勝光明院供養。*小部清延吹レ之。無二勧賞一。従二右方一楽屋渡リテ、於二鼓許一立テ吹レ之。次第如二元永一。

建久六年*東大寺供養。*小部清景吹レ之。無二勧賞一。以二*有康相伝一吹レ之。着レ甲、太鼓ノ面立テ吹レ之。入時ニ甲ヲヌギテ腰ニ付テ入ル〔云々〕。太鼓筑前守有康、太鼓面打云々。或説云、*尾張包助打レ之。有康〔八〕拍子教許云々。

建保二年、七条*観喜寿院供養。*小部正氏吹レ之。追テ蒙二勧賞一任二左兵衛少尉一了。年。以二*住吉ノ神主*長盛之相伝一吹レ之。太鼓、権神主*津守経国打レ之。長盛孫子也。束帯。

其作法先祖ニ相違。法用畢テ舞レ之。従二入調一以後也。先召二*左楽行事一左中将伊時、可レ舞二『師子』一之由、奉レ勅作二楽屋一。于レ時正氏、自二楽屋一進二出庭中一、着レ甲袍*尻引、中半許リニ行立テ、甲ヲヌギテ腰ニ付テ、エボシヲ引立テ、吹二古楽乱声一。其時ニ、左師子ヲキテ、登二舞台上一。四ノ角ヲ拝シテ、正面ヲ立テ拝二度之後止二乱声一。古ハコヽニ有レ詠。次楽吹。序、破、急躰ニテ三切吹レ之。師子舞畢テ後ニ、又着レ甲、楽屋還入了。度々例、皆以相違。頗非レ無二不審一也。

*私所ニテ吹二『師子』一例。*鴨一切経会、清延吹。楽屋之内〔吹〕レ之。経頭馬一疋引レ之。天王寺・住吉社ニ有二『師子』笛吹一。ソレハコトノホカノ相違ノ物也。乱声

に行われた。勝光明院は京都市伏見区鳥羽にあった。

小部清延　正清二男。八幡楽人。

東大寺供養　この年三月一二日に行われた。

小部清景　清近男。左将曹。一二三五没。「受二清近弟子住吉神主津守長説一」(戸部系図)。**有康**　「五位筑前守、内蔵助、中原頼盛男」(勅撰集作者部類)。師子吹相承には「有安(楽所預、飛騨守)」。

尾張包助　興福寺属の楽人。笛。一二〇〇雅楽属。**観喜寿院供養**　この年二月一四日行われた。観喜寿院は順徳天皇の母七条院の建立で、七条堀河にあった。

小部正氏　好近の男。一二一四左兵衛尉、二一歳。「歓喜寿院供養師子笛賞」(補任)。

住吉　大阪市にある住吉神社。三韓征伐の際霊験あり、社を造り祭るという。

長盛　津守長盛。戸部清近の弟子。一二三〇没八二歳。「後白河院上北面。歌人。方磬上手、笛上手也」(住吉社神主并一族系図)。

津守経国　住吉神主正五位下摂津守。一二二八没四四歳。

楽行事　雅楽の次第をつかさどる者。　**尻引**　底本「尾引」。

私所　公事でない時の奏楽。

鴨　賀茂神社。別雷命(わけいかずちのみこと)を祭る上社は京都市北区、玉依姫命

モ別物、楽吹様モ、太鼓打様モ替リタリ。中々本*
『師子』ヨリ面白侍也。

17 一、妓楽
四月八日仏生会ト曰。七月十五日妓楽会ト曰
フ。此笛大坂府生則方*之流也。一方狛行光、一方
尾張則元*。舞者東大寺職掌紀氏伝レ之。興福寺ニハ、
大神氏幷坂田氏*、寺役等舞也。
此舞者、聖徳太子之御時、従ニ百済国ー被レ渡ニ舞師ー
末摩子*云、所ニ伝置ー妓楽曲也。而古老云、楊梅神ノ
御相伝ト云。可レ尋レ之。
先禰取盤渉調音。次調子謂ニ之道行音声ー。或道行拍子曰云々。
是以為ニ行道*ー。立次第者、先師子、次踊物*、次笛吹、
次帽冠*、次打物三鼓二人、銅拍子二人。
先、師子舞。
其詞、壱越調音、似ニ『陵王』破ー、有ニ喚頭ー。
古記、破、喚頭三反、高舞三反、口下三返。何
事哉。
次、呉公。扇持タリ。
可レ吹ニ三返ー。盤渉調音吹レ之。紀氏舞人説ニハ、
舞人出ニ舞台ー後、向ニ楽屋ー、笛吹由スル時、笛吹
也。又笛吹ヨシスル時、笛ヲ止之。
次*、金剛。
可レ吹ニ三返ー。盤渉調音吹也。或〔目録〕、仮蘭、
前妻、唐女。トウ名アリ。是不レ知、可レ尋〔也〕。
次、迦楼羅*。
謂ニ之ケラハミ*ー。拍子十三、可レ吹ニ三返ー。而近
代雖レ有ニ別曲ー、吹ニ『還城楽*』破ー也。舞人走手
舞。
次、婆羅門。
謂ニ之ムツキアラヒー。又名ニ抃悦ー。拍子十一、
可レ吹ニ三反ー。壱越調音吹レ之。
次、崑崙。
拍子十、可レ吹ニ三返ー。壱越調吹レ之。先五女、
燈臚*前立ツ。二人打輪持、二人袋ヲ頂。其後、舞人二
人出テ舞、終ニハ扇ヲツカヒ、マカケ*ヲ指テ、
五女之内二人ヲケサウスルヨシス。
次、力士。手タ、キテ出、金剛開レ門。
壱越調音、火急吹レ之。可レ吹ニ三返ー。謂ニ之マラ*
フリ舞ー。彼五女ケサウスル所、外道*崑崙ノカウ

(たまよりひめのみこと)ほかを祭る下社は左京区にある。
本師子 大内楽所が奏する師子舞。
17 則方 尾張氏か。一二〇左近府生。一三没七六歳。
尾張則元 興福寺属の楽人。一二兲右兵衛志、六〇歳。兵まで出仕。没年未詳。
坂田氏 興福寺属の舞人。
末摩子 百済の人。六三帰化し、伎楽を伝え、桜井にあってそれを教習した。 **行道** 列をなし行進する意。 **踊物** 師子舞以下の諸曲をいう。 **帽冠** 帽子や冠を冠った一群であるが、諸説がある。
次… 底・大阪本、この条を「次迦楼羅」の条下に細記。
迦楼羅 インド神話で毒蛇を食うという霊鳥。
ケラハミ 螻食み。螻は昆虫。
還城楽 →七六頁
燈臚 東大寺大仏殿前(仏生会など伎楽の舞場)にある金燈臚に限定する説がある。
マカケ 目隠とあてる説のほか、ケをタと読み、ラを補って「マラカタ」とする説がある。マラカタは陽物の作り物。 **マラ** もと梵語 Māra(魔羅)で、障礙の意。転じて陽物をさす。「マラフリ舞」は底本「ヤウアリ」。
外道 邪宗徒。仏教以外の宗教、その信者。

ラウ　「ラヲ」を誤るか。
老女　大孤の古面は老翁にかたどり老女ではない。　酔胡王　酔胡王面に対し酔胡従面があり、王一・従六をもって一具とする。(西大寺資財流記帳)　承和楽　↓六六頁。　尾張則成　興福寺属の楽人。一〇八七縫殿属。没年未詳。
武徳楽　↓一一五頁。　呉　中国の江南をいう。底本「其」。
桜井村　日本書紀は「安ニ置桜井ニ」とする。桜井は今の奈良県飛鳥村大字豊浦。　有光家　狛行高の猶子行光にはじまる家。行光―光久―有光―有久と相承。
一曲ニスル　この両曲を一曲としてあつかう意。　五年　底本「九年」。　清原為則　一一一三左衛門府生。一一五三没七八歳。
円憲　↓三七頁
兼元　尾張兼元。興福寺属の楽人。一一三六左衛門府生。篳篥吹。一一四三以後出仕せず一一四三没六三歳。　予　近真。
生来　聖徳太子伝暦に聖徳太子の前生説がみえる。
橘寺　奈良県橿原市にある。
太秦寺　京都市右京区にある広隆寺。聖徳太子開基、秦河勝創建とされる。　天王寺　四天王寺。
七大寺　東大・興福・元興・大安・薬師・西大・法隆寺の七寺。
東大・興福…　両寺とも仏生会・伎楽会に恒例の行事として伝えた。

伏スルマネ也。マラカタニ縄ヲ付テ引テ、件*ラウ打ヲリ、ヤウ〳〵(ニ)スル躰ニ舞也。或人云、尺迦仏ノ御聞也。ヨバイニマハスルトハ是也ト云。

次、大孤(たいこ)。

又名ニ継子一。序吹物、可レ吹ニ三返一。平調音吹レ之。*老女姿也。子各二人ヲ(グシテ)、腰ヲオサシ、膝ヲウタセテ、仏前ヘ参詣シテ、左右脇、子ヲキテ、仏ヲ礼シタテマツル。

次、酔胡(すいこ)。

又*酔胡王云、刀禰云、人丸云、ハラメキト云。壱越調音、可レ吹ニ五返一。雖レ有ニ別曲一、近来用ニ『*承和楽』一。*尾張則成説ニハ、忠拍子(吹レ之)。

次、*武徳楽。

壱越調物也。而舞故ニカ近来不レ用レ之。天王寺于レ今舞レ之。

太子伝曰、推古天皇廿年春正月一日カ、百済味摩(みま)之(シ)化来自曰、学(テ)ニ*呉国一得ニ伎楽舞一。則安ニ置*桜井村一。而集ニ少年一令ニ習伝一。今諸寺ノ伎楽舞是也。

巳上十妓楽如レ此。*有光家(ニ)ハ八妓楽云。其故者、崑崙、力士ヲバ*一曲ニスル故ナリ。於ニ『武徳楽』一雖レ入ニ目録一、自レ昔不レ舞レ之。久安*五年仏生会ニハ、尾張則成ト*清原為則ト二人吹了。件為則(ハ)薬師寺楽人。*円憲得業弟子。長承二年、*兼元吹之。日記明白也。*予者、則成ニ令ニ相伝一侍也。ヲノヅカラ彼有光之流ノ絶ム時料也。更ニ競ヒ吹カム料ニハアラズ。此様ヲ心ユベシ。

古記曰、聖徳太子我朝*生来シ給テ後、自ニ百済国一渡ニ舞師一味摩子、妓楽ヲ写シ留テ、大和国*橘寺一具、山城国*太秦寺一具、摂津国*天王寺一具、所ニ寄置一也。

其後百余歳之後、*七大寺ニハ移シ置テ、余者諸事皆絶了。*東大、興福両寺ニ残留。又天王寺、住吉社ニハ如レ形有ニ于今一也云々。

又*雅楽習写シ給テハ、公家一具被ニ寄進一。今ノ南北ニ京、舞人楽人。天王寺一具被ニ寄置一。彼寺仏事供養料。*今秦氏舞人楽人住ニ天王寺一。寄進後三箇(度)絶了。太子奏テ、勅ニ諸氏一貢ニ子弟壮子一、令レ習ニ呉鼓(くれつづみ)一、又天下令ニ撃レ鼓習レ舞。是今財人(タカラヒト)之先也。

18一、唐招提寺ノ『其駒』*四月八日『倍臚』ノ答舞也、名二『小馬舞』一タリ。舞躰、アヤヰ笠*、赤衣ニ水干ヲ著タリ。一切ニ不レ似二普通之『其駒』一。タヾ常相*楽定也。破拍子四、末加二三拍子一。兼唐拍子物。狛笛*ノ平調ニテ吹レ之。又『倍呂』ノ笛、当曲*ハ、予*右衛門府生玉手清正*ガ手ヨリ、習伝侍也。彼楽*ガ一達(たつ)ハ、以外秘シ候シヲ、ヤウ〳〵ニスカシテ、習写侍也。彼寺ニ此曲ノ絶時ニ、ヲシヘカヘサンレウト心ザシテ侍ナリ。抑已上、曲楽*ニツキテ候説ニハ、コトノホカノ僻事ハ侍ラジ。舞事ハ更ニ知侍ヌ*事ヲ、タヾシコ、ロミ及事、又聞及事ヲ書テ侍ナリ。是ハ世ノワラヒ草ニテ侍リヌラメドモ、道ヲ好ムニハ、サノミコソアレトユルサルベシヲヤ。又ソノ家々ノ人々ノ、ゲニ〳〵シキ説ヲアザムヲバ、キ、トヾメテ、裏書ニセラルベシト耳。

写本云

天福元年癸巳七月日以二自筆一書写了　在判

正六位上行左近衛将監狛宿禰近真撰

教訓抄 巻第五

高麗曲物語*

壱越調曲

新鳥蘇　古鳥蘇　退宿徳
進宿徳　狛桙　埴破
皇仁　綾切　敷手
延喜楽　仁和楽　長保楽
胡(徳)楽　石川　胡蝶
新末鞨　八仙　貴徳
納蘇利　林歌但平調曲

双調曲

地久　白浜　蘇志摩
登天楽

無レ舞曲

都志　甘酔楽　狛竜
吉簡　進蘇利古　顔序
新河浦　黒甲序　常雄楽

雅楽… 雅楽が伝来して後は、の意。 **南北二京** 奈良と京都。
秦氏 秦河勝の八人の男子を遠祖とする、四天王寺属の楽家。
18**其駒** 神楽の曲。御神楽では人長が舞った。
アヤヰ笠 当時流行の田楽が冠った笠。
相楽 番いの舞曲。
狛笛 高麗楽と東遊に用いる笛。
当曲 標題の楽曲。ここは倍臚。
予 底本「即」。
玉手清正 薬師寺属の楽人。守清二男、一一八三生。
彼楽が… 玉手の一統は。
曲楽ニ… 笛の相伝を基にして記述した説であることをいう。
知侍ヌ 底本「知侍人」。

高麗曲 主として三韓・渤海から伝来した楽曲。左舞・管絃楽曲に編成された唐楽にたいし、右舞とされ、その大半を占める。羯鼓のかわりに三ノ鼓を用い、笙を含まない楽器編成に特色がある。
周礼 中国の経書の一。六編から成る。
四夷 四方の夷。古代中国で卑しめ称した、東夷・南蛮・北狄・西戎の総称。
下春 高麗笛師。伝不詳。

狛犬　造物

高麗曲者、後漢陳禅云、右楽雖レ為二蛮夷音一、周礼尚在レ之。所謂四夷楽也。下春所レ渡也。

1

新鳥蘇　有二面甲一　大曲

謂二之『納序曲』一。拍子十二。舞間拍子百四十。

先欲二此曲奏一時、先吹二納序一。有二二説一。次古弾、如二乱声物一。已上拍子打様、有レ譜。興福寺住僧円賢尾張得業語云、公頼雖レ究二高麗楽一、未レ習二古弾ノ曲一。然間、去長元年中、高陽院歌合、右方人為レ遂二所願一、参二住吉社一之次、済政卿召二公頼一、於二宿盧一、高麗楽談之間、公頼申云、古弾師説未レ慥。今日可二申請一者、卿被レ答云、尤可レ然。但忩忙無レ暇。不レ能二委授一。宜以二此譜一可二吹浮一。即以二自筆譜一紙一、被レ賜二授公頼一了。公頼申云、於レ譜者賜了。可レ承二師説一者、付二其詞一被レ吹二此曲一数廻云々。今日所レ願有レ是者、爰公頼耳雖レ聞二楽音一眼不レ見二文字一、久送二多歳一。未レ遇二賢友一。今禅下得業也明達二譜説一深智二楽意一。願被レ譜、令レ暁二我情一者、即円賢稍対二此譜詞一、吹二一返一。其時公頼泣々聞二君之音曲一、与二済政卿一所レ吹無二一乖違一。哀哉。古今雖レ殊、雅音惟同。即以二此説一、欲レ授二息公延一。仍彼済政卿自筆譜、伝二賜公延一了。公延背色〔之〕後、男公重給二基政一了。基賢時絶、如何。円賢給二行高一。同伝二明暹一。次第相伝如レ此。近来不レ吹二此曲一。

次吹出一返、拍子一。初返、拍子五。序吹、当二五拍子一所、在二〔三鼓拍子〕一。第二返、拍子五。同前也。依レ為二秘事一、近来不レ吹レ之。以二第三返〔様〕一為二序破吹一。常用レ之。第三返、拍子四。喚頭、拍子六。急吹様大旨同詞也。可レ受二師伝一也。舞人東西互行替、履舞之後、更還二本方一、打二下左右袖一。初吹レ急、加二拍子一。

口伝云、喚頭返吹様、序吹之間五返二一度可レ吹二喚頭一。破吹時者、三返二一度加二拍子一。後二度二一度。至二蘇利古一時、毎時付レ之吹也。合肘舞也。執二後参一。三五要略琵琶譜、拍子十六云々。

1 **間拍子**　五拍子型の旋律句。

納序　この曲の前奏として用いられる自由拍子のもの。

古弾　納序の次に奏される自由拍子のもの。

円賢　円憲。

公頼　玉手公頼。兵庫允。

高陽院　藤原頼通の邸。

済政卿　源済政。時中の男。右近衛少将。一〇四一没。笛・郢曲・和琴・箏などの名手。左大臣雅信―大納言時中―贈従三位済政―兵部卿資通。(郢曲相承次第)

不見…　文盲。　**公延**　玉手公延。

背色　死亡すること。

公重　玉手公重。

明暹　藤原明衡の男。三会已講。笛と打物の名手。「楽家名師也。笛名人。楽譜舞曲已下明匠也。抄物秘譜等多以書二出之一」(尊卑分脈)。吉野吉水院楽書は玉手公頼の弟子とする。

序吹　自由拍子に基づく吹き方。

受　底・大阪本「授」、大阪本は振仮名ウクとする。

蘇利古　白楚(ずわえ)の異称。

後参　後参桴。後参舞のある舞曲に用いられる桴で、白楚と同形でやや大きな舞具。

三五要略　藤原師長の編述した琵琶譜。一一九二までに成る。

2 **高麗調子**　高麗壱越調の音取で、大曲などの前奏に用いられる。自由拍子の曲。
心調子　意調子とも。高麗壱越調の音取の一種で、自由拍子の曲。
五拍子　大阪本、右肩に「三鼓」と傍書。
待拍子　五拍子型の旋律句。
喚頭返付　反復演奏の部分。
定考　成功。成功は、官人が私費を献じて造営・大礼などの費用を助け、任官・叙位されること。
内大臣　藤原頼長。
賀王　感王恩とも。左舞。乞食調の曲。
忠舞　不詳。能の仕舞の如きをいうか。
片肩袒　袍の右肩をぬぐ手。
後参　後参舞。下﨟舞人降台の後、舞台に留った上﨟二人が後参桴を執って舞う舞。
尋　京大本による。
水無瀬殿　後鳥羽上皇離宮。現在、大阪府三島郡島本町にある水無瀬神宮。
両人　久行と好継。
頼資　四辻頼資。一二三六没五五歳。
勅庭　勅によって演じる場合。
白河院五十御賀　一一〇二、三、一八鳥羽殿で行う。
3 **牟子**　面をつける時にかぶる帽子。
渡　舞人が互いの舞座に移り替っ

2 古鳥蘇

謂ニ之高麗調子曲ニ。拍子十、加ニ喚頭ニ定。舞間拍子百五十。冠着レ剣。笏。近来面不レ着レ之。

先欲ニ此曲奏ニ時、吹ニ高麗調子ニ。但依レ為ニ秘事ニ、常吹ニ心調子ニ云々。又此調子、興福寺常楽会之後日、西楽門奏レ之。用ニ略定之説ニ云々。

初返、拍子四。此内有ニ五拍子ニ処。謂ニ之『古鳥蘇』侍拍子ニ。尤為ニ秘事ニ。

第二返、拍子四。序吹也。為ニ秘事ニ。仍常不レ吹レ之。

次ニ第三返之様ニ、近来用ニ初返ニ拍子四。喚頭、拍子六。此舞ニ空渡ト云手アリ。其手舞終テ、立チ定マル時、加ニ拍子ニ。喚頭返付様、如ニ『新鳥蘇』ニ。三五要略云、拍子十三。初返、三。第二返、〔四〕。〔喚〕頭六。舞間拍子百五十。

天養元年十一月十二日定考。依ニ上卿内大臣仰ニ左『賀王』、右『古鳥蘇』舞。如ニ忠舞ニ、不レ着ニ冠大剣ニ、不レ指レ笏、片肩袒舞、無ニ後参ニ。大旨為ニ新儀ニ。又旧例、可レ〔尋〕。カヤウナル事モ侍ナリ。ヨロヅ折節ニヨルベシ。

承久二年九月十九日。水無瀬殿ノ舞御覧ニ、有ニ『古鳥蘇』ニ。吹ニ高麗調子ニ。式賢、定賢。但不レ吹ニ待拍子ニ、如ニ只常ニ也。尤可レ吹云々。後参、如レ例。但依ニ勅定ニ不レ止ニ音楽ニ。後参ノ輩久行、好継入綾ヲ舞。是雖レ為ニ新儀ニ、堀河院御時以ニ勅定ニ『蘇合』ニ入綾ヲ光季舞、以ニ其例ニ、今日『蘇合』ニ入綾アルベシ。仍『古鳥蘇』ニ、後参以後、有ニ一曲ニ、其興アリヌベシト依レ被ニ仰下ニ、両人随分ニ曲尽了。叡慮シカラシメタリケレバ、目出シ。仍以ニ頼資弁ニ於ニ勅使ニ、両曲ノ入綾尤メヅラシ。勅庭外、輙不レ可レ仕。此説尤秘蔵云々。

後参一日取ニ両曲ニ例。白河院五十御賀ニハ『古鳥蘇』『地久』倶取レ之。

3 退宿徳　有ニ面・牟子ニ　大曲

謂ニ之『退走禿』ニ。拍子十六、一説十三。舞間拍子二百。老舞云。

此舞楽ノ事、委シクシルセルコトナシ。世人ヲヒ舞ト云。人色ノ面眉白シ。コレモ合肘ノ舞ナリ。渡事アリ。渡返テ立定時、加ニ拍子ニ。紀氏口伝云、此曲後ヘ退走(ヘシリテ)、左右見、上見事、向合後ロ合ニテ、中古マデハ舞侍ケレドモ、今世ニハ、ソノ手舞絶タリ。此手ノユヘニコソ、『退走禿』トハ名付テ侍ナレ。多▼好茂之時ニ〔ハ〕輪*ヲ作テ舞ケリ。何比ヨリトヾマリタリトミヘ侍ズ。

此楽ニ、左衛門権少尉大*石富門之説トテ、吹カヘタル説侍ドモ、今世ニハ不レ用レ之。其詞云、

干引丁中夕引中火〇上連干々

承久二年ノ水無瀬殿ノ舞御覧ニ、当日ニナリテ、当曲アルベシト被レ仰下一タリ。是偏ニ好▼氏ヲ御心ロ見ミ料ト云々。如二御案一舞ニ、好氏不レ立、四人舞人久行、好継、是茂、助*延立。仍以二行弁奉一頼資、「故障何事哉、不当ナリ」ト、御尋侍キ。聊モ、ノベ申事ナクテ、「無レ術(ジュツ)候テ」トバカリ申キ。ココラハクチヲシキ事ニテ侍ル。カヤウノ事ニ心ロ付ケテ、父*ニ並テアランホドニ、アスヲゴ*セズシテ、イソギ〳〵物ハナラフベキ也。

4　進宿徳　有二面・牟子一　大曲

謂二之『進走禿』一。拍子二十、一説廿一。舞間拍子二百九十。若舞云。

此曲ノ様申タル物ナシ。世人ワカマイト申メリ。面(ヲモテアカシ)赤眉黒。此舞モ合肘ノ舞ナリ。渡カヘリヌレバ加二拍子一。紀氏物語云、前ヘ進ミ走テ、右ノ肩ヲ指シテ、落居手(おちゐ)ヲ、中古マデ舞侍ケルヲ、近来、舞ウシナハレテ候也。長*元〔ノ〕臨時楽マデハ、此手ハ侍ケリ。如二『林歌』一前ヘ後ヘ走手ハ、マコトニアラマホシク侍。左*ノ大曲ニハ、走ル事ハ毎曲侍バ、尤可レ対*侍ナリ。

古老語云、右舞ノ中ニハ、当曲、極タル大事ノ曲云。仍常楽会ノ安幕ニシテ、紀氏舞人等ニ談義(ダンギ)シテ、多氏舞人モ不審ヲヒラキテ舞ケリ。近*来ハサルサタニモヲヨバズ、散々ノ事ドモニテ侍ケリ。是モ大曲ノ内ナレドモ、後参ハトラズ。サダメテヨシ侍ルラム。タヅヌベシ。

『進走禿』『退走禿』〔ハ〕雖レ入二高麗調子一、為二黄鐘調楽一也。於二執*柄殿下一、有二右舞一時、主人被レ仰云。

5　狛桙(コマボコ)　別装束　中曲

て舞う手。

紀氏　東大寺属の右舞人。

輪　舞台を廻る手。

大石富門　従五位下大石峯吉の男。篳篥・笛。

助延　清原助成の男。一二二四雅楽属、一二二五没。

父ニ…　師である父が存生の間に、明日はないのだと思って習得すべきだ。

ゴセズ　期せず。待たず。

4長元　後一条天皇の代。

左ノ大曲　左舞の大曲。大曲は大・中・小の曲品の一。

対　この曲は蘇合の答舞。

近来ハ…　不審があっても、近頃は検討しようともしない、ひどい有様だ。(そんな場合、昔は他氏の舞人とさえ談合して不審を解明したのに。)

執柄殿下　執柄は摂政・関白のこと。摂政・関白の邸で。

『執鉾舞』云。拍子十八、又廿二。十八拍子説。*返付第七拍子。返付又十一拍子。舞間拍子二百廿。

*棹長一丈一尺七寸。*口七分也。一説ニハ、一寸ト云。

此舞ハ、古人説云、高麗ヨリ渡ケル時、五色ニイロドリタル棹ニテ、船ヲ指テ渡タリケルヲ、ヤガテ*四人、肩ニ係(カケ)テ舞始タリト、申伝タリ。サレバ于レ今、*竜頭鷁首(レウトウゲキシュ)、*サスカツラノ童部、着(キナ)ニ蛮絵一差ニ此棹一也。謂ニ之『棹持舞』一云。舞人東西互(タガイニ)行替、屢(シバシバ)舞之後、更ニ還(レバ)ニ本方一、即加ニ拍子一。但*大神舞人ハ棹カハシノ後、加ニ拍子一。此舞ノ手ニ、コシカヘシ、棹越手アリ。▼多氏ニモ少々舞タルト申メル。大神右舞人ハ舞メリ。

又ツキカヘシト云手アリ。*天王寺ニ舞レ之。此方ニハシラヌ手ナリ。*入綾ノ時ニ、太鼓前ニテ、二人シテ舞ナリ。押足(ヲシアシ)ヲシテ、拍子ヲ待テ、我棹ヲ人ノニ*ツキカヘテトリテ、又シバラク舞テ、又ツキカヘテトリテ入也。有レ興事ニテ侍ナリ。奏ニ此楽一、何ノ所ニモ『*蘇利古』之曲舞。不レ知ニ其子細一。古人説云、『進蘇利古』〔ノ〕楽ヲ依ニ秘蔵一用レ之。

又近来行道ノ楽ニ用レ之。昔ハ奏ニ『黒甲序』一ケルナリ。

6　埴破　装束如ニ『狛桙』一　中曲

『登玉舞』云。拍子六、又十六。舞間拍子百七十。*埴玉ヲ五持テ舞。

コレガユラヒモミヘタル事ナシ。トモ絵ヲ五ツ所ニ付タリ。左右ノヒヂ、左右ノ膝、マツ向トニツクナリ。ハニノ玉ノ五*フトコロニモチテ、舞ノ間ニトリイダシテ、トモ絵ニアツルナリ。玉ヲ吹披ト申メリ。或右舞人申侍シハ、〔埴〕玉ノ中ニ、ガマト云草ノホヲ、コムベキナリトゾ申侍。不レ知ニ其由一。*渡返立定、加ニ拍子一。近来、紙ヲ*マロガシテモツナリ。童舞ニ〔ハ〕時〔ノ〕花ヲモタセタリ。常楽会十六日、行道幷『蘇利古』楽ニ用レ之。

7　皇仁　有ニ面甲一青色 黄色　中曲

又『皇仁庭』云。破、拍子十九、又廿七、又廿八。舞間百十。急、拍子十、又十四。

此破ニ有ニ三吹様一。付ニ初一返(ニ)一、長ク吹、短カク吹、

5返付　反復記号。五線譜の‖:にあたるもの。喚頭と組んで用いられる。
棹　この曲に用いる舞具。五色に彩色した木製の棒。
口　口径。
四人　いま四人舞。
竜頭鷁首　へさきに竜の頭、鷁の首の形を彫刻した舟。二隻一対で、竜頭には唐楽、鷁首には高麗楽の楽人が乗る。
サスカツラ　かつらの插頭花をさした。
大神舞人　晴遠にはじまる右舞人。→雅楽系譜
天王寺　四天王寺属の秦氏。
入綾　高麗楽は通常は当曲ののち改めて入手を舞わない。入綾は舞いつつ一人ずつ退場する退場楽。「舞台了中半ニシテ、御前ノ方へ立直テ舞始テ登橋ノ程マデ舞也」(体源鈔)。
ツキカヘテ　互いに棹を取り替えること。
蘇利古之曲舞　舞は『蘇利古』の舞を用いる意。
6埴玉　擬宝珠ようの球。舞具。
フトコロ　懐。
渡返　本の舞座に戻ること。
マロガシテ　丸めて。

7京様　京都方楽人多氏の流風。
奈良様　南都方楽人大神氏らの流風。
此方　大内楽所に登用された京都・奈良の楽人。
唐拍子　急の一般的な拍子型。一小節四拍でその第一拍に太鼓を打つ(一小節間隔で強弱をつける)もの。
対シタリ　答舞である。
文字…　皇仁という文字にちなむものだ。
8女形　綾切面は女人相である。
亀甲ノ形　亀甲形に舞人が立つ舞座の形。六人舞の時に用いる。

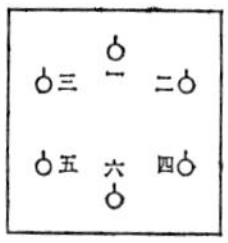

イカサマニテモ　どのように考えても。
壺　太鼓を打つ所。
当曲　標題曲。
端際　底・大阪本「端除」。書陵本による。
9輪　舞台を廻る手。右廻りにまわる。
上手下手　上手は舞台の正面に向って右側。下手は向って左側。

又中半吹、相違ノ様也。ミジカク吹ハ京様*ナリ。中分吹ハ奈良様*也。舞人南向テ、左右伏肘打時、加二拍子一。天王寺ニハ、此破居所舞。此方*ニハ、此手不レ知之由ナリ。可レ尋。

急、唐拍子*物。舞人押足之時、加二拍子一。太鼓五許後也。此急ニ有二踊事一。多氏ニハ五度踊。大神舞人ハ三度踊也。謂二之『皇仁』小踊一。

春宮御元服ニ奏二此曲一、『喜春楽』ニ対シタリ*。此舞ノユヘヲ、可レ然人ニタヅネマイラセ侍シカバ、皆文字*ニツキタルナリトゾヲホセラレ候キ。マコトニ、イハレタル事ニテ侍ナリ。又『皇仁庭』ト云。コノ庭ノ字、尤不審也。

8 綾切　面女形*　白色　牟子　一説鳥甲　　中曲
又『愛嗜女』云。高麗女名歟。又『大靺鞨』云。舞人亀甲ノ形*立云。『阿夜岐理』云。拍子十、又十八。舞間拍子百。

此曲アマタノ名侍。サダメテヨシ侍ラメドモ、未二勘出一。イカサマニテモ*女ナ姿ノ舞ニテ侍ナリ。

口伝云、此曲、爾ヲトラズシテ、直ニ吹出ス。為二秘説一。付二此説一、初二拍子序吹不レ打二拍子一。初拍子ハ、次壺*打レ之也。能々可レ令二秘蔵一也。

常説ハ、吹二心調子一、即吹二当曲*一。如二常楽一〔也〕。是世ノ人普通ニシレリ。アマタノ説アリ。ヨク〱ナラフベシ。

又此曲ニ、ソライリト云事アリ。ミナイリナムトスルヤウニテ、又ウチカヘリテ舞。謂二之空入切一。打返舞時、加二拍子一。口伝云、空入ハ舞入テ、後頭ガ舞台ノ端際*マデ歩ミ寄テ、俄ニ立返テ舞云ナリ。

9 敷手　名二『重来舞』一　　中曲
又『志妓伝』云。拍子十四、又十二。舞間拍子百八十。

此曲ヲ奏ト思時、先吹二心調子一、吹二当曲一也。舞人大輪*作、次小輪作。上手下手*二所作レ之。仍『青海波』ニ合タリ。小輪之後北向時、加二拍子一。又云、大輪之後、小輪之至タル時、加二拍子一。舞人タヅヌベシ。太鼓初拍子、有レ説。頭打レ之。

此舞、主上御元服ニ用レ之。『裏頭楽』ニ合タリ。ソレモ文字ニ付タル事ニテ侍ナリ。古老云、此楽

ニ、三鼓ニ有二秘事一。相二尋玉手氏*一処、二重打レ之云々。而似二上拍子*一也。

10 延喜楽(エムギラク)　中曲

以二年号一為二楽名一。拍子十一。舞間拍子五十。

此曲、延喜御門*御時作レ之。作者忠房*歟。楽者笛師迯部逆麿*所レ作也。舞及レ未レ向レ北突(ツキ)レ足、撥二合袖一時、加二拍子一。

11 仁和楽(にむわらく)　中曲

以二年号一為二楽名一。拍子十。舞間拍子五十六。

此曲、仁和*年中ニ、奉レ勅、貞雄*ト云ケル物ノ作レ之。此楽ニ喚頭アリ。人イトシラズ。タヾロヘ反付ゾ吹メル。随レ舞加二拍子一。弾物*ニハ喚頭ナシト申メリ。喚頭秘ユヘ歟。如何。

12 長保楽(チヤウホウラク)　又『長浦楽』又『長宝楽』又『泛野楽』云　中曲

破、拍子八。謂二之保曾呂久世利一。舞間拍子五十。急、拍子十八。謂二之加利夜須一。舞間拍子四十七。

此曲、長保*之比作タリ。サマ〲ノ名アリ。サダメテヨシ侍ラム。イブセク侍*。随レ舞加二拍子一。〔此急ノ吹様、有二二説一。喚頭吹一説京様、忠返付処ニ〕付一説奈良様。此笛ハ狛笛平調ノクラヒノ物ナレドモ、弾物ニハ、クラヒタガヰテ、下無調ノクラヒニテ弾侍トカヤ。此曲二拍子三拍子舞入テ、又返テ舞昇ル時、上二拍子一、此舞ハ大事ニ侍〔ニ〕ヤ。ウヂアル*舞人等不レ舞シテ、ウシロアハセニノミ侍ナリ。

13 胡徳楽(コトクラク)　面色々也　酒酔タル色ナリ　牟子　『胡童(コドウ)楽』　小曲

『遍鼻胡徳(ヘムビコトク)』謂(フ)レ之。拍子〔六〕、又八。

此曲、本是横笛*ノ楽ナリシヲ、承和*御時、依(テ)二勅定(ニ)一、為二高麗笛*一。常世*改作レ之。唐笛譜ニハ、此曲序一帖。拍子八、可レ吹二三返一云々。呂催馬楽*『酒飲*』合。赤面(アカキ)ノ鼻ノユルガザルハ*、着(スル)二一者(モノ)一也。▼多忠節説。

此舞、輪ヲ造〔ル〕。舞人違肘ヲ打廻ルナリ。皆舞台居(キル)。皆座壺(ザフボ)也。次左方ヨリ出二勧盃(ゾクエンパイ)*一。着(ク)レ面出間ニ

玉手氏　薬師寺属の楽人。笛。南都では右舞も兼ねた。
上拍子　一小節四拍で、二小節を一連の単位とする拍子型。揚拍子。
10 延喜御門　醍醐天皇。八九七―九三〇在位。
忠房　藤原忠房。
迯部逆麿　伝不詳。
11 仁和　八八五―八八九。
貞雄　百済貞雄。
弾物　絃楽器。
12 長保　九九九―一〇〇四。
イブセク侍　多くの名称があるのは理由があるはずだが、解明できず気にかかる。
ウヂアル　素性(氏)の正しい。
13 横笛　唐楽に用いる笛。竜笛。
承和　八三四―八四八。仁明天皇の治世。
高麗笛　高麗楽に用いる笛。
常世　常世乙魚。
催馬楽　遊宴の歌謡として雅楽調に編曲されたもと民謡。律呂に分類される。
酒飲　「酒を飲べて　飲べ酔うて　たふとこりぞ　参で来ぞ　よろぼひぞ　参で来る　参で来る　参で来る」。合は曲が同じである意。
ユルガザルハ　鼻が動かない面。動くように作られた面も用いられる。
勧盃　いま、左方の襲装束に雑面をつけて出る。

有二一説一。一説者、持レ盃筋替ヲ打テ寄也。一説者、盃懐中シテ筋替ヲ打、寄リテ居ル。横座ニ居也。光則説同レ之。此勧盃ハ右舞人ヨリ、上臈ノスベキヨシ申侍ナリ。

次出二瓶子取一、『二舞』着二咲面一。東大寺、瓶子取面有レ別。楽人勤レ之。

旧記云、勧盃ハ左一・二者役ナリ。瓶子取、可レ然楽人之中スベシト見ヘタリ。宇治殿御在生ノ当初、平等院一切経会有二此曲一。舞人政資、節資、舞人勧盃光季、瓶子取時光。

長承元季三月廿三日、内裏ノ臨時楽〔ノ〕日、有二当曲一、勧盃季貞。依二御定一雖レ着レ冠、不レ用レ面シテ、瓶子取清方。笙吹音頭也。

保延元年十二月一日、内裏舞御覧日、『胡徳楽』四人元秋、時高、近元、為季。勧盃ヲ末ノ物ニセサセタリケレバ、元秋キラヒテ、於二舞台一高声ニ、光時ガツカマツルベシト申ケレバ、俄ニ勧盃光時、瓶子取時秋、無レ冠。昔ハカヤウニ、勧盃モ瓶子取モ、ムネトノ輩〔ノシ〕侍ケル。今世ニハ、勧盃モ末舞人、瓶子取モ楽所下楽人ノ役ニ成テ侍ナリ。且又、近来ハ多氏ニ不レ舞、末右舞人等舞故ナリ。ソノ身ノ業ハ、昔ニハシタテ、モヲヨブベカラヌニ、カヤウノ職ヲバサクル。返々ミグルシキ事ナリ。

光時云、「右一者舞時ハ、勧盃、左二者、瓶子取、左楽人二者ノスベキナリ」。

此曲、勧盃執レ盃テ、差二右一貫一。一貫飲テ差二二貫一。二ノ貫不レ受レ之、勤レ之。一貫返立飲時、上二太鼓一也。近来ハ、舞人皆飲畢立時、加二拍子一。光時云、此舞之勧盃ハ、左手ニ盃取リ直テ、筋替打テ、舞人ノ一匝廻テ、舞人之末ヨリ入、舞人之中居。

寛治三年平等院一切経会記云、『胡徳楽』勧盃高季着二二舞面一、依二光季訓一云々。時人奇レ之。実ニハ勧盃瓶子取倶ニ有レ面。『二舞』面ニ似タル別面也。

山階寺有レ之。

古記云、(カ)ヒナツカキ、ヲモツカキ、クビモチ、足踏、全ク他舞不レ似也。偏ヘニ酔人ト舞成ナリ。サレバ、天王寺ニハ、方ヲタガヘテ、アチコチ、マドヒアルクト申メリ。ソレモアマリ侍ル。

抑此楽吹出、有二二説一。一者、五穴ヨリ始。常説。

筋替 違肘。

横座 主人の坐るべき上座。ここは舞台の正右隅をいう。

宇治殿 藤原頼通。

平等院一切経会 当時三月三日に行われた。

清方 藤井清方。石清水八幡の所司の男。公里の弟子。笙笛吹。二三雅楽属。「雅楽寮献二楽器一。以二其功一任レ之」(補任)。四五没六九歳。この頃、笙一者。

音頭 首席奏者。

元秋 底・大阪本「光秋」。光秋は豊原時元の八男で笙笛吹。二三六左近府生。兄元秋の誤。元秋は右舞人助高の弟子で、この時右近将曹。

時高 山村時高。助高の男。東大寺属の右舞人。二三右近府生、三七戸部清兼と合戦により以後出仕せず。

近元 矢集近元。

為季 紀為季。東大寺属右舞人。右衛門府生。

末ノ物 楽所の下臈の楽人。

ムネトノ おもだった。

サクル 演じようとしない。サクルは忌避すること。多久行の番舞目録に、本曲のほか狛竜・都志・蘇志摩・吉簡等をあげ、「中古以降以二末輩一令レ勤二仕之一」とみえる。

貫 「惣ジテ右ガ大体ニテ、左ヲバツラノモノト云也」(吉野吉水院楽書)。

山階寺 興福寺。

アマリ 限度。程度を越えてあり余るほど大げさにの意。

一者夕穴ヨリ吹始。是ハ極タル秘事〔ニテ〕侍。世人シリタリトウケ給ハラズ。カクスベシ。

14 石川(セッセー)　中曲

拍子十六、又七。舞間拍子九十。随レ舞、加ニ拍子一。

此舞、近来絶タルガゴトシ。其故ヘ者、去保延元年正月十九日、内裏舞御覧日、有ニ両曲一『石川』『酣酔楽』。元秋、是行等候ケレドモ、タヾ*末方一人ゾ舞ケル。而大神是弘、令ニ習伝一由披露申条尤モ不審也。然間、多久行為レ習ニ伝此曲一、常楽会之下向〔ノ〕次ニ、彼是弘〔ニ〕対面シテ、子細ヲタヅネケレバ、*前後モアハヌ事ドモヲ申侍シト、物語申キ。尤不審也。仍舞有無難レ知。此楽ハ『*イシカハ』ト申催馬楽ニ同ジ音ナリ。

15 胡蝶(コテウ)　童舞　小曲

破、拍子十二。可レ吹ニ五反一。急、拍子十二。為ニ舞入一。

此曲、延喜六年八月、*太上法皇*童相撲御覧時、所レ造也。一説ニハ、*前栽合ニ、山城守*藤原忠房朝臣作レ之。其後天下ノ貴賤賞習云々。先舞出時、吹ニ乱声一。舞出ヌレバ止ニ乱声一。禰取。次破吹ニ五返一。終帖、加ニ拍子一。近来略時〔二〕返。同終時、加ニ拍子一。急、度数無レ定。二拍子後、上拍子一拍子。秘説云、詞打説三槌打レ之。舞入マデ吹也。右舞ノ切*シタヽマリタルハ、此破許也。*蝶ノ羽(ハネ)キタリ。花ヲモチテ舞也。

抑古物語申タルハ、*多武峯*増賀聖人、臨終〔ノ〕時ニイタリテ、病莚ニフシ給ガ、ヲキヰ給テ、アフリト云物ヲコヒ給ケレバ、弟子ドモ心ヘズシテ、物ニ狂ヒ給ニヤト、*アヤシニオモ〔ヒ〕ケレドモ、弟子トリヨセタリケレバ、セナカニキ給テ、コテウ〳〵トノタマヒテ、舞給タリケル。サテフシ給タリケルニ、弟子問テ云、「イカナリツル事ヲ、ニハカニ舞給ツル事ヲ」。答〔テ〕云ク、「ヲサナカリシソノカミ、カタハラナリシ所ニ、小童部(コワラベ)アツマリテ、カヤウニ舞シガ、ヨニウラヤマシクヲモヒ侍シガ、タヾイマ思ヒ出ラレタリツル時ニ、此世ニ*シウヲト〔ゞ〕メシレウナリ」トゾ、ノ給ケル。

14末方　紀末正の二男。東大寺属右舞人。二三右近府生、五三没六七歳。東大寺花厳会の楽頭にも補任された。

前後モアハヌ　つじつまが合わないこと。

イシカハ　「石川の　高麗人に　帯を取られて　からき悔する　いかなる　いかなる帯ぞ　縹の帯の　中はたいれるか　かやるか　あやるか　中はいれたるか」。呂の催馬楽。同ジ音ナリは、曲が同じである意。雅楽に合うとされる催馬楽は、それぞれの雅楽に基づいて編曲されたらしい。

15太上法皇　宇多法皇。

童相撲　左右から小童を出してさせる相撲。

前栽合　左右に分かれて互いに造った前栽の優劣を競う遊び。その勝負の結果、盛んに雅楽等が行われた。

藤原忠房　従四位上右京大夫。九二八没六十余歳か。

シタヽマリ　きちんと整っていること。

蝶ノ…　蝶の羽を象ったものを背負い、花(たいてい山吹)を手にして舞う。

多武峯　奈良県桜井市にある山。山上に藤原鎌足を祭る妙楽寺(現談山神社)がある。

増賀　橘恒平の男。徳行無双と称

されたが、名聞をきらい多武峯に住んだ。一〇〇三没八七歳。
アヤシニオモヒ 底本「アヤシニハモ」。
シウ 執念。往生の妨げとなる。
16 靺鞨 中国北方の種族の称。ツングース族。
赤衣 五位の赤袍。
紺ノ袍 六位の緑袍。
此曲 標題の曲、当曲。
早物 早楽とも。早、早只拍子の曲。 **紫袍** 四位以上の着る袍。
王… 紫袍一人、赤袍二人、緑袍二人。いま王なし。
氏ノ輩 多氏などの右舞人。
中院入道 源雅定。「雅実公子、右大臣、出家号ニ中院入道ニ」(催馬楽師伝相承)。
例冠 竜鳴抄に「こしまくりたるかぶり」とみえる。
法勝寺供養 一〇七七、一二、一八に行われた。 **俊綱** 藤原頼通の三男。正四位上修理大夫。一〇九四没六七歳。
散楽ニ… 散楽策問に「船太之新靺鞨、人為ニ美談ニ」とみえて、これはもともと散楽が舞楽化された曲であった。散楽は唐から伝来し曲芸や滑稽な物まねなどを演じた芸能。
助員 伝不詳。清原氏か。
17 劉安 前漢の人。淮南子の著がある。

終ニ往生トゲタル人ニヲハシマセバ、目出タキ事〔ニ〕侍バ、舞ニ付タル事ナレバ、シルシ侍ナリ。

16 新末鞨(シムマカ) 別装束舞 小曲

拍子十六。唐拍子物。

此曲、或書云、靺鞨*芳田人名也。出ニ北土ニ靺鞨国名也。而件舞出ニ彼国ニタリト申タリ。サレバ高麗ヨリ渡タル内ニハアラザルカ。先欲ニ出舞ニ時、吹ニ乱声ニ。先出ニ大史二人ニ赤衣*。小史*紺ノ袍(コム)人数ハ時ニヨル。或六人、次四人、略二人。舞台ニ出テ、ブタウ云事ヲス。ブタウヲハリヌレバ、止(テ)ニ乱声ニ禰(ネヲ)取ナリ。次吹ニ此曲*ニ、即加ニ拍子ニ。早物*。

旧記(ニ)云、着ニ紫袍(シタル)*ニ者一人、自ニ大史ニ前〔ニ〕立テ舞フ。是ヲ王ト云。

永保二年正月廿五日。中宮賀茂行啓ノ試楽之(ノ)日、五人立ツ。王*一人五位二人六位二人舞レ之。近来不レ用レ之。イツゴロヨリトヾマリテ侍ニカ、尤不審ニ侍ドモ、氏*ノ輩モシラザルヨシヲ申。

不審無レ極者也。

中*院入道云、此舞ハ昔ハ令レ着ニ例*冠(ノヲ)ニ也。而法勝*寺供養之時、俊綱*(トシツナ)朝臣奉ニ白川院勅(ヲ)ニ、始テ作リ出也。又云、『新靺鞨』ハ目出(メデ)舞也。而近来偏ニ実ニハ不レ習、散楽*ニ成ニタリ。浅猿事也。助員*コソモダヘテ放所ヲバ舞シカ云々。

17 八仙 三五要略号ニ『鶴舞』ニ 別装束舞

有ニ面甲ニ 小曲

『崑崙八仙(ハセム)』云。破、拍子十三、又十二。急、拍子十三。

此舞、神仙伝云、淮南(わいなん)王劉安*好レ仙。八公乃至鬢眉皓白。件舞先吹レ破。舞人渡事アリ。渡返之後、加ニ拍子ニ。又云、舞台之中、振(フリ)レ袖差(サス)レ肩(ヲ)之時、加ニ拍子ニ。近来ハ、此〔振〕舞時、吹ニ小乱声ニ。天王寺舞人、大輪(ワ)ヲ作テ舞侍トカヤ。可レ尋。次急、唐拍子打。古人云、昔ハ急トハ云ハズ、ハヤキ様トゾ申ケル。此舞ノ急ハ、小童部(ワラベ)ノアソブトテ、足懸ト云事ノ躰ニ侍也。仙宮ヨリ出タルユヘニ、コケノ衣(コロモ)キタリ。ス、ハナヲタレタリ。

18 貴徳(きとく) 別装束舞 有ニ面二様ニ嘯口 人色 中曲

18漢書　中国正史の一。一二〇巻。八二ごろ成る。
匈奴…　日逐王が帰徳侯に封ぜられたことは巻八宣帝の条に見える。
鯉口…　帰徳(舞人)がこの面をつけるときは。
潘子　隋従・人従とも。舞人に従って出る者。
知足院　藤原忠実。
常楽会　興福寺の常楽会。その時は、の意。
時高　山村則高の男。一一二三右近府生、一一五六没五〇歳。
正連　山村正連。楽所系図(多氏)には、

政資──資方
　└〈右将曹〉政連

とみえる。
山村義貞　吉光の三男、吉貞。右舞人。右近将曹に至ったが、一二〇〇多資忠殺害により禁獄され、獄死した。
時資　多節資。政資の弟。
殿下　宇治殿、藤原頼通。
時資之流　節資―資忠―忠方―忠節と続く。→雅楽系譜
正資流　多政資の相伝を受けて舞う者。子資方、孫正連らをさす。
作物　造物。→一〇八頁

『帰徳侯』謂レ之。破、拍子十。急、拍子十六。

漢*書曰、神封中、匈*奴日逐王先賢撣、欲レ降レ漢、使二人相聞一、逐詣二京師一。漢封二日逐一、為二帰徳侯一。

用二鯉*口一。潘*子着レ面也。先欲二舞出一時、吹二乱声一、執レ桴立レ桴之間、作法。大旨、如二『散手』一也。桴立之後、在二鎮詞一。其詞曰、「鯉口吐レ気、嘯二万歳政一、天下太平、世和世理」。此詞ヲ詠ジテ後、退左右腰ヲ突、見二桴末一。此鎮詞近来不レ詠云々。今世舞人不レ知。

如何。知*足院入道殿下御物語リ。此説尤分明也。次破六返。執レ桴向レ北、拾足之時、加二拍子一。急五返。向レ桴押足之時、不レ置レ程、加二拍子一。合拍子百。入二舞人一時、又吹二乱声一。番子員、六人、四人、略定二人。相撲時、番子走、如二『散手』一。左右〔八〕替也。鯉口ノ面〔ノ〕時、番子着レ面。本〔八〕帽子也。

各咲カタチ。笏ヲ持ツ。

古人云、潘子ハ咲二帰徳一也。常*楽会冠着レ面。依レ着二蛮絵一也。本法ハ、被レ面時ハ帽子也。或人云、潘子四人也。以二老人色黄一為二上﨟一。以二色黒一為二最下一云々。

右舞人時*高、此舞〔ニ〕有二論言一事未レ切也。宇治殿御時、平等院一切経会ニ、正*連童名峯丸未二元服一、舞二『胡蝶』一、其躰殊ニ美ナリ。有二御感一、次日召レ之、御二覧『帰徳』一。峯丸者正資孫、山*村義貞ガ男也。母為二正資娘一也。出時右足ヲ摺。又破ノ太鼓上ノ果ニ、桴ヲ左ヱ差。足ハ先〔左〕差テ、次ニ〔右ニ〕差反。随レ時上二拍子一也。時*資見レ之、難ジテ、此舞損レ之云々。親父吉貞問レ之、何ノ手ゾ違ル哉。時資答云、出時足ヲバ左ヲ可レ摺也。破ノ桴ヲ右ヱ可レ差也云々。吉貞云、『散手』〔八〕左足ヲ摺ル、桴ヲ右ヱ差。『帰徳』ハ右足ヲ摺ル、桴ヲ左ヱ差也。此事万人所レ知也。如二申状一、『散手』『帰徳』同前歟。然者無二左右一舞之差別歟。相二論此事一之間、遂及二口舌一、倶問二還非於正資一云々。不レ答不レ言。舞人峯丸聞二相論共一、抛レ桴、流涕シテ不レ終二其舞一。殿*下令レ尋二其由緒一御ニ、起二於時資之論一。因レ玆、時資蒙二御勘当一三年不レ被レ免云々。其後時*資之流者、左足ヲ摺シ、右ヱ桴ヲ差。正*資流、如レ先ク右足ヲ摺シ、左ヱ桴ヲ差也。

拾云、『帰徳作*物』ハ破ニハ無シ。秘レ急、其代ニ

用レ之也。其ノ拍子、如レ常ク三鼓四ニ宛也。而ヲ口伝ニテ、始自二吹出一上拍子ニ打テ、上拍子之早ニハ上々上ニ定又上也。還可レ叶二急之拍子一也。以二此口伝一、為二秘事一也。

延喜二年正月廿五日甲子。太上法皇*御奉賀之日、此舞四人舞。向立*。『太平楽』ニ被*レ合。舞〔ノ〕ヤウアシク候ハザリケム。

19 納蘇利 別装束舞 有二面二様一紺青色 緑青色

小曲

『落蹲』謂レ之。破、拍子十二。急、唐拍子物。

先欲二此曲吹一時、吹二小乱声*一。但、競馬相撲之時者、頗ル長吹ク。如二『陵王』一。カクハ申タレドモ、近来不レ吹。如何。タヅヌベシ。

次ニ破吹。有二口伝一。加拍子有二二説一。一者、舞人ノ楽屋ヲ出時、始〔テ〕拍子ヲ上。二者、二返許吹後、加二拍子一。是玉手則近*之説也。尤為二正説一也。

三五要略琵琶譜云、第二太鼓以後、加二拍子一、破舞終後、舞人ノ踊時ニ、直ニ吹レ急。古人云、是ヲ急ト云ズ、早吹加拍子説ト云ベシ。即唐拍子打。

古老伶人云、舞人良久舞。挙二右手一而振レ撥*之時、吹レ急、加二拍子一。而右近将監多資忠▼家説、舞人以二左右手一、旋レ撥走廻之剋、初成レ急也云々。アマタノ説アリ。折節ニヨルベシ。

『双竜舞』有二異名一。可レ謂二一人舞時一云々。双竜王故也。入道左大臣説ニ、納蘇利三文字ヲ落*尊トヨムベシ。其外ノ異名ハ不レ可レ然也。

此曲ニ、荒序*ニ対スル日、秘事アルベシ。多氏ニ申ハ、戸渡手、更居突ト申。又膝打手尤為二秘事一也。常ニハ二人舞レ之。一人『落蹲』、スコシ事アル時ニ舞ナリ。興福寺ニ緑青色ノ面一枚アリ。是ハ対二荒序一日、一者一人着二是面一、舞ベシ。

▼忠節云、『納蘇利』ニ有二勧賞*一、舞人躍賜、蹉テ御前向テ注グハ、揖テ拝テ用也。

仁命*云、義貞『陵王』『納蘇利』ヲ伝二正連一ト申シハ、義光*云、『陵王』『納蘇利』ハ、初ハ面ヲ惜ミテ、隠シテ不レ見シテ、卒爾ニ見テ、隠シタルガ目出也。偏ヘニ、打チ開テ見ルハ、無二性念一事也。掻臥シテ可レ舞也。

▼忠方云、堀川院御時、依二雨下一、於二弓場殿*内一、

太上法皇 宇多法皇。
向立 舞人が舞座に向合せに立つ形。
被合 番舞とする。太平楽の番舞はふつう狛桙。
19小乱声 高麗小乱声。前奏の音楽、高麗笛の音頭が独奏する自由拍子のもの。
玉手則近 薬師寺属の右舞人。伝不詳。
撥 桴。舞具の一。
落尊 この曲通常は、二人舞であるが、一人舞の時は落蹲とよぶ。
荒序 陵王荒序。一子相伝の秘曲で賭弓の際、勝負が終って左方勝の場合、必ず荒序が舞われた。納曽(蘇)利は陵王の答舞。
勧賞 賞を賜わること。それはしばしば一門の者に譲られた。
仁命… 「右近将曹義貞男、右兵衛志山村正連弟也」(一四五頁)。
義光 源義光。頼義の三男。左兵衛尉、左衛門尉。一一二七没八三歳。豊原時元の弟子で、時元の子時秋に笙の秘曲を返し伝えたという。(時秋物語)
弓場殿 →一五頁注

解由 そっぽを向いて不機嫌なわけ。 **大嗔テ** 資忠は。底・大阪本「大嗔テ々」に作る。
我心ニ… (時処を弁え、ふさわしく舞うべきだ。こんなことは)自得すべきことであり、教えられるというものではない。
証得 ここでは自ら悟ったの意。本来仏語。 **或書** このこと今昔物語巻第二十八(右近ノ馬場ノ殿上人ノ種合ノ語)にみえる。
草合 左右に分れ菊や女郎花などの草を合せて勝負を争う遊び。ここは種合とあるべきもの。種合は種々の造り物をもって勝負を争う遊び。その結果の負態として敗者が芸をみせるのが本来だが、この頃には両方が芸を出して優劣を競い楽しんだ。
乱声 高麗乱声。自由拍子の登場楽。 **御堂** 御堂関白藤原道長。
ハタシ 裸足か。 **金青鬼** 好茂は着面のまま逃げたので、鬼が行くと世人が騒いだという。金青鬼は紺青面をつけたのによる洒落。
伝留 採桑老相承に左の様にある。
多公用—同好茂—┐
　┌同正方—同節賢—同資忠…
　└秦公信—同公貞—多近方…
敦家 藤原敦家。正四位上伊予守。一〇九〇頃死、五八歳。音曲に秀で、名人と称された。「参二熊野一施レ芸。依二神感一被二召留一。為二御眷属一之

御二覧舞一アリシニ、時方▼布衣〔ニ〕テ舞二『納蘇利』一。躰(タイ)ヲ責テイカメシク舞ケルヲ、父資忠見テレ之、事外ニ不請(フセイ)シテ、目モ不レ合(アハセ)ケリ。時方恐々伺二解由*一ニ、資忠責了。御前近キ舞ヲ、如レ然ニ舞ハ不可思議ノ事也。物荒カラデ、ナツカシキ様ニ舞ナリ云。時方如レ此令二勘発一給ヨリハ、可レ舞様ヲ被レ仰云。大嗔*(いかり)テ手ヲバ教了ヌ。如レ然ノ事云々ハ、我心*ニコソ為レ、非レ可レ教事ニ申ケル。此言ヲ、忠方老後ニ心得テ、誠ニ目出ク申ケリト、証得*シテ仰(アフグ)云々。

或書*云、中古、近衛ノ馬場ニテ、時ノ殿上人草合*(サアハセ)ノ勝負アリケリ。而、右方ニ角(ツノ)一ツアルウシニ、タカコシノ人ヲノセテ、イダシタリケリ。左ニコレヲマウケザリケレバ、右ニ無二左右一勝(カチ)ヌトノ、シリテ、乱声*ヲ吹テ、『納蘇利』ヲ舞ス。舞人政方▼、好茂也。其時ニ、御堂*ノ女房車ニテシノビテ御見物アリケルニ、此事ヲ御覧ジテ、御腹ヲタテサセ給テ、車ヨリヲドリヲリサセ給テ、ハタシ*ニテ、舞人政方ヲシバラセ給テ、ラチノ柱(ハシラ)ニユヒツケサセ給了。其間、好茂ハラチヲコエテ、人ノ馬ヲ取テニゲニケリ。天王寺ニクダリテ、隠居(カクレ)タリケルヲ、御堂ノ仰ニハ、「金青鬼*(こむじやうくゐ)ハ物カクレヤハスル、タシカニマイレ」トメシケレドモ、イカヾ思ケン、トヒニマイラデ、天王寺ニヰテ、『採桑老』ヲバ彼寺ニ伝留*タリケルナリ。

或記云、肥前守敦家*(アツイエ)、吉備宮*(キビツミヤ)ノ霜月ノ御神楽ニ参タリケルニ、節助▼西国ヨリ上トテ、カクトキ、テ、参詣シテ、トモニ神楽ヲウタウ。時助庭火*ニヲリテ『庭火』ヲウタウ時、後ノ山ヨリ嵐吹テ霰フリタリケルトカヤ。

或記ニハ、神拝*之次ニ、『陵王』則高▼、『落蹲』節助、舞ニ種々勝事アリト云。

林歌(りむか)　別装束　紫袍付二金鼠一*有レ甲　小曲

拍子十四、又十一。舞間拍子五十。

此曲ヲ或譜云、林鐘(リムソウ)調ノ曲トシルセリ。サモアリヌベシ。狛笛ノ平調ニ吹ケバ、横笛ノ下無調ニテ侍ナリ。下無調ヲバ、リンソウテウト申ナリ。此舞ヲ出サント思時、先吹二乱声一。舞出ヌレバ、乱声トヾマリヌレバ禰取。律音。次当曲ヲ吹也。舞人

向レ西拾足之時、加二三度拍子一。舞終ヌレバ、楽止了。又重吹二此曲一入ナリ。即加二拍子一。出入大旨如二左舞一。

或記云、右楽ハ皆一拍子ニ上也。三拍子〔也〕。而上二唐拍子一之楽、謂二三朕拍子一也。有レ二。所謂『林歌』『酣酔楽』急也。破者、狛拍子也。

此楽返吹ヤウアマタノ説侍ベシ。十二拍子ニ反説、十一拍子〔三〕返説。コレラハ皆引*物ニ付テ、横笛ニテ吹時ニ、モチヰルベシト申タレドモ、狛笛反処ノ秘説ト申タレバ、狛笛ニモ時々マゼ吹ベキニヤ。当時伶人ノ中ニモ、コレテイニ吹候メリ。此曲、*西寺(ニシデラ)ノ老鼠(ネズミ)ト云事アリ。『*ヲイネズミ』ハ呂催馬楽也。

一、双調曲

21 地久(チキウ) 有二面甲一　准二大曲一

破、拍子十二。舞間拍子百。急、拍子十。舞間拍子九十。

先欲レ奏二此曲一時、吹二禰取之詞(コトバ)一。如二常説一。准二大曲一時ハ、吹二狛調子一。品*玄也。或人謂二之大調子一云。是秘事也。当世不レ用レ之。肩袒手(カタヌグテ)アリ。此舞ノ秘事ノ内也。而*仁平御賀ノ比、三月一日、於二*鳥羽殿一院殿上人舞御覧ノ日、*俊通小将カタヌグ手ヲ舞給ケルニ、*半臂ヲトモニグシテ、肩袒給タリケレバ、万人見レ之、耳目ヲヲドロカシタリケリ。舞入之後、父卿起(チ)レ座、向(ノ)二子少将一雖レ被二勘発一無二其益一云々。ヨク〳〵カヤウノ事ニテ心ツクベキ也。或右舞人云、帽衣之時、肩袒手ハ無ナリト申ニ、如レ此、束帯之時、肩袒侍ナリ。

承久二年三月十七日、常楽会後朝。別当僧正雅*縁、*一家公卿為二見物一下向アリシニ、此手舞キ。舞人四人好氏、久行、*好継、▼忠茂帽衣。一者好氏、居右膝突、袒(ヒボ)ヲ解テ肩袒了。二者久行、乍(ナガラ)レ立(タチ)カタヌグ。以下二人ハカタヌガズ。サマ〳〵ノ相違ドモ不審ニ侍リ。可レ尋。

此楽、呂催馬楽『桜*人』ニ合(アヒ)タリ。コレニ物語侍。昔*公任大納言、南*殿〔ノ〕桜ノサカリニテヲモシロク侍ケルニ、南殿ニ早旦ニ出給テ、*柱ヲ拍子ニ打給テ、『サクラ人』ヲウタヒスマシ給タリケレバ、多政資ガ陣直ツトメテ候ケルガ、

由古伝也。依二芸能一失二身命一人也」(郢曲相承次第)。 **吉備宮** →二二頁「吉備津宮」注。 **庭火** 神楽の際に焚く篝火。神楽歌『庭火』は、「深山には 霰降るらし 外山なる…」と歌う。もと、採物の『葛』の歌。 **神拝…** →二二頁

20金鼠 いま鼠の刺繍のある袍を着用。 **引物** 弾物。絃楽器。

西寺 東寺に対する寺。奈良・京都にあった。

ヲイネズミ 「西寺の 老鼠 若鼠 御裳喰むつ 袈裟喰むつ…」と歌う催馬楽。律とされる。

21品玄 唐楽系に用いる登場楽。調子の一種。 **仁平御賀** 鳥羽院五十御賀。一一五一、三、七に行われた。

鳥羽殿 白河・鳥羽上皇の離宮。京都市伏見区鳥羽にあった。

俊通 「少納言俊通ト云ケル笛吹ハ、笛ノシリハ胸ノ中ニサガリテ、笛ノカシラハウルハシク鼻ノ筋ニアテ、ゾ吹ケル」(懐竹抄)。

半臂 装束の下に着用するもの。

雅縁 五三代興福寺別当。

一家 藤原氏一族のこと。興福寺は藤原氏の氏寺。

好継 底本「好能」。 **桜人** 「桜人 その舟止め 島つ田を 十町つくれる…」。 **公任** 藤原頼忠の男。権大納言正二位に至る。一〇四一没七六歳。 **南殿** 紫宸殿の別称。

柱ヲ拍子ニ 柱を打って笏拍子の

『地久』ノ破ヲ舞テ出タリケルコソ、メデタキタメシニ申伝テ侍。サゾヲモシロク侍ケム。

舞人向レ北袖ヲ取時、加二拍子一。急、手ヲ指上テ、片躍時、加二拍子一。又、此曲ニ更居突ト云秘事候トカヤ。未二見侍一。或人ノ申侍シハ、多氏、大神*氏タガキテ候トカヤ。イマダヲトシスヘズ*侍リ。

一説云、此舞破、舞人解レ袒。其時上二拍子一。急、向レ北取二袍前一時、上二上拍子一。又当時ニ取二後*参一ルハ、『万秋楽』ノ答ニ*舞時取レ之。番二他曲一*之時者、尤不レ可レ取レ之。

此楽呂歌『美ノ山』*ニ合。但、歌ノ説トテ、在二別習一。笛譜注レ之。

多忠節云、当曲取二後参一事ハ、依二勅定一執レ之也。而近来者無二其儀一。尤無二其謂一歟。

22
白浜　中曲　准二大曲一

序、拍子八。破、拍子六。舞間拍子六十五。三五要略、拍子十六。長譜*、拍子十五。舞間拍子九十。輪*了向レ北、加二拍子一。

此曲ノ事、タシカニ申タル物ナシ。但、口伝云、不レ吹二爾取一、直ニ序ヲ吹出。一説、是秘説也。如二常舞一爾取テ、吹二当曲一、常説ナリ。大輪造テ舞、輪廻了立定テ、舞人居時、加二拍子一。

*出雲友貞云、対スル二『万秋楽』一時者、可レ執二『白浜』一。*後散以二『万秋楽』一為二大曲一。可二引証一云々。准二大曲一故ナリ。付二此説一、加二三度拍子一、尤為二秘説一云々。

此曲、東三条殿*ノ朱器*大饗セサセ給ケルニ、加二三度拍子一。入綾ノ手ニ、居所ヲ舞タリ。メヅラシク殊勝ニ侍ケレバ、更居突ト云ベシ。今日『賀殿』ニ更居突ノ手舞レ之。左右相対シテ可レ用二此説一。対二『賀殿』一日、可レ舞二手居所一。此説能々可レ令二秘蔵一也。

23
蘇志摩　又『廻庭楽』云　或『敷手』異名
云々　着二蓑笠一舞　中曲

『蘇志摩利』云。拍子八。舞間拍子六十二。

古記云、此舞中古絶了。而天暦*御時、被レ仰二多好茂可レ仕之由一、好茂絶ユル由再三辞申*。重押許可レ舞之由依レ被レ責、案立*シテ舞レ之。後人薬師寺*儛

代りとし。**陣直**　陣の宿直。陣は左右近衛の詰所。

大神氏　惟遠に始まる舞の家。↓雅楽系譜

ヲトシスヘズ　どちらとも言えない意。

後参　↓九二頁注

答ニ　答舞として。

番他曲　「大曲にならべたるものなり。しかればそりこ(蘇利古)をとる」(竜鳴抄)。

美ノ山　「美濃山に 繁に生ひたる 玉柏 豊の明に 会ふが愉しさや 会ふが愉しさや」。呂の催馬楽。

22長譜　長秋笛之譜。

輪　舞台を廻る手。

出雲友貞　世系等未詳。

後散　後参。

東三条殿　藤原兼家。

朱器　藤原氏が伝世する宝器。氏長者が管理した。

23天暦御時　村上天皇の治世。

申　底・大阪本「由」。意による。

案立　私案をもって作る意。

薬師寺　南都七大寺の一。天武天皇勅願寺。藤原京に作られたが、後平城京に遷された。奈良市西ノ京町にある。

人味曾(ミツ)府生助頼*、如レ形伝学習レ之、于レ今相伝云々。

此舞多氏ニハ舞絶シテ、今ハ不レ舞。紀氏*ノ舞人ノ近来マデ舞侍ケル。其氏ニモ舞失テ後、今ハ大神氏舞人許舞レ之。

此楽ニ有二二説*一。爾取ヲ吹テ、即吹二当曲一。一説。此世ニ用レ之。又音取ズシテ如二『綾切』一、直ニ吹二当曲一。序吹一拍子、一説。コレハ極秘説ニテ侍トゾ、古老人〳〵ハ申サレ侍シ。合肘(アハセ)ノ舞渡事アリ。其間タ居(ヰテ)、笠ヲトリカブル也。渡返ヌレバ加二拍子一。

以レ之今雖レ絶レ舞、長業之人*案レ之、献二舞書一。凡件日記傷、奥切不レ知二誰人一。鳥羽院在レ之。藤相公俊憲*、依レ仰読二件日記一云々。

此舞、天下一同ノ大旱魃之時、為二雨請一舞レ之。カナラズシルシアリテ雨下。楽舞倶秘事ニテ侍ナリ。

又此曲ノ利字ハ、定テヨシ侍ラム。未二勘出一。可レ尋。

24 登天楽(トウテンラク)　雖レ為二童舞一又男舞　小曲

又『登殿』云。拍子十。舞間拍子五十五。

此曲モ、クハシク申タルコトナシ。ウチマカセテ*ノ〔舞ノゴトクナリ。大神氏ニ舞侍ハ、〕面白手ドモ候也。三五要略ニハ、舞間拍子〔五十。舞ニシタガヒテ加二拍子一。〕此楽ハ返吹所アリトイヘドモ、四・五度ニ一〔度ハロヘ返吹ナリ〕。

一、別曲

25 都志(ツウシ)　小曲

又『鶴舞(ツルマイ)』ト謂レ之『八仙*』モ如レ此云如何

又『都爵志与呂妓(ツウシヨロギ)』云。拍子八。舞間拍子四十五。

コノ舞中古ヨリ絶ヘ了。常楽会ノ式舞*ニ〔入タリ。仍于レ今奏ニハ書*〕入テ進也。一向法用ノ楽ニ用レ之。随分〔秘楽ノ内ナリ〕。

此与呂妓之字、未二勘出一。可レ尋。

26 酣酔楽(カムスイラク)　中曲

破、拍子四。急、拍子十。

古譜云、此舞之出時、吹レ急為二道行*一。一説ニハ、用二乱声一云々。

助頼　伝不詳。

紀氏　東大寺属の楽人。

二説　「蘇志摩利ニハ公光ガ様公信ガ様トテ有二二説一」(吉野吉水院楽書)。

長業之人　技芸に長じた人。名人。底本「長楽之人」。

俊憲　藤原通憲の一男。参議。

24 ウチマカセテノ　さしたる秘伝・秘手もない普通の。

25 八仙モ　やはり鶴舞という。↓九九頁

式舞　法会の一部をなす舞。供養舞。

書入テ…　形式として演目のうちに記入する意。

26 道行　舞人が舞座に着くまでの称。その間の楽として急を用いる意。

破七帖、拍子各四。合廿八拍子。終帖加二一拍子一。急十帖、拍子各十。合百拍子。自二第七帖一、打二三度拍子一。入時、*重吹レ急云々。*右物切定(ミギノモノキリサダマリ)タルハ、『胡蝶』ト此曲ナリ。

*保延比、内裏舞御覧ニハ、*末方一人舞レ之。其後何比ヨリ絶タリト云事ヲ不レ知之。*似二左舞一出入手候也。

康保三年七月七日、殿上侍臣ノ奏楽(ク)アリケルニ、二人奏二此曲一。*兼家朝臣、*理兼。昔ハ如レ此上﨟モ舞曲ヲアソバシケル也。

抑此急、*長者殿下ノ御*春日詣〔ノ〕次日、鹿園院シテ*餺飥(ハウタク)ヲ進(マイラスルトキ)時、奏二此楽一。*横笛ニ渡シテ、笙笛ヲ付、打二鞨鼓一。為二新楽所作一渡。手ザシハ少々吹替(キカヘ)タリ。大旨同詞也。加二三度拍子一。

27 狛竜(コマレウ)

又『高礼竜』云。破、拍子十二。急、拍子十二、又八。

件舞、*五月節ニ輿(コシ)出入之間、於二御前一奏レ之。乗(ノリテ)二小馬形二二人舞レ之。冠(カムリ)、蛮絵(バム)着、右舞人中﨟舞レ之。

古記云、此曲者、向二御輿(コシ)一筋替(スヂカヘ)ヲ打テ舞フ也。此間、吹レ急。早物打二唐拍子一也。破ヲバ不レ吹之。競馬行幸、御幸之時、対二『蘇芳菲』一シテ急ヲ奏ナリ。

*狛楽ノ中ニハ、秘楽ノ随一ナリ。此舞之躰、古記ニハ頗相違シタリ。其作法ヲ日記セザルカ。委様ハ有二第四巻一注レ之。

28 *吉簡(きかん)

拍子十二。早物。打二唐拍子一之。

相撲節(スマウノ)ニ、『剣気褌脱(ケムキコダツ)』ニ対シテ奏二此曲一。舞出間吹二乱声一。走廻。王二人、*陪従(バムジュ)廿人。吹レ楽時乙躍退(ヲドリシリゾキ)入。装束如二『八仙』一装束。但フチ摺文ナリ〔云々〕。資忠記云、右近府生舞レ之、相撲節『*猿楽』*後舞也。猿楽(サルガクラ)等出現シテ、各思〔々〕之ホヲワザヲシテ入シ。退出音声、奏二『長慶子』一。又、呂歌(リヨノウタ)、『*無(ナキ)レ力(チカラ)蝦(カヘル)』ニ合ト申タリ。此曲、極秘曲ナリ。委細者第四巻注レ之。

29 狛犬(コマイヌ)

破、拍子十一、又十二。急、拍子十四。一説

重吹急　退場楽に当曲の急を用いる意。
右物　右方舞。切は曲の最後の部分。　**保延**　一一三五—四一。
末方　紀末方。
似左舞…　高麗楽は通常登・退場楽を奏さないが、この曲は唐楽系の左方舞に等しく、登・退場の楽舞がある。
兼家　藤原師輔の男。氏長者。摂政・関白・太政大臣。従一位。九九〇没六二歳。　**理兼**　伝不詳。
長者　藤原氏の氏長者。
春日詣　奈良の春日神社へ参詣すること。春日は藤原氏の氏神で、藤原氏の摂関は必ず参詣した。
餺飥　餺飥(はくたく)。うどん粉製の食物。
横笛ニ…　高麗笛の曲を横笛(唐楽に用いる)に移して。
27 **五月節**　→八六頁「五月節会」注
狛楽　高麗楽。
28 **吉簡**　乞寒。猪犴・桔槔とも書かれる。散楽が舞楽化された曲。乞寒戯に出る曲とされる。
陪従　番子・半子に同じ。王に従い登場するもの。
猿楽　散楽が舞楽化したもの。
後舞　答舞。
無力蝦　「力なき蝦　力なき蝦　骨なき蚯蚓　骨なき蚯蚓」。呂の催馬楽。

云、序破謂レ之。

相撲用レ之。舞欲レ出之時、先吹二乱声*一大乱声。打毬*之時、右方以レ此為二勝負*ノ楽一。仍毎レ取レ球発。舞者二人。用二鶻(クチトリ)二人一。〔用二右近将曹以下府生以上一〕

舞入時、乍レ含二続松火*一入。楽有二破急一。乱声狛犬出、乱声伏、吹レ破時、興レ是*舞。吹レ急、食レ火舞入了。已上、多資忠日記。

古譜云、吹二乱声ヲ一為二出曲一。犬出伏時、吹レ序ヲ。次大真人出。出来頃之、犬追喫二大真人一之時、吹二乱声一。次吹レ破入可云々。今案者、序ハ破歟。破者又急也。委状者、第四巻注レ之。

30 進蘇利古(シムソリコ)

拍子十一、又十二。謂二之『竈祭舞』一。

近代舞絶了。早楽也。仍*退出音声用レ之。

31 顔序(ガムジョ)

拍子十二、又十七。謂二之『顔徐』一。

此*曲ハ舞アリトモ申サズ。高麗ノ参*音声ニ奏ケレドモ、今世ニハ、高麗〔ノ〕参音声モナシ。不レ用レ之。

32 新河浦(カフ)

拍子五。

コレモ舞ナシ。或譜ニ、以二此曲一為二『顔序』ノ急一トシルセリ。サレバ舞ノ侍ケルニヤ。

33 黒甲序(クロカムジョ)

又『倶倫甲序』、拍子十一、又十三。

コレモ舞ナシ。古譜ハ、高麗行道楽ニ奏二此曲ヲ一トイヘドモ、近来タマ〳〵右*楽ヲ奏ニモ、『狛桙』スル也。此楽ヲ人シラヌ楽ナレバ、サヤウニシナシタルニヤ。

34 常武楽(ジャウムラク)

拍子七、又十二。鳳凰*集ニハ拍子十。退出音声用レ之。

此曲早*部常雄作レ之。仍ヤガテ作者名ヲ付タリ。謂二之『常雄楽』一。此楽有二三説一。近代高麗ノ退出音

29 **乱声** 高麗乱声。登場楽。小乱声に対し、笛の首席奏者について助管が退吹(おめりぶき)する自由拍子の曲。

打毬 左右に分れて騎馬し毬を打つ競技。

勝負ノ楽 勝負舞とも。右方が勝ったときに奏する楽。

続松火 底・大阪本「続損火」、意による。

是 続松の火をいう。

30 **退出音声** すべてが終了し退去する際に奏する楽。普通、長慶子が用いられる。

31 **此曲** 「大法会の行道にこれをすべし。いと人もしらぬ物なり。舞ひなし」(竜鳴抄)。

参音声 行事の場に進入する際に奏する楽。多く春庭花が用いられた。

33 **右楽** 高麗行道楽の意。

34 **鳳凰集** 不詳。

早部常雄 伝不詳。

声絶了。

35 造物（ツクリモノ） 拍子八、又十二。

コレハ百済貞*雄作レ之。或譜ニハ、舞ニハ用二『仁和楽』一ト云。一説ナリ。又『貴徳』ノ急ヲ秘時、用ス二此楽ヲ一ト云。是一説。カタ〲ソノユヘ侍ラム。シリガタシ。可レ尋。

又双調ニモ『造物』アリ。高麗笛師下*春ト申物ツタヘタリト、鳳凰抄ト申文ニイレタリ。サレドモ、近来吹タリト申物モキコヘ侍ズ。仍モチヰラレズ。

又平調ニモ『造物』アリ。兵庫允玉手公頼ガツクリタルトゾ申タレドモ、其家ノ目録ニモイレズ候メリ。サレドモ、今尾張得業円憲、譜ニシルシヲキタレバ、サル事ハ侍ケルナンメリ。此世ニシレル人、ナジニカハアルベキナレドモ、物ヲシラレンガタメニ、カク申ナリ。ナラヒアリナンドハイフベカラズ。其譜ハ高麗笛譜ニ注置タリ。

36 狛楽（コマガク）大旨如レ此。横笛*ニハ『師子』*荒序ト云。

狛笛*ニハ『犬』『吉簡』ト申シテ、無二左右一道ノ秘事ニテ侍ナリ。ワレフカネドモ、道ノ秘事ヲバ、サイカク*ノタメサタスベキ也。ウチマカセテハ、『師子』『狛犬』トゾ、ツガヰ*侍ベケレドモ、『師子』ノ答ニモ『狛犬』不レ舞、定有二由緒一歟。

凡右舞事、如レ此シルシヲクニツケテモ、ソノハヾカリモアリ。且ハヲカシキカタモ侍ヌベケレドモ、楽ノ習ニツキ、又古人タチノ物語ドモヲウケ給ハリシヲ、カタハシ〲、物ヲコヽロヘサセンタメニシルシヲクナリ。ユメ〱シルルヨシナンド、ヒロウスベカラズ。コレヲヨク〱ミヲボヘテ、氏人*〱ノ手ザシフルマヒノ、カハリユカンヲモミテ、ワガミニモ、サコソハ先祖ノスガタモカハリユクラメト、思シルベキナリ。次ニハ、多氏之中ニモ、ヲヤ祖父等モセザリシ事ドモスル輩モ侍ケナリ。*コレラヲバ、物ヲコノムトイヒナガラ、ヨシナキ事也。昔ノ人ハ正直ニテ、サハナカリケル也耳。

35 百済貞雄 底・大阪本「百済真雄」。

下春 伝不詳。

横笛・狛笛 唐楽・高麗楽の笛。

師子 師子の笛は戸部氏が相承。戸部春近—吉多—信近—正近—正清—清延…。（師子吹相承）

サイカク 才覚。

ツガヰ 番舞とする。

氏人 これらの右方の楽舞を伝える多氏など。

コレラヲバ… 文末の「忠我家ニ…」は、この部分の左傍書。

忠我家ニアラムホドノ曲ヲ、イカニモタヤサジトハムベルベキナリ。ソレコソ中〳〵ニ、ソコモコヽロニクヽテ、目出タケレト、古人被レ申シナリ。

写本

天福元年癸巳七月日以二自筆一令二書写一了　在判

正六位上行左近将監狛宿禰近真撰

教訓抄 巻第六

無二舞曲一楽物語　六十八

双調　呂*

柳花薗	渡物鳥 破・急	嘉殿 破・急
春鶯囀 序・破	胡飲酒 破	竜王 破
廻坏楽	北庭楽	酒清司
酒胡子	武徳楽 急	新羅陵王 急

壱越調　呂

安楽塩	壱徳塩	渋河鳥
十天楽	弄槍*楽	河水楽
詔応楽	廻坏楽	壱弄楽
壱金楽	河曲子	最涼州
武徳楽	新羅陵王	酒清司
酒胡子	壱団橋	

太食調　呂

天人楽	飲酒楽	仙遊霞
庶人三台	感恩多	輪鼓褌脱

呂　呂・律。雅楽の音階の名。わが国では、実際の音階や旋律法ではなく、理論上の分類用語として用いられた。雅楽の六調子(六種類の調子)は呂・律に分類されるが、壱越調・太食調・双調を呂に、平調・黄鐘調・盤渉調を律に配したのは平安後期である。

槍　底・大阪本「倉」。京大本による。

王照君　長慶子

平調　律

慶雲楽　永隆楽　相夫恋

越天楽　勇勝　春楊柳

夜半楽　廻忽　扶南

老君子　慶徳　古老子

盤渉調　律

鳥向楽　宗明楽　鶏鳴楽

感*秋楽　承秋楽　剣気褌脱

白柱　遊子女　竹林楽

千秋楽　長元楽

黄鐘調　律

安城楽　応天楽　聖明楽

蓮花楽　重光楽

平蛮楽　海青楽　拾翠楽

〔一〕双調曲　呂、春、東、木音、青色、角、礼、准民

1 柳花薗（りふくわ）

『柳花苑』〔云〕、拍子廿四、可レ吹ニ七反ニ。本者、『柳花怨』云。而天暦*内宴*之日、有ニ儀定ニ、被レ改ニ怨字ニ苑字定置云々。

昔ハ、此曲ニ舞アリケレドモ、絶ヘテ久クナリテ侍ドモ、舞ノアリケル時ノ様ハ、知ベキ事ニテ侍バ、シルシ侍也。

桓武天皇*御時、遣唐使*儛生久礼真茂*（サネモチ）所ニ伝渡ニ也。

其時者、一・二・三帖遅吹。各無ニ間拍子ニ。三切舞加ニ同拍子ニ。次欲レ吹ニ五帖ニ之時、暫有ニ其間ニ。次五帖、終テ後、音取笙笛許。次詠*。次四帖ヲ急ニ吹ク。一切遅吹。次音取。次詠、如レ前。次六帖ヲ急〔ニ〕吹、則加ニ拍子ニ。本是者太食調曲也。而承和御時*、改テ被ニ双調ニ。早物〔也〕。弾物ニハ無ニ楽拍子ニ、忠*拍子許也。惟季之説ニハ、トモニ侍也。時元之説ニハ、楽拍子延八拍子*吹レ之。

堀河院ノ御時マデハ、トモニ侍ケルヲ、天皇忠拍子ヲアキセサセ給ケルニ、ヤガテ楽拍子ヲ人ナラハズシテ、シリタル人スクナク侍ナリ。忠拍子ハヤスク候。楽ノ拍子ハトコロセバク侍ナリ。加ニ拍子ニ時、打ニ三度拍子ニ。惟季ノ秘説云、第十三十四ノ間、可レ吹ニ六鞨鼓ニ云々。出雲已講明暹物語*。同豊原氏ニモ以ニ此説ニ為ニ秘説ニ也。此楽ハ、正説

感　底本「咸」。

1 天暦　村上天皇の治世。

内宴　内々の節会。正月二一日頃仁寿殿で行われ、詩歌・管絃等の催しがあった。

桓武天皇　光仁天皇の第一皇子。七八一―八〇六在位。都を長岡京、ついで平安京に遷す。八〇六没七〇歳。

遣唐使　桓武治世下では八〇四に派遣され、空海・最澄らが随伴した。

久礼真茂　伝不詳。

詠　「後苑桃李正芳菲　芳菲正是忘愁時　昨来新州昭陽殿　更勿非情形画眉　王開春色悛　金河路幾千　琴悲桂条上　竹怨柳花前」（楽家録）。

承和御時　仁明天皇の治世。

忠拍子　二種類の拍子が交互に繰返される拍節的な混合拍子。早只、夜多羅拍子など。

延八拍子　一小節が四分の八で、八小節目に太鼓を打つ拍子型。延拍子は一小節を八拍にとる拍節法、八は太鼓拍子を示す。

明暹　「小笛ニテウツクシク吹レケリ。惣ジテ物ノ上手也。雖レ為ニ僧身ニ時ノ伶人コゾリ集テ習レ物」（懐竹抄）。

渡物 ある調から他の調へ移調した曲。双調と黄鐘調に多い。
御遊 平安時代に盛行した一種の音楽園遊会。
本調子 その曲が本来属した調。ここは、本書の「鳥」(迦陵頻)以下前出の各条をさす。
宗忠 藤原宗忠。宗俊の一男。右大臣、従一位。二四没八〇歳。中右記の筆者。音曲にも長じた。大家笛血脈・鳳笙師伝相承等に載る。
忠政 摂津守。「笛吹クトテ目ヲキラ〳〵ト見成シ、スヾロヒザマヅキテ、腹立タル気色ニ成テゾ吹ケル」(懐竹抄)。
知足院 藤原忠実。「知足院殿ハ御息ヲ入給。共ニ以目出カリキ」(懐竹抄)。
2 六穴 笛・篳篥の指孔。
シリテ 諸説を熟知したうえでの意。
尺拍子 笏拍子。笏を真半分に割ったような二枚の木片を打ち鳴らすうたいもの専用の打楽器。
3 声歌 後世の口三味線のようなもの。
俊房 源俊房。師房の一男。左大臣、従一位。二三没八七歳。
宗能 藤原宗忠の一男。内大臣、正二位。二七〇没八四歳。
宗輔 藤原宗輔。宗俊の男、宗忠の弟。
丄 底・大阪本「上」。

ヲバ、世人クハシクシラズ侍ナリ。ヨクカクスベシ。

〔一〕 渡*物曲

『鳥』破・急。『春鶯囀』颯踏云序・入破云破。『胡飲酒』破。『嘉殿』急。『武徳楽』急。

以上七曲、御*遊ノ時料ニ、所レ被二渡置一双調也。仍書続之。具ニ見二本*調子一。此楽目録、在二中御門右大臣宗*忠之家一目録也。加二『地久』急一八曲注セリ。

口伝云、吹二渡物一時者、不二息入一微音〔ニ〕シナ〳〵ト、手少(すくなに)可レ吹レ之。是忠*政朝臣幷惟季ノ説也。皆以可レ吹二忠拍子一。知*足院入道殿下者、双調物ニハイキヲ入テアソバシケル。

2 鳥破 拍子八

此楽ハ忠拍子吹也。有二喚頭一。打任テ、人如二本調子ノ一、頭アリトハシラヌ也。只、口ヘカヘリ〳〵吹説モアレドモ、ソレハナラヒナクテ吹説ナリ。ワロシ。宗忠右大臣家ノ御説ニハ、吹出(ダシ)モ六*穴許リヲアソバシケル。ソレモメヅラシク候。シ*リテ用イベシ。御遊時者無二打物一、尺*拍子。又打物アル所ニテ、可レ加二拍子一時者、古楽揚拍子打レ之。

3 急 拍子八

昔ハ忠拍子ニフキケレドモ、イマハ楽拍子ニ吹。コレニモ喚頭ノアル也。サレドモ、『万歳楽』ノ吹様ニ、ウチカヘ〳〵可レ吹也。加二拍子一。三度拍子。

古記云、堀河院御時、於二御前一有二御遊一。双調云々。右大臣宗忠、『鳥』破急渡テ、声*歌被(ラル)二出仕一。件『鳥』破、渡物時者普通人者、両返吹時者、初〔之〕吹出者、従二丄穴一吹出。次度吹出ハ、従二六穴一吹出也。如二喚頭一也。是常事也。然而件宗忠、従二六穴一吹出定ニ、声歌被二出仕一。其時、堀川左大臣俊房歟*被二向問一云、被二出仕一如何。宗忠被二答申一云、是従レ本、『鳥』破ノ双調ニ渡ス時ハ、只毎度従二六穴一可二吹出一也。是宗忠家ニ所二習伝一也、被レ申云々。其時、左大臣、年来度々承ル、毎度従二六穴一吹出躰ニ、声歌之聞ヘ給ハト所二尋申一也。尤有レ興事也、被レ申云々。久安六年七月八日夜、宗*能大納言御物語。所二承伝一也。但、宗*輔大納言者、御遊時毎従二丄*穴一被二吹出一。若此説未レ被レ伝歟。同流相違、如何。

仁平二年三月、一*院御賀御遊。笛ヲ侍従大納言成*通卿被レ吹時、自二六穴一被二吹出一云々。此於二破・急之喚頭一者、尤面白説也。可レ為二秘蔵一也。

4 嘉殿破 拍子十

右目録ニハイレラレ侍ラネドモ、近来曳*物ニ、ツネニシゲク侍也。是モ忠拍子ニ吹ベシ。加二拍子一時ニ打二三*度拍子一。

5 急

是モ忠拍子ノ説候ヘドモ、近来、御前ノ御遊ニモ楽拍子ヲ用イラレ侍也。加二拍子一時、打二一拍子一。

6 春鶯囀颯踏 拍子十六 謂中序也

是楽拍子、忠拍子トモニ、曳物ニ用イゲニ侍バ、イヅレニテモ人ノセムカタニシタガウベシ。本調子ニハ、拍子ハクハヘ侍ネドモ、式*講躰ノ事〔ニ〕、打*物ノアラバ、可レ加二拍子ヲ一。三度拍子可レ上也。

7 同入破(いれは) 拍子十六 謂ル破也

是モ楽拍子、忠拍子トモニ候也。加二拍子ヲ一事ゾ、六羯鼓ノ者ニハナベテ事ナ〔ケ〕レドモ、古老ノ説云、講*演等ニ打物アラバ、如二『林歌』一上二三度拍子一〔也〕。其上、堀河院御時、六羯鼓ノ者ニ拍子上タル事ヤアルト、諸道〔ニ〕御尋アリシニ、▼狛光季奏シテ云、中古無双ノ管絃者侍キ。南無阿弥陀仏ヲ楽ニ作合テ謂二六拍子一也、其説如二三度拍子一。又古老云、『廻忽』ノ返立、口六羯鼓也。即加二拍子一ノ時三度拍子〔也〕。〔サレバ〕入破等楽、更ニカハルベカラズ候由申ス。頗有二御感一、於二自今以後一者、尤可レ加二三度拍子一、被二宣下一タリケレバ、当世ニモ加二拍子ヲ一。人ソシリヲナスベカラズ。

8 胡飲酒破 拍子十四

是モ忠拍子アリ。サレドモ呂歌『田中井戸』*ニ合タルユヘ、楽拍子ヲ用タル也。但シ歌ニ合時ハ、少シノゾク所アリ。加二拍子一時、一拍子打レ之。

9 竜王ノ破 拍子十六

是モ舞ノ時ヨリモ、ユル〳〵ト吹ベシ。忠拍子ニモ吹ケレドモ、今ノ世ニハ常ニ不レ用。加二拍子一様ハ奈*良様ヲ用ユベシト申タリ。サモ侍リナン。ヲリフシニヨルベシ。

10 廻坏楽(くわいばいらく) 拍子八

是ハ忠拍子ニ吹ベシ。曳物ニアルユヘニ、近来渡*レ之。加二拍子一時、打二三度拍子一。

一院御賀 鳥羽院五十御賀。三月七日に行われた。
成通 藤原成通。
4 曳物 弾物。ここは管絃の意。
三度拍子 加拍子の一。
6 式講 法会や講など。
打物 打楽器。
7 講演 経を講じ法を説く集り。
8 田中井戸 「田中の井戸に 光れる田水葱 摘め摘め吾子女 小吾子女 たたりらり 田中の小吾子女」。呂の催馬楽。
9 奈良様 南都方楽人の流儀。
10 渡 移調すること。渡物の曲とした。

11 北庭楽 拍子十四
是ハ楽拍子ニ吹ベシ。加二拍子一。打二三度拍子一。

12 酒清司 拍子八
〔是モ楽拍子ニ吹。早物也。加二拍子一時、打二三拍子一。〕

13 酒胡子 拍子十四
是モ楽拍子ニ吹。早物ナリ。加二拍子一時、打二一拍子一。

14 武徳楽急 拍子十二
此曲本調子ニテ吹ニハ少々吹カヘタル也。加二拍子一様モ三拍子ト申タリ。メヅラシク侍リ。忠拍子ニモ吹ドモ、曳物ニシタガフベシ。

15 新羅陵王急 拍子十二
此曲ニモアマタノ説侍レドモ、用二十二拍子之説一也。楽拍子〔ノ〕早吹物也。加二拍子一時、打二一拍子一。

以上、渡物者、御遊幷式講之料、付二弾物一所二渡置一也。古宗忠家*、中古宗輔家*、従二両臣家之御流一所レ給、狛行高于レ今所レ相二伝家嫡*一也。

〔一〕壱越調 呂、中央、土音、黄色、宮、仁、准君

16 安楽塩 拍子十二
此楽クハシク申タル者ナシ。近来法用之時用レ之。忠拍子トモニアリ。加二拍子一時、打二三度拍子一。又沙陀調ノ曲云。

17 壱徳塩 拍子十四 〔古楽〕
此楽モ同ジコト也。古楽トハアレドモ、打任テ鞨鼓ヲ打ハ、如レ此ノ楽ノ習也。忠拍子具アリ。加二拍子一時、三度拍子。

18 渋河鳥 拍子十二 或説拍子十 古楽
此曲隋煬帝*用二『汴渋河』一作レ之。序絶了。本者無二喚頭一、中古出来云。行道用レ之。
古記云、是隋煬帝拾二『汴河曲』一作云々。序拍子十、可レ吹二三返一。此曲ハ慈覚大師*引声念仏*ニ、横笛ヲ以令レ吹伝一給、令レ渡二日本其音一也云々。天暦五年正月廿三日、内宴参音声、用二此曲一忠拍子在。加二拍子一時、打二三度拍子一。

19 十天楽 拍子八 古楽
此楽者、東大寺講堂供養ノ日、天人十人、空ヨリ下リテ、仏前ニ花ヲ供シケレバ、始タル楽ヲ作テ、

15 **宗忠家** 中御門右大臣藤原宗忠の流れ。
(按察大納言)宗俊――宗忠――(中御門内大臣)宗能…
　　　　　　　　└―(太政大臣)宗輔…
大家笛血脈等に載る。
宗輔家 京極(堀川)太政大臣藤原宗輔の流れ。
嫡 近真は則房からその相伝をうけた。

18 **煬帝** 隋二世の帝王。
慈覚大師 俗姓、壬生氏。下野国下都賀郡の人。諱、円仁。最澄に師事し、天台山門派の開祖となる。延暦寺第三世座主。〔八六四没七一歳。〕
引声念仏 慈覚大師が五台山で伝授をうけたもの。音声に曲調をつけて唱える念仏。

可レ奏云、依二宣旨一、笛師*常(ツネヨノフトウヲ)乙魚之所レ作也。天人十人下リタリシニヨツテ、『十天楽』ト付ラレタル也。忠拍子アリ。加二拍子一時、打二三度拍子一。

20 弄槍楽(ろうさうらく) 拍子十二 可レ吹二四十返一云 古楽

昔ハ有レ舞。『狛桙』ノ*棹ノヤウナル棹ヲモチテ、如二『太平楽』躰一舞ト云。光時説。古ハ*供華ノ楽ニシケリ。『十天楽』出来ノ後ハ、用二『十天楽』一。忠拍子アリ。加二拍子一時、打二三度拍子一。

21 河水楽(かすい) 拍子十 新楽

近来*登高座ノ楽ニ用レ之。*有基之説云、此曲、*雨恋ノ時奏スレバ、必雨下ルト〔也〕。忠拍子アリ。加二拍子一時、打二三度拍子一。

22 詔応楽(せうおう) 拍子十 新楽

昔ハ舞ノアリケルニヤ。可レ吹二五返一申タリ。返吹初拍子有二習説一。又『梁州詔応楽』云。忠拍子〔アリ〕。加二拍子一時、打二三度拍子一。

23 廻杯楽 拍子八 新楽

昔ハ舞ノ侍ケルニヤ。序一帖、拍子四、破四帖、拍子八、注セリ。近来ハ唄師ノ登楽〔ニ〕奏レ之。*承和御時、殿上ニ被レ好二此曲一ケレドモ、只一代ニテヤミニケリ。忠拍子アリ。加二拍子一時、打二三度拍子一。

24 壱弄楽(いちろう) 拍子十 又『奏天楽』云 又『一隆楽』 新楽

此楽者、*大戸清上作レ之。舞者*大戸真縄作レ之云々。或譜云、此舞ハ*玉手則清之家ヲ可レ尋(ヌ)ト申タレドモ、其子孫于レ今侍ドモ、不二伝習一云々。忠拍子アリ。有レ序ケレドモ絶畢。此破、*南宮説、自二中穴一吹二出之一。加二拍子一時、打二三度拍子一。

25 壱金楽(いっきん) 拍子十 又『承果楽』云 又『溢金楽』云 新楽

此楽者、*和爾部大田麿作レ之。舞者*犬上(ノ)是成作レ之云々。但此舞絶畢。忠拍子アリ。加二拍子一時、打二三度拍子一。

26 河曲子(かきょくし) 拍子十二 又『歌曲子幔』

延喜十一年、相撲ノ節ニ、有レ勅被レ楽二四拍子一。以レ其同レ之也。雖レ然小部正清ハ尚用二十六拍子一云々。即*最勝寺供養日、供花楽ニ用二十六拍子一。此幔字、舞姫ノ名也。忠拍子アリ。加二拍子一時、打二三度拍子一。

27 最涼州 拍子二十 又『六書最涼州』云 古楽

常乙魚 笛師。伝不詳。

20 **棹** 舞具。→九四頁注

供華ノ楽 法会の一部献供の際に奏される楽舞。

21 **登高座** 法会で導師等が高座に登る時に奏する楽舞。

有基 津守有基。一〇七〇没。

雨恋 祈雨。

23 **承和御時** 仁明天皇の治世。

24 **大戸清上** ?—八三九。笛の上手。作曲家。

大戸真縄 仁明朝の人。多くの楽舞の新改作者とされる。

玉手則清 薬師寺楽人。右近府生、三鼓打。一一三三没七八歳。そのあと、則清—清方—宗清—清景—有清と続く。(地下家伝)

南宮 貞保親王。

25 **和爾部大田麿** 右京の人。大戸清上に学び、笛吹に長じた。天長の初め百済笛師に任じ、ついで唐横笛師となり、数年で雅楽少属、大属、八五四権大允に任じられ、八六一外従五位下に叙された。八六五没六八歳。「伎術出レ群」(三代実録)と称された。

犬上是成 伝不詳。

26 **最勝寺供養** →五三頁

此楽、息長貞秀、勝通、成久作云々。此曲ヲバ、ツタヘラレズシテ、行高ニ伝申サレタリケル。サテ、大判官基政宿禰ニハイカヾヲモハレ侍ケン、殊ニ自愛シテ、朝暮ニ心ニカケテ、ウソ吹給ケルト申伝タリ。帝王内宴ト云事、セサセ給ケルニ、参音声ニ此楽ヲ奏スベキ式タリ。其時伶人正延雅楽允モシラザリケル時ニ、イカヾアルベキトサタノアリケルニ、延近ガ弟子ニ、王太コソ、天下無双ノ者ナレトテ、召出サレテ、伶人ニ列シテ吹タリケル。誠ニ吉物ニナリヌレバ召出シテ、カヤウニグセラレケル也。後ニハ楽所ノ預ニナサレテ侍ケルトカヤ。土御門大納言ノ家ニ、時元、行高参会シタリケル〔ニ〕、『最涼州』ノ沙汰アリケルニ、習ヘル由、行高ノ申サレケレバ、吹セテ聞食ケレバ、時元ガ笙笛モ相違ナカリケレバ、目出度シ〳〵ト御感アリケリ。委日記ニアリ。末代ニハ、シラヌ物モナクシリテ侍也。サリナガラモヨク秘ベシ。元政ガ流ノ方ニハ、始スコシ吹替ト云々。

忠拍子アリ。加ニ拍子一。打ニ三度拍子一。

28 武徳楽（ぶとく） 破拍子十二 急拍子十二 新古不レ明

此曲、武徳、漢高祖作レ之。則武徳殿小五月会ニ奏レ之。近来絶畢。

古記云、魏黄初四年、有司奏、改ニ漢氏宗廟安(世)楽一曰ニ王世楽一、嘉至楽曰ニ迎霊楽一、武徳楽曰ニ武頌楽一、昭容楽曰ニ昭業楽一、雲翻舞曰ニ鳳翔舞一、育命舞曰ニ霊応舞一、(武徳舞)曰ニ〔武〕頌舞一、文昭舞曰ニ大昭舞一、五行舞曰ニ大武舞一。

又云、是為ニ相撲節献舞一。左近衛権少将藤原忠房朝臣奉レ勅作ニ改之一。破、今世無ニ知人一。可レ尋。急、上ニ一拍子一。但法用之時、打ニ三度拍子一。序アリケレドモ絶畢。

29 新羅陵王（しむられうわう） 破 拍子十六 可レ吹ニ三返一 古楽

此曲、弘仁御時、有レ勅左衛門府為ニ古楽一。件舞絶了。仍近来天王寺ニ『倍臚』ノ破用レ之。但用ニ彼寺一様ハ有ニ別説一。短様、拍子六。京様、拍子十六。各加ニ三度拍子一。是非ニ惟季之流ニ一、尾張則成ニ伝レ之。舞アル物ナレバ、吹タキ事モゾ出来トテ習侍也。是躰ノ楽ヲバ、知テヲクベキ也。又『団長楽』云。弘仁御時、有レ勅、終ニ左兵衛舞出、吹レ急云々。急ニ有ニ三説一。一者十二拍子説。四羯鼓、加ニ一拍

27 **息長貞秀・勝通・成久** いずれも伝不詳。
大判官 大神惟季。基政はその嫡子。
内宴 以下の話、竜鳴抄にみえる。
式タリ 形式となって定まっていること。
正延 伝不詳。戸部氏か。
延近 玉手延近。薬師寺属の楽人。戸部吉多の猶子となり笛を相伝。「本右舞人。好言多。依レ為レ舞為ニ猶子一、伝ニ笛曲一。改ニ本性玉手一為ニ戸部氏一」(戸部系図)。
王太 頼吉。「綿譜ト云ハ、王監物頼吉譜」(懐竹抄)。
楽所ノ預 預は一部局の長。
土御門大納言ノ家 土御門大納言は定通。時元らは三三〇代にともに没しているので、ここは、定通の家祖の時代をいう。源雅実の頃にあたる。
元政 大神基政。
28 **武徳** 六八—六二六。唐代。
漢高祖 唐の誤。唐の高祖。漢の高祖は、創業の帝劉邦。
魏黄初四年 三三にあたる。
29 **弘仁御時** 嵯峨・淳和天皇の治世。
天王寺 大阪の四天王寺。
尾張則成 ↓八九頁注
舞アル… 近真が相承する惟季の流には相伝がないが。

子。二者十六拍子説。*四々。従二第三返頭一、加二三度拍子一。為二秘説一。三者喚頭ヨリ吹始説。コレハ*吹物ニハ、イトモチキズ。曳物ニハ是ヲ本トシタリ。而相伝之上、▼有時ニ不審ヲヒラキテ侍也。ウチマカセテハ、秘楽ノ内ニテ侍ヲ、中〳〵〔ニ〕*京ノ辻吹ニヲカシゲニ吹侍ナリ。

30 壱団橋(いっと)　拍子十七　新楽

此楽者大戸清上作レ之。舞者*三嶋武蔵(へ)(タケクラ)作レ之云々。但舞絶了。雖レ有二惟季之伝一、従二*輔大納言家一*行高重伝ヘ給了。口伝云、吹二一返一後者、始可レ除二一拍子一、仍拍子十六。早物四々。加二拍子一様、有二一説一。三度拍子一説、一度拍子一説。ヲリフシニヨルベシ。ヨニ*耳トヲキ楽也。能々カク(ス)ベシ。此『一団嬌』者、堀川院御時、有二勅定一、*基縄卿家自二琵琶譜中一、以二基政一所レ移二吹横笛一也。

31 酒清司(しゅせいし)　拍子八　又六　古楽

此楽、入道左大臣殿御説ヲ伝ヘ給ハル云々。催馬楽合謂『*眉止自女』也。早物四々、加二三度拍子一。一説八拍子者、有時説。一説六拍子、*則成説。有二喚頭一。故入道大臣御談曰、『酒清司』幷『返鼻胡徳』之破、従レ本無二師説一吹レ之。其故者、是等皆催馬楽之歌也。『眉止自女』『*酒飲』也。音振聊不レ違故也。

32 酒胡子　拍子十四　〔古楽〕

此楽、唐ニテハ名二『酔公子』一。是*シナ玉名也。仍唐人高二件曲ヲ一歟。又酒盛之時、為二音声一云々。早物也。四〔々〕。唐物ハ加二一拍子一。但、古老之説云、早八羯鼓打レ之、加二三度拍子一也。是退出音声之通例歟。可レ尋。

〔一〕太食調　呂　平調同音

33 天人楽　拍子十二　〔新楽〕

此楽者和邇部大田丸所レ作也。東大寺惣供養之日、天童於二楼上一令二行道一奏レ之。加二三度拍子一。忠拍子説アリ。

34 飲酒楽　拍子二十　一説十　古楽

此楽、*長者殿下御春日詣之時、鹿薗院進二飲餞一之時、奏二此曲一。加二三度拍子一。ウチマカセテハ、『酣酔楽』ノ渡吹也。例ニヨリテ此楽ヲバ被レ用也。近来ハ、十拍子ヲ返々吹レ之。奥十拍子ヲバ半帖

四々　四鞨鼓。以下同。
吹物　管楽器。笛や篳篥などをいう。
京ノ辻吹　京都では巷のありふれた曲として。辻吹は大道で行う芸の意。
30 **三嶋武蔵**　伝不詳。
輔大納言家　藤原宗俊の流れ。豊原時光—頼宗—俊家—宗俊—宗忠…。(大家笛血脈)
行高…　狛行高は惟季の笛を相伝した。その上さらに、重ねて相伝を受けたことをいう。
耳トヲキ楽　稀曲の意。耳トヲキはめったに聞かれないこと。
基縄　源基綱。「(参議従三位済政子)兵部卿源資通卿—大納言経信卿—治部卿基綱卿」(琵琶血脈)。
31 **眉止自女**　「御馬草取り飼へ　眉刀自女…」。呂の催馬楽。
則成　尾張則成。
酒飲　→九六頁注
32 **シナ玉**　品玉。散楽の芸。
34 **長者殿下**　藤原氏の氏長者。

云、又二帖云。又、此曲入ニ乞食調一、性調曲云。或公卿被レ仰〔シハ〕、此調ニテハ『飲(ヲン)酒楽』云、壱越調ニテハ『飲(イン)酒楽』トヨム。文字一ナレドモ、調〔子〕ニヨツテ替ル也。此楽作者、未レ勘ニ出〔之〕一。

35 仙遊霞(せんいうか)　拍子十　又拍子九　又『仙人河』云　又

『仙神歌』云　新楽

此楽、斎宮*拝行*之時、勢田ノ橋*上ニテ、楽人参向之時奏レ之。早八々*、加ニ三度拍子一。二返吹之様ト云説アリ。今ノ世ニハ不レ用。拍子十二ニナル也。此説モアシクモ侍ズ。忠拍子説アリ。此曲ニハ有ニ三説一也。作者未レ勘ニ出之一。

36 庶人三台(そにんさんだい)　拍子十六　又八　古楽　又新楽

此楽、相撲節ニ、『アラ、ムギ*』ト云事ノアリケルニ、シケレドモ、近来ハ舞絶了。早物也。十六拍子時者、四カツコ、加ニ一拍子一。八拍子〔之〕時者、早八カツコ、加ニ三度拍子一。ウチマカセテハ、四鞨鼓ヲモチキルベシ。曳物ニ有ニ忠拍子一。大旨同ニ楽拍子一。詞可レ用ニ八拍子一。

古記云、舞ニ出自ニ楽屋一時、其長(たけ)甚短シ。漸進(ク)ニ台上ニ時、其長随(したがひ)長シ。承明門*懸レ尻(ツ)舞了。入時如レ本漸滅ス。幼主*之時、被ニ停止一了。子細者見ニ一条院御記*一。作者不レ見レ之。

其舞名『阿良々木*』。女房躰云々。有レ詠。

詠云、アラ、ギノ、スエニハナサク、コトシバカリハ、カゼナフカセソ。

安良々木ハ、カフチバカリニ、キテネヌレバ、コ、ロカウバシ。

37 感恩多(かむをむた)　拍子十六　新楽

会昌宰相李徳裕*所レ作也。古老云、祝所祈所奏ニ此曲一、所願成就云々。

応和元年閏三月十一日、藤花宴*ニ、退出音声奏ニ此曲一。早八々、加ニ三度拍子一。常ハ四々、加ニ一拍子ニ〔也〕。

此楽ハ無ニ惟季之流一。而楽ガラノ面白侍シ時ニ、尾張則成*〔ニ〕令ニ相伝一也。仍目録ニ入レ之。ウチマカセテ、人シラヌ楽也。

38 輪鼓褌脱(りうここだつ)　拍子廿三　用ニ只拍子一又廿二　又廿四

古楽　又新楽

此楽、ウチマカセテハ、拍子廿二トシレリ。件ノ

35斎宮　伊勢神宮に奉仕する未婚の内親王または女王。即位あるごとに交替した。

拝行　底本「群行」。

勢田ノ橋　琵琶湖畔にある近江八景の一。

八々　々は鞨鼓を示す。以下同。

36アラ、ムギ　後出の『阿良々木』と同じ。幻術とみられる。

承明門　内裏の正門。紫宸殿の南正面にあった。

幼主…　「時ノ帝御覧ジテ聊御悩アリ。サルニヨリテステラレニケリ」(吉野吉水院楽書)とある。

一条院御記　一条院は六六代天皇。円融院第一皇子。九八六—一〇一一在位。一〇一一没三二歳。

阿良々木　「女房ノ姿ニテ、紅ノ袴ニ薄衣ヲ着、イチメ笠ヲキテ舞フ。従女一人有。黄成アコメヲキタリ。懐ニロクロヲカマヘテ、タケヲ高ク成テ、清涼殿ニ尻ヲカケヽリ」(吉野吉水院楽書)。「アラ、ギノ…」の詠を吉野吉水院楽書は「従女房」の詠とする。

37李徳裕　七八七—八四九。武宗代に宰相となり権力をふるった。

藤花宴　飛香舎で天皇が群臣に賜わる宴。

尾張則成ニ…　自分(近真)は則成の相伝を受けた。

38 トコロセキ　所狭き。拍子廿二ではいかにもつまった感じなので。

39 元帝　漢一〇代の帝王。前四八—三三在位。
南宮　貞保親王。「号二南宮一。清和第四御子。二品式部卿。管絃長者也。但御笛師幷御弟子不レ詳」(懐竹抄)。
醍醐天皇　六〇代。宇多天皇の第一皇子。八九七—九三〇在位。九三〇没四六歳。
絃家　弾物相伝の家。
管家　管楽曲を相伝する家。
中院呂　「呂」を諸本「巨」、体源鈔「大臣」に作る。中院右大臣雅定か。雅定は源雅実の男。一一六二没五八歳。鳳笙師伝相承に、按察大納言宗通—雅定とあり、大家笛血脈等にも載る。
明君　王昭君のこと。
匈奴　蒙古地方に拠りしばしば中国を侵した異民族。
王昭君　元帝の後宮にいた美人。匈奴の求めによりこれに嫁した。
サリガタサニ…　よんどころなく願い事をうけいれて。

説ハ、ユヽシクトコロセキ*ニヨリテ、当時、廿三ニハノベタルナリ。又廿四拍子ノ説アレドモ用イズ。加拍子様、有二三説一。一者、四拍子ノ古楽搔拍子、大旨似二『抜頭』鼓一。常説。二者、八拍子古楽搔拍子。付二此説一有二秘説一。三者、新楽一拍子。是中〳〵第一秘説云。六拍子二所交説也。

昔、催馬楽歌『安波戸』ト云歌ニ合ケリ。其歌振雖レ絶レ之、笛音(曲)尚留云々。口伝云、羯鼓ヲ打。忠拍子八。太鼓ハ可レ加二一拍子一。一ニ搔ハ可レ加二古楽一也。是第一故実云々。

楽ノ拍子アリ。口伝云、『五常楽』破ノ程ニスベシ、加二三度拍子一。コレウチマカセテ、人シラヌ物ナリ。惟季ハ忠拍子ノ様ヲバ、モチイラレザリケルトカヤ。仍楽拍子ヲバ号二奈良様一、忠拍子ヲバ名二京様一タリ。作者未レ勘二出之一。

39 王照君　拍子十　又八　古楽

明君*漢元帝造レ(之)。本朝ニ絶畢。而南宮*従二尺八一吹伝御坐云々。又云、我朝醍醐天皇*作改御坐云々。延喜廿年御作之後、紘家*ニ有レ之。管家*ニ絶畢。中院呂*之時、遷レ管云々。或説云、明君*漢曲也。元帝時、匈奴*単于入朝以待レ詔、王嬙配レ之。此楽ノ因縁ハ、大唐ニ王昭君*ト申后アリケリ。カタチウツクシクシテ、ナラブ人ナシ。爰ニ胡国ノ王参リテ、目出度国ノタカラヲマイラセタリケルニ、唐ノ国王、コレニメデ給テ、イカナル事ヲカタマフベキト、トハセ給ヒケレバ、胡国ノ王申様、后ノ宮ヲ一人給テ、我ガ国ニカシヅキタテマツラント申ケレバ、サリガタサニ*、御事ノウケヲシ給フ。三千人ノ后ノ宮ナレバ、御覧ジツクシガタケレバ、イヅレヲカイヅレヲカタブベシト、ヲボシメシカネテ、絵師ヲ召テ、后ノカタチヲウツシテマイラスベキヨシ、宣旨アリケレバ、后宮、ミナ絵師ヲカタラヒ給テ、ヨクカケトゾタノマセケル。王昭君ハ、ワレハ人ニスグレタレバ、アリノマヽニゾカヽムズニントテ、タカラヲモアタヘラレザリケレバ、タヾ一人照君斗アシクカキテ、タテマツリケレバ、胡人ニ給リタリ。馬上ニヲイテ、ウツブシテナキカナシム時、ツクリタル楽也。サテ此楽ノ音ヲ聞テ後ニ、ナゲキ少ナグサミタリト申伝タリ。

以二我名一為二楽名一云々。

此楽、アマタノ説アルベシ。一者、拍子十、四羯鼓、早物、一拍子打レ之。院禅供奉*・小戸正清*之説曰。二者、拍子八、古楽八羯鼓、加二三度拍子一。如二『万歳楽』一緩吹一説。早物吹一説。円賢*得業・大神惟季之説曰。三者、豊原時元之説ニ、正キ五拍子ノ楽ト云。於二此説一不レ可レ然〔之〕。可レ尋。

40 長慶子(ちやうげいし) 拍子十六 新楽

此楽、博雅三位*造レ之。モロ〳〵〔ノ〕退出音声*、幷立楽ノ下高座等用レ之。口伝云、行幸之立楽ニハ加二一拍子一。退出音声、加二延三度拍子一。管絃時、加二早三拍子一。此両説ヲバ人イタクシラズ。尤秘ベシ。

古老語曰、堀川院ノ春日行幸ニ、興福寺ノ不開門ニテ、伶人立舞ヲ奏シケルニ、加二三度拍子一タリケルヲ、宝輦ノ御内ニテ、「一拍子ニコソアグレ」ト、片扇ニテヲシヘサセ給ヒタリケルコソ、メデタカリケル。末代マデモ、カタジケナクコソ侍レ。

〔二〕平調 律、秋、西、金音、白色、商、儀、准臣

或説云。平調ハ金商也。西方音也。亡国音也。神楽者平調也。依レ為二亡国音一、後成二壱越調一云々。又気比ノ宮*ノ神楽ハ、用二盤渉調一云々。

41 慶雲楽(きやうらむらく) 拍子十 可レ吹二四返一 新楽

或記云、大国ノ法、食事ノ時奏二此曲一。於二大唐一望レ食有二二鬼一。名二食鬼一、云二飲鬼一。繋二念人食一悩レ人。而聞二此楽音曲一、彼鬼神去二七十里一云々。此楽、本名、謂二『両鬼楽』一。我朝ニテ慶雲年中渡テ、改レ名、付二『慶雲楽』一。或説、唐有二此曲一。大祠京皆用レ之。忠拍子アリ。モロ〳〵ノ参向音声躰ノ祝ノ事、用二此曲一。加二三度拍子一。

42 永隆楽(やうりうらく) 拍子十 新楽

是ハ左大臣信相*作レ之。但、左大臣信卿蒙レ勅原免*之日作也。一説ニハ、唐ノ永隆*作レ之人名付歟。信ハ作改給歟。忠拍子アリ、加二三度拍子一。

43 相夫恋 拍子十 又『想夫憐』 拍子十四 可レ吹二四返一 有レ詠 新楽

元慎*集春詞云、「即同向来弾了曲、差人不道想夫憐」。又云、執レ聟(可)レ奏二此曲一。又有二於世吹*説一。

院禅供奉 世系等不詳。「嵯峨供奉賢円―小倉供奉院禅〈或号二西院又善興寺一〉」(秦箏相承血脈)。白河院の時、琵琶の明匠八人に入ること、著聞集にみえる。

小戸正清 戸部正近の男。左近将監、一一二九没七一歳。

円賢 尾張得業円憲。↓八五頁

40 博雅三位 源博雅。「琵琶横笛大篳篥之上手。笛師匠不レ審」(懐竹抄)。

退出音声 すべて行事が終了し退去する際に奏する楽。通常は長慶子を用いる。

気比ノ宮 越前の一の宮。気比神社。福井県敦賀市にある。

42 信相 源信。嵯峨天皇の第七皇子。左大臣、正二位。八六八没五九歳。源姓を賜わり、北辺左大臣と号した。書・画のほか、笛・琵琶等にすぐれた。秦箏相承血脈に載る。

原免之日 原免不審。源信は伴善男に謀られ応天門焼失の冤罪を問われたが、これを赦す意であろう。

永隆 不詳。隋の人李崇か。唐の年号(六八〇―六八一)とも。

43 元慎 詩人。白居易と交わり元白と併称された。

於世吹 一小節が二分の二で強弱のはっきりした拍子。

鞨鼓如二『五常楽』〔破〕一。是院禅供奉説也。有二忠拍子一、加二三(度)拍子一。

44 越天楽　拍子十二　新楽

律書楽図云、『宴楽之林鐘州』、又『林羽越天』。此破ハ黄鐘調『安城楽』ヲ渡シテ、平調ノ物ト云リ。有二三拍子一。加二三拍子一。急、拍子十二、可レ吹二十三返一。惟季*ノ時マデハ、平調ノ物トセルヲ、法勝寺*金泥一切供養之日、錫杖衆*ノ下楽始テ用レ之。盤渉調ニ小楽ナキユヘニ。然附レ音盤渉調ノ物トセリ。于レ今、法用下楽ニ用レ之。加二三拍子一。康保三年侍臣ノ奏楽、退出音声、奏二此急一。拍子六カツコ、加二三度拍子一。平調曲ス。

45 勇勝　破　拍子十六　新楽

昔ハ舞ノ侍ケルニヤ。道行アリト申タリ。雖レ然近来不レ聞レ之。此破ハ秘事ニテ侍。其上ニ説〔々〕アリ。宇治禅定殿下*ノ仰云、此破ノ末『五常楽』破ノヤウニ、於世吹ニスル説アリ。又末ノ六気(ムイキ)ヲ不レ延シテ吹説、尤秘事トセリ。有二忠拍子説一。加二三拍子一。作者未レ勘二出之一。又豊原時元ガ夢ノ説ト申事アリ。サルコトアリトシラヌハ、ワロケレバ、シルシタルナリ。急、拍子廿六、早物也。加二一拍子一ベシ。破・急トモニ秘ス〔ベシ〕。

46 春楊柳　拍子十二　新楽

此楽吹様、可レ有二三説一。一者於世吹。如二『甘州』一可レ吹レ之。是惟季説。加二三拍子一。一者早吹〔ノ〕説。如二『皇麞』急一吹レ之。一者吹二忠拍子一説。名二之『大陪臚』一。加拍子様、如二『陪臚』説一。

昔イヅレノ御時ニカ侍ケン。無双ノ管絃者ヲアツメテ、楽合*セト云事侍ケルニモ、此忠拍子説ヲモテ、勝タリト申伝タリ。惣テ此楽ヲバ能秘〔ス〕ベシ。作者尤雖二不審一、未レ勘二出之一。

47 夜半楽　拍子十六　新楽

唐玄宗挙レ兵、夜半誅二韋皇后一製二『夜半楽』一。或書云、有二作者一。秘事也。惟季説〔ニ〕ハ、如二『五常楽』破一吹レ之有二忠拍子説一、加二三度拍子一。承和ノ聖主*御前*ノ御遊*セサセヲハシマシケルニ、上達部殿上人退出シ給ヒタル時、夜深更ニナリニケル、奏二『夜半楽』一ベシト儀定シテ、退出音声〔ニ〕奏シテ、被レ出ケルニ、時ノ音*ヤ平調ニテ侍ケン、殊ニ面白カリケレバ、陽明門*ニテ出モヤラズ、セラレタリケレバ、

44 **惟季**　大阪本、左注「口伝云、此急ヲシテ破成二平調一時ハ、ヲハリノ平調音ヲバ一返ニテ止ナリ。箏説ナリ」。
法勝寺金泥一切供養之日　一一〇、五二白河法皇、紺紙金泥一切経を法勝寺(八〇頁注)に供養。
錫杖衆ノ…　「錫杖〈昇、採桑老降、越殿楽〉」(舞楽要録)。

45 **宇治禅定殿下**　藤原頼通。

46 **楽合**　平安時代、貴族の間に流行した物合の一。管絃の優劣を競う遊び。

47 **承和ノ聖主**　仁明天皇。
御前　底本「御時」。
御遊　天皇らが中心となり、殿上人の行う一種の音楽園遊会。朝覲行幸などのあとで盛んに行われた。
時ノ音　平調は秋の音というように、四季や時刻について固定的にとらえられていた。それが次第に、時処や場の雰囲気に即して、「天ニ感応ノ音ナリ」(一五〇頁)とも考えられ、時にとって興あるをも時の音とした。
陽明門　大内裏の東面の門。

主上メデサセ給テ、入御モナクシテ御感アリケルトナン。

又云、南池院*行幸、及二深更一有二還御一。此楽名号依レ応レ時、奏二此『夜半楽』一、有レ興。仍公卿侍臣進出之時、猶吹二此楽一乗レ興退出畢。

48 廻忽（くわいこつ） 拍子十二 又『廻骨』云　新楽

此曲貴養成*所レ作也。昔大国ニ有二一人大臣一。号曰二貴養成一。彼有文曰、大忠連、忽受レ病死去畢。経二百箇日一、彼臣至二昔下墓辺一、作二一楽一、琴弾レ之、至二七返一之時、彼死骨息生廻レ墓三匝之失了。仍名二『廻骨』一云々。件曲葬礼*云々。其時用二古楽一*。

惟季ノ説ニハ、忠・楽トモニアリ。忠拍子時終不レ延、楽拍子時終可レ延、注ヲカレタリ。但今世ニハ、管絃ニ此忠拍子ハ不レ聞也。此流*ニハアリ。楽ノ拍子ニモ当世ハ末不レ延。而バ太鼓ハ、返初ハ六鞨鼓ニナル也。口伝云、反時ロヲ六拍子打テ、如二『林歌』一三度拍子打レ之。

知足院*殿御説ニハ、終ヲ不レ延シテ、吹出ノ干穴ヲ延テ、八鞨鼓打説コソ、目出キ説ナレ。又秘説ニテモアルトゾ、仰ラレケル。

49 扶南（ふなん） 拍子（十四 又）十二　新楽

大国ノ法、男女婬行之時奏二此曲一。漢土有二扶南*云所一。好色女多有レ之。有二男子一為二婬行一行二彼所々一時、奏二此曲一云々。扶南州名也。善相公*意見文云、加判事糺断獄之条也、依レ旧置二判事六人一。択下明通二法律一者上補二任之一。使*下之但儀也科比祥定中条章上。各慥二其意一然後奏聞。如レ是則怨獄永絶、罪人自甘、不レ待二扶南之鰐魚一。豈（用）二堯時之獬古売反カイ豸一和反*。或人云、獬豸*宿棟仍獄云々。宮継*譜云、舞者二人、以二朝露一為レ衣。赤皮鞋。

古記云、唐有二『扶南楽』一。舞者二人、以二朝露一為レ衣。見レ上。呉孫権*嘉興七年十二月、扶南王范旃遣レ使献レ楽。

凡此曲有二三説一。一者、四々*、加二一拍子一。二者、初十拍子四鞨鼓、末二拍子。是十二拍子説也。八鞨鼓物、十拍子加二一拍子一。末二拍子加二三拍子一。三者、初七拍子ヲ皆吹替タル様也。楽ハチイサケレドモ、此等説々、人シラヌ事也。於二十六拍子一者不レ知レ之。惟季之シヲカレタル異曲ノ内也。

50 老君子 拍子十六 又拍子十八 又拍子八　新楽

南池院　西院の地に営まれ、のち淳和天皇の後院となる。

48 貴養成　不詳。
葬礼　葬礼に用いる曲である意。
其時用古楽　底本「用古楽其時用」。
此流　狛嫡流近真の流れ。惟季の伝を相承した。
知足院　藤原忠実。

49 扶南　カンボジア南部。クメール人の建てた国。苑旃の世に中国やインドに使を送った。
善相公　三善清行。氏吉の三男。文章生から参議に至る。九一八没七三歳。竟見文は、九一四に社会政策に対し意見を述べた意見封事十二箇条のこと。
使之…条章　意見封事十二箇条は「使下之倶議二科文一詳定中条章上」。
和反　不明。音がチであることを示すか。
獬豸　カイチ。獣の名。
宮継　清瀬宮継。「是高野天皇御時、有二板持鎌末丸云者一、件鎌末丸弟子云々。笛師也」（楽道類集）。
呉孫権　呉は三国時代の国で四代六〇年つづき晋に滅ぼされた。孫権はその建国の王。
四々　四鞨鼓。

此曲、大唐ニハ男子誕生之時奏ニ此曲一。我朝、本院ノ六十御賀日、退出音声用レ之。但禅正入道内々被レ語了、此有ニ禁忌一云々。而愚意存所ハ、即大国ニ男子誕生之時用ニ此楽一云々。何此朝ニシテ可レ有ニ禁忌一哉。

此楽有ニ三説一。一者、四々々加ニ一拍子一。二者、十八拍子説。〒五六⊥五〒丁五〒○　是末吹加也。世人不レ知、可レ秘也。三者、忠拍子。手吹替八鞨鼓、加ニ三度拍子一。是大旨曳物説也。

51　慶徳　拍子十　新楽

此曲又『鶏徳』云。鶏有ニ五徳一故作ニ此曲一云々。漢土〔ノ〕南ニ一ノ国アリ、名ニ鶏頭国一。其国ヲ打トリテ、悦テ作ニ此楽一云々。『鶏積』云。

此楽有ニ二様一。一者、堀河院、元政以下伶人等下給御説。当時用レ之。二者、口音ヲ不レ吹、スベテ手ヲ吹替。此古説。トモニ四鞨鼓、加ニ一拍子一。

白川院此楽ニクミヲボシメシタリケル間、其代、伶人不ニ沙汰一。此楽、大判官ハ伝給ハザリケルニヤ。目録ニモ不レ入。仍有時伝レ之。

52　古娘子　拍子十四　又八　新楽

大国有ニ一太子一。雖ニ年長一身量纔ニ、其身長三尺也。生年八十一之時作レ之。故名ニ『小老子』一。

此楽有ニ二説一。一者、拍子十四。四鞨鼓、常説。加ニ一拍子一。二者、拍子八。八鞨鼓、加ニ三度拍子一。是ハ秘説ニテ候。豊原氏同レ之。

〔一〕盤渉調　律、北、冬、水音、黒色、羽、信、准物

秘説云、世尊盤渉調云。又云、中呂調、小石調、同音悠紀主基楽、此以レ音可レ作也。

53　鳥向楽　拍子八　古楽

此曲、弘仁御時、南池院行幸船楽〔ニ〕作レ之。鷁首ニ向故ニ、名ニ『鳥向楽』一。船楽〔ニ〕作故、為ニ古楽一。于レ今参向、行道ノ楽ニ用レ之。此時新楽。有ニ只拍子一。別ノ習アリ。加ニ三度拍子一。或人ノ説ニ云、以ニ『白柱』一為レ急云々。

54　宗明楽　拍子十　新楽

昔ハ舞ノ侍ケリ。序幷絶了。但於レ舞者、有ニ当時則助説一、有記ニモアリ。誰人哉。尤不審也。又云、雅楽属為清ト申ケル楽人ノ説云、此楽拍子十四也。サラニ喚頭ニハアラズト申ケルヲ、大判官、カヘ

50本院　上皇・法皇が同時に二人以上あるとき、第一の人をいう。
禅正入道　禅定入道か。禅定入道は藤原忠実。
四々　四鞨鼓。
曳物説　管絃の曲にある説。
51五徳　「夫鶏、頭戴レ冠者文也、足搏レ距者武也、敵在レ前敢闘者勇也、見レ食相告者仁也、守レ夜不レ失レ時者信也」(初学記)。
口　笛の孔名。譜字。
白川院　白河院。七二代天皇。一〇八六年上皇として院政をひらく。
大判官　大神惟季。
悠紀主基楽　悠紀・主基は大嘗会に際し新穀を奉る国で、風俗舞(ふぞくまい)を奏した。
53弘仁御時　嵯峨・淳和天皇治世。
船楽　竜頭鷁首の船に乗って奏する楽。
鷁首　→九四頁「竜頭鷁首」注
54為清　世系等不詳。
喚頭　返付と組んで用いられる反復記号。
カヘラン時　喚頭の指示で返付の場合。
反付　反復記号。口は最初のところ。くち。
55六条入道　近衛基通。基実の一

男。氏長者。摂政・関白、従一位。一二三三没七四歳。
尾張則成　興福寺属の楽人。一二〇七縫殿属。底本「則茂」。
予　近真。
承和御時　仁明天皇の治世。
臨時　臨時楽。
56感秋楽　底本「咸秋楽」。
予相伝同事也　尾張則成からの相伝である意。
57此ノ家　狛嫡流近真の家。
絃管　絃楽器や管楽器にたずさわる楽人。一物は各パートの一者。
申アハセ…　演出の打合せなどの機会に、他家相伝の曲についても習い知るべきだと言われたその発言をとらえて、習い集めたものの一つである。
58唐拍子　一小節四拍子で、その第一拍に太鼓を打つ(一小節間隔で強弱をつける)拍子型。
猿楽　左方の舞楽曲。右舞吉簡と番えられ、散更(さんこう)とも書かれる。その楽曲として当曲を用い、弄玉・輪鼓など種々の散楽系の芸能が演じられた。
呪師　猿楽・田楽などとならぶ当代の芸能。
59八々　八鞨鼓。
児女子　一説の名。
シカラム時　時処が最もふさわしいと思う時。
博雅三位　源博雅。

ラン時ハ、カヤウナルベキゾト、ナムゼラレケレバ、申ノブル事ナクテ、クチヘコソハトツブヤキケルハ、ロヘ*反付〳〵吹ベシト、ナラヒテ侍リケルニヤ。今世ニハモチキズ。有₂忠拍子₁。加₂拍子₁時、打₂三度拍子₁。御願供養ノ時、送₂導師呪願₁奏₂此曲₁。

55　鶏鳴楽(けいめいらく)　拍子十　新楽

此楽、大神氏ニハ不₂相伝₁曲也。従₂*六条入道基通手₁*尾張則成伝授楽之内也。従₂則成之手₁*予伝ヘ習ヒテ侍也。有₂喚頭₁、忠拍子也。吹出不ㇾ似₂普通之楽₁。如₂『韶応楽』₁也。加₂三度拍子₁。

古記云、鶏鳴本作₂啓明₁云者、明皇名也。鶏鳴時歌ㇾ之。或云、鶏鳴歌者『林歌』也。

或説云、*承和御時、*臨時深更還御時、奏₂此曲₁、為₂退出音声₁。

56　*感秋楽　拍子十　新楽

大戸清上作ㇾ之。有₂忠拍子〔説〕₁、加₂三度拍子₁。*予相伝同事也。

57　承秋楽(しょうしゅうらく)　拍子十　新楽

是モ同ジ相伝也。*此ノ家ニハツタヘヌ楽ドモナレドモ、*絃管ノ一物タチニ、*申アハセ侍シカバ、昔ヨリ今ニ物ヲ習フ道、サノミコソアレト申サレ侍シ時ニ、習アツメテ侍也。有₂忠拍子₁。加₂三度拍子₁。

58　剣気褌脱(けんきこだつ)　拍子十五　又十六　無₂羯鼓₁　*唐拍子物
脱拍子云

此楽、相撲ノ節『*猿楽』用ㇾ之。拍子火急物也。則拍子五。其ノ時ニモロ〳〵ノ猿楽出デ、ヽヲモヒ〳〵ノワザヲス。*呪師モアリ。

又説、拍子十六。此ノ説ニハヲトス所ナシ。タヾロヘ返々吹ㇾ之。十五時、初一拍子ヲバヲトシテ吹也。早物。此曲ハ大事楽也。カクスベシ。

59　白柱(はくちゅう)　拍子九　又八　新楽

謂₂之『徳貫子』₁。有₂三説₁。一者、拍子九。早*八々々、加₂三拍子₁。是*児女子、京様云。二者、拍子十。拍子同前、又云、十一拍子。是云₂奈良様₁。大判官ハコレヲ秘説トセリ。三者、忠拍子説也。頗拍子八可ㇾ用。コレハイヅレノ拍子ニモアルベシ。又口音ヲ吹様アリ。メヅラシキ説ナレバ、サモ〳〵*シカラム時ニ吹ベシ。*博雅三位之説、可ㇾ為₂古楽物₁云。

60 遊字女　拍子十　　新楽

此楽モ、大神氏ニハ不レ吹。サレバ*此家ニモ不レ侍シテ、則成〔ニ〕習侍也。早八鞨鼓。加ニ三拍子一。喚頭アリ。習フ所ハ、反度ハ、喚頭一反、吹出一反吹也。曳物ノ説ニハ、喚頭ヲ二返吹云。豊原氏説ニハ、於ニ喚頭一者、時元之時絶畢。有ニ忠拍子説一、末不レ延レ之。或書云、隋煬帝並子作レ之。遊児女改ニ遊宮一也。

61 竹林楽（ちくりんらく）　拍子十　　古楽

此楽*早物也。四々、加ニ一拍子一。口伝云、雖レ為ニ古楽一管絃之時、打ニ一鼓一事不レ合。然者可レ用ニ羯鼓一也。古老物語云、大国ノ葬送ニハ奏ニ此曲一云〔々〕。仍吉事不レ可レ用レ之。雖レ然*不レ謂レ吉不レ用レ之。

62 千秋楽　拍子八　又十六拍子　　新楽

此曲、*後三条院ノ康治三年大嘗会〔ニ〕、風俗所ノ預、王*監物*頼吉、奏ニ勅作一。而*入道左大臣殿ノ、此調子ニ小楽スクナシトテ、吹トヾメ給云々。

此楽有ニ二説一。一者、早八鼓打、加ニ三拍子一。二者、早四*揚拍子打、加ニ一拍子一。又古楽揚拍子上ト、古老申サレ候キ。古楽説ハ、ゲニトモヲボヘズ侍。用ニ船楽一説歟。本説ハ八鞨鼓也。

古記云、『千秋楽』、近代之人監物所レ作云々。而*浜雄入ニ目録一云々。是*三品譜云、本朝所レ作レ之、非ニ『玄城楽』一。

此事イマダ*ヲトシスヘズ。唐ノ楽ノ目録ヲ見テ、落居スベシ。

63 長元楽（ちやうぐゑんらく）　拍子十六　　新楽

此曲、長元ノ大嘗会ノ時、従三位源朝臣済政作レ之。*或〔説〕ニハ、博雅三位作レ之。世人『千秋楽』ノ急ト申ハ僻事ナリ。謂ニ『長元楽』一也。播磨三位説、可レ云ニ『徳菓子』一也。コレハ、カキイルベクモ候ハズ。世ニモ人モチキヌ物ニテ侍ドモ、任ニ*六条入道之説一、伝ニ于*則成一之了。管絃ノ時シテモアソブベシ。早四々々、加ニ一拍子一。

〔一〕黄鐘調　律、夏、南、火音、赤色、徴、智、准事

或説ニ、黄風調云。

64 安城楽（あんぜいらく）　拍子十六　　新楽

此曲、中納言*安世卿作レ之。仍『安世楽』云。又云、唐多作ニ『安世』一。和漢ノ作者不レ詳。尋ベシ。

---

60 此家　狛嫡流近真家。

61 早物　早楽とも。早、早只拍子の曲。

不謂吉…　吉・不吉を言うまでもなく今は演奏されない。

62 後三条院　七一代天皇。後朱雀天皇第二皇子。一〇六八―七二在位。一〇七三没四〇歳。康治三年(一一四四)は近衛天皇の時代。大嘗会は天皇即位後はじめて行われる新嘗会。

監物　中務省に属した諸庫の出納係。大・小がある。

頼吉　笛の名手。「頼吉ハ宇治殿ノ格勤ニテ、監物ニナリ、後ニ楽所預ニナリニケリ。始ハ王太トテ、サセルモノニテモナカリケレドモ、管絃ニ心ヲスマシテ、徳ヲゾ開ケル」(続教訓抄)。

入道左大臣　不詳。

揚拍子　一小節四拍で二小節を一連とする拍子型。

浜雄　世系等不詳。

三品譜　三品は源博雅。その長秋笛(竹)譜をいうか。

ヲトシスヘズ　未だ不明で落着しない。

63 或説　底・大阪本「説」なし。京大本による。

六条入道　近衛基通。

則成　尾張則成。

64 安世　良岑安世。桓武天皇の皇子。大納言、正三位。諸芸に通じた。

有㆓忠拍子㆒。加㆓三度拍子㆒。

65 応天楽 拍子(二)十 新楽

此舞、尾張浜主*作㆑之。楽者、大嘗会(ニ)大戸清上作㆑之云。而或書云、作㆓『桃李花』㆒時作㆓此楽㆒云々。又云、此曲『太平楽』破渡吹之云々。新王初向時、用㆓此曲㆒。但舞絶了。参音声、行道等ニ用㆑之。有㆓忠拍子㆒。加㆓三度拍子㆒。

66 聖明楽(せいめいらく) 拍子十六 新楽

此曲、唐開元*中、太宗*楽人馬順*作㆑之云々。本是太食調曲也。又云、興福寺僧義操*作云トイヘリ。太食調ヨリ当調ヘ作渡歟、又新作歟、不㆑詳。可㆑尋。有㆓忠拍子㆒。加㆓三度拍子㆒。

67 蓮花楽 拍子十二 又謂『赤白蓮花楽』 水調曲 新楽

此曲、舞師尾張秋吉*所㆑作也。興福寺ノ金堂蓮花会ノ伝供ニ、奏㆓此楽㆒。堀川院御時、被㆑尋㆓諸家㆒。惟季之流ノ外、コレヲシラザルヨシ、奏㆓聞之㆒。知足院ノ禅定殿下*、コヽニ此楽ヲメデタガラセ給テ、仍テ御忌日ニハ、イマニカナラズ(此)楽ヲシ侍ルナリ。有㆓忠拍子㆒。加㆓三度拍子㆒。

68 重光楽 拍子十六 水調曲 新楽

重光*大臣作㆑之云、不㆓分明㆒。可㆑尋。有㆓忠拍子㆒。加㆓三度拍子㆒。

69 拾翠楽(じふすいらく) 破拍子十 急拍子十 水調曲 古楽

破ハ笛師清上*作㆑之。有㆓忠拍子㆒。加㆓三度拍子㆒。急(八)、監物頼吉作㆑之。四鞨鼓。加㆓一拍子㆒。或管絃者云、『傾坏楽』急ヲ渡吹歟。但、不㆑同㆓拍子㆒。有時伝㆑之。

古記云、序可㆑吹㆓十二返㆒、以㆓二反㆒為㆓一帖㆒。幷六帖、毎返拍子七、合拍子八十四。破随㆑舞吹、無㆓定度数㆒。一返拍子十。舞㆓廻中㆒則還入。承和大嘗会時、豊楽殿*前作㆓海浜㆒、奏㆓此曲㆒。集㆓砂石㆒殖㆓樹木㆒、成㆓山阜之形㆒。敷㆓褾布㆒散㆓萍蓼㆒、像㆓海渚之躰㆒、引㆓船於其中㆒、似㆓海人之拾㆑藻。曲畢、即撤復㆑元。又笛作㆓清上㆒、舞作㆓尾張浜主㆒。

又云、承和帝*作㆑之。催馬楽合。序『青柳*』、破『伊勢海*』、急『竹川*』。

70 平蛮楽(へいばんらく) 拍子十八 可㆑吹㆓廿八返㆒ 新楽

此曲、本ハ平調ノ物ニテアリケルヲ、イツゴロ、

65尾張浜主 →三八頁注

66開元 七一三―四一、唐の玄宗の治世。

太宗 唐二世の帝王。

馬順 不詳。

義操 世系等不詳。

67尾張秋吉 伝不詳。

知足院ノ禅定殿下 藤原忠実。一一六二没八五歳。

68重光 源重光。代明親王の男。権大納言。九九八没七六歳。

69清上 大戸清上。

豊楽殿 豊楽院の正殿。豊楽院は大内裏の西南部にあり、節会などの行われた所。

承和帝 仁明天皇。

青柳 律の催馬楽。「青柳を 片糸によりて や おけや 鶯の おけや うぐひすの 縫ふといふ 笠は おけや 梅の花笠や」。

伊勢海 律の催馬楽。「伊勢の海の 清き渚に しほがひに なのりそや摘まむ 貝や拾はむや 玉や拾はむや」。

竹川 呂の催馬楽。「竹河の 橋のつめなるや 橋のつめなるや 花園に はれ 花園に 我をば放てや 我をば放てや 少女伴へて」。

放生会 石清水八幡宮の放生会。

71神泉苑 京都市の二条城の南にある池。「天子遊覧所」(拾芥抄)。

清上　大戸清上。　尿麿　伝不詳。
72 卅二相　仏が具備するという三十二の身体の理想美。
修正修二月　修正は正月元日から、修二月は二月一日から国家安穏を祈って営む法会。修正会・修二会。
興福寺ノ…　いわゆる御水取のこと。
八幡宮　石清水八幡宮。
妙音院　比叡山延暦寺の一院。
菩提山　菩提山正暦寺。奈良市菩提山町にある。九九二藤原兼俊の創建。底・大阪本「[illegible]山」。
73 下　底・大阪本「偈歟」と傍書。
観音経　法華経の第二十五品普門品の別称。観世音菩薩の功徳・妙力を説く。
大菩薩　八幡大菩薩。八幡の本地を大菩薩とすることから呼ばれる。
狛笛　高麗楽に用いる笛。
74 踏歌　踏歌節会。毎年正月中旬に行われた宮廷行事。踏歌は祝言を歌いつつ地を踏んで回る一種の群舞。男踏歌十四日、女踏歌十六日と定まっていた。　持統天皇　天智天皇第二皇女、天武天皇の皇后。四一代天皇。六八六—六九七在位。七〇二没五八歳。　坊家　内教房。女踏歌の舞妓は四〇人程度で、内教房の舞妓が主体となった。
白馬節会　アオウマノセチエ。正月七日群臣に賜わる宴会。この日青馬(白馬)を見ると一年間の邪気

又誰人ノ、此調〔ヘ〕ワタシタリト云事、不レ見。加二三度拍子一。或云、此曲、平調歌於二黄鐘調歌一于随レ〔時〕吹レ之。又云、*放生会古式有二此楽一者。本有レ舞歟。今無二其躰一。

71

海青楽（かいせいらく）　拍子十　〔古楽〕

承和御時行二幸*神泉苑一。而楽人乗レ船奏レ楽。此時ニ有レ勅云、池ノ上三匝（さう）間、一匝之後出（シテ）二中嶋之程一、作二新楽一可レ奏者。爰笛師*清上、篳篥師*尿麿一匝之中、作二出曲一、奏二南池院一了。新古不二分明一。但始メハ船楽(ニ)ツクリタリケレバ、古楽ニテゾ侍ケム。又法用之時ハ、当時新楽ニ用レ之。加二三度拍子一。

古老云、尿麿作説ニハ、加二拍子一。古楽搔拍子。此説ハ人シラズ、仍可レ秘。又如二『抜頭』破一云、如何。

72

〔一〕*卅二相ノ様

是ハ諸ノ*修正、修二月ノ行ニ、仏ノ御相ヲホメタテマツル頌也。トコロドコロニミナソノナラヒカハリ侍也。卅二相一返ニ、『散吟打毬楽』三返合。是楽拍子。終帖、加二三度拍子一。又楽六返ニ作合。一説、用二忠拍子一、古楽揚拍子搔レ之。末ニ『鳥』急渡吹テ、如二一塵端頌一合。加二三度拍子一。此忠拍子之説之内ニ、手ヲ作替、詞合タル也。*興福寺ノ東西ノ修二月ニハ、『汎竜舟』ノ急ノ様ヲ吹。二所息次カハル也。而一切ニ不レ合二其頌音一、心エズナレドモ、ムカシヨリシナラハシタル事ナレバ、其様ヲ吹テ侍ル也。*八幡宮別様之楽拍子吹。*妙音院ノ様、忠拍子。*菩提山移之偈歟。

73

〔一〕*下頌ノ様

是ハ、石清水修正、*観音経ノ世尊偈ヲ頌。音振（へへ）楽作リ合セテ吹也。平調物。加二拍子一之時打二三度一(也)。又稽首八幡トテ、*大菩薩ヲホメタテマツル頌アリ。ソレニハ*狛笛ニテ付テ吹也。双調物。加二三度拍子一。コレ尾張則成(ニ)習テ侍也。他所ニイラヌコトヲナラヘバ、ヨシナキコトニハ侍レドモ、物ヲシル習ハ、カヤウノ事ヲモシリヲキテ、モシ其ノ所ニモ吹絶シテアラム時、習伝ヘタル由ヲモ云料也。

74

〔一〕*踏歌様

*持統天皇ノ御時始レ之。正月十六日、内裏ノ女踏

歌節会云。*坊家奏進次第、如ニ*白馬節会一。舞妓庭廻
舞。有ニ*男舞一。『万歳楽』『賀殿』『地久』『延喜楽』。古記云、
退出音声。『感恩多』。
*同十五日、*八幡宮寺踏歌。先吹ニ双調々子一。着ニ小
忌ヲ童等行道ヲス。其尾〔ニ〕付テ、踏歌ヲウタウ。
催馬楽也。右一者多氏参ニ勤之一。其次、楽人等歌
詞ニ付テ吹ト云々。
正月十四日夜、興福寺ノ金堂西金堂、東金堂有ニ踏歌一。
不レ似ニ余所一。先於ニ中門一、吹ニ双調々子一。有ニ別習一。次御
監唱ニ*声歌一。左一者別名也。其詞云、大唐日昝月〔昝〕節
昝於々。『万春楽』声歌。事吹終ヌレバ、奏ニ参音声一
シテ列参、即入ニ御堂一行道ス。一匝行道楽別曲也。具
吹ニ忠拍子一。行道終ヌレバ、各着座。御監ハ正面東
脇〔ニ〕半畳敷。次東西ニサシ筵ニ居ル。西、上臈分、
東、下臈等。次牛玉、次香之水、大導師、*タムトク詞
アリ。次事吹。楽所中臈勤レ之。近来*寺侍勤レ之。其*詞有
レ別。次舞、即為ニ退出音声一。装束ハ衣冠、サイ着。
左手、久生杖突。右肩、『万春楽』肩指、舞人姿也。
次西金堂次第如ニ金堂一。御監梛堂着座。行事僧対座。
上臈分堂内、下臈梛堂付也。次東金堂次第如レ元。楽習者、
有レ譜也。

75 〔一〕*薪宴

興福寺東西金堂ニ有レ之。二月三日ハ西金堂ノ薪
ト名ケタリ。先河上ニ集会シテ、ソレヨリ薪ヲ前
トシテ列参。薪松木也。*北御門ヨリ入ル。此間『*其
駒』ヲウタフ。ソレニ狛笛ヲ吹レ之、付ニ笙笛一也。
*狛笛ニ付ニ笛笙一事、有難事也。近来〔ハ〕歌絶テ、楽許リ
侍リシ。是ハ*光明皇后ニ、河上ニテ上分ヲ進テ、
御堂家ヲ祝儀式也。西金堂光明皇后御願也、自然涌出
ノ観音ヲバ、彼ノ御身ト申伝也。
四日ハ東金堂ノ薪ト名ク。先氷室山ニ集会、上分
ヲ進〔ズル〕作法也。『*大鳥』ヲウタフ。笛、笙笛
ヲ付ク。太鼓ヲ打。即古楽揃拍子打。東御門ヨリ入、
門前ニシテ、大鳥ヲ取作法ヲシテ舞也。此*風俗
〔ニ〕、太鼓打事、普通ナラヌ事也。氷室宮ハ、興
福寺*地主、東金堂鎮守ニヲハシマスユヘニ、上分
ヲ進メ、御堂家ヲ祝儀式也。仏法最初ノ尺迦仏、
此御堂ニ御。又楽所ノ氏寺トスル也。

76 〔一〕鼓ノ事

御願寺ノ棟上、塔ノ真柱立ニ打レ之。太鼓ニ*火焔

を免れるとの俗信に基く。
男舞　内教房の舞妓の舞楽。↓七五頁注。　**同**　正月。
八幡宮寺　石清水八幡宮の神宮寺、護国寺をいう。この踏歌、「宮寺恒例神事(八幡宮)次第略記」(体源鈔)にみえる。
声歌　一種の吟詠で唱歌の意。
タムトク　尊く。
寺侍　南都には太鼓・鉦鼓など打物専業の楽人があり、「寺侍」と言われた。　**詞**　譜のこと。
75薪宴　薪迎。興福寺の修二会に用いる薪を迎える儀式。
北　底本「此」、意による。興福寺の北の門。　**其駒**　神楽の曲名。
狛笛ニ…　狛笛は高麗楽に用いる笛であり、笙は唐楽・管絃の楽器で高麗楽には用いられない。
光明皇后　聖武天皇の妃。藤原不比等の二女。七六〇没六〇歳。
大鳥　風俗歌の一。「大鳥の羽に　やれな　霜降れり　やれな　誰かさ言ふ　千鳥ぞさ言ふ　かやぐきぞさ言ふ　蒼鷺ぞ　京より来てさ言ふ」。
風俗　民謡が貴族社会にとり入れられ、宴遊などで歌われたもの。うたいものは、通常、笏拍子を用いる。　**地主**　その土地の守護神。
76火焔　火炎形の装飾のある枠。太鼓はこの枠に吊す。

ヲ不レ立。此鼓役左*一者代々勤レ之、東帯。先乱声鼓打レ之。次引頭(ガ)アツミノ音ニ付テ、鼓三ヲ打也。一説ニハ又打二乱声鼓一云。委状者、代々日記ヲ可レ見。塔〔ノ〕真柱立例。先三、次乱声、次又三*、其又三、以上九打レ之。私云、真柱三ツギタル*ユヘカ。

写本云

天福元年癸巳七月日以二自筆一令二書写一畢　在判

教訓抄　巻第七

舞曲源物語

案譜名目　舞姿法　舞出入様
舞番　鶏婁一鼓口伝　舞奏進様

1凡ソ舞曲ノ源ヲタヅヌルニ、仏世界〔ヨリ〕始テ、天上人中ニ、シカシナガラ妓楽雅楽ヲ奏デ、三宝ヲ供養シ奉テ、娯楽快楽スル業ナルベシ。サレバ、カノ世界ニハ、タノシミノミアリテ、クルシミナキ故ニ、吹風立波、鳥ケダモノニイタルマデ、〔タヘナル〕コトバ、妓楽*ヲ唱ヘ歌舞ヲ乙(かなで)テ、諸ノ仏菩薩ヲ讃歎シ奉ナリ。シカラバ、ソノ道ニイタラン輩ハ、コノ心ヲフカクタノミテ、信心ヲイタシテ、道ヲイトナムベキナリ。其証少々申候ベシ。*安養浄土ニハ、トコシナヘニ、妓楽ヲ奏シテ、菩薩ノ曲ヲツクス。迦陵賓賀苦空無〔我〕ノ囀(さへづり)、ヲコタルコトナシ。都率*〔ノ〕内院ニハ、常ニ『慈尊万*

左　左舞。**次又三其又三**　底本「其又三。次又三」。
ツギタル　継ぐ。繋ぎ合す。
1妓楽　音楽の意。
安養浄土　弥陀の浄土の別名。
都率ノ内院　内外の二院あり、内院は弥勒菩薩の浄土とされる。
慈尊万秋楽　万秋楽の異名。
聖衆　仏・菩薩などの聖者。
霓裳羽衣ノ曲　玄宗皇帝が天人の音楽にかたどり自ら作ったという舞曲。
大樹緊那羅　帝釈天の音楽神、八部衆の一。緊那羅。瑠璃の琴を弾じ、その音楽を聞く者は「如二小児舞戯一、不レ能二自持一」という。(大樹緊那羅王所問経)
迦葉　釈迦十大弟子の一人。摩訶迦葉波。
阿難　釈迦十大弟子の一人。阿難陀。　**比丘**　出家して具足戒を受けた仏者。
玄弉三蔵　→五三頁
舎衛国　釈迦が二十五年間説法教化した地。中インドのコーサラ国。
三悪道　地獄・餓鬼・畜生。悪業の結果おちる所。
味摩子　未摩子。→八八頁
婆羅門僧正　林邑楽を伝えたとされる。
粟田道麿　天武―元明朝の人。大宝律令の撰定に参与した。七一九没。
高麗ノ下春　→九一頁

秋楽』ヲ奏デ、*聖衆当来ノ導師ヲ、ホメタテマツル。天上世界ニハ、『*霓裳羽衣ノ曲』ヲ乙テ、五妙ノ音楽コクウニミチタリ。イカニメデタカルラント、随喜シテ、カノ世界ニ生(うまれん)ト、願ヲヲコスベシ。天竺ニ〔ハ〕、*大樹緊那羅(きんなら)衆、吹レ笛ヲ、弾レ琴ヲシカバ、*迦葉ハ起テ舞、*阿難ハ声歌シ給キ。昔釈迦仏、比*丘ニテ御シケル時、弾レ琴給ケリ。其琴ノ音ニ云、有漏諸法如幻化、三界受楽如虚空ト唱ヘリキ。其音ヲキヽ、五百〔ノ〕皇子生死ノ無常ヲ観〔ズ〕。震旦〔ノ〕*玄弉三蔵ハ、伝二『神功破陣曲』一、渡二西天一給タリシ時、戒日大王ノ宮ニシテ、起舞ヲ乙。今ノ『秦王破陣曲』、忠拍子ノ説ナリ。*舎衛国ノ妙声ハ、仏ノ御前ニシテ、妓楽ヲ奏タリシ功徳ニヨリテ、*三悪道ヲハナレテ、仏ノ受記ニアヅカル。漢土ニハ、伊耆氏始テ舞ヲツク〔ル〕。倭国ニハ、*味摩子渡、曲ヲウツス。其後、*婆羅門僧正天竺ヨリ四箇ノ曲ヲ渡〔シ〕タマヘリ。或ハ遣唐使*粟田道麿『破陣ノ曲』ヲ伝ヘ来ル。或ハ*高麗ノ下春、*一部ノ舞楽ヲ渡シトヾメタリ。或〔ハ〕、此朝ニシテ、奉レ勅、数箇ノ曲ヲ作ト云。

日域ニシテ、歌舞音楽ノ目出事、少々勘ヘ申ベシ。我朝大明神、*春日権現ハ、*教円座主、暗二誦シ『唯識論』十巻ヲ一間、始自二第一巻一至二十巻一、住坊ノ松樹ノ下ニテ令レ舞給。今『万歳楽』躰舞ヲ云。*率川明神ハ平二新羅軍ヲ一時、見(げむじて)二船舳一、『散手破陣曲』ヲ令レ舞給。今*宝冠様、元興寺ニトヾマル。*役優婆塞ハ、大峯ニシテ『蘇莫者』ヲ吹給ニ、山神行者ノ笛ニメデ、舞乙。今『蘇莫者』天王寺ニトヾマル。*浄蔵大徳ハ、*朱雀門ノ辺ニシテ、笛ヲ吹シカバ、楼ノ鬼高声ニシテ、カムジテ、ナヲラフエトナノル。件笛、*宇治宝蔵ニアリ。博雅三位ハ、大篳篥ヲ吹スマシテ、*式部卿ノ宮ノ当難ヲノガル。*北辺大臣信、箏ノ秘事ヲ弾給シニ、天人アマクダリテ舞。堀河左府俊房、『慈尊万秋楽』ヲ常ニ奏給シユヘニ、臨終ノ時、此大臣ノ往生時『絃歌万秋楽』空中ニ聞キ、彼楽耳ニ聞テ、内院ノ迎ヲエタマヘリ。*京極大相国宗輔、殿上人時、『陵王』ヲ笛ニ吹給シニ、生陵王、車ノ前ニ出現シテ舞キ。阿波守為理、任国下向ノ時、天下一同ノ大旱魃ナリケルニ、神拝シケルツイデニ、篳篥ノ小調子ヲ吹タリケレバ、タチマチ黒雲イデキテ、雨下テ、国土ユタカナリ。*和爾部用光、

一部ノ舞楽 高麗楽をいう。
春日権現 奈良春日神社の祭神。春日大明神。
教円 藤原孝忠の男。天台座主二八世。一〇四七没七〇歳。
率川明神 →五四頁
宝冠様 宝冠の面をつけて舞う散手。→五四頁
役優婆塞 役行者。
浄蔵 三善清行の八男。九六四没七四歳。博学多芸の人で、特に加持にすぐれ、験者として種々説話が伝わる。大徳は徳の高い僧のこと。「葉二ツ、朱雀門ノ鬼ノ笛也。…其比浄蔵ト云笛吹有ケリ。召シテ吹セラル。本ノ如ク目出タキ笛ノ音也。帝浄蔵貴所ニオホセテノタマハク、此笛ハ朱雀門ノホトリニテ博雅ガ得タリ。行テ吹ケトオホセアリケレバ、月ノ夜ユキテ心ヲスマシテ吹ケルトコロニ、門ノ上ヨリ高ク大キナル声ニテ、猶一物カナトホメタリケル」(糸竹口伝)。
朱雀門 朱雀大路に南面する大内裏の正門。 **宇治** 平等院をさす。
式部卿ノ宮 宇多天皇皇子敦実か。体言鈔に、式部卿の送った刺客が博雅の笛の音に殺意を失った話を載せる。 **北辺大臣** 源信。この事、今昔物語にみえる。
京極大相国… →二三頁
和爾部用光 伝不詳。以下のこと著聞集・十訓抄等にみえる。

篳篥*ノ臨調子ヲ吹テ、海賊ノ難ヲタスカリタリキ。▼狛則高ハ、吉備津宮ニシテ、『陵王』ノ秘事トウハウカヘリ舞タリシカバ、神感アリテ、御殿ニハカニフル。▼狛行高ハ、『皇帝』ヲ笛ニ吹タリケルニ、強盗ヲ吹トヾメタリ。大神晴遠*ハ、『還城楽』ノ秘事ヲ惜ミ、伝ヘズシテ逝去畢。経テ二七日一後、炎魔王〔宮〕ヨリカヘサレテ、彼ノ曲伝トヾメタリ。一条ノ青侍秋盛*、皮堂*ノ普賢講ノ伽陀*笛付タリシ功徳ニヨリテ、其夜ノ定業ノ命、ハルカニノビタリ。委ハ舞ノ篇ニアルベシ。惣テ、極楽、都率、天上、天竺、震旦、日域ニ此道ノメデタキ事ハ、カヤウノ我等ガサイカクノヲヨブ所ニ非ズ。但、狂言綺語*ノタワブレナリトイヘドモ、如レ此仏神三宝ヲモ納受セシメ、鬼神ヲモタヒラグル事、余道ニスグレタリ。狂言ノアソビ、発心求道ノタヨリトナル。綺語ノ一興モ、世縁俗念モワスレヌレバ、業障ノ雲ハレヌベキワガ身ナリ。シカルヲ、ツタナクモ、一曲ヲ乙（カナデ）モ、人ニイサメラムコトヲ思フ。一音ヲ鳴モ、ヨソ人ノミ、ヲハヅ。如レ此、名聞ノ心ハナル、事ナケレバ、神事仏事ニシタガヒテモ、マヅ名利ヲノミ思、人ノウヘヲソシル。凡夫ノ習ヒ、当道ニカギラズ。タカキモイヤシキモ、此心ヲヲモワザルハナケレドモ、是ハクチヲシキ事ニテ侍ナリ。サリナガラモ、管絃ニ罪ナキヨシ、古抄ニ侍ヌレバ、百度ニ一度モ心ニソミテ、マコトナル事モ候バ、争カザムゲスル事ナクテ候ハム。然ラバ、我等ハ舞楽二道ヲモツテ、三宝ヲ供養シタテマツル功徳ニヨリテ、彼ノ妙声ガゴトクニ、三悪道ヲハナレテ、必ズ西方都率ニ往生シテ、楽天ノ菩薩ニマジロヒタテマツリテ、願ノゴトク曲ヲ奏シテ、弥陀弥勒ヲ供養シ奉ラム。観音地蔵影ノゴトクニソハセ給テ、弟子ヲ引導シ玉フベシ。此願ムナシカラズシテ、絃〔管〕歌舞ノ輩、一仏浄土*ノ縁ヲ結事、仏陀モステ給ハズ。楽乾闥*婆吹玉笛、神明モメデ給。竹生島*ノ明神明暹ヲ感ジ御マス。ウタガヒスベカラズ。

惣（すべて）倭漢ノ業、只此道ヲ翫給ヲ聖代トス。サレバ賢王ノ御代ニハ、先伶楽ヲ奏シテ、政和世理ノ響ヲ聞テ、御政ヲホメモシ、ソシリモシタテマツル也。仍禁中ニ楽所*ヲ定置レテ、伶人陣直ヲツトム

篳篥… 臨調子は左方舞の退場楽。篳篥のそれは秘曲とされた。

大神晴遠… →七六頁

秋盛 伝不詳。

皮堂 一条油小路にあった行願寺。皮聖行円上人の建立。

伽陀 偈のこと。

狂言綺語ノタワブレ 無益な空しい所行。狂言は嘘いつわりの言葉、綺語は虚飾の言葉。

一仏浄土 一仏は阿弥陀如来。

乾闥婆 八部衆の一。楽を奏する神。

竹生島 琵琶湖の北方にある島。都久夫須麻神社がある。

楽所 大内楽所。大内に設けられた雅楽の教習・統轄の機関。天暦期からみえ、鳥羽天皇の頃に制度化された。左方舞の狛、右方舞の多氏を両翼に、豊原・安倍・大神氏等が構成世襲した。

明時 平和に治まる時代。

上官ニ… たとえば天福元年には「豊原定秋〈任ニ右衛門志一、十二月廿八日、年六、近秋男〉」（補任）とみえる。技倆より氏素姓が優先した。

周郎 周瑜。音楽の名手。

浜主　尾張浜主。本朝楽舞の祖と仰がれた。
箕裘ノ業　代々の家業。
獮猴　大きな猿。
自由ノ今案　説もなく習もない自分勝手な演奏法。
首官　楽所の長。一者。極官は五位将監。
神慮ハ…　神のこころはどうにもならないもので(末世にはすべてが乱れ衰退してゆく)。末法観の反映。
身ヲハジメテ　自分をはじめとしてすべてが。
イトヲシミ　底本「イトマヲシミ」、大阪本「イトウシミ」。
躰拝　舞人の身のくばり方で、舞の所作の基本となるもの。
図　舞の型。具体的には舞譜をさす。
古跡　先例のこと。先人の舞の型。
ムマレ付　生まれつき。
アヤシノ詞　以下この巻で述べること。言葉で芸を伝えることの難しさをも示す。
ツマ　端。手がかりの意。
正方　通常は北をいう。
コジチ　故実。
ユルベズ　気をゆるめず心に緊張を保つ意。
心ヲ…　心をひきしめ油断せず雑念を思いいだかない。マゼヌは交えないこと。

ル也。其奉公ニヨリテ、各昇進スルハ、*明時ノ嘉例トス。然而、近来ノ楽所ノ作法ハ、乳ブサヲクワヘタルミドリ子ドモヲ、面々ニ*上官ニ申任ズメリ。是ハ家ノサカヘニハ似トイヘドモ、ヲソラクハ一道ノ衰期ノ近ヅクニハアラズヤ。爰ニ末世ノ我等ハ、漢土ノ*周郎ノ詞ヲモキカズ、倭国*浜主ガ姿ヲモミズ。中古、▼光高・▼好茂名ヲ聞クバカリナリ。僅ニ*箕裘ノ業ヲ相継トイヘドモ、蝙蝠ノ鳥ニ似タルガゴトシ。*獮猴ノ人マネヲスルカトモウタガヒヅベキナリ。サレバ、実説ハソバニ成テ、謬説ヲムネトセリ。又*自由ノ今案ヲモテ、説々トシナセリ。コレハ道ヲ稽古セザル輩ノ、*首官ニイタレルガ、失錯アヤマリヲ、家ノ秘事ニナシタル事ドモ、舞楽ノ中ニ侍ケルナリ。是ハヨシナキ事トオボヘ侍ナリ。只アヤマチヲアラハシテ、螢雪ノ功ナキ事ヲハズベキナリ。凡夫ノ目ヲバハヂテ、ハズベカラズ。*神慮ハ尤ヲソルベキ事ナリ。是ハ世ノ末ノ習ヒ、当道ニハカギラズ、諸道モヲトロヘユク次第ナレドモ、此道ハ、*身ヲハジメテ、殊ニウタテキコトニナリテ侍ナリ。コノコトハリヲナゲキテ、心アラム輩ハ、イカニモ〳〵ハゲムベキナリ。争カ神明三宝モ御*イトヲシミナカラムヤ。先、舞曲ノ*躰拝ヲ習ト云ハ、其ノ*図アルベシ。頭ヅカイ、頸モチ、肩サシ、肘ツカヒ、腰ツキ、足フミ、*古跡ヲ守ルベシ。但*ムマレ付ハナヲリガタキ物ナレドモ、家々ノスガタ、サスガニツギツタヘタル事モ侍ヌレバ、*アヤシノ詞ハナニノセンカアラムナレドモ、又ヲカシキ事ノ中ニモ、思合スル*ツマトナル事ノ侍レバ、要ヲヌキイデ、、少々シルシ侍シ。年ヲヘテ、道ハヲトロヘユクトモ、サスガニイタレル人モ、其中ニイデキタラムズラム。ソノ振舞ヲ見、物語セラレンヲ聞テ、此状ニ心アハスベシ。

口伝云、舞ノ姿ハ、其身躰ヲ八方ニワカツト習ナリ。二四八ノ拍子ヲ舞ト云。乙(かなヅル)肘モ踏足モ、方角ヲスゴス事ヲセヌナリ。其様ト云ハ、伏(フスル)肘モ、中央ヲスゴサズ、指(サス)手モ、*正方ニ指トナリ。目尻〔三〕指。粗*コジチニハ、ツボムベキナリ。足踏モ是ニ准ズベシ。

次ニ、其身ヲ*ユルベズト云ハ、*心ヲユルサズシテ、

走物　走物曲をいう。一人あるいは二人の舞人が舞台いっぱいをつかって舞うテンポの早い舞楽。番組の後半に演じられた。→一三六頁
ナヘテ　萎えること。たおやかであるべきだが、度が過て、弱く萎えている意。
左　左方舞。
右　右方舞。
イタリテ　至芸の域に達して。
骨モ…　奥儀を会得していると、自分にも思われ人も許している。
アワレ…　なんとかしてそんな良くない風躰を脱したい。
光近　則近は嫡流の光近から舞の相伝を受けた。(舞楽符合鈔)
一者ノ時　光近は一一六〇—八三左一者。(補任)
ウチマカセ…　普通なら非難されるべきだが。当時、「ヨクモ悪モ父ノ相承ヲモ師匠ノ伝受ヲモ、聊モ不レ違二其様一マネビトラント可レ思也」とされた。(懐竹抄)
人ノ姿…　人間の容姿というものはここが難点だといっても整形できないのだから。
トモ　伴。同じ舞台に立つ他の舞人。
ゲスシ　下種し。いやしいこと。

他〔ノ〕事ヲ思ヒマゼヌナリ。楽ヲ耳ニトヾメテ、心ニ拍子ヲ打ナリ。殊ニ*走物ハ、躰ヲ責テ木ヲ折置ガゴトクニ舞ナリ。延所ハコトサラニシヅカニ、早〔キ〕所ヲバ殊ニ火急ニ舞ベキナリ。

古老語云、舞ノ腰ハ、春ノ柳ノ風ニ順フヲマネビ、乙袖ハ、秋ノ花ノユキカフ人ニナミヨルガ如シト、カヤウニ譬ヘテ侍バ、ヨク〳〵タワヤカナルベシト、ヲボヘ侍ナリ。其モ舞ノ躰ニヨルベキナムメリ。近来ノ右舞人ノ姿ハ、タトヘニモスギテ、*ナヘテ侍ヨシ、古人申メリ。マコトニモ、父祖父ノ躰拝ニハ、スコシモ似侍ラズ。不審ナキニアラズ。

私云、大方ツネニ舞ノ左・右ヲ申バ、*左ハ、秋山ノ紅葉ヲ嵐吹ガゴトシ。*右ノ大方ハ、春風ニ柳ノナビクガゴトシト申ナリ。

次顔モチ、頭ヅカヒ、皆生レツキナレドモ、家々ノ先達ノヲモカゲヲ案ジツクベシ。其上、傍輩ノ中ニ、ヨク*イタリテ、躰拝モ吉、其*骨モ得タリトミエ、人モイワンヲ見テ、其振舞ヲ心ニカクベシ。ソレ、トモハ鏡ト云コトノ侍ユヘナリ。又ワロカラムヲ見テ〔ハ〕、ワレモアレテイニコソアルラメ、*アワレサラレバヤト思フベシ。サレバ、▼則房宿禰ハ、親▼父則近舞ノ姿ニハ似ズシテ、一向*光近躰拝ヲウツサレタルヨシ、上下人々イサメ侍シカバ、答ヘテ云、「ワカク侍シ時、父則近教訓云、舞ノ姿ハワレヲミル事ナカレ。アノ光近判官ノマハレンヲ、ヨク〳〵ミルベシト、常ニ申サレ侍シカバ、シカ侍ニヤ」ト申サレキ。光近*一者ノ時ナリ。*ウチマカセテハ、ソシリヲナスベキ事ナレドモ、ヨキ人ハ善悪ヲシリテカク候ナリ。イカニモ、我身ヲ吉ト思〔モ〕云ベカラズ。人ニホメラルベシ。次ニ*人ノ姿ト、ノヘガタキモノナレバ、人ゴトニ難候ベシ。アフノキタルヲバ、正念ナクミユト云、ヲチクビナルヲバ、物ヲ求ルカト笑フ。口伝云、鎌頸(カマクビ)ト云事アリ。ソノヤウヲ存ジテ、吉程ヲハカラフベシ。

次ニ、見ル目モ、ソヾロ目ヲツカハヌナリ。人ヲモ見、頭カロクナリヌレバ、ロ〔クロ〕頭ト異名ニナル。只乙手ノサキ〳〵ニ、目ヲカケツレバ、タマシイハアリテミユルモノカラ、*トモノ姿モミユルナリ。サシカタナル、キワメテ*〔ゲ〕スシ。ムナ

ソリタル、コハクミユ。腰ト云、膝ト云、タワヤカニ、上下*ノヨク〱ナリアフベキ也。

次〔三〕、踏足モ、台ヲナラサズ。膝ヲヲリテ踵ヲヲク。爪立(ツマダツル)足モ、拍子ニアワスベシ。高躍(たかくル)舞ニモ、爪立テヤガテ落居バ、台ナル事ナシ。延立モ落居モ、ヤハラツ*、スルヲ吉舞人トハ云ナリ。去(ノケ)肘(カイナ)モ伏肘(フセカイナ)モ、拍子ヲマチテシヅカニカナヅ。腰ニ付タル手モ、拍子ゴトニシムル*ナリ。又伏肘ヲ打ニハ、スコシカタブキテ、顔ニ打カケテ、手ノサキニ目ヲカクベシ。

次〔二〕、器量神妙ナラネドモ、ヨクコウ*ヲダニモイレツレバ、目出〔タク〕ミユルナリ。只人ニヨク〱物ヲヽシユベシ。ソレニスギタル稽古ハナキナリ。古今無双ノ人々モ、御賀*ノ舞ノ師、妓女*ノ舞師、次々ハ童舞〔ノ〕師ナムドシタル輩ハ、コトノホカノ事ハ、ナキトゾ申侍。マコトニサ候メリ。我家ノ中ニテモ、庭立、エム*、行道ナムドセムトキモ、足踏、コシヅカヒヲバシツクベキナリ*。又フシタルトキニ、中々モノハ案ジツヾケラレ侍ナリ。立居ニ付テ、ネテモサメテモ、心ニカクベキ道ニテ侍ナリ。思ノキヌレバ、ナツカヌ曲ニテ候ナリ。次〔三〕舞ノ姿、昔ニハ今ハカハリタリト古人申。尤モコトハリニテ侍ナリ。近来ノ若キ舞人等、一切ニゼムシヤ*ヲカフムラズシテ、僅ニ手ヲ移得ヌレバ、ソレニテ、カタノゴトク事ヲナシテ、コマカニ物習フ事ヲバ、物ウキ事ニシテ、道ノフカキ事ヲシラズシテ、サウナクイタレルヨシヲ、申フルマフハ、人ゴト*ノ事ニテ候也。又父ニモ、老耄シヌレバ、行歩*合期セザレバ、躰拝モカワリユク、進退モ物ウクヲボユルマヽニ、コマカニモヲシエズシテ、ムナシクスギヌ。相伝ノ譜モチタルトモガラモ、無智文盲ナレバ、心得ガタシ。譜ナムドモタザル物共ノ事ハ、コトバニモタラズ。愚案ヲモツテ、他人ニサヅクル間、一曲ノ内ニ、僻説ドモハイデクルナリ。此ノ様ヲ存ジテ、本説*ヲウシナハズシテ、子々孫々ニモ可レ授也。

已上、且ハ守ニ古記一、且〔ハ〕任ニ先達ノ物語ニ一、又キヽツタヘ、見及ブ事ドモヽ、其ノ数侍レ。ユメ*ノ内ニ、曲ヲ教ヘナヲシ、メイドヨリ*カヘリテ、秘事ヲ伝フ。是ハ、道ヲ思フ内信*ノイタスユヘ

上下 上半身と下半身。

ヤハラツ、… ぎくしゃくしないでなめらかに。底本、「ツ、」に傍書「イニ、カニ」とする。

シムル 締める。しめつけること。

コウ 功。時をかけ経験をつむこと。稽古をつみ重ねるなら。

御賀 賀の祝。年寿の祝で四〇歳をはじめとして一〇年ごとに行われ、孫など一族の君達が童舞を舞った。

妓女 内教房におかれた舞姫。

エム 宴。

シツクベキナリ 手をぬいたりしないで、本格的な演奏と同様にきちんとやっておくべきである。シツクは仕付く。

ゼムシヤ 前者。父祖の跡。また繕写か。

人ゴト 自分には無縁のこと。

行歩… 歳とともに体力も衰え、身体も思うようには動かないから。

本説 根本となる説。正説。

ユメノ内ニ… たとえば「狛ノ太子ガ夢説」(二三頁)というような例。

メイドヨリ… 大神晴遠の場合をさす。

内信 意識の底にある道をたのむ心。

ナリ。或貴人云、現世ノ名利ヲ忘レテ、後生菩提ノタメニ、准ニ念仏一、信心ヲヲコシテ、舞楽ヲイトナマム輩、サラニ甲乙アルベカラズ。狂言綺語ノタワブレ、仏ヲホムル種トス。伶楽歌舞ノ功、ナムゾ発心ノ中ダチトナラザラムヤ。

2 一 舞譜名目*

方角　東、西、南、北、巽、坤、乾、艮、
　上、下

見方(ミルカタ)　上見、右見、左見。

仰方(アフグ)　右仰、左仰。

肩指(カタサス)　右肩、左肩。

肩係手(カタニカクル)　右手、左手。

伏肘(フセカイナ)　諸伏肘、左伏肘、右伏肘。

去肘(ノケカイナ)　諸去肘、左去肘、右去肘、小諸去肘、下去肘。

合肘(アヘスルカイナ)　左右手合、諸手。

合掌(アハスタナゴヽロ)　左右手合、『陵王』ニアリ。

重手(かさね)　『散手』ニアリ。

披肘(ヒログルカイナ)　左右手ヲヒログルヲ云。

指肘(サスカイナ)　左右手ヒロゲテ、手ノサキヲハヌルヲ云。

持上手(モチアグルテ)　諸手。

打替(ウチカフ)　左右ニアリ。

下肘(サグル)　左手、右手。

振肘　左右手ヲ左フリ右フリ也。

違肘(スヂカヘ)　左右、片手ハ伏肘、片手ハ去肘ニ打ヲ云。

呂乙(ロカナデ)　左肘折、右々々、左々々、右如レ此。

巻手(マク)　左手、右手、帯程ニテユビシテマクリテ、ヒログルヲ云。

曳手(ヒク)　左曳、右曳。

違手(スヂかふる)　左、右。

折手(をる)　左、右。

約手(ツヾムル)　左右アリ。

打改手(ウチカウル)　左右アリ。

覆手(フヽゥ)　左右アリ。左ヲ下(シタ)ニマウケテ、右ヲウチヲホウヲ云。右同。*

面係手(カヲニカクル)　諸手、左手、右手。

面ナヅル手(カヲヽ)　左右アリ。

2 舞譜　前代にも似たものがあったと考えられる。現行の譜は振を細密に記すものとなっている。なお、はじめて舞譜を作ったのは狛光時とされる。(狛氏系図)

同　底本、以下に「突〈ツク〉左、右」。

袖(ソデ)取(トル)手　右手ニテ左袖ノハタヲトル。

袍前取手(ハウノマヘトル)　右手ニテ袍ノウハマヘヲトルナリ。左同。

腰(コシ)掃(ハラフ)　諸手。

突(つく)　左、右。

腰(コシニ)付(ツク)　左手、右手。

延(ノビ)立(タツ)　右足ツマダテ〔、〕ヤワラゲツ、ノビアガルナリ。

落(ヲチ)居(キル)　ヒザヲヒロゲテシヅムナリ。

押(ヲシ)足(アシ)　諸足、左足、右足、キビスヲタテ、拍子ニヲス也。

鵄(シト)、踏(フミ)　諸足フム。左ニテモ右ニテモ、太鼓*ノツボニフミテ、片足ハヤスメフム。

爪(ツマ)立(ダツ)　左立、右立。

搔(カク)足(アシ)　左足、右足。

躍(ヲドル)又踊　諸足、左足、右足。

走(ハシル)　前走、尻走。

儒(ひき)趨(はしり)　『陵王』ニアリ。

居(ゐる)　右膝付、左膝付。

廻(マハル)　左廻〔逆〕、右廻〔巡〕。


跪(クエル)足(アシ)　左右アリ。

踵(クビス)立(ツ)　左右アリ。

寄(ヨル)依　序ニハ三寄、〔八〕*拍子ニハ二寄、四拍子ニハ一寄、六拍子七拍子一寄。並寄、前進寄、後退寄。

『安摩』五寄　『陵王』三寄　『抜頭』　『還城楽』

印(イム)*　『散手』『陵王』『秦王』『打球楽』『鳥舞』、已上左舞。『貴徳』『狛桙』『埴破』、已上右舞。

桴(バチ)*　『陵王』『抜頭』『還城楽』『胡飲酒』『蘇莫者』『二舞』『納蘇利』。

桙(ホコ)*　『散手』『太平楽』『秦王』『倍臚』『貴徳』。

棹(サヲ)　『弄槍』近来舞絶了。『狛桙』。

面(メン)　插花(カザシ)　『安摩』。

白楚(ズハヘ)*　『皇麞』『蘇利古』。或書云、蘇理古 楉(ズハヘ)名歟。

反尾(ヘムビ)*　『青海波』。

笏(シヤク)　『安摩』、『新鞁鞨』、『貴徳』番子*。但用二鯉口面一之時着二番子面一。此時持レ笏也。

着剣(ハクタチ)　『皇帝』『太平楽』『秦王』『散手』『青海波』『古鳥蘇』『貴徳』。

官沓(クワンノクツ)*　『胡飲酒』『新鞁鞨』。

太鼓ノツボ　太鼓を打つ所。

八拍子　東大本による。

印　現在剣印とよぶ。人差指と中指とを伸ばし、薬指と小指を親指で押える。下記曲名は印のある舞曲。

桴　舞具の一。曲ごとに異なる。

桙　舞具の一。鉾。曲ごとに少しずつ異なる。

白楚　舞具の一。払子様のもの。

反尾　舞具の一、返鼻。白木製で巴形をしたもの。拍子を打つ。

番子…　↓一〇〇頁

官沓　底本「靴沓〈クワノ〉」。

甲牟子（カブトムシ）

古伏（コフシ）『胡飲酒』『太平楽』古伏輪、『還城楽』。

杖（ツヘ）『採桑老』。

打木（タキ）玉『打球楽』『埴破』。

*後参（ゴサン）『新鳥蘇』『古鳥蘇』『地久』。対二『万秋楽』一時『白浜』執レ之。

3 一 舞姿法

武舞『皇帝破陣楽』『秦王破陣楽』『散手破陣楽』『倍臚破陣楽』『武将太平楽』。

女舞 *内教坊。『皇麞』六人。『天長宝寿楽』十人。『玉樹後庭華』十二人。『赤白桃李華』十二人。『弄殿喜春楽』六人。『煬帝万歳楽』八人。

童舞『迦陵頻』『五常楽』『皇麞』『汎竜舟』『清上楽』『胡蝶楽』『登天楽』。

走物『散手』『陵王』『抜頭』『還城楽』『貴徳』『納曾利』。

別姿舞

『万秋楽』序破二帖マデハ、*ノサビニ、キワメテヤサシク、物アワレニ舞テ、三帖ヨリ、ヤウ〳〵*心ツキテ、キビシク舞ナシテ、五帖ヨリハ、*ヒラミテ、六帖ニナリヌレバ、コトニタイヲセメテ舞。終一拍子ハ、シヅカナル序ニ舞ナシテ居ナリ。*付属ノ袈裟給手ト名タリ。

『青海波』古老云、男波ハ上手、女波ハ下手云。上手アラク寄バ、下ハシヅカニヒイテ舞也。出切ハ、コトニキビシク、ヒラミテ、アラク舞ナリ。女波男波タツガゴトクニ、袖ヲモフリカヘスベシ。袍ノ袖ニテ、*舞台ノ地布ヲハクト申ス、此舞ノ姿ナリ。ヨクヒラミ、タイヲセムベシ。

『玉樹』序二拍子、破二・三帖マデハ、コトサラナヘ〳〵ト舞ベシ。四帖ヨリ、渡チガフ時ハ、ハヤマリテ、同ジ伏肘ナレドモ、カホヲナデ、舞ナリ。第八帖ハ、コトニノサビニナリテ、末ニハ居テハツルナリ。三女序ト謂レ之。

『散手』ノサビニケダカク舞ベシ。四・五・

後参 舞具の一。後参桴。先の曲ったゴルフのクラブようのもので先端に白毛をつける。

3**内教坊** 内教坊の舞姫が教習する舞曲の意。

ノサビ ゆったりとした意。

心ツキテ 心をくばって。

ヒラミテ 身を底く沈めて。ヒラムは平たくすること。

付属ノ袈裟 →四四頁

舞台ノ地布 舞台に敷く布。「以二鈍子一包レ之。〈謂二之地布一黄或萌黄〉」(楽家録)。

六　底本傍書「ィ七帖」。

4 **調子**　曲名。登場・退場楽として用いられる曲。

道行　舞人が舞座に着くまでを言い、その曲は舞曲によって変る。

音頭　首席奏者。

我立所　自分の舞座。

向立舞　舞人が舞台で向合せに位置する舞。

平立舞　舞人が舞台で正面向に位置する舞。

五人立　七人立

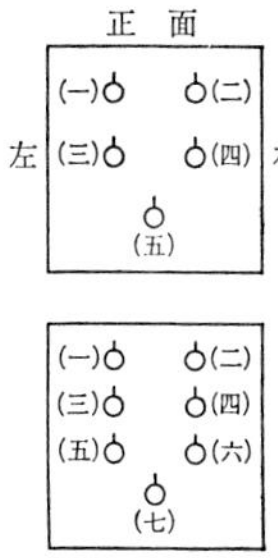

右方舞の場合は逆に右手が上位者の舞座となる。

六*執レ桙。謂ニ之長桙一。

『秦王』　イカメシク物アラク舞ベシ。古楽説、忠拍子舞レ之。

『打球』　スコシアトナク舞ベシ。三・四・五・六帖、玉播。

『案摩』　キビシク木ヲ折ヲクガゴトク舞ナリ。

『陵王』　イカメシク、又ヤサシク舞。又サムゲナルスガタアル所アルベシ。延所ヲバコトニシヅカニ舞。火急ノ所ヲバ、目モアワセヌホドニ早舞ナリ。是以為レ習。二・四・六・八者、八鞨鼓。二・三・六者、六鞨鼓。一・三・四者、四鞨鼓。可レ舞ニ此拍子一。

4 一　舞出入作法

調*子、道*行、聊其ノカハリメヲ存ズベシ。

先吹ニ笙調子ヲ一。次ニ篳篥ニ禰取テ、即吹ニ調子一。ヨク〳〵吹スマサセテ、舞人出ト思フ時ニ、笛吹ノ音*頭ニ対テ、舞ノ切々ヲ申合テ、其後、笛吹禰取テ、吹ニ調子一。三句許之後、可レ打ニ鞨鼓一也。其後舞人ハ出ナリ。

登ニ舞台一、スコシアユビヨリテ、右足ヲ踏出シテ、諸手ヲ披テ、左足ヲ進テ踵踏、諸手ヲ合テ、右足ヲ爪立テ、ヤワラゲツ、延立、又シヅカニ落居、右足ヨリ踏進テ、左足ヲバ付テ、一番(ヒトテ)々々歩行(ユキユク)ナリ。口伝云、「ヲヨギ虫ノハウ」ガゴトシ。謂ニ之雌雄歩一登ニ舞台一手合足踏在レ之 我*立所ニ行立ヌレバ、左足ヲ踏出テ、右足ニ如レ先延立テ、落居テ、右手ヨリ一ヅ、前(マヘ)ニ下テ、右足ヨリ退立ナリ。

次以ニ道行一出〔ル〕作法ト云ハ、笙篳篥ノ調子ハ如レ先ナリ。笛ニ禰取テ、吹ニ出道行一セバ、笙篳篥ハトヾマリテ、太鼓ノ初拍子ヨリ可レ付。一説ニハ第二拍子付レ之。出作法ハ、大旨同事ナレドモ、手ヲ合スル事モ、延立落居事モ、太鼓ノ拍子ニアワスベキナリ。歩行事モ、鞨鼓ノ拍子ニ踏合ト心ザスナリ。調子ニテ出ヨリモ、スコシハヤカルベシ。

*向立舞(ムカヒタツ)　大旨同躰ナレドモ、上手ハ右廻向(メグリムカヒ)、下手ハ左廻向テ、対面ヲスルナリ。

*平立舞(ひらたち)　五人立様　二者　四者　一者　三者　五者

乃至七人、九人、十一人、如レ此立也。

『玉樹』ヲ本トス。有ニ二説一。一説云、以ニ中央一

為ニ上臈一、此ヲ為レ本ト。以ニ左右端一為レ上。次説。雨
儀ノ時ハ、何舞トイヘドモ平立ニス。*所ノ様ニ
ヨリテ、中端（ナカハシ）ニハ立ベシ。
*三行（ぎやう）立様、又行立（ユキタチノ）様、横サマニハ、*一連（つら）ヲ西ニ
テ、次第東ヲ、下臈ニ立ナリ。

三者　六者　九者　*番長
二者　五者　八者　十者　舞人十二人 相撲節 旬節会 如レ此立。
一者　四者　七者　番長

治暦三年*三月廿五日、興福寺供養『万歳楽』。三
行十二人立。但、番長ハナシ。此立様、不レ知レ人。
能々可レ令ニ秘蔵一也。

抑、舞出入ニ、違（スヂカヒ）踏（フム）ト云事アリ。左右ノ一者ノ
スル事ナリ。

次列ノ輩ノ、仮ノ一者タルハ、左登橋ヨリ上テ、
右へ歩渡テ、初メテ手ヲバ作ルナリ。庭儀准
レ之。

入事ハ、調子ニ笙笛付テ、羯鼓打テ後、先頭ノ始
ムルヲ見合セテ、一度ニ手ヲ作リテ、左廻テ入ル
ナリ。*下臈次第ナリ。向立舞ハ、上手モ下手モ、
同〔ク〕*中へ入也。『秦王』『打球楽』『太平楽』『喜
春楽』等舞ナリ。

『輪台』

出入ハ不レ似ニ普通舞出入一。『青海波』舞〔ノ〕下
手、左違肘ヨリ作ニ大輪一也。出〔ハ〕逆輪。左廻。
入ハ巡輪。右廻。『青海波』以ニ上手一為レ先。委状
有ニ舞篇一。

*急ニテ入ル舞ハ、笙笛ヲ付ツレバ、守ニ先頭一始
レ之ナリ。舞人向ニ楽屋一ヌレバ、可レ加ニ拍子一。三拍
子後云々。一説、*五拍子後云。

*入綾可レ舞口伝。舞台ノ中半ニシテ、御前ノ方へ
立直テ、舞始メテ、登橋ノ程マデ舞ナリ。口伝云、
舞台ノ上ノ入綾ハ、一者舞也。次者不レ舞。庭ノ
入綾ハ、庭トヲケレバ、足ヲコマカニフミテ、二
寄バカリハ寄テ舞始ナリ。楽屋ノ近ニハ、トク始
テ打返テ、楽屋へ舞廻リテ舞也。*借一者タル時ハ、
庭入綾舞也。

舞台ノ上ニテ舞手ヲバ、庭ニテハ舞替也。久不
レ可レ舞、楽一返余吉ナリ。*左ニモアレ、右ニモア
レ、入綾ハ以ニ御前一為レ本舞ナリ。但、為ニ*正方一所
ニハ、不レ及ニ立返一、始也。

所ノ様　仏会などのしきたり。

三行立様　舞人が正面に向って三行に立つ様式。

一連ヲ…　正面第一列は、左から右へ(一連を基準として)一・二・三者の順に立つ。以下も同様で、第二列は四・五・六者、第三列は七・八・九者というように立つことを言う。北を正面として奏舞する原則から、向って左が西、右が東となる。一連は、一・四・七者と並ぶ左側の列のこと。「左ヲバツラノモノト云也」(吉野吉水院楽書)。右舞はこの逆。

番長　近衛府の舎人の長。底本「番帳」。十行目も同じ。

三月廿五日　二月を誤る。この日金堂供養あり。

下臈次第ナリ　下臈から順に退場する意。

中へ　中央に寄って。

急ニテ入ル舞　当曲(標題曲)の急を退場楽に用いる舞曲。

五拍子　底本「五拍子等」。

入綾　退場の楽舞。当曲を用いる。舞人はこれを舞いつつ順次退出する。

借　仮。

左ニモ…　左舞でも右舞でも。

正方　方向が正しいこと。北が正面の場合。

無更居突時　賀殿を舞っても更居突の手を舞わない時。更居突は賀殿急の第四帖。↓一五頁

入綾式手　共用される普通の入綾の舞。

先立　先達。

宇治殿下　藤原頼通。

入綾舞手者

『賀殿』ハ更居突切舞。但、無＊二更居突一時ハ、此切之中ノ手ヲ抽出舞トモ、居手ヲバ不レ舞也。又、跳テ廻ル手ハ不レ舞也。

『甘州』ハ五帖舞。口伝云、初八拍子ヲバ、舞台上ノ手トス。後六拍子ヲ、為二庭手一。其外ハ入＊綾式手ヲ舞加也。

『三台』『傾坏楽』ハ、急ノ中ノ手ヲ、ヌキイダシテ舞。『皇麞』入綾ハ大旨如二『三台』一ナレドモ、白楚ツカフニ有レ習ベシ 雖レ似二両曲一可二舞替一也。『喜春楽』『五常楽』ハ、打入手ヲ舞ベシ。但、一連ハ打テ返テ、一手ヲ舞。両曲皆可レ受二師説一也。『北庭楽』ニモ、中古ハ舞キ。近来常不レ用レ之。呂乙幷復手ヲ舞也。中々メヅラシクテ面白也。『蘇合』『太平楽』ニ、以二別御定一、入綾舞事アリ。各急之中手ヲ抽出舞也。是有二口伝一。

『陵王』入綾ハ、御賀ニ、若君ニマワセマイラス。大膝巻ヲ舞ナリ。仍一切不レ知二余人一也。

『抜頭』ハ、南向手舞ナリ。其ニモ家々口伝侍ベシ。

如レ此カキヲクトハイヘドモ、大旨バカリナリ。仍心ヘガタカルベシ。能々師説ヲ受テ後、先＊立ノセラレムヤウヲミルベシ。舞人ノ躰拝ノミユル事ハ、只此ノ出入ニアリ。能々シツクベシ。近来、舞人殊ニ不覚ニ見事、只有二出入一ト、古モ貴人御定アリ。

光時記云、

前＊宇治殿下御存生当初、平等院一切経会、『三台』時、光季舞二入綾一。右舞人正資、節資訴申云、「入綾者在二右舞一也。左舞自レ本無レ之。今光季等作レ之、其志欲レ失二右舞人一也」。因レ茲被レ召二問光季一。光季陳申云、「左舞多以二調子一返入舞不レ舞レ之、以レ楽於二入舞等一者、皆存レ之。自レ本依二入綾一舞也」。所二陳申一有レ謂。仍彼等令二閉口一畢。

左舞以レ楽入時有二入綾一口伝

『五常楽』ハ不レ吹二止急一、即次第入舞也。如二右舞一。

『鳥舞』如二『五常楽』一。

重吹二破急一入舞

『胡飲酒』『賀殿』『三台』『傾坏楽』『皇麞』『喜春楽』『北庭楽』『甘州』。

凡モ入綾ヲ末物ニテ、曲ヲツクス事ハセヌ也。

ワレシリタレバトテ、*サシモナキ所ニテ、曲ヲツクスベカラズ。先達制止セラレタル事也。

抑、公家ノ舞御覧ハ庭也。楽屋遠クハ、舞台上ノ手ヲ舞テ、スコシ歩入様ニシテ立返テ、楽屋前ノ手ヲ舞ベシ。楽屋近〔ク〕シテ、*二様ノ手悪カリヌベクハ、台ノ程ヲバ下テ、舞台楽屋ノ中半ニシテ舞也。

又、召テ返シテ、猶可ㇾ仕有二御定一、膝ヲ突居テ請ㇾ之、スコシ進出、一曲ヲ可ㇾ舞也。相構テ、以前ノ手ヲ舞替ベシ。同手ハ無念ノ事ナリ。

5〔一〕 *舞番様（つがひ）

『皇帝（ワウダイ）』在ㇾ甲。昔着ㇾ剣。*加二破陣字一。*諸肩袒。
『新鳥蘇（シントリソ）』在二面甲一。合肘舞。執二後参一。
『団乱旋』在ㇾ甲。諸肩袒。
『古鳥蘇』有ㇾ面、但近来不ㇾ用ㇾ之。冠着剣笏指。執二後参一。
『春鶯囀』有ㇾ甲。『天長宝寿楽』云。諸肩袒。
『退宿徳』有二面・牟子一。『退走禿』ト云。合肘舞。
『蘇合』有ㇾ甲。『蘇甲』云。諸肩袒。
『進宿徳』有二面・牟子一。『進走禿』云。合肘舞。
『万秋楽』有ㇾ甲、近来不ㇾ用。准二大曲一。諸肩袒。
『地久』有二面甲一。准二大曲一。『喜春楽』合舞。肩袒手。執二後参一。
『喜春楽』『寿心楽』云。片肩袒。輪造舞。有二入綾一。如二右舞一。
『白浜（ハウヒン）』『万秋楽』対日、准二大曲一。執二後参一。輪造舞。諸肩袒。
『桃李華』『赤白桃李花』云。諸肩袒。『央宮楽』*渡舞。但在二口伝一。
『皇仁（ワウニン）』有二面甲一。『皇仁庭』ト云。
『青海波』有ㇾ甲。別装束舞。『輪台』不二肩袒一、『青海波』片肩袒。
『敷手（シキテ）』『志妓伝』云。有二大輪小輪一。諸肩袒。
『太平楽』有ㇾ面。諸肩袒。執ㇾ桙、抜ㇾ剣。有二更居突一。
『狛桙（コマボコ）』『高麗桙』云。別装束。執ㇾ棹。
『打球楽』別装束。打木持。玉搔。
『埴破（ハニワリ）』別装束。玉取。
『三台』『三台塩』云。諸肩袒。有二入綾一。

サシモナキ所　舞御覧など、気張って演奏しなければならないような観賞者もいない所。サシモナキはそれほどでもないこと。

二様ノ手　舞台上の手と楽屋の手。

5 **舞番様**　左舞と右舞を番いとする制。番曲は時代により若干の変動があった。

加破陣字　皇帝破陣楽が正称である意。

肩袒　袍の右肩をぬぐのを片肩袒、両肩ともぬぐのを諸肩袒という。

渡舞　「序破ノ舞、古ヘ絶之。仍以二『央宮楽』舞一令二通用一之」(六五頁)。

『甘酔楽』 此舞近来絶了。舞出入如㆓左舞㆒云云。

『傾坏楽』『鶏盃楽』云。片肩袒。有㆓入綾㆒。

『胡徳楽』『反鼻胡徳』云。有㆑面。有㆓勧盃・瓶子取㆒。

『万歳楽』 片肩袒。対㆓大曲㆒時諸肩袒。

『延喜楽』 片肩袒。

『賀殿』 有㆑甲。『嘉殿』ト云。片肩袒。有㆓入綾并更居突手㆒。

『長保楽』 片肩袒。破、保曾呂久世利、急、加利夜須云。

『採桑老』 有㆑面。別装束。鳩杖*。多氏▼、天王寺舞㆑之。

『新靺鞨(マカ)』 別装束。紫袍一人、王云。赤衣二人、五位以下六位二人。又四人。

『胡飲酒』 有㆑面。別装束。*源氏并多氏舞也。有㆓入綾㆒。

『林歌』 有㆑甲。別装束、金鼠付。

『抜頭』 有㆑面。別装束。有㆓入綾㆒。

『八仙』 有㆓面甲㆒。『崑崙八仙』云。別装束。合肘舞。


『五常楽』 有㆑甲。片肩袒。有㆓入綾㆒。如㆓右舞㆒、次第舞入。

『登天楽』 片肩袒。

『感城楽』 片肩袒。

『綾切』 有㆑面。『愛耆*』云。一説、牟子。一説、鳥甲。

『央宮楽(ヤウグウ)』 片肩袒。

『都志(ツウシ)』 近来此舞絶了。又『都鬱志与呂妓』云。

『蘇莫者』 有㆑面。別装束。持㆓左桴㆒。天王寺舞㆑之。

『蘇志摩』 別装束。着㆓蓑笠㆒。『蘇志摩利』云。大神氏舞也。

『承和楽』 片肩袒。

『仁和楽』 片肩袒。

『散手』 別装束。加㆓破陣字㆒。有㆓二*様㆒。宝冠、竜甲。

『貴徳』 別装束。『帰徳侯』云。有㆓二様㆒。鯉口、人色。

『陵王』 別装束。異名有㆓多〔々〕㆒。有㆓二様㆒。武部、小面。

鳩杖 採桑老の舞人が持つ杖。俗に言う鐘木杖で上に鳩がとまる。
源氏 村上源氏、源雅実の流。雅実—雅定—定通。(胡飲酒相承)

愛耆 底本「愛婆」。
二様 面のこと。

『納蘇利』 別装束。有二二様一。金青色、緑青色。

一人『落蹲』用レ之。

『案摩』 『二舞』答ス。有二面二様一。冠面着〔ス〕。

二人一人舞〔也〕。

『蘇利古』 童舞合レ之。片肩袒。白楚持。

6 一 無レ答舞

『玉樹』 昔有二別装束一。此世失了。有レ甲。中古諸肩袒、細着*也。今世ニハ、諸肩袒、尻*引也。謂二之『玉樹後庭〔花〕』一。又『金釵両臂垂』。

『秦王』 別装束、如二四天王*一。有レ面。後『散手』云。又『秦王破陣楽』云。

『賀王』 諸肩袒。又『賀皇恩』、又『感皇恩』。

『石川』 片肩袒。此舞、近来大方如レ絶也。大神▼是弘舞云。尚不二分明一歟。

『秋風楽』 諸肩袒。

『春庭花』 片肩袒。謂二之『春庭楽』一。又『春庭子』。中古出二舞台一後肩袒云云。

『裏頭楽』 片肩袒。主上御元服舞レ之。『敷手』合タリ。

『泔州』 諸肩袒。有二入綾一。近来『林歌』合。

『皇麞』 有レ甲。片肩袒。白楚持。有二入綾一。

『北庭楽』 諸肩袒。又『北亭楽』云。有二入綾一、如二『五常楽』一。常『八仙』ニ合。

『還城楽』 別装束舞。有レ面。蛇持。『見蛇楽』云。『納蘇利』合。『八仙』合。

7 一 別番様

『迦陵頻』 又『鳥』ト云。各羽*懸。銅拍子持。

『胡蝶』 又『蝶』云。各羽*懸。振花持。

『菩薩』 林邑物。別装束。用二道行一時者、謂二之『大菩薩』一。

『蘇利古』 又『蝶』合。

『一鼓』 舞人懸二一鼓一、出二舞台一、一曲打舞。

『蘇利古』 同前。

『蘇芳菲』 別装束、如二『師子』一。競馬行幸奏レ之。

『狛竜』 別装束、如二『其駒』一。競馬奏レ之。唐拍子物、但急奏レ之。

『猿楽』 相撲節有レ之。唐拍子物。奏二『剣気褌脱』一時、猿楽*出舞。

『吉簡』 相撲節奏レ之。唐拍子物。奏二此曲一間、猿楽等ヲサウス*。

6 **細着** 底本「釵着」。
尻 袍の尻。
四天王 仏教守護の神。持国・増長・広目・多聞の各天王。四天王の姿に似た装束であることをいう。
羽 迦陵頻・胡蝶とも。大羽根、小羽根などに分かれるが、それぞれ革紐で結び合わされる。

迦陵頻

胡蝶

7 **猿楽** 曲芸や滑稽な物まねなどを演じた民衆的芸能。呪師も行なわれたが、ここはその芸人。
ヲサウス 大阪本「ホヲワサヲス」。

『師子』 無レ答。御願供養舞レ之。

『狛犬』 相撲節舞レ之。有二別乱声一。序破舞。

8 一 無レ答舞

『放鷹楽』 野行幸奏。別装束。白河院行幸船楽*奏レ〔之〕。

『汎竜舟』 童舞。常楽会舞レ〔之〕。片肩袒。

『清上楽』 童舞。常楽会舞レ之。片肩袒。

『倍臚』 別様舞。鉾楯突。呼レ加二破陣字一。天王寺舞レ之。

『河南浦』 常楽会於二中門一舞レ之。乙魚作舞云。

昔ヨリカク合ヲキタレドモ、舞御覧童舞ナンドニ〔ハ〕如何ト*云事ナシ。只便宜アル様ニ合セタリ。サレドモ、無下ニ由モナク、先例モ不レ弁合ツレバ、子細知タル人ノ前ニハ、ソシリヲナスナリ。大曲ナレバ*、何レヲモアハスル、ナム*ナシ。『万歳楽』ニ『新鳥蘇』合タル事アリ。可レ准二大曲一ニヤ。代々日記ヲ能々見覚ベキ也。

9 一 鶏婁(ケイロウ)打法*

先楽屋之内ヨリ、右ヲ肩袒テ、鶏婁*ヲ頸ニ懸。左振鼓持、右枹*持也。拍子ヲ打様、如二鞨鼓拍子一也。但一鼓打也。参向時者、左鶏婁、右一鼓、左右一者懸レ之。若ハ左右各二人懸テ先立也。次舞人、次楽人令二参向一。楽者、『万秋楽』『慶雲楽』依レ例奏レ之。御車令二近付一給時、吹二調子一、則発レ楽、一曲ヲ乙打也。

其打様者、右向テ、太鼓ノ拍子ヲ相待テ、左手指、挑鼓(フリ)〔ヲ〕抜テ、左足踏合也。右目尻程指。*•生右足打•生左足打•生右足打•生左足打•生右足打•生左足。落居テ、•右足ヲ踏テ、•左足ヲ火急ニ踏替テ、左廻リ向テ、右見、左手ヲ伏肘ニ、*。折(太鼓)右足打•生左足打•生右足打•生左足々打•生右足打•生左足打•生右足。落居シテ、如レ先打々•左•右ノ足ヲ踏替、左手指(太鼓)。左足。如レ此打替ツ、、便宜吉程マデ参向、三拍子、若五拍子打テ、左右向合テ、書合*テ、中央ヘ還入バ、末ヨリ本道ヘ曳返也。楽屋ニ発二乱声一バ、楽ヲ止テ入二楽屋一也。

10 〔一〕 行道ノ時ハ、舞人ノ次、楽人上立也。御前ヲ通〔ル〕間可レ打レ之。打様ハ如二参向一。随二便宜一。

8 **白河院行幸船楽** ↓八五頁
如何ト… 絶対にこう番えねばならないというものでない。如何は、大阪本「イツレ」。
大曲ナレバ 双方大曲の場合は。
ナム 難。難点になるところ。

9 **打法** 底本「打様法」。
鶏婁 ↓一六二頁
枹 ばち。
生… 傍点および左の傍記、大阪本による。
折 底本、右傍書「打歟」。
書合 掻合。

五拍子六拍子程打レ之。御前向合度、書合テ通也。二列者、先頭二拍子ヲ打テ、第三拍子ノ太鼓拍子〔三〕、左手指合也。一列打畢後、猶二拍子許ヲ打テ可レ終也。

行道畢後、於二舞台〔之〕上一打二一曲一。大旨如二参向一。但、加二拍子一也。左方、加二三度拍子一。新楽。右方、古楽、揚拍子打レ之。高麗者法用二古楽一。鶏婁、一鼓二拍子打終、搔合テ落居スレバ、止レ楽也。

11 一　参音声ノ時、左方懸二鶏婁一事アリ。次第ハ如二参向一。有二二説一。左右ヨリ対シテ参事。一説。又左右ヲ立交テ、一行ニ列参事。一説。此間打二一曲一也。秘説云、御前ニ向便宜之時アラバ、向二御前一書合居ル、右膝突、立時加二拍子一。此時有二鶏婁秘手一、間拍子謂レ之。元作拍子ニ打乱テ、四拍子打レ之。此間左乙デ、右指シ、舞乙ヅル事、如二舞曲一也。打二忠拍子一。此打様ハ不レ輙、能々可レ請二師説一也。

12〔一〕　船楽打様ハ、一者船舳ニ立テ、楽人一々随二拍子一打廻。何拍子ト無レ定、只入御之様ニヨル。*竜頭鷁首ミギワニ付ヌ〔レ〕バ、乱声止了。其後加二拍子一。古楽上拍子。鶏婁間拍子、一鼓ノ胸ソリノ手、各曲ヲ尽スナリ。次列ノ乗時ハ、楽人モ次者ノル。其時ハ、ミギワノ曲ハナシ。只楽屋入也。有二種々之習一。能々可レ請二師説一也。

13 一　一*鼓事

左ノ一者懸二一鼓一事ハ、御賀、*楽所始参音声。左一者一人懸レ之。

*長者殿下ノ御春日詣ノ次日、馬場院令レ付給、一曲。ワキアケノ束帯。

興福寺ノ別当、并僧正法務ノ慶申。宿院、一曲。

*春日大明神ノ御京上、還御ニ、東御門、一曲。

興福寺諸堂ノ御仏令レ入給ニ、参向、一曲。

楽者随二季節一。春『春庭楽』、夏『応天楽』、秋『万歳楽』、冬『万秋楽』。如レ此雖レ充二四季一不レ定也。太上天皇ノ御賀ノ参音声、『賀王恩』。内宴ノ参音声、『最涼州』『渋河鳥』。臣家御賀ニ幷参向、『万秋楽』『鳥向楽』『太平楽』『慶雲楽』。

昔ヨリ、如レ此雖レ被二定置一、且依レ例、且任二当儀一也。

其打様者、右向テ太鼓ノ拍子ヲ相待テ、打*。左足踏合

12 **竜頭鷁首**　へさきに竜の頭、鷁の首を彫刻した舟。二隻一対で、竜頭には唐楽、鷁首には高麗楽の楽人が乗る。

13 **一鼓**　→一六七頁

楽所　臨時の施設。楽所始はその日のために設けられる楽所の開所式。

長者殿下　藤原氏の氏長者。

春日大明神ノ…　春日神木の動座をいう。神木は春日社興福寺の権威の象徴で、神人大衆らはしばしばこれを奉じて入京し嗷訴した。

打…　右の「・」「。」大阪本による。

打右足打左足打右足打左足、此間左手ヲ指テ、打右足打左足、北ヘ踏廻テ、退テ左右手ヲ合テ、上ヘ披テ、放左足打左足打右足打左足打右足、南ヘ踏廻テ退テ、如レ先上ヘ披、放右足。如レ此打替ツヽ、随二所便宜一、吉程マデ参入シテ、楽屋ヘハ入ナリ。

14 一　参音声ノ時、参入御前ニテ、一曲之後、右膝突居。左右手係合、如二鶏婁一也。加二拍子一。古楽擺。立テ鼓ノ左右ノ俣ヲ取テ、左ヘ踏寄テ、鼓ヲ太鼓拍子ニ突ヤル。右ヘ踏寄テ、鼓ヲ太鼓拍子ニ突ヤル。披テ諸伏肘打テ、尻〔ヘ〕走テ、鼓俣ヲヲサヘテ、延立テ落居ル。謂二之四分曲一。

其後打様。打右打左足打右打左足打右打左足、左手ヲ披テ、打右打左足打右打左足、左右ヲ見テ、右足踏テ、北廻向テ、退テ、諸手合テ、披右足打左打右足打左打右足打左打右足、左披テ、打左打右足打左打右足、左右ヲ見テ、左ヘ踏廻テ、南廻向テ、退テ、諸手合テ、披左足。

▼狛光時説云、当曲打舞事四度也。

15 一　鴨胸ソリ事

一鼓ノ左右ノ俣ヲヲサヘテ、スコシウツブキテ、コマカニ一丈許リ歩テ、アユミトヾマリテ後、ノケザマニムナソリアガリテ、落居ル。八拍子間也。サテ左ヘ踏廻リテ、鼓ヲ左突右見、右ヘ踏廻テ、右突右見、如レ此左右ヘ各二度。▼狛光季ノ説ニハ、五手也。尻ヘ走ル手ヲ加ヘバ、六手ナリ。

僧仁命云、鴨ノムナソリハ、六手打レ之。左向一度、右向一度已上一手、如レ此三手、合六手也。仁命者、右近将曹*義貞男、右兵衛志*山村正連弟也。*延久平等院阿弥陀堂供養日、*多正助ガ打ケルモ、此説無二相違一。其説ニ、行道ノ間、池ノミギワヲ通ル間打二此手一。奏二『渋河鳥』一。

保延之比、*新院召二左▼光則・光時、右▼忠方・▼近方一、此曲秘事御尋ノ侍シニ、左右四人之輩申状聊モ無二相違一間、頗有二御感一云云。

*仁平御賀、楽所始ノ参音声ニハ、左一者光時、一人懸レ之。口伝云、五手打ヲハリテ後、引退時、ツマムノ様打成也。

16 〔一〕　古譜説云、*光仁天皇御宇、宝亀九年十二月廿一日、進鼓生従八位下壬生駅麿製レ之。

15 **義貞**　山村義貞。吉光の三男。右舞人。

山村正連　多政資の外孫。

延久…　大阪本には、傍書「或記云、延久元年五月廿五日一切経会始行日、甲午」。阿弥陀堂供養は天喜元年三月四日に行われた。多政資が延久元年平等院一切経会で、胸そりの秘曲を演じたこと、著聞集にみえる。

多正助　多政資。

新院　鳥羽法皇。

仁平御賀　鳥羽院五〇歳の御賀。

16 **光仁天皇**　第四九代。天智天皇の孫、施基皇子の子。七七〇—七八一在位。七八一没七三歳。

一鼓儛行法　此発行音声『渋河鳥』。准レ此他可レ知レ之。
〔已下打舞法、右譜説也。仍難二一得一。只為二物見一注レ之。〕
右撥二遍、左手一遍、右撥一遍、右手打伏、右足前屈上、拍子見レ東、右撥二遍、左手一遍、右手打伏、左足屈上、見レ西拍子、〔右〕撥二遍、左手一〔遍〕、右手打伏、左手打仰、指レ西、右足前屈、挙二拍子一、右撥二遍、左手一遍、左手打伏、右手打仰、指レ東、左足前屈、挙二拍子一。如レ是従レ上初行登。二鼓儛法又同。

*腰鼓儛行法　此登
左右手合打二遍、右手打伏、見レ東拍子、右足前屈挙二左右手一、合打二遍、左手打伏、見レ西拍子、左足前挙。略如レ是。随レ曲進退。

鶏楼挑鼓儛行法　此登
右手把二鶏楼一、左手持二挑杖一、採二挑鼓面一、毎二拍子一振二鶏楼一。一遍、見レ東拍子。同上後度、見レ西拍子。

17一　舞奏進様
興福寺常楽会ニ、入調初トテ、舞奏進。左一者役、故障〔ノ〕時ハ次者進レ之。先*権長官出御。有二乱声一。*正別当ノ出仕ヨリ後ニナリヌレバ、乱声ヲ不レ奏。此乱声者、権別当始テ正別当ヘ、乱声セサセテ可レ罷出一由ヲフレ申テ、ユルサレヲカフリテスル事ナリ。寺家ヨリモ*楽所ヘ、権別当ノ出仕ニ可レ奏二乱声一之由、被二仰附一也。蒙二其御定一、伶人奏二乱声一例也。長官御出、有二乱声一。御着座之後、止二乱声一バ、吹二調子一。壱越調。次奏レ楽。初日『安楽塩』、後日『一徳塩』。楽中許之時*奏取。古記ニハ、楽三反之後、舞奏トゾ。楽屋柱ニユヒツケタルヲ、寺侍トリテ一者渡。一者執レ之、左頭ニ取直〔シテ〕参也。ヒボヲサシテ、尻ヲカケタリ。経二舞台ノ東庭一参ナリ。舞台ノ中半歩ユク時、加二三度拍子一。正面ヨリ第三間ノ石橋ヨリ登リテ、今一段ヲバノボリ立テ、ウヅクマル。登立テ又畏ル。御前歩寄テ居、左右膝突テ、文バサミノ奏ヲ、本ヲ上ヘ取直テ進也。立テ柱ノトヲリノ程ニ居ル。即楽止了。
此間有二口伝一。
当日、舞員数ヲ承テ、立時ニ、吹二『案摩』調子一。*已上野田家之伝。*行高ノ様ニハ、奏取テ出二楽屋一時加二拍子一、還入時、舞台ノ中半ニテ、以二奏串一播時、

腰鼓　→一六三頁

17権長官　権別当に同じ。別当を輔けるもの。概ね別当に昇進した。

正別当　興福寺の長官。七五七少僧都慈訓に始まる。三綱の上にあり寺務を統括した職。興福寺のほか東寺や四天王寺などの大寺に置かれた。

楽所　南都楽所。

奏　奏文。

野田家　狛嫡流。光季の系統。→雅楽系譜

行高ノ様　狛庶流辻子流における様式。高季の系統。→雅楽系譜

イヅレニモ　野田・辻子をいう。

始テ吹ニ『案摩』調子ニ也。已上辻家之習。

抑、光重▼之一者時、楽三返吹了。『案摩』調子時、奏取始参。*イヅレニモタガヒタル説ナリ。人疑ヒヲナシ、カドモ、*中風ノ物也シカバ、万事ヲユルス。*初年ハ出仕ヲエセズ。仍二者則房▼、寺家ヨリ、以ニ中綱ニ、一者光重依ニ中風所労ニ、出仕不レ能也、今日舞奏已下事、可ニ執行ニ(之)由、被ニ仰付ニ了。舞出入幷入綾等、如ニ一者ニ振ニ舞之ニ。

次*官首無ニ御出仕ニ之時ハ、権長官ヘ奏ヲ進也。舞台ノ経テニ西庭ニ参ル也。作法ハ無ニ違事ニ。又*正・権無ニ出仕ニ時、当時出仕(之)一臈之僧綱進也。

抑、*狛氏舞人官首、五位後、緌ヲヒカケカクル事ハ、光季五位ニトヾマリテ後、緌ヲカケズシテ侍ケレバ、白河院御覧ジテ、光季ハ五位ヲトリコソシタレ、緌カクベシト、勅定アリケルニヨリテ、懸始テ、于レ今舞(ニ)立時ハカケ侍ナリ。カヤウノ事ハ、ヨシナキ事ナレドモ、シラズハアシケレバ注レ之。他氏五位将監、今ニ不レ懸レ緌也。

18一　蒙ニ勧賞ニ事

舞付テ召時ハ、*其舞之躰ニヨルナリ。宣下上卿起レ座、末ノ座ニテ被レ仰レ之。舞人居テ奉ニ宣下ニ。一階也。有ニ召仰事ニ。承後、立退二拝。入綾アル舞ニハ、蒙ニ勧賞ニ、拝後チ一曲舞。

勧賞被レ召舞。非ニ舞曲ニシテ蒙ニ勧賞ニ者、*長者殿下御参宮、馬場院舞師賞、左一物一人蒙レ之。

『万歳楽』『賀殿』『太平楽』『秦王』『打球楽』

『青海波』『抜頭』『散手』『陵王』

已上、左方尾張浜主、狛▼光高ヨリ始。『陵王』之賞ハ、其後*寛治四年朝覲行幸、光季勧賞。*保安三年、光則以ニ『陵王』賞ニ任ニ将監ニ了。

*右一者。以ニ左舞ニ蒙レ賞者、『胡飲酒』『採桑老』。

『*地久』『長保楽』『狛桙』『退宿徳』『埴破』

『敷手』『林歌』『貴徳』『落蹲』。

寛治四年。資▼忠以ニ『落蹲』賞ニ、任ニ将監ニ。*保安三年。忠方蒙レ賞了。

楽人
『師子』*小部氏笛吹蒙レ賞。豊原氏笙吹。大神氏笛吹。各依ニ楽人*一ニ蒙ニ勧賞ニ。

又、曲ニ付ズシテ、蒙レ賞賜ニ纏頭ニ、袍尻ヲ係カケ、ヒ

光重は野田家の分流。
中風ノ物　「(一一九〇)二月十四日夜中風」(補任)。
初年　左一者になって(一一九八)最初の一一九九の常楽会。
官首　貫首。別当をさす。
正・権　別当と権別当。
狛氏舞人…　狛氏の舞人で最上位にある者が五位に叙せられて以後。五位将監が極官。
18**其舞之躰**…　勧賞の対象となった舞曲の装束を着て宣下を蒙るのである。
長者…　藤原氏の氏長者の春日社参詣。
寛治四年…　正月三日に朝覲行幸あり。(舞楽要録)
保安三年…　二月十日に朝覲行幸あり(舞楽要録)。楽所補任には「(保安二年)二月廿九日任ニ将監ニ。朝覲行幸之日。依ニ左一物ニ也。陵王勧賞。年五十二。寛治四年光季資忠例」とある。保安二年の誤。
右一者…　胡飲酒・採桑老は多氏の一子相伝の左方舞である。
地久…　以下、右方舞で勧賞を蒙る曲。
保安三年　「(保安二年二月廿九日)納蘇利勧賞。資忠例。依ニ右一物ニ也。年卅七」(補任)。
小部氏　師子の笛は、「小部氏為レ曲」(八七頁)。
一　各パートに一者があった。

ボヲサシテ参承也。サテ尻ヲ下シテ、二拝シテ、尻ヲ引テ還入也。昔ハ其身ニ留リ、五位ニモ、自余官職ヲモ、追テ被レ仰ケレドモ、近来ハ蒙二勧賞一ヌレバ、則五位留也。*我身ニアマリヌレバ、子孫一家ノ輩ニ譲与也耳。

写本云

天福元年癸巳七月日以二自筆一令二書写一了

正六位上行左近衛将監狛宿禰近真撰レ之

教訓抄 巻第八

管絃物語

管類

笞笙　篳篥　横笛

太笛　中管　狛笛

絃類

琵琶　箏　和琴

1 序

凡ソ*管絃之事者、*一道ノ習イ、最トサタセヌ事ニテ、昔ハ侍ケレドモ、*養父則房宿禰、殊ニコノミテ沙汰セラレタルヨシ、申サレ侍シヲ、コノモシク承リ侍リシ時ニ、予モ又少々*アナグリ習ヒ申テ侍ナリ。但シ古ノ伶人タチハ、*ヲウヤウノ舞ニ付タル事許ニテ、管絃ノ事ハサタセズ侍ケルヲ、今ノ楽人等ハ、舞ニ付タル説々ヨリモ、中々ニアナグリサタシテ、才覚ヲアラハシテ、傍輩ヲ*ヘサン

我身ニ…　五位将監の場合、勧賞を子や孫に譲り任官させるのが例だった。(補任)

1 管絃　器楽合奏。舞の伴奏としてではなく、音楽のみを奏することで、曲目は唐楽を主とし朗詠・催馬楽の謡物が加わる。三管(笙・篳篥・竜笛)三鼓(羯鼓・太鼓・鉦鼓)両絃(琵琶・箏)が用いられ、舞楽に比しゆったりと奏される。本来は合奏を自ら味わい楽しむもので、室内で行われた。

一道　管絃は左・右の舞楽に対し一道をなした。

養父則房　「近真又則近ノ子則房ヲ養父トシテ、建仁三年二月一日笛ノ曲ヲ伝フ」(続教訓抄)。

アナグリ　さぐりしらべること。

ヲウヤウノ…　舞曲にかかわる(伴奏としての)説は詮索もしたが、の意。ヲウヤウはおおかた、おおむね。舞楽の破や急は管絃の曲としても奏される。

ヘサント　へこませようと。

楽所　大内楽所。

能　能力、才能。

物ヲヨク…　一つの物をこまかに切ったその断片のようなものであるから。

楽カ催馬楽カ　楽曲か催馬楽の伴奏か。催馬楽は雅楽の曲に基づい

トイトナミアヒテ侍ヲバ、フルメカシク御シマス管絃者達ハ、「昔ニハカハリユク楽*所ノ作法カナ、サシモナクトモアリナン物ヲ」ト、難候ゲナリ。但人ノ能*モ、代々ニカハリゲニ侍ハ、コノモシト思テ、イトナ〔マ〕ム志モニクカラズコソ侍レ。惣テ舞ニ付タル事ハ、物*ヲヨクキリミダル様ナレバ、師説カギリアリ。旧記ソムカネバ、中々ニ心ヤスキ方モ侍リヌベシ。只御遊ノ作法カ、管絃式講躰ノ事ニ、弾キ物アマタ侍コソ、ユ、シキ大事ニテ侍ナレ。其中ニモ、女房管絃者ノ琵琶箏ヨリ、思モヨラヌ楽ドモヲ曳キ出タレバ、楽*カ催馬楽カ、ワキガタキ程ニ、心マドヒテ、僻事付テ、ハヂモカク事ニテ侍ナリ。サレバ、稽古モアラハレ、器量モ見ヘ侍ナリ。タヾ管絃ヲコノモシト思テ、マジロヒタク思ハヾ、耳ヲヨク聞テ、説々ヲウカメテ、忠拍子ニ、楽ヲ尋常ニ吹テ、音曲*ニキ、ニクカラズ、ツクベキナリ。但笛ノ催馬楽ハ絶ナリ、更ニ不レ可レ付レ之。但シ内々納涼ノ時ハ、風俗*・催馬楽モ、取々付ルハ、サモアラマホシキ事ナリ。今ハ梵*音・錫杖躰ノ物ニモ、付ゲニ候メレバ、ソレテイノ付物ニテ侍ベキニヤ。指南シガタク侍。

口伝云、弾*物、吹*物、打*物等ト、ノヘタラン時ノ楽ノ次第ハ、延*タル楽ハ、一返乃至二返ニハスギズ。一返之時ハ、末加二拍子一。二返之時ハ、第二返之頭ヨリ加二拍子一。但一様ナラズ、楽ノ習ニヨルベシ。早*キ楽モ、第二返ノ頭ヨリ加二拍子ヲ一。末スコシノコシテ、太鼓鉦鼓ハトヾマルベシ。次ニ笙トヾマル。次ニ鞨鼓、次ニ笛、次ニ篳篥トヾマリテ、楽一返ノ間、トコロ〴〵、吹物ヲタワヤカニ付ベシ。琵琶トヾマリテ、箏計ニテ一返シテ、果ベキ也。一説云、打物、吹物、曳物、一度ニ不レ終ガ、楽ハサメ*ズシテ、中〴〵ニ目出ナリ。任ストニ本*文ニ云ヘリ。是大旨也。折節ニシタガキテ、当*座ノ先達ノハカラヒニヨルベシ。此間、声*歌アルベシ。当座ニイ*タレル人ノスル事ナリ。女房、児共ノ事ハシ*キノホカナリ。堂上ノ御遊ニハ、催馬楽ウタヒノス。堂下ノ声歌ハ、別ノ仰ヲカブリテ仕ナリ。以レ是為二本儀一。ユルス所ハ、『青*海波』ノ詠、声*歌ヲユルサル、躰ハ、スベシトゾ、古老ハ申サレ侍シ。又云、方磬ノ有所ニハ、鉦鼓ヲバ

て編曲された。

音曲 催馬楽などの謡物をいう。伴奏であることを心得てそのように。

風俗 民謡が貴族社会にとり入れられうたわれた歌謡。

梵音・錫杖… 法会で梵音衆が梵音を唱え、錫杖衆が錫杖を持って先行する時にも。梵音・錫杖は法会の一作法。雅楽は法会の作法を分掌し、その進行と有機的なつながりをもつ場合が多かった。

弾物 絃楽器。 **吹物** 管楽器。

打物 打楽器。太鼓や鞨鼓など。

延タル楽 延物。延拍子の曲。延拍子は一小節を八拍にとる拍節法。四分の八にあたる。延四拍子(四小節目に太鼓を打つ)・延八拍子(八小節目に太鼓を打つ)がある。

早キ楽 早物。早拍子の曲。

サメズシテ 余韻、余情のあることをいう。

本文 底本「本更」。

当座ノ先達 その管絃に参加している先輩。

声歌 一種の唱歌。元来は旋律暗記のための歌い方。

イタレル人 そこに居る最も上手な人。

シキ 一定の作法、法則。

青海波ノ詠 →五九頁下

声歌ヲ… 声歌を歌ってもよいと認められる「イタレル人」は。

物ノアハレ 人や風物により催される感動。

サヘヅリヲ 底・書陵本「サヘツリニ」、意による。

2**女媧** 中国の伝説上の皇帝の一人伏羲の妹、ないし臣と伝えられる。

六調子 双調など五調子に太食調(たいしきちょう)を加えた六種の調子。唐楽はこのいずれかに属すとされる。

是ヲ… 以下、竜鳴抄にほぼ同文の記述がある。

会 相応すること。

ミヱタル事 書きのこされた説。

星ノ位 星のたたずまい。星の位で時の推移を知るをいう。

香ノ火 香の燃えぐあい。その燃える速さで時を計る。

ト〻ムベシ。同音ニテマギル、ユヘナリ。ソレモヲリフシニヨルベシ。凡御前御遊ニハ、打物ヲモチキズ。琴瑟堂上ニアリ、鐘鼓ハ庭ニアリ。コレニヨリテ、ウチマカセテハ、忠ビヤウシヲモチイラレケレドモ、堀川院ノ御時ヨリ、楽ノ拍子ヲバモチヰラレテ候トカヤ、申伝タリ。

管絃者ノ可二存知一事ハ、ヨロヅヲ心得テ、物*ノアハレヲシリテ、心ヲスマシ、ヤサシカルベキナリ。風ノヲトニ心ヲソメ、鳥ノサ*ヘヅリヲミ、ニト〻メテ、世中ノツネナラヌ事ヲ、返々モナゲキテ、アシキ友ニアフマジキナリ。

2凡ソ時ノ音ヲタガヘジト思ベキ也。先此道ニ心ユベキ事、ソノカズアリ。先ヅ時ノ音ト云ハ、

春ハ双調　東方、木音、青色。

夏ハ黄鐘調　南方、火音、赤色。

秋ハ平調　西方、金音、白色。

冬ハ盤渉調　北方、水音、黒色。

壱越調ハ中央　土音、黄色、若紫色歟。

是ヲ五音ト云ナリ。

五調子ハ、是*女媧所レ造也。女媧人名也。或書云、六*調子者ナリ。

大内記令明(ヨシアキラ)朝臣説云、調子ハ仙人所レ造也。書文云々。

或ハ、土、火、木、金、水。

或ハ、宮、商、角、徴、羽。

宮　一越調、准レ君ニ。　商　平調、准レ臣ニ。

角　双調、准レ民。　徴　黄鐘調、准レ事ニ。

羽　盤渉調、准レ物ニ。

是*ヲ時ノ音ト云ベシ。又一日一夜ニトリテモ、時ノ音アリ。スナハチ、天ニ感応ノ音ナリ。鹿ノコヘ、鳥ノ囀リ、虫ノネ、風ノヲトニ付テモ、面白ト思フユヘニ、ヲノヅカラ会*事アリ。コレヲ又時ノコヘト云ベシ。又十二時ニトリテ、時ノコヱアルベシ。六調子ヲアツベケレドモ、ミ*ヱタル事モナケレバ申サズ。但シ古物語ニ申タルハ、昔シ時剋ヲモタ〻サズ、星*ノ位ヲモシラザリケレドモ、我管絃イタレル心ヲモチテタ〻ス。イマハ何ニテアレバ、何時ニテアルヨト心ヘケル也。又闇夜ニ柱ヲ打テ、子丑ノ時ヲシリ、香*ノ火ヲミネドモ、午未ノタケヌルヲモシリケリ。今ノ世ニハ、サホ

ドノ管絃者ハア〔リ〕ガタシ。ミナタヘタル事ナメリ。サレドモ、自然ニアフ事ノアルナリ。草ムラノ虫ノネモ、枝ニコヅタウ鳥ノ声モ、当時ノモノヽネニ、アフ事アル也。其モ又サダメナシ。昨日午時ノ平調、ヨロヅニシミカヘリタリシカドモ、今日ノ午時ハ、ヲシカヘテ、盤渉調ニメデタキ事モアレバ、*イカナルヤウト申ワキガタシ。サレバイタレル管絃者、ウタガヒヲナス事ナリ。カヤウノ物ハ、心モヲヨバヌ事ナレドモ、サル事モアリケリト、後見ノ人ノ料ナリ。

時ノ音有無論事秘譜云。

*監物頼吉　*土御門大納言　堀川院

右人々敢以無也。不レ及二沙汰一云々。

*経信帥幷*政長朝臣、本有レ之執レ之。仍両人等不レ可レ及二彼三人一歟。全以不レ可レ有之由、*乖門子々事見レ之。不レ可レ及二沙汰一。

次ニ*六調子ト云ハ、先ノ五音ニ、太食調ヲクワヘタルナリ。平調ト同ジ音ナリ。但*呂・律ノ音ニ相違アリ。其相分様者、

律ニ三。平調、盤渉調、黄鐘調。

呂〔ニ〕三。壱越調、双調、太食調。

昔ノ管絃者、コレヲウタガフ。平調ノ音ニテアルニ、*カケタル事ナシ。何故ニ、太食調ヲワカチタルトゾ問レ之。答云、一ニハ、律ノ音ハ三、呂ノ声ハ二アラバ、陰陽ノ儀タガフベシ。ソノユヘニ、呂ニモ三大切也。又平調ハ管絃ノ中ノ本躰ナリ。コレ*法文ノ儀ナヨク／＼*ヒロクシテハカリナシ。心ハヲナジケレドモ、両部ニワカレタリ。法花ネハンナシ。*絃類トカヤニ、タシカニタヾサレタリ。心ユベキ事、*タイギヲトルベシ。物ヲソムルニハ、花ハアヲケレドモ、*シタゾメニシタガヒテ、色カワル。紅ノウヘハ、*フタヰニナル。黄皮(キワダ)ノウヘハ、*モヘギニナル。同ジ花ナレドモ、カヤウニカハルナリ。其ヲ心ウベシ。

呂ト云〔ハ〕男ノ音、律云ハ女声也。

又云、鳳ハ雄也。鳴二律音一。凰ハ雌也。鳴二呂音一。

或人云、呂音ハ女声云、如何。可レ尋。

呂ハ濁音、所謂*大般若等。律〔ハ〕清音、所謂法花経也。

陰陽云、文武云。コレヲナジ。是ヲヨク／＼心

イカナル…　時の音というものは、このように、固定して定めることができないものである。

監物頼吉　王太。→一一五頁

土御門大納言　定通か。

経信帥　源経信。

政長　源政長。

乖門子々　未審。同門でありながら相違する意か。

六調子…　壱越・双・太食・平・黄鐘・盤渉調で、理論上は、それぞれ一オクターブ七音から構成され、七音の全音と半音の並び具合で呂・律に分れるとされる。この調子は洋楽のハ長調などというのにほぼ相当する。

呂・律　理論上の分類に基づく音階あるいは旋法。

カケタル…　平調と太食調は同一で相違するところがないことをいう。

ヒロクシテ…　深遠である。ハカリは際限、かぎり。

法文　仏の教えを記した文。

絃類　楽書の略名か。

タイギ　大儀。枝葉末節でなく根本となるところ。

シタゾメ　下染。下地・素姓の意を含む。

フタヰ　二藍(あい)。やや赤みのある青色。

モヘギ　萌黄。青と黄の間色。

大般若　大般若波羅蜜多経の略。

得ベシ。

3 一 七音ト云ハ、以前ノ五音〔ニ〕二ノ音ヲ加タル也。其二音ト云ハ、

上無調、下無調。

頼吉マデハ吹レ之。其後無二伝人一。仍絶歟云。

雖レ然皆以禰*取等ハ、有二其相伝一云々。

有二二説一。

或書云、大国ニハ、昔六十四調ナリシヲ、則*天皇后ノ御時七音ニツヾメテ被二定置一之云々。

一説ニハ、下無調ヲバ角調ト云、上無調ヲバ林鐘調ト云。

一説ニハ、上無調ヲバ角調。下相甲、上為乙。下無調ヲバ林鐘調。上相甲、下為乙。▼行高説。

宮、商、角、徴、羽、変徴、変羽。（壱々 平々 双々 黄々 盤々 上無々 下無々）謂二之七音一。コレヲ加ルユヘハ、五音ニモシタガウコヱアラバ、コレ二音ニ合テミヨトイフ心ナリ。此七音ノホカニ、イ*キトシイケル物ノ音、ハナル、事ナキユヘ也。

4 一 笛ニ廿一ノ音アリトナラフ也。穴*一ニ、三ノ甲中乙ノ音ナリ。

太声、正中ノ声、細声。曳物ニハ、笛ニ具シテ、此音々皆侍ベリ。口伝云、五穴ヲバ笙ノ下竹ニ合テ、中穴ヲバ一竹ヨリモ細クコシラヘテ、スコシク、ミテ吹ガ、音ハ目出也。

楽ノ面白カラヌト云ハ、笛ノ時ニアハヌユヘナリ。笛不*レ合云ハ、笙笛ヲ云也。笛許ニテ、弾物ニアハセタルニモ、サル事アリ。コレヲヨク〳〵心ヘテ、笛ヲバ吹ベキ也。

管絃者ハ、耳ノカシコカルベキ也。悉曇ト云事ハ、文ニアレドモ、果*ナシ。ソノユヘニタヘタルトカヤ。管絃ハ、物ニ合不レ合ヲ、今ニ聞ク人アリ。其故ニ、チリバカリ果ノアル也ト、古管絃者ノ申侍ケレトカヤ。

5 一 黄鐘調ニ、呂・律アリ。其音ハカハラネドモ、呂ニカタドリ、律ニカタドル。呂*楽ト云、水調ノ音也。サレバ、平調、太食調モ、同音ナレドモ呂・律ニワケタルナリ。

6 一 枝調子ハ、平調ニハ性調、道調。黄鐘調ニハ水調。太食調ニハ乞食調。壱越調ニハ沙陀調。盤渉調、双調ニハ枝調子ナシ。大呂調、小石調ナ

3 **禰取** 楽器の音調をととのえる無拍節の曲。管絃において曲目が二調にわたる時には、調の変るはじめに必ず奏する。

則天皇后 六二三—七〇五。唐の高宗の皇后。のち帝位についた。

イキトシ… この世にある物音はすべて七音に含まれている意。

4 **穴一ニ** 笛は指孔の開き具合や息の強弱により、同じ孔でオクターブ上下の音が出る。

不合云 底本「不合方」。 **果ナシ** 果は結果、いま伝わらない意か。不審。「七たんといふ事は、ひさしくはあれども果なし」(竜鳴抄)。

5 **呂楽** 「呂の楽といふは、水調のこゑ也。水調といふは、黄鐘調のゑだてうしなり」(竜鳴抄)。

6 **ヤウナメナリ** ようなものである。「やうなるなめり」(竜鳴抄)。

節分 季節の分れ目。昔は一年を二十四気に分けて、それぞれ節分があった。 **次第ノ…** 「次第の声のゆくは、さま〴〵の声なめり」(竜鳴抄)。 **ニアル…** 枝調子が。

ツヤ〳〵 いささかも。少しも。

7 **琴瑟** 琴と瑟(おおごと)。

匏笙竽 いずれも笙の類をいう。

祝敔 →一七一頁

ヒサゴツブリ ツブリは頭のこと。笙の匏(十七本の竹の管を束ねてさし込む器)が瓢製である意。

8 **十二時** 一昼夜の各時刻。卯・

ソド云事ハ侍ドモ、其故ヲ不レ知、可レ案也。
惣テ、笛ノ調ハ、八十一調アリト申タレドモ、委ハ不レ知レ之、可二披乞一ナリ。
爰ニ管絃者ノ論議アリ。何ノ故ニアルモアリ、ナキモアルゾ。尤不審ナキニアラズ。或人答云、大躰ハ、物ノニホヒノ*ヤウナメナリ。月ハ十二月アレドモ、カナラズシモ、朔日*節分セヌヤウニ、春ヨリ冬ニイタルマデ、*次第ノ音ノ行ハ次第也云。サレドモ、*二アルモアリ、一アルモアリ、又*ツヤ〲トナキモアリ。コレハ、ヒラキガタキ事ナリ。若シ知レラム人アラバ、可レ披レ之。

7 一　八音ト云者、

金石　金鐘一、石磬一。

糸竹　糸*琴瑟三、竹唐笛四。

匏土(はうと)　*匏笙竽(う)五、土塤六。

革木(かくぼく)　革鼓七、*柷敔八。

金石ハ方磬躰ナリ。糸竹ハ曳物、吹物ナリ。匏ハ*ヒサゴツブリナリ。唐ニハ、笙ノ笛ノカシラニスルナリ。土ハツチニテツクリタル物ナリ。革木ハ鼓ナリ。カハト云木ト云ナリ。又六調子ニ、上下ノ無調ヲクハヘテ、八音ト云様モアリ。

8 一　十二調子者、

壱越調(呂)　壱越性調律　平調律

性調律　乞食調呂　道調律

双調呂　黄鐘調律　水調呂

盤渉調律　太食調呂　沙陀調呂

コレハ以前ニ申ツル*十二時ニアツベシ。

又十二月ニ充ル者ハ、

正月盤渉調律　二月神仙調呂　三月鳳音調律

四月壱越調呂　五月鸞鏡調呂　六月平調律

七月勝絶調呂　八月竜吟調律　九月双調呂

十月鳧鐘調律　十一月黄鐘調律　十二月断金調呂

カクハアテタレドモ、一切ニシラヌ事ニ侍ドモ、古キ物ニシルシテ侍バ、シルスバカリナリ。可レ尋。見二其図一タリ。

9 一　答笙形雁鸞翼

*隋笙隋代始故。釈名云、音生、俗云二生能布江一。竹之母匏。薄交返俗云二豆保一。簨大笙也。*混天図曰、*笙者、女媧氏所レ作也。十九鳳浜ニ立

辰・巳・午・未・申・酉・戌・亥・子・丑・寅。

9 隋　中国古代の国家。五八一—六一九。

混天図　不詳。　**笙**　フリーリードの管楽器。一七本の竹の管を束ねて匏にさし込んだもの。

列仙伝　三巻、劉向撰。　**王子喬**　周の霊王の太子、不死の仙人と伝える。　**竹名**　匏にさし込んだ一七本の竹の名。

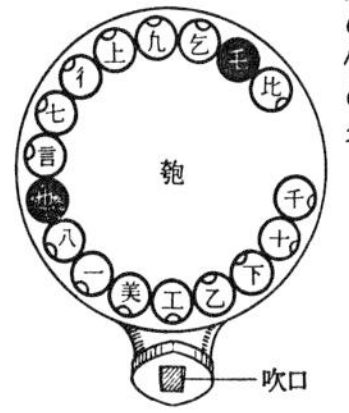

骨亡　現在は乞毛。　**舌**　之太(した)。リードのこと。弾力性のある金属片で、片端が自由に振動できるようにしてある。也・毛竹には舌がなく、使用できない。

累生　未審。「麝香入るには、この竹(也)に入る」(夜鶴庭訓抄)。

逸物…　笙の名器。楽家録に詳しい。　**ヨロツノ**…　管絃用の楽器は種々ある。

10 篳篥　ダブルリードの竪笛。本体は竹、リードは蘆の茎で作られる。雅楽の中心旋律を受持つ。

羌人　中国西方の胡族。羌は突厥などの胡地。説文に「羌人所レ歙

鳴声種々也。女媧聴ㇾ之、切二澥谷(けっこく)之竹一、作ㇾ笙。仍称ㇾ笙名二鳳管一也。

以ㇾ瓢為ㇾ之竽名是也。竽音、于、其中受ㇾ簧(した)音、黄。俗云二之太一。於二管頭一横施二於其中一也。*列仙伝曰、*王子喬作二笙歌一。

*竹名　千十下乙工美一八也言七彳上凡*骨亡比。

此竹中ニ*舌ナキ竹アリ。也竹、亡竹ナリ。麝香以*累生ハ、此竹〔ニ〕イルトカヤ。

*逸物者、大甜界絵、小甜界絵、小笙、雲和、法花寺、不々替、達知門。

秘事者、入調曲、有二太食・平調一。『陵王』荒序、『皇帝』『団乱旋』、有二壱越調一。

凡楽ノヲモシロカラヌ事ハ、笙笛ノ時音ニアワヌトキナリ。*ヨロヅノ物アレドモ、先笙笛ヲナラスユヘナリ。シラム竹ヲヨクシルベシ。

口伝云、楽ノハヤクオボユル時ハ、ヨハクトラヘ、ハヤメバヤト思フ時ハ、ツヨクトラヘテ吹云々。又ハジメノイキヲバアラクハ入ズト云。又ウカブト云事侍ゲナリ。其家ノ人ニ、委事ハ可ㇾ尋。

10 一　*篳篥　名作二觱篥一

唐家ニハ篔謂ㇾ之。律書楽図云、大篳篥、小篳篥二音和云二比知里木一。

*羌人所ㇾ吹角、屠觱以驚也。又模二暁猿ノ声一。後漢*張騫造ㇾ之。志我僧正明僧云、迦陵頻賀ノ囀ヲ写ス故ニ、賀ト云ナリ。此経文云々。

康保三年之比、良岑行正吹二大篳篥一。博雅卿伝ㇾ之吹。其後絶畢。

*穴名　四一丄丁工凡五六　古説。今世ニハ不ㇾ用ㇾ之。

四一丄丁五工凡六　舌ハ皆塞グ音。ムハ裏ノ下ノ穴ノ名。当世ニハ用ㇾ之。此穴名、殊ニ可二秘蔵一也。

管。舌。*世目(せめ)。

逸物者、鵟、大納言*定能家相伝之管名。真野丸、*用光管。網代丸、▼光則管。

秘事者、小調子、有二平調一。臨調子、有二盤渉調一。『皇帝』『団乱旋』、有二壱越調一。鵟囀音、右在二爾取一也。

当世ニ吹ハ小篳篥ナリ。管ノ長六寸。面ニ穴七、

角、屠觱以驚ㇾ馬也」。**張騫**　漢の武帝の頃の人。匈奴に使した。

穴名

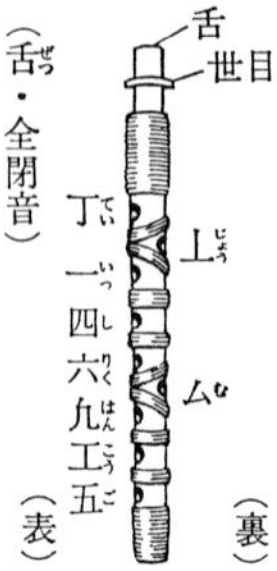

(舌(ぜつ)・全閉音)

世目　簀。管にさし込んだリード(蘆舌)にはめる籐の輪。

定能　藤原季行の二男。権大納言。一二〇一出家(定阿)、一二〇九没六二歳。「号二樋口大納言一。神楽秘曲相承一流也」(尊卑分脈)。

用光　和爾部用光。

渡物　ある調から他の調に移した曲。移調楽曲。　**太…**　息を。

狛調子　高麗壱越調の音取。

11横笛　管絃と左方舞楽に用いられる七孔の笛。息の強弱により上下一オクターブの音が出る。高い音を責(せめ)、低い音を和(ふく)という。篳篥と同じく主旋律を吹く。

武帝　前漢七代の皇帝。前一五六—前八七。　**丘仲**　楽工の名。笛の製作に長じた。

伶倫　黄帝の臣で、嶰谷の竹で楽律を作るという。「昔黄帝令二伶倫作一ㇾ為ㇾ律。伶倫自二大夏之西一。乃之二隃阮之陰一。取二竹於嶰谿之谷一。以下生二空竅厚鈞一者上」(呂氏春秋)。

崑崙　崑崙山。西方にあり西王母

裏穴二アリ。下穴名、ム云。此穴名不レ知レ人。能々可レ秘レ之。笛ノ下音ノ細音也。*渡物時ニ入也。舌音ハ皆塞ヲ云ナリ。*太吹ベキ也。凡、篳篥ハ物ノ音ヲウバウナリ。日出吹合トテ、細ク吹ツレバ、末ニハカリテ、笙笛ニイカニモ〳〵不レ合。其様ヲ心ヘテ吹ベシ。ウグイスナキト云コトハ、*狛調子手也。

11 一 *横笛　又羌笛云、竜吟云、竜鳴云。
漢ノ*武帝ノ時、*丘仲所レ造也。長一尺二寸、切目口五分。本者、穴五也。*伶倫造レ笛、此即取二澥谷竹一学二者鳳凰一吹二澥谷一。是崑崙北谷也。律書楽図云、横笛音、敵、和名与古布江。本出二於羌一也。漢張騫使二西域一、習二伝一曲一。新楽乱声始吹レ之。昔竜ノナキテ海ニ入ニシヲ聞テ、又此ノ音ヲ聞バヤト恋ヒワビシホドニ、竹ヲウチ切テ吹タル音、スコシモタガハズ似タリ。始ハ穴五*ヱリタリキ、後ニ七ニナス。此故ニ笛ヲ竜鳴云。

*穴名　干五丄夕中六丁口　是者古説也。

干五丄夕中丁六口　最下小孔名日也。是秘説也。

*逸物者、大水竜、小水竜、青竹、葉二、柯亭、穴貴、讃岐、中管、釘打、庭筠、アマノタキサシ、シタチ丸。

秘事者、『皇帝』『団乱旋』『師子』*荒序、是笛四曲也。皆在二一越調一。

笛ノ頭ヲ尾ト云。末ヲ首ト云。極タル秘事。定様侍ラム。可レ尋レ之。又末ノ切目ヲ口音ト云事ハ、カクスベキ事也。五中ノ穴ヲヽヒテ、皆塞テ吹音也。又コジツニ穴穴ヲスカシテ吹ナリ。笛ヲ紙ニテマクコトアリ。左ニマクナリ。切目ヲ為レ首故也。

*太笛　此笛ニテ神楽付也。

吹二平調律音一。昔盤渉調ニテ吹也。横笛ハ壱越調合也。

『庭火』『朝闇』許ヲ笛許(ニ)テハ吹。サラデハ皆歌付テ吹也。但皆習手アリ。

中管　東遊*以二此笛一吹也。

周文云、長笛、短笛之間、謂二之中管一也。

*狛調子、*歌出、*於比礼、笛許ニテ吹。サラデハ歌詞付也。

*狛笛　又伎横笛、又篇。

高麗笛云、又高句麗。


が住むという霊山。ヱリ　彫り。

穴名

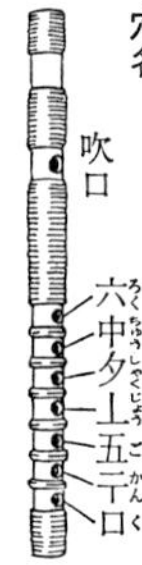

逸物…　その由来等は楽家録に載る。
荒序　『陵王』荒序。
太笛　神楽笛のこと。日本笛ともいう。竹製の六孔の笛で、神楽歌に用いられる。横笛・高麗笛に較べいちばん太いが、構造・性能は同じで指孔名も共通である。
庭火　神楽歌。「深山には　霰降るらし　外山なる　真拆の葛　色づきにけり〳〵」。楽人が位置につき、さて神楽という時のもの。
朝闇　同、朝倉。「(本)朝倉や　木の丸殿に我が居れば　(末)我が居れば　名宣りをしつつ　行くは誰」。「アサクラハ本ハ筑前ノ風俗也。清和水尾ノ御時、神楽ニハ被レ入レ之」(吉野吉水院楽書)。
東遊　古代歌舞の一。東国の民俗的歌舞が宮廷で儀礼化したもの。早くすたれたが、江戸末期に復活された。
狛調子　高麗壱越調の狛調子は別曲。東遊で奏される自由拍子の曲。
歌出　現在、駿河舞・求子・大比礼(おおひれ)にそれぞれある。
於比礼　東遊の終曲にあたる。片下(かたおろし)。「大ひれや　小ひれの山は　や　寄りてこそ　寄りてこそ

高麗笛、唐令云、高麗笛、仗横笛、高麗笛、

俗云二古末布江一。

後漢陳禅云、狛楽雖レ為二蛮夷音一、周礼尚在レ之。所レ謂四夷楽也。以二此笛一右楽ヲバ吹也。有二三音一。一越調呂、双調呂、平調律。

秘事者、納序、古弾、待拍子、高麗調子、『犬*』『吉簡』。

抑長笛、馬融善ノ吹者為二長笛一。有二文撰馬季帳之長笛賦一。末代ニ此笛ヲ伝テ不レ吹。可レ尋。短笛ハ尺*八云。律書楽図云、是以為二短笛一。今ハ目*闇法師、猿楽吹レ之。或書云、尺八者、昔シ西国ニ有ケル猿ノ鳴音、目出カリケル、臂ノ骨一尺八寸ヲ取テ造テ、始テ吹タリケル也。仍名二尺八一也。貞保親王令レ吹給。『王昭君』ト云楽ハ絶テ侍リケルヲ、彼親王、尺八ヨリ横笛ニハウツサレタリ。

12 一　琵*琶

胡琴　撥一説用附此字橙。兼名苑云、毗婆二音。季*通朝臣云、琵琶者、魮鰯土云魚ノ形也。本出二於胡一。馬上鼓レ之。一云、魏*武ガ所レ造也。今之所レ用即是也。蔣魴切韻云、捩音麗、俗用二撥字一。琵琶撥名也。

羽*林黄門云、妙*音天比巴弾、左手医指ト大指合結レ印。風香調レ之。備州季通語云、比巴ハ国々之風俗也。慥爾ナリト見事也。胡国内諸州之風俗也云。

絃名　一乙イ丄

柱名　工下七八　凡十ヒト　フ乙ミム　斗コ之也　皆是推音也。

逸物者、玄上。又玄象、玄上宰相比巴也。牧馬。井手。小琵琶。渭橋。又為堯。木絵。下濃。元興寺。斎院。無名、蟬*丸比琶也。

秘事者、『石*上流泉』返風香弾レ之。『啄*木』同調弾。此曲弾時、無二猪目一撥弾云々。『楊*真操』風香調弾レ之。是楊*貴妃所レ作云。楊姓、真名也。自作也。賜二大常博士一也。謂二三曲一。

所*名　撥面。落帯。隠月。半月。伏手。転手。反手。遠山。絃門。乗絃。海老尾。槽。腹。頸。

絃縒法　六筋合レ糸懸二六釘一。一具縒必損。仍二具縒也。

一絃十返　在二中絃一一返倍レ之。二絃九返　在二中絃一一

山は良らなれや　遠目はあれど」。

狛笛　高麗笛。竹製の六孔の笛で、高麗楽と東遊に用いる。構造・性能は横笛等と同じで指孔名も共通。

犬　狛犬。

文撰…　馬融(字は季長)の長笛賦の李善注(巻一八)に「説文曰、笛七孔、長一尺四寸、今人長笛是也」。

尺八　古代尺八、雅楽尺八、正倉院尺八ともいう。奈良時代中国より伝来し、平安初期まで雅楽の楽器として用いられた。前方五、後方一の指孔がある。

目闇法師　琵琶を弾じ今様にも携った盲目の雑芸者。

12 琵琶　楽琵琶。四絃で柱は四箇の絃楽器。左の譜字(絃・柱の名)を用いる。

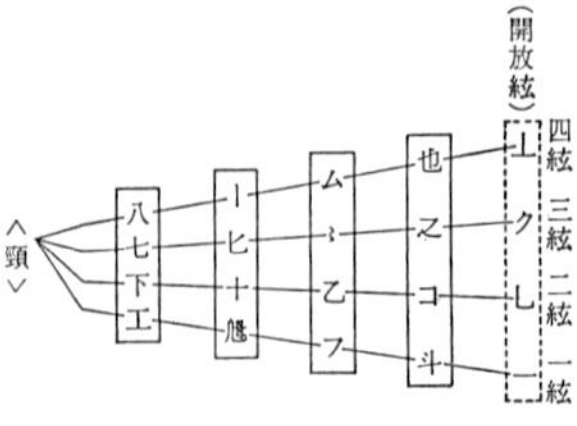

季通　藤原宗通の三男。正四位下、前備後守、左少将。近衛朝頃の人。琵琶・箏等に堪能という。

返倍レ之。　三絃五返 在ニ中絃一返倍レ之。　四絃五返但懸ニ四釘一無ニ中絃一。　糸経一丈 上緒一尺下緒一尺。　緒定八尺 六筋之各切四尺。　或云、長三尺七寸、糸三分。

調者　壱越調。一越性調。双調。沙陀々。平々。太食々。乞食々。小食々。通々。黄鐘々。水々。盤渉々。風香々。返風香々。仙女々。林擺々。清々。殺孔々。難々。仙写〔々〕。鳳凰々。鴛鴦々。南呂々。玉神々。珀王々。啄木々。

大唐*貞観中、始有ニ手弾之法一。今所レ謂掬ニ比巴一者是也。風俗通所レ謂以レ手比ニ巴之一、知ニ乃非ニ用レ撥之義一。豈上代用有ニ掬レ之者一。手弾法、近代已廃。自ニ裴俗児一始為レ之。風俗通曰、比巴近代楽家所作、不レ知レ所レ起。長三尺五寸法ニ天地人与ニ五行一。四絃象ニ四時一。以レ手比巴、因*以為レ名。

匡房卿云、唐玄宗世、貴妃好レ之。爰有ニ楊真操一。(徳)宗時、江州司馬*白楽天、於ニ湓浦口一聞ニ京洛声一候。引ニ音曲一低昂画ニ於斯一焉。*通憲云、胡国ニハ胡沙トテ白砂ノ草木モ不レ生之地、二三百町有レ之。胡人等毎レ迎ニ月夜一、著ニ紫袍一騎馬シテ、二三百人闇音弾ニ比巴一。其音如ニ風吹一云々。

或抄云、琵琶ハ胡国ヨリ出デ、、漢家ニ盛ナリ。明月ノ団々タルヲ懐(をもい)テ、玉響(ぎよくけい)高々タルヲ発ス。長三尺五寸。三尺ヲ〔*三才ニ〕カタドリ、五寸ヲ*五行ニカタドリ、四絃ヲ*四時ニナゾラヘ、二穴ヲ*二儀ニタトフ。謝鎮西ハ沙漠ニ引、白楽天ハ尋陽ニ聞ク。彼ハ旅泊ノ船ノ中、明月ノ夜。此モ旅泊ノ波ノ上。月ノ明ナル前ヘ、東ノ舟西ノ舟、実ニ情々トシテモノイハズ。承和ノ遣唐使貞敏朝臣、*廉承武ニ習キタテ、*西ノ宮ノオトヾ、*南宮親王、此道ニ勝レ給リ。玄上・牧馬ナンドハ、希代ノ宝物也。中ニモ玄上ハ、*ウチアル比巴ニハアラズ。委ク申サバ恐アリ。

胡渭州ノ最良秘曲、『流泉』『啄木』ナム申曲侍ル。*梁王ノ雪ノ薗、イフコウガ月楼、棲々タル風香調ノシラベ、心モコトバモヲヨバズ。彼ノ南海ニ*ヲモブイシ黄門ノ、一面ノ比巴ヲ相具シテ、万里ノ波濤ニウカミ給ケム。何ナル*景気ニテ侍ケン。風香調ノ中ニハ、花フンフクノ気ヲ含ミ、流泉曲ノ間ニハ、月セイメイノ光ヲウカブ。巳上、詞ツヾキ面白。ヨリテ注レ之。

魏武　魏の太祖武帝。
羽林黄門　藤原為通。
妙音天　弁才天の異称。音楽・弁才等を司り琵琶を弾じる。
蟬丸　伝不詳。琵琶に秀で、博雅三位に秘曲を授けたと伝えられる。
石上流泉　琵琶の独奏曲。「都率ノ内院ノ秘曲ナリ。菩提楽トハ此楽ナリ…」(源平盛衰記)。
返風香調　琵琶の調名。「昔ハ風香調。返風香調。黄鐘調。以レ之為ニ本調子一」(吉野吉水院楽書)。
啄木　琵琶の独奏曲。「啄木ト云フ曲モ天人ノ楽ナリ…」(源平盛衰記)。
楊真操　琵琶の独奏曲。「楊真ハ人名也。操ハ作也」(吉野吉水院楽書)。
楊貴妃　玄宗皇帝の寵妃。
所名　琵琶の部分名。
貞観　唐、太宗の治世。六二七—四九。
以　底・書陵本「八」、意による。
匡房　大江匡房。
徳宗　唐の第九代皇帝(七四二—八〇五)。
白楽天　白居易。唐代の人。七七二—八四六。八一五江州司馬に貶された。
通憲　藤原通憲。
三才　天地人。
五行　中国古来の哲理。木火土金水。
四時　春夏秋冬。
二儀　陰陽。
廉承武　廉承武—貞敏—貞保—源修—高明。(琵琶血脈)
西ノ宮ノオトヾ　源高明。醍醐天皇の皇子。源朝臣の姓を賜わり臣籍に降る。左大臣正二位。安和の変により左遷された。九六二没六九歳。 **南宮親王** 貞保親王。

ウチアル… 「凡此琵琶云レ体云レ声、不可説未曾有物也。…霊物中越レ他、以二不浄手一不レ可レ取」(禁秘御抄)などとある。ウチアルはありふれていること。

梁王ノ… 梁の孝王の故事(文選)。庾公の故事(晋書)。 **ヲモブイシ** 赴きし。 **景気** 有様。けはい。

ハナカタ… 端潟の唐防。唐防は防衛・外交の機関であった大宰府をいうのであろう。

13 **箏** 楽箏。近世の邦楽のそれと形大きさは大差ないが、絃の太さや爪の材質形状を異にし、音色が異る。 **知足院** 藤原忠実。

蒙恬 秦の人。始皇に仕え長城を築く。 **六合** 四方と上下。天下のこと。 **并州** 中国古代の一州。

汾州 後の山西省太原。

頼吒和羅 無常の音調が悲痛で五百の王子が出家したという曲。馬鳴が製すという。(馬鳴菩薩伝)

馬鳴菩 中インド舎衛国の人。

蒼頡篇 秦の梨斯撰。小篆といわれる。 **瑟** 琴の伴奏楽器。琴よりはるかに大きい。後には二十五弦が標準となった。 **阮瑀** 竹林七賢の一人阮籍の父。?—二一二。

絃名 絃は近世の箏と同じく十三絃で、向うから手前へ「一二三…巾」とよぶ。 **村上天皇** 六二代

抑太宰ノ帥経信ノ卿ノ申サレ侍ケルハ、*ハナカタノ唐防ニテ引シヲ聞シカバ、アブト云虫ノ、アカリ障子ニアタルヲトニニタリトゾ、物語ニ侍ケル。

13 一 箏* 狙耕反

秦箏云、又説、⿰糸争(こと)。*知足院殿御説、⿰糸争此字可レ用。

箏秦声也。或曰、*蒙恬所レ造也。上円象レ天、下平象レ地。中空准二*六合一、絃柱擬二十二月一。斯乃仁智之器、豈蒙恬国之臣所二能開一レ思運レ巧。箏長六尺以応二律数一。(絃)有二十二一。象二四時一。柱高三寸。象二三才一。又曰、秦蒙恬所レ造也。本五絃。真形如レ筑。*并州*汾州二国之人改如レ瑟。『*頼吒和羅』伎者、*馬(め)鳴(めう)菩薩弾レ箏。聞二此曲一人、皆入発心出家入道云々。

*蒼頡篇云、狙耕反、俗云二象能古止一。形似レ*瑟而短、有レ絃。*阮瑀箏譜云、柱高三寸。古度知云。

*絃名 一仁、二智、三礼、四義、五信、六文、七武、八翳、九蘭、十商、斗、為、巾。

逸物者 大螺鈿。小螺鈿。秋風。塩竈。

秘事者 品玄明珠、撥調子発玉、千金調子金布、由加見調子上無、太食調合歓、盤渉調仙来。

所名 竜角。竜舌。柏形。竜帯。玉戸。金戸。竜趾。竜鼻。竜額。竜瞼。竜尾。竜手。竜吟。竜頰。竜唇。通絃孔鵄目名也。三嶽。儀辺。渚。麓。竜背。岩越。木度(こわたし)。

清仁、甲名ナリ。依二甲高一名レ仁。故仁者是天名也。

沈智、腹名也。依二腹乙一名レ智。故智是地名也。

仍名レ箏号二仁智一矣。

撥合名 金床弾大唐、春宮深草、已上双調音。離鳥弾大唐、玉戸*村上天皇御製、葛木光明皇后作、東路、桜人、已上黄鐘調音。玉床弾大唐、泊陌弾大唐、泊字不審、潢海弾大唐、涼風弾大唐、宮中村上聖主、宮人、伊勢宮*斎宮女御、小野宮*実頼朝臣、三嶋辺太政大臣師長作、已上平調音。儀波弾大唐、儀越秘懐注曰、箏名所又在レ之。已上盤渉調音。雍門三段弾大唐、御神楽延喜聖主、已上一越調音。蒼海波、宇治宮知足院関白殿作、嶋河、已上無調音。

絃縒法 六筋合レ糸懸二四釘一。

大絃六返。中絃五返。細絃四返。糸経五丈上縒五尺下縒五尺。絃出定四丈但細絃経七丈。又半分

天皇。醍醐天皇の第一四皇子。九四六―九六七在位。九六七没四二歳。

醍醐天皇―関白実頼―
　└村上天皇―┬具平親王
　　　　　　└徽子女王
（秦箏相承血脈）

斎宮女御　徽子。醍醐天皇の孫重明親王の女。　**実頼**　藤原実頼。忠平の男。摂政関白。九七〇没七一歳。小野宮と号した。

庭ニハテ　意不詳。　**潤月**　閏月。

石季倫　晋の人。石崇。

ケタ　方。方形。

仁明天皇…　「孫賓〈仁明天皇承和十二年乙丑箏并楽曲譜持薦二挙本朝一〉」（秦箏相承血脈）。

貞敏　藤原貞敏。　**内教坊**　宮中で女楽・踏歌を教習した所。

石川ノ色子　内教坊の妓女。八四四従五位下に叙された。（続日本紀）

権中納言行平――命婦石川色子
　　　　　　　└宇多院
（秦箏相承血脈）

ヒコノ山　英彦山。福岡県と大分県の境にある修験の霊地。

信ノ大臣　源信。

カキアハセ　掻合。「箏之調子也。是亦有二一譜一、而一者律、一者呂也」（楽家録）。　**富家殿**　藤原忠実。

季通　藤原季通。「始奉レ習二押小路斎院一。後殊習二妻殿一又習二院禅

〔ニ〕テ二立絃。大絃四筋切レ之。絃長一丈。中絃同前。細絃五筋切レ之。絃員十三。

箏ニハ、此六調子ヲ秘事シ侍トカヤ。殊ニ異名ヲバ人ノシラヌ事トゾ申タル。又柱(ちう)ニ岩越ト申事ハ、絃ヲノスル所ヲ申ナリ。

或ハ抄云、箏ハ籠ノ音躰、委ク申セバハヾカリ侍ベシ。皇道ノ政機ハ、タヾ箏ニアリトコソミヘテ侍ベレ。二儀五行此ニカタチトセズト云事ナシ。帝軒ハジメテ箏ヲ作テ、楽ヲ調庭*〔ニ〕ハテ、南風〔ニ〕ウタヒ給テ、天下皆ヲサマリヌト云キ。五丈ヲナガサトシ、五尺ヲヨコサマトセリ。二十五絃ヲハレリ。五丈五行、五々廿五行トセリ。五人ヲシテ此ヲヒカシム。甲ヲタカフシテ、天ニカタドリ、裏ヲヒラニシテ、地ニカタドル。実ニ陰陽ノカタチ、仁智ノ器ナリ。此即御覧ト申文ニミヘタリ。後ニ秦ノ蒙恬、睃(ツママ)テ五尺十二絃トセリ。此ヲ十二月ニカタドル。又後ニ一ノ絃ヲ加フ。此ヲ潤*月ニカタドル。石*季倫ハ珊胡ノ座ニ引キ、則天后ハ錦繡ノ帳ニ調ブ。或ハ云、秦ノ琬無義ト申物、一ノ瑟ヲフタリノムスメニ伝フ。二女此ヲアラソヒテ、中バヨリ引破テ、即箏ノ躰ヲ作ル。此ニヨリ争(フ)ノ字ヲシタガヘタリ。其長、云ヘバ六尺五寸。六合五行ニカタドル。左右(リ)ノ手ノ常ニ動クハ、日月ノメグ〔レ〕ル相ヲ表ス。甲ノソレルハ、天ノ円(カ)ナルカタチ、腹ノヒラナルハ、地ノケ*タナル躰ナリ。柱ノ長サ二寸。陰陽ノ法度トス。我朝ニ伝ル事ハ、仁*明天皇ノ御時ニ、遣唐使ノ准判官、掃部頭貞*敏、簾承武ガ娘ニ伝ト云。或ニハ、内*教坊ノ妓女、命婦石*川ノ色子、筑紫ノヒ*コノ山ニシテ、唐人ニ此ヲ伝トモ見タリ。

秘曲ノ中ニハ、信*ノ大臣ノ『五常楽』ノ夢ノ説。天暦ノ御制ニハ『梅花』ト云秘曲アリ。光明皇后ノ『カヅラキ』ト申秘曲ヲバ、琴ヨリウツシ給タリ。『雍門』ガ三段ノノボリカ*キアハセ、富*家殿ノ『宇治宮』、盤渉調ノ柱(チ)、『蒼海波』ノ由加見調子、水調〔ノ〕々子カク調子、チヾノ金ニナゾラウル千金調子。又『ウハ』ト云フ秘曲アリ。又備後ノ前司季*通、大*宮ノ右府ノ後家ノ秘曲ヲ伝フ。名誉勝タリシガ、聊身ニヲコタル事アリテ、東山〔ノ〕辺ニトヂコモル。ヤ*ミ〳〵ノ人ダニモトフ事

志良末久等。又習ニ妙音院太政大臣一(秦箏相承血脈)。
大宮ノ右府 藤原俊家。宗頼の二男。右大臣正二位。一〇八二没六四歳。「号ニ大宮右府一」(尊卑分脈)。季通は俊家の孫。
ヤミ／＼ ひそかに。
二条院 七八代天皇。後白河院の第一皇子。一一五八—六五在位。六五没二三歳。
ナニワ 箏の部分名。
カシハガタ 柏形。部分名。
14トヒトブラヒ せんさくする意。
直 価値。
結縁 未来得度の仏縁を結ぶこと。
三途 地獄・餓鬼・畜生の三悪道。

マレナリシニ、*二条院フカク道ヲタシナミ御ス、管絃ノアルジトシテ、ヒソカニ叡慮ノ中ニハステハテ給ハザリケリ。何ナルヲリニカアリケン、二ノ御箏ヲツカハシテ、*ナニワノヨシアシヲ尋ラル。季通ウレシサノアマリニ、ナミダゾマヅサキダチテ、*カシハガタニ、一首ノ和歌ヲカキテ奉ツル。

キミガヨニトワル、コトノツマナレバ
イマハウレシキタメシニゾヒク

14管絃事、何雖レ為レ不レ知ニ案内一、殊弾物不レ知ニ其様一。此等古キ抄物ノ中ニ、撰出注レ之、可ニ心得一故也。公事ノヒマハ、老ノツレ／＼ナグサメガタキマヽ、ニ、サセル日記ヲモヒカズ、タヾ古物語ノ心ニウチヲボユルマヽニ、カキツケテ侍也。ヲノヅカラ、末世ニ見人ハ、僻事ヲノミシリタリケルト、云人モアリヌベシ。又アハレニモ、*トヒトブラヒタリケルモノカナト、申者モ侍ヌベシ。トニカクニ、ユメ／＼人ニミスベカラズ。モシアハレト見人ハ、念仏ヲ申サルベシ。好マザラム人ニハ、ミスベカラズ、ソシリヲナスユヘニ。好マム人ニハカクスナヨ、其コヽロザシノイトヲシキユヘ也。昔、ヤムゴトナキ人ノヲホセラレテ云、「諸道ニ地獄アリ、其*直アルユヘニ。管絃[ニ]地獄ナシ、其料物ナキユヘニ」。

此題ニテ、▼大神基政、

ウレシクモツミナキコトヲシケルカナ
カズナラヌミハコレゾカシコキ

カヤウノ事ニ付テモ、人ノ心マチ／＼ナレバ、罪アルサマニモ、シナシツベシ。アナカシコ／＼。ソノアリサマハ、ヲモヒヨルベカラズ。花ノ春、月ノ秋、心ヲヤリテ、笛ヲ吹キ箏ヲ弾カムタグヒ、極楽浄土ノ風ノヲト、波ノ音、鳥ノ囀ニヲモヒアハセテ、随喜スベシ。是ヲアナガチニカクシテ、人ニワロクセサセテ、イヒソシリ、ワレ一人シラントハ、ユメ／＼ヲモフベカラズ。第一ノ罪ト申ス也。

或ハ公事、或恒例仏神事ヲツトメズハ、トガモアリヌベキ事ナレドモ、御願供養ニモ、諸ノ仏神事ニモ参タラムニハ、今日ノ*結縁ニヨリテ、*三途ノ苦患ヲノガレテ、諸仏ノ浄土ニ生レム。聴聞結縁ノ輩モ、同ジ浄土ニマイルベシト思ベキニ、先神社仏寺ニ参テハ、人ノウヘヲ云ソシリ、我ハ人ニヨクミヘント思。我モ人モ、ナゲクベキハ此心也。又老タルヲ見テハ、我父ト思ヒ、少ナキヲ見テハ、我子ト思ベシ。老タルヲソシリ、ヲサナキヲニクム事、返々モアルマジキ事也。而楽所〔ノ〕者、心操、昔ヨリ今ニ、修羅道ノゴトシト申伝タリ。養育ノ父母ニモシタガハズ、重恩ノ師匠ヲモウヤマハズ、イサヽカ我心ニタガヘバ、*タカヅクヱニ*ロゴタヘヲシ、シルシラヌニムカキテヒバウス。*逆罪人ト云ツベシ。昔ハ、*ナノメナリケム、当世ノ若モノ、振舞、心操ハ、中モマバユク侍ナリ。是ハ不孝ノ罪ニヨリテ、天ノ科メノアルヲシラズ、返々ヲロカナリ。イカニモ〳〵*此心ヲウシナヒテ、ヨロヅノ人ノタメニ、*ナゲノナサケノアルベキ也。現世モ後世モ、イトヨキ事ニテ侍ナリ。カヤウノ*事ハリヲ心ニカケテ、管絃ヲモスベシ。サレバ、管絃ニハ罪ナシト申也。

又、管絃ハ*スキモノ、スベキ事ナリ。スキモノト云ハ、慈悲ノアリテ、ツネニハモノ〔ヽ〕アハレヲシリテ、アケクレ心ヲスマシテ、花ヲミ、月ヲナガメテモ、ナゲキアカシ、ヲモヒクラシテ、此世ヲイトヒ、仏ニナラント思ベキナリ。ナゲニ笛ヲ吹ナラシテモ、仏ニタテマツル。*法ヲホムルトヲモフベシ。此世ノハカナサ、ヒサシカラン〔ハ〕八十年。イカニイハムヤ、不定ノサカヒナリ。人ノ物ヲムサブリトリテ、後世ハナガククラキ道ニ入ントス。タヾ道心ノアランコトハカタクトモ、罪アルバカリノ事ハアルマジ。*菩薩ノ行ヲヲコサン事ハカタク侍リ。無縁ノ物ヲバアハレムベキナリ。舞人楽人ハ、コトニフレテ、ナサケノアリテ尋常ニフルマウベキ也而已。

写本云

天福元年壬巳七月日以二自筆一令レ写レ之　在判

正六位上行左近衛将監狛宿禰近真撰

タカヅクヱ　高机。師をいう。

ロゴタヘ　底本「ヨロタヘ」。

逆罪人　逆罪は尊属を傷害する罪。道理にそむいた極悪人。

ナノメ　斜。昔もそんな傾向がなかったわけではないが、の意。

此心ヲ…　父母や師にそむき、他人をそしるような悪心から離れて。

ナゲノナサケ　無げの情。ちょっとした情愛。

事ハリ　理。筋道、道理。

スキモノ　数奇者。

法　仏法の法。

菩薩ノ行　自分の利益を後にし、まず他を利益せんと誓いを立てて行う行法。それは難しいが。

1風俗通　漢代、応劭の「風俗通義」の略。以下は巻六声音、鼓の条による。　**雷鼓**　八面または六面の太鼓。　**祀天神**　底本「礼天神」。　**祀地祇**　底本「社地祇」。
梟氏　不詳。
号鐘　底・書陵本「龠号」。
2鶏婁

鼗鼓

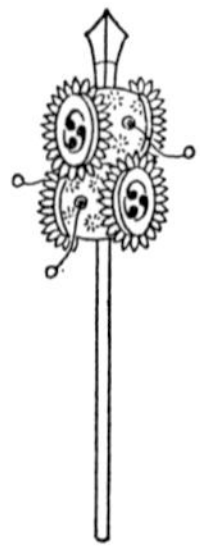

漁陽鼗鼓　「漁陽鼗鼓動レ地来」(長恨歌)。漁陽は秦の郡名、鼗鼓は軍陣の太鼓。　**御前…**　天皇ら貴顕(観賞者)の居られる所との距離やその場の雰囲気。「壺よりもすゝめて撥をあてけり。……そのゆへは楽こそ引はなれぬ事なればかすみわたれ、とをくて物をうつは、ひゞきのおそくきたる也。されば御前にては、壺にうち入て、よくぞきこしめしけん」(著聞集)。
程　テンポ。　**博陸**　関白の唐名。
左右　左は新楽、右は古楽が相並んで先導する。　**竜頭鷁首**　↓九

教訓抄巻第九

打物部　口伝物語

鶏婁　腰鼓　鞨鼓
楷鼓　壱鼓　二鼓
三鼓　四鼓 銅拍子　大拍子　柷敔　方磬
太鼓　鉦鼓

1 風*俗通曰、鼓者郭也。春分之音、万物及レ甲而出。故謂二之鼓一。不レ知誰与之也。

天子六鼓者

一曰、雷*鼓八面祀*二天神一撃レ之。二曰、霊鼓六面祀*二地祇一撃。三曰、鼗鼓長八尺、(用二)軍事之一。四曰、路鼓四面祀二宗廟一撃レ之。五曰、鼓倒鼓長一丈二尺、用二軍事レ之。六曰、晋鼓長六尺六寸、楽也。

纂要曰、凡奏二大楽一、皆以二鐘鼓一奏二九夏一。夏、楽章名。若今之奏二鼓吹一之也。

鐘楽　梟*氏所レ造。号*鐘斉桓琴名。

一曰、王夏天子出入奏レ之。二曰、肆夏祭祀戸出入奏レ之。亦賓客入レ門奏レ之。三曰、昭夏同姓出入奏レ之。四曰、納夏京四方奏レ之。五曰、章夏納有功奏レ之。六曰、斉夏祭事奏レ之。七曰、族夏族人持奏レ之。八曰、婉夏賓酔而出奏レ之。九曰、鷔夏公出入奏レ之。

2〔一〕　鶏*婁

右持レ枹(ばち)打レ之。左持二鼗*鼓(ふりつゞみ)一。

長恨歌云、漁*陽鼗鼓フリツヾミ。馬上鼓。

左右相並日者、左方用二鶏婁一。右方用二壱鼓一。此鼓者新楽之楽器ノ内也。風聞云、於二唐国一鳳楼繞レ之、仍テ名二鶏楼一云々。但、末同大事。可レ考レ之。鼗(フリ)鼓者、従二戦陣中一所二作出一也。仍為二兵具之内一歟。但此小鼓声、似二鳳雌雄之語一云々。因レ玆為二楽器一歟。周礼注云、亦作レ鞉(タウ)。如レ鼓而小。持二其柄一揺レ之。則旁耳還自撃レ之。

鶏婁挑鼓儛行法北登

右手把二鶏婁一、左手持二挑杖一。抹二挑鼓面一。毎二拍子一、振二鶏婁一之。一遍、見レ東拍子。同上、後度、見レ西拍子。間拍子二重打レ之、儛乙、宛二拍子一。

四頁注　**新古両部**　左右両部に同じ。左・右の楽人。左右両部制は、雅楽を左右に二分し、左方に唐・林邑楽、右方に高麗・百済・新羅・渤海楽をふくめた制度。仁明朝期に成立。→一四五頁　**鴨胸槌**　カモムナソリのこと。

法花　法華(ほっけ)は仏の教えの喩え。転じて説をいう。　**第六巻…**　「鶏婁打法」は巻第七にある。

3 三ノツヾミ…　高麗楽に用いる打楽器の一でその中心になる。胴のくびれた締太鼓で、床において木の桴で片面を打つ。

腰鼓師　令集解には雅楽寮に「腰鼓師二人」とある。　**呉楽**　伎楽。百済人味摩之が呉から伝えた。→八八頁。　**左手**　底本「片手」。

4 鞨鼓　両面太鼓で、真中がふくらみ両端の細まった胴の両端に皮をあて、紐で締める。台の上に置き、木の桴で両面を打つ。

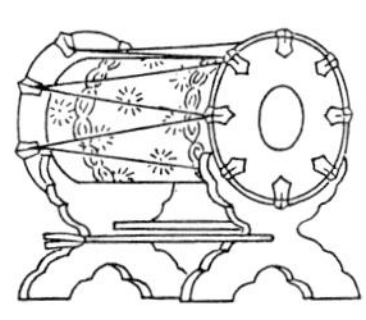

光仁天皇　在位七七〇—七八一。
小子継益　伝不詳。

鶏婁奏二一曲一者或三拍子、或五拍子可レ打レ之。但随二*御前之庭遠近一而可レ存二進退一。且依二当時之景気一、可レ有二遅速一云々。

▼光時語云、「光季中侍〔シ〕ハ、鶏婁ハ楽〔程〕*静ナルニ打吉也。羯鼓ノ間〔ニ〕振舞フ事有ト申キ。尤可レ為二秘事一。可レ受二師説一」。

此曲、大行道之時、随二其砌一打レ之。又行道畢テ已後、鶏婁一鼓拍ニ、待テ二約拍子音声一登ル二舞台一。而相対打テレ之、留ヲ二太鼓拍子一後、手搔合テ、左落居シテ、中央ヘ入ナリ。新楽、加二三度拍子一左。古楽、加二古楽搔拍子一。以レ是為二本説一。近来左右具、加二古楽一。尤為二非例一歟。又天子上皇諸宮*博陸之入御之時、鶏婁一鼓為レ先。左右行列而参向、奏二両曲一。不レ可レ過二両拍子一。各皆存二旧儀一、守二傍例一、為二往還一云々。

亦朝覲行幸幷御願供養之日、可レ有二御前之池一。而浮二*竜頭鷁首一、被レ乗セ二*新古両部楽人等一奏二船楽一。入御時、鶏婁一鼓為レ先、下進二池汀一参向。楽人各随レ之。爰ニ鶏婁一鼓、各曲ヲ尽ス。鶏婁間拍子、一鼓*鴨胸槌。於二此池砌一、必可レ打レ之。而近代不レ打レ之。不レ知二*法花一歟。又此諸人秘歟。其振舞、案譜*第六巻注レ之。

3〔一〕　腰鼓

俗云、*三ノツヾミ。本朝令云、クレツヾミ。唐令曰、高麗伎一部、横笛、腰鼓各一。腰鼓、俗云二三乃豆々美一。本朝令云、*腰鼓師一人。和名云二久礼豆々美一。今案*呉楽所レ用是也。

腰鼓儛行法北登

左右手合打二遍。右手打伏見レ東拍子。右足前屈挙二左右手一、合打二遍。*左手打伏見レ西拍子。左足前屈挙。略如レ是随レ曲而進退也。

鶏婁一曲打通之後、即チ此鼓之曲打、儛乙通也。古老伝云、腰ニ付テ、撥ヲバ不レ用シテ、以レ手打レ之、如二一鼓二乙儛也。光時云、此鼓者、興福寺常楽会ノ中門ニ、新楽一部アリ、此楽器ノ内ニ立。細長鼓也。他所不レ用。此鼓〔ノ〕於二打様振舞一者、如レ此雖レ有二其相伝一、今ノ世ニ更不レ用レ之。仍テ如レ絶也。

4〔一〕　*鞨鼓

又両杖鼓。上音曷。或用レ鞨。出二鍻中一故号レ之。

宝亀九年十二月廿一日。進鼓生従八位下壬生駅麿製。*光仁天皇御宇壬生駅麿、雅楽属*小子継益、此鼓ニ八声定置。
阿礼声(あれいしやう)又阿礼短声。大揭声(だいかつせい)。小揭声(せうかつせい)。抄音声(しやをむせい)又沙声。
瑠鐺声(たうたうせい)又瑠声。塩短声(えむたむせい)又塩声。泉郎声(せんらうせい)又白水郎。織錦(しよきむ)
声(せい)。
又律書楽図
同文云、蓋鞨鼓者今之鞨*侯提鼓。鞨音曷、俗用㆓楬字㆒。
未ㇾ詳。即鞨鼓也。
口伝云、揭鼓楷鼓等、調*子ノ音ニ可㆓張合㆒也。若
難㆓張叶㆒者、可ㇾ張㆓合乙音㆒也。中*院、狛行高ト問
答云、羯鼓ヲ時ノ調子〔ニ〕可㆓張合㆒由、有㆓古口
伝㆒、不ㇾ然也。只革(かは)ト桴(ばち)トノ相応ズル程、可㆓張合㆒
也。
太鼓鉦鼓ニ此術ナシ。然ルヲ太鼓ハ、槌(ばち)ヲ充ニ可
ㇾ有㆓用心㆒也。此態(わざ)随ㇾ之、自然可ㇾ彰。又太鼓ノ中
心、片方(かたく)之其音、各不ㇾ同也。計ㇾ之可ㇾ打歟。鉦鼓
又同前。桴(ばち)ヲ宛ニ、甲乙ノ音アリ。極テ慵ゲニ拾
ベキナリ。
又云、鞨鼓ハ只可㆓手馴㆒也。此外全(またく)無㆓別事㆒。但
*礼音初〔メハ〕徴音ニテ、末張(は)リニ可ㇾ打也。今ノ
世ノ人、始ツヨクウテバ、*生(せい)ノ音ノ如ク、混ジテ
聞ユル。不ㇾ謂事ナリ。闇夜ニ打ニ、少モ不ㇾ違ㇾ所
ㇾ至、可㆓手馴㆒也。拾*遺納言云、「鞨鼓ハ、舞人ノ
足踏ヲ見テ、可ㇾ打也」。
世ノ人如㆓生音㆒聞カシメテ打ハ非也。陳北。是ハ所
ヲ打ガ生トハ聞也。初*メハ鰭(はた)ニ寄テ宛(あて)テ、陭ザマ
ニ差遣(さしやり)テ、桴(ばち)ヲ躍(をどろ)カシテ遣(やれ)バ、響キノ渡也。又合(あはせ)
桴ニハ礼ヲ惜ミテ、礼ノ響ノ不ㇾ失以前〔ニ〕、生ヲ
宛也。生響ノ有〔ニ〕礼ヲ宛ツレバ、礼音ノ非ㇾ美
也。然者、礼桴ヲ可ㇾ惜也。
古老云、羯鼓八拍子楽者、初五拍子ニ宛㆓太鼓㆒也。
*早楽同ㇾ之。上拍子者打㆔三般拍子㆒也。四拍子楽者、
三拍子〔ニ〕宛㆓太鼓㆒也。上拍子、打㆓一拍子㆒也。
但於㆓初拍子間㆒有㆓異説㆒。『皇麞』破、『喜春楽』破、
『春楊柳』、七拍子ニ充ル也。『廻忽』『海青楽』者
六拍子ニ宛也。『万秋楽』破、『散手』破、三拍子
ニ宛ル也。
*拾遺云、『蘇合』一帖羯鼓者、或十二、十六、或十
八、廿、真数不ㇾ定。而中*院亜相、其ノ礼法両声、
随㆓其数㆒、被ㇾ分ㇾ之。
大曲法、不ㇾ云㆓鞨鼓之数㆒、守㆓太鼓之坪㆒打ㇾ之。口*伝
中生声也。

鞨侯 底・書陵本「鞨隻」。
調子ノ音 六調子をいう。楽曲が属する調子に。
中院 源雅定。
礼 来。鞨鼓の奏法。片来と諸来がある。片来は片手で打つ漸速の連打(トレモロ)、諸来は両手で打つ速い連打をいう。
生 鞨鼓の奏法。片手で強くポンと一個打つをいう。「正桴者必拍子之文或文与ㇾ文之中間撃ㇾ之」(楽家録)。
拾遺納言 拾遺は侍従の唐名。定員八名のうち三名は少納言が兼任したが、大納言で兼ねる場合もあった。侍従大納言藤原成通か。
初メハ… 「凡撃㆓鞨鼓㆒不ㇾ撃㆓革之正中㆒、可ㇾ撃㆓小前方㆒、然則其声響有ㇾ潤也」(楽家録)。鰭は端。
早楽 早拍子の曲。
拾遺 拾遺納言。
中院亜相 源通方。久我通親の子。一二三八没五〇歳。
口伝中 底本「口伝也」。
撥転 まくり。「凡来之間有㆓搔回㆒謂㆓之撥転㆒」(楽家録)。

又云、羯鼓ニ撥*転ト云手アリ。中*ノ八拍(子)物ニ打レ之。可レ有二其口伝一。禅*定殿下仰云、多▼節資ガ云ケルハ、礼ノ桴ノ間ニ、カ*イマハスコトアリトゾ云ケル。羯鼓ハ礼音ヲ礼ト令レ聞メテ可レ打也。

同仰云、鞨鼓ニ有二鎗声一。曩日明暹*ガ、御読経ニ参タリシニ、『五常楽』急ノ鞨鼓ヲ習シ教ヘタリシナリ。八拍子羯鼓ノ礼音三カ、第三ノ拍子ニ、右*桴ヲ不二打合一シテ、〔右桴ヲモテ〕鞨鼓ノ筒*ノ外ノ皮ヲ打音也。狛行高云、鞨鼓ノ中ニ桴ヲ乍レ中ラ、差越テ打ハ、不レ響ル音ヲ名クト云。

秘記云、鞨鼓者、*搔上搔下*ト云也。強打ハシヾマル。謂二之搔上一。緩打ハノブル。謂二之搔下一。

口伝云、楽*程者、以二鞨鼓一正二其程一之也。而至二于早楽一者、以二太鼓一正レ之也。打二鞨鼓一之者得*二此心一、作二太*鼓唱歌一、為二之拍子一。楽ノ程ヲバ正テ、羯鼓ヲバ只手ヲ遊ト思テ打ガ、楽程ハ不二物騒一テ優美也。以二鞨鼓一歓二正楽程一者、其程自然ニ早〔ク〕成也。就中太鼓宛テ後ノ、鞨鼓ノ迅ク宛ヌレバ、克物騒ク聞ユル也。者、抑々テ可レ打也。

▼光時云、羯鼓ハ吹物ノ欲二早成一ヲ、シ*ブカシテ抑テ打ニ在也。近来ハ羯鼓ノ早テ損レ楽也。

〔又云〕凡楽程ハ、偏ニ鞨*鼓ガ進止也。知二楽程一之者、鞨鼓ハ可レ打也。太鼓ノ雌*雄ノ槌ハ、鞨鼓ノ雌雄ノ桴ヨリハ、少シ遠ク打也。楽ヲ抑ヘテ早スル事、鞨鼓打ノ左手ニ打ツ礼桴ニ因而也。楽ノ程早ク思ヘバ、桴ヲ抑テ、太鼓ノ雌ノ槌ノ程ニ合テ打バ、被レ打テ延ル也。楽程延ヌト思バ、礼桴ヲ進メテ打バ早〔ク〕成也。得二此心一、数遍ノ楽ノ始自二吹出一、至二于吹終之果一、大*根屋漸早メ行ク也。四拍子羯鼓モ、礼桴ニ程ハ被レ抑也。

又云、鞨鼓桴ヲ披テ打ハ無懺ナリ。是ハ桴ヲ鼓ノ面ヨリ、迅引離〔バ〕披ク也。可レ得二此心一〔也〕。

又云、桴ハ鼓面ニ少モヒヅミテ当ヌレバ折ナリ。直ニ当ヌルニハ、強打トモ全〔ク〕以不レ折也。

貞保親王譜等、四拍子楽ヲバ、間拍子ト付タリ。以レ之案レ之、有基之説、八拍子ノ早キヲバ、四拍子ト云モ、四拍子物ノ早キヲバ、間拍子云。講ズルハ重*物ノ正説也。

師説云、調子〔ニ〕笙調子許ヲ吹テ、取レ音テ、道行ヲ吹出ス楽ニハ、笛ノ音取ニ、鞨鼓ハ阿*礼声ヲ打

中ノ　中曲の。
禅定殿下　藤原忠実。
カイマハス　搔き回すこと。「桴之意、右◐如レ此、左◑如レ此搔回之意撃レ之」(楽家録)。
明暹　出雲已講明暹。
右桴　正の桴。
筒ノ…　皮のふちを打つ。「革端与二筒之間一」(楽家録)。
搔上　「搔上者、諸来三文共細強(こまかにつよく)撃レ之謂也。用二此法一則声楽易レ進、故奏楽遅緩則用レ之」(楽家録)。
搔下　「搔下者桴舒(しずかに)弱撃レ之謂也。奏楽進則用二此法一也」(楽家録)。　**楽程**　曲のテンポをいう。
得此心　底本「伝此心」。
太鼓唱歌　「口唱レ之則用二図百二字一」(楽家録)。鞨鼓の唱歌は「諸来、度呂度呂」「片来者度呂」(同)。
シブカシテ　渋かして。遅れ気味に。
鞨鼓ガ…　鞨鼓奏者の役目は、曲のテンポの変化を調整し、他の楽器をリードすることにある。このため鞨鼓は演奏集団のリーダーが受持つ。
雌雄ノ槌　雌は図、雄は百。
重物ノ正説　正説の中でもとくに大切な説。体源鈔は「称二重物一ハ正説ナリ」とする。正説は基本となる説。
阿礼声　→一八三頁「阿令」注

テ、生ヲバ早ク拾テ打ツナリ。
又云、『太平楽』ハ四拍子鞨鼓也。不レ能レ重ニ拍子一ハ、其程タヾハヤニ成ナリ。鞨鼓得レ心テ、克抑ヘテ可レ打也。又雌拍子鞨鼓ハ、本躰ハ此曲ニ打也。

今世『三台』急用レ之。『三台』急ニテ美於本云々。

鞨鼓者、於ニ新楽之拍子一而為ニ楽器指南一ス。凡楽緩急ニ、長ク短キ、可レ依ニ此鼓之遅速一也。仍以ニ楽才器量之輩一、可レ為ニ鞨鼓打一ト云々。


*禰取打様、有ニ三説一。　調子打様、有ニ三説一。

序吹打様、有ニ二説一。　道行打様、有ニ二説一。

八拍子打様、有ニ二説一之外、緩急有ニ両説一。　七拍子打様、有ニ二説一。

六拍子打様、有ニ三説一。　五拍子打様、有ニ二説一。

四拍子打様、有ニ三説一。　二拍子打様、付ニ間拍子一。

只拍子打様、八拍子有ニ二説一。四拍子同前。　詠鞨鼓打様、有ニ二説一。付ニ『五常楽』。

掇拍子打様。　教拍子打様。

破急連間打様。　従ニ序吹一成レ楽打様。

籠拍子打様。　破拍子打様。


此鼓者、彼此打様有ニ二説一。両説之内、秘説皆以相替ル也。各受ニ師説ヲ一可レ令レ存セニ進退ヲ一也。頗為ルニ大事ノ職ト一。而モ礼生之長短、当世不レ似ニ当初之打様一、各背ニ本譜之説一、尤非ニ真定説一也。中古之上手者、出雲已講明暹、左近将監狛行高。以ニ両流一可レ為ニ正説一云々。

5〔一〕*揩鼓

和名云ニスリツヾミ一。*登美是元為ニ此鼓生一。

律書楽図云、揩鼓 揩、摩也。俗云ニ寸里豆々美一。

此鼓*高野姫之御宇、始テ我朝出来云々。事ノ発、咲様ニ申伝、如何。可レ尋。

師説曰、揩鼓ハ鞨鼓ノ第二ノ枹ヨリ叶テ揩レ之。

又云、鞨鼓ハ早楽ノ拍子ヲ上テ後ニ、雌拍子ニ打乱ルト(云)事アルナリ。於レ事尤有レ興。優美之事、『太平楽』急ニ必ズ可レ用レ之。又『三台』急ニモ、召渡テ時々用レ之。非ニ只羯鼓一於ニ揩鼓一テ有レ之。

早キ楽ノ揩鼓ハ打テ〔太鼓ニ〕充テ、拍子ノ其中〔ノ〕間ノ習スルナリ。

其唱歌云、*亭　ムムム　如レ此打音一、揩音三也。

而欲レ宛ニ雌拍一バ、ム音ヲ四揩ツレバ、打音カコエテ、雌拍子ニ打レ之。

其声歌云、亭　ムムムム
取レ音様 革音四度打テ揩ナリ。託*ヽヽヽムヽヽヽ

禰取打様… 以下の鞨鼓拍子(リズム型)の打様は巻十「打物案譜法」参照。

5 揩鼓 「革経一尺二寸許、筒長六寸許、口径九寸許」(楽家録)の締太鼓。桴を用いず手で打つ。

登美是元 伝不詳。興福寺属の楽人に登美氏あり、大内楽所にも任用された。

高野姫 孝謙(称徳)天皇。

亭ム 「亭者撃之譜也、撃者以ニ中指一弾レ革也」「略レ揩用ニム字一」「揩者以ニ三指一揩ニ撫之一也」(楽家録)。

託 「亭用ニ託字一」(楽家録)。

序調子*ムメキ許ヲ摺ナリ。但延摺テ、太鼓ノツボニハ早摺成ベキ也。

破吹様

摺打　〻〻　〻〻　〻〻　〻〻　〻〻　〻〻　〻〻
・大曲吹時者　・スル　・スル　・スル　・摺打　・〻　。〻

急吹様

六●打　丁●摺　六○スル　亍●スル　六●打スル　中○　〻●打スル

凡打摺〻〻、随テ楽詞ニ更ニ互ニ摺也。頸ニ懸テ立テ摺ツヾミナリ。新楽摺物ナリ。古楽不レ可レ用レ之。

6〔一〕　*壱鼓（いちのつゞみ）

古楽鼓*曰、胡国楽器也。

風俗通云、鼓者郭也。春節之音、万物及レ甲。或書云、胡国ノ天子参ニ詣神社ニ乃時、伶人奏ニ此曲ヲ、打ニ一鼓ヲ、詠ニ天下之和平ヲ。仍被ニ吉事之日参音声之時用ニ此鼓ヲ者、学*ニ本国之例ヲ模レ之歟。

壱鼓儛行法此発行

右抱二遍、左手一遍、右抱一遍、右手打伏、右足前屈上、拍子見レ東、右抱二遍、左手一遍、右手打伏、左足屈上、拍子見レ西、右抱二遍、左手一遍、右手打伏、左手打仰、指レ西、左足前屈、挙拍子、右抱二遍、左手一遍、左手打伏、右手打仰、指レ東、左手前屈、挙拍子。如レ是従レ上初行登。

師説云、大饗時者、左右倶懸ニ一鼓ヲ也。御賀、楽所始者、左一者行懸レ之。鶏婁者法会之時懸レ之。

古老云、古楽者、*一・二・三・四鼓倶双テ打レ之也。

舞人英貞*、克知レ之ナリ。其後只一鼓許ヲ打ツ。不レ打ニ三鼓ヲ。況ンヤ二ノ鼓ヲ乎。

釈明暹云、古楽ニ打ニ一鼓ヲ之法、延タル楽拍子ノ古楽ニハ、三鼓二重打也。一鼓逐レ之打也。

●●●●（一重）●●●●（太鼓）●　如レ此合ニ三鼓ニテ、入レ抱テ可レ搔云々。

舞人行則云、

●●●●●（一重）●●●●（太鼓）●　入レ抱テ初ニ抱レ之云々。若思乖歟。

舞人光時云、

〔●●●●●（一重）●●●●●〕　毎ニ拍子ニ入レ抱打レ之云々。

楽人元政云、古楽者、三鼓二重ニ宛テ、上重ニハ不レ打、下重打レ之。

ムメキ…　「旧記曰、ム音凡六許延ニ摺之ヲ、而於ニ太鼓之壺ニ早摺レ之、以撃ニ止之ニ云々」（楽家録）。ム（六）イキの誤。

6壱鼓　「革面径八寸許、筒長一尺二寸、口径五寸三分許」（楽家録）の締太鼓。

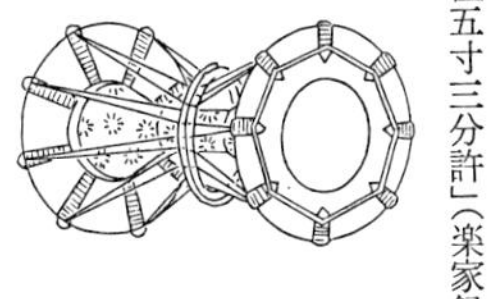

古楽鼓　一鼓は古楽とよばれる一連の曲に用いた楽器とされる。

学　底・書陵本「斆」に似た字に作る。

一二三四鼓　「当初有ニ壱鼓二之鼓三之鼓四之鼓ヲ、是皆次第稍大而製法形状皆同」（楽家録）。

英貞　世系等不詳。

天王寺公量*云、上下両重倶打レ之云々。

鳥破

口中夕丁中六五丁六中丁由引○六五丁○五

上由引○　一説

又云、一鼓者、延楽*者『鳥向楽』類逐ニ鞨鼓拍子ヲ一打也。普通説、三枹四也。

又有ニ秘説一。第一、三枹、枹搔一ヲ除テ二枹。第二、如レ常三枹。第三、如ニ第一一二枹。第四、如レ常三枹。如レ此令レ打メルヲ為ニ上説ト一也。此ガ詞ノ終ヲ越〔テ〕、匂モ渡ル果ニ、三枹宛リテ優〔ニ〕覚也。

又云、延楽ノ一鼓ヲ三枹ニ打ハ、楽ノ程ノ早ク成ナリ。得テニ此心ヲ一、終ノ枹ヲ惜ンデ、抑ヘテ可レ打也。

又云、延楽ノ一鼓ハ、逐テニ八拍子鞨鼓〔数〕ヅヲ一打也。

第一・二、各一枹打レ之。第三・四ニ三枹打レ之。第三枹ヲ打ハ為ニ三枹一也。第五・六ニ各一枹律ニ打テ第七・八ニ三枹。搔枹如レ前。以上鞨鼓拍子〔八数〕間、二枹二度、三枹三度也。而モ終ハル度ノ三枹ノ中ニ、入枹一ヲ打也。然者、為ニ四枹一也。太鼓以テニ上三枹ヲ一、太鼓壺一枹也。延楽一枹者、二延*之果ニ、三枹ノ宛ガ不レ可也。如レ此打レ之者、二枹者三枹者不レ宛也。

『還城楽』破者『蘇莫者』破同レ之、為ニ只拍子*一者、不レ能レ重ニ一鼓一。依ニ只拍子法一、只拍子也。其第三ノ拍子ヲ搔也。加ハ打ツニ入枹レ二ツ一。加ニ本拍子一相井三枹也。

第四拍子宛ニ太鼓一也。第三搔拍子ニハ、三鼓ハ二打ニ、一鼓ハ三枹打。バチ一枹重〔テ〕当也。以レ之(為)ニ秘蔵之口伝一也。

又云、初者三鼓拍子ニ搔テ、楽程落居テ後ニ、入枹ニ可レ搔也。入枹者、只拍子ノ雌雄二枹ノ間ニ、枹一ヲ加ル也。

蘇莫者破

夕由○中夕○丁引○六引○五丁○中夕○中〻

夕由六○五丁六○丁中○

又云、『陵王』乱序者、初一鼓三果三打テ、次三鼓受取テ、三果打也。舞間如レ此相交ツ、打将也。

一鼓　○○志躰〻〻　○○志躰〻〻　○○志躰〻

三鼓　帝帝帝帝　○○○○　○○○　志志志

破者、楽拍子*者也。如ニ『採桑老』一可レ打也。

此曲一鼓本法、搔テ入枹ニ打也。而若楽ノ程延者、一拍子ニ打也。打ニ入枹一之間、楽程延也。故楽程

公量　四天王寺属の楽人。伝不詳。

二延　書陵本「三延」。

延楽　延拍子の楽。延拍子は、一小節八分の八で八小節目に太鼓を打つ延八拍子、同じく四小節目に太鼓を打つ延四拍子がある。

只拍子　二種の拍子が交互にくり返される拍節的な混合拍子で、早只、夜多羅拍子がある。底本「以拍子」。

楽拍子　破、急に用いられる四拍子の拍子型。

伝ヘテ打ケリ。其後ニハ無得而打レ之。但シ其口伝云、一鼓打テ後ニ相次デ打レ之ヲ。〕

其打様者

一鼓　●シテイ　●　●シテイ　●　●シテイ　●　●テイ

次三鼓受取　(●●シテイ　(●●シテイ　(●●シテイ　●テイ

如レ此受取ツヽ、太鼓ノ間拍子ヲ打也。雌拍子打レ之ナリ。

*此鼓名物者、慈明寺黒筒、又鳴丸、今薬師寺黒筒也。

秘事者、納序乱拍子、序打果音、急打和留音*。

玉手清貞云、古楽ハ拍子物、打ニ三鼓一ハ、四拍子如ニ右三鼓ニ重也。初重ニ不レ打ニ教拍子ヲ一、次〔ノ〕重ニ打レ之也。口伝云、鞨鼓八カ、自ニ第五拍子一打ニ四拍子一也。

楽人▼時光云、古楽ニ打ニ三鼓一事、逢ニ明暹已講一問レ之。不レ云レ之、秘〔スル〕歟、将不レ知歟。今案ズルレ之、革音ト云事有レ之。古楽ニハ、破音トテ、太鼓後三鼓拍子前ニ打也。以レ之、鞨鼓拍子八ヲ可レ識歟。

鞨鼓　第一ニ破音　第二ニ三鼓声以ニ左右手一倶合打レ之

又火急者、掻テ打ニ入枹一也。或師云、上拍子後、一拍子打レ之云々。凡楽者、打ニ一拍子一バ、火急ニ成也。打三段拍子ニ其程ハ被レ打也。

7〔一〕　二鼓

或抄云、細長鼓(さいちやうこ)長二尺云。

師説云、称スル細長鼓一者僻事也。興福寺常楽会、東楽門〔三〕、古楽一部之楽器之内ニアリ。一鼓ノ今少チイサキ鼓也。舞人ノ姿モ、儛行法、只如ニ一鼓ニ〔也〕。一鼓之次列立打レ之。以ニ片枹一打レ之。口伝云、一鼓一曲打ヲハリテ、其次、此鼓一曲ヲ乙ベキ也。ツヾケ拍子ノ物ト謂レ之。ツマムノ様。

8〔一〕　三*鼓

高麗ノ楽器也。但中古マデハ、左楽ニモ、古楽物ニハ皆用レ之。今モ行列行道ニハ、右方為ニ拍子一。

師説云、此鼓者、為ニ古楽拍子之鼓ト一、手ニテ打レ之。薬師寺職宰玉手氏相伝職也。延タル楽『鳥向楽』等類、縦如ニ左楽一、三鼓四拍子ニ当ニ太鼓一也。鞨鼓入ニ拍子ヲ一、二拍子ニ三鼓一拍子ヲ宛也。隔(ヘダテ)、拍子ニ打レ之也。

〔古記云、『陵王』乱序ノ三鼓ハ、迄ニ舞人光貞一ハ▼

8三鼓　中央が細い木の胴の両面に皮を張り調緒でしめたもの。現在は、直接床に置き左手で調緒をにぎり、右手の桴で打つ。高麗楽の楽器で、唐楽の鞨鼓と同様、演奏のテンポの推進役を務める。奏法は上拍ふうの短めの拍(テンという)と、強拍に打つ拍(テーエンという)とがある。

此鼓名物…急打和留音　この条、底本は三行目の「其打様者」に続けて記述。意により移す。

和留音　ワル音。

玉手清貞　薬師寺属の楽人。則清の男。三鼓打。二三右近府生。亖没。

教拍子　「一号ニ教桴一、又号ニ約拍子一。於ニ太鼓之前一加ニ撃一拍子一、教ニ導太鼓一之桴也」(楽家録)。

第三ニ破音　第四ニ三鼓声
第五ニ破音　第六ニ三鼓声
第七ニ破音　第八（ニ）三鼓声
太鼓可ㇾ充也。『還城楽』『蘇莫者』同ㇾ之者。右楽四拍子打ㇾ之云々。

口伝云、右楽ノ三鼓ハ、未ㇾ成ㇾ曲之間ハ、四拍子ナガラ諸手ニテ打也。曲ニ成定ヌレバ、初二拍子ヲバ諸手ニテ打テ、後一拍子ヲ重テ打ツ。二度ヲバ片手デ打ㇾ之。欲ㇾ上二拍子一時、共ニ皆片手ニテ打ㇾ之。

又云、右楽ノ吹出シノ三鼓拍子ハ、必ズ笛ノ詞ノ首左右ニ充ル。

又云、高麗楽打二三鼓一者、見二舞人一、随二振舞一早ムル也。初者、以二左右一、チリ、、トコタヘサセテ打也。

○○○○○○○ ム ○○○○ 徐程コマヤカニ成ヲバ、上ノ二拍子ニハ答声打、下ノ重打ハ答声。○○○○ ○ム 徐早（ク）成ヌレバ答声不ㇾ打、破音。○○○○○ 早（ク）成立ヌレバ時々越テ拍子一打也。○○○○○○

上拍子者、三打也。○○○○○○○

又云、右楽ノ延タル、三鼓搔上ト云ハ、如二『納曽利』急一、上拍子ハ太鼓ノ間（ハ）雌拍子ニ、三鼓ハ、志帝志帝志帝火帝帝帝、如ㇾ此打テ、ヤガテツヾケサマニ、帝々ヲ、太鼓ノ壺ニモ打バ、被二搔上一テ早（ク）成也。白河院被ㇾ仰ハ、昔ハ三鼓ハ破声聞ベキ、今者不ㇾ聞云々。此者其時楽人皆打ㇾ之、然シテ如二古人一不二打鳴一者也。

又云、高麗楽ノ上拍子果、次終事者、聞テ三鼓一知ㇾ之也。三鼓ノ打気（色ニ）顕手路也。

元正云、堀河院御時、有ㇾ楽ニ主上常御簾中御座、三鼓候二前庭一テ仕。笛承二三鼓之景気一テ、思食襟ニテ計テ上ㇾ之。終ㇾ之ケレバ、殊有二御感一云々。『敷手』之三鼓ニハ、有二秘説之習一。

普通打者、次説也。

或師云、鼓筒者至二于鞨鼓一者、用二堅木一。多槻可也。太鼓、久須乃木・檜・杉可也。自余者不ㇾ用二和木一。或説鼓注セリ昔彼黒筒ヲ、日吉行幸之時、於二社頭一不ㇾ知二在所一、経二廿余年一之後、大津之辺ニテ求二出之一。アマト云物ニ指上テアリケレバ、ス、バミタレド

終事… 高麗楽の曲の終止は舞人の退場に応じて決められる。三鼓はテンポの推進と共に、この曲の終止をうながす役目もうけもつ。

元正　基政。→雅楽系譜

堀河院御時　一〇八六―一一〇七在位。

大津　今の大津市。

アマ　炉の上につるした棚。

モ、聊不レ損也。

9〔一〕 四鼓（しのつゞみ）

又鼙（四ノツヾミ）ヲ、ツヾミ。太鼓異名ト世人謂レ之。

師説云、此鼓、称（スル）二太鼓之異名一（ト）僻事ナリ。東大寺ノ宝蔵ニ号二四鼓（ト）一テ、別ノ姿ノ鼓也。古記ニハ、古楽ノ拍子打レ之ト云。然而或人云、三鼓ノ二人立タル時ノ次ノ列打ヲ、可レ謂二四鼓一云々。

四鼓者、*黄帝臣岐伯所レ作也。古人語云、四鼓トハ中太鼓ヲ云也。而*通憲云、四鼓者、非二太鼓一歟。東大寺宝蔵ニ、四鼓云テ、別有レ之。

古人云、昔相撲之節ニハ、太鼓左右各七面十四立タリ。其時ノ鼓名歟。中古、各四面立、近来ハ、各二面立。是代儀云々。或管絃者説、五鼓トモ在云々。古記云、八鼓者、行道ノ鼓ヲ云。近衛将（すけ）ノ*楽行事、此鼓〔ニ〕尻ヲ懸ル。一説、近来、陣コ上用レ之。

10〔一〕 *銅（ど）拍子

銅鈸学云。又鉢字用レ之。

律書楽図云、出レ自二西域一。無レ柄以レ皮為レ紐相撃以応レ節。今*夷楽多用レ之。*孫愐云、鈸楽器、形如二瓶口一、対而撃レ之。出レ自二西域一也。古人云、行道幷楽屋之内楽ニモ、如二鞨鼓拍子一打レ之。

『鳥』舞懸レ頸タリ。破、加二拍子一後、突舞。迦陵頻賀乃囀声移ニハ、舞手ニ鼓ヲ播音同音〔也〕。

11〔一〕 拍子

大拍子常用レ之。拍者楽器之類也。以レ木造（ヲ）、其形似レ笏。

*蔣魴切韻云、拍〔子〕普伯反打也。拍、板楽器名也。太鼓ノ壺〔ニ〕突レ之。又云、遠キ事ヲ楽ニ突レ之、令レ見也。楽遅速幷太鼓拍子〔ノ〕落ヲ見テ、是ヲ以テ拍子ヲ上ヲ可レ見也。

抑、行道之時〔者〕、銅拍子ノ次立也。又舞師ノ役勤仕之時、持二此拍子一進出テ、舞台際ニ居テ、取二拍子一也。神楽、催馬楽、東遊等ノ拍子ヲバ、*笏拍子ト云也。

12〔一〕 柷鼓（しくこ）

魚鼓謂レ之。楽器也。柷歌楽器之上也。登也。

柷音呂六反。鼓音語。

*爾雅曰、所以鼓柷謂二之止一。*郭璞曰、柷如二漆桶一、

9黄帝 中国古代の伝説上の帝王。五帝の一。

通憲 藤原通憲。

楽行事 音楽の次第を担当する者。

10銅拍子 金属製の小さな打楽器。中央につけた紐を両手の指にはさみ打合せて奏する。迦陵頻の鳴声を模したものという。

夷楽 夷狄の音楽の意。吉野吉水院楽書には「ヱビス楽ト云楽ドモアリ、『遐年楽』『松宝楽』ナリ」とみえる。

孫愐 唐の学者。切韻を増訂し唐韻をつくる。

11蔣魴 隋の学者。陸法言らと切韻を著わす。

笏拍子 黄楊などでできた木製の打楽器。うたいものに用いられる。

12爾雅 中国最古の字書。三巻。

郭璞 晋の人。爾雅にはじめて注した。

連応栓之 爾雅郭璞注では「連底桐之」。

所以鼓敔謂之 爾雅本文。

郭璞曰… 底・書陵本「郭陸曰」、以下は爾雅の郭璞注。

廿七鉏善鋙 郭璞注では「有二二十七鉏鋙刻一」。 **柷敔** 柷は方形の箱の穴に棒を入れて鳴らす楽器で、奏楽開始の合図に用いた。敔は虎が伏したような形で背に刻みがあり、これをすり鳴らす木製の

楽器。終曲の合図に用いた。
熱田明神… ↓八四頁
13 方磬

堯　舜とともに理想的な帝王とされた中国古代の帝。
玉磬

今案…　和名抄では「今案、磬与方響似而非也」。
クザク…　孔雀でチギを飾る意。
チギ　千木。ここは方磬の枠の上端をさす。
シラマクノマヘ　住吉神主家の人。「有基の女(白幕)」「箏上手…方磬上手」(住吉神主丼一族系図)。

住吉神主国基 ─┬─ 対馬守有基 ─┐
　　　　　　　 └─ 斉増　　　　 │
┌────────────────┘
└─ 志良末久〈若是斉増同人歟。猶可二尋決一。或国基女〉
（秦箏相承血脈）

方二尺四寸、深尺八寸。中有二椎柄一。*連応栓之、令二左右一撃。止者椎名也。所以合レ楽也云々。*所以鼓〔敔〕謂レ之。通憲云、歔者序也、皆有レ孔以楽敔差云々。楽ノ終リ頭ヲ叩二鼓之表一〔多〕他誦云々。一説、用二魚形一云々。

籈。*郭璞曰、敔如二伏獣一、背上*廿七鉏善鋙、以二木長尺一櫟レ之。籈者其名也。所以止レ楽也。々々々々々。

興福寺常楽後日用レ之。世人*柷敔ト不レ謂也。尾張国*熱田明神〔ノ〕御料〔ニ〕作二魚形一云々。委細ノ状ハ第四巻ノ有二『河南浦』篇一。

13〔一〕　*方磬或作レ響

一名編石云。

*堯帝時、無句造レ之。律書楽図ハ、方磬吉定反。俗云二方磬之音強一。廿四唐令云、方響*玉磬各一架。*今案東イ無似而非也。磬与二方卿一金名合四一上江赤工下凡。巳上下並従レ右歟。上凡六五予上予巳斗下。巳上々並従レ左歟。方磬ノ逸物者、シラナリ(ト)申伝タリ。*クザクト云鳥ヲ*チギニ打テ侍ナリ。*シラマクノマヘ津守国*基娘也。此曲上手ナリ。

14〔一〕　太鼓

有二三名一古八名歟。*大々鼓だいだいこ鼖太鼓長二丈。中太鼓鼓鼙。小太鼓*兆鼓こつづみ。

大海之波ノ音ヲ聞テ、黄帝ノ臣岐伯写二其声一。*津ム・筒〔ハ〕、女波男浪音ナリ。

律書楽図云、爾雅云二太鼓一。今案、俗或謂二之四鼓一。小鼓有二二三名一。皆以二応節次第一取レ名。八鼓者謂二行道太鼓一云々。

謂二之鼖一音墳、即建鼓也。兼名苑云、槌一名枹。音浮、字亦作レ桴。所三以撃二太鼓一也。凡鼓者、漢家賢王之時者、必置二*諫鼓謗木一聴二天下之憂一云々。故以二太鼓一定二楽器之長一、而驚二衆人之耳目一、為二諸曲節一矣。

*日形者

或記云、治暦之比、大納言源*隆国朝臣、為二*衛府一之時、見二夢相一状云、先入二三重楼門一、至二于竜宮一、見二彼宮殿等一、眼疲二雲路一不レ遑二毛挙一、如レ法夢中夢見、不レ慰二心肝一。爰南殿前有二霊池一。而居二雷鼓数面一、其上日月照二虚空一、被レ光二耀宮中一見畢。夢覚之後、経二奏聞一、太鼓*火炎之日月形上立。三尺

国基 住吉神主家の人。忠康の男。歌人でもある。一一〇二没八〇歳。「康平三年三月十五日補二神主一」「箏上手。院禅弟子」(住吉神主幷一族系図)。

14大々鼓 台上にすえて出される巨大な太鼓。左方は日形、右方は月形を上に立てる。

兆鼓 底本「地鼓」。

津ム筒 図(ず)・百(ど)。図は左手の桴で軽く、百は右手の桴で強く打つ。太鼓はこの二音の組合わせで打たれる。

諫鼓謗木 後漢書、楊震伝「臣聞、尭舜之世、諫鼓謗木立二之於朝一(帝王記曰、尭置二敢諫之鼓一、舜立二誹謗之木一)」。

日形 舞楽の時に用いる大太鼓の上に立てられる太陽を象ったもの。

源隆国 俊賢の男。正二位大納言。一〇七七没七四歳。 **衛府** 左右近衛などの六衛府。 **火炎** 大太鼓をはめこむ火炎形の装飾の枠。

月形 大太鼓の上に立てられる月を象ったもの。

舞歌輩 底本「舞幷事」。体源鈔

余也。昔在二火炎内一云々。

又竜者、守レ日出二平旦一而鳴。鳳者待二望月一日入而鳴。仍左太鼓者、顕二竜姿一、立二日形一。右太鼓者、顕二鳳躰一、立二月形一云々。

乱声打様 新、古、高麗打様、各別。

乱序打様 有二二打様一遅速一也。『陵王』『安摩』各別。

序打様 有二二打様一。序、短声。

八拍子打様 有二三打様一。延、中、早也。

六拍子打様 有二二打様一。大曲吹、忠拍子由利吹。

四拍子打様 有二三打様一。延、中、早也。

三度拍子 有二三打様一。

一度拍子 有二二打様一。

間拍子 有二『蘇合』急一。

推拍子 諸楽終拍子。

約拍子 有二『蘇合』三・四帖一。

掇拍子 有二『胡飲酒』破躰楽一。

揚拍子 有二新古相兼楽一。

搔拍子 有二二打様一。又四拍子有レ二。『鳥』ノハ搔幷搔。

已上各槌合打様、能可レ受二師説一。

抑此鼓ノ打様、雖レ多二其説一、以二舞家之説一為二本説一。舞歌輩更不レ可レ打レ之。又彼此ノ両説、所レ詮可レ依二狛氏之舞人等之習一也。但知与レ不レ知各別也。世之所レ推、争デカ無二深浅一乎。又雌雄桴幷匂桴共、随二其楽之習一可レ打レ之。是則以二舞合説一為レ勝云々。

打二太鼓一口伝

師説云、太鼓打法、先対二笛吹一可レ問二其楽子細一、何遍可レ有乎。又自二何帖一可レ上二拍子一乎。如レ此事雖二覚知一、必可二尋聞一也。是巳骨法也。次者、初拍子可レ有二膝拍子一之由、必可レ云也。如レ此不二相議一者、必失錯出来也。其例雖レ有レ多略レ之。

次打二太鼓一。偏ヘ(ニ)対スルハ僻事ナリ。鼓ヲ左ニ成テ喬テ可レ打也。偏(ヘニ)喬テ対スルハ、右槌遠成テ打悪ナリ。者右槌トヲカラヌホドニ可二相計一也。直対レ鼓打ハ、尤見苦也。左ノ槌ハヤハラカニ打テ、右槌ヲツヨク打也。又左槌打テ、即可レ引レ吉也。不レ引レ吉者、当二鼓面一不レ響也。但可レ依二楽(姿)一。右槌ハ打削ガ、其ノ音ハ高鳴也。

は「無ニ楽才一輩」に作る。
骨法　基本とすべき作法。
相議　申し合わせる意。
偏へニ…　太鼓に真直ぐに向うことを言う。
喬テ　底本「高テ」。
打削　削音は「附ニ桴革一引ニ下之一似レ削ニ鼓面一故有ニ此名一」(楽家録)といわれる。
兼テ…　桴を持つ両手を腰のところにつけて出を待つのが現在の作法。
唱歌　声歌。旋律暗記用のうた、またはうたい方。雅楽の管楽器を習う際などに用いられ、仮名譜(タラリなど)として譜詞に並記されるが、かつては一種の吟詠として行われたと考えられる。太鼓声歌はヅム・ドウ。
バタラ　擬音。

直当者其音早也。

師説云、打ニ太鼓一骨法可レ知事也。雌雄ノ両槌ヲ同程(ニ)持、ノケズヨセズ、如レ図シテ可レ打也。サガレバツヨクウツ。アガレバユルク可レ打也。只サガルトモ、アガルトモ、槌ヲ同程ニモツベキナリ。

古人云、撃ニ太鼓一、兼*テ捧ニ其槌一持者、甚ダ見苦シ。若為ニ八拍子楽一者、打ニ鞨鼓七拍子一之時、可レ揚ニ太鼓槌一也。

又云、太鼓ノ壺ハ、眼中之瞳ニ打充タルガ、シタヽカニハ聞ユル也。コレハ心ニ唱*歌ヲ歌取テ打也。楽ノ詞ノ唱歌ニ、太鼓ノ雌雄ノ、図・筒ノ二文字ヲ歌次也。不レ然シテ手ニマカセテ打ニハ、難レ中(あたり)レ瞳也。

又云、太鼓之槌合、克(よく)可レ打レ之也。其間近キハ、モノサハガシ。遠キハ不レ似ニ一拍子一。克計ニ合之一為ニ上手一也。随ニ楽(ノ)程緩急一、打ニ拍子之雌雄一也。口伝云、不レ謬ニ鞨鼓拍子一、雌雄可レ打レ之也。

又云、太鼓ハ随ニ大小一可レ打也。大々鼓ハ、ツヨクウタレテヒヾク。小太鼓ハ、ツヨク打バ、バ*タラトナリテコヱナシ。又不レ響也。ソノヤウニシタガイテ、被レ打ニ出其声一也。

或師云、乱声太鼓者、左新楽打始メ二所吹出果、『抜頭』初果、林邑乱声、其打様異云々。右打始三所吹出中間、二所。

口伝云、左者、吹出ニ、二槌ꝏꝏ中程ニ六孔ニ延ル果、三槌ꝏꝏꝏ終ノ打止ニ、一槌。

右者、初中ニ、各二槌、終ノ打止ニ一槌。

『安摩』『陵王』、乱序太鼓大略雖ニ同躰一、『安摩』者迅早乱声者頗ル早可レ打也。皆以有ニ初拍子之壺一也。初序太鼓ハ、笛吹ガ見レ舞ヲ、ウナヅキテ、太鼓ヲ可レ令レ打也。

師説云、物ノ序ノ太鼓、不レ知ニ案内一之者ノ、延自ニ破之太鼓一打レ之。両拍間令レ在レ程也。是僻事也。序破無ニ差別一。只同程ウチナガラ、序(ハ)拍子ノ壺ヲ、ナヲサゲカケテ打也。笛モ太鼓ヲマチテ打セテ、太鼓ノ音ノ匂ニ詞ヲバ吹出也。者(ていれば)太鼓ノサガリテアタリタル、匂ノ目出タキ也。物序太鼓、懈怠ニ、後タル様(ニ)ウツモノカラ、雌雄ノ中間ヲノバサズ打ガメデタキ也。

延タル　延拍子の。

人見　瞳。

早キ　早拍子の。

四拍子物　四小節(小拍子四つ)おきに太鼓を打つ曲。早四拍子。

八拍子物　八小節おきに太鼓を打つ曲。早八拍子。

有基　住吉神主家の人。従五位下、対馬・大隅・日向守。一〇七七没。「箏上手、方磬師」(住吉神主井一族系図)。

古モ　底本「古也」。

出仕　任官され楽所に出仕するをいう。

又云、楽ハ初拍子ノ太鼓ヲ、笛ノ吹出タル程ヨリモ、サゲカケテ打タルガ目出也。此拍子ノス、ミタルハ、アサマシキモノ也。

師説云、*延タル楽ノ太鼓ハ、拍子ノ壺ノ正中ニ可レ打也。ツボニ打入テモ、尚其中心ニアタラネバ、シラケテキ、ニクシ。眼ノ中ニ*人見ノアルガゴトク、壺ノ中ニモ、尚中心ニ可レ充也。

又云、*早キ楽ノ、*四拍子物*八拍子物ハ、以二上拍子ヲ一知レ之也。『蘇合』破、『甘州』ハ四拍子物也。仍『甘州』上二一拍子一。『白柱』『竹林楽』『海青楽』類ハ、八拍子物也、上般拍子也。但有二乖レ法之楽一。『蘇合』急初一遍者用二四拍子物一、上拍子之後為二(八)拍子物一。然者、可レ用ス二三般拍子一之処ニ、常用二一拍子一也。首尾乖違。尋(ツイデニ)『太平楽』道行雖(ドモ)二四拍子物一、用二三般拍子一。『長慶子』一説、用二三拍子一。如レ此之類、不レ知二由緒一、可レ尋也。

津守*有基云、延タル楽者八拍子也。早楽者四拍子也。此四拍子楽ハ、称二重物(かさねもノト)一、輯鼓八拍子ヲ早ニ所レ打也。『五常楽』急、『白柱』『北庭楽』之類也。

又云、間拍子楽ハ、輯鼓ニ拍子也。是又准レ此、輯鼓四拍子ヲ早ク所レ打也。『勇勝』急、『三台』『傾坏楽』急、等類也。古楽間拍子ノ物、皆播テ所レ上也。如二『胡飲酒』破一也。而又件破、多ク用ス二一拍子一。可レ尋レ之。

又云、早楽者、拍子上*古モ。太鼓ノ壺ヲバアゲザル時ノゴトク、雌雄二槌ヲ打テ、今加ル上拍子ヲバ、片槌ニテ打。此楽程ハ、被レ抑テ宜ナリ。如レ此打テ将テ、楽ヲハヤメントヲモフ時、本拍子ヲモ、加槌ヲモ、倶(ニ)片槌ニハ打也。コレヲシラザルトモガラハ、ハジメヨリ用ス二片槌一ハ、楽程忽隼(はやまり)テ、不レ足二于言一也。

博雅ノ三位譜云、間拍子トハ、上拍子ヲ云也。

師説云、只拍子ノ太鼓者、克クマチカケテ、ヲクレザマニ可レ打也。只拍子太鼓者、心中ニ三鼓拍子充テ可レ打也。

光時云、行道ニハ、新古両楽ヲ合奏也。新楽ニハ用二輯鼓ヲ一、古楽(ニハ)用二一鼓ヲ一。因ヲ以テ上拍子之時、古楽ニハ用二古楽之上様一、新楽ニハ三般拍子上ケリ。而ルヲ近来、倶ニ付二古楽ニ一加二拍子ヲ一。尤以僻事也。然而、光時之*出仕ノ以前ヨリ、如レ此

為通　藤原為通。一一五四没四〇歳。羽林は近衛府の唐名。

乱序囀　以下、陵王の太鼓の説。**マホリテ**　舞人の振によって。マホルは守る。

中院　源通方。
太鼓ノ…　テンポが遅れ気味の場合は。
鰭　太鼓のへり。外辺。
ユタヒ…　ゆるんでいるので。ユタウはたるむこと。
雌桘ヲ微ニ…　図(津)が雌桴、百(筒)が雄桴であるが、図は、強打の百の上拍(アウフ-タクト)のように左手の桴で軽く打たれる。
雌桘　底・書陵本ともに「雌雄」、意による。
桙振者　振鉾の舞人。
コ、ロシラヒ　心をくばること。

仕来也。▼光季之当初〔八〕、更ニ不レ破云々。

羽林亜相為通*云、太鼓ハタシカニウタル、口伝ノアル也。鞨鼓ノ教ヘ拍子ノ、重桘(かさねばち)ヲ、唱歌ニシツケテ、侶ト筒ト中ガ桘合ハ慥ニ被レ打也。

同云、『陵王』太鼓ニ有二秘説一。主上、殿上人ノ舞御覧之日、予此曲ヲ舞シニ、太鼓ノユリ、ヽト中テ、吉ク被レ舞也。入テ、「此太鼓タレゾ」ト、タヅネシカバ、光時ガ打ケル也。

口伝云、乱序囀*、又、嗔序、荒序、破ノ終リ、倶舞人以レ桴、打二搨腰一也。其ニ太鼓ヲ津筒(つつどう)ト打合スルガ目出ナリ。不レ知二笛吹一、太鼓打、舞人ヲマホ*リテ打ベキナリ。

荒序太鼓ハ、津筒ト打ツレバ、ヤガテコメザマニ、不レ顧二笛之末一吹出ス。太鼓ヲバ早ク拾フ也。打様有二二説一、付二四方八方之様一有二相違一也。有レ諳。

『胡飲酒』序ハ、太鼓雌雄之桘ノ津筒ニ、舞人ノ面ヲ振仰(ふりあふぐ)也。其ニ桘合ノハヤキハ、振仰ガホドナクテ、軽々也。桘合ヲ延テ打ハ、振仰モ有テ二其程一、シヅカニミユルナリ。破ノ上拍子ハ、三拍子ノ終ノ桘ヲ、オシミテ桘合シ、閑ニヲサヘテ、マドヲナルヤウニ打ガ吉舞也。中院説。*

口伝云、『春鶯囀』ノ入破躰ノ、六拍子ノ太鼓ハ、楽ノ早キガゴトク、鞨鼓ノ雌雄ノ桘ノ追テ打ハ、太鼓ノ桘チカクテ、キ、ニクキ也。凡ソ早楽ハ不レ逐ズ二鞨鼓一、桘合ヲ少シヲサヘタルガキ、ヨキ也。

又云、太鼓ノ下(さがる)ニハ、桘ノ手ヲトリシヾメテ、鼓ノ鰭*(はた)ノ方ヲ打也。鰭ノ皮ハ引張ケルガユヘニ、ハヅミテ早ク中ル也。早ニハ、桘ヲトリノベテ、中心ヲ打也。中ノ皮ハユ*タヒタルユヘ、緩(ゆるく)アツルナリ。

又云、凡太鼓法ハ、雌桘*ヲ微ニ打テ、雄ヲ強打ナリ。而乱声ニハ、雌桘*ヲ強ク打テ、雄桘ヲトヲク中也。コレハ桙振者*(ほこふる)、雌桘ヲ聞テ、コ*、ロシラヒテ、雄桘ニヲチ居ル故也。

又云、太鼓打ノ、鼓ノ面ニ立テ打コトハ、笛吹ニ目ヲ見合セテ打レ之故ナリ。或説云、笛吹ノ膝拍子ヲミント思フユヘ也。一説ニハ、御前ノ絃管ノ拍子ニ付テ打料云々。惣ハ、太鼓打ハ、必ズ守リテ二笛吹一、随テ二其面気色ノカヲ一打流ナリ。鞨鼓ノ雌雄之抜也。

入眼　物事の成就すること。

シブカシ　しぶらかし。シブ（渋）ルはなめらかでないこと。

イカサマニテモ、槌合ノ遠ハ未練時ナリ。太鼓ハ教拍子ガ入眼*ニテアルアリ。コレヲシリヌレバ、無二打損一也。但シ、是ハ拍子ノ迅ク来テ、早被レ打ナリ。得二此心一、シブカシ*ヲサヘテ打テバ、人見ニハウタル、ナリ。

『蘇莫者』ノ拍子ノヨクウタル、ハ、三鼓ノ教拍子ガ気ナリ。ソレモ、三鼓許ニテハ、迅充ル。一鼓拍子ノ自二三鼓一、残テ渋ナリ。

古人云、『陵王』、『還城楽』乱序、『案摩』鹿楼ノ太鼓ハ、打様同ジ事也。但シ『安摩』ハ早可レ打也。其故ハ、舞人拍子ヲ乙ルニ、太鼓延ヌレバ、不レ被レ舞云々。

又云、古楽加二拍子一事、楽拍子ハ、以二『陵王』破一ヲ為二本法一也。只拍子ハ、『還城楽』『蘇莫者』破等為二本法一也。『鳥向楽』『渋河鳥』破等与二『陵王』一同ジ。依レ為二楽拍子一也。其儀上者六槌ハ如レ常。『陵王』破、『還城楽』等同レ前。下ノ三槌、第三・四両鞨鼓ニ、太鼓二ヲ打テ、第五・六・七ノ鞨鼓三ハ、間拍子ニテ第八ノ鞨鼓打止也。此打様尤不審也。然而世以用レ之。已而『陵王』破称二南京様一、又有二打様一。是者不レ背二新楽法一、甚有二其理一歟。其儀、初果ノ六槌如レ常、後果三槌ヲ鞨鼓三打、後第四・五鞨鼓二ヲ打テ、第六・七鞨鼓ヲ間拍子ニテ第八ニ打止ナリ。

又云、古楽ノ上拍子ハ、只三拍子二重也。而初果ニ揺槌ヲ三入也。

蘇莫者破喚頭

五夕由中夕○丁引六引○五丁中夕○中〻○

又云、古楽太鼓者、克落チ居テ、ヲクレザマニ可レ打也。八槌モ本槌モ、怠ヌレバアサマシキ也。

又云、四拍子物上拍子者、打二一拍子一也。之一拍子者、本拍子ノ間拍子ヲ打也。而古楽者、拍子ヲ合槌ニ打テ、其間ニ入槌二ヲ打也。上古ニ『胡飲酒』如レ此ク打ケル。而政資之時、打二改三拍子一云々。依二舞悪一改レ之。

胡飲酒

六五丁六○六夕〻○上連五○上由中夕○五

由夕〻○

『抜頭』上拍子ハ、不ニ断絶一打レ之。

抜頭

〒ミ夕由中ミ〒夕由中夕丄五ミ〒六五ミ

『倍臚』上拍子、依ニ四拍子物一、如ニ『抜頭』一。此曲以ニ招提寺一為ニ本体一者、彼寺之物ノ上手、如ニ『抜頭』一打ケル。而『抜頭』不ニ断絶一打ハ、楽ノ火急成也。仍上下両拍子ノ下拍子ノ入槌一ヲ不レ打〔也〕。

倍臚

丄連五○夕由丄○丁中ミ○丄中引夕丄由引○丄五

〒引ミ○

天王寺打様ハ別躰也。上古之人為ニ謬説一云々。

師説云、忠拍子充拍子有ニ二説一。

五常楽破

中ミ○〒ミ○丁六由○〒ミ○六〒○六丁○

中ミ夕由中六丁○中夕○中ミ○中夕○中

ミ○丁中引○

左点者三般拍子様。
右点者三鼓拍子様。

唯拍子打ニ羯鼓一様

五常楽破

中ミ○〒ミ○丁六由○〒ミ○六〒○六丁○中

ミ夕由中○六丁中夕○中ミ○中夕○中ミ○

丁中引引○

師説云、忠拍子ノ太鼓ハ、楽詞初ニ充ル拍子ヲバヲサヘテ、ヲクレザマニ可レ打也。オサヘザル〔ハ〕、楽詞ノ終ニ充ル拍子ヲバ、詞ト等ク可レ打也。楽程ノ自然ニ早ク成也。

又云、楽者、欲ニ吹止一之度ハ、為レ示ニ其由一、末〔ノ〕詞ヲ緩ク延テ吹バ、太鼓打得ニ其心一、不レ打ニ終太鼓一、笛吹延テ吹止之後、可ニ打止一也。不レ得ニ其心一之輩、打ニ終太鼓於其坪一了テ、笛吹延之後、重ネテ令ニ打止一者、加ニ員外之拍子一也。但シ、『鳥向楽』『央宮楽』『勇勝』破類者、延吹息充ニ終ノ拍子一者、笛吹不レ能レ楽之也。仍打ニ太鼓一、棒坪延之後、重テ令ニ打止一也。是レ已雖レ為ニ員外之拍子一、於ニ此類一難之限也。

師説云、右太鼓ハ有レ習。『新鳥蘇』ハ、初ハ雌雄二槌ニテ、図雌筒雄打テ後ニ、雄槌ニ鼓ノ面ニ引テ

招提寺… 唐招提寺属の楽人の流風。
天王寺 四天王寺属の楽人。
三般 底本「三鼓」。
此類… この程度の曲では、難点ではあるが、とりたてて言うほどの事ではない。「此類」は底本「此頭」。
聞雄 雄は雌の誤か。
醍醐寺 八七四聖宝の創建した寺。京都市伏見区にある。舞楽が盛んで、桜会の童舞はとくに知られた。
汀音 底・書陵本「行音」、意による。

堀川院御時…　著聞集「藤原博定太鼓を打ち大神元正感じ入る事」にみえる。
小六条院　六条内裏。→五六頁
舞之　底・書陵本ともに「舞一」、意による。
博定　藤原博定。知定の男。一一〇三没。「実父八幡神主行実云々。散位陪従・従五位下・琵琶冠者」(尊卑分脈)。小倉供奉院禅―楽所預藤原博定。(琵琶血脈)
皆　昨日を誤るか。
所キ　聞キの誤か。
又云…　著聞集「前所衆延章太鼓を打ち拍子を過つ事」にみえる。
所衆　蔵人所に属し雑務にあたる役。
延章　世系等未審。
明物　名誉の者。
白川院　白河天皇。一〇八六堀河天皇に譲位の後も政を執り、院政を開始した。
新院　白河天皇は一〇七二―八六在位。
俊明　源俊明。隆国の三男。院の近臣。大納言正二位。一一一四没七一歳。白河天皇在位中は参議・権中納言。
挙　推挙。
右太鼓　右方高麗楽の太鼓。
正清　戸部正清。笛一者。一一二八左近将監、一九没七一歳。
面ニテ　おも笛。首席の笛吹として。

響カスナリ。是ヲ汀(みぎわの)音ト云。打二左楽一也。曲ニナリヌレバ、雄雌二槌打畢テ、重雌槌一ヲ答也。図雌、筒雄、如レ此打也。上拍子後者、雄槌片槌ニテ打以即槌答也。*聞雄同雄是也。

又云、右楽ハ、古人太鼓ヲ打テ、其槌ヲ鼓ノ面ニ引テ、令レ有後引テ匂イカシケリ。今ノ世ニハ無二此事一トモ、此余残ニテ、上拍子ニハ尚後引スル也。

又云、右楽ハ、延ルハ非レ難也。早クナリヌルガ、無レ術難ニテアル也。是ヲ静ルニハ、太鼓ヲ打下ゲテ抑也。

古人語云、此鼓有二逸物一、名二音山一。*醍醐寺留レ之。而近来件太鼓失了云々。又云、有二*汀音一。槌打之後、革曳音云也。委有二譜図一。*堀川院御時、有二朝〔観〕行幸*小六条院一。此日依二勅定一、光季『太平楽』入綾*舞レ之云々。楽屋有二池中嶋一。御所隔レ水甚遠。*博定奉レ勅打二太鼓一、太鼓ノ壺ヨリス、メテ槌ヲ充ケリ。後日、博貞合二基政一テ問、「*皆太鼓如何侍シ」ト問ケリ。基政答云、「目出ク*所キ。但少シ壺ヨリ進テ聞シ」ト云ケレバ、壺ニ打入タル度ヤ失タリシ、始終同程ニ進テ侍ヲ、基政始終進テ了ニキトシケレバ、博貞云、「意趣能叶ケリ。其故ハ楽トク行難ノ事ナレバ霞渡レ、遠シテ物ヲ打バ、響ノ遅クハ来也。サレバ、御前ニハ被レ打二入壺一テ、吉聞食ケム」云。此心地不二思寄一事也。目出タシト成ケリ。

*又云、前*所*衆延章者、近来明*物也。*白川院御時、六条内裏有二行幸一。*新院御在位時、朱雀大納言*俊明頻被レ*挙二申延章一。仍此日、初テ被二召出一、奉レ勅打二*右太鼓一。至二『皇仁』一之時、謬損二拍子一云々。于レ時笛吹*正清、基政也。基政所レ吹之『皇仁』、年来聞立敢不レ乖二延章之説一。延章存二此旨一之処、依レ吹二異説一、末度謬二其拍子一也。延章入二楽屋一恨二基政一云、「年来承二貴説一、不レ乖二愚説一。而今度吹二異説一被レ落之条、乍レ生令レ斬レ首也」。基政答云、「全不レ謬事也。如レ被レ示、所レ伝誠不レ乖。而*面ニテ正清被レ座、為二休息一被レ譲二笛於基政一。作二被命一吹出ニハ、不レ吹二彼人之説一豈用二他説一乎。被レ取二太鼓之槌一バカリニテハ、何説モ倶〔ニ〕、去年ハ令レ知給ハマジカハ」ト云

ケル。ナダラカニ目出カリケリ。是背ニ笛吹一我賢〔ニ〕持成〔ガ〕所レ致也。者取ニ太*鼓之槌一者、与ニ笛吹ニ可レ聞也。

古記云、六羯鼓之楽ニ、加ニ拍子ニ様、如何。師答テ曰、有ニ忠拍子ニ之物者、『鳥向楽』『央宮楽』『春庭楽』『廻忽』『遊字女』此類皆以ニ忠拍子之時ニ終リ息ヲ止、吹ニ二拍子一ハ為ニ口伝一也ト。又『感城楽』『春庭楽』『柳花苑』等者、中半〔ニ〕有ニ六羯鼓所一。是モ息止之様ハ同ジ事也。其打様者、

鳥向楽

六由中引ミ引〇六丁〇六由中ツム〇夕由中〇

或管絃者ノ説云、本図オ引上テ加ニ拍子ヲ云々。

廻忽

丄〇五夕丄丅〇丄由丅ミ引

〔二〕説〇丄由丅ミ〇夕由ミ中ミ〇

此説雖レ用ニ当世一、是ハ可レ為ニ謬説ニ也。但コジツニ云、如レ此六拍子之間ニ、不レ加ニ拍子一シテ、次ノ拍子ヨリ加ニ拍子一、神妙ナリト云々。

又云、大曲吹之六羯鼓ノ楽、加ニ拍子一也不レ加ヤ。

堀河院御時、以ニ勅定ヲ有レ御ニ尋諸道ニ之処、光▼季勘へ申上テ云、中古無双ノ伶人等、阿弥陀仏名*ニ、楽ヲ作リ合セテ、有下奏ニ仏前ニ事上。謂ユル六羯鼓物也。其説ニ、即加ニ三度拍子一。而モ式講躰之事ニ、於ニ入破等ノ楽ニ加ニ拍子一。以レ彼可レ准レ之歟之由、令ニ申上ニル処、頗有ニ御感ニテ、尤目出説也、於ニ于今一者、伶人等〔可*〕レ用ニ此説ニ之由、被ニ宣下ニ了。其上様者、

春鶯囀入破

夕丄〇六引〇丅六〇丄由丅〇中下由六引〇

師説云、左*ノ物之唐*拍子ニ打ハ、『剣気褌脱』也。或書(謂)ニ之脱*拍子一。更不レ用ニ羯鼓一、以ニ鉦鼓一拾ヲ、為ニ間拍子一ト。然者可レ為ニ古楽物一歟。

口伝云、右楽ニ加ニ三度拍子一者、『酣酔楽』『琳*歌』也。又秘記云、『白浜』之一説、有下加ニ三度拍子一説上。東*三条殿ノ朱器ノ大饗之時、用ニ此説ニ云々。

又云、『胡蝶』ノ急ニ、詞ハ打ト名テ、二拍子之後、以ニ片槌ニ三打ッ果ノ拍子ニハ、槌ヲ引クナリ。此説、知*足院禅定殿下、殊ニ有ニ御秘蔵一。而延*久ノ平

太鼓之… 太鼓打は笛吹と手の申合せをなすべきである。

仏名 阿弥陀如来の名号、南無阿弥陀仏。御仏名ともとれる。御仏名は十二月十五日(のち十九日)から三日間、清涼殿で行われた法会で、八元にはじめられた。

可 京大本による。書陵本はこの前後脱文。

左ノ物 左方唐楽。

唐拍子 急の一般的な拍子型。一小節四拍子でその第一拍に太鼓を打ち、一小節間隔で強弱をつけるもの。

脱拍子… 「謂ニ脱拍子ニ者用ニ於剣気褌脱ニ之拍子也」(楽家録)。

琳歌 『林歌』に同じ。

東三条殿ノ… 東三条殿は藤原兼家。→一〇四頁

知足院 藤原忠実。

延久ノ… 平等院阿弥陀堂供養は天喜元年三月四日に行われた。一切経会の誤か。一切経会は延久元年の始行。

等院阿弥堂ノ供養之時、被レ打レ之了。尤可レ令二秘蔵一説云々。

又『林歌』ノ上拍子ハ、片槌ニテ入槌二ヲバ打テ、壺ニ諸槌(もろばち)ニテ可レ打也。

又、*右楽唐拍子ノ物ト云ハ、『新末鞨』『崑崙』『狛竜』『吉簡』等也。是ヲ早吹ノ物ト云。初拍子ヨリ掇(ひろい)拍子也。

又云、『貴徳』急、『納蘇利』急等者、三拍子之後、成ル二唐拍子一也。但依二舞人之家〔之〕説一、皆有二相違一、随二舞人一云。可レ存レ此ヲ云々。

鹿楼(ろくろ)

師云、鹿楼ハ不レ知二其由緒ヲ一。但古人云、若是梵語歟。古楽者、多是*西胡ノ楽也。第六・第三・第九・第三是也。『安摩』鹿楼者、六・三・九・三ガ舞ノ手ニ叶ヒテ合将(あひゆ)キ也。舞人知レ之テ、計二其拍子ヲ一。出八。無二乖*速一ヲ不レ知之。出舞手与二拍子一合乖違也。者一鼓之人得二此心一テ、舞人ノ初テ落ル果ニ、充二初拍子ヲ一。其ヨリ計テ可レ充二六・三・九・三一也。

鹿楼 呂 呂 呂
□ □ □

右少枹者、二・三鼓也。

左大枹者、一鼓也。六・三・九・三者、計二一鼓枹一、充二太鼓一也。

『採桑老』者ハ、知レ舞之者、可レ打ツ二一鼓一也。舞人取二*鳩杖一テ、*ヲシテ腰ノスマニ一拍子、拝シテ頭ヲ突レ地ニ一拍子、又舞踏間各ノ打レ之。其儀如レ前。

或人云、出二楽屋一時、太鼓打レ〔一〕、懸物放時、太鼓打レ一。

一説 第六・第九・第六・第九・第三。以二*五音一作レ之。

所謂一鼓一拍子者、似二三度拍子一、而雌雄枹二拍子、匂枹一拍子打レ之、為二太鼓拍子一。以レ之准レ之。可レ令二存知一也。

鹿楼太鼓者、只皆法テ匂ヲ吹止メノ果ニ可レ充也。

師説云、鹿楼法者、六・三・九・三也。守二此法ヲ一可レ打二拍子ヲ一也。而有二破レ法之果一、所謂盤渉調者、中孔(あな)吹止果ニ必可レ打也。『案摩』者、舞人舞〔テ〕落居所ニハ、必又可レ打也。如レ此以随二其便一為二秘説ト一。何必強守二其法一乎。又云、笛ヲ吹テ息ヲツグ所掻也。

*羽林納言云、鹿楼〔ハ〕鹿ト云鼓ヲ打ニヨツテ、称二

右楽唐拍子 底・書陵本「右楽屋唐拍子」、意による。
西胡ノ楽 南北朝いらい中国に流入した西域楽。インド系音楽が主流をなした。
速 違か。
鳩杖 採桑老の舞人が持つ舞具。いわゆる鐘木杖。
ヲシテ… 「先太鼓前ニテ腰ノスマ時一打」(七三頁)。
五音 底・書陵本「立音」、意による。
羽林納言 藤原為通。

鹿楼ニ也。鹿楼ニハ笛調子ノ詞ヲ、吹切ル所〔三〕太鼓ハ打也。見ニ楽器目録一、不レ載ニ鹿楼鼓一。推已抜*鶏楼*作令レ称給歟。

又云、鹿楼ハ、六・三・九・三ト太鼓ハ充也。而始メ打ニハ五ニ充キ。自ニ還付度一六ニハ打也。トウ*〱タリラ、トウ〱ヲ不レ打シテ、タリヨリ打也。明暹已講云、鹿楼ハ早ク搔ハ謬也、延テ可レ搔ナリ。其程非レ曲者難ニ思量一。只調子ノ詞ノ、サモアリヌベキ節々ヲ相計ヒテ、延ラカニ可レ打也。始ノ二枹ハ三鼓拍子也。和打之後、一枹ハ一鼓拍子也。強打レ之也。

15〔一〕 鉦鼓*

越王勾践*所レ造也。後漢書云、鉦鼓之声。鉦音征、俗云ニ常古一。兼名苑云、鉦一名鐃。女交反。

師説云、鉦鼓者、少後ザマニ慵気拾タルガ、メデタキナリ。ハヤクナリタルハ、アサマシキモノナリ。大神基政云、毎有レ楽時、対ニ鉦鼓打一云、慵拾ト云キ。又謂ニ之鈴虫囀一。

打様三説者

此器逸物者、八幡放生会*之高麗之鉦鼓ト云伝タリ。打音、宇治*日暮マデキコユト云々。或書云、高麗国同レ之。

序打　生●生　生●生　生●生　ミ○ミ　○●

破打　生●生　生●生　生●生　○○ミ　生●生

急打　生●生　●生　生●　●生　生●生

『安摩』『陵王』相違者、

安摩乱序　●○○○○●○○●○○○○●○○

囀　●●生引引生引引生火生生

陵王乱序　●○○○○●○○○○●○○●○

囀　●●生引引生生生

如レ此昔ヨリ各別ニ伝来処ニ、今様ノ伶人等、如レ此不レ打也。只同ジ躰ニ打事ハ、口惜キ事也。

又云、早キ楽ノ鉦鼓〔八〕、左右桴ヲ互ニ拾テ、太鼓壺ニハ、雌雄ノ桴ヲ同ジ音ニ令レ打也。

又云、四拍子物ハ、皆鉦鼓ハ拾テ打也。

『蘇合』破ノ鉦鼓拾ヒテ移ル急之処ニ、ヤガテ楽

推已抜　不詳。
鶏楼　鶏婁鼓。
トウ〱タリラ　笛の唱歌。

15 鉦鼓　金属製の深皿型の楽器。打ち枠につるして木の桴で打つ。打ち方は、片手で一つ打つもの、両手で打つものとがあり、「生」の譜字を用いた。現在は前者を「金」、後者を「鉾」と示す。鉾は同時に打たず左を前打音ふうに打つ奏法。
勾践　春秋時代の越の国王。
八幡放生会　石清水八幡宮の放生会。
宇治　今の京都府宇治市。

詞ノ囀リテ打ガ目出ナリ。

又云、四拍子物ニハ必鉦鼓拾也。故『甘州』『蘇合』破、雖レ延レ拾レ之。『甘州』ハ楽詞ヲ鉦鼓ニ囀也。『蘇合』破ニハ、異ナル事ハナケレドモ、急ノ初ニ、詞ヲ令レ囀打也。

古人語云、鉦鼓ヲバ、ヤスキ打物ト人ノ思タル、極テヲロカナルベシ。色ト云、程ト云、説ト云、中々*ケシキ大事ニテ侍ルベシ。能々受二師説一之後、手馴ベキ也。

簨簴（つゝみだい） *兵庫式云、鉦鼓々々。和名有レ号。或云、古来之加多、台上横レ木作レ曲也。儀体鼓鉦台也。上音相准反、下音居虚反。

天福元年癸巳十月日以二自筆一令二書写一了　在判

正六位行左近衛将監狛宿禰近真

教訓抄 巻第拾

打物案譜法 口伝記録

昔、光仁天皇御宇、宝亀九年之比、以二勅定一被レ召二打物案譜一。于レ時伶人〔等〕、家之抽二出伝受秘説一、造二進案譜之法一之内、以二鞨鼓之八声一、殊為二秘事一耳。

1 一　八声*　鼓生従八位下壬生駅麿*之説

*阿令（あれい）

右押三遍　左押一遍　右押二遍　左右来数遍 随レ舞進二退之一

*大掲（たいかつ）

右押一遍　左押一遍　右押二遍消息　右押一遍　左押一遍　右押一遍消〔息〕　左押一遍　右押一遍　右押一遍　左押一遍　右押一遍　右押一遍　左右来一返　同返行

*少掲（せうかつ）

ケシキ　気色。心ある、風情あるの意。

兵庫式　兵庫職の規式か。兵庫職は武器の管理、出納のことに当った官司。

1 八声　「鞨鼓打様」（楽家録）。

壬生駅麿　光仁朝の人。進鼓生。

阿令　舞楽の登・退場楽として用いられる曲の打様。（体源鈔）

大掲　延八拍子の打様。（体源鈔）延八拍子は、一小節が四分の八で、八小節目に太鼓を打つ拍子型。

少掲　早四拍子の打様。（体源鈔）早四拍子は一小節が四分の四で、四小節目に太鼓を打つ拍子型。

右押一返　左来一返　左押一返　右来一返　同返行

沙声*

右押二遍　左押一返　右押一返　右押一返　合来一遍　右押一返　右押二遍　左押一返　合来三返　同返行

鐺声*

右押一遍　左押来一遍　右押一遍　左来一遍　右押一遍　左来一返　右押一遍　左押一遍　右押一遍　合来一遍　同返行

塩声*

右来一遍　左来一遍　左押一返　右押一遍　左来一返　右来一遍　同返行

白世郎*

右押一遍　左押一返　右押一返　左押一返　左押一遍　右押一遍　左押一遍　右押一遍　急作　右押一遍　右押一返　合来三返　同返行

織錦声*

左来一遍　右押一遍　左押一遍　左押一遍　右押一遍

〔一〕　一説　雅楽大属少*子継〔益説〕

阿礼

託〻〻〻〻智託〻度*呂〔〻〻〻〻〻〕

大羯

託智託知託知託〻知託〻度呂〻〻〻

瑠声

託止呂託止呂託止呂〻〻託智託〻〻

塩声

止呂止呂止呂止呂知託止呂〻〻

沙声

託〔〻〕智託止呂託〻知託知止呂〻〻〻

織錦

託智託知良託度呂〻〻〻

泉郎

託智託〔〻〕知託知託知託度呂〻〻〻

少羯

託止呂知止呂託止呂知止呂

2 一　四箇大曲打様者

蘇合香出立　泉楽打

序二帖、大羯打。始二拍子阿礼打。

沙声　早八拍子の打様。(体源鈔)早八拍子は、一小節が四分の四で、八小節目に太鼓を打つ拍子型。

鐺声　八拍子の打様。(体源鈔)

塩声　序の打様。(体源鈔)

白世郎　泉郎声とも。延四拍子の打様(体源鈔)。延四拍子は一小節が四分の八で四小節目に太鼓を打つ拍子型。

織錦声　六拍子の打様。(体源鈔)

少子継益　光仁朝の人。雅楽属。

度呂　羯鼓の声歌。「諸来、度呂度呂唱二之重言一。片来者、度呂耳唱レ之」(楽家録)。

三・四帖、初*十拍子大掲元東（ぐえんとうち）打、後十拍子ハ沙声打。五帖、初十拍子瑠声打、後十拍子沙声〔打〕。

破五帖、泉楽打。*辛急（からきう）四条、小掲打。

皇帝由声　阿礼打

序卅拍子、阿礼打。破五帖、織錦声打。六帖、塩声打。

団乱旋

序三帖、第一帖、阿礼打、二・三帖、沙声打。入破四帖、織錦声。鳥声二帖、阿礼打。急声七帖、織錦〔声〕打。

春鶯囀由声　阿礼打

序二帖、阿礼打。〔颯踏二帖、沙声打。〕入破四帖、織錦声打。鳥声四帖、阿礼短声打。急声二帖、織錦声打。

一　一説　左近衛将監狛*行高説

皇帝〔破陣楽〕

遊声一帖、阿礼打舞出曲。

序一帖卅拍子、塩短声打。

入破六帖、第一・二帖、織錦声打、末三拍子阿礼短声打。

三・四帖、織錦声打、末四拍子阿礼短声打。

五・六帖、同上。

団乱旋

序三帖、第一帖、塩短声。

二・三帖、沙声打、末五拍子短声。謂二之中序一。

入破二帖、織錦声打、末七拍子阿礼短声〔打〕。

颯踏二帖、同上。

急声七*帖、織錦声打。〔但入破打〕急*声打之織錦声各別也。

末七拍子阿礼短声打。

春鶯囀

遊声一帖、阿礼打舞出曲。

颯踏二帖、沙声打。口伝云、初帖名二中序一。

入破四帖、織錦声打。鳥声二帖、阿礼短声打。

急声二帖、織錦声打。口伝云、第二帖終一拍子、阿礼打。

蘇合〔香〕

道行〔一帖〕、泉郎打。舞*出入用レ之。

序二〔帖〕、初二拍子阿礼打。後十拍子大掲打。有二二様一。

三・四帖、初十拍子大掲打、後十拍子沙声〔打〕。但末一拍子阿礼。

2 初十拍子　底本「初拍子十」。

辛急四条　唐急四帖。

狛行高　「大方打物ハ何モ〳〵尾張浜主・大田麿等ガナガレナリ。中ニモ狛家ニトリテハ太鼓ヲバ嫡々ニ付テ光季ノ家ニ伝ヘ、鞨鼓ヲバ行高ノ方ニ伝タリ」（体源鈔）。→雅楽系譜

七帖　底本「七声」。

急声打之…各別也　底本「末七拍子阿礼短声打」の次に記す。

舞出入用之　底本「舞出曲」。

五帖、初十拍子瑠声〔打〕、後十拍子沙声〔打〕。但末三拍子阿礼。
入破〔三帖〕、泉郎声。
唐急四帖、小掲。元作拍子。末一拍子阿礼。
万秋楽〔准大曲〕
序一帖廿六拍子、阿礼打。
破六帖之内、一・二・三・四帖、常八掲鼓。
五帖、初八拍子大掲声〔打〕、後十拍子沙声〔打〕。
六帖、初八拍子織錦声打、後十拍子沙声〔打〕、末一拍子阿礼〔打〕。

3 一 鞨鼓案譜法

桴字、行高口伝云、調子ノ音ニ可ニ張合一也。若難ニ張合叶一者、可レ張ニ合乙音一ナリ。但革与レ桴ノ相応ズル程ヲ計テ、可ニ張合一也。闇夜ニ打ニ無ニ違乱一程ニ、可ニ手馴一。又云、以ニ右手一取レ桴、以ニ左手一紘*ヲ張也。〔凡〕桴踊事ハ三踊心指也。

禰*取〔様〕

来●来
来
●生
引
●生
来
●生
引
●生
ミ
来
●生

一説
来●来
来●来
来
●生
引
来
●生
●生
来●来
来●生

又説
来●
●生
引
●生
来
●生
引
来●来
来●来
来
●生
●生
ミ
来
●生

是以極秘事トスル也。

調子打様

行高説
度●度
呂
呂●度
呂
●度
呂
度●
呂
●度
呂

明*遅説
●右
度
呂
左●
度
呂
ミ●度
ミ
呂
度●
呂
ミ●
ミ

玉*手則親説
左●
度
呂
●右
度
呂
●ミ
ミトロ
トロ
●トロ
ミ
●
ミ

口伝云、小調子ニナル時、以レ生打ニ留之一。尾細ニ搔テ、左来ヨリ又下ナリ。凡調子一反之間、ウ*スクコク、甲乙〔ニ〕ウツベキナリ。打改事、以ニ一度一為ニ本儀一也。

序打様
度●度
呂
呂度●
呂
ミ
ミ
●度
呂
度●
呂
ミ
ミ
●度
呂
度●
呂
ミ
ミ
●生
来
●生
来
生
ミ
来●
●生

3 紘 鞨鼓の革を締める緒。調緒（しらべお）。現在、鞨鼓は木の台にのせ、両手の桴で打つ。

禰取様 以下禰取・調子・序打様の譜、底本「・」なし。書陵本による。

明遅 笛と打物の名手。三会已講。

玉手則親 則近。薬師寺属の右舞人。

ウスクコク 濃淡。変化をもたせての意。

一説
度●度　呂　呂　左　度●度　呂　呂　〻　〻　〻　〻　度●　呂　●度　呂　度●〻　呂　〻
生　来　生　来　生　〻　〻　来●〻　〻●生　来　来　来　来

師説云、太鼓之壼不レ打二合生枹一ヲ、為二序〔打〕之秘事一也。此説不レ知二余人一。尤為二秘事一。

*延（ノビタル）八拍子
●生　●生　来●　●生　来●来　来●来　来●来　来●生　●生　来●生　●生　来　●生

一説
●生　●生　来●　●生　来●来　来●来　来●来　〻　●来　〻　生　来　●生　●生　●生　来●〻　●生

4 一　太鼓*槌字、鉦鼓*棙字、和爾部大田麿説。
生　生　津●　生　生　筒●　●　●　●　●　●　生　ツム●生　生　ドウ　生　生

加拍子
生●生　生●生　●　●　●　生●生　生●生　生●生　生●生　●　生●生　生●生

口伝云、掲鼓、太鼓、鉦鼓等ノ打物者、以二八拍子一為二父母一。自余少拍子如二子孫一ナリ。此様ヲ令二存知一、可レ知レ為二打物一云々。

早八拍子
●生　●生　来●　●生　来●来　来●来　来●来　●生　来●生　●生　生　来●　●生

一説
●生　●生　来●　●生　来●掲　来●来　来●　●生　来●　●生　●生　来●　●生

鉦*鼓
生●生　●　生●生　●　生●生　●　生●生　生●生　生●生

〔加拍子〕
生●生　●生　生●生　●　生●生　●生　生●　●生　生●生

此拍子者、中ノ早物ニ可レ打レ之。『白柱』『北亭楽』『五常楽』破、『春楊柳』等尤可レ用也。

七拍子　鉦鼓打様、如二八拍子一物也。無下加二拍子ニ事上。有二『蘇合』三帖四帖一也。

〔●生　●生　来●　●生　来　来　来●来　●生　来●生　●生　●生　来●　●生〕

〔又説
●生　●生　来●　●生　来●来　来●来　来●　●来　来●　●生　来●〻　●生〕

六拍子　鉦鼓打様、如二早八拍子一〔物也〕。
●生　●生　来●　●生　来●来　来●来　来●来　〻　●生　●生　来●　●生
入破可レ用レ之。

又説
●生　●生　来●　●生　来●来　来●　●生　来●　●生　●生　来●　●生
急声可レ用レ之。

一*説
来●掲　来●掲　来　来●　●生　来●〻　●生
以二此説一、織錦打之中為二秘事一。

五拍子　鉦鼓打様、如二早八拍子一物也。

延八拍子　以下の二つの譜と共に、底本なし。書陵本により補う。

4 槌・棙　太鼓等に用いる桴。

鉦鼓　この譜、書陵本による。

一説　この譜、底本「・」なし。書陵本による。

又説　この譜、底本一ヵ所のほか「•」「◦」なし。書陵本による。

諸急　諸曲の急の楽章。

●生 ●生 来● ●生 来●来 来●来 来● ●生 来● ●生

又説* 丁中丁生 来 由●生 ○ 下上来 来 由 ○ 夕上生 来 由 ○ 下上●生 来 来 由 ○

此三打者、皆以二大曲一吹物用レ之也。七拍子者、有二『蘇合』三帖一。六拍子〔者〕、凡大曲吹ノ物用レ之。五拍子者、有二『皇麞』三帖一也。如レ此ノ打様、ヨク手ナレシテ可レ打也。

延四拍子

●生 ●生 来● ●生 来●来 来 ●生 ●生 来● ●生

又説 ●生 ●生 来● ●生 来●来 ●生 ●生 来● ●生

又説 ●生 来●生 ●生 来●来 来●来 ●生 来●〳〵 ●生

謂二之泉郎声一。『蘇合』破、『甘州』用レ之。

加拍子 ●生 来●掲 来●来 来 ●生　一説 ●生 来●来 来●生 ●生 来 ●生

又説 ●来 来● ●生 〳〵 ●来 来● ●生 ●生

謂二之少掲声一。『蘇合』急、『太平楽』急、『甘州楽』破用レ之。

鉦鼓 生●生 生●生 生●生 生●生 〳〵 生●生　加拍子 ●生 生●生 生●生 生●生

又説 生●生 生●生 生●生 ●生 ●　如レ此可レ打。

早四拍子

●生 来● ●生 来●来 来 ●生 ●生 来 ●生

諸*急用レ之。一説云二間拍子一。一云二破拍子一。

又説 ●生 来 ●生 来●来 来 ●生 来● ●生　『三台』急用レ之。

加拍子 来●生 〳〵●来 ●生 ●生 〳〵 ●生

一説 ●生 来 〳〵 ●来 来●生 ●生 来●生 来●生

鉦鼓 生●生 ●生 生● ●生 生●生

加拍子 生●生 ●生 生 生 生● 生 生

二拍子　•生 来 ●揭 •生ゝ ●生 『蘇合』三・四帖急打レ之。
•生 •生 来• ●生 来•来 来•来 来•来ゝ •生 ●生 来 •生 •生 来 ●生

中●生 来ゝ 丁夕由•生 来 五引•生 〇　『蘇合』急間拍子。

一説　•生 来•生 来●来 由引● 来•来 来•来 来• •生 •生 来 •生 •生 来• 来●来 由引●

以二此説一殊為二秘説一。

鉦鼓　生●生 生 生

四拍子打様　『*甘州』『蘇合』破、『皇麞』急等打レ之。

道行　•生 来• ●生 来•来 来 来 •生 •生 来• ●生

•生 •生 来• ●生 来•来 来 ●生 •生 来• ●生 •来

『蘇合』『太平楽』『賀殿』可レ用レ之。

又説　•生 来• ●生 来•生 来• •来 来• ●生

一説　•生 •生 来•来 来●生 由引•来 •生 来•来 来●生 由引●

殊可レ用二『皇麞』道行一也。

詠*打様　在二『五常楽』一。

鉦鼓　●生 •生 生• •生 生 生●生

夕由引中〇六丁〇中引•生•生 夕〇 来来中引•生•来 〇 中引•生•生 来夕〇

如*レ此四拍子物打レ之。如二拍子一後同レ前。

中引引•生•来•生 来 〇 丁中引•生•生ゝ 来 〇　初度

口伝云、笙調子ヲ吹テ、〔笛〕音取時、鞨鼓ニ、阿令声ヲ打テ、生ヲバ早ク拾テ、打トヾムルナリ。

夕由引中〇六丁•来•来 来来 〇 中引•生•生 来夕〇 来来中引•生•生 〇 来中引•生•生 来夕〇

忠拍子　八鞨鼓打様

中引引•生•来•来 来 〇 来丁中引•生•生 〇　第二度

如此四拍子物　書陵本「如延四拍子物」。

甘州…　この文、底本は次の「一説」の譜の下に記す。

詠打様　この譜、底本一部「。」「•」なし。書陵本による。

打マカセタル　通常の。
破打　底本「被打」。
急ヲ重吹テ　急の楽章を退場楽とする場合。
云々　底本「ヲ云」。

五丄●来 来引由○中●生 引●生 来五○中●生 夕丄● 来引生○

已下常八拍子打レ之。第三度用レ之

行高之流ハ、殊ニ以二此説一為二秘事一。他家ノ輩、更ニシラヌユヘナリ。常ニハ打*マカセタル破打*ノゴトクニ打ベシ。

五常楽急

● ● ●生 来●来 来●来 来● ●生 来● ●生 来● ●生

加二拍子一後、四拍子破テ打レ之。

六●カタバチ 由丅六●カタバチ 中● ○中● 来引●来 丄●生 来中●ミ ○丅●来 引● 来六○丄●生ミ 五 来丅● ●ミ 引●生 ○

師説云、此曲有二鐺声(コジリゴヘ)一。礼ノ音三ガ第三ノ拍子ニ、右桴ヲ不二打合一シテ、右桴ヲ鞨鼓ノ筒ノ外ノ皮ヲ打音ヲ云ナリ。

廻忽等物

●生 ●生 来● ●生 来●揭 来●来 来● ●生 来● ●生 ●生 来● ●生

『夜半楽』『海青楽』『青海波』、如レ此打レ之。

泔州等物

● ●生ミ 来 ●生 来●来 来● ●生ミ 来 ●生

又説　五引丄●生 火六●生 来由丅●生 来ミ●来 ○丄●生 中引●生 来夕丄●生

皇麞急

● 来●来 ●来 来 ○生 来ミ ミ● ●生

由利吹ニハ、如二『甘州』一。但加二拍子一之時、如二『三台』急一ナリ。急吹〔説〕ハ如二普通四拍子物一。加二拍子一之後、同レ前。

加拍子後

●生 ミ ●生来 来●来 来 ●生 ●生 ミ ●生来 来●来 来●来

『傾盃楽』急、『賀殿』急、『勇勝』急、如レ此可レ打。

凡*急ヲ重吹テ、舞人ノ入ニハ、従二三拍子許(バカリ)一加二拍子一ナリ。一説ニハ、五拍子云々*。実ニハ五拍子ガヨキナリ。古老云、向二舞人楽屋一之時、加二拍子ニ云々。

輪台

●生　●生　●生　●来　●来　●来　〻　●生　●生　生　●生　〻　●生
来●　来　来　来　〻　来　来●

*知足院禅定殿下仰云、『輪台』『五常楽』〔破〕等ニ、有二*撥転（かひまろばす）ト云手一。或管絃者之説ニハ、マクリ手ト云。

*●来　〻　●来　●生　●生　●〻　●生
来●　〻　来●　来●　来

*青海波　可レ加二拍子一様。

六丁○中引夕○中〻○

『北亭楽』『廻忽』等早八拍子物、如レ此可レ上也。

中引〻夕由引中夕由五〻○

●来　●来　●来　〻　●生　●生　●生　●〻　●生
来●　来●　来●　〻　来　来　来　来

又説

●生　●〻　●生　●来　●来　●来　●来　●生　〻　●生
来●　来●　来●　来●　来●　来●

『夜半楽』『平蠻楽』如レ此可レ打ナリ。

口伝云、初拍子ハ、生ノ枹ヲスヘホソニ、カキナヲシテ、可レ充二太鼓一ナリ。已下ノ拍子、〔楽〕ノコトバ〔ニ〕シタガヒテ打レ之。又自二『輪台』一移二于『青海波』一時ハ、如二『蘇合』破急之間一、以二打止一、為二此家*ノ習一也。

或〔人〕云、此『青海波』ノ打様、非レ手、只随二楽詞一如レ此打。余ノ楽皆以准レ之。

蘇合三帖

夕由丁〻○丁中〻丁六夕丄五夕五○

丁中〻丁六夕丄五夕五六丁中○

丁中〻丁六夕丄五夕由五〻○

一説　丁中〻丁六夕丄五夕由五○

丁中〻丁六夕丄五夕由五○

一説　丁中〻丁六夕丄五夕由五○

丁六丅六五〻六丅六丄夕由引中丁六丁中丄

知足院禅定殿下　藤原忠実。

撥転　「旧記曰、多節資曰、鞨鼓有レ謂二撥転一也。凡来之間有二搔回一謂二之撥転一云々」(楽家録)。

来〻…　この譜底本「・」なし。書陵本による。

青海波　以下の譜、底本一部「。」「・」なし。書陵本による。

此家　行高の流、近真家。

○一九一頁下段八行目以下巻末まで、本文・譜ともに神田本を底本とする。ただし、内閣本が欠いている字句は( )でかこみ、逆に同本によって補入した字句には〔 〕を付するなど、両本の異同を明らかにするよう配慮した。ただし譜については神田本にはこれを略した。また、神田本には平仮名書きのところがあるが、本書ではすべて片仮名に統一した。

夕由引丁中○丁六丅六五〻○

又

丁六丅六五○

又

丁六丅六五〻○

同四帖

夕由中引夕○丁六○中丁○六丁○中引夕丁

中〻引○中夕○六丁○中丁○中丄○中夕○

丄夕由引○中〻丁夕丄五〻引○　二返同上。

已下如二三帖一。

同唐急

中夕丄五引○五夕中夕中○

中夕五引〻夕由丅六中六引〻

万秋楽六帖

已上六揭鼓所。

已上四揭鼓所。

太鼓

鶩(ワドロヤ)拍子者、第五帖ノ第一第五加二三度拍子一云ナリ。或管絃者之説(ニ)云、毎帖ノ頭(カシラ)ゴトニ、一拍子ニ打二三度拍子一(云々)。

5一　太鼓槌字　鉦鼓桴字

此両打物(コノリヤウウチモノハ)者以二和爾部大田麿之説一(注レ之)。*

乱声　有レ三新楽・古楽・高麗

新楽初拍子者　五由丅六引夕火○六由引引引夕由引引引六引○

喚頭　六丁夕火○夕由〻〻

古楽初拍子者　口引中火夕火○夕〻中由〻〻〻中丁由引引引〻○

喚頭　丁中引丁火○夕丁中引丁火○夕丁中由夕引○口引中夕○

5 **和爾部大田麿**　「大方打物ハ何モ〳〵尾張浜主、大田麿等ガナガレナリ」(体源鈔)。

乱序　内閣本「乱声」。

高麗初拍子者　丁押中引夕引連●●○夕〻由〻〻〻中丁由引引〻○

喚頭　夕〻由〻〻〻丁中夕中丁由引引引●○

先三度打立テ後、片槌(ニ)テ打レ之。五〻連夕由〻丁夕五　此詞ノ時、又三度打立也。凡乱声一返ニ打改事ハ、二度ト習ナリ。鉦鼓ハ太鼓ヨリ早ク打也。古楽高麗返立ツ、夕〻穴ニ打改ナリ。

乱序*

○○●○○●○○●○○●○○●

正チラ　タチ　正チラ　タチ

古説　●生太　●知太　●知生火　●知火知

又説　●太義ラ　●太　知　●太キラ　●太ラ

又説　●生右　生智　●智太　●生　生智太智〻　●太

案摩

○○●○○●○○●○○●

正チラ　チキラ　正チラ　チキラ

又説　●生キラ　●タキラ　●生キラ　●タキラ

鹿楼

○●●●○●●●○●●●○●●●○●●

●○●太鼓鉦鼓〻〻〻引〻〻○●●●○●●○●太鼓鉦鼓〻〻

引〻〻〻　第九第三准レ之

一説第三　○引○火○引引○引第六　○火○引○引○火○引引

第三第九第三同レ前。以二五音一作二之説一。

師説云、笛ヲ吹テ息ヲツク処ニ、コトニ打ナリ。所謂一鼓一拍子者、似二三度拍子一、而雌雄枹二拍子、匂枹一拍子打レ之。為二太鼓拍子一也。

囀鉦鼓

陵王　●●生生引引生　火生火ラ引生右振　生　生　生

◎◎引　◎◎火　◎◎　◎◎丁

案摩　●●生生引引生引生火生火ラ引生右振　生　生　生　生

◎◎　◎◎　◎◎火◎◎　◎◎丁

蘇莫者序

右生右右右　●引引引引火火火火火引雄

左生左左左　雌

宛二初拍子一之後、如レ此打ハ為二常説一、従二第二句一打ハ為二古説一也。

陵王荒序

右　●火引●火引●火引●火●火●火●火〻●火〻●引雄

左　雌

常可レ用二此説一歟。二・四・八舞時也。口伝云、以二左槌一太鼓(ノ)打革ニ付(テ)動。

又説

雄　火引　火　火
雌
右　火引　火　火
左
右　火引　火　火
左
右　火引　火
左

火　右　引
左

同破

中丁由引ミ○中ミ○丁中丁○夕ミ○夕中夕

○中丁由六○　右、京様。左、奈良様。

抑荒序太鼓又説、破奈良様者、尤為二秘事一。殊可レ用二八方荒序之時一云々。口伝云、乱序、嗔序、荒序、入破等、終拍子不レ付二于笛一、見二舞人腰一打、必可二打合一也。

*見蛇楽破

丄中○夕由引ミ丄○五〒○五〒○中丁中○丄

夕由引ミ○中○

抜頭破

〒夕由中○〒夕由中夕○五ミ〒六五ミ○中（搔）

夕　五中○〒六由中ミ○（三度打）

*公兼之説也。同狛行高以二此説一為二秘説一也。

但常ニハ初ヨリ搔連テ打レ之。

胡飲酒（破）

中ミ六〒五〒六ミ

多氏説、従二第二返之始一打三三（度）拍子一者、

舞略五返舞之時用レ之。

六五〒六○六夕ミ○

奈良様説。*山村氏説同レ之。

伽楼賓破

口夕○中六○五〒六○中丁由○六〒○五丄（搔）

由引ミ○中夕ミ引○

大菩薩破

、、夕ミ○丄由ミ〒○〒ミ中丁由引ミ○中夕○夕、（謂一拍子）

、、、ミ○中夕○六由中六由引ミ○丄由ミ夕○夕中

見蛇楽　還城楽の別名。

公兼　世系等不詳。玉手氏か。

山村氏　右兵衛尉真光にはじまる東大寺属の楽人。

、
夕○夕中五由引○亍ゝ五由引○五亍六○六引
、
亍六○五丄由引○中夕ゝ引○

口伝云、用二道行一時(トキ)者、以二一鼓十六拍子一、
為二太鼓拍子一。用レ破者、以二一鼓拍子八一、
為二太鼓一拍子一。

採桑老

中ゝ○夕由ゝ中○丁亍○六丁○中ゝ夕丄五○

古楽打二三度拍子一。一鼓・楷(鼓)打二三拍子一。

蘇莫者破　三鼓打様

丄夕由引○中夕丁六○五丁○中夕○中引○

加二拍子一様、如二『還城楽』破一也。或管絃
者之説、加二三度拍子一。

喜春楽破

如二『陵王』破一搔レ之。但京様。古説、打二三
度拍子一。忠拍子*時、如二『還城楽』破一打レ之。

忠拍子時、雖レ為二新楽一加二拍子一口伝。

中夕丄連五○亍引六○亍ゝ○中夕丄連五ゝ
夕丄引○中引夕○中引ゝ引○

口伝云、謂(イフ)二之新古楽搔一様。

輪鼓褌脱

亍ゝ夕由ゝ○丁中○夕由ゝ中引○

右拍子廿三、用二当世一説。左拍子廿二、有二
六揭鼓二処一説。

亍丁中○夕由ゝ中○中夕五由○夕引丄由夕由
中引夕丄六由丁○六丄亍ゝ引六由中ゝ引夕由ゝ
中引夕丄六由丁○六亍丄亍ゝ引六由中ゝ引○

師云、此楽有二多々説一。一説廿二。手略吹レ之、一。拍
子延テ、六拍子所二所*、一。一説廿四。手延吹レ之。近来不レ用
レ之。一説廿三。(此説)近来用レ之。加拍子様、有二六箇説一。
一者、四拍子搔。二者、乱拍子一度、三度拍子一
度。三者『鳥(*トリ)』搔(カキノヤウ)様。四者『還城楽』破打様。
但第十五拍子〔ノ〕所ニ、可レ有二籠拍子一。(此説殊為)二秘事一

忠拍子　内閣本「只拍子」。次行も同じ。
所二所　内閣本「打二打」。
鳥搔様　内閣本「鳥破搔」。

〔也〕。五者、一拍子説。又云、有レ説。口伝為レ本。

▼惟季秘説云、加二一拍子一之時、第十二・十四両所延六拍子、加三三度拍子一。余家不レ知レ之。能々可レ令二秘蔵一云々。有二楽拍子之説一。此時者、一向為二新楽物一。可レ加二一拍子一。秘説曰、如二『胡飲酒』破一、加三三度拍子一。第一為二秘説一云〔々〕。

倍臚

中夕丄連五○夕中夕丄由○丁中ゝ引○

以二此太鼓一、有レ為二初拍子一。謂二此説月代上一。

六丁○中引夕由○丁中ゝ引○丄中丁夕火丄

由ゝ○丄五亍ゝ引○

師云、拍子十二。一遍十二拍子。四拍子説、喚頭吹云。二遍十二拍子。八拍子説、半帖吹云。加拍子之様、有二三説一。一者如二『還城楽』破一。二者『鳥*』播様。三者『抜頭』播*。此外、*唐招提寺倍呂会ノ舞ノ説、頗異説タリ。謂二之トウシカトウ鼓一。又月代上〔ノ〕説ハ、初拍子壺引上也。五拍子ニ宛レ之。有二楽拍子之説一、『慶雲楽』躰吹レ之。

6 一 楷鼓

*登美是元説也。而尾張則成*令レ相二伝之一。従二則成之手一予*所二伝置一也。

取音様　革音*四度打テ摺ナリ

序*調子

託ゝゝゝムゝゝゝ

ムゝゝゝゝ如レ此延摺テ、太鼓ノ壺ニハ、早摺成テ、託ニテ止ナリ。

破吹

摺打ゝゝゝゝゝゝゝゝゝゝゝゝ打

大曲吹時者スルスルスル摺打ゝゝゝゝ

早吹

打摺スルスル打スル打スル

六丁六亍六中ゝゝ

師説云、凡打摺ゝゝ、更互ニ摺也。

7 一 三鼓

*玉手清貞説。而治部録玉手近清*伝レ之。従二近清之手一、依レ▼聟狛光方伝レ之。従二光方之手一、予伝レ之了。

鳥播様　内閣本「鳥破播」。
播　内閣本「打」。
唐招提寺…　倍呂会は四月八日に行われた。
6 登美是元　伝不詳。→一六六頁
尾張則成　興福寺属の楽人。二〇七縫殿属。
予　狛近真。
革音　内閣本「常音」。
序調子　内閣本「序拍子」。
7 玉手清貞　薬師寺属の楽人。則清の男。二三右近府生(三鼓打)。二七没。
玉手近清　清貞の男か。伝不詳。

取音様

九●、託果 九●、託果 九、●託果

又説

九●託 九●託引引託 九●託 九○託火 九●託果

師説云、左右乱声之間、為レ得レ所ニ緩急ニ取レ音也。

納序 乱拍子四

一段 中丄由中夕引○中亍丄夕中夕由丄○丄
（九●託 九●）

引夕火丄中夕火丄夕火亍五由引亍引五由火
（託）

○口引○亍口夕由口火○口引○
（九●託 九九●託 ●託ミミ ミミ 果）

二段 中丄由中夕○夕中夕六○丁中夕由
（九●託 九●託）

六引○亍六○亍六火○六引○
（九●託 九九●託 ●託ミミ ミミ 果）

三段 中丄打亍丄打中由引引引○中夕中火夕
（九●託 九●託）

丄打中夕丄打夕火○夕引○
（九●託 九●託 九●託ミミ ミミ 果）

四段 中亍丄夕中夕由丄○丄夕火丄中夕火
（九●託）

丄夕火亍五由引ミ亍五由火○口引○亍口
（九●託 九●託 九●託）

夕由口火○口引果○
（九●託ミミ ミミ）

序吹

九●託 九●託 ミヽミ ●、果 九●託 九●託 九●託 ミヽミ ●、果

鉦鼓 延保

生●生 生●生 生●生 ミミミ ●

師説云、随ニ笛詞ニ吉々可ニ延打ニ也。拍子壺ニ有ニ長短ニ。『新鳥蘇』『古鳥蘇』之初返様有。宛ニ三鼓拍子五ニ所、果突待、如レ常四拍子打レ之云々。

破吹

● 九●託 九●託 九●託 ミヽミ ●

鉦鼓

生●生甲 生●生乙 生●生乙 生●生乙 生ヽ生 生●生甲

口伝云、舞人上ニ舞台ニ時、様々成ニ破吹ニ、其時随ニ笛詞ニ、三鼓スコシヅヽ早〔ク〕打成ベシ。

急吹

九●託 九●託 動●、豆果 九●託 九●託 動●託 ○、豆果

加拍子後 ●動 ●豆

鉦鼓
甲乙　生●生　、生　生●　、生　甲　生●生

口伝云、右楽者依レ無レ定二度数一、随二舞手一加二拍子一也。作レ輪舞、輪終立定加二拍子一。有二渡手一舞ハ、渡返(テ)対向之時加二拍子一。無レ如レ此手一舞ハ、狛乙ヲシテ打返テ舞時加二拍子一。是ハ大旨バカリナリ。舞ニ付テ皆家々之説モ、有二相違一。仍難二指南一。可レ付二舞人(之説二云々)。

納蘇利
●六丁中●夕●五●夕●夕●中●丁六引六●由引引●中●六引●五
連上●由●引●

早吹後
託○、託●、果託○、託●、果果○、果託●、託失○、託●、果

謂二之和留音一。

鉦鼓
甲乙甲乙甲乙
生●生　生○生　生●生　生○生　生●生　○　●

加拍子後
生●生　生　生○　○生　生●生

口伝云、果ト云音ハ、指三ヲト、ノヘテツクナリ。又説云、以二右手一押云、謂二之革音一。或管絃者説云、中ノユビニテ革ヲハジク音云ナリ。
列行道ニ、左楽新楽、右方*古楽、三鼓打様

五中●○夕九由引●託上●○五●果九六●託○五●果九●託○中●果九●託○九上●託夕
由引●○五●中●引●○

林歌加拍子後
六●託由引○九六●由中、託●、○九六●託由、託引○九六●、由中●託、託○
九五託夕●託上由九中●、託夕火上由中●九託○託五夕上●由託九中●託夕火
上由中●、○

又有二一説一歟。不二分明一、仍不レ記レ之。

8 一　鉦鼓

越王勾践*所レ造也。

後漢書云、鉦鼓之声*鉦音征、俗云二常古一。兼名苑云、鉦一名鐃女交反。

口伝云、鉦鼓者、*少後左万爾、慵気拾タルガ目出ナリ。高声ニハ不レ可レ打レ之。又云、毎レ有レ楽時、対二鉦鼓一打云。慵ク拾云。謂鈴虫囀也。又云、早楽(ハ)、左右桴ヲ互ニ拾テ、太鼓壺ニハ、雌雄(ノ)桴ヲ、同音(ニ)令レ打也。四拍子物ハ、

右方　内閣本「右楽」。
8 勾践　春秋時代の越の国王。
鉦音　内閣本「鉦鼓」。
少後　内閣本「打後」。
9 打物ノ…　楽のテンポを保つのは打楽器奏者の役である。それを心得て。
シヾメ　縮。内閣本「チ、メ」。
頼吉　王太。→一一五頁
能元　橘能元。楽所預。従五位下。
延章　伝不詳。→一七九頁

皆鉦鼓ハ拾テ打〔コト〕ナリ。

又云、『蘇合』破ノ鉦鼓拾ヒキ。移レ急之処ニハ、ヤガテ楽詞ヲ囀リテ打ガ目出ナリ。

又云、四拍子物ニハ、必鉦鼓拾故ニ、『甘州』『蘇合』破、『太平楽』等、雖レ延拾レ之。『甘州』ハ末詞ヲ鉦鼓囀ナリ。

9 一 打物正楽程事

口伝(云)、延楽ノ早ク成ヲバ、(打)*物ノ心得直也。揩鼓ハ摺声、常ヨリモ永(ク)摺延被レ打也。掲鼓ハ初ノ礼枹三ヲバ、凡以不二打延一也。後生枹ニ合ル礼枹ヲ重ク打ハ、楽程(ハ)被レ抑ナリ。太鼓ハ掲鼓ノ礼生二枹ヲ、為二槌合一ハ、随テ被レ抑也。又云、楽ノ程ハヤクナリヌト思ハヾ、槌ヲトリノベテ、ヤハラウツ。楽サガルトオボエバ、槌ヲトリシヾメテ、(ツ)ヨクウツベシ。火急ニノベモシ*ヾメモスレバ、楽ノスガタ聞悪(シ)。タヾ吹物モ打物モ、同心ニテ、ヤウ〳〵ナヲシタツルガ目出ナリ。心得ズ打物ヲセ、カメバ、ヨク聞バワロクテ、楽ハナヲラヌナリ。

又云、打物者、何モ不レ定二勝劣一、皆以雖レ為二大事一、殊ニ以二太鼓一為二第一之大事一。因レ玆、自レ昔至レ今、名誉之管絃者、皆毎二太鼓一顕二瑕瑾一。有二其数一歟。

王監物頼吉* 高橋太能元* 前所衆延章*
式部大夫惟成* 筑前守有安* 但馬守家長*

此等皆(以)、失錯アヤマリ毎度ノ事ナリ。近者、雅楽属尾張則成、其芸〔云〕抜レ群、雖レ施二名誉於一天一、而仁*和寺舎利会時、有二『皇帝』一、至二三帖一打二落太鼓二一了。皆雖レ存二相伝(之)説一、臨レ時其誤此多。槌合之長短、異説之邪正、実以難レ弁者歟。天下第一之逸*物、代々即如レ此。既末代ノアヤウ*ノ我等ハ、輒不レ可レ取二太鼓之槌一也。又狛近房ガ、大原*僧正御房ニテ、『春楊柳』ヲ正躰ナク打タリシ也。

安*倍季遠ガ、吉*水僧正(御)房ニテ、双調楽渡物太鼓打損了。

同季*清、同処ニシテ、天王寺ノ童舞御覧ノ侍シニ、『皇麞』破(ノ)初拍子、打二五拍子一了。笛音頭*宗賢、付笛近真侍シニ、宗賢モ直エズ、予第三拍子ヨリ直

惟成 「陪従源惟成」(吉野吉水院楽書)。式部大夫は式部省の三等官。正六位下相当。

有安 中原有安。「五位筑前守、内蔵助、中原頼盛男」(勅撰集作者部類)。「於管絃道入力習楽、当世無比肩之人歟」(玉葉、建久五、二、二七)。

家長 備前守・但馬守等を歴任。和歌所開闔。従四位上。一二三四没。

仁和寺舎利会 当時、十二月五日に行われた。

逸物 群をぬいてすぐれた者。

アヤウノ 内閣本「アヤウキ」。

大原僧正 不詳。大原は京都市左京区大原。

安倍季遠 安部季政の男。篳篥師。一一六〇右近府生、一一八六大学属、一一九四左近将曹、一二二一没七六歳。「受二従三位季行卿業一」(地下家伝)。

吉水僧正 慈円。関白藤原忠通の子、兼実の弟。吉水(京都市東山区大谷)に住んだのでこう呼ばれた。

季清 安部季遠の二男。

音頭 首席奏者。

忠明 伝不詳。

トリイラザリシ… 相承次第などに載せられない意。 **長谷ノ僧正** 不詳。長谷は「在二松崎北半里許一」(山城名勝志)か。いま京都市左京区。 **助遠** 伝不詳。

春日社 奈良春日神社。

安元御賀 安元二年(一一七六)の後白

了。如レ此人ゴトニ僻事アルナリ。是等ガ打損ハコトハリナリ、サマデノ逸物ニアラザレバ。

木幡執行忠明*、管絃ノ方ニ*トリイラザリシカドモ、太鼓打ノ方ニハ、得レ名逸物ニテ、*長谷ノ僧正御房ノ童舞之時、一度モ失錯アヤマリナシ。

興福寺侍助遠*雖レ無ニ楽才一、太鼓ハ目出ク打シニヨリテ、於ニ春日社*一妓女舞ノアリシニハ、乍レ置ニ名誉之伶人等一、被レ打ニ于助遠一タリキ。

祖父光近、*安元御賀ナラシ*ニ、『青海波』ノアリシニ、大神基賢第二切ヲ吹損了。而光近不レ付ニ笛詞一シテ、付ニ舞手一打ニ太鼓一。第三切ヨリハ以ニ声*歌一直シテ、舞楽ウルハシクトヲリタリケル〔ニ〕、如レ此心*シラヒノアリテ、打物モスベキナリ。

養父則房、元久二年十一月廿八日、*吉水前大僧正御房報恩講、『万秋楽』破。忠拍子(ニ)アリ。*当上当下(ノ)笛吹損(ジ)テ、楽ノ散々ニナリシヲ、半帖ヨリ声歌(ヲ)シテ、加ニ拍子ニ了。仍楽直タリキ。其日『採桑老』忠拍子アリ、加ニ拍子一様。六五〇五連二丁六〇五〻 如レ此打タリシカバ、一座ノ諸人感レ之。如レ此、高名恥辱、雖レ有ニ其数一、悉令ニ日記一事、無レ遑ニ筆跡一、大旨許ナリ。是以人ノ才覚トシテ、可レ令ニ存知一也。

10 一 予打物仕事

『鳥向楽』『蘇合』(急)加拍子事

承元三年十一月七日、*殷富門女院、於ニ安井殿一百日御舎利講結日、有ニ管絃一。笙、中納言隆衡*、少将隆仲*。篳篥、入道重季*。笛、修理大夫公頼*。琵琶、孝道*。箏、児一人、僧一人。打物地下。鞨鼓、近久。太鼓、近真。鉦鼓、光綱。盤渉調『万秋楽』破自ニ半帖一加ニ拍子一。『鳥向楽』自ニ半帖一加ニ拍子一。六鞨鼓突拍子。『蘇合』急間拍子処打ニ元作拍子一*。御講以後、大納言入道隆房*、召ニ上近久・近真一、打物有ニ御感一。其後慶忠*僧都、読経。次入道殿、朗詠。次『竹林楽』加ニ三度拍子一。其後近久可レ仕ニ風俗*ニ之由、雖レ被レ仰、老耄無レ術之由申不レ仕レ之。

同十五日、『倍臚』『扶南』加拍子事 *御室御所、於ニ大聖院之御堂一、有ニ御講一。笙、隆仲少将、宝殊丸*。篳篥、忠行少将*、宗融上座。笛、式賢、弟子尊観*。琵琶、国通少将*、孝道。箏、敦通少将*。鞨鼓、近久。太鼓、近真。鉦鼓、久行。平調忠拍子楽等有ニ其員一。『倍臚』打ニ四拍子(説)一。搔拍子一度、三槌一度、加ニ拍子ニ了。

河院五十の御賀。 **ナラシ** 試楽で二月二十一日に行われた。内閣本「アリシ」。 **声歌** 内閣本「唱歌」、一七行目も同じ。旋律暗記用のうた。後世の口三味線のようなもの。雅楽の教習の際に行われたが、一種の唱歌でもあった。 **心シラヒ** 心づかい。 **吉水ノ前大僧正** 慈円。 **当上当下** 内閣本「堂上堂下」。堂上には殿上人、堂下には地下の楽人が坐した。 **10鳥向楽…** 内閣本、この項「一予打物仕事」の前に記す。 **殷富門女院** 後白河天皇皇女、亮子。一一八七院号を賜る。安井殿はその御所。 **隆衡** 藤原隆房の一男。一二三九出家。一二五四没八三歳。 **隆仲** 伝不詳。 **重季** 伝不詳。 **公頼** 藤原公頼。前参議正二位。一二五〇没。 **孝道** 藤原孝道。 **元** 内閣本「之。」 **隆房** 藤原隆房。隆季の男、隆衡の父。一二〇六没。 **慶忠僧都** 藤原公章の男。尊観の兄。 **風俗** 貴族社会にとり入れられたもと民謡。 **御室御所…** 御室は仁和寺の別称。大聖院は院家の一。「紫金台寺御室御建立也」(仁和寺諸院家記)。 **宝殊丸** 伝不詳。 **忠行** 藤原忠行。一二三三没。 **宗融** 伝不詳。 **尊観** 内閣本「宗観」。 **国通** 藤原国通。泰通の二男。中納言従二位。一二三三没。 **敦通** 藤原家通の

『扶南』打二十二拍子之説一。初十拍子、四拍子物〔八〕加二一拍子二了。後二拍子、八拍子物加二三〔度〕拍子二了。下*高座『廻忽』従二第五拍子一、加二三度拍子一。返立口(カヘリタツクチ)ヲバ、六揭鼓(ニ)、加二突拍子一。朗詠、国通。『伊*勢海』隆仲。次『勇勝』急。次風俗、国通、近久。次『三台』急。

『陵王』(破)加拍子事

同十二月五日、仁和寺舎利会有二両院御幸一。一*院、女*院。有二童舞一。左『賀殿』『甘州』、右『地久』『林歌』。已供養舞。入*調『蘇合』『太平楽』『陵王』『古鳥蘇』『狛桙』『納蘇利』。於(テ)二大床(ヲホユカニ)一公卿殿上人有二絃管一。地下楽人右楽屋、皆寄二付当*上一故也。琵琶、二条大納言定*輔。笛、藤原中納言実*教。笙、四条中納言隆衡。箏、頭中将経*通。篳篥、藤少将忠行。地下笛家*長、比巴孝*通、左*楽屋。依(ヨテ)二御定一、太鼓近真打(ウツ)レ之。任二古記一、打二右太鼓之面一。且付二当上音頭一、且童舞遅速ヲ見(テ)、楽程(ヲ)定料也。『蘇合』一帖、七拍子。道行、加二三拍子一。『陵王』破、打二奈良様一。太鼓一モ不二打損一。仍当上当下頗(スコブル)有二御感一云々。

『胡飲酒』太鼓事

建保二年二月十四日、七*条女院之御願(ゴグワン)、*歓喜寿院(クワンキジュ)供養。有二『胡飲酒』一。舞人好▼節。序二返、破七返、依二御定一近真打二太鼓一。乱序ノ打止槌序付レ舞打レ之。破七返之内、第二返之末二拍子、加二拍子一。中由六引●●●●○五丁六引○●●●●舞人入時、向(ムカムテ)二楽屋一乙(カナヅル)二入綾(ヲ)一之時、加二拍子一了。舞入了後、好節モヨロコビ申キ。伶人等目出ガリテ、面々讃レ之。

参音声加拍子事

同四年十二月廿日、一院御所高*陽院小*御所、上北面(ノ)人(々)*櫛合(クシアハセ)ノ勝負(セウブ)ノ風流(フリウ)ニ、奏二舞楽一事アリ。先参音声、『万秋楽』破鶏婁忠*綱、一鼓清*則、鶏婁一曲之後、向(ムキテ)二御前一居右膝突。立時加二拍子一。古楽揚拍子、近真教所秘事ナリ。舞人、左、忠綱、清*実、朝*成、仲*朝。鞨鼓、孝道。右、清則、宣*仲、信*説、政*則。(三鼓、)兵*庫頭。笙、孝*俊。篳〔篥〕、右衛門大夫。笛、家長。太鼓、醍醐児春*若。鉦鼓、源*蔵人大夫。舞師二人左、近真、右、久行兼二楽屋一候。『振桙』左、忠綱、鎮詞教奉了。右、清則、桙*前居事教レ之。次渡二競馬一。此間奏二『狛竜』急一。太鼓近真打レ之。打二唐拍子一也。次『輪台』(二人)忠綱、清*真。『青海波』朝成、仲朝。右『新末鞨』四人大史二人、六位二人。退出音声、『崐崘』急。打二唐拍子一。已上、太鼓皆以打*了。

『皇帝』一具太鼓打事

同五年二月十六日夜、依二宿願(シュクグワン)一、於(ニテ)二春日御社一、荒*

男。安芸局—右中将敦通。(秦箏相承血脈)

下高座 高座から下りる時に奏する楽。

伊勢海 催馬楽の曲。

一院 後鳥羽院。高倉天皇の第四皇子、八二代天皇。一一八三—九八在位、九八—一二二一院政。承久の乱に隠岐に流され、一二三九同島で没、六〇歳。

女院 修明門院。左大臣範季女、重子。後鳥羽院の妃。

入調 入調舞楽。参拝者のために法楽として奏される舞楽。

当上 内閣本「堂上」。

定輔 藤原定輔。

実教 藤原家成の男。一二二七没七八歳。後鳥羽院の笛の師(楽家録)。底本、藤原を「藤居」。

経通 藤原泰通の男。権大納言正二位。一二三九没六四歳。安芸局—権大納言経通。(秦箏相承血脈)

家長 源家長。

孝通 内閣本「孝道」。

左楽屋 底本「在楽屋」。

七条女院 後鳥羽院の母藤原殖子。一一九〇院号を賜わる。

歓喜寿院 七条堀河の御所に建てた持仏堂。

高陽院 中御門南・西洞院西・大炊御門北に営まれた御所。一二〇五以後ほぼ常用された。

小御所 底本「小御前」。

櫛合 物合せの一。意匠をこらし華美をつくした櫛の作り物で優劣を競う遊び。その余興として種々芸能が行われた。

忠綱 藤原。正四位下内蔵頭。(尊卑分脈)「院ノ北面ニ忠綱トテ、メシツカイテ

誠ニサセルコトナキ者」(愚管抄)。 **清則** 「従五位上内蔵頭」(尊卑分脈)。 **清実** 源清実。 **朝成** 世系等未詳。 **仲朝** 源仲朝。「蔵人、対馬守、従五位上」(尊卑分脈)。 **宣仲** 紀宣仲。 **信説** 藤原信説。 **政則** 世系等未詳。 **孝俊** 藤原孝定の男。左近将監孝敏。(秦箏相承血脈) **春若** 伝不詳。醍醐は醍醐寺。 **源蔵人大夫** 不詳。

前居 内閣本「角居」。 **清真** 清実に同じ。 **打了** 近真が。内閣本「打之」。 **荒序** 陵王荒序。

一具シテ 同じメンバーで、一緒に。 **一院** 後鳥羽院。

熊野 熊野三社。和歌山県熊野地方にある熊野坐神社(本宮)・熊野速玉神社(新宮)・熊野夫須美神社(那智)。 **閑院内裏** もと藤原冬嗣の邸に営まれた里内裏。

輪鼓褌脱… 以下、下段一行目の「仰御感了」まで、内閣本は同四行目「廻忽」の後に置く。

天気 天皇の御機嫌。

雅清 源雅清。参議左近衛中将。一二三〇没四九歳。

康光 藤原康業の男。「康氏、本康光。蔵(人)・(検非違)使・左門尉・従五下」(尊卑分脈)。

季国 安部季遠の一男。篳篥。一二一〇右近将曹。一二三四没七八歳。

序舞。(舞人近真。)笛、景基。笙、忠秋。太鼓、景賢打レ之。舞終後、『皇帝』一具シテ、令レ進儀テ奏(キ)。遊声一帖、序一帖卅拍子、破六帖。太鼓近真打レ之。一ツモ壺打不レ損ズ。愚身高名何事然之乎。

右太鼓事

同五年十月十四日、一院、女院御熊野詣之時、於ニ新宮ニ有ニ舞楽ニ(キ)。雖レ為ニ左舞人ニ、依ニ御定ニ、近真打ニ右太鼓ニ。『古鳥蘇』ノ序打様、汀音引。『納曽利』破、従ニ第三太鼓ニ加ニ拍子ニ、急成テ後、舞人輪シテ向合(時)加ニ拍子ニ了。任ニ古老之伝ニ打レ之。貴賤驚ニ耳目ニ。追蒙ニ御感ニ了。

『輪鼓褌脱』太鼓

同六年十二月三日、閑院内裏有ニ船楽ニ。西釣殿行幸。殿上人地下楽人等乗レ之。平調々子及入調了。『輪鼓褌脱』之時、大神景賢云、可レ加ニ一拍子ニ。而予思ハク、船楽ナラヌ時、一拍子ツネナラズ。況船楽也。此事、予ヲ心ミムトスルカ、又ハヂヲカ、セントス存カト、思惟シテ、掻ツヾケノ古楽物上了。景賢ハ本意相違ヒタリキ、天気ハ目出(ク)仕タリト、有ニ御感ニ云々。伶人退散之後、近真『慶雲楽』可レ仕レ(笛)之由、依レ有ニ勅定ニ、忠拍子吹了。以ニ頭中将雅清ニ、頗仰ニ御感ニ了。(人数。)箏、敦通。掲鼓、康光。笙、忠秋、好秋。篳篥、季国。笛、(景賢、)景基。太鼓、近真。鉦鼓、有賢。『万歳楽』『三台』急、『甘州』『輪鼓褌脱』『勇勝』急、『廻忽』。

打鞨鼓事

同四日、西釣殿行幸。依レ召近真月花門之内ニ候。可レ聞ニ食鞨鼓ニ料也。笙、敦通。笛、景基。太鼓、康光。鞨鼓、近真。鉦鼓、忠茂。平調々子、次『五常楽』詠鞨鼓、破撥転手、急鐺声打。次『甘州』泉郎打。次『慶雲楽』、忠拍子鞨鼓打レ之。此間、日向介俊元スイ参シタリ。出サレテ、「何事カ一業ニテアル」ト御尋アリシニ、「見舞コソ第一ノノウニ候ヘ」ト申タリシカバ、可レ舞之由、依レ被ニ仰下ニ、忠茂、前立『納蘇利』舞、後立俊元見舞ス。諸人驚ニ耳目ニ。入興無レ極者也。其後、近真ヲ近ク召寄テ、猶可レ仕ニ鞨鼓ニ之由、被ニ仰下ニ。仍『蘇合』三帖、破・急ノ説々仕了。甚有ニ御感ニ。其後楽所候。

『春楊柳』(太鼓)事

又酉剋許ニ、依レ召、参ニ常御所之南面ニ。各円座給居。太鼓、近真。笛、景基。鉦鼓、忠茂。天皇、御琵琶、女房弾。笙、敦通。箏、女房、時々敦通。

掲鼓、康光。御遊アリ。平調。『永隆楽』忠拍子。『春楊柳』早吹。『鳥』〔破〕搔加二拍子一。『皇麞』破急。其後被レ止二打物一之後、琵琶箏許ニテ、楽共アリ。『万歳楽』『甘州』『廻忽』『輪鼓褌脱』『勇勝』急、『林歌』『五常楽』(急)。楽共殊目出之間、及二落涙一也。各令二退出一、以二*為家中将一召返シテ、近真ニ目出*五節(ノ)櫛五下給〔リ〕了。捧二目上一令二退出一了。次景基、忠茂ニ同給了(云々)。

篳篥吹小調子事

承久元年正月十四日、依レ召参二常御所一。左舞人ノ年有二御尋一。*光真已下老若狛氏、悉令二申上一了。次可レ聞二食近真之篳篥一之由、雖レ蒙二勅定一、不レ吹二此管一シテ、経二年序多一、其上不レ持二篳篥一之由令二申上一畢。爰被レ下二御物一、只(如)レ形可レ仕之由、重有二御定一。其上者、無二子細一可レ仕之由、令二申上領状一了。御物篳篥之*舌、年々モ不レ知古物ニテ、イカニモ不レ叶ヲ、ヤウ〳〵ニコシラヘ*シメシテ、吹ナラサムトスレバ、ス丶トノミナリテ、ウルハシキ音ナシ。仍心中ニ願ヲ立テ、年来ソコバクノ功ヲイレテ、今日名ヲ失コト心ウキコトナリ、*氏御神、楽所ノ*スクウ神、タスケサセ給ヘト、祈念シタリシカバ、スコシ篳篥之音〔ニ〕似タリキ。*天皇、御鞨鼓。女(房)、箏。宰相中将経通、笛。少将敦通、笙。*孝時、太鼓。*康光、鉦鼓。近真、篳篥。平調々子。『万歳楽』自二第六一加二拍子一。『三台』急。『五常楽』破急。『倍臚』八拍子之様加二太鼓一。其後、可レ仕二小調子一之由有二勅定一。度々雖レ申二辞退一、更無二御承引一。仍又願立、無二違乱一可二令レ吹給一之由、祈念了。先居直、左右ノ膝突、吹二爾取一。*三帰心ナリ。其後、小調子二返、返様〔ヲ〕吹了。次三拝シテ、如レ本居。主上ヨリ始マイラセテ、公卿殿上人殊有二御感一、雖二面目無レ極、カヽル大事候ザリキ。忠身ノイミジキニ*アラズ。如レ此事ニハヂヲカヽヌハ、ヒトヘ(ニ)春日大明神マホラセ御〔坐〕スユヘナリ。カタジケナキ事ナリ。イカニモ人ハ、信ヲサキトシテ、ミヤウガヲネガウベシ。

*『胡良子』太鼓事

承久二年正月十日、内裏御遊始。双調々子 呂律楽、幷催馬楽如レ常。天皇、御琵琶。師大納言*定輔、声歌。宰相中将経通、箏。六角少将敦通、笙。二条少将*資雅、*拍子。右少将*雅平、笛。藤少将*盛兼、篳篥。式ノ御遊(之)後、〔呂〕加二打物一。鞨鼓、兵衛尉蔵人孝

有賢 大神是茂。↓雅楽系譜

西釣殿 閑院内裏の。

可聞食 底本「可令食」。

一業 もっとも得意とする能。才能。

見舞… 軽口で、忠茂の舞う納曾利を病人にでも見たてて二ノ舞ふうに舞ったのであろう。

可舞 内閣本「可尋」。

楽所 臨時に設けた控の場をいう。

天皇 順徳天皇。

為家 藤原定家の長男。正二位権大納言。一二五六出家、法名融覚。一二七五没七九歳。

五節ノ櫛 帳台の試が行われる際公事として奉った櫛。

光真 狛光真。この年五五歳、左一者。

舌 蘆舌。蘆の茎で作ったリード。

シメシテ 湿らせて。

氏御神 春日大明神をいう。

スクウ神 守宮神か。諸芸道の守護神。

天皇 順徳天皇。

孝時 兵衛尉、蔵人。

康光 内閣本「康元」。

三帰 仏・法・僧の三宝に帰依すること。

アラズ 底本「アハス」。

胡良子 内閣本「小娘子」。

定輔 藤原親信の男。権大納言正二位。一二二七没六五歳。

資雅 源有雅の男。右中将従三位。

拍子 笏拍子。笏に似た木製の打楽器。うたいものに用いる。

雅平 藤原雅平、非参議従二位。一二七八出家、没。(公卿補任) 底本「惟平」。

盛兼 一二四五没五五歳。

影　肖像。
大炊御門殿　大炊殿。大炊御門北、万里小路東、富小路西にあり、頼実が造営した。
御所　順徳天皇。御所は天皇・上皇などの敬称。
康茂　伝不詳。
渭元　底本「布衣」と傍書。布衣は布装束。
入調楽屋　入調舞楽のために設けられた楽屋。
大衆　内閣本「人衆」。
後朝　常楽会の後宴。
於世吹　一小節が二分の二で強弱のはっきりした拍子型。
渭元　底本傍書「布衣」。
舞人四人之内　当時近真は左四者。五者則定より上位にあった。
見侍ナリ　内閣本「見侍ヘルソ」。
醍醐　醍醐寺。承久三年四年日次記に、座主定範が桜会の童舞を具し後高倉院の御覧に供したとある。
高陽院殿　西洞院西、堀河東、大炊御門北、中御門南にあった。
関白殿　近衛家実。基通の一男。摂政、関白。一二四二没六四歳。
公継　内閣本「公達」。徳大寺公継。実定の一男。従一位左大臣。一二二七没五三歳。
公経　西園寺公経。実宗の男。従一位太政大臣。一二四四没七四歳。
隆衡　藤原隆衡。

時。太鼓、近真。鉦鼓、(一)臈判官康光。『万歳楽』忠拍子(卅拍子)、後十拍子加ニ三度拍子ニ。『甘州』忠拍子、第二返之頭ヨリ加ニ三拍子ニ、三拍子(之)後止了。『廻忽』第二返之除ニ初拍子ニ、第二拍子ヨリ加ニ三(度)拍子ニ也。『三台』急、第二返始四拍子以後、第五拍子ヨリ加ニ一拍子ニ。『胡郎子』依レ有ニ二説ニ、不レ打ニ始拍子ニ。而初拍子、打落シッサ、ヤク。而孝時云、是ハ有ニ存旨ニ不レ打也。失錯ニハアラズト申ケレバ、主上ヨリ始マイラセテ、尤有レ興云々。

『賀殿』太鼓事
承久二年八月廿日、依ニ勅定ニ、召ニ光真ニ、被レ写レ影。大炊御門殿。其次、聊有ニ舞御覧ニ。鞨鼓、御所(作)。笛、近真。太鼓、所衆康茂。鉦鼓、忠茂。『賀殿』光真渭元。破二切、第二帖末二拍子加ニ拍子ニ。急三切、第二帖第五拍子加ニ(一)拍子ニ。以ニ光時之説ニ、以ニ膝拍子ニ康茂打レ之。右『林歌』好氏渭元、如レ常加ニ拍子ニ様。笛ヲ仕ナガラ、太鼓ヲ教テ打レ之タリキ。仍以外蒙ニ御感ニ了。

『皇帝』太鼓事
同三年二月十五日、興福寺常楽会、別当雅縁ノ上童児二人、入調楽屋ニ来テ、弾レ絃琵琶、箏。至ニ『皇帝』之時ニ、依ニ大衆之儀定ニ、近真打ニ太鼓ニ。任ニ大田麿之伝ニ遊声打ニ太鼓ニ了。

『団乱旋』太鼓事
同十六日、法花会。『団乱旋』太鼓又打了。

『万秋楽』太鼓事
同十七日、別当房後朝。『万秋楽』太鼓又打了。序一帖半後半帖、異説打了。破四帖一・二・五・六帖、第五帖ノ半帖ヨリ、於世吹ニテ、六帖ノ第七拍子、口穴ヨリ打ニ三度ニ了。舞人三人渭元、光真、定近、則定。雖レ為ニ近真舞人四人(之)内ニ、依レ無ニ太鼓ニ、依ニ衆儀ニ打レ之。

『採桑老』事
承久二年五月廿九日、好氏之『採桑老』御覧之日。以ニ勅定ニ、近真打ニ太鼓ニ。任ニ本説ニ、以ニ五音之鹿楼ニ打レ之。幷付ニ秘説ニ、第五拍子ヨリ加ニ三度拍子ニ(畢)。今ハ鹿楼太鼓之様ハ、舞人楽人聊モ不ニ存知ニ見侍ナリ。

掲鼓事
同四年二月廿八日。於ニ一院ニ、醍醐(ノ)童舞御覧。高陽院殿、東西広御所楽屋、中門立ニ唐太鼓・鉦鼓ニ。関白殿、右大臣(公)公継、内大臣(公)公経、御簾中。大床、帥大納言定輔、四条大納言隆衡、左衛門督実信、大宮大納言実氏、宰相中将雅清、六条三位家衡、已上直衣。楽屋所者、笙、敦通中将、摩尼王。

篳篥、盛兼中将、兵庫頭信繁*。笛、前右馬頭公広*。琵琶、右馬頭光俊、木工権頭孝通、兵衛大夫孝時、菊若。箏、兵衛佐家定、有若。殿上人渭元。但可レ立二*牆代一殿上人三人束帯。童舞人、左右各六人。男舞人*、定近、近真、光成。右、好氏、久行、好継。鞨鼓、近真。以二光俊一、今日可レ打二鞨鼓一、委可レ被二聞食一料ナリ。仰付了。悉仕了。頗御感(了)。三鼓、利*清。笙、忠秋。篳〔篥〕、季国。笛、式賢、定賢。太鼓、景康*。鉦鼓、季清*也。『輪台』近真、光成。児二人『青海波』児舞也。牆代、笙、敦通。篳〔篥〕、盛兼。笛、公広。琵琶、菊若。童舞者、左、『賀殿』『蘇合』『三台』『太平楽』『散手』『陵王』。右、『地久』『古鳥蘇』『皇仁』『狛桙』『貴徳』『納曾利』。男舞、『抜頭』定近、『新末鞨』好氏、久行、好継、景康。

(鞨鼓事)

寛喜三年九月廿九日、於二佐々木野御所一、大殿下*如法経十種供養。文治三年九条殿御例。天童十八人、弁僧正定豪*児ナリ。所者人、笛、藤原*二位公頼。笙、別当実有。箏、源中将師季*。篳篥、梅小路少将実俊。笛、中御門中将宗(平)、兵衛尉蔵人家清。太鼓、但馬前守家長。琵琶、馬助入道孝時*。御簾中女房弾二琵琶箏一。地下、鉦鼓、好氏。鞨鼓、近真。文治三年、則近打レ之。而モ相伝之器量御尋アリテ、所レ被レ召也。笛、景基。笙、近秋。篳篥、季茂*。先調子、盤渉調。次発レ楽。『鳥向楽』忠拍子、太鼓散々打レ之。次、『宗明楽』。笛等違了。忠拍子不レ加二拍子一。次伽陀。次『秋風楽』、一返、忠拍子〔ナリ〕。伽陀。次『採桑老』、一返、忠拍子、末四拍子加二拍子一。伽陀。次『蘇合』三帖。伽陀。次同四帖、常説。両帖打二籠拍子一。伽陀。次同五帖、序吹、打二三拍子一。伽陀。次(同)破・急。伽陀。次『蘇莫者』破、末四拍子加二拍子一。伽陀。次『輪台』『青海波』。伽陀。次『白柱』。伽陀。次『竹林楽』。次登高座、『万秋楽』破只拍子。道師、聖覚*法印。下高座、『千秋楽』。任二文治之例一、『感秋楽』入二目録一了。而今度ハ、大神氏笛吹等、依レ不レ吹二『感秋楽』一、公頼二位殿可二令レ吹給一(ニ)テ、入二目録一了。俄四帖替了*。

凡予者、雖レ為二不肖之物一、於二当道一、舞曲吹物打物者、云二公庭一云二私所一、事外之無二失錯僻事一者、更非二身之高名一、偏宿運神令二守護一御故

実信 藤原実信。
実氏 西園寺。太政大臣従一位。一二六九没七六歳。
家衡 藤原経家の男。
摩尼王 伝不詳。内閣本「摩尼公」。
信繁 伝不詳。
公広 伝不詳。
牆代 垣代に同じ。
男舞 ここでは抜頭をいう。
利清 玉手利清。守清の一男。雅楽属。一二四五没七五歳。
景康 中原景康。「(一二三六)下二向関東一。為二鎌倉一者一。後任二左近将監一」(補任)。
季清 安部季清。一二一七右近将曹。一二四八没八〇歳。
大殿下 九条道家。摂政左大臣。一二五二没六〇歳。佐々木野御所はその山荘。
定豪 内閣本「定高」。源延俊の男。良豪に受灌。東大寺別当、東寺長者。一二三八没八七歳。
藤原 底本「藤居」。
師季 源師季。「非参議正三位」(公卿補任)。
孝時 底本「存時」。
季茂 安部季国の一男。篳篥。一二二七右衛門志。一二七一没七六歳。
聖覚 藤原通憲の孫、澄憲法印の子。権大僧都。安居院に住し説経に名声あり。一二三五没六九歳。
了 内閣本「ナリ」。
御 内閣本「御坐」。

也。可レ貴々々（タムトモベシ）*。

〔写本云〕

天福元年（癸巳）十月日以二自筆一令レ書〔写ㇾ畢在判〕

（*文保元年丁巳八月日以二自筆一令レ書写一之　兼秋）

（奥渡物譜）

〔裏書云〕

嘉禎四年*（戊戌）三月十三日、弁僧正定豪、舞童被レ渡二興福寺一。同十四日、依二大衆之儀一、又渡レ之。児共皆摺衣、色々水干狩襪ナリ。依二衆儀一、一者定近可レ（打）二鞨鼓一、二者近真可レ仕二太鼓一之被二仰付一了。仍近真打二『三台』破一、末ヲ二拍子加二拍子一。是成通*卿秘説也。次『抜頭』、公兼*之秘説打レ之。貴賤興〔ニ〕入、及二流涙一了（云々）。次『甘州』。舞間加二一拍子一、如レ常。入時加二三度拍子一。謂二之道行打一。是季秘説也。▼次『陵王』破、第二切加二拍子一。奈良様之説。舞児不レ存二知此説一間、拍子不レ合。此説ヲ示シ教訓（故）也。

抑及二七旬*一、太鼓之役不レ可二勤仕一事也。雖レ然、依レ難レ背二衆儀一、愁取レ桴ヲ向二太鼓一イヘドモ、東西モ不レ覚、於二一拍子一不レ可レ為二尋常一。爰無二違乱一、為二喜悦一処ニ、面目甚条、アマリ*サヘ、名誉ヲホドコステウ、忠事ニアラズ。大明神*ノカケリ*マシマシタリケルニヤ。貴

々々　内閣本「云々」。

文保元年…　以下、内閣本には、「正六位上行左近衛将監狛宿禰近真撰」とある。

四　内閣本「三」。

成通　藤原宗通の四男。竜笛・蹴鞠等に通じた。

公兼　世系等不詳。玉手氏か。

七旬　六一歳から七〇歳の間をいう。嘉禎四年（一二三八）、近真六二歳。

アマリサヘ　あまつさえ。その上に。

大明神　奈良の春日大明神。

カケリ…　空を翔けて来てくださったおかげであろう。

今出川太政大臣 西園寺公相。実氏の二男。一二六七没四五歳。太政大臣に進んだのは一二六二。
往生講 阿弥陀仏を祈念し往生極楽を願う仏事。

シく。

仁治二年四月廿四日、今出川太政大臣入道殿往生*講。打二太鼓一事。

『蘇合』一帖。十二拍子、如レ常。但不レ打二留桴一、為二本説一。而(無)レ舞故ナリ。三帖如レ常。但序吹。太鼓ヲ引上テ打。序吹ノ始ニ不レ打二留桴一。一ニハ有二返吹様一故ニ、二ニハ一帖ノ留太鼓不レ打故也。古(老)説。唐急、拍子廿一説打レ之。仍喚頭二返(ノ)次、首ヨリ加二拍子一。廿一ノ間拍子之聞料之。

『越天楽』(急)、加二三〔度〕拍子一。如二『胡飲酒』(破)一。此楽常ハ可レ加二一拍子一(也)。三度拍子〔ノ説〕、船楽〔ノ〕説(ナリ)。然而)依レ為二下高座楽一、打二此説一了。導師礼盤ヨリ下テ、本座ニ向時、加二拍子一。以レ是為二下高座之習一也。

雅楽系譜

南都方の狛・大神、京都方の多・大神・豊原の五氏に限り、かつ、本書の理解に必要な楽人の表示にとどめた。

楽所補任・楽所系図を基礎とし諸氏の系図を参考にして作成した。

○狛氏（南都方）　興福寺所属の楽家。南都楽所の中核をなす一方、大内楽所に登用され、多氏らとともに楽所を構成世襲した。高麗人の後裔と称し好行を祖とするが、事実上の流祖は光高であろう。左舞を中心に、横笛・打物などを主業とした。

狛光高（大友信正弟子　舞師　左方一者　正七位上左近将監）
　―則高（光高の男　舞師　左方一者　正六位上左近将監）
　　―光季（光末・野田判官　野田流の祖）（則高の一男　左方一者　楽所一者　従五位上左近将監　一〇三八出仕　一一一二没八八歳）
　　　―光則（宇治判官）（光季の男　住宇治　左方一者　従五位下左近将監　一一三六没六八歳）
　　　―行貞（光則の弟　一一一六左近府生　四天王寺居住により楽所から擯出される　一一五〇没七五歳）
　　―則季（別載イ）
　　―高季（別載ロ）

光貞　光季の外孫
—光時（北小路判官）　舞譜を作るという
左方一者
従五位下左近将監
一一五九没七三歳

—光近（野田判官）　光時の男
左方一者
従五位下左近将監
一一三三左近府生
八二没六五歳

—則康（源則康）　光時の男
一一四三左兵衛尉
五〇出家二九歳

—光忠—光重　光時の孫　光忠の男
左方一者
従五位下左近将監
一二〇〇没七三歳

—光真　光近の外孫　母青蓮尼
左方一者
従五位下左近将監
一一八二左衛門志
一二三七出家　四〇没七六歳

—光方（光賢）　玉手近清の婿
一二二一左近将曹
三三没五三歳

—光綱

—近真　則房の養子　光近の外孫光真の弟　母青蓮尼
左方一者
従五位下左近将監
一二〇四左衛門少志　一三左兵衛尉
一八将監　四〇一者　四二没六六歳

—光継（住関東）　近真の一男
一二三三左衛門志　道を継がず
六九没六三歳

—光葛　近真の二男　光真の育子
一二三五右衛門志　五七右兵衛尉
七五没六六歳

—真葛（実葛　本名近葛　春福丸）　近真の三男
従五位下左近将監
一二四四左兵衛尉一三歳　五七右近将監

則助　光則の二男
左近将曹
一一三〇左近府生
五五没四二歳

—光助（酒波姓）　則助の男　住宇治
一一五四左近府生
七六籠居三八歳

光行—清光　光行の男
一一六〇左近府生
一二一六没七六歳

—光成　清光の一男
一二一七左近将曹四九歳

イ
- 狛則季（和東兵衛）　則高の二男　白河院下北面　一〇七六左兵衛尉
  - 行季　左近府生　一二四一没六九歳
    - 行元
    - 季時　行季の男　左近将監　笙・篳篥の名匠　一二三五左近府生　六二左近将曹　七三没六七歳
      - 季長（季永）　季時の男　一二五九左近府生

ロ
- 狛高季（三郎将曹　辻子流の祖）　則高の三男　抜頭相承　左近将監
  - 行高　高季の一男　大神惟季の婿　笛を相伝　左方一者　従五位下左近将監　笛・鞨鼓の名匠　一二三〇没五九歳
    - 行則　行高の一男　一二一八左近府生　四五左近将曹　六三没六二歳
      - 則近（辻判官）　行則の男　光近の相伝をうける　左方一者　従五位下左近将監　一二五〇左近府生　九八没六六歳
        - 則房　則近の男　近真の養父　左方一者　従五位下左近将監　一二六六左近府生　八五左近将曹　一三〇九没五八歳
          - 近房　則近の養子　従五位下左近将監　一三三七没八三歳
          - 定近　則房の一男　左方一者　従五位下左近将監　一三四〇没六五歳
            - 則定　定近の一男　一三二八右兵衛尉　四〇没四三歳
    - 行光　行高の養子　笛相伝　一二三三左近府生　三八雅楽属　五三没六一歳
      - 光久　行光の男　光時弟子　一二四四左近府生　七八雅楽属五五歳
        - 有時　光久の男　一三〇一雅楽属　〇六籠居
        - 有光　光久の男　一二九九雅楽属　一三四〇没七三歳
  - 季貞（広瀬判官）　高季の二男　左方一者　左近将監　一二三七以後出仕せず　四三没七六歳

○大神氏（南都方）　晴任にはじまる楽家。興福寺所属で、玉手氏とともに南都楽所の右舞人を勤め、笛・笙・打物も兼ねた。京都方の大神氏と同系であるが、庶流的に扱われた。

大神晴任（秦姓）──晴遠（大神姓）──┬惟遠（是遠　南都方右舞人の祖）──惟依（是依・是頼）──是行──是光──┬光茂──是茂（有賢・是重）──定茂──
　晴遠の男　還城楽相承

惟遠──惟依──是行
　惟依の男
　左近府生
　一二四五没七一歳

是行──是光
　是行の男
　一二四〇左近府生
　七二没

是光──光茂
　是光の一男
　一二六一左近府生
　一三三三没七七歳

光茂──是茂（有賢・是重）
　光茂の男　大神宗賢の養子
　一三〇一雅楽属　三右兵衛尉
　三七没六八歳

是光──是弘──是長──
　是光の二男
　兵部録
　一三三六没八三歳

晴遠──惟則（是則）──則遠──
　一一二一左近府生五八歳

晴遠──惟季（京都方の祖）

○多氏（京都方）　多自然麿を祖とする楽家。左舞人狛氏に対し右舞人として大内楽所を構成世襲した。笛も兼ね、また神楽を相承した。

多自然麿――春野――良常――修文――修正――

公用（公茂・公持）
楽所一者　外従五位上
右近将監

――好用（好茂・吉茂）
公用の男
従五位下右近将監
一〇二五没七五歳

――政方（政賢・正賢・正方・雅方）
好用の男
右近将監
一〇四五没

――政資（正資・正助）
政方の男
右近将監　一〇七七没七四歳

――節資（時資・時助）
政方の男
楽所一者　右近将監　一〇八四没七一歳

――資方
節資の男　政資の猶子　胡飲酒・採桑老相承

――資忠（助忠・佐忠　八条判官）
楽所一者　従五位下右近将監
一一〇〇山村吉貞に殺害される五五歳
堀河院の神楽の師

――節方（時方）
資忠の一男
左近将監　一一〇〇父とともに殺害される

――忠方
資忠の三男　舞を紀末正に習う
右方一者　従五位下右近将監
一一三五没五一歳

――忠節
忠方の一男　狛行高の外孫
右方一者
従五位下右近将監　散位
一一八六没七九歳

――近方
資忠の四男　舞を紀末正に習う
右方一者　笛一者
従五位下右近将監
一一五三没六五歳

忠節の一男

景節
右近将曹
忠成殺害の疑で関東下向

忠成
忠節の二男
従五位下左近将監
一三〇六景節の子に殺害される四二歳

忠茂(忠持)
忠成の一男　舞を久行に習う
右方一者　従五位上右近将監
一三〇四生

成方

近久
近方の二男　笛を兼ねる
崇徳院武者所　右方一者
従五位下右近将監
一三三三没九〇歳

節近
右方一者　右近将監
一三一〇没

久行(壬生判官)
右方一者　従五位下右近将監
一三六一没八三歳

好方(能方)
近方の三男
右方一者　従五位下右近将監
一三一一没八二歳

好節(能時)
好方の男
右方一者　従五位下右近将監
一三一七没五五歳

好氏
好節の一男
右方一者　従五位下右近将監
一三四四没五八歳

好継
好節の二男
右方一者　従五位下右近将監
一三七九没七三(一説六二)歳

近秋
好節の三男　豊原忠秋の猶子　笙
一三三一右近将曹
八八没八二歳

○大神氏（京都方）　南都方大神氏と同系の楽家で惟季を祖とする。笛を主業とし、大内楽所を構成世襲した。基政の頃より俗に山井と称した。

大神惟季（是季）　晴遠の男　小部正近弟子　右近将監　懐竹譜の著者　一〇九四没六九歳
　└基政（基正・元政・元正）　惟季の男　笛一者　一一二三雅楽属　二八雅楽允　三三散位　三八没六〇歳
　　└基賢（基方・元賢・元方）　基政の男　笛一者　一一三九内舎人　七四没六〇歳
　　　└宗賢　基賢の養子　笛一者　五位　一一七二右衛門志　八三左近将曹　八四右近将監　一二一五没七〇歳
　　　　├景賢　宗賢の一男　笛一者　五位　散位　一二三四所従のため殺害される五七歳
　　　　│└景基　景賢の男　右近将監　一二五〇没五一歳
　　　　└式賢（則賢）　宗賢の二男　笛一者　右近将監　一二三六没六五歳
　　　　　└定賢　式賢の育子　右近将監　一二四〇没四六歳

○豊原氏（京都方）　大内楽所を構成世襲した笙を主業とする楽家。天武帝を始祖とするが、新羅系の豊原連の後裔とされる。笙技は有秋が小幡行見から相承と伝える。

豊原有秋（小治田（おはた）姓）——公元——時光（笙一者）

- 時光
  - 公里——公用（公持）——光元（公用の男　母滋生行忠女　雅楽属　一一六九没）
    - 公秀——
    - 公直——（光元の三男）
    - 公久（一一九四三河介）
  - 時忠（雅楽属　一一一七没六四歳）——
  - 時元（時光の男　笛一者　楽所一者　左近将監　一一二三没六六歳）
    - 元秋（時元の男　右舞人助高の弟子　右近将曹　一一三三右近府生　五六没六七歳）
    - 時廉（時元の男　一一二六内舎人）
    - 時秋（時元の男　笙一者　散位　一〇九七生）——利秋（光秋の男　笙一者　五位　右近将監　一二一二没）——忠秋（利秋の養子　笙一者　左近将監　一二三六没六〇歳）——好秋（忠秋の一男　笙一者　右近将監　一一九三生）——
    - 光秋（左近府生　一一五六没）——

洛陽田楽記

守屋毅校注

洛陽田楽記

*帥江納言

*永長元年の夏、*洛陽大いに*田楽の事あり。その起こる所を知らず。初め*閭里よりして、公卿に及ぶ。*高足・一足・腰鼓・振鼓・銅鈸子・編木、*殖女・春女の類、日夜絶ゆること無し。*喧嘩の甚だしき、よく人耳を驚かす。*諸坊・諸司・諸衛、おのおの一部をなし、あるいは諸寺に詣で、あるいは街衢に満つ。*一城の人、みな狂へるが如し。けだし霊狐の所為なり。その装束、善を尽し美を尽し、彫るが如く、琢くが如し。錦繡を以て衣となし、金銀を以て飾となす。富者*産業を傾け、*貧者跂してこれに及ぶ。

*郁芳門院、殊に叡感を催す。*姑射の中、この観もつとも盛んなり。家々所々、党を引きゐ、*予参す。ただに少年のみならず、*緇素群をなす。仏師・経師、おのおのその類を率ゐ、帽子を*着し*裲襠に繡り、あるいは*陵王・抜頭等の舞を奏す。その終りには、*文殿の衆おのおのこの業を企つ。*孝言朝臣、老耄の身を以て、*曼蜒之戯を勤む。*有俊・*有信・*季綱・*敦基・*在良等の朝臣、並びに*桂を折り鵠を射るの輩、一人に偏せず。あるいは礼服を着し、あるいは甲冑を被り、あるいは*後巻を称ぐ。*驍勇、隊をなし、夜に入りて院に参り、鼓舞跳梁す。摺染成文の衣袴、*法令の禁ずる所なるに、*検非違使、また田楽に供奉して、みな*摺衣を着し、白日道を渡る。*蓬壺の客、また一党をなし、歩行して院に参る。侍臣また禁中に参る。権中納言*基忠卿は九尺の高扇を捧げ、*通俊卿は両脚に*平藺沓を着し、参議*宗通

帥江納言　大江匡房。類従本「大蔵卿匡房卿」。
永長元年　一〇九六年。
洛陽　平安京。平安京は元来右京を長安、左京を洛陽に見たてていたが、早く右京が衰えたので、左京の異称が、事実上、平安京の総称となった。
田楽の事あり　↓補一
閭里　郷村の人々。古事談に「郷々村々田楽」云々と見える。↓補一
高足…編木　↓補二
殖女・春女　田植・収穫に従事する女性。　**喧嘩**　喧騒。
諸坊・諸司・諸衛　坊は平安京の条坊を構成する単位、四町よりなる。司は官衙(役所)、衛は衛府(軍隊)。
一城　一は全体の意。城は平安京、平安城ともいった。　**産業**　財産。
貧者…　貧しいものまでが背のびをして富者の真似をした様子を言う。
郁芳門院　↓補三
姑射　藐姑射山(はこやのやま)の略で、上皇・法皇の御所、仙洞をいう。
予参　参加する。予は預・与に同じ。
緇素　僧侶と俗人。
着　国史大系本による。
裲襠　舞楽の装束。胸背に当てる袖なしの衣。
陵王・抜頭　ともに舞楽の曲名。「教訓抄」(一七・七五頁)参照。
文殿　宮中の書籍・文書の管理機関。
孝言　惟宗氏。伊勢守。
曼蜒之戯　中国漢代の芸能の称。張

卿は*藁尻切を着す。いはんや、侍臣の装束、推して知るべし。あるいは裸形、腰に紅衣を巻き、あるいは*放髻、頂に田笠を載す。*六条・*二条、往復すること幾地、路に埃塵起こり、人車を遮る。近代奇怪の事、なにを以てこれに尚へん。

その後、*院不予。いくばくを経ずして、遂に以て崩御したまふ。田楽御覧の*戸より*見御葬送の車に*轞す。ここに知る、妖異の萌す所、人力及ばざるを。賢人・君子、誰か俗事を免れんや。

永長元年之夏。洛陽大有田楽之事。不知其所起。初自閭里。及於公卿。高足一足。腰鼓振鼓。銅鈸子編木。殖女舂女之類。日夜無絶。喧嘩之甚。能驚人耳。諸坊諸司諸衛。各為一部。或詣諸寺。或満街衢。一城之人。皆如狂焉。蓋霊狐之所為也。其装束尽善尽美。如彫如琢。以錦繡為衣。以金銀為餝。富者傾産業。貧者跂而及之。郁芳門院殊催叡感。姑射之中。此観尤盛。家々所々。引党予参。不唯少年。緇素成群。仏師経師。各率其類。〔着〕帽子繍裲襠。或奏陵王抜頭等舞。其終文殿之衆。各企此業。孝言朝臣以老耄之身。動蔓蜒之戯。有俊有信季綱敦基在良等朝臣。並折桂射鵠之輩。不偏一人。或着礼服。或被甲冑。或称後巻。驍勇為隊。入夜参院。鼓舞跳梁。摺染成文之衣袴。法令所禁。而検非違使又供奉田楽。皆着摺衣。白日渡道。蓬壺客又為一党。歩行参院。侍臣復参禁中。権中納言基忠卿。捧九尺高扇。通俊卿両脚着平藺水。参議宗通卿着藁尻切。何況侍臣装束。推而可知。或裸形腰巻紅衣。或放髻頂載田笠。六条二条。往復幾地。路起埃塵。遮人車。近代奇怪之事。何以尚之。其後院不予。不経幾程。遂以崩御。自田楽御覧之車。差車見御葬送之車。爰知妖異所萌。人力不及。賢人君子。誰免俗事哉。

衡の西京賦に見える。仮装して街頭を練り歩くもの。ここでは田楽に付随する仮装を言う。 **有俊** →補四
有信 →補五。 **季綱** 未詳。
敦基 →補六。 **在良** →補七
桂を折り… 立身出世をしたもの。「折桂」は科挙試験の合格、「射鵠」は標的を射とめること。
後巻 尻巻。 **驍勇** 武士。
法令の禁ずる所 「摺染成文の衣袴」の禁止。この頃しばしば発せられた。
検非違使 京中の治安維持に当たった役人。前項の禁令の施行者であるべき者。 **摺衣** 華美な衣裳。
蓬壺 もと蓬萊の意。ここでは転じて仙洞の異称。なお、禁中・院で田楽の盛行を見たこと、中右記に詳しい。→補一
基忠 →補八。 **通俊** →補九
宗通 →補一〇
藺沓 藺草で編み紙の緒を付けた草履。改訂史籍集覧本による。
尻切 足中(あしなか)草履。
放髻 ざんばら髪。異形の風をいう。
六条 白河上皇の院御所六条殿を指す。
二条 堀河天皇の里内裏閑院殿。
院 郁芳門院。不予は不例すなわち病気。
戸 奉仕者。宮崎文庫本による。
見御 天子が寵幸する意より転じて王妃。ここでは郁芳門院を指す。
轞 類従本「転」、宮崎文庫本による。

補　注

一　**田楽の事あり**（二一八2）　「洛陽田楽記」が扱う、いわゆる永長の大田楽について、以下のごとき史料が知られる。

〔中右記〕

永長元年六月十二日　此十余日間、京都雑人作㆓田楽㆒、互以遊興、就㆑中昨今諸宮諸家青侍下部等、皆以成㆓此曲㆒、昼則下人、夜又青侍、皆作㆓田楽㆒、満㆓盈道路㆒、高発鼓笛之声、已成㆓往反之妨㆒、未㆑知㆓是非㆒、時之天言所㆑致歟、寄㆓事祇園御霊会㆒、万人田楽、不㆑能㆓制止㆒也。

六月十四日　巳時許参内、終日祗候、今日祇園御霊会間、禁中無㆑人、仍終日候㆓御前㆒也、後聞、院召仕男共四百人許供奉、又院蔵人町童七十余人、内蔵人町童部卅余人、田楽五十村許、近代第一見物之、年者入㆑内従㆑内退出。

七月十二日　（前略）申時許又参内、今夕雲客依㆑仰作㆓田楽㆒、欲㆑備㆓天覧㆒、人々議定云、田楽之中、田主尤可㆑候也、蔵人少納言成宗、已当㆓其仁㆒、奏㆓此由㆒処、勅許已了、従㆑院御使来被㆑申云、殿上人田楽、必可㆓見給㆒、就㆑中成宗田主之躰、欲㆓一覧㆒者、仍可㆓参院㆒由、被㆓仰下㆒了、事及㆑広、出仕之人皆参、先於㆓直廬㆒調㆓田楽装束㆒〈楽器等従㆑院所㆑進也〉明月之前、人々調㆓装束㆒参㆓御前㆒〈紅汗衫押銀薄文、指貫、冠上以㆓冠筥蓋㆒為㆑笠、指㆓山鳥尾㆒、若人々此外風流錦繡作㆑花、或浅履、或糸鞋〉先於㆓中殿南庭㆒御覧、従㆓南庭㆒渡㆑西一廻、於㆓北陣方㆒又御覧、人々入㆑魔、奏㆓妙曲㆒、右兵衛督雅俊為㆓御使㆒、相㆓具田楽㆒、被㆑参㆑院〈六条殿、路間用㆑車〉、於㆓北中門之内㆒御覧、上皇甚御感、就㆑中蔵人少納言成宗田主之躰、不可思議神秘也、顕雅朝臣一足、経忠朝臣宗輔二足等、尤得㆓骨法㆒、次参㆓女院御方㆒、覧㆓妙曲一絶㆒之後、渡㆓南庭㆒、出㆑従㆓西門㆒帰㆓参内㆒、又於㆓北陣方㆒、終夜歌舞、鶏鳴之程退出、〈滝口十人許相具、所衆四五人相具、令㆑持㆓高足㆒〉播磨守顕季朝臣〈懸鼓〉、四位源少将顕雅朝臣〈同兼一足〉、右中弁宗忠朝臣〈同〉、左馬頭師隆朝臣〈小鼓〉、四位源少将能俊朝臣〈銅拍子〉、権中将顕実朝臣〈懸鼓〉、因幡守長実朝臣〈小鼓〉、右馬頭兼実朝臣〈笛〉、四位藤少将有家朝臣〈懸鼓〉、四位権少将俊忠朝臣〈小鼓〉、周防守経忠朝臣〈左々良兼二足〉、前兵衛佐長忠朝臣〈銅拍子〉、四位新少将顕通朝臣〈左々良〉、権右中弁重資朝臣〈小鼓〉、蔵人少納言成宗〈田主、用足太〉、蔵人右少弁右衛門権佐時範〈銅拍子〉、源少将有賢〈懸鼓〉、蔵人少将宗輔〈左々良兼二足〉、美作守基隆〈小鼓〉、源兵衛佐師時〈佐々良〉、民部権大輔基兼〈小鼓〉、民部大輔行信〈小鼓〉、藤兵衛佐実隆〈懸鼓〉、治部少輔懐季〈懸鼓〉、左馬権頭家定〈左々良〉、治部大輔敦兼〈左々良〉、侍従師重〈懸鼓〉、蔵人式部丞宗仲〈笛〉、同大炊助盛家〈左々良〉、同中宮進雅巘〈左々良、已上位階次第之卅人也〉、行事蔵人少将。

（七月）十三日　申時許馳参㆑内、今夕又院殿上人作㆓田楽㆒、所㆓参内㆒也、仍為㆓見物㆒参仕也、有㆑仰相兼内上殿人々被㆑免了、但此中長実経忠両人、依㆑為㆓院司㆒、又在㆓此田楽之列㆒、入㆑夜院殿上人田楽卅余人参内、於㆓北陣方渡殿前㆒御覧、人々被㆑申云、備前守季綱懸鼓誠絶妙、甚得㆓其躰㆒云々、蔵人取㆓続松㆒候㆓砌下㆒、装束〈表衣大口、冠上懸㆑扇共為㆑笠、指㆓山鳥尾㆒、此中風流金銀錦繡、或以㆓唐錦㆒為㆑袴、不㆑可㆓記尽㆒〉、公卿四人相具〈左兵衛督基忠卿、治部卿通俊卿、右兵衛督雅俊、新宰相中将宗通、皆直衣、相公二人付㆓大物忌㆒、持㆓高扇㆒〉、次参㆓中宮御方㆒、渡㆓南庭㆒、出㆑従㆓西門㆒帰参、誠神妙也、余興未㆑尽、内殿上人廿人許、又作㆓田楽㆒参㆓御前㆒、次依㆓近々㆒参㆓冷泉院㆒、中山名神尽㆓妙曲㆒、又参㆓

太后御所〈大炊殿〉、終夜遊興、及レ暁退出了。（中略）従二去五月一及二近日一、天下貴賤、毎日作二田楽一、或参二石清水賀茂一、或参二松尾祇園一、鼓笛之声、盈二溢道路一、是称二神明所レ好、万人作二此曲一、或又有二夢想告一、有二俄作レ輩、世間妖言、人々相好、誠入二水火一、天之令レ然歟、事已及レ高、但不レ知二是非如何一。

〔百錬抄五〕

七月十二日　殿上侍臣、有二田楽事一、凡近日上下所々莫レ不レ翫二田楽一、禁裏仙洞無二他営一、侍臣儒者至二庁官一、預二此事一。

〔慶延記七、醍醐寺雑事記七〕

権僧正御房御修法修造等事　自二六月比一、天下大田楽、甚奇異也。

〔古事談一、王道后宮〕

永長元年大田楽ノ事　或人記云、七月十二日参内…今日有二殿上人田楽事一、卅余人云々、〈頭弁依二所労一不レ参〉…如レ此日々夜々、在々所々、諸院、諸宮、大殿、関白、蔵人所已下、郷々村々田楽、或被レ召二貴所一、或参二詣神社一、云々。

二　**高足…編木**（二一八3）「洛陽田楽記」に見える田楽の技芸・楽器について、解説を付す。

高足・一足　「江家次第」に「散更（さるごう）散楽即ち申楽）之中、有二一足・高足・輪鼓…二」とみえる。竹馬状のものに乗って演ずる軽業をいう。編木とともに田楽の代表的技芸で、現在も、奈良春日若宮御祭ほか各地の田楽に、わずかにその痕跡がみられる。ただし、高足と一足の相違については定説がない。別に「一足・二足」という呼称もあるので、高足は二本、一足は一本をあやつったものかとも想像され、また一足は一人、二足は二人の演芸かとも考えられている。

腰鼓　倭名類聚鈔に「三乃豆々美」（みのつづみ）、「久礼豆々美」（くれつづみ）の訓がある。ひもで腰にくくり付けて、左右より打つ鼓。

振鼓　倭名類聚鈔では、「鼗鼓」あるいは「鞉」を「不利豆々美」（ふりつづみ）と訓む。いわゆるデンデン太鼓の類で、舞楽とともに中国より伝来した。→教訓抄（一六二頁）注

銅鈸子　今日では、ドバッシ・ドウバッシ・ドウバチ・ドウビョウシ等、様々によむ。中央が椀状にふくれた青銅製の円盤二個を打ち合せて鳴らす。大小各種ある。伎楽器として中国より伝来。また仏教の楽器としても重要。

編木　数枚ないし数十枚の木片・竹片をひもで連ね、両端の把手を持って鳴らす。田楽には不可欠な楽器である。中国の拍板に起源があるとされる。

三　**郁芳門院**（二一八8）　白河院の皇女。媞子。承暦二年（一〇七八）准三宮、伊勢斎宮となり、応徳元年（一〇八四）母贈皇太后藤原賢子の喪によって退下。寛治五年（一〇九一）堀河天皇准母として立后。同七年、院号を授与された。永長元年八月没。

四　**有俊**（二一八11）　藤原氏。正四位下。安芸守。左衛門権佐等を経る。康和四年（一一〇二）没。

五　**有信**（二一八11）　藤原氏。従四位下。美作介、和泉守、右中弁等を経る。承徳三年（一〇九九）没。

六　**敦基**（二一八12）　藤原氏。正四位下。刑部卿、周防守、皇后宮亮等を歴任。

七　**在良**（二一八12）　菅原氏。孝標の曾孫に当る。文章博士、大内記、侍読等を経る。従四位上。保安二年（一一二一）没。

八　**基忠**（二一八16）　藤原氏。この年、左兵衛督、従二位、四十一歳。大納言忠実息。承徳二年（一〇九八）没。

九　**通俊**（二一八16）　藤原氏。この年、治部卿、従二位、五十歳。前大宰大弐経平二男。承徳三年（一〇九九）没。

一〇　**宗通**（二一八16）　藤原氏。この年、左中将兼備後権守、正三位、二十四

歳。右大臣俊家の男。寛治三年(一〇八九)正四位下、左中将となり伊与介を兼ね、嘉保二年(一〇九五)従三位に叙せられ、同年さらに加級されて正三位に昇り、備後権守を兼任。保安元年(一一二〇)没。

作庭記

林屋辰三郎校注

1 *石をたてん事、まづ*大旨をこゝろふべき也。

一、地形により、池のすがたにしたがひて、よりくる所々に、風情をめ□□□□(ぐらして)、*生得の山水をおもはへて、その所々は□(さ)こそありしかと、おもひよせ〳〵たつべきなり。

一、むかしの上手のたてをきたるありさまを*あとゝして、家主の意趣を心にかけて、我風情をめぐらして、*してたつべき也。

2 一、国々の名所をおもひめぐらして、おもしろき所々を、わがものになして、*おほすがたを、そのところになずらへて、やハらげたつべき也。

殿舎をつくるとき、その荘厳のために、*山をつきし、これも*祇薗図経にみえたり。

池をほり石をたてん所にハ、先地形をミたて、たよりにしたがひて、池のすがたをほり、嶋々をつくり、池へいる水落ならびに池のしりをいだすべき方角を、さだむべき也。南庭ををく事は、*階隠の外のハしらより、池の汀にいたるまで六七丈、若*内裏儀式ならば、八九丈にもをよぶべし。拝礼事(の)用意あるべきゆへ也。但(ただし)一町の家の南面に、いけをほらんに、庭を八九丈をかバ、*池の心いくバくならざらん歟。よく〳〵用意あるべし。*堂社などにハ四五丈も難あるべからず。

3 又嶋ををくことは、所のありさまにしたがひ、池寛狭(の)によるべし。但しかるべき所ならば、*法として嶋のさきを寝殿のなかバにあてゝ、うしろに*楽屋あらしめんこと、よういあるべし。楽屋は七八丈にをよぶ事なれバ、嶋ハかまへて、ひろくおかまほしけれど、池によるべきこ

1石をたてん事　石組をする事、庭作り。
大旨　概要。以下三ヵ条に記す。
生得の山水を…　自然の山水を考えて。
あとゝして　跡＝手本。
おほすがた　大体の風姿。
2山をつきし　つくは築く。築山の風が古く祇園精舎にあることを説く。
祇薗図経　唐の乾封二年(六六七)終南山の澂照大師が霊感によって記したと伝える祇園精舎の詳細な記述で祇園精舎図を附すという。後世の擬作。
階隠　寝殿正面の階上に出した廂、外側に二本の柱が立つ。
内裏儀式　内裏の儀式用の南庭。拝礼のための空間が必要であることをいう。
池の心　池の内の意。
堂社などにハ　寺社境内の苑池の場合。
3法として　規準として。
楽屋　舞楽を奏する楽所人の屋舎。左(唐楽)右(高麗楽)に設ける。中島に仮設することが多い。
かりいたじき　仮板敷。
晴の方　上座。
橋がくし　階隠。

となれバ、ひきさがりたる嶋などをゝきて、かりいたじきを、しきつゞくべきなり。かりいたじきをしくことは、嶋のせばきゆへなり。いかにも楽屋のまへに、嶋のおほくみゆべき也。しかれバそのところをゝきて、ふそくのところニ、かりいたじきをバしくべきとぞ、うけたまはりおきて侍る。又そりハしのしたの晴の方よりみえたるハ、よにわろき事なり。しかれバ橋のしたにハ、大なる石をあまたゝつるなり。又嶋より橋をわたすこと、正く橋がくしの間の中心にあつべからず。すぢかへて橋の東の柱を、橋がくしの西のハしらに、あつべきなり。又山をつき野すぢをゝくことは、地形により、池のすがたにしたがふべきなり。又透渡(すいわた)殿(どの)のハしらをば、ミじかくきりなして、いかめしくおほきなる山石のかどあるを、たてしむべきなり。又釣殿の柱に、おほきなる石を、すゑしむべし。

4

又□(江)ならびに嶋の石をたてんには、当時水をまかせてミんことかなひがたくは、水はかりをすゑしめて、つり殿のすのこのしたげたと、水のおもとのあひだ、四五寸あらむほどをはからひて、所々にみぎりしるしをたておきて、石のそこへいり、水にかくれんほど、水のおもてより□□(いで)んほどを、あひはからふべきなり。池の石は、そこよりつよくもたえたるつめいしをゝきて、たてあげつれば、年をふれども、くづれたふるゝことなし。水のひたるときも、なをおもしろくミゆるなり。嶋をゝくことも、ハじめよりそのすがたにきりたてゝ、ほりおきつれバ、そのきしにきりかけ〳〵たてつる石は、水まかせてのち、その岸ほとびて、立たる石たもつことなし。たゞおほすがたをとりおきて、石をたてゝのち、次第に嶋のかたちには、きざミなすべきなり。又池ならびにやり水の尻ハ、未申の方へいだすべし。青竜の水を白虎の方へ、出すべきゆへなり。池尻の水をちの横石は、つり殿のしたげたのしたばより、

野すぢ　野の形。庭園は地形によって深山・野山・水辺・海辺に区別されるが、その野山に当る。

透渡殿　吹放しの回廊又は渡殿。柱を短くするのは、山や野すぢをかくさず大きく見せるためである。

かど　稜角。

4水をまかせて　田・池などに水を引いて。風雅集春下「あら田に水をまかすれば」。

水はかり　水準。水盛の用具。

すのこ　竹を横に並べて編んだ縁。

したげた　下桁。

みぎりしるし　みぎり＝水限。水際の目印。

つよくもたえたるつめいし　悶えるという意味にも読まれているが、強くも耐えたる詰め石と読んでも同じ。

ほとびて　水分をふくんでふくれて。

やり水　遣水。水を導き入れて流れるようにしたもの。

青竜・白虎　中国の風水思想によると、四神(東青竜、西白虎、南朱雀、北玄武)の相応の地相を最善とした。具体的には左に流れ、右に長途、前に汙池(くぼち)、後に丘陵のある土地柄である。16 32参照。

水のおもにいたるまで、四寸五寸をつねにあらしめて、それにすぎバ、ながれいでんずるほどを、はからひて居べきなり。

凡滝(の)□左右、嶋のさき、山のほとりのほかは、たかき石をたつる事、まれなるべし。なかにも庭上ニ、屋ちかく三尺にあまりぬる石を、たつべからず。（不立三尺石事）これをかしつれバ、あるじ居とゞまる事なくして、つひに荒廃の地となるべしといへり。又はなれいしハ、あらいそのおき、山のさき、島のさきに、たつべきとか。はなれ石の根にハ、水のうへにみえぬほどに、おほきなる石を、両三*みつがなえにほりしづめて、その中にたてゝ、つめ石をうちいるべし。

5 一、（枯山水事）池もなく遣水もなき所に、石をたつる事あり。これを*枯山水となづく。その枯山水の様ハ、片山のきし、或野筋などをつくりいでゝ、それにつき（取付）て石をたつるなり。又ひとへに山里などのやうに、おもしろくせんとおもハゞ、たかき山を屋ちかくまうけて、その山のいたゞきよりすそざまへ、石をせう〳〵たてくだして、このいゐをつくらむと、山の*かたそわをくづし、地をひきけるあひだ、おのづからほりあらはされたりける石の、そこふかき*とこなめにて、*ほりのくべくもなくて、そのうゑもしハ石のかたかどなんどに、*つかハしらをも、きりかけたるていにすべきなり。又物ひとつにとりつき、小山のさき、樹のもと、つかハしらのほとりなむどに、石をたつることあるべし。但庭のおもにハ石をたて、*せんざいをうへむこと、*階下の座などしかむこと、ようゐあるべきとか。

すべて石ハ、立る事ハすくなく、臥ることはおほし。しかれども石ぶせとはいはざるか。

6 （立石様）石をたつるにハやう〳〵あるべし

大海のやう、大河のやう、山河のやう、沼池のやう、葦手のやう等なり

みつがなえ　三つの石をそれぞれ相対してすえることをいう。

5枯山水　一条兼良の『尺素往来』に仮山水の様式の一として「枯山水ノ様」と見え、庭園の一類型とされていたので、枯山水は室町庭園の特徴のごとく考えられ、従って『作庭記』の偽書説を生んだが、その作法は平安時代に溯って考えられる。山水は中国の六朝時代より風景を意味した。枯山水は水を伴わぬ庭園(仮山水)のことである。

かたそわ　片岨。山の一方の断崖。

とこなめ　常滑。床の平らなめらかな岩。

ほりのく　掘り除く。

つかハしら　束柱。

せんざい　前栽。花卉や灌木等の植込み。

階下の座　南庭の行事の際に仮設的な座を敷くことも考慮すべきことをさす。

一、大海様ハ、先(まづ)あらいそのありさまを、たつべきなり。そのあらいそハ、きしのほとりには*したなくさきいでたる石どもをたてゝ、*みぎハをとこねになして、たちいでたる石、あまたおきざまへたてわたして、はなれいでたる石も、せう〳〵あるべし。これハミな浪のきびしくかくるところにて、あらひいだせるすがたなるべし。さて所々に洲崎白はまみえわたりて、松などあらしむべきなり。

7 一、大河のやうは、そのすがた竜蛇のゆけるみちのごとくなるべし。先石をたつることは、まづ水のまがれるところをハじめとして、*おも石のかどあるを一(つ)たてゝ、その石の*こはんを、かぎりとすべし。口伝アリ。

その次々をたてくだすべき事。水ハ*むかう方をつくすものなれバ、山も岸もたもつ事なし。その石にあたりぬる水ハ、そのところよりおれ、もしハたわミて、つよくいけば、そのすゑをおもハへて、又石をたつべきなり。そのすゑ〳〵このこゝろをえて、次第に風情をかへつゝたてくだすべし。石をたてん所々の遠近多少、ところのありさまにしたがひ、当時の*意楽によるべし。水ハ左右つまりて、ほそくおちくだるところハ、はやければ、すこしきひろまりになりて、水のゆきよハる所に、白洲をバをくなり。中石はしかのごときなるところにをくべし。*いかにも、中石あらハれぬれバ、その石のしもざまに、洲をバおくなるべし。

一、山河様ハ、石をしげくたてくだして、こゝかしこに*つたひ石あるべし。又水の中に石をたてゝ、左右へ水をわかちつれバ、その左右のみぎハには、ほりしづめた(たる)石をあらしむべし。

已上両河のやうは、やりみづにもちゐるべきなり。やりみづにも、ひとつを車一両につみわづらふほどなる石のよきなり。

6 **はしたなくさきいでたる石**　中途半端で落着きのわるい尖った石。
みぎハをとこねになして　汀を根もとのようにして。

7 **おも石のかどある**　主石の気のきいたもの。
こはん　群書類従本に「ごばん」と訓むも、森蘊・田村剛氏説の「乞はん」を採る（22「その石の乞にしたがひて」参照）。主石の欲するものを据える意。他に針ヶ谷鐘吉・斎藤勝雄氏説に「小半」（＝四分一）と解し、石割の口伝にもとづいて、石の大きさの比例にしたがいてと解するが、無理がある。
むかう方をつくす　進行方向にある限り力を出す。
意楽　こころのたのしみ。
いかにも　下の「おくなるべし」にかかり、なるたけ置くのがよかろうの意。
つたひ石　川上より川下へ連続するように置かれた石。

8 一、沼様ハ、石をたつることはまれにして、こゝかしこのいり江に、あし、*かつミ、あやめ、かきつばたやうの水草をあらしめて、とりたてたる島などはなくて、水のおもてを眇々とみすべきなり。□□□(沼)といふハ、溝の水の入集れるたまり水也。しかれバ、水の出入の所あるべからず。水をバおもひがけぬところより、かくしいるべきなり。又水のおもてを、たかくみすべし。

一、*葦手様は、山などたかゝらずして、野筋のすゑ池のみぎハなどに、石所々たてゝ、そのわきわきに、*こざゝ、やますげやうの草うゑて、樹にハ梅柳等のたをやかなる木をこのミうふべし。すべてこのやうハ、ひらゝかなる石を、*品文字等にたてわたして、それにとりつき〱、いとたかゝらず、しげからぬせんざいどもをうふべきとか。

*石のやう〱をば、ひとすぢにもちゐたてよとにはあらず。池のすがた地のありさまにしたがひて、ひとついけに、かれこれのやうをひきあハせて、もちゐることもあるべし。池のひろきところ、しまのほとりなどにハ、海のやうをまねび、野筋のうへにハ、あしでのやうをまなびなんどして、たゞ*よりくるにしたがふなり。よくもしらぬ人の、いづれのやうぞ*などとふハ、いとおかし。

9 一、池河のみぎはの様々をいふ事

鋤鉾鍪形。池ならびに河のみぎハの白浜ハ、すきさきのごとくとがり、くわがたのごとく*ゐりいるべきなり。このすがたをなすときは、石をバ*うちあがりてたつべし。

*池のいし□(一)海をまなぶ事なれバ、かならず*いはねなみがへしのいしをたつべし。

10 嶋姿の様々をいふ事

8 **かつミ**　勝見。真菰の異称。
葦手様　平安時代に行われた文字の戯書。まず水をえがき、文字を葦の乱れ生えているように書く様という。
こざゝやますげ　小笹、山菅。
品文字　品の文字のように、多少大小ある石三箇を組むこと。
やう〱　様々。
よりくるにしたがふ　自然の成行に順応すること。
などとふハ　などといふは。
9 **ゐりいる**　食い込む。
うちあがりてたつ　汀線より後退して高い位置に石を立てる。
池のいしハ海をまなぶ　日本庭園の源流が蓬萊島の造型にあったので、海中の興趣を重んじた。
いはねなみがへし　岩根の波返し。

山嶋、野嶋、杜島、礒島、雲形、霞形、洲浜形、片流、干潟、松皮等也

一、山しまは、池のなかに山をつきて、いれちがへ〳〵高下をあらしめて、ときは木をしげくうふべし。前にハしらはまをあらせて、山ぎハならびにみぎハに、石をたつべし。

一、野嶋は、ひきちがへ〳〵*野筋をやりて、所々に*おせばかりさしいでたる石をたてゝ、それをたよりとして、秋の草などをうゑて、ひま〳〵にハ、こけなどをふすべきなり。これもまへにハ、しらはまをあらしむべし。

一、杜しまは、たゞ平地に樹をまバらにうゑみてゝ、こしげきに、したをすかして、木のねにとりつき〳〵、めにたゝぬほどの石を、少々たてゝ、*しばをもふせ、*すなごをも、ちらすべきなり。

一、礒しまは、たちあがりたる石をところ〳〵にたてゝ、その石のこはんにしたがひて、浪うちの石をあらゝ（荒）かにたてわたして、その高石のひま〳〵に、いとたかゝらぬ松の、*おひてすぐりたるすがたなるが、みどりふかきを、ところ〳〵うふべきなり。

11 一、雲がたハ、雲の風にふきなびかされて、*そびけわたりたるすがたにして、石もなく、うゑ木もなくて、*ひたしらすにてあるべし。

一、霞形ハ、池のおもてをみわたせば、あさみどりのそらに、かすミのたちわたれるがごとく、ふたかさね三かさねにもいれちがへて、ほそ〳〵と、こゝかしこ*たぎれわたりみゆべきなり。これも、いしもなくうゑきもなき白洲なるべし。

一、*洲浜がたはつねのごとし。但ことうるわしく*紺の文などのごとくなるはわろし。おなじすわまがたなれども、或ハひきのべたるがごとし、或ハゆがめるがごとし、或せなかあハせに

10 野筋をやりて　野筋を作って。

おせ　をせ＝小背。

しばをもふせ　芝なども植付け。

すなごをもちらす　砂などを散らしまく。

おひてすぐりたるすがた　老木の抜きんでた姿。

11 そびけわたりたる　そびく＝聳く。雲などがたなびきわたる。

ひたしらす　一面の白洲。

たぎれわたり　たぎる＝滾る。わきあがりひろがる。上原敬二氏説に、たぎれ＝とぎれとみて、中断する意というのも聞くべきである。

洲浜がた　洲浜を上から見下ろした形、輪郭に出入りのある形。

紺の文　紺地の文様。

うちがへたるがごとし、或すはまのかたちかとみれども、さすがにあらぬさまにみゆべきなり。これにすなごちらしたるうゐに、小松などの少々あるべきなり。

一、片流様ハ、とかくの風流*なく、ほそながに水のながしをきたるすがたなるべし。

一、干潟様ハ、しほのひあがりたるあとのごとく、なかバ、あらハれ、なかバ、水にひたるがごとくにして、おのづから石少々みゆべきなり。樹ハあるべからず。

一、松皮様ハ、まつかはずり*のごとく、とかくちがひたるやうにて、たぎれ*ぬべきやうにみゆるところあるべきなり。これハ石樹ありてもなくても、人のこゝろにまかすべし。

12 一、滝を立る次第

滝をたてんには、先水をちのいしをえらぶべきなり。そのみづおちの石ハ、作石のごとくにして、面*うるわしきハ興なし。滝三四尺にもなりぬれバ、山石の水をちうるわしくして、面くせばミたらむ*を、もちゐるべきなり。但水をちよく面くせバみたりといふとも、左右のわき石よせたてむに、おもひあふ*事なくは、無益なり。水落面よくして、左右のわきいしおもひあひぬべからむ石をたておほせて、ちりばかりもゆがめず、ねをかためてのち、左右のわき石をバ、よせたてしむべき也。その左右のわきいしと水落の石とのあひだハ、なん尺何丈もあれ、底よりいたゞきにいたるまで、はにつち*をたわやか*にうちなして、あつくぬりあげてのち、石まぜにたゞのつちをもいれて、つきかたむべきなり。滝ハまづこれをよく〳〵したゝむ*べきなり。そのつぎに右方はれ*ならば、左方のわきいしのかみにそへて、よき石のたちあがりたるをたて、右のかたのわきいしのうゐに、すこしひき*にて、左の石みゆるほどにたつべし。左方はれならば、右の次第をもちて、ちがへたつべし。さてそのかみざまは、ひ

風流　技巧。

まつかはずり　松皮摺。

たぎれ　さきの上原氏説が妥当である。

12面　正面。

くせばミたらむ　凹凸などがあって癖のありげなもの。

おもひあふ　双方が釣合う。

はにつち　埴土。黄赤色の粘土。

たわやか　たおやか。

したゝむ　認識する。

はれ　おもて。

ひき　ひきい＝低いの古形。

わすれざまに　何気なく忘れていたように。

わりなきなり　無理である意と、殊の外である意と両方がある。後者を採る。すぐれている意。

よこかど　横角。

かどたふれたる石　角の欠けた石。

のけばらせて　仰向かせて。

13 一条のおほぢと東寺の塔　京都の一条・九条間の南北の勾配の落差が大きいことをのべる。現在高低差は二三メートル弱。東寺の塔の高さは五六メートル。従ってこの記載はやや誇張がある。

はたばり　端張。幅員の意。

らなる石をせう〱たてわたすべし。それもひとへに水のみちの左右に、やりみづなどのごとくたてたるはわろし。たゞ*わすれざまに、うちちらしても、水をそばへやるまじきやうを、おもはへてたつべきなり。中石のをせさしいでたる、せう〱あるべし。次(に)左右のわき石のまへに、よき石の半ばかりひきをとりたるをよせたてゝ、その次々は、そのいしのこはんにしたがひて、たてくだすべし。滝のまへハ、ことのほかにひろくて、中石などあまたありて、水を左右へわかちながしたるが、*わりなきなり。その次々ハ遣水の儀式なるべし。滝のおちやうハ様々あり。人のこのミによるべし。はなれをちをこのまば、面に*よこかどきびしき水落の石を、すこし前へかたぶけて居べし。

つたひおちをこのまば、すこしみづおちのおもての*かどたふれたる石を、ちりばかり*のけばらせてたつべきなり。つたひおちハ、うるわしくいとをくりかけたるやうに、おとす事もあり。二三重ひきさがりたる前石をよせたてゝ、左右へとかくやりちがへて、おとす事もあるべし。

13 滝を高くたてむ事、京中にハありがたからむか。但内裏なんどならば、などかなからむ。或人の申侍しハ、*一条のおほぢと東寺の塔の空輪(くりん)のたかさは、ひとしきとかや。しからば、かみざまより水路にすこしづゝ左右のつゝみをつきくだして、滝のうへにいたるまで用意をいたさば、四尺五尺にハなどかたてざらんぞとおぼえ侍る。

又滝の水落の*はたばりは、高下にハよらざるか。生得の滝をみるに、高き滝かならずしもひろからず、ひきなる滝かならずしもせばからず。たゞみづおちの石の寛狭によるべきなり。但三四尺のたきにいたりてハ、二尺余にハすぐべからず。ひきなる滝のひろきハ、かた〲

のなんあり。一ニハ滝のたけひきにミゆ。一にハ井せきにまがふ。一にハたきののどあらはにみえぬれバ、*あさまにみゆる事あり。滝ハおもひがけぬいはのはざまなどより、おちたるやうにみえぬれバ、*こぐらくこゝろにくきなり。されば水をまげかけて、のどみゆるところにハ、よき石を水落の石のうゑにあたるところにたてつれバ、とをくてハ、いわのなかよりいづるやうにみゆるなり。

14一、滝のおつる様々をいふ事

向落、片落、伝落、離落、稜落、布落、糸落、重落、左右落、横落

むかひをちは、むかひて、うるわしくおなじほどにおつべきなり。

かたおちは、左よりそへておとしつれバ、水をうけたるかしらあるまへ石の、たかさもひろさも、水落の石の半にあたるを、左のかたによせたてゝ、その石のかしらにあたりて、よこざまにしらミわたりて右よりおつるなり。

つたひおちは、石のひだにしたがひて、つたひおつるなり。

はなれおちハ、水落に一面にかどある石をたてゝ、上の水をよどめずして、はやくあてつれバ、はなれおつるなり。

*そばおちは、たきのおもてをすこしそバむけて、そばをはれのかたよりみせしむるなり。

布をちは、水落におもてうるわしき石をたてゝ、滝のかみをよどめてゆるくながしかけつれバ、布をさらしかけたるやうにみえておつるなり。

糸おちは、水落にかしらにさしいでたるかどあまたある石をたてつれバ、あまたにわかれて、いとをくりかけたるやうにておつるなり。

あさま　浅薄。

こぐらく　木暗く。

14そばおち　稜落。滝の面を側向けて角が上座から見えるようにする。

重おちは水落を二重にたてゝ、風流*なく滝のたけにしたがひて二重にも三重にもおとすなり。
或人云、滝をバ、たよりをもとめても*月にむかふべきなり。おつる水にかげをやどさしむべきゆへなり。

15 滝を立ることは口伝あるべし。からの文にもみえたる事、おほく侍るとか。
不動明王ちかひてのたまはく、滝ハ三尺になれバ皆我身也。いかにいはむや四尺五尺乃至一丈二丈をや。このゆへにかならず三尊のすがたにあらハる。左右の前石ハ二童子*を表するか。
不動儀軌*云、

見我身者　発菩提心　聞我名者　断悪修善　故名不動云々

我身をみばとちかひたまふ事ハ、必青黒童子*のすがたをみたてまつるべしとにハあらず。常(に)滝をみるべし、となり。不動種々の身をあらハしたまふなかに、以レ滝本とするゆへなり。

16 遣水事

一、先(まづ)水のみなかみの方角をさだむべし。経*云、東より南へむかへて西へながすを順流とす。西より東へながすを逆流とす。しかれバ東より西へながす、常事(の)也。又東方よりいだして、舎屋のしたをとおして、未申方へ出す、最吉也。青竜の水をもちて、もろ〳〵の悪気を白虎のみちへあらひいだすゆへなり。その家のあるじ疫気悪瘡のやまひなくして身心安楽寿命長遠なるべしといへり。
四神相応の地をえらぶ時、左より水ながれたるを、青竜の地とす。かるがゆへに遣水をも殿舎もしハ寝殿の東より出て、南へむかへて西へながすべき也。北より出ても、東へまわして南西へながすべき也。経云、遣水のたわめる内ヲ竜の腹とす、居住をそのハらにあつる、吉

風流　フリュウ。かざり、工夫。

15 この項は滝に関する所伝を列挙したもの。『今鏡』巻一すべらぎの上にも後冷泉天皇の代、高陽院行幸のとき「いづれのとしにか侍けん。九月十三夜、高陽院のだいりにをはしましけるに、滝の水音涼しくて、岩間の水に月宿して御覧ぜさせ給」とある。

たよりをもとめても　何か便宜を講じても。

二童子　不動明王の脇士、制吒迦(せいたか)・矜羯羅(こんがら)の二童子。

不動儀軌　不動立印儀軌。儀軌は儀式の軌範をいう。

青黒童子　さきの二童子だけでなく、眷族の童子をいうか。

16 経　不詳。田村剛氏説に黄帝撰という『宅経』に擬している。四神相応地をのべている点で、伝安倍晴明作『簠簋内伝』に「東有㆓流水㆒曰㆓青竜㆒、南有㆓沢畔㆒曰㆓朱雀㆒、西有㆓大道㆒曰㆓白虎㆒、北有㆓高山㆒曰㆓玄武㆒」とあって、本文の記述に相応ずる。なお『簠簋内伝』の別称を「簠簋内伝金烏玉兎集宣明暦経」と言い、「三国相伝宣明暦経註」と言い、「宣明暦経」の名がある。

也。背にあつる、凶也。又北よりいだして南へむかふる説あり。北方ハ水也。南方ハ火也。これ陰をもちて、陽にむかふる和合の儀歟。かるがゆへに北より南へむかへてながす説、その*りなかるべきにあらず。

水東へながれたる事ハ、天王寺の亀井の水なり。太子伝云、青竜常にまもる*れい水、東へながる。この説のごとくならば、逆流の水也といふとも、東方にあらば吉なるべし。

17 弘法大師高野山ニいりて、勝地をもとめたまふ時、一人のおきな（*丹生大明神也）あり。大師問テのたまはく、此山に*別所建立しつべきところありや。おきなこたへていはく、我領のうちにこそ、昼ハ紫雲たなびき、夜ハ霊光をはなつ五葉の松ありて、諸水東へながれたる地の、殆(ほとんど)*国城をたてつべきハ侍れといへり。但諸水の東へながれたる事ハ、仏法東漸の相をあらはせるとか。もしそのぎならバ、人の居所の吉例にハあたらざらむか。

或人云、山水をなして、石をたつる事ハ、ふかきこゝろあるべし。以レ土為二帝王一、以レ水為二臣下一ゆへに、水ハ土のゆるすときにハゆき、土のふさぐときにハとゞまる。一(に)云、*山をもて帝王とし、水をもて臣下とし、石をもて輔佐の臣とす。かるがゆへに、水ハ山をたよりとして、したがひゆくものなり。但山よはき時ハ、かならず水にくづさる。是則臣の帝王をおかさむことをあらハせるなり。山よはしといふハ、さゝへたる石のなき所也。帝よハしといふハ、輔佐の臣なき時也。かるがゆへに、山ハ石によりて全く、帝ハ臣によりてたもつと云へり。このゆへに山水をなしてハ、必石をたつべきとか。

18 一、*水路の高下をさだめて、水をながしくだすべき事ハ、一尺に三分、一丈に三寸、十丈に三尺を下つれバ、水のせゝらぎながるゝこと、とゞこほりなし。但するゐになりぬれバ、*うるハ

り　理。

れい水　霊水。

17 丹生大明神　高野山の地主神、丹生比売命。

別所　別の場所の意だが、仏教的な浄土感をもってうけとられ、聖(ひじ)などが集まることが多い。従って高野聖の拠点となった。

国城　国と城と。

山をもて帝王とし水をもて臣下とす　このような山水関係の認識は、石を以て輔佐の臣とするということとともに、あまり一般的ではなく、中国的な思想である。

18 水路の高下…　遣水は百分三の勾配を標準とすることをいう。

うるハしきところ　乱れがなくととのっている所。上流は岩などの出入がはげしいが、末流の平坦な所をいう。

しきところも、上の水にをされてながれくだる也。当時ほりながして水路の高下をみむことありがたくハ、竹をわりて地に*のけざまにふせて、水をながして高下をさだむべき也。かやうに沙汰せずして、無二左右一く屋をたつることは、子細をしらざるなり。水のミなかみ、とのほかにたか〻らむ所にいたりてハ、沙汰にをよばず。山水*たよりをえたる地なるべし。遣水ハいづれのかたよりながしいだしても、風流なく、*このつまかのつま、この山かの山のきはへも、要事にしたがひて、ほりよせ〳〵おもしろくながしやるべき也。

南庭へ出すやり水、おほくハ*透渡殿のしたより出テ西へむかへてながす、常事也。又北対（の）よりいれて*二棟の屋のしたをへて透渡殿のしたより出ス水、中門のまへより池へいる〻常事也。

遣水の石を立る事は、*ひたおもてにしげくたてくだす事あるべからす。或透（は）*廊のしたより出る所、或山鼻をめぐる所、或池へいる〻所、或水のおれかへる所也。この所々に石をひとつたて〻、その石のこはむほどを、多も少もたつべき也。

遣水ニ石をたてはじめむ事ハ、先水のおれかへりたわみゆく所也。本よりこの所に石のありけるによりて、水の、えくづさずしてたわミゆけバ、そのすぢかへゆくさきハ、水のつよくあたることなれバ、その水のつよくあたりなむとおぼゆる所に、廻石（めぐりいし）をたつる也。するざまみなこれになずらふべし。自余の所々はたゞわすれざまに、よりくる所々をたつる也。とかく水のまがれる所に、石をおほくたてつれバ、その所にて見るハあしからねども、遠くてミわたせバ、ゆへなく石をとりおきたるやうにみゆる也。ちかくよりてみることはかたし。*さしのきてみむに、あしからざるべき様に、立べき也。

遣水の石をたつるにハ、*底石、水切の石、つめ石、横石、水こしの石あるべし。これらはミ

のけざまにふせて　割り竹の割り面を上にすることをいう。

たよりをえたる　15注参照。

このつまかのつま　あちこちのつま(妻＝端)。

透渡殿　3注参照。

二棟の屋のした　北対から南に向かって寝殿・東対(又は西対)の二棟をつなぐ屋の下を通る。

19

19 ひたおもてに　直ぐ正面に。

透廊　透渡殿に同じ。

20

さしのきて　少し遠ざかって。

20 底石・水切の石・つめ石　水面下の石、水面に現われた石、積石。

な根をふかくいるべきとぞ。

横石は事外（の）ニすぢかへて中ふくらに、面を長くみせしめて、左右のわきより水を落たるが、おもしろき也。ひたおもてにおちたる事もあり。

*遣水谷川の様ハ、山ふたつが*ハざまより、きびしくながれいでたるすがたなるべし。水をちの石は、右の*そばへおとしつれバ、又左のそバへそへておとすべき也。うちゝがへ〳〵こゝかしこに、水をしろくみすべき也。すこしひろくなりぬるところにハ、すこしたかき中石ををきて、その左右に横石をあらしめて、中石の左右より水をながすべき也。その横石より水のはやくおつる所にむかへて、水をうけたる石をたてつれバ、白みわたりておもしろし。
21 一説云、遣水ハそのミなもと、東北西よりいでたりといふとも、*対屋あらばその中をとおして、南庭へながしいだすべし。又二棟の屋のしたをとをして、透渡殿のしたより出て池へいるゝ水、中門の前をとおす、常事也。
又池ハなくて遣水バかりあらば、南庭に*野筋ごときをあらせて、それをたよりにて石ヲ立べし。

又山も野筋もなくて、平地に石をたつる、常事也。但池なき所の遣水ハ、事外ニひろくながして、庭のおもてをよく〳〵*うすくなして、水のせゝらぎ流ヲ堂上よりミすべき也。

遣水のほとりの野筋にハ、おほきにはびこる前栽をうふべからず。桔梗、女郎、われもかう、ぎぼうし様のものをうふべし。

又遣水の瀬々にハ、*横石の歯ありて、*したいやなるをきて、その前にむかへ石をけバ、そのかうべにかゝる水白みあかりて見べし。

遣水谷川の様　遣水の谷川様。
ハざま　狭間。
そば　岨。崖。
21対屋　寝殿造の、寝殿の左右の後方にある建物。
野筋　3注参照。
うすく　平坦に。
横石の歯ありて　のこぎり状の凹凸のある石。
したいやなる　田村剛氏説に下弥を当て、下方ほどいよいよ著しい意。

22立石口伝　これより巻下となる。巻上は立石の大旨にはじまり、これより口伝に入って、上下相応ずる。
かれこれがかどをみあハせ　大小の石が角を見合せ。
えうじ　要事。

おほすがた　大体の風姿。

23そわがけの石　岨崖の石。
すぢかへ　すじちがい。
と　戸。

又遣水のひろさは、地形の寛狭により、水の多少によるべし。二尺三尺四尺五尺、これミなもちゐるところ也。家も広大に水も巨多ならば、六七尺にもながすべし。

22 一、*立石口伝

石をたてんにハ、先大小石をはこびよせて、立べき石をばかしらをかミにし、ふすべき石をばおもてをうへにして、庭のおもにとりならべて、*かれこれがかどをみあハせ〳〵、*えうじにしたがひて、ひきよせ〳〵たつべき也。

石をたてんにハ、まづおも石のかどあるをひとつ立おゝせて、次々のいしをバ、その石のこはんにしたがひて立べき也。

石をたてんに、頭うるハしき石をば、前石にいたるまでうるハしくたつべし。かしらゆがめる石ヲバ、うるハしきを面にみせしめて、*おほすがたのかたぶかんことは、かへりミるべからず。

又岸より水そこへたていれ、又水そこより岸へたてあぐるとこなめの石ハ、おほきにいかめしくつゞかまほしけれども、人のちからかなふまじきことなれバ、同色の石のかど思あひたらんをえらびあつめて、大なるすがたに立なすべきなり。

石をたてんにハ、先左右の脇石前石を寄立むずるに、思あひぬべき石のかどあるをたてをきて、奥石をばその石の乞にしたがひてたつるなり。

23 或人口伝云、

*そわがけの石は、屏風を立たるがごとし。
*すぢかへやり、*とをよせかけたるがごとし。きざハしをわたしかけたるがごとし。

山のふもとならびに野筋の石ハ、*むら犬のふせるがごとし。豕むらの、ハしりちれるがごとし。小牛の母にたハぶれたるがごとし。

凡石をたつる事ハ、にぐる石一両あれバ、をふ石ハ七八あるべし。たとへバ童部の、*とてう〱ひゝくめ、といふたハぶれをしたるがごとし。

石をたつるに、三尊仏の石ハたち、*品文字の石ハふす、常事也。

*又山うけの石ハ、山をきりたてん所にハ、おほくたつべし。*しばをふせんにはに、つゞかむところにハ、山と庭とのさかゐ、しバのふせハてのきはにハ、わすれざまに、たかゝらぬいしをすゑもし、ふせもすべき也。

又立石ニきりかさね、*かぶりがた、つくゑがた、桶すゑといふことあり。

又石を立にハ、にぐる石あれバおふいしあり、かたぶくいしあれバさゝふるいしあり、ふまふる石あれバうくる石あり、あふげる石あれバうつぶける石あり、たてる石あれバふせる石あり、といへり。

石をバつよくたつべし。*つよしとふは、ねをふかくいるべきか。但根ふかくいれたりといへども、前石をよせたてざれバ、よはくみゆ。あさくいれたれども、前石をよせつれバ、つよく見ゆるなり。これ口伝也。

石をたてゝハ、石のもとをよく〱つきかためて、ちりバかりのすきまもあらせず、*つちをこむべきなり。石のくちバかりにこみたるハ、あめふれバ*すゝがれて、つひに*うつをになるべし。ほそき木をもちて、そこよりあくまでつきこむ也。

石をたつるにハ、おほくの禁忌あり。ひとつもこれを犯つれバ、あるじ常ニ病ありて、つひ

むら犬　群犬。

とてう〱ひゝくめ　「子をとろ〱」遊びの原型。鬼になる児に対して、最前列でうしろの子をかばう児を、古く比丘女(ひくめ)と称した。歌詞も「取りつく比丘、比丘女、優婆塞優婆夷」というのを、「取りてうヒフクメ」と訛伝したという(酒井欣著『日本遊戯史』)。なお『大乗院寺社雑事記』明応三年三月六日条に、「ヒヽクメ同(神楽)八番在之」とも見える。「とてう」は「取りてふ」の訛。

品文字　品の文字の形に石を積み重ねる。

山うけの石　土留めのための石。

しばをふせんにはに…　芝を伏せる庭に続く所では。

かぶりがた　冠形。

24 つよしとふは　つよしというは。

つちをこむ　土を込める。

すゝがれて　濯がれて。

うつを　うつほ。空。

24

に命をうしなひ、所の荒廃して必鬼神のすみかとなるべしといへり。

25 其禁忌といふハ、

一、もと立たる石をふせ、もと臥る石をたつる也。かくのごときしつれバ、その石かならず霊石となりて、たゝりをなすべし。

一、ひらなる石のもとふせるを、そばだてゝ、高所よりも下所よりも、家にむかへつれバ、遠近をきらはず、たゝりをなすべし。

一、高さ四尺五尺になりぬる石を、*丑寅方に立べからず。或ハ霊石となり、或魔縁入来のたよりとなるゆへに、その所ニ人の住することひさしからず。但*未申方に三尊仏のいしをたてむかへつれバ、たゝりをなさず。魔縁いりきたらざるべし。

一、家の縁より高き石を、家ちかくたつべからず。これををかしつれバ、凶事たえずして、而(も)家主ひさしく住する事なし。但堂社ハそのハヾかりなし。

26 一、三尊仏の立石を、まさしく寝殿にむかふべからず。すこしき余方へむかふべし。これををかす不吉也。

一、庭上に立る石、舎屋の柱のすぢにたつべからず。これををかしつれバ、子孫不吉なり。悪事によりて財をうしなふべし。

一、家の縁のほとりに大なる石を北まくらならびに西まくらにふせつれバ、あるじ一季をすごさず。凡大なる石を縁ちかくふする事ハ、おゝきにはゞかるべし。あるじとゞまりぢうする事なしといへり。

一、家の未申方のはしらのほとりに、石をたつべからず。これををかせば、家中ニ病事たえず

25 **丑寅方**　東北。
未申方　西南。

と□□□(いへり)。

一、未申方に山をゝくべからず。たゞし道をとほ□(ら)バ、はゞかりあるべからず。山をいむ事ハ、白虎の道をふさがざらんがためなり。ひとへに［　］てつきふたがん事ハ、ハヾかりあるべし。

一、山をつきて、そのたにを家にむかふべからず。これをむかふる女子、不吉云々。又たにのくちを［　］むかふべからず。すこし余方へむか□□□(ふべし)。

一、臥石を*戌亥方にむかふべからず。これをゝかしつれバ、財物倉にとゞまらず、奴畜あつまらず。□(又)戌亥□□(に水)路をとをさず。福徳戸内なるがゆへに、流水ことにハヾかるべしといへり。*□□(一雨)したりのあたるところに、石をたつべからず。そのとバしりかゝれる人、悪瘡いづべし。檜皮のしたゝりの石にあたれるその毒をなすゆへ也。或人云、檜山杣人ハ、おほく足にこ［　］□(いふ)病ありとか。

一、*東方に余石よりも大なる石の、白色なるをたつべからず。其主ひとにをかさるべし。余方にもその方を剋せらむ色の石の、余石よりも大ならむを、たつべからず。犯レ之不吉也。

27 一、名所をまねバんにハ、その名をえたらん里、荒廃したらば、其所をまなぶべからず。荒たる所を家の前にうつしとゞめん事、ハヾかりあるべきゆへなり。

一、*弘高(広貴)云、石□*荒涼に立べからず。石ヲ立にハ、禁忌事等侍也。其禁忌をひとつも犯つれバ、あるじ必事あり。其所ひさしからずと云ル事侍りと云々。

山若(もしは)河辺に本ある石も、*其姿をえつれバ、必石神となりて、成レ祟事国々おほし。其所に□(人)久からず。但山をへだて、河をへだてつれバ、あながちにとがたゝりなし。

26 **戌亥方**　西北方。

一雨したり　一、雨したたり。

東方に余石よりも…　五行説に四方・五色を配して、木＝青(東)、火＝赤(南)、土＝黄(中央)、金＝白(西)、水＝黒(北)に当て、その上で五行の相剋相生関係を考えると、木剋土、土剋水、水剋火、火剋金、金剋木、木生火、火生土、土生金、金生水、水生木となり、これに五色を配すると、金＝白(西)は木＝青(東)に剋つので、東方に白色の石を立てるを禁忌としたという。

27 **弘高**　巨勢金岡の子孫広貴又は広高。花山天皇の寛和から一条天皇の長保にかけて、仏画・人物画・山水画に長じ、内裏絵所長者に補せられ、采女正従五位下に進んだ。

荒涼に　不注意に。

其姿をえつれバ　その用い方によって。

一、霊石は自ニ高峯一丸*バし下せども、落立ル所ニ不レ違ニ本座(ノ)席一也。如レ此石をバ不レ可レ立、可レ捨レ之。

又過ニ五尺一石を、寅方ニたつべからず。自ニ鬼門一入来鬼也*。

28 一、荒礒の様ハ面白けれども、所荒て不レ久、不レ可レ学也。

一、嶋をゝく事ハ、山嶋を置て、海のはてを見せざるやうにすべきなり。山のちぎれたる隙より、わづかに海を見すべきなり。

一、峯の上に又山をかさぬべからず。山をかさぬれバ、祟の字をなす。水ハ随ニ入物一成レ形、随レ形成ニ善悪一也。然ば池形よく／＼用意あるべし。

一、山の樹のくらき所ニ、不レ可レ畳レ滝云々。此条は□あるべし(からず)。滝ハ木ぐらき所より落たる□(こ)そ面白けれ。古所もさのみこそ侍めれ。なかにも実の深山にハ、人不レ可ニ居住一。山家の辺などに聊(いささか)滝をたくみて、其辺に樹をせん、はゞかりなからむか。不レ植レ木之条、一向不レ可レ用レ之。

一、宋人云、山もしハ河岸の石のくづれをちて、かたそわにも谷底にもあるは、もとよりくづれおちて、もとのかしらも根になり、もとの根もかしらになり、又そばだてるもあり、のけ*ふせるもあれども、さて年をへて色もかはりこけもおひぬるハ、人のしわざにあらず、をのれがみづからしたる事なれバ、その*定に立も臥もせむも、また*くはゞかりあるべからず云々。

29 一、池はかめ、もしハつるのすがたにほるべし。水ハうつはものにしたがひて、そのかたちをなすものなり。又祝言*をかなにかきたるすがたぞなど、おもひよせてほるべきかなり。

一、池ハあさかるべし。池ふかけれバ魚大なり。魚大なれバ悪虫となりて人を害□(す)。

丸バし　ころがし。

入来鬼也　鬼の入来るなり。

28 **のけふせる**　退け臥せる。

その定に　その通りに。

またく　全く。

29 **祝言をかなにかきたるすがた**　「仮名で祝言を書く」は葦手模様(8注参照)などに当る。

一、池に水鳥つねにあれバ、家主安楽也云々。

一、池尻の水門は未申方へ可レ出也。青竜の水を白虎の道へむかへて、悪□(気)をいだすべきゆへなり。池をバ常(に)*さらさらふべきなり。

一、戌亥方に水門をひらくべからず。これ寿福*を保(つ)所なるゆへなり。

一、水をながすことは、東方より屋中をとおして、南西へむかへて、諸悪気をすゝがしむるなり。是則青竜の水をもて諸悪を白虎の道へ令二洗出一也。人住レ之ば、呪咀*をはず、悪瘡いでず、疫気なし、といへり。

30 一、石をたつるに、ふする石ニ立てる石のなきは、くるしみ*なし。立る石ニ左右のわき石、前石ニふせ石等ハ、かならずあるべし。立る石をたゞ一本づゝ、かぶとのほし*なんどのごとくたてをくことは、いと／＼おかし。

一、ふるきところに、をのづからたゝりをなす石なんどあれバ、その石を尅するいろの石をたてまじへつれバ、たゝりをなす事なしといへり。又三尊仏の立石をバ、とをくたてむかふべしといへり。

一、屋のゝきちかく、三尺ニあまれる石を立る事、殊にはゞかるべし。三年がうちにあるじことあるべし。又石をさかさまに立ること、大ニはゞかるべし。東北院*ニ蓮仲法師*がたつるところの石、禁忌を□(を)かせることひとつ侍か。

31 或人のいはく、人のたてたる石ハ、生得の山水ニはまさるべからず。但おほくの国々をみ侍しに、所ひとつにあはれおもしろきものかなと、おぼゆる事あれど、やがてそのほとりに、*さうたいもなき事そのかずありき。人のたつるにハ、かのおもしろき所々ばかりを、こゝか

さらさらふべきなり　「さら」重複か。

寿福　先行の諸本、「奇福」とするも、底本は寿福に近い。長寿と幸福。

呪咀をはず　呪咀負わず。

30 くるしみ　苦心。

かぶとのほし　兜の星。

東北院　藤原道長建立の法成寺の東北隅にあった子院。元京都市上京区河原町広小路附近にあったが、現在左京区岡崎真如堂町に移る。

蓮仲法師　天台の僧、藤原為信の子。後拾遺集の作家で歌人。

31 さうたいもなき事　さうたい＝正体。つまらぬこと。

しこにまなびたてゝ、かたはらにそのごとくなき石、とりおく事ハなきなり。

石を立るあひだのこと、年来きゝをよぶにしたがひて、善悪をろんぜず、記置（しるしおく）ところなり。*延円阿闍梨ハ石をたつること、相伝をえたる人なり。予又その文書をつたへえたり。如レ此あひいとなみて、大旨をこゝろえたりといへども、風情つくることなくして、心をよばざることおほし。但近来此事委（くはしく）しれる人なし。たゞ生得の山水なんどをみたるばかりにて、禁忌をもわきまへず、*をしてする事にこそ侍めれ。*高陽院（かやのゐん）殿修造の時も、石をたつる人みなうせて、たま〳〵さもやとて、めしつけられたりしものも、いと御心にかなはずとて、それをバさる事にて*宇治殿御みづから御沙汰ありき。*其時には常（に）参て、石を立る事能々見きゝ侍りき。そのあひだよき石もとめてまいらせたらむ人をぞ、こゝろざしある人とハ*しらむずると、おほせらるゝよしきこえて、時（の）人、公卿以下*しかしながら辺山にむかひて、石をなんもとめはべりける。

32 一、樹事

人の居所の四方に木をうゑて、四神具足の地となすべき事

*経云、家より東に流水あるを青竜とす。もしその流水なけれバ、*柳九本をうゑて青竜の代とす。

西に大道あるを白虎とす。若其大道なけれバ、*楸七本をうゑて白虎の代とす。

南前に池あるを朱雀とす。若其池なけれバ、桂九本をうゑて朱雀の代とす。

北後にをかあるを玄武とす。もしその岳なけれバ、檜三本をうゑて玄武の代とす。かくのごときして、四神相応の地となしてゐぬれバ、官位福禄そなはりて、無病長寿なりといへり。

延円阿闍梨　太政大臣藤原伊尹孫。義懐第六子で絵を能くし絵阿闍梨とも称せられた。賢信僧正より「山水並野形図」の相伝をうけ、頼通の子俊綱に伝えた。作庭にもすぐれ賀陽院の立石にも加わった。
をして　推して。
高陽院殿修造の時　後一条天皇治安元年に中御門南・堀川東に方四町を占めて、はじめは桓武帝皇子賀陽親王の邸宅であったのを、新しく頼通第として造営。ここは、ついで後朱雀天皇長暦三年三月罹災の後、長久元年十二月再建の時。この後、後冷泉天皇天喜元年に里内裏となり、翌々年又も罹災修造のことがある。
宇治殿　藤原頼通。
其時には　本文中に著者の言葉が挿入され、著作年代考証の端緒となった。
しらむずる　認めようの意。
しかしながら　悉く。
32経　16注参照。
柳　しだりやなぎ。禁垣の東、日華門前の御溝の流れに臨んで植えられた。
楸　きささげ。梓の属。

人中天上　人間界において無上のもの。
孤独長者　古インド舎衛城に住んだ須達(Sudatta蘇達多とも書く)長者のことで、孤独の人をあわれみ施しを行ったので、世人より給孤独の長者といわれ、さらに略して孤独長者と呼んだ。
祇洹精舎　祇園精舎。
あたひ　直。
しきみてゝ　敷き満てて。
あたひ　底本「あひた」。
祇樹給孤独薗　ギジュキッコドクオン。孤独長者(給孤独)が釈尊に帰依し、祇陀太子の林苑(祇陀林)を求めて釈尊に献上しようとしたが、太子はその境地に黄金を敷き満たしたたならばその土地を与えようと申出た。長者は全財産を傾けてこれを履行しようとしたので、太子もその熱誠に動かされて、土地を長者に与えるとともに、樹林は更めて太子から釈尊に奉り、協力して精舎を建立したので、祇陀の樹木と給孤独の薗の意で、祇園精舎をその精舎の別名とした。
33 **槐**　エンジュ。大臣家を槐門という。槐と懐の音通から「人を懐て」と説いた。
非人　身分制としての呼称は

凡樹ハ*人中天上の荘厳也。かるがゆへニ、*孤独長者が*祇洹精舎をつくりて、仏ニたてまつらむとせし時も、樹の*あたひにわづらひき。しかるを祇陀太子の思やう、いかなる孤独長者か、黄金をつくして、かの地に*しきみてゝ、その*あたひとして、精舎をつくりて、尺尊ニたてまつるぞや。我あながちに樹の直をとるべきにあらず。たゞこれを仏にたてまつりてむとて、樹を尺尊にたてまつりをはりぬ。かるがゆへに、この所を*祇樹給孤独薗となづけたり。祇陀がうゑにき孤独がその、といへるこゝろなるべし。

秦始皇が書を焼き、儒をうづみしときも、種樹の書おばのぞくべしと、勅下したりとか。仏ののりをとき、神のあまくだりたまひける時も、樹をたよりとしたまへり。人屋尤このいとなみあるべきとか。

33

樹は青竜白虎朱雀玄武のほかハ、いづれの木をいづれの方にうへむとも、こゝろにまかすべし。但古人云、東ニハ花の木をうへ、西ニはもみぢの木をうふべし。若(もし)いけあらば、嶋ニハ、松柳、釣殿のほとりニハかへでやうの、夏こだちすゞしげならん木をうふべし。

*槐ハかどのほとりにうふべし。大臣の門に槐をうゑて、槐門となづくること、大臣ハ人を懐(ナツケ)て、帝王につかうまつらしむべきつかさとか。

門前に柳をうふること、由緒侍か。但門柳ハしかるべき人、若ハ時の権門にうふべきとか。これを制止することハなけれども、*非人の家に門柳うふる事ハ、みぐるしき事とぞ承(うけたまはり)侍し。つねにむかふ方ニちかく、さかきをうふることは、はゞかりあるべきよし承こと侍りき。門の中心ニあたるところに木をうふる事、はゞかるべし。閑の字になるべきゆへなり。

なお生れていないが、法師、乞食、罪人をさし、権門のための植木をうえることが、一般の民衆の家門には却ってふさわしくないことを強調したのである。

34 蓬萊をまなび　蓬萊山を象り、鶴島、亀島などをつくること。

けだもののくち…　獣口より水を出す装飾は、中国には一般的であった。

堅牢地神　釈迦成道のとき地より現われて魔を除き転法輪を諸天に告げた仏法の守護神。十二天の一、地天。

小壬生明神泉をほれり　若狭国遠敷(おにふ)明神が二月堂若狭井を掘ったことをいう。

羂索院　二月堂の別名。天平勝宝四年、実忠創建。

おほいづゝ　大井筒。

念なくハ　無念、惜しまれるならば。

水のありどころ　以下の説明はサイフォンの原理によっている。

35 ふたをゝい　蓋覆。

35 船　箱型の水の容器。

方円なる地の中心に樹あれバ、そのいゑのあるじ常にくるしむことあるべし。方円の中木ハ、困の字なるゆへなり。又方円地の中心ニ屋をたてゝゐれば、その家主禁ぜらるべし。方円中ニ人字あるハ、囚獄の字なるゆへなり。如レ此事にいたるまでも、用意あるべきなり。

34 一、泉事

人家ニ泉ハかならずあらまほしき事也。暑をさること泉にハしかず。しかれバ唐人必つくり泉をして、或*蓬萊をまなび、或*けだもののくちより水をいだす。天竺にも、須達長者祇洹精舎をつくりしかバ、*堅牢地神来て泉をほりき。すなはち甘泉是也。吾朝にも、聖武天皇東大寺をつくりたまひしかバ、*小壬生明神泉をほれり。*羂索院の閼伽井是也。このほかの例、かずへつくすべきにあらず。

泉ハ冷水をえて、屋をつくり、*おほいづゝをたて、簀子をしく、常事なり。冷水あれどもその所ろ泉にもちゐむこと便宜あしくは、ほりながして、泉へ入べし。あらはにまかせいれたらむ*念なくハ、地底へ箱樋を泉の中へふせとおして、そのうへに小づゝをたつべきなり。若(もし)*水のありどころ、泉より高き所ニあらば、樋を水のいるくちをバ高て、すゑざまをバ次第ニさげて、そのうゑに中づゝをすふべし。たゞしそのつゝのたけを、水のみなかみの高さよりハ、今一寸さげつれバ、その水つゝよりあまりいづるなり。ふせ樋ハ、久(ひさしく)あらしめむとおもはゞ、石を*ふたをゝいにふすべし。もしハよく〱やきたるかわらもあしからず。

35 作泉にして井の水をくみいれむニハ、井のきはにおゝきなる*船を台の上に高くすゑて、そのしたよりさきのごとく箱樋をふせて、ふねのしりより樋のうへハ、たけのつゝをたてとをし

すかさず　隙間なく。

くるしみなし　差支えない。

こかはらけ　小土器。

けうら　清らに同じ。清くうつくしいこと。

36

て、水をくみいるれバ、をされて泉のつゝより水あまりいでゝ、すゞしくみゆるなり。

泉の水を四方へもらさず、底へもらさぬ（モロサス底モ）しだい。先水せきのつゝのいたのとめを、*すかさずつくりおゝせて、地のそこへ一尺ばかりほりしづむべし。そのしづむる所は、板をはぎたる*もくるしみなし。底の土をほりすてて、よきはにつちの、水いれてたわやかにうちなしたるを、厚さ七八寸ばかりいれぬりて、そのうへにおもてひらなる石を、すきまなくをしいれ〳〵ならべすゑて、ほしかためて、そのうへに又ひらなる石の、*こかはらけのほどなるをそこへもいれず、たゞならべをきて、そのうへに黒白の*けうらなる小石をバしくなり。一説、作泉をば底へほりいれずして、地のうへにつゝを建立して、水をすこしものこさず、尻へ出すべきやうにこしらふべきなり。

くみ水ハ一二夜すぐれバ、くさりてくさくなり、虫のいでくるゆへに、常ニ水をかへおとして、底の石をもつゝをも、よく〳〵あらひて、えうある時、水をばいるゝなり。地上ニ高くつゝをたつるにも、板をばそこへほりいるべきなり。はにをぬる次第、さきのごとし。板の外のめぐりをもほりて、はにをバいるべきなり。

簀子をしく事ハ、つゝの板より鼻すこしさしいづるほどにしく説あり。泉をひろくして、立板より二三尺水のおもへさしいでゝ、釣殿のすのこのごとくしく説もあり。これハ泉へおるゝ時、したのこぐらくみえて、ものおそろしきけのしたるなり。但便宜にしたがひ、人のこのみによるべし。

当時居所より高き地ニほり井あれバ、その井のふかさほりとをして、そこの水ぎはより樋をふせ出しつれバ、樋よりながれいづる水たゆる事なし。

37 一、雑部

唐人が家にかならず楼閣あり。高楼はさることにて、*うちまかせてハ、軒みじかきを楼となづけ、*簷長(のきなが)を閣となづく。楼ハ月をみむがため、閣ハすゞしからしめむがためなり。簷長屋ハ夏すゞしく、冬あたたかなるゆへなり。

正応第二夏*林鐘廿七朝徒然之余披見訖　*愚老(花押)

*後京極殿御書重宝也可レ秘々々　(花押)

37 **うちまかせてハ**　大体についていえば。

簷長　軒の長い建物。

林鐘　六月。

愚老　柳谷本に「此奥書者天台座主慈信僧正也」と見え、関白一条実経の子慈信に当てる。慈信は興福寺及び大乗院別当、正応二年に歳三十三。

後京極殿　藤原良経。

入木抄

赤井達郎校注

入木抄*

取レ筆事　御本一段々々御稽古事
字勢分事　筆仕肝要事
古賢筆仕事　離二邪僻一可レ専二正姿一事
不レ可レ好二異様一事　真行草字事
御稽古分限露顕事　稽古間善悪相交*事
御稽古時分事　手本用捨事
手本多大切事　以二消息一不レ可レ為二手本一事
御筆事　御墨事
御料紙事　入木道本朝超二異朝一事
手本時代分明事　被レ用二能書一事

以上

御手習間可レ得二御意一条々

1 一、筆を取事

入木　ジュボク。臨池とともに書道、習字の意にもちいられる。入木は唐の張懐瓘が『書断』において、晋の皇帝が王羲之に祝版の書を命じ、大工がそれを削ってみると墨痕が三分も木に浸み込んでいたという故事による。「入木三分」「入木七分」という言葉もあり、のちには「羲之ハ石ニ空海ハ木ニ入」るなどともいわれ、能書の筆力の強さのたとえとしてもちいられる。臨池は後漢の張芝が池にのぞんで書を習ったとき、池の水がことごとく黒くなったという故事による。『夜鶴庭訓抄』には、入木とは「手かく事を申す」とある。底本の表紙には「入木秘書」とある。

相交　底本「相叉」。

1　筆の持ち方。

御稽古のはじめより可*㆘令㆓取定㆒御㆖候。あしくとりつけ候ぬれば、難㆑被㆑改事にて候也。其取様は、中指たけたかの両節の中央に筆を置て、頭指人さしのそばと大指の腹とにておさへて取候也。無名指くすしと小指と二をば、にぎらずしてひしとよせて、中指のしたにかさねて中指の力になし候也。掌の内をば、うつろにして不㆑拳(にぎらず)候也。大指のふしをば、立たるもそらしたるも見苦候。よき程に候べし。筆をよくとりて候手つきは、まろ*〳〵としてよく候也。取様は、始はとりにくき様に候へども、後にはことによく候。筆も自在につかはれ、字もよく被㆑書候間、如㆑此取を本とし候也。筆の取様あしく候へば、字も随而不㆑宜候。又筆をいか程もつよくとり候なり。

　*弘法大師の執筆の法には、図絵を載られたり。其も聊今の取様には違*ず候間、更図㆑之。

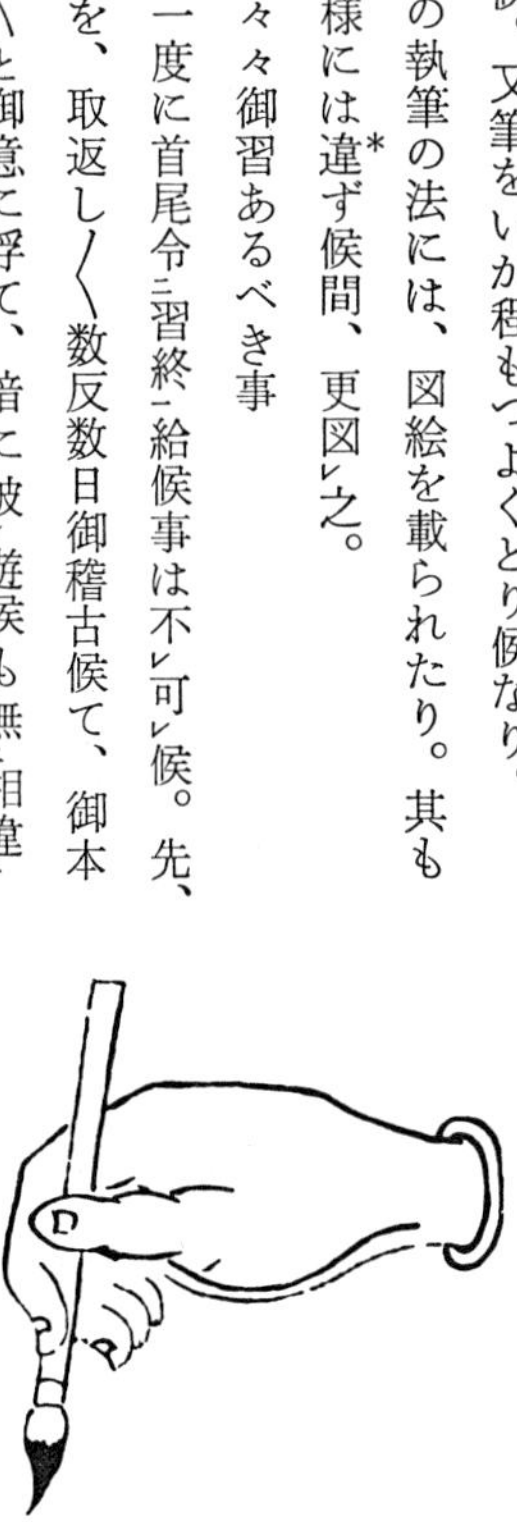

2 一、御手本一段々々御習あるべき事

御本*一巻を、一度に首尾令㆓習終㆒給候事は不㆑可㆑候。先、詩*一二首などを、取返し〳〵数反数日御稽古候て、御本の面影さは〳〵と御意に浮て、暗に被㆑遊候も無㆓相違㆒候程に成て後、次第〳〵に奥をも可㆑有㆓御習㆒。始よく稽古し候ぬれば、後々には其程の功*も入候はねども、やすく相似候也。

3 一、字の勢*分事

初心の時は、本よりも事の外に大に被㆑書候事にて候。只手本の文字程に習候也。又いかにも本よりは大にて、筆ほそく成候事にて候。これはあしく候。字の勢大に候はゞ、

可令取定御候　体源鈔本には「取定しめましますへく候」とある。

まろ〳〵としてよく候　まるまるとして見よい。

弘法大師の執筆の法　江戸時代の書籍目録(寛文十年他)に「弘法執筆法」という書物がみられる。

2　手本の習い方。

違ず候間　底本「違する間」。

御本　御手本。

詩　白氏文集。古くから手本には白氏文集の詩を書いたものが多く、14でも上古の手本はみな「文集詩」であるとのべている。なお、尊円親王にも道風の白氏文集を学んだものがある。

功　練習の功を積まなくても。「其程の」は、底本「其程も」、書陵部本による。

3　手習をするときの字の大きさ。

勢分　いきおいではなく、大きさ。

筆のふとさも〔本*よりふとくてこそ相応ずべく候へ。所詮字勢も筆のふとさも〕本に不レ可レ違候也。本よりも聊まさりに候、不レ苦候。本よりちゐさくは不レ可レ被レ遊候也。

4 一、筆仕肝要たる事

紙上に字をなし候事は、能*筆も非能筆も同事にて候へども、筆仕によりて善悪相分候也。其筆仕の様は、古*筆能々上覧候て可レ有二御心得一候。就レ其猶御不審事候者(の)、仰下可二申入一候。所詮手本を習候人は、一*致にして無二相違一候。あしくならひ候人は、文字の姿を似せんとし候へば、其姿は似候へども、筆勢をうつしえず候へば、精霊如レ無候也。是は*徒物(いたづらもの)にて候。*仮令(けりやう)字形は人の容皃、筆勢は人の心操行跡にて候。所詮諸道の習学は心の上の所作にて候間、よく古*賢の心にもとづきて其道をまなび候へば、自然に妙を得候也。屈*曲横竪の点、一々に不レ任二自由一、先哲の行跡に随候て筆を下候へば、おのづから通達し候也。御稽古の始は、相構て御筆をしづかに、よく〳〵執して可レ被レ遊候。御通達の後は、御筆にまかせられ候とも不レ可レ違二筆法一候。孔*子の詞に、七十にして心の欲する所にしたがへども矩*を不レ逾(こえず)と申候も、是にて候。御手跡の御稽古も、以レ之可レ為レ足候也。

5 一、古賢筆仕のこと

此事、披二古賢筆一可レ有二御意得一候由、載候訖。以レ言難レ述、以レ筆難レ記之故也。但細*々眤近も不レ可レ叶之上者、きと*難二申披一候。然又此一箇条、殊(に)肝要也。試見(こころみ)に筆語所レ及まで可二書述一候也。古賢能書の筆のつかひ様は、いづくにも精霊ありてよはき所なし。筆をたてはじめ引はつる処、点ごとに心を入て、あだなる所なく可レ書也。能書は、筆

本より…　群書類従本による。

4　筆仕いについても古典を学ぶべきこと。

能筆　字の上手な人、能書ともいう。

古筆　この場合は、古典あるいはいにしえの能書。いわゆる古筆の概念は、手鑑などの作られる室町中期以後に形成され、近世初頭には古筆家があらわれる。

一致　道理にかなって。

徒物　無益なもの。

仮令　たとえば。

古賢　古筆に同じ。5 14参照。

屈曲横竪の点　さまざまな筆法。

孔子の詞…　論語、為政篇。

矩を　底本「雉に」。

5　古筆の用筆法とその長所。

細々眤近　しばしばお目にかかる。

きと　急度、きっと、相違なく。

用　ユウともよむ。作用の本源である体に対する。

浮雲滝泉…木だち　『異制庭訓往来』に道風の書風として雲出・蛇形・竜走・枯松立・木折などと表現している。また『晋衛夫人筆陣図』などにも同じような表現がみられる。

羲之が用筆の図　『晋衛夫人筆陣図』。

を打立る所、引終る点、折る所、はぬる所、如レ此の処々に心を留て精を入也。非能書のかきたる物は、木などを折かけたる様にて用のなき也。所詮一点を下すごとに其心をおもへば、あだなる点あるべからず。一点もあだなる所あれば、一字みなわろく見ゆ。まして一字を心をとめずば、さながら徒物なり。広くこれを申候ば、浮雲滝泉の勢、竜蛇の宛転たる姿、老松の屈曲せる木だち、此等しかしながら手本なり。古筆の筆づかひ、たゞこれにて候。*羲之が用筆の図に、*しか様に引枯して候点を、万歳の枯藤と申て候。此等にて可レ有ニ御心得一候。所詮能書の手跡は、いきたる物にて候。精霊魂魄の入たる様に見候也。さ候へば、字勢(の)分よりも大にみえ候。是は用を具足したるゆへに候也。

6 一、邪僻を離て正(まさ)しき姿を専すべき事

此道を不レ知、*口伝を不レ受して、*慭(なまじひ)に耽る輩、多正路に不レ叶、かならず*邪僻を起す也。古筆をみても、極て*なびやかにうつくしき所をば不レ習して、達者の筆勢を振ひ、眼前の*風流たる所の、難レ及*目どをきやうをこひねがひてうつさんずる也。返々不レ可レ然事也。其位に*ゐさだまりぬる上の所作は、ともかくも自在なり。何と書たるも殊勝也。これをあしく習候へば、正しき所をばうつしえぬまゝに、ふと目にたつ所どもを似せ候事、極てあしく候也。只聊も異途に目をかけ〔ずし〕て、一すぢに正路にしたがひて、ただしき所を習学し候へば、其筆に達し候ぬる後は、*彼(の)自在無窮の躰も心に任て被レ書也。*曲折風流を本とし候へば、更に風流曲折もうるはしくはうつされず。不ニ見知一候人は、其躰ばかりをあさく見成て、相似たりと見候へども、道を知たる眼(まなこの)前には、あらぬ物にて候也。うつくしからんと、筆をつくろひて*わなゝきかきたれども、*よはくかわゆげにこ

一	如千里陣雲隱隱然其實有形
丶	如高峰墜石磕磕然實如崩也
ノ	陸斷犀象
乚	百鈞弩發
丨	萬歲枯藤
㇏	崩浪雷奔
フ	勁弩筋節

右七條筆陣出入斬斫圖執筆有七種有心意而

しか様に…万歳の枯藤　類従本には「か様に…」とあり、写本では「一か様に…」。前項図参照。

6　学書の基本的態度。古筆の正常な美を習うことをすすめ、達者な筆勢で目新しさを追うことを排す。

口伝　奥儀の伝授。

慭に耽る輩　できそうもない道に耽る人々。

邪僻　よこしまな心。「起す也」は底本「起する也」。

なびやか　しなやか、自然で穏やか。

風流　フリュウ。この場合は華やかに意匠をこらした。

目どをきやう　目遠き様。目新しさ。

ゐさだまりぬる　類従本には「いたりぬる」とある。

彼自在無窮の躰　古筆の自由な姿。

曲折風流　変化にとむ風流。みせかけの風流。あとの風流曲折はその逆、真の風流。

わなゝき　ふるわせ。

よはくかわゆげ　弱くて見るにたえない。和様は形がやわらかいので筆勢に強さが要求された。

そ候へ、一切うつくしくは不レ見候。又つよからんとて、ふでを紙につよくあて、筆をあら〔く〕つかゐ候へば、只*狼藉にあれたる物にて候。更につよくは不レ候也。如レ此の事を、外道の邪見などは申候。道の魔障にて候。此事不(に)レ限、此道其実を申候へば、仏法のさとりより起て、世俗の伎芸に出て候。管絃・音曲・詩歌、いづれも〳〵諸道の邪正是にて、用捨あるべく候。一切の事、其理二は候はず。そのさとりひとつにて候。されば、*万法さながら実相の一理にて候なり。*此二箇条殊に詮要にて候。能々御心得あるべし。

7 一、異様の事を不レ可レ好事

初心の時*器量ある人、*左字・倒字(たふれじ)・うつほ字等筆に任て書事、よに有レ興て浦山敷(うらやましく)覚候也。随而書レ之に、*其骨あれば人も此事をもてなし、われも乗レ興候程に、一向これが正宗になりて、〔*本躰の稽古は次になり返々斟酌すべし。かゝる事を好む人の手跡は、さ程の事をかきたるはさやう〕にみゆれども、極信なる清書(きよがき)は、いかにも癖事かきたるには劣也。只いくたびもうるはしく書事大事候也。大道はとをくして難レ随、邪徑は近くして易レ踏ゆへに、か様のそゞろ事には心を入る人おほく、ことに器量の人のありぬべき事也。能々可ニ*謹慎一也。弘法大師は大唐にて、左右手足并に口に筆を挿(さしはさみ)て、*五行の字を一度に書て、五筆和尚の名を得たり。日本にては応天門の額を門の上にかけて後、応の字の上の円点を、下より筆を投て被レ加たり。*大権(たいごん)の垂迹也。入木の達者なり。縦(たとひ)*権者(ごんじゃ)にあらずとも、大師程の能筆ならば、いかでか不思議を現ぜざらん。縦能筆の道の達者ならずとも、権者の*現化(げんげ)として自余の不思議おほきうへは勿論也。今人末代に及て、如レ此

狼藉にあれたる　乱暴で荒れた。
万法さながら実相の一理　仏教用語。万法は一切の存在、実相は真実。古代中世の芸能論には、その道の根源や修業を仏教の教えにたとえるものが多い。
此二箇条　５６二項をさす。
7　才能ある者の異体の書にはしるべからず。
器量　底本、「用」に「量」と傍書。
左字・倒字・うつほ字　左字は左文字、裏返しの文字。倒字は『入木抄釈義』にさかじとあるが、狂う意の「たぶる」からきた狂草と考えられる。うつほ字は中を空にしたかご字ではなく、割筆で点や線の中を空にするように書いた文字と考えられる。
其骨あれば　骨は気合い、呼吸。左字等もわざの気合があれば。
本躰の…　底本「異躰の稽古間しやく」、類従本による。
謹慎　底本「得慎」。
五行　木火土金水。『古今著聞集』には「真草の字をかゝれけり」とある。
大権の垂迹　大権は仏菩薩がさまざまな形をとってあらわれたもの、垂迹は仏菩薩が神として姿をあらわすこと。あわせて仏の化身。
権者　ゴンザともよむ。大権に同じ。
現化と　底本「現地に」。

の跡を不レ可レ懸レ意（こころ）歟。大文字などは時々書候、有レ興事候也。又筆の勢も出来、且又*壁字等は御用の事も可レ有候也。

8 一、真行草字事

先、行字（を）可レ有二御習一候。行（は）中庸の故也。点を不レ略して*筆躰を行に書たるは、行の真也。点を略して草の*字作（づくり）をも書交て、行に筆を仕たるは、行の草也。仍、通用稽古のため宜（よろしく）候也。聊行の字を習得て後、草をも真をも可レ学候也。真は行草に不レ通、草又真行に不レ通也。真は一々の点を引はなちて書レ之。草は点も字も連続して書たる躰也。

9 一、御稽古の分限可二露顕一事

五日十日などに一度、御本の字を暗に能々執して被レ遊候て、月日を被二書付一候て可レ被レ置。後々被二御覧合一候えば、勝劣可レ為二分明一候。且は未熟の所々をも能々被二御覧定一候て被レ置候へば、次第に如二御意一可レ成也。又さ様に*被二取置一て候はんを、細々に下賜て、*所存を可二申上一候也。

10 一、稽古（の）間善悪*相交事

初心の時は、手習を仕候へば、俄に筆もつまり、字形も本に不レ似。凡不レ思様事、必々出来候。此時*ものぐさく成て、退屈の所存も発候也。其に目をかけずして、只同様に稽古し候へば、四五日乃至十日こそ候へ、又吉成（よくなり）候。今度は以前に吉被レ書候程におぼえ候つるより、猶勝（すぐれ）候也。如レ此数遍に及候。初心の程は更に不二断絶一事候也。是はやがて、一段々々*かさのあがる躰にて候也。

11 一、御稽古時分事

壁字　障子や壁にかく大きな文字。

8　真行草三体のうち、まず行を学ぶべきこと。『才葉抄』に「真の物は第一の大事也、唐人は先是を習ふ也。我朝にもしかるか。近代は皆、行の物を先に習へり」とある。

筆躰　書体。

字作　字体(楷書・行書・草書・篆書・隷書)。この場合は前の筆体に同じ。

9　具体的な稽古のすすめ方。稽古の多少正邪によって技倆の差がはっきりする。

被取置　底本「被記置」。

所存を可申上候　尊円法親王がこの書を献じた後光厳院に感想・意見を申し上げる。

10　不断の稽古のすすめ。

相交　底本「相刄」。

ものぐさく　底本「ものゝくさく」。

かさのあがる　稽古の効果があがる。

11　稽古の時間およびそのすすめ方。底本では、この項が17料紙事のあとに挿入されているが、いま巻首の目録により順序をかえた。

毎日*一時二時など、暫可レ有二御*沙汰一候。凡、*万機御計会、又他事御稽古、非レ可レ被レ閣候。不レ可レ被レ為レ本候之条、勿論候。只可レ有二*時宜一候。但諸道稽古之法、暫励て功を入候はねば難レ成候也。一二年責(せめ)て二三百日も、先聊火急に御沙汰候。さて其後は、漸々に御沙汰不レ可レ有二相違一候也。

12 一、手本用捨事

*三賢等の筆なればとて、初心の*人、先達に不レ談して、此本面白、彼字有レ興とて習学し候へば、必手跡損候也。先賢も随レ時筆仕不同に候。何としても書出候へば殊勝の物にて候へども、為二手本一可レ習レ之風躰も候。又初心の人、不レ可レ習の筆躰も候なり。

13 一、手本多大切事

多本遍覧大切事候。御稽古は御本を被レ定候て、数本を御覧候へ〔ば〕、御才学に可レ成候也。

14 一、当世多消息を手本とする、不レ可レ然事

近日手本所望の輩、多分*消息也。所存に*違ふといへども、人の所望に随て多以レ書与候也。是併不レ知二案内一の人の所為にて候。一往又*如レ此道理にて候。彼輩が意に思様を察存候に、能書に成て手本をも書、*色紙形・*諷誦・*願文をも清書せん事、*太(はなはだ)不定也。只指当(さしあたつ)て消息一通なだらかに書たらんに可レ為レ足。仍、消息を可レ習と*存候歟。此条ひとへに道を不レ知之故也。先、此道をばいかに心得、我器量をば如何に存知して、猥に其法をさだめて*分際を置べきぞや。一切事、稽古の道、更に其際限なき事也。仏法を学するも、大師*先徳の*已証をさぐり、*仏知仏見をさとりきわめんと学候へば、さらに其きわめなき事に

一時二時 一時はいまの二時間。
沙汰 底本、「稽古」を見せ消ち。
万機御計会 帝王の政務が一時に集まる。
時宜 ほどよい時。芸道の修業・教育の時期。

12 手本選択の必要。
三賢 和風の書を大成した三跡。小野道風・藤原佐理・同行成。18参照。
人 底本「人を」。

13 多くの手本を見る必要があるとともに、稽古は一本を中心とすべきこと。

14 手紙を手本とすべきでないこと。
消息 手紙、書状。
違ふ 底本「違す」。
如此 底本「如法」。
色紙形 屏風や障壁に色紙を貼り、またその輪郭をほどこして詩歌などを書く。
諷誦 フウジュ・フジュ。声をあげて経を読む。僧に諷誦を依頼する文。
願文 神仏に願をかける文。能文・能書に依頼する場合が多い。
太不定也 きわめてむつかしい。
存候歟 底本「存なり」。
分際 底本「分斉」。

て候。世間の伎芸におゐて又同かるべきにて候。消息と申物は、あながちに筆躰を刷(つくろは)ず、只する〳〵と書下候間、古賢の筆も手本に*用べきは、希有の事にて候。まして当世の手跡、沙汰の外のことにて候。而をわれは消息を習はんとて、能筆のかきすてたる消息*拾集て習学候は、更に消息をもなだらかに不レ可二書得一候。先いかにも道に心ざしをふかくして、清書の本をならひ候はんに、数奇もすたれ、器量も不レ及候はさてとまり候とも、さすがにひとしきり習候はんに、功むなしかるべからず候へば、能書までは不レ成とも、消息などは見苦からぬ程には書べし。始より消息を出立(しゅったつ)候はゞ、消息をも不レ可レ得レ書候也。*大宗の詞に、*法を上にとる故に為レ中、法を中にとる故に下たる事を得、と申て候も此心也。手本とて*往来など書候は、只書状などには不レ似。いさゝか筆をも刷てこそ書候へども、それも消息にて候間、いかにも清書の物には筆仕も違候也。さ候へば、上古の手本三賢等筆(の)は、みな*文集詩等にて候。御消息を手本とて書たるは、いたく不二見及一候也。

15 一、御筆の事

御手習にもよき筆宜候也。御筆手本の筆と相違し候へば字形も不レ似候。御本に相応の筆可レ宜候也。凡、筆を用事、料紙により候也。*打紙には*卯毛、*只の紙には鹿毛にて候。〔*檀紙には*冬毛、*杉原には夏毛、綾にも夏毛、布には木筆。〕*木筆は橇木(けうぼく)にて作レ之。上古は多用二夏毛一。一切に通用候。昔の夏毛殊勝候き。当世は夏毛わろく成候て、さきも不レ和(そろはず)、徒物(に)候也。仍、杉原のほかは、只卯毛を通用宜候也。大方筆の毛もわろく、筆人も不レ候候間、当世は吉筆不レ候也。

先徳　有徳の先輩。
已証　イショウ。悟りのあと。
仏知仏見　仏の知見。
用べき　底本「用ぬべき」、北野克氏蔵本(日本書流全史所収)による。
拾集　底本「摸集」。
大宗　唐の太宗であろう。
法　規範、目標。
往来　往来物。平安中期より行われた消息文例集。
文集詩　白氏文集。
15　筆について。手本や料紙によって筆を選択すべきこと。
打紙　木槌で打ってつやを出した紙。
卯毛　兎の毛で作った筆。兎の毛はやわらかく、「弱紙には強筆、強紙は弱筆」といわれる。『夜鶴庭訓抄』に、「筆は第一菟毛よし」とある。
只の紙　素紙。すきあげたままの紙、打紙よりやわらかい。
檀紙　まゆみ(檀)を材料として作った紙。しぼと呼ばれるこまかなしわが作られるのは近世以降。「檀紙…」は類従本による。
冬毛　鹿の冬の毛で作った筆、夏毛よりやわらかい。
杉原　杉原紙。檀を用いて作った紙。播磨国多可郡杉原村に因むという。
木筆は橇毛にて　底本「木筆も木にて」。一般に木筆は柳を用いるといわれ、『入木口伝抄』には「ムクゲノ木ニテ之ヲ作ル」とある。

16 一、墨事

御稽古には*藤代墨（ふぢしろずみ）不ㇾ可ㇾ有二相違一。唐墨当時希有候歟。御手習には枝葉候哉。唐墨もあしく置候へば、やがて損候。不ㇾ裹（つつまず）してぬり物に入て、常に拭候。最上の秘事候也。

17 一、料紙事

細々御手習、〔檀〕紙無二相違一候歟。*真物は打紙よく候也。凡常何をも可ㇾ被ㇾ用候。御初心の時は、常書付候はぬ紙には書にくゝ候之間、調練の為には何紙にも書候也。

18 一、入木一芸、本朝は異朝に超たる事

弘法大師入唐の時、王宮壁字王羲之筆、一間破損。依ㇾ無二其仁一*闕ㇾ之。大師奉ㇾ勅書ㇾ之、晋代より唐朝に至まで*久絶たる道を被ㇾ興了。又道風が*中文（まうしぶみ）にも、万里波浪を隔て名を唐国にほどこすと書たり。*文時・*匡衡等が*文にも此詞を書載候歟。測知、此道本朝に抜群の人多しと云事を。依ㇾ之諸道唐朝之風を移といへども、手跡の事は唐書の説強（あながち）に不ㇾ用ㇾ之。*行成卿以来累家の庭訓相続。此口伝の外他説を不ㇾ用也。随而近来宋朝の筆躰多分非二神妙一歟。当世文学の輩、宋朝の筆躰を摸する間、*公宴懐紙、或は*綸旨、*院宣等、頗異躰不ㇾ可ㇾ然事也。又舊は旧、盧庖（は）、如ㇾ此の約束の*抄物字（せうもつじ）、難ㇾ用事也。聖教（しやうげう）にも如ㇾ此抄物字多之。菩薩は井等也。然而抄物之外不ㇾ書ㇾ之。本朝は毎事跡を*追て国風を不ㇾ失也。異朝は不ㇾ然。先代の旧風を改て当時の風俗を流布せしむるなり。仍筆躰も皆改也。硯の作様も古今事ㇾ異也。本朝は*魚養（なかひ）薬師寺の額を書。是用二能書一最初也。一筆にかくよし申伝たれども、今見ㇾ之*趁字のごとし。誠に不可説（ふかせち）の躰也。其躰も只当時に不ㇾ違。其後聖武天皇、*良弁僧正、光明皇后、*中将姫〈当麻曼荼羅感得人也〉、*弘法大師、嵯峨

16 墨について。その保存法など。

藤代墨 後白河院が熊野詣のとき、藤代の宿で作らせたことに因み、和墨ではもっともよきものとされた。

17 料紙について。最上級の檀紙を稽古用としたのは、この書が後光厳院に献ぜられたことによる。

真物 楷書。

18 中国書道に対して、伝統を重んずるわが国書道の優位をのべ、当時流行の宋代の書を非難する。

闕之 底本「閑之」。

久絶たる道 晋代王羲之から唐代まで能書が絶えていた。

中文 叙位などを申請する文書。天徳二年の道風申文は「隔万里之波濤、名是得播唐国」（本朝文粋）とある。

文時 菅原道真の孫。天元四年没。

匡衡 大江匡衡。妻は赤染衛門、匡房は曾孫。長和元年没。

文にも… 底本「文方も此詞を不載歟」、書陵部本による。

行成 藤原行成。累家（底本「里家」）の庭訓とはその家学。

公宴懐紙 宮中で催される詩歌管絃の会で書く懐紙。懐紙はたとうがみ、ふところがみ。

綸旨 蔵人が勅旨を受けて書く文書。

院宣 院の庁の発する文書。

抄物字 抄物書きともいう。略字。

追て… 底本「進て国風を不吉也」。

魚養 朝野魚養。延暦十年典薬頭となる。伝不詳。空海は入唐前魚養に

天皇、橘逸勢、*敏行、*美材等まで、大旨一躰也。筆は次第に*たをれたる様に成也。其後*聖廟抜群也。聖廟以後、野道風相続す。此両賢は筆躰も相似たり。*佐理・行成は、道風が躰を写来。*野跡・佐跡・権跡、此三賢を末代の今に至まで、此道の現権として、*好事面々、*彼風を摸也。仍本朝の風は不㆓相替㆒候也。

19　一、本朝一躰なれども時代に付て筆躰分明事

弘法大師前後の程の手跡、大略*一様也。道風以後、又各(おのおの)野跡の風也。行成卿は道風が跡を写といへども、聊わが様を書出せり。其後は一条院の御代よりこのかた、白川・鳥羽の御代まで、能書も非能書も皆皆行成卿が風躰也。*法性寺関白出現之後、天下皆一向此様に成て、後白川院以来時分如ㇾ此。剰(あまつさへ)*後京極摂政相続之間、弥此風盛也。後嵯峨院比までも此躰也。其間に、*弘誓院入道大納言等聊又躰替て、人多好用歟。是も凡は法性寺関白の余風也。法性寺関白は又権跡を摸する也。伏見院御書、近来天下に盛に奉㆓*賞翫㆒之。就中仮名は一向其様也。此仮名も法性寺関白以来*称念院関白の筆躰也。是を被ㇾ摸て御*天骨にてあそばし出されたる歟。*真名(まな)は佐理跡を被ㇾ摸歟。此等次第に成来たる様の御分別、事の次に申出候也。行成卿が後胤は皆権跡を写来。聊も筆躰を不ㇾ改。但時代にしたがゐて次第にかはりたる様に*外儀はみゆれども、其実は全同也。更異風を不ㇾ交。*行成卿より以来今の*行忠まで殊同姿也。能々写得たりとは見候也。

20　一、能書を被ㇾ用事

上古には物を書候へばとて、無㆓左右㆒清書に不ㇾ染ㇾ筆。其道の先達にも被ㇾ許、又朝家にも被ㇾ用て、*書役(かきやく)をも被ㇾ仰候程に成て、能書とは申されけり。又随分神妙の手跡なれど

書を学ぶという。
趁字　『入木口伝抄』にトムル字、体源鈔本では「とめ字」。
良弁僧正　華厳宗の開祖。底本諸本ともに「朗弁」。正倉院に「造東大寺司牒」がある。宝亀四年没。
中将姫　右大臣藤原豊成の娘という。伝説に当麻曼陀羅(底本割注「当广万随得人也」)を蓮糸で織ったという。
弘法大師・嵯峨天皇・橘逸勢　三筆。
敏行　藤原敏行。三筆後の能書として知られ、神護寺鐘銘を書く。
美材　小野美材。伝不詳。能書。
たをれたる様　側筆になる。側筆は書体に変化をつける。
聖廟　北野天満宮すなわち菅原道真。
佐理　藤原佐理。道風・行成とともに三跡の一人。　**野跡・佐跡・権跡**　三跡の筆跡。佐跡は底本「佐理」。
好事面々　書家達。底本「始高留之」。
彼風を摸也　底本「彼を風摸也」。類従本「彼遺風…」、体源鈔本「かの遺風をうつし候也」。
19　わが国の書道史。
一様也　底本「大様也」。
法性寺関白　藤原忠通。能書として知られ「今めかしき」書風といわれた。長寛二年没。
後京極摂政　藤原良経。忠通の孫。法性寺流の書をよくした。
弘誓院入道大納言　藤原教家。良経の子。　**賞翫**　底本「握翫」。
称念院関白　鷹司兼平。忠通の玄孫。

底本「照念院」、体源鈔本による。
天骨 天性、生得の才能。
真名 漢字。仮り名に対する。
外儀 外観。 **行成** 底本「行能」。
行忠 藤原行忠。父行尹は尊円の師。
20 能書の名とその歴史。
書役 書をもって宮廷につかえる人。
公任 藤原公任。関白頼忠の子。長久二年没。
行成 底本「行能」。
不勤 底本「不勲」。
定頼 藤原定頼。公任の子。寛徳二年没。
申上 底本「申入」。
候事 底本「得事可」、体源鈔本による。

も、其時猶勝たる人あれば、それにおされて無二名望一。是も此故也。*公任(きんたふ)卿は殊勝なれども、*行成卿抜群の同時なる故に、人々不レ用。我も卑下して*不レ勤二書役一。其子*定頼卿は、父に劣たれども、其時行成程の抜群の仁なければ、門殿の額已下随二書役一預二其賞一。これにて可レ得二其心一事歟。

已上三箇条、御手習の要須にあらずといへども、以レ次注申候也。

右条々、初心御稽古の詮要、大略如レ此。此外の事は、御習学のあいだ御不審に付て可二*申上一候也。又色紙形乃至額等事は、追可二申入一候。か様の事は、道の大事にて候へども、口伝を受候ぬれば、凡の入木の道を得候ぬる上には、中〳〵やすき事に候。只返々も正路に打むきて稽古を沙汰し*候事、第一かたき事にて候也。

時也応安第二之暦仲夏下旬之比喜二不慮之感得一馳二楚忽之禿筆一訖

釈義室(朱方印)

古来風躰抄

島津忠夫校注

古来風躰抄 上

序——和歌の本質

*やまとうたの起り、その来れること遠いかな。*ちはやぶる神代より始まりて、*敷島の国のことわざとなりにけるよりこのかた、その心おのづから*六義にわたり、その詞万代〈ヨロヅヨ〉に*朽ちず。*かの古今集の序にいへるがごとく、人の心を種として、よろづの言の葉となりにければ、春の花をたづね、秋の紅葉を見ても、歌といふものなからましかば、*色をも香をも*知る人もなく、何をかは*もとの心ともすべき。この故に、世々の帝もこれを捨て給はず、氏々の諸人も争ひもてあそばずといふことなし。よりて、昔も今も、*歌のしきといひ、*髄脳・*歌枕などいひて、あるいは所の名を記し、あるいは疑はしきことを明しなどしたるものは、*家々、われも〳〵と書き置きたれば、同じ(こ)とのやうながら、あまた世に見ゆるものなり。たゞ、この歌の姿詞におきて、吉野川良しとはいかなるをいひ、難波江の葦の悪しとはいづれを分くべきぞといふことの、なか〳〵いみじく説き述べがたく、知れる人も少かるべきなり。

和歌と止観

しかるに、かの*天台止観と申す文のはじめの言葉に、「*止観の明静なること、前代もいまだ聞かず」と、*章安大師と申人の書き給へるが、まづうち聞くより、ことの深さも限りなく、奥の義も推し量られて、尊くいみじく聞ゆるやうに、この歌の良き悪しき深き心を知らんことも、言葉をもて述べがたきを、これによそへてぞ同じく思ひやるべ

やまとうた 和歌。「からうた」(漢詩)に対しての改まった言い方。**ちはやぶる…** 「大和御言の歌はちはやぶる神代より始まりて…」(千載序)。古今序を承けた表現であるが「神代」の解釈を異にする。**敷島の国のことわざ** 大和言葉。「事業繁きものなれば」(古今序)をふまえながら、言葉の意に用いる。**六義** 古今序にいう六つの和歌のさま。そへ歌・数へ歌・なずらへ歌・たとへ歌・ただこと歌・いはひ歌。**朽ちず** 底本「ち」虫損。**かの古今集の序…** 始めから古今序を意識して書いているが、改めて引いたので「かの」といった。「やまと歌は人の心を種としてよろづの言の葉とぞなれりける」(古今序)。**色をも香をも…** 「君ならで誰にか見せむ梅の花色をも香をも知る人ぞ知る」(古今、春上)。**知る** ものの真を知る。**もとの心** 本意。物の本性。**歌の式** 歌経標式(歌式)・喜撰式・孫姫式・石見女式(逸文)。**髄脳** 新撰髄脳・俊頼髄脳(俊秘)等。**歌枕** 能因歌枕等。**家々…** 六条藤家を特に意識する。**天台止観** 摩訶止観一〇巻。天台三大部の一。**止観の明静なること…** 俊成のよみは恵心点より檀那点に近い。止観は天台宗の奥義で、散乱する妄念をとどめ、静寂な明智で万法を観照する事。**章安大師** 名は灌頂。

き事なりける。

さてかの止観にも、まづ仏の*法を伝へ給へる次第をあかして、法の道の伝はれることを人に知らしめ給へるものなり。*大覚世尊法を*大迦葉に付け給へり。迦葉、*阿難に付く。かくのごとく次第に伝へて師子に至るまで廿三人なり。この法を告ぐる次第〳〵を聞くに、尊さも起るやうに、歌も昔より伝はりて、撰集といふものも出で来て、万葉集より始まりて、古今・後撰・拾遺などの歌の有様にて、深く心を得べきなり。たゞし、*かれは*法文金口の深き義なり。*これは*浮言綺語のたはぶれには似たれども、ことの深き旨も現はれ、これを縁として仏の道にも通はさむため、かつは*煩悩すなはち菩提なるが故に、法華経には、*「若説俗間経書略之資生業等皆順正法」といひ、*普賢観には、「なにものか是罪、なにものか是福、罪福*無主。我心自空なり」と説き給へり。よりて、いま、歌の深き道も、*空仮中の三躰に似たるによりて、通はして記し申なり。

執筆の動機

歌のよきことを言はんとては、四条大納言公任の卿は、*金玉集と名付け、通俊卿後拾遺の序には、「詞*ぬもの〻ごとくに、心海よりも深し」など申ためれど、必ずしも錦ぬもの〻ごとくならねども、歌はたゞ*よみあげもし、*詠じもしたるに、何となく*艶にもあはれにも聞ゆる事のあるなるべし。もとより詠歌といひて、声につきてよくもあしくも聞ゆるものなり。この心は、年ごろも、いかで申のべんとは思ふ給ふるを、心には動きながら言葉には出しがたく、胸には覚えながら、口には述べがたくて、まかり過ぎぬべかりつるを、今、*ある高きみ山に、このやまと言の道の風をも深くしろしめせるあまりに、歌の*姿をもよろしと言ひ、詞をもをかしともいふことは、いかなるを言ふべき事ぞ、すべ

天台大師門人。師の講説を筆録編纂して後世に伝えた。
仏の法を… 摩訶止観序章に見える迦葉より師子に至る付法次第。金口相承という。 **大覚世尊** 釈迦の尊称。
大迦葉 摩訶迦葉。仏十大弟子の一。仏典の第一結集をする。 **阿難** 提婆達多の弟。釈迦の従弟。仏十大弟子の一。多聞強記。 **かれ** 止観の付法次第。 **法文金口** 仏法を記した文章や仏の言葉。 **これ** 万葉以来の和歌の伝統。 **浮言綺語** 根もない、いつわりの言葉。仏の教に対して詩歌管絃の類をいう。狂言綺語(朗詠下)とも。 **煩悩すなはち菩提** 「煩悩亦即是菩提。是名ニ集諦一」(摩訶止観一)。まよいがかえってそのまま悟りとなる。本来正反対であるが、円融して不二と見るのが仏智だと説く。
若説… 法華経、法師功徳品。「若シ俗間ノ経書、治世ノ語言、資生ノ業等ヲ説カバ、皆正法ニ順ハン」。
普賢観 観普賢菩薩行法経。法華の結経。一巻。 **無主** 底本「無ニ主ニ」。
空仮中の三躰 天台宗で説く空諦、仮諦、中諦の三種の真理。 **金玉集** 公任撰の秀歌集。 **ぬもの** 縫物。→補
よみあげ 声に出してよみあげ。
詠じ 節調をつけて朗詠し。詠歌も同じ。 **艶にもあはれにも** →補
ある高きみ山 式子内親王をさす。
姿 表現様式。心・詞に対し、両者の結合から生まれる情趣。風体。

て歌をよむべきおもむき、*海人のたく縄こと長くとも、*藻塩草かきのべて奉るべきよし、仰せ出されたることあり。これは、まことにこの道を筑波山の茂り、わたつみの底までも深くしろしめしたるあまりに、尋ねおほせらるゝ事なり。*世にある人は、たゞ歌はやすくよむことぞとのみ心を得て、かく程深くたどらむとまでは思ひ寄らぬものなり。しかるを、この道の深き心、なを*言葉の林を分け、*ふんでの海を汲むとも書き述べんことは難かるべければ、たゞ、上、万葉集より始めて、中古、々今・後撰・拾遺、下、後拾遺よりこなたざまの歌の、時世の移りゆくに従ひて、姿も詞もあらたまりゆく有様を、代々の撰集に見えたるを、はし〴〵記し申べきなり。

それにとりて、歌の心姿、申し述べがたしとても、ことに仏道に通はし、法文によせて申なす事や、なほ*わたくしのためのことなどこそあらめ、君もみそなはさむ事は、*むねとは*松と竹との年を言ひ、*鶴と亀との齢などをこそ引くべけれとそしり思ふ人もありぬべきを、身にとりて、*浅茅が末の露、もとの雫とならん事、*明日を待つべきにあらぬを、和歌の浦の波の音にのみ思ひをかけ、住の江の松の色に心を染めて、塩屋の煙一方になびき、入江の藻屑さま〴〵にかきつめんことの、この道のためも、かへりておろかにやとて、もし筆の跡しばしもとゞまり、松の葉の散り失せざらんほどは、おのづからあはれをもかけ、又そしらんともがらも、この道に心を入れん人は、万世の春、千年の秋の後は、皆このやまとうたの深き義によりて、法文の*無尽なるをさとり、*往生極楽の縁と結び、*普賢の願海に入りて、この詠歌の詞をかへして、仏をほめ奉り、法を聞きてあまねく*十方の仏土に*往詣し、先づは*娑婆の衆生を*引導せんとなり。建久と聞ゆる年の八年、文月の中の十日

海人のたく縄　長きの序。**藻塩草**　かくの序。**世にある人**…「俊恵法師、おだしきやうに詠みき」(後鳥羽院御口伝)など歌林苑の言説をさすか。**言葉の林**　詞林。**ふんでの海**　筆海。「ふんで」は文手(ふみて)の音便。**わたくしの**…　俊成の私的な目的の執筆ならばよいが。**むねと**　主として。**松と竹との年・鶴と亀との齢**　いずれも長寿をいう。**浅茅が末の露**…「末の露もとの雫や世の中の後れ先立つためしなるらむ」(新古今、哀傷)。**明日を**…「草ばの露と消えむこと明日を待つべきにもあらざれば」(民部卿家歌合跋)。**無尽**　究まりない徳を包含する意。無尽蔵。**往生極楽**　死後、極楽浄土に往き、蓮華の上に生まれること。**普賢の願海**　普賢十願。普賢菩薩の十大願。華厳経、普賢行願品。**十方の仏土**　十方は八方と上下。仏土は仏の住む清浄な国土。**往詣**　神仏に参詣すること。**娑婆**　この世。穢土(えど)。**引導**　衆生を善道に引き導くこと。**草の庵**…「昔思ふ草の庵の夜の雨に涙な添へそ山郭公」。**苔の袖**…「年暮れし涙のつららとけにけり苔の袖にも春や立つらん」。いずれも治承二年五月右大臣家百首の俊成の歌。**する墨**…「する墨も落つる涙に洗はれて恋しとだにもえこそ書かれね」(金葉、恋下)。**古来風躰抄**　再撰本

ごろ、*草の庵夕風涼しく、*苔の袖も朝露繁きにつけて、*する墨もかつ現はれ、老の筆の跡もいとゞ乱れながら記し終りぬるになん。この集をば、名づけて*古来風躰抄と名付くといふことしかり。

和歌の歴史(1)――神代

三十一字の歌のはじめは、さらに申もことふりにたれど、素戔嗚尊の出雲の国に至りて、宮造し給ふとき、八色の雲の立ちけるに、よみ給へる歌、

*八雲立つ出雲八重垣つまごめに八重垣作るその八重垣を

*天つ神の御孫、*わたつみ姫に住み通ひ給ひけるを、鵜羽葺不合尊を産み置き奉りて、*わたつみの宮に帰り給ひにける時の御歌、

*沖つ鳥かもづく島にわがゐねし妹は忘れじ世のこと〴〵に

かくよみ給ひたりければ、豊玉姫の御返し、

*あかだまの光はありと人はいへど君がよそひし尊くありけり

となんありける。これらは、*神代のことなるべし。

仁徳天皇　*人の代となりては、*大鷦鷯帝と申ける、皇子におはしましける時、同じき御弟*宇治わかこと申けると、位を互に譲り給ふとて、難波におはしましけるを、なほ位に就き給ふべきこと近くなりける時、*王仁といふ人の、いぶかり思ひて、よみて奉りける歌、

*難波津に咲くやこの花冬ごもり今は春べと咲くやこの花

*この事は、応神天皇と申は、人の代となりて、神武天皇より*十六代にやおはしますらん。この応神天皇と申は、*宇佐宮八幡の大菩薩におはします。その御王子、兄を大鷦鷯皇子と申、*その御弟を宇治わかこと申けり。帝、宇治わかこをや殊に御*愛子におはしましけん、

(高松宮家蔵本)に「いにしへよりこのかたのうたのすがたの抄」とある。

八雲立つ… 記紀に見えるが、「三十一字の歌の初」とする考えなど主として古今真名序による。

天つ神の御孫 彦火火出見尊。

わたつみ姫 海神の子。豊玉姫。

わたつみの宮 海神の宮。竜宮。

沖つ鳥… 記にも見えるが、書紀による。下句「いもはわすらじよのことごとも」。 **あかだまの…** 記にも見えるが書紀による。 **神代・人の代** 古今仮名序は神代七代を神代とし、素戔嗚尊を人の代とみるが、ここは神武天皇以降を人の代とする。

大鷦鷯帝 仁徳天皇。 **宇治わかこ** 菟道稚郎子(書紀)、宇遅能和紀郎子(記)。「うぢのわきいらつこ」の略。

王仁 記に「和邇吉師」。応神十六年来朝、菟道稚郎子の師となる。

難波津に… 古今序「難波津の歌は帝の御始なり」の古注による。

この事は… 大鷦鷯皇子と菟道稚郎子との皇位を譲りあった話は、仁徳即位前紀による。 **十六代** 応神天皇を一六代とするのは、神功皇后を数えたことによる。 **宇佐宮** 大分県宇佐市にある宇佐八幡宮。祭神は応神天皇ほか。奈良時代より朝廷の崇敬厚く、平安初期、朝廷から大菩薩号を贈られて神仏習合の先駆となった。

その御弟… →補。 **愛子** かわいがっている子。

東宮に立て奉らせ給ひてけり。その後、帝隠れおはしましにければ、東宮位に就き給ふべきを、「いかでかわれ兄を置き奉りては位に就かん。大鷦鷯皇子、早く位に就かせ給へ」と申給ひけるを、又、「われは兄なりとも、宇治わかこを先づ位にとおぼしめしければこそ、太子には立て奉らせ給ひけめ。いかでか父の御志を違へ奉らん。宇治わかこ、早く位に就き給へ」とて、われは*難波におはしましにけり。又、宇治わかこも、*宇治にこもり給ひにけり。その程に、国々の海人どもゝ、貢物を持ちて、宇治にもて参れば、「我は天皇にあらず。難波へ*をもてまいれ」と仰せられければ、難波にもて参れば、又、「宇治へをもて参れ」と仰せられければ、此方彼方もて参るほどに、何も朽ち損じければ、海人どもゝ、「*おのがものから袖をなん」ぬらしけるといふ事も、この御折のことなり。かくて、三年を経ける程に、宇治わかこのたまはく、「我、兄の王の志を奪ふべからず。久しく生きて天下を煩はさんや」とて、*わざとなるやうにて、隠れ給ひにければ、大鷦鷯皇子聞き給ひて、難波より急ぎおはしまして、「いかで我を捨てゝ先には立ち給ふべきぞ。生きかへり給へ」と、棺に向ひて悲しび給ひければ、宇治わかこ生き返り給ひて、起き居給ひて申給はく、「これは天命なり。限りある事なり。いかでかとゞまらん」と申給ひて、又、棺に伏して失せ給ひにければ、大鷦鷯皇子*素服して悲しび給ひて、*宇治山の上に陵などし給ひてけり。その後なん、大鷦鷯帝遂に位に就き給ひにける。これを仁徳天皇と申なり。

*その後、*高殿にのぼりて、民の家々を御覧じつかはすに、民の家に煙立たず。歎きてのたまはく、「民の家に煙立たず。*近つ国だにかゝり。まして、*遠つ国々いかならん。いま

難波 大阪市。のちの仁徳天皇高津宮は、東区餌差町のあたりという。

宇治 京都府宇治市。「宮室を菟道に興てて居します」(書紀)。

を 間投助詞。

おのがものから… 自分の物が原因で涙に袖をぬらす。「海人屢還るに苦みて、乃ち鮮魚を棄てて哭く。故、諺に曰はく、あまなれや己が物から泣く(有海人耶、因己物以泣)といふは其れ是の縁なり」(書紀)。

わざとなる… 「すなはち自らをはりたまひぬ(乃自死焉)」(書紀)。

素服 喪に服する時に着る服。素は白。喪服は古くは白が多かった。「是に、大鷦鷯尊、素服(あさのみそ)たてまつりて発哀(かな)びたまひて、哭したまふこと甚だ慟(す)ぎたり」(書紀)。

宇治山の… 「仍りて菟道の山の上に葬りまつる」(書紀)。「宇治墓 菟道稚郎皇子。在山城国宇治郡。兆域東西十二町、南北十二町。守戸三烟」(延喜諸陵式)。

その後… 仁徳天皇の仁徳をあらわす話は、仁徳紀四年—十年による。

高殿 一段と高い所に高く造った御殿。「高臺」(書紀)。

近つ国 都に近い土地。畿内。「邦畿之内」(書紀)。

遠つ国々 都に遠い国々。「畿外諸国」(書紀)。

高き屋に… 「高殿に上りて見れば天の下四方に煙りて今ぞ富みぬる 藤

三年は、国々貢物な奉りそ。御膳・御服・御殿の事、たゞかくてありなん」と。三年過ぎて、又、高殿にのぼりて御覧ずるに、民の家々皆煙立ちけり。御覧じて、「民富めり、我すでに富みぬ」と。后笑ひて申給はく、「富めりとはのたまへど、御膳・御服・御殿しか〴〵あり。何事か富み給へる」と。帝のたまはく、「いまだ聞かず、民富んで君貧しといふ事を」と。さてよみ給へる御製なり。

　高き屋にのぼりて見れば煙立つ民の竈は賑ひにけり

さて、民ども参りて、「今は三年すでに過ぎにたり。貢物供へ奉らん」と。帝仰せられていはく、「なを、今四年は、貢物な奉りそ」と。「七年を過ぐしてを奉れ」と。七年過ぎにければ、国々の民、老いたる若きを言はず、材木を肩にかけて、競ひ参りて、宮造程なくしけりとなん。

この帝は、位におはしますこと八十七年なり。すべての御年は百廿七年なんおはしましける。帝の第一の御祈は、民のうれへをとゞめさせ給ふべきなりとぞ、文には申て侍なる。

采　女　葛城のおほきみを陸奥へ遣はしたりけるに、国司まうけなどはしたりけるを、すさまじかりけるにや、采女なりけるものゝよみける歌、

　安積山影さへ見ゆる山の井の浅くは人を思ふものかは

かくよみたりけるにぞ、おほきみの心もゆきにけるとぞ。

聖徳太子　聖徳太子、片岡山を過ぎ給ふ時、道のつらに飢人あり。太子、御馬より下り給ひて問ひ語らひ給ひて、紫の御衣を脱ぎて、飢人に賜ふとて、よみ給へる御歌、

　しなてるや片岡山に飯に飢へて臥せる旅人あはれぶべし

原時平（延喜六年日本紀竟宴歌）の改作。朗詠下に見え、俊秘・新古今、賀には、仁徳天皇御製とする。**御年**　書紀には享年を記さない。八三歳（記）、一一〇歳（水鏡・皇代記）とも。　**帝の…**　「古の聖王は一人も飢ゑ寒ゆるときには、顧みて身を責む」（書紀）とある。「楽㆓民之楽㆒者民亦楽㆓其楽㆒。憂㆓民之憂㆒者民亦憂㆓其憂㆒」（孟子、梁恵王）などをさすか。

葛城のおほきみ　葛城王。橘諸兄（→二七一頁注）か。

まうけ　御馳走の用意。

すさまじ…　不機嫌だったからか。

采女　御膳その他のことに奉仕する女官。地方の相当の身分ある人の子女が選ばれた。　**安積山…**　古今序の「あさか山の言葉は采女のたはぶれよりよみて」の古注による。もとは万葉三八〇七の左注（二九二頁下）。

心も…　心も晴れた。「心とけにける」（古今序）。

聖徳太子…　太子と飢人との贈答歌および後日譚は、聖徳太子伝暦によるか。推古紀二十一年には、太子の歌のみ、拾遺、哀傷には贈答歌が見える（三二二頁下）。

紫の御衣　「紫御袍」（伝暦）。紫は最上の服色。

しなてるや…　「科照耶片岡山邇飯飢而臥其旅人可怜。祖无邇汝成介米耶、刺竹之君速无母、飯飢而臥其旅人可怜」（伝暦）。

親なしに　*なけなりめや　さすたけの　君は親なし　飯に飢へて　臥せるその旅人

あはれぶべし

これは*旋頭歌なるべし。

飢人、返しを奉る。

*斑鳩や富の雄川の絶えばこそわが大君の御名を忘れめ

太子、宮に帰り給ひて後、使を遣はして見せ給ひければ、飢人すでに死去しにけり。太子かなしび給ひて、あつくはうぶらしめ給ひ、塚など高くつかれけるを、*大臣*馬子宿禰、七の*大夫などそしり奉りていはく、「君は尊き事限りなし。道のほとりの飢人は賤しきものなり。しかるを、御馬より下りて語らひ給ひ、又、歌を賜ふ。その死ぬるに及びて、厚くはうぶらる」と申ければ、その人々を召して、「片岡に行きて、塚を開けて見るべし」と仰せられければ、行きて開けて見るに、その屍なし。棺のうち、甚だかうばし。賜へりける御ものどもは、畳みて棺の上に置けり。たゞ、太子の奉れりし紫の御衣のみぞ無かりける。*まうち君たち、おほきにあやしみ歎きて、そのよし申ければ、太子深く*恋慕し給ひて、常にその歌を誦し給ひけり。

行　基

*聖武天皇、東大寺を造り給ひて、供養あらむとての日、*行基菩薩、難波の岸に出でゝ、*南天竺の*波羅門僧正を迎へられける時、僧正、菩提の岸に着きて、互に手を取り、笑を含みて、物語し給ひて、行基菩薩のよみ給ひける歌、

*霊山の釈迦の御前に契りてし*真如朽ちせず逢ひ見つるかな

波羅門僧正の返し、

なけなりめや　底本の誤。再撰本「なれなりけめや」。　**旋頭歌**　三十一字の歌の中に一句を加えた歌で、五字を加えても七字を加えてもよく、加える場所も三・四・五句目のあと自由と考えられていた(俊秘・奥義)。伝暦は「是夷振歌」とする。

斑鳩や…　「怒鹿之富小川之絶者社我王之御名者忘目」(伝暦)。　**大臣**　令制以前の最高官の一。「大臣(おほおみ)」(書紀)。　**馬子宿禰**　蘇我氏。稲目の子。父についで大臣となる。宿禰は敬称。推古天皇三十四年(六二六)没。

大夫　大臣・大連(おおむらじ)につぐ地位のもの。「四の大夫起ち進みて大臣に啓す」(推古紀十八年)は大伴咋連・蘇我豊浦蝦夷臣・坂本糠手臣・阿倍鳥子臣をさす。　**まうち君**　大夫。

恋慕　恋いしたう。「太子日夕慕恋、常誦二其歌一」(伝暦)。

聖武天皇…　大仏開眼供養。天平勝宝四年(七五二)。

行基菩薩　天智天皇七年(六六八)に生れ、天平二一年(七四九)寂。和泉の人。養老元年説法を禁じられたが後許されて大僧正となる。文殊の化身と言われた。　**南天竺**　五天竺の一。

波羅門僧正　名は菩提。天平八年(七三六)来朝、大安寺に住し天平勝宝二年僧正、天平宝字四年(七六〇)寂。年五七。

霊山の…　拾遺一三四八(三二一頁下)・俊秘・三宝絵・今昔(一一ノ七)・袋草紙などに、「かびらゑに」の歌(拾遺一三

*かびらゑにともに契りし甲斐ありて文殊の御顔逢ひ見つるかな

又、*行基菩薩、まだ若くおはしける時、*智光法師に*論義にあひ給へりけるを、智光、少し驕慢の心にやありけん、若き敵にあひたりと思へる気色なりければ、歌をよみかけられける、

*まぶくだが修行に出でし片袴我こそ縫ひしかその片袴

かく言はれて、「*二生の人にこそおはしけれ」と*帰伏しにけり。この事は、行基菩薩の先の身に、大和国なりける長者など言ひけるは、国の*大領などやうのものにやありけん。その家の娘のいみじくかしづきけるが、かたちなどいみじくをかしかりけるを、*門守する女のありけるが、子にまぶくだといふ童有りけり。十七八ばかりなりけるが、その家の娘をほのかに見て、人知れず病になりて、死ぬべくなりにける時、母の女そのよしをとひ聞きて、「我子生けて給ひてんや」と、洩らし言ひ入れたりければ、娘、「おほかたは安かるべきやうなる事なれど、むげにその童のさまにては、さすがなりぬべし。さるべからん寺に行きて、法師になりて、学問よくして、才ある僧になりて来らん時あはむ」と言はせたりければ、かくと聞きて急ぎ出で立ちける。「童の着るべかりける袴は持て来、我縫ひて取らせん」と言ひければ、母の女、忍びて参(ら)せたりけるを、*片袴をなん縫ひて取らせたりける。さて、寺に行きて、師につきて、学問を夜昼しければ、二三年ばかりに、程なく、殊の外の智者になりにけり。さて、後来りければ、「今宵」と言ひてあひたりける程に、この娘、にはかに消え入るやうにてなくなりにけり。法師あさましく悲しく覚えて、やがて寺に帰りて、*道心深く起して、いよ〳〵尊くなりにけるぞ、智光法師なりける。さ

咒)とともに見える。霊山は霊鷲山。釈迦説法の地。
真如 まこと。真は虚妄でないこと、如はその性が変転しないこと。
かびらゑ 中天竺、釈迦生誕の地。
行基菩薩… この話は、今昔(一一ノ二)・奥義・古本説話(下六〇)、私聚百因縁集七などに見える。 **智光** 奈良時代の三論宗の僧。河内の人。元興寺に住む。智光曼陀羅で有名。
論義 経文の要義を問答議論すること。 **まぶくだが…** 「又俊成卿語云、行基菩薩詞は歌なり」(袖中六)。第三句は藤袴とある。「まぶくだ」は、真福田丸(今昔・古本説話)。智光の童名。 **二生の人** 前世・現世ともに人間に生まれた人。 **帰伏** 心をよせて従うこと。 **大領** 郡の長官。
門守する女 「門まもりの嫗」(奥義)。門番をしている女。
片袴… 「姫君あはれみて藤の袴を調じて取らす。片袴をばみづから縫ひつ」(奥義)。片袴は袴の脚の片方か。
道心 仏道に帰依する心。

善知識は… 「善知識者是大因縁」(法華経、妙荘厳王本事品)。善知識はよき親友、人を導いて仏道に入らせる高僧。 **頼光** 智光と同門の元興寺の学僧。「元興寺智光頼光両僧、従少年時、同室修学」(日本往生極楽記)。
サキニ 底本「ゆめに」を見せ消ち。行間に「サキニ…ユメニ」を書入れ。

れど、わが童名まぶくだといふ事、僧の中には、さしも知らせざりけるを、年経て、行基といふ若き智者の出で来りけるに、論義にあひたる程に、その昔の名をかく言ひて、「我こそ縫ひしかその片袴」と言ひけるに、思ひ続くれば、「わがもと道心起し始めし女は、すなはち、この行基にこそおはしけれど、わが身を尊き僧となさんとて、しばしかりに、その女と生まれて見えたりける」と、心を得るに、いよ〳〵尊くめでたくも恥も覚えけるなり。*善知識は、まことに大因縁なるものなり。この智光は、智光・*頼光といひて、一双の尊きものなり。頼光は、*サキニ極楽に参りにけり。*智光ハ、ノチニ、ユメニ極楽に参りて、極楽の有様曼荼羅に書きて、*智光が曼荼羅とて、世に伝へたる人なり。

又、行基菩薩、*菅原寺の東南院にして、*をはりとり給ひける時、もろ〳〵の弟子どもに教へ戒めていはく、「*口の虎は身を破る。舌の剣は命を断つ。*口をして鼻のごとくにすれば、後あやまつことなし。*虎は死にて皮を残す。人は死にて名をとゞむ」と。さて、よみ給ひける歌、

*かりそめのやさしかる世を今更にものな思ひそ仏となれ

又云、

*法の月久しくもがなと思へどもさ夜ふけぬらし光隠しつ

かくよみて、身心安穏にしてぞ、をはり給ひにける。

伝教大師　*伝教大師、*比叡の山を建立すとて、よみ給へる歌、

*阿耨多羅三藐三菩提の仏たち我が立つ杣に冥加あらせたまへ

*かゝれば、この国に生まれもし、来りもする人は、*権者も*正者も、皆歌をばよむ事とな

智光ハ　再撰本は次に「その生所を見んと願て」とある。**智光が曼荼羅**　浄土曼荼羅の一。原本は極楽院にあったが焼失。転写本があり、方四・八センチメートルの小型で図柄も簡略。「智光夢覚。忽命二画工一。令レ図二夢所レ見之浄土相一」(日本往生極楽記)。

菅原寺…　「寿八十二。(天平)廿一年二月二日丁酉之夜、右脇而臥。正念如常庵。終二於右京菅原寺一」(大僧上舎利瓶記)。菅原寺は養老五年、寺史乙丸より宅を寄進され、右京三条三坊に建立(行基年譜)。奈良市伏見の喜光寺。　**をはりとり…**　臨終の時。

口の虎は…　行基年譜(安元元年、泉高父宿禰作成)に見える。口舌を慎まないと災にあう。虎も剣も恐しいことの喩え。　**口をして…**　口を閉じて物を言えないようにする。

虎は死にて…　死後に名誉・功績を残すことの喩え。

かりそめの…　続後撰・行基年譜・古今著聞集・沙石集・古事談等所見。

法の月…　新勅撰・古今著聞集所見。

伝教大師　最澄の諡号。　**比叡の山を…**　袋草紙に「是は中堂建立之時、材木取に入レ杣給之時歌也」とある。

阿耨多羅…　朗詠・俊秘・袋草紙等。新古今、釈教に入る。阿耨多羅三藐三菩提は無上正等正覚。一切の真理をあまねく正しく知る仏の智慧。

かゝれば…　「かゝりければこの世に生まれと生まれ我が国に来りと来る

れるなるべし。

和歌の歴史(2)——万葉集　たゞし、上古の歌は、わざと姿を飾り、詞を磨かむとせざれども、世もあがり、人の心もすなほにして、たゞ、詞にまかせて言ひ出せれども、心も深く、姿も高く聞ゆるなるべし。又、*そのかみは、ことに撰集などいふ事もなかりけるにや。たゞ*山上臣憶良といひける人なん、*類聚歌林といふもの集めたりけれど、勅事などにしもあらざりければにや、殊に書きとゞむる人も少くや有りけん、世にも*なべて伝はらず、見たる人も少かるべし。たゞ、万葉集の詞に、「山上臣憶良が類聚歌林にいはく」など書きたるばかりにぞ、さる事有りけりと見えたる。「*宇治の平等院の宝蔵にぞあなると聞く」とぞ、少納言の入道*通憲と申しゝ物知りたりしもの、昔、*鳥羽の院にて、物語のついでに語り侍りし。「この憶良と申は、柿本朝臣人丸など、同じ時のものなり。少し人麿よりは後進にはありけん」とぞ見えて侍。憶良は、遣唐使に、唐に渡りなどしたるものなり。

その後、奈良の京、聖武天皇の御時ぞ、*橘諸兄の大臣と申人、勅をうけたまはりて、万葉集をば撰ぜられける。その頃までは、歌の良き悪しきなど、強ゐて撰ぶことなどは、いともなかりけるにや。公宴の歌も、私の家々の歌も、その筵によめる程の歌は、数のまゝにも入りたるやうにぞあるべき。それより先、*柿本朝臣人麿なん、殊に歌の聖にはありける。これは、いと常の人にはあらざりけるにや。かの歌どもは、その時の歌の姿・心にかなへるのみにもあらず、時世はさま〳〵改まり、人の心も、歌の姿も、折につけつゝ移り変るものなれど、かの人の歌どもは、*上古・中古・今の末の世までを*鑑みけるにや、昔の世にも、末の世にも、皆かなひてなん見ゆめる。

人は…」(千載序)。 **権者** 神仏などが人々を救うために、かりに人の姿となってこの世に現われたもの。袋草紙には「権化人の歌」として、これらの歌を掲げる。 **正者** 聖者。煩悩を離れ正理を悟った人。仏・菩薩をさして呼ぶ。

そのかみ その昔。その当時。 **山上臣憶良** ほぼ斉明六(六六〇)—天平五(七三三)年頃と推定され、誕生は人麿より早いが作歌生活はおくれ、神亀・天平の作が多い。大宝二年遣唐少録として渡唐。筑前守。臣は八姓の第六。 **類聚歌林** 憶良撰。散逸。万葉六以下左注に九カ所引用。 **なべて** ふつう一般には。 **宇治の平等院…** 和歌現在書目録にも「類聚歌林 憶良 在平等院宝蔵」と見える。

通憲 藤原実兼の子。信西。平治元年(一一五九)殺さる。本朝世紀以下の著がある。 **鳥羽の院** 七四代の天皇。保元元年(一一五六)没。

橘諸兄 美努王の子。はじめ葛城王。正一位左大臣。天平勝宝九年(七五七)没。万葉の成立については三〇五頁参照。 **柿本朝臣人麿…**「かのおほん時、おほき三の位、柿本人丸なむ歌の聖なりける」(古今序)。

上古中古今の末の世 「上古、万葉集より始めて、中古、々今・後撰・拾遺、下、後拾遺よりこなたざまの歌」(一六四頁)。 **鑑み** かんがみ。手本として照らして考える。

古今集　その後、*延喜の聖の帝の御時、紀貫之・紀の友則・凡河内躬恒・壬生忠岑などいふものども、この道に深かりけるをきこしめしてなん、勅撰あるべしとて、古今集は撰び奉らしめ給ひけるなり。この集の頃をひよりぞ、歌の良き悪しきも殊に撰び定められたれば、歌の本体には、たゞ古今集を仰ぎ信ずべき事なり。万葉集より後、古今集の撰ばるゝことは、代々多く隔たり、年々数積りて、歌の姿、詞づかひも、殊の外に変れるべし。

後撰集　その後、*村上の御時、又、道々興させ給ひけるに、歌のことをも、殊に崇めおぼしめしけるに合はせて、上に左右の大臣にて、*小野宮大臣清慎公・*九条の大臣師―、おの〳〵この道に深くいたれる人々なる上に、下に又、大中臣の能宣・清原元輔・源順・坂上の*是則などいふものどもさへ聞えけるを召して、*梨壺に侍はせ給ひて、*撰和歌所と名付けて、一条摂政*伊尹は、その時、蔵人少将にものしけるを、その所の別当と定め仰せられて、かつは万葉集をも*和し、講ぜられ、さらぬ古歌どもをも記し奉らしめ給ひける。さてなん勅ありて、後撰集は撰じ奉らしめ給ひける。*撰者には、なを小野宮の大臣なんうけたまはり給へりける。万葉集は、もとはひとへに*真名仮名といふものに書きたる物にて、*材智あるものは読み、文字知らぬ人、まして女などはえ読まぬものにてぞありけるを、この御時、梨壺の*五人、かつは定め合はせて、源順、*むねと材智あるものにて、和してなん、常の仮名は付け始めたりける。それより後なん、今は、女なども見ることにはなれるなるべし。古今集の後、後撰集の撰ばるゝ事は、延喜五年よりノチ、*朱雀院の御時をこそは隔てたれば、わづかに*四十余年などや程経て侍りけん。されど、時の大臣よりはじめて、大中納言よりしもざま、大納言にて西宮の大臣*高明・*師氏の大納言・*朝忠

延喜の聖の帝　醍醐。第六〇代。八八五―九三〇。　**村上**　第六二代。九二六―九六七。**小野宮大臣**　藤原実頼(九〇〇―九七〇)。忠平の子。摂政関白、従一位。清慎公集。後撰に一〇首。　**九条の大臣**　藤原師輔(九〇八―九六〇)。忠平の子。右大臣、正二位。師輔集。一三首。**是則**　望城(是則の子)の誤。　**梨壺**　昭陽舎。　**撰和歌所**　天暦五年設置(本朝文粋所収、源順執筆の奉行文)。**伊尹**　藤原。九二四―九七二。師輔の子。太政大臣、正二位。一条摂政御集。二首。　**和し**　仮名によみとき。　**撰者には…**　実頼撰者説は他書に見えない。元輔・能宣・時文が実頼家出入の歌人であることからも、傾聴に価する説。　**真名仮名**　万葉仮名。漢字の音訓を借りた表記。　**材智**　才智。　**五人**　能宣・元輔・順・望城と紀時文。　**むねと**　主として。とりわけ。　**朱雀院**　第六一代。　**四十余年**　撰集事業の開始された天暦五年まで四六年。　**高明**　源。九一四―九八二。醍醐皇子。左大臣、正三位。西宮左大臣集。後拾遺初出。**師氏**　藤原。九一三―九七〇。忠平の男。大納言、正三位。海人手古良集。一首。　**朝忠**　藤原。九一〇―九六六。定方の男。中納言、従三位。朝忠集。四首。再撰本「敦忠中納言」が加わる。**伊勢**　七〇首。貫之の七四首につぐ。**中務**　伊勢の女。七首。　**大輔**　源弼女(古今目録)と同一人か否か不明。承香殿の女房であったことも他書に

の中納言など、殊に歌よみ多かりける上に、古今集に入れる人々の、その後よめる歌も多く、女も、*伊勢・*中務・*承香殿の*大輔などいひても、すべて、歌よみ多かりける故に、君も詩歌の道深くおましまして、勅撰も重ねてありけるなるべし。

拾遺集と拾遺抄

この後、*華山の法皇、拾遺集を撰ばせ給ひて、古今・後撰二つの集に残れる歌を拾へるよしにて、拾遺集と名付けられたるなり。よりて、古今・後撰・拾遺、これを三代集と申なり。しかるを、*大納言公任卿、この拾遺集を抄して、拾遺抄と名付けてありけるを、*世の人、これをいますこしもてあそぶほどに、拾遺集は、*あいなく少し*おされにけるなるべし。この拾遺集も、又、後撰集の後、いくばく久しからざれども、なほ、古今・後撰に洩れたる歌も多く、当時の歌よみの歌も、よき歌多かりける上に、*万葉集の歌、人麿・赤人が歌をも多く入れられたれば、良き歌もまことに多く、又、*少し乱れたる事もまじれる故に、抄は殊に良き歌のみ多く、又、時世もやう／＼下りにければ、今の世の人の心にも、殊にかなふにや、近き世の人のうたよむ*風躰、多くは、たゞ拾遺抄の歌をこひねがふなるべし。

後拾遺集

その後、*久しく撰集はなくて、歌よみは多く積りにけるほどに、*白河院の御時、勅撰ありて、通俊卿うけたまはりて、後拾遺は又、後に残れるを拾へる集と名付けられたるなり。この集どもの歌を見るに、歌の道の、少しづゝ変りゆける有様は見ゆるものなり。古今の後の後撰は、いかなるにか、歌も*古き姿をむねとし、詞も殊に*古きさまに書かれたるがいみじきことなるとぞ申伝ふめる。歌の中にぞ、贈答などの多く続きたるところの、*少し乱れたるところもあるなるべし。後拾遺の歌は、上、村上の御時の*梨壺の五

所見なし。一六首。
華山の法皇 第六五代。九六八—一〇〇八。
大納言公任卿… 拾遺抄は拾遺集より抄出したものとする説は、袋草紙に見え(ただし清輔は抄も花山院親撰と見る)、平安末・中世を通じての通説。今日では集は抄を増補したものとする説がほぼ定説。 **世の人これを**… 伝伊経筆尼子切・伝公任筆唐紙拾遺抄切など平安時代の古筆切は、ほとんど抄の切であることからも知られる。 **あいなく** わけもなく。ただもう。 **おされ** 圧され。圧倒され。 **万葉集の歌** 一二〇余首。柿本集・赤人集などの間接資料よりの採録。 **少し乱れたる**… たとえば、雑賀の巻など。 **風躰** ふうてい。歌の姿。 **久しく**… 拾遺の成立年代は不明なるも、寛弘五年(一〇〇八)冬には流布。後拾遺奉勅は承保二年(一〇七五)。 **白河院** 第七二代。一〇五三—一一二九。 **古き姿・古きさま** 褻の歌ぶり。「褻なる詞なれど古き歌はただありによめれば、かやうのこと多かり」(僻案抄)。 **少し乱れたる** 贈歌と返歌の照応しないものなどをいうか。 **梨壺の五人**… 元輔・能宣二六首、順三首、望城一首、時文二首、以下公任一九首、長能二〇、道済二三、道信一一、実方一四、小大君四、泉式部六七、紫式部三、清少納言二、赤染三一、伊勢大輔二七、小式部二、小弁一五首入集。

人が歌をむねとして、それよりこなた、拾遺の後、久しく撰集なくして、世に歌よみは多く積りにければ、公任卿をはじめとして、長能・道済・道信・実方らの朝臣、女は、小大君・泉式部・紫式部・清少納言・赤染・伊勢大輔・小式部・小弁など、多くの歌よみどもの歌積れる頃をひ撰びければ、いかに良き歌多く侍けん。されば、げにまことにおもしろく、*聞き近く、ものに心得たるさまの歌どもにて、をかしくは見ゆるを、*撰者の好む筋や、ひとへにをかしき風躰なりけん。殊に良き歌どもはさる事にて、*はさまの地の歌の、少しさき〳〵の撰集に見合はするには、*たけの立ち下りにけるなるべし。又、その御時、大納言*経信卿、いま少し先達なるを置きて、中納言通俊、参議の時、勅撰をうけたまはるといへる事、少しはおぼつかなき事なり。さればにや、*難後拾遺といふものありけりとかや。かの大納言の歌の風躰は、又殊に歌のたけを好み、*古き姿をのみ好める人と見えたれば、後拾遺集の風躰を、いかに相違して見え侍りけん。

金葉集　この後、*同じき君位おりさせ給ひて、堀河院の御時、この道好ませ給ひ、*百首の歌、人々に召す事などありて、歌又積りにける後、鳥羽院なを位おりさせ給ひ、*花見の御幸などいふ事ありける後、わが御時の勅撰、後拾遺ばかりは飽かずやおぼしめされけん、重ねて撰集あるべしとてなん、源俊頼朝臣勅をうけたまはりて、*金葉集は撰ばれたるなり。

詞花集　その後、又、*崇徳院、位おりさせ給ひて後、左京の大夫顕輔卿うけたまわりて撰べる、これを*詞華集と申すなり。おほかた撰集は、万葉集より始めて、後拾遺までも、*巻軸廿巻、歌の数大都千歌余り、常の事なり。拾遺抄ぞ抄なれば、十巻に抄せるを、

聞き近く　耳に立つことなく。　**撰者の好む筋**　着想や表現に新奇を求め、未熟な表現や晴の歌としての違反に寛大な傾向をさす。　**はさまの地の歌**　秀歌と秀歌の間におかれた地歌。地歌は秀歌を引き立て全体に変化を与える効果をもつものとされた。「谷波佐麻」(皇極紀訓)。　**たけ**　歌格の高さ、大きさ。　**経信卿…**「于レ時有二経信匡房者一、此道之英才、先達也。不レ奉レ之、如何」(袋草紙)。承保二年当時、経信六一歳、通俊二九歳。実際は、院・近臣閑談の間の「須臾ノ命」(後拾遺目録序)による奉勅か。　**難後拾遺**　後拾遺所載八四首の批評論難書。　**古き姿**　伝統的な和歌の正風。

同じき君　白河院。　**百首の歌**　堀河百首。康和末から長治にかけ公実・匡房・俊頼・基俊らの詠進。　**花見の御幸**　保安五年(一一二四)閏二月十二日白河・鳥羽両上皇白河法勝寺に御幸。白河南殿で和歌披講(百錬抄・袋草紙)。　**金葉集**　天治元年(一一二四)奉勅。大治元年(一一二六)・二年の間に奏覧(袋草紙)。初度本・二度本・三奏本があるが、二度本が流布。

崇徳院　第七五代。一一一九—一一六四。　**詞華集**　天養元年(一一四四)奉勅。仁平元年(一一五一)奏覧。　**巻軸**　巻物のしん。巻物。

存じける　考える。拾遺抄を規範として考える。　**玄々集**　一巻。円融

金葉・詞華は拾遺抄を*存じけるにや、二の集は十巻に撰じたるなり。又後拾遺よりさき、勅撰にはあらで私に撰べる集どもあまたあるべし。能因法師は*玄々集といひ、良暹法師は*打聞と云、また、撰者誰となくて*麗華集といひ、*樹下集などいひて、あまたあるを、後拾遺撰ぶ時、能因法師の玄々集をば、*などにかありけん除けるを、詞華集には勅撰にあらねばとて、*玄々集の歌を多く入れたればにや、後拾遺の歌よりも、たけある歌どもの入りて、集のたけもよく見ゆるを、又、*今の世の人の歌のさまでならぬにや、殊の外の歌どものあるとぞ、人申べき。又、*地の歌は、多くは皆誹諧歌の躰に、皆ざれをかしくぞ見えたるべき。歌の有様の変りゆく程も、撰者の心々も、撰集に皆見ゆる事なるべし。

千載集

かくてその後、又、故*後白川院の仰事にて、*老法師撰集のやうなる物つかうまつりて、奉り侍りし。*千載集と申す。昔の賢き人々に及ぶべからぬ身にて、撰集の続きに記し申は、極めて*かたはらいたきことなれど、すでに、勅によりて撰び奉りて、君又御納受ありて、*蓮華王院の宝蔵におさめられ侍りにしかば、撰集の続きに、はゞかりながら申つらぬるものなり。おほかたは、この近き世となりて、*私の打聞・撰集せぬものは少かるべし。そのおもむきは、皆当時の歌*多く、又おの〳〵が*ひき〳〵に従ひて、歌の数もよき程にはからひつゝぞしたるべき。それを、この千載集は、たゞ*わがおろかなる心ひとつに、よろしとも見ゆるをば、その人はいくらこそといふこともなく記しつけて侍りし程に、いみじく*会釈少きやうにて、*人すげなかるべき集にて侍るなり。しかれども、いまは、その事力及ばぬことになんありける。

作品篇① 万葉集

おほかた、歌の道のよしあしと定むる事は、さきにも申たるやうに、

院以下九二人の秀歌撰。 **打聞** 散逸。 **樹下集** 散逸。 **麗華集** 一〇巻。零本伝存。 **樹下集** 二〇巻。散逸。多々法眼源賢撰之(和歌現在書目録)。 **などにかありけん** どうしてであろうか。後拾遺序には「同じ公任・能因の撰集を重んじ、「同じことを抜きいづべきにもあらざればこの集にのする事なし」とある。 **玄々集の歌を…** 六五首(四四首は三奏本金葉と共通)。 **今の世の人の歌…** 詞花初出歌人六〇人七二首。 **地の歌は…** 「詞花集はざれ歌のみ多く」(正治奏状)。誹諧歌の部立を立てずに、集全体にちりばめたことが批判を招いた。→三三九頁 **後白川院** 第七七代。一一二七—一一九二。 **老法師** 俊成は安元二年(一一七六)秋、六三歳で出家。法名釈阿覚。釈阿と通称。「生年已八十四にて、書きつけ侍」(三四〇頁)。 **千載集** 寿永二年(一一八三)奉勅。文治三年(一一八七、実際には四年)奏覧。 **かたはらいたきこと** 笑止千万なこと。 **蓮華王院** 長寛二年(一一六四)落慶。後白河院勅願。京都市東山区。俗称三十三間堂。 **私の打聞…** 詞花から千載の頃は特に多く私撰集が出現。和歌色葉に列挙し「賤の垣根の花のやつれて匂へるが如し」という。 **多く** 底本「おほえ」。 **ひき〳〵** 好み好み。 **わがおろかなる…** →補。 **会釈** 斟酌。「此会尺によりて撰び入るゝ」(無名抄)。 **人すげなかる** 人に思いやりのない。

言葉をもて申述べがたし。*漢家の詩など申ものは、その躰限りありて、*五言七言といひ、*韻を置き、*声をさるところ〴〵限りある上に、*上下の句を対し、あるイは*絶句、あるイは*四韻・*六韻・八韻・十韻とも皆定まれる故に、よしあしもあらはに見え、又、人の学問したる程も現はるゝものなれば、さすがにおして人もえあなづらぬものなり。しかるに、*このやまと歌は、たゞ仮名の四十七字のうちより出でゝ、五七五七々の句、三十一字と知りぬれば、さすがに易きやうなるによりて、くちをしく人にあなづらるゝかたの侍なり。なか〳〵、深く境に入りぬるにこそ、むなしき空の限りもなく、わたの原、波の果ても、極めも知らずは覚ゆべき事には侍べかめれ。

抄出の方針　さて、今は、歌の姿・詞も、折につけつゝ、やう〳〵変りまかる事、撰集どもに見えたるを、まづ万葉集よりは*し〴〵申侍べし。しかるを、この集は、はじめには四季を立て、春の歌よりなどもせず、たゞ大都は、時代を立てゝ、古き事をはじめとしたるなるべし。はじめの巻のはじめには、「泊瀬朝倉の宮御宇天皇代、大泊瀬稚武天皇の御製」をぞはじめの歌とは記し置きて侍める。これは、*雄略天皇と申、神武天皇より廿二代に当らせ給へるにや。されども、この御製長き歌に侍れば、これらをば略して、たゞ卅一字の歌を、はし〴〵記し侍べきなり。これも四季を立てなども何かはとて、たゞ、はじめの巻より記し侍なり。

長歌短歌の説　しかるを、まづ長歌短歌といふこと、もとより争ひある事なり。しかれども、まづこゝには、万葉集につきて長歌を略すと申侍なり。このことは、古今集より、疑の侍なり。その故は、雑躰の巻に、「*短歌部」と書きて、まさしきその歌の詞の所には、

漢家の詩　漢詩。
五言七言　「五言詩者上句五字、下句五字、合㆓十字㆒成㆓一章㆒之名也」「七言詩者上句七字、下句七字、合㆓十四字㆒成㆓一篇㆒之名」(作文大体)。
韻を置き　韻をふみ。押韻。　**声…**　四声。「詩避㆑声調㆑韻」(作文大体)。
上下の…　対句。律詩の第三・四、第五・六の二聯は対句。　**絶句**　起承転結の四句。起の第二字仄声。五絶は二・四句末、七絶は一・二・四句末押韻。　**四韻**　律詩。
六韻八韻十韻　排律で、それぞれ韻を六・八・十踏むものか。
このやまと歌は…　「ただ仮名の四十余り七文字の内を出でずして心に思ふことを言葉に任せていひ連ぬる習ひなるが故に…真には鑽ればいよ〳〵堅く仰げばいよ〳〵高きものはこの大和歌の道になんありける」(千載序)。
はし〴〵　端々。あれこれにつけて。
雄略天皇　二一代。神功皇后を一五代に数える書紀に従い、二二代とする。
短歌部　古今諸本とも同じ。本来は誤記。
貫之が…　古今一〇〇二。「ふるうたたてまつりけるときのもくろくのながうた」(建久二年俊成本)。　**躬恒忠岑…**　古今一〇〇五「ふゆのながうた　凡河内みつね」。一〇〇三「ふるうたにくはへてたてまつれるながうた　壬生たゞ

*貫之が「古歌奉る時そへて奉れる長歌」と書き、*躬恒・忠岑が歌のところにも、「同じくそへて奉りける長歌」と書きて侍なり。それを、*崇徳院に百首の歌人々に召しゝ時、「おの〳〵が述懐の歌は、みな短歌によみて*奉れ」と仰せられて侍しかば、おの〳〵「短歌」と書きて長歌を奉り侍にき。又、*俊頼朝臣の口伝にも、たしかには申切らざるべし。それを清輔朝臣と申しゝものゝ*奥義とかいひて、髄脳とて書きて侍なるものには、ひとへに長きを短歌と定め書きて侍とかや。おほかたは、かやうの事、万葉集をぞ証拠とはすべきところに、万葉には、すべて卅一字の歌をば、短歌・反歌など書きて、いかにも長歌とは書かず侍なり。たとへば、「柿本朝臣人麿が作歌一首并短歌二首」とも、「三首」とも申たるは、みな短歌といへる数には卅一字の歌にて、長きをばたゞ*むねとの事にて、「長」とも書かず、まして「短歌」と書かず。たゞ「作歌一首」とも「二首」ともいへるは、みな長歌にて侍なり。されば、長きをも「長歌」とは書かざれども、卅一字をみな「短歌」「反歌」と書きつれば、長きは疑ひなく長歌と見えぬ。卅一字の歌を「長歌」と書けるところは*ひと所もなきなり。それをば、いかゞおして卅一字を長歌とは申べき。たゞし、*長きを短歌といふ心は、詞の疾く移りわたるなりといへるも、さまで疾く移らぬところ〴〵も、古き歌どもには侍めり。これは、たゞ詠ずるに、長くは詠ぜられず、短く言ひ切り〳〵詠ずるなり。又、卅一字の歌は、詠ずるに長く詠ぜらるゝなり。よりて、*詠の声につきて、短歌といひ、長歌とも申なるべし。いかにも歌は、詠の声によるべきものなるが故なり。しかれども、万葉集には、まさしく短ければ、卅一字を短歌といへり。しかれば、又、長をば長歌といふべしと見えたるなり。されば、古今集に*「短歌部」とは立てながら、詞には、

みね」(建久二年俊成本)。

崇徳院に… 久安六年百首。

奉れと 再撰本は次に「教長卿の奉書にて」あり。

俊頼朝臣の口伝…「次に短歌といへるものあり。それは五文字、七文字とつゞけて、わがいはまほしき事のある限りはいくらとも定めずいひつづけて、はてに七文字を例の歌のやうに二つ続くるなり」(俊秘)と書き始めているが、諸説をあげて、結局は決断を下してない。

奥義… 奥義に「長歌二五三七合三十一字也」「短歌五七五七多少任レ意」とする。「…とかや」という表現には六条藤家に対する意識が見られる。

むねと 主として。もっぱら。

ひと所 底本「ひとゝ所」、傍に「ひと所」と貼紙。 **長きを短歌と**… 俊秘に「中比の人申しける」として引く説。 **詠の声につきて**…「たゞ文選文集の長歌行短歌行の心を尋ねて、愚なる心に思ひみるに、是は歌と云はうたふと云事なれば、三十一字の作は字すくなく句のつゞきながめよければ、その詠のこゑながし。長句の歌は句の多くつゞける故に詠のこゑ長くはあるべからず。仍て短歌と云ふ也」(童蒙一〇)。 **古今集に**… 千載も、第一八を雑歌下雑体とし、「短歌」を立てて、「同じ百首歌奉りける時の長歌」などとし、古今を踏襲している。

「そへて奉る長歌」と書きたれば、二つの説にして、事を切るまじと思へるにや。よろづのことに両説ある、常の事なり。しかれども、万葉集の事を言ひながら、ひとへに卅一字の反歌・短歌を長歌といふらん髄脳は、万葉集を詳しく見ざるに似たり。又*拾遺集には、とかくことゝはず、「長歌部」と書きて、「*人麿が吉野の宮に奉れる長歌」と書けり。*源順・能宣とが、贈答せる歌も、又、*東三条の入道大臣の、円融院の御時奉られたる長歌などみな侍めり。よりて、なをこれには、長きをば長歌、短きをば短歌・反歌と記し侍なり。

藤原宮御宇天皇代

天皇御製 持統女帝

1 春過而　夏来良之　白妙能　衣乾有　天之香来山

春過ぎて夏ぞ来ぬらし白たへの衣かはかす天の香具山

過二近江荒都一時、柿本朝臣人麿 反歌 二首

2 楽浪之　思賀乃辛碕　雖幸有　大宮人之　船麻知兼津

さゝなみの志賀の唐崎幸はあれど大宮人の船待ちかねつ

3 左散難弥乃　志我能大和太　与杼六友　昔人二　亦母相目八毛

さゝなみの志賀の大わたよどむとも昔の人にまたも逢はめやも

幸二于紀伊国一時川嶋皇子作歌或云、山上臣憶良作云々

4 白浪乃　浜松之枝乃　手向草　幾代左右二賀　年之経去良武

白浪の浜松の枝の手向草幾代までにか年の経ぬらん

幸二于伊勢国一時留レ京 柿本人麿

5 潮左為二　五十等児乃嶋辺　榜船荷　妹乗良六鹿　荒嶋廻乎

潮さゐにいとこの島にこぐ船に妹乗るらんか荒き島回を

山上臣憶良在二大唐一時、憶二本郷一作歌

6 去来子等　早日本辺　大伴乃　御津乃浜松　待恋奴良武

いざ子ども早ひのもとへ大伴の御津の浜松待ち恋ひぬらむ

文武天皇
慶雲三年丙午、幸二于難波宮一時、志貴皇子作歌

7 葦辺行　鴨之羽我比尓　霜零而　寒暮夕　倭之所念

拾遺集… 定家本は、吉川本のほかは巻九雑下に「ながうた」を立て、異本は短歌とある。

人麿が… 五六九。

源順能宣とが… 五七一・五七二。

東三条の入道… 五七四。東三条入道は藤原兼家。

○以下、西本願寺本(西)・醍醐本(醍)・歌仙家集本(歌)・群書類従本(類)・御所本(御)・書陵部蔵異本柿本集(異)の略称を用いる。歌番号は国歌大観により、万葉集原文の各句間を一字あけにした。

万葉巻一 1 二八。家持集(西・類・御)・五代・新古今。

2 三〇。柿本集(醍・歌・類・御・異)・綺語・五代(五代集歌枕)・袖中。

3 三一。柿本集(類・異)・初学・袖中。

4 三四。六帖・歌式・俊秘・奥義・袖中・新古今。

5 四二。柿本集(醍・歌・類・御・異)・綺語・五代。

6 六三。綺語・五代・新古今。

7 六四。綺語・童蒙。

葦辺ゆく鴨の羽がひに霜降りて寒き夕に大和しぞ思ふ

　　*太上天皇幸于難波宮時歌

8 大伴乃　高師能浜乃　松之根乎　枕宿杼　家杼所思由

大伴の高師の浜の松が根を枕に寝れど家と思ほゆ

　　*大行天皇幸吉野宮時

9 み吉野の山の下風寒けくにはたや今宵も我がひとり寝ん

　　和銅元年戊申　元明天皇 天皇御製

10 丈夫之　鞆乃音為奈利　物部乃　大臣　楯立良思母

ますらをの鞆の音すなりもののふのおほまうちぎみ楯立つらしも

　　*この御歌などこそ、女帝の御歌に、まことにめでたくありがたくおぼえ侍れ。

和銅三年庚戌春二月、従藤原宮遷于寧楽宮(ならのみや)時、御輿停長屋原廻望古郷作歌　一書云、*太上天皇御製也

11 飛鳥　明日香能里乎　置而伊奈婆　君之当者　不所見香聞安良武

飛ぶ鳥の明日香の里を置きて去なば君があたりは見えずかもあらん

　　已上、第一巻

難波高津宮御宇天皇代仁徳天皇

磐姫(いはのひめ)皇后思天皇御作歌四首之内

1 君之行　気長成奴　山多都禰　迎加将行　待尓可将待

君が行きけ長くなりぬ山たづね迎へか行かん待ちにか待たむ

　　右歌、山上臣憶良類聚歌林載也。

2 秋田之　穂上尓霧相　朝霞　何時辺乃方二　我恋将息

秋の田の穂の上に霧りあひ朝霞何時辺の方に我が恋ひ止まん

　　*霞はかく秋の歌にもよみて侍(はべる)なり。まことにも、夏も冬も風ふかず、静なる*朝けには、山際霞みわたりて侍ものなり。

　　大津皇子贈石川郎女御歌

3 足日木乃　山之四付尓　妹待跡　吾立所沾　山之四付二

あしひきの山の雫に妹待つと吾立ち濡れぬ山の雫に

　　*再び返してよむことは、かやうにのみよみて侍なり。

　　石川郎女奉和歌

4 吾乎待跡　君之沾計武　足日木能　山之四附尓　成益物乎

吾を待つと君が濡れけんあしひきの山の雫にならましものを

　　従(より)吉野折取蘿生松柯(こけむせるまつがえを)遣時、額田王奉(たてまつり)入歌

5 三吉野乃　玉松之枝　波思吉香聞　君之御言乎　持而

8 六六。五代。

太上天皇 持統。

9 七四。拾遺・綺語・五代。

大行天皇 文武。

10 七六。童蒙。

この御歌… 女帝元明天皇が、御世のはじめに蝦夷の乱を憂慮せられた御心をいう。

11 七八。六帖・五代・新古今。

太上天皇 不明。新古今は元明とする。

巻二 1 八五。六帖・綺語・童蒙・袖中。

2 八八。六帖・奥義・一字抄。

霞は… 霞は春、霧は秋と固定してくるが、万葉では例外もあり、霞には「たなびく」、霧には「たつ」と表現されることが多い。「朝霞といふは夏もなどよまざらむ。田舎にはかびの煙などの名残に、霞みて見ゆる折もあり。又万葉集には霞も霧もいつともわかずよめり」(奥義)。

3 一〇七。六帖・初学。

朝け 朝明。よあけ。

再び返して… 「おなじことふたたびかへしてよむ事はふるくは…」(再撰本)。第二句と結句との繰り返しについていう。この歌では、「山の雫」の意を強く印象づけている。

4 一〇八。六帖。

5 一一三。綺語・童蒙・五代。

加欲波久
み吉野の玉松の枝ははしきかも君が御言を持ちて通はく

舎人皇子御歌

6 大夫哉　片恋将為跡　嘆友　鬼乃益卜雄　尚恋尓家里
ますらをや片恋せんと歎けども鬼のますらをなを恋ひにけり

柿本朝臣人麿、従二石見国一別レ妻上来時歌 長歌等之内反歌

7 石見乃也　高角山之　木際従　我振袖乎　妹見都良武香
石見のやたかつの山の木の間より我が振る袖を妹見つらんか

*後岡本宮御宇天皇代

有間皇子、自傷結二松枝一歌

8 磐白乃　浜松之枝乎　引結　真幸有者　亦還見武
岩代の浜松の枝を引き結びまさしくあらばまたかへりみん

9 家有者　笥尓盛飯乎　草枕　旅尓之有者　椎之葉尓盛
家にあれば笥に盛る飯を草枕旅にしあれば椎の葉に盛る

*飯などいふ事は、この頃の人は、内々には知りたれど、歌などにはよむべくもあらねど、昔の人は、心の*褻・晴なくて、かくよみけるなるべし。この歌、*歌ざまいみじくをかしき歌なり。

大宝元年辛丑、幸二于紀伊国一時、見二結松一歌、*柿本朝臣人麿

10 後将見跡　君之結有　磐代乃　子松之宇礼乎　又将見香聞
後見んと君が結べる岩代の小松がうれをまたも見んかも

已上、第二巻

柿本朝臣人麿、従二近江国一上来時、至二宇治河辺一作歌

1 物部能　八十氏河乃　阿白木尓　不知代経浪乃　去辺白不母
もの丶ふのやそうぢ河の網代木にたゞよふ浪のよるべ知らずも

同人歌

2 淡海乃海　夕浪千鳥　汝鳴者　情毛思努尓　古所念ほゆ
あふみの海夕浪千鳥汝が鳴けば心もし努にいにしへ思ほゆ

「*しのに」といふ詞は、昔の歌には常にかくよみて侍なり。

長屋王、駐二馬寧楽山一作歌

3 佐保過而　寧楽乃手祭尓　置幣者　妹乎目不離　相見

6 一一七。六帖・袖中。
7 一三二。六帖・柿本集(醍・歌・類・御・異)・拾遺・五代・初学・袖中。
8 一四一。六帖・伊勢集・俊秘・奥義・童蒙・五代・袖中。
後岡本宮 斉明天皇。
9 一四二。六帖。
飯 米を蒸(む)したもの。「昔は笥(け)に飯を入れて食ひける也。勧学院などには、学生ども此頃も笥飯(けいい)食ふ也」(童蒙)。
褻晴 平常の時と晴れがましき時との区別。
歌ざま 歌の姿。
10 一四六。六帖・柿本集(異)・俊秘・童蒙・袖中。
柿本朝臣人麿 元暦本・金沢本などの古写本には「柿本朝臣人麻呂歌集中出也」とある。
巻三 1 二六四。新撰和歌・六帖・柿本集(醍・歌・類・御・異)・三十六人撰・奥義・童蒙・五代・袖中・新古今。
2 二六六。六帖・柿本集(異)・綺語・童蒙・五代・袖中。
しのに しおしおと萎(しを)れる形容。一五五二・三二五五・四一四六などの例がある。「しとどにぬるなどいひて、しをれたる心なれば、しぬには心いたみしをれたる心歟」(袖中)。
3 三〇〇。初学。
4 三〇一。綺語。
5 三二九。

染跡衣
佐保過ぎて寧楽の手向に置く幣は妹を目離れずあひ見しめとぞ
4 磐金之凝敷山乎越えかねて泣きは泣くとも色に出でんやも
太宰帥大伴卿、讃レ酒歌十三首之内
5 酒の名を聖と思ひしいにしへの大き聖の言のよろしき
6 なか〳〵に人とあらずは酒壺になりみてしかも酒に染みなん
7 たゞにゐて*語らひするは酒飲みて酔ひ泣きするになほしかずけり
酒なども、この頃の人も、内々には、殊の外に酔にのぞむなれども、*大饗などの晴には、まねばかりなるを、早くは、晴にもをかしき事になんしける。*されば、この人もかく讃めてよみけるなるべし。

沙弥満誓歌
8 世間乎　何物尓将譬　旦開　榜去師船之　跡无如
已上、第三巻
相聞
*岡本天皇御製長歌等之内反歌
1 山羽尓　味村騒　去奈礼騒　吾者左夫思恵　君二*四不在者
山の端にあぢ群こまはすぐれども吾はさむしゑ君にしあらねば
2 淡海路乃　鳥籠之山有　不知哉川　気乃己呂其侶波　恋乍裳将有
あふみ路の鳥籠の山なるいさや川けのころ〴〵は恋ひつゝもあらん
柿本朝臣人麿歌三首之内
3 未通女等之　袖振山乃　水垣之　久時従　憶寸吾者
4 夏野去　小牡鹿之角乃　束間毛　妹之心乎　忘而念哉
夏野行く小牡鹿の角の束の間も妹が心を忘れて思へや
*大納言兼大将軍大伴卿歌
5 神樹尓毛　手者触云乎　打細丹　人妻跡云者　不触物可波
さかきばにも手は触るといふをうつたへに人妻と言へば触れぬものかは
藤原宇合大夫、遷レ任上レ京時、常陸娘子贈歌
6 庭立　麻手苅干　布慕　東女乎　忘賜名
庭に立つあさて刈り干ししきしのぶ東女を忘れたまふな
大伴郎女歌之内
7 狭穂河乃　小石践渡　夜干玉之　黒馬之来夜者　年*小尓母有粳
佐保河のさゞれ踏み渡りむばたまのこまの来る夜は年に

6 三四三。
7 三五〇。
語らひ 原文「賢良」。新点以降「さかしら」。 **大饗** 宮中または大臣家などで例年または臨時に行われる大饗宴。二宮(中宮・東宮)の大饗と大臣の大饗との二種がある。
されば… 万葉集に讃酒歌を一三首まで入れていることは誹諧歌と考えていて(→二九七頁)三首だけ引き、更にこの注を付した。
8 三五一。「ヨノナカヲナニニタトヘムアサボラケコギユクフネノアトナキガゴト」(再撰本傍訓)。六帖・拾遺(抄・集)・朗詠・金玉集・深窓秘抄・奥義。
巻四 1 四八六。綺語・奥義・袖中。顕昭は「あぢむらさはぎ」と訓み、明解に論証。
岡本天皇 舒明とも斉明とも(左注)。『注釈』(沢瀉)は斉明と見る。
四 底本「田」、右に「四」と貼紙。
2 四八七。五代・袖中。
3 五〇一。六帖・柿本集(異)・拾遺・俊成三十六人撰(→補)・奥義・童蒙・五代・初学。
4 五〇二。六帖・柿本集(醍・歌・類・御・異)・綺語・新古今。
5 五一七。六帖・袖中。
大納言… 大伴安麻呂。
6 五二一。綺語・奥義・童蒙。
7 五二五。六帖・五代・初学。
小 万葉諸本になし。

もあるか

右、郎女者、佐保大納言卿之女也。初嫁二一品穂積皇子一、被レ寵。而皇子薨之後、藤原麻呂大夫娉レ之。

太宰大監大伴宿禰百代恋歌之内

8 孤悲死牟　時者何為牟　生日之　為社妹乎　欲見為礼

笠女郎賜二大伴宿禰家持一歌廿四首之内

9 八百日行く浜のまさごも吾が恋にあにまさらめや沖つ島守

10 皆人を寝よとの鐘は打つなれど君をし思へば寝ねかてにかも

11 相思はぬ人を思ふは大寺の餓鬼のしりゐに額づくがごと

これは「垣のしりゐ」にと申なり。されど、又、餓鬼をも寺には書きても作りてもあれば、通はして書けるなり。

湯原王贈二娘子一歌

12 波之家也思　不遠里乎　雲居尓也　恋管将居　月毛不経国

はしきやし間近き里を雲居にや恋ひつゝ居らむ月も経なくに

広河女王歌穂積皇子孫女、上道王女也

13 恋草呼　力車尓　七車　積而恋良苦　吾心柄

大伴宿禰家持贈二坂上家大嬢一歌、離絶数年、復会相聞往来云々

14 萱草　吾下紐尓　着有跡　鬼乃志許草　事二思安利家理

萱草吾が下紐に着けたれど鬼のしこ草言にしありけり

家持和二坂上大嬢一歌

15 月夜尓波　門尓出立　夕占問　足卜曾為之　行乎欲焉

月夜には門に出で立ち夕占問ひ足卜をぞせし行かまくお欲り

同大嬢贈二家持一歌

16 云々　人者雖云　若狭道乃　後瀬山之　後毛将念吾

とにかくに人は言ふとも若狭路の後瀬の山の後も逢はむ君

更、大伴宿禰家持贈二坂上大嬢一歌之内

17 吾恋者　千引乃石乎　七許　頸二将繋母　神之諸伏

吾が恋は千引の石を七ばかり頸にかけても神のもろぶし

坂上大嬢者、右大弁大伴宿禰奈麿卿女也。卿居二田村里一、号曰二田村大嬢一。但、妹坂上大嬢者、母居二坂上里一、仍曰二坂上大嬢一也。

已上、第四巻

右郎女… 五二八左注。佐保大納言は安麻呂。

8 五六〇。六帖・柿本集(類)・拾遺(抄・集)・俊秘(げにと聞ゆる歌)。

9 五九六。新撰和歌・六帖・拾遺(抄・集)・綺語・初学。

賜 万葉諸本「贈」。

10 六〇七。六帖・綺語。

11 六〇八。六帖・俊秘・童蒙。

垣のしりゐ… 本文「餓鬼」。垣と懸けたとする説は所見なし。

12 六四〇。

13 六九四。六帖。

14 七二七。俊秘・綺語・奥義・袖中。

鬼のしこ草 蘭(綺語)とも紫苑(奥義所引兼名苑)とも。俊秘は、この歌と三〇六二(二九一頁上)をあげ、萱草と紫苑の説話を記す。顕昭は、諸説を批判し、「鬼とはまことの鬼にはあらず。わるしと云詞也。しこと云もわるしときらふ詞也」という。新点以降「しこのしこぐさ」。

15 七三六。

お欲り「お」は間投助詞「を」。

16 七三七。五代。

吾 万葉諸本「君」。

17 七四三。俊秘・綺語・初学。

もろぶし「諸伏」は随意(まにまに)の戯書(井出至、国語国文、昭三三、九)。中古には、すでに意不明となり、「もろぶし」とよんでいた。

坂上大嬢… 七五九左注。「右田村大嬢坂上大嬢並是右大弁…」とある。

巻五　1 八一〇。六帖・六百番歌合(恋九、七番判詞)。
大伴淡等　大伴旅人。　2 八一一。
僕　旅人。
3 八七一。綺語・童蒙・袋草紙・五代・袖中。
天平二年七月十一日…　八六八・八六九・八七〇の左注。誤って八七一の題詞と見たらしい。
この松浦佐用姫は…　主として万葉八七一の序の文による。肥前風土記(逸文も)などをもとに異説があった。
さでまろ　遣唐使大伴宿禰佐手麿記(袖中所引。偽書か)などによる。正しくは佐提比古(さでひこ)。
松浦山「ひれふる山」(五代)、「ひれふりの峰」(袖中)とも。今の佐賀県唐津市鏡山。
4 八八〇。奥義・童蒙・初学・袖中。
都のてぶり…　この解釈は、童蒙・袖中の説くところと同じ。
巻六　1 九一九。六帖・赤人集(西・類)・前十五番歌合・朗詠・金玉集・深窓秘抄・三十六人撰・和歌体十種(古歌体)・道済十体(古体)・俊秘(種々の点を具備した、よき歌〈以下「よき歌」と略す〉の例にあげる。↓補)・五代・袖中。
右年月…　万葉編者の注。
2 九二三。五代。

大伴淡等謹状*
梧桐日本琴一面対馬結石山孫枝
此琴、夢化㆓娘子㆒曰、余託㆓根遙嶋之崇巒㆒、晞㆓韓九陽之伏光㆒。長帯㆓烟霞㆒、逍㆓遙山川之阿㆒。遠望㆓風波㆒、出㆓入鴈木之間㆒。唯恐、百年之後空朽㆓溝壑㆒。偶遭㆓良匠㆒散為㆓小琴㆒。不㆑顧㆓質麁音小㆒、恒希㆓君子左琴㆒。即歌曰。

1 伊可尓安良武　日能等伎尓可母　許恵之良武　比等能比射乃倍　和我摩久良可武
いかにあらん日の時にかも声知らん人の膝の上吾が枕せん

僕*報㆓詞詠㆒曰

2 許等々波奴　樹尓波安里等母　宇流波之吉　伎美我手奈礼能　許等尓之安流倍志
言問はぬ木にはありともうるはしき君が手馴れの琴にしあるべし

琴娘子答曰。敬奉㆓徳音㆒。幸甚々々。片時覚。即感㆓於夢言㆒、慨然不㆑得㆓止黙㆒。故附㆓公使㆒聊以進御耳。謹状。

天平元年十月七日附㆑使進上。

天平二年七月十一日*、筑前国司山上憶良

3 得保都必等　麻通良佐用比米　都麻胡非尓　比例布利之用利　於返流夜麻能奈
遠つ人松浦佐用姫夫恋に領巾振りしより負へる山の名

この*松浦佐用姫は、大伴佐提比古(サデ丸トモ申)が妻也。さで*まろ大唐に渡りける時、しゐて別れを惜しみて、山の峰にのぼりて領巾を振りて、漕ぎ放れゆく船に見せけるなり。それより、かの山を松浦山*と申なり。松浦山は在㆓肥前国㆒也。

敢布㆓私懐㆒歌三首之内

4 阿麻社迦留　比奈尓伊都等世　周麻比都々　美夜故能提夫利　和周良延尓家利
天離る鄙に五年住まひつゝ都のてぶり忘られにけり

この「都*のてぶり」は、都のふるまひといふ事なりとぞ申。

已上、第五巻

神亀元年甲子冬十月五日、幸㆓于紀伊国㆒時、山部宿禰赤人作歌、反歌

1 若浦尓　塩満来者　潟乎無美　葦辺乎指天　多頭鳴渡
若の浦に潮満ち来れば潟を無み葦辺をさして鶴鳴き渡る

右*年月不㆑記。但、称㆑従㆓駕玉津嶋㆒也。因今検㆓注行幸年月㆒、以載㆑之焉。

神亀二年乙丑夏五月、幸㆓于芳野離宮㆒時、笠朝臣金村作歌、反歌

2 万代　見友将飽八　三芳野乃　多芸都河内之　大宮所

万代に見るとも飽かんやみ芳野の*たきの河内の大宮どころ

三年丙寅秋九月十五日、幸二於播磨国印南郡一時、

笠朝臣金村作歌之内反歌

3 玉藻苅　海未通女等　見尓将去　船梶毛欲得　浪高友

玉藻刈る海人をとめらを見に行かん船楫もがな(な)み高くとも

山辺宿禰赤人作歌之内反歌

4 不欲見野乃　浅茅押靡　左宿夜之　気長在者　家之小篠生

印南野の浅茅をしなみさ寝る夜のけ長くあれば家の偲ふる

天平五年癸酉、山上臣憶良沈痾之時歌

5 士也母　空応有　万代尓　語続可　名者不立之而

ひとなればむなしかるべし万代に語りつぐべき名は立てずして

右一首、山上憶良臣沈痾之時、藤原朝臣八束*、使二河辺朝臣東人*一令レ問二所レ疾之状一。於レ是憶良臣、報語已了。有レ須拭レ涕悲嘆、吟二此歌一云々。

天平八年丙子夏六月、幸二于芳野離宮一時、山部宿禰赤人、応レ詔作歌之内反歌

6 神代より芳野の宮にあり通ひ高く知れるは山川をよみ

冬十一月、左大臣*葛城王等賜二姓橘氏一時、御製*歌

*〈諸兄其時参議左大弁也。天平九年任二大納言一同十年任二右大臣一、天平十六年任二左大臣一也〉

7 橘者　実左倍花左倍　其葉左倍　枝尓霜雖降　益常葉之樹

橘は実さへ花さへ其の葉さへ枝に霜おけどましときはにして

已上、巻第六

雑歌

詠レ天

1 天のがは雲の波立ち月の船星の林に榜ぎ隠されぬ

右一首、柿本朝臣人麿歌集出云々。

詠レ月

2 山末尓　不知夜経月乎　何時母　吾待座*　夜者深去乍

山の端にいさよふ月をいつとかも吾が待ちおらん夜はふけにつゝ

詠レ雲

3 痛足河河浪立ちぬ巻目の槻が高嶺に雲居立らし

詠レ山

4 いにしへの事は知らぬを我見ても久くなりぬ天の香具山

詠レ河

5 泊瀬川流るゝ水尾の瀬を早み井提越す浪の音のさやけ

たきの 天理西荘本「たきつ」。
3 九三六。
4 九四〇。六帖・五代・袖中。
5 九七八。
八束 房前の第三子。 **東人** 従五位下、石見守。一四〇〇の作者。
6 一〇〇六。
7 一〇〇九。六帖・家持集(西・類・歌・御)・童蒙。
葛城王 橘諸兄。 **御製** 聖武。
諸兄其時… 底本欄外注記。天平十六年任左大臣は、天平十五年の誤(続紀)。
巻七 1 一〇六八。六帖・柿本集・(類・歌・御・異)・拾遺・童蒙・初学。
2 一〇八四。袖中。
吾待座 万葉諸本「吾待将座」。
3 一〇八七。柿本集(異)・童蒙・五代。
4 一〇九六。六帖・童蒙・五代。
5 一一〇八。五代。
6 一一〇九。五代。
7 一一七三。六帖・五代・初学。
8 一二四九。六帖・柿本集(異)・童蒙・五代・初学。
9 一三五一。古今・六帖・柿本集(醍・類・歌・御)・拾遺・童蒙。
10 一三五三。童蒙。
つな 万葉諸本「縄」。古訓「なは」。
11 一三九四。新撰和歌・六帖・拾遺(抄・集)・歌式・俊秘・奥義・袖中。「入りぬる磯の」として源氏(紅葉賀)・狭衣等にも引歌。
巻八 1 一四一八。六帖・朗詠・俊秘

さ

6　佐檜の隈檜の隈川の瀬を早み君し手取らば寄らん言ひかも

羈旅歌

7　斐太人の真木流すてふ尓布の河言は通へど船ぞ通はぬ

8　君がため浮沼の池に菱とると我が染袖の濡れにけるかな

右一首、人麿集出云々。

寄レ草

9　月草に衣は摺らん朝露に濡れての後はうつろひぬとも

寄レ稲

10　石上布留の早田は秀ずとも*つなだに延へよ守りつゝ居らん

寄レ藻

11　潮満てば入りぬる磯の草なれや見らく少く恋ふらくの多き

已上、第七巻

春雑歌

志貴皇子御歌

1　いはそゝく*垂見の上のさ蕨の萌えいづる春になりにけるかも

山部宿禰赤人歌

2　従明日は若菜摘まむと標めし野に昨日も今日も雪は降りつゝ

3　吾が背子に見せんと思ひし梅の花それとも見えず雪の降れゝば

厚見王歌

4　かはづ鳴く甘南備河に影見えて今か咲くらん山吹の花

夏雑歌

山部宿禰赤人歌

5　恋しくは形見にせんと吾がやどに植へし藤浪今咲きにけり

大伴宿禰家持唐棣花歌

6　夏まけて咲きたる*はねずひさかたの雨うち降らば移ろひなんか

夏相聞

大伴坂上郎女

7　夏の野の繁みに咲ける姫百合の知られぬ恋は苦しきものぞ

秋雑歌

*崗本天皇御製歌

8　夕されば小倉の山に鳴く鹿の今夜は鳴かずい寝にけらしも

湯原王きり〴〵すの歌

9　暮月夜心毛思努尓白露乃置く此の庭に*きり〴〵す鳴くも

（「かも」とよんでもよい歌の例）・綺語・袖中・新古今。源氏にも引歌。

垂見　再撰本「たるひ」。「そそく」の意が、すでに激ではなく灑や注に用いられていたため、垂見が垂水と書き換えられ、垂氷と誤ってよまれていた。垂見とあるのは原典の文字に忠実であったことを示している。顕昭は垂水として、播磨(神戸市)の地名を指摘する(袖中)。

2　一四二七。新撰和歌・六帖・赤人集(西・類)・朗詠・三十六人撰・袖中・新古今。

3　一四二六。後撰(三一五頁上)・六帖・赤人集(西・類)・家持集(西・類・歌・御)・朗詠・金玉集・深窓秘抄・三十六人撰・俊秘・袖中。

4　一四二五。新撰和歌・六帖・朗詠・和歌体十種(器量体)・五代・新古今。

5　一四七一。六帖・綺語・袋草紙。

6　一四八五。綺語・袖中。

はねず　庭梅。平安末期には「庭桜・柘榴・露草」(綺語)などの異名とも言われ、「移ろひやすき色ある花」(袖中)としか知られなかった。

7　一五〇〇。六帖・童蒙。

8　一五一一。六帖・五代。

崗本天皇　舒明。

9　一五五二。六帖・綺語・袖中。

きり〴〵す　蟋蟀。今のコオロギ。万葉は「こほろぎ」とよまれていたが、中古は、歌語として「きりぎりす」を用いた。

冬雑歌

*太上天皇御製

10 波太須殊寸　尾花逆葺　黒木用　造有室者　迄万代

*はだ薄尾花逆葺き黒木もて造れるやどは万代までに

*この第八巻、始終四季をたてたり。

已上、第八巻

大宝元年辛丑冬十月、太上天皇*大行天皇*幸ニ紀伊国ニ時歌十三首之内

1 妹がため我玉求む沖辺なる白玉寄せ来沖つ白浪

2 藤白のみ坂を越ゆと白栲の我が衣手は濡れにけるかも

3 紀の国の昔弓雄の響く矢も鹿とりなびかし坂の上にぞある

献ニ弓削皇子ニ歌之内

4 さ夜中と夜は更けぬらし雁が音の聞ゆる空に月渡る見ゆ

已上、第九巻

春雑歌

1 久方の天の香具山此のくれに霞たなびく春立ちぬとか

2 昨日こそ年は暮れしか春霞春日の山にはや立ちにけり

春相聞

寄レ鳥

3 春されば百舌鳥の草ぐき見えずとも吾は見やらん君があたりは

寄レ花

4 川の上のいつ藻の花のいつも〳〵来ませ吾が背子時分かめやも

夏雑歌

詠レ蟬

5 黙然もあらん時も鳴かなんひぐらしの物思ふ時に鳴きつゝもとな

詠レ鳥

6 聞きつやと君が問はせる霍公鳥小竹尓濡れてこゝに鳴くなる

夏相聞

寄レ花

7 よそにのみ見つゝや恋ひん紅の末摘む花の色に出でずとも

秋雑歌

8 吾が待ちし*白芽子〈アキハギトモ〉咲きぬ今だにもにほひに行かな彼方人に

9 皆人は萩を秋といふいな吾は尾花が末を秋とは言はん

詠レ蝦

10 み吉野の石本さらず鳴くかはづむべも鳴きけり河の瀬浄み

詠レ鳥

11 秋の野の尾花が末に鳴く百舌鳥の声聞くらんか片聞く

---

10 一六三七。綺語・童蒙・袖中。

太上天皇 元正。**はだ薄** 河しのすすき(童蒙)、花薄(袖中)など諸説が行われていた。**この第八巻…** 春夏秋冬の四季に分ち、そのおのおのを更に雑歌と相聞にわける。

巻九 1 一六六七。六帖。

太上天皇 持統。 **大行天皇** 文武。

2 一六七五。五代。

3 一六七八。童蒙・袖中。

4 一七〇一。古今(よみ人しらず)。

巻十 1 一八一二。柿本集(異)・赤人集(西・類・歌・御)・家持集(西・類・歌・御)・五代。

2 一八四三。六帖・柿本集(類)・赤人集(西・類・歌・御)・家持集(西・類・御)・拾遺(三一八頁下)・麗花集・三十人撰・朗詠・深窓秘抄・三十六人撰・和歌体十種(器量体)・道済十体(器量)・奥義。

3 一八九七。六帖・俊秘・綺語・奥義・童蒙・袖中。

百舌鳥の草ぐき →補

4 一九三一。赤人集(西・類・歌)。

5 一九六四。六帖・柿本集(異)・赤人集(西・類・歌・御)・袖中。

6 一九七七。柿本集(異)・赤人集(西・類・歌)・袖中。

7 一九九三。六帖・柿本集(醍・類・歌・御・異)・拾遺。

8 二〇一四。柿本集(異)・赤人集(西・類・歌・御)・初学・袖中。

白芽子 →補

9 三一〇。柿本集(醍・類・歌・御)。
10 三六一。六帖・五代。
11 三六七。六帖・初学。
12 三一九。六帖・家持集(西・類・歌・御)・童蒙。一三五三(二八五頁上)と類歌。
13 三三六。六帖・柿本集(類・異)・袖中。
寄 底本「詠」を見せ消ち、右に「寄」。
この過ぎぬる頃 建久四年(一一九三)六百番歌合(恋九、一九番)をさす。
貫之が集 貫之集(歌)巻四に見える(西・類・御は巻四欠)。袖中に、貫之自筆の蓮花王院宝蔵本に此の歌たしかにありと記す。
河社… 「同じ御時(天慶三年四月)の内(朱雀)の仰せごとにて…夏はらへ」。　**行く水の**… 「おなじ年(天慶四年)三月、うち(朱雀)の御屏風の料の歌二十八首…夏かぐら」。
俊頼… 俊秘。大要を引用。
そらおぼれ そらとぼけ。ふたしかのまま記していることをいうか。
内大臣家… 建久四年左大将良経家歌合(六百番歌合)。良経は建久六年十一月十日任内大臣(正治元年六月廿二日転左大臣)。　**顕昭**… 寄衣恋、「恋衣いつかひるべき河社しるしも波にいとどしをれて」。
方人 歌合において、方分けされた一方の人。ここは顕昭が左方故、右方の人。　**これは**… 六百番歌合に、「陳云」として見える。
夏神楽… この難および判に対して陳状では多資忠自筆の夏神楽譜の伝

吾妹
　　詠二水田一
12 あしひきの山田作る子秀ずとも縄谷延与守ると知るがね
　　寄レ露
13 秋穂乎　之努尓押靡　置露　消鴨死益　恋乍不有者
秋の穂をしのに押し靡み置く露の消かも死なまし恋ひつゝあらずは

この歌につきて申べき事の、かつはこの過ぎぬる頃侍りしなり。

その事は、「河社」と申事は、万葉集には見えぬ事なれど、貫之が集に、朱雀院の御時屏風の歌に、夏神楽といふ事をよめる歌の二首侍なり。その一首は、

河社しのにをりはへ干す衣いかに干せばか七日干ざらん

いま一首は、

行く水の上にいはへる河社岩波高く遊ぶなるかな

これを俊頼朝臣の歌の口伝に、「この「河社」の事いと知れる人なし。たゞおしはかりにや、「水の上に社をいはひて夏神楽をするなり」」と。されば、ゆく水の歌は、夏神楽と見えたり。はじめの歌は、神楽のよしもいはず、思ひかけぬ衣を干して久しく干ぬよしをいへり。神楽にはかなはずや」と、そらおぼれにや、いへるなり。それを、内大臣家に百首歌を歌合に番はれて侍しに、顕昭法師と申ものゝ、「河社」といふ事をよみて、方人に問はれて申て云、「これは夏神楽といふ事なり。その神楽には、清き河に榊を立て、篠を折りて棚にかきて神供を備ふ。夏神楽の譜に見えたり」と申たるを、「夏神楽は久しく絶えたりと聞ゆ。それをしか書きたる譜あらば、早くその譜を出すべし」と難じて侍りしなり。

この歌を申やうは、この貫之が「しのにをりはへ」の歌は、夏神楽と、さして詞には出さゞれども、かの御屏風の絵に、河社にて神楽したる有様書きたりけんを、河社の有様ばかりをよみて侍りけるなるべし。「しのにをりはへ」といへるは、万葉集の詞に、常に、「うちはへ」などいへる詞に常によめるなり。「ヲリはへ」といへる、又同じ心なり。「干す衣」とよめるは、まことの衣にはあらず。その「布引の滝」などいふやうに、滝の水の常に落ちたるを、「いかに干せばか七日干ざらん」といへるなり。「常に」

といはんとて、久しきよしを「七日」とも「八日」ともいふ、又歌の習ひなり。されば、この四季の御屏風に、夏滝落ちたるところにて夏神楽したるを、その有様をかくよめるなるべし。よりて、二首の歌ともに河社の夏神楽に同じ心なるものなり。*それを俊頼朝臣の、「「衣干したる歌」は神楽とも覚えず」と書きたるを、神楽の家のものゝ、「われ神楽を知れり。この貫之が歌を夏神楽の歌にてぞあらん」とて、万葉集の「しの」の詞をばえ心得ずして、「篠を折りて棚にかくなり」と譜をも作りたるにや。それを万葉くはしく見たらむものは疑ひ思ふべきを、ひとへに「しのをりはへ」の詞につきて、「篠を折りて棚に作るなり」と*清輔も書きて侍とかや。さて、顕昭法師もそのまゝに申けるなるべし。貫之は、万葉集の詞につきてよみて侍を、かやうに心得申なすを、貫之見侍らば、いかにをかしくも*奇恠にも思ひ侍らまし。

寄レ蝦

14 朝霞　鹿火屋之下尓　鳴蝦　声谷聞者　吾将恋八方

朝霞かびやが下に鳴くかはづ声だに聞かば吾が恋ひんやは

この「かびやが下」の歌、又もとよりやう〳〵*に人申事なり。

これは山里田舎などに山田作るなるものは、夏田植へつる後より秋になるまでは、庵を作りて、あやしのものゝこどもなどを据ゑ置きつゝ守らせ侍なるなり。また、*苗など申て、嫩葉なる時より、*鹿・猪のしゝなど申ものも*まうで来て、踏み損じ喰ひなどするを追はん*れうに守らするなり。それに、夜は又、蚊など申ものも*人げにつきて集ふ事なれば、*蚊遣火のためにも、その火に、人の*かみなにか香あるものどもヲ取り入れて、*ふすぼらせて煙を絶やさねば、鹿・猪なども、人げを*かぎてまうで*来ざなれば、その火つねに消たざらむため、ゐたる庵の下に、又*こしを重ねて、その煙を雨などにも消たじがために、庵の下に蚊火をたて置きて侍なるに、又田のあたりなれば、かはづの集まりきて、猪のしゝなどにおぢて、人げにつきて常に鳴くにこそ侍なれ。「朝霞」とは、*先にも見えたるやうに、秋も夏も、ましてたやさぬ煙なども、山際に霞みわたれるなるべし。この歌は、上は同じことにて、下は少し変りて、この集に二所入りて侍なり。*いま一首が末の句は、「偲ひつゝありと告げん子もがも」といへり。これもかれも恋に

承を証拠にあげて陳弁する。

この歌を… ↓補。 **ヲリはへ** 底本「うち」を見せ消ち、右に「ヲリ」。

それを俊頼朝臣の… 俊成は顕昭陳状にいう夏神楽の譜を、俊秘から逆に、神楽の家で作りあげたもので、万葉詞の「しの」を理解しなかったためのこじつけだと見る。俊成は、終始「しのに」の解釈をよりどころにして、この三五六の歌のあとに長々と書きつけたのであるが、この歌に関しては、顕昭も「しのにおしなみとは、しげくおしなびかすと云也」(袖中)としている。 **清輔も…** 奥義下「かはやしろ付神楽」に見える。

奇恠 けしからぬこと。
14 三六五。柿本集(類・異)・奥義・童蒙・袖中。
やう〳〵に… 鹿火屋・蚊火屋・飼屋等諸説があり、童蒙に「かひやは古来難義也」という。 **苗** 稲の種から芽の出た状態。 **鹿猪のしゝ** 鹿(か)のしし・猪(い)のしし。
まうで来て 「まゐできて」の転。やって来て。 **れう** 料。ため。
人げ 人のけはい。
蚊遣火 蚊を追い払うためにたく火。
かみなにか 髪や何かの意か。
ふすぼらせ 火がよくもえないようにして、けぶらせ。
かぎ 嗅ぎ。においを鼻でかぎつけ。
来ざなれば 来ざるなれば。「る」の撥音便無表記。 **こしを重ねて** 腰を

寄せたるなり。かく山の中に里を離れて庵に据ゑたるものを、おの〱宿を恋ふらんのよしによそへたるなり。

これを又、「河のよどみなどに「*ふしつけ」などいふ事のやうにして、魚を集めてとらんとて、屋を作り覆ゐて魚をかへば、「*かひや」といふぞ」と申なるべし。それに又かはづも集ふにや。さらば、かはづを飼ふにこそ。又、近く*内大臣家の百首の時、顕昭法師、「*かひこの蚕室に蛙の集まり来るなり」とさへ申たりき。むげに見苦しかるべし。又、この集には、「かびや」とは又は指さざれども、「*山田守る翁の置く蚊火の」ともいひ、又、「*こゝろ合へば相寝るものを小山田の鹿猪田守る如」などもよめり。これらもみな、山田守る庵どもの同じ心なり。されば、「かびやが下」は疑なく山田の庵なるべきなり。

寄レ花

15 さを牡鹿の入野のすゝき初尾花何時しか妹が手枕にせん

16 咲きぬとも知らずしあらばもだ（黙然）もあるを此の秋はぎを見せつゝもとな（本名）

冬雑歌

相聞

17 降る雪の空に消ぬべく恋ふれども逢ふよし無くて月ぞ経ぬらし

18 あは雪のちさと（千里）降りしき恋しくはけ長く我や見つゝ偲はむ

右歌、柿本朝臣人麿歌集出云々。

已上、第十巻

古今相聞

正述二心緒一歌一百卌九首之内

1 何為　命継　吾妹　不恋前　死物
何せんに命継ぎけん吾妹に恋せぬ前に死なましものを

2 思依　見依物　有　一日間　忘念
思ふより見るよりものは有るものを一日へだつる忘ると思ふな

寄レ物陳レ思

3 石上　振*杉　神成　恋我　更為鴨
石上布留の神杉神なれや恋をも我は更にするかも

4 山科の木幡の山（*サト）に馬はあれど歩よりぞ来る君を思ひかね

5 路の辺のいちしの花のいちしるく人皆知りぬ我が恋ひ妻と

6 たらちねのおやの飼ふ蚕の繭隠り隠れる妹を見るよしもがも

7 剣刀　諸刃利　足蹈　死々　公依

重ねて、長居をしての意か。

先にも見えたる…　「霞はかく秋の歌にも…」(二七九頁下)。

いま一首　二二六八(二九二頁下)。

ふしつけ　→補。　**かひや**　→補

内大臣家の百首　六百番歌合。

かひこの蚕室に…　春下、二十二番左、顕昭の「款冬の匂ふ井出をばよそに見てかひやが下も蛙鳴くなり」をめぐる難陳および顕昭陳状。袖中にも見える。

山田守る翁…　二六四九(二九〇頁上)。

こゝろ合へば…　三〇〇〇(二九〇頁下)。

15 二二七七。六帖・柿本集(醍・類・歌・御)・童蒙・五代・初学・新古今。

16 二二九三。柿本集(異)。

17 二三三三。柿本集(類・歌・御・異)。

18 二三三四。柿本集(異)・初学。

巻十一　1 二三七七。柿本集(異)。

2 二四〇四。六帖・柿本集(異)・初学。

3 二四一七。柿本集(異)・初学。

杉　底本「枌」に近く、類聚古集等も同字体。なお万葉諸本、上に「神」の字あり。

4 二四二五。六帖・柿本集(類・異)・拾遺・俊秘(心ざしを見せむとよめる歌)。源氏(浮舟)などにも引歌。

山　六帖以下いずれも「里」の形で流布していた。

5 二四八〇。六帖・柿本集(異)・歌式。

6 二四九五。

7 二四九八。柿本集(異)。

剣太刀諸刃の利きにのぼりたち死にゝも死なん君によりては

8 言霊の八十のちまたに夕占問ふ占正にせよ妹に逢はんよし

9 玉桙の路往占に占なへば妹に逢はんと我にいひつる

右歌等、皆柿本朝臣人麿歌集云々。

正述二心緒一

10 ひとり寝と床朽ちめやも綾席緒になるまでに君をし待たむ

11 若草の新手枕を巻そめて夜をや隔てん憎からなく尓(に)

寄レ物陳レ思

12 結紐　解日遠　敷細　吾木枕　蘿生来

結ぶ紐解かむ日遠し敷栲の吾が木枕に苔生ひにけり

13 *をはたゝの板田の橋の壊れなば桁より行かん恋ふな吾妹

14 宮材引(ひく)泉の杣に立つ民のやむ時も無く恋ひ渡るかも

15 あし引の山田守る翁の置く蚊火の下焦れのみ吾が恋ひ居らく

右歌、*さきに「かびや」の事に申つる歌なり。

こゝには「蚊火」と書けるなり。

16 ちはやぶる神の斎垣も越えぬべし今は吾が身の惜しけくも無し

17 玉藻刈る井堤のしがらみ薄きかも恋のよどめる吾が心かも

18 湊入りの葦分け小舟障り多み吾が思ふ君に逢はぬ頃かも

19 浪間より見ゆる小島の*浜久木久しくなりぬ君に逢はずして

20 いほはらの沖つ縄苔打靡き心も之努に思ほゆるかも

譬喩歌

21 紅の深染の衣下に着ば人の見らくににほひ出でんかも

22 かくしてやなをや止みなん大荒木の浮田の杜の標ならなくに

已上、第十一巻

寄レ物陳レ思

1 山代の石田の杜に心鈍く手向したれば妹に逢ひ難き

2 こゝろ合へば相寝るものを小山田の鹿猪田守る如*もりし守らすも

3 如神聞ゆる滝の白浪のおもしろく君が見えぬこの頃

滝をばかくこの集にも「神の如」などよみたれば、*河社も滝ある河上にてするなるべし。

4 いしばしるたる*ひの水のはしきやし君に恋ふらく吾が心から

イセモノガタリニアリ

5 きみがあたり見つゝも居らん生駒山雲な隠しそ雨は降るとも

8 二五〇六。柿本集(醍・歌・御)・拾遺。

9 二五〇七。柿本集(類)。

10 二五三八。六帖・柿本集(類)・綺語・童蒙。

11 二五四二。六帖・柿本集(異)・奥義・初学。源氏(葵・総角)に引歌。

12 二六三〇。六帖。

13 二六四四。六帖・柿本集(類)・俊秘(心ざしを見せむとよめる歌)・童蒙・五代・初学。

をはたゝの板田の橋 →補

14 二六四五。六帖・柿本集(類・異)・綺語・五代・初学。

15 二六四九。六帖・柿本集(醍・類・歌・御)・俊秘・新古今。

さきに… →二八八頁上

16 二六六三。六帖・柿本集(醍・類・歌・御)・拾遺(抄・集)。

17 二七二一。六帖・初学。

18 二七四五。柿本集(醍・類・歌・御)・拾遺(抄・集)。源氏(総角)に引歌。

19 二七五三。六帖・柿本集(類)・拾遺・五代・初学・伊勢(一一六段―日本古典文学大系による)。

浜久木 →補

20 二七七九。六帖。

21 二八二八。

22 二八二九。継色紙・柿本集(異)・五代・初学。

巻十二 1 二八五六。六帖・柿本集(異)・五代・袖中。

2 三〇〇〇。

もりし 原文「母之」。旧訓いずれも

「ははし」と訓む。
3 三〇一五。 **河社** ↓二八七頁上
4 三〇二五。
たるひ 原文「垂水」。類聚古集「たるひ」と訓む。↓一四八(二八五頁上)
5 三〇二三。柿本集(類)・五代・伊勢(一二三)・新古今。↓三〇三頁
6 三〇六二。俊秘・綺語・童蒙・袖中。
鬼のしこ草 ↓二八二頁注
7 三〇八六。伊勢(一四)。↓三〇三頁
8 三〇九七。古今(ひるめの歌)。俊秘(心ぐるしくいとほしき歌)・綺語・五代・初学・袖中。源氏(葵・椎本)に引歌。
9 三一五二。五代・袖中。
10 三一九七。六帖・拾遺(人麿)・五代・初学。
巻十三 1 三二二九。俊秘・童蒙。
2 三二三一。和歌体十種(神妙体)・五代・初学・袖中。枕草子に引歌。
巻十四 1 三三五八。童蒙・五代・袖中。
2 三三七六。五代・初学・袖中。
3 三三八六。俊秘・奥義・袖中。
4 三三八七。五代・初学。右大臣家歌合・六百番歌合(ともに俊成判)の判詞にも引用。
5 三三九一。童蒙・五代・初学。
追ひすがひ ↓補。 **かの見ゆる…** 拾遺一一三〇。 **承和の帝…** 仁明(第五四代。在位八三三—八五〇)。↓補
6 三四一二。
7 三四二六。五代。

6 忘草垣もしみゝにおふれども鬼のしこ草猶恋ひにけり

7 同伊勢物語
なか〳〵に人とあらずは桑子にもならましものを玉の緒ばかり

8 さ檜の隈檜の隈河にこま駐め馬に水飲へ吾外に見む

羇旅発レ思

9 玉勝間安倍島山の夕露に旅寝しかねつ長き此の夜を

10 住吉の岸に向へる淡路嶋あはれと君を言はぬ日は無し

已上、第十二巻

雑歌

1 斉串立て神酒坐ゑ奉る神主の髻華の玉かげ見ればともしも

2 月も日もかはりゆけども久に経る三諸の山のとつ宮どころ

已上、第十三巻

雑歌

相聞　駿河国歌

1 さ寝良久は玉の緒ばかり恋ふらくは富士の高嶺の鳴沢の如

武蔵国

2 恋しけば袖も振らんを武蔵野のうけらが花の色に出づなゆめ

下総国

3 にほどりの葛飾早稲をにへすともそのかなしきを外に立てめやも

4 足の音せず行かん駒もが葛飾の真間の継橋やまず通はん

常陸国

5 筑波嶺のそがひに見ゆる葦穂山悪しかる咎もさね見えなくに

「そがひ」とは、「追ひすがひ」などいふやうに見ゆるなり。さればかの菊の歌に、

かの見ゆる岸辺に立てるそが菊のしがみさ枝の色のてこらさ

といへる歌も、向ひの岸に、そがひに見ゆると詠めるにや。「承和の帝の黄なる色を好みたまひければ、黄菊をそわ菊といふなり」と申事は、いつよりいふ事にか、おぼつかなく。

上野国

6 上つ毛野くろほの嶺ろの葛葉がたかなしけ子らにいや離り来も

陸奥国歌

7 会津嶺の国をさ遠み逢はなはゞ斯努比にせんと紐結ばさね

譬喩歌

遠江国

8 遠江引佐細江の澪標吾を憑めてあさましものを

雑歌*

9 山鳥の尾ろのはつ尾に鏡*懸け唱ふべみこそなき寄そりけめ

10 あさか潟潮干のゆたに思へらばうけらが花の色に出でめやも

11 春べ咲く藤の末葉のうら安にさ寝る夜ぞ無き子ろをし思へば

12 新室の蚕時に至ればはだ薄穂に出でし君が見えぬ此の頃

13 み空ゆくきみ*にもがもなけふ行きて妹に言問ひ明日帰り来む

14 烏てふ*大をそ鳥のまさでにも来まさぬ君を子ろ来とぞ鳴く

譬喩歌

15 みやじろのすが*へに立てるかほが花な咲き出でそね隠めて偲はむ

この歌も「そがへに立てる」といへるなり。

挽歌

16 かなし妹を何処行かめと山菅の曾*我比に寝して今し悔しも

以*前歌詞等、国土山川名也云々。

巳上、第十四巻

天*平八年丙子夏六月、遣二使新羅国一時、使人等各悲レ別贈答、及海路上慟レ旅陳レ思作歌之内

1 大船に妹乗るものにあらませば羽ぐゝみ持ちて行かましものを

2 大伴の御津に船乗り漕ぎ出でゝはいづれの島に廬せん吾

3 天離る鄙の長道を恋ひ来れば明石の門より家のあたり見ゆ

右歌、柿*本人麿歌云々。

巳上、第十五巻

有二由縁一雑歌

1 安積香山　影副所見　山井之　浅心乎　吾念莫国

安積山影さへ見ゆる山の井の浅き心を吾が思はなくに

右歌伝云、葛城王遣二于陸奥国一之時、国司祗承緩怠異甚。于レ時王意不レ悦、怒色顕レ面。雖レ設二飲饌一不二肯宴楽一。於レ是有二前采女一。風流娘子。左手捧レ觴、右手持レ水、撃二之王膝一而詠二此歌一。尓乃王意解悦、楽飲終日。

2 朝霞　香火屋之下乃　鳴川津　之努比管有常　将告児毛欲得

朝霞かびやが下の鳴くかはづ偲ひつゝありと告げん子もがも

右歌、又先に申つる「か*びやが下」の歌なり。

斯努比　偲ひ。

8　三四二九。六帖・五代・初学。

9　三四六八。俊秘・綺語・奥義・童蒙・袖中。

雑歌　三四五五以下は相聞。

鏡　→補

10　三五〇三。五代・袖中。

11　三五〇四。綺語。

12　三五〇六。袖中。

13　三五一〇。

きみ　原文「君母」。類聚古集と同じ。新点以降「くも」。

14　三五二一。六帖・俊秘・奥義・袖中・霊異記(行基の詠とする)。

大をそ鳥　→補

15　三五七五。

すがへ　顕昭は「菅辺」という説を立てている(袖中)。俊成は「そがひ」(→二九一頁下)と同じと見る。

16　三五七七。

曾我比　→二九一頁下。

以前…　三五七七左注。「以前」は三四三八以後をさす。

巻十五　1　三五七九。

天平八年　七三六年。この年号、万葉目録部にあり。

2　三五九三。五代。

3　三六〇八。五代。

柿本…　左注には「柿本朝臣人麻呂歌曰、夜麻等思麻見由」とある。

巻十六　1　三八〇七。下句「浅くは人を思ふものかは」の形で、六帖・小町集・俊秘・大和(一五五段)―日本古

*集右状云、河村王宴居之時弾レ琴而、即先誦二此歌一、以為二常*行一也云々

詠二*玉掃・鎌・天木香・*棗一歌

3 玉掃　苅来鎌麿　室乃樹与　棗本　可吉将掃為

玉帚刈り来鎌麿室の木と棗が本とかき掃かん為

境部王詠二数種物一歌之内、穂積親王子也

4 虎尓乗　古屋乎越而　青淵尓　鮫竜取将来　剣刀毛我

虎に乗り古屋を越えて青淵に鮫竜取りて来む剣太刀もが

献二新*田親王一歌

5 勝間田之　池者我知　蓮無　然言君之　鬚無如之

勝間田の池は我知る蓮無し然言ふ君が鬚無きが如

誇二佞人一歌

6 奈良山乃　児手柏之　両面尓　左毛右毛　佞人之友

奈良山の*児手柏の両面とにもかくにもねぢけ人かも

池田朝臣嗤二大神朝臣奥守一歌

7 寺々之　女餓鬼申久　大神乃　男餓鬼被給而　其子将播

寺々の女餓鬼申さく大神の男餓鬼賜りて其の子孕まむ

大神朝臣奥守報嗤歌

8 仏造　真朱不足者　水停　池田乃阿曾我　鼻上乎穿礼

仏造る朱丹足らずは水渟め池田の朝臣が鼻の上を穿れ

*平郡朝臣嗤歌

9 小児等　草者勿苅　八穂蓼乎　穂積乃阿曾我　腋草乎　可礼

わらはべも草はな刈りそ八穂蓼を穂積の朝臣が腋くさを刈れ

穂積朝臣和歌

10 何所曾　真朱穿岳　薦畳　*平郡乃阿曾我　鼻上乎穿礼

何所にぞ朱丹穿る岳薦畳平群の朝臣が鼻の上を穿れ

豊前国白水郎歌一首

11 豊国の企玖の池なる菱のうれを摘むとや妹が御袖濡るらん

已上、第十六巻

天平十八年正月、白雪多零、積レ地数寸也。於レ時左大臣橘*卿、率二大納言藤原豊成朝臣及諸王諸臣等一、参二入*太上天皇御在所中宮西院一。於レ是降レ詔、大臣参議幷諸王者令レ侍二于大殿上一、諸卿大夫者令レ侍二于南細殿一、而則賜レ酒肆宴。勅曰、汝諸王卿等、聊賦二此雪一各奏二其歌一。

左大臣橘*宿禰応レ詔歌一首

1 布流由吉乃白髪までに大君に仕へまつれば貴くもあるか

紀朝臣清人応レ詔歌一―

2 天下 須泥尓覆ひて降る雪の光を見れば貴くも安流香

葛井連諸会応レ詔歌一―

典文学大系による)等に広く流布。綺語・童蒙・五代等は万葉の形で掲出。→二六七・三〇四頁

2 三八一八。童蒙・袖中。

かびやが下 →二八八頁上

集右状云… 万葉集のこの歌の左注には、「右歌二首、河村王…」。

常行 常のわざ。

3 三八三〇。俊秘・袖中。

玉掃 玉帚。→三〇〇頁頭注

棗 底本「来」。万葉諸本「棗」。古葉略類聚抄には「来」に紛れ易い文字がある。

4 三八三三。六帖。

5 三八三五。袋草紙・五代・袖中。

新田親王 新田部親王。底本「雑」を見せ消ち、右に「新」。

6 三八三六。六帖・奥義・童蒙・五代・袖中。

児手柏 男郎花・大とちなどの説もあったが、「児の手の程に小さき柏」(袖中)ぐらいに考えられていた。

7 三八四〇。俊秘。→二九七頁

8 三八四一。「万葉集は優なる事を取るべきなりとぞ故人申し侍りし。是彼の集聞きにくき歌も多かるが故也。山田朝臣の鼻の上掘れともいひ、酒飲みてゑひ泣きするにあにしかめやもなどは取出でがたかるべし」(六百番歌合判詞)。

9 三八四二。童蒙。

平郡 「平群」の誤。古葉略類聚抄も「郡」とある。へぐり。

3 新年のはじめに*豊の登之しるすとならし雪の降れるは

大伴宿禰家持述二*恋緒一歌之内反歌

4 安良多麻乃　登之可敝流麻泥　安比見祢婆　許己呂毛之努尓　於母保由流香聞

あらたまの年かへるまで相見ねば心もしのに思ほゆるかも

5 東風 越俗語、東風謂二之安由乃可是一也　伊多久布久良之奈呉乃安麻能　都利須流乎夫祢　許藝可久流見由

あゆの風いたく吹くらし奈呉の*海人の釣する小舟漕ぎ隠る見ゆ

6 越の海の信濃浜名也の浜を行き暮し長き春日も忘れて思へや

右歌等、天平廿年春正月廿九日、大伴宿禰家持歌。

見二潜レ鸕人一作歌

7 売比河波能　波夜伎瀬其等尓　可我里佐之　夜蘇登毛能乎波　宇加波多知家里

婦負河の早き瀬毎に篝さし八十伴の男は鵜河立ちけり

右歌、巡二行諸郡一当レ時所二属目一作レ之、大伴宿禰家持。

已上、第十七巻

*太上皇清足姫天皇御二在於難波宮一之時歌七首内

左大臣橘宿禰*歌一首

1 保里江尓波　多麻之可麻之乎　大皇之　美敷祢許我牟登　可牟弖之里勢婆

堀江には玉敷かましを大君の御船漕がんとかねて知りせば

御製歌一首 和

2 多万之賀受　伎美我久伊弖伊布　保里江尓波　多麻之伎美弖々　都藝弖可欲波牟

已上、第十八巻

天平勝宝二年三月一日暮、眺二矚春苑桃李花一作

1 春苑紅にほふ桃の花下照る道に出で立てる妹

2 吾園之李の花か庭に散るはだれのいまだ残りたるかも

攀二折堅香子草花一歌一首

3 物部乃　八十嬬嬬等之　挹乱　寺井之於乃　堅香子之花

もゝのふの八十の妹らが汲みまがふ寺井の上のかたかしの花

夜裏聞二千鳥喧一歌二首之内

4 夜具多知尓　寐覚而居者　河瀬尋　情毛之努尓　鳴知等理賀毛

夜ぐたちに寝覚めて居れば河瀬尋め情もしのに鳴く千鳥かも

*過二渋谿埼一、覧二巌上樹一歌一首樹名都万麻

5 礒上之　都万麻乎見者　根乎延而　年深有之　神左備

10 三八四三。

11 三八七六。 **平郡**「平群」の誤。六帖・五代。

巻十七 1 三九二二。

橘卿 諸兄。

太上天皇 元正。

橘宿禰 諸兄。

2 三九二三。

須泥尓 已に。

3 三九二五。

豊の登之 豊の年。豊年。三首いずれも応詔歌にふさわしい品格のある歌。

4 三九七九。

恋緒 恋のおもい。左注に「忽兮起二恋情一作」とある。

5 四〇一七。六帖・綺語・童蒙・五代・袖中。

海人の 底本「えに」を消して「あまの」とする。

6 四〇二〇。五代。

7 四〇二三。童蒙・五代。

巻十八 1 四〇五六。新撰朗詠・奥義・童蒙・五代。

太上皇 元正。

橘宿禰 諸兄。

2 四〇五七。五代。「玉敷かず君が悔いて言ふ堀江には玉敷き満てて継ぎて通はむ」。

御製 元正。

和 右の作に「答へたまへる」の意。

巻十九 1 四一三九。六帖・家持集(類・歌・御)。

尓家里
四月十二日、遊二覧布勢水海一、船泊二於多祜湾一、望二見藤花一、各述レ懐四首之内
6 藤奈美乃影なる海の底清みしづくいそ*をも珠とぞ吾が見る
守大伴宿禰家持也。
7 多祜の浦の底さへにほふ藤浪をかざして行かむ見ぬ人の為
次官内蔵忌寸縄麿歌也。
天平勝宝三年
8 新 年之初者 弥年尓 雪踏平之 常如此尓毛我
新しき年の初めはいや年に雪踏みならし常かくにもが
右一首歌、正月二日、守館集宴。于レ時零雪殊多、積有二四尺一焉。即主人大伴宿禰家持作二此歌一也。
以二七月十七日一遷二任少納言一。仍仰*二悲レ別之歌一贈二貽朝集使掾久米朝臣広縄之館二二首
9 荒玉乃 年緒長久 相見氐之 彼心引 忘也毛
あらたまの年の緒長く相見てし彼の心引き忘られめやも
10 伊波世野尓 秋芽子之努藝 馬並 始鷹猟太尓 不為哉将別
便附二大帳使一取二八月五日一応レ入二京師一。因レ此以二四日一設二国庁之饌於介内蔵伊美吉縄麿館一、餞レ之于レ時大伴宿禰家持作歌一首
11 之奈謝可流 越尓五箇年 住々而 立別麻久 惜初夜可毛
しなざかる越に五年住み〳〵て立ち別れまく惜しき宵かも
五日平旦、上レ道。仍国司次官已下諸僚皆共視送。於二射水郡大領安努君広嶋門前之林中一、領*設二餞饌之宴一。于レ此大帳使大伴宿禰家持和二内蔵伊美吉縄麿一捧レ盞之歌一—
12 玉桙の道に出で立ち行く吾は君が事跡を思ひてし行かむ

巳上、第十九巻

天平勝宝六年正月四日、氏族人等、賀二集于少納言大伴宿禰家持之宅一宴飲歌三首之内
1 霜の上に霰たばしりいや増しに吾はましこむ*年の緒長く
2 霞立春の初めを今日のごと見つと思へば楽しとぞ思ふ
右一首、左京少進大伴宿禰池主*也。
惜二竜田山桜花一歌
3 竜田山見つゝ越え来し桜花散りか過ぎなん吾が帰るとに
独見二江水浮漂蕃*一怨二恨貝玉不一レ依作歌

2 四一四〇。六帖・袖中。
3 四一四三。六帖。
4 四一四六。六帖・綺語・袖中。
5 四一五九。六帖。「磯の上のつままを見れば根を延へて年深からし神さびにけり」。
6 四一九九。六帖・五代。「藤奈美」は藤浪。
いそ 原文「石」。
7 四二〇〇。六帖・柿本集(醍・類)・朗詠・五代。拾遺・三十六人撰は人麿とする。内裏歌合(承暦二・四・二八)判詞には「藤の歌の本にする歌」とする。
8 四二二九。家持集(類・歌・御)。
9 四二四八。
仰 万葉諸本「作」。
10 四二四九。六帖・五代・初学・袖中。「石瀬野に秋萩しのぎ馬並めて始鷹狩だにせずや別れむ」。
11 四二五〇。
12 四二五一。六帖。
領 元暦本以外の万葉諸本「預」。
巻二十 1 四二九八。六帖・綺語・童蒙。左注に「右一首左兵衛督大伴宿祢千室」。
ましこむ 麻為来牟。類聚古集と同訓。
2 四三〇〇。
池主也 底本「家持」を見せ消ち、「池主也」とする。
3 四三九五。五代。

4 堀江より朝潮満ちに寄るこづみ貝にありせば苞にせましを

右二首、兵部少輔*大伴宿禰家持作歌。

反歌*

5 伊弊都刀尓貝ぞ拾へる浜浪はいやしく〳〵に高く寄すれど

6 和我世奈乎筑紫へ遣りてうつくしみ帯は解かなゝあやにかも寝も

右一首、妻服部呰女。

万葉集巻第二十抄レ之了*。

用字法　さて、この万葉集をば後拾遺の序*に申たるは、「この集の心はやすきことを隠し、かたき事をあらはせり。よりてまどへるものおほし」とぞ書きたるを、いとさにはあらぬにやと覚え侍なり。この集の頃までは*、歌の詞に人の常によめることゞもを、時代の移り変るまゝには、よまずなりにたる詞どものあまたあるなるべし。もろこしにも*、「文躰三たびあらたまる」など申たるやうに、この歌の姿詞も、時代の隔たるに従ひて変りまかるなり。昔の人のかたき事をあらはし、やすき事をかたくなして、人をまどはさんと思へるにはあらざるべし。たゞし、書きやうの文字づかひにとりてぞ、うちまかせて*、その事に使ふ文字をも書かず、とかく*書きなしたる事ぞおほかるべき。たとへば、春の花とも秋の月ともいへる歌を、やすくさは書かで、真名仮名*に一文字づゝ書きて、「波流乃波奈」「阿伎之都伎」などやうに書き、又同じく一字に*書くにとりても、こゝかしこ文字を変へつゝも書き、又、卅一字のものをたゞ十余文字*、廿余文字*などにも書きなしたるところ〳〵の侍なり。まことに少しはまどはさむとにやとも申つべかめれど、それも詞を通はして*、かくもいふぞなど見せんとなるべし。されど、近来もさやうの文字遣ひにははかられて*、まどふものもあるなるべし。

4 四三九六。童蒙・五代。 沓 万葉諸本「糞」。こづみ。 輔 底本「部」を消して「輔」に改める。

5 四四一一。綺語・初学。 反歌 「陳ニ防人悲レ別之情ニ歌」の反歌のうち。

6 四四二二。防守歌の一。 抄之了 四四二二で終っているのは巻二十の奥の歌「九十余首」無き本によったか。

後拾遺の序 「かの集の心は易きことを隠して難きことを現はせり。そのかみのこと今の世に叶はずしてまどへるもの多し」。 この集の頃までは… 上代語より中古語への変遷、歌語と俗語の区別などが考えられる。 もろこしにも… 「自レ漢至レ魏四百余年、辞人才子文体三変」(文選、宋書謝霊運伝論)。宮河歌合・無名抄等にも見える。 うちまかせて ふつうに。一通りに。 とかく あれやこれやと。 真名仮名 漢字の音訓を一字一音の表音文字として用いたもの。 同じく一字に… たとえば、秋・商、春・張・暖、朝・旦・明などと書くこと。 十余文字 たとえば、二三七七(二八九頁下)・二四〇四(同)など人麻呂歌集に多い。 廿余文字 三〇・三一(二七八頁上)など、ごくふつうの形。 はかられて あざむかれて。 通はして 通じあわせて。 心 作品を創造する心的態度。 詞づかひ 言葉の用い方。一首全体の表

風躰　又、歌どもは、まことに*心もをかしく、*詞づかひも好もしく見ゆる歌どもは多かるべし。又、万葉集にあればとて、よまん事はいかゞと見ゆる事どもゝ侍なり。第三の巻にや、*太宰帥大伴卿酒をほめたる歌ども十三首まで入れり。又、第十六巻にや、*池田の朝臣、大神の朝臣などやうのものどもの、かたみにたわぶれのりかはしたる歌などは、まなぶべしとも見えざるべし。かつは、これらは、この集にとりての*誹諧歌と申歌にこそ侍めれ。又、まことに*証歌にもなりぬべく、文字づかひも証に成ぬべき歌どもゝ多く、おもしろくも侍れば、*かたはしとは思ふたまへながら、多くなりにて侍なり。又、古き詞どもの、今は人よまずなりにたるも、かくこそはありけれと、人に見せんため記し入れて侍り。又、*拾遺集などにも入り、さらでもおのづから人の口にある歌も、洩らさむも口惜しくて、書き記し侍ほどに、何となく数多くなりにて侍なり。*万葉集の歌は、よく心を得て、取りてもよむべき事とぞ、古き人申おきたるべき。

歌病論　又、古き歌は*上の句にいへる事を、末にかへして再びいふ事は常の事なるを、いつよりいひそめけることにか、「*病」と名付けてよまずなりにけり。これらは、彼の古今集の*紀淑望が真名の序にいへる、「大津皇子のはじめて詩賦を*好むじより、かの漢家の文を移してわが日域の俗とす。民業一度あらたまりて、和歌やうやく衰へにたり」といへり。もし、かのころをひよりこのかた、*詩の病とて、さる事どもになずらへていひそめけることにや。歌の式といふものは、*光仁天皇と申おほんとき、参議藤原*浜成つくりたると申ぞ、式のはじめなるべき。その後こなたざま、孫姫、喜撰などが式とて、さまぐ〜の病どもを立て置きて侍なり。その中、*同じ事かへして再びよむ事と、又、同じ心二所よむ事とは、

現の仕方。心・詞の両面から万葉集をとらえようとする。　**太宰帥…**　→三三八―三五〇(二八一頁上)。　**池田の朝臣…**　→三八四〇・三八四一(二九三頁上)。
誹諧歌　正格な改まった歌に対し、ひとふし笑いを含んだ歌。古今巻十九雑体部に誹諧歌として五八首をあげる。千載巻十八雑下にも誹諧歌として二二首採録。俊成は古今を踏襲するとともに、正格の歌と誹諧歌を混有する詞花への批判でもあった。
証歌　用例の証拠となる。　**かたはし**　ほんの一部分。　**拾遺集…**　万葉歌が一二〇余首入集。拾遺や六帖・柿本集・赤人集・家持集などに採録されて、平安時代の人々に親しまれていた万葉歌。　**万葉集の歌は…**　出典未詳。
上の句に…　たとえば古今序に引く難波津の歌(二六五頁)や万葉一〇七(二七九頁下)などの類。　**病**　歌病。同心病に当る。　**紀淑望が…**　「自三大津皇子之初作二詩賦一、詞人才子慕レ風継レ塵。移二彼漢家之字一、化二我日域之俗一。民業一改和歌漸衰」(古今真名序)。　**好むじ**　「む」は撥音か。
詩の病　六朝詩学に規定する禁制の表現。空海の文鏡秘府論には、二十八病に細説。　**光仁天皇**　第四九代。七七〇―七八一在位。　**浜成**　延暦九年(七九〇)没。宝亀三年(七七二)、歌式を作る。広略両本があり俊成は略本を用いる。
同じ事かへして…　同心病のこと。新撰髄脳・俊秘に見える。

むねとさるべき事に、今(いま)はなりはてにて侍り。そのほかの病(やまひ)どもは、さりあふべき事とも見(み)え侍らず*。されど、式(しき)どもに申(まうし)たる名ばかりは、さる事ありと許(ばかり)は人知(し)るべくやとて、書(か)き付(つ)け侍(はべる)なり。

浜成卿式に七病といふは、

一には*頭尾(トウビ)、二には*胸尾(ケウビ)、三には*腰尾(エウビ)、四には*黶子(エフシ)、五には*遊風(イウフ)、六には*声韻(セイキン)、七には*遍身(ヘンシン)といへり。

病(やまひ)のありさまども式に見(み)えたり。略レ之了*。

*喜撰が式、あるいは四病を立(た)てたり。

一には*岸樹(キシノウヘキ)、二には*風燭(カゼノトモシビ)、三には*浪船(ナミノフネ)、四には*落花(チルハナ)

あるいは八病*を立(た)てたり。

一云、*同心(オナジゴヽロ)、二云、*乱思(ミダレタルオモヒ)、三云、*襴蝶(ランテウ)、四云、*渚鴻(シヨコウ)、五云、*花橘(クワクキツ)〈ハナタチバナ〉、六云、*老楓(ラウフ)〈ワヒタルカツラ〉、七云、*中飽(チウハウ)、八云、*後悔(コウクワイ)〈ノチニクユ〉

これらも式(しき)に見(み)えたり。この中(なか)に、はじめの「同心の病」ぞ、むねとさるべき事と見(み)えたる。残(のこ)りはさりあふべきにあらざる事なり*。

又、四条大納言公任(きんたふ)卿の新撰髄脳といふものあり。俊頼*朝臣の口伝(くでん)と申か髄脳と申か、又、*能因法師(し)の書(か)きたるものなど、古(ふる)くも近(ちか)くもさま〲書(か)き置(お)きて侍(はべる)めり。これらは、*思(おも)はくみなおなじ事どもに侍めれば、しるし申におよばず。御らんずべからむ人は、それらをたづねて御らんずべし。これは、たゞさる事ありとばかりに、その名ばかりをしるし申侍なり。

侍らず 再撰本は次に「それらをさらむとせば歌かへりて見ぐるしくなり侍なむ」とある。
頭尾 初・二句の末尾が同じ。
胸尾 初句の末字と二句の第三又は第六字とが同じ。 **腰尾** 三句の末字と同字が、他の句の末字にあること。
黶子 三句の末字と同字が他の句の中にあること。二つ以上あれば巨病。
遊風 一句中の第二字と末字が同字。
声韻 三句・結句の末字が同字。
遍身 一首中、第三句以外の句で同字が二字以上あること。 **略之了** 再撰本「事ながくうるさくて略し侍ぬ。御覧ずべからん人は式共を御らんずべし」とある。
喜撰が式 倭歌作式。喜撰に仮託。
岸樹 初句と二句の初字が同じ。
風燭 句毎の第二字と第四字が同じ。
浪船 五言中の第四・五字、七言中の第六・七字が同じ。 **落花** 毎句に同じことばの交ること。
八病… 和歌式(孫姫式)。 **同心** 同一首中に二度同詞、または同意の詞を用いること。 **乱思** 詞が優ではなく、急によみにくいこと。 **襴蝶** 句首に気を配って句末が疎略なこと。
渚鴻 韻(三・五句)に拘泥して初・二句の疎略なもの。 **花橘** 物を諷喩して、すぐ本名が現われるもの。
老楓 一首中に字足らずや言い足りない感じのあること。 **中飽** 一首中に字余りのあること。 **後悔** 混本歌

その中に、昔の歌に同じこと再びかへしてよめる事を、公任の卿・俊頼の朝臣などさへいかに思ひ申たる事にか、*「難波津」の歌をさへ、「「この花」は梅の花なり、「今は春べと咲くやこの花」といふは、よろづの花なれば、病にあらず」といひ、*「安積山」の歌も、「ハジメノ山の名は濁りていふべし、「浅くは」といへるは、山の井の浅きこゝろなり」、又、*「深山には松の雪だに消えなくに」といへる歌も、「はじめは奥山をいふ。「都は野辺の」といふは宮なり。されば、これらは病ならぬよし」に申たるこそ、いかにさは侍にか。たゞ、昔の歌はわざと再びいへるなり。*病と*いひなる事は、時代のあらたまり隔たりて、*ものしりだてける人どもの、式を作りなどしけるほどに、病どもを立てゝ*いひなやましてけるぞとてこそあらまほしけれ。古き歌どもをさへあらぬさまにいひなせる事、あやしく見え侍事なり。*先達の事を申はよしなけれども、又、*いま少し上りての人のよみけん心に違ひていひなす事は、*いま少しはゞかりあるべき事なれば、申侍なり。

又、この近き頃もうけたまはれば、長歌にも、短歌・反歌にも、*「韻の字の」など申なる、いと見苦しき事なり。詩の病など申事になずらへて、式を作り、病を立てなどするほどに、「韻の字の」など申事は、たゞ歌にとりては、上の五七五の終りの句、下の七々の句の終の文字などを、「韻字を同じ文字をおけるははゞかるべし」などいふばかりなり。まことには、歌には何しにか韻はまことにはあるべき。詩には、*切韻といふものありて、その韻に入りぬれば、その韻の文字どもを作ればこそ、まことに韻といふ事は申事なれ。*歌には、たゞ上の句の終の字、下の句の終の字の「何となんある」などこそ申を、詩の韻になずらへて、はての文字の事いはんとて、「韻の字の」などうち申許にこそあるを、*まことしく、

の類で音調のととのわないもの。 **事なり** 再撰本は次に「それを去ばふるきよき歌ども、みな事やぶれ侍りぬべし」とある。 **俊頼…** 俊頼髄脳。俊頼口伝・俊秘抄とも。 **能因…** 能因歌枕・坤元儀(散逸)など。 **思はく** 思うこと。思考。 **難波津…**「難波津に咲くやこの花冬ごもり今は春べと咲くやこの花」(二六五頁)。俊頼は「なほ文字病はさりどころに見えず」とする。 **安積山…** 万葉三八〇七(二九二頁下)。俊秘に「これ又文字の病なり。浅香山といふは始めの五文字は所の名なり…」とある。 **深山には…** 古今一九(三〇八頁下)。新撰髄脳に「詞異なれども心同じきをばなほ去るべし」とある。 **病と…** 公任・俊頼ならば、病などは後人のさかしらだとして一蹴してほしかったの意。 **いひなる** 言うに至る。 **ものしりだてける人** 物知りらしく振舞う人。 **いひなやます** 言いくたす。「病」を受けて「悩ます」と言ったか。 **先達** 公任・俊頼をさす。 **いま少し上りて** 古今以前。 **いま少しはゞかりある…** 公任・俊頼の論に批難がましいことをいうより、もう少し憚りのある。 **韻の字** 本来、詩や韻文で、韻をそろえた句の終りに用いる文字。↓補 **切韻** 反切。↓補。 **歌には…** ↓補 **まことしく** 誠らしく。「申らん」にかかる。

*ほどなき卅一字の歌のうちなどに、*胸の句には五七の七の句の終、*中の五字の終、*七々の句ごとの終などを「韻の字の」など申らん事ども、いと〳〵見苦しく侍事なり。漢家の学問などもせぬものなどの、ものしり顔せんとて、*かたのごとく文のはし〴〵など老の後に習ひて、「*毛詩にいへるは」「史記にいへるは」など申らんこと、いと見苦しく侍り。歌は、たゞ*かまへて心姿よくよまんとこそすべき事に侍れ。

古　語

万葉集より後、古今集の撰ぜらるゝ事は、年は百四五十年、世は十四五代にやなりて侍らん。そのほどだに古き詞の残れるは、「*つも」「*かも」「*けらし」「*べらなり」などやうの事ばかりやあらん。さらで万葉集に常によめる、「*はしきやし」「*しゐや」「*もとな」などやうの詞は、無下に絶えにける詞と見えたり。されば、万葉集の頃の後より、歌の有様の変りにけるほどは、これにてをしはからるゝことなり。

諸本と伝承の古歌

又、万葉集にいへる歌どもの中に、

*初春の初子の今日の玉帚手にとるからにゆらく玉の緒

「この歌は、万葉集に入れる本もあり、又、無き本もあり」と申なり。これを、*俊頼の朝臣の口伝に申たるは、「*玉帚」といふは、春の初子の日、小松を引きぐして帚に作りて、ゐなかの人の家に蚕飼ふ屋を、子午の年生まれたる女の蚕飼するに、*ものよきを飼女とつけて、それして掃き初めさせて、祝ひの言葉にいふ歌なりとぞいひ伝へたる」と申を、*能因法師の、師の大納言*経信卿に語りけるとて申たるは、「これは、昔*京極の宮すん所と申は、本院の大臣 時平のおとゞ むすめなり。*延喜の帝の女御にたてまつらんとせられけるを、日ごろよく〳〵*いとなみて、すでに*その夜になりて、*出車など寄せて、*女房かつ〳〵乗るほど

ほどなき いくほどもない。短い。**胸の句** 第二句。**中の五字** 第三句。**七々** 第四・五句。**かたのごとく** 慣例のように。ほんのうわべだけ。**毛詩** 詩経。**かまへて** 心にかけて。必ず。**つも** 完了の助動詞「つ」に詠嘆の終助詞「も」の加わったもの。古今には見当らない。**かも** 疑問または詠嘆を表わす係助詞「か」に詠嘆の終助詞「も」の加わったもの。中古以降は「かな」が多く用いられる。古今では一〇三・四〇六。**けらし** 助動詞「けるらし」の縮約形とも、「けり」に対する形容詞形とも。九二六。**べらなり** →補。**はしきやし** 形容詞「はし」の連体形に詠嘆の助詞「や」「し」がついたもの。いとおしい。万葉三〇三五(二九〇頁下)ほか。**しゐや** 感動詞。捨てばちな気持から発する声。えい。「あらかじめ人言繁しかくし有らば四恵也わが背子奥もいかにあらめ」(六五九)。再撰本「よしゑやし」。**もとな** 副詞。いたずらに。何のわけもなく。一九六四(二八六頁下)。**初春の…** 四四九三。**俊頼…** 俊秘。大略同じ内容。**玉帚** 蚕の床を掃くもの。玉は寿命を意味し、延命長寿の意を以て、これを飾り、また賜わったらしい。**ものよきを** 美しい女を。**能因法師** 俗姓橘。古曾部入道。玄々集・能因歌枕・能因法師家集など。後拾遺初出。**経信** 長和五(一〇一六)—永長二(一〇九七)。源俊頼の父。大納言、

になりて、にはかに*寛平の法皇御幸ありて、御車を寄せければ、この大臣思ひかけぬ気色にて騒がれければ、「我出し立てん」とて、帳のうちに入らせ給ひにければ、たゞ仰ぎておはしけるほどに、内より蔵人御使にて参りて、「夜いたくふけぬ。いかなることぞ」と尋ね申させ給ひければ、大臣よろこびながらこのよしを怖づ〳〵申されければ、しばし御返事もなくて、とばかりありて、しきりに*しはぶき申されければ、いと*あへなく、「これは*老法師給はりぬ」と仰せられければ、いとあさましき事にて、出車に乗りける女房みな降りにけり。世の人いかゞ*言ひさたしけんとこそをしはからるれ。蔵人帰り参りて、この由を奏し申ければ、ものも仰せられざりけり。その御息所の、むかし、三井寺のかたはらに、*志賀寺とて、ことのほかに*験じ給ふ所ありとて参りたまひけるに、かの寺近くなりて、所の様おもしろく覚え給ひければ、御車の*物見を*広らかにあげて、湖の方など*見つかはしけるほどに、いと近く岸の上に、あさましげなる草の庵のありける窓のうちより、ことのほかに老い衰へたる老法師の、*眉の霜の下より目を見合はせ給ひたりければ、「*いとむつかしきものにも見えぬるかな」とおぼして引き入らせ給ひにけり。さて帰らせ給ひて後、老法師の*腰二重なるが、杖にすがりて参りて、「*見参し侍し老法師こそ参りたれと申させたまへ」と申ければ、しばしは聞入るゝ人もなかりけれど、*ひねもすに立ちて、余り言ひければ、「かゝる事なん申もの侍」と申ければ、「*しか。さることあらん」と仰せられて、南面の*日隠しの間に召寄せて、「いかなる事ぞ」と問はせ給ひければ、しばしばかりためらひて、「志賀にこの七十余年ばかり侍て、ひとへに*後世菩提の事を*営み侍りつるに、はからざる見参をつかうまつりて、いかにも〳〵異思ひなく、今一度見参せむの心のみ侍りて、寝侯

正二位大宰権帥。帥記。大納言経信集。後拾遺初出。 **京極の宮すん所** 京極御息所。宇多天皇后。時平の女褒子。 **延喜の帝** 醍醐。第六〇代。仁和元(八八五)—延長八(九三〇)。宇多天皇第一皇子。 **いとなみて** 仕度をして。 **その夜** 女御に奉ろうとする当夜。 **出車** 着飾った女房の袖口や裳などを下簾の下から出している車。 **かつ〳〵** どうにかこうにか。漸く。 **寛平の法皇** 宇多天皇。第五九代。貞観九(八六七)—承平元(九三一)。寛平九年(八九七)譲位。出家。 **しはぶき** せきばらい。 **あへなく** あっけなくも。「仰せられければ」にかかる。 **老法師** 私(宇多)が。自称。 **言ひさた** 噂。 **志賀寺** 滋賀県大津市南滋賀にあった崇福寺。 **験じ給ふ** 霊験を現わし給う。 **物見** 牛車の左右の立板にある窓。 **広らかに…** 簾を広やかに巻きあげて。 **見つかはしける** 見やっていた。 **眉の霜** まっ白い毛の眉。 **いと…** まことに気味の悪いものに見られたことだな。 **腰二重なる** 腰が曲がって、二重折のようになっている。 **見参し…** お目にかかった。 **ひねもすに** 一日中。 **しか** そうです。はい。 **日隠しの間** 階隠(はしがくし)の間。寝殿の階段を上り、簀子(すのこ)を通って、廂(ひさし)の間にはいるまでの所。 **後世菩提** 仏道に入って、来世の幸福を祈ること。 **営み侍りつる** つとめ励んでいた。

も寝られず、起きても易く居られず侍れば、*年ごろの行ひの*いたづらになりなん事の悲しさに、もし助けもやせさせおはしますとて、杖にすがりて泣く〳〵参りて侍なり」と申ければ、「いと易き事なり」とのたまひて、御簾を少しあげて見えさせ給ひければ、面の皺数も知らず、眉は白き雪などにもまさりて、*みな老い変はりて人とも覚えず。まことに恐ろしげなるさまして、*まぼり入れて、*とばかりありて、「*その御手をしばし賜はらん」と申ければ、申にしたがひて御手をさし出し給へりけるを、わが額に当てゝ、よろづも覚えず泣き入りて、かの「手にとるからに」といふ歌を*よみかけ申て、「この世に生まれ侍りて後、九十年におよび侍りぬるに、また、かばかりのよろこび侍らず。この*縁をもて、*思ひのごとく*弥陀の浄土に生まれ侍りなば、必ず導き奉らん。又、浄土に生まれさせ給はゞ、導かせ給ふべし」と申て泣きければ、御返し、

*よしさらばまことの道にしるべして我をいざなへゆらく玉の緒

とぞ仰せられける。これを聞きて、よろこびながら帰りにけりといへるを、この歌は万葉集の廿の巻にあれば、この物語ことのほかのそら事なるべきを、*万葉集の良き本といふは、廿の巻の歌のいま四五十首ばかり無きなり。その本には、この歌見えず。いかなる事にか。おぼつかなし」と書けり。

*この事を思ふ給ふるは、此の歌は、たとひ万葉集に有るにても無きにても、いかにも昔の歌にこそ侍めれ。それを、古き歌をも、今ある事のそのことにかなひたる時は、詠じ出づる事はあることにや。かの志賀の聖、今よめるならば、「手にとるからに」と言はん事はしかありとも、その参りたりけん日、もし春のはじめの初子の日にしもあらずは、玉箒

年ごろの行ひ 長年の仏道修行。
いたづらに… 空しくなってしまう。
みな老い変はりて 「まみなどもみなおいかはりて」(俊秘)。年をとって、すっかり容貌が変り。
まぼり入れて じっと見守って。
とばかり しばらく。ちょっとの間。
その御手を… その(女御の)御手をちょっと取らせて下さい。
よみかけ申て 俊秘は次に「少し居退くやうにて」。
縁 因縁。
思ひのごとく 願いのままに。
弥陀の浄土 阿弥陀如来のいます極楽浄土。
よしさらば… それならば、まことの道に導いて、どうか私をお誘い下さい。「ゆらく」はゆれ動く。「玉の緒」は命。
万葉集の良き本と… 巻二十の奥の歌四、五十首なき本。四五〇五の家持の「喩族歌」以下巻末まで五二首なき本か。この本をよしとする考えは聖武勅撰説にもとづく(伊藤博「聖武勅撰説による異本の成立」、『万葉』七二)。袖中には、この俊秘を引いたあとに、「但万葉集に此歌有無不レ定之故、被レ擬二上人之詠一之条無二其謂一。万葉第廿巻和歌欠二九十余首一は偽本也。書写之間自然不二書終一也」とある。
この事を… 俊成の考え。上人が「初春の」の古歌を知っていて、「手にとるからに」を言うために、思い出して詠じたものとする。
大和の国に… 伊勢(二三)。

にことによそふべしとも覚えずやあらん。なか〳〵さやうの聖などの、此の古き歌を知りて、「手にとるからに」と言はんれうに思ひ出で〻言ひ出でたらんは、玉箒も今少しをかしくもやあるべからん。

おほかたはこれのみにあらず。伊勢物語にも、「*大和の国に女とすむ男、年ごろ経る程に、河内の国*高安の郡に、又行き通ふ所出で来にけり。かくて通ふほどに、もとの女、「*沖つ白浪たつた山」とよめるを聞きて後、河内へも男行かずなりにければ、かの高安の女よめるとて、

*君があたり見つ〻を居らん*生駒山雲な隠しそ雨は降るとも

とよみてなん見出すに、からうじて*山と人*来むといへり」など書きて侍を、これまた、万葉集の第十二巻の歌なり。*伊勢物語はまことに有る事をも書けり。又、ゐなか人などのありさまは、さしもなき事をもをかしきさまに書きなし、ものをもいはせ、歌をもよませたる事もあれば、*古き歌に合ひたることのある時、その歌をいはせても侍らん。又、*まことに古き歌をば知らねども、ゐなか人などのよみ合はせたる事も侍らん。

又、おなじき物語に、「*男陸奥国まで*すゞろにいにけり。そこなる女、京の人をばめづらかにや思ひけん、*せちに思へる心なんありける。さてかの女のよみけるとて、

*なか〳〵に人とあらずはかひこにもならましものを玉の緒ばかり」

これ又、万葉集のおなじき第十二の巻の歌なり。されば、これも陸奥の女の事ををかしくいはんとて、万葉集の歌のさもありぬべきをいはせたるにもやあらんとも思ふ給ふるを、又、大和物語にも、「*昔、大納言の帝にたてまつらんとてかしづきたまひける娘を、*内舎人

高安の郡　大阪府中河内郡。

沖つ白浪…　「風吹けば沖つ白浪たつた山夜半にや君がひとりこゆらん」。

君があたり…　万葉三〇三二(二九〇頁下)。　**生駒山**　奈良県生駒郡と大阪府南河内郡との境にある。　**山と人**　大和人。大和の国に住む男。　**来む**　あなたのところへ行こう。「む」は意志を表わす。　**伊勢物語は…**　平安中期から後期にかけては、伊勢は、在原業平の実伝・実録とされていた。なお二三段は「この物語は業平の事にはあらず。はるかに古き世の物語を、これに書きまじへたる也」(書陵部本和歌知顕集)という。　**古き歌に…**　ちょうど古歌に符合した事の起った時は、その古歌を田舎人の歌として言わせることもあろう。　**まことに…**　実際に古歌は知らないで、田舎人のよんだ歌が古歌と同じようなものとなったということもあろう。

男陸奥国まで…　伊勢(一四)。　**すゞろに**　あてもなく。　**せちに**　切実に。

なか〳〵に…　万葉三〇八六(二九一頁上)。伊勢では「中々に恋に死なずは桑子にぞなるべかりける玉の緒ばかり」。俊成は万葉の形で引用。なまじっか人として生きずに、蚕にでもなったらよかろうに。短い間でも。

昔大納言の…　大和(一五五)。

内舎人　中務省に属し、朝廷の宿衛・雑役に従事し行幸の時は供奉して警護にあたる職。

なりけるもの丶見て、よろづの事覚えざりければ、*ゆくりなく取りて、陸奥国にいにけり。*安積の郡安積山に庵をして住みけるほどに、立ち出で丶、山の井に影を見るに、*ありしにもあらずなりにけるかたちを見るもはづかしくて、よみて木に書きつけてなくなりにけりとて書ける歌、

　*安積山影さへ見ゆる山の井の浅くは人を思ふものかは

とよめりけり」と書けり。

この歌などは、まして*万葉集にとりても*むねとある歌、*古今集にも歌の父母とて序にも出せる歌を、大和物語にかくいへり。これも、古歌をかの山の中に居て、言ひ出で丶書きつけ丶るにや。又、*この物語の世々のふる事にて、*かの葛城の王の采女が古き事を言ひて、王の心をやはらげ丶るにやとも、*少しはあやしき事どもになん。いかにも古き歌を*をりふしにつけてかなへる事によみ出づるもある事なるべし。されば、かの「初子の今日の玉帚」の歌のみにもあらず、か丶る事どもはあることなりとしるし申侍なり。

さて、この「手にとるからにゆらく玉の緒」の歌は、まことに有る本、*無き本ある事に侍めり。*そのかみより見給へし万葉集には入りて侍りき。又、*敦隆と申し丶もの丶、*部類して四季立てたる万葉集、あまた人のもとに持ちたる本なり。それにも、春のはじめの歌の中に書き入れて侍りき。それを当時ある人、*証本と申し丶本を書き写して侍には、この歌入らず侍なり。されば、この抄にも書き入れず侍なり。されども、万葉集の頃の歌にては*一定侍べし。

成立期と撰者　又*、おほかたは万葉集の事はなを申べき事も侍なり。何となき事ながら、

ゆくりなく 不意に。 **安積の郡** 福島県。 **ありしにもあらず**… 以前とはすっかり変って醜くなっている自分の姿。 **安積山**… 安積山の影までも見える山の井のように、浅くはあなたのことを思っておりません。私は深くあなたを愛しておりますの意。
万葉集に… 三八〇七(二九二頁下)。二六七・二九九頁。 **むねとある歌** 主要な歌。 **古今集にも**…「あさか山のことばは、采女のたはぶれよりよみて、この二歌(難波津の歌と安積山の歌)は、歌の父母のやうにてぞ手習ふ人の始めにもしける」(序)。
この物語の… この大和の方が、代々を経た古い言い伝えで。
かの葛城の王の… 万葉左注。
少しは… 少しは不審に思われることどもである。 **をりふし**… その場その場で、ちょうどあった古歌をよみ出すこともあるのだ。
無き本 巻二十巻末五二首なき本(俊秘所引。四四六五以下がない)、および九四首なき本(袖中所引。四四二三以下がない)が平安末期には存在していた。
そのかみ その昔。 **敦隆** 保安元年(一一二〇)七月没。年五十余。肥前守俊清の子。木工助。藤原氏(中右記)とも橘氏(尊卑分脈)とも。
部類して… 類聚古集。 **証本** 九四首なき本か。この抄にも四四二三以下は一首もあげていない。宮本喜一郎「古来風体抄に抄出せられた万葉集」

人も、御心得べくやとも覚え侍なり。この集をば、*聖武天皇の御時撰ぜらるゝ事は疑ひなく侍うへに、まことにさぞありけんと見えて侍なり。聖武天皇位に廿五年おはしましけるほど、ならびに御位降りさせ給ひて太上天皇とて静かにおはしまして、天平勝宝八年五月に、太上天皇かくれおはしましにけり。又、橘左大臣*諸兄のおとゞは、その年の正月に致仕して、前左大臣とて侍りけるが、その年の八月に改元ありて、天平宝字元年と申ける、又の正月に、橘の前左大臣は、年七十四にて薨じ侍にけり。されば、そのさき、万葉集はさだめて撰進し侍にけん。それに大伴宿禰*家持と申歌人は、このほど、はじめは宮内少輔、又越中守より少納言になりて侍めり。景雲元年に左京大夫になり、宝亀十一年にぞ参議になり、延暦までありて、中納言になりて侍めり。この家持卿の歌の、かの越中の国にありて、*少納言になりて上りける時の歌、国人の歌などまで多く入りて侍なり。又、この家持卿の父大伴大納言*旅人の歌なども入りて侍めり。されば、*この人の歌の集などをこそは、*撰者におくりて侍らめ。さて、*かの卿の歌も多く入りにけるにこそはとぞ見えて侍れど、*少しはなを、撰者もおぼつかなくは侍事なるべし。*なを人も御心得んために、見ゆる事どもを*しるし申侍りぬるなり。

(国語国文、昭一七、一〇)参照。

一定 必ず。再撰本「いかにも」。

又おほかたは… 再撰本は、以下、上巻末までなし。

聖武天皇の御時… ↓補

諸兄 →二七一頁。　**家持** 養老二(七一八)?—延暦四(七八五)。天平十七年三月、宮内少輔。同六月、越中守。天平勝宝三年七月、少納言。宝亀五年九月、左京大夫(景雲元年は誤)。

少納言になりて… 万葉集四二五〇—五五。

旅人 天智天皇四(六六五)—天平三(七三一)。万葉に約八十首入集。

この人の歌の集 家持の私家集。現存の家持集は平安中期の成立で別。

撰者 俊成は諸兄を考えている。

かの卿 家持。

少しはなを撰者も… 諸兄を撰者と考えることにも、少しは不審な点もありましょう。

なを人も… 私ばかりでなく、皆もこの問題をよくお考え下さるための資料として、私の考えおよんでいることどもをそのままに記しておくのです。

しるし 底本「る」虫損。

古来風躰抄　下

美的本性の具象化

又、*歳月のあらたまりかはるにつけつゝ、歌の姿・詞はさま〴〵思ひよそへられ、その程、しな〴〵も見るやうに覚ゆべきものなり。*春のはじめ、雪のうちより咲き出でたる*軒近き紅梅、*賤の垣根の梅も、色はこと〴〵ながら、にほひはおなじく手折る袖にもうつり、かほり身にしむ心地するを、*花の盛になれば、*吉野の山の桜は残れる雪にまがひ、まして*雲居の花の盛は、白雲の重なれるかと心もおよびがたきを、*春深くなるまゝには、*井手の山吹にかはづの鳴き、*岸の藤波に*夕の鶯春の名残惜しみ顔なるなども、さま〴〵身にしむ心地のみするを、*岩垣沼のかきつばた、*山下てらす岩つゝじなどまで、程につけては心うつらぬにあらず。卯月にもなれば、*垣根の卯花に時鳥のうちしのび、*まがきのなでしこの朝露に開けたる程などは、又たぐひ忘れぬべきを、さまでならぬ道のべのあふちの花の風にうちかほり、*庭のあぢさひのよひらに置ける露に、夕月夜のほのかにやどれるなどはいみじく捨てがたく見ゆるを、*五月の三日、九重のうちを思ひ出づれば、橘のうちかほれる軒近く、あやめの御こしかきたてたるに、御階の前より南ざまに何となき時の花を左右に立てわたしたる程、あやめの香うちかほりたるなど、たとへんかたなきものなり。*夏深くなりぬる夕暮に、*池の蓮の色々開けたるに水さへかほれる心地するなどは、この世のほかまで思ひやらるゝものなり。*秋の風立ちぬれば、*まがきの女郎花に虫の

歳月の… 四季折節の変化につけて、よまれた歌の姿・詞があれこれと思いよせられ、その歌の程度、品格までも具体的に知覚することができるものである。「もとの心」(二六二頁)が感覚的具象化によって種々相を展開することを述べる。
春のはじめ 正月。
軒近き紅梅… →補
賤の垣根の梅も… 後拾遺、春上。→補
花の盛に… 二月。
吉野の山の桜は… 古今、春上。→補
雲居の花の盛は… 詞花、春。→補
春深く… 三月。
井手の山吹に… 古今、春下。→補
岸の藤波… 源氏、藤裏葉。→補
夕の鶯… 永久百首。→補
岩垣沼の… 堀河百首。→補
山下てらす… 金葉、春。→補
垣根の卯花に… 後撰、夏。→補
まがきのなでしこの… 詞花、夏。→補
庭のあぢさひの… 俊成部類本久安百首。→補
五月… →補
夏深く… 六月。
池の蓮の… 堀河百首。→補
秋の風… 七月。古今、秋上。→補
まがきの女郎花に… 俊成部類本久安百首。→補

ころ〳〵露けく、*野辺の秋萩に鹿のつまどへるなどは、いふべきにもあらず。*紫苑・*藤袴などはさまでならぬも、昔を忘れず夢の枕にかよひけんも、あはれ浅からず。*秋深く、やう〳〵しぐれゆくまゝには、よもの山の梢色深くなりゆき、*まがきの菊、霜にうつろひゆくなどは、又いふべきにもあらぬを、外山の時雨もことに濡らしけるにや、*ぬるでの紅葉の分きて色深きを折りて見れば、*葉ざしなどはなつかしからずながら、色の深さもあはれに、*はじの立枝、*まゆみの紅葉などは、安達の原まで思ひやられ、まして、楓の紅葉は、葉のさま、枝、茎まで近くて見るさへあはれになつかしくぞ見えたる。*冬になりゆくまゝには、*葦の枯葉に霜置きまよひ、*みぎはの氷に閉ぢられ、まして*雪降りぬれば、*巌にも咲く花と疑はれ、*つゐに*緑の松の上の雪などは、年さへ残りなくなるにつけても、*袖の氷も身にしみまさる心ちしてこそは覚ゆるやうに、歌の姿・心も、たゞかやうによそへて心得れば、まことに*高く、*清げにも、*艶に*優にも、又さまでならねど、*ひとふしをかしきさまも、ほど〳〵につけて、よそへられぬべき事なり。

作品篇②　勅撰集

さて、今は古今集の歌はじめよりところ〳〵申侍べし。

古今和歌集

春歌

旧年に春立ちける日よめる

在原元方棟梁男業平朝臣孫也

1 年の内に春は来にけり一年を去年とや言はん今年とや言はむ

*この歌、まことに理つよく、又をかしくも聞えて、ありがたくよめる歌なり。

春立ける日　紀貫之

2 袖ひちて結びし水の氷れるを春立つ今日の風や解くらん

この歌、又*古今にとりては、心も詞もめでたく聞ゆる歌なり。「ひちて」といふ詞や、今の世

野辺の秋萩に… 古今、秋上。↓補
紫苑… ↓補
藤袴… 古今、秋上。↓補
秋深く… 九月。
まがきの菊… 堀河百首。↓補
ぬるでの紅葉の… 堀河百首。↓補
葉ざし 再撰本「枝ざし」。
はじの立枝… 金葉、秋。↓補
まゆみの紅葉… 詞花、秋。↓補
冬に… 十月。
葦の枯葉に… 文治六年五社百首。↓補
みぎはの氷… 久安百首。↓補
雪… 十一月。
巌にも咲く花… 古今、冬。↓補
つゐに… 十二月。
緑の松の上の… 片仮名本後撰、冬。↓補
袖の氷も… 後撰、冬。↓補
高く・清げに・艶・優 俊成のよしとした和歌の理念。再撰本は「すがたたかく…」。
ひとふしをかしきさま どこかに趣向のこらした歌の姿。
古今1 春上、一。六帖・朗詠・後六々撰。
この歌… ↓補
2 二。新撰和歌(巻頭歌)・六帖・朗詠・俊秘(よき歌)。
古今に… ↓補
つも… ↓三〇〇頁

となりては少し古りにて侍らん。「つも」「かも」「べらなり」などはさることにて、それよりつぎ〳〵少しかやうなる詞どもの侍なるべし。

題知らず　読人知らず

3 春霞立たるやいづくみよしのゝ吉野の山に雪は降りつゝ

この歌は、「たてる」と書きたる本も侍れど、良き本にはみな「たゝる」と書けるなり。歌のたけ、姿などいみじく侍を、今の世には「たゝる」の詞の古りにたるなるべし。「たてる」にては、又余り強くて、品のおくるゝなるべし。

二条の后の春のはじめの御歌

4 雪の内に春は来にけり鶯の氷れる涙今や解くらん

題知らず　よみ人知らず

5 梅が枝に来ゐる鶯春かけて鳴けどもいまだ雪は降りつゝ

これらは、今の世にも、いみじくをかし。

雪の木に降りかゝれるを　素性法師

6 春立てば花とや見らん白雪のかゝれる枝に鶯の鳴く

これ又、いみじくをかしきを、「見らむ」の詞、今の世には、少し用ゐがたきなり。わざとよめりと見ゆるはをかしくも見ゆるにや。源頼政と申しゝものよみて侍き。

題知らず　よみ人知らず

7 心ざし深く染めてし折りければ消えあへぬ雪の花と見ゆるか

これは「さきのおほき大まうち君の歌なり」と書けり。

古今の歌には、心・詞いみじくをかし。

これより後は、やう〳〵略して申べきなり。

春のはじめによめる　藤原言直

8 春や疾き花や遅きと聞き分かん鶯だにも鳴かずもあるかな

寛平御時后の宮の歌合の歌　源宗于朝臣当純なり

9 山風に解くる氷の隙ごとにうち出づる浪や春の初花

題知らず　読人知らず

10 深山には松の雪だに消えなくに都は野辺の若菜摘みけり

歌奉れと仰せられし時よみて奉れる　貫之

11 春日野の若菜摘みにや白妙の袖ふりはへて人の行くらん

寛平御時后宮の歌合の歌　源宗于朝臣

12 常磐なる松の緑も春来れば今ひとしほの色まさりけり

雁の声を聞きて越へまかりける人を思ひてよめる　躬恒

3 三。新撰和歌・六帖・朗詠。俊秘に「よき歌にこはき詞そへる歌」とするのは「たたる」をさすか。

たゝる →補

4 四。新撰和歌・六帖・和歌体十種(比興体)・道済十体(同)。俊秘・奥義等の諸説に触れず、俊成は次の歌とともに、当世にも通用するすぐれた歌とする。

5 五。新撰和歌・六帖・和歌体十種(華艶体)・道済十体(花体)・催馬楽(梅枝)。

6 六。新撰万葉・六帖。

見らむ 「見るらん」の古い言い方。「見えん」とする本文もあるが、俊成・定家本は「見らん」をとる。

わざと… ことさら古語である事を知って(たとえば本歌取りなどの手法で)よんだのは、「をかしくも見ゆる」とする。　**頼政…** →補

7 七。

これは… 左注。　**さきの…** 忠仁公。良房。　**古今の…** →補

これより… 以上全歌掲出。以下抜萃。

8 一〇。新撰和歌・六帖。

9 一二。新撰万葉・六帖・朗詠・金玉集。

源宗于… 行間書き入れ。宗于は誤。天理西荘本は「源まさずみ」。

10 一九。新撰髄脳・俊秘、文字病を指摘するを、俊成は難ずる(二九九頁)。

11 二二。新撰和歌・六帖・和歌体十種(古歌体)。

12 二四。新撰和歌・六帖・深窓秘抄・

13 春来れば雁帰るなり白雲の道行きぶりに言やつてまし

題知らず　よみ人知らず

14 折りつれば袖こそ匂へ梅の花ありとやこゝに鶯の鳴く

*已上、この歌ども、いづれも姿・心いみじくをかしく侍り。その中、この歌、梅を折りける袖の深く匂ひけるを、こゝには、花はなけれども、鶯の香を訪ね来て鳴くらん心めでたく侍なり。

水のほとりに梅の花の咲けるを　伊勢

15 春ごとに流るゝ河を花と見て折られぬ水に袖やぬれなん

渚の院にて桜の花を見て　在原業平朝臣

16 世の中に絶えて桜のなかりせば春の心はのどけからまし

題知らず　よみ人知らず

17 石走る滝なくもがな桜花たをりても来ん見ぬ人のため

「いしはしる」と置き、「滝なくもがな」などいへる、*文字づかひのめでたく侍なり。

花盛に都を見やりて　素性法師

18 見渡せば柳桜をこきまぜて都ぞ春の錦なりける

歌奉れと仰せられし時よみて奉りける　貫之

19 桜花咲きにけらしもあしびきの山のかひより見ゆる白雲

「*けらしも」といへるも、この歌には限りなくめでたく聞ゆ。

三月に閏月ありける年よめる　伊勢

20 桜花春加はれる年だにも人の心にあかれやはせぬ

「年だにも」と置き、「人の心にあかれやはせぬ」と*いひはげましたる心・姿、限りなく侍なり。

春下

僧正遍昭に遣はしける　惟喬の親王

21 桜花散らば散らなん散らずとて故郷人の来ても見なくに

この御歌の姿、この親王、*いかでかくはよみ給ひけるにか。

雲林院にて桜の花の散りけるを見てよめる　承均法師

22 桜散る花の所は春ながら雪ぞ降りつゝ消えがてにする

大同帝也
*奈良の帝の御歌

23 故郷となりにし奈良の都にも色は変らず花ぞ咲きける

題知らず　よみ人知らず

24 かはづ鳴く井手の山吹散りにけり花の盛に逢はましものを

*橘清友が歌なりといへり。

三十六人撰・俊成三十六人撰。
13 三〇。
14 三二。源氏(若菜上・宿木)に引歌。
已上この歌ども 8以下七首をさす。俊成は「をかし」を歌風の重要な要素と考えたが、「めでたし」をいっそうすぐれている点にいう。
15 四三。新撰和歌・六帖。
16 五三。新撰和歌・六帖・前十五番歌合・三十人撰・朗詠・金玉集・深窓秘抄・三十六人撰・九品和歌(上品下)・伊勢(八二)。公任のもっとも高く評価した業平の歌。
17 五四。六帖。
文字づかひ 言葉の用い方。
18 五六。新撰和歌・六帖・三十人撰・朗詠・三十六人撰。
19 五九。新撰和歌・六帖。
けらしも 「けるらし」の約。「も」は詠嘆。古語であるが、この歌ではこの上なくきいている。→三〇〇頁
20 六一。六帖・朗詠。
いひはげましたる 桜花に対して。
21 七四。新撰和歌・六帖・俊秘(散れとよみたるもひが事とも聞えず)。
いかで… どうしてこんなにまでおよみになったのであろうかと思われるまですぐれている。
22 七五。→拾遺四〇(三一九頁上)
23 九〇。新撰和歌・六帖・新撰朗詠。
奈良の帝 平城。
24 一二五。新撰和歌。
橘清友… 左注。嵯峨后父。

25 三月の晦雨の降りけるに藤の花を折りて人に遣はしける　業平の朝臣
ぬれつゝぞ強ゐて折りつる年の内に春は幾日もあらじと思へば
「強ゐて」といふ詞に、姿も心も、いみじくなり侍なり。*歌は、たゞ一詞に、いみじくも、深くもなるものに侍なり。

夏歌

26 奈良の*いその神寺にて、郭公鳥の鳴くを聞きてよめる　素性法師
いその神ふるき都の郭公声ばかりこそ昔なりけれ

27 月のおもしろかりける夜、あか月がたによめる　清原深養父
夏の夜はまだ宵ながら明けにけり雲のいづくに月*隠るらん

28 六月の晦の日よめる　凡河内躬恒
夏と秋とゆきかふ空の通路は片へ涼しき風や吹くらん

秋歌

29 秋立日、うへの男ども、賀茂の川原に河逍遥しける供にまかりてよめる　紀の貫之
河風の涼しくもあるかうち寄する波とともにや秋は立つらん

題知らず　よみ人知らず
30 木の間より洩りくる月の影みれば心づくしの秋は来にけり

是貞親王の家の歌合の歌　大江千里
31 月見ればちゞにものこそかなしけれわが身ひとつの秋にはあらねど

題知らず　よみ人知らず
32 奥山に紅葉ふみわけ鳴く鹿の声聞く時ぞ秋はかなしき

33 萩が花散るらん小野の露じもに触れてを行かむさ夜は更くとも

*朱雀院の女郎花合に　*左のおほいまうち君
34 女郎花秋の野風にうち靡き心ひとつを誰に寄すらん

秋の歌合しける時よめる　紀淑望
35 紅葉せぬ常磐の山は吹く風の音にや秋を聞きわたるらん

神の社のあたりをまかりける時、斎垣の内の紅葉を見てよめる　貫之
36 ちはやぶる神の斎垣にはふ葛も秋にはあへずうつろひにけり

仙宮に菊を分けて人の至れるかたをよめる　素性法師
37 ぬれてほす山路の菊の露の間にいつか千年を我は経にけん

25 一三三。新撰朗詠・伊勢(八〇)。
歌は… 歌はただ一語の使い方で、立派にも、また奥深くもなる。
26 一四四。新撰和歌・六帖。
いその神寺 石上寺。
27 一六六。新撰和歌・六帖・新撰朗詠・後六々撰。
隠る 再撰本「やどる」。
28 一六八。六帖・新撰朗詠。
29 秋上、一七〇。六帖・新撰朗詠。
30 一八四。再撰本になし。新撰和歌・六帖。源氏(須磨)に引歌。
31 一九三。六帖・後六々撰。源氏(宿木)に引歌。
32 二一五。新撰万葉・三十六人撰(俊成撰も)。
33 二二四。再撰本になし。
34 二三〇。新撰万葉・六帖。
朱雀院 亭子院。宇多上皇の御所。
左のおほいまうち君 本院左大臣時平。
35 秋下、二五一。新撰和歌・六帖。拾遺に重出(能宣)。源氏(若菜下)に引歌。
36 二六二。六帖。源氏(若菜下)に引歌。
37 二七三。新撰和歌・六帖・朗詠。
この歌は… 上句に見る仙宮に菊を分けゆく人を簡潔巧みに描き出した具象的表現を特に高く評価している。
38 二七七。新撰和歌・六帖・三十人撰・朗詠・金玉集・深窓秘抄・三十六人撰・和歌体十種(比興体)。
39 二八二。六帖。
で 底本「で」の上に「れ」見せ消ち。

禅林寺　京都市左京区南禅寺町。今の永観堂。
40　二六三。新撰和歌・六帖。
41　二六四。新撰和歌・六帖。拾遺に重出(三一〇頁下)。三十人撰・金玉集・俊成三十六人撰。
この二首の歌…　それぞれの左注。前者、建久本・昭和切は文武天皇とする。教長注・寂恵本書入(俊成)は聖武、古今目録・顕昭注は平城。後者、昭和切等も人麻呂の歌と注記。大和(一五一)は、前者を帝、後者を人麻呂の贈答歌とする。
42　二七〇。
43　二九四。伊勢(一〇六)。
水くゞる　→補。　神代も…　奇抜な着想と声調とが巧みに調和していることを賞したものか。
44　三一二。新撰和歌・六帖・朗詠。
45　三一六。新撰万葉・六帖・朗詠。
46　三三四。深窓秘抄・三十六人撰・和歌体十種(器量体)・道済十体(同)。拾遺に重出。
この歌…　左注。
47　三四〇。「寛平御時后宮の歌合歌」(古今詞書)。新撰万葉・六帖。後撰に重出(三一六頁下)。
48　三五七。新撰和歌・六帖。
右大将…　詞書略記。藤原朝臣　定国。
49　三六〇。六帖・袋草紙(経信讃嘆の歌)。拾遺(雑秋、躬恒)に重出。
50　三六五。新撰和歌・六帖。
あまりにぞ…　→補

＊この歌は、「ぬれてほす」と置ける五文字の、＊殊にめでたく侍に、又、「山路の菊の露の間に」といへるも、ありがたく続けて侍によりて、末の句も何となくひかれて、皆いみじく聞え侍なり。

白菊の花をよめる　躬恒

38 心あてに折らばや折らん初霜の置きまどはせる白菊の花

宮仕へ久しくつかうまつらで、＊山里にこもりける時よめる　藤原関雄

39 奥山の岩垣紅葉散りぬべし照る日の光見る時なくて

関雄が住みける山里は、今の禅林寺＊なり。

題知らず　よみ人知らず

40 竜田河紅葉乱れて流るめり渡らば錦中や絶えなん

41 竜田川紅葉葉流る神南備の三室の山に時雨降るらし

＊この二首の歌、前のは奈良の帝、聖武天皇の御歌、次の歌は柿本人麿歌なり。

42 秋は来ぬ紅葉は宿に降りしきぬ道踏みわけて訪ふ人はなし

二条后、東宮の御息所と申ける時、御屛風に竜田川に紅葉流れたるかたかきたる所をよめる　業平の朝臣

43 ちはやぶる神代も聞かず竜田川からくれなゐに＊水くゞるとは

「＊神代も聞かず竜田川」といへるわたりのめでたきなり。

長月の晦に大井にてよめる　貫之

44 夕づくよ小倉の山に鳴く鹿の声の内にや秋は暮るらん

冬歌

題知らず　よみ人知らず

45 大空の月の光し寒ければ影見し水ぞまづ氷りける

46 梅の花それとも見えずひさかたのあまぎる雪のなべて降れゝば

＊この歌人丸が歌と申。

47 雪降りて年の暮れぬる時にこそつゐに紅葉ぬ松も見えけれ

賀歌

＊右大将＊藤原朝臣四十賀の後の屛風歌　素性法師

48 春日野に若菜摘みつゝ万代を祝ふ心は神ぞ知るらん

秋　躬恒

49 住江の松を秋風吹くごとに声うちそふる沖つ白波

別歌

題知らず　中納言行平朝臣

50 立ち別れいなばの山の峰に生ふるまつとし聞かば今帰り来む

この歌、＊あまりにぞくさりゆきたれど、姿をか

しきなり。

読人知らず

51 限りなき雲居のよそに別るとも人を心におくらさめやは

志賀の山越にて、石井のもとにて、ものいひける人に別れける時よめる　貫之

52 結ぶ手の雫に濁る山の井のあかでも人に別れぬるかな

この歌、「結ぶ手の」と置けるより、「雫に濁る山の井の」といひて、「あかでも」などいへる、おほかた、すべて*詞・事の続き、姿・心限りもなき歌なるべし。*歌の本体は、たゞこの歌なるべし。

羇旅歌

もろこしにて、月を見てよみける　安倍仲麿

53 天の原ふりさけ見れば春日なる三笠の山に出でし月かも

隠岐の国に流されける時、船に乗りて*出で立つとてよめる　小野篁

54 渡之原やそ島かけて漕ぎ出でぬと人には告げよあまの釣舟

「*人には告げよ」などいへる姿・心、類ひなく侍なり。

題知らず　よみ人知らず

55 ほの〴〵と明石の浦の朝霧に島隠れゆく舟をしぞ思ふ

*柿本朝臣人麿歌なり。*この歌、上古・中古・末代まで相叶へる歌なり。

*朱雀院奈良におはしましける時手向山にて　*菅原の大臣

56 この度は幣も取りあへず手向山もみぢの錦神のまに〳〵

恋歌

題知らず　貫之

57 吉野川岩波高くゆく水の早くぞ人を思ひそめてし

よみ人知らず

58 わが恋はむなしき空に満ちぬらし思ひやれども行くかたもなし

59 恋せじと御手洗川にせし禊神は受けずもなりにけるかな

*この歌は、伊勢物語の歌なり。業平の朝臣の歌にや、おぼつかなし。いかにもめでたき歌どもなり。

60 恋すればわが身は影となりにけりさりとて人に添はぬものゆへ

*この歌などは、たゞこの頃の人の歌のめでたきにて侍なり。

小野の小町

---

51 三六七。大和(一六八)。

52 四〇四。新撰和歌・六帖。拾遺(雑恋)に重出。梁塵秘抄。

詞事の続き… 詞や事柄の連続のすきのないこと。**歌の本体** ↓補

53 四〇六。新撰和歌・六帖・朗詠・金玉集・深窓秘抄・和歌体十種(器量体)・新撰髄脳(昔のよき歌)・土左日記(初句「青海原」)。

54 四〇七。新撰和歌・朗詠・金玉集・深窓秘抄・和歌体十種(余情体)・新撰髄脳(昔のよき歌)。

出で立つとて 詞書後略。

人には… 思いを海士の釣舟にことづけるしかすべのない侘しさが余情となる。

55 四〇九。新撰和歌・六帖・前十五番歌合・三十人撰・朗詠・金玉集・深窓秘抄・三十六人撰・九品和歌(上品上)・俊秘(よき歌)。源氏(松風)に引歌。

柿本朝臣… 左注。**この歌…** 上古は万葉時代をさす。人麻呂の作ではないが平安以降人麻呂の代表作とされる。公任と俊成の評価の合致する歌。

56 四二〇。新撰和歌・六帖・和歌体十種(器量体)。

朱雀院 宇多上皇。**菅原…** 道真。

57 恋一、四七一。新撰和歌・六帖・俊秘(よき歌)。

58 四八八。新撰和歌・六帖・金玉集・俊秘(三・五句末同字は「とがありとも聞えず」、また「らし」の古語も

「悪しうも聞えず」)。源氏(東屋・浮舟)に引歌。
59 五〇一。新撰和歌・金玉集・新撰髄脳・俊秘(よき歌)。源氏(浮舟ほか)にも引歌。
この歌は… 伊勢(六五)に業平の歌として見えることと、古今に「よみ人しらず」とあることについての不審。俊成は業平が古歌をその場で用いたと考えたか(→三〇三頁)。
60 五二八。六帖。
この歌… 当世でも通用する歌。古今集中から、あえてこの歌を抜き出したのは、俊成の作家的鑑賞眼。
61 恋二、五三二。六帖・三十人撰・三十六人撰・和歌体十種(写思体)。
62 六二一。六帖・三十人撰・朗詠・金玉集・深窓秘抄・三十六人撰。
63 恋三、六三八。六帖。
64 恋四、六八九。六帖。源氏(浮舟)に引歌。
65 六九一。六帖・前十五番歌合・三十人撰・朗詠・金玉集・深窓秘抄・三十六人撰(俊成撰も)・和歌体十種(余情体)・道済十体(同)。
待ち出で 底本「ながめ」を見せ消ち。
66 七二四。六帖・伊勢(一)。
67 恋五、七四七。六帖・俊成三十六人撰・伊勢(四)。源氏(早蕨)などに引歌)。俊成は、貫之の「むすぶ手の」(52)と共に古今集中の最高の秀歌と考えた。
五条の后の… 詞書略記。千載風の詞書の体に改める。**西の台** 西の対。

61 思ひつゝ寝ればや人の見えつらん夢と知りせば覚めざらましを
躬恒

62 わが恋は行方も知らず果てもなし逢ふを限りと思ふばかりぞ
大納言国経

63 明けぬとて今はの心付くからになど言ひ知らぬ思ひ添ふらん
よみ人知らず

64 さ筵に衣片敷き今宵もや我を待つらん宇治の橋姫
素性法師

65 今来むと言ひしばかりに長月の有明の月を*待ち出でつるかな
河原左大臣

66 陸奥のしのぶもぢずり誰故に乱れそめにし我ならなくに

*五条の后の宮の*西の台(たい)に住みける人を、行方知らずなりて、又の年、梅の花盛りに、月のかたぶくまであばらなる板敷に臥して、去年を恋ひてよみける
業平朝臣

67 月やあらぬ春や昔の春ならぬわが身ひとつはもとの身にして

「月やあらぬ」といひ、「春や昔の」など続けるほどの、限りなくめでたきなり。

哀傷歌

*前のおほいまうち君を、白川のあたりにおくり侍ける夜よめる
素性法師

68 血の涙落ちてぞたぎつ白川は君が代までの名にこそありけれ

姉のみまかりにける時よめる
壬生忠岑

69 瀬をせけば淵となりてもよどみけり別れを止むるしがらみぞなき

*藤原利基の朝臣、左近中将にて住みける曹司の、みまかりて後、庭の薄しげりたりけるを見てよめる
御春有助

70 君が植ゑしひとむら薄虫の音のしげき野べともなりにけるかな

*甲斐国にまかりて、みまかりける時よみける
在原滋春在二君といふ業平朝臣男なり

71 かりそめのゆきかひ路とぞ思ひ来し今は限りの門出なりけり

雑歌

二条后、東宮の御息所と申ける時、大原野にまうで給へりけるに、*御車より御袿を賜はりてよみける
業平朝臣

72 大原や小塩の山も今日こそは神代の事も思ひ出づらめ

68 八三〇。新撰和歌・六帖・和歌体十種(神妙体)。
前の… 前太政大臣藤原良房。
69 八三六。六帖。
70 八五三。六帖。源氏(藤裏葉ほか)に引歌。 藤原利基… 詞書略記。
71 八六二。大和(一四四)。
甲斐国… 詞書略記。
72 雑上、八七一。六帖・伊勢(七六)・大和(一六一)。
御車より… 古今詞書になし。
73 八七二。新撰和歌・六帖・朗詠・俊成三十六人撰。
74 八七八。新撰和歌・六帖。源氏(宿木ほか)などに引歌。俊秘・大和(一五六)等に姨捨説話を注する。
75 九〇四。
76 九〇九。新撰和歌・六帖・三十人撰・朗詠・三十六人撰(俊成撰も)。源氏(松風ほか)に引歌。
77 雑下、九三六。新撰和歌・六帖。
78 九六一。新撰和歌・六帖。源氏(須磨ほか)に引歌。
79 九八一。新撰和歌・六帖。源氏(早蕨)等に引歌。
80 九八二。新撰和歌・六帖。源氏(蓬生)に引歌。
これは… 俊秘に「恋しくはとぶらひ来ませ千早振三輪の山もと杉たてるかど 是は三輪の明神の、住吉の明神に奉り給へる歌とぞいひ伝へたる」とある。
81 雑体、一〇〇四。六帖。

五節舞姫を見てよめる　良岑宗貞

73 天つ風雲の通ひ路吹きとぢよをとめの姿しばしとゞめん

題知らず　よみ人知らず

74 わが心慰めかねつ更級や姨捨山に照る月を見て

75 ちはやぶる宇治の橋守汝をしぞあはれとは思ふ年の経ぬれば

藤原興風

76 誰をかも知る人にせん高砂の松も昔の友ならなくに

小野篁

77 しかりとて背かれなくに事しあればまづ嘆かるゝあな憂世の中

隠岐の国に流され侍て

78 思ひきや鄙の別れに衰へてあまの縄たく漁せんとは

題知らず　よみ人知らず

79 いざこゝにわが世は経なん菅原や伏見の里の荒れまくも惜し

80 わが宿は三輪の山本恋しくは訪らひ来ませ杉立てる門

*これは三輪の明神の御歌と申。

古歌に加へて奉りける長歌の奥の反歌　忠岑

81 君が代に逢坂山の石清水木隠れたりと思ひけるかな

誹諧歌

題知らず　*左のおほいまうち君

82 もろこしの吉野の山にこもるともおくれんと思ふ我ならなくに

*この歌は、漢朝に商山と申山は、我朝の吉野の山のやうに、南に侍なり。よりて、かくよめるが誹諧の心にて侍なり。

伊勢

83 難波なる長柄の橋もつくるなり今はわが身を何にたとへん

この歌は、長柄の橋朽ちにし後、まだ、造らざれども、造りつべき故に造るなりとよめるが、又、誹諧の心にて侍なり。

よみ人知らず

84 世をいとひ木のもとごとに立ち寄ればうつぶし染めの麻の衣なり

已上、古今集

万葉集は、時代久しく隔たり移りて、歌の姿・詞、*うちまかせてまなびがたかるべし。古今の歌こそは、歌の本体と仰ぎ信ずべきものなれば、いづれもおろかならねど、その中に*もことなるどもを、ところ〴〵しるし申て侍なり。つぎに又、後撰集の歌*ばし少し、又ところ〴〵しるし申侍べきなり。

82 一〇四九。
左のおほいまうち君 本院左大臣時平。**この歌は…** 基俊の説(袖中所引)にもとづき、譬喩ととる。
83 一〇五一。六帖・金玉集・三十六人撰・新撰髄脳。「世中にふりゆくものは津の国の長柄の橋と我が身なりけり、といへる歌を本にてよめる也。誠に橋を造るにはあらじ。かくたとへ来るにせめてわが身のたぐひなきよしを云はむとて彼の橋も造る也とはよめる也」(奥義)。
84 一〇六八。六帖。
うちまかせて そのままに。
ことなる 特にすぐれている。
ばし 助詞。強調の意。院政期より多い。

後撰1 春上、一。
2 一六。**閑院左大臣** 藤原冬嗣。
3 三二。万葉一四二六(二八五頁下)。
4 四九。六帖。**山と** 大和。
5 六〇。
6 九二。
7 一〇三。三十人撰・三十六人撰(俊成撰も)。源氏(明石など)に引歌。
8 一〇四。
9 一一八。俊秘(山と峰の同心病を指摘)。
後撰には… ↓補。 **なり** 再撰本は次に「よりてこれにもその定にかき侍りにしなり」とある。
10 一二三。大和(一六八)。

後撰和歌集

春歌

正月一日、二条后宮にて、大袿を賜はりてよめる　藤原敏行朝臣

1 降る雪のみのしろ衣うち着つゝ春来にけりと驚かれぬる

題知らず　*閑院左大臣

2 なほざりに折りつるものを梅の花濃き香に我や衣染めてん

山辺赤人

3 わが背子に見せんと思ひし梅の花それとも見えず雪の降れゝば

春中

*山との布留の山にてよめる　僧正遍昭

4 いその神ふるの山辺の桜花植ゑけん時を知る人ぞなき

帰鴈を聞きてよめる　読人知らず

5 帰る雁雲路にまどふ声すなり霞吹きとけ春の山風

春下

題知らず　深養父

6 うちはへて春はさばかりのどけきを花の心や何急ぐらん

月のおもしろかりける夜、花を見て　源信明

7 あたら夜の月と花とを同じくはあはれ知れらん人に見せばや

県の井戸の家より藤原治方に遣はしける　公平が女

8 都人来ても折らなんかはづ鳴く県の井戸の山吹の花

題知らず　よみ人知らず

9 山桜咲きぬる時は常よりも峰の白雲立ちまさりけり

まことや、いづれの頃より誰がいひそめける事にか、*後撰には、「題知らず、よみ人も」と書き、拾遺には、「題、よみ人知らず」と書くなりと、近き世の故人など申と聞きて、そのかみはさやうにもかき侍りしを、なを古き本ども尋ね見侍りしかば、さま〴〵に書きたるさま、たゞ女などの書き写すほどに、さやうなる事を、人の申出でたるにこそと見え侍れば、故後白川院の「三代集書きてまいらせよ」と仰せられし時、後撰をも拾遺抄をも、みな古今の同じ事に書きて奉り侍にし*なり。

弥生ばかりに、花の盛に、道をまかるとてよみ侍りける　僧正遍昭

10 折りつればたぶさにけがる立てながら三世の仏に花奉る

弥生に閏月ある年、官召の頃、申文に添へて小*

11 一三五。六帖。
小野宮の大まうち君　実頼。
12 一三六。六帖。
13 一六七。俊成三十六人撰。
14 二〇九。朗詠・大和(四〇)。再撰本に「又一説には、かつらのみこに、式部卿のみこすみ給ひけるを、かの宮の童女のをとこみこを思ひかけ申して、男みこの螢をとりてと侍りけるに、かざみの袖に包みて奉るとてよめるともいへり。それをかつらのみこを、おとこみこかと心得て、此比も物に書くものなどの侍るなるこそいと見苦しく」と注する。
桂のみこ　孚子内親王。宇多皇女。
うなゐ　再撰本に「童男也」と注する。中院本・天福本等作者名なし。この語は大和に見える。
15 三〇二。六帖。万葉三二五四の類歌。
あめのみかど　中院本。天福本等は天智。
16 三二七。
17 四五五。六帖・朗詠。
18 四〇七。
19 四五四。六帖・新撰朗詠。
20 中院本・天福本等なし。片仮名本・承保三年本・雲州本に見える。
古今 →三一一頁下。**その詞**…「夏はいづれともなきに冬になりて万木散落ぬる時松柏常磐なる事を知る也」(奥義)という意であるから、理としては「つゐに緑の」の方がかなっているが、風情に欠けるをいうか。

野宮の大まうち君の家に遣はしける　紀貫之

11 余りさへありてゆくべき年だにも春にかならず逢ふよしもがな

返し　左大臣小野宮

12 常よりものどけかるべき春なれば光に人の逢はざらめやは

夏歌

夏の夜、深養父が琴ひくを聞きてよみ侍ける　藤原兼輔の朝臣

13 短夜のふけゆくまゝに高砂の峯の松風吹くかとぞ聞く

*桂のみこの螢をとりてと侍りければ、袖に包みて　*うなゐ

14 包めども隠れぬものは夏虫の身より余れる思ひなりけり

秋中

題知らず　*あめのみかどの御歌

15 秋の田のかりほの庵の苫を荒らみわが衣手は露にぬれつゝ

秋の歌とてよめる　深養父

16 いく世経て後か忘れん散りぬべき野辺の秋萩みつる夜の月

冬歌

題知らず　よみ人知らず

17 神無月降りみ降らずみ定めなき時雨ぞ冬のはじめなりける

18 ひとり寝る人の聞かくに神無月にはかにも降る初時雨かな

山に入るとてよめる　増基法師

19 神無月時雨ばかりを身にそへて知らぬ山路に入るぞかなしき

題知らず　よみ人知らず

20 雪降りて年の暮れぬる時にこそつゐに緑の松も見えけれ

この歌、*古今にあり。かれは「つゐに紅葉ぬ」とあり。*その詞、少しいかにぞ聞ゆるを、この集には、「つゐに緑の」とあるは、良きには似たれど、又「紅葉ぬ」よりは心の劣るなり。いづれもいかにぞおぼえながら、「*年寒してしかうして後、松栢の後に凋む事を知る」といふ心の、いみじくて、いづれをも、え洩らし侍らぬなり。

恋歌

いひかはしける女の「なほざりにいふにこそあれ」といへりければ、遣はしける　紀貫之

21 色ならばうつるばかりも染めてまし思ふ心をえやは見せける

おほつぶねに、ものゝたうび遣はしけるを、さらに聞き入れざりければ　閑院三のみこ貞元

22 おほかたはなぞやわが名の惜しからん昔の妻と人にかたらん

返し　おほつぶね

23 人はいさ我はなき名の惜しければ昔も今も知らずとをいはん

大納言国経卿の家に侍りける女を、忍びて、行末まで契る事侍けるを、にはかに贈太政大臣の家にわたり侍にければ、消息をだに通はさずなりにければ、この女の子の、年五つばかりなるが、本院の西の対に遊びける、かひなに書きて、「母に見せ奉れ」とて書きつけ侍ける　平貞文

24 昔せしわが兼言のかなしきはいかに契りし名残なるらん

返し　よみ人しらず

25 現にて誰契りけん定めなき夢路にまどふ我は我かは

女許に衣を脱ぎ置きて取りに遣はすとて　伊尹朝臣

26 鈴鹿山いせをのあまの捨衣潮馴れたりと人や見るらん

宮仕へしける女を、「久しく程経てものいはん」といひて侍けるを、遅く出で侍ければ　仲平朝臣枇杷大臣なり

27 宵の間にはや慰めよいその神ふりにし床もうち払ふべく

返し　伊勢

28 わたつみと荒れにし床を今さらに払はゞ袖や泡と浮きなん

この歌は古今にあり。

人の許に遣はしける　贈太政大臣

29 ひたぶるに厭ひはてぬるものならば吉野の山に行方知られじ

返し　伊勢

30 我宿と頼む吉野に君し入らば同じかざしをさしこそはせめ

心のうちに思ふ事や侍りけん

31 見し夢の思ひ出でらるゝ折ごとにいはぬを知るは涙なりけり

事出で来て後、京極の御息所に遣はしける　元良のみこ

32 わびぬれば今はた同じ難波なる身をつくしても逢はんとぞ思ふ

題知らず　よみ人知らず

33 思ひつゝ経にける年をしるべにてなれぬるものは心なりけり

年寒して… 「歳寒然後知二松柏之後凋一」(論語、子罕)。底本「しかうしてのち」を行間細記、「のち」は衍字。

21 恋二、六三三。六帖。拾遺に重出。

22 六三四。

おほつぶね 在原棟梁女。

閑院三のみこ 清和皇子。

23 六三五。古今六三〇に元方として見える。新撰和歌・六帖。

24 恋三、七一一。

贈太政大臣 藤原時平。

本院 時平邸。 **貞文** 定文。

25 七一三。源氏(真木柱)に引歌。この贈答歌は、平中説話の一として形成されつつあった(十訓抄等)。

26 七一九。源氏(空蟬)に引歌。

27 七五七。六帖。以下31まで再撰本になし。

仲平朝臣 天福本は「枇杷左大臣」。中院本「なりひらの朝臣」、承保三年本・雲州本「業平朝臣」は、なかひら→なりひらの誤写。袋草紙に、業平の本文により不審とし、仲平の誤かと考証。

28 七五八。六帖。

古今 七三三。

29 恋四、八〇九。

30 八一〇。源氏(胡蝶・常夏)に引歌。

31 八二六。六帖。

32 恋五、九六一。六帖。拾遺に重出。源氏(澪標・藤袴)等に引歌。

京極の御息所 宇多后。時平女。

33 恋六、一〇三三。

菅原の大臣家に侍りける女に通ひ侍りける男、なか絶へて、又訪ひ侍ければ

34 菅原や伏見の里の荒れしより通ひし人の跡も絶えにき

雑歌

*仁和の帝、嵯峨の御時の例にて、芹川の行幸し給ひける日　中納言行平朝臣

35 嵯峨の山行幸絶えにし芹川の千代の古道跡はありけり

世の中を思ひうらみて侍りける頃　業平朝臣

36 住みわびぬ今は限りと山里に爪木こるべき宿求めてん

逢坂関に菴室して居たりける時に、ゆきかふ人を見てよみ侍ける　蟬丸

37 これやこの行くもとまるも別れては知るも知らぬも逢坂の関

頭おろし侍りける日　僧正遍昭

38 たらちねはかゝれとてしもむばたまのわが黒髪をなでずやありけん

左大臣の家にて、題を探りて歌よみ侍けるに、「露」の字を取りてよみ侍りける　藤原国忠

39 我ならぬ草葉もものは思ひけり袖よりほかに置ける白露

祝歌

左大臣の家に子どもの冠し侍りけるによめる　貫之

40 大原や小塩の山の小松原はや木高かれ千代の影見ん

今上、みこにおまし〳〵ける時、太政大臣の家にわたりおはしまして、帰らせ給ふ御贈物に、御本奉るとてよみ侍りける　太政大臣貞信公

41 君がため祝ふ心の深ければ聖の御代の跡ならへとぞ

御返し　今上御製

42 教へ置くこと違はずは行末の道遠くとも跡はまどはじ

已上、後撰集

拾遺和歌集

春歌

*平貞文が家の歌合に　壬生忠岑

1 春立つといふばかりにやみ吉野の山も霞みて今朝は見ゆらん

承平四年、中宮賀の屏風の歌　紀文幹

2 春霞立てるを見ればあらたまの年は山より越ゆるなりけり

霞をよめる　山辺赤人

3 昨日こそ年は暮れしか春霞春日の山にはや立ちにけり

冷泉院、東宮におはしましける時、「歌奉れ」と仰せられければ読る　源重之*

4 吉野山峰の白雪いつ消えて今朝は霞の立ちかはるらん

---

34 一〇三五。
35 雑一、一〇七六。六帖。**仁和の帝** 光孝。
36 一〇八四。六帖・伊勢(五九)。
37 一〇九〇。蟬丸説話とともに有名。
38 雑三、一二四一。三十人撰・朗詠・三十六人撰・今昔(一九ノ一)。源氏(手習)に引歌。「かかれとてしもといひて、むば玉のと休めたる程こそは殊に目出度く侍れ」(無名抄)。
39 雑四、一二八二。六帖。**左大臣** 実頼。**国忠** 中院本・承保三年本等と同じ。天福本は「忠国」。
40 一三七四。六帖・類聚本金玉集・新撰朗詠。
41 一三七九。六帖。
42 一三八〇。六帖。**今上** 村上。**貞信公** 忠平。
拾遺 1 一。拾遺抄。六帖・前十五番歌合・三十人撰・金玉集・深窓秘抄・三十六人撰(俊成撰も)・九品和歌(上品上)・俊秘(よき歌)。**貞文** 定文。
2 二。拾遺抄。新撰朗詠。
3 三。万葉一八四三(二一八六頁上)。
4 四。再撰本になし。六帖・三十人撰・金玉集・玄々集。**重之** 底本「行」を消して右に「之」。
5 二〇。拾遺抄。玄々集・新撰朗詠。
6 二四。拾遺抄。前十五番歌合・三十人撰・金玉集・深窓秘抄・三十六人撰。袋草紙(拾遺抄註にも)に、頼基が「昇殿、有二帝王御子日一之時、以二何歌一可レ詠哉。わざはひの不覚人哉」

若菜をよませ給うける　　円融院御製

5 春日野におほくの年は摘みつれど老いせぬものは若菜なりけり

*入道式部卿宮、子日によみ侍ける　　大中臣能宣

6 千年まで契りし松も今日よりは君に引かれて万代や経ん

権中納言義懐、桜花惜しむ歌よみ侍りけるによめる　　藤原長能

7 身にかへてあやなく花を惜しむかな生けらば後の春もこそあれ

亭子院の歌合によめる　　紀貫之

8 桜ちる木の下風は寒からで空に知られぬ雪ぞ降りける

この歌は、古今集の*承均法師の、「花の所は春ながら」といへる歌の、古きさまなるを、*やはらげてよみなしたれば、*末の世の人の心にかなへるなり。

夏歌

屏風に　　源順

9 わが宿の垣根や春を隔つらん夏来にけりと見ゆる卯の花

*夏のはじめによみける　　源重之

10 夏にこそ咲きかゝりけれ藤の花松にとのみも思ひけるかな

*天徳歌合に　　平兼盛

11 み山出でゝ夜はにや来つる郭公あか月かけて声の聞ゆる

*東宮にさぶらひける絵に、倉梯山に郭公鳴きたる所をよめる　　藤原実方朝臣

12 五月闇倉梯山の郭公おぼつかなくも鳴きわたるかな

この歌、まことにありがたくよめり。よりて、今の世の人、歌の本体とするなり。されど、あまりに*秀句にまつはれり。これはいみじけれど、ひとへにまなばん事はいかゞ。

*九条右大臣家の屏風によめる　　平兼盛

13 あやしくも鹿の立ちどの見えぬかな小倉の山に我や来ぬらん

*これらほどの秀句はこひねがふべし。

河原院の泉のもとに涼みて読る　　恵慶法師

14 松陰の岩井の水を掬びあげて夏なき年と思ひけるかな

秋歌

延喜御時御屏風に　　紀貫之

15 荻の葉のそよぐ音こそ秋風の人に知らるゝはじめなりけれ

七夕　　人麿

16 天河遠き渡りにあらねども君が舟出は年にこそ待て

少将に侍りける時、駒迎へにまかりてよめる

といって叱責した話が見える。

入道式部卿宮　敦実親王。宇多皇子。

7 五四。拾遺抄。後六々撰。

8 六四。拾遺抄。新撰和歌・六帖・前十五番歌合・三十人撰・朗詠・金玉集・深窓秘抄・三十六人撰・俊秘(よき歌)。

承均法師…　→古今七五(三〇九頁下)。

やはらげて　わかりやすいようにして。特に下句の違いをさしていうか。

末の世の人の…　→補

9 八〇。拾遺抄。三十人撰・朗詠・三十六人撰。

10 八三。源氏(藤裏葉)・狭衣(冒頭)に引歌。

夏の…　天福本等詞書「百首歌中に」。「夏の…」は前歌八二の詞書。

11 一〇一。拾遺抄。三十人撰・深窓秘抄・三十六人撰・新撰朗詠・袋草紙(郭公秀歌五首の一)。

天徳　拾遺諸本「天暦」。

12 一二四。拾遺抄。後十五番歌合・玄々集・相撲立詩歌・後六々撰・袋草紙(郭公秀歌五首の一)。

東宮　花山天皇。　**秀句…**　いい廻しの巧みな、機智に富んだ句。→補

13 一二八。拾遺抄。

九条右大臣　藤原師輔。

これら…　小倉山を、を暗きにいいかけること。

14 一三〇。拾遺抄。朗詠・後六々撰・俊秘。

15 一三九。拾遺抄・新撰和歌。

　　　　　　　　　　　　太宰大弐高遠
17 逢坂の関の岩かど踏み馴らし山立ち出づる切原の駒

　延喜御時、月次御屏風歌　　貫之
18 逢坂の関の清水に影見えて今や引くらん望月の駒

　*この二つの歌は、とり〴〵に、まことにめでたき歌なり。

　屏風に、八月十五夜、池ある家に遊びしたる所を　　順
19 水の面に照る月なみを数ふれば今宵ぞ秋の最中なりける

　この歌、又、*倉梯山の郭公の歌の躰なり。

　*三条太政大臣の家にてよめる　　為頼
20 おぼつかないづくなるらん虫の音を訪ねば草の露や乱れん

　これ、*優の躰ばかりなり。

　題知らず　　能宣
21 紅葉せぬ常磐の山に棲む鹿はおのれ鳴きてや秋を知るらん

　*「常磐の山は吹く風の」といへる歌を、又よく引きなせり。

　暮の秋、重之が消息したる返事によみける　　平兼盛
22 暮て行秋のかたみに置くものはわが元結の霜にぞありける

　これこそ、*あはれによめる歌に侍めれ。

冬歌

　奈良の帝、竜田川に紅葉御覧じける行幸によめる　　柿本人麿
23 竜田川紅葉葉流る神南備の三室の山に時雨降るらし

　これ、*古今の歌なり。

　題知らず　　紀貫之
24 思ひかね妹がり行けば冬の夜の川風寒み千鳥鳴くなり

　屏風に　　平兼盛
25 ふしつけし淀のわたりを今朝見れば解けん期もなく氷しにけり

　*これ、ひとつの姿なり。この躰にとりてはをかしかるべし。

　　　　　　　　　　　　清原元輔
26 高砂の松に棲む鶴冬くれば尾上の霜や置きまさるらん

　月を見てよめる　　恵慶法師
27 天の原空さへさえや渡るらん氷と見ゆる冬の夜の月

別離歌

　配所にして故郷に遣しける　　*菅贈太政大臣
28 君が住む宿の梢をゆく〳〵と隠るゝまでもかへりみしはや

物名

---

16 一四四。万葉二〇五五。後撰に重出。六帖・麗花集・朗詠。
17 一六九。拾遺抄。六帖・後十五番歌合・金玉集・玄々集・後六々撰。
18 一七〇。拾遺抄。六帖・三十人撰・金玉集・深窓秘抄・三十六人撰・九品和歌(上品中)。
この二つの… →補
19 一七二。拾遺抄。前十五番歌合・朗詠・三十人撰・三十六人撰(俊成撰も)。
倉梯山… 月波に月次をかけ、秋の最中とうけた技巧的なよみぶり。→三一九頁下
20 一七八。玄々集。
三条太政大臣 藤原頼忠。 **優…** 再撰本「ひとへに優の躰なり」。→補
21 一九〇。拾遺抄。三十人撰・朗詠・金玉集・三十六人撰・俊秘(よき歌)。
常磐の山は… この注、再撰本になし。→古今二五二(三一〇頁下)
22 二一四。拾遺抄。三十人撰・朗詠・金玉集・三十六人撰(俊成撰も)。
あはれ… →補
23 二一九。
古今… 二八四(三一一頁上)。再撰本は更に「誠にめでたくも侍るかな」。
24 二二四。拾遺抄。六帖・三十人撰・三十六人撰・朗詠・金玉集・深窓秘抄・三十六人撰・和歌体十種(余情体)・新撰髄脳(よき歌のさまなるべき)・俊秘(けだかく遠白き歌)。無名抄(この歌ばかり面影ある類はなし。六月廿六日寛算が日も是を詠ずれば寒くなるとぞ

あらふねのみやしろ　　　　輔相

29 茎も葉も皆緑なる深芹はあらふねのみや白く見ゆらん

雑歌

冷泉院、東宮の御時、月を待つ心、うへの男ども
よみ侍けるに　　　　東宮蔵人仲　文

30 有明の月の光を待つほどにわが世のいたくふけにける
かな

水上秋月といへる事をよめる　　　　菅原文時

31 水の面に月の沈むを見ざりせば我ひとりとや思ひはて
まし

*遠き所にまかるとて、女に遣しける　　大江為基

32 忘るなよ程は雲居になりぬとも空ゆく月のめぐり逢ふ
まで

円融院の御時、斎宮下り侍けるに、母の前斎宮
斎宮女御

33 世に経れば又も越えけり鈴鹿山昔の今になるにやある
らん

この歌も、*秀句あまりなるにや。

恋歌

*天徳御時歌合に　　　　壬生忠見

34 恋すてふわが名はまだき立ちにけり人知れずこそ思ひ
そめしか

平兼盛

35 忍ぶれど色に出でにけりわが恋はものや思ふと人の問
ふまで

題知らず　　　　人麿

36 奥山の岩垣沼の水籠に恋ひや渡らん逢ふよしを無み

37 頼めつゝ来ぬ夜あまたになりぬれば待たじと思ふぞ待
つにまされる

*この二首の歌、たゞこの頃の人の歌にてもいみ
じくをかし。

*入道摂政まかりたりけるに、「門を遅く開く」と
いひ侍りければ、よみて出しける　　右大将道綱の母

38 歎きつゝひとり寝る夜の明くる間はいかに久しきもの
とかは知る

雑歌

*有レ事之後　　　　菅贈太政大臣

39 こち吹かば匂ひおこせよ梅の花主無しとて春を忘る
な

*小白川にて、花見に人々まうで来たりければよめ
る　　　　公任卿

40 春来てぞ人も訪ひける山里は花こそ宿の主なりけれ

*延喜御時、南殿の桜の散りしきて侍りければよめ
る　　　　源公忠朝臣

41 主殿の伴の御奴心あらばこのころ許朝浄めすな

或人は申し侍りし)。
25 二三四。拾遺抄。
これひとつの姿なり →補
26 二三七。拾遺抄。
27 二四三。拾遺抄。六帖・玄々集・後六々撰。
28 三五一。拾遺抄。金玉集・深窓秘抄・和歌体十種(写思体)・道済十体(同)・大鏡。源氏(真木柱)に引歌。
菅贈太政大臣 菅原道真。
29 三八四。拾遺抄。
30 雑上、四三六。拾遺抄。前十五番歌合・三十人撰・金玉集・深窓秘抄・三十六人撰(俊成撰も)。再撰本に「ありがたくよめる歌なり」と注する。
31 四四三。拾遺抄。→補三四五頁下(「難波江の…」)
32 四七〇。拾遺抄。伊勢(一一)にあり。
遠き所に… 詞書略記。拾遺諸本、詞書に「橘ただもと」とある。
33 四九五。拾遺抄。
秀句… →補
34 恋一、六二一。拾遺抄。俊成三十六人撰。
天徳 拾遺諸本「天暦」。
35 六二二。拾遺抄。新撰朗詠・俊成三十六人撰。天徳歌合の最後の番に前歌と番えられ、その折の逸話が、歌合日記・袋草紙等に見える。
36 六六一。六帖。
37 恋三、八四八。拾遺抄。朗詠・深窓秘抄・三十六人撰・和歌体十種(写思体)・俊秘(よき歌)。

*左大臣の女御入内の屏風に　公任卿
42 紫の雲とぞ見ゆる藤の花いかなる宿のしるしなるらん

*師馳(しはす)の晦によめる　紀貫之
43 むばたまのわが黒髪に年暮れて鏡の影に降れる白雪

雑恋

稲荷にまうでゝ、懸想しはじめて侍りける女の、異人に逢ひて侍(はべり)ければ遣はしける　長能
44 我といへば稲荷の神もつらきかな人のためとは祈らざりしを

この歌、いみじく*をかしき姿なり。たゞその*ふしとなけれど、歌はかくよむべきなり。

哀傷歌

朝顔の花を人に遣はすとて　藤原道信朝臣
45 朝顔を何はかなしと思ひけん人をも花はさこそ見るらめ

*恒徳公の服ぬぎ侍とて
46 限りあれば今日ぬぎ捨てつ藤衣はてなきものは涙なりけり

題知らず　よみ人知らず
47 山寺の入相の鐘の声ごとに今日も暮れぬと聞くぞかなしき

少納言藤原統理が志賀にて出家し侍(はべる)を聞きて遣はしける　公任卿
48 佐々浪(ささなみ)や志賀の浦風いかばかり心のうちのすゞしかるらん

性空上人のもとに遣はしける　*泉式部
49 冥きより冥き道にぞ入りぬべきはるかに照らせ山の端の月

南天竺より、波羅門僧正、東大寺供養にあひに菩提のなぎさに着きたりけるによめる　行基菩薩
50 霊山の釈迦の御前に契りてし真如朽ちせず逢ひ見つるかな

返し　波羅門僧正
51 かびらゐにともに契りし甲斐ありて文殊の御顔逢ひ見つるかな

聖徳太子、*たか岡の山辺道人家におはしましけるに、飢人路頭に臥せり。太子馬より降りて、歩み寄り給ひて、紫の御衣をぬぎて、飢人に賜ふとて、よみ給ひける歌
52 しなてるや片岡山に飯に飢ゑて臥せる旅人*あはれぶべし
*親なめに汝なりけめやさすたけの君は親なし飯に飢へて臥せるその旅人あはれぶべし

飢人頭をもたげて、御返しを奉る
53 斑鳩の富の雄川の絶えばこそわが大君の御名は忘れめ

この二首の歌… 人麻呂の歌と見た上で、今の世にも通用すると評する。
38 恋四、九二三。拾遺抄。前十五番歌合・深窓秘抄・玄々集・蜻蛉日記・大鏡。
入道摂政 藤原兼家。
39 雑春、一〇〇六。拾遺抄。大鏡。
有事之後 天福本等諸本「流され侍りける時、家の梅の花を見侍りて」。
40 一〇一五。拾遺抄。後十五番歌合・金玉集・玄々集・新撰朗詠・相撲立詩歌・後六々撰。袋草紙に兼方が公任第一の秀歌として引いたことが見える。
小白川 陽明文庫本・北野克本。再撰本・天福本等諸本は「北白川」。
41 一〇五五。拾遺抄。朗詠・俊成三十六人撰。
延喜 醍醐。
42 一〇六九。玄々集・新撰朗詠。
左大臣の女 藤原道長の女、彰子。
43 雑秋、一一五八。拾遺抄。
師馳の… 拾遺諸本「しはすの晦がたに年の老いぬることを歎きて」。
44 一二六七。拾遺抄。
をかしき姿 趣向・表現などに風情があるさま。 **ふし** 一ふし。特にどこといって珍しい点はないけれども。
45 一二八三。拾遺抄。朗詠・玄々集・後六々撰。
46 一二九三。拾遺抄。後十五番歌合・深窓秘抄・玄々集・後六々撰。
恒徳公 藤原為光。道信の父。
47 一三二九。拾遺抄。朗詠。源氏(総角)に引歌。

48 一三六。玄々集・新撰朗詠。
49 一四三。後十五番歌合・玄々集・新撰朗詠・相撲立詩歌・後六々撰。→補
性空上人 書写の聖。 **泉式部** 拾遺諸本「雅致女式部」。
50 一三八。→二六八頁
51 一四九。→二六九頁
52 一五〇。源氏(槿)に引歌。俊秘・袋草紙・今昔(一一ノ一)等に次の歌とともに見える。→二六七頁
たか 底本誤。再撰本「かた」。
あはれぶべし 拾遺諸本「あはれおやなし」と結び左注に「になれなれけめや…あはれ〳〵といふうた也」。
親なめに 底本誤。再撰本「親なしに」。
53 一五一。→二六八頁
五首 底本「三」を消して左に「五」と記す。四首の誤。52を二首に数えたか。
後拾遺1 春上、一。
2 二。
3 三。
4 四。新撰朗詠。
5 五。再撰本になし。
6 一〇。新撰朗詠・後六々撰。
7 一三。後六々撰。
8 一四。後六々撰。栄花(歌合)・今鏡。
鷹司殿 藤原道長室倫子。
9 一七。栄花(夕しで)。
入道前太政大臣 道長。ここは摂政頼通の大饗。
10 四三。新撰朗詠・後六々撰。無名

巳上五首*、上の巻に記すといへども、この集に入れるをも洩らさんこといかゞとて重ねて記せり。

巳上、拾遺集

後拾遺和歌集

春

正月一日よみ侍りける　小大君

1 いかに寝て起くる朝にいふ事ぞ昨日を去年と今日を今年と

みちのくにゝ侍りける時、春立日よめる　光朝法師の母

2 出でゝみよ今は霞も立ちぬらん春はこれより過ぐとこそ聞け

春従レ東来といふ心をよみ侍りける　源師賢朝臣

3 東路は勿来の関もあるものをいかでか春の越えて来つらん

春立つ日よめる　橘俊綱朝臣

4 逢坂の関をや春も越えつらん音羽の山の今朝は霞める

寛和二年華山院の歌合によみ侍りける　大中臣能宣

5 春の来る道のしるべはみ吉野の山にたなびく霞なりけ

り

一条院御時殿上人春歌とて乞ひ侍りければよめる　紫式部

6 み吉野は春のけしきに霞めども掬ぼゝれたる雪の下草

題知らず　和泉式部

7 春霞立つや遅きと山川の岩間をくゞる音聞ゆなり

*鷹司殿の七十賀の屛風ノ臨時客の所をよめる　赤染衛門

8 紫の袖をつらねて来るかな春立つ事はこれぞうれしき

*入道前太政大臣大饗屛風に、臨時客の所をよみ侍ける　入道前太政大臣

9 君ませと遣りつる使来にけらし野辺の雉はとりやしつらん

正月ばかり津の国に侍りける時、人のもとに遣はしける　能因法師

10 心あらん人に見せばや津の国の難波わたりの春のけしきを

後冷泉院御時后宮歌合に、残の雪をよめる　藤原範永朝臣

11 花ならで折らまほしきは難波江の葦の若葉に降れる白雪

題知らず　大江嘉言

抄(とほじろくなどはあらねど優深くたをやか也)。
11 四九。栄花(根合)。
12 五三。新撰朗詠・相撲立詩歌・後六々撰。難後拾遺に原作「梅の香を」を今少しまさるとする。袋草紙には、経信が原作の二句「軒に嵐の吹きためて」をよしとした話を載せる。
13 五五。
14 七一。新撰朗詠。孝善に鶯の秀歌よまれて数日不食にてよみ出した旨の説話が袋草紙に見える。
15 七七。再撰本になし。
16 八四。再撰本になし。
17 八五。再撰本になし。
18 九三。**大納言** 長家。後拾遺諸本「民部卿」。ここは最終官名で記す。
19 一〇四。後六々撰。
20 一一三。栄花(殿上の花見)。**宇治前太政大臣** 藤原頼通。**大納言** 後拾遺諸本「民部卿」。大納言は斉信の最終官名。
21 一二〇。再撰本になし。西公談抄(古今の他にもよき歌)。**宇治前太政大臣** 後拾遺諸本「内のおほいまうち君」。後二条関白内大臣藤原師通。前歌に引かれての誤か。
22 春下、一四七。**粟田右大臣** 藤原道兼。
23 一六四。再撰本になし。**永因** 後拾遺諸本「永胤」(「永縁」と誤る本も多い)。

12 梅が香を夜はの嵐の吹きためて真木の板戸のあくる待ちける
山里に住み侍りける頃、梅の花をよめる　読人知らず

13 山里は垣根の梅の移り香にひとり寝もせぬ心地こそすれ
帰雁をよめる　津守国基

14 薄墨に書く玉章と見ゆるかな霞める空に帰るかりがね
二月ばかり良暹法師のもとに「ありや」と訪れて侍りければ、「人々具して花見になん出でぬる」と聞きて、訪ねて遣はしける　藤原孝善

15 春霞隔つる山のふもとまで思ひ知らずもゆく心かな
一条院の御時殿上の人々花見にまかりたりけるに、女のもとに遣はしける　源雅通

16 折らばをし折らではいかゞ山桜今日を過ぐさず君に見すべき
返し　盛少将

17 折らでたゞ語りに語れ山桜風に散るだにをしき匂ひを
白河の院にて花を見てよみ侍りける　*大納言長―家

18 東路の人に問はゞや白川の関にもかくや花は匂ふと
題知らず　紫式部

19 世中をなに歎かまし山桜花見るほどの心なりせば
*宇治前太政大臣「花見になん」と聞きて遣はしける　*大納言斉信

20 いにしへの花見し人はたづねしを老は春にも知られざりけり
*宇治前太政大臣家にて遙望二山桜一(はるかにやまのさくらをのぞむ)ことをよみ侍りける　大江匡房

21 高砂の尾上の桜咲きにけり外山の霞立たずもあらなん
*粟田右大臣家にて残花(のこりのはな)をよみ侍ける　藤原為時

22 おくれても咲くべき花は咲きにけり身を限りとも思ひけるかな
三月尽日、親の墓にまかりてよめる　*永因法師

23 思ひ出づる事のみしげき野辺に来てまた春にさへ別れぬるかな

夏　歌

*正子内親王絵合(ゑあはせ)し侍りけるに、*かねの草子に書きて侍りける　相模

24 見渡せば浪のしがらみかけてけり卯花咲ける玉河の里
郭公をよめる　能因法師

25 郭公来鳴かぬ宵の著るからば寝る夜も一夜あらましものを
花橘をよめる　相模

24 一七五。相撲立詩歌・後六々撰・今鏡。正子内親王絵合　前麗景殿女御延子歌絵合(永承五・四・二六)。正子は延子の子。かねの草子　銀箔を表紙に張りつめた草子。
25 二〇一。後六々撰。袋草紙に、能因が古来の郭公秀歌五首に加えるべき歌と自負していた話が見える。
26 二一四。新撰朗詠・後六々撰。
五月闇　後拾遺諸本「五月雨の」。
27 二二四。栄花(歌合)・今鏡。
宇治…　関白左大臣頼通歌合(長元八・五・一六)。
28 二三一。再撰本になし。新撰朗詠・今鏡。
大納言　後拾遺諸本「民部卿」。
29 二三三。再撰本になし。↓補
30 秋上、二六一。
31 二七三。新撰朗詠・後六々撰・西公談抄(古今の外にもよき歌)。「蓬のむらがりおひたる杣山に似たり〈童蒙〉。但、長能云、狂惑のやつなり、蓬杣と云事やは有云々〈袋草紙〉」(後拾遺抄註)。
32 三〇四。
萩が花摺り　↓補
33 秋下、三四二。新撰朗詠・相撲立詩歌。
堀河右大臣　藤原頼宗。
34 三七九。今鏡。
御製　白河。
35 三八〇。
山里　後拾遺諸本「山庄」。
36 三八二。新撰朗詠。住吉明神に命にかえて秀歌を祈請した話は、袋草紙・

26 *五月闇空なつかしくにほふかな花橘に風や吹くらん
*宇治前太政大臣三十講の後、歌合し侍けるによみ侍りける　*大納言長―家
27 夏の夜も涼しかりけり月影は庭白妙に霜と見えつゝ
俊綱朝臣家にて晩涼如レ秋といふ心をよめる　源頼綱
28 夏山の楢の葉そよぐ夕暮は今年も秋の心地こそすれ
泉声入レ夜寒といふ心をよめる　源師賢朝臣
29 さ夜深き岩井の水の音聞けば掬ばぬ袖も涼しかりけり

秋歌

八月十五夜によめる　惟宗為経
30 いにしへの月かゝりせば葛城の神は夜とも契らざらまし
題知らず　曾禰好忠
31 鳴けや鳴け蓬が杣のきり〲す過ぎゆく秋はげにぞかなしき
叢の露をよめる　藤原範永
32 今朝きつる野原の露に我ぬれぬ移りやしぬる*萩が花摺り
永承四年内裏歌合に　*堀河右大臣
33 いかなれば同じ時雨に紅葉する柞の森の薄く濃からん

冬歌

承保三年十月今上御狩のついでに大井河に行幸させ給ふ日よませ給へる　*御製
34 大井川ふるき流れをたづね来て嵐の山の紅葉をぞ見る
桂の*山里にて、時雨のいたく降り侍りければよめる　藤原兼房朝臣
35 あはれにも絶えず音する時雨かな訪ふべき人も訪はぬすみかに
落葉如レ雨といふ事をよめる　*源頼綱
36 木の葉散る宿は聞き分く事ぞなき時雨する夜も時雨せぬ夜も
藤原家経
37 紅葉散る音は時雨の心地して梢の空は曇らざりけり
十月ばかり山里に夜とまりてよめる　能因法師
38 神無月ねざめに聞けば山里の嵐の声は木の葉なりけり
永承四年内裏歌合に千鳥をよみ侍りける　堀河右大臣
39 佐保川の霧のあなたに鳴く千鳥声は隔てぬものにぞありける
題知らず　和泉式部
40 さびしさに煙をだにも絶たじとて柴折りくぶる冬の山里
増基法師
41 冬の夜にいくたび許寝覚してもの思ふ宿のひま白むらん

今鏡・西公談抄・無名抄に見える。
頼綱 後拾遺諸本「頼実」が正しい。
37 三八三。
38 三八四。
39 三八八。
40 三九〇。後六々撰・西行談抄(古今の他にもよき歌)。
41 三九二。
42 三九三。
障子絵 後拾遺諸本「障子」。
大納言 後拾遺諸本「民部卿」。
43 四一九。再撰本になし。
44 四二一。新撰朗詠。
氷のくさび 氷が凍てついて楔を打って閉じたようになるさま。↓補
45 四二三。新撰朗詠・後六々撰・栄花(初花)・今鏡。
七夜 子供の生後七日目の夜。紫式部日記等では五夜の産養の折とする。
と 底本「て」を消し右に「と」。
46 四四九。新撰朗詠・相撲立詩歌・後六々撰・梁塵秘抄(長歌十首の一)。
47 四五〇。袋草紙に、神仏に感応して帝の宝算増長に資した歌という。
48 四五三。
49 五〇三。栄花(見はてぬ夢)・大鏡。
祈らん 後拾遺諸本「かぞへん」。
50 五一八。後六々撰。右近大夫国行の陸奥へ下る餞の会で、「白河関すぎむ日は水鬢かき、うちぎぬなど着てすぎよ」と教えたという(俊秘)。
51 五三六。栄花(鳥辺野)・今昔(二四ノ四一)。

*障子絵に雪の朝、鷹狩したる所をよみ侍ける
*大納言長家

42 鳥屋帰る白斑の鷹の木居を無み雪げの空にあはせつるかな

題知らず　快覚法師

43 さ夜ふくるまゝに水際や氷るらん遠ざかるなり志賀の浦波

曾禰好忠

44 石間には*氷のくさび打ちてけり玉ゐし水も今はもりこず

賀歌

後一条院生れさせ給ひて*七夜に人々まいりあひて、女房杯出せ*と侍りけるに　紫式部

45 めづらしき光さしそふさか月はもちながらこそ千代もめぐらめ

三条院みこの宮と申ける時帯刀陣の歌合によめる　大江嘉言

46 君が代は千代に一たびゐる塵の白雲かゝる山となるまで

承暦二年内裏歌合に　民部卿経信

47 君が代は尽きじとぞ思ふ神風や御裳濯川のすまん限りは

同四年内裏歌合によめる　式部大輔資業

48 君が代は白玉椿八千代とも何か*祈らん限りなければ

羈旅歌

熊野の道にて御心地例ならずおぼされけるに、あまの塩焼くを御覧じて　華山院

49 旅の空夜はの煙とのぼりなばあまの藻塩火たくかとや見ん

陸奥国にまかり下りけるに白河の関にてよみ侍りける　能因法師

50 都をば霞とともに立ちしかど秋風ぞ吹く白河の関

哀傷歌

一条院御時、*皇后宮隠れ給ひて後、帳の帷子の紐に*結びつけられたりける

51 夜もすがら契りしことを忘れずは恋ひん涙の色ぞゆかしき

円融院法皇失せさせ給ひて、紫野に御葬送侍けるに、一年このところにて子日せさせ給し事など思ひ出でゝよみ侍ける　大納言行成

52 おくれじと常の行幸は急ぎしを煙にそはぬ旅のかなしさ

小式部なくなりて後、孫どもの侍りけるを見て　泉式部

53 とゞめおきて誰をあはれと思ふらん子はまさるらん子はまさりけり

円融院法皇失せさせ給ひて又の年、御はてのわざなどの頃にやありけん、御乳母藤三位の局にくるみ色の紙に、老法師の手のまねにてさし入れさせ給ける　一条院御製

54 これをだにかたみと思ふを都には葉がへやしつる椎柴の袖

*義孝の少将みまかりて後、人の夢に見え侍りける歌

55 時雨とはちくさの花ぞ散りまがふなに故郷に袖ぬらすらん

56 着てなれし衣の袖もかはかぬに別れし秋になりにけるかな

恋歌

*春宮と申ける時、*故内侍のかみのもとに初めて遣はしける　後朱雀院御製

57 ほのかにも知らせてしがな春霞かすみのうちに思ふ心を

男の初めて人のもとに遣はしけるに代りてよめる　和泉式部

58 おぼめくな誰ともなくて宵々に夢に見えけん我ぞその人

女に遣はしける　藤原実方朝臣

59 かくとだにえやはいぶきのさしも草さしも知らじなもゆる思ひを

返事せぬ女の異人には遣ると聞きて　道命法師

60 潮垂るゝわが身のかたはつれなくて異浦にこそ煙立ちけれ

公資にあひ具して侍けるに、中納言定頼忍びて訪れけるを、ひまなき様をや見けん、絶間がちに訪ひ侍りければ遣はしける　相模

61 逢ふ事の無きよりかねてつらければさぞあらましに濡るゝ袖かな

*宇治前太政大臣家の三十講の後の歌合に、恋の心をよめる　*堀河右大臣

62 逢ふまでとせめて命の惜しければ恋こそ人のいのりなりけれ

題知らず　小弁

63 思ひ知る人もこそあれあぢきなくつれなき恋に身をや変へてん

女許より雪降りけるつとめて帰りて遣はしける　道信朝臣

64 帰るさの道やは変る変らねど解くるにまどふ今朝のあは雪

*中関白少将に侍ける時、姉妹なる人にものいひわたり侍りけり。たのめて*まで来ざりけるつとめて女に代りて　*馬内侍

皇后宮　定子。　結び…　後拾遺諸本「結びつけられたる文を見つけたりければ、内にも御覧ぜさせよとおぼし顔に、歌三つ書きつけられたりける中に」。

52 五四三。栄花(見はてぬ夢)・今昔(二四ノ四〇)。

53 五六八。栄花(衣珠)・古本説話集(上七)。

54 五八三。枕草子(一三八)に見える。

55 五九九。袋草紙・江談抄・大鏡・今昔(二四ノ三九)。　義孝の…　後拾遺詞書になし。後拾遺左注「此の歌、義孝かくれ侍りて後、十月ばかりに賀縁法師の夢に心ちよげにて笙を吹くと見る程に、口をただならずになむ侍ける。母のかくばかり恋ふるを心ちよげにてはいかにと云ひ侍ければ、立つをひきとめてかくよめるとなむ云ひ伝えたる」。

56 六〇〇。袋草紙・今昔(右同)。左注「この歌見まかりて後、あくる年の秋、いもうとの夢に少将義孝歌とて見え侍ける」。

57 恋一、六〇四。今鏡に下句をあげる。**春宮**　東宮。　**故内侍のかみ**　嬉子。

58 六一一。再撰本になし。

59 六一二。

60 六二六。再撰本になし。

61 六四〇。

62 六四三。栄花(歌合)。↓補

宇治…　関白左大臣頼通歌合(長元八・五・一六)。　**堀河右大臣**　藤原頼宗。

65 やすらはで寝なましものをさ夜ふけてかたぶくまでの月を見しかな

題知らず　和泉式部

66 津の国のこやとも人を言ふべきにひまこそなけれ葦の八重葺き

かたらひける女の異人にものいふと聞きて遣はしける　実方朝臣

67 浦風になびきにけりな里のあまのたく藻の煙心よはさは

清少納言人には知らせで絶えぬなかにて侍けるに久しく訪れざりければ、よそ〳〵にてものなどいひ侍けるに、女さしよりて「忘れにけりな」といひ侍ければよめる

68 忘れずよまた忘れずよ瓦屋の下たく煙したむせびつゝ

夜ごとに来むといひて、夜がれしける男のもとに遣はしける　和泉式部

69 今宵さへあらばかくこそ思ほえめ今日暮れぬ間の命ともがな

*陽明門院皇后宮と申ける時、久しく内にまいり給はざりければ、五月五日奉らせ給ひける　後朱雀院御製

70 あやめ草かけし袂のねを絶えてさらに恋路にまどふ頃かな

高階成順石山にこもりて久しく音し侍らざりければ　伊勢大輔

71 みるめこそ近江の海にかたからめ吹きだにかよへ志賀の浦風

題知らず　左京大夫道雅

72 涙やは又も逢ふべきつまならん泣くよりほかのなぐさめぞなき

心地例ならざりける頃、人のもとに遣はしける　和泉式部

73 あらざらんこの世のほかの思ひ出でに今一たびの逢ふ事もがな

心変りたる人に遣はしける　周防の内侍

74 契りしにあらぬつらさも逢ふ事の無きにはえこそうらみざりけれ

心変りたりける女に遣はしける　清原元輔

75 契りきなかたみに袖をぬらしつゝ末の松山波越さじとは

題知らず　好忠

76 あぢきなしわが身にまさるものやあると恋せし人をもどきしものを

承暦二年内裏歌合に　弁の乳母

77 恋すとも涙の色の無かりせばしばしは人に知られざらまし

63 六五五。

64 恋二、六七一。再撰本になし。後六々撰。

65 六八〇。袋草紙。

中関白 藤原道隆。**まで** まうで。

馬内侍 後拾遺諸本「赤染衛門」。この歌、赤染衛門集・馬内侍集両方に見える。俊成は馬内侍説をとって後拾遺所拠本を改めたか。

66 六九一。後六々撰。定頼が公任に式部・赤染の優劣を尋ねると、「式部はひまこそなけれ…とよめる者なり」といい、式部の歌では「はるかに照らせ」(拾遺一三四二、三三二頁下)を世人はよき歌と申すというと、「こやとも人をといひてひまこそなけれといへる詞は凡夫の思ひよるべきにあらず。いみじき事なり」と答えた(俊秘)。袋草紙・西公談抄等にもある。

67 七〇六。再撰本になし。

68 七〇七。後六々撰。

69 七一一。

70 恋三、七一五。大鏡(岩瀬本)・今鏡。**陽明門院** 禎子。三条院皇女。後朱雀皇后。

71 七一七。後六々撰。

72 七四二。後六々撰。袋草紙に「大様意に染ぬる事には宜しき歌出来る者歟」として、道雅の斉宮密通が顕れた頃の歌五首の一。「思ふまゝの事をば陳べ、自然に秀歌にして有る也」。

73 七六三。再撰本になし。

74 七六五。

永承六年内裏歌合に　　相模

78 うらみわびほさぬ袖だにあるものを恋に朽ちなん名こそ惜しけれ

題知らず　　和泉式部

79 さま〴〵に思ふ心はあるものをおしひたすらにぬるゝ袖かな

長能

80 わが心変らんものか瓦屋のしたたく煙わきかへりつゝ

永承四年内裏歌合に　　堀河の右大臣

81 うしとてもさらに思ひぞかへされぬ恋はうらなきものにぞありける

題知らず　　源重之

82 松島や男島が磯に*かづきせしあまの袖こそかくはぬれしか

雑歌

例ならずおはしまして、位さらんとおぼしめしける頃、月のあかゝりけるを御覧じて　　三条院御製

83 心にもあらでうき世にながらへば恋しかるべき夜はの月かな

後朱雀院御時月のあかゝりける夜、上にのぼらせ給ひて、いかなる事か申させたまひけん　　陽明門院

84 今はたゞ雲居の月をながめつゝめぐり逢ふべきほども知られず

来むといひつゝ来ざりける人のもとに、月のあかゝりける夜いひ遣はしける　　小弁

85 なほざりの空だのめせであはれにも待つにかならず出づる月かな

返し　　小式部

86 たのめずはまたでぬる*夜もありなまし誰ゆへか見る有明の月

月の山の端に入らんとするを見てよみ侍ける　　僧正深覚

87 ながむれば月かたぶきぬあはれわがこの世のほどもばかりぞかし

*五月五日六条の前斎院に物語合せ侍けるに、小弁おそく出すとて、方人籠めて次の物語を出し侍ければ、*宇治前太政大臣、「*小弁が物語は見所あらん」とて、異物語をとゞめて待ち侍けるに、「*いはがき沼」といふ物語を出すとてよみ侍ける　　小弁

88 引きすつるいはがき沼のあやめ草思ひしらずも今日に逢ふかな

大納言行成、物語などして、内の御物忌にこもればとて、急ぎ帰りて、つとめて、「鳥の声にもよ

75 恋四、七七〇。俊成三十六人撰。
76 七七五。
77 七七九。
78 八二五。新撰朗詠・後六々撰・栄花(根合)。
79 八一七。
80 八一八。「変らんものかとよみたるは、人を思ふことの変るまじきか、おぼつかなし。煙をわくとはいふらんや。わきあがるやうなりといふも思ひたるか。又清少納言が歌〈後拾遺七〇七、三一八頁上〉こそ末はいたく似ためれ」(難後拾遺)。
81 八二六。新撰朗詠・今鏡。
82 八二八。初学・西公談抄。**かづき** 後拾遺諸本「あさり」。
83 雑一、八六一。栄花(玉の村菊)。袋草紙に、皇后宮(娍子)の歌とする上科抄の説を引いて不審とする。
84 八六二。大鏡(蓬左本)。今鏡に「昔に恥ぢぬ御歌にこそ侍るめれ」。
85 八六三。
86 八六四。**ぬる夜も…まし** 後拾遺諸本「ぬる夜ぞかさねまし」。
87 八六七。
88 八七六。物語合付載の出羽弁との贈答歌。**五月五日…** 六条斎院禖子内親王物語歌合(天喜三・五・三)。**宇治前太政大臣** 頼通。**小弁** 祐子内親王に仕えて宮の小弁と称し、物語作者として知られた。**いはがき沼** 散逸物語。

89 雑二、九四〇。後六々撰。当代の才人藤原行成と、史記の孟嘗君伝の故事をふまえて応酬し、その才知をひらめかせた歌。枕草子に詳しい。
90 一〇一五。
中関白 藤原道隆。その娘一条天皇后定子に清少納言が仕えた。
91 一〇三二。後六々撰。
92 一〇三七。
93 一〇三八。
94 雑四、一〇六四。梁塵秘抄。後三条院住吉・天王寺御幸の帰途船中の御会(栄花、松の下枝)中の秀歌。躬恒の「住吉の松を秋風吹くからに」(古今三六〇)に比した経信の自讃歌(袋草紙)。「遠白き歌」(西公談抄)。
延久五年… 後三条院御製一〇六三を省いたための詞書の改訂。
95 一一九六。栄花(疑)。
釈教 巻二〇雑六を、神祇と釈教に当てる。勅撰集の部立としては初見。
近き世の… 「近き世の人のうたよむ風躰…」(二七三頁)。後拾遺以降を「近き世」と考えていた。
ことなる… 殊にすぐれている歌。
金葉1 一。
2 二。
3 三。
これより… 以上巻頭三首をあげ、以下は抄出。
4 三〇。
摂政左大臣 藤原忠通。
5 五〇。中古六歌仙。「高陽院家の歌

をされて」と言ひて侍りければ、「夜深かりけん鳥の声は函谷関の事にや」と言ひに遣はしたりけるを、立ち帰り、「これは逢坂関になん」と言へりければよみ侍ける　清少納言

89 夜をこめて鳥の空音にはかるともよに逢坂の関は許さじ

*中関白の忌に法興院こもりて暁千鳥の鳴くを聞きてよみ侍ける　円松法師

90 明けぬなり賀茂の川瀬に鳴く千鳥今日もはかなく暮れんとすらん

修行に出で立つ日、右近馬場の柱に書きつけ侍ける　増基法師

91 ともすればよもの山辺にあくがれし心に身をもまかせつるかな

良暹法師大原にこもりぬと聞きて遣はしける　素意法師

92 み草ゐしおぼろの清水底すみて心に月の影は浮かぶや

返し　良暹法師

93 ほどへてや月も浮かばん大原やおぼろの清水すむ名ばかりぞ

*延久五年後三条院住吉にまいらせ給へりけるによみ侍ける　大納言経信

94 沖つ風吹きにけらしな住吉の松のしづえを洗ふ白波

*釈教

普門品　前大納言公任

95 世を救ふうちには誰か入らざらんあまねきかどは人しさゝねば

已上、後拾遺

おほかたみな*近き世の心にかなひて、もらすべきも侍らねど、*ことなるどもを記しつけ侍れば、みなをかしくこそ侍めれ。

金葉和歌集

春

堀河の院御時百首の歌召しけるに立春の心をつかうまつれる　修理大夫顕季

1 うちなびき春は来にけり山川の岩間の氷今日や解くらん

東宮大夫公実

2 春立て梢に消えぬ白雪はまだきに咲ける花かとぞ見る

藤原顕仲朝臣

3 いつしかと明けゆく空の霞めるは天の戸よりや春は立つらん

*これより後はところ〳〵をしるしつけ侍べし。

花風に随ふといへる心を　*摂政左大臣

4 吉野山峰の桜や咲きぬらんふもとの里ににほふ春風

*宇治前太政大臣家の歌合に　　源俊頼朝臣

5 山桜咲きそめしより久方の雲居に見ゆる滝の白糸

*後冷泉院御時皇后宮歌合に桜をよみ侍ける　　*堀河右大臣

6 春雨にぬれてたづねん山桜雲のかへしの嵐もぞ吹く

堀河院御時*中宮御方にて、風静花芳といふ心を　　源俊頼朝臣

7 梢には吹くとも見えで桜花かほるぞ風のしるしなりける

夏歌

卯花をよみ侍りける　　摂政左大臣

8 卯の花の咲かぬ垣根はなけれども名に流れたる玉川の里

承暦二年内裏歌合に郭公を人に代りてよめる　　孝善

9 郭公あかで過ぎぬる声によりあとなき空をながめつるかな

五月雨をよめる　　参議師頼

10 五月雨は沼の岩がき水越えて真菰刈るべきかたも知られず

水風晩涼といふ心を　　俊頼朝臣

11 風吹けば蓮の浮葉に玉越えて涼しくなりぬひぐらしの声

*家の歌合に花橘をよみ侍りける　　中納言俊忠

12 五月闇花橘のありかをば風のつてにぞ空に知りける

*二条関白家にて雨後野草と云事をよめる　　俊頼朝臣

13 この里も夕立しけり浅茅生に露のすがらぬ草の葉もなし

公実卿家にて、対レ水待レ月といふ心をよめる　　藤原基俊

14 夏の夜の月待つほどのてすさびに岩もる清水いく掬びしつ

秋歌

田家秋晩といふ心をよめる　　大納言経信

15 夕されば門田の稲葉おとづれて葦のまろやに秋風ぞ吹く

八月十五夜　　源親房

16 さやけさは思ひなしかと月影を今宵と知らぬ人に問はゞや

奈良花林院の歌合によめる　　権僧正永縁

17 いかなれば秋ハ光ノまさるらん同じ三笠の山の端の月

きりぎりすをよめる　　*前斎院六条

18 露しげき野辺にならひてきりぎりすわが手枕の下に鳴くなり

夜聞レ鹿といふ事をよめる　　内大臣家越後

合に、雲井に見ゆる滝の白糸などいへる歌こそ、誠にさることとをかしくは侍れ」(治承二年賀茂別雷社歌合、俊成判詞)。

宇治前太政大臣… 前関白師実歌合(嘉保元・八・一九)。

6 五七。袋草紙にいう後拾遺に究竟歌三首洩れたその一。今鏡。

後冷泉院… 皇后宮寛子春秋歌合(天喜四・四・三〇)。 **堀河右大臣** 頼宗。

7 六二。

中宮御方 篤子内親王。

8 一〇六。

9 一一八。

10 一四〇。

11 一五四。中古六歌仙。

12 一五七。「風のつてにぞなど続きたるほど、いとをかしくにほひ多かる心地して…咲きまさりたるにやとぞ見給ふる」(判詞)。

家の歌合 長治元年俊忠家歌合(俊頼判)。

13 一五九。

二条関白 藤原師通。

14 一六三。中古六歌仙・今鏡。

15 一八三。「冴えたる躰の歌」(西公談抄)。

16 一九六。再撰本になし。

17 二〇四。底本第二句「おなしみかさの」を見せ消ち、右に「アキハヒカリノ」。俊頼・基俊両判とも勝歌。

18 二二三。中古六歌仙・今鏡。

前斎院六条 待賢門院堀河。

19 夜はに鳴く声に心ぞあくがるゝわが身は鹿のつまならねども

　*家の歌合に草花をよみ侍ける　中納言俊忠

20 夕露の玉かづらして女郎花野原の風に折れやふすらん

　堀河院の御時題を探りて歌つかうまつりけるに、薄をとりてよめる　俊頼の朝臣

21 鶉なく真野の入江の浜風に尾花波よる秋の夕暮

　*摂政左大臣家にて紅葉をよめる　藤原仲実

22 もずのゐる櫨の立枝の薄紅葉誰わが宿のものと見るらん

冬　歌

　深山霰といふ心をよみ侍ける　大蔵卿匡房

23 はし鷹の白斑に色やまがふらんとかへる山に霰降るなり

　鷹狩をよめる　内大臣家の越後

24 ことわりや片野の小野に鳴く雉さこそばかりの人はつらけれ

　*前太政大臣家歌合に　*皇后摂津

25 降る雪に杉の青葉も埋もれてしるしも見えず三輪の山もと

　*百首歌の中に雪をよめる　隆源法師

26 都だに雪降りぬればしがらきの真木の杣山あと絶えぬらん

　摂政左大臣家にて歳暮の心をよめる　藤原永実

27 数ふるに残り少なき身にしあればせめてもをしき年の暮かな

　年の暮をよめる　中納言国信

28 なにごとを待つともなしに明け暮れて今年も今日になりにけるかな

賀　歌

　*宇治前太政大臣家歌合に、祝の心をよめる　中納言通俊

29 君が代は天児屋根命より祝ひぞそめし久しかれとは

　大蔵卿匡房

30 君が代は限りもあらじ三笠山峰に朝日のさゝむ限りは

恋　歌

　たのめてあはぬ恋の心をよめる　源　顕国

31 逢ひ見んとたのむればこそくれはとりあやしやいかゞ立ち帰るべき

　実行卿家歌合に恋の心をよめる　藤原道経

32 恋ひわびておさふる袖や流れ出づる涙の川の井ぜきなるらん

　国信卿家歌合に　俊頼の朝臣

33 よとゝもに玉散る床の菅枕見せばや人に夜はのけしきを

　俊忠卿家恋十首歌よませ侍けるに、契りて逢はず

19 二三七。

20 二四五。**家の歌合** 伝為家筆本金葉集「顕隆家歌合に女郎花をよめる」、俊忠集「八条の家にて歌合に草花露といふことを」。顕隆の八条邸での歌合。俊成は顕隆の子、顕頼の養子であったことよりの改変か。

21 二五四。中古六歌仙・西公談抄。無名抄(これもまがはぬ浮紋)・後鳥羽院御口伝(うるはしき姿なり。故土御門内府亭にて影供ありし時、釈阿はこれ程の歌たやすくいできがたしと申しき)。

22 二六九。　**摂政左大臣** 忠通。

23 二九五。

24 三〇三。今鏡。

25 三〇四。「左の歌いとをかしく侍めり。勝とすべし」(嘉保元年八月十九日前関白師実歌合、経信判)。**前太政大臣** 師実。金葉諸本「宇治前太政大臣」。**皇后** 底本の誤。再撰本「皇后宮」。

26 三一〇。**百首歌** 堀河百首。

27 三一三。金葉諸本の左注に「この歌よみてとしのうちにみまかりにけるとぞ」とある。

28 三二五。

29 三四五。「左も右もやむごとなき神をかけたてまつりたれば申しがたし。持に侍めり」(前関白師実歌合、祝一番右)。

といふ心を　　皇后宮の式部

34 逢ひ見ての後つらからば世々をへてこれよりまさる恋にまどはん

恋歌とてよめる　　藤原成通

35 後の世と契りし人もなき*ものを死なばやとのみ言ふぞはかなき

雑　歌

大峯の笙の岩屋にてよみ侍ける　　僧正行尊

36 草の庵をなに露けしと思ひけんもらぬ岩屋も袖はぬれけり

*百首歌の中に述懐の長歌奉りける反歌　　俊頼の朝臣

37 世の中はうき身にそへる影なれや思ひ捨つれど離れざりけり

*小式部内侍失せて後、上東門院より年頃賜ひける事を、亡き後にも賜へりけるに、小式部の内侍と書きつけられたりけるを見てよめる　　和泉式部

38 もろともに苔の下にも朽ちずして埋もれぬ名を見るぞかなしき

月のあかゝりける夜、*胆西上人につかはしける　　僧正行尊

39 いさぎよき空のけしきをたのむかな我まどはすな秋の夜の月

已上、金葉集

詞華和歌集

春

堀河院御時百首歌召しける時、立春歌　　大蔵卿匡房

1 氷りゐし志賀の唐崎うちとけてさゞなみ寄する春風ぞ吹く

寛和二年内裏歌合　　藤原惟成

2 昨日かも霰降りしはしがらきの外山の霞春めきにけり

天徳四年内裏歌合　　平兼盛

3 故郷は春めきにけりみ吉野のみかきの原を霞こめたり

初聞レ鶯といふことをよめる　　道命法師

4 たまさかにわが待ち得たる鶯の初音をあやな人や聞くらん

題知らず　　曾禰好忠

5 雪消えばゑぐの若菜も摘むべきに春さへ晴れぬみ山辺の里

冷泉院東宮と申ける時、百首歌奉りけるに　　源重之

6 春日野に朝鳴く雉の羽音は雪の消え間に若菜摘めとや

題知らず　　僧都覚雅

7 萌え出づる草葉のみかはをがさ原駒のけしきも春めき

宇治前太政大臣　師実。

30 三四六。前関白師実歌合勝歌(祝二番右)・梁塵秘抄(神社歌)。

31 恋上、三九〇。

32 三九八。「右歌は涙の川の井堰などめづらしく侍れば勝つにこそ」(顕季判)。

33 四二一。宰相中将国信歌合(康和二・四・二八)十四番左勝歌(衆議判)・中古六歌仙。

34 四二四。

35 四二六。

なき 底本「なけ」の「け」見せ消ち。

36 雑上、五六八。今鏡。

37 六二三。千載に長歌とともに再録。中古六歌仙。無名抄に「富家の入道殿に俊頼朝臣候ひける日、かがみの傀儡共参りて歌つかふまつりけるに、神歌になりて…此歌を歌ひ出たりければ、俊頼至り候ひにけりなとて居たりけるなんいみじかりける」。

百首歌　堀河百首。

38 雑下、六六〇。後六々撰。

小式部内侍　和泉式部の女。

39 六六八。

胆西上人　雲居寺上人。

詞華1　一。金葉に三首洩れた秀歌の一(袋草紙・顕昭注)。

2 二。新撰朗詠・後葉集。

3 三。

4 四。後葉集。

5 五。初奏・三奏本金葉。後葉集。

6 六。以上巻頭六首をさし、再撰本

には「此歌どもみなまことにめづらしげにおもしろく侍るなるべし」。
7 一三。再撰本になし。後葉集。
8 二四。中古六歌仙。
9 四八。
三月尽日… 詞書略記。**新院** 崇徳院。
10 五七。
11 五九。後葉集。
12 六八。玄々集・新撰朗詠。
植ゑおかじ 詞花諸本「ほりうゑじ」。
13 七四。三奏本金葉。新撰朗詠・後葉集。
14 八一。後十五番歌合・玄々集・三奏本金葉。
清因 詞花高松宮本と同じ。諸本「清胤」。**まさば** 詞花諸本「すまば」。
15 八四。後葉集。
16 九三。後葉集。「姿ことば共にうるはしく見所侍るめり…末の代には有りがたく出で来て侍る歌にこそ侍めれ」(長承三年九月十三日顕輔家歌合、基俊判)。
右大臣 源雅定。
17 一〇七。後葉集。
18 一二四。
19 一四二。玄々集・三奏本金葉・新撰朗詠。袋草紙に、能因が和歌の読みようを長能に問い、この歌を聞いて師事したと見える。
散り 詞花諸本「おち」。
20 一四八。後葉集・一字抄。
21 一五〇。玄々集・三奏本金葉・相撲立詩歌。道済の「ぬれ〱もなほかり

にけり

白川に花見にまかりて　源俊頼朝臣

8 白川の春の梢を見渡せば松こそ花の絶間なりけれ

*三月尽日よませ給ひける　*新院御製

9 をしむとて今宵かきおく言葉やあやなく春のかたみなるべき

夏歌

題知らず　能因法師

10 山彦のこたふる山の郭公一声鳴けば二声ぞ聞く

大納言公教

11 待つ程は寝る夜もなきを郭公鳴く音は夢の心地こそすれ

世をそむかせ給ひて後、花橘を御覧じて　華山院御製

12 やど近く花橘は植ゑ*おかじ昔を忍ぶつまとなりけり

題知らず　曾禰好忠

13 杣川の筏の床のうき枕夏は涼しき臥所なりけり

秋歌

津の国に住みける頃、大江為基任はてゝ上り侍りにければいひ遣はしける　僧都清因*

14 君ま*さばとはましものを津の国の生田の森の秋の初風

承暦二年内裏歌合に　藤原顕綱朝臣

15 七夕に心はかすと思はねど暮れゆく空はうれしかりけり

題知らず　右*大臣

16 いかなれば同じ空なる月影の秋しもことに照りまさるらん

和泉式部

17 秋吹くはいかなる色の風なれば身にしむ許あはれなるらん

九月十三夜月照二菊花一　新院御製

18 秋深み花には菊の関なれば下葉に月ももりあかしけり

冬歌

題知らず　大江嘉言

19 山深み散*りてつもれる紅葉葉のかはける上に時雨降るなり

旅宿時雨といふ事をよみ侍ける　胆西上人

20 庵さす楢の木蔭にもる月の曇ると見れば時雨降るなり

鷹狩をよめる　長能

21 霰ふる交野のみ野の*すり衣ぬれぬ宿かす人し無ければ

恋歌

題知らず　実方朝臣

22 いかでかは思ひありとも知らすべき室*の八島の煙ならでは

冷泉院東宮の御時百首歌　源重之

23 風をいたみ岩うつ波のおのれのみ砕けてものを思ふ頃

かな

堀河院御時百首　　修理大夫顕季

24 わが恋は吉野の山の奥なれや思ひいれども逢ふ人もなし

題知らず　　平祐挙

25 胸は富士袖は清見が関なれや煙も浪も立たぬ日ぞなき

文遣はしける女の、今更に返事もせざりければ遣はしける　　源雅光

26 紅に涙の色もなりにけり変るは人の心のみかは

題知らず　　新院御製

27 瀬を早み岩にせかるゝ滝川のわれても末に逢はんとぞ思ふ

28 わが恋は逢ひそめてこそまさりけれ飾磨のかちの色ならねども　　藤原道経

*大江公頼に忘られてよめる　　相模

29 夕暮は待たれしものを今はたゞ行くらんかたを思ひこそやれ

雑歌

御修行のほど桜花の下にてよませ給ひける　　花山院御製

30 木のもとをすみかとすればおのづから花見る人になりぬべきかな

*新院位の御時、*后宮の御方にて、藤花年久といふ心をよませ給けるによみ侍りける　　大納言師頼

31 春日山北の藤波咲きしより栄ゆべしとはかねて知りにき

左衛門督家成、布引滝見にまかりたりけるによめる　　藤原隆季朝臣

32 雲居より貫きかくる白玉を誰布引の滝といひけん

*家歌合によめる　　左京大夫顕輔

33 夜もすがら富士の高嶺に雲消えて清見が関にすめる月影

*新院百首歌奉りける時、述懐歌によめる　　藤原季通朝臣

34 いとひてもなほ惜しまるゝわが身かな再び来べきこの世ならねば

神祇伯顕仲広田にて歌合し侍りけるに、寄レ月述懐心をよみ侍ける　　左京大夫顕輔

35 難波江の葦間にやどる月見ればわが身ひとつも沈まざりけり

大江挙周重く煩ひて、限りに見えければよめる　　赤染衛門

36 変らんと思ふ命はをしからでさても別れんことぞかなしき

新院位におはしましける時、海上遠望といふ事を

ゆかむはし鷹のうはげの雪をうち払ひつつ」(金葉三〇〇)との優劣を公任の許に持込み、公任が道済の方をとった話が、俊秘・袋草紙・顕昭注に見える。俊成は古来風躰に撰んでいない。

すり衣　詞花諸本「かり衣」。

22 恋上、一八八。玄々集・三奏本金葉。

23 二一〇。再撰本になし。三十人撰・深窓秘抄・三十六人撰(俊成撰も)・玄々集。

24 二二一。後葉集。袋草紙に、金葉に三首洩れた秀歌の一とある。

25 二二三。玄々集・三奏本金葉・俊秘(よきふしに優なる事ぐしたる歌)。

26 二一九。再撰本になし。後葉集。

27 二一八。後葉集。

28 恋下、二三三。後葉集。

29 二六九。玄々集・三奏本金葉。無名抄に俊恵談として、顕輔が後拾遺(詞花の誤か)中のおもて歌としたとする。顕昭注・袋草紙には、公資が大外記を望んだ時、実資が、公資は相模を懐抱して秀歌を案じ公事を闕くと言って任ぜられなかった話を記す。

公頼　詞花諸本「公資」。

30 雑上、二七五。麗花集・後十五番歌合・朗詠・金玉集・深窓秘抄・玄々集・三奏本金葉・栄花(見はてぬ夢)。

31 二八一。後葉集・一字抄。

新院　崇徳院。　**后宮**　皇嘉門院。

32 二八四。後葉集。

33 三〇二。後葉集。

家歌合　顕輔家歌合。

34 三四五。後葉集。千載二三六に重出(二句「なほしのばるる」)。
新院… 久安百首。
35 三四六。後葉集。→補
36 雑下、三六一。玄々集・後六々撰。袋草紙に神仏感応歌の例として見える。再撰本に「此歌いみじくありがたく、あはれによめる歌なり」とある。
37 三八〇。後葉集・一字抄・今鏡。
関白前太政大臣 藤原忠通。

千載1 春上、一。後葉集。
2 二。続詞花集。
3 三。後葉集。
百首歌 久安百首。
4 四。後葉集。
5 五。後葉集。
6 六。「霞まぬさきに心得ず」として負歌(頼宗判)となっているが、俊成は問題にしていない。
皇后宮… 皇后宮寛子春秋歌合(天喜四・四・三〇)。
7 七。月詣集。
法性寺入道前太政大臣 忠通。
8 八。「いとをかしくこそ見え侍れ。春の霞蒼海のうへにひきわたるさま浅緑色をそへたるに、沖つ白浪たちわけたらむほど面影おぼえ侍れ」(俊成判)として勝歌。以上巻頭八首、以下抄出。
家に歌合… 右大臣兼実家歌合(治承三・一〇・一八)。
摂政前右大臣 藤原兼実。

関白前太政大臣*

37 わたの原漕ぎ出でゝ見れば久方の雲居にまがふ沖つ白波

已上、詞華集

千載和歌集

春歌

立春日よめる

源俊頼朝臣

1 春の来るあしたの原を見渡せば霞も今日ぞ立ち始めける

堀河院御時百首歌奉りける時、よみ侍りける

中納言国信

2 三室山谷にや春の立ちぬらん雪の下水岩叩くなり

*百首歌奉りける時、初春の心をよめる

待賢門院の堀河

3 雪深き岩のかけ道跡絶ゆる吉野の里も春は来にけり

堀河の院の御時百首歌奉りける時、残雪をよみ侍りける

前中納言匡房

4 道絶ゆと厭ひしものを山里に消ゆるはをしき去年の雪かな

承暦二年内裏後番歌合に鶯をよめる

藤原顕綱朝臣

5 春立てば雪の下水うち解けて谷の鶯今ぞ鳴くなる

後冷泉院御時皇后宮*の歌合によみ侍りける

大納言隆国

6 山里の垣根に春やしるからん霞まぬ先に鶯の鳴く

*法性寺入道前太政大臣、内大臣に侍ける時、十首歌よませ侍けるによめる

源俊頼の朝臣

7 煙かと室の八島を見しほどにやがても空の霞みぬるかな

右大臣に侍りける時、*家に歌合し侍りけるに、霞の歌とてよみはべりける

*摂政前右大臣

8 霞しく春の塩路を見渡せば緑を分くる沖つ白波

堀河院御時百首歌奉りける内、若菜の歌とてよめる

源俊頼朝臣

9 春日野の雪を若菜に摘みそへて今日さへ袖のしをれぬるかな

梅花夜薫といふ心を読る

10 梅が香はおのが垣根をあくがれて真屋のあまりにひま求むなり

*百首歌召しける時、春の歌とてよませ給うける

崇徳院御製

11 朝夕に花待つ頃は思ひ寝の夢の内にぞ咲き始めける

待賢門院の堀河

12 いづかたに花咲きぬらんと思ふより四方の山辺に散る心かな

故郷花といへる心をよめる　　よみ人知らず

13 さゝなみや志賀の都は荒れにしを昔ながらの山桜かな

*百首歌奉りける時、花歌とてよめる　　藤原季通朝臣

14 吉野山花は半ばに散りにけり絶え〴〵残る峰の白雲

堀河院御時百首歌奉りける時よめる　河内

15 今日暮れぬ花の散りしもかくぞありし再び春はものを思ふよ

夏歌

卯花歌とて　　仁和寺後入道法親王覚*

16 玉川と音に聞きしは卯の花を露のかざれる名にこそありけれ

堀河院御時百首歌奉りける時、葵をよめる　　藤原基俊

17 葵草照る日は神の心かは影さす方にまづ靡くらん

賀茂の斎下り給ひて後、祭の御形の日、人の葵を奉りて侍りけるに、書きつけられて侍ける　　式子内親王

18 神山のふもとになれし葵草引き別れても年ぞへにける

暮天郭公といへる心を　　仁和寺法親王守*—

19 郭公なを初声をしのぶ山夕ゐる雲の空に鳴くなり

後朱雀院御時、一*品内親王歌合に花橘をよめる　　枇杷殿皇太后宮の五節

20 たゞならぬ花橘のにほひかなよそふる袖は誰となけれど

*百首歌召しける時、花橘の歌とてよませ給ける　　崇徳院御製

21 五月雨に花橘のかほる夜は月すむ秋もさもあらばあれ

堀河院御時、百首歌奉りける時、照射の心をよめる　　前中納言匡房

22 照射する宮城が原の下露に忍ぶ捩摺り乾く夜ぞなき

題知らず　　俊頼の朝臣

23 あはれにもみさほに燃ゆる螢かな声立てつべきこの世と思ふに

秋歌

秋立日よめる　　侍従乳母

24 秋立つと聞きつるからにわが宿の荻の葉風の吹き変るらん

初秋の心をよめる　　寂然法師

25 秋は来ぬ年も半ばに過ぎぬとや荻吹く風の驚かすらん

題知らず　　和泉式部

26 人もがな見せも聞かせも萩の花咲く夕かげのひぐらしの声

*百首歌奉りける時、秋歌とてよめる　　季通の朝臣

9 一四。
10 二六。後葉集。
11 四一。
12 四二。後葉集。
百首歌 久安百首。
13 六六。月詣集(平忠度朝臣)・治承三十六人歌合。忠度集によれば、藤原為業歌合における歌。千載の成立時には、平氏は勅勘の身であったので、「よみ人しらず」として入る。忠度の都落の途次より引返して俊成を訪ね、歌集一巻を託した話は、のち平家物語に語られ有名。
14 春下、八〇。続詞花集。
百首歌 久安百首。
15 一三五。
16 一四一。
17 一四六。
覚 覚性。
18 一四七。
19 一五七。為秀本長秋詠藻。
守 守覚。
20 一七一。
一品内親王… 一品宮修子内親王歌合(散佚)。千載の詞書に「長久二年五月」とある。
21 一七六。
百首歌 久安百首。
22 一九四。続詞歌集。
23 二〇二。
24 二三五(秋上巻頭)。
25 二三九。月詣集。
26 二四六。

27 野分する野辺のけしきを見る時は心なき人あらじとぞ思ふ　俊成

28 夕されば野辺の秋風身にしみて鶉鳴くなり深草の里

題知らず　俊頼の朝臣

29 何となくものぞかなしき菅原や伏見の里の秋の夕暮

権中納言俊忠卿、桂の家にて水上月といへる心をよめる

30 明日も来む野路の玉川萩越えて色なる水に月宿りけり

*百首歌奉りける時、鹿の歌とてよめる　待賢門院の堀河

31 さらぬだに夕さびしき山里の霧の籬に雄鹿鳴くなり

題知らず　よみ人知らず

32 驚かす音こそ夜の小山田は人なきよりもさびしかりけれ

源兼昌

33 わが門の奥稲の引板に驚きて室の刈田に鴫ぞ立つなる

冬歌

題知らず　和泉式部

34 外山吹く嵐の風の音聞けばまだきに冬の奥ぞ知らるゝ

馬内侍

35 寝覚して誰か聞くらんこの頃の木の葉にかゝる夜はの時雨を

旅歌

題知らず　藤原範永朝臣

36 有明の月も清水に宿りけり今宵は越えじ逢坂の関

*法性寺入道前太政大臣、内大臣に侍りける時、関路月といへる心をよめる　中納言師俊

37 播磨路や須磨の関屋の板庇月もれとてやまばらなるらん

崇徳院に百首歌召しける時、旅の歌とてよめる　待賢門院安芸

38 篠の葉を夕露ながら折りしけば玉散る旅の草枕かな

恋歌

堀河院御時百首歌奉りける時、始めの恋の心をよめる　俊頼朝臣

39 難波江の藻に埋もるゝ玉かしはあらはれてだに人を恋ひばや

*権中納言俊忠卿家歌合によめる　後二条関白家筑前

40 思ふよりいつしかぬるゝ袂かな涙や恋のしるべなるらん

題知らず　和泉式部

41 ともかくもいはゞなべてになりぬべし音に泣きてこそ見すべかりけれ

42 うらむべき心ばかりはあるものを無きになしてもとは

---

27 二七七。**百首歌** 久安百首。

28 二七八。治承三十六人歌合。俊成の自讃歌。↓補

29 二七九。中古六歌仙。

30 二八〇。

31 秋下、三一〇。**百首歌** 久安百首。

32 三二五。

33 三二六。

34 三五五。

35 四〇一。後葉集・続詞花集。

36 四九七(巻頭)。新撰朗詠・相撲立詩歌・続詞花集。

37 四九八。袋草紙に、金葉に三首洩れた秀歌の一として「此歌「播磨路の」にくし、「はりま潟」と改めて入よと被レ申けるを、作者然者不レ可レ入云々。仍不レ入レ之。予案レ之潟尤神妙。但、路にても不レ可レ除レ之。相互こはき事也」とあるが、俊成は、千載に「播磨路や」の形で入れている。**法性寺入道前太政大臣** 忠通。

38 五二三。**百首歌** 久安百首。

39 六四〇(恋一巻頭)。

40 六四三。「左歌をかしうよまれて侍るめり」(俊頼判)として勝歌。結句「なるらん」は千載諸本「なりける」。**権中納言**… 俊忠歌合(長治元・五・二六)。

41 恋五、九〇四。

42 九五五(恋五巻末)。続詞花集。

ぬ君かな

雑歌

上東門院より六十賀行ひ給ひける時よみ侍りける

*法成寺入道前太政大臣

43 かぞへしる人なかりせば奥山の谷の松とや年をつまゝし

44 もの思はぬ人もや今宵ながむらん寝られぬまゝに月を見るかな

相模

題知らず

赤染

45 ながめつゝ昔も月は見しものをかくやは袖のひまなかるべき

已上、千載集

勅撰集の総評　*撰集の数とては*しく〳〵書き出で侍を、思はずに歌の多く、よろしく侍りければ、いづれも捨てがたくは侍れど、*たゞ少しを書きつけ侍なり。歌の姿は、この集どもに見え侍なり。

金葉集は*撰者の*さほどの歌人に侍れば、歌どもゝみなよろしくは見え侍を、少し*時の花*をかざす心のすゝみにけるにや、*当時の人のみはじめより続き立ちたるやうにて、少しいかにぞ見え侍なるべし。

詞華集はことざまはよくこそ見え侍を、あまりに*をかしきさまのふりにて、*ざれ歌ざまの歌の多く見え侍なり。*「葦間にやどる月見れば」といへる歌は、ありがたく侍*ものを、その風躰の歌をば*撰ばずなりにけるは、かつはさかしらするものどもの侍りけるにや。

千載集はまたおろかなる心ひとつに撰びけるほどに、*歌をのみ思ひて、人を忘れにけるに侍めり。されども後拾遺のころまでの歌のかしこく数多く残りて侍りけるなん、集の*冥加には見えける。

43 九七六(雑上巻頭)。続詞花集。

法成寺入道前太政大臣 藤原道長。

44 九八一。続詞花集。

45 九八二。

撰集 万葉および古今から千載に至る勅撰集。俊成は万葉も勅撰集と考えていた。 **はしく〳〵** あれこれ少し。 **たゞ少し…** もっと多く抜き出した草稿の中から更に抄出した事を示す。 **撰者** 源俊頼。 **さほどの…** あれほどのすぐれた歌人であったから。 **時の花** 当代の流風。 **かざす** 再撰本「おる」。 **当時の人のみ…** 二度本によっている。顕季を巻頭に近代の歌人が並ぶ。 **をかしきさまのふり** 知巧的表現、作風。 **ざれ歌** 機知・洒脱の傾向の強い歌。「多くは皆誹諧歌の躰に…」(二七五頁)。 **葦間に…** →三三五頁下。正治奏状にも「顕輔は、あしまに…と申す歌もよくよみて候を」とあり、顕輔の秀歌と考えていた。 **ものを** 再撰本、次に「とよりざまに歌のふりのいかに成りにけるにか」とある。 **撰ばず** 再撰本、次に「してざれうたにのみ」とある。 **歌をのみ…** 作品のよしあしをのみ考え、作者の顔ぶれや相互関係による入集歌数の多寡などは考えなかった。実は非難に対する周到な用意の言と見られる。→二七五頁 **冥加** 神仏の目に見えない助け。

識語　*生年已八十四にて、書きつけ侍ことゞもいかばかりひが事おほく侍らんと申かぎりなくは思ふ給へながら、思ふところにまかせて書きしるし侍りぬる。行末のうしろめたさこそあさましくさふらへ。

*波の音はあはれと聞けど和歌の浦の風の姿を誰か知るらん

*あはれてふ人はなき世に住吉の松やさりとも我を知るらん

生年已八十四　建久八年(一一九七)。再撰本は以下の識語および二首の和歌なく、「この草紙の本躰は…」(解題参照)の識語がある。

波の音は…　五行散らし書き。和歌の浦は歌枕。歌神玉津島明神が鎮座。「和歌の浦の波の音にのみ思ひをかけ」(二六四頁)と呼応する。

あはれてふ…　六行散らし書き。住吉は歌枕。歌神住吉明神が鎮座。「住の江の松の色に心を染めて」(二六四頁)と呼応する。

補注

ぬもの（二六三13）　天理西荘本も「ぬもの」。後拾遺集も太山寺本には「ぬもの」とあり、和名抄に「繡沼无毛乃」とあって、撥音の無表記と考えられる。

艶にもあはれにも（二六三14）　「艶にも幽玄にも」（慈鎮和尚自歌合、十禅師跋）、「艶にもおかしくも」（建久六年民部卿家経房歌合跋）と対応する。歌の本質は韻律のうちに浮び上ってくる情趣にあるとする俊成の和歌本質観。言語を絶した「何となく…」である所に止観と通う。

その御弟…（二六五19）　以下、再撰本では、皇位を譲り合った話を省略し、「これを仁徳天皇と申。位につきたまひて…たかどのにのぼりて」（二六六18）と続く。

わがおろかなる…（二七五15）　「おろかなる心ひとつに撰びけるほどに、歌をのみ思ひて、人を忘れにける」（三三九頁）と対応する。笠間叢書『千載和歌集』解題（久保田淳）には、「後々までも気にしていたことの証左」とする。

俊成三十六人撰（二八一下8）　書陵部蔵「古三十六人歌合」。三十六人の歌仙は公任撰のままで、歌を撰びなおしたもの。俊成撰に疑問を持たれる向きもあるが、一応俊成撰と見て本書に用いた。

よき歌（二八三下16）　古今三（三〇七頁下）・四〇九（三一二頁下）・四七一（同）・五〇一（三一二頁下）・拾遺二（三一八頁下）・六四（三一九頁上）・一九〇（三二〇頁上）・八四八（三二一頁下）と共に、俊秘に、種々の点を具備した、よき歌の例にあげている。「おほかた歌のよしといふは、心をさきとしてめづらしきふしをもとめ、詞をかざりよむべきなり。…けだかく遠白きをひとつのことすべし。…是等をぐしたりとみゆる歌すこししるし申すべし」。

百舌鳥の草ぐき（二八六上22）　俊秘は「霞とぞ申す。見えたる事もなし。推し量りの事にや」とし、奥義は将作（顕季）の言として、「昔、男、野を行くに女にあひぬ。とかく語らひつきてその家をとふに、女、もずの居たる草ぐきをさしていはく、わが家はかの草ぐきの筋に当りたる里にあるなりと教ふ。…次の年の春、たまたまありし野に行きて教へし草を見るに、霞こと〴〵くなびきてすべて見えず。ひねもすにながめて空しく帰りぬ」という説話をあげる。その他、万葉集抄、童蒙等に種々の説があり、顕昭の「もずの草ぐると云也」（袖中）という説が正解というべきであるが、俊成は奥義の説によっていたらしい。「頼め来し野辺の道芝夏深しいづくなるらんもずの草ぐき」（千載、恋三、俊成）。

白芽子（二八六下16）　元暦本・類聚古集「しらはぎ」、紀州本「あきはぎ」。白は秋に当る。「しらはぎとは白く花さく萩のあれば…是は秋萩とよむべき也」（袖中）。

この歌を…（二八七下13）　貫之集の二首に対する俊成の解釈。大略は六百番歌合の判詞に同じ。これに対し、顕昭の陳状は、「しのにをりはへ」は、「うちはへ」などという別の詞で、「しのにをりはへ」と重ねたものではなく、又、「ほす衣…」は、滝には関係なく、流れる河水を衣ほすと見て、「七日ひず」と詠んだもので、夏神楽の心によく叶うとのべている。

ふしつけ（二八九上4）　柴漬け。冬、柴をたばねて川に漬けておき、魚が寒さを避けてその中に集まりひそむのを捕える仕掛け。堀河百首、藤原公実の「ますらをが藻臥つか鮒ふしづけしかひやが下も氷しにけり」は、ふしづけ説にもとづく。

かひや（二八九上6）　飼屋とする。次の顕昭説も同じ。飼屋は奥義に「ゐなかに魚とるとてすること也。河もしは江などにすと云ふ物をたてまはして、口を一つあけて其内に、さゝの枝、おどろなど取りおきたれば、暖まりにつきて魚の集るを取る也」とある。「飼ひ」の「ひ」は甲類で、「火」は乙類であるから、「飼屋」説は誤りである。

をはたゞの板田の橋(二九〇上14)　万葉集抄に「をはたゞと云所に、いたゞの橋と云はしのあるなり。をはたゞは古きみやこにて有也」とあり、五代に摂津とする。原文「小墾田」とあり、推古天皇の小墾田宮(をはりだのみや)のあったところで、板田の橋も大和が正しい。狭衣に「板田の橋はつくれど」と引歌にする。

浜久木(二九〇下4)　民部卿家歌合の俊成判に「ふりにけりとしまのあまの浜ひさし浪間に立もよらまし物を…彼「波間よりみゆるこしまのはまひさき久しくなりぬ君にあはずして」といふ歌は、万葉集にも宜き本と申にも、多くは久木とぞ書て侍を、郢曲などにうたふ歌に、はまひさしとうたふにつきて、歌絵などにあまの家などを書て、久しとかく也。さればひさきぞ正説には有べき。但はまひさきは、久しくなりて朽もうせにけん。あまのしほやなどのひさしは、今もこじまにも有ものなり。一説につきてことさらよめるなるべし。又万葉集にも楸とはかゝず。久木とかける也」とある。

追ひすがひ(二九一下8)　「追ひすがふ」(追いかける。後に続く)の名詞形。この「そがひ」の解は、六百番歌合、秋下の顕昭の作「そが菊」をめぐっての陳弁に、「右重申云、万葉集にそがひといへるは、おひすがひの心なり。されば、岸などにおひすがひに咲きたる菊をいふか」と見え、定家(僻案抄)、正徹(正徹物語)に受けつがれてゆく。ただし、万葉語の正しい解としては背後の意である。

承和の帝(二九一下13)　俊秘に「承和の帝、一本菊を好みて興ぜさせ給ひけり。…さて一本菊の名を承和の菊といへるなり。…そが菊は黄なる菊を申すなりといへる人もあるにや」とある。

鏡(二九二上3)　枕草子(四一)に「山鳥友を恋ひて鏡を見すればなぐさむらむ」とあり、この鏡のことは、俊秘・奥義・袖中等に詳しく説が見える。

大をそ鳥(二九二上13)　万葉集抄に「東言には烏をばおほおそ鳥と云也。もの言ひきたなしと云心也」とあり、俊秘・奥義・袖中等に説話まじりの説が見える。

韻の字(二九九12)　歌式に「長歌以二第二句尾字一為レ韻、以二第四句尾字一為二二韻一。…短歌以二第三句尾字一為二初韻一、以二第五句尾字一為二終韻一」などとあり、奥義にも引用。

切韻(二九九16)　隋の陸法言らに切韻という書があり、文字を韻の四声により大別し、次に韻の異同により小別し、同音の文字を一所に集めて反切によって発音を示した。俊成もこの書を見ているが、ここは普通名詞と見るべきであろう。

歌には…(二九九17)　奥義上に「和歌三種体」の一として「求韻」をあげ、「短歌　以二第三句終字一為二初韻一、以二第五句終字一為二終韻一」とある。

べらなり(三〇〇7)　助動詞「べし」の語幹「べ」に接尾語「ら」が付き、更に助動詞「なり」が付いたもの。…のようだの意。三以下古今集には多い。俊秘に「べらなりといふことは、げに昔の詞なれば、よの末には聞きつかぬやうに聞ゆ」とある。

聖武天皇の御時…(三〇五1)　万葉の成立については、早くより諸説あり、袋草紙は考証の結果、栄華物語にいう、孝謙勅撰、諸兄撰説をよしとする。近くは、巻十六までの第一部を、天平十七・八年の聖武勅撰、諸兄監修、家持撰とする説(伊藤博、「十六巻本万葉集」万葉集論叢所収)がある。聖武天皇は大宝元(七〇一)—天平勝宝八(七五六)。第四五代。在位七二四—七四九。

軒近き紅梅…(三〇六4)　源氏の紅梅に「この東のつまに、軒近き紅梅のいとおもしろくにほひたるを見給ひて」とある。

賤の垣根の梅も…(三〇六4)　かばかりのにほひなりとも梅の花賤の垣根を思ひ忘るな。

吉野の山の桜は…(三〇六5)　み吉野の山べに咲ける桜花雪かとのみぞあやまたれける。

雲居の花の盛は…(三〇六6)　九重に立つ白雲と見えつるは大内山の桜なりけり。

井手の山吹に…(三〇六7)　蛙鳴く井手の山吹散りにけり花の盛にあはましものを。

岸の藤浪…(三〇六7)　我が宿の藤の色こきたそがれにたづねやは来ぬ春の名残を。

夕の鶯…(三〇六7)　なぐさむるかたやなからん花も散り春も暮れ行く鶯の声。

岩垣沼の…(三〇六8)　風吹けば岩垣沼のかきつばた浪のおるにぞまかせたりける。

山下てらす…(三〇六8)　入日さすゆふ紅の色はえて山下てらす岩つつじかな。

垣根の卯花に…(三〇六9)　卯の花の咲ける垣根の月清み寝ねず聞けとや鳴く郭公。

まがきのなでしこの…(三〇六10)　薄く濃く垣ほに匂ふ撫子の花の色にぞ露も置きける。

庭のあぢさひの…(三〇六11)　あぢさひのよひらの八重に見えつるは葉越の月の影にぞありける。

五月…(三〇六12)　枕草子(三九)に、「節は五月にしく月はなし。菖蒲・蓬などのかをりあひたるいみじうをかし。九重の御殿の上をはじめていひしらぬ民のすみかまでいかでわがもとにしげく葺かんと葺きわたしたる、なほいとめでたし」とある。

池の蓮の…(三〇六15)　水清み池の蓮の花ざかりこの世のものと見えずもあるかな。

秋の風…(三〇六16)　秋来ぬと目にはさやかに見えねども風の音にぞおどろかれぬる。

まがきの女郎花に…(三〇六16)　あらはれて虫のみ音にはたつれども女郎花にぞ露はこぼるる。

野辺の秋萩に…(三〇七1)　秋萩にうらびれをれば足引の山したとよみ鹿の鳴くらむ。

紫苑(三〇七1)　俊秘に「紫苑といへる草こそ心におぼゆる事は忘れざなれとて、紫苑を塚のほとりに植ゑてみければ、いよ／＼忘るゝ事なくて日をへてしあるきけるを見て、塚のうちに声ありて、我はそこの親のかばねをまもる鬼なり。願はくはおそるる事なかれ。君を守らむと思ふといひければ、おそりながら聞きをりければ、君は親に孝あること年月を送れどもかはる事なし…紫苑をばうれしき事あらむ人はうゑて常にみるべきなり」とある。

藤袴…(三〇七1)　宿りせし人のかたみか藤袴忘られ難き香ににほひつつ。

まがきの菊…(三〇七3)　霜枯れんことをしぞ思ふわが宿のまがきに匂ふ白菊の花。

ぬるでの紅葉の…(三〇七4)　昔見し道たづぬれどなかりけりぬるでまじりの猪名のふし原。

はじの立枝(三〇七6)　もずのゐるはじの立枝の薄紅葉たれわが宿の物と見るらむ。

まゆみの紅葉(三〇七6)　関越ゆる人にとはばや陸奥の安達のまゆみ紅葉しにきや。

葦の枯葉に…(三〇七8)　難波がた葦の枯葉に風さえて汀のたづも霜になくなり。

みぎはの氷…(三〇七8)　難波江の葦は氷にとぢられて吹けども風に靡かざりけり。

巌にも咲く花…(三〇七8)　白雪のところもわかず降りしけばいはほにも咲く花とこそ見れ。

緑の松の上の…(三〇七9)　雪降りて年の暮ぬる時にこそつひに緑の松も見えけれ。

袖の氷も…(三〇七9)　思ひつつ寝なくに明くる冬の夜の袖の氷はとけずもあるかな。

この歌…(三〇七下14)　理は、道理・論理的必然性。表現の構想上でのもっともらしさ。「おほかた歌は必ずしもをかしきよしをいひ事の理を言ひ切らんとせざれども」(慈鎮和尚自歌合跋)とも言い、俊成の余情主義からは遠いよみぶりであるが、それなりに殊勝によまれた歌だとする。

古今に…(三〇七下19)　古今の歌としては、心・詞ともにすぐれて立派な歌。当世の歌としては、「ひつ」が古語となっていることを指摘している。僻案抄には「ひちては浸してといふ心也。此の詞昔の人好みよみけるにや。…今の世の歌にはよむべからずとぞいましめられし」とある。

たゝる(三〇八上8)　永暦本・昭和切「たてる」、「て」の右に「ゝ」。寂恵本の書入れに「俊タ、ル」とある。教長註には、「この歌数多の本の中にやう〳〵有り。花園の本(有仁の崇徳院に奉った本)には、春霞たたるやいづく…と侍る。これをよしとこそ讃岐院(崇徳)仰せられし」といふ。「立たる…」は、立ったのはどこだの意、「立てる…」は、立っているのはどこだの意で、前者では、当世の歌としては古語に過ぎ、後者では理に勝ち過ぎて歌の品格が劣るとする。

頼政…(三〇八上22)　別雷社歌合(治承二・三・一五)三番「霞をや煙とみらん武蔵野の妻もこもれる雉子鳴く也」の歌。俊成判に「右歌…上の句も素性が、花とやみらむ…といへる歌とおぼえていとをかしく侍り」とある。

古今の…(三〇八下6)　三句「折りければ」「居りければ」の両説あり、俊成・定家は前者をとる。「古今の歌には」の限定も、そのあたりによるか。

水くゞる(三一一上23)　古今集では川水をくくり染めにする意であるが、顕註密勘に「紅の木の葉の下を水の潜りて流るるを言ふ歟」とあり、俊成も同様に解していたかと思われる。

あまりにぞ…(三一一下23)　「立ち別れ往(い)ぬ」と「因(な)幡」、「峰に生ふる松(まつ)」と「待(ま)つ」のように掛詞でつないでゆく技巧が目に立つが、破綻を見せないことを評する。

歌の本体(三一二上11)　歌のまことの姿。民部卿家歌合跋・慈鎮和尚自歌合跋にも、業平の「月やあらぬ」(67)とともにあげ、古今集中最高の秀歌と俊成は考えていた。

後撰には…(三一五下9)　袋草紙に「或人云、古今には題不レ知読人不レ知、後撰には題不レ知読人も、拾遺には題読人不レ知。如レ此書云々。然而末代本不二必分別一。是展転書写之失歟」とし、天福本奥書に「世間久云伝之説」として、同様の説をあげ、「亡父命云、此説不レ定事也。被レ書二進院一之本、皆如二古今一。如レ此事只後人之所レ称歟」とある。定家本のうち、俊成本に近いと思われる中院本(無年号本—正安二年奥書本—)では、「題しらず読人しらず」、その他諸本は「題不知読人も」に統一されている。

末の世の人の…(三一九上15)　公任以下貫之第一の秀歌と考えられており、この秀歌が、古今・後撰に洩れたことについて、諸説があった。拾遺抄註には「俊成の義には、貫之、桜ちる…の歌は承均法師が歌に似たる故に古今には不レ入と云々」とある。俊成は、貫之最高の秀歌としては、「結ぶ手の」(三一二頁上)を考えていた。

秀句…(三一九下9)　闇から暗きと続けて倉梯山にかけ、暗き心より「おぼつかなく」と続けた、あまりにも技巧的な手法をさしていう。

この二つの…（三二〇上5） 高遠の問に答えて公任が両首を批判し、「貫之が歌はさせる言葉のよせもなくうるはしく言ひ流したり。御歌〈切原の歌〉は…詞のよせ巧みなる故に、貫之が歌には劣りて候なり」といった旨、西公談抄に伝えるのに対し、俊成は同等に評価している。

優（三二〇上15） 風流・上品で、同類の「艶」「やさし」より更に純化された美。俊成の歌合判詞に多く見られる。

あはれ…（三二〇下2） しみじみとした感動を与える歌。秋の暮れゆくにつけても老の数添ふ歎きをよんでいる。

これひとつの姿なり（三二〇下13） 再撰本は、次に「期などはうちまかせぬ歌の詞なれど此の歌にとりていとをかしかるべし」とあり、僻案抄には「期、うち任せたる歌の詞にあらねども、かやうにつかふ事もあり」と注する。

秀句…（三二一上18） 拾遺抄註に「世に経れは振るにそへたり。なるにやは鳴るにそへたり。六条修理大夫顕季卿被レ申けるは、和歌に秀句よむは次ごと也。たとい読とも可レ随レ便なり。たとへば路をゆかむに、そばより秀句の来てとりつかむとよむべし。わざと秀句もとめにとて、藪へ横入ることあるべからず。秀句は此の歌の様によむべしとて、此の鈴鹿山の歌をぞ被レ出之由、故左京兆顕輔卿常に語られ侍りし」とある。俊成は、この歌も少し過ぎたる秀句と見ている。

冥きより…の歌（三二一下5） 法華経の化城喩品「従レ冥入二於冥一永不レ聞二仏名一」による。俊秘に、公任は「津の国のこやとも人をいふべきに…」（後拾遺六九一、三一八頁上）の方がすぐれている旨答えたことが見えるが（→三二八頁頭注）、無名抄には、その話をあげ、「打聞くにたけもあり、艶にも聞えて景気浮ぶ歌」としてこの歌を式部第一の秀歌とする。

さ夜深き…の歌（三二五上9） 難後拾遺に、「水は手にこそむすべ、袖してやはいかがあらん、またむすばぬとはよむぞかしとはいふべけれど、あるべきことをこそさもいはぬと、おぼゆるはいかが」とある。顕昭は、後拾遺抄註に、この経信の難を否とし、「これは水をむすぶ折にのぞめてむすばぬ折もすずしと読む也」とする。

萩が花摺り（三二五上18） 万葉二一〇一・催馬楽（更衣）による歌語。「花のうつりたるが摺れるやうに見ゆるなり。又萩にてするともよめり」（奥義）と考えられていたが、後説は、榛をはぎと誤読したことにより生じたものである。

氷のくさび（三二六上9） 後拾遺抄註に「石間の氷をくさびとよめり。古歌にはよまぬことなり。蓬が杣、氷のすさび、曾丹が読いでたる似せごとどもなり」とある。狭衣（巻四）に「氷のくさび固めたらむ頃ほひはいかがと心細げなる様限りなし」と見える。

逢ふまでと…の歌（三二七下12） 袋草紙に、能因が衣かぶりして、ひそかに入り、敵方のこの歌を講じ出したのを聞き、とても自分の歌の敵でないと感心して退出した逸話がある。五代勅撰に「此歌終句にけれ〳〵とあり。病歟。雖レ然為二秀歌一故歟。其座無二沙汰一勝り。命といのりとを又病と云ふ人あり。其僻事也」と見える。

難波江の…の歌（三三五下17） 再撰本に「このうたいみじくおかしき歌也。これは拾遺集に、菅原文時歌に、「水のおもに月のしづむをみざりせばわれひとりとや思はてまし」（三二一頁上）といへる歌をいますこし優にひきなして見え侍なり。この歌はむかしの歌にもはぢざる歌なり」とある。顕昭注に、文時の歌を引き「世以称二秀逸一」としている。

夕されば…の歌（三三八上4） 無名抄に俊恵が「御詠の中にはいづれをか優れたりと思す…」と尋ねたのに対して「是をなん身にとりては、おもて歌と思ひ給ふる」と答えた話が見える。慈鎮和尚自歌合に、「ただ伊勢物語

(一一二三)に深草の里の女の鶉となりてといへる事を、始めてよみて侍しを、かの院もよろしき御けしき侍りしばかりに注し申て侍りしを」とその作意を自ら説き明している。後葉集・続詞花集・今撰集・月詣集等には採り入れられることなく、無名抄によると、俊恵も、俊成のこの自讃歌のもつ意義を理解していなかった。

無名草子

北川忠彦校注

〔一　いとぐち〕

八十余り三歳の春秋いたづらにて過ぎぬる事を思へばいと悲しく、たま〳〵*人と生まれたる思ひ出に、後世の形見にすばかりの事なくて*やみなん悲しきに、髪を剃り衣を染めて、わづかに姿ばかりは道に入りぬれど、心はたゞ*そのかみに変はる事なし。歳月の積りに添へていよ〳〵昔は忘れ難く、ふりにし人は恋しきまゝに、人知れぬ忍び音のみ泣かれて、*苔の袂乾く世なき慰めには、花籠を臂に掛けて、朝毎に露を払ひつゝ野辺の草むらに交りて花を摘みつゝ、仏に奉るわざをのみしてあまた年経ぬれば、いよ〳〵*頭の雪積り、*面の浪も畳みていとゞ見ま憂くなり行く鏡の影も、我ながら疎ましければ、人に見えむ事もいとどつゝましけれど、道のまゝに花を摘みつゝ東山わたりをとかく*かゝづらひ歩く程に、やう〳〵日も暮れ方になり、たち帰るべき住処も遙けければ、いづくにても行き止まらむ所に寄り臥しなむと思ひて、*「三界無安猶如火宅」と口ずさみて歩み行く程に、*最勝光院の大門明きたり。嬉しくて歩み入るまゝに、御堂の飾り・仏の御様などいとめでたくて、浄土もかくこそと、いよ〳〵*そなたに進む心も催さるゝ心地して、昔より古き御影▽ども多く拝み奉りつれど、かばかり御心に入りたりける程見えで、かねの柱玉の幢を始め、*障子の絵まで見どころあるを見侍るにつけても、〔建春門院は〕まづこの世の御幸ひも極め、又後の世もめでたくをはしましけるよと、羨ましく伏し拝みて立ち出で、西様に赴きて、京の方へ歩み行くに、都の内なれどこなた様は*むげに山里めきて、いとをかし。

人と生まれたる思ひ出に　人間と生まれた喜びの記念に。その記念のため仏道に入ったというところに中世の時代相を感じさせる。
やみなん　この世を終えること。
そのかみ　仏道に入る前。俗人であった頃。　**苔の袂**　粗末な僧衣。
頭の雪　白髪。　**面の浪**　顔のしわ。
かゝづらひ歩く程　たどり歩くうち。
三界無安…　法華経譬喩品の句。
最勝光院　高倉天皇の御母建春門院平滋子の御願寺。東山の麓、今の南禅寺の辺にあったという。承安三年十月二十一日落慶供養(玉葉)、元暦二年七月九日地震にて破損(吾妻鏡)、嘉禄二年六月四日焼亡(明月記・百錬抄)。　**そなた**　仏の世界。
障子の絵　ふすまの飾りの絵。藤原隆信らの手になる(玉葉、承安三・九・九)。隆信は藤原定家の異父兄。『うきなみ』の作者。→三八八頁
むげに　まったく。
死出の山路の友　郭公を冥途へのしるべの鳥とするのは、「夏は郭公を聞く。かたらふごとに死出の山路を契る」(方丈記)や、次の和歌の例をみてもわかるように、当時の一般的な考え方であった。
おちかへり　来年再び、の意。この歌は平安末期の歌人待賢門院堀川の「この世にて語らひおかん郭公死出の山路のしるべともなれ」(新後撰集雑下。山家集七四三にも引用)による。

五月十日宵の程、日頃降りつる五月雨の晴間待ち出で夕日きはやかにさし出で給ふもめづらしきに、郭公さへともなひ顔に語らふも、*死出の山路の友と思へば、耳とまりて、

*おちかへり語らふならば郭公死出の山路のしるべともなれ

*とうち思ひ続けられて、こなた様には人里もなきにやとはる〴〵見渡せば、*稲葉そよがむ秋風思ひやらるゝ早苗、青やかに生ひ渡りなど、むげに都遠き心地するに、いと古らかなる檜皮屋の棟、遠きより見ゆ。いかなる人の住み給ふにかとあはれに目留まりて「やう〳〵歩み寄りて」見れば、築土も所々崩れ、門の上なども荒れて人住むらむとも見えず。たゞ寝殿・対・渡殿などやうの宿も少々▽いと*ことすみたる様なり。庭の草もいと深くて、*光源氏の露分け給ひけむ蓬も所得顔なる中を分けつゝ、中門より歩み入りて見れば、南面の庭いと広くて、呉竹植ゑ渡し、卯の花垣根など、まことに*郭公蔭に寄られぬべく山里めきて見ゆ。前栽*むら〳〵いと多く見ゆれど、まだ咲かぬ夏草の茂みいとむつかしげなる中に、*撫子、*長春花ばかりぞ、いと心地よげに盛りと見ゆる。軒近き*若木の桜なども、花盛り思ひやらるゝ木立をかし。南面の中二間ばかりは、持仏堂などにやと見えて、紙障子白らかにたて渡したり。不断香の煙けぶたきまで燻り満ちて、名香の香など香ばし。まづ仏のおはしましけると思ふもいと嬉しくて、花籠を臂にかけ、檜笠を首に*つらされながら、縁の際に歩み寄りたれば、寝殿の南東とすみ二間ばかり上がりたる御簾の内に、箏の琴の音ほの〴〵聞ゆ。

いと*心にくゝゆかしきに、若やかなる女声にて、「いとあはれなる人の様かな。さ程の年にいかばかりの心にていと見苦しげなるわざをし（たまふ）給ぞ。*小野小町が臂に掛けけむ筐より

うち思ひ続け　感懐を和歌に託して詠むこと。　**稲葉そよがむ…**　古今集秋上、読人不知「昨日こそ早苗とりしかいつの間に稲葉そよぎて秋風の吹く」による。　**ことすみたる**　すがすがしい、という程の意か。あるいは「ことそぎたる」（質素な）の誤写か。　**光源氏の**　源氏物語『蓬生』の記事による。→三五七頁　**郭公蔭に寄られぬべく**　紫影本・八洲本には「蔭に隠れぬべし」とある。古来卯の花と郭公の取合せは多いが、「卯の花は…郭公の蔭に隠るらんと思ふに」（枕草子「木の花は」）、「鳴く声をえやは忍ばぬ郭公はつ卯の花の蔭に隠れて」（新古今集夏、柿本人麿）等によれば卯の花の影に隠れるという言い方があったらしく、その点からみればこれら他本の本文をとるべきか。　**むら〳〵**　ところどころに茂っているさま。　**撫子**　石竹。　**長春花**　きんせん花。　**若木の桜**　源氏物語『須磨』の記事によるか。若木の桜を植えるのは仏に寄せる心の表現でもある。　**つらされながら**　つるしながら。　**心にくゝ**　心がひかれて。　**小野小町が…**　玉造小町壮衰書に「左臂懸ニ破筐…筐入何物、野青蕨薇」とあり、それにもとづいて小野小町を主人公にした謡曲『卒都婆小町』『通小町』にも籠を持つ姿が描かれている。

はめでたし」など言ふ人あり。「阿私仙に仕へけん太子の御心よりも有難くこそ覚ゆれ」など言ふより始め、同じ程なる若き人三四人ばかり、いろ〳〵の生絹の衣・練貫などいと萎へばみたる着て、縁に出でたり。所の様かみさび古めかしかりつる程よりは目安き様なめるよなと見る。「昔の身の有様いかなりし人の果てぞ」などなつかしく問ひ尋ね合はれたれば、〔尼〕「いと疎ましげなる有様をおちにて見などもし給はで、むげに若き御程に慈悲深くものし給ひけるも、かゝる仏の御辺りにものせさせ給ふ御故にや侍らん」など言ひ始めて、「若くての身の有様、人々しく、そのものなど語り聞ゑん聞きどころありと思し召さるべき者にも侍らず。たゞ年の積りにはあはれにもおかしくもめづらしくも様々思し召されぬべきことを聞き詰めて侍りしかど、そも久しくなりてはか〴〵しくも覚えねば、いとかひなしや」と聞ゆれば、〔女〕「それこそは聞かまほしけれ。さて〳〵昔より身にありけん事も、聞き詰めけん世の事も、つゆ残らずこの仏の御前にて懺悔し給へ」と言へば、昔語はげにせまほしくて、花籠・檜笠など縁にうち置きて、勾欄に寄りかゝりぬ。

〔尼〕「人なみ〳〵の事には侍らざりしかども、数ならずながら十六七に侍りしより、皇嘉門院と申侍りしが御母の北政所に候ひて、讃岐院・近衛院などの位の御時、百敷の内も時々見侍き。さて失せさせ給ひしかば、女院にこそ候ひぬべく侍りしかども、なを九重の霞の洞に花を弄び、雲の上にて月をも眺めまほしき心あながちに侍りて、後白河院位におはしまし、二条院春宮と申侍りし頃、その人数に侍らざりしかど、自ら立ち馴れ侍りし程に、人にも許されたる馴れ者になりて、六条院・高倉院などの御代まで時々仕うまつりしかども、つくも髪見苦しき程になり侍りしかば、頭おろして山里に籠りゐ侍て、一部読み奉

阿私仙　釈迦の師。釈迦に苦行を強いた。

萎へばみたる　着馴れて柔らかになったもの。

目安き様…　感じがよいようだと。

おちにて見…　分け隔てもなさらないで。

仏の御辺りに…　仏の傍に生活していらっしゃる。

若くての身の有様…　若い頃のことを、人並みにこんなでしたとお話し申上げ、面白がっていただくような者でもございません。

久しくなりて　大分昔のことになって。

皇嘉門院　崇徳天皇中宮、藤原聖子。

藤原忠通
北政所(宗子)＝皇嘉門院
崇徳(讃岐院)＝皇嘉門院
懿子＝後白河―二条―六条
建春門院＝後白河―高倉
近衛

百敷　宮中。

失せさせ給ひしかば…　(久寿二年)北政所がなくなられたので、その御子である皇嘉門院にお仕えすべきであったのですが(門院は程なく保元の乱後落飾した)。

九重の霞の洞　仙洞御所。

雲の上　宮中。

あながちに　いちずに。

その人数に…　謙遜した言い方。

る事怠り侍らず。今朝とく出で侍りて、とかくまどひ侍りつる程に、今まで*懈怠し侍りにける」とて、首に掛けたる経袋より*冊子経取り出でて読みゐたれば、〔女〕「暗うてはいかに」などあれば、〔尼〕「今は*口慣れて、夜もたどる▽〳〵にて読まれ侍る」とて、一の巻の末つ方、方便品比丘偈などより、やう〳〵*忍びてうち上げなどすれば、いと*思はずに浅ましがりて、〔女〕「今少し近くてこそ聞かめ」とて縁に呼び上すれば、〔尼〕「いと見苦しく*かたはら痛く侍れど、法花経に*ところを置き奉り給はむを、強ひて否び聞えむも▽罪得侍りぬべし」とて縁に上りたれば、「同じくはこれに」とて、中門の廊に呼び上せて、畳など敷かせて据ゑられたり。「*十羅刹の御徳に*天上許され侍りにたり。まして後の世もいとゞ頼もしや」など聞えて、ところ〴〵うち上げつゝ読み奉る。〔女〕「いと思はずに憎などだにかばかり読むは*有難かめるを」とて、*若きおとなしき添ひゐて、七八人と居並みて、「今宵は*御伽して、やがてかくてゐ明かさむ。月もめづらし」など言ゐて集ひ合はれたり。一部読み果てゝ、「*滅罪生善」など数珠おし擦りて、〔尼〕「今は休み侍りなん」とて寄り臥しぬれど、この人々は*ゐて様々のそぞろ言ども言ひ、経のよきあしきなど褒め誹り、花・紅葉・月・雪につけても心々とり〴〵に言ひ合へるもいとをかしければ、つく〴〵と聞き臥したるに、三四人はなをゐつゝ物語をしめ〴〵とうちしつゝ、「さても〳〵何事かこの世にとりて第一に捨て難きふしある。各心に思されむ事を宣へ」と言ふ人あるに、

〔二　月〕

「花・紅葉を弄び、月・雪に戯るゝにつけても、この世は捨て難きものなり。*情なきをも、あるをも嫌はず、*心なきをも、数ならぬをも分かぬは、かやうの道ばかりにこそ侍ら

馴れ者　宮廷生活に通じた者。
高倉院などの御代まで　北政所の薨じた久寿二年から高倉天皇の退位した治承四年までで二十五年間。
つくも髪　老婆の白髪をいう。
一部　法華経一部八巻二十八品。
懈怠し　法華経の読誦を怠り。
冊子経　綴じ本形式の経。
口慣れて　読み馴れ暗記してしまって。　**忍びて**　小声で。
思はずに浅ましがりて　思いがけぬことで驚いて。　**かたはら痛く…**　恐縮ではございますが。
ところを置き…　敬意を表されてそう仰せられるのを、強いてお断りするのも却って罪なことになりましょう。
十羅刹　法華経を読誦する者を守ってくれる十匹の鬼。
天上　殿上をかけている。
有難かめるを　珍しいでしょうに。
若きおとなしき　若い女房や年たけた女房。
御伽して…　お相手しながら、このまま雑談しつつ夜明ししましょう。
滅罪生善　経文を誦し終ったあとで唱える言葉。
ゐて　なおそのままで。
情なき　風情を解しない者。
心なきをも…　心ない者と心ある者、数ならぬ者と数に入る者の区別もなく、感に打たれるのはこうした風雅の道においてだけでしょう。

め。＊それにとりて、夕月夜ほのかなるより、有明の心細き、折も嫌はずところも分かぬものは、月の光ばかりこそ侍らめ。春夏も、まして秋冬など月明き夜は、そゞろに心なき心も澄み、情なき姿も忘られて、知らぬ昔、今、行く先も、まだ見ぬ高麗・唐土も残るところなく、遙かに思ひやらるゝ事は、たゞこの月に向ひてのみこそあれ。されば＊王子猷は戴安道を尋ね、＊簫史が妻の月に心を澄まして雲に入けんもことはりとぞ覚侍る。＊この世にも月に＊心を深くしめたる例、昔も今も多く侍めり。＊勢至菩薩にてさへおはしますなれば、＊暗きより暗きに迷はむしるべまでもとこそ、頼みをかけ奉るべき身にて侍れ」と言ふ人あり。又、「げに「かばかり濁り多かる＊末の世までいかでかゝる光のとゞまりけん」と＊昔の契も忝く思ひ知らるゝ事は、月の光ばかりこそ侍るを、＊同じ心なる友なくて、たゞひとり眺むるは、いみじき月の光もいと＊すさまじく、見るにつけても、恋しき事多かるこそいとわびしけれ」。

〔三　文〕

又、「この世にいかでかゝる事ありけんとめでたく覚ゆる事は＊文こそ侍れな。＊枕草子に返す〴〵申て侍めれば、事あたらしく申に及ばねど、なをいとめでたきものなり。＊遙かなる世界にかき離れて幾歳あひ見ぬ人なれど、文といふものだに見つれば、たゞ今さし向ひたる心地して、＊なか〳〵うち向ひては思ふ程も続けやらぬ心の色も表はし、言はまほしき事をもこま〴〵と書きつくしたるを見る心地は、めづらしく、嬉しく、＊あひ向ひたるに劣りてやはある。つれ〴〵なる折、昔の人の文見出でたるはたゞその折の心地して、いみじく嬉しくこそ覚ゆれ。まして亡き人などの書きたるものなど見るは、いみじくあはれに、

それにとりて　それにつけて。
王子猷…　→補　**簫史が妻…**　→補
この世　我が国。
心を深くしめたる　感じ入った。
勢至菩薩　月の本地を勢至と考える説は法華文句記二下・天地本起経・百座法談に見え、謡曲『羽衣』『姨捨』にも同様の思想がうかがわれる。
暗きより暗きに　法華経化城喩品に「従レ冥入ニ於冥一、永不レ聞ニ仏名一」とあるが、ここは和泉式部の歌(→三九五頁)や狭衣物語三の「暗きより暗きにまどふ死出の山とふにぞかゝる光をも見る」等によるのであろう。
末の世　末法の世。当時においては釈迦入滅を紀元前九四九年とし、その二千年後、後冷泉天皇の永承六、七年頃から末法に入るという考え方が一般的であったようだ。
昔の契　阿弥陀如来が、観音を日とし勢至を月と化して人の世を照らさしめたことを、契りとみなしていう。
同じ心なる友　ともに風情を解する友。　**すさまじく**　興ざめで。
文　手紙ともみられるが、広義の、文章や書きつけたもの一般を指す。
枕草子に　「めづらしといふべきことにはあらねど」(能因本二二一段)の条、その他文のよさを説いたところは多い。
遙かなる世界　遠く隔った場所。
なか〳〵　かえって。
あひ向ひたる　じかに相対した。

歳月の多く積りたるも、たゞ今筆うち濡らして書きたるやうなるこそ返す〲めでたけれ。*何事もたゞさし向ひたる程の情ばかりにてこそ侍るに、これはたゞ昔ながらつゆ変はる事なきもいとめでたき事なり。いみじかりける*延喜・天暦の御時の古事も、唐土・天竺の*知らぬ世の事も、この文字といふものなからましかば、今の世の我らが片端もいかでか聞き伝へましなど思ふにも、なをかばかりめでたき事はよも侍らじ」と言へば、

〔四　夢〕

又、「*何の筋と定めて、いみじといふべきにもあらず、*あだにはかなき事に言ひならはしてあれど、夢こそあはれにいみじく覚ゆれ。遙かに*跡絶えにし仲なれど、*夢には関守も強からで、*もと来し道も立ち返る事多かり。*別れにし昔の人も、ありしながらの面影をさだかに見る事は、たゞ*この道ばかりこそ侍。上東門院の「*今はなきねの夢ならで」と詠ませ給へるも、いとこそあはれに侍な」と言ふ人あり。

〔五　涙〕

又、「*あまた、*世にとりていみじき事など申べきにはあらねど、涙こそいとあはれなるものにて侍れ。情なき武士の柔らぐ事も侍。*▽色ならぬ心の内表はすものは涙に侍り。いみじく*まめだちあはれなるよしをすれど、少しも思はぬ事には仮にもこぼれぬ事に侍るに、*はかなき事なれどうち涙ぐみなどするは、心にしみて思ふらむ程推し量られて、あはれに心深くこそ思ひ知られ侍れ。*亭子の帝の御使ひにて、*公忠の弁の、「*泣くを見るこそあはれなりけれ」と詠みけん、ことはりにぞ侍や」と言ふ人あれば、

〔六　仏〕

その折の　昔その文に接した時の。
何事も…　「文」以外の事はすべて、それに直面している間だけは情感も湧くが、時がたつと薄らいでしまう。
延喜天暦の御時　醍醐・村上両天皇の御世。後代から理想的な時代と評価されていた。　**知らぬ世**　見知らぬ世界。徒然草十三段の「灯のもとに文をひろげて、見ぬ世の人を友とする」につながる思想がみられる。
何の筋と定めて　どこがどうととり立てて。　**あだに**　空虚で。
跡絶えにし仲　（やむなく）縁を切った男女の仲。　**夢には関守も…**　夢の中では妨げる者もなく。「人知れぬ我が通ひ路の関守は宵々ごとにうちも寝ななむ」（古今集恋三）による。
もと来し道　昔の恋の思い出。
別れにし昔の人　死に別れた人。
この道　夢の中。
今はなきねの…　「逢ふ事を今はなきねの夢ならでいつかは君を又は見るべき」。→四〇〇頁
あまた世にとりて…　この世ですばらしいと言えるものをそう沢山あげられるものではありませんが。
色ならぬ…　表にそれとは出難い心のあや。　**まめだち**　誠実めかし。
はかなき事なれど　（右とは逆に）ほんのちょっとしたことなのに。
亭子の帝　宇多天皇。
公忠の弁　源公忠。三十六歌仙の一。
泣くを見るこそ　→補

又、「事あたらしく申べきにはあらねど、この世にとりて第一にめでたく覚ゆる事は阿弥陀仏こそをはしませ。念仏の功徳の要など、初めて申すべきならず。「南無阿弥陀仏」と申す事は返す〴〵めでたく覚え侍なり。人の恨めしきにも、世の侘びしきにも、ものの羨ましきにも、めでたきにも、たゞいかなるにつけても、強ゐて心にしみてもの覚ゆる慰めにも、「南無阿弥陀〔仏〕」とだに申つれば、いかなる事もこそとく消え失せて慰む心地する事にて侍。人はいかが思さるらむ、身にとりてはかく覚え侍れば、人の上にてもたゞ「南無阿弥陀仏」と申人はさ思ふならむと、心にくく奥ゆかしく、あはれにいみじくこそ侍れ。「左衛門督公光と聞えし人、本見馴れたる宮仕人の、異心など使ひけると聞きて後、たま〳〵行き逢ひて、今はその筋の事などつゆもかけず、大方の世の物語、内裏わたりの事ばかり、言少なにて、南無阿弥陀仏〳〵と言はれて侍りけるこそ、来し方行く先の事言はむよりも恥づかしく、汗も流れていみじかりしか」と語る人侍しか。まして後の世のため、いかばかりえうしにてか侍らむ」と言へば、又、「功徳の中に何事かをろかなると申す中に、思へど〳〵めでたく覚えさせ給ふは、法花経こそおはしませ。いかにおもしろくめでたき絵物語といへど、二三遍も見つればうるさきものなるを、これは千部を千部ながら聞くたびにめづらしく、文字ごとに初めて聞きつけたらん事のやうに覚ゆるこそ、浅ましくめでたけれ。「無二亦無三」と仰せられたるのみならず、「法花最第一」とこそあめれば、事あたらしくかやうに申すべきにはあらねど、さこそは昔より言ひ伝へたる事も、必ずさしも覚えぬ事も侍を、これはたま〳〵生まれ合ひたる思ひ出、たゞこの経に逢ひ奉りたるばかりとこそ思ふに、など源氏とてさばかりめでたきものに、この経の文字の

初めて　あらためて。
強ゐて心にしみて…　無性に心にかかって気になるのを晴らすためにも。
身にとりては　私としては。
さ思ふ　私と同じように思う。
左衛門督公光　千載・続古今・玉葉集に見える人か。それならば藤原氏。正二位権中納言に至る。治承二年没。この説話は他に見当たらないが、公光の名は謡曲『雲林院』や天正狂言本『きんみつ』に出る。説話の主人公として当時は知られていたのかも知れない。
本見馴れたる宮仕人　以前親しくて今はよそよそしくなったある女房。
えうし　要事・用事・益事など考えられる。いずれにしても大切なことの意であろう。
うるさき　わずらわしい。
文字ごとに　一文字一文字に。梁塵秘抄六八「法華経八巻は一部なり、ひろげてみたればあなたふと、文字ごとに…読む人聞く者皆仏」。
浅ましくめでたけれ　驚異的なことです。
無二亦無三　法華経方便品の中の文句。法華経は他にかけがえのない、唯一無二のものである、の意。
法花最第一　法華経法師品中の語。
さこそは　とは言っても。
これは　法華経を指す。
思ひ出　喜び。

*一偈一句おはせざるらむ。何事か作り残し、書き漏らしたる事一言も侍。これのみなん第一の難と覚ゆる」と言ふなれば、あるが中に若き声にて、「紫式部が法花経を読み奉らざりけるにや」と言ふなれば、「*いさや、それにつけてもいと口惜しくこそあれ。あやしの▽我らだに、*後の世の為はさるものにて、人のうち聞かむも情後れて覚えぬべきわざなれば、あながちにしても読み奉らまほしくこそあるに、*さばかりなりけん人、いかでかさる事あらむ」など言へば、又、「*さるは、〔式部は〕いみじく道心あり、後世の恐れを思ひて、朝夕*行ひをのみしつゝ、*なべての世には心も留まらぬ様なりける人にやとこそ見えためれ」など言ひ始めて、

〔七　源氏物語〕

「さてもこの源氏作り出でたる事こそ、思へど〳〵*この世一ならずめづらかに覚ゆれ。まことに仏に申請ひたりける験にやとこそ覚ゆれ。それより後の物語は、思へばいと易かりぬべきものなり。*かれを才覚にて作らむに、源氏にまさりたらむ事を作り出だす人もありなん。わづかに宇津保・竹取・*住吉などばかりを物語とて見けん心地に、さばかりに作り出でけん、凡夫のしわざとも覚えぬ事なり」など言へば、又*ありつる若き声にて、「未だ▽見侍らぬこそ口惜しけれ。かれを語らせ給へかし。聞き侍らむ」と言へば、「さばかり*多かるものを、*諳にはいかゞ語り聞えん。本を見てこそ言ひ聞かせ奉らめ」と言へば、〔若い女〕「たゞまづ今宵仰せられよ」とて*ゆかしげに思ひたれば、〔他の人々〕「げにかやうの宵つれ〴〵慰めぬべきわざなり」など*口々言ひて、

〔イ　巻々の論〕

「巻々の中にいづれかすぐれて心にしみてめでたく覚ゆる」と言へば、

一偈　韻を踏んだ句。
いさや　さあ、それは明確には申せませんが。
後の世の為は…　後世のためというだけでなく、世間体ということでも読誦しようと思うのに、の意。
さばかりなりけん　紫式部ほどの。
さるは　実はそれと反対に。
行ひ　仏道修行。
なべての世　俗世。
この世一ならず　現世の力だけで出来たのではなく、前世からの縁による、の意。この考え方は和泉式部の条（三九五頁）にも見られる。
かれを才覚にて　源氏を規範として。
住吉　古本住吉物語。平安時代前期の成立と思われる。この程度のものしか物語らしいものがなかった時代に、一挙にあれ程の名作を作ったということは。
ありつる若き声　例の若い人の声。「紫式部が法花経を読み奉らざりけるにや」と言った女。
多かるもの　大変な分量の物語。
諳には　手もとに本もなくて。以下の本文の記述からみても、無名草子の作者は、各物語を座右において書いたのではないようである。
ゆかしげに…　聞きたそうな様子がうかがえるので。
口々言ひて　他の女房たちも皆々同じように言うので、源氏通の女房もそれではと以下のように語り始める。

「『桐壺』に過ぎたる巻やは侍べき。「いづれの御時にか」とうち始めたるより、源氏*初元結の程まで、*言葉続き有様を始め、あはれに悲しき事この巻にこもりて侍ぞかし。『帚木』の雨夜の品定め、いと見どころ多く侍めり。『夕顔』は一筋にあはれに▽心苦しき巻にて侍▽めり。『紅葉賀』『花宴』、とりどりに*艶におもしろく、えも言はぬ巻々に侍べし。『葵』、いとあはれにおもしろき巻なり。『賢木』、*伊勢の御出で立ちの程も艶にいみじ。〔桐壺〕院隠れさせ給ひて後、藤壺の宮*様変へ給ふ程などあわれなり。『須磨』、あはれにいみじき巻なり。京を出で給ふ程の事ども、旅の御住居の程などいとあはれにこそ侍れ。『明石』は*浦より浦に浦伝ひ給ふ程。又、浦を離れて京へ赴き給ふ程。

〔源氏〕都出でし春の歎きに劣らめや年経る浦を別れぬる秋

などある程に、*都を出で給ひしは、いかにもかくてやむべき事ならねば、又立ち帰るべきものと思されけんに、多くは慰み給ひけん。この浦は「又は何しにかは」と限りに*思しとぢめけん程、ものごとに目留まり給ひけん、ことわりなりかし。『蓬生』、いと艶ある巻にて侍る。『朝顔』、紫の上の*もの思へるがいとをしきなり。*十七の並びの中には、『初音』『胡蝶』などはおもしろくめでたし。『*野分』の朝こそ、様々見どころありて艶にをかしき事多かれ。『藤裏葉』、いと心ゆき嬉しき巻なり。『若菜』の上・下共に*うるさき事どもあれど、いと多くて見どころある巻なり。『柏木』の右衛門督の*失せ、いとあはれなり。『御法』『幻』、いとあはれなる事ばかりなり。*『宇治のゆかり』は『*小島』に様変はりて、言葉遣ひも何ともあれど、宮の失せを始め、中の君などいといとをし」など口々に言へば、

初元結　元服。『桐壺』末尾の記事。
言葉続き有様　文章と表現。
艶　優雅にして花やかさを表わす美。
伊勢の御出で立ち　六条御息所が、娘に付添って伊勢へ下ること。
様変へ給ふ　仏門に入られる。
浦より浦に…　須磨から明石へ移った時の歌「遥かにも思ひやるかな知らざりし浦よりをちに浦伝ひして」による。
都を出で…　かつて都を出られた時は、まさかこのままで終ることはなく、いずれまた帰洛するはずだと思われたろうから、慰む気持もおありだったろう。それに対し今の浦の別れは。
思しとぢめ　思い込み。
もの思へる　源氏が心を寄せていた朝顔に対し紫上が嫉妬すること。
十七の並び　十七は『玉鬘』のこと。筋立ての上でそれに並行する『初音』から『真木柱』までの巻。
野分の朝こそ　→三六八頁。枕草子「野分のまたの日こそ」などもふまえた書きぶりのようである。
うるさき事ども　朱雀院の出家、女三宮の降嫁、明石女御の出産、柏木の密通等、事件が特に盛り沢山に過ぎることをいう。
失せ　死亡。
宇治のゆかり　宇治十帖の前半を指すか。
小島　同じく後半を指すか。
我から心用ひ　切なる自制心をいう。
心にくくいみじ　ねたましい程心がひかれる。
内侍のかみ　尚侍。

〔ロ　女の論――めでたき女、いみじき女〕　この若き人、「めでたき女は誰々か侍」と言へば、「桐壺の更衣、(藤壺)の宮、葵の上の我から心用ひ。紫の上さらなり。明石も心にくゝいみじと言ふなり。又、いみじき女は朧月夜の内侍のかみ。源氏流され給ふもこの人のゆゑと思へばいみじきなり。「いかなる方に落つる涙によ」など、帝の仰せられたる程などもいといみじ。朝顔の宮さばかり心強き人なめり。世にさしも〔源氏に〕思ひ初められながら、心強くてやみ給へる程、いみじくこそ覚ゆれ。空蟬もそれもその方はむげに人わろき。後に尼姿にて交らひゐたる、また心づきなし」など言へば、「空蟬は源氏にはまことにうちとけず、うちとけたりと、様々に人の申はいかなる事にか」と言ふ人あれば、「『帚木』にいふ、『何〔と〕てうちとけざりけり』とは見えて侍るものを、あしく心得て、さ申す人々も時々侍なめり」と言ふ。「宇治の姉宮〔大君〕こそ返すぐ\いみじけれ。又、六条の御息所の中将こそ宮仕へ人の中にいみじけれ。

〔好もしき人〕　好もしき人は、花散里。何ばかりまほならぬかたち有様ながら、めでたき人々に立ち交りて、をさ〱劣らぬ世覚えにて、まめ人の大将〔夕霧〕子にしなどせられたるが、好もしくいみじきなり」と言へば、又、「まめ人をば養君にぞして侍らん。さばかりめでたかりし葵の上の御腹の君も、など人わろき後の親をば設け給ふべき」とていと腹立たしげなめれば、誰もうち笑ひぬ。

又、「『末摘花好もし』と言ふ」とて、にくみ合せ給へど、大弐の誘ふにも心強く靡かで、死にかへり、昔ながらの住居改めず、つひに待ちつけて、『深き蓬のもとの心を』とて分け入り給ふを見る程は、誰よりもめでたくぞ覚ゆる。みめより始めて、何事もなのめなら

いかなる…　『須磨』の本文による。日本古典文学大系本(二)三八頁参照。

世に…　世にも稀な程激しく。

その方は…　朝顔の宮同様、気強いという点では、甚だ人目悪い程です。

後に…　『玉鬘』や『初音』で尼姿のまま源氏の邸に引きとられていることを指す。　**心づきなし**　興をそぐ。

まことにうちとけず…　心から源氏が好きでなかったのだ、いや本当は好きだったのだと。　**何とて…**　この文、現存の『帚木』にない。作者の記憶違いか。

あしく心得て　誤って解釈して。

六条の御息所の中将　御息所付きの女房。三六七頁に再度詳しく出る。

何ばかりまほならぬ　どこがよいとも特に言えぬ。余り美人でないこと。

世覚えにて　世間の評価を得て。

子にし　花散里が源氏からその子夕霧を預けられること。　**さばかり…**　美人の葵上の子を不美人の花散里が養い子にしたことを不満とした言葉。

末摘花好もし…　私が末摘花びいきだと、あれこれ言われますが。

大弐…　叔父の大弐が末摘花を九州へつれて行こうとしたこと。

死にかへり　死ぬ程強く思いつめて。

深き蓬の…　『蓬生』における末摘花再訪の折の源氏の歌による。→三六八頁。　**みめより始めて…**　容貌、家柄、生活状態、何一つよいところのないことをいう。

む人の為には、さばかりの事のいみじかるべきにも侍らず。その人柄には仏にならむよりも有難き宿世には侍らずや。六条の御息所はあまりに物怪に出でらるゝこそ恐しけれど、人様いみじく心にくく好もしく侍なり。御子の〔秋好〕中宮も我から心用ひなどいといみじく、心にくき人の中にもまぜ聞えつべきが、などやらむ嫉ましきは、源氏の大臣のあまりにもてなし給ふが心づきなかるべし。

玉鬘の姫君こそ好もしき人とも聞えつべけれ。みめかたちを始め、人様心ばへなど、いと思ふやうによき人にておはする上に、世にとりてとり〳〵におはする大臣達二人ながら左右の親にて、いづれも愚かならず数まへられたる程、いとあらまほしきを、その身にては、たゞ内侍のかみにて冷泉院などに思し時めかされ、さらずは年頃心深く思し入りたる〔螢〕兵部卿宮の北の方などにてもあらばよかりぬべきを、いと心づきなき髭黒の大将の北の方になりて、隙間もなく守りいさめられて、さばかりめでたかりし後の親も、見奉る事は絶えて過す程ぞいといぶせくややましき。また、いと物はかなかりし夕顔のゆかりともなく、あまりに誇りかにさか〳〵しくて、「この世にかゝる親の心は」など言へるぞ、あの人の御様にはふさはしからず覚ゆる。また、筑紫下りもあまり品くだりて覚ゆる。されど大方の人様は好もしき人なり。

〔いとほしき人〕　いとほしき人、紫の上。限りなくかたびかしく、いとをしく、辺りの人の心ばへぞいとにくき。父宮を始め、祖父の僧に至るまで思はしからぬ人々なり。継母などの心ばへさるべき仲なれど、さばかりになりぬる人の為に、いとさしもやはあるべき。

夕顔こそいといとをしけれ。母にも似ず、いみじげなる女持ちたるは、その人の有様に

あまりに物怪に…　『夕顔』『葵』『若菜』下等。　**我から心用ひ**　自制心。
心づきなし　好ましさを与えない。
世にとりて　時めいて。
大臣達二人　仮親と実父が太政大臣（源氏）と内大臣（頭中将）であること。
数まへられ　扱われ。　**その身にては**　そうした環境にある人ならば。
守りいさめられ　監視され。
ややましき　心痛む。他本「心やましき」。　**夕顔のゆかり…**　夕顔の遺子らしくもなく。
さか〳〵しくて　しっかり者で。
この世にかゝる　『螢』で玉鬘が源氏に返した歌「ふるきあとを尋ぬれどげになかりけりこの世にかゝる親の心は」。大系本㈡四三四頁参照。
あの人　夕顔のゆかり。　**筑紫下りも…**　末摘花への評価と対照的。
かたびかしく　肩入れしたくなる。
いとにくき　周囲の人が紫上に冷淡であったことを非難している。
祖父の僧　実は祖母の兄。北山僧都。
継母　紫上の父兵部卿宮の後妻。
さるべき仲なれど　継母継子の仲が冷たくなるのは当然であるものの。
さばかりになりぬる人　源氏の君の北の方と呼ばれる程になった人。
母にも似ず　日蔭の女夕顔と華麗なる玉鬘の対照を言ったのである。
やみなむこそ　死に失せてこそ。
忍びどころもあらめ　思い出される。　**もの思はしげ**　印象づけられる。

はさらでもありぬべき。かやうならむ人は、たゞ跡形もなく*やみなむこそ今少し*忍びどころもあらめ。

まめ人の大将の北の方、藤の裏葉の君、むげに優に艶ある様ならむとぞ見えざめれど、何となく幼くよりいとをしき人に思ひ初めてし人なり。

宇治の中宮〔中君〕こそいといとをしけれ。初めはいとさしも覚えざりしかど、〔匂〕兵部卿宮、まめ人の婿になりて、*もの思はしげなるがいとをしきなり。まして「*かばかりにてやかけ離れなん」など言へるところは、見るたびに涙も止まらずこそ覚ゆれ。

女三宮こそいとをしき人とも言ひつべけれど、「*袖濡らせとや蜩の」と詠みて、「*月待ちてもといふなるものを」などある程はいと*心苦しきを、あまりに*いふかひなきものから、さすがに色めかしきところのおはするが心づきなきなり。かやうの人は、一筋に*子めかしくおほどきたればこそらうたけれ。*浅ましき文、大殿に見ゆる事も、その御心のしわざぞかし。さる事ありと思さむには、〔源氏が〕とゞまらむをだに強ひてそのかし出だしてむとぞ思さるべきを、*さかしらに心苦しげなる事ども言ひ、とゞめて、*さる大事をばひき出だし給へるぞかし。

手習の君、これこそ*にくき者とも言ひつべき人。様々身を一方ならず思ひ乱れて、

〔浮舟〕鐘の音の絶ゆる響に音を添へて我が世つきぬと君に伝へよ

と詠みて、身を捨てたるこそいとをしけれ。〔匂〕兵部卿宮の御事聞きつけて、薫大将、

*波越ゆる頃とも知らで末の松待つらむとのみ思ひけるかな

と宣へるを、「*所違へならむ」とて*結びながら返したる程こそ心まさりすれ」。

中君の夫の匂宮が夕霧の娘六の君と結婚して、中君が悩むことを指す。
かばかりにてや 『宿木』で中君が匂宮を咎める歌による。→三六九頁
袖濡らせとや… 『若菜』下で、帰ろうとする源氏に詠みかけた歌「夕露に袖濡らせとやひぐらしの鳴くを聞く聞く起きて行くらん」。大系本㈢三九一頁参照。
月待ちてもと… 女三宮が源氏に言った言葉。物語本文は「月待ちてとも」。 **心苦しきを** 同情されるもの。 **いふかひなきものから…** ふがいないくせに、その反面色欲に弱いところのおありなのが不快です。
子めかしく… うぶでおっとりしているからこそ可愛いのです。
浅ましき文 柏木からの恋文。
さかしらに 才女ぶって。
さる大事 右のように言って源氏を無理に引きとめた翌朝、柏木から女三宮あての文を源氏に拾われたこと。
にくき者 「にくし」は非難の意か、或いは逆に「心にくし」の意か、明確でない。しかし全体としては浮舟には「いとほし」の評を与えているようだ。
波越ゆる 匂宮が浮舟に言い寄ったことを寓する。 **所違へならむ** 相手違いでしょう。この辺『浮舟』の本文による。大系本㈤二五八頁参照。
結びながら 元通りに結び文にして。

〔八　男の論〕　又、例の人、「男の中には誰々か侍」と言へば、「源氏の大臣の御事はよしあしなど定めむも、いと*事あたらしくかたはら痛き事なれば、申すに及ばねども、*さらでもと覚ゆるふし〴〵多くてぞ侍。まづ、*大内山の大臣(とは)、若くより互に隔てなくて慣れ睦び思ひ交して、雨夜の御物語を始め、

〔頭中将〕*もろともに大内山を出でぬれど行く方見せず十六夜の月

と言へる、又、*源内侍のすけのもとにて太刀抜きて脅し聞えし様の事は言ひつくすべくもなし。何事よりも、さばかり煩はしかりし世の騒ぎにも*さはらず、須磨の御旅住みの程尋ね参り給へりし心深さは、世々を経とも忘るべくやはある。それを思ひ知らず、よしなき*取り女して、かの*大臣の女御と挑み*きしろはせ給ふ、いと心憂き御心なり。*絵合の折、須磨の絵二巻取り出でゝ、かの女御負けになし給へるなど、返々口惜しき御心なり。又、須磨へおはする程、さばかり心苦しげに思ひ入り給へる紫の上も具し聞えず、せめて心澄まして*一筋に行ひ勤め給ふべきかと思ふ程に、明石の入道が婿になりて、日ぐらし琵琶の法師と向ひゐて、琴弾きすましておはする程、*思ど心なし。又、様々なりし御事*鎮まりて、今は*さる方に定まり果て給ふかと思ふ*世の末に、立ち帰りて女三宮設けて若やぎ給ふだに*つきなきに、〔柏木〕(右)*衛門督の事見あらはして、さばかり怖ぢ憚りまうでぬものを、強ひて召し出でてとかく*言ひまさぐり、果てには睨み殺し給へる程、むげにけしからぬ御心なりかし。すべてかやうの方に*づしやかならぬ御心の後れ給へりけるとぞ覚ゆる。

〔蛍〕兵部卿宮、さしもその、*事のよしあしなどは覚えぬ人の、源氏の大臣の御兄弟いと多かる中に、とりわき御仲よくて、何事もまづ聞え合はせ給ふ、いと心にくきなり。*玉鬘

事あたらしく　改まり過ぎて。
さらでもと覚ゆる　以下故意に欠点の面ばかり挙げている。
大内山の大臣　頭中将。
もろともに　『末摘花』で頭中将が源氏の浮気をかぎつけた時の歌。大系本㈠二四一頁参照。物語本文「大内山は出でつれど入る方見せぬ」。
源内侍のすけの…　『紅葉賀』で頭中将が戯れて源氏を脅したこと。大系本㈠二九五頁参照。これらいずれも二人が「慣れ睦」んだ例である。
さはらず　意に介せず。
取り女　養女。六条御息所の遺子前斎宮。
大臣の女御　頭中将の娘弘徽殿。
きしろはせ　競争させ。
絵合の折　大系本㈡一八四頁参照。
一筋に…　ひたすら仏を念じて過されるかと思いのほか。
思ど心なし　「思ど」は「思へば」の誤りか。他本「むげにおもひ所なし」。
鎮まりて　落着して。
さる方に定まり　女性関係もきちんと治まり。
世の末　晩年。
つきなきに　年がいもないのに。
右衛門督の事　柏木と女三宮の密通事件。
言ひまさぐり　言い立てなぶって。
づしやかならぬ…　軽率なお心という点では他に劣っていらっしゃる。
事のよしあし…　どこがよいとか悪いとかを感じさせない平凡な人だが。

の御事えしえ給はぬむげに心後れたる。
大内山の大臣いとよき人なり。まして須磨へ尋ねおはしたる程など返す〴〵めでたし。まめ人〔夕霧〕をいたく*侘びさせたるこそ恨めしけれど、そもことわりなりや。*名残なく思ひ弱りて〔二人の仲を〕許す程などは、いとよくこそせられためれ。

まめ人の大将、若き人ともなくあまりに*美はしだちたるはさう〴〵しけれども、づしやかなる方は大臣にもまさり給へり。様々聞ゆる事どもにも靡かで、*藤の裏葉のうらとけ給ふを、心長く待ちつけ給へる程有難し。女だにさる事はいかでかはとぞ覚ゆる。さていと思ふやうに住み果て給ひたる世の末になりて、よしなき*落葉の宮設けて、まめ人の名を改め様▽変はり給ふぞ、思はずなるや。

柏木の右衛門督、初めよりいとよき人なり。*岩漏る中将など言はれし程より、藤の裏葉▽のうらとけし程などもいとをしかりし人の、女三宮の御事のさしも命に換うばかり思ひ入りけんぞ*もどかしき。〔夕霧と〕もろともに〔女三宮を〕見奉り給へりしかど、まめ人はいでやと*心劣りしてこそ思へりしに、〔柏木は〕さしも心にしめけんぞいと心劣りする。*紫の上はつかに見て、野分の朝眺め入りけんまめ人こそいといみじけれ。*失せの程、いとあはれにいとほしけれど、そもあまり身の程思ひ屈じ、*人わろげなるぞさしもあるべき事かはとぞ覚ゆる。

その弟の*紅梅の大納言といふ人、韻塞ぎの折、「高砂」謡ひしより始め、弁少将などいひて、『藤裏葉』に「*葦垣」謡ひし程なども、いと*いたかりし人の、源氏など失せ給ふて、*末の世に鳥なき島の蝙蝠とかやして、薫大将の帝の御婿になり〔給ふを〕▽嫉みて、*呟き

玉鬘の御事　蛍兵部卿宮が玉鬘を思いながら、ついにものに出来なかったことを指す。
侘びさせたる　嘆かせた。夕霧と雲井雁の仲を長い間許さなかったこと。
名残なく　かつての強気の跡形なく。
美はしだちたるは…　きまじめに過ぎるところは物足りないが、落着きがあるという点では父源氏以上です。
藤の裏葉のうら…　藤の裏葉は雲井雁の別名。その別名にふさわしくその父大内山の大臣の心のとけるのを。
落葉の宮　夕霧の親友柏木の未亡人。それを夕霧が慕うようになってすっかり人柄が変ったこと。三七〇頁にも「心やましき事」の例にあげている。
岩漏る中将　柏木が玉鬘に贈った歌「思ふとも君は知らじな湧きかへり岩漏る水に色し見えねば」による。
もどかしき　非難される。
心劣りし　紫上に比べて見劣りを感じ。
紫の上はつかに見て　ここだけ夕霧についての記事が挿入されている。『野分』で夕霧が紫上をちらりと見て、その美しさに打たれたこと。
失せ　柏木の死。
人わろげ　みっともない。
紅梅の大納言　頭中将の次男。謡い物が得意で、『賢木』で父の韻塞ぎの遊びの敗けわざに、催馬楽の「高砂」を謡って源氏にほめられたのは十歳に満たぬ時であった。

事などし歩く程こそ心づきなけれ。

〔匂〕兵部卿宮、若き人の戯れたるは*さのみこそといふなるに、けしからぬ程に色めきすき給へる様こそふさはしからね。紫の上の*とりわき給へりしゆゑ、*二条院に住み給ふこそいとあはれなれ。

薫大将、初めより終りまで、さらでもと思ふふし一つ見えず、返す〴〵めでたき人なむめり。*まことに光源氏の御子にてあらんだに、母宮のものはかなさを思ふにはあるべくもあらず。紫の御腹などならばさもありなん。すべて物語の中にも、まして現の人の中にも、昔も今もかばかりの人は有難くこそ」など言へば、又、人、「さはあれど、*気近くまめ〳〵しげなる方は後れたる人にや。浮舟の君、*巣守の中の君などの、〔匂〕兵部卿宮には思ひ貶し侍るこそ口惜しけれ」と言ふなれば、又、「そは〔薫〕大将の咎にはあらず。女の*せめて色なる心の様よからぬゆゑとぞ侍。巣守の君は心にくき人の様なんめれば、*匂ふ桜に薫る梅と、こよなく立ちまさりてこそ侍めれ」など言へば、

〔二　ふしぶしの論――あはれなる事〕　また、例の人、「人の有様は*おろ〳〵よく聞き侍りぬ。あはれにもめでたくも心にしみて覚えさせ給らんふし〴〵仰せられよ」と言へば、「いとうるさき欲深さかな」と笑ふ〳〵、「あはれなる事は桐壺の更衣の失せの程、帝の嘆かせ給ふ程。「*長恨歌の女も*思ひし限りあれば、筆及ばざりけん。〔更衣が〕尾花の風に靡きたるよりもなよびかに、唐撫子の露に濡れたるよりもらうたくなつかしかりし御様は、花鳥の色にも音にもよそふべきかたぞなき。

〔帝〕尋ね行く幻もがなつてにても魂のありかをそこと知るべく

葦垣　催馬楽の曲名。　**いたかりし人**　才勝れた人。　**末の世**　晩年。

呟き事など　ぶつぶつ言うこと。

さのみこそ　無理もない。

とりわき給へりし…　特に寵愛されたから。

二条院　紫上の旧邸。

まことに光源氏の…　実際に光源氏の御子であったにしても、母の女三の宮が思慮の足りぬ人であったことを思えば、薫のような理想的人物が生まれて来るとは到底考えられない。

気近くまめ〳〵しげなる方は　親しみ易く、男性的魅力に富むという点では。

巣守の中の君　宇治八宮の中君。

せめて色なる心　いちずに異性的なものを求める心。

匂ふ桜に薫る梅　匂宮と薫を併称して言ったのか、やはり薫の方を勝れているとするのか、文意明確でない。あるいは「たちまさる」は「たちまはる」の誤写か。

おろ〳〵　大体。

長恨歌の女も…　作者は必ずしも手もとに物語作品をおいて無名草子を書いたのではないらしく、以下の部分も、河内本系統のものに近いが、現存源氏物語の本文で一致するものはない。大系本㈠四〇頁の辺り参照。

思ひし限りあれば　芸術家の力には限界があるものだから。

とて、燈火をかゝげつくして、眠る事なく眺めおはします」などあるに、何事も残りの六十巻はみな推し量られ侍りぬ。

　又、夕顔の失せの程の事も。空もうち曇りて風冷やかなるに、いたく眺めて、

〔源氏〕見し人の煙を雲に眺むれば夕の空もむつまじきかな

と詠みて、「まさに長き夜」などうち誦し給所。

　葵の上の失せの程の事もあはれなり。御わざの夜、父大臣の闇に迷ひ給へるなど、ことはりにあはれなり。にぶめる御衣を奉り換ふとて、「我先立たましかば、深く染め給はまし」など思して、

〔源氏〕限りあれば薄墨衣浅けれど涙ぞ袖を淵となしける

と詠み給ふ所。又、風荒らかに吹き、時雨うちしける程に、涙も争ふ心地して、「雨となり雲とやなりにけん、今は知らず」とひとりごち給ふに、頭中将参りて、

〔源氏〕見し人の雨となりにし雲井さへいとゞ時雨にかきくらすかな

とあるところ。又、らうたくし給ふ童の、汗衫の装束なべてよりも濃くて、いみじく屈〔じ〕湿りて候ふを〔源氏は〕いとあはれに思して、〔葵上が〕とりわきらうたくし給しかば、「我をさなん思ふべき」と慰め給へば、〔童は〕いみじく泣きて、御前に候ふところなどいとあはれなり。又、御忌果てて君も出で給ひ、日ごろ候つる女房ども、をの〳〵あからさまに散るとて、おのがじゝ別れ惜しむところいたくあはれなり。又、〔源氏が〕書き給へる御手習ども大臣見て泣き給ひなどするも、すべてあはれなる巻なり。

　『須磨』の別れの程も。葵の上の故里にまかり申しにおはして、

などあるに　などある部分を読んだだけで。
六十巻　源氏物語、実は五十四巻を六十巻とみなす考え方は、法華経を六十巻と数える思想と関係づけて、平安末期以来おこなわれた。今鏡十(作り物語のゆくへ)・源氏表白・謡曲『源氏供養』等に例が見える。
雲に　物語本文「雲と」。他本も同様。
御わざ　葬送の儀。
闇に迷ひ　中世に入ってさかんに引用されるようになった「人の親の心は闇にあらねども子を思ふ道に迷ひぬるかな」(後撰集雑一、藤原兼輔)の歌による。
にぶめる　薄墨がかった色の喪服。
深く染め給はまし　喪服の色は当事者の相互関係によって濃淡を使い分けることになっている。
風荒らかに…　源氏が故葵上を偲ぶ場面。
頭中将　葵上の兄に当たる。
見し人　故葵上を指す。
らうたくし給ふ童　葵上に可愛がられていた侍童。
なべて　一般の人々の装束。
あからさまに…　ちょっと里へ行って来ようとめいめいに。
書き給へる御手習　源氏が左大臣家に喪中籠居した折に書いた手すさび。
まかり申し　暇乞い。

〔源氏〕鳥辺山燃えし煙も紛ふやと海人の塩焼く浦見にぞ行く

とある所。又、鏡台に御鬢掻き給ふとて見給へば、いと面痩せたる影の我ながら清らなるもあはれに覚えて、「この影の痩せ侍」とて、

〔源氏〕身はかくてさすらへぬとも君が辺り去らぬ鏡の影は離れじ

と聞え給へば、紫の上涙をひとめ浮けて見をこせて、

〔紫上〕別るとも影だに留まるものならば鏡を見ても慰みなまし

とあるところ。又、賀茂の下の御社の程にて、神にまかり申し給ふとて、

〔源氏〕うき世をば今ぞ別るゝとゞまらん名をば糺の神に任せて

とある所。又、出で給ふ暁、紫の上、

惜しからぬ命に換へて目の前の別れをしばしとゞめてしがな

と宣へるこそいと人わろけれ。何の人数なるまじき花散里〔だ〕に、

月影の宿れる袖は狭くとも止めても見ばやあかぬ光を

とぞ聞え給めれ。又、浦におはし着きて、渚に寄る波の帰るを見給ひても、「羨まし」とうち誦じて、「眺むる空は同じ雲井に」などあるところ。又、「心づくしの秋風に、海は少し遠けれど、行平の帥の、関吹き越ゆると(言ひけむ)浦波いと近く聞えて、

恋ひわびて泣くねに紛ふ浦波は思ふ方より風や吹くらん

と詠み給ふ。八月十五夜の殿上の遊恋しくて、ところ〴〵眺め給ひし昔を思ひやり給ふにも、月の顔のみまぼられて、「二千里の外古人の心」と誦じ給へるところ。又、南殿の桜はさかりなりぬらんかし、一年の花の宴に院の上の御気色内の上など思ひ出で給ひて、

君が辺り…　紫上の傍の鏡の中の我が影は、いつも君の傍を離れないでしょう。

ひとめ浮けて　目に一杯浮かべて。

とゞまらん名をば…　私の噂が都でたったとしても、その判断は名にふさわしいこの糺の神にお任せしまして、弁解がましいことは申しません。

出で給ふ暁　須磨へ出発の朝。

人わろけれ　みっともない。

何の人数なるまじき　紫上よりはずっと品格の落ちる。

月影の…　月光に源氏を、袖に自分を寓している。この歌を可とし、前の紫上のような直情的な歌を否とする気持が作者にはあったとみえる。

眺むる空は…　源氏の歌「ふる里を峰の霞は隔つれど眺むる空は同じ雲井か」による。

心づくしの秋風…　以下有名な須磨の秋の一節であるが、ここも物語本文とは多少異なる。

帥　物語本文は中納言。

まぼられて　じっと見つめられて。

南殿　紫宸殿のこと。

内の上　主上。

二条院　紫上の住居。

〔源氏〕いつとなく大宮人の恋しきに桜かざしゝ今日も来にけり

と詠み給ふところ。又、大内山(の大臣)のおはして、互に名残惜しみ、歌詠み文作りみし給ふ程の事どもなど。

『明石』にて二条院へ常よりも御文こまやかにて、

〔源氏〕しほ〳〵とまづぞ泣かるゝかりそめのみるめは海人のすさびなれども

とある御返(かへし)に、

〔紫上〕うらなくも頼みけるかな契りしを松より浪は越えじものぞと

とあるこそいとあはれなれ。

又、『柏木』の右衛門督の失せの程の事どもこそあはれに侍(はべれ)。女三宮に御文奉るとて手ゝもわななけば、思ふ事も皆 書きさして、

〔柏木〕今はとて燃えむ煙もむすぼゝれ絶へぬ思ひのなをや残らん

と詠みて、「〔私を〕あはれとだに宣はせよ。心のどめて人やりならぬ闇に惑はむ道の光にもし侍らむ」とある御返に、

〔女三宮〕たち添ひて消えやしなまし憂き事を思ひ乱るゝ煙くらべに

とて、「後るべくやは」とある、女宮ぞにくき。又、父大臣の様々の事ども宣ひ続けて、空を仰ぎて眺め給ふに、夕の雲の気色鈍色に霞みて、花散りたる梢ども、今日ぞ目留まり給ふ。

〔父大臣〕木の下の雫に濡れてさかさまに霞の衣着たる春かな

とあるところ、いとあはれなり。

御文　お手紙。

まづぞ泣かるゝ…　あなたのことを思うと私は泣かずにいられぬ。明石で親しくなった女は、ほんのかりそめの慰めでしかないが。源氏の紫上に対する弁明である。

うらなくも　何の疑いもなく。

松より浪は…　一心にお帰りを待っておれば、あなたは浮気などなさらないものと思って。「松」に「待つ」を掛ける。

書きさして　途中で書きやめて。

燃えむ煙…　悶死した自分を火葬にする煙も空にたゆとうように。

心のどめて　そのお言葉で心を静めて。

人やりならぬ闇　冥途の闇。

煙くらべ　煙は柏木と女三宮と互いの悩みの象徴。

後るべくやは　私も長くは生きておりません。

女宮ぞにくき　こう言いながら、女三宮が出家はしたものの、おめおめと生き続けたことをいうのであろうか。

父大臣　柏木の父、大内山の大臣。かつての頭中将のこと。「ちゝ大臣」はあるいは「致仕大臣」の誤りかも知れない。このあたりの文章は『柏木』の本文による。大系本㊃四八頁参照。

さかさまに　父が子を弔わねばならなくなったことを指す。

*紫の上の失せの程の事ども申すもおろかなり。亡くなり果てて臥し給へるを、まめ人のほのかに見て、

〔夕霧〕いにしへの秋の夕の恋しきに今はと見えし明け暗れの夢

*野分の紛れに見奉り給へりし事を思し出でたるなるべし。『幻』に、女房の声にて、「いみじく積りたる雪哉」と言ふを〔源氏が〕聞き給ふにも、*かの心苦しかりし雪の夜の事たゞ今の心地して、くやしく悲しきにも、

〔源氏〕うき世には雪消えなんと思へども思ひのほかに我ぞ程ふる*

と詠み給ふ所。又、*御しつらひなどもおのづから寂しく、事そぎて見え渡さるゝも心細くて、

〔源氏〕今はとて荒しや果てむなき人の心とゞめし春の垣根を

とあるところ。又、*御文ども破り給ひて、経に漉かむとて、

〔源氏〕かきつめ*て見るも悲しき*藻塩草同じ雲井の煙ともなれ

とある所。すべて『幻』はさながらあはれに侍。

又、宇治の姉宮〔大君〕の失せこそあはれに悲しけれな。薫大将、*限りあれば我御衣の色は変はらぬに、*かの御方の心寄せわきたりし人々、いと黒く着換へたるを見て、

〔薫〕*紅に落つる▽涙もかひなきは形見の色を染めぬなりけり

*向ひの寺の鐘の声、枕を攲てゝ、「今日も暮れぬ」とあはれに思し続けて、「生き出でてゝもの〔し〕▽給はましかば」などある所。又、*遣水のほとり、岩に尻かけて、とみにも立ち給はで、

紫の上の失せ… 以下『御法』『幻』の本文によるところが多い。

野分の紛れに… 『野分』で夕霧が生前の紫上をほの見たことを指す。

かの心苦しかりし… かつて源氏が雪の夜に女三宮を訪ね、それを知った紫上がひそかに涙し、源氏も心痛めたこと。『若菜』上に見える。

ふる 「経る」と「降る」をかける。

御しつらひなど… 紫上の死後、部屋の飾りつけなども簡素にしたこと。

御文ども 紫上からのお手紙。但し物語では経に漉かせることなく、焼き捨てさせたことになっている。

かきつめて かき集めて。

藻塩草 文集。

限りあれば… 薫と大君とは夫婦ではないので、服喪にも限界があり、喪服も着用出来ない。

かの御方の…人々 大君の女房たち。

紅に… 血のような悲しい涙をこぼしても、そらぞらしいと思えるのは、私が黒く染めた喪服を着ないからだ。

向ひの寺の… この前後『総角』の本文による。大系本［四］四六五―六頁参照。

遣水のほとり… この辺り『東屋』本文による。大系本［五］一八四頁参照。

かゝる人持ちてこそ… 薫に対する最高の賛美で、作者は源氏よりも薫の方を高く評価していたようである。

（薫）絶え果てぬ清水になどか亡き人の面影をだにとゞめざりけん

と宣ふこそいみじくあはれに羨しけれ。＊かゝる人持ちてこそ死なん命もいみじからめと覚ゆ。

〔いみじき事〕　又、いみじき事。＊六条わたりの御忍び▽歩きの暁、出で給ふ＊見送り聞えに、＊中将の君参るを、（源氏が）隅の間の高欄のもとにしばし引き据ゑ給ひて、

（源氏）「＊咲く花にうつるてふ名を包めども折らで過ぎ憂き今朝の朝顔

いかゞはすべき」とて、手を捉へ給へるに、

（中将）＊朝霧の晴間も待たぬ気色にて花に心を留めぬとぞ見る

＊おほやけごとに聞えなしたる程、いみじく覚ゆ。

又、＊忍びて通ひ給ふ所の、門の前を渡るとて、＊声ある随身して、

（源氏）朝ぼらけ霧たつ空の＊まよひにも過ぎ憂かりける妹が門かな

と、二声ばかり歌はせ給へるに、＊よしある下仕へを出だして、

（女）立ちとまり霧の籬の過ぎ憂くは＊草の戸ざしにさはりしもせじ

又、『花宴』こそいみじけれ。▽「＊朧月夜にしくものぞなき」など言ふよりうち始めて、その程の事どもいといみじきに、又、院の帝、山に籠らせ給ひて後、＊なを立ち帰る、いとめづらしきに、心慌しくて、

（源氏）＊沈みしも忘れぬものをこりずまに身も投げつべき宿の藤波

などあるもいといみじく覚ゆ。

又、＊斎院の御下りの程どもこそ何となくかみさびいみじけれ。

六条わたりの…　この辺り『夕顔』本文による。大系本㈠一三二頁参照。
見送り聞え　源氏に対するお見送り。
中将の君　六条御息所の侍女。
咲く花に…　花に六条御息所、朝顔に中将を託し、中将を憎からず思うことを述べたもの。物語本文「名は」。他本も同様。
朝霧の…　急いでお帰りになるあなた様のご様子では、私の主人に心をとめてはおられないようですね。
おほやけごとに…　主人のことを詠んだものとみなして扱ったこと。
忍びて通ひ給ふ　『若菜』に見える、源氏がさる人の家の前を通る時の話。大系本㈢二一九頁参照。
声ある随身　声のよい従者。
まよひにも　まごつきながらも。
よしある下仕へ　気のきいた侍女。
草の戸ざしに…　閉ざしたこの草の戸など物の数ではありますまいに。
朧月夜に…　源氏の須磨流離の因となる朧月夜君との出会いの場。→補
なを立ち帰る　源氏が久しぶりに朧月夜を訪ね、帰ろうとするところで。『若菜』上に見える。
沈みしも…　私が身を沈めたのもあなた故なのに、性こりもなく再度あなたのとりことなって身を捨てるようになるだろう。藤と淵を掛ける。
斎院の御下り　斎院は斎宮の誤り。斎宮についてその母六条御息所が伊勢に下ることを指す。

〔源氏〕「*暁の別れはいつも露けきをこは世に知らぬ秋の空かな
松虫の鳴き交したる、折知り顔なり」などある程も。又、「*伊勢まで誰か」などあるもいみじ。

又、*流され給ふ程の事ども返す〴〵いみじけれども、前に*をろ〴〵申侍りぬれば。

又、*常陸の宮の御もとを通り給ふとて、「見し心地する木立かな」と思し出でゝ、御車より降り給ふに、惟光先に分けさせ給ひぬ。「蓬の露けく侍」と聞ゆるに、思し佗びて、

〔源氏〕尋ねても我こそ訪はめ道もなく*深き蓬のもとの心を

とてなを入り給へば、惟光先に立ちて蓬の露うち払ひて入れ奉る程、申ても〴〵いみじともをろかなり。

源氏、野分の朝、まめ人の大将*御方々の有様見歩きたるこそいみじけれ。中にも〔秋好〕*中宮の御方いとをかし。〔明石の〕姫君の御方にて、〔夕霧が〕御硯・紙など乞ひ出でゝ、*文書き給ふ程もいといみじ。御硯とり降ろして書き給ふ程こそ*人わろけれど、*さまであるべき事かはと思す。*御心たけかりけん、

〔夕霧〕風騒ぎむら雲*紛ふ夕にも忘るゝ間なく忘られぬ君

とて、刈萱に付けて、*うちさゝめきてやり給ふなどもいといみじ。『*宇治のゆかり』にもいみじき▽所々多く侍れど、さのみは*うるさし。

〔いとほしき事〕　いとをしきこと。『須磨』の御出で立ちの程の*紫の上。『乙女』の巻に、〔雲井雁が〕*六位宿世をはしたなめられて、「雲井の雁も我がごとや」とひとりごち給ふを、まめ人立ち聞きて、「*侍従の君や候ふ。これ明け給へ」とある程こそいといとをしけれ。

暁の…　『賢木』の本文による。大系本㈡三七一頁参照。
伊勢まで誰か　御息所の源氏への返歌「鈴鹿川八十瀬の浪にぬれぬれず伊勢まで誰か思ひおこせん」による。
流され給ふ程　須磨・明石への流離のこと。
をろ〴〵…　大体はお話ししましたのでここでは省略しましょう。
常陸の宮の御もとを…　『蓬生』における、須磨から帰った源氏が末摘花の荒れた邸を訪ねるところ。
深き蓬のもとの心　昔のままに変わらぬ末摘花の純情な気持。
御方々　六条院に住む女性たち。以下『野分』に見える。
中宮の御方　夕霧が秋好中宮を見舞うと、御簾をあげて童たちが虫籠の世話をしていたことをいう。
文　雲井雁への手紙。
人わろけれど　てれくさいが。夕霧が常の紙硯を乞うたのに、姫君用のりっぱな品を与えられたときの気持。
さまであるべき事かは　そうまで遠慮することもあるまい。
御心たけかりけん　いちずだったのでしょう。　**紛ふ**　他本「まよふ」。物語本文にも「まかふ」「まよふ」の両方が伝わっている。
うちさゝめきて　届け先をそっとささやいて。
宇治のゆかり　宇治十帖、それもその前半を指すか。　**うるさし**　くど

『若菜』にて、紫の上かたしく袖もしみこほり臥し煩ひ給へる暁、〔源氏が〕*おはして敲き給ふに、空寝して人上げぬ折の事。

▽*宇治の中宮〔中君〕薫大将を、初めて、

〔薫〕いたづらに分けつる道の露しげみ昔思ゆる秋の空かな

と言ひやる朝に、〔匂〕兵部卿宮渡り給ひて、*御匂の染めるを咎め給ひて、ともかくも答へぬさへ*心やましくて、

〔匂宮〕*また人に馴れぬる袖の移り香を我が身にしめて恨みつるかな

と宣へば、女君、

〔中君〕見馴れぬる*中の衣と思ひしにかばかりにてやかけ離れなん

とてうち泣きたる程こそ、返す〴〵いとをしけれ。

〔心やましき事〕　心やましき事。紫の上須磨へ具せられぬ事だにあるに、明石の君設けて、*問はず語りし遣する事。「*浦より彼方に漕ぐ舟の」と〔紫上に〕厭はれて、〔源氏が〕*文の上包ばかり見せたる事。*須磨の絵二巻日頃隠して、絵合の折とり出でたる事。

〔紫上〕ひとりゐて眺めしよりは海人の住む方をかくてぞ見るべかりける*

とて、「*覚束なさは慰みなましものを」などあるところよ。これは*いとをしきことにも入れつべし。〔源氏が〕女三宮*設けて、紫の上にもの思はせたる事。*正月一日の日、御方々へ参り歩きて、いつしか御*騒がれもやと、憚りながら明石の御方に泊りたる事。大内山の大臣と、*源氏院との御仲心よからずなりたる事。玉鬘の君の髭黒の大将の北の方になりたる事。『夕霧』の*御息所失せ給はむとての折、

くなるので省略しましょう。
紫の上　須磨へ具せられなかったことをいう。　**六位宿世**　六位程度の人(夕霧)と結婚する運命にあること。
はしたなめられ　軽蔑され。
侍従の君　雲井雁の乳母子。
おはして　これは源氏が女三宮を訪ねた翌朝の来訪であった。
宇治の中宮…　以下『宿木』による。「(初めて)見し朝、薫」というような意の文が落ちている。
御匂の染めるを…　薫の香が中君の衣に染み込んでいるのを咎めるのである。　**心やましくて**　物足りなく感じて。　**また人に**　私のほかの人に。　**中の衣**　夫婦の仲を寓する。
問はず語り…　明石上と親しくなった源氏が、問われもせぬのにそれを都の紫上のところへ報せたこと。
浦より彼方に…　遠方へ漕ぎさかる舟のように私をお隔てになる。『澪標』による。大系本㊂一一四頁参照。
文　明石上からの手紙。
須磨の絵二巻…　『絵合』による。
かくてぞ　紫影本「かきてぞ」。物語本文にも「かくて」「かきて」の両方が伝わっている。
覚束なさ　都に一人残された寂しさ。大系本㊂一七七頁参照。
いとをし　紫上からは「いとほし」、源氏からみれば「心やまし」きこと。
設けて　妻として迎え。
正月一日…　『初音』にある。

〔御息所〕女郎花しほるゝ野辺をいづことて一夜ばかりの宿を借りけん

と書きたる文、六位宿世の上〔雲井雁〕取り隠して、いつしか返事言はせぬ事。*まめ人の大将、落葉の宮迎へて、もとの上並べ持ちたる事。

〔あさましき事〕　あさましき事。夕顔の*木霊に取られたる事。朧月夜の内侍のもとに源氏の夕立の夜更かして、父大臣に見付けられたる事。女三宮の〔柏木〕右衛門督の文源氏に*見えたる事。手習の君の失せたる事。ひたぶるに身を投げたらばよしや、*物に取られて初瀬詣の人に見付けられたる程などこそいと*むくつけけれ」など言ひて、「*本に向ひてこそいみじき事もあはれなる事も覚ゆれ。諳にはいと聞え難くこそ侍れ。*今のどかに読みて聞かせ奉らむ。これはたゞ片端ばかりなれば、いと*なか〳〵に思されぬべし」など言ふなれば、

〔八　狭衣物語〕

又、「物語の中にいみじともにくしとも思されん事仰せられよ」と言へば、「そも諳には」など憚りながら、「*狭衣こそ源氏に次ぎては*世覚へ侍れ。「*▽少年の春は」とうち始めたるより、言葉遣ひ何となく艶に、いみじく*上衆めかしくなどあれど、さしてその*ふしと取り立てて、心にしむばかりのところなどはいと見えず。又、*さらでもありなんと覚ゆる事も多かり。

〔人物論〕　一品の宮の御心用ゐ有様、愛敬なくぞあれど、いとあてやかによき人なり。*物語にかやうなる人のあるは、言ふかひなく、ほれざらねば行ひなどこそしためるに、これはいとよし。

*▽女二宮の尼になるこそ又いと嬉しけれ。*一品宮の御事出で来て後、

御騒がれもやと　他の女性の嫉妬もあろうかと。　**源氏院**　太上天皇に準ぜられたことによる呼称。　**御息所**　柏木の北の方、落葉の宮の母。大系本㈣一一九頁以下参照。

まめ人の…　夕霧が落葉の宮と雲井雁の双方へ毎月十五日ずつ通ったことを指す。
木霊に…　六条御息所の生霊に取り殺された事。　**見えたる**　見られた。
物に取られて　物の怪に取りつかれて失神状態になっていたのを。
むくつけけれ　いやだ。
本に向ひて　書物を見ながらで。
今のどかに　いずれゆっくり。
なか〳〵に　かえって語らなく。
狭衣　→補。　**世覚へ**　世間の評判。
少年の春は　狭衣物語冒頭の句。
上衆　上品。
そのふしと　そこがよいと。
さらでもありなん　非難の意。
物語にかやうなる人の…　物語中に一品宮のようなタイプの人が出て来れば、恋いほうけるのでなければ、ふがいなくも仏道修行にすがってしまうというのがせいぜいだのに。
女二宮の…　巻二、大系本一六三頁参照。単なる「行ひ」は認めないが女二宮の出家は高く評価している。
一品宮の御事　狭衣大将との結婚。
思ひきや…　「葎の門」で女二宮を、「草の枕」で一品宮を表わす。

〔狭衣〕*思ひきや葎の門を行き過ぎて草の枕に旅寝せんとは

と聞えたるに、

〔嵯峨院〕*▽故里は浅茅が原となり果てて虫の音しげき秋にぞあらまし

「*今こそ嬉しく」と院の仰せられたるもいみじ。

*大宮の失せいとあはれなり。「誰かは*左様の事心憂く思はぬ人はあるべき」と言ふ中に、たちまちに命に換ふばかり思し入りけん、いとあはれなる事也。

〔大宮〕*雲井まで生いのぼらなん種蒔きし人も尋ねぬ峰の若松

と詠み給へるこそいと悲しけれ。女二宮しばしも*思しのどめず、〔世を〕思し捨て給ひけん事もことはりなり。

源氏の宮こそいと*いみじげなる人の、いとかたび〔か〕しくなどもなけれ。少しものなど思へるこそ、人は*心苦しきふし▽にてあれ。

道芝いとあはれなり。「*明日は淵瀬に」と言ふより、

〔道芝〕*天の戸を*やすらひにこそ出でしかと*ゆふつけ鳥よ問はば答へよ

など言ふ程も。

〔道芝〕*早き瀬の底の水屑となりにきと扇の風の吹きも伝へよ

などあるも。又、*常盤にての手習などもいみじくあはれに、さばかりの人に左程に思ひとめられけん程めでたきを、〔狭衣に〕見出でられたる初め、*法の師と乗り具したる程、いと心憂く疎ましきを、又、*後の振舞さへこそ、心より外の事と言ひながら、人しもこそあれ、この君の御もとなる人にしも取り持ちて行かれたる程は、あはれもさめて口惜しき人の*宿

故里は… 女二宮に代って詠んだ歌。
今こそ嬉しく 狭衣と女二宮との複雑な関係を知らぬ院の祝辞。
大宮の失せ 女二宮の母君。娘のことを心配する余り悶死する。
左様の事 自分の娘が誰ともわからぬ人の子を懐胎するということ。
雲井まで… 我が孫の栄えを願う気持と、女二宮に生ませておきながら訪ねて来もしない狭衣を難ずる気持を併せ述べる。
思しのどめず ためらうことなく。
いみじげなる人の… 欠点はない人なのだが進んでひいきしたくなるような人ではない。
心苦しき 気にかかる。心ひかれる。
明日は淵瀬に 道芝が狭衣大将に答えた歌の一節。巻一、大系本九七頁参照。
天の戸を… 乳母の奸計で九州へつれて行かれる時の歌。巻一、大系本一〇二頁参照。 **やすらひ** ためらいつつ。 **ゆふつけ鳥** 鶏。
早き瀬の… 道芝が投身しようとして、狭衣に貰った扇に書付けた辞世。
常盤 京都市右京区。助けられた道芝はここに隠棲して絵日記を書く。
法の師 仁和寺の僧。同車した道芝を誘拐しようとする。
後の振舞 道芝が狭衣に仕える人々に欺され、狭衣の心を疑い、筑紫へつれて行かれかけたことをいう。
宿世 成行。

世なり。さりとならば、又、しばしの命だにありて、*心ざしの程をも見果てよかし。*かた〴〵いと口惜しき契りなりかし。

〔批　判〕　さらでもありぬべき事ども。〔狭衣〕*大将の笛の音めでて、天人の天下りたる事。*粉河にて普賢の現はれ給へる。*源氏の宮の御もとへ賀茂大明神の御懸想文遣はしたる事。*夢はさのみこそといふなるに、あまりに*厳重なり。*斎院の御神殿鳴りたる事。何事よりも〳〵、〔狭衣〕*大将の帝になられたる事。返々見苦しく浅ましき事なり。めでたき才・才覚すぐれたる人世にあれど、大地六反震動する事やはあるべき。いと恐しくまことしからぬ事どもなり。源氏の院になりたるだに、さらでもありぬべき事ぞかし。されどもそれは正しき皇子にておはする上に、*冷泉院の位の御時〔院が〕我御身の有様を聞きあらはして、*ところ置き奉り給ふにてあれば、さまでの咎にはあるべきにもあらず。太上天皇に准ふる位は、*直人も賜はる例もあるを、これは今少し崩して*まねびなされたる程に、いと見苦しきなり。さりとて〔狭衣は〕帝の御子にてもなし。孫王にて父大臣の世より姓賜はりたる人の、〔帝位につくは〕いと浅ましき事なり。*何の至りなき女のしわざと言ひながら、むげに心劣りこそし侍。*大臣さへ院になりて堀川院と申かとよな。物語といふものいづれもま〔こ〕としからずといふ中に、これはことの外なる事どもにこそあむめれ。

〔九　夜の寝覚〕

〔ふしぶしの論〕　*寝覚こそとりたてていみじきふしもなく、又、さしてめでたしといふべきところなけれども、初めより*たゞ人ひとりの事にて、散る心もなく、しめ〴〵とあはれに心入りて作り出でけん程思ひやられて、あはれに有難きものにて侍れ。*いづくか少し

心ざし　狭衣の真情。
かた〴〵　何にしても。
大将の笛の音…　巻一、大系本四五—六頁参照。
粉河にて…　巻二、大系本二一〇頁参照。　**源氏の宮の…**　巻二、大系本一九四頁参照。
夢はさのみこそと…　三五三頁の「夢」についての記述と比較対照してみると面白い。
厳重　憚りあり恐れ多いこと。
斎院の御神殿…　巻三、大系本三三四頁参照。
大将の帝に…　巻四の、後一条帝が天照神の神託により、狭衣に譲位されたことを指す。但し大地六反震動することは現存本にはない。
冷泉院　桐壺院皇子であるが、実は光源氏の子。　**ところ置き**　遠慮し。
直人　皇族でない臣下の身。
まねび　模し。
何の至りなき…　以下狭衣物語の作者の思慮のなさに対する批判。三九一頁の女性論の「女ばかり口惜しきものなし」と相応じるか。
大臣　狭衣の父、堀川大臣。
寝覚　→補。　**たゞ人ひとり**　女主人公寝覚上を中心に。→補
いづくか少し…　寝覚は全体的に粒が揃っていて息の抜けるところとてないが、その中で特に身にしみて感じる個所は。
たちまちに…　男主人公が契った相

胸のひまあり、心づくしなるといふ中に、身にしみて覚ゆるふしぐ〳〵は、*たち〔まち〕にあらずと見なしたる心騒ぎだに浅ましきに、

〔三の君〕*漕ぎ返り同じ湊に寄る舟の渚をそれと知らずやありけん

と言ひ出でたるを聞きつけ給へる心の内。

又、▽事ども*現れて、中の上広沢へおはする程、

〔寝覚〕立ちも居も羽を並べし*群鳥のかゝる別れを思ひかけきや

などある折。

雪の夜広沢におはして、空しくたち帰り給ふを、心苦しく見侘びて、*少将、

〔少将〕巡り逢はん折をも待たず限りとや*思ひはるべき冬の夜の月

と慰め聞ゆれば、

〔男〕*今宵だにかけはなれたる月を見て又やは逢はむ巡り逢ふ夜を

*宮中将も心深く訪ね来にけるを、*思ふ心あらむかしとあやめ給ふ所。

*又、老関白のもとへ渡らせ給ふ程近くなりて、わりなく〔寝覚上が〕対面し給ふ程の事ども、姫君の御事聞え給へるに、いとゞつゝましげなる顔引き入ておなづきたる程などこそいとをしけれ。さてのみあるべきならで、出で給ふ暁の事どもなど。又、〔寝覚上が〕関白殿へ渡らせ給て後、いとあやにくなる御気色にて慰めわび、大殿*広沢にをはして愁へ給へる。〔父〕〔入〕道もいと*ものしと思して、*宰相中将御使ひにて*さいなみおこせ給へるを、〔寝覚上は〕頭もたげてつくぐ〳〵と聞きても言ふべきかたもなきまゝに、いとはかなげに*つゞきもなく紛らはして、▽袖を顔に押し当てゐ給へるこそいとをしけれ。

手の寝覚上を但馬守三の君と間違えて狼狽するさえあさましいのに。

漕ぎ返り… あなたの思っている人は、あなたの奥様になる方の妹なのですよ、という意を寓す。巻一、大系本八一頁以下参照。

現れて… 男主人公と寝覚上(中の上)のことが露顕して、女は父の籠っている広沢に移る。

群鳥 男主人公の正妻である姉と自分のことを寓する。

少将 寝覚上の侍女。

思ひはるべき 思い込んでしまってはいけません。無名草子諸本はすべてこの通りであるが、物語本文には「思ひはつべき」とある。

今宵だに… 私が訪ねて来たのに逢ってくれない女の心を知って、また次の逢う瀬をあてにせよというのか。物語では第四句「なをや頼まむ」。

宮中将… 男主人公と同じく寝覚上を慕っていた。

思ふ心あらむかし… 寝覚上とこの人の間に何か起こりはしないかと、男主人公が心配するところ(巻二)。

又老関白の… 以下現存本巻二と巻三の間の欠巻部分の評である為、明確に解釈し難いところが多い。↓補

広沢 寝覚上の父入道が住む。

ものし 困ったことだ。

宰相中将 寝覚上の次兄。

さいなみ 叱り。

つゞきもなく 言葉のつぎはぎもなく。

大将、女一宮へ参り給ふ折、*姉上、

　絶えぬべき*契りに換へて惜しからぬ命を今日に限りてしがな

とて、とゞめもあへぬ涙の気色などこそいとをしけれ。

*右衛門督訪ねおはして、

〔右衛門督〕醒め難き常に常なき世なれども又いとかゝる夢をこそ見ね

と宣ふ。返し、*まさこ、

　かけてだに思はざりきや程もなくかゝる夢路に▽惑ふべしとは

などある程。

又、右衛門督法師になると聞きて、まさこ、

　*これはうき夢を醒ますと言ひながらなをもうつゝの心地こそせね

とあるこそいとあはれなれ。

何事よりもいみじき事は、まさこと女三の宮との御*あはひとこそ。*院の勘当にていとはしたなき折、*中納言の君に逢ひて、

〔まさこ〕*吹き払ふ嵐に侘びて浅茅生に*露残らじと君に伝へよ

と宣へば、中納言の君、

　*嵐吹く浅茅が末に置く露の消え返りても何時か忘れん

などいふ程の事。さて*事ども直りて帰り逢ひ奉りて、

〔まさこ〕ながらふる命をなどて*厭ひけんかゝる夕もあればありけり

と聞ゆれば、

姉上　寝覚上の姉。男主人公の正妻。この男主人公が女一宮に心を寄せる話も今は伝わらない。
契り　男主人公と姉上との仲。
右衛門督　前に出た宮中将。以下の部分も、現在は伝わっていない末尾の欠巻部分にあった話らしい。
まさこ　寝覚上と男主人公の間に生まれた若君。　**これ**　仏道に入ること。　**あはひ**　仲。　**院の勘当にて…**　女三宮との恋愛でまさこが宮の父冷泉院に叱責され苦しんでいる時。
中納言の君　女三宮の侍女。
吹き払う嵐　冷泉院の怒り。
露　女三宮のまさこに対する愛情のたとえ。
嵐吹く…　中納言の君が女三宮に代って詠んだ歌。この歌と「吹き払う」の歌は、物語二百番歌合後百番(以下、下と略称)一三、一四・風葉集一三〇九、一三一〇に見えるが、いずれも「吹き払う」を「嵐吹く」の返歌とする。
事ども直りて　事件が落着して。
厭ひけん　勘当中まさこが出家しようと思ったことがあったのであろう。
あらば　長らえたなら。
なからひ　寝覚上と男主人公との間柄。　**妄りがはしき**　自分の姉の夫と関係したことをいう。
口惜しけれ…　残念だが、心くばりの様は非常によい。　**返事**　男主人公からの手紙に対する返事。
たとしへなき人の御様　老関白の誠

〔女三宮〕消え残る身ぞつきもせず恨めしき*あらばまた憂き折もこそあれ

と宣ふ程など、返す〴〵もめでたくいとをし。

〔人物論――めでたき人〕　女一宮の御心用ゐ有様こそめでたけれ。*なからひも*妄りがはしき身の契りこそいみじく*口惜しけれ、心用ゐいとよし。さばかり契り深く互に思ひ交しながら、姉上に憚りて、心より外なる事こそあらめ、一行の*返事も我とはせじと思ひかためたる程に、関白殿に渡り給ひて後、*たとしへなき人の御様を見るにつけても忍び難くて、折々の返事もわりなく紛らはしてしたる程、日頃いみじく浅からず書き交さむを、この後しもあと絶えたらましかばいかに口惜しからましと、限りなく思ひ知られたるも理なりかし。さてやう〳〵大殿にも思ひ靡き、姉上とも仲よくなりなどして後は、又、〔男とは〕聞え難く、思したるもさる事なり。*大殿に〔父〕入道の許し取らせ給ひし程、大将のちゞの言葉をつくして、「*率て隠してむ」と焦られ揉まれ給ひしに、〔寝覚上は〕身をばちゞに砕き、命も絶ゆばかり思ひ沈みながら、心強く靡かで、*我も人も人聞きおだしき様にもて鎮めて、やみ給ひし程は、いみじき心上衆とこそ覚ゆれ。*弁の乳母、*左衛門督などのもの言ひ給ふにくさには、*長らへての音聞き、姉上の御為うしろめたき心恥づかしなど、さまで思ひのどむべくやはある」など言へば、*又、「すべて中の上はいみじう心上衆とこそ*ものすめれ。*わりなく人の惑ふ折は、いみじくあやにくだち、心強く、又思ひ絶えむとすればあはれを見せんとしためるを。

〔男主人公〕*限りとて思ひ絶え行く世の中になど涙しもつきせざるらん

と言はれても、

実な人柄とも、男主人公の寝覚上に対する真情とも、いずれともとれる。この辺も欠巻部分に当たり、意がとりにくい。　**大殿に…**　かつて父入道が老関白の申込みを許された時。　**率て隠してむ**　男主人公が寝覚上をつれ出そうとしたことが書かれていたのであろう。　**我も人も…**　自他共におだやかと思える方法で、ことを落着させた点はまことによく出来た方だと思います。　**弁の乳母**　寝覚上の姉君の侍女。　**左衛門督**　寝覚上の異母兄。この二人が悪玉として描かれていたらしい。　**長らへての音聞き…**　世間での風評、姉に対しての後暗さ恥ずかしさなど、寝覚上が気にする必要はない。　**又…**　以下対話形式を利用して、別の寝覚上評をみせる。　**ものすめれ**　仰せられるようですが。　**わりなく人の…**　相手が迷いを見せれば心強く我を張り、相手が思い切ろうとすればまた誘いを見せようとするようですね。　**限りとて**　二人の仲はこれ限りと。現存の本文には見えないが、風葉集一〇四に「忍びて物言ひ渡りける女の、異(こと)人に迎へられにければ遣はしける　寝覚の関白」として出る。

あはれを添へんとなるべし　一種の媚態を示したとみることが出来よう。　**うき世**　恋思ひしめ　思い込み。

〔寝覚上〕君はさは限りと思ひ絶えぬなりひとりやものを思ひ過さむ

と、いづれもいとゞあはれを添へんとなるべし」など言へば、又、「さしもは侍らじ。たゞ若関白を限りなく深く思ひしめたるなめり。うき世を知り初めし初め思ふにも、かた〴〵契り浅からぬ仲なれば、ことはりとは言ひながら、この人の身には、あるが中に、恨めしきふしある人にてこそ〔男は〕侍めるを、つゆ思ひ知らず」と言ふも。

又、「宰相中将といふ人のあるにぞいみじくめでたけれ。兄の(左)衛門督、大将殿の文持て来て、「今日を過さず御返事賜はらむ」は、いかに〳〵ぞ。品の数をうち運び「かならず今日の御返事侍らずとも」など言ひたるこそ返す〴〵嬉しけれ。すべてそれならず、あはれにありがたき事多かる人なり。

〔にくき人〕　にくき事。(左)衛門督、弁の乳母などの物言ひ。大宮の御心構へ、さも過ぎて疎まし。

又、后の宮、春宮など一度に立ち給ふ折、中〔の〕上ゐざり出でゝ、

寝覚せし昔の事も忘られて今日の団居にゆく心哉

と言はれたる程いとにくし。又、関白、「我とも見まし中の契り」と宣ふ。大将の上いざり出でゝ、

武蔵野のゆえのみならず枝深きこれも契りのあるとこそ見れ

と詠みたるもいとにくし。

又、中の上いとにくし。右衛門督の上ぞかくもいふべきと、殿の思したる、そも恥づかしき。

のほろ苦さ。　**かた〴〵**　互いに。

恨めしきふし　初恋の人としての懐しさと同時に迷惑もかけられたこと。

つゆ思ひ知らず　非難するのは、考えが足りないようです。

と言ふも　と言う人もある。

宰相中将　寝覚上の次兄。左衛門督の悪玉に対して善玉であったらしい。

大将殿…　この辺りは欠巻部分。誤写もあるらしく意を取り難い。大将は男主人公を指すか老関白を指すか、はっきりしないが、「大将殿」と寝覚上との仲介をした左衛門督と宰相中将の兄弟の態度が対照的であったことを言っているようである。

大宮の御心構へ　娘の女一宮が男主人公に疎まれるので、男主人公と寝覚上の間をさこうとする(巻五)。

后の宮…　末尾の欠巻部分にあった話らしい。以下も同様で、しばらく文意のよくわからない部分が続く。

ゆく　はればれする。

にくし　無名草子の「にくし」は非難の意とも賛美の意とも、どちらにもとれるものが多く、殊に欠巻部分においてよくわからないものが多い。

右衛門督の上　右衛門督の夫人。

中の上失せ…　末尾欠巻部分にあった話らしい。

殿の思ひ人にて　男主人公に迎えとられて。　**君達**　主人公の子供たち。

心づきなきに　不愉快なのに。

うけばりて　無遠慮に。

又、中の*上失せ、右衛門督法師になりなどして後、右衛門督の上、*殿の思ひ人にて、対の君などいふ名つきて、*君達後見してあるだに心づきなきに、*うけばりて、物怨じなどしたるこそにくけれ。父大殿の、*あるが中にかしづき、人柄もいとよかりしに、*浅ましく思はずに口惜しき人の契りなり。

又、関白〔男主人公〕こそにくき者の内に入れつべけれ。中の上、人より先に見初めて、さばかり浅からぬ契りの程を、さしも思はず、たま〳〵行き逢ひても、それを限りなく嬉しくめでたしと思ひてもあらで、*はかなき人の言につけて、言ひ悩まし佗びしめなどする、いと心づきなし。〔寝覚上が〕朱雀院の御忌みに籠りて、〔関白が〕あからさまに渡り給へる折、〔冷泉〕院の御文の御返事強ゐて尋ね出でゝ、とかく*言ひまさぐるに、名残なく*昔思ひ出でられたる」など言ふに、又、人、「返す〴〵も*捨て難く思へるもいと人わろし」など言ふに、

〔批判〕 又、人、「返す〴〵この物語の大きなる難は、*死に返るべき法のあらむは、前の世の事なればいかゞはせむ。その後、殿に*聞きつけられたるを、いと浅ましなども思ひたらで、事も*なのめになべてしくうち思ひて、子ども迎へて見などするを、*いみじき事にして、*さばかりなりし身の果て、さち幸いもなげにて隠れゐたる、いみじくまが〳〵しき事なり。

その後、*まさこの事に思ひ余りて、院に御文奉りたる程こそ、さすがあはれに侍れ。

〔寝覚上〕*たぐひなくうき身をいとひ捨てし間に君をも世をも背きにしかな

と聞えたるこそいみじけれ。せめては〔寝覚上が〕大臣に隠れ忍びてだに果てたらば、一筋に*身をもなきになしてもやみなん。殿も*聞きつけて、*浅ましくめづらかになどもいと思ひた

あるが中にかしづき 多くの娘の中でも特に可愛がり。 **浅ましく思はずに…** 予想外に残念な、事の成行。 **はかなき人の…** 男主人公が寝覚上と冷泉院の間について、人の中傷を信じて嫉妬したことがあったらしい。 **言ひまさぐる** 問い質す。巻五に見える。 **昔** 故老関白の誠実な人柄。 **捨て難く…** 男主人公が寝覚上をどうしても思い切れないこと。 **死に返るべき法** 末尾欠巻部分にあった話らしい。寝覚上が一旦死んだのに蘇生すること。但し作者はこの件については「前の世の事」として非難していない。 **聞きつけられ** 寝覚上が生きておめおめと暮しているのを。 **なのめになべてしく…** ごく当たり前のことと考えて。 **いみじき事にして** よいことだと思い。 **さばかりなりし…** あれ程の大事件を起こした身で、という意か。以下も欠巻部分で細かい点はわからない。 **まさこの事…** 勘当事件を指す。これについて寝覚上が冷泉院に許しを乞うたことは寝覚物語絵巻に見える。 **たぐひなく…** 物語二百番歌合下三〇に載る。初句「かぎりなく」。 **身をもなきに** 男は命を捨てる程にでも、思いやるでしょう。 **聞きつけて** 寝覚上が実は生きているのを。 **浅ましくめづらかに** それを非難するわけでもなく。

らず、なべての世にためしあらむ事のやうに、*泣きみ笑ひみ物語りなどし給ふ程めづらかに浅ましきかたなり」と口々に言ふ。

〔一〇　浜松中納言物語〕

〔ふしぶしの論〕　又、「*▽『みつの浜松』こそ『寝覚』『狭衣』ばかりの世覚へ▽はなかめれど、言葉遣ひ有様を始め、何事もめづらしく、あはれにも、いみじくも、すべて物語を作るとならばかくこそ思ひよるべけれと覚ゆるものにて侍れ。すべて*事の趣めづらしく、歌などもよく、中納言の心用ゐ有様などいとあらまほしく、*この、薫大将のたぐひになりぬべくめでたくこそあれ。*父宮の唐土の親王に生まれたる夢見たる暁、宰相中将訪ね来て、

〔中将〕*ひとりしも明かさじと思ふ床の*上に思ひもかけぬ浪の音かな

と言ふより始め、唐土に出でたつ事どもいといみじ。

*唐土にて八月十五日の宴に、「*河陽県后の琴の音聞かせん」と帝の仰せらるゝ、御答は申さで、〔中納言が〕あざ〔や〕かに居直りて、笏と扇とを打ち合はせて、「*あなたうと」歌ひたる程、〔帝は〕后に*御覧じ合はせて、「后は*我世の第一のかたち人なり。中納言は*日本にとりてすぐれたる人なむめり」と御覧ずるに、「月日の光を並べて見る心地してめでたくいみじ」と仰せられたる程などこそまことにめでたくいみじけれ。

〔人物論〕　*一の大臣の五の君の事こそいと*あはたゝしけれ。*玉の簪あざやかにて、団扇を手まさぐりにしつゝ、起き出で見出したる程いと*なつかしからぬを、中納言帰りなむとて別れ惜しむ折、

〔五の君〕*形見ぞと暮るゝ夜ごとに眺めても慰まめやは*半ばなる月▽

泣きみ笑ひみ…　男主人公と寝覚上とが何事もなかったように歓談することを浅ましと言っている。作者は薫と浮舟のような結末を希求していたようだ。

みつの浜松　→補。　**事の趣**　夢告げ、転生、異国を舞台にするなどの、非現実的・神秘的な趣向を指す。

この　この人は、の意であろう。

父宮の…　現在散佚している首巻にあった話。　**ひとりしも…**　恋愛生活に耽っていると思っていた中納言から渡唐の決心を聞いて詠んだ。風葉集三七にも出る。　**上**　風葉集には「浦」。　**唐土にて…**　中納言が唐を辞する時の送別の宴。巻一、大系本一九九―二〇〇頁参照。

河陽県后　物語本文は「かうやうけん」。中納言とは琴の導きで契った。

あなたうと　催馬楽の曲名。

御覧じ合はせて　后と中納言を見比べて。　**我世**　わが国。　**日本にとりて**　日本の中でも。　**一の大臣の五の君**　唐の一の后の妹。紅葉賀で中納言を見て恋い慕うようになる。

あはたゝしけれ　中納言への恋のはかなかったことをいうか。

玉の簪…　以下巻一、大系本一七二―四頁参照。　**なつかしからぬ**　物語本文にも「后の御有様にはたとへやるべき方もなし」とある。　**形見**

ぞと…　大系本二一四―五頁参照。

半ばなる月　今宵の半月と、この時

と詠めるいとあはれなり。中納言筑紫より、

〔中納言〕あはれいかにいづれの世にか巡り逢ひてありし有明の月を見るべき

と言へりけん、待ち見けん心地推し量らるゝもいとあはれなるを、まことにも、

〔五の君〕この世にもあらぬ人こそ恋しけれ玉の簪何にかはせん

とて、髪を剃り衣を染めて山深く絶え籠りにけむ程、心深くめでたし。

大将の姫君、づしやかに奥深くなどはなけれども、

〔姫君〕いかにしていかにかすべき嘆きわび背けば悲し住めば恨めし

かゝれとも撫でざりけんをむば玉の我黒髪のそぎ末ぞ憂き

とて、さばかり惜しげなる髪をそぎやつしけん程、いとあはれに悲しくこそあれ。大弐の女こそなにとなくいとをしくあはれなれ。「葛の下葉の下風の」など言ふより始めて、

〔大弐女〕契りしを心一つに忘れねばいかゞはすべき賤の小田巻

など詠みて、〔中納言から〕「率て隠してむよ」と言はれて、うちうなづきたるなども、若き女の、さまで深きところなからむなどは、かやうならむぞらうた〔き〕。又、吉野山の姫君もいといとをしき人なり。式部卿宮に盗まれて、思ひ余りにや、「中納言に告げさせ給へ」と言へるこそ浅ましくいとをしけれ。さて、

〔吉野姫君〕死出の山恋ひ佗びつゝぞ帰り来し尋ねむ人を待つとせし間に

など詠めるもまたいとをし」など言へば、

〔批　判〕「げに何事も思ふやうにてめでたき物語にて侍を、それにつけても、その事な

五の君が弾いた琵琶にゆかりの半月（胴部にある半月形の孔）をかける。

筑紫より　九州に帰り着いて。

あはれいかに…　物語本文は結句「月を眺めん」。物語二百番歌合下三には初句「あはれいかで」。

この世にも…　中納言を慕う余り入内も断り、この歌を残して尼となる。

大将の姫君　左大将の大姫。中納言の子を懐妊し、自責の余り出家する。散佚首巻部分にあったと思われる。

づしやかに奥深く　慎重で思慮深い。

かゝれとも…　後撰集雑三、僧正遍昭の「たらちねはかゝれとてしもうば玉のわが黒髪をなでずやありけん」による。　**末**　黒髪の削いだ末に、これからの行く末を寓す。

大弐の女　筑紫に帰着した中納言に大宰大弐が会わせた女。　**葛の下葉の…**　中納言が行末を契る歌を贈ったのに答えた歌の一節。巻二、大系本二三〇頁参照。　**契りしを…**　女が衛門督と結婚するのを残念がった中納言の贈歌に対する返歌。物語本文では第三句「忘れねど」。

率て隠してむよ　巻三、大系本二九三頁参照。　**深きところ**　深い思慮。

吉野山の姫君　河陽県后の異父妹。中納言と知り合い、都に迎えられる。

式部卿宮　東宮。しかし好色者として中納言と対照的に描かれる。この辺り巻五、大系本四一〇頁参照。

死出の山…　再び中納言のもとへ戻

からましかばと覚ゆるふしぐ〵こそ侍れ。〔父〕式部卿宮、唐土の親王に生まれ給へるを伝へ聞き、夢にも見て、中納言唐へ渡るまではめでたし。その母河陽県后さへこの世の人の母にて、吉野の君の姉などにて、あまりに唐土と日本と一つに乱れ合ひたる程、まことしからず。又、中納言まめやかにもておさめたる程、いみじと言ひながら、まことの契り結びたる人のなくて、いづこにもたゞ夜とともの丸寝にて果てたる程、むげにすさまじく、河陽県后忉利天に生まれたると、空に告げたる程だにいとまことしからぬに、又、かの后吉野の君の腹に宿りぬと、夢に見たる程など妄りがはしく、忉利天の命はいと久しくあなるを、いつの程にか又さる事はあらむなど覚ゆるこそ口惜しけれ。初めよりよからぬものはいかなる事も耳にもたゝず、いみじきにつけてはかなき事もかくこそ覚えけれ」など言へば、

〔一一〕玉　藻

又、「『玉藻』はいかに」と言ふなれば、「さしてあはれなる事もいみじき事もなけれども、「親は歩くとさいなめ」と、うち始めたる程、何となくいみじげにて、奥の高き。物語にとりては、蓬の宮こそいとあはれなる人、後に内侍のかみになりて、もとの大殿に出だしたてられたる、ひろめき出でたる程こそいとにくけれ。又、むねとめでたきものにしたる人の、初めの身の有様、本立ちこそねぢけばみ、うたてけれ。何の数なるまじきはみこしは、法の師などだにいと口惜しき。物語にとりて、主としたる身の有様はいとうたてありかし。又、「巌に生ふるまつ人もあらじ」と言はる女こそ、さる方にてかゝらぬ」など言へば、

〔一二〕とりかへばや

され、慰められて詠んだ歌。物語本文「越え侘びつつぞ」。

式部卿宮　すぐ前の式部卿ではなく故父宮。　**この世の人の母にて**　我が国の人が母ということで。→補

まめやかにもておさめたる　まじめにことに対処する。　**丸寝**　仮寝。

むげに…　まことに情趣の面で欠けるものがあり。　**河陽県后…**　この辺り巻四、大系本三七九―八〇頁参照。　**忉利天**　欲天の一。ここの寿命は一千歳という。但し物語には忉利天の語なく、単に「天に生まれ」とある。　**かの后…**　これもこの物語の特色である転生談の一例である。巻五、大系本四〇二頁参照。

妄りがはしく　よい加減で。

さる事はあらむ　一度忉利天という天界に転生した者が、またこの世に転生するということ、しかも忉利天での寿命は一千歳というのに、そんな筋の通らぬことがあるだろうか。

初めより…　全くの愚作は。これで作者は『浜松』を標準以上の作とみていることがわかる。

玉藻　散逸物語。風葉集十三首。→補

奥の高き　後半がよい、の意か。

ひろめき出で　ふらふらと出歩いて。

むねとめでたき…　主人公のことを言うか。　**本立ち**　生い立ち。素姓。

うたてけれ　嘆かわしい。

又、「『*とりかへばや』こそ言葉続きも悪く、物恐しく夥しき*けしたるものの様、*なかく〵いとめづらしくこそ思ひ寄りためれ、思はずにあはれなる事どもぞあむめる。歌こそよけれ。四の君こそいと▽おしけれ。あらまほしくよき人にて侍。又、*内侍のかみの男になりて後の人柄こそよけれ。又、*奥になりて、この人々の子供などいと多く、若上達部・殿上人、内の御物忌に籠りて、殿上にあまた人集ひて、物語の沙汰などしたるこそ、雨夜の品定めなど思ひ出でられて、いとめづらしくおかしと言ひつべきに、まねび損じていとかたはら痛しとも言ひつべし。*女中納言こそいといみじげにて、髻揺るがして子生みたるなどよ。又、*月ごとの病いと穢し。四の君の*母中将の法師になりたる、いとあはれなり。雪の朝に蓑着たるなどよ。女中納言の死入り、甦る程こそ夥しく、恐しけれ。*鏡持て来て、よろづの事暗からず見たる程、まことしからぬ事どもの、いと恐しきまでこそ侍」など言へば、

〔一三〕　かくれみの

又、「『*かくれみの』こそめづらしき事にとりかゝりて、見どころありぬべきものの、あまりにさらでもありぬべき事多く、言葉遣ひいたく古めかしく、歌などのわろければにや、*一手に言はるゝ『とりかへばや』には殊の外に押されて、今はいと見る人少きものにて侍。あはれにもをかしくもめづらしくも、さま〲*見どころありぬべき事に思ひ寄りて、むげにさせる事もなきこそ口惜しけれ。『*今とりかへばや』とて、いと*いたきもの、今の世に出で来たるやうに、『今かくれみの』といふものをし出だす人の侍れかし。今の世には見どころありて、し出づる人もありなんかし。むげに*この頃となりて出で来たるとて少

みこしは　御子柴で、人名か。
主としたる身　物語の主人公。
厳に生ふる…　「契りきと我は忘れず思ふとも厳に生ふる待つ人あらじ」が春宮母女御の作として風葉集一〇三三に見える。**かゝらぬ**　好感が持てる。前の「うたて」に対する。
とりかへばや　散逸物語。現存本『とりかへばや』の古本。物語二百番歌合六首、風葉集十二首。→補
けしたるもの　奇怪な現象。
なかく〵　かえって。**内侍のかみ**　本来兄であるが、妹ととりかえて育てられ、最後に元の男に戻る。
奥　後半か。この、物語を批評し合った部分は、現存の『とりかへばや』には見えない。
女中納言　男装して育てられた妹。
月ごとの病　月の障りのこと。→補
母中将の法師になり　→補
鏡…　浄玻璃の鏡の趣向がとり入れられていたか。
かくれみの　散逸物語。河海抄二に「竹取・うつほ・かくれみのなどの古物語」とある。風葉集十一首。
一手に言はるゝ　併称される習わしの。**見どころありぬべき…**　面白い趣向を思いついたにもかかわらずまったくそれを生かし切れなかったのは。**今とりかへばや**　現存の『とりかへばや』にほぼ相当すると思われる。風葉集六首。
いたき　すぐれた。

々見侍りしは、*古きものどもよりは、なか〳〵心ありてこそ見え侍りしか」など言へば、

〔一四　今とりかへばや〕

「げに源氏よりはさきの物語ども、宇津保を始めてあまた見て侍こそ皆いと見どころ少く侍。*▽古代に古めかしきはことはり、言葉遣ひ歌などはさせる事なく侍は、万葉集などの風情に〔作者の〕耳の及び侍らぬなるべし。など、*たゞ今聞えつる『今とりかへばや』などの、*本にまさり侍る様よ。何事ものまねびは必ず本には劣るわざなるを、これはいとにくからずおかしくこそあめれな。言葉遣ひ歌などもあしくもなし。*夥しく恐しきところなどもなかめり。本には〔女〕中納言の有様いとにくきに、これは何事もいとよくこそあれ。*かゝる様になる、うたてけしからぬ筋には覚えず。まことにさるべきものの報ひなどにてぞあらんと推しはかられて、かゝる身の有様をいみじく口惜しく思ひ知りたる程いと〳〵をしく、〔男〕内侍のかみもいとよし。中納言の女になり返り、*子産む程の有様も、内侍のかみの男になる程も、*これはいとよくこそあれ。本のは*もとの人々皆失せて、いづこなりしともなくて、あたらしう出で来たる程いとまことしからず。これは互にもとの人になりか▽わりて出で来たるなど、かゝる事思ひ寄る筋ならば、かくこそすべかりけれとこそ見ゆれ。

*四の君ぞこれはにくき。上はいとおほどかに*らうたげにて、

〔四君〕*春の夜も見るわれ*からの月なれば心づくしの影となりけり

と詠むも、何事のいかなるべしと思ひて、さばかりまめに*わくる心もなき人を持ちながら、心づくしに思ふらんと思ふだに、*をいらかならぬ心の程ふさはしからぬを、

〔四君〕*上に着る小夜の衣の袖よりも人知れぬをばたゞにやは聞く

この頃となりて…　鎌倉初期における新作の物語のこと。

古きものども　源氏以前の古物語を指すのであろう。　**古代に**　古めかしいと同義。あるいは古体に、か。

たゞ今…　今さきお話ししました。

本　古『とりかへばや』。

夥しく恐しき　古『とりかへばや』の評言を承ける。

かゝる様　女中納言の数奇な前半生。

子産む程　古『とりかへばや』の「髻揺るがして子生みたる」に対応する。

これは…　今『とりかへばや』は古『とりかへばや』に比べて。

もとの人々…　古『とりかへばや』では、兄妹が本来の姿に戻るところが不自然に描かれていたのであろう。

四の君　中納言(実は女)と結婚するが、宮の宰相と通じる。

らうたげ　可愛らしい。

春の夜も…　巻一。　**われからの…**　自分の心次第で感じの変わる月。

わくる心もなき人　浮気心などない夫(女中納言)。　**をいらかならぬ**　素直でない。

上に着る…　巻二。四の君が夫の中納言の栄達よりも、恋人宰相の昇進を気にして詠んだ歌。

宮の宰相　四の君と密通するだけでなく、中納言が実は女であることを察して言い寄る。　**深くものを覚えずは**　深い愛情がないならば。

取り籠めて…　監禁して、これでも

と詠みたるこそいとうたてけれ。

又、宮の宰相こそいと心後れたれ。さしも深くものを覚えずは、なでう至らぬ限なき色好めかしさをか好まるゝ。〔宰相が〕女中納言取り籠めて、今はいかなりともと、心安く思ひあなづる程、まづいとわろし。〔女中納言が〕さばかりになりたる身を、さしももてやつして、さるめざましき目を見てあるべしと、何事を思ふべきぞ。

又、その後、〔男尚侍が〕正しき男になりて、ゐて交ろはむを、女なる四の君だに、「ありしそれとも思はぬを」とこそ詠みたれ、〔宰相は〕けざやかにさしも向ひ見る〳〵、あらぬ人ともいと思ひも分かぬ程、むげに言ふかひなし。まづこの人の身の有様を思はむにも、かの麗景殿の内侍のかみの鎮まり、つき〴〵しくひきくゝみて、かくべくもあらざりし気色を思ひ合はせよかし」と言へば、又、「それも様異にて吉野の中の君(に)婿取られて、さばかりの恨み残りたりし辺りと思ひ知られで、ほけ歩くなどこそいみじく心劣りすれ」など言ふ。

〔一五　心高き春宮の宣旨・朝倉・河霧・岩うつ浪〕

又、「『心高き』こそ、『春宮の宣旨』など、今の世にとりては古きもの侍れ。まことに言葉遣ひなどは古めかしく、歌などわろく侍れど、いと名高きものにぞ侍る。その人となき者の身の余るばかりの幸ひを書き表はさむとしたるものこそ。されど〔宣旨は〕さばかり思し召されたりし春宮には候ひ給はず、内の大臣のわくる心多かるに、契りを結びたる程こそ心やましけれ。さて春宮の御位の末に女参らせて、その便りに、たゞ夢ばかりたちながら〔帝に〕行き逢ひて、互にせきかねてたち別れさせ給へる程こそいとあはれに悲しけ

う我が物だと安心して。　**さばかりになりたる身**　女姿となった中納言。　**もてやつして…**　再び男姿に変わって出奔し、宰相を驚かした。　**ゐて交ろはむを**　現われて人交わりするを。　**ありしそれとも…**　兄尚侍が本来の男姿で四の君の前に現われた時の歌「見しままのありしそれともおぼえぬは我が身やあらぬ人や変はれる」(巻三)。　**あらぬ人**　別人。　**この人**　男に戻った中納言。　**麗景殿の内侍のかみ…**　「宣耀殿の尚侍」が正しい。女装時代の兄君。宰相が言い寄ったことがあったが、それを落着いた態度ですかしたことを指す(巻二)。そうしたことを思い合わせたら、女中納言とは別人ということはわかりそうなものだ、の意。　**吉野の中の君**　皇胤でありながら世を厭う吉野宮の姫君。兄の手引きで宰相が通うようになる。　**さばかりの恨み…**　かつての愛人への思いの残った場所と、知るや知らずのうつろな心でさまよい歩く。　**心高き・春宮の宣旨**　散逸物語。『心高き春宮宣旨』として一書とみた方がよいようである。物語二百番歌合十首、風葉集十首。↓補　**人となき者…**　女主人公の春宮宣旨が、春宮の寵愛を受ける程の身分でないことをいう。　**心やまし**　物足りない。　**わくる心多かる**　多情である。　**御位の末**　帝位についた晩年。

れ。

『朝倉』『河霧』などもかやうの筋のものぞかし。『朝倉』、初めはいとあはれに、末心にくく覚えて、見もてゆく程に、くもてが子を堀河殿の産みたるぞかしといふ程、むげに定まりて、にくくこそ覚ゆれ。かの車にて行き違ふ程、石山に籠りたる程、いとあはれなり。

又、『岩うつ浪』などむげにたゞありに、言葉遣ひも古めかしけれど、〔女主人公が〕大将にすかされたるつとめて、紙燭さしの少将、女房の装束の菊のいろ〳〵なるを見て、

〔少将〕いろ〳〵の花を折りては見ゆれどもひとり菊にはかひなかりけり

と言へるを、思つめて女御に参り、后に立ち給ひてめでたき折、同じ菊のいろ〳〵を着て左衛門督といふ人、ありし少将に、

〔左衛門督〕菊の花かひある折もありけるをさしもなどかは言ひくたしけん

と言ひたるこそ嬉しけれ。

又、若宮の生まれ給へる御佩刀の使にて、この少将参りたるに、大将あるじの方にて御佩刀取りつぐに、見合はせてほゝゑむもおかし。させる事なき物語ながら、かたき討ちたるがそゞろにうれしきなり。

〔一六　海人の刈藻〕

今様の物語にとりては、『海人の刈藻』こそしめやかに艶あるところなどはなけれども、言葉遣ひなども、『世継』をいみじくまねびて、したゝかなる様なれ。物語の程よりはあはれにもあり。

朝倉　散逸物語。定家本更級日記には孝標女作と記す。物語二百番歌合十三首、風葉集二十首（内一首は詞書のみ）。
河霧　散逸物語。風葉集七首。
かやうの筋　『心高き春宮宣旨』に似た内容。　**くもて**　人名か。身分の低い男であろう。　**むげに定まりて**　まったく月並みな筋になって。
車にて行き違ふ　物語二百番歌合下五五や風葉集九七三の詞書によれば、関白と女主人公の車が河原で行き違う場面があったらしい。
石山に…　同歌合下六六に「心ならずさすらへける頃、石山に籠りて思ひ明かすに…」という詞書がある。
岩うつ浪　散逸物語。風葉集四首。
紙燭さしの少将　大将に従った者であろう。
いろ〳〵の…　女の側をからかった歌。「菊」に匂を「きく」意を掛ける。
思つめて　女主人公が自分を弄んだ大将を見返してやろうと。
左衛門督　女房の一人。
ありし少将　紙燭さしの少将。
言ひくたしけん　けなしたのでしょうか。　**若宮**　女主人公の子。
御佩刀の使　皇子誕生の折、天皇より太刀を賜わり母方の邸へ伝える使。
かたき討ちたる　女主人公が后となって、かつての大将の辱しめに報いたことか。　**海人の刈藻**　大体現存の『海人の刈藻』と同じだが、多少

一条院の西の対に、権中納言、三位中将住み給ふに、蔵人少将内裏の御使にまうでて見るに、おの〳〵住み給へる様もこそとり〴〵にいみじけれ。中にも権中納言は琵琶しのびやかにし〔ら〕べつゝ、「従冥入於冥永不聞仏名」と口ずさみ給へる程こそいみじけれ。*按察大納言上の失せの程こそあはれなれ。又、*江侍従内侍こそいと心深く好もしけれ。大納言*山へ登りざまに、そのたまといふ童に逢ひたる程こそいみじくあはれなれ。さて出家し給ひて後、*大宮雪の降るを見て、「わが子のもとは埋もれぬらむ」と眺め給ひし折しも、大将かつ降る雪をうち払ひて参り給へる程、〔斎宮の御方にて、〕*若君の、大将をば父〔、〕斎宮をば母と思したるを、関白殿、「みだりがはしの事や」とうち笑ひ給ふものから、涙のこぼれぬるなど、いとあはれなり。大将袖に顔を押しあてゝゐ給へる、ことわりなりや」など言ふ人あれば、又、「この大納言の北の方のなきこそいと口惜しけれ*とまでは覚えずぞ。又にくゝはなき程なる人柄、やむごとなくなど持ちて、〔主人公が〕法師になりたらむ折、嘆かせらむこそ今少しあはれも〔増〕さめ。又、中宮のむげに〔主人公の出家を〕何事とも思したらぬこそ大納言も*心劣りして口惜しけれ。〔中宮としては〕同じ心にうち靡き、心を交し、文の返事などこそせざらめ、御心の内にはいとあはれと思さるべきなり。又、関白殿・大将殿などのおの〳〵清き北の方持ちたりと言ひながら、をのづから*散る心なく、上の御はらから達のさばかり美しきを、塵ばかりも思ひ掛けぬこそむげに〔さ〕*う〴〵しけれ。*中宮の御産の御祈りの仏の多さこそまことしからね。又、何事よりも、権大納言の*即身成仏こそ返々口惜しけれ。法師になりたるあはれ皆醒めて、『寝覚』の中の君のそら死にも劣らぬ程の口惜しさ」など言ふ。

異ったところもあるようだ。物語二百番歌合三首、風葉集四首。↓補

世継 栄花物語か。 **物語の程より** 純然たる作り物語に比して、の意か。

一条院の西の対に… 現存本巻一。

従冥入於… 現存本では和漢朗詠集の「心を傷ましむる色」を誦する。

按察大納言上の失せ 現存本巻二。

江侍従内侍 近江守むねただの三女で中宮に仕える。現存本巻三に主人公とのはかない契りがある。

山 比叡山。現存本にはないが、風葉集四二五の「世を逃れんとて出ける みちに江侍従内侍がもとの者に見合ひてことづけ侍ける」という詞書がこれに相当するか。 **大宮雪の降るを** 現存本巻四に似た場面がある。

若君 主人公と中宮(藤壺女御)との子で大宮が養育していた。

とまでは覚えずぞ… この辺り、意が明確でないが、主人公に正妻のない点に一応の不満を見せ、『浜松』の評言に通じる。現存本では按察大納言の中の君と結婚する。

心劣りして 評価が下がるようで。

散る心なく 他の女性に心惹かれることもなく。 **さう〴〵しけれ** 物足りない。 **中宮の御産の…** 現存本巻四に観音・薬師・弥勒・地蔵等を次々と供養したことが見える。

即身成仏… 現存本巻四にある。あまりに理想的に描かれ過ぎて、余情に欠けることに対する批判か。

〔一七　末葉の露・露の宿り〕

「人、『末葉の露』『海人の刈藻』と一手に申すめれど、〔末葉の露は〕言葉遣ひなどもむげにたゞありにぞあむめる。皇太后宮の御ふるまひ、心様こそ〔かへすがへす〕返々めでたけれ。すべてその辺りはいと心にくゝいみじく覚ゆ。又、源中将こそこなた様の人々と言ひつべくて、心にくけれ。宰相中将の病よくなりて、参りたるに行き逢ひて、うち見てたゞ腰礼ばかりうちして行き過ぎたるなどこそいみじくねたけれ。物怪のしわざなれども、宰相中将の心、たゞ変はりに変はるこそいと浅ましくあはれなれ。又、大将の失せの程、正月に随身が服いと黒くて参りたるところなどこそ浅ましくあはれなれ。又、をかしき事もあむめり。うちの得業が酔ひ狂ひなどもをかし。さても思ひ出もなき宰相中将立ち帰りてはかりめでたき。前関白大将、〔女性については〕何事もおほよそにうち見て、わづかに東宮女御・蔵人少将など出だし入れて、女の果報こそいと口惜しけれ。

又、『露の宿り』、古物語の中には、言葉遣ひ・歌などもいとあしくもなし。あまりに人の失せたるぞまが〳〵しき。大弐が女こそいとをしけれ。「扇の風を身にしめて」などある程はいみじ。八条の人も我からはいとよし。一条の上といふ人こそなどやらむにくけれ。大原野行幸、関白の上桟敷にて見るに、二条上車にて、中宮の女房、車あまた遣りつゞけて見たるところこそいみじけれ。兵部卿宮、父大臣の忌に、一人行ひをする程に、

思ひやる袖だに露もかはかぬに朽ちやしぬらむ君が袂は

とて、さし置きたる程もいとおかし。

〔一八　みかはにさける・宇治の河浪〕

末葉の露　散逸物語。物語二百番歌合三首、風葉集九首。玉葉(治承三・八・三〇)にも「末葉露大将」の名が見える。

たゞあり　平凡。

こなた様の人々　皇太后側の人の意か。

腰礼　腰をかがめて軽く一礼すること。

うちの得業　「うち」は宇治か。あるいは有智か。それなら智識ある学僧の意。

思ひ出もなき　以下意不詳。

おほよそにうち見て　深入りしないことをいう。

露の宿り　散逸物語。物語二百番歌合五首、風葉集七首。今様の物語評の中に古物語の『露の宿り』が入るのはおかしいが、これは『末葉の露』から連鎖的に筆を及ぼしたものと思われる。

まが〳〵し　忌まわしい。

大弐が女　風葉集五六六詞書によれば、権大納言の愛を受けたが、心ならずも父に従って九州へ下ることになったことがわかる。

我から　「我から心用ゐ」の意。自制心のあること。

行ひ　仏への勤行。

思ひやる…　風葉集六七七によれば、中将内侍が権大納言に贈った歌である。

『みかはにさける』こそ歌はよけれ。東宮宣旨といふ人、

憂きにまた辛さを添へて嘆けとやさのみはいかゞものは思はむ

と詠めるも、又、それならずもいと多かり。御匣殿こそいみじくいとをしけれ。

『宇治の河浪』こそ『海人の刈藻』をあまりまねびたれども、あしくもなし。大将、帥の中の君に逢ひて、雪の朝弁に逢ひて、「この雪と共に消え侍ぬるぞ」と言ひかけて出でぬるこそいと心やましけれ。大将の上の尼にならむとするを、大将の聞き伝へたるこそ嬉しけれ。大将の失せこそあはれなれ。前斎宮のむげにし出だしたる事もなくて果てたるぞさう〴〵しき。又、姉君、式部卿宮の北の方になりて、いみじき事し得たりと思ひて妹姫君子にして、女御に参らせて幸ひ引き出だしたるこそいとにくけれ。又、斎宮の姫君とて、何事もめでたげなる人こそいと心づきなけれ。後に北政所など言はるゝよ。中の君こそいとおしけれ。よき子持ちたる程好もしきかたもあり」など言ふ。

〔一九　駒迎へ・緒絶えの沼〕

又、『駒迎へ』、言葉遣ひ艶にいみじげなる程よりは、むげに末枯れにぞある。大将の心用ゐこそいみじけれ。人は口にまかせてさこそはものは言へども、必ずその筋を通す事は、今も昔も有難きわざなるを、〔大将は〕初めの趣にて末まで通したるがいみじきなり。雪の夜、夢見て驚き渡りながら、〔相手の〕いと心苦しげなる有様を見置きて立ち帰る心などこそあまりに情なかめる。又、宮の姫君の身を変へて、按察大納言の取り女になりて、暮らす程こそいとあらまほしくも覚えね。

『緒絶への沼』、あまりに今めかしく事多かれども、人の心様々に多く見えて心あるも

みかはにさける　散逸物語。物語二百番歌合十五首、風葉集十二首。綺語抄・色葉和難集九の「あやしくも所たがへにみゆる哉三川(御川)にさける下つけの花」によると言われる。
憂きにまた…　物語二百番歌合下四六・風葉集九六に見える。
宇治の河浪　散逸物語。風葉集四首。
心やましけれ　物足りません。後の「さう〴〵し」もほぼ同じ意味。
妹姫君子にして　妹君を我が子ということにして。
心づきなけれ　面白味が湧きません。
北政所　摂政関白の妻の尊称。
駒迎へ　散逸物語。風葉集一首。
程よりは　そのわりには。
末枯れ　後半になるにつれて詰らなくなること。
夢見て…　ある女性を夢に見て、翌日そこへ訪ねたのである。
心苦しげなる…　その女性が何か事情があって困惑した状態になっていたのであろう。
情なかめる　恋愛物としての物足りなさを非難した。
取り女　養女。
緒絶への沼　散逸物語。風葉集十六首。
今めかしく　当世風に過ぎて。
心ある　風情のある。

のなり。宮の大将こそいとよき人にてあれ。*やがてその北の方もにくからぬ様にてよし。式部卿中▽むすめの物語、宮大将立ち聞きて、殿の大将に▽語りたる程、〔殿〕「いとをかしく嬉しからず」と笑ふもおかし。*新宰相の君が局に三宮をはしましける前、中納言中将渡るとて、「恋しなどは愚かなる」と口ずさぶこそいとをかしけれ。又、*同じ人、*内裏より共に行き逢ひて、「*この世のほかの思ひ出でにも」とうち詠めたる事いとあはれなり」など口々に言ひ、

〔二〇　初　雪〕

「これよりしも人々し*からぬ物語も、又、少し*我はと思ひたるも、数も知らず多く侍れど、さのみ申さば夜も明け日も暮れぬべし。*『初雪』といふ物語御覧ぜよ。それにぞ物語の事は見えて侍る。

〔二一　うきなみ・松浦の宮〕

又、*むげにこの頃出で来たるものあまた見えしこそ、なか〳〵古きものよりは、▽言葉遣ひ・有様などはいみじげなるも侍めれど、なを『寝覚』『狭衣』『浜松』ばかりなるこそえ見侍らね。

又、*隆信の作りたるとて『*うきなみ』とかやこそ、殊の外に心に入れて作りける程見えてあはれに侍れど、そもなを言葉遣ひなど、*てづゝげにて、いと心ゆきて覚侍らず。

又、*定家少将の▽作りたるとて、あまた侍めるは、ましてたゞ気色ばかりにて、むげにまこともなきものども侍なるべし。*『松浦の宮』とかやこそ、ひとへに*万葉集の風情にて、*『宇津保』など見る心地して、愚かなる心も及ばぬ様に侍めれ。

やがて　同じく。

新宰相の君…　風葉集一〇一五詞書によれば、この君と中納言中将の仲を知らぬ三宮が新宰相を訪れ、そこへやって来た中将は空しく「恋しなどは」と歌に寄せて口ずさむのみであったということらしい。

同じ人　中将と新宰相。

内裏より　宮中を通行していて。

この世のほかの…　和泉式部「あらざらんこの世のほかの思ひ出に今一たびの逢ふこともがな」(後拾遺恋三)によるか。

人々しからぬ　水準以下の。

我はと思ひたる　見どころあるとされている物語。

初雪　散逸物語。栄花物語六に「女房の有様共、彼初雪の物語の女御殿に参りこみし人々よりも、是はめでたし」とある。女房が集って物語論をするところがあったのであろうか。

むげにこの頃出で来たるもの…　三八一頁〔一二〕にも同様の発言が見える。

隆信　藤原隆信。定家の異父兄。→三四八頁「障子の絵」注。

うきなみ　散逸物語。風葉集十七首。

てづゝげ　つたないさま。

定家少将　定家の少将在位期間は、文治五年十一月から建仁二年閏十月。

松浦の宮　現存『松浦宮物語』。

万葉集の風情にて　時代を藤原宮時代に設定し、和歌も万葉風を模したものが多いことをいうか。

〔二二〕 今の世の物語

すべて今の世の物語は、ふるき御門にて、『狭衣』の*天津乙女・『寝覚』の*うちしきなども今少し*こと〴〵しく、*いちはやき様にしなしたる程に、いとまことしからず、夥しきふし〴〵ぞ侍る。*『有明の別』*『夢語り』*『浪路の姫君』*『浅茅原の内侍のかみ』などは言葉遣ひなだらかに*耳立たしからず、いとよしと思ひて見もてまかる程に、いと*恐しき事もさし混りて、何事も醒むる心地するこそいと口惜しけれ」など言へば、

〔二三〕 伊勢物語・大和物語

例の若き声にて、「思へば皆これは、されば偽りそら事なりな。まことにありける事を宣へかし。伊勢物語・大和物語などは*げにある事と聞き侍れば、返す〴〵いみじくこそ侍れ。それも少し宣へかし」と言へば、「伊勢物語など申すは、たゞ*業平が好き心の程見せん*料にしたるものにこそ侍れ。誰かは*世にあるばかりの人の高きも下れるも少しもの覚ゆる程の人、伊勢・大和など見覚えぬやは侍る。されば細かに申すに及ばず。*隅田川のほとりにて都鳥に言問ひ、八橋の渡りにて馴れにし妻を恋ひたるなど、*都のほかまであくがるらむも、たゞ*かの到らぬ隈なきしわざにこそ侍めれ。

大和物語と申すもたゞかやうの同じ筋の事なれば、*とゞめ侍なむ。誰も御覧じ覚へたる事なれば。*その内の歌のよしあしなどは古今集などを御覧ぜよ。これによきと覚しき歌は入り侍べし」と言へば、

〔二四〕 八代集

例の人、又、「さらば古き新しきともなく、撰集の中にいづれかすぐれてめでたく侍ら

宇津保など… 人物・環境の類似、特に唐を舞台にしていることを指す。
天津乙女 狭衣物語冒頭の天稚御子の天降った話のことか。その他天女の降臨は、宇津保・寝覚・浜松等に見えるが、作者がこれらを混同したのかも知れない。 **うちしき** 不明。
こと〳〵し 仰々しい。
いちはやき 安易に作られたもの、の意か。 **有明の別** 現存。
夢語り 散逸物語。風葉集五首。
浪路の姫君 散逸物語。
浅茅原の内侍のかみ 現存『浅茅が露』と関係あるか。
耳立たしからず 耳ざわりでなく。
恐しき事 『有明の別』の女院の男装、隠し身、『夢語り』にあったらしい高麗流謫、春日の夢託等を指すか。
げにある事 実際にあったことを記したもの。当時はこれらの物語は実話と考えられていたようだ。
業平が好き心 伊勢物語の主人公在原業平の好色心。 **料** 材料。
世にあるばかりの人 社会的にかなりな地位にある人。
隅田川のほとりにて… 以下伊勢物語東下りの段の話による。
都のほかまで… 旅に出ても女を恋い慕うということも。 **かの到らぬ隈なき…** 例の十二分な好色ぶり。
とゞめ侍なむ 説明はやめておきましょう。 **その内の歌** 伊勢物語・大和物語中の和歌。

む」と言へば、「*撰集など申名にて、愚かなるも侍らじ、と聞え侍ど万葉集などの事は、心も言葉も及び侍らず。*国基と申歌詠みこそ、「我歌は万葉集をもちて、*かくりとうにする」とは申けれ。*古今こそ古事いづれもと申ながらも、返々もめでたく侍れ。歌のよしあしなど申さむ事はいと恐し。撰べる人々たとひ思ひ誤りて、*よろしき歌を入るとも、帝▽御覧じ咎めさせ給はざらむやは。後撰は*あまりにかみさびすさまじき様して、凡夫の心及び難く侍。又、拾遺集・*▽拾遺抄とて侍めり。定家少将に、「*召すとはいづれを申すぞ」と人の問ひて侍し返事に、様々細かに記されて侍し事どもの中に、「古き人のしわざなれど、集には抄は遥かに劣りて見ゆ」〔と〕こそ申て侍りしか。万葉集より千載集に至るまでは、*八代集とやいふらむとて、それまでが事をぞ細かに申されて侍し。後拾遺よき歌ども侍めり。「*古き集どもよりはよし」など申人々侍れど、古今のまねはいかでかし侍らむ。*金玉集とて三代集の歌を撰じて、四条大納言公任のせられたるものを御覧ぜよ。さて、*それなる歌どももやうならむ、心も言葉も姿もかき合ひてめでたき歌とは知らせ給へ。又、▽金葉集よしと思へる人も侍り。されどその頃の歌すべて〔私の〕目の及び侍らぬやらむ、さしも覚え侍らず。又、今少し見どころ少くぞ覚え侍る。世にもさ思ひて侍なるべし。〔歌数も〕*いたく多くも侍らず。

〔一二五　私撰集・題の歌〕

その後も家家に撰べる集ども、あまた聞え侍。『*かえむす』『*こせむす』などは人よしと思ひて侍めり。されど勅撰集ならぬは、*心にくきにやいと*あなづらはしく覚え侍る。かつはかやうの事などは撰べる人柄によるべきなり。『*けんそむ』『*月けす』などは、さればめ

撰集など…　勅撰集という名である以上、よい加減なものはありますまい。撰集は勅撰集を指しているようである。　**国基**　津守国基。平安中期の歌人。底本の奥書に見える津守国冬の先祖に当たる。
かくりとう　紫影本「かゝりとう」、八州本「かゝりとく」。かかりどころ、典拠、規範という程の意か。
古今こそ…　古今集は、昔のものは皆よいという中でも。
よろしき歌　通り一遍の出来の和歌。
あまりにかみさび　古風に過ぎ。
拾遺抄　十巻。藤原公任撰。これを花山院が増補したのが拾遺集二十巻であろうとされる。　**召すとは**　花山院がみずから撰ばれたのは。
八代集　現在では、古今集から新古今集までを言う。　**古き集ども**　古今・後撰・拾遺集などを指すか。
金玉集　柿本末成(藤原公任)撰。貫之、躬恒等、主として古今・後撰・拾遺集の歌人の秀歌七十八首を収める。
それなる歌ども…　そこにある歌などが。「やうならむ」は婉曲な表現。
いたく多くも侍らず　それまでの勅撰集の例を破って、金葉集から巻数も十巻と半減した。
かえむす　源俊恵撰「歌苑集」(散逸)か。　**こせむす**　現存「今撰集」か。
心にくきにや　こちらがそう先入感を持つせいか。　**あなづらはし**　軽く。低く。　**けんそむ**　道因撰「現

で〔た〕かるらめども、心にくくもいと覚え侍らず。まして申さむや、『ならす』と申す物の侍とかや。いまだに見侍らねど、さしも心狭きものにて侍らむ。〔撰者の〕心をだにこそ見侍らね。『ぎよくわす』とて建久七年に撰べる由見えたるもの侍めり。某などいふ程の者のしわざにも侍らぬにや」など言へば、又、人、「されどそれは題の歌ばかりにて、きとものの用にたちぬべきとかや」と言へば、「題の歌は撰集ならずとも、堀川院百首・新院百首、近くは九条殿の左大将と申し侍りし折の百首など侍は。それを見ても題の歌はいとよく心得ぬべし。なか〱いと美しきども侍めるは。あはれ折につけて三位入道のやうなる身にて集を撰び侍らばや。千載集こそはその人のしわざなれば、いと心にくゝ侍るを、あまりに、人にところ置かるゝにや、さしも覚えぬ歌どもこそあまた入て侍めれ。何事もあひなくなり行く世の末に、この道ばかりこそ山びこのあと絶えず、かきのもとの塵つきずとかや承り侍れ。まことに聞き知らぬ耳にも有難き歌ども侍るを、ぬしのところに憚り、人の程に隠さるゝ歌どもには、かき交ぜず選り出でたらばいかにいみじく侍らむ。

〔二六　女〕

いでやいみじけれども、女ばかり口惜しきものなし。昔より色を好み、道を習ふ輩多かれども、女のいまだ集など撰ぶ事なきこそいと口惜しけれ」と言へば、「必ず集を撰ぶ事のいみじかるべきにもあらず。紫式部が源氏を作り、清少納言が枕草子を書き集めたるより、先に申つる物語、多くは女のしわざに侍らずや。さればなを捨て難きものにて我ながら侍り」と言へば、「さらば〔私は〕などか世の末にとゞまるばかりの一ふし、書きとゞむ

存集」(散逸)か。　**月けす**　「月詣和歌集」であろう。　**心にくくも**　見たいとも。　**ならす**　不明。源師光撰「南都集」(散逸)か。　**心狭き…**　党派的な立場で撰ばれていることを指すのであろう。　**ぎよくわす**　前左馬允俊貞撰「玉花集」(散逸)か。　**某などいふ程の者**　誰それと名の知られている程の者。　**それは題の歌ばかりにて…**　「ぎよくわす」は題詠の歌ばかり集めているので、急な時の役にたつはずだ。　**堀川院百首**　百の題により一首ずつ詠まれている。康和年間詠。　**新院百首**　崇徳院出題による。久安六年詠。　**九条殿**　藤原良経。大将在任は建久九年一月まで。　**百首**　建久四年良経主催の六百番歌合のこと。　**題の歌は…**　題詠の参考になる。　**なか〱**　かえって「ぎよくわす」などよりも。　**三位入道**　俊成。　**人にところ置かる**　地位の高い人に遠慮される。　**あひなく**　厭わしく。　**山びこのあと**　次の「かきのもとの塵」と共に、絶えず・尽きずの序詞であるが、「山柿」両歌聖をきかしていると思われる。　**ぬしのところに憚り**　詠者の地位に気兼ねし。　**隠さるゝ歌**　その人の身分が高いために、欠点をそれと言い立てない歌。他本は「かたさる」(遠慮する)。　**いみじけれども**　甚だ残念だが。　**色を好み**　情趣生活にふけり。

る程の身にて侍らざりけん。人の姫君・北の方などにて*隠ろえばみたらむ人はさる事にて、宮仕人とて*ひたおもてに出で立ち、*なべて人に知らるばかりの身をもちて、「*この頃はそれこそ」など人にも言はれず、世の末までも書きとゞめられぬ身にてやみなむは、いみじく口惜しかるべきわざなりかし。昔よりいかばかりの事かは多かめれど、あやしの*腰折一つ詠みて、集に入る事などだに、女はいと難かめり。まして世の末まで名をとゞむばかりの言葉言ひ出だし出でたるたぐひは少くこそ聞え侍れ。いと有難きわざなめり」など言へば、例の若き人、「さるにても誰々か侍ら〔む〕。昔今ともなく、おのづから*心にくく聞えむ程の人々思ひ出でゝ、その中に少しもよからむ人のまねをし侍らばや」と言へば、「*物まねびは人のすまじかなめるわざを、淵に入り給ひなむず」と言ひて笑ふ。

〔二七　小野小町〕

「女御・后は心にくゝいみじきためしに書き伝へられさせ給ふ〔ば〕かりのはいと有難し。まして*末々はことわりなりかし。色を好み、歌を詠む者昔より多からめど、小野小町こそみめかたち、*もてなし、心遣ひより始め、何事もいみじかりけんと覚ゆれ。

　*色みえでうつろふものは世の中の人の心の花にぞありける
　▽侘びぬれば身を浮草の根を絶えて誘ふ水あらば往なむとぞ思ふ
　思ひつゝ寝ればや人の見えつらむ夢と知りせば醒めざらましを

〔と〕詠みたるも、女の歌はかやうにとぞと覚えて、そゞろに涙ぐましくこそ」と言へば、又、「*老いの果てこそいとうたてけれ。*さしもなき人も、いとさまである事やは侍」と言ふ人あれば、「それにつけても浮世の定めなき思ひ知られて、あはれにこそ侍。▽屍になり

道　和歌の道。
集　和歌集、特に勅撰集を指すか。
世の末に…　後世に残る程の。

隠ろえばみたらむ人　深窓にあって過ごすような人。
ひたおもてに　他人と面と向いあって。　**なべて**　すべて。
この頃はそれこそ　今才女と言えばそれは彼女だ！
腰折　へたな歌の称。
心にくく聞えむ程の　人並すぐれたという評判の。
物まねび　物まね。「物まねをすれば淵に落ちる」とでもいった諺があったのであろうか。
末々は　女御・后よりも身分の低い者で名の残るというのは。
もてなし　物腰。ふるまい。
色みえで…　以下三首とも古今集に見え、小町の代表歌として中世においても説話集・謡曲の小町物・お伽草紙等に用いられた。
老いの果て　小町が老後零落したことを言う。　**さしもなき人…**　平凡な容貌の人でもあんなにまでおちぶれることがあろうか。
秋風の…　以下の伝説は江家次第・和歌童蒙抄七・袋草紙上・無名抄・古事談二、その他に見える。
あなめ〳〵　あな目痛しの意。
小野とは言はじ…　小野にだけ薄があるというのでなく目の中にも、の

て後まで、

　*秋風の吹くたびごとに*あなめ〳〵*小野とは言はじ薄生ひけり

など詠みて侍ぞかし。広き野の中に薄の生ひて侍りける、かく聞えたるなりけり。いとあはれにてその薄を引き捨て侍りける夜の夢に、「かの頭をば小野小町と申す者の頭なり。薄の風に吹かるゝたびに、目の痛く侍に、引き捨て給ひけるなんいと嬉しき。この代りには歌をいみじく詠ませ奉らむ」と見えて侍りけるとかや。その夢に見たる人は*道信の中将とかや、人の申侍はまことにや。〔小町以外に〕*誰かはさる事あるな。色をも香をも心にしむとならば、かやうにこそあらまほしけれ」と言へば、

〔二八　清少納言〕

又、人、「すべて*あまりになりぬる人の、そのまゝにて侍ためし、有難きわざにこそあめれ。*檜垣の子、清少納言は一条院の位の御時、*宇治の関白世をしらせ給ひける初め、*皇太后宮の時めかせ給ふ盛りに候ひ給ひて、人より優なる者と思し召されたりける*程の事どもは枕草子といふもの▽にみづから書き表して侍めれば、細かに申すに及ばず。歌詠みのかたこそ*元輔が女にて、*さばかりなりける程よりはすぐれざりけるとかやと覚ゆる、後拾遺などにもむげに*少なう▽入りて侍めり。*みづからも思ひ知りて、申乞ひて、左様の事には交り侍らざりけるにや。*さらではいといみじかりけるものにこそあれ。

　その枕草子こそ心の程見えて、いとおかしう侍。さばかりおかしくも、あはれにも、いみじくも、めでたくもある事残らず書き記したる中に、宮のめでたくさかりに時めかせ給ひし事ばかりを、*身の毛も立つばかり書き出でて、関白殿失せさせ給ふ、*内の大臣流され

意と、自分を小野氏とは名乗りたくないという意とを掛けている。
道信の中将　平安中期の歌人。無名抄や古事談では業平とする。いろいろな人に仮託されていたのであろう。
誰かはさる事あるな　誰がこんな風雅な和歌説話の主たり得ようか。
あまりになりぬる人　あまりに分不相応に成り上がった者。
檜垣　九州に住んだという伝説的歌人。檜垣嫗集によれば清少納言の父清原元輔と交渉があったらしいが、少納言をその子とする伝えは他に見当たらない。
宇治の関白　中の関白の誤り。道隆。
皇太后宮　皇后宮の誤り。定子。
程　頃。
元輔　梨壺の五人、後撰集撰者の一。
さばかりなりける程よりは　その名歌人の子のわりには。
少なう入りて　後拾遺集に二首、その他も入集はまことに少ない。
みづからも思ひ知りて…　清少納言が歌才のないことを承知して皇后にも申し出ていたことは、枕草子「五月の御精進の程」の条に見える。
さらでは…　そうでもなければ、入集があまりに少な過ぎるようです。
身の毛も立つばかり　あざやかに。褒め言葉である。
内の大臣　道隆の子、定子の兄、伊周。叔父道長と争い、長徳二年九州へ配流。

給ひなどせし程の衰へをば、*かけても言ひ出でぬ程のいみじき心ばせなりけん人の、はか〴〵しき*よすがなどもなかりけるにや、*乳母の子なりけるものに具して、遙かなる田舎にまかりて住みけるに、*襖などいふ物干しに、外に出づとて、「昔の直衣姿こそ忘ら〔れ〕ね」とひとりごちけるを見侍りければ、あやしの衣着て*つゞりといふもの*帽子にして侍りけるこそいとあはれなれ。まことに、いかに昔恋しかりけむ」など言へば、

〔二九　小式部内侍〕

又、「*小式部内侍こそ誰よりもいとめでたけれ。かゝるためしを聞くにつけても、命の短かりけるさへ、いみじくこそ覚ゆれ。*さばかりの君に、取り分き思し召し時めかされ奉りて、*なき跡までも〔御〕衣など賜はせけむ程、宮仕ひの本意これにはいかゞ過ぎむと思ふに、果報さへいと思ふやうに侍りし。よろづの人の心をつくしけむ、*妬げにもてなして、*大二条殿にいみじく思はれ奉りて、やむごとなき*僧子ども生み置き、かく*隠れにけんこそいみじくめでたけれ。歌詠み覚えは*泉式部には劣りためれど、*病限りになりて死にぬべく覚えける折に、

いかにせん行くべき方も思ほえず親に先立つ道を知らねば

と詠みたりけるに、そのたびの病たちまちにやみたりけるとかや。それにてこの道のすぐれたる程は見知りぬ。又、*定頼の中納言に、

大江山生野の道の遠ければまだふみも見ず天の橋立

と詠みかけたりけるなども、*折につけては、いとめでたかりけるとこそ推し量らるれ。

〔三〇　和泉式部〕

かけても　少しも。
よすが　老後を過ごすよるべ。
乳母の子…　以下の説話は他に能因本系統の枕草子奥書に見られる。
襖　狩衣の別称。
つゞり　継ぎ合わせた布。
帽子　かぶり物。

小式部内侍　和泉式部の娘。上東門院彰子に仕えたが若くして死んだ。
さばかりの君　上東門院彰子を指す。
なき跡までも…　次の和泉式部の条参照。
妬げにもてなして　自分に心を尽くした人々が相互に妬ましく思う程、それぞれにうまく応対して。
大二条殿　教通。
僧子…　教通との間に後の木幡僧正静円、藤原公成との間に後の頼仁阿闍梨がある。
隠れ　死没すること。
泉式部　和泉式部。
病限りになりて…　この説話は、十訓抄十・古今著聞集五・沙石集五等に見える。
定頼の中納言　藤原公任の息。この説話は金葉集雑上・俊頼髄脳・袋草紙上・十訓抄三・古今著聞集五等に見える。小式部の少女時代のことで、その歌才を示す話として名高い。
折につけては…　その咄嗟の場合、実に見事だと。

泉式部、歌数など詠みたる事は、まことに女のかばかりなる有難くぞ侍るらん。心様振舞などぞいと*心にくからず。かばかりの歌ども詠み出づべしとも覚え侍らぬに、しかるべき*前の世の事にこそあむめれ。この世一つの事とは覚えず。その中にも、*保昌に忘られて、*貴船に百夜参りて、

*もの思へば沢の螢も我が身よりあくがれ出づるたまかとぞ見る

と詠みたるなど、まことにあはれに覚えけり。

奥山にたぎりて落つる滝津瀬に玉散るばかりものな思ひそ

と*御返ありけむこそいとめでたけれ。小式部内侍失せて後、*女院より賜はせける御衣に、小式部内侍と札付けたるを見て、

*もろともに苔の下には朽ちずして▽埋もれぬ名を見るぞ悲しき

と詠みて参らせけむ、

*とめ置きて誰をあはれと思ふらむ子はまさるらむ子はまさりけり

と詠めるもいとあはれなり。又、孫の某僧都のもとへ、

*親の親と思はましかば訪ひてまし我が子の子にはあらぬなりけり

と詠みて奉りたるもあはれなり。*書写の聖のもとへ、

*暗きより暗き道にぞ入りぬべき遙かに照らせ山の端の月

と詠みてやりたりければ、返しをばせで、袈裟をなん遣はしたりける。さてそれを着てこそ失せ侍りにけれ。*そのけにや、泉式部罪深かりぬべき人、後の世助かりたるなど聞き侍るこそ何事よりも羨ましく侍れ」と言へば、

心にくからず　和泉式部が人格的にはあまり評判がよくなかったことを示す。

前の世…　人格と歌人としての才能との食い違いは、無名草子の作者としては前世を持ち出すことによってしか解決出来なかったようだ。

保昌　藤原保昌。和泉式部の夫。

貴船　京都市左京区にある貴船神社。

もの思へば…　この説話は、後拾遺集神祇・俊頼髄脳・袋草紙上・十訓抄十・古今著聞集五・沙石集五等に見える。

御返　貴船明神の御返歌。

女院　上東門院彰子。

もろともに…　金葉集雑下・古来風体抄下・近代秀歌・宝物集一・沙石集五等に見える。

とめ置きて…　小式部内侍が公成の子を残して死亡した時の歌。後拾遺集哀傷・栄花物語二十七・古来風体抄下等に見える。正しくは初句「とどめおきて」。

親の親と…　拾遺集雑下に源重之母の歌として出る。結句「あらぬなるべし」。

書写の聖　性空上人。姫路市書写山円教寺の開祖。

暗きより…　拾遺集哀傷・俊頼髄脳・古来風体抄下・宝物集三・世継物語等に見える。

そのけ　そのため。

〔三一　宮の宣旨〕

又、「*宮の宣旨こそいみじく覚え侍。男も女も、人にも語り伝へ、世に言ひふらすばかりの*もの思はざらむは、いと情なく、本意なかるべきわざなり。*定頼の中納言、*かれ〴〵になりて侍けるに、

▽はる〳〵と野中に見ゆる忘れ水絶え間〳〵を嘆く頃かな

と詠みける程に、絶え果て給ひて後、〔定頼が〕賀茂に参り給ふと聞きて、よそながらも今ひとたび見まほしさに、詣でて*見聞ゐても、

よそにても見るに心は慰まで立ちこそまされ賀茂の河浪

さてもいとゞ涙の催しなりけり。

恋しさをしのびもあへず*空蟬の*うつし心もなくなりにけり

と詠める、返々いみじきなり。誰〳〵か程々につけて*もの思はぬ。されどもうつし心もなき程に思ひけむ、いと有難くあはれに覚え侍なり。されども左様のたぐひは、昔よりいと多く侍めり。*赤染が「*まつとは止まる人や言ひけむ」と詠める、*伊勢大輔が「*近江の海にかたからめ」と詠めるも、程々につけていみじからぬやはある。

〔三二　伊勢の御息所〕

まことに名を得ていみじく心にくゝあらまほしきためしは、*伊勢の御息所ばかりの人は、いかでか昔も今も侍らむ。*寛平法皇*世を背かせおはしまして、〔御息所が〕つれ〴〵にて籠りゐたりけむ有様、聞き侍などこそたぐひなくいみじく覚ゆれ。*庭はい*と白きものから、苔むら〳〵生ひて、*帽額の簾所々破れて、*かみさび心細げなりけるに、*延喜の御時、*若

宮の宣旨　みあれの宣旨又は、大和宣旨とも呼ばれる。作者部類に三条院太皇太后宮女房とある。
もの思はざらむは　それ程の悩みを経験していない者は。
定頼…　前出。→三九四頁。以下の説話は世継物語に見え、また「はる〳〵と…」「恋しさを…」の歌は後拾遺集恋三・恋四に大和宣旨の名で見える。
かれ〴〵に　疎遠に。
見聞ゐても　かいま見申上げても。
空蟬の　枕詞。
うつし心　正気。生きた心地。
もの思はぬ　思い悩むであろうが。
赤染　大江匡衡の妻。平安中期の歌人。
まつとは止まる…　赤染衛門集に見える。上句「名を聞くに長居しぬべし住吉の」。
伊勢大輔　平安中期の歌人。
近江の海に…　後拾遺集恋三に見える。初句「みるめこそ」、下句「吹きだに通へ志賀の浦風」。
伊勢の御息所　伊勢の御。宇多天皇の寵を受けた。
寛平法皇　宇多法皇。
世を背かせ　昌泰二年十月出家された。
庭は…　以下の話は今昔物語二十四に見える。
いと白きものから　桜が花盛りというものの。

宮の御袴着御屏風の歌たゞ今詠みて奉るべく、*伊衡の中将の御使ひにて仰せられたりけるに、

*散り散らず聞かまほしきに故里の花見て帰る人もあらなむ

と詠みて奉りたる程の事どもなどこそ返々心も言葉もめでたく覚え侍」と言ふなれば、

〔三三　兵衛内侍〕

又、「必ず歌を詠み、物語を選び、色を好むのみやはいみじくめでたかるべき。*何事にも歌の道にたりぬるばかりは、いみじくめでたかるべき事やは侍。その中にも*箏の琴は女のしわざと覚えて、なつかしくあはれなるものの音なれど、あやしの*なま女房・童・侍などまで、大方*よからぬ爪鳴らして、なべて耳慣らしたるがいと口惜しきなり。琵琶、なべて弾く人少なう、まして女などはたま〳〵まねぶを聞くも、いとめでたく心にくくおくゆかしくこそ侍れ。*博雅の三位、逢坂の関へ百夜まで行きて、蝉丸が手より習ひ伝へ奉りけん程、思ふもいと有難くめでたきを、*兵衛内侍といひける琵琶弾き、*村上の御時の相撲の節に、*玄上賜はりて仕りたりけるが、*陽明門まで聞えけるなどこそいとめでたけれ。博雅の三位だにかばかりの音は弾きたて給〔は〕ずと、時の人ほめ侍りける程こそ女の〔身〕には有難き事に侍れ。歌などを詠みすぐりて人に褒めらるゝためしは昔も今もいと多かり。これはいと有難く羨ましき事に侍り」など言ふなり。

〔三四　紫式部〕

様々心の程見えていとおかしく聞き所あるに、目も醒めてつくづくと聞き臥し侍に、いみじく*さし答へもせまほしき事多かれど、よしなければ、身じろきをだにせで空寝をして

帽額の簾　上方に横長く布を引き渡した簾。
かみさび　古びて。
延喜の御時　醍醐天皇の御代。
若宮の御袴着…　袴着の祝いに屏風に書く歌を、今すぐ詠んで差し出すようにと。
伊衡　藤原敏行の子。歌人。
散り散らず…　拾遺集春・伊勢集に見える。拾遺集末句「あはなむ」。
何事にも　この文意辿りにくい。
箏の琴　十三絃の琴。
なま女房　宮仕えに慣れぬ女房。
よからぬ爪鳴らして　下手な演奏をして。
博雅の三位　醍醐天皇の孫。この説話は今昔物語二十四その他に見える。
兵衛内侍　伝不詳。上東門院に仕えた兵衛内侍という女房のあったことが栄花物語三十一・三十三等に見え、後拾遺集・新千載集に各一首入集している。この人か。
村上の御時…　大鏡(古物語)にもこの話は見えるが、それは「兵衛内侍の御親」のこととしていて、その方が年代は合うようである。
玄上　琵琶の名器。
陽明門　大鏡には承明門とある。
さし答へ　応答。

侍に、又、「されど左様の事は我が世にある限りにて、なき跡までとゞまりて、末の世の人、見聞き伝ふる事なきこそ口惜しけれ。男も女も管絃の方などはその折にとりてすぐれたるためし多かれど、いづらは末の世にその音の残りてやは侍。歌をも詠み詩をも作りて、名をも書き置きたるこそ、百年千年を経ても、たゞ今その主にさし向ひたる心地して、いみじくあはれなるものあれ。さればたゞ一言葉にても、末の世にとゞまるばかりのふしを書きとゞむべきとは覚ゆる。

繰言のやうには侍れど、つきもせず羨ましくめでたく侍は、大斎院より上東門院、「つれづれ慰みぬべき物語や候ふ」と尋ね参らせさせ給へりけるに、紫式部を召して、「何をか参らすべき」と仰せられければ、「めづらしきものは何か侍べき。新しく作りて参らせさせ給へかし」と申ければ、「作れ」と仰せられけるを承りて、源氏を作りたりけるとこそいみじくめでたく侍れ」と言ふ人侍れば、又、「いまだ宮仕へもせで里に侍ける折、かゝるもの作り出でたりけるによりて、召し出でられて、それゆへ紫式部といふ名を付けたるとも申は、いづれかまことにて侍らむ。その人の日記といふもの見侍りしにも、「参りける初めばかり、恥づかしうも心にくゝも、又、そひ苦しうもあらむずらむとおの〳〵思へりける程に、いと思はずに呆けづき、かたほにて、一文字をだに引かぬ様なりければ、かく思はずと友達ども思はる」などこそ見えて侍れ。君の御有様などをば、いみじくめでたく思ひ聞えながら、つゆばかりもかけ〳〵しく、慣らし顔に聞え出でぬ程もいみじく、また、皇〔太〕后宮の御事を限りなくめでたく聞ゆるにつけても、愛敬づきなつかしく候ひける程の事も、君の御有様も〔自分に〕なつかしくいみじくおはしましゝなど聞え表はしたるも、

左様の事　今話の出た音楽のこと。
末の世の人　後代の人。
歌をも詠み…　三五二頁の「文」と共通する考え方。

大斎院…　後出。↓四〇〇頁。選子より彰子の方へ。なおここに見える源氏物語成立説は、賀茂斎院記・世継物語・河海抄一・花鳥余情、謡曲『源氏供養』の間語りなどにも見える。

里　自宅。
かゝるもの　源氏物語。

その人の日記　紫式部日記。
そひ苦しう　つき合いにくく。
かたほ　未熟。
見えて侍れ　以上日記の出仕の思い出を記した部分によっているが、文章はそのままではない。
君　道長。
かけ〳〵しく　懸想がましく。
慣らし顔に　むやみとなれなれしい感じに。

*心に似ぬ体にてあめる。*かつはまた〔道長の〕御心柄なるべし」など言へば、

〔三五　定子皇后・上東門院〕

又、「*皇后宮・上東門院、いづれか今少しめでたく▽おはしましける」と言へば、「皇后宮御みめも美しうおはしましけるとこそ。〔一条〕院もいと御心ざし深くおはしましける。*失せさせ給ふとて、

〔定子〕*知る人もなき別れ路に今はとて心細くも思ひたつかな

〔定子〕*よもすがら契りし事を忘れずは*恋ひむ涙の色ぞゆかしき

など詠ませ給ふらむこそあはれに侍。後に御覧じけん帝の御心地、まことにいかばかりかはあはれに思し召されけむ。

さて*御わざの夜、雪の降りければ、

〔帝〕*野辺までに心一つは通へども我が御幸とは知らずやあるらむ

と詠ませ給へりけむもいとこそめでたけれ。おはしまさぬ跡まで、*さばかりの御身に、御目も合はず思し召し明かしけん程なども、返々▽めでたし。又、*中関白殿隠れさせ給ひ、又、*内の大臣流されなどして、*御世中衰へさせ給ひて後、*かすかに心細くておはしましけるに、頭中将　某　参りて、簾のそば風に吹き上げたるより見給ひければ、いたく若き女房の清げなる七八人ばかり、いろ〳〵の単襲・裳・唐衣などもあざやかにて候ひけるも、*思はずに、今は何ばかりおかしき事もあらじと思ひ侮りけるも、*浅ましく覚えけるに、庭草は青く茂り渡りて侍ければ、〔中将〕「などかくは。これをこそ払はせておはしまさめ」と聞え給ても、宰相の君となむ聞えける人、「〔上東門院が〕露置かせて御覧ぜむとて」と答へ

心に似ぬ体　日記中に、自分と彰子・道長との間を隔てないように書いているのは、式部の内気な性格に似ないと言っているのである。
かつはまた…　それは一方では道長の闊達な人柄が、式部をしてそのような書き方をさせたのであろう。
皇后宮　定子。
失せさせ給ふとて　定子が死に臨み給うて。
知る人も・よもすがら　二首共、後拾遺集哀傷・栄花物語七・今昔物語二十四に見えているが、いずれも順序は逆である。
恋ひむ涙　自分を慕って下さる帝の涙。
御わざ　御葬送。
野辺までに…　これも後拾遺集哀傷・栄花物語七に見える。私の心は彼女が火葬される野辺まであこがれ出ているのだが、誰もそうとは知らないだろう。「御幸」と「み雪」を掛ける。
さばかりの御身に　帝という身で。
中関白殿　道隆。
内の大臣　伊周。
御世の中　道隆一家の勢力。
かすかに心細くて…　以下の話は枕草子「殿などのおはしまさで後」による。
思はずに　意外で。
浅ましく　浅はかだったと。

けむこそは、なを*ふり難くいみじく覚させ給へ。

上東門院の御事は▽よしあしなど聞ゆべきにもあらず。何事もめでたきためしにはまづ引かれさせ給ふ時なれば、とかく申に及ばず。何事も御幸ひ極めさせ給ふあまりに、*御命さへこちたくて、*あまたの帝に後れ奉らせ給ふこそいと口惜しく侍れ。そのたびにいとあはれなる御歌ども詠ませ給ひたるはやさしくこそ侍れ。一条院隠れさせ給ひて、

〔彰子〕*逢ふ事を今はなきねの夢ならでいつかは君を又は見るべき

など詠ませ給へるもいとめでたくこそ侍。又、*顕基の中納言〔への〕御返事に、「*世はふたゝびは背かざらまし」など侍もいとあはれなり。何事よりも*優なる人多く候ひけむこそ、いとゞ心にくゝめでたく覚え侍れ」と言へば、

〔三六　枇杷殿の皇太后宮〕

「その御妹の*枇杷殿の皇太后宮と聞えさするにこそ、いとはなやかにもの好みしたる人々多く候ひけれ。*▽大和宣旨もその宮の女〔房〕なるべし。折々の女房の装束、*打出などもためしなき程に制を破り、女房の*一品経供養などしける事もいと夥しく侍けれ。*女院にはさばかり名を残したる人々候ひけれど、*左様の事なども人の目驚くばかりはあらじと包ませ給ひけむ程も、様々心のいろ〳〵見えてめでたくこそ侍れ」と言へば、

〔三七　大斎院〕

又、「*昔のやうの*宮腹の御有様、あまた承る中に、*大斎院こそめでたくおはしましけんと覚えさせ給へ。たゞ今の后にておはしまさむ御方々は、はなやかに今めかしくも、又心にくゝもおはしまさん、ことはりなり。これはいつもめづらしからぬ*常磐の影にて、*有栖

ふり難く　昔の気品を失わぬていで。
御命さへこちたくて　きわめて長寿でいらっしゃって。上東門院は承保元年八十七歳で没。
あまたの帝に後れ　その間門院は夫の一条天皇、以下三条・後一条・後朱雀・後冷泉・後三条を見送った。
逢ふ事を…　栄花物語十・新古今集哀傷にも載る。新古今初句「逢ふ事も」。他本も同様。
顕基　源顕基。後一条天皇の死に殉じて出家した。この顕基との歌の贈答のことは、後拾遺集雑三・大鏡八・栄花物語三十三・今鏡一・袋草紙上等に見える。
世はふたゝびは…　上句「時の間も恋しきことの慰まば」。但し字句は諸書により多少異同あり、栄花物語では侍従の内侍の作とする。
優なる人多く…　彰子の周辺には、紫式部・伊勢大輔・和泉式部ら才媛が多かったことを指す。
枇杷殿の皇太后宮　道長の二女妍子。三条天皇の中宮。以下この人の周辺には衣裳好みの派手な女房が多かったことを述べる。　**大和宣旨**　宮の宣旨のこと。→三九六頁
打出　出だし衣。牛車や簾の下から見せる女房の衣。この宮の女房の衣裳が華美であったことは、栄花物語二十四にも見える。
一品経供養　各自が法華経を一品ずつ誦したり書写したりして供養する

川の音よりほかは、人目稀なる御住ひにて、いつもたゆみなくおはしましけん程こそ、限りなくめでたく覚えさせ給へ。さりながら御年なども若くおはしまさむ程はことはりなりや。

*むげに老ひ衰へ、御世も末になりて、そのかみ参りなれて侍けん人もおさ〳〵なく、今の世の人々はか〳〵しく参る事もなき末の世になりてしも、九月十日宵の月明かりけるに、*雲林院の*不断の念仏の果てに参りたりける殿上人四五人ばかり、*かへさに本院の御門の細目に明きたるよりやをら入りて、昔より*心にくく言はれさせ給ふ院の内、忍びて見むと思ひけるに、人の音もせずしめ〳〵とありけるに、御前の前栽心に任せて高く生い茂るを、露は月の光に照らされてきらめきわたり、虫の声々かしがましきまで聞え、遣水の音のどやかにて、*船岡の颪、風ひやゝかに吹き渡りけるに、御前の簾少し*はたらきて、薫物の香いとかうばしく匂ひ出でたりけるだに、今まで御格子も*参らで月など御覧じけるにやと、浅ましくめでたく覚えけるに、奥深く箏の琴を*平調に調べられたる声、ほのかに聞えたりける。*さはかゝる事こそ、とめづらかに覚えける、ことわりなり。さて、*かゝる御有様を見けると知らせ奉らざらむ口惜しさとて、人などの参る方へたち回り給へりける。そこにも女房二三人ばかり物語してもとより侍けるに、いとをかしくて、琴など弾き遊びて、明方になりてこそ*内に帰り参りて、めでたかりつる事どもなど語り給ひけれ。*時の所は明暮人多く、殿ばら・宮々もつねに立ち交り給へれば、たゆみなからむも*ことはりなりや」。

〔三八〕 小野皇太后宮

又、「*小野の皇太后宮と聞えけるは、*大二条殿の女、*公任大納言の御孫。*世を遁れ籠り

こと。栄花物語十六に見える。
女院には 彰子の方には。
左様の事 衣裳や行事。
昔のやうの 昔風の。あるいは「昔の代の」か。
宮腹 皇女の腹に生まれた人。
大斎院 選子内親王。村上天皇皇女。賀茂斎院として五十七年間奉仕された。**常磐の影** 長年世に出ず斎院にあったことをいう。**有栖川** 紫野の斎院の野宮の付近を流れる川。嵯峨野宮の傍を流れる有栖川とは別。
むげに老ひ衰へ… 以下の説話は今昔物語十九・古本説話集上に見える。
雲林院 京都市北区紫野にあった天台宗の寺。**不断の念仏** 昼夜間断なく行なう念仏。**かへさ** 帰り道。
心にくく言はれさせ給ふ 奥ゆかしいという評判の。
船岡 雲林院の西南にある船岡山。
はたらきて 動いて。
参らで おろされないで。
平調 邦楽十二律の一。秋の調子。→八帖花伝書二3 73等
さはかゝる事こそ こんな風雅な御すさびをと。
かゝる御有様を… こんな優雅な御様を見たということを人々にお知らせしないということは残念だと。
内 内裏。
時の所 時めいている所。
ことはりなりや それに対し、訪ねる人も稀なところで、こんな優雅な

ゐさせ給ひて後、雪の朝、白河院、御幸俄になりて侍けるに、いさゝか*跡もなくて、*法花堂の方に*三昧経しのびやかに読みて、南面に*打出十具ばかりありける、中より切りて*袖廿出だして、*ひがくしの間に院は御車ながら立たせ給へりければ、汗衫着たる童二人、銀の銚子に〔御みき入れて、銀の折敷に〕金の御盃据へて、大柑子御肴にて、参り給へりし程こそいとめでたけれ。かねて用意したらむには、それにまさる事何事かなからむ。俄にはいと有難き御用意なりかし。今の世には何事もといふ中に、*かやうの事こそむげに有難かめれ」など言ふなり。

〔三九　男〕

又、いかなる事言はむずらむと聞き臥したるに、例の人、「さのみ*女の沙汰にてのみ、夜を明かさせ給ふ事の、むげに男の交らざらむこそ*人わろけれ」と言へば、「げに昔も今もそれはいと聞きどころあり。いみじき事いかに多からむ。同じくは、さらば*御門の御上よりこそ*言ひ立ちなめ。『*世継』『大鏡』などを御覧ぜよかし。それに過ぎたる事は、何事かは申すべき」と言ひながら。

建武二年四月六日未時一見訖

作者不審建久比書レ之歟自ニ源氏一始レ之色々物語事已下有レ興事等書レ之藤井とのゝ万葉集ヲ執給事有レ之

津守国冬　判

生活をなさるとは、の意を含む。

小野の皇太后宮　後冷泉院の后、歓子。　**大二条殿**　教通。

公任大納言の御孫　教通の妻が公任の娘であった。

世を遁れ…　承和元年、洛北小野の山荘に隠栖。以下の説話は、今鏡四・十訓抄七・古今著聞集十四に見える有名な話。

跡　雪を踏み荒した跡。

法花堂　法華三昧堂。

三昧経　道場を建て法華経を専心読誦する行法。

打出　前出。→四〇〇頁

袖廿出だして　十を二十に見せて歓迎の意を表したのである。

ひがくしの間　御殿の入口の部分。

かやうの事…　伊勢御息所、定子皇后、大斎院、そしてこの小野皇太后宮と、共通しているものは、はなやかな世を遁れながらも失われない風雅心に対する称賛である。

女の沙汰　女の噂。

人わろけれ　片手落ちで面白くない。

御門　帝。

言ひ立ちなめ　言い立てましょう。

世継　栄花物語のことであろう。

補注

王子猷…(三五二4)　晋書列伝に見える、子猷が月の夜にそれを一緒に賞美しようと、はるばる親友の安道を尋ねる話。この話は他に蒙求上・唐物語・十訓抄五等にも見える。

簫史が妻…(三五二5)　列仙伝に見える、簫史とその妻の弄玉が月に向って簫を吹くと、鳳凰が現われ二人を載せて飛び去ったという話。これも唐物語にあり、当時我が国でも知られた説話だったらしい。

泣くを見るこそ(三五三17)　類従本公忠集に「延喜御時、月のあかゝりける夜、藤壺など廻りて御覧じける御供にたゞ一人候ひけるに、誰とも知らぬ女いでゐていみじう泣くがあるを、上もいみじく怪しがらせ給ひて、かれ寄りて問へと仰せられければ、寄りて物言へどいらへざりければよみける、「思ふらむ心の内は知らねども泣くを見るこそ哀なりけれ」」。大和物語にも同様の説話を伝えるが、末句「悲し(わびし)かりけれ」とする。また書陵部本公忠集には、帝が「かれ問へ」と仰せありければ、寄りて物など言へど、いらへもせざりければ、「泣くを見るこそ悲しかりけれ」とのたまはせて、これがもと付けよ、と仰せられしかば、「思ふらん心のうちは知らねども」と連歌形式の説話として伝えている。

朧月夜に…(三六七14)　この歌は大江千里の作「照りもせず曇りもはてぬ春の夜の朧月夜ぞめでたかりける」による。物語本文は諸本殆どみな結句「似るものぞなき」。本書のように「しくものぞなき」のようなかたちで行なわれるようになったのは、俊頼髄脳・新古今集春上にとられて以後のことである。

狭衣(三七〇12)　〔梗概〕堀川大臣の息、狭衣は年頃になって一緒に育てられた従妹の源氏の宮を恋い始めたが、東宮も同じく宮に思いをかけているのを知り悩む。ある五月雨の夜、狭衣の笛の音に感じて天降った天稚御子が天上に連れ去ろうとした事件によって、帝は女二宮を狭衣に嫁がせようとする。その頃狭衣はふとしたことから、仁和寺の僧に誘拐されかけた道芝(飛鳥井姫)を救いこれと契るが、彼女はその胤を宿したまま乳母に欺され筑紫行の船に乗せられる。途中入水するが救われて尼となり、洛西常盤に隠れ住み、一女を生んで死ぬ。一方狭衣は偶然女二宮とも契り、宮は男子を生むが、母大宮はそれを苦にして病死し、二宮は出家する。道芝の子は一品の宮に引きとられ、狭衣はそのため不本意ながら一品の宮と結婚するが心は晴れず、後には神託によって帝位にまでつくが、失意のうちに世を送る。

源氏に次ぐ「世覚え」があったとあり、源氏・狭衣と併称されていたというが、明月記(天福元・三・一九)に「源氏幷狭衣」をあげ「於歌者抜群、他事雖不可然」とあるように、併称は主として和歌の面からのことであったらしい。

寝覚(三七二17)　〔梗概〕男主人公は結婚を控えた中秋の夜、ふとかいま見た女に心惹かれ契る。それがこの物語の女主人公寝覚上(中の上)であった。日を経て互いが相手の身の上を知った時には、女は既に懐妊しており、男は女の姉を正妻に迎えていた。女の父入道は娘のことに悩んで広沢に籠り、姉妹の反目は深まる。男は諦め切れず、広沢に隠れる女のもとにひそかに訪ねて来るが、一方宮中将も寝覚上に心を寄せる。帝からも入内の勧めがあったが、寝覚上は我が身を慮って父の言に従い、縁談のあった老関白のもとへ嫁いで行く。老関白は、男と寝覚上の間の子を、自分の子として育ててくれる。そうした誠実な人柄に寝覚上の心も次第になごんで来るが、老関白は間もなく亡き人となった。正妻を失った男主人公は朱雀院の女一宮を迎えるが、母后の奸計により寝覚上との事件が明るみに出、寝覚上もまた帝の求愛に悩まされ偽死事件をひき起こす。二人の間に生まれたまさこの君と冷泉院の女三宮との恋が院の気にふれるが、これは寝覚上の願いで許される。

現存本には欠巻部があるため、明確でない部分もあるが、大体右のような男女主人公の数奇な運命を描いたもの。参考までに無名草子に出る人物を主とした系図を左に掲げておく。

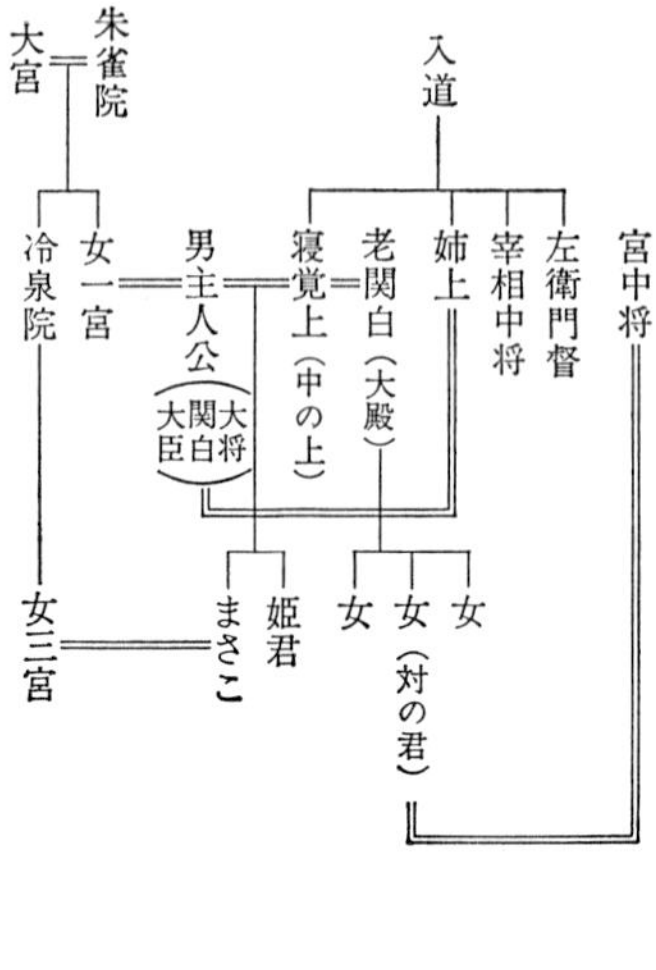

たゞ人ひとり（三七二18）　無名草子の作者が「夜の寝覚」を女主人公を中心に描かれているとみていたことは、この中でも終始「中の上」という呼び方で統一しているところからも察せられ、その点男主人公が、大将、若関白、関白、大臣と様々に呼ばれているのと対照的である。

又老関白の…（三七三13）　以下は現存本巻二と巻三の間にあった欠巻部分の**許で**、たとえば「対面」する相手は男主人公とも、老関白ともとれるし、

「姫君」とあるのも男主人公との間に生まれた姫とも、老関白と先妻との間の姫ともとれるなど、明確には解釈し難いところが多い。なお右二ヵ所は、いわゆる中村本ではどちらも前者にとっている。その他、「おなづき」はうなづきの誤りとする説があるが、仰向く意もあって（宮崎方言）、それだと姫のことを言い出されて、聞きたくないとつんと顔をそむけた意になり、「出で給ふ暁の事」も前文の続きとみて、男主人公が寝覚上の邸を辞する時とも、寝覚上が心進まぬながら老関白のもとへ嫁ぐ朝のことともとれるなど、物語本文の欠脱が、非常にこの部分の解釈を困難にさせている。

みつの浜松（三七八4）　〔梗概〕主人公の中納言は、ある夜亡父が唐の皇子に転生していると夢に見て渡唐する。そして皇子とその母河陽県の后を訪ねることが出来たが、母后と恋に陥り一子を儲ける。帰国の日が迫り、后をはじめ、中納言に思いを寄せた一の大臣の五の君にも別れを惜しむ。帰国の途中、筑紫に立ち寄り大弐の女と会うが語り明かすのみ。京へ帰ってみると、数年前わりない恋の上で子までなした左大将の姫君が、自責の余り尼となっていた。中納言は河陽県后に頼まれた、后の母を探しに行く。后というのはかつて我が国に来朝した唐使と上野宮の姫との間に生まれたのであった。中納言は吉野山で、今は尼となった母君に会う。尼君の死後、その姫君は中納言に引きとられるが、式部卿宮に誘拐される。鬱々としている中納言の夢に河陽県后が現われ天に転生したこと、更に吉野姫君の腹に宿ったことが告げられた。間もなく姫は中納言のもとへ無事戻った。唐の皇子は帝位につき、五の君は入内を望まれたが、中納言を慕う心強く、尼となって山に入った。

これも冒頭部分に欠巻がある。

この世の人の母にて（三八〇2）

（秦親王）＝唐帝 ―― 第三皇子（中納言父の転生）〔唐〕
　　　　　　｜
　　　　　河陽県后
吉野尼君＝中納言＝吉野姫君 ―― 女（河陽県后の転生）〔日本〕
（帥　宮）　　　　式部卿宮

玉藻（三八〇11）　天喜三年六条斎院歌合に「玉藻に遊ぶ権大納言」、風葉集にも「玉藻に遊ぶ」の名で見える。また冒頭が催馬楽（いかにせむ）の「いかにせむ、せむや、鴛鴦の鴨鳥、や、出でて行かば、親は歩くとさいなべど、夜妻さだめつや、さきむだちや」を踏まえた文で始まり、また女主人公が「ひろめき出た」というのであるから、異性を求めてさまよい出るような物語ででもあったろうか。

とりかへばや（三八一1）　周知のように古新二作がある。古作は伝わらない。

〔現存とりかへばや物語梗概〕兄は女子として、妹は男子として育てられた兄妹があった。そのまゝ宮仕えし、男尚侍と女中納言が出来上がる。女中納言は右大臣の四の君と結婚までした。好色の宰相中将は四の君と通じたが、更に女中納言の女性であることを知ってこれも犯す。女中納言は宇治の別荘に身を隠して子を生む。やがて兄妹は本来の姿に戻るが、それに気付かぬ宰相中将は、中納言の様子に不審がる。最後は、中将は吉野の姫君と結婚し、兄妹もそれぞれもと（互い）の愛人を得てめでたく納まる。

古作もほぼ内容は同じであって、ただ表現など相当どぎついものであったらしい。

月ごとの病（三八一8）　現存本には「月ごとに四五日ぞあやしく所せきやまひ」（巻一）と穏やかに記しているが、古本ではこれがもっと露骨に記されていたのであろう。

母中将の法師になり（三八一8）　これも現存の『とりかへばや』には見えないが、風葉集三四九に「中将出家して後思ひかけず見合ひて侍けるに、雪の中にまた出けるをかくるゝまで見送りて、とりかへばやの前関白四君」という詞書が見える。またつぎの「女中納言の死入り甦る程」のことも現存本には見えない。

心高き・春宮の宣旨（三八三14）　『心高き』と『春宮の宣旨』と二書とみる説もあったが、物語二百番歌合の中の『心高き』の条に「春宮宣旨」の歌が四首含まれているところからすれば、春宮宣旨を主人公とした一つの物語であったと考えられる。他に明月記（天福元・三・二〇）に「心高東宮宣旨」、前田家本拾遺百番歌合（物語二百番歌合下）にも「心高幾春宮宣旨」と記されている。無論『春宮宣旨』という名でも行われていたであろう。従って「心高きこそ春宮宣旨」という言い方は、書名の『心高き』をそのまま評言として別名の『春宮の宣旨』にかぶせ、すぐ前の「心劣り」と後の「名高き」に照応させたものと思われる。

海人の刈藻（三八四17）　〔現存海人の刈藻梗概〕世に「院の君だち」と呼ばれ、女性達の憧憬の的となっている若者達がいた。一条院の御弟兵部卿宮の二人の忘れ形見（主人公と三位中将）である。宮なきあと北の方も相次いで世を去ったため、女君（斎宮）しか持たぬ院と皇太后（大宮）はこの二人をわが子のように養育した。その頃按察大納言には三人の娘があったが、大君は皇太后の弟大将と、中君は春宮のもとへと予定されながら主人公に近寄られ、それぞれに結ばれる。大納言の北の方は流行した疫病のため、娘達のことを気づかいつつ世を去る。三の君は新帝即位後入内して藤壺女御となる。しかしたまたま清涼殿で女御をかいま見た主人公はその美貌に惑い、父の病気見舞に退出したところを契り、女は懐妊する。初瀬に参籠し霊夢によってこれを知った主人公は、生れた若君を引き取り、ひそかに自分の乳母に預ける。以後女御とは再会かなわず、主人公はむなしい月日を過すが、ある夜の夢枕に初瀬での僧が現われ、出家を勧められて比叡山に登る。若君は主人公の親代りの皇太后一家に育てられる。主人公は、紫雲とともに菩薩来迎し浄土へ迎えられるが、京にいる人々もそれを夢に見て法要を営む。年は巡り、おのおのの子供たちは恋に身をやつしつつ、それぞれの人生を送る。

参考までに無名草子に出る人物を主とした系図を左に掲げておく。

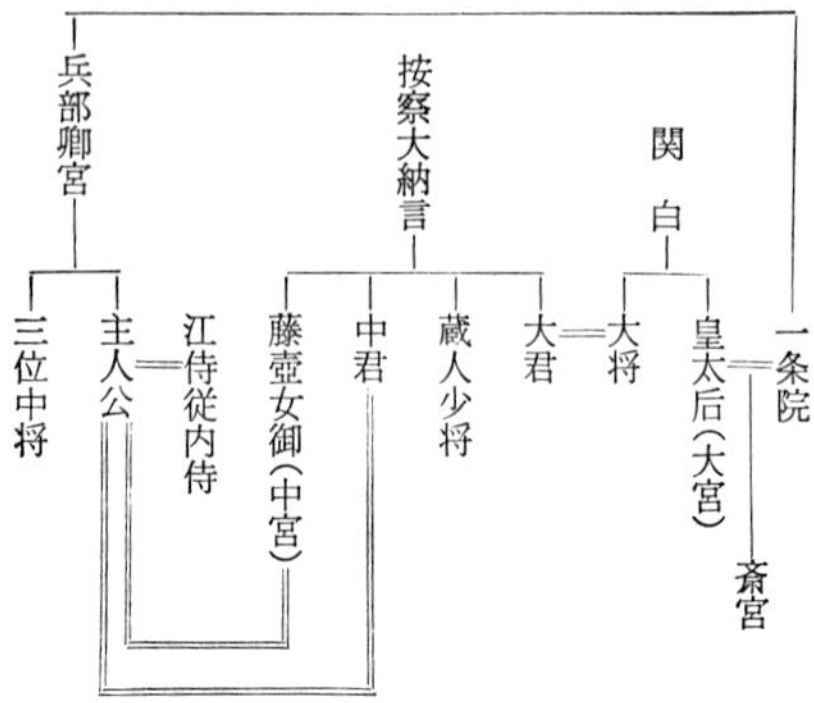

校　異

（太字の和数字は章段番号、洋数字は本文の頁数）
紫―紫影本、八―八洲文藻本、他本―紫影本と八洲文藻本が一致する場合

一　348御影―(紫)御願　349いとことすみたる―「いとゝとすみたる」とも読める　350よな―(他本)かな　身の―もの　ありと―(八)による。(底)(紫)ありて　へき―人に　はへりし―みへりし　たまへ―たへまへ　はへりしか―はへりしは　たまひしかは―たまひましかは　ゐ侍て―ゐ持て。「持」の横に「給歟」と朱書　351たとる〳〵にて―(他本)たとる〳〵は　つみ―つと

二　352たてまつる―たてすつる

五　353いろならぬ―いつならぬ

六　354こそとく―(八)による。(底)(紫)こそ〳〵と　いかか―いみしう　はへれ―へつれ　355われらたに―わ那らたに。右に「らは歟」、左に「れ歟」と朱書。那は礼の誤写とみて改む。(他本)我うたに

七　355見はへらぬこそ―見はへらぬより　356あはれに―あはれさに　めり―より　357(藤壺)の宮―(八)□の宮　なと―ると　なめり―(八)による。(底)なかめつ　(紫)なめる　にいふ―といふ　せられ―はかられ　358仏にならむ―仏にならむ　侍らすや―侍らすやと　このもしく―このものしく　めてたかりし―めてたかりもし　ゆかり―ゆより　360おほうち山を―(八)大内山は　ぬれとゆくかたみせす―(他本)つれとゆくかたみせぬ　すまして―すまかして　361えしえ―(八)による。(底)えうへ。「う」の横に「そ歟」と朱書。(紫)えしへ　かはり―(八)による。(底)(紫)かり　うらとけし―うちとけしなり―(八)なる　363われを―われも　364けうたい―経たい　このかけの―(他本)下に「やうにや」とあり　とも―とは　ひかりを―ひとりを　365おはして―ほれはして　みし―(他本)かはし　なかるゝ―なめるゝ　とある―

（八）による。（底）（紫）「と」なし　366なみたも―（他本）なみたの　たまはま
し―たまふまし　367ありき―あしき　けれ―はれ　368ところ〳〵―所と　369
うち―けち
八　370少年―（八）による。（底）（紫）初年　女二宮―女三宮　371ふるさとは―
（八）による。（底）（紫）ふるさとの　ふしにてあれ―ふしまてあれ　372へき―
へま　御とき―御さき　なすらふるくらゐ―（他本）なすらふ御くらゐ
九　373ことゝも―ことゝもなく　そてをかほに―（他本）袖にかほを　374まと
ふ―（他本）まよふ　375入道の―（底）（紫）入もの　（八）入者の。意により改む。
376なかなれは―なかなれと　はいかに〳〵そ品のかすをうちはこひ―（八）に
よる。（底）といより〳〵そゝのかすをう本はこひ　（紫）といよる〳〵そ品の
かすをうちはこひ　侍らすとも―侍らすとはゝ　377人のこと―（他本）ひとこ
と
一〇　378みつ―水　よおほへ―（他本）よのをほへ　なかめれと―なかけれと
月―（八）による。（底）（紫）へき。但し（紫）は「へ」の右上に「つ」と記入
379そき―うき　あまり―（他本）あまる　380はてたる―はてたつ　けれ―（八）
による。（底）（紫）ける
一一　380ことも―ことし　さいなめ―いさなめ　ねちけはみ―ねちをはみ　の
りのし―（紫）のちのし　いはる―（八）いへる
一三　381いとおしけれ―（他本）いみしけれ
一四　382こたいに―（底）こたいよ（他本）こたいにし　かわりていてきたる―
いわりてかてきたる　すし―（他本）すゐ　383れいけい殿―れいけん殿　かみ
―く
一五　384にて―にに　なから―なりし　そゝろに―（八）による。（底）そゝろさ
（紫）そゝろき
一六　385このもし―このみし　こそ―にて　ちり―あり

一八　387つきなけれ―つたなけれ
一九　387なとこそ―なとをこそ　くらす―（八）による。（底）かくらかす（紫）
かくらす　ことおほかれ―（他本）こそおほゆれ　388中むすめの―（八）による。
（底）（紫）「の」なし　かたり―かさり
二一　388ことは―ことい　つくりたる―つくる〳〵たる
二四　390こらむし―こらむかし　しふゐせう―（八）による。（底）（紫）しゐゐせ
う　金葉集―（八）による。（底）（紫）公葉集
二五　391心にく―心にくき　はへめり―（紫）はんへり　（八）はへり　千載集
―さいんいす　とも―とゝ　えり―にそ
二七　392わひぬれは―くわひぬれは　なりてのちまて―なりたのちにても
二八　393ものに―ものは　いりて―（八）による。（底）（紫）なりて　394子―み
わすらね―（八）わすれね
二九　394小式部―（八）による。（底）（紫）少式部　のみしかゝりける―（他本）
「の」なし　こそ―とそ　かほう―（八）による。（底）（紫）「か」なし　をきか
くかくれ―（紫）をきてかくれ（八）おきてかくれ　しにぬへく―（他本）しぬ
へく　にて―まて
三〇　395して―しも
三一　396はる〳〵とのなかに―はかくとのなかの
三三　397よみ―みす
三四　398なにか―なには　あいきやう―（諸本）あい行
三五　399めてたく―とてたく　めてたし―（八）による。（底）（紫）めてたく　400
よしあし―ましあし
三六　400やまとせむし―（底）やまとしせむ（紫）やまと新せん（八）やまと祈せ
む
三七　401なれて―なりて　人々―（他本）人も

老のくりごと

島津忠夫校注

大山の閑居　いにし*さいつとしより、天が下雲風さはがしく成侍て後は、うつり行月日の光をも忘れ、世間心空にして、万の道くらく成行侍るをこそ、歎くかた〳〵侍しに、つゐに世の乱れとなりて、一天かたぶきくれまよひ侍ば、主上*芝砌*玉台をうごかし、*博陸・*槐門・*棘路・月卿・雲客をはじめて、かたつほとり遠きさかひに、御身を隠し給ひ侍ば、人々身をいだき、足を空にして、散々に成行侍るさま、春の花の嵐にさそはれ、秋の紅葉の木がらしにあへるがごとし。*拙子が*孤露の草の一葉のかくろへだに枯れはて侍るに、*東にあひ知れるゆかり、此比いたづらに籠ゐ侍らんよりも、あはれ富士のね、鎌倉〔の〕里をも見侍〔れか〕しなど、*あながちのことに侍れば、*大神宮参籠などの心ざし侍るおりふしにて、*あからさまの日数を定、伊勢の海士の*篇舟のたよりをたのみ、そこはかとなき*滄海漫々の風波にたゞよひ、*天水茫々の煙霞にむせびて、ならはぬ磯の藻塩の枕、思はぬ嶋の苫の莚にしほれ、うき寝の夢を重ねし程に、なく〳〵武蔵の*品河といへる津にいたり侍り。名どころも見侍て、やがて帰洛のことなど思ひたち侍るに、*世間のみだれ弥々の事にて、今は筑紫の果て東の奥までも騒がしく也侍れば、ひたすら便を失ひ、頼まぬ磯に藻塩の草の庵を結び、見なれぬあまに浪の枕をかはす仮寝の夢の内に、*五年までたゞよひ侍るに、あまさへ、*いにし弥生の比より、東のみだれさへしきりに成、互に、弓・胡籙のみの喧しき、さながら*刀山剣樹のもとゝ成侍れば、旅の愁へも、ます〳〵*身を切るごとくなれば、

さいつとし 先年。 **芝砌** 皇后。 **玉台** 天子の座。 **博陸** 関白の唐名。博陸侯の略。 **槐門** 大臣。 **棘路** 公卿。 **拙子** 拙者。己の謙称。 **孤露の…** わずかの隠れ所さえなくなり。 **東に…** 鈴木長敏(→四六七頁注)。 **あながちのこと** 強いてのすすめ。 **大神宮** 伊勢神宮。 **あからさまの** ほんのしばらくの。 **篇舟** 扁舟。小さな舟。便船を得て。 **滄海漫々** 青海原のはてしないさま。 **天水茫々** 空と水が果てしもなく広がったさま。 **品河** 東京都品川区。当時は港町。 **世間の…** 応仁の乱。 **五年** 応仁元年(一四六七)―文明三年(一四七一)。 **いにし弥生…** 文明三年三月、古河公方成氏が三島に兵を出し、堀越公方政知と戦う。 **刀山剣樹** 刀で山を作り剣を樹のように逆に立てた上を渡らせること。「其有様偏に八大地獄の罪人の刀山剣樹につらぬかれ」(太平記七)。 **身を切る** ひどく心身を労する。 **水** 類(群書類従本)「苔」。 **大山** 神奈川中郡阿夫利神社、大山寺のある霊山。 **石蔵とて** 書(書陵部本)・類なし。→解題。 **星霜** 年月。 **乾坤…** 別天地。乾は天、坤は地。 **山を愛し…** 「知者楽ㇾ水、仁者楽ㇾ山」(論語、雍也)。 **俊冷** 高くけわしく。書・類「蔟々」。 **斜陽** 西に傾いた日。「山成二向背一斜

いかなる岩のはざま、水の莚にも、しばしの心をのべ、世の憂き事の聞えざらん方もがなと、尋入侍る程に、相模の奥、大山の麓、石蔵とて、星霜年久しき苔室侍り。かゝる所こそと、かりそめに立寄り侍るに、心言葉も及ばず、乾坤の外の境地也。誠に山を愛し、水をたのしぶ仁者・智者も、心をとゞめ侍るべきばかり也。西には孤峯俊冷として、やせたる松杉並び立て斜陽を隠し、千尺の青巌枕のもとまで欹て、をのづから苔莚を片敷けり。緑竹清らかに生ひめぐり、煙葉朦朧として、暮鳥の語らひかすか也。子猷・楽天が園、王質・費長が入し仙境も、かくやと誤たれ、老らくの愁へをのばへ、羇中の病を癒やすばかり也。本堂苔にふり、台かたぶき、ひはだ破れて、軒にはしのぶ小松心のまゝに生ひ、扉をひらく峯の嵐に、飾りの玉の乱れあへる声、簾に入、尾上の鐘のかすかなる響き身にとをり、袂をしぼらずといふことなし。〔南の山のかたはらには三熊野をうつし〕梛の木・楢・槲など陰ふり、苔の道細く、まことに神さびたる。門前の方には、杉・檜原・花の木ども、左右に並び立て、はるかに続き、長河清く漲落ち、飛泉苔を洗ひ、流石滑らか也。古橋かたぶき、雁歯斜にして、もろこしの虎渓も、かくこそとおぼゆ。東に望ば、原野はるかに晴て青山遠し。たゞ秋の花を尽し、朝の露の色、夕の虫のうらみに腸を断つ。北には大嶺碧落を穿ち、雲霧天の肌に湧き上り、雨をくだすよそほひ、さながら驪竜の蟠る地あらた也。はるかの麓には、田中の藁屋、ひとりの村など、おろそかに軒をならべ、老翁畑をうち、里の子木の実を拾ふ。牛を追ひて下る木こり、駒を牽きて帰る草刈の、山歌寒笛の声のみかすか也。夕陽に望で古橋にたゝずめば、白浪の月を待ちとる影、世俗の塵

陽裏」(朗詠下)。

煙葉… ぅち煙った竹の葉はぅすぼんやりとして。「煙葉蒙籠侵レ夜色」(朗詠下)。 **子猷** 王羲之の子。名は徽子。戴安道との交友が晋書列伝に見える。蒙求・朗詠・十訓抄・徒然・さゝめごと17(日本古典文学大系)に見える。 **楽天** 白居易。

王質 晋の衢州の人。斧の柯の故事で有名。「謬入二仙家一雖レ為二半日之客一」(朗詠下)。 **費長** 後漢の汝南の人。仙術を得た話は、後漢書・蒙求に見える。 **老らく** 老い。

梛 熊野詣での人がかざしにさした。

長河 大山川。

雁歯 橋の上に構えた桟。「王尹橋傾雁歯斜」(朗詠下)。

虎渓 廬山の東林寺の前の谷川。虎渓三笑の故事で有名。 **大嶺…** 大山。青空を穿つょうにそそり立ち。

驪竜… 黒い竜が、まだ昇天せず地にとぐろを巻いている。「曷知二驪竜之所レ蟠一」(朗詠下)。

など 底本「などを」。

山歌寒笛 そま人のいなかびた歌や笛。「豈無二山歌与二村笛一」(白居易、琵琶行)。

更たけて 夜がふけて。更は一夜を五つに分けた一。 **蘿洞** つたかずらの這いかかった洞窟。「通レ夢夜深蘿洞月」(朗詠下)。 **入れば** 底本「いれる」。 **色相** 肉眼で見ることのでき

埃を洗ひ、*更たけて*蘿洞に*入れば、青嵐の松をたゝく声、*色相の夢を破る。*感情慮絶、まことに*瀟湘廬山の夜の雨を聞て、*〔巴〕江洞庭の暁の月にうそぶく心もかくこそと、おぼえず*光の陰を送るに、かの住持の和尚、学窓の法の花、座禅の胸の月に、猶あきたらず、和歌の海のなぎさの玉を拾へる志浅からで、*繊月の前、青燈の下、法談の次には、予が藻塩の塵、松の枯葉の浅はかなるをも猶*かき集め、こまやかに尋給へることあながち也。契の程も、かつは不思議に、かつはいなみがたくも侍て、*えも知らぬすぢごともなき十の姿などになぞらへて尋給へるまゝ、うち出侍り。一の塵もあたるべきには侍べからず。たとへば、谷深苔の莚の語らひに侍れば、*つく鳥・さを鹿の耳の外はいとはしからず。たゞ二人の閑栖にたへたる心懐を、ひそかに打さらし侍る斗也。

連歌論――自己の追憶　*此道に、昔はいさゝか心をかけ、古人明聖の席などにも有りしこと侍しかど、愍*わが法の道などに暇を得ず、あまさへ、*壮年の比より、いたづくこと年久く侍て後は、胸の内さながら筐に入る水のごとく、一の露もとゞまらず。又、杖とたのみし輩も、皆世を早せし歎き共、後はひとへに世間のまぼろしよりもはかなく、*白駒のかげ、飛鳥の跡なき斗を思ひしめ、世俗の*六塵を払ひ、*一大事当来をのみ待かね侍しに、此たびの世の乱れにうかれ出て、*古郷万里の雲泥を隔てゝさまよひ、*胡越遠境の長旅におちぶれたる悲しさ、*篁があまの縄たぎし愁へにも過、*蘇武が落穂を拾へる歎きにも、雁の一筆のつては有りしに、ひたすら便りを失ひ侍る心細さの余りに、しばしの愁へをものどめ侍やと忘はて侍る。浅はかの言の葉の塵共の筆のすさみ、いたづらごとゝ思ひ捨て侍

る姿や形。「葉落風吹二色相秋一」（朗詠下）。**感情慮絶** 想像を絶する光景。**瀟湘廬山**…「廬山雨夜草庵中」（朗詠下）。**巴江洞庭**…「巴峡秋深五夜之哀猿叫レ月」（朗詠下）。**光の陰** 光陰。年月。**繊月** 三日月。**かき集め**「かき」は藻塩・塵の縁語。**えも知らぬ**…書・類脱文。心敬僧都十躰和歌のことをさすか。本書と十躰和歌の成立の関係を示す。**つく鳥** みみずく。（言塵集）**此道に**… 歌・連歌の道。→四六八頁。**わが法の道**… 仏道。たとえば十住心院毘沙門講再興（親元卿記寛正六・六・三）など。**壮年の比より**… 永享七年（一四三五）三十歳前後より病患に罹ったか。「三十より此よの夢は破れけり松吹く風やよその夕暮」（応仁元年百首）。**白駒** 歳月の過ぎ去るのが早いたとえ。荘子による語。「文峯案二轡白駒景一」（朗詠上）。**六塵** 色・声・香・味・触・法の六境。**一大事当来** 悟りを開く機縁がおとずれること。（さゝめごと39）　**古郷万里**…「雲泥万里眼今窮」（朗詠下）。**胡越** 北方南方のえびす。ここは関東をさす。**篁**…「隠岐の国に流されて侍りける時によめる　思ひきやひなの別れにおとろへてあまの縄たぎいさりせんとは」（古今、雑下）。**蘇武**… 漢書、李陵蘇武伝。「片足なき身となって…秋は田づらの落穂拾ひなどしてぞ」

れども、たとへば、山野にひづめを殺し、江河にうろくづを漁り、兵杖をとり万人を失へる輩も侍れば、ひとへに慚愧懺悔になぞらへ、ひそかに和尚に胸の罪を消ち侍る斗也。

和歌の歴史 やまと歌の道は、*混沌分れしより、*天にしては下照姫ことばをのべ、地にしては素盞烏尊文字の数を定め給しより、代々に継て、*こと葉の林花ひらけ、心の泉湧きそへり。さるに、*ならの葉の名に負ふ御代に、古言を集めて、末遠く残給へるに、又、*延喜の聖、古今集を撰び給へるより、いよ〳〵道広く、*代々の集め数重なり、*家々の風花をにほはし、*国々の詞色を添へり。殊に、後鳥羽院の御世に盛りにして、*歌の仙数を尽し生まれ合ひ、此道の*再昌と見え、*浮詞雲のごとくに興り、艶流泉のごとく湧く。まことに、此御世より、*慕風継塵一天まことの道の奥旨を極と也。しかはあれど、*かの末つ方よりは、又、心の花の色をくれ、詞の露浅はかに下り行て、近き世には、ひたすらすたれると也。興廃盛衰のことはり、あらたにおぼえ侍り。

連歌の歴史 歌の道すたれしよりは、世人皆連歌に心をうつし、天下に満てり。これ*二条太閤、此道の聖におはして、かの御比より盛にもてあそび侍り。其比すぐれたる好士共侍し。*救済・*順覚・*信照・*良阿などゝて、肩を並べて聞侍り。彼等が中には、*周阿法師は、などや摂家も救済もよろしからぬよし侍しと也。げにもいさゝかあらゝかに、ほしきのまゝの方のみにて、面影・品・あはれをくれて見え侍哉。しかはあれど、救済法師*老耄の末つ方は、学びやすきによりて、皆彼が風躰になれるかや。されば艶なる道は失せて、ひとへにあら〳〵しく*卒尓の方に成行侍ると也。まことに、殷の紂、夏の桀の、堯舜にもまさ

(平家二、蘇武)。**混沌**…「古天地未㆑剖、陰陽不㆑分、渾沌如㆓鶏子㆒」(神代紀上)。**天に**…「久方の天にしては下照姫に始まり、荒金の地にしては須佐の雄尊よりぞ起りける」(古今序)。**こと葉の**…「心の泉古よりも深く詞の林昔よりも茂し」(千載序)。**ならの葉の**…「神無月時雨降りおける楢の葉の名におふ宮の古事ぞこれ」(古今、雑下)。**延喜の聖** 醍醐天皇。**代々の集め** 勅撰集。**家々の風** 家々の歌風。家集。**国々の詞** 諸国の風俗歌をさすか。**歌の仙** 歌仙。「水無瀬殿(後鳥羽院)の御世にぞ、古にもおさ〳〵越えたる歌の仙(流布本は歌の聖)数を尽くしていまそかりける」(類従本さゝめごと上)。**再昌** 再び盛んになること。**浮詞**…「浮詞雲興、艶流泉涌」(古今真名序)。ただし、意味は異り、優艶な歌が生れたことにいう。**慕風継塵**「自㆓大津皇子之初作㆓詩賦㆒詞人才子慕㆑風継㆑塵」(古今真名序)。**かの末つ方**…後嵯峨院の比。(さゝめごと4)
二条太閤 →補。**救済** →補。**順覚** →補。**信照** →補。**良阿** →補。
周阿 →補。**摂家も…よし**「周阿が句作は細かにくだきたるを好みし也。当世はやりたるは此の風躰なれども、心きはめて正躰なくして人を威さんとわゝしくしたる計也」(連歌十様)などをさす。**老耄** 老人。耄は八十歳。**卒尓** 軽率なさま。

れるといへることはり知られ侍り。その末つ方、*梵灯庵主よろしき好士にて、世もてはやし侍しに、四十ぢの比より*陸沈の身になりて、ひとへに此道を捨てゝ、*筑紫の果て、*東の奥に跡を隠し侍ること廿とせにも及侍るにや。其後、六十ぢ余りにて、都に帰り侍ては、言の葉の花、色香しぼみ、心の泉、流れ濁れるにや、風躰*たづ〳〵しく、前句をもひたすら忘れ給へるとなり。げにも、年久廃侍ては、跡なくくだり給へるも、ことはりならずや。其比より此方五六十年の程は、ひとへに、前句の心のあつかひ、幽玄・*位の沙汰失せ侍るにや。たま〳〵付侍ると見ゆるも、前句の半をつけ、又一句を三四などに取り分て、詞ばかりを付侍り。*玉しゐのてには、心を束ねては付ずと也。此道は、前句の取り寄りにて、いかなる*定句も玄妙のものに也、いか斗の秀逸も無下のことになるといへる。前句と我句との間に、句の*奇特、作者の*粉骨はあらはれ侍るべしと也。大方、一句の上に、*ことはり*ほがらかにあらはれ侍るは、*優艶*感情浅くや。いかにも、前句のあつかひ、心詞の*輪廻の*覚悟大切の道なるか。されば、*救済・順覚の比の句は、前句を聞て後、奇特はあらはれ侍り。*近比、歌の心をもうかゞひ、さかしき好士ひとりふたり出で来しより、又、前句の沙汰世に知れる事に成侍る。上古中比、好士何も歌の道にくらく見え侍るにや。句どもの心にまどひ、*結構を先とす。されば、姿ひとへに、歌の外のさまになり行侍る。連歌と歌、各別の道に取りをける、つたなきことの*最一なるか。艶にまなべる好士の心には、露斗も変るべからず。いかさまにも、歌を並べて修行なくては、*螢雪を積みても、*たけ、位、*ことはり離れたる界をば、悟りがたく哉。又、歌を誠に得たる人の連歌、悪しき事あるべか

梵灯庵主 →補。 **陸沈** おちぶれること。「身の浮沈せし後は、万里の山川を隔し間」(梵灯庵返答書)。 **筑紫の果て** 少くとも在俗の折に二回、応永十一年(一四〇四)に一回。応永十一年には薩摩まで下っている。 **東の奥** 象潟や山形の光明寺に足跡をのばしている。 **たづ〳〵しく** たどたどしく。心もとなく。 **位** 句の品位。 **玉しゐ** 魂。前句の眼目。 **定句** きまりきった句。(さゝめごと46) **奇特** 不思議な巧妙さ。 **粉骨** 非常に骨折り努力したこと。禅語の粉骨砕身による。心敬の好んで用いた語。 **ことはり** 理。田中裕氏「疎句体と理」(語文十六輯、中世文学論研究所収)。 **ほがらかに** はっきりとして。 **優艶** やさしく上品な美。 **感情** 深い感動。「此の道は感情・面影・余情を旨として、いかにもいひ残し、理なき所に幽玄・あはれはあるべしと也」(さゝめごと43)。 **輪廻** 句を連ねるに当って、付句の内容が前々句(打越)の内容と似たものになり、先へ進まないこと。 **覚悟** 底本「覚期」。道理をさとること。心づかい。 **救済…** 「救済句ざま、さらにわたくしなく、大どかにうちはぶき、にくさげなき作者、まことに先達と見え侍り。さむくやせたる方は順覚・信照などにははるかにをくれ侍ると也」(所々返答下)ともいうが、心敬がどれほど順覚らの句を知っての言か不明。

らず。此道は、*枉(まげ)て救済一人が跡をしたふべく哉。それさへ*用捨所さま〴〵あるべしと也。至(いた)らぬ*かたへの好士の風躰をばうらやむべからず哉。

学ぶべき和歌の風躰　歌も、万葉集よろづはじめにて、*文字なども定(さだ)まらず、*するとなる事のみなれば、うちまかせて学(まなぶ)べきにあらず。されば、*古質(こしつ)を存して、いまだ耳目(じもく)のもてあそびにあらず。いたづらに教誡(けうかい)の端(たん)たりといへり。たゞ尋(たづね)見て、道の*才学(さいがく)に奥深(おくふか)き事也。され共、よろしき名歌、艶(えん)なる詞(ことば)ども多(おほ)しと也。たゞ、古今集のみ、此道(この)の鏡なる哉。其(それ)さへ用捨は侍るべくや。定家卿の云(いはく)、*躬恒(みつね)・貫之(つらゆき)、歌は上手にて侍れども、たけ・しな、*枯(か)れたる方をばよまずとの給へり。又、公任卿の詞をも、世に名を照せしよりは、よめる歌の見えずと申(まうし)給へり。*堀(ほり)河の院比の歌人をも、稽古はさもこそ侍らん、歌は詞(ことば)心つたなく見え侍と也。彼(かの)卿の眼(まなこ)には、げにもと覚(おぼえ)侍り。其後、風躰さま〴〵に変(かは)り来(き)ぬれば、余(あま)りに遠き世の歌、用心なく*打まかせて学べきにあらずや。たとへば、*小野道風・佐理卿などの手跡も、不可説(ふか)のことに侍とも、此比ひたすらにまなぶべきにあらざるがごとし。たゞ、*水無瀬殿(みなせどの)御代にぞ、よろづ*落しづまり、*権者の歌仙、数を尽していまそかりける。*過去久遠(くをん)未来永劫(えいごふ)までの道の光を尽し侍ると也。まことに、此道の仏の出世の時なるをや。*御製・*後京極摂政・慈鎮和尚(くわしやう)・俊成・定家・家隆・西行・寂蓮。近(ちか)くは、*清岩和尚(をしやう)の*風骨を*麁細(そさい)に入(い)りまなび、修行、此道の至極(しごく)なるべく哉。此等の心ばへは、唐(から)の詩などの面影まで添(そ)ひ、たけ高(たか)く、冷(ひ)え氷(こほ)り侍ると也。歌には此風雅(この)、連歌には救済一人の風躰〔の〕ほかは、さのみ尋侍らんも心づくしに哉。初学の比は、さま〴〵の好士の作にも、心をかけ

近比…　宗砌・智蘊らをさす。いずれも正徹の歌会に参加。　**結構**　趣向で作り立てた句。　**最一**　第一。もっとも甚しいこと。　**螢雪…**　辛苦して学問をすること。連胤・孫康の故事による語。ここはいくら辛苦して連歌の修行を積んでもの意。　**たけ**　格調の高さ。　**ことはり離れたる界**　疎句体。　**枉て**　強いて。　**用捨**　取捨選択。　**かたへの好士**　「かたはらの好士」(さゝめごと46)とも。かた田舎の連歌師をさしていう。

文字など…　長歌・旋頭歌を含むをいうか。　**するとなる**　するするとした。平明な。(さゝめごと41)　**古質を…**　「多存二古質之語一、未為二耳目之翫一、徒為二教戒之端一」(古今真名序)。　**才学**　学問上の知識。　**躬恒・貫之…**　「昔、貫之、歌の心たくみに、たけ及びがたく、詞強く姿おもしろき様を好みて、余情妖艶の躰をよまず」(近代秀歌)。　**枯れたる**　書・類「ひえたる」。　**堀河の院比の…**　所々返答下にも引用。　**打まかせて**　思慮なく。　**小野道風・佐理卿**　藤原行成とともに三蹟と称せられる平安中期の書家。書風の変遷については、正徹物語下のはじめに見える。　**水無瀬殿**　後鳥羽院。　**落しづまり**　あるべき所に落着く。　**権者の歌仙**　非常にすぐれた歌人。権者は仏菩薩が衆生済度の為に仮に現れた者。後の「此道の仏」に対する。　**過去久遠…**　無限に遠い

侍べしと也。*頓阿法師歌など、うるはしく、穏しく大切なる哉。さかひに入はてゝは、*ふけさえたる方、*最尊なるべしと也。*詩など、たけ、位侍れば、此道に大切のよし、定家卿申給へり。*歌道の外に、思なし侍らば、*作太り、暖かなるべく哉。又、詩を旨とし侍らんも、悪しかるべき歟。先人の云、いかばかり、*文殊の智、*富楼那の弁にても、*多聞利根ばかりにては、たやすく至べき道にはあらずといへり。いさゝかも、世俗の芸能他事に携らん輩は、日夜障りのみ侍て、胸の内の工夫をろそかなるべく哉。只、*数寄と道心と閑人との三のみ大切の好士なるべく哉。*西行上人を、もろ〳〵の明聖に越えて不可説々の上手、例の人丸の再誕とのみ勅定ありしも、たとへば、世俗の凡情を離れたる胸の内を仰侍なるべし。此道は、先達智識にあひ侍らんこと、おぼろけにはありがたく哉。其世に名を得たる作者、大切の事なるべし。其さへ*大悟得果のありがたく哉。又、我も晴の座などに常にまじはり、年を重ねて、歌なども数を尽してよみ、難題をも、歌合などに至まで、席を尽して後、人の階級は知られ侍るべし。連歌も、世に名を得たる好士どもに大方寄合て、人の才智をも、をのが稽古の程をも揉み合て、後の事なるべし。

明師につくべきこと　昔、*為兼卿と為世卿と、歌道の訴陳侍しに、為兼卿申上給へるとなん。「我はせめて、一万余首仕侍り。為世卿歌は七百首には過べからず。其にては、いかでか歌の旨を得、存知〔し〕侍らん。*浄弁法師は、三十万首だに詠じ侍ぞかし」と申されしと也。げにも、撰者などの身にては、うたて侍ることとなるべし。此道は、*口の面白からんより外は、別の事あるべからず。其は、*座劫を積み、心詞をみがき侍らでは、杣木のてう

過去と永遠の未来。書・類「久遠永劫」。**御製** 後鳥羽院。類従本さゝめごとにも、以下八人をあげる。**後京極摂政** 藤原良経。**清岩和尚** 正徹。東福寺の書記。徹書記・松(招)月とも。和歌は今川了俊に師事、定家に私淑。歌集に草根集、歌論書に正徹物語。**風骨** 歌風のもとになる性根。**麁細** 自レ麁入レ細。おおまかな粗い所から精細に入る。

頓阿 為世門の和歌四天王。**ふけさえたる** 書・類「ふけさびたる」。**最尊** もっとも重要なこと。さゝめごと50などにも見える語。**詩など**…「詩は心をけだかくすます物にて候」(毎月抄)。**歌道の外に** 書・類「連歌、うたの外に」。**太り暖か** やせひえの対。(さゝめごと7) **文殊** 釈迦の脇侍。智・恵・行を司る。**富楼那** 釈迦の十大弟子の一。弁舌第一。**多聞利根** 見聞の多く、利口な生れつき。いずれも仏語。**数寄**…「歌道宝　数寄・修行・執心・道心・閑人・稽古・利根」(類従本さゝめごと下)。**西行上人**…「西行は…不可説の上手なり」(後鳥羽院御口伝)。ただし、人丸の再誕のことは見えない。**大悟得果** 迷いを打破してまことの知見を開き、仏道を修行して成仏という果を得ること。**為兼卿と**… 延慶両卿訴陳状。ただし、この為兼の言は現存本には見え

のめ失すべからず。稽古ばかりにては、可レ至にあらず。清岩*和尚の云、我は為秀*卿・了俊*の*末葉に侍れども、歌はたゞ定家・慈鎮の胸の内を直に尋うらやみ侍り。下り果てたる家の、二条・冷泉をば慕ひ侍らずと常に語給へる。まことに、*向上直路なるかな。後世に、いかばかりの器用の人生れ侍る共、至らぬ先達にまみえ、邪なる教へども受け侍らば、*利性の人も、下手の名を得べく哉。いづれも諸道は、明師*の下に入て、日夜庭訓を尽して、さかひに至る習ひなるぞ。連歌士はわが証得*のみにて、*立所を更に尋侍らず、ほしきまゝに見え侍ると也。されば、卒尓誤のみ多く侍るといへる。

今の連歌への不満　*近き世には、歌の道は、さながらすたれ侍れば、せめて此道を、まことしく学びあきらめて、歌の教戒の端をも残し、*ますらおゐびすの心をもやはらげ、末の世遠く、情をも知らせ侍るべきに、近くは都ほとりも*聊尓の道に也行て、いかなるあやしの賤屋、民の市*ぐらなどにも、千句万句とて耳にみてる有様也。*一座なども、一時半時に果て侍ることになれる。さながら、此道の*壊劫*末法の時なる哉。いづれの道も下り、世人心も情浅く、邪に成行侍ると也。

付合論　前に記し給へる前句を半付け、又、取り合はせのみにて、心寄らずといへること如何。周阿法師などの名句とて、語り侍る句どもに見えたり。

柴のとぼそをたゝく秋風　と云句に

今夜とは頼めぬ人の月に来て　周阿

柴の句、風のたゝくにて侍らば、「人は来で」といひて、心つくべきかのよし、先人語侍し。

ない。**浄弁** 為世門の和歌四天王。**口** 詠み口。詠みぶり。**座劫** 何度も歌会などの一座に加わり経験を積むこと。**てうのめ** 手斧で削ったあと。「杣山のてうのめの残りたるはあるべからず」(所々返答中)。**清岩**…「まつたくその流れには目をかくべからず。叶はぬまでも定家の風骨をうらやみ学ぶべしと存じ侍る也」(正徹物語上)。**為秀** 冷泉為相の子。**了俊** 今川貞世。→「ひとりごと」補。**末葉** 末の系列。正徹がはじめて冷泉為尹・為邦・了俊らの月次歌会に出席した折のことが正徹物語に見える。**向上直路** 向上一路。修行の結果到達する悟りの境地。碧巌録にもとづく禅語。「それは向上の一路といふやうに凡慮の及ぶ所にあらず」(正徹物語上)。**利性** 底本「利生」。鋭敏で鋭いこと。「利性(ㇶ)」(易林本節用集)。さゝめごと61に「十の徳備へざらん人はまことに明聖にはなりがたしと也」の第一にあげる。**明師** すぐれた師匠。同じく十徳の中に、「明師にあへる」がある。**証得** 真に体得していないのに得悟したと思いこんでいること。「歌道七賊　大酒…証得」(さゝめごと61)。**立所** その説の拠って立つところ。「和歌も連歌も立所によるべきこと」(落書露顕)。**近き世**…「一天世人連歌にのみ入侍り、いとど歌の道は跡なくすたれゆき侍る歟」(私用抄)。**ますらおゐび

鶯の貝子にまじるほとゝぎす
卯の花垣に残る青梅　周阿

鶯に青梅、時鳥に卯の花のみにて、かい子にまじるなどの心ざし寄らずといへり。青梅などゝいへる事も、艶ならずと先人申。

一むら雨のすぐる中ぞら
富士見えて浪のどかなる奥津舟　梵灯

半天に富士のみにて、句の心皆ひとへにをくれ侍ると語りし。

檜原に残る日こそかたぶけ
咲かぬ間に春も初瀬の遅桜　梵灯

前句、日こそかたぶけなどの心寄らず哉。又、こゝにて遅桜も心得ずと也。此等の作者の句、何も此風躰を離れず。いかばかり一句を作ても、前句に一字も詠吟相通せずは、たゞ木にて作、絵にて書たるたぐひなるべし。先人語侍るまゝ注し侍り。

心付　中つ比、先達注侍るに、此句は寄合の句、此句は心付の句などとて、寄合の句は、ひとへに心はのき侍共、苦しからぬさまに見え侍り。取り置きがたきことにや。心付ならぬ句あるべからず哉。歌に親句疎句などゝ云る、何も心付の上なる歟。されば、中古には、付合とて、兼てより、大方つくりざまを定置て、前句の心の沙汰なく、取合〳〵侍るばかりの句のみ也。

疎句　花とあるには梅・桜。紅葉には鹿・時雨。雁には古郷・田。橘に昔・時鳥。老

す　ますらおは武将、ゐびすは田舎人。所々返答上に宗砌を評して「胸のうちますらおにて、弓馬兵杖の世俗に日夜育ち侍て」という。　**聊尓**　軽はずみなこと。　**市ぐら**　市の中の店。「あやしのしづ屋民の市ぐらなどにも(流布本は「道のほとり市の中に」)千句万句とて耳に満てり」(類従本さゝめごと下)。　**一座なども…**　「田舎ほとりの一座は昼つ方に過ぎ遅きは未の刻などに退散す」(さゝめごと14)。　**壊劫**　四劫の一。三千世界の破滅する時。　**末法**　三時の一。仏教流行の最後の退廃期。

貝子　卵の宛字。
青梅　未熟の青い梅の実。歌語としては余り用いられない語であるから「艶ならず」という。
咲かぬ間に…　檜原に初瀬が付合。(名所方角抄)
こゝ　初瀬。初瀬は花の名所であるが、特に遅桜をよむべきところではない。
相通　互に通じあう。
木にて…　精神の通っていないことにいう。
先達…　たとえば秘伝書連歌十体(連歌用意鈔所収)には、一体として「心付事」をあげる。
取り置く　残しておく。正しい説として肯定する。
心付…　心敬の付合の説の根本的な

に古・昔。暁にね覚。夕に入会の鐘。世に身捨。か様に、大方似たる事を、前句の心、てにをはの難儀どもをば、忘て申侍る程に、満座同心なるを、自他の高名(かうみやう)のごとく侍歟。最(もつとも)初心の比は、か様の縁語共(ども)、大切の事なる哉。さかひに入果(は)てゝは、前句の心のさせ、てにはのさせ侍る程に、*故(ゆへ)づきたる事どもゝ、更にあはず哉。いかばかりの堪能にも、同(おなじ)心を案じ合(あはせ)侍るは、本意(ほい)なく哉*。古人句少々。

かへしつる田を又かへすなり
*あし引の山に臥(ふ)す猪(ゐ)の夜るは来(き)て　善阿

み山の道をひとりこそ行(ゆ)け
雨の日は我影(わがかげ)だにも身に添(そ)はで　救済

花ゆへ山の奥(おく)に来(き)にけり
世を捨(すつ)る人のあるにはともなはで　救済

はるかに遠し入あひの鐘(かね)
*捨(す)てし世の花をば誰か惜(お)しむらん　良阿

菅(すげ)の小笠をかたぶけにけり
いやしきも心のあるは身を恥(は)ぢて　順覚

うはぎに着(き)たる蓑(みの)をこそまけ
*かりそめの枕だになき旅ねして　良阿

馬驚(おどろ)きて人騒(さは)ぐなり

考え方。田中裕氏「心敬と付合」(国語国文、昭三〇・一、中世文学論研究所収)。
親句疎句 愚秘抄・三五記に見えるが心敬は新古今の疎句体の歌に理想を求め、それを付合の心付の上に表現しようとした。
歟 書・類には次に「上下のくさり継ざま通ぜずといへることあるべからず」の一句あり。
心 書・類には次に「てにをは」とある。
故づきたる事 風情のありそうな事。
哉 書・類には次に「満座各あらぬ堺と案じちがへたる。作者粉骨なる哉」とある。
あし引の… さゝめごと34に「前の下の句に曲の心ありてもみくどきたる故に、付句を篇序題になして言ひかけて前句にゆづり侍り」として、あげる。なお菟玖波集一三には、少異あり、西円法師の句とする。
捨てし世の… 類従本さゝめごと上には麗体の例句とする。
かりそめの… さゝめごと6にも、古人の名句の特色を示す例句にあげ、「此の比ならば、ひとへに前句に付かぬなるべし」とある。

*早河の岸にあたれる渡し舟　救済

同 本歌共上下継ざま覚悟あるべく哉。

*世間を何にたとへん朝ぼらけ漕ぎ行舟の跡の白浪

*秋萩の下葉うつろふ今よりやひとりある人の寝ねがてにする

*ま菰刈る美豆の御牧の夕暮に寝ぬに目覚す時鳥哉

*難波江や蘆の葉白くあくる夜に霞の奥に雁も鳴く也

*秋の月河音白く更くる夜に遠方人の誰をとふらん

*千鳥鳴く河辺のち原風さえてあはでぞ帰る有明の月

此類の歌、あげて数ふべからず。注に暇なし。大方、*疎句とて、上下あらぬ様に継たる歌に、秀逸は多く侍ると也。親句とて、上下親しくいひはてたるには、秀歌稀なる由、定家卿注給へり。連歌も、古人の作者の句共は、悉か様に、心より寄て、感情深く侍るが、此等の志かうばしき事にや。大方の好士は、*がいりきを前として、たゞ舌の上に句をやすく申侍るを、高名と思侍ると也。更に、他人の幽玄秀逸も、あやまちをも、分別修行に及ばず。ひとへに、当座のもてあそびまでと見え侍や。

沈　思　当初、*勝定院殿、北野宮に参籠之時、*会所坊に、宗明といへる者を召して、連歌一座、時剋いかばかりにて果て侍るよろしきを、御尋ありし御返事に、たゞ一時よき程にて侍よし申せし程に、その御代には、ひとへに一時に果て侍るごとくおぼしめし染め〔て、昼つ方などまで侍る会をば、今日は何とて遅く果てぬるぞと、たび〳〵御尋ねありし

早河の…　さゝめごと6にあげ、「馬付かずと申し侍るべし」とある。なお兼載の延徳抄には、「渡し舟の岸にさはりて驚くに、馬もありと見るべし。馬付かぬなどと申し侍らんは無下なるべしとぞ」という。

世間を…　拾遺、哀傷。沙弥満誓の歌。

秋萩の…　古今、秋上。よみ人しらず。

ま菰刈る…　三体和歌。慈円。正徹物語下に「か様にかけ放れたる所を取合はする事、自在の位と乗りゐてのしわざ也」とあり、さゝめごと33に疎句の歌の例とする。

難波江や…　最勝四天王院名所御障子歌。後鳥羽院。書・類では「ま菰刈る」の前にある。

秋の月…　拾遺愚草。藤原定家。続後撰、秋中に入る。所々返答下にも引用。以下二首、書・類になく、「春の夜の夢の浮橋とだえして嶺にわかるゝよこ雲の空」「故郷にきゝし嵐の声もにずわすれぬ人をさ夜の中山」の二首がある。

千鳥鳴く…　壬二集。藤原家隆。

疎句とて…　愚秘抄。

がいりき　書「戒力」、類「我力」。我意力の意か。わがまま勝手な自分の力量。「利根かいりき侍りて」(所々返答下)、「余りにかいりき過ぎて毎々秀句をのみする人あり」(さゝめごと11)。

勝定院　足利義持。応永元年(一三九四)―三十年(一四二三)将軍。

こと」侍しと也。上つ方さまへも、か様に浅ましき好士ども、邪に申なし侍る故に、率尓あさはかの道に成行侍るにや。晴がましくも、艶なる席などは、脇句・第三も、一時には出で来がたく哉。げにも、半時一時に果てぬる会は、自他の句の心をも、分別の間あらばこそ、晴がましくも、恥づかしくも侍らめ。か様の好士にひかれて、閑居幽栖の釈門辺の会共も、在々所々、聊尓の事に成て、日中以前に七八百韻など申侍ると也。浅ましく、つたなき事にや。たま〳〵世俗をはなれ侍は、偏に心地修行の学問法文などこそ物うくとも、せめて、此道などに、心をものどめ、艶にして、無常をもすゝめ、一粒の涙をも落し、物のあはれをも知るべきに、あは〳〵しくふためきてもてあそびては、更に詮なき事か。歌も、帋燭一寸の内にて、一首など詠ずる事も侍れど、それは、初学の時、さま〴〵稽古の比、早卒の会などの用心に、一たびなどする遊びなるべし。連歌も、初心の比、色々稽古の時は、早き会などをも、時々は興行し、点など取るもよろしきにや。さかひに入ては、いかばかりものどやかに、物ごとに哀深く、沈思をことゝして、いかにも道を高くする、肝要なるべしと也。

跋　むかし、牧童竹馬の、か様の用心共、尋侍しに、さゝめごと二冊に、すぢ〔ご〕ともなき麁言ども、粗しるし侍れば、詳しく申侍らば、くりごとともなるべく哉。

会所坊　北野連歌会所。北野社で行われる連歌執行の事務を取り扱う場所、又は連歌賦詠の場所。はじめは社坊公文所があてられた。
釈門　釈迦の門弟の意。僧侶。
在々所々　ここかしこ。　**聊尓**　軽はずみ。　**つたなき**　愚かなる。
心地　「(心)地(チ)」(易林本節用集)。心。心が善悪を生ずる事、天地が五穀を生ずるごとくであるのでいう。
あは〳〵しく　心がうわついて。
ふためきて　騒ぎ立てて。
帋燭　脂燭。松の木を細く削り、端を焦がし、油をぬって火をつける。元を紙屋紙で巻いたので紙燭ともいう。それが一寸燃える短い間に歌をよむ。「脂燭一寸に詠じ、一時に百首詠じなどする事、練習のためによけれど」(後鳥羽院御口伝)。
早卒　怱卒、倉卒。あわただしいこと。
沈思　深く考えをめぐらすこと。さゝめごとにしばしば見える語。
牧童竹馬　田舎の幼児。牧童は牛飼い童、竹馬は幼少の意。「寛正第四暦蕤賓上旬(旬)、紀州田井庄想社参籠中、或仁連歌竹馬用心之一篇頻憤望之間、依レ難レ去、此両帖頓任二短筆一」(天理図書館蔵国籍類書本さゝめごと奥書)。
麁言　おおまかな言。「此の両帖の麁言、まことに跡なし事どもなり」(さゝめごと62)。
くりごと　書名の由来。

補　注

二条太閤（四一三12）　良基。関白。従一位。道平の子。和歌を頓阿に、連歌を救済に学び、菟玖波集を撰し、応安新式を定め、筑波問答その他多くの連歌論書を著わし、連歌の興隆につくした。嘉慶二年（一三八八）没。六十九歳。

救済（四一三14）　善阿の門弟。侍公、侍従房と通称。菟玖波集に一二六句入集。和歌集心躰抄抽肝要に「救済（キウ）」、古今連談集に「きうせい」とある。永和二年（一三七六）頃没。享年九十五歳とも。

順覚（四一三14）　善阿の門弟。毘沙門堂辺の寺僧。上座。菟玖波集に一九句入集。文永五年（一二六八）出生。文和四年（一三五五）頃まで存生。

信照（四一三14）　善阿の門弟。信昭とも。多年花の下の管領であった。菟玖波集に二〇句入集。

良阿（四一三14）　善阿の末弟。河内良阿・四条良阿とも。菟玖波集に二〇句入集。応安六年（一三七三）存生。「河内良阿、周阿などは玄妙を好み、細工がましく私めき侍る歟」（所々返答下）。

周阿（四一三14）　救済の門弟。坂の小二郎。晩年、その技巧的な作風が連歌界を風靡した。菟玖波集に二二句入集。永和頃、救済と前後して没。

梵灯庵主（四一四1）　俗名朝山師綱。明徳三年（一三九二）以後出家。新続古今集作者。梵灯庵袖下集・長短抄・梵灯庵返答書の著がある。貞和五年（一三四九）出生。応永二十四年（一四一七）存生。

君台観左右帳記

赤井達郎
村井康彦
校注

君台観左右帳記

上*

呉*

上　*曹弗興(サウホツコウ)　呉興人、仏像・於竜長

晋*

上　*顧愷之(コガイシ)、字(アザナハ)長康(カウ)　晋陵無錫人、丹青筆法、造二其妙一

陳*

上　*顧野王(コヤ)、字希馮(キフ)　呉郡人、草虫

唐*

上　*呉道玄、字道子　陽翟人、観音

上々　*王維(イ)、字摩詰(マキツ)　開元初、人物・山水

宋*

上々々　*徽宗(キ)　山水・人形・花鳥・魚虫、宣和殿(せんなでん)と申

上々々　*李公麟(リコウリン)、字伯時(ハクジ)、号二竜眠居士(レウメン)一　舒城人、馬長・仏像・羅漢・山水・人物

上　*李成(リセイ)、字咸熙(カンキ)　山水

上　*郭熙(クワクキ)　河陽温県人、善二山水・寒林一

上　品等。上中下を各三段階にわけているが、上の部のみ上々があり、各上下、中下、下下はない。上の部四九名、類従本は五〇名。
呉　三国時代の国。二二二—二八〇。
曹弗興　ソウフッコウ。呉王のためにその屏を描くといわれるが、その作品は残っていない。
晋　東晋。三一七—四二〇。
顧愷之　宋の陸探微、梁の張僧繇とともに六朝の三大家といわれる。その著に『論画』がある。類従本にみえず。
陳　南北朝時代の南朝最後の王朝。五五七—五八九。
顧野王　五一九—五八一。字書『玉篇』を選述する。類従本にみえず。
唐　六一八—九〇七。
呉道玄　玄宗に仕え、人物・山水・草木みな唐朝第一といわれ、前代の空想的な山水画に対し、現実的な山水画を創成した。
王維　七六一没。玄宗に仕え、詩人としても知られ、『輞川集』などがある。水墨山水画に長じ『輞川図巻』は多くの模本が作られた。
宋　北宋。九六〇—一一二七。
徽宗　一〇八二—一一三五。北宋八代の皇帝。みずから花鳥画をよくし、美術工芸を奨励する。
李公麟　一一〇六没。文人画家。一〇九八官を辞し、竜眠山に隠退して竜眠居士と号した。博学多識で書画に長じ、その作品に『五馬図巻』がある。
李成　?—九六七。唐末の乱を避けて営丘にすみ、北宋山水画を代表する。
郭熙　北宋神宗(一〇六八—八五)の画院で李成とともに指導的地位にたつ。
徐熙　五代の人。代々南唐に仕えた名族。その花鳥画は徐氏体と呼ばれ同じく五代の黄筌(こうせん)の画風とともに中国花鳥画の伝統となった。

上々　*徐熙(ジョキ)　金陵人、画二花木・禽魚・蟬蝶(せんしょう)・蔬果一
上々　*趙昌(チョウシャウ)、字昌之(シャウシ)　広漢人、善二画花果・折枝・草虫一
上々　*易元吉(エキゲンキツ)、慶之(ケイシ)　長沙人、花鳥・水禽・山禽、尤善二獐猿一
□　*趙令穰(チョウレイジャウ)、字大年(タイネン)　丹青之妙、雪景・汀渚・水鳥
上　*成宗道(セイソウダウ)　長安人、上二人物一
上　*張思恭(チャウシケウ)　人物・仏像・弥陀
上々　*若芬(ジャクフン)、字仲石(チウセキ)、曰二玉澗(ギョクカン)一　山水・西湖・雲山・諸峯写之

宋*　南渡後

上　*陳容(チンヨウ)、字公儲(コウチヨ)、自号二所翁一　福唐人、善二画竜・松・竹・鳥一
上々　*無準(ブジュン)和尚　讃多、道尺・人物
上々　*法常(ホウジャウ)、号二牧渓(モッケイ)一　無準之弟子、竜虎・猨萑(えんすい)・芦雁・山水・樹石・人物・花果・折枝
上々　*(李唐)□、字晞古(キコ)　河陽三城人、善二画山水・人物一、尤工レ画レ牛
上　*馬公顕(バコウ)　善二花禽・人物・山水一
上々　*李迪(テキ)　河陽人、工二画花鳥・竹石一、山水小景不レ迨(およばず)
上々々　*李安忠(アンチウ)　居二宣和画院一、工二画花鳥・走獣・山水一
上　*蘇漢臣(ソカンシン)　開封人、工二画尺道・人物一、尤善二嬰児一
上　*閻次平(エンスヒン)　山水・人物・牛
上　*馬遠(バエン)　画二山水・人物・花禽一
上々々　*梁楷(リャウカイ)　東平相義之後、善二画人物・山水・道釈・鬼神一

趙昌　みずから「写生趙昌」と号したといい、写実的な彩色の花鳥画に長じた。
易元吉　北宋の花鳥画家。徐熙以後の第一と称せられる。
趙令穰　宋の太祖五世の孫。東坡に学んで墨竹をよくした。
成宗道　北宋神宗時代の人。石に線描の絵画を彫刻することに長じた。
張思恭　伝記も確実な作品もわからないが、張思恭と伝える元代の仏画が多い。
若芬　南宋末の画僧。芙蓉峰主ともいい詩画をよくした。室町時代、牧渓と共に高く評価された。
宋　南宋。一一二七—一二七九。
陳容　竜の画家として知られ、宝祐年間(一二五三—五八)令名一時に高まるといわれた。
無準和尚　無準師範の名で知られる禅僧。径山万寿寺の三四世。仏鑑円照禅師。
法常　南宋末の画僧。杭州西湖六通寺の開山。鎌倉時代末より宋元画中最も高く評価され、和尚、あるいは牧渓和尚と愛称された。
李唐　徽宗の画院に入り、ことに画牛を巧みにし、南画の山水画もよくした。
馬公顕　徽宗の画院に仕えた馬賁の子。馬遠は甥。
李迪　徽宗、高宗の画院に入り、李安忠・李唐とともに徽宗画院の三李と呼ばれ、花鳥に長ず。子の李徳成も画院に入る。
李安忠　北宋末より南宋にかけ、ことに山水に長じ紹興画院にも入る。
蘇漢臣　徽宗の画院に入り、人物画に長じた。子の蘇焯、孫の蘇堅も画家。
閻次平　エンジヘイ。父閻仲は徽宗の画院に入り、画牛に長じ、次平も弟の次于もそれを学び、ともに画院に入る。

馬遠　南宋の人。光宗・寧宗の画院に入り、山水画に長じた。
梁楷　南宋の人。自ら梁風子(狂人)と号した。その画風はわが国水墨画に大きな影響を与えた。
夏珪　南宋の人。寧宗の画院に入り、馬遠と共に李唐に学び院体山水画を代表する。
毛益　孝宗の画院に入り、翎毛花竹走獣に長じ、彩色の妙によって真に迫るといわれた。
王輝　理宗の画院に入る。馬遠の弟子。左手をもって巧みに描き、左手王と呼ばれたという。
楼観　度宗の画院に入る。類従本などには馬遠弟子とある。
馬麟　理宗の画院に入る。馬遠の子。父に及ばず。→等伯画説44 45 46
范安仁　理宗の画院に入る。魚の絵に長じ、范獺子と呼ばれた。
陳世英　元代の人。人物画に長じた陳鑑如の子。父に学んで彩色の人物画をよくした。
元朝　一二七一―一三六八。
銭選　文人画家。折枝の花鳥にすぐれ、臨模に巧みであった。趙孟頫とともに元代絵画の中心。
顔輝　ガンキ。仏教や道教の鬼神仙人にすぐれ、水墨画にも長じた。
孫君沢　馬遠・夏珪を学んで山水人物に長じ、元代前半の北宋画を代表する。
劉耀　宋末元初。父劉朴に学び、馬遠・夏珪を師とし、馬夏に迫るといわれた。
盛懋　盛子昭(ししょう)の名で知られる。父盛洪も画家。元代の北宋画を代表する。
子明月山　任仁発。月山は号、任月山として知られる。治水行政にすぐれ、画馬を得意とした。
張月湖　未詳。類従本は月壺。
西金居士　不詳。平安時代末に西金坊と呼ばれる

上々　*夏珪(カケイ)、字禹玉　銭唐人、山水・人物
上　*毛益(モウエキ)　花鳥・獣
上　*王輝(ワウキ)　銭唐人、道釈・人物・山水
上　*楼観(ロウクワン)　銭唐人、山水・人物・花鳥
上々　*馬麟(バリン)　馬遠之子、人物・山水・花鳥
上　*范安仁(ハンアンジン)　銭唐人、善㆓画魚㆒
上　*陳世英(チンセイエイ)　道釈・人物

*元朝

上　*銭選(センセン)、字舜挙(シュンキョ)、号㆓玉潭(ギョクタン)㆒　霅川人、善㆓人物・山水・花鳥・禽獣㆒
上　*顔輝(ガンヒ)、字秋月(シウゲツ)　江古人、道釈・人物・山水
上中　*孫君沢(ソンクンタク)　杭人、善㆓山水・人物㆒
上中　*劉耀(リウ)、字耀卿(ヨウキヤウ)　人物・山水
上　*盛懋(セイモ)、字子昭(ズショウ)　善㆓山水・人物・花鳥㆒
上々　*子明月山(ミンゲッサン)　人物・山水・花鳥・馬形・花
上　*張月湖(ゲツコ)　或作㆓月壺㆒、道釈・人物
上　*西金居士(セイキンコジ)　羅漢
上中　*任康民(ジンコウミン)　山水・人物
上中　*胡直夫(コチキフ)　山水・人物
上中　*張芳汝(チヤウハウジヨ)　山水・人物・牛

絵仏師が居るが、西金居士かどうか明らかでない。
任康民　月山の子。父に学んで画馬をよくしたという。
胡直夫　金朝に仕え、胡叟と号し、水墨の画牛をよくしたという。
張芳汝　金朝に仕え、名を公佐という。
王李本　未詳。元末の王夢麟(字は季夫)か。
門無関　一二一二—九一。東福寺の円爾に学び建長三年入宗し、居ること十二年。亀山法皇の帰依をうけ、南禅寺の開山となる。
柯山超然　未詳。諸本は柯山のみ。
明哲暉　未詳。
中　四一名。類従本は三八名。
戴嶧　八世紀末。類従本ではこの前に記載される兄戴嵩とともに画牛をもって知られる。
周丹士　周旦之。鎌倉時代わが国に渡来した宋末元初の画家。
貫休　八三二—九一三。唐末五代の高僧。詩画に長じ十六羅漢を好んで描き、禅月羅漢と呼ばれる。
文同　一〇一八—七九。博学多才、文同の四絶として詩一、楚詞二、草書三、画四と称し、墨竹にすぐれ、後世墨竹の祖といわれる。
蘇軾　一〇三六—一一〇一。蘇東坡の名で知られる。詩・書もよくし、墨竹で名高い。
柯澄　宋元明に何澄という同名の画家があり、これは宋末の何澄と考えられる。
趙子澄　宋の王室趙氏の一族。類従本にみえず。
趙伯駒　宋の王室趙氏の一族。趙千里の名で知られ、類従本には「舜挙ノ師」とある。
米友仁　一〇七二—一一五一。米芾の子。父に学んで山水画をよくし、父子を大米、小米と呼ぶ。
楊補之　宋朝の動揺をみて野に下り、逃禅老人と号した。墨梅にすぐれ梅道人と自称した。

上中　*王李本(ワウリホン)　人物・花鳥

上中　*門無関(モンムクワン)　道釈・人物

上中　*柯山超然(カザンテウネン)　山水・人物・竹

上中　*明哲暉(ミンテツキ)、鉄鏡(テツキヤウ)　人物・菓子

中*

唐

*戴嶧(タイタク)　善㆓画牛㆒

中上　*周丹士(シユタンシ)　仏像・羅漢・山水、自然能出来候は御物成候

中上　僧、*貫休(クワンキウ)、字徳隠(トクイン)、号㆓禅月大師(ゼングワツシト)㆒　仏像・羅漢

*文同(ブンドウ)、字与可(ヨカ)、号㆓錦江道人(キンカウト)㆒　善㆓画墨竹㆒

*蘇軾(ソシヨク)、字子瞻(シセン)　眉山人、東坡先生、作㆓墨竹㆒、師㆓与可㆒

*柯澄(カテウ)　長沙人、工㆓画神仏㆒

宋　南渡後

*趙子澄(チヨウシテウ)、字処廉(シレン)　花鳥

(中上)□　*趙伯駒(ハクク)、字千里　善㆓画山水・花禽・竹石㆒、尤長㆓於人物㆒

中上　*米友仁(ベイユウジン)、字元暉(ゲンキ)　元章之子、山水・烟雲・林泉

*楊補之(ヤウホシ)、字無咎(ブキウ)、号㆓逃禅老人㆒　南昌人、水墨人形・梅竹・松石・水仙

*瑩玉磵(ケイギヨクカン)　西湖浄慈寺僧、山水

中上　*李嵩(リスウ)　銭唐人、道釈・人物

中上 *馬逵（バキ） 馬遠之兄、山水・人物、尤果禽鳥

*白良玉（ハクリヤウギヨク） 銭唐人、道釈・鬼神

中上 *陸青（リヨクセイ） 山水風雨図、師二李唐一、能出来候は御物にも成候

金*

*王庭筠（ワウテイイン）、字子端（シタン） 善二山水・古木一

元朝

*楊月澗（ヤウカン） 善二画水墨花鳥・竜虎一

中上 *王淵（エン）、字若水（ジヤクスイ）、号二澹軒（タンケン）一 杭人、山水・人物、尤精二墨花鳥・竹石一

中上 *王冕（ベン）、字元章（ゲンシヤウ） 会稽人、能レ詩、善二墨梅・万蕊・千花一

*張遠（チヤウエン）、字梅岩（バイガン） 華亭人、善二画山水・人物一、学二馬遠・夏珪一

中上 *道士蕭月潭（シヨウ タン） 善二白描道釈・人物一

中上 *王立本（リウホン） 花鳥・人物

中(上)□ *頼庵（ライアン） 蓮・魚・亀

中上 *率翁（ソツワウ） 布袋・人物、よく出来候は御物にも成候

*張伯供（ハクク） 仏像

*張芳叔（ハウシユク）、号二竹屋道人一 山水・人物

*高然暉（カウネンキ） 山水

中上 *中空山（クウザン） 道釈・人物、自然御物にも成候也

中上 *張氺涯（ヘウガイ） 花鳥・鷹

鑾玉磵 南宋の画僧。法号は光瑩。諸本では下に位置づけられている。

李嵩 光宗・寧宗・理宗の画院に入る。木工であったが画院の李従訓に見出され、その養子となる。

馬逵 馬世栄の子。『図絵宝鑑』に花鳥の外は遠に及ばずとある。

白良玉 寧宗の画院に入る。子白輝も理宗の画院に入る。類従本に「墨絵」とあり、水墨をよくす。

陸青 南宋光宗朝の画院に入り、晩年の李唐に学び、水墨山水に長じた。

金 一一一五—一二三四。南宋と並立。

王庭筠 一一五一—一二〇二。渤海の人。書画ともに米芾を学び、金代随一の文人画家といわれた。書画を品評した『雪渓堂帖』がある。

楊月澗 元代の画家。『図絵宝鑑』にも花鳥竜虎をよくすとある。澗は磵とも書く。

王淵 王若水の名で知られる。趙子昂に学び、花鳥画をよくした。

王冕 一三三五—一四〇七。墨梅にすぐれ、楊補之に劣らぬとされた。

張遠 古今の名画を臨模し、古画の修補に長じた。

道士蕭月潭 道士は道教の僧をさし、その中には絵をよくするものがあった。月潭は月丹とも書き宋末元初の人。

王立本 オウリッポン。元末明初。山水・人物は梁楷を、花鳥は王若水を学ぶ。

頼庵 高麗忠定王時代に頼庵と称する文人画家がある。おおよその頃と思われる魚の絵に頼庵の印がある。

率翁 直翁の印が誤読されたものと考えられる。直翁印の作品は、宋末元初の人物画。

張伯供 未詳。類従本には「人物観音墨絵」とある。

*戴嵩(タイスウ)　牛

*雲間徐沢(ウンケンジヨタク)　花鳥・山水

中上　*夏明遠(カミンヱン)　銭唐人、山水・人物・楼閣、自然御物にも成候

*定山(ヂヤウザン)

中上　*李宗皇帝(リソウクワウテイ)　人物・花・獣

*陳珩(チンカウ)、字行用(ユウ)、号ニ此山(シザン)一　果子

*諭法師(ユ)　弥陀

*檀芝瑞(ダンシズイ)　蘭・梅・竹

*米芾(ベイフツ)、字元章(ゲンシヤウ)　山水・古木・松石

*徐子興(ジヨシコウ)

中上　*李堯夫(リゲウフ)　道釈・人物・鬼神

中上　*丁野夫(テイヤフ)　山水・人物・花鳥

下*

唐

下上　*韓幹(カンカン)　長安人、画レ馬

下上　建陽(ケンヤウノ)僧、*恵崇(エソウ)　画ニ鵞・鴈・鷺・寒汀・遠渚一

下上　*黄筌(クワウセン)、字要叔　成都人、山水・人物・鳥・雀・籠水

宋

下上　*蘇過(ソクワ)、字叔党(シユクタウ)　東坡先生孝子也、画ニ山水・叢篠一

張芳叔　未詳。

高然暉　未詳。類従本に「元暉ニ似レリ」とある。以上三名を朝鮮の画家とする説がある。

中空山　未詳。元の聶空山の略称とする説がある。

張氷涯　未詳。金の張永淳の誤記説がある。

戴嵩　唐徳宗朝の画家。類従本では中の部の最初にある。戴嶧の兄。

雲間徐沢　未詳。類従本は徐沢のみ。

夏明遠　未詳。明初の夏義甫、字は明遠の誤記か。

定山　未詳。類従本には「山水牛墨絵」とある。

李宗皇帝　未詳。

陳珩　南宋理宗朝につかえ、兄陳容(所翁)と共に竜画をよくす。諸本は此山のみ。

諭法師　『日本高僧伝』に夢窓の弟子として釈周諭号黙庵武州人とあり、この人物と思われる。

檀芝瑞　未詳。檀芝瑞と伝える墨竹図が多い。

米芾　書は王羲之を慕い、画は董源を学んで水墨山水に長じ、書は蔡襄・東坡・黄山谷とともに宋の四大家といわれた。

徐子興　未詳。類従本にみえず。

李堯夫　未詳。筑前崇福寺にいた宋又は元の僧という説もある。

丁野夫　未詳。類従本にみえず。

下　八七名。類従本六八名。

韓幹　王維に認められ、天宝年間宮廷に入り玄宗の命によって王室の馬を描いて知られる。

恵崇　元代の高僧として知られ、黄山谷・蘇東坡とも親しく、山水画にも長じた。

黄筌　類従本では中の部。その花鳥画は黄氏体と呼ばれ、北宋前期の院体花鳥画の出発点となった。

蘇過　東坡の末子。広東に追われた父に随う。父に学んで竹石木画に長じた。

宋　南渡後

*趙孟堅、字子固、号㆓彝斎居士㆒　善㆓水墨㆒、白描梅・蘭・水仙花・竹石
*廉布、字宣仲　山陽人、画㆓山水・枯木・叢竹㆒
*湯正仲、字叔雅　江西人、善㆓画梅・竹・松石・水仙・蘭㆒
僧、*月篷　画㆓観音・仏像・羅漢・天王㆒
僧、*子温、字仲言、号㆓日観㆒　作㆓水墨蒲萄㆒、又号㆓知帰子㆒
僧、*仁済、字沢翁　玉澗之甥、墨竹・梅
*陳清波　銭唐人、多作㆓西湖全景㆒
*趙子原　作㆓小山・叢竹㆒
下上　僧、*蘿窓　西湖六通寺、与㆓牧渓㆒画意相伴
下上　*蘇顕祖　銭唐人、工㆓画人物・山水㆒、与㆓馬遠㆒同時、筆法亦相類

元朝

下上　*趙孟頫、字子昂、号㆓松雪道人㆒　画㆓山水・人物・馬形・花鳥㆒
*趙雍、字仲穆　子昂之子、山水・人馬・花鳥
*李衎、字仲賓、号㆓息斎道人㆒　薊丘人、善㆓画竹石㆒
*李士行、字遵道　山水・竹石
*朱徳潤、字沢民　呉郡人、山水・人物
下上　*孟玉澗　呉興人、画㆓青緑山水・花鳥㆒
下上　*胡庭暉　呉興人、絵同前

趙孟堅　趙子固の名で知られる。宋の王室の一族。墨梅をよくした。
廉布　レンフ。高宗に仕えたが、のち官を去って東坡に私淑し書画三昧にふける。
湯正仲　湯叔雅として知られ、朱子に儒を学ぶ。楊補之の甥にあたり、墨梅をよくす。
月篷　未詳。
子温　日観の名で知られる。唐の書家懐素を学んで詩・書をよくし葡萄の絵で名高い。蒲萄は葡萄。
仁済　沢翁和尚の名で知られる。東坡の書を学んで草書・墨梅をよくした。
陳清波　宋末元初の人。西湖図で知られる山水画家。類従本に「鐘馗三教イロトリ」とある。
趙子原　趙子厚の誤記か。子厚は『画史会要』に小山叢竹をよくすとある。
蘿窓　牧渓・瑩玉澗と同時代で、玉澗も西湖のほとりに住み、交友があったと思われる。牧渓は底本「牧漢」。
蘇顕祖　南宋寧宗の画院に入る。馬遠と同郷で画院においても同僚。類従本では上の部。
趙孟頫　一二五四―一三二二。趙子昂の名で知られる。趙王室の一族であり、元朝に仕えた。書画において王羲之や唐への復興を主張した。
趙雍　趙子昂の長子。子趙鳳・趙麟、弟趙変、叔父趙孟籲も画家。
李衎　李息斎の名で知られ、趙子昂と親しく、竹画に長じ、その著に『画竹譜』『墨竹譜』がある。
李士行　李衎の子。
朱徳潤　英宗に仕え、詩文にも長じ、彩色の山水画をよくした。著に『存復斎集』がある。
孟玉澗　珍孟。天沢と号す。李思訓に学ぶ。澗を潤と書くものもある。
胡庭暉　元初。趙子昂に学ぶ。類従本には「山水

下上 天師*張嗣成、号太玄 善画竜
僧、*明雪窓 画蘭・栢
*印陀羅 天竺寺梵僧、人物・道釈
*李仲和 人馬・鷹
下上 *劉履、字坦然 汴人、善画人物
下上 *雪澗 人物、尤長文珠
*子庭 古木・菖蒲
*松田 栗鼠 *用田 同
*銭永
下上 *黙庵 牧渓再来々々、筆跡亦同
*衡陽緑首世 羅漢
*孫知軍 栗鼠
*楊枝 梅
*蔡山 羅漢
*一菴道士 人形
*迦羅蜜 梵僧像・人物
下上 *姜道隠 牛
*老融 牛
*猪者 老融弟子、牛

華鳥柳色取極」とある。

張嗣成 道教第三十九代の天師(教主)。張羽材の子。六朝の書を学び、草書をよくすという。

明雪窓 趙子昂に学び、墨蘭はことに有名。一三四九年平江の承天寺を完成。

印陀羅 因陀羅。壬梵因と称する禅僧。中国の画史類には見えないが、元末の楚石梵琦の賛のある作品があり、印度からの帰化僧とも考えられる。

李仲和 唐徳宗朝の画家、沂州刺史となった父李漸も人物・馬画をよくした。

劉履 劉履中の誤記か。履中は劉坦然の名で知られ、北宋神宗朝から南宋高宗朝の人。

雪澗 未詳。日本の画家とする説もある。

子庭 柏子庭。天台宗の学僧。雪窓の墨蘭とならび菖蒲画で知られる。

松田 未詳。類従本にみえず。

用田 未詳。元の沈月田の誤記か。月田は走獣画をよくするという。

銭永 センエイ。明初の花鳥画家辺景昭を学び、水墨の花鳥画をよくした。

黙庵 黙庵霊淵。鎌倉末南北朝の禅僧。嘉暦年間元に渡って修禅。宋元の水墨画に匹敵する。「牧渓再来」の語は『空華日工集』にも見られる。

衡陽緑首世 未詳。款記印章を人名と誤読したものか。

孫知軍 不詳。知軍は軍関係の役名。

楊枝 楊文昭の名で知られ、北宋の山水画にも長じた。

蔡山 未詳。

一菴道士 一菴は王景昇の号、道士は道教の身分名。王輝・李嵩に学ぶ。

迦羅蜜 不詳。因陀羅の別称か。

姜道隠 禅月大師と同時代の蜀の僧。奇行をもって知られる。
老融　老は年輩者への敬称で、南宋初期の智融は、画牛に長じ、自ら老牛と称した。おそらくその混同であろう。
猪者　未詳。
張思訓　未詳。類従本には「李思訓　山水林泉色取」とある。
陸信忠　未詳。『古画備考』に宋の陸信忠筆といわれるものはほとんど仏画である。
四明普悦　四明は地名、寧波。雪舟の学んだ天童山がある。普悦は仏画をよくした南宋の画家。
啞子　未詳。
馮大有　ヒョウタイユウ。寧宗の画院に入り、蓮花図をよくした。
李聞一　未詳。
陸仲淵　未詳。
李万七郎　未詳。
陸王三郎　未詳。
承訓　未詳。類従本は烝訓。
子良　シリョウ。類従本に「人形」とあり、人物を描いた南宋の唐子良のことと考えられる。
謝堂　未詳。元代の周如斎のことか。
李堯民　南宋理宗朝の人物画をよくした李権、字は堯民のことと考えられる。
滕王元嬰　ゲンエイ。滕は山東省南部の地名。元嬰は唐の高祖の第二二皇子。花鳥画をよくす。
紅眉　未詳。異本に紅賓とある。
仲仁　宋代の禅僧。墨梅で名高く、『華光梅譜』は仲仁に仮託した偽書。
松斎　元代の呉大素の号。草光長老と呼ばれた。仲仁に学び、山水草花にも長じた。
竹斎　未詳。
李伯仲　未詳。類従本にみえず。

*張思訓　人物・仏像
下上　*陸信忠　仏像・十王
*四明、普悦　仏像
下上　*啞子　観音・仏像
下上　*馮大有　蓮荷・竜
*李聞一　逸イ、仏像・十王
*陸仲淵　忠イ、仏像
*李万七郎　仏像
*陸王三郎　仏像
*承訓　仏像・人物
*子良
*謝堂、号二恕斎一　松・竹石・蘭
*李堯民　小景
*滕王元嬰　蜂・蝶
*紅眉　人物
*仲仁、号二華光一　梅
*松斎　花光弟子、梅
*竹斎、号二筠漢一　梅
*李伯仲　観音

下上

*劉伯(リウハク) 仏像・人物
*劉朴(ボク) 人物・山水
*頂雲(チヤウウン) 蘭
*李瑛(エイ) 李安忠之子、絵筆法同

下上

*夏森(カシン) 夏珪之子、筆法同前
*張徳麟 山水・鳥
*夏永(ヤウ) 山水・楼閣、夏明遠ニ似タリ
*劉煒(イ) 山水・人物、馬麟ニ似タリ

下上

*京都張璟(ケイト)(ケイ) 山水、閻次平・夏圭ニ似タリ
*仁宗皇帝 人物・馬、宋人
*高宗 宋南渡後人、山水・人物
*張良市(リヤウシ) 蓮荷・魚、李迪ニ似タリ
*李立(リウ) 山水・人形、馬遠ニ似タリ
*李公茂 李安忠之子
*君台仁(クンタイジン) 楼閣
*盛照(セイシヨウ)、字天錫(シヤク) 京ロ人、画人、画ニ竹石・菓木ニ
*高文進(ブンシン) 蜀人、山水、子照ニ似タリ
*周文矩(ブンク) 道釈・人物・車馬・楼観・山林・泉石
*朱鋭(エイ) 河北人、山水・人物、宋南渡後人

劉伯 未詳。諸本にみえず。
劉朴 南宋。上の部劉耀の父。梁楷・范彬に学び人物画をよくした。
頂雲 元の禅僧、無詰、字は頂雲。蘭竹をよくし、蘭画は姜道隠に学ぶ。
李瑛 未詳。諸本にみえず。
夏森 未詳。諸本にみえず。
張徳麟 未詳。類従本にみえず。
夏永 カエイ。未詳。諸本にみえず。中の部の夏明遠のことか。
劉煒 未詳。諸本にみえず。
京都張璟 未詳。諸本にみえず。
仁宗皇帝 ジンソウ。北宋四代の皇帝。諸本にみえず。
高宗 南宋の初代皇帝。類従本にみえず。
張良市 未詳。諸本にみえず。
李立 未詳。類従本にみえず。
李公茂 未詳。諸本にみえず。
君台仁 未詳。類従本にみえず。
盛照 慈照寺本に盛昭とあり、類従本にみえず。
高文進 宋初。祖父道興、父従遇も蜀の画家。画院に入り、道釈画を描く。清涼寺釈迦像胎内より「待詔高文進画」銘の弥勒像版画が発見された。類従本にみえず。
周文矩 五代。道釈・山水をよくし、とくに美人画にすぐれ、唐の周昉に次ぐといわれた。諸本にみえず。
朱鋭 未詳。高麗忠烈王時代、書に長じた朱悦がいる。諸本にみえず。

下上

*王景辰　水墨梅
*馬徳甫　禽獣
*碧雲　人物
*雲石陸氏時中　竜、所翁ニ似タリ
*王珪君璋　花・草虫
*番陽厳凱士元　詩作、人馬、月山ニ似タリ
*永嘉章、月坡　人物、竜眠ニ似タリ
*顕宗皇帝　人馬・獐鹿・墨竹

王景辰　未詳。諸本にみえず。
馬徳甫　未詳。諸本にみえず。
碧雲　未詳。諸本にみえず。
雲石陸氏時中　未詳。諸本にみえず。
王珪君璋　未詳。諸本にみえず。
番陽厳凱士元　未詳。諸本にみえず。
永嘉章　未詳。諸本にみえず。
顕宗皇帝　未詳。高麗の八代の王顕宗は書をよくした。異本には中の部に入れるものもある。

餝次第

1 一　*おしいたに三幅一対・五幅一ついかゝる時は、かならず*三具足をくべし。*折卓をきて、絵によりて*立つふせつすべし。燭台・花瓶・香炉・香匙台香匙・火箸あるべし・香合、同脇花瓶・盆・卓いづれにても、対したる物にすわるべし。

2 一　*諸飾は燭台一対・花瓶一対あるべし。香炉・香合は同前たるべし。これを五かざりとも云。*胡銅・青磁の間いづれも同。

3 一　四幅一対の絵かゝる時は、三具足をば取のけて、中に花瓶にても、香炉にても、一をくべし。わきの花びんは、そのまゝをかるべし。

1**おしいた**　押板。現在の床間の祖形である置押板の造付けになった板張の床で框(かまち)床ではない。
三具足　中央に香炉(香匙・香合)、その向かって右に燭台、左に花瓶を置く仏前荘厳の一形式。
折卓　足が折りたたみのできる卓。
立つふせつ　掛けた画軸の長短により卓を立てたりたたんだりすること。
2**諸飾**　五具足ともいう。
胡銅　古銅とも書き、かねものの一種。古代中国の銅器あるいはそれを模した宋元時代の銅器が輸入され、花入などに用いられた。

4 一　一けんおしいたには、二ふく一ついのゑかゝるべし。中に花びん一にてもくるしからず。一つい花瓶もしかるべし。よこゑなどは□□(かゝ)らず。独幅とてよこゑよりは、たけながくて、本ぞんなどのこと云なる絵あり。これはかゝるべく候。

5 一　小ゑ・横ゑのたぐひは、*座敷のやうにより、可レ然在所(しかるべくあるところ)に、ちがいだなを□(お)きて、その上にかゝるべく候。*小かべの上、てんじやうの*きわにゝ二ぢう*なげし・*折かぎをうちてかゝるべく候。たゞの所にかくる事は、*本ならず候。

6 一　四季の四ふく・*八景の八ふくの小ゑ・よこゑなどは、各小かべにかゝるゑにて候。当時、*おしいたにく□(ぎ)をながくのべてかゝり候事、見ぐるしく候。又、大なる八景の八幅などは、かべにかゝるべからず。たとい、押板候はず共、かけ候て、*置おし板などをも、をかる［　　］□(候)也。

7 一　□□(風鈴)おし板のまへ、てんじやうのふちにかゝるべし。*ひとこまいほどをきてかゝるべく候。*小ざしきまでも、しかるべく候。又、床の天井、ひろゑんの天井にも、かゝるべく候也。

8 一　中央の卓は、押いたのまへ、*まなか斗(ばかり)のけてたつべし。上には香炉と*薬器(ヤツキ)と二色をかるべし。これは大座敷に可レ然候。*五まより下の座敷にはにあわず候歟。

書院飾次第

9 *書ゑんのかざり、*此分、本たるべく候。このほかには、物のかずをりやくし候てかざり候。書ゑん*あまた所候時は、花を三べい又は*石のはち三にても二にてもをかれ候て可レ然候。

---

5 **座敷のやう**　座敷の様体。
小かべ　鴨居などから天井までの壁。
きわにゝ　「際には」か。
なげし　長押。柱と柱の間にとりつける装飾的横木。
折かぎ　折鉤。先の曲った金属製の具。
本ならず　基本でない。

6 **八景**　瀟湘八景。瀟湘二水付近の八カ所の佳景。江天暮雪・瀟湘夜雨・山市晴嵐・遠浦帰帆・煙寺晩鐘・平沙落雁・漁村夕照・洞庭秋月。
おしいたに　押板のある場合に。
置おし板　移動のできる押板。これが造付けになって板床が生れた。

7 **ひとこまい**　一木舞。桟の一つ間隔分。
小ざしき　四畳半以下の座敷。能阿弥本にはない傾向。

8 **まなか**　半間。
薬器　薬を入れる壺。茶入にも利用された。
五ま　十畳座敷のこと。

9 **書ゑん**　書院。
此分　この插絵のように。
あまた所　沢山の場所。
石のはち　鉢に島形をあらわした石をのせたもの。一種の洲浜・盆石。

喚鐘　寺院で法会などに用いる小鐘。それが茶事などに流用され、客人の入来を請う時の合図に打たれた。
つり香炉　長い緒で鉤につり下げた香炉。
はしらかざり　↓10
執木　撞木。鐘を打ちならす棒で丁字形をなす。
筆架　筆をもたせかけておく具。
文沈　文鎮。後出卦算とちがい、ここでは動物形。
すみとゞめ　筆架に立てかけられた墨の下端に置き、これをずり落ちないようにしたこと。
硯屏　↓31
卦算　文鎮。易の算木に形が似ているところから付けられた名称。
印籠　印や印肉入れで、ふつう楕円形で三重ないし五重の小匣。
此折かぎ…　後出銅雀台(鏡)や柱花瓶などを柱飾としてこの鉤に掛けた。
水瓶花立　水瓶(すいびょう)またはその形の花入。

10柱かざり　柱飾。訶梨勒(かりろく)の果実形に銅や象牙でつくり、それを帛糸で飾ったもの(霊綵糸)など柱の装飾具、またはその飾り方。
面　正面、前側。底本「西」ともよめる。

上には*喚鐘(くわんしょう)にて候はず共、*つり香炉なども可レ然候。*はしらかざりにても何にても、取あわせてかゝるべく候。くわんせうのかゝり候時は、*執木(しゅもく)候はでは不レ可レ叶候。つりかうろうのかゝり候時□(は)、しゆもくかゝり候ま敷候。何にてもくるしからず候。

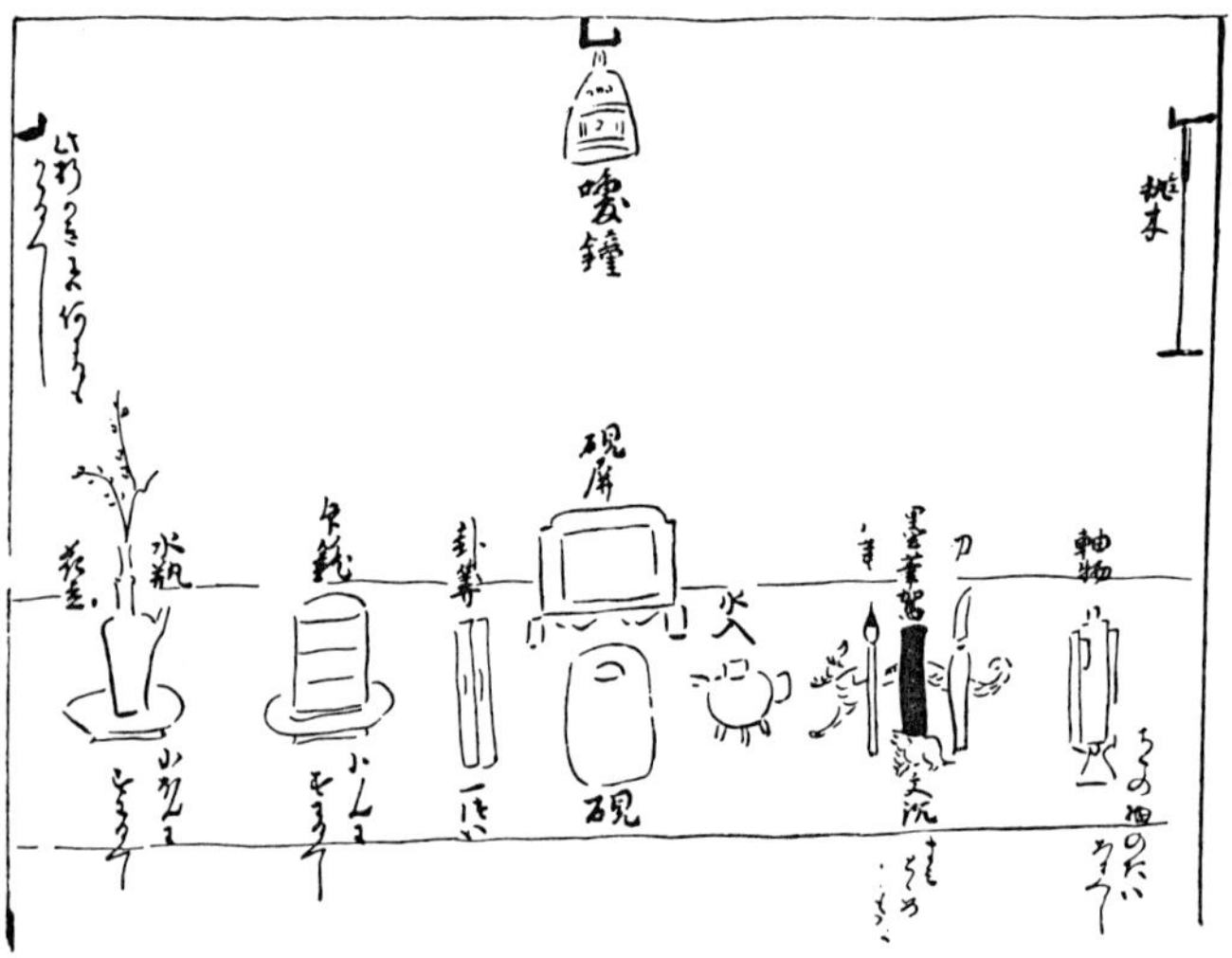

執(シュ)木　軸物　ちくの物のだいあるべし
刀　墨　*筆鴐(架)　*文沈　*すみとゞめとも□□(いゝ)
筆
水入
喚鐘　*硯屏　硯
*卦算　一つい
*印籠　小ぼんにすわるべし
*水瓶花立　小ぼんにすわるべし
*此折かぎには何にてもかゝるべし

10 一　*柱かざりは、書院のほかに、しぜん床などのはしらにはかゝるべく候。押板・違棚(チガイダナ)にはかゝるべからず候。書院のはしらも*面にはしかるべからず候。はしらの内の方にかゝるべく候也。

沈箱　沈香入れ。
薬籠　薬を入れる小匣。
香匙　香をすくうのに用いるさじ。
ほうぼん　方盆。四角の盆。
聞香炉　聞香用の香炉。三足付の小形の香炉。

11 上の重　違棚の上段。
建盞　↓18
同台　天目茶碗をのせる天目台。
食籠　蓋のある食物入れ。菓子器に用いた。
石鉢　↓9
毬籠　球形の香炉入れ。透彫りの金属球(蓋がとれる)の中に回転儀様の装置で香炉が入れられていて、持ち廻しても倒れないようになっている。
チウジヤク　鍮石。真鍮。
マワリカウロ　廻り香炉。
双花瓶　↓専応口伝上42注。
輪盤　文台。
鏡家　鏡の入れもの。
象眼　↓36
帰心　帰花の誤り。↓15

違棚のかざり如レ此又。

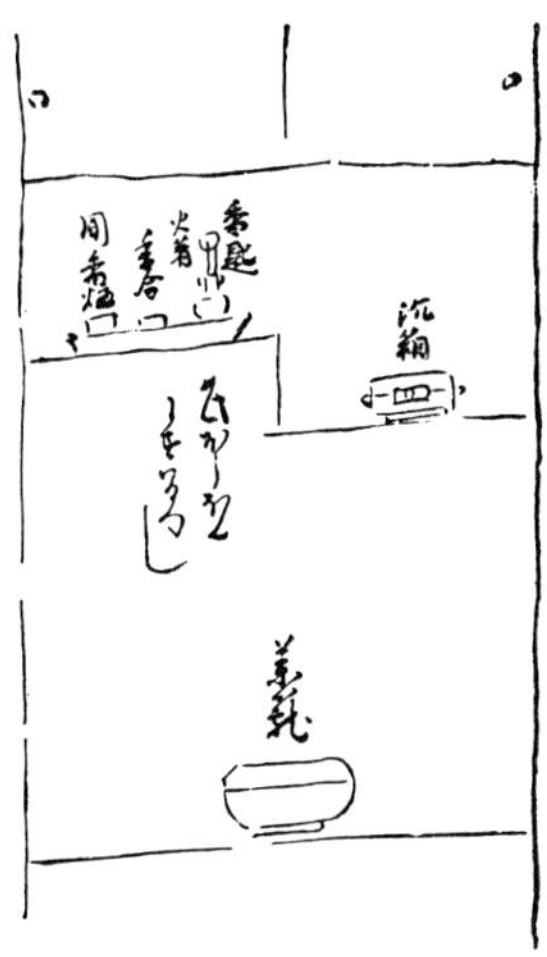

沈箱*
薬籠*
香匙*
火箸
香合
聞香炉*
如レ此ほうぼん*にすはるべし

11 一　上*の重に建盞（けんさん）*・同台*、盆にすわるべし。次の重に壺、小盆にすわるべし。下の重に食籠（じきろう）*。

食籠
石鉢*
毬籠（キウロウ）*
*チウジヤクノ
*マワリカウロ也
同ダイニスワル
双花瓶*
輪盤（カンバン）*にすはるべし

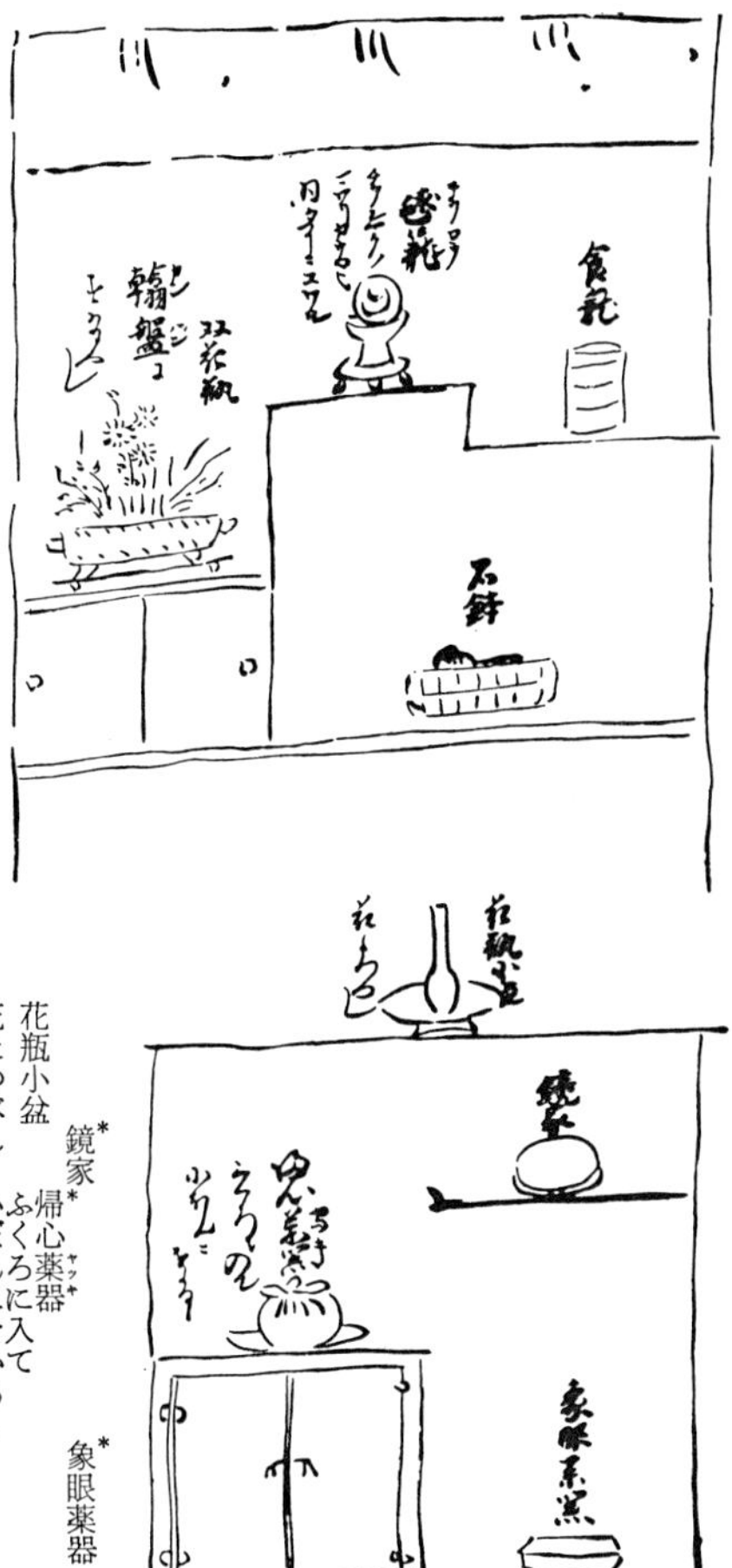

花瓶小盆
花たつべし
鏡家*
帰心*薬器（ヤクキ）*
ふくろに入て
小ぼんにをかる、
象眼*薬器

12一　上の重に盃・同台　盆にすはりても又すはらずともよし、くるしからず、次の重に*湯瓶（タウビン）、下の重に*骨吐（ほねはき）・*楪子（チャツ）・*豆子（ツス）などのるいを、とりあわせてをかるべし。各*堆紅（ついこう）・堆朱（ついしゅ）のほり物なり。

13此ちがいだなは、紫檀（したん）・*花梨（くわりん）・象牙などにてつくりたるたな也。上には、花瓶に花たつべし。此*たなの上に、小ゐ・よこゐかゝるべし。

建盞六
中に*大海
盆
*うがいちやわん
大小二
方盆
重食籠

14*おちやのゆ。此ぶん、水さしのそばに、*火攪（ヒカキ）と*しゆろのひげにてゆいたる*はゝきと二色、たなのすみにたてゝをかるゝ。水こぼしはたなにはをかれず、*ふろのひだりの方のたゝみの上にあり。*釜すゑと云て、いかにもひら〳〵としたる胡銅（ことう）のはちを（お）かれて、その上に大なるちやわんなどをも水こぼしにをかるゝなり。夏冬□（とか）てかはりはなし。胡銅の物とち*

12湯瓶　湯を入れる金属の瓶。とうへい。
骨吐　水こぼし。
楪子　チャツは唐音。菓子などを盛る木皿。
豆子　ツスは唐音。深くて小さい壺椀。
堆紅・堆朱　→15
13花梨　ばら科の落葉喬木。からなし、きぼけ。
たなの上　違棚の上方の天井の長押。

大海　→26

うがいちやわん　楊貴妃が口すすぎに用いたという故事による茶碗。装飾用。鵜飼茶碗とも。

14おちやのゆ…　茶湯道具の飾り方。
火攪　火掻。火を掻き出す具。
しゆろ　棕櫚。
はゝき　羽帚（ははき）。
ふろ　風炉。その上に茶釜をおき湯をわかす炉。
釜すゑ　釜を安定させる台。
ちやわんの物　→17

やわんの物と、いつもをきあわせられ候。*ひさご立は当時はやり候細口のちやわんの花瓶にて候。蓋(フタ)をきもつねに候るいにて候。めづらしく*いさうに候物などは、をかれ候はず候。

15 一　彫(ホリ)物之事

盆・香合、其外いろ〳〵のほり物。上中下は、物の*なりのめづらしきを第一の上と申候。但、手により候。*□(張)成が作の*剔紅(ザツコウ)・堆紅、第一たるべく候。大*荔支(れいし)と申(まうす)香合、世上にまれにて、*無為の時は万*疋(マ、)に立たる物にて候。今も可レ為同前候哉。盆は角・*ひしなど、大切に*はたをきちやうめんにほり、又*わちがへなどほり候て、そと*くり〳〵、上品にて候。沓(くつ)形盆・方盆大切にて候。*小盆に帰花(かへりばな)重宝にて候。香合は大小ともにをき物に成候へども、さい〳〵の用には、ちいさき香合可レ然候。これも*手により、*ゐやうにより、上中下あるべく候。ロ一寸五分、二寸の剔紅(ザツコウ)のゐやうおもしろきは、今も三四千疋可レ然候哉。帰花(カヘリバナ)薬器、これ又、中央の卓にをかれ候はで不レ叶候。無為の時は五千疋、今も三千疋可レ仕候。大荔支手の香合、花鳥などほり候て、藤の*見なりの香合あるべし。これ又重宝に候。台、堆紅まれに候。重宝にて候。つねに堆朱手のだいは、おゝく候。*金糸のくり〳〵の台は重宝候へど、無為の時は千五百疋の物にて候。*桂漿(けいしやう)の台も、手のふかき花鳥・*蛟竜(カウレウ)などほり候は可レ然候。手あさきは常にあまた候。

剔紅(ザツコウ)　色あかし。地に*水・わちがへ・ひしなどを、いかにもこまかにほりて、その上に*屋躰(ヤタイ)・人形・花鳥ばかり色々ほり候を云也。

堆紅(ツイコウ)　色あかし。地に*きうるし。ほりめに*黒がさね一又は二もあり。手ふかく、花鳥をほりたるを云也。花斗(ばかり)なるもあり。

ひさご立　柄杓立。
いさう　異相。異風なこと。
15なり　形。
張成　明初期の漆工家。
剔紅　堆朱の中国名。
荔支の香合　荔枝形の香合。
無為　無疵。
疋　銭を数える語。当時は銭十文が一疋(匹)であった。したがって千疋は十貫、万疋は百貫。
ひし　菱形の紋様。
はた　端。
わちがへ　二つの輪が半ば重なった形。
くり〳〵　屈輪。唐草や渦のような形。
小盆に帰花　小盆に蓮花を彫ったもの。
手　でき工合。
ゐやう　絵様。
見なり　恰好。
金糸　堆朱・堆黒の一種で和名。
桂漿　珪璋とも書き、堆朱・堆黒の一種で和名。
蛟竜　想像上の動物で、水中に住み、蛇に似、翼をもつ竜。みずち。
水　流水。
屋躰　家屋。
きうるし　黄漆。
黒がさね　黒い重ねの筋。

堆朱* 色あかし。地きうるし。手あさくして、ほりめにくろきかさねなし。たゞあかくぬりあげたるを云也。但、堆紅斗の堆朱、堆朱斗の堆紅と云事あり。

金糸 色あかし。地きうるし。ほりめふかく、ほりめにき*と赤と、すぢ十すぢ斗かさなるを云也。一段と手ふかし。

*九連糸 同前。手あさく、かさねすくなし。

黒金糸 色くろし。手いかにもふかく、赤とくろきかさね十すぢ斗あり。

堆漆 色あかし。金糸のごとくして、地までほりとをさず、くり〱にあり。

*紅花緑葉 これは花鳥をほる。花鳥をば赤く、枝(葉)□をばあをくぬりあげてほる也。

桂漿 色くろし。地きうるし。ほりめにくれないのかさね一すぢ、又は二すぢあり。花鳥・くり〱色〱あり。又、地をくれなゐにぬりたるもあり。地くれなゐと云。又、剔紅のごとく、地にあかく、水・ひし・わちがへ・かうしなどほりて、上に屋躰・人形・花鳥などほりたるけ(い)しやうあり。これは子細あり。竜山と云。

*犀皮 色くろし。ほりめ手あさく、ほりめひろく、かさね、きとうすあかくあり。花鳥をばほらず、つねにくり〱におゝし。松のかわの色に似たり。松皮ともかく也。

*堆烏 色くろし。ほりやうは桂璋のごとし。地までほりとをさずして、地もくろし。くり〱におゝし。

*存せい 色くろきもあり、あかきもあり。ぢ、きんのごとくほりたる物也。まれに候。作は張成第一上也。*楊茂第二、*周明同。

16 一　胡銅之物

これは何とも可ㇾ申事候はず候。*公方様御物には三具足、花瓶などに名物御座候へども、つねの世上に今ある物共にて候間、不ㇾ及ㇾ申候。和漢の見やうは其物によりて口伝ならでは難ㇾ申候。紋のある物はやすく候。無紋の物大事に候歟。

*紫銅、*宣旨銅は所〱に金まじり候。

17 一　*茶垸物之事

堆朱　堆紅のように彫目に黒い筋がないものをいう。

き　黄。

九連糸　堆朱の一種。色赤く、金糸の少し手が浅く重ねの少ないもの。

紅花緑葉　剔彩のことで彫彩漆。

犀皮　犀の皮に似た彫彩漆。

堆烏　黒漆を厚く塗って彫り、彫目に赤い筋をいれたもの。堆黒ともいう。

存せい　存星。鎗金(沈金)または描金の法によって文様の外形をくぎり、その内を彩漆したもの。

楊茂　明代の漆工家。

周明　同右。

16公方様　室町将軍家。

紫銅　紫がかった胡銅。

宣旨銅　名称の由来不詳。一説に、明五代の皇帝宣宗(朱瞻基)に関係するか、と。胡銅に金を少しまぜたもので、箔を押した感じの銅。

17茶垸物　焼物のこと。

鐃州垸　宋代五名窯の一つ定州窯の白磁。

琯瑤　官窯の意。宮廷の窯、またはそこで焼いた陶磁器。

ひゞき　貫入(乳)のこと。陶磁器の表面にあらわれたこまかなひび。

はく　箔。

青磁(セイジ)とはあをきちやわんの物名(ものな)也。白磁(ジ)とはしろきちやわんの物名也。*饒州埦(ニヨウシウワン)とは、しろくうつくしく、紋こまかにあるちやわんを云也。*琯瑤、つねにくすりの*ひゞきたるを云。瑤(エウ)定州ひゞきと云事、上々に候。御用なし。たゞ青琯瑤(アヲクワンエウ)と申。白ちやわんに、*はくにて色々紋をしたるあり。たゞ、はくおしのちやわんと云。

18 一　*土之物
*曜変(ヨウヘン)、*建盞(けんさん)の内の*無上也。世上になき物也。地いかにもくろく、こきるり、うすきるりの*ほし、ひたとあり。又、き色・白色・ごくうすきるりなどの色々まじりて、にしきのやうなる*くすりもあり。万疋の物也。

19 一　*油滴(ユテキ)、第二の重宝。これも地ぐすりいかにもくろくして、うすむらさき色のしらけたるほし、うちそとにひたとあり。ようへんよりは世に数あまたあるべし。五千疋。

20 一　建盞、ゆてきにもおとるべからず。地ぐすりくろく、しろかねのごとく*きんはしりて、おなじくゆてきのごとくほしのあるもあり。三千疋。

21 一　*烏盞(うさん)、*たうさんのなりにて、土ぐすりは建盞と同物なり。大小あり。代やすし。

22 一　*鼈盞(べつさん)、*天目の土にて、くすりき色にて、くろきくすりにて、花鳥いろ〳〵の紋あり。千疋。

23 一　*能皮盞(タイ)、これも天目の土にて、くすりきにあめ色にて、うすむらさきのほし、うち外にひしとあり。代やすし。

24 一　天目、つねのごとし。*はいかつぎを上とする也。*上(かみ)には御用なき物にて候間、不レ及レ代候也。

18 土之物　茶垸と同様焼物のことであるが、その質のちがいによって区別された呼称。ここでは天目茶碗のこと。
曜変　曜変天目のこと。黒色のなかに濃い紺色の群星が散在しているもの。
建盞　宋代、福建省の建窯で焼かれた天目茶碗。小さい碗を盞という。
無上　極上。
ほし　星形の斑点。
くすり　釉。
19 油滴　油滴天目。曜変の星がくずれて油がしたたった感じの文様あり。
20 きんはしり　金気のあること。
21 烏盞　黒色の釉をぬった建盞。
たうさん　兎盞。天目茶碗の一種。
22 鼈盞　天目茶碗の一種。
天目　天目茶碗。浙江省杭州府臨安県の天目山でつくられた抹茶茶碗。浅くて開いた擂鉢形のもの。のちにはこれを原形としてつくられた茶碗もいった。
23 能皮盞　玳玻盞。玳瑁(たいまい)すなわち鼈甲文様がある天目茶碗。宋代、江西省吉安の吉州窯で焼かれた天目茶碗。
24 はいかつぎ　灰被。天目茶碗の一種。焼成の際窯中の降灰によって点々と散らした感じの文様ができたもの。いわば出来損いであるが、それが珍重された。
上　公方のこと。

25 一 *葉茶壺事
昔より重宝共、方々に其*聞あり。公方御物にも御座候へども、御かざりには不ㇾ出候哉、さのみ沙汰なく候。名物おゝく聞及候へ共、当時のやうに、代過分には不ㇾ及ㇾ承候。

26 一 *抹茶壺(スリチャツボ)事

*茄子　*ろてい
*大肩衝　小かたつき
*大海　*丸壺
*弦(ツル)つぼ すいてきとも云　ろていぐちの*水滴(スイテキ)
*てがめ　*ゐふこ
*飯(ハン)銅(ドウ)　*へうたん

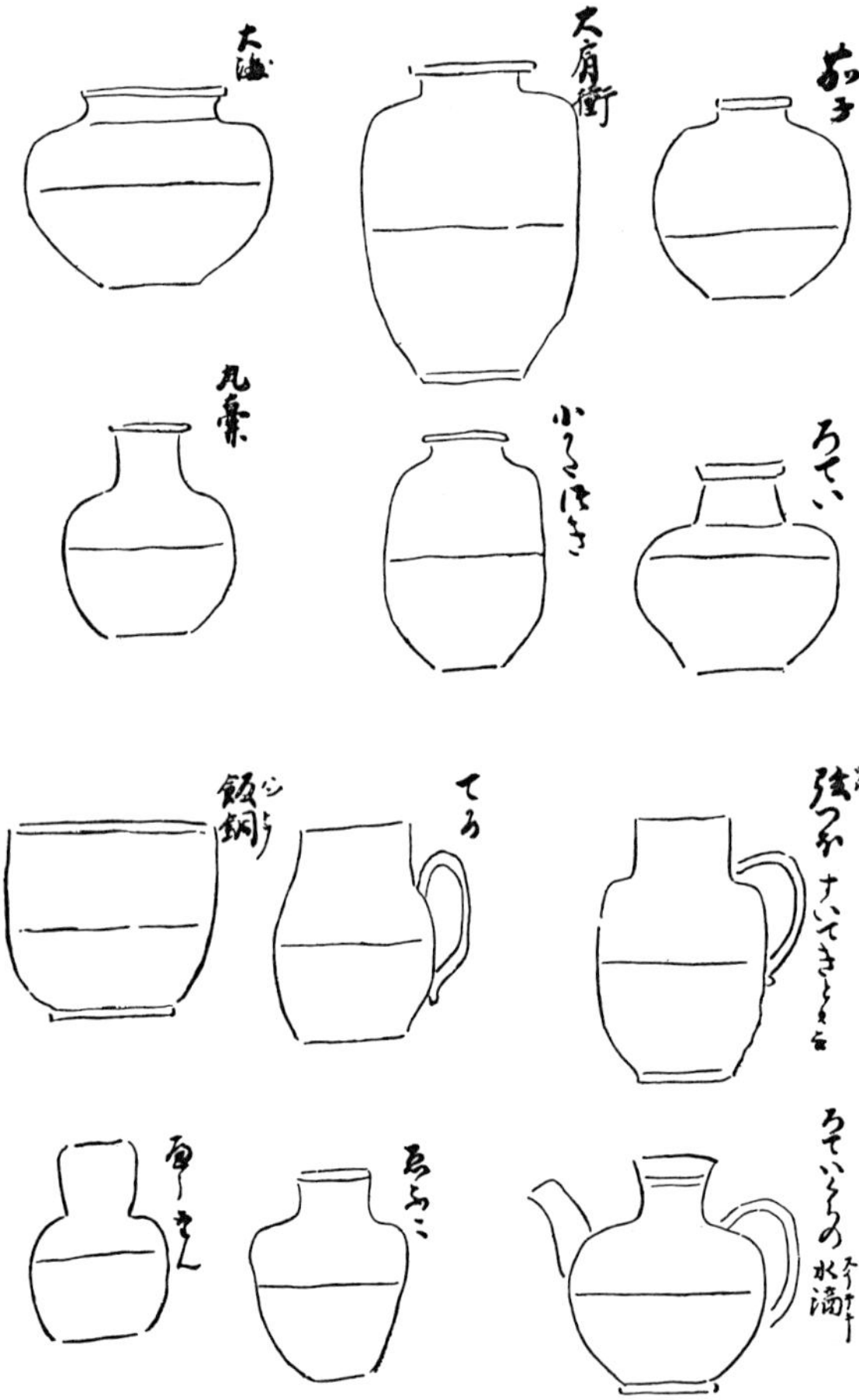

25 **葉茶壺**　葉茶をたくわえる大壺。
聞　噂、評判。
26 **抹茶壺**　抹茶入れ。

茄子　茄子形の茶入。　**ろてい**　驢蹄。口作りの感じが馬のひずめ形に似たもの。　**肩衝**　肩の角張ったもの。　**大海**　口が広く全体に大振りなもの。　**丸壺**　首が甑(こしき)形でやや平たい感じのもの。　**弦つぼ**　弦(鉉。取手)のみ付き、注口のないもの。　**水滴**　水注。　**てがめ**　手甕。取手のある甕形壺。　**ゐふこ**　餌畚(鷹の餌を入れる器)の形をした茶入。　**飯銅**　中国の食器形。　**へうたん**　瓢簞。

*楢(ルイ)茶(サ)　*そんなり
*せいし　*湯(ユ)桶(トウ)
*ひたちおび　*なつめ
*鶴(ツル)頸(クビ)

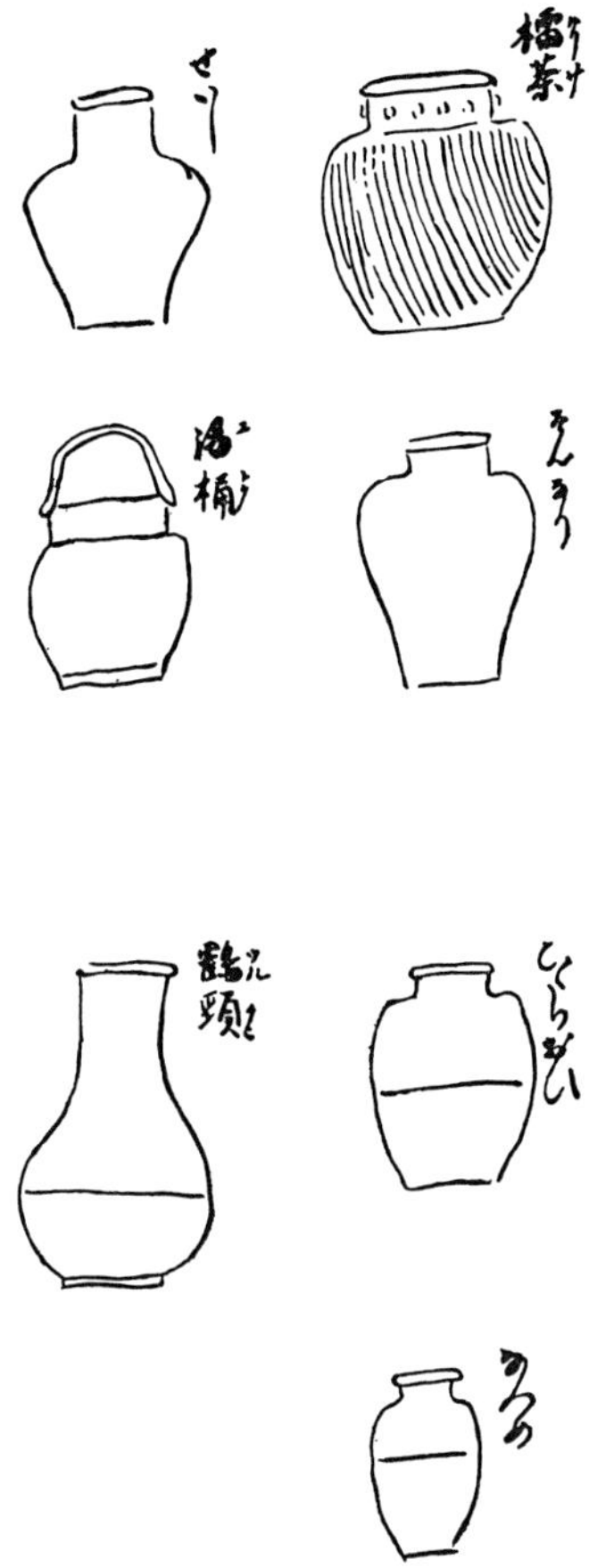

此つぼのゑづ、およそ覚候分しるし候。さのみ此ほかにはべちに、なりある間敷候歟。同つぼのなりにて、すこしづゝのちがいはいづれにもあるべく候。

27 一　壺、いづれも置物にをかれ候時は、ふくろに入ながらも可レ然候。又、ふくろに入候はでも、をかれ候。かならず盆にすはり候てをかるべく候。

28 一　*ふくろのをの事、むすびめまへゝむかふべく候也。をのさきのふさのあるかた、うしろへ可レ成候。

29 一　*銅雀台の*かゞみ、とうじやく台のかはらの*すゞり、*常くわんの物にて候。かゞみはいかにもよき胡銅。おもてに金・銀・瑠璃など付候て、にしきのごとくに候。まれなる物にて候。柱かざりに可レ然候。すゞりもつねにあるものにて候。

30 一　硯は*石眼(いしめ)第一にて候。*端渓石(たんけい)もおとり候はず候。其外、石色々おゝく候。

楢茶　口、胴、肩あたりに丸子のごときものが横に並んだもの。 **そんなり**　樽形。酒樽(さかだる)形のもの。 **せいし**　西施。周代の越の美女、西施のすらりとした姿をあらわした茶入という。 **湯桶**　口の上方に弦の取手のついたもの。 **ひたちおび**　常陸帯。胴部に沈線一筋をめぐらしたもの。 **なつめ**　棗。なつめ形。 **鶴頸**　くび部の長いもの。

28 **ふくろのを**　茶入袋の緒。

29 **銅雀台**　銅爵台。魏の曹操が河南省臨漳県の西南、鄴城(ぎょうじょう)内西北隅に築いた楼台。雀は底本「萑」。 **かゞみ**　右の楼台に用いられた鏡、転じて書院の柱にかける飾鏡。 **すゞり**　銅雀台の瓦でつくった硯。銅雀硯(けん)といった。 **常くわん**　賞翫の意か。

30 **石眼**　石目。眼形(◉)の模様のある石(大永三年本)。 **端渓石**　広東省中部、肇慶付近より産する硯材石。輝緑凝灰岩。紫と青の重なった感じの石(同前)。

31 一 *硯屏・*石屏の大なるは、書院にて候はず候共、床、又は違棚のそばなどにもをかれ候。

32 一 大なる箱の*貝すりたり。又、*剔金ほりたるなどは、たゞも置物にをかれ候。座敷により、かた〳〵のすみなどに可レ然候。*檉鞭などもおなじ。

33 一 喚鐘も台をこしらへて、座敷によりて置候也。

34 一 碁盤・将碁盤・双六盤、各同前。

35 一 硯・*文台・料紙・短冊を置候て、文沈をゝ(お)きて可レ然在所にをかるべく候。これみな本かざりのうちにある事にて候。

36 一 *象眼の物、重宝にて候。

37 一 *七宝・*瑠璃、同前に候。当時、事外沙汰なく、象眼にもおとらず候。常くわんの物にて候。

38 一 *画藁と云て、名筆の絵共をあつめて、*さうしにして、金襴にて表紙をして、ちがいだなにをかれ候。*ぢくの物をも方盆にすはり候てをかれ候事候。又、*代々集などもをかるゝ事候。

39 一 *火鉢は十月朔日よりをかれ候。三月の晦日にとりをかれ候。台にすはり候て、火箸を下にをかれ候。いづれも*たてずみあるべし。御用次第に火をゝ(お)かれ候。

右此条々、不レ実候へ共、依二所望一、思出次第にしるし候。不レ可レ有二外見一候也。

永正八年辛未十月十六日　*真相(花押)

辛未年　永正八年辛未十月　源次吉継(花押)

---

31 **硯屏**　硯のそばに立てて風塵を防ぐ小衝立。書院飾次第の図参照。
石屏　同右の文房具。
32 **貝すり**　貝摺(磨)螺鈿のこと。
剔金　沈金彫のこと。
檉鞭　檉緶(ていばん)とも。檉(かわやなぎ)でつくった提重(さげじゅう)。
35 **文台**　書籍短冊などをのせる高さの低い小さな机。
36 **象眼**　金属・木材・陶磁器などに、他の同種の材料を嵌込む技術で、とくに金属の場合多様な技術がある。
37 **七宝**　七宝焼。
瑠璃　七宝の一つ。
38 **画藁**　画帖のこと。
さうし　草子。冊子。
ぢくの物　軸物、巻物。
代々集　代々の和歌集。
39 **火鉢は…**　冬三カ月、春三カ月の間火鉢を用いること。囲炉についても十月朔日に開き翌年三月晦日に閉じることが当時の禅院記録などに見える。
たてずみ　立て炭。炭を入れること。
真相　(?―一五二五)。相阿弥のこと。真能(能阿弥)の孫で真芸(芸阿弥)の子。義政の同朋衆で唐物奉行。目利きの他、絵画・連歌をよくした。東山に住み広福院と号した。

此一巻、源次令二所持一候。則相阿弥自筆之本也。以二一見之次一、写留者也。可レ秘〳〵。

于時大永六年十二月　　円　深

新紙は白*唐紙本候。たかさは此本たけ也。唐紙のうらあと打也。表紙は*打曇、軸は檳榔子木也。紙のつぎ目に相阿判一々に見也。

于時永禄二孟春吉日写之

唐紙　種々の模様、金銀泥を施した紙。

打曇　内曇。上下に雲形をすき出した紙。

古市播磨法師あて
珠光心の文

村井康彦校注

*古市(ふるいち)播磨法師

殊*光

此道、第一わろき事ハ、心の*がまむがしやう也。*こふ者をばそねミ、初心の者をバ見くだす事、一段*無二勿躰一(もったいなき)事共也。こふしやにハちかづきて*一言をもなげき、又、初心の物をばいかにもそだつべき事也。此道の一大事ハ、*和漢のさかいをまぎらかす事、肝要〳〵、ようじんあるべき事也。又、当時、*ひゑかるゝと申て、初心の人躰が*びぜん物・しがらき物などをもちて、*人もゆるさぬ*たけくらむ事、言語道断也。かるゝと云事ハ、よき道具をもち、其あぢわひをよくしりて、心の*下地(したち)によりてたけくらミて、後までひへやせてこそ面白くあるべき也。又、さハあれ共、一向かなハぬ人躰ハ、道具にハ*からかふべからず候也。*いか様のてとり風情(ふぜい)にても、なげく所、肝要にて候。*たゞがまんがしやうがわろき事にて候。又ハ、がまんなくてもならぬ道也。*銘道(めいだう)ニいわく、

*心の師とハなれ、心を師とせざれ

と古人もいわれし也。

古市播磨法師 （一四五二—一五〇八） 名は澄胤。大和古市（奈良市南郊外）の豪族。興福寺に入り出家、通称播磨公。律師に至る。のち家督をつぐ。 **殊光** 村田珠光（?—一五〇二）。 **がまむがしやう** 我慢我執。

こふ者 功者。年功を積んだ練達の人。

無勿躰事 不都合なこと。

一言をもなげき おのれの未熟さを自覚して教えを乞うこと。世阿弥『至花道』闌位事の所説に通ずる。

和漢のさかいをまぎらかす 和漢の境地を融合すること。唐物に対する和物の美的価値を重視する時代傾向があった。

ひゑかるゝ 冷ゑ枯るゝ。後出の「ひへやせ（瘦）る」に同じ。枯淡・わびの境地。

びぜん物・しがらき物 備前国伊部（いんべ）や香登（かがと）、近江の信楽で焼かれた焼物。その素朴さが茶人に愛好された。

人もゆるさぬ 世間も認めない。

たけくらむ 闌け暗むか。物事の奥まできわめ、その境地にひたること。

下地によりて 素地相応に。

からかふ 拘かふ。こだわる。

いか様のてとり風情にても… どんなに上手な者であっても、おのれの至らなさを嘆くという謙虚さが大事である。

がまんがしやうがわろき… 自らにとらわれることもいけないが、といって自負心もなくてはならない。

銘道 その道についての銘言・金言の意。

心の師とは… （我慢我執にみちた）自分の心を導き改めるのはよいが、そのような心に導かれてはならない。

専応口伝

（共同研究）
村井康彦
赤井達郎
校注

池坊専応口伝

(序) 花瓶に花をさす事いにしへよりあるとはきゝ侍れど、それはうつくしき花をのみ賞して、草木の風興をもわきまへず、只さしたる計なり。*この一流は野山水辺をのづからなる姿を居上にあらはし、花葉をかざり、よろしき面かげをもとゝし、先祖さし初しより一道世にひろまりて、都鄙のもてあそびとなれる也。艸の菴の徒然をも忘れやすると、手すさみに破瓶古枝を指立て、はにむかひてつら〱おもへば、盧山湘湖の風景もいたらざればのぞみがたく、瓊樹瑤池の絶境もみゝにふれて、見る事稀也。王摩詰が輞川の図も夏涼しきを生ずる事あたはず、舜叔挙が草木の軸も秋香を発することなし。又庭前に山をつき、垣の内に泉を引も、人

(序) 花瓶に花をさす事いにしへより有とはきゝ侍れど、ことさら此比世に盛なるよし申せば、*よはひ老ぬるものおもひもなぐさむやと柴の庵のさびしさをもわすれやすると、手すさみに破甕に古枝を*すてゝ是に向てつら〱思へば、*盧山*湘湖の風景もいたらざればのぞみがたく、*瓊樹瑤池の絶境も耳にふれて、見事稀也。*王摩詰が輞川の図も夏涼を生ずる事あたわず、*舜挙が草花の軸も秋香を発する事なし。又庭前に山をつき、垣内に泉を引之、人力をわづらわ(さ)ずして成事を得ず。只*小水尺樹を以て江山数程の勝概をあらはし、暫時頃剋の間に千変万化の佳興をもよをす、宛*仙家の妙術ともい*つつべし。凡*初頓の花厳といふより法花にいたるまで花を以て縁とせり。*青黄赤白黒の色、*五根五躰にあらずや。冬は*群卉凋落するも盛者必衰のことわりをしめす、其中にしも色かえぬ松や*檜原はをのづから*真如不変をあらわせり。*世尊拈花を見て、迦葉微笑せられし時、*正法眼蔵涅槃妙心の法門、教の外に別に伝、摩迦大迦葉に付属すとはの給ひしか。*霊雲は桃花を見、*山谷は木犀をきゝ、みな一花の上にして開悟の益を得しぞかし。抑是をもてあそぶ人、草木をみ

(序) **よはひ老ぬる…** 「としふればよはひは老いぬしかはあれど花をしみれば物思ひもなし」(古今集春上)。 **すてゝ** 他の口伝書は多く「拾ひ立て」とし、「指立て」(下段参照)とするものもある。 **盧山** 江西省北部にある名山。 **湘湖** 湘水(江)。湖南省の大河で洞庭湖にそそぐ。 **瓊樹瑤池の絶境** 穆天子が西王母に会ったという崑崙山の仙境。晋書王戎伝。 **王摩詰** 王維。→君台観(四二四頁)注。 **舜挙** 銭選。→君台観(四二六頁)注 **小水尺樹を…佳境をもよをす** 立花の時空をこえた芸術性を主張したもの。勝概は美しい景色。 **仙家の妙術** 人間わざでない仙人のわざ。 **いつつべし** イッツベシとよむ。 **初頓の花厳といふより…** 釈迦がはじめて頓悟した時のことを記したのが華厳経、つまり出家のはじめから、法華経の教えによって円満頓悟の功徳を備える、つまり悟入する終りまで、華が拘っている。 **青黄赤白黒** 五色。→20 **五根** 眼・口・舌・鼻・耳。これが五色に対応する。五躰は頭・頸・胸・手・足。 **群卉** いろいろの草。凋落のシウはチヤウの誤か。 **檜原** 檜のこと。 **真如** 絶対の真理。松や檜は立花の真(心)とされた。

世尊拈花… 霊鷲山で釈迦が説法した時花を拈(ねひ)ったところ、大衆の中で摩訶迦葉だけがその意を悟って破顔微笑したので印可を授けたという。 **正法眼蔵** 釈迦が感得した極意。 **霊雲** 唐代の僧、霊雲志勤禅師。福州長渓の人。はじめ潭州潙山にあり、第四世祐嗣に師事、桃花により悟道し印可の証を与えられた。その偈「三十年来尋ニ剣客一、幾回落レ葉又抽レ枝、自ニ従一ニ見桃花一後、直至ニ如今一更不レ疑」(景徳伝灯録巻十一)。 **山谷** 黄堅庭、字は魯直。北宋後期の詩人(一〇四五—一一〇五)。灊皖山谷寺石牛澗に遊び、その泉石の景勝を楽しみ山谷道人と号した。
本無 万物の根源。
1 三具足・押板 →君台観(四三四頁)注
中尊の花 三瓶一対の中央の花。

銅拍子口の花瓶 楽器の銅拍子(銅ばち)型の広口の花瓶。底本「調拍子」。

【下段】(序) この一流 池坊流。

十府のすがごも… 「府」は符。編目の十筋ある菅薦。「みちのくのとふのすがごも七符には君をねさせて三ふにわれねむ」(袖中抄)。

床のたのしみ… 床の間芸術となった状況を示す。 **安養界** 極楽浄土に同じ。 **一実** 一実乗、唯一の真実の教え、すなわち法華経。


て心をのべ、春秋のあわれをおもひ、本無一旦の興をもよをすのみにあらず、飛花落葉の風の前にかゝるさとりの種をうる事もや侍らん。

1 一 三具足の花、押板の上、三瓶の時の中尊の花、立様同前。銅拍子口の花瓶の真の高さ凡花瓶一たけ半也。されどもほそく見たてなき真は二たけばかりにても相応すべきか。但花瓶のすがたによるべし。右長左短、主居客居の心得、円花ににぎ〳〵と枝葉さのみ取べからずして、色ゐがちにこみたての花可レ然して、真には松或は当季の花、亦は常磐木可レ然して前右の脇を可ニ心得一也。

2 一 棚の下、真は高さ程によこゐなしてたけを短く立る也。置棚□(の)□(の)押板の外へ枝葉を出す事有べからず。

3 一 一瓶の内にても、先前を第一と用、脇にても専見ゆべき方第二たるべし。今一かたの脇を第三と次第に心得てさすべし。是は三方面の花なるべし、中央の花は何方も面なるべし、書院の花二方むきと心得べし。

4 一 一瓶の内にても一方長く出たる枝葉あらば今一方はみじかく其方をば盛りたる物を可レ用也。一方はひらき、今一方は抱入れ、前かた真より下草次第にさしくだして其内にてしなをかへふりをかへて、高く短くさのみ枯たるかたなくつよ

力をわづらはさずして成事をえず。たゞ小水尺樹をもつて江山数程の勝概をあらはし、暫時頃剋の間に千変万化の佳興をもよおす、宛仙家の妙術ともいつつべし。十府のすがごも七府には花瓶を置て、三府に我居ても、見あかぬ床のたのしみは、誠に安養界の宝池も爰をさる事遠からずして、華蔵世界に吹風も瓶の上にぞにほひくる。凡仏も初頓の華厳より一実の法花にいたるまで花をもつて縁とせり。青黄赤白黒の色、五根五躰にあらずや。冬は群卉凋落するも盛者必衰のことはりをしめす、其中にしもいろかへぬ松や檜原のをのづから真如不変をあらわせり。世尊の拈花を見て、迦葉微笑せられし時、正法眼蔵涅槃妙心の法門、教の外に別に伝て、摩訶大迦葉に附属すとはのたまひしか。霊雲は桃花を見、山谷は木犀を聞、皆一花の上にして開悟の

き本を*ばはやく捨(ステ)、よはき所には下草しげく、姿尋常(スガタジンジヤウ)に葉なみなど、自然、友(トモ)に打なびきたる風情にしてさのみまばらならぬ様にか*もゆひしめたる姿(スガタ)なく、凡春の千枝(チエダ)さし過て、藤つゝじなどの折ふしより杜丹(ボタン)、芍薬(シヤクヤク)、杜若(カキツバタ)、紫苑(シホン)、仙翁花(センヲウゲ)など、いづれものび〳〵と水ぎわもちと高く用べし。秋の千草(チクサ)、菊(キク)、竜胆(リンダウ)、*言などの時節により、次第〳〵に冬枯(ガレ)の野山色かへぬ松やひばら(ヒノキノコトナリ)は其まゝ*四節(セツ)の躰をのづからそのけしきを以(モツ)てあらはすれば、四季(キ)の花とて、別の心得侍るべからず。

5 一　一瓶のうちにてのえだひらくは高く、抱(イダク)はひきく心得て能候。

可レ嫌(キロウ)事

6 一　*論(リン)大なる花の類、さのみ短(ミジカク)立る事

7 一　葉の有物を花ばかり立る事

8 一　花と其葉とそひたる間に、余の草木を立る事

9 一　枝葉の水へつかるやうなる事

10 一　*きるゝ枝　　遠近(エンキン)によるべし

11 一　*葉すり　　大小によるべし

12 一　*抱(イダ)く枝　　前後によるべし

13 一　*もとぎれの事

14 一　かめの口よりさがりたる物

益を得しぞかし。抑是をもてあそぶ人、草木を見て心をのべ、春秋のあはれをおもひ、一旦の興をもよをすのみならず、飛花落葉のかぜの前にかゝるさとりの種をうる事もや侍らん。

1 一　三具足の花の真、たかさ凡花瓶一たけ半也。されどもほそくみたてなき真は二長ばかりにても相応すべき歟。此枝葉の次第は前短後長、右長左短と心えべき也。賞翫の枝とて其方に*副を用、当季の花も主居を請て用べし。長短の枝葉にて四方をかゝえて、かた落もなく、又四手を取たるやうにもなく、*真副真隠みこし流の枝前置躰用の枝葉其科々にて、円花のこみたてとて枝葉さのみとりからさずして、真に下草をつゞけてあげ、次第々々にたてくだし、水ぎわまでもこまやかに手をこめて立。

2 一　脇花瓶対する時の真は、木と木とも、草と草とも、又草木とも、或は松

真　立花を構成する中心の役割を果す草木。心・身とも書く。**一たけ半**　花のたけが花瓶の一倍半。**見たてなき**　見ばえのしない。**右長左短**　本尊から見ての左右。したがって向かって右が左、左が右。三具足の場合花瓶は向かって左に置かれたから、燭台とのバランス上こういう構成がとられた。**主居客居**　主位客位。これも本尊を基準に上座・下座の方へ枝を向ける構成論。**円花**　どこからでも見れるように花を円くいけること。**取べからずして**　底本「取へかるさすして」。**色ゑがち**　色絵勝ち。にぎやかな色彩のあること。**こみたての花**　ちょっと派手な花。**当季の花**　時節の花、今の花。ひと時節すぎた花を古の花ともいった。**前右の脇を…**　本尊の邪魔にならないように。

2棚　違棚。

3先前　下段8では「まへさき」。**何方も面**　どちらも正面。「四方面ノ花」(享禄三年本)。**二方むき**　二方が正面。うらおもてなし。

4下草　真(心)に添える草木、役枝。**本**　ほん。根本。**かもゆひしめたる**　結びしめた。「かも」は「しかも」か。**言**　衍字か。

四節　四季。

6輪　花の大きさ、のち花の数え

15一 対する花瓶の真は、木と木共、草と草共、亦草木共、或ハ松竹などもつかふべし。

16一 大なる花などに、松或竹などもたつるにいづれも大小の心得あり。

17一 水ぎわをろくろ*と心得てよし。水草ばかりたてたる時は水共心得候。

18一 蓮などの様なる水草に深山の木などを立合事も有。つねは*生まじらざる物をさしまぜてひとつに見ゆるをかめにさす花*のとくとかや申せど、蓮にかぎりて樹木の類立合べからず。

19 五節供に専可レ好草木
〽元上正月　梅・水仙花・金銭花
〽上巳三月　桃・柳・款冬
〽端午伍月　竹・菖蒲・石竹
〽七夕七月　桔梗・仙翁花・梶
〽重陽九月　菊・萩・鶏頭花
此類を本と用べし

20一 *青・黄・赤・白・黒と心得て次第にさすべし。

21一 北*は黄に南は青く東白、西紅に染色の山。

22一 神祇・祈禱・祝言も直なる真可レ然候。

23一 聟取・嫁取の花は*合真、若緑どり。糸薄・糸柳・女郎花・

竹などともつかふべし。

3一 直なる真は副のなびきにてつがふべし。

4一 除き真は向あひて、対すべし。

5一 中尊の副は左右にとりあはず、座上を請るなり。

6一 棚の下の真は、たかき程に横こえなして、たけをみじかく立るなり。

7一 棚の柱床押板よりほかへ枝葉を出す事あるべからず。

8一 一瓶の内にても、まへさきを第一と用、脇にても専に見ゆるかた第二たるべし。今一かたのわきを第三と次第に心得て用べし。

9一 中央の花は何方もおもてなるべし。

10一 書院のをしいたの花は、裏面前と心えべし。

11一 一瓶のうちにても、一かたへながく出たる枝葉あらば今一かたは短くその方をば枝葉しげりたる物を用べきな

方の単位となる。

10 きる丶枝　真と交わる枝。

11 葉すり　葉と葉がすれ合うこと。

12 抱く枝　真を抱く形になる枝。

13 もとぎれ　本(根)切れ。その枝で他の草木の本を切る形になること。

15 以下18までは、6―14が禁止事項であるのに対して、注意事項。

17 ろくろ　轆轤。

18 生まじらざる　一緒に生えることのない。**花のとく**　花徳。普通あり得ない草花の取合せを、花瓶のなかではできることの楽しみをいう。他に花徳として「仏神影向の徳」をはじめ招福除災延命など、茶の十徳などと同様に花の十徳あるいは二十五徳をあげることがある。

20 青黄…　享禄三年本にはこの前に「対スル花ノ真」とあり、天文五年専応奥書仙伝抄(谷川流)には、同じく「いのこには中尊に」とある。五行説によれば方角と色の関係は左の通り。

五行	木	火	土	金	水
五色	青	赤	黄	白	黒
五方	東	南	中央	西	北

【下段】1 副　真に対する枝。

真副真隠…其科々にて　この部分後世の挿入か。

21**北は黄に…** 前項の説に基づいていない。

23**合真** 立花の真を二本用いること。

24**男にはしろき…** 下段44および享禄本では逆。

25**わたまし** 移徙。家うつり。赤い花は火事を連想するので禁花とされた。

26**帰り花** 返り花。いったん咲いて衰えたのがもう一度咲く(返り咲く)花。「散る花を吹上の浜の風ならばなほも木末に返り咲かせよ」(夫木集四)。 **残花** 季節はずれまで残っている花。

27**三瓶の花** 中は松、右は竹、左は梅をそれぞれ真とする。松竹梅が一組になったのはこの頃からか。

29**あひおひの松** 祝言物の謡曲『高砂』で知られる双生の松。

31**見様くづしやう** 「余所ノ会席ノ花ヲ見様、可レ有二用捨一候」「花ヲクズス様、用捨有ベシ」(享禄三年本)に従えば花の見方、くずし方の意ともとれるが、なりのきまった花とくずれた花、の意か。

32**花瓶の置所…** 見る者の視点を考慮に入れている。

33**御成** 将軍など貴人の外出。

34**雑木雑草…四草四木** 草木花を立てるのに花と葉の数が同じようにたてあわされることを禁じたもの。「時により折によりとりあわ

杜若(カキツバタ)・百合(ユリ)此等を専に可レ用也。口伝有。

24 一 男女赤白、男には*しろき、女には赤き色を可レ用也。口伝有。

25 一 *わたましの花にあかき色を不レ立。

26 一 城中・軍陣などにての花の心遣、口伝有之。*帰り花をば用と、*残花を嫌(キラウ)と、余花の事也（セツノチガイタルハナノコト也）

27 一 押板の上に*三瓶(ベイ)の花に、松竹梅を立る事有。

28 一 竹に、口伝あり。

29 一 *あひおひの松に、口伝有之。

30 一 花瓶の口によりて、口伝あり。

31 一 *見様、くづしやう、口伝有。

32 一 *花瓶の置所、高みにしたがひてすこしうつぶくやうに心得候也。

33 一 *御成・祝言の花には、凡松・竹・梅・柳・仙蓼菓(センリヤウクワ)・椿(ツバキ)・桃(モヽ)・海棠(カイダウ)・石竹・芙蓉(フヨウ)・芍薬(シヤクヤク)・停春(チヤウシユン)・水仙花・金仙花・牡丹(ボタン)・菊・岩躑躅(イハツヽジ)。

其外、当季(タウキ)の花亦は常磐木(トキハギ)などを可レ用者也。

祝言に可レ嫌(キロウ)草木(サウモク)

34 一 *雑木(ザウキ)・雑草、四花・四葉(ヨウ)、六花・六葉、四草・四木、余花(ヨクハ)（トハトキスギサクヲイウセツノチガイタル事ナリ）川骨(カハホネ)・*荷葉(カヨウ)・紫竹(シチク)・紫菀(ヲン)・思草・馬酔木(アセボ)・

り。一かたの枝はひらき、今一かたは抱、一方はたかく、いま一かたはひきく、一かたはのべに、今一方は一もんじに、一かたはあがり、今一かたはさがるやうに枝遣ひ心得べし。すきやかなる物のきわには、こまやかなる物を用ひ、ふとき物のきはには、いかにもほそき物を用べし。おなじ好色をつゞけて用べからず。

12 一 水ぎわも一方はたかく、今一かたはひきく、まばらならぬやうに、又いひしめたるすがたなく、よせてよらざるやうに、水に出入ありて、つよき本をばはやく捨て、よわき所には下草しげく、凡春の千枝さし過て、藤山吹の頃きたれる折ふしより、牡丹、芍薬、杜若、桔梗、紫菀、仙翁花などのたぐひ、何ものび〱と水ぎはたかく用べし。又秋の千草、菊、竜胆の時節より、冬がれの野山の躰物さびしくて、水ぎ

せにいかほどもたてべし。かんよう(肝要)は、四花四葉、三木四草、第一にいむ云々」「四草とは、草葉四つたてず、又四本草を立ず、ことに、前の三ぼく(木)と四草と、ゆめ〳〵たてあわせぬ事也云々」(仙伝抄)とある。 **荷葉** 蓮の葉。
切腑・蒲 切腑薄の誤。
名詮 名詮自性。名実共に。
35 秋萩を見て… 「秋はぎにうらびれをればあしひきの山したとよみ鹿のなくらん」「あきはぎをしがらみふせてなく鹿の目には見えずて音のさやけさ」(古今集秋上)。
鶴亀に付て… 「鶴亀もちとせののちはしらなくにあかぬ心にまかせはててん」(古今集賀)。
風浪 風流の誤。 **草の名も所によりて替物**… 「草の名も所によりてかはるなり難波の葦は伊勢の浜荻」(菟玖波集雑三)。
於御執心者… 他見を禁ずる文言とともに相伝の際の常套文句。
正文 証文。この場合十三箇条を記したもの。 **花一道** 「花道」の語が熟しつつあることを示す。
座敷のかざり このあとに続く絵図と説明のこと。『君台観左右帳記』に基づく。
36 七つのゐだくばり 七つの役枝(道具)についての早い例。ただし次頁の絵図には「みこし」が三つ描かれていて計九枝ある。

米柳・山卯木・木瓜・深山樒・槇・杉・梬・茶木・木槿・忘恋草・鼠尾草・*切腑・蒲・沈丁花・白葱・曼殊沙花・ほうづき・薔薇・芭蕉、何にても末のかれたる物、葉のやぶれたる物の類、又*名詮あしき草木不レ可レ用。但一瓶のうちにても方がくによるべきなり。

35 一 凡野山に生る草木の躰をまなびて、見ぐるしき事をきろふといひ、みてよき事を口伝とするなれば、さほど草木のうちをきらひ嫌べきにはあらざれ共、加様のこゝろをつかひ、なにの道にも侍るならひ也。夏草、*秋萩を見てつまをこひ、*鶴亀に付てきみをおもひ、ひとをもいはゐなば、などかはまたさる事もなからざらん。先能*風浪を深くこゝろづかいいたすべき事肝要たるべし。*草の名も所によりて替物なれば、只当座に見及て、作者のこゝろづかひ専一、誠に千草万木猶おほければ、中〳〵しるしもあへがたき物ゆへに、よしなきたはむれ草さのみはと、筆をさし置ぬれども、此外に色々極意雖レ有レ之是には不レ印、十三箇条に一々大事印し置候間、*於二御執心一者以来以二*正文一相伝可レ仕候。其上*花一道にかぎらず*座敷のかざり迄、此書物に書付遣し候。尚追而口上に可レ致口伝者也。

36 一 花之指様、則絵図に*七つのゐだくばりども書付候間、是

はもいさゝかひきく用べき也。

13 一 口のひらきたる花瓶は、置所たかきにしたがひて、下草くき高に用べし。端越の枝を嫌ふゆへなり。

専嫌ふべき事

14 一 輪大なる花の類、さのみ短く立る事。
15 一 葉のある物を花ばかり立る事。
16 一 花と其葉とそひたる間に、余のものを立る事。
17 一 同じ物を二所に用事。但色を替ては不レ苦。
18 一 草にて木をつゝみ、木にて草をつゝむ事。
19 一 長競。但一方のきてあがりたる末、同じ程ならばくるしからず。
20 一 枝葉の水へつかぬやう成事。
21 一 切枝とて十文字にみきる事。但遠近によるべき歟。
22 一 指枝とて面へながく出る枝葉、か

うけ
みこし
ながし

真

まへおき
みこし
さし為だ
みこし
そへ
小真

一 五つかざり如レ此。三福一対の絵をかくる時は、脇花瓶一づゝ也。

絵

絵

無レ之*

無之 書写した者の注記であるが、その時期および筆者は不明。

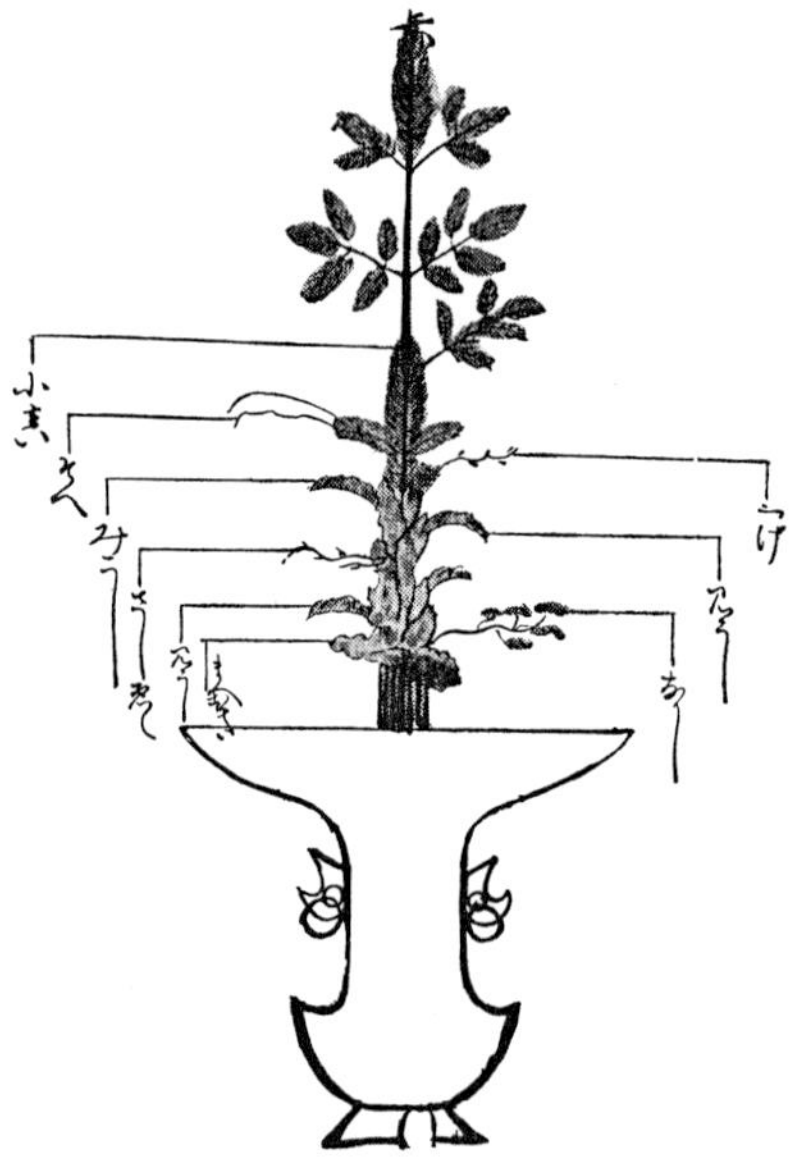

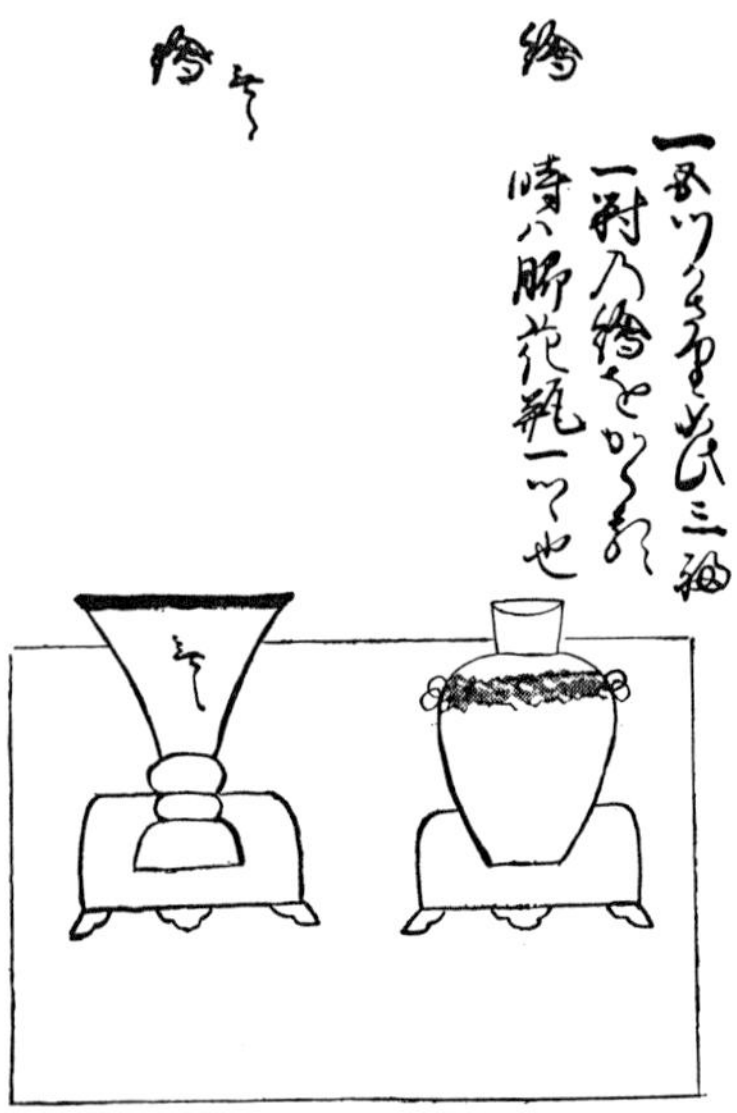

べさしの枝とて後へ長く出枝葉、後より前へ廻る枝、前本切の事。

23 一 壁さしのえだとて後をさす事。

24 一 本切。

25 一 後より前へまはる枝、前本切の事。

26 一 瓶の口よりさがる枝葉の事。此十三箇条を専さし合と定べし。此十三箇条嫌也。

27 一 同枝のうちにてきるゝこと、くるしからず。

28 一 花に其葉のなき時、似たる葉を用事常にあり。

29 一 一枝に三つひらく花、面へ一輪あらば用べからず。花のかず五あらばおもてへ三用べし。又三あらば二つ面へ用べし。

30 一 枝のをゝいたる下に用べき物、間を二寸ほどおきて用べき歟。

31 一 三瓶の時、脇花瓶に一方の花のまへを草にて用ば、今一方は木にて用べ

絵

絵 無レ之

絵

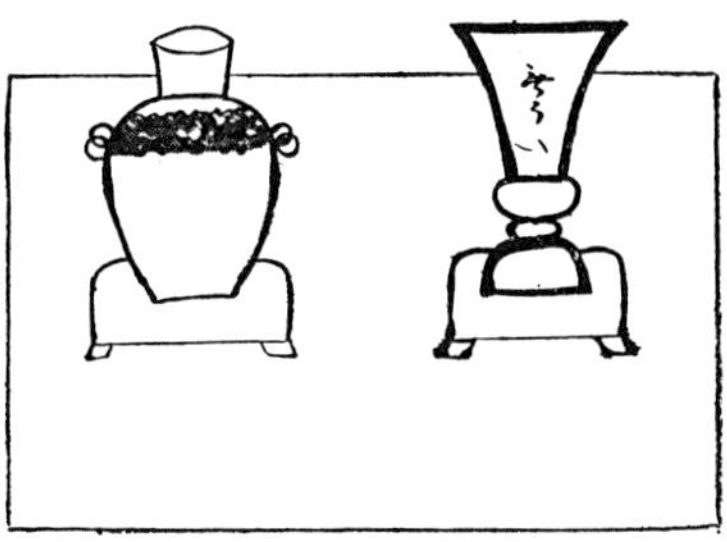

し。一方のおもて葉ひろき物ならば、今一かたはこまやかなる物を用べし。色をかへ科(しな)を替て、花のすがたもちがひ、まへ置なども替て用べきなり。

32 一 陰陽の葉とて、面を見する葉あらば、又裏を見する葉を用べし。

33 一 祈禱・神前の花には、枝葉の栄たる直なる真を用べし。真につゞきてたてたる枝を影向*の枝と心得べし。連歌などの花にも、名号或は神躰などのかけたる右のかたに花を用べし。心づかひは祝儀いづれも同前たるべし。

34 一 聟取・嫁取の花に、のき真或は枯たるもの、又葉などの破たるもの用べからず。合真含みたる花、若葉、若枝、陰陽の葉、天地和合の枝などを用べし。

35 十二月に可レ用也

正月 松・梅

二月 柳・椿

三月 桃・杜若

【下段】33 影向 底本「影面」。

専応口伝

執木　軸之物　無台時ハ方盆ヲモ
台ヲク

書院の飾様也　留　文沈
水納　水納ヲ
□ヲク

喚鐘　硯屏　硯　筆洗
卦
水瓶盆にすゑてをく
柳カ竹カ　水瓶是も台に
一本　すへて在之
如此相違不審

鏡　トミヤク台イ
印籠台にす　印籠
ゑて在之
此相違不審

東山殿の飾
鴨香炉
抹茶壺　盆
是も相違也台
にすはる也

相違　食籠

うがひ
ぢやわん
抹茶壺　相違

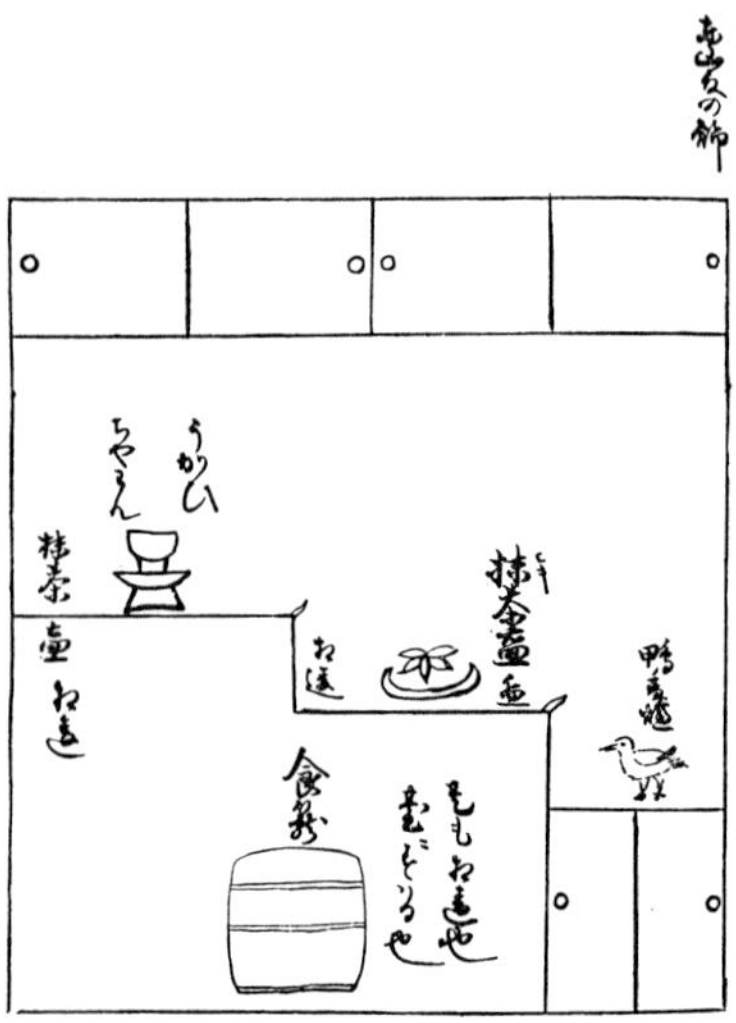

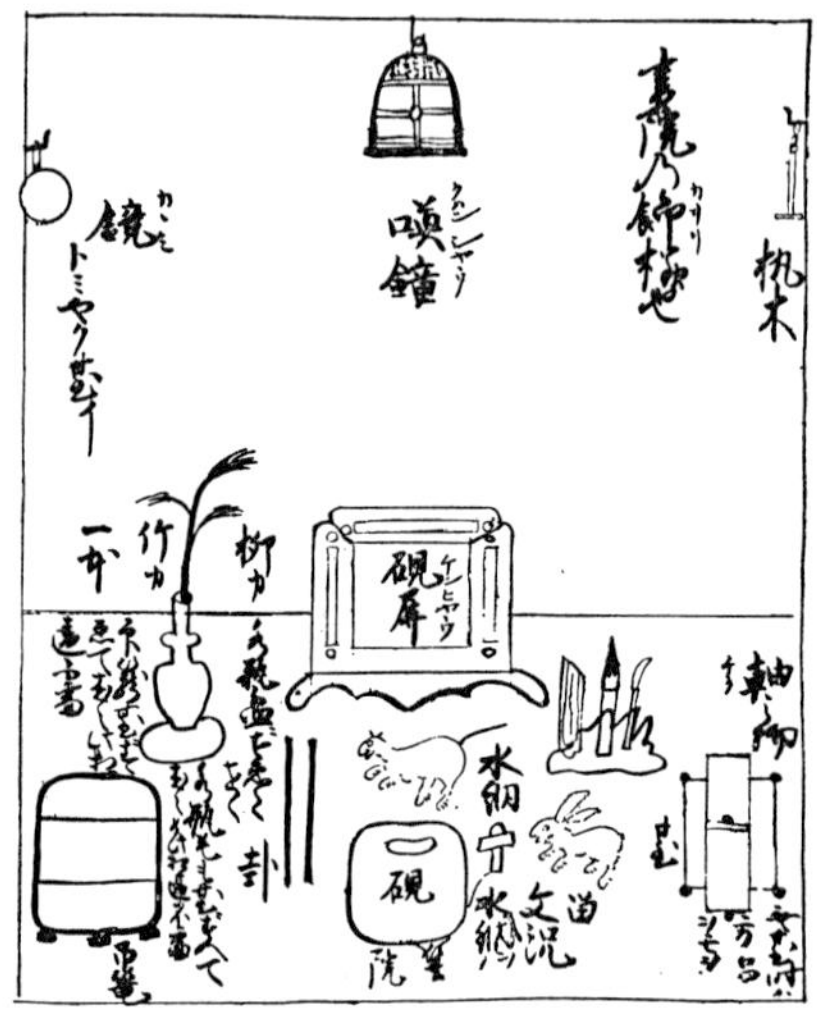

四月　卯花・芍薬
五月　竹・菖蒲
六月　百合・蓮華
七月　桔梗・仙翁花
八月　檜・白槇
九月　菊・鶏頭花
十月　唐水木・南天
十一月　水仙花・寒菊
十二月　枇杷・早梅

36　五節句に用べき草木

元三　梅・水仙花・金銭華
上巳　桃・柳・款冬
端午　竹・菖蒲・石竹
七夕　桔梗・仙翁花・梶木
重陽　菊・萩・鶏頭花

37　高くたてざる物の事

金銭花・岸比・雁足・葱・ぜんまひ・つわ・石葦・藜蘆・ふきのたう・太山樒・富士撫子・沢桔梗・つち草・梔・岩躑躅・香附子・葱花・曼殊沙華・河

相違
沈の箱

鉢（ハチ）の石

横（ヨコ）絵　香炉

双花瓶

煙莨

香炉
香箸
香箱
台

専応口伝

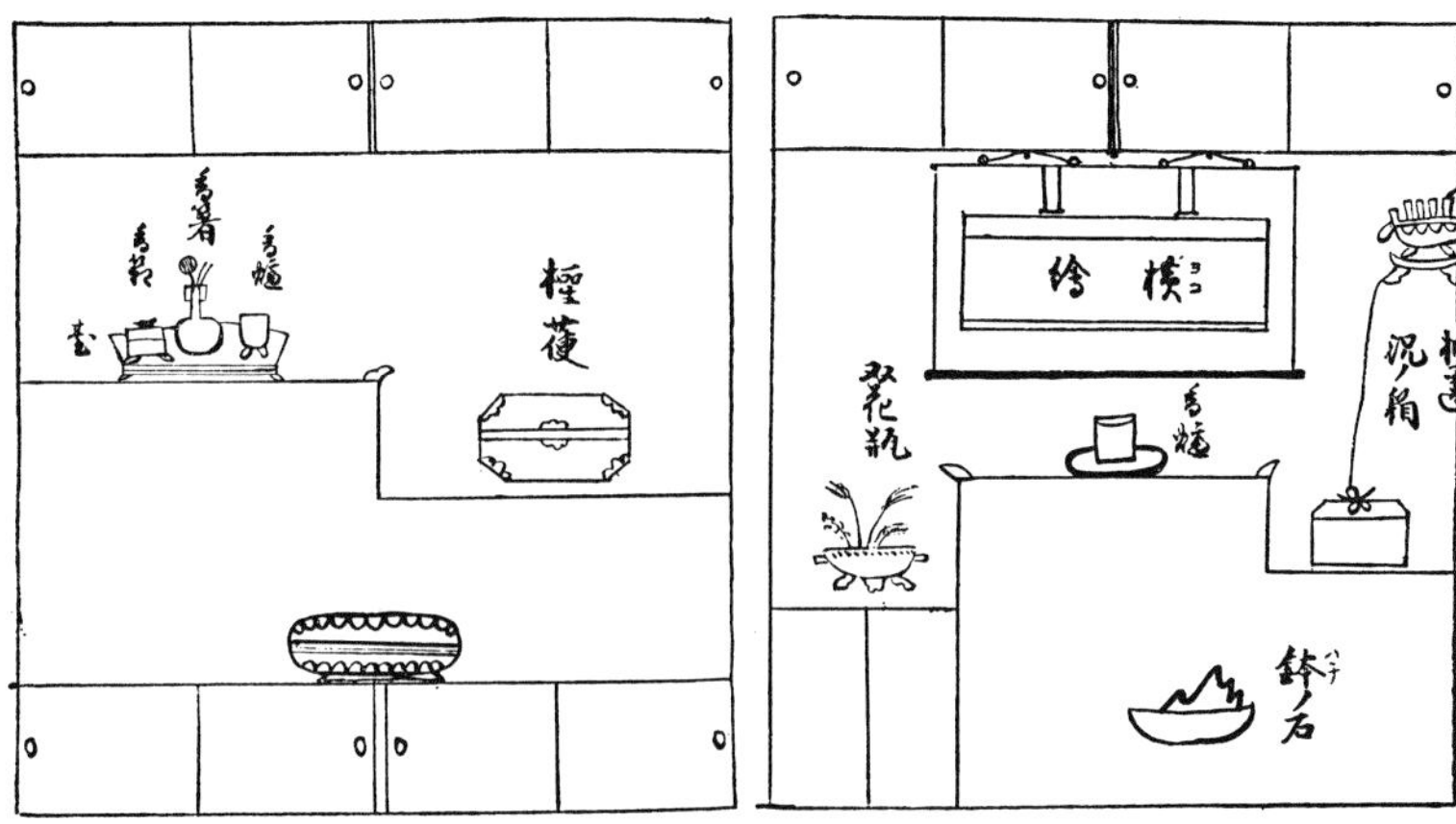

骨・竜胆・赤草・沢ちしや・白丁花・沈丁花・野菊・鬼あざみ。

凡このたぐひ成べし。

38 一　松竹梅の花とて、押板の上三瓶の真に、此三種用事祝儀たるべし。三瓶ともに松を用事上々也。又二瓶を松にて、今一瓶を当季の花にて用事もあり。竹と梅に心得有之。

39 一　砂の物地取の事、真副の間に心得あり。又香台付にも口伝有之。

40 一　わたましの花に色を嫌ひ名詮を忌なり。

41 一　軍陣にての花に輪むきやう有之。のき真、葉の破たる物、かれたる物を嫌ふ也。城中にて椿・葵花用べからず。勝軍木を用なり。

42 一　水草に太山木をさしまぜて、ひとつに見るを瓶にさす。花の徳と申せども蓮にかぎりて樹の類立合べからず。

43 一　対する花瓶の真は青黄赤白と心得

湯瓶（トウビン）　骨吐　相違

盞　骨吐（コツト　ホネハキ）
カナ灯台ノナリ也
ラツソクタテニ
ラツソクヲ立テ
在之相違
相違　無レ之

相違

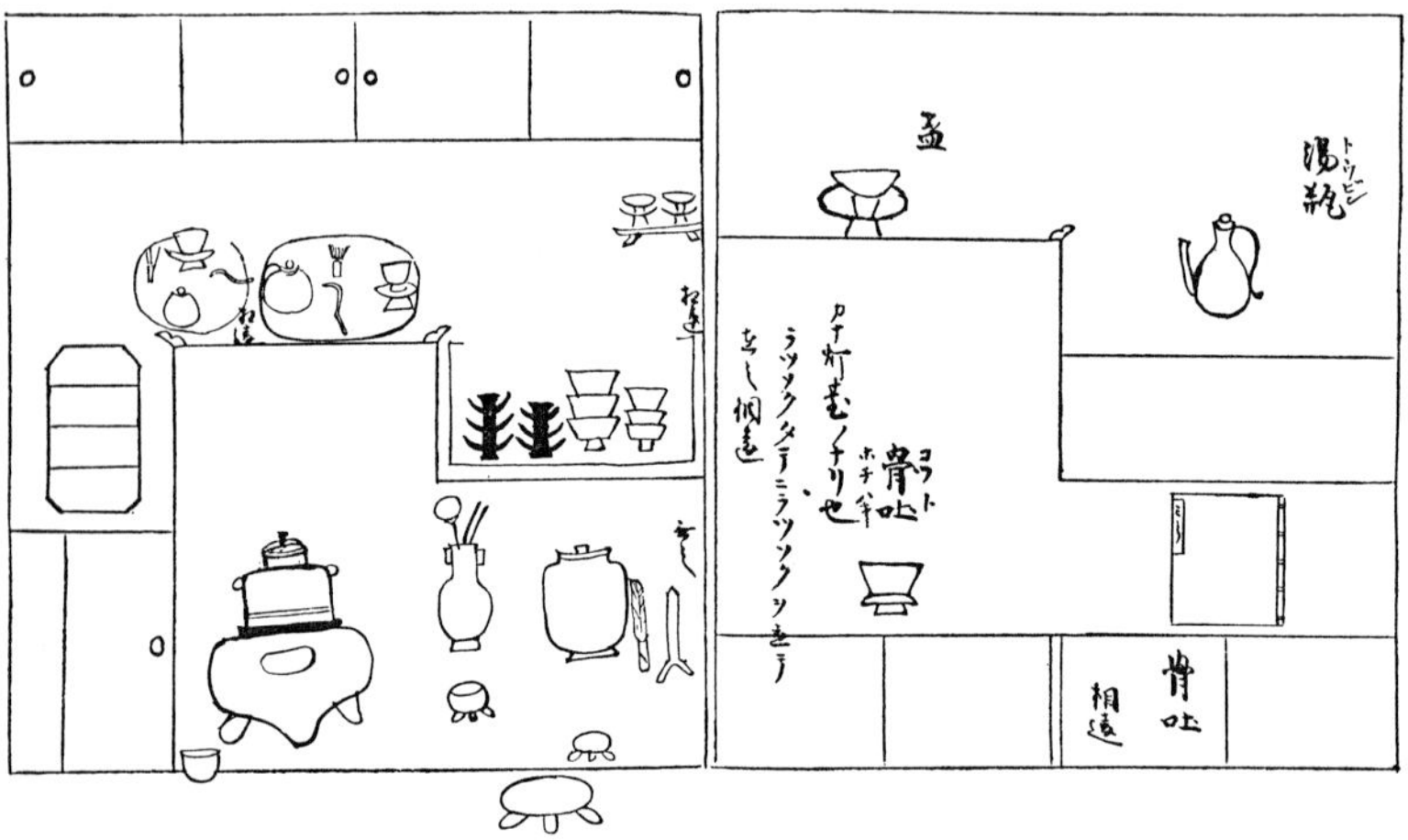

べし。

44 一　男女赤白とて、男には赤き色、女には白色を用べし。

45 一　陰のかたに包花を用、陽の方にひらき花を用なり。

46 一　帰花をば祝儀に用ひ、残花をば嫌ふなり。

47 一　風情興ある真には下草ひきく用べし。直なる真には下草たかく用べし。

48 一　口のひらきたる花瓶には、上にてひらかせ、中口の花瓶には中程にてひらかせ、細口にて水ぎはにてひらかせ候てよく候。

49 一　祝儀の時、上座の花一瓶其心遣あらば、余の花いづれもくるしからず。三瓶の時も中尊を本とすべし。

50 一　春の末より夏秋のはじめまでは、一瓶の内草花がちに用べし。また秋のすゑより冬春のはじめまでは、樹がちに用べし。

カヽミタテ

コノ花入ハカゲモアイカケル

四福一対之絵二福ヅヽ相向也

ヒダリトコレモ同ジ

【下段】52 沈丁香…鼠尾草　右肩に「好」(専好本による加筆)として小書。

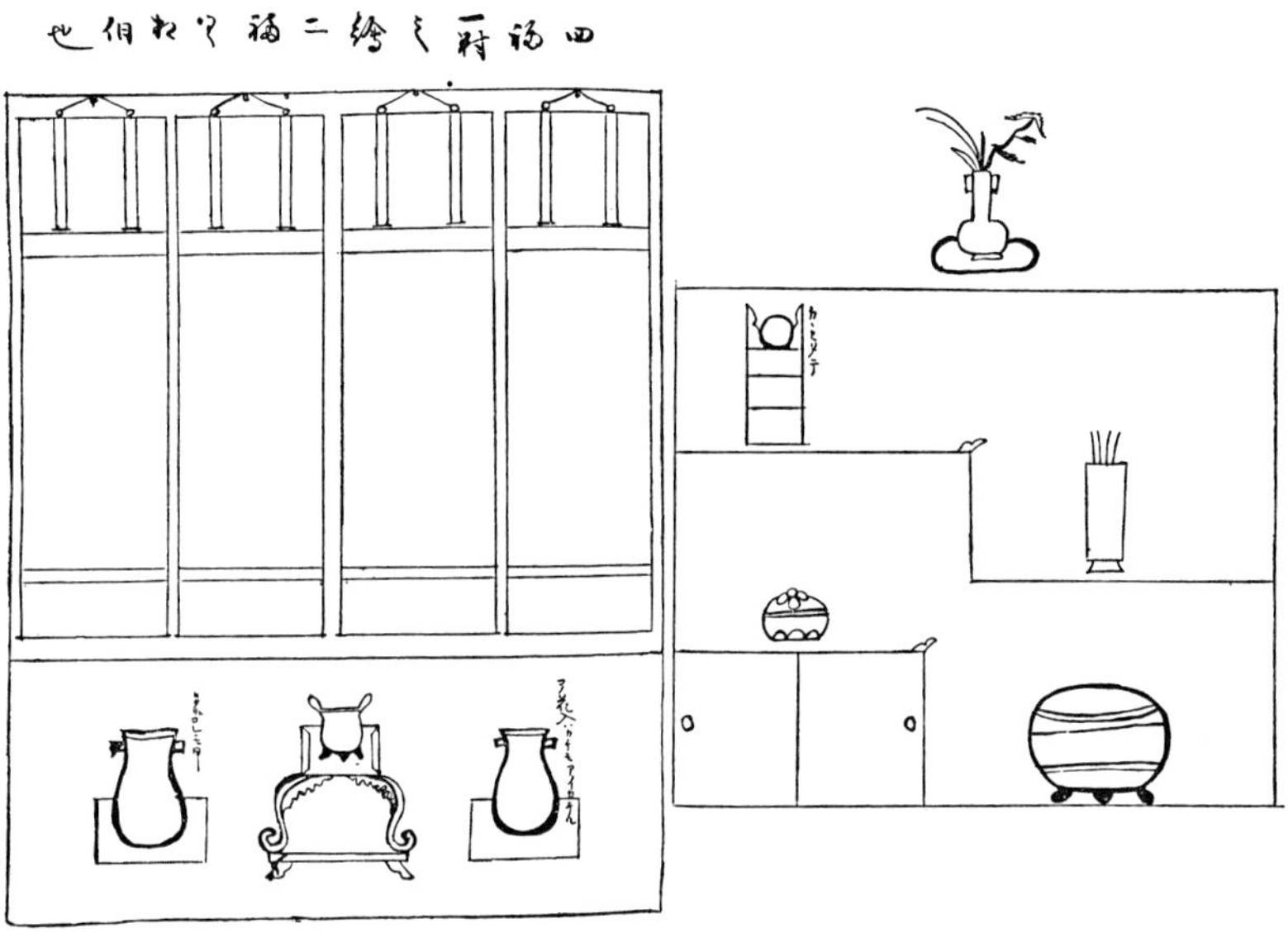

51　専祝儀に用べき事

松・竹・梅・椿・柳・海棠・石竹・鶏頭花・岩躑躅・葱花・桔梗・菊・桃・柘榴・仙翁・岸比・節黒・牡丹・金銭花・山橘・白槇・雁鼻・芙蓉・長春・水仙花・仙蓼菓・百合・菁莪・杜若・常磐木、此等用べき也。

52　祝儀可レ嫌草木

雑木・雑草、四花・四葉、四草・四木、六花・六葉、芥子花・残花・萱草・梔花・荷葉・紫竹・紫菀・河骨・馬酔木・槇・山卯木・蔓椒・米柳・蕀花・木瓜・茶木・杉・樗花・竜胆・木槿華・白葱・*沈丁香・切附薄・蔓殊沙花・芭蕉・薔薇・鼠尾草。末の枯たる物、葉破たる物用べからず。凡諸道ともに執心あさくして、其道を仕うる事侍るべからず。たとひ器用なしとも、稽古のほどふかければ、興ある姿を立出す事あり。先一瓶のすがた尋常に立のびて、上にて

湯瓶（トウビン）　中央（ワウ）之卓（シヤク）
馬上盞（バシヤウサン）
食籠
方盆　相違

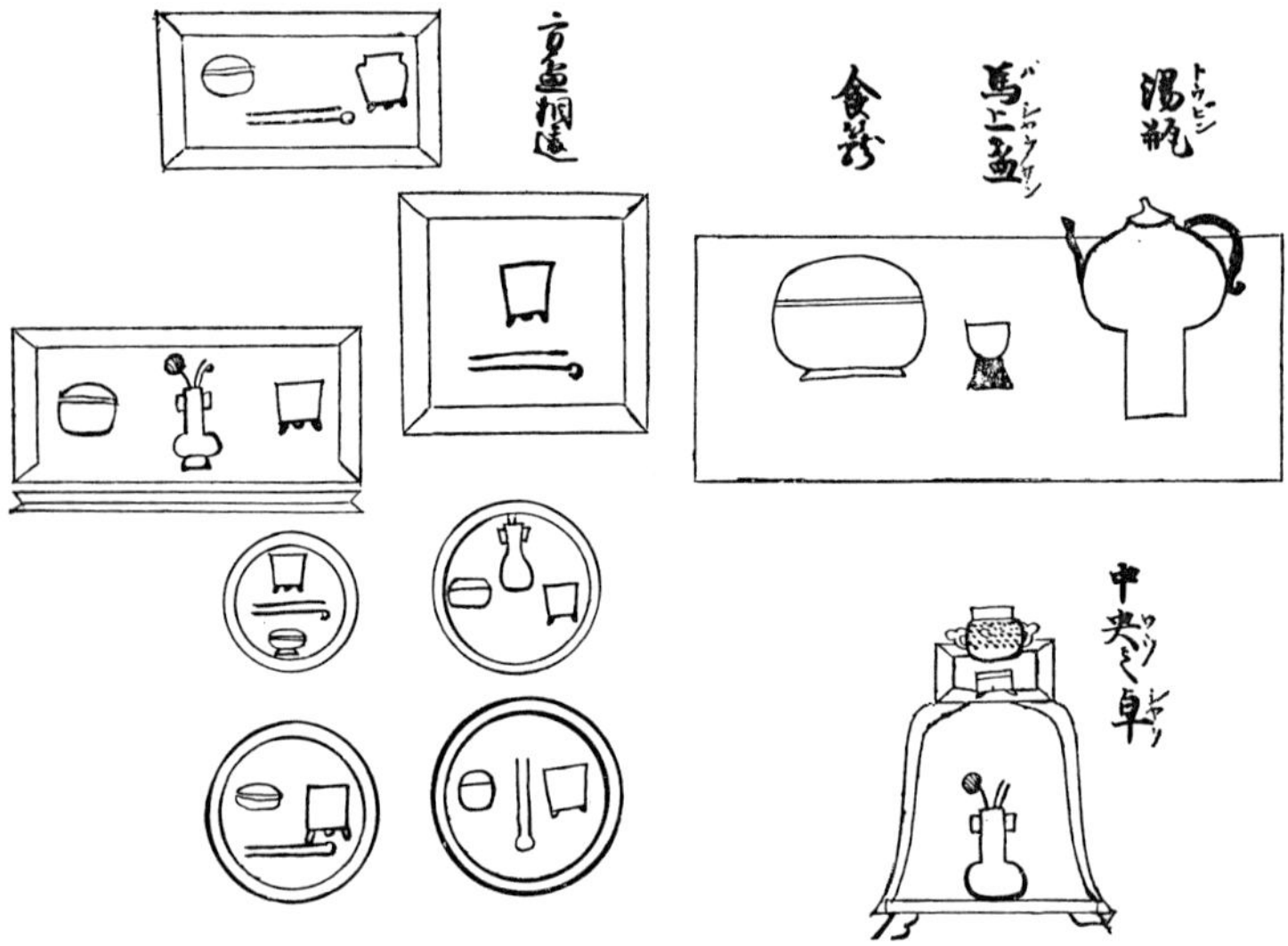

くつろぎ、中程に道具おほく、枝葉のはたらき色々に、草木のしな一種々々にあり〳〵と見所おほく、こまやかに水ぎはほそく、すぐやかにさしたる花をよき風躰とは申也。しかれど数瓶のうち様々の手料、或は*真行草も有べきなれば、一やうにかぎるべきにはあらざれど、大かたの心得かく侍らんにや。野山に生る草木の躰をまなぶなれば、さほど嫌ひこのむべきにはあらざれば、何のみちにもかやうのこゝろへ侍るならひなり。夏草秋萩を見て妻を恋、鶴亀に付て君をおもひ、人をもいはひなば、などか又さることもなからざらん。先よき風流をふかく稽古すべき事専たるべし。草の名も所によりてかはれるなれば、たゞ当座におよびて、作者の心づかひ肝要たるべし。誠に千葦万木猶おおかれば、中々よしもあへがたきものゆへ、よしなきたわぶれ草さのみ

37**三福** 三幅のこと。前掲図中ならびに以下本文中同じ。
39**厳** 仏前荘厳という場合の「かざり」。
石の鉢 →君台観(四三五頁)注
40**うがひ茶碗** →君台観(四三八頁)注
42**湯瓶** →君台観(四三八頁)注
馬上盞 馬上で用いる酒盃。
食籠 →君台観(四三七頁)注
双花瓶 草花瓶とも書き、その花は草の花とされた。
骨吐 水こぼし。
鉢石 39の「石の鉢」に同じ。
43**なんりやう** 南鐐銀。
44**氈** 毛氈のこと。
45**文台** 書籍・短冊などをのせるに用いる小さな低い机。

【下段】真行草 立花の分類原理としては本書が早い時期のもの。三具足の瓶花が真、両脇の花が行、違棚や柱・天井の花などが草の花とされた。
比興 興ざめ。
55**鵜遅** 鵜飼。

を御覧じ毎日花無二油断一御稽古御尤に候。猶不審之義候者追而口上に御尋可レ被レ成候、委相伝可レ仕者也。仍如レ件。

37 一 三具足は三福*一対す、五福一対の絵を掛時おかるべし。四福一対の絵を掛時は中に香炉おかるべし。西の脇に花を立たるつぎ也。

38 一 床には、風鈴は春のすゑつかたより夏秋のはじめまでは広縁の上又書院の先などにつるべき也。又秋のすゑより冬春の初までは天井の中程につる也。

39 一 書院の厳*なき時は石の鉢*も置、又花斗も立候。

40 一 うがひ茶碗*。

41 一 柱花瓶は床などに掛也。違棚、又は押板の柱に掛也。

42 一 違棚・置棚などの下に湯瓶*・馬上盞*・食籠*三色取合てをく事もあり。双花瓶*・骨吐*・鉢石*、何も同前也。

43 一 絵は上を本にかくる也。柱かざりはかゞみ・花瓶・印金袋・帯のじやう・なんりやう*のくさり・唐刀・楊枝筒、凡此等の類見合て掛也。口伝在之。

44 一 縁には氈*・唐莚を敷、竹猗、或は曲彔を置、其下に沓を置也。其外団・箒・杖・笠・絵掛竿、何も見合てかくる也。

45 一 文台*には料紙十重、其上に文沈を置、硯常のごとくたる

はと筆をさし置ぬ。比興*々々。

53 一 三具足は三幅一対、五幅一対、又は独幅を懸時置べきなり。二ふく一対、又四幅一対を懸時は、中に香炉を置て、わきに花瓶をかるべし。

54 一 風鈴は春の末より夏秋の初まで、広縁の上或は書院のさきにかけらるべし。又秋の末より冬春の初迄は座敷の天井につるべし。

55 一 鵜遲*茶椀を台にすへて一物に置ことあり。

56 一 絵は上を本にかくる也。

57 一 書院のかざりなき時は花をも立候。又は鉢の石をも置候也。

58 一 柱かざりは鏡・花瓶・印金袋・帯の鎖・唐刀・軟挺摺・楊子筒・麻姑・河梨勒、此等の類見合てかくべきなり。

59 一 縁には氈・唐莚・豹虎皮などをしきて、竹倚、或は曲彔を置て沓をおかるべし。其外団扇・箒・杖・笠・絵懸

46 南戸　納戸。
具足　甲冑。
のふれん　暖簾。
花押　本人のものではなく、江戸初期、書写した者の臨模。

べし。
46 一　南戸(なんど)*には右に長刀、左に太刀、中に具足*を置て、其上に甲(かぶと)をかるべし。のふれん*をかけて一尺ばかりあげ、かけらるべし。

大永三年癸未十二月吉日　　六角堂池坊侍従専応(花押*)

卓、此等を見合てかけらるべし。
60 一　納戸には左に太刀、右に長刀おかるべし。中に具足、其上に甲を置べし。のんれんかけて口一尺ばかりあぐるなり。
61 一　軸の束は中端と中端との間にいるべし。
62 一　春三箇月冬三箇月は座敷に火鉢置べし。炭のおき様口伝有之。

右一巻者拙者於レ家秘書也。聊爾令二相伝一事稀候。雖レ然江州岩蔵寺円林坊賢盛依二御所望一、老耄雖下無二正体一候上、自筆書注、則令二口伝申一也。努々(ゆめゆめ)不レ可レ有二他見一者也。

天文十一年拾月朔日

池坊専応 在判

ひとりごと

島津忠夫校注

さても此世の事は、皆*まぼろしの内ながら、*三のさかひ火の中にして、苦しびみちてひまなき事、まのあたりさとり知侍れ共、かばかり拙き時世の末に生れ合ぬるこそ、浅ましくは侍る。*五十年あまりの事は、明きらかに見聞侍り。其れより此かたは、天下片時も治る事なし。

*三十年の比より、はからざるに、あづまの乱出で来、年月を経て、幾千万の人の剣に身をやぶり、互に失せまどひ侍れども、今に露ばかりも治まる道なし。其後いく程なくて、*赤松の亭にての御事など出て後は、年々歳々天下杖つくばかりものどやかなる所なし。諸家の内さへ、思ひ〳〵に君臣*同僚之間乱やぶれて、さま〳〵の［*人］、数を尽くして失せ侍り。君臣互に我国々に取くみて、夜昼の戦ひ侍れ共、一所落付たる方なし。*あまさへ、昔聞きも伝へぬ*徳政などゝいへる事を、世に行おこりて、年々辺鄙の土民、十方より九重に乱れ入て、偏に*白浪の世となして、万人をなやまし、［宝をうばひとる事、つや〳〵いとまなし。］かるが故に、民もつかれ、都もおとろへ果てゝ、よろづの道万が一つも残らず。さるに、此七年ばかりのさき、永々敷*日でりして、天下の田畠の毛一筋もなし。都鄙万人、上下つかれてうかれ出、道の辺に物を乞ひ、伏まろび失せ侍る人数、一日の中に幾万人と云事をしらず。まのあたり、世は*餓鬼道となれり。昔、鴨長明*方丈記といへる双紙に、安元年中に日でりして、都の内に、一日に二万余人ばかりは死人侍り。大風に火さへ出て、樋口高倉の辺よりはじめて、中御門京極まで、火飛あるきて、都焼け失せ侍るとしるしをけるをこそ、浅ましくも偽共思ひしに、たちまちに、かゝる世を見侍る、偏に*壊劫末世の*三災こゝに極まれり。

乱かたぶきたる世の積りにや、［*いにし］年の暮より、*京兆・金吾の間の物いひ、既に大やぶれと成て、天下二つに別れて乱れけり。かゝる程に、*殿中に*行幸なりて、京兆一

まぼろし 幻。はかないことにいう。(さゝめごと20―日本古典文学大系)
三のさかひ 三界。衆生が生死して輪廻する欲界・色界・無色界の三つの世界。(さゝめごと51)
五十年… 五十年前は応永二十五年(一四一八)、心敬十三歳。
三十年… 永享十年(一四三八)、永享の乱。
赤松の亭… 嘉吉元年(一四四一)、嘉吉の乱。
同僚 底本「同僕」。
あまさへ アマッサエ。 **人** 類による。
徳政 債権・債務の破棄令。正長元年(一四二八)土一揆。幕府に徳政要求。
白浪 盗賊。「白浪の恐もさわがし」(方丈記)。
日でり… 寛正二年(一四六一)の旱魃による凶作。
餓鬼道 六道の一。常に飢えと渇きに苦しむところ。
方丈記… 広本。安元の大火と養和の飢饉を混同。記憶による引用。
壊劫 四劫の一。三千世界の破壊する時。 **三災** 壊劫の最終期に、世界を破壊に導く天災。
いにし 類による。
京兆・金吾… 応仁元年(一四六七)応仁の乱。京兆は細川勝元、金吾は山名持豊(宗全)。共に文明五年(一四七三)没。
殿中 室町殿。花の御所。
行幸 応仁元・八・二三(応仁記・公卿補任)。
讃岐守 成之。永正八年(一五一一)没。

所に玉室をしめ給ふ。此外、京兆に同心の一家、*讃岐守・*阿波守・伯父*右馬頭・*下野守已下、并管領畠山尾張〔守〕*政長・斯波兵衛佐*義敏・佐々木京極*生観・佐々木六角四郎政高・*赤松二良法師・武田大膳大夫*信賢等也。金吾一味は、一家*相模守・兵部少輔政清已下、并斯波治部大輔*義廉・畠山右衛門佐*義就・同名左衛門佐*義説・*一色・*土岐美濃守・六角宮内大輔*政綱・*大内新介・*富樫介等也。内裏仙洞殿中を始として、城郭にかまへ、大堀*逆茂木を十重廿重引けり。金吾の方にも、彼亭已下を*用害にきびしく構へ侍り。其外、洛陽の寺社・公家・武家・諸家・地下の家々、一塵残る所なく、大野*焼原となりて、上下万人足を空にしてくれまどひ、四方にちり〴〵成ゆき侍るさま、嵐の花、木枯の紅葉よりも跡をとどめず。都の内、目前に*修羅・地獄となれり。

さて、数にもあらぬ心敬等まで、都のほとりには、草の一葉の隠れ枯果てゝ、ひとつの露のよすがも、頼むかげなく成侍れば、仮初に、*参宮など申て、心を伸侍るに、東の方に、あひ知れる*長敏といへる人、便船を送りて、懇に、*富士など此ついでにと侍れば、波に引かれてたゞよひ侍り。やがてと契りて出しか共、都の乱いよ〳〵浅ましくなり行き侍りて、海路山路の便りをも失ひ侍れば、はからざるに、武蔵野の草葉を結びて、一夜の仮寝と思ひしかども、二年の夢と送り侍りぬ。都はるけき境なれ共、古への人々の旧跡とて、*和歌・連歌のこゝろざしの人々、残侍りて、をのづから、忍び〴〵に、歌連歌などの事をも、互に語らひ侍る事、*より〳〵なり。或人の、都ほとり、よろづの道、昔に変り果てぬるありさま、殊に歌連歌などの成行侍ること、ひそかに尋ねけるに、見聞侍りし事も、跡なく忘れ果て、又、いさゝかの事も、おこがま敷やう侍るは、返事にもあたはざりし。あながちに尋ける事、度々に成ぬれば、*胸に思ふ事、うちさらし侍らねば、腹ふくるゝなどゝ古人も申侍れば、*草の枕のひとりごとに、あら〳〵近世に見し事の片はしを打出侍り。

阿波守 勝信。
右馬頭 持賢。法号道賢。応仁二年(一四六八)没。**下野守** 和泉細川。
政長 明応二年(一四九三)没。
義敏 永正五年(一五〇八)没。
生観 持清。文明四年(一四七二)没。
赤松… 政則。明応五年(一四九六)没。
信賢 文明三年(一四七一)没。
相模守 教之。文明五年(一四七三)没。
義廉 底本「義広」。類による。明応五年(一四九六)没。
義就 延徳二年(一四九〇)没。
義説 義統か。大永五年(一五二五)没。
一色 左京大夫義直ほか。
土岐… 成頼。明応六年(一四九七)没。
政綱 延徳三年(一四九一)没。
大内新介 政弘。明応四年(一四九五)没。
富樫介 細川系図では細川方。
逆茂木 敵の侵入を防ぐ為に、とげのある枝を外の方に向けて結んだ柵。
用害 要害。**焼** 底本「の」。
修羅・地獄 六道の一。前の餓鬼道を受けていう。
参宮 伊勢神宮に参ること。
長敏 橘(鈴木)。太田被官。品川に住む。新撰菟玖波読人不知衆。
富士… 富士見物は室町期の流行。
和歌… 類「和歌の心ざしの人、色ごのみなども」。
より〳〵 折々。時々。
胸に… ことわざ。大鏡序・徒然一九に見える。**草の枕の…** 旅先での独言。書名の由来。

まことに、*永享年中の比までは、歌連歌の明匠先達、世に残て、*きら〳〵敷会席所々に侍しなり。公家には、*一条大閤・飛鳥井家・*冷泉両家、武家には、*京兆亭・同*典厩・同*阿波守・*畠山匠作・同*阿波守・*一色左京大夫・武田大膳大夫・〔*伊勢守・〕小笠原備前此外、正徹和尚・尭孝法印会、在々所々月並会、*当座褒貶などゝて、さま〴〵の会席、数を知らず。其席作者〔*先達、*飛鳥井黄門・*冷泉黄門・畠山匠作・同名阿波守・同名*左衛門佐・一色左京大夫・武田大膳大夫・*小笠原備前入道・〕*東下野守・*遠藤入道・*宗砌法師・*智蘊・外郎・*常佐已下、其外には、*清岩和尚・〔*尭孝法印・〕春日の正三位入道*常闇已下〔*数を知らざりし〕。其比さへ、昔の十が一と社聞しに、其席に在りし好士、今の世には、一人も残らず成侍り。まことに、興廃時の間の夢となり、すたれたるありさま、浅ましくも悲しくも侍るかな。心敬、彼席に望みしかども、不堪愚鈍の事に侍れば、*盲目の前の紅葉、牛の前の調琴よりも詮なし。殊に、清岩和尚に、卅年は日夜の事に侍しかども、一の事をも耳にとゞめず、いさゝかの悟を得侍らざりし。今は、千たび悔ひ、足摺をして侍るばかりなり。このころ、不思議にも、いか斗の*器用*利根の人の世に生れ侍れども、誰の風を学び、〔*いかなる〕友にあひて、*故実をもあきらめ、此道の*大悟に入侍らん。まことに十方常暗冥の時とかや。

　*大覚世尊、爰に阿私仙人にあひ給て、苦行年代を積てこそ、法を得、*三界の導師とはなり玉ひしか。先達にあひ、友を尋ね侍てこそ、道をとげぬれ。〔*しほどけぬ〕輩になれて、邪に成劫入侍らん好士、つや〳〵所詮なくや。

　*白楽天は、元稹を歎き、卅軸を集め、*伯牙は、子期失せて弦を断ちしとなり。*孔子も顔回ひとりを社惜み悲しび給へ。*仏も迦葉一人にこそ微笑給ひけれ。明きらかなる人は、おぼろけにも有りがたくや。

　仏、*目連をつれ給て、*須弥の麓を過給へるに、土を取て、御爪の上に少をかせ玉ひて、目連に問給へり。「此土と須弥の土といづれか多かる」

永享年中 文安・宝徳期も含めている。 **きら〳〵敷** 立派な。
一条大閤 兼良。
冷泉両家 上冷泉・下冷泉。
京兆亭 細川満元・持之・勝元。
典厩 道賢。 **阿波守** 常秀・頼久。
畠山匠作 義忠。寛正四年(一四六三)没。
阿波守 持純。 **一色**… 教親。
伊勢守 類による。 貞国・貞親。
当座… その席でほめたりけなしたりする会。 **先達**… 類による。
飛鳥井黄門 雅世。享徳三年(一四五四)没。 **冷泉黄門** 下冷泉持為。享徳三年没。 **左衛門佐** 義統。
小笠原… 持長(浄元)。寛正三年(一四六二)没。 **東**… 底本「東之下総守」、右に「野歟」。氏数。文明三年(一四七一)没。
遠藤… 底本「近藤」、右に「遠歟」。常勲か。寛正四年(一四六三)没。
宗砌 →補。 **智蘊** →補。
常佐 尭孝日記所見。
清岩 正徹。長禄三年(一四五九)没。七十九歳。→四一六頁注。 **尭孝法印** 類による。康正元年(一四五五)没。六十五歳。和歌所開闔。 **常闇** 尭孝日記所見。 **数を**… 類による。
盲目… ことわざ。何の役にも立たないことのたとえ。「牛の前の調琴」は、祖庭事苑に見え、さゝめごと24にも引く。 **器用** 役に立つ才のあること。 **利根** 賢明な性質。
いかなる 類による。 **故** 底本「散」。
大悟 迷いを打破し、真

の知見を開くこと。
大覚… 法華経、提婆品。 **得** 類による。底本「既」、右に「得歟」。
しほどけぬ 類による。世の無常を心の中に思いしめていない輩。(さゝめごと17)
白楽天… さゝめごと48 **伯牙**… さゝめごと17 **孔子**… 論語、雍也。
仏… 釈迦霊山の会上に華を拈って衆に示した際、迦葉だけが釈迦の意を了して破顔微笑した。(沙石四)
目連 仏十大弟子の一。神通第一。
須弥 しゅみせん。蘇迷盧。
歎… 類「情深く心高かるべしと也」。
杜子美… さゝめごと13 **一生**… 類による。 **許渾** 唐末詩人。渾、底本「澤」。類による。 **艶** 上品な美しさ。特に心敬は人格的な光で清められた優美な感情をいう。(さゝめ言41)
いにしへの… 徒然二〇・二一。
ほとぎ… 底本「おほせいふ本ノマヽ」。類による。瓫は湯水などを入れる胴の太く口の小さい瓦製の器。
唐土に… 伝燈録四・沙石五。
道林禅師 唐代、杭州富陽の人。
諸悪莫作… 七仏通戒偈。「諸の悪を作す勿れ。諸の善を奉行せよ」。法句経・沙石その他所見。
嬰児 幼児。「孩児」(沙石)。
三礼 三度ひざまずいて拝すること。
有所得 無所得の対。いずれか一分を分別取得すること。執着のあること。(さゝめごと49)

とのたまふ。目連、「須弥の土多く、御爪の土は少し」と答たまへば、「悟れる者は、御爪の上の土の如し。迷へる者は、須弥山の土の如し」とのたまへり。何の道も人間無常の遷反と、念々に忘れず。*歎深く、心は高からずと也。

唐土の詩人第一の*杜子美は、〔*一生の間、愁ばかりの詩を作ると也。されば、杜子美〕一生の愁といへり。*許渾水三千とて、一期の間、水の詩ばかりを作しと也。げにも、水程感情深く、清涼なる物なし。春の水といへば、心も延やかに、面影も浮びて、何となく不便也。夏は、清水のもと、泉のほとり、又冷寒し。秋の水と聞けば、心も冷々と清みたり。又、氷ばかり艶なるはなし。刈田の原などの朝、薄氷ふりたる檜皮の軒などのつらゝ、枯野の草木などに、露霜の氷りたる風情、面白くも、*艶にも侍らずや。

*いにしへの歌仙二人、此世の事、むつ物語りせし〔に〕、ひとり「世に名残の惜しく侍るは空のみなり」といふ。月に別れむかとなり。一人は、「此の世には露にのみ心とゞまり侍るに、露をいまだ見残し侍るに」と互に語るとなり。哀なりし。げにも、いかなる岩木の心にも、月を艶に、露をはかなく見侍ら〔ざら〕ん。古賢のいはく、「大方、歌道を知らざらん輩は、壁に向ひて、〔*ほとぎをか〕ぶりて、一生を送り侍るが如なるべし」と也。

*唐土に、*道林禅師といへる人は、此の世の、あまりにはかなき事に堪侘て、木の末にのみ住侍しを、白楽天〔見〕侍て、鳥巣禅師などゝ名づけて、「和尚栖、余にあやうく見えて侍る物かな」といへば、和尚答ふ、「汝が此世を忘れて、交りに暮らすこそ、猶あやうけれ」といへり。又、楽天と〔ふ〕、「いかなるか是仏法」と。和尚答、「*諸悪莫作、衆善奉行」。楽天云、「此の理は、三歳の*嬰児も知れり」。和尚曰、「知れる事は、三歳児も知り、行ずる事は、八旬の老翁もまどへり」といへば、白楽天*三礼して去ぬ。誠に、只今をも知らぬまぼろしの身を忘て、常住*有所得のみに落て、さま〴〵の能芸・学文・仏法などゝて、のゝしりあへる、愚なるかな。

堂 底本「尚云本ノマヽ」。類による。
二条の大閤 良基。→「老のくりごと」補。 心あて 心宛。心のあてがい方。心がけ。 仏師 仏画・仏像・仏具を製作する職人。 経師 経文の製本を職とする人。ともに東北院職人歌合所見。 箕作 箕(み)を作ることを業とする人。三十二番職人歌合所見。 不堪の句は… 類「不堪の句は箕作仏師経師などとてさるべし」。この本文に従えば、吟の調子のことか。千金莫伝抄にも、「今程の京童の申事あり。仏士・絵師・箕づくりとは吟くだるなり。かりそめの事も皆かくのごとくなるべし」とある。
金言 尊重すべき言葉。格言。
上手の… 梵灯庵返答書上所見。所々返答にも引用。 次の句 つぎざまの句。 同日… くらべものにならない。「日」、類による。
手跡 書道。 音曲 弾き物と謡い物。琴・箏・琵琶・謡・朗詠など。
吹物 笙・篳篥(ひちりき)などの管楽器。ここは尺八・笛など。
侍坂 救済(→「老のくりごと」補)を侍公とよび、周阿(→「老のくりごと」補)は坂氏。 梵灯庵主… この言は返答書に見えないが、所々返答にも引用。 →「老のくりごと」補。
心きゝて… 気がきいた物と物とを配合し。 てだり 腕きき。芸達者。
たけ… 格の高さ。品のよさ。秀歌の風趣をただよわせること。(さゝめご

たゞ、春の雪にて仏を作りて、其の為に*堂塔婆などを構へ侍るが如くなり。

昔、*二条の大閤に、或人の、連歌の堪能と不堪能との*心あてを尋申侍しに、仰給ひしとなり。「*仏師・*経師・*箕作といはむ程の事なり」。*不堪の句は箕作、堪能は仏師・経師などの如くなるべし。げにも、美しく、聞よきさまに、句を作らんは上手なり。つまづきていひ出さんは、下手なるべし。はかなき一ふしの御詞なれども、*金言に覚たり。一大事は、かばかりの浅き内に侍べくや。

又、或好士尋奉る、「*上手の句の内に第一の悪しき句と、下手の一生の内に最上の句と、同位に可レ侍哉」。「無下の事を申侍哉。堪能の*次の句は、堪能の物なるべし。不堪の最上の秀逸は、不堪の句成べし。*同(日)対論に及ぶべからず」と。有りがたき御言葉なり。げにも、*手跡・*音曲・*吹物などにて、悟知るべきや。

昔の、救済・周阿を*侍坂とて、世の人並べて云伝へ侍るを、*梵灯庵主、口惜など申されけるとなり。有りがたふ社覚侍れ。げにも、救済に周阿及ぶべからずや。周阿は、*心きゝて取合、まことに、*てだり上手と見えて侍り。しかはあれど、思ひ入て、*たけ・しな・面影などの、*ようおんの句見えず。救済は、あはれ深く、*不便の体のよし、近き先達も言へり。

周阿句

海士人の浜田かりしほみちぬるに
腰にさすかたなびきなる花すゝき
*雲あれば出る山にも月入て

大方、これらの句ざまども見え侍り。

救済句

古郷の跡をつぎ木の花咲て
腰にさすかたなの文字を取分て
*いつ出て雲間の月に成ぬらむ

*同じことがら〔ざま〕なれども、品・たけ・艶の句ども、様々見え侍り。古人の*強力・写古の躰とて、巧みに、*するとなるも、*ばけ〲しくは見え侍らざる哉。同周阿句に、

柴の戸ぼそをたゝく秋風

と9） **ようおん…** 幽遠。幽玄を奥深く徹した理念。（さゝめごと43） **不便の体** 不明体。（愚秘抄・さゝめごと43） **雲あれば…** 知連抄・長短抄・密伝抄・心躰抄所見。 **いつ出て…** 「いつ出ておぼろに月の残るらん」（さゝめごと7）。 **同じ…** 「周阿は秀句より取よる所侍しなり。救済はあながちさやうの所に心をかけず」（梵灯庵返答書下）。 **強力・写古の躰** 愚秘抄・三五記に立てる風体。（さゝめごと39） **するとなる** するするとした。平明な。（さゝめごと41） **ばけ〳〵しく** 真実味のない。よそよそしい。底本「はけしく」。類は「古人の…見え侍らざる哉」脱。 **月見ばと** 新古今、雑上。 **冬さく…** 梵灯庵返答書下。 **草木…** 発句「雪の山草木の花の家ゐかな」。 **木にもあらず** 古今、雑下。結句「はしにわが身はなりぬべら也」。 **玄妙** 奥深く微妙。 **打越** 前々句。「可嫌打越物」（連歌新式）。 **輪廻** 打越へ戻る付けよう。「輪廻事」（連歌新式）として嫌う。 **地連歌** 百首における地歌のように、百韻の地になる連歌。 **定句** きまりきった句。（さゝめごと46） **〳〵** 類による。 **眼** 眼目とすべきもの。 **良阿** →「老のくりごと」補。 **ねんごろ…** 「これは句を細かに作る上手也」（密伝抄）。 **かたり句** 喧伝されている句。 **奇特** この上なく珍しいこと。

と云に、

　今夜とは契らぬ人の月に来て

此句、秀逸とてしるし侍り。しかあれ共、心うるはしく、前句によらざらん歟。「月に人は来で」とあるべきや。

後京極摂政御詠に、

　*月見ばといひしばかりの人はこで真木の戸たゝく庭の松風

此御歌の上下の心にて、周阿〔句〕分別あるべく哉。

救済句に、

　*冬さく梅にまじる呉竹

此脇句、二条の大閤様も遊ばしをけり。然はあれども、*草木といへるに、竹を寄せ給へるは、古今集の歌に、

　*木にもあらず草にもあらぬ竹の世のはしにもわれは成にけるかな

此本歌にて寄せ給はゞ、草木の心をことはりたく哉。草木といへば、竹を諸人付侍る。明きらめたく侍りて、おそろしき事にて侍れども、いさゝか尋ね侍る斗なり。

古人の秀逸とて、諸人しるし置き侍るを見るに、大かた前の句を書かず。又語り合ひ侍るを聞にも、前句の沙汰なし。此事無念にや。連歌は前句を聞かでは、いかばかりの*玄妙の句も、所詮なく哉。前の句・*打越・*輪廻などの扱ひによりて、*地連歌・*定句も感情あるべく哉。かやうのかろ〔*〳〵〕しき事より、偏に、心も詞も前句に寄らず。*眼失せ侍りて、只並べ置きたる句のみに成行侍る歟。其の比、河内の*良阿、名を得し好士侍り。*ねんごろの作者にて侍りけるやらん。*かたり句などゝて、さま〴〵云伝へ侍り。しかはあれど、うるはしき先達とは見えずや。*奇特面白所々、心をとゞめ侍しにや。左様の人をば、仏法にも、*頓教・*別教とて、*円成・円教の所よりは浅くや。誠の先達の句には、必ず云捨たる多かるべし。当座の粉骨を宗として、輪廻・前句の難句などには、身を捨てゝ人の句を助け侍る句多かるべし。古人の歌にも、*つゞりに錦を織まぜよと言へり。さのみ

*ゑり句・ゑり歌にのみ心をとゞめ侍るは、無念にや。好もしく、珍らしき句どもを聞しりて、褒美するは、諸人の上なり。初心未練のさせるふしなき句の内にも、思ひ入、はづかしき句ども交り侍べくや。いかばかりの所までも心をつけ、毎々句に耳心のとゞきて、聞き落さゞらん好士、まことの大切の人数成べくや。たしなみ修行おろそかにして、劫のみ入たる人の句、聞き知るべきにあらざる歟。*俊成卿の語給へるは、「源俊頼は、すべて歌を知らぬ好士也。其故は、毎々座々に好もしく、面白き歌を詠じ侍ば也」との給し。此ことば哀深く、修行高き事なる歟。さればとて、ねぶり目に*おだしくのみ歌をよめとにはあるべからず。此界を悟り明きらめ侍らん好士、おぼろけにも有りがたくこそ。

連歌は、大方、歌を試て侍らでは、明きらかに界に入がたくや。歌の上下続ぎざまの心、転じ侍るを心得侍らで、他人の*疎句などの事、手を放ちたる処などに*たどり侍べく哉。連歌ばかり偏に稽古の好士は、細工の小刀などにて、家を作り侍るべきか。いか斗の下手にても、番匠の作りたらんはよろしかるべし。をよそ、堪能・不堪能の人の、句作れるさま、此の歌にてことはり可レ侍哉。

*誰としも知らぬ別のかなしきは松浦の沖を出
る舟人

此歌を、不堪の人の作らば、旅の別れの唐土へ行など、いひ顕はし侍るべき。其は、幽玄余情をくれ侍るべし。かたへの好士達、いかばかり拙き言の葉をも、*代々集にあり、古人の本歌とて、用心なく、あら〳〵しき事共いひちらし侍る。いさゝか*用捨有るべき哉。代々集にも、*えせ歌ども入侍らではかなはぬ習ひなり。*上臈・権門達、数を知らず入玉へる、其の内に、よろしからぬ、*なま〳〵しく、あら〳〵敷歌も多かるべく哉。*古今集なんどさへ、秀歌のみにはあらずといへり。古へより、代々*つぎざまの歌ども入侍り。撰者の*越度には有るべからずとなり。又、証歌などには、いかばかりの歌ども

頓教 次第を経ずに速かに悟に到達する教え。「花厳にも頓教といへるなり」(類従本さゝめごと上)。
別教 声聞縁覚と別な菩薩だけの教え。「天台にも別教といへり」(類従本さゝめごと上)。 **円成・円教** 悟も迷も本質的には区別がなく仏の悟そのままを説いた教え。「仏法の円教円成に到りて万象を捨てざる心は悟りの分別のほかなるべし」(類従本さゝめごと下)。 **つゞり…** つぎ合わせた衣。「百首などの余り地歌もなく見えしぞかへりて難ともいひつべかりし」(後鳥羽院御口伝)。

ゑり句・ゑり歌 よりすぐった句・歌。
俊成… 桐火桶の俊頼評よりの転か。所々返答にも引用。 **おだしく** おだやかに。(さゝめごと12)
疎句 親句の対。(さゝめごと33)
たどり 考え求めて辿りつく。
誰としも… 新古今、離別。隆信。
代々集 代々の勅撰集。
用捨 取捨選択。
えせ歌 つまらない歌。
上臈・権門 年功を積んだ身分の高い人や、高位高官につく家柄の人。「撰集などはまことにその代の上臈権門時にあひ侍る人の外は入らぬ道也」(私用抄)。
なま〳〵しく 生硬な。
古今集… 「貫之が糸による物ならなくにといへるは古今集の中の歌屑と

ゝ可レ立哉。偏に学ばむ事は、用捨なくては無念の事侍るべしと也。神代、万葉などの歌ども、註〔ことはり〕、先達に尋明きらめて学ぶべしと也。上古は、世もあがり、人の心もすなほにて、今の世のくだり果てたるにはあらぬ事のみ多かるべく哉。

片つ田舎などに、此比、賦物を取さま不審に侍り。発句読進して已後、賦物の沙汰侍りて定め給へる、おぼつかなし。大かた、賦物は、発句の題たるべき哉。詩・連句などにも、先、題を披露して後に句を出す。可レ然は、まづ、賦物を定めて発句を可レ出也。あまさへ、此ころは、発句の作者をばさし置て、満座ほしきまゝに定侍る。此の事、年久敷不審に侍り。かたはらの会などに、後の好士などの、名の世・只世などゝ、上座より、いひならはし侍り。聞きにくゝや。うちまぜて、世二つなどならば、よろしかるべし。歌の会などにて、名の世・たゞ世などゝ言ひ侍るは、無下にや。

詩・連句は、昔は、公家に専の事にて侍しかども、家をとろへて、近世には、禅覚たちの中に、明匠、其数これ多く侍る。中にも、近き世には、南禅寺惟肖和尚、大方、日本にて二三百年の此方、並べて言ふべき人なしとなり。最一の作者と申あへりし。此廿年先まで在世の人なり。其後は、建仁寺心田和尚とて並びなき詩人、世間許し侍るばかり也。是も、十年ばかり前に失せ給へり。今の世にも、いかばかりの明匠たち、渡るらめども、其人ばかりは聞え侍らずや。禅門修行の明匠たち、数を知らず聞え侍れども、今の世に、行儀も心地も、世の中の人には替り侍ると聞えぬるは、一休和尚也。万のさま、世人には、はるかにかはり侍ると、人々語り侍り。此門流に、和泉の堺にて果給ひし南江、秀たる詩人と申あへりし。是も行儀心地異相不思議の人といへり。十年斗先に失せ侍り。立蔵主とて、都ほとりに談儀などせし、八旬に及たる老僧侍り。是も眼ある僧などゝ申侍りし。此四五年斗の年の暮に、忍立出て、勢田の橋にて、ひそかに身を失ひ侍り。長生し侍るを恥、

かや言ひ伝へたれど」(徒然一四)。

つぎざま 二の次の、それほどでもない歌。 **越度** 落度。しくじり。

ことはり 類による。

賦物 連歌の各句に物の名などを詠み込むようにしたもの。発句だけに残る。私用抄にも見える。

読進 よみあげて、一座に披露すること。「のどやかにのび〳〵とうら〳〵敷読進あるべく候」(私用抄)。

連句 聯句。 **後** 底本「彼歟」と傍書。類「座上」。 **名の世・只世** 「一座五句物 世只一、浮世々中の間ニ一、恋世一、前後間ニ二」(連歌新式)。私用抄にもみえる。

禅覚 すぐれた禅僧。

惟肖 惟肖得巌。永享九年(一四三七)没。詩文集に東海瓊華集。 **最一** 第一。

心田 底本「心用」。類による。心田清播。享徳三年(一四五四)没。心田詩藁・聴雨外集の詩集がある。

行儀 坐臥進退の作法。

心地 心。→四二一頁注

一休 一休宗純。文明十三年(一四八一)没。狂雲集・続狂雲集の詩集がある。

流 底本「派」。類による。 **堺** 底本「界」。 **南江** 南江宗沅。寛正四年(一四六三)没。鴎巣集の詩集がある。

異相 常人と異なった相状。

立蔵主 伝不詳。蔵主は禅宗で経蔵を司る僧職名。 **談儀** 説教・説法。

勢田の橋 瀬田の唐橋。琵琶湖瀬田川の口にかかる。

老後の終焉の拙(つたな)からんを思(おも)ひとり侍る。有(あ)りがたふ哀深し。殊に、愚僧が知音*にて侍し。感涙おさへがたくこそ。万人諸宗、我人(われひと)口ことばにては、かしこくのゝしりあひ侍共(はべれども)、我見*有所得*にとぢられて、身を惜む事、此界の習(ナラヒ)なるに、有(あ)りがたくも思(おも)ひとり侍る。いづれの尊者*より、たつとくうらやましくこそ侍れ。

凡(およそ)、天下に近き世の無双(ぶさう)の人々、愚僧見及(およひ)侍しかば、平家の物がたり語しには、千一*検校と言(い)へる者、奇特無双の上手と言(い)へり。〔大か*た、彼物語かたりはじめては、昔より〕第一の者(もの)と言(い)へり。清岩和尚のたまひし、「此千一検(けん)校(げう)は、宇治*の平等院の宝蔵に籠(こめ)たき*」などゝ利*口し給しなり。同比、絵書(かく)人、数を不レ知(しらざり)し。中にも、周文*禅学、天下に双(なら)びなかりし最第一となり。是等は、二三百年の間には、世に生れがたしと云ばかりの人と申あへり。碁打、近世の無上の上手には、大山(おほやま)*と衆徒大円と言(い)へる者(もの)也。同比、あづまに、三浦民部とて、上手たがひの勝劣(レツ)なき者有し也。此二人の手あひ*、昔より今に生ぬ斗のもの也。彼等(かれら)失(う)せて後も、上手とて侍共(はべれども)、二人に及べきにあらず。早歌(さうが)*などゝてうたへる人も、近(ちか)くは、天下に、清阿*・口阿*とて、二輪二翅*の如くに申あへり。いづれも、坂口の坂阿*が門弟也。今(いま)に、彼二人が余流世に残り〔し也*〕。何(いづれ)も、二十年前(さき)に失(う)せ侍り。其(そ)の後(ゝち)は、彼等(かれら)程、聞え侍る人なく哉。尺八*などとて、万人吹(ふき)侍る中にも、近世(ちかき)に、増阿*とて奇特の者侍て、ふき出したる音(ね)共、今に、一天下此風流を受侍り。無双の上手最一となり。是(これ)も廿年*斗に失(う)せて侍り。彼(かれ)が門弟に、頓阿*とて、増阿が跡をつぎ、世一(よいち)*のものなりし。此十年前に身まかり侍り。かれが後は、名を得(え)たるは、さのみ聞(きこ)え侍らずや。猿楽にも、世阿弥(ぜあみ)*といへる者、世に無双不思(ふし)議の事にて、色々さまぐ〵の能共、作りをき侍り。今の世の最一の上手といへる音*阿弥、神変*不思(ふし)議の達者の上(うへ)、不断、御前に伺公仕(つかまつる)により、一座何(いづれ)もおろかなる者(もの)なかりし。今春(こんぱる)*なども、世阿弥が門流を学(まな)び侍り。音阿は、近(ちか)くは天下無双の者なり。殊(こと)に道の名誉

知音 親友。
我見 底本「我に」。我執。
有所得 執着の心。→四六九注
尊者 智慧と徳が具わって尊ばれる人。 **千一** 一方派慶一の門。師堂派。在名疋田。康正元年(一四五五)没。
大かた… 類による。 **宇治の…** 重宝を保管する経蔵。平安文化財の宝庫。 **き** 底本「る」。類による。
利口 気のきいた言葉。 **周文** 相国寺の画僧。如拙の門。山水画の名手。
大山 相模国大山寺。 **手あひ** 対局。
早歌 宴曲またはその一節をうたうこと。 **清阿** 坂阿の門。田嶋氏。永享十年(一四三八)没。 **口阿** 坂阿の子。坂口氏。平盛幸。永享八年(一四三六)存生。 **二輪二翅** 並び称せられたこと。
坂阿 坂口平三盛勝。明徳三年秘説を口阿に相伝。応永二年(一三九五)存生。
し也 類による。 **尺八** 一節切(ひとよぎり)の尺八。 **増阿** 伝未詳。「増阿弥尺八ノ影　一ふしに五のしらべある竹のよにたぐひなきなをのみぞな(ふ歟)く」(稲田利徳氏蔵、宗良親王千首和歌書入れ)。 **廿年** 類「三十年」。
頓阿 増阿の弟子。→禅鳳雑談中76
世一 当世第一。 **世阿弥** 観世元清。観阿弥の子。嘉吉三年(一四四三)没。
音阿弥 三郎元重。世阿弥の弟四郎大夫の子。応仁元年(一四六七)没。
神変… 類「なかりし」まで欠。
今春 氏信、禅竹。世阿弥の女婿。文明四年(一四七二)頃没。

を尽くし侍ると、世に申あへり。是もいにし春のころ、失せ侍り。今春、又、奇特の上手と、四十年ばかりは、天下都鄙申伝へ侍り。彼が子七郎、親の跡を継ぎて、是又、最上手のよし、万人申あへり。都にて聞き伝へ侍る事を、耳のまゝ注し侍り。程なく、今の世に、よろづの道すたれ果てゝ、名を得たる人ひとりも侍らぬに思ひ合するに、応永の比、永享年中に、諸道明匠出失せ侍にや。今より後の世には、其比をば、延喜・一条院の御代などのごとく、忍侍るべく哉。もろ〳〵の道、ふかきを尋しかば、真の人、情深き事也。

凡、連歌、世に盛なりしより、代々、好士の名を注し侍り。又、連歌は、万葉より始て、此集に、佐保川の句など入侍し巳後、代々集に入、近くは、後鳥羽院の御比より、盛にもて出て、百韻・五十韻などゝなれり。千句は、為家卿、嵯峨にて、ひとり申給へるより、後世にみち侍り。後々、応長のころほひより、善阿法師といへる者、盛にもてはやし、彼が門弟に、救済・順覚法師・信照法師・十仏法師・良阿などゝて侍し。彼等が後まで、救済一人、九十五頽齢を経て、二条大閤様を門弟とし奉、幷に、周阿法師・成種・成阿法師・素阿・琳阿など、其外、諸人彼門流也。彼(等)失せて、応永年中の比より、世に聞え侍る人々は、今川了俊・成阿・梵灯庵主・波多野・外山・平井入道、遁世者には、中宜庵主・頭阿・昌阿などゝて、やむごとなき作者侍りし。此内にも、末の世迄残りて、世一の先達の名を得しは、梵灯庵主なり。其比、大家には、勘解由小路道孝・岩栖院道歓・赤松禅門などなり。此外、近世迄の好士は、真下の満広・杉原伊賀浄信・蜷川周防信永・相阿・梵阿・重阿・承祐・瑞禅・尊慶・忍誓・宗砌・智薀、遁世者(には)、左阿・万阿・玄阿・祖阿・春阿・浜名備中法育・森下入道浄薀、是等の中にも、宗砌法師・智薀法師、名の聞えたる堪能なりしとなり。今、彼古席に望みしは、法眼専順、又、心敬等、これもはるかの山川を隔て、向顔ある事なし。自他存知たりといへども、

七郎 元氏、宗筠。禅竹の子。文明十二年(一四八〇)没。 **一条院** 第六十六代。道長中心の藤原氏最盛期。 **佐保川の句** 巻八(一六三五)。 **代々集に入** 拾遺集・金葉集。 **千句は…** 井蛙抄六所見。 **応長…** 応長二年(正和元、一三一二)善阿法輪寺千句(菟玖波集)。 **善阿** →補。 **救済** →「老のくりごと」補。 **順覚** →「老のくりごと」補。 **信照** →「老のくりごと」補。 **十仏** →補。 **良阿** →「老のくりごと」補。 **頽** 底本「顔」。類による。「中にも救済法師九十五の頽齢まで世にのこりて」(所々返答)。 **周阿** →「老のくりごと」補。 **成種** 類「成穆」は誤。→補。 **成阿** →補。 **素阿** 底本「寿阿」。類による。→補。 **琳阿** →補。 **今川了俊** →補。 **成阿** 前記の成阿法師との関係不明。 **梵灯庵主** →「老のくりごと」補。 **波多野** →補。 **外山** 未詳。 **平井入道** →補。 **中宜庵主** 初心求詠集の中景庵主と同人か。 **頭阿** 底本「双阿」。類による。→補。 **昌阿** 類「畠阿」。→補。 **勘解由小路道孝** →補。 **岩栖院道歓** 底本「道親」。類による。→補。 **赤松禅門** 底本「森松」。類による。→補。 **真下の満広** →補。 **杉原伊賀浄信** 底本「伊信」。類による。→補。 **蜷川周防信永** →補。 **相阿** →補。 **梵阿** →補。 **重阿** →補。 **承祐** →補。 **瑞禅** →補。

又、*如夢幻泡影(にょむげんはうやう)、如露亦如電(にょろやくにょでん)、如何共思量歟*、不思(ふし)量歟。

応仁二年八月*晦日心敬書之

尊慶 禅僧か。未詳。
忍誓 ↓補。**には** 類による。
左阿 未詳。**万阿**↓補。
玄阿 ↓補。**祖阿** ↓補。
春阿 底本「青何」。類による。↓補。
浜名備中法育 ↓補。**浄蔭** 底本「障蔭」。類による。大内家奉行人。
今… 以下、類なし。**専順** ↓補。

如夢幻泡影… 金剛般若経に見える句。一切の現象世界の無常生滅を夢幻泡影露電の六つにたとえた。
思量… 思い考えることが出来ることか、あるいは思慮分別を絶したことか。
八月 類「仲呂」(四月)。

補注

宗砌(四六八上12)　山名氏家臣高山民部少輔時重。連歌は梵灯に師事、歌は正徹に学ぶ。北野連歌宗匠になり、一条兼良の式目改訂に協力。宗砌句集等の句集、初心求詠集・古今連談集・花のまがき等の連歌論書がある。新撰菟玖波集に一一四句入集。竹林抄七賢の一。享徳四年(一四五五)頃没。七十歳前後か。

智薀(四六八上12)　蜷川新右衛門親当(ちかまさ)。歌は正徹に学ぶ。新撰菟玖波集に六六句入集。竹林抄七賢の一。文安五年(一四四八)没。

善阿(四七五上19)　七条道場金光寺の僧か。その門に救済以下の連歌師を輩出した地下連歌の宗匠。菟玖波集に三二句入集。

十仏(四七五下1)　坂氏。九仏の子。新後拾遺集作者。医業。大神宮参詣記の著がある。菟玖波集に一八句入集。

成種(四七五下4)　大江氏。二条良基側近。民部少輔。成量とも。菟玖波集に一三句入集。梵灯庵返答書所見。

成阿(四七五下4)　北野奉行。紫野千句・石山百韻(至徳二・一〇・一八)作者。和歌集心躰抄抽肝要は、二条殿より相伝と奥書に見える。菟玖波集に三句入集。梵灯庵返答書・落書露顕所見。

素阿(四七五下4)　四条道場金蓮寺僧。素眼。能筆家。新札往来の著がある。菟玖波集に二四句入集。梵灯庵返答書所見。

琳阿(四七五下4)　玉林とも。曲舞「東国下」「西国下」の作詞者。菟玖波集に二句入集。落書露顕・所々返答所見。

今川了俊(四七五下6)　貞世。範国の男。鎮西探題。和歌を冷泉為秀、連歌を順覚・周阿・二条良基に学ぶ。風雅集以下の作者。落書露顕以下の歌論書が多い。応永二十七年(一四二〇)九十五歳で存生。

波多野(四七五下7)　肥後守通郷。法名元喜。幕府評定衆。石山百韻・応永十五年北山殿行幸連歌会・永享五年北野社一日万句作者。初心求詠集所見。

平井入道(四七五下7)　備前守。道助。大内義弘の臣。初心求詠集・古今連談集所見。

頭阿(四七五下8)　幕府同朋衆。応永・永享前後、康富記・満済准后日記・兼宣卿記・日工用集等所見。

昌阿(四七五下8)　幕府同朋衆。公方京極亭法楽連歌(応永二〇・正・二六)作者。(満済准后日記)

勘解由小路道孝(四七五下11)　管領斯波左兵衛督義重。義将の男。新続古今集作者。応永二十五年(一四一八)没。六十九歳。

岩栖院道歓(四七五下11)　管領細川右京大夫満元。頼元の男。新続古今集作者。応永三十三年(一四二六)没。四十九歳。

赤松禅門(四七五下12)　満祐。法名性具。右京大夫、大膳大夫。新続古今集作者。永享初年の室町殿連歌の常連。嘉吉元年(一四四一)没。六十九歳。

真下の満広(四七五下12)　加賀守。慶阿。啓阿とも。足利義教の臣。高野山に退隠。宗砌と昵懇。長短抄・初心求詠集・古今連談集所見。「真下満広うるはしき好士と見え侍りしかど、其世の中、目も耳も大方に侍けるにや。又上つ方などにも、道の誉なくて失せ侍り」(所々返答上)。

杉原伊賀浄信(四七五下13)　満盛。杉原賢盛(宗伊)の父。永享五年北野万句作者。正徹とも交友があった。

蜷川周防信永(四七五下13)　石山百韻に幼名千若丸として加わって以来の連歌作者。永享初年の室町殿連歌に多く執筆を勤める。看聞御記紙背連歌(応永二八・五・二九)に加点。永享五年北野万句作者。古今連談集所見。永享六年(一四三四)存生。

相阿(四七五下13)　四条道場金蓮寺僧。看聞御記紙背連歌(応永三二・一二・一一)に加点。「四条の道場に相阿法師とて侍り。これも其世の好士の中には艶に言葉よろしく覚侍り」(所々返答上)。

梵阿(四七五下14)　四条道場金蓮寺僧。看聞御記紙背連歌(応永三〇・五・二七)に加点。初心求詠集所見。

重阿(四七五下14)　幕府同朋衆。永享初年の室町殿連歌作者。永享五年北野万句にも加わる。落書露顕に「四条時衆重阿弥陀仏」とあるのは同一人か。

承祐(四七五下14)　賢聖房。禅僧。法印位。連歌宗匠。永享五年北野万句には一座を分担張行。康正元年(一四五五)存生。

瑞禅(四七五下14)　禅僧。永享五年北野万句作者。永享初年、承祐と並称された。

忍誓(四七五下14)　顕証院。二条西洞院に住坊。和歌は正徹門。永享五年北野万句作者。宝徳元年(一四四九)その住坊で広柏千句。新撰菟玖波集に一二句入集。康正元年(一四五五)存生。

万阿(四七五下15)　醍醐三宝院出入りの遁世者。永享五年北野万句作者。

玄阿(四七五下15)　幕府同朋衆。永享五年北野万句作者。永享年中の主要連歌師の一。古今連談集所見。文安五年(一四四八)存生。

祖阿(四七五下15)　幕府同朋衆。永享五年北野万句作者。宗砌の前に宗匠職につく。応永八年(一四〇一)渡明。永享年中の主要連歌師の一。古今連談集所見。享徳三年(一四五四)存生。

春阿(四七五下16)　醍醐三宝院出入りの遁世者。永享五年・七年北野万句作者。

浜名備中法育(四七五下16)　盛政。兵庫助持政の父。永享五年北野万句作者。堯孝日記・慕風愚吟集に、細川道歓家月次歌会の一員として所見。

専順(四七五下19)　春楊坊。六角堂頂法寺の執行。法眼。何木百韻(嘉吉三・一〇・一三)以下の連歌作者。晩年は美濃の斎藤妙椿の許に寄寓。新撰菟玖波集に一〇八句入集。竹林抄七賢の一。文明八年(一四七六)没。六十六歳。

禅鳳雑談

（共同研究）
北川忠彦校注

1 一、禅鳳能謳音曲雑談聞書、色々、前後不同。

2 一、永正九年壬申二月十七日、参会、雑談。七良同道にて被レ留候。『盛久』『重衡』など、是は囚人の事にて候。さしごと、独り言にて候間、何もしほ〳〵と言ふ。さすが又男なり。

3 一、同十一月十一日、坂東屋に被レ留候。雑談に、謡はすげなく候てはあしく候。匂の候て、しほら敷、ほけやかなるがよく候。さのみ綺麗過ぎ候て、真白なるも嫌にて候。

4 一、珠光の物語とて、月も雲間のなきは嫌にて候。これ面白く候。池ノ坊の花の弟子、花のしほつけの事、細々物語り候。是も、得して面白がらせ候はん事、さのみ面白からず候。

5 一、同十二月十三日夜、中市坂東屋に被レ留候時、『好文木』一番稽古也。かやうの能は、仕舞、手許気高く、美しく、誠其物もか程にあるべきかと、尋常に仕候がよく候べく候。

6 一、此能、中入にも扇を持ちて出候。たゞ暮〳〵被レ申候は、扇置き所を定め候が悪く候。これは一切の能に渡る事にて候。左の手の置き所も同じ心得也。

7 一、東北院は王城の艮にて候間、「鬼門」と候時、艮よりして坤を見下し候。さて、南は「賀茂川」、北は「白川」と東へ見下し候。扇を指してもよく候。さて「庭には池水」と言ふ時、ひだりへ廻る。池水を見候。「池中」といふ時木を見る。何にも、廻る事、拍子に乗せ候てよし。「袖を連ね裳裾を染めて」と言は、人の集まりなり。見物衆を見てよし。さて、上端に扇を開く。「松の風」をも見る也。「池水に映る月かげ」と又見る。「下化衆生の相」と下を見る。「上求菩提」と上を見る。舞になり、さて扇を窄むる。和歌は二重也。「色こそ見へね香やは隠るゝ」と言ふ時、前へ足拍子を踏みて行。「唐の御門」は西を見る也。さて「花の色」はまづ〳〵花を見る也。「是までなりや」と言時、僧の方へ向き、暇乞いの心して、入端に、足拍子一つも踏み、又二つも踏むか。

1 **謳** 謡に同じ。謳・唄・諷・謡は通じて用いられた。→中55

2 **永正九年** 一五一二年。金春禅鳳、時に五十九歳。 **七良** 禅鳳の子。次代の金春大夫氏昭。 **重衡** 『千手』の別名。 **さしごと** 曲中のサシ謡。囚人盛久・重衡の感懐を述べる部分。 **何も** 「いかにも」とも訓める。 **しほ〳〵と…** 悲しげに謡う中にも丈夫としての強さを出さねばならぬ。 **さすが** 「す」の横の・は欠損を示す。

3 **坂東屋** 奈良の中市の商人。禅鳳の弟子でもあり、後援者でもあったらしい。 **ほけやか** 魂を奪われる程、しっとりとした美しさのあること。あとの「真白な」美しさに対応。

4 **珠光** 村田珠光(?―一五〇二)。茶道の祖と称せられる。奈良の町家出身。 **池ノ坊** 京六角堂の執行、代々立花の宗匠でもある。ここは連歌師としても有名であった池坊専順(一四一一―七六)か。 **しほ** 愛嬌。風情の意か。 **得して…** 意図的に風情を出そうとすること。

5 **中市** 中世奈良の三市の一。城戸町西方にあったが、天文元年廃止。 **好文木** 『東北』の別名。 **仕舞** 能の所作・動きをいう。 **尋常に** 品よく。

6 **此能…** 67と『東北』についての心得が続く。 **中入** 中入前。前段。 **置き所** 持ち所。扇を持つ手が硬直したようになっているのが。

7 **東北院は…** 以下、『東北』の文句

8 一、*女性舞は、引つ窄みたるかたにて候。謡より舞へかゝる時、心得を別に持ち候。さて、右の扇を指し候て、拍子右の足より踏み出候。*鼓の頭の時、足を踏み出候。常のごとし。*一つ舞よりおろす也。さて扇を開き、前へ行、拍子を踏み切り候て、扇を前に返し候て、右へ廻り候。三段目の扇左へ取候て、二度左へ返り候。左の*踝を踏み定め候て、右の足にて返り、さて右へ取候て、其まゝ左へ遣るやうに廻り候也。さて、扇をかざして左へ廻り、さて又右へ廻りざまに、和歌を上げ候て、後向きざまに扇胸に置き、正面へ向き候て、和歌を*やがて言がよく候。扇胸に上ぐる事、上端などの時も同心得にて候。これは*鬘に付きたる事にて候。胸・口を隠し候心にて候。秘事なり。

9 一、*左へ扇取候時、胸にて引つ窄み取也。さて左へ取、右の手を指すこと、よい程に指し上げ、拍子に乗せ候て手先を返也。左にある扇を胸に上げ候。扇、胸の真中にては取候はず候。右の乳の上にて取渡し候。左へ渡すも右へ移すも同前にて候。右へ扇移し候時は、*身を左の前へ遣候。

10 一、『浮舟』『玉葛』なども、『好文木』の心得にて候。此入端、殊に*てんぼにありたがり候。謡なども左様に行き候。*謡を前へ遣り候て、物少なに、重々と候てよく候。*四段に勝れ候上と候。*西行などのやうに、あり〳〵と、打聞勝れたるが、す抜けたる心にて候。勝れ候へば、物少なに成候也。

たゞ、*肴舞は、何にも〳〵*かゝわらず、前へ遣り候て、仕舞を、節のごとく、拍子に乗せ候てよく候。拍子踏むも、たゞそろ〳〵と廻るも、同拍子にて候。されば、*舞は廻らず候が肝要にて候。舞は廻らず、拍子は踏まずと心得候。謡は音曲せずと心得申候が肝要にて候。是は*行き抜けたる心にて候。

11 一、舞は、手許を本とする時、身・足弱くなり候。又、手許よりも、又腰より、*うらが本にて候。是はたゞ、心が廻り候物にて候。心に拍子を持ちて舞候也。

を引きながらの所作の説明。**艮より…** 東北から西南を見下す。**扇を指し** 扇を持つ手を伸ばし。**見物衆** 観客を作中の人物に見立てているところが面白い。**上端** クセの中程で、シテが高音で独唱する部分。**和歌は…** 舞のあとの和歌形式の謡は一段高音で謡う。**唐の御門** 以下、金春流『東北』のキリの文句。**僧** ワキの僧。**入端** 舞台から退出の際。

8女性舞は… 8も9も『東北』に関連しての談話。天女舞以外の女舞は、少し控え目につつましく舞うべきことについての心得。→補。**鼓の頭** 次の段へかかる合図。→八帖花伝書一32 **一つ舞** 舞の初段の意か。**踝** くるぶし。**やがて** その場で。**鬘に…** 能の鬘物すべてにわたっての心得。

9左へ扇取候時… 扇を左手に持ち替える時も、女能では一旦胸へ抱くようにして渡すものだ。**身を…** 身体を細く見せるための配慮。

10てんぼ 調子にまかせ度を過ごすをいうか。『浮舟』『玉葛』とも狂乱物であることと関係があろう。**謡を前へ** 世阿弥『花鏡』の「先聞後見」の考え方。**四段に勝れ** 不明。**西行…** 西行の詠んだ和歌のように。あるいは『西行桜』のことを言うか。**肴舞** 宴席で舞う舞。**かゝわらず** 謡と舞の所作をくっつけず。謡の方を前に、所作を少し遅れ目にして。

12 一、天女の舞は、腰を引つ据へて、達拝を大きにし候て、手をもくわつと指し候。さて又、扇を開き候て、右の方を遙かに眺め遣り候。又、廻るに、左右へ廻り候時も、くわつと空を眺め候。

13 一、序の足の踏拍子も、一つにて行き候。

14 一、扇の捻りを、手先にて返し候。廻る折も別なり。

15 一、天女は、虚空の舞にて候間、足拍子踏み候はぬと候。

16 一、早き舞の、『相生』『弓八幡』などには、捻り返しの扇はなし。

17 一、男舞、『盛久』などにも、捻り返しの扇はなし。その代りに、ひらりと左へ渡し候。もり久、経をば懐に入候て、「願はくは」と言時取出し候。おくへ巻く。「刀尋段々壊」と言時戴く。「種々諸悪趣」は又置くなり。眠る時、そと居る。経を額には当てぬなり。又目を覚まして腰を掛けて、「待設けたることなれば」「是は此世の門出の庭に、足弱々」と立、経を左に持つ。「後の旅寝」と言時、少蹲ふ。「座に直り」、経を広げて持ち候也。「刀尋段々壊の、経文」とて、経を見て、剣を見、一つ廻りて横手を打つなり。さて経を戴く。左に持ちて入。さて、烏帽子より着て、直垂の前を脇へくわつとかう也。

18 一、「御前を罷立ければ」と立つ。呼び返す時、扇を窄むる也。さて舞は、居ながら達拝して、右をくわつと見て、右の足にて拍子を踏みて立也。衣紋をも取らず、又開く時右の膝をつくと言。御前なる故、拍子をこませず舞ふ也。両方の袖を打ち込む時も膝をつく。「曇らぬ日影」と見る。「鶴が岡の」といふ時袖を被き、「松の葉」と言ふて袖をかくる。「心のうちぞゆゝしき」と扇を使ふ也。

19 一、一切、手を上(ぐ)るも大事物。「中半の月」、珍しく仰く也。直ぐに仰くは悪く候。そとねぢむき仰く也。

20 一、幼いの能、直顔が面にて候間、謡い候て悪く候。地をば謡わぬがよく候。暮々、幼いに覆

舞は廻らず… 舞・拍子・謡、いずれも見せよう聞かそうという感を外に出さず。 **行き抜けたる心** 平凡な段階を越えた心境。
11 うら 心裏。技よりも心の重要性を説く。
12 天女の舞… 12―15は一連のもの。すべて上8の女性舞の「引つ窄みたる」体に対し、のびのびと舞うと考えればよい。 **達拝** タッパイ。両袖を広げて後合掌するような型。
14 廻る折も… 常の女性舞とは違う。
16 相生 『高砂』の別名。
捻り返しの扇 扇を持つ手首を返す扇扱いか。
17 願はくは… 以下18まで『盛久』の文句を引きながらの所作の説明。
おくへ巻く 不明。
蹲ふ 手をついて平伏すること。
入 今は後見座へ行き装束をつけ替える。 **くわつとかう** 掛直垂を左右にさばくことか。
18 呼び返す 頼朝に呼び返される。
こませず 上10の肴舞についての心得からすれば「ふませず」か。御前での舞であるから、肴舞に準じて、あまり手のこんだ舞にしないことをいうのであろう。
19 中半の月 『雨月』の一節。
20 幼いの能 少年の演ずる能。
地をば謡わぬ 地謡の部分は地謡方に任せて、シテは謡わぬ。室町時代は、地謡の部分はシテと地謡方の合

唱がたてまえであった。
覆鬘 女性に扮する時につける。ここも少年には大人びた扮装をさせないという気持がみられる。
21仰けても のけぞっても。
22八幡に法楽 東大寺八幡宮であろう。そこでの奉納能。
空八形 『善知鳥』(烏頭)の事。→補
近年の出来能 近年来出色の演能。
23相生… 23―28は、右の法楽能で上演された曲につき、禅鳳が実際に謡って聞かせながらの談話であろう。
27少謡 「小謡」のことかと思われるが「少し、謡い過ぎて」とも訓める。
29琵琶・琴の… 調べ(調律)と受け押し(延べ縮め・緩急)にわけて、謡と琵琶・琴の類似を説いたものか。
30弥三良・孫六 どちらも禅鳳弟子か。 **助音** 地謡。
はたと しっかりと。
したるき たるんだ感じ。
涯分 精いっぱいの。
指声の果て 謡のサシからクセに続く部分についての心得。
発頭 地謡のリーダー(地頭)。
されば… 以下、『芭蕉』の文句を引きながら、助音をどこから付けるかについての説明。 **たゞそのまゝの…** 「花は紅」に続く部分。
入端 ここは一番の能の終曲部の意。
31歌の父母 この二曲の修行を謡の基本過程とする考え方があったのであろう。→中11

鬘は嫌にて候。

21 一、扇の閃き候が、第一悪く候。身を*仰けても悪く候。たゞ、いかにも癖のなき事、肝要候。

22 一、永正十一年正月に、*八幡に法楽。『相生』『八嶋』『野ノ宮』『*空八形』『融』『柏崎』『鵺』、是にて雨降り候。以上七番也。*近年の出来能。

23 一、『*相生』、道行「たかさごの地につきにけり」、是よい節也。「たれおかもしる人にせん」。

24 一、『八嶋』に、「ほの見えそむる 一引 おもしろさよ」。

25 一、又、『相生』に、「過ぎ来し世々は」とあり。訛る也。「四の時いたりても」「和歌の姿ならずや」、これも訛る也。

26 一、『八嶋』に、「思ひぞ出壇の浦の、その舟いくさ」、「陸には」、此「く」の字、引かず。

27 一、『野ノ宮』に、*少謡過て、鳥居の前に跪く。▽脇問ふ。立て答ふ。榊には、樫の葉を持つ。上端に「其後」。一引

28 一、『相生』に、「うぢやうひじやうの其こゑ、みな歌にもるゝ」。

29 一、永正十二年二月十九日夜、坂東屋に被レ留候て雑談有。*琵琶・琴の緒を調むるまでは、謡の節のごとく也。其後受け押しの心持、肝要にて候由被レ申候。是は大事の秘事と存候。

30 一、同年の卯月四日の夜、禅鳳来臨候て雑談有。
▼水屋神楽見物の由候。
舞納の扇、先上がりにて悪く候由候。扇舞下げ候てよく候也。舞納が早くなり候程に、しほらしく、よい程に舞納め候てよく候也。

*弥三良・孫六、*助音にて候。皆々謡を怖み候て、*はたと御付け候はぬ間、それがし*したるき心の由候。続きてやがて付け候へば、其が軽き心にて候。人の遅れ候所をつと付け候てこそ名誉にて候へ。*涯分、心持肝要にて候。たゞし、*指声の果て、拍子を捨て候。曲舞謡い出候時は、其謡、*発頭一人に謡わせ申候てよく候。二の句より付け候てよし。一番の謡、「*されば柳は緑、花は紅」とあり。「*たゞそのまゝの色香の」と申より、我らは付申候。「水に近き楼台」被レ出候。同付候也。*入端を、「氷の衣霜の袴」と我

32つれ方 上30の「助音」と同意か。「弥三」も同じく弥三郎のことであろう。**入端** ここは、前シテが舞台から退出すること。前段の終り。そこまで引続いて助音の謡いどころがあるの意か。**和歌は二重** →上7 **静**『二人静』か。→上41 **三段** 三重のことで、二重よりも更に高い音。**繰る節** かん高い発声の節。以上それぞれ注意が肝要だ、の意。

33序 謡のクリの別名。その揺り動かすような謡い方についての注意。

34小町『卒都婆小町』の古名。**物語也** おっしゃった。

35六元 曲舞『実方』のこと。六歌仙のことを詠み込んだもの。

36恋慕・哀傷の謡… これらの曲といっても嘆き一方になってはならず、やはりそれぞれの節の特色や品位を考えて謡わねばならぬ、の意。**糸繰**『黒塚』(安達原)のことか。**泣き心に…** 自分の謡が哀傷一方になったことを注意された。

37一声作りたき シテ登場の一声の謡を、十分に念を入れて謡いたいと。**姓** 女性の誤りか。**山伏より**「山伏に」の誤写か。

38鬘 女性をシテとする能。

42神と斎ふも 曲舞『島廻』の一節。**かの昭君の**『昭君』の一節。**心得あり** 40―42全体を受ける。

43二河の『舟橋』の一節。

ら申出候。「草の袂は」と申事、いかにも約め候て、軽々と申由被レ申候。げに〳〵是は大事の所也。

31 一、又、『花筐』の曲舞あり。又、『芦刈』の曲舞有。いづれも被レ申候。此謡、「*歌の父母」とあるやうなり。よく〳〵吟味あるべき也。

32 一、『女郎花』、「比は八月」より*つれ方弥三申候。*入端まであり。又、『野の宮』『三輪』『杜若』『定家』。『好文木』「梅のはな」、*和歌は二重(な)り。『*静』のは*三段。『当麻』も。『藤戸』に「かりそめにたち」の節。又*繰る節の事。

33 一、*序の揺り収めの事。先細に揺り下したるがよく候。必々、声の悪(き)衆、そこにて張り候て悪く候。一切の和歌、拍子の内を揺り被レ申候間、寸尺違い候はんずるやう候はず候。さるほどに、数も定まり候由候。委敷被レ申候。

34 一、『遊屋』『松風』の事もさることなれども、吾心によくしたき能は、『浮舟』『玉葛』『杜若』『*小町』『柏崎』。よき能と*物語也。『籠太鼓』。『経政』、「衣笠山も近かりき」とかざす扇、仰き候て悪く候由被レ申候。

35 一、『*六元』の曲舞謡候て被レ申候。「小野の小町は」、此「は」の字、押す心也。

36 一、*恋慕・哀傷の謡になれば、節も位も、何と申せども嘆き心になりて悪しく候。『*糸繰』の謡あり、*泣き心に我ら謡行候やうに被レ申候。大事也〳〵。

37 一、『葛城』、よき能。*一声作りたき由被レ申候。*姓の方より問ひかけても、神なる間苦しからず。間の者心得あり。*山伏より語りて聞かする也。

38 一、『千寿』、よき能。何にも〳〵軽々と、余の*鬘に変わる。是も、「数行虞氏が涙の、雨さへしきる夜の空」、軽々と直ぐに謡い候。「雪のふる枝のかれてだに、花咲く〳〵」。

39 一、『楊貴妃』も、『千寿』のごとく、軽々と。

40 一、『鍾馗』の曲舞に、「あわれなりける」。

41 一、『静』に、「むかし恋しき時の和歌」。(此きの字そば(へ)つく字也)

42 一、「*神と斎ふも」と、「*かの昭君の」と、*心得あり。

43 一、『舟橋』『錦木』、同いかにも〳〵する〳〵

と、軽く云。「二河の」。（*二かとかの字へはやく）
何れも〳〵*直面の謡は、*別に軽々と言也。

44 一、『車僧』に、「何事ぞ」と言ふ心、何となげに言ひ候てよく候。

45 一、『*余五将軍』『張良』、あまりに鬼・竜をこなし過ごし候て、泌まず候なり。

46 一、『蟻通』に、*音阿、*心得の段申されき。禅竹不審の由候。

47 一、『老松』『百万』『杜若』などを何となく仕候つる大夫は、よく候はんずるにて候。

48 一、『猩々』は、幼くしてよし。天王寺*池上帯刀等申され候は、『猩々』は少仰き候てよく候。

49 一、『経政』、大事の能。「幻に参たり、夢幻に参りたり」と、*側向きて居る。*入端、拍子に合い候て、しとやかにし候てよく候。又*余りてはおかしく候。*火を吹き消す仕舞に、向い正面にては、入端遅く成候。少側にて仕舞候てよく候。薪の能にて、東の*出場の上、*仕丁の前にて火を消し候て、其まゝ左に扇かざし候て入られ候。

50 一、*専順の連歌の事、一句出候へ共、やがてわつとは不ㇾ申。後に、息を詰め候て、感に堪へ候やうに。能もかやうにありたき*物にて候。

51 一、*宗砌、此連歌を被ㇾ申候とて、*練貫によき刀を包み候やうにと候。

52 一、音曲も、練貫に剣を包み候やうなるがよく候か。

53 一、名乗候事、たゞ其まゝ物言ふごとくにて候。節あらせ候て悪く候。

54 一、*肴舞の事。謡を前へ遣り候て、静かなるがよく候。扇を閃かし候事、悪く候。廻り事も、前は悠に、後を詰め候。扇を開き候事も、*手の内にて開き候。膝を出し候はで、足を弱々と持ち候て、胴を何にも〳〵強く持ち候。肘の出候が悪く候。たゞ、肩も手も首も、緩々と、短き袖にても長き袖にても、*目を遣候。先左の手より舞出てよく候。左の手、人さし指を一つ出候て、袖の口を持ち候ばかりにて候。知らぬ人の目にも面白見へ申事は、たゞ、其仕舞拍子に乗り候時、面白く見へ候也。右左へ廻るも、

直面 シテが面をつけない能。『舟橋』『錦木』とも前シテは直面。
別に 別して。特に。
45余五将軍 『紅葉狩』の別名。→補
46音阿 音阿弥元重(一三九八―一四六七)。世阿弥の甥で小次郎の父。禅竹と同時代の名手。
心得の段 以下、内容不明。
48池上帯刀 不明。
49側向きて居る ワキの方を向きすわる。→中62
入端 終曲部。シテの退場についての心得。
余りては 所作と拍子がくい違って、囃子が終ったのに所作が残ったり、その逆になったりしては。
火を吹き消す仕舞 この所作は『経政』の終曲部にある。これを「余さぬ」ために、側、すなわち脇正面寄りでやれというのである。
出場 出入口。薪能では東が脇正面に当たる。そこに仕丁が控える。
仕丁 雑役の夫。
50専順 →上4「池ノ坊」
物 底本に「ことカ」と傍書あり。
51宗砌 高山宗砌(?―一四五五)。連歌師。
練貫に… 鋭さを柔かさで包むことのたとえ。
54肴舞… 宴席で舞う舞についての心得。すべて派手でなく、しかも拍子には乗るように舞う。→上10
手の内にて 片手で内側に引き開く。
目を遣候 目を袖先へ流すことか。

ゆくやかにして… ゆったりとしておいて、廻るべきところになればきりりと廻る。

顔をば面に残し… 顔は正面に向けておいて、まず身体から廻れ。

舞納… →上30 49
55 **兵法の当流** 剣道の正統派の意か。→補
57 **観世弥三良** 音阿弥(→上46)の弟。大鼓方。
58 **むくやか** 上3の「ほけやか」に近い、ゆったりとした優しさをいうか。**悠** 優ともとれる。上60にも出る。
59 **論議** 謡でシテとワキの掛合う部分であるが、今はワキに替って地謡方が謡うことが多い。
60 **むくやぎなく** むくやかさに欠ける。→上3 58
61 **変わり候** よくない。
たゞの謡 素謡か。
下 心。
本意 本義。根原的な心持。
62 **申** 永正九年壬申。
大夫父子 禅鳳とその子七郎。
与四良 禅鳳の弟子でもあり、後援者でもあった人であろう。中15 24 38にも見える。
四位の少将 『通小町』の古名。
64 **かへる** 「かくる」の誤写か。
朝くら殿 越前の朝倉貞景(一四七三—一五一二)。
65 **癖** 曲事。よくないこと。
なびやか まげたり力んだりせず、

拍子に合わせて廻り候。右へ廻り候はゞ、左へ身を開き候て、*ゆくやかにして、きりりと廻り候。又左へ廻り候も、其様に心得候べく候。右左へ廻り候とも、*顔をば面に残し候て、身より廻り候がよく候。たゞ、謡を前へ遣り候て、物少なに舞候。扇を皆は開かず候。よき程に開き候。*舞納、謡と拍子とよき程に合い候て、余り候はぬやうに、よく乗り、ちと拍子を踏み、納め候なり。舞の扇、胸へ上げ候へば悪く候。腰にて止め候也。

55 一、*兵法の当流の太刀を使い候やうに、扇を御取持ちあるべく候。太刀・刀を持ち候と思ふ心得持ち候へば、扇を取は落さぬ物にて候。

56 一、藝は心のごとくなる物にて候。細く優しく候がよく候。

57 一、*観世弥三良、禅竹に申され候。兄音阿能をいつも囃し候へ共、気に合い候はず候。我程鈍なる者の無器用なる者は候はず候。利根になるやうを御教へ候へ、と被レ申候。禅竹、それこそ則利根にて候へ。我を鈍なると思ふこそ利根にて候へ。我が身を賢き者と思ふは鈍の内にて候。是は近比面白き雑談にて候。是肝要にて候。

58 一、此間、はじめて被レ申候。謡はたゞ、*むくやかに、*悠なるがよく候。

59 一、*論議は、独謡を二人して謡ふと御心得候べく候。

60 一、玉も、透きやかに白く候がよきやうに候へ共、それにてはなく候。あまり白く候へば、*むくやぎなく候。何となげに、悠なる方がよく候。

61 一、謡の句の事。引つ切(つ)て言ふこと、*変わり候。*たゞの謡稽古の時の雑談にて候。

女の能の事。気力強く候がよく候。物耐へのあること、上は美しくつくろいたる体、*下は何にも強く候。是、女の能の*本意にて候。弱く候ては悪しく候。ある経の文に、「姿は菩薩に似て内心は夜叉のごとし」。

62 一、*申十一月五日、*大夫父子来臨、被レ留候。明日も逗留にて候。其夜は*与四良方にて候。

63 一、『竜田』『盛久』『籠太鼓』『好文木』、稽古。

又『四位の少将』。雑談有。

64 一、『八嶋』に、曲舞の後声をかへる。其声を聞、やがて「又修羅道の鬨の声」と言出す事、朝くら殿聞付候て、近比面白候由物語の事候。

65 一、扇を皆開く事、悪く候。扇の持ち所を定め候は、癖にて候。持ち所を定めず、その心得よし。扇に癖なきやう、よく候。手首、なびやかなるがよし。肴舞に、廻る時、右の足を左へ踏み越すやうにして、右へ返る、太きに見ゆる。右の足一にて廻すべし。踵にて廻すなり。

66 一、男舞は、さのみ舞いこだれず、浅々と舞ふべし。

67 一、早き舞、殊に返る時、身がくたびれて悪き物也。いづれも〱、身をくたさず、顔を振らずして返るべし。

68 一、そうてうにて、夜更けて後、『芭蕉』『野宮』など謡ふ。源四良・弥三良、其時直さる。謡い変はる時、声が巽上がりになる。坂を上がる時、身を軽く持ちて、引つ締めて、そく〱と上がればよし。又下る時は、力を入とく〱と足を踏み定めて下り候へばよし。是が謡の上下の心持也。謡い上(ぐ)る時は、力を入ず上がれば、張る程に悪し(と)也。

69 一、『盛久』、輿に乗りての顔持ちのやう。

70 一、女の能、いかにも強く候がよく候。軽々と、きり〱とあるがよし。又それを過ごせばてんぼになる。思ひ入候て、気力強に、物を包み候体にて候。きつと候はねば悪く候。歩みやう、そろ〱とあり。

71 一、舞に、袖の長き狩衣、又舞衣・長絹などを着て舞候に、左の手の指の持ちやうに秘事有。大事の口伝也。

72 一、謡は直ぐに謡ふべし。木付の美しき木に花の咲きたるがごとし。節は、葉付のごとく、定まりたる匂をあらせて、美しく謡ふ也。

73 一、寅年十月十九日夜、明廿日までの雑談あり。謡に、ᄀ皮ᄀ肉ᄀ骨の、これ三つ、延べ縮め、肝要也。拍子は畳の表のごとし。寸尺の内にて、延べしぢめ、又裏表あるべし。何なる初心の所をも尋ね習ふべし(と)也。

しなやかに。
肴舞に… 宴席・座敷での舞であるから、廻るにしても大仰に見えることを嫌ったことからの談話。
66舞いこだれず 「こだる」は傾く、しなだれるの意。調子に乗って我を忘れて舞い続けるようなことをせず。
67返る 元の体位に返る。
身をくたさず 姿勢を崩さず。
68そうてう 双調か、早朝か、あるいは場所の名か。
源四良 禅鳳の弟子か。宮王源四良(→上84補「宮王大夫」)とは別人であろう。
巽上がり むやみと調子が高くなること。
そく〱 着実に踏みしめる様。
とく〱 力を入れて踏みしめる様。
69顔持ち… 表情に気をつけよ、の意。
70女の能 上61と同趣の談話。
てんぼ →上10
72直ぐに謡ふ 素直に謡うことを木付の美しいのにたとえた。それに「匂」を加えれば、謡は更に美しくなり、花も咲く。節は葉のごとく自ら備わるものとみている。
73寅年 永正十五年戊寅。底本「刁年」。
裏表 陰陽の拍子があること。
74蘇武・白髭・上宮 三曲とも曲舞。→補
ぬらりと利口のやうに 上べだけ結構なように。

75 **達者・上手の…** 馬に乗るにしても、道を歩むにしても、いずれもゆったりと進むのを理想とした。
76 **りうしたる** 「隆したる」で力みかえったの意か。
しゝ也 底本「志ゝ也」。「悪候也」の誤写か。
悠 幽・優とも考えられる。
草虫露に… 『鍾馗』の一節。
茅屋 亡臆(望憶)の当て字。弱く柔かな音曲のこと。
77 **扇拍子** 扇で拍子を打つこと。座敷謡などで行なわれた。座敷のものだけに余り癖を見せるのを嫌ったのである。 **当流に** 正統派的に。
声にかゝわりて… 自分の美声や詞章のよさにもたれかかって謡ってはならない。
78 **伏して** 内にこもっては。
剣を練貫… 上51にも出、音曲道歌にも「謡ふ心鉄よき剣ねりぬきに包めるごとくたしなむぞよき」とある。
80 **二字詰め** ↓八帖花伝書三序・22等
ろく〳〵に 十分に。
五音 音曲の種類。世阿弥以来、祝言・幽玄・恋慕・哀傷・闌曲の五類に分かつのが習慣。
81 **二字捨つべし** 不明。
平調 西洋音階のミに当たる。余り高音にならず、どっしりと、技巧に走らず謡えというのである。
82 **亥年** 永正十二年乙亥。底本「家年」。 **五左** 「かしや」とともに堺の

74 一、座敷にて酒盛、又は茶ばかりにて座敷謡、二やう、似合たるを謡うべし。『*蘇武』『白髭』、又は『上宮』などは、人に乞われてならでは謡わず。謡を、*ぬらりと、利口のやうに謡ふべからず。何(いか)にも〳〵心を健気に持ちて、上を美しく言ふべし。上の結構にて下の粗相なるが悪き也。

75 一、音曲は、*達者・上手の、馬に乗るごとし。人の、道をゆる〳〵と歩みたるやうなるがよし。

76 一、音曲は、憎げなる体を嫌ふ也。又*りうしたるも何とやらん*しゝ也。*悠に、直ぐ〳〵と、下を健気に言ふべし。殊(ことに)「*草虫露に声しほれ」などの躰が、幽玄より出(いづ)る*茅屋の躰なれば、藁屋の内・薄の枯穂などのやうなる曲、幽玄としたる恋慕の内に有べし。延べ縮め肝要也。

77 一、*扇拍子は百様有(あり)など人の申候。扇を廻し、あるひは捻り、色々の癖のあるをば、兵法の他流と心得べし。いづれも*当流に打ちてよし。一切、能も、金春が(か)りは当流也。かまへて〳〵*声にかゝわりて、文字続けに付て言ふべからず。悪しきなり。殊に、言葉など、座敷にて大事也。

78 一、音曲は、*伏して悪し。目立たしく言ふべし。たゞ*剣を練貫に包みたるがごとし。音曲は、上の結構なる、悪しく候。上は何となげにして、下の結構なるがよし。拍子肝要也〳〵。

79 一、謡の節、多くはなし。十ばかりあり。小謡の一つの内に半(なかば)はあり。

80 一、*二字詰め、響き肝要に候。『野ノ宮』のやうなる謡を一つ、よく駆け引きを*ろく〳〵に習へば、悉く行(ゆく)なり。又、祝言をはじめて、*五音悉く、節は同くして変わる事なし。心持変わる事也。詰むる字など、あらたに消へぬやうに謡うなり。たゞし又、『白髭』などは、言葉にも表はし言ふべし。拍子をも、多くは打つべからず。打たぬ所に聞(きく)なり。

81 一、謡い果ての字をば、*二字捨つべし。又、珍らしからね共(ども)、高調子無益。*平調などにて、りん〳〵と聞ゆるやうに、木を切つて置きたるや

うに、何の手もなく謡うべし。其内に面白所あるがよきなり。上手の吹き物なども、直ぐに大きく吹き、其内に面白き所有がよき也。其心持、謡にもよし(と)也。

82 一、*亥年二月十四日、*五左方にて、堺かしやの*振舞の時、雑談有。八日、*春日にて、能に『西行桜』、今度*薪一の能と申候。此由大夫方に申候処に、*能は折からなる物にて候。たゞ*陰陽和合の時、見物の人が面白がる也。見物人*五六つに変わる時、それが何とも同心に面白がる事は、いかさま*今生の仕業なるべし。*雑餉の仕立は、何れの人の口にもよきやうなる心也。*一真中なる味はいがある也。勧進能なども、其日の*天気をはからい、遅くも早くも出ぬやうに、さて又、人の気に従いて、能を取合候て、し候がよく候也。

又、『六浦』能を稽古候処に、拍子の事、扇の*八拍子を詰め候て打ち候よく候。四拍子の内延び候程に悪く候。

83 一、節の事。謡の節を、なびやかに、するりと付下し候事、大事なる由被レ申候。

84 一、永正十三年、六日、*式日能ある。脇『相生』也。七良、『杜若』あり。禅鳳と*鞍掛にて見物申候。舞過ごし候て悪く候由被レ申候。『車僧』有。七日能、帰に、是はよいと申候。*父子、▼四良二良同道。大夫は被レ留候。▼大蔵八良に『▼自然居士』は無用の事、と被レ申候。大事の能にて候。七良の『杜若』、今少手が働き過ぎ候と被レ申候。同八日、雨降り候間、留申候て、坂東屋(へ)同道、七良同道候て被レ留候。

同九日に、春日能有。『弓八幡』『忠度』『好文木』。同十六日に*法楽有。『金札』『*友長』『柏崎』にて雪降る也。『富士太鼓』に*鳥甲落ち候なり。

同十七日夜、坂東屋にて雑談有。能は結構なるはある物也。*金にて茶の湯の道具の物語、細々被レ申候。*数寄の方は、備前物の割れたるには劣り候べく候。たゞ能の方は、*凍み氷れたるが面白く候。舞に、手が舞ひ候程に悪く候。心が舞い候てよく候。胴に心を持ち候へば、足も軽々と行き候物にて候。顔に心が候程に、腰が

町人であろう。 **振舞** 招宴。
春日 春日大社。 **薪一の能** 薪能で第一の出来という評判。
能は折からなる物 能の出来は、場所・時・人の諸条件に左右される。
陰陽和合 『風姿花伝』以来、世阿弥の繰返し述べるところ。
五六つ… 見物人の好みの多様なことをいう。
今生 一生でも滅多にない。
雑餉の仕立 御馳走の味付。
一真中なる… すべての人に共通する味覚に合った。
天気 「人の気」に対す。天候・時刻等自然的条件。
八拍子を詰め候て 八拍子というのが能の基本の調子であるが、四で伸びるよりは八で詰めた方が、基礎を固める修行にはよいというのである。
84 **式日能** 二月六日の薪能のこと。
鞍掛 木製長椅子。観客席の後方。後には椅子の有無にかかわらず、その辺りの場所を鞍掛といったらしい。
父子 禅鳳・七郎の父子。
法楽 奉納能。 **友長** 朝長。
鳥甲 『富士太鼓』のシテがかぶる。
金にて 黄金でなく、からかね。金物という程の意。
数寄の方は 本当の茶のわかった者は、結構な金物の茶器よりも平凡な備前焼のひびわれた方をよしとする。
凍み氷れ しみじみとした感の極致をいう。 **続飯** 飯粒で作った糊。

弱く、足に続飯を付け候やうに見へ候。宝生の子、俯き候て、物を尋ね候やうなる目もと仕候て、仕舞霞み候。近比悪く候也。宮王大夫能の仕舞も、左様に候と被レ申候。音曲も、宮王大夫のは、頬のあたりへ食い付き候やうに候て、すさまじく候。

85 一、衣装を着候にも、引つ掛けて着候也。七良、『葛城』せられ候。是も鞍掛にて大夫見物候て被レ申候。衣装脱き候。『杜若』など悪く着せ申候と我ら申候処に、いや、着せ候者の咎にてはなく候、着候者悪き故と被レ申候。そろ〳〵と歩ぶこと、成り候はぬ物にて候。拍子を踏まへ候はねば左様に候と被レ申候。何も胴に力を持ち候がよく候。手が舞い候が悪く候。

足拍子、曲舞の一段は踏み候はず候。二段目を謡の節のごとく踏み候。指声の末、曲舞にかゝり候時、たゞするりと立候体候て、扇を使い候段、一大事にて候。『百万』「比目の枕しき波の」など申時の事にて候。大蔵大夫能、若くし候はんとててんぼうに候。

86 一、『融』などの舞、さのみ舞い候て嫌にて候。気高く、其物のやうになどがよく候。能の誉め所、其仕舞は謡に有物にて候間、成る事も候。たゞ能は、其物〳〵此やうにこそ候らめと位をし候ことが、大事にて候。人の幼く思ひ候へ共、『猩々』、大事の能にて候と被レ申候。

87 一、舞を舞い候は、手の行き候方へ、顔を連れて遣候がよく候。『花月』など、すねたる能にて候。たゞころりとし候がよく候。ちゝりと成候はぬ物にて候由候。

88 一、禅竹の被レ申候とて、わめかせ候為手は多く候、たゞねつしたる能が候はぬ物にて候、と被レ申候。

89 一、『野ノ宮』に、大蔵大夫、「たれ松虫の音は」と言候に、耳をそばだて候て聞候を、連歌師の宗碩被レ申候とて、歌道ならば左様にはあるまじく候。たゞ草茫々とある野宮にて候間、虫が多く鳴き候はんずれば、たゞ其まゝ聞候がよく候はんや。「露打ち払い」などの仕舞も、たゞ前を打ち払ひ候てよく候はん哉。「柴垣の露」

仕舞霞み 所作が映えない。

85 **引つ掛けて** 当時の衣装はかいどり姿であった。それでよくはだけたようになるのを「のき候」といったのであろう。 **そろ〳〵と歩ぶこと** 衣装のはだけることを恐れて、シテがとかくそろそろ歩くこと。

指声の末… サシからクセへ移る時、足拍子も踏まず、すっと立って。

てんぼう てんぼ。→上10

86 **さのみ舞い候て** 調子に乗って舞い過ごしては。

其仕舞は… 能の所作は謡を通して表現されるものだから、謡に従って演ずれば自然と出来ることもあるが、やはりそれぞれの「位」を考えて演ずる必要がある、の意。

猩々… 上48の談話と矛盾するようであるが、幼なさを出すことの至難さを言ったのだろう。

87 **すねたる能** 皮肉な能。 **ころり・ちゝり** 中46にもあり、併せ考えるに、ころり―浅し―淡、ちゝり―辛し―濃という関係が感じとれる。

88 **ねつしたる** 「わめく」に対しているところをみると、節度のある、しっとりとした感をいうのであろう。「ネッはネルと同言也。埏也」(俚言集覧)。

89 **野ノ宮…** 以下『野宮』の謡の文句を引きながら、大蔵大夫の能が遮二無二写実的に演じようとしたものであったことを難じている。→補

宗碩 月村斎宗碩(一四七四—一五三三)。連歌師。源氏物語の注釈もある。
90東北院『東北』のこと。
宗筠 禅鳳の父、金春七郎元氏(一四三二—一四八〇)。 二芝居三芝居… 二の替り、三の替りを出して最後のお名残興行の際に。 入端 後段。今は舟を出さず、手に棹を持つだけ。
どめかせ どよめかせ。喝采を博す。
箙の梅『箙』の別名。
言語道断 あっと言って感心した。
一乗院 興福寺の門跡。この時の門主は近衛房嗣の息良誉。
折節御庭の… 一乗院の庭の紅梅を、そのまま作り物の梅に見たてた。
やがてそれは… すぐに、それはさしさわりのある文句があるが、と言われた。以下の例でみると、特に意味の上で遠慮すべきことだけでなく、単にゆかりの文句が出て来るだけで指合とされたらしい。
其まゝ 即座に。 一乗 一乗院と指合う。妙典は底本「妙田」。
91近衛殿 良誉だけでなく、一乗院主は代々近衛家から出ていた。
名にほ 名に負う。謡曲の本文は「昔僧正遍昭」。良誉の僧正位に遠慮して、こう改変したのである。
92長露 長絹の衣などの袖括りの紐の垂れ下がった部分。
93しつこう くどく。ねばっこく。
浅瓜 しろうり。中41にも「軽く行くたとえとして出ている。

と候はゞ、垣を払い候べく候。「けし(き)も仮なるこしばがき、露打ち払い」と候ば、いづくを払い候とも、露は多くあるべく候。時鳥などは、一声雲井に鳴き候はゞ、耳をそばだて候ても聞べく候。誘い顔なる、と申は時鳥にて候。今申候野ノ宮の虫も、一つや二つかすかに聞へ候はゞ、耳をそば(だ)てゝも聞べく哉。

90一、『東北院』には、梅の美しく咲き候を出し度候由候。もと、堺たまと申所にて、宗筠勧進能せられ候。二芝(居)三芝居も候て後の勧進にて候つるに、『岩舟』をし候。常の勧進能にひき替へ候て、脇能に『岩舟』をば仕候。入端に舟を出し候。艪をいかにも大きに、杉桁にてこしらへ、出は舟に乗りて出、唐艪を押してどめかせられ候。かやうに珍らしく仕立て候が、上手の技にて候。さて二番目に、紅梅梅の美しく咲きたるを、作り物出し候。皆人不審に存候処に、『箙の梅』をせられ候て、言語道断の由申され候。先年、一乗院殿様御門跡に、薪能二座づゝ二日被レ入候。其二番目に、禅鳳『箙の梅』をせられ候。折節御庭の紅梅梅盛りにて御座候つるに、前を小尉の面にて、入端、童子の面、近比出来能にて、于レ今忘れ難く候。其日、大蔵八良に一番と候つる。何をと大夫被レ申候へば、八良『錦木』仕候はんと申候時、やがて、それは指合が候物をと被レ申候。其まゝ直され候。「妙なる一乗妙典」を、「法の妙典」と直され候。

91一、其日、又『西行桜』候。「近衛殿の糸桜」を、「九重しるき糸桜」と直り候。又「昔 名にほ遍昭」と直り候。「僧正」を除け被レ申候。

92一、『芭蕉』に作り物出したき由、暮々被レ申候。又長絹に、青ばみたるに長露を置き、所々引き裂き候て着たき由被レ申候。『芭蕉』は、禅竹若き時書候て、観世へ被レ遣候能にて候。

93一、大夫、わが能は年寄候程に、しつこうなり候をや、と被レ申候間、我等申事、いかゞ、若く浅瓜など食ひ候やうに候と申候。さてはよく候と被レ申候。

三帖之内　紙数三十二数

天文廿二癸丑五月廿五日
歳七十六卯刻入滅

藤右衛門尉聞書

上

中

1 一、『芭蕉』に「蘭省の花の時」(と)謡(ひ)候つるを、*名詮が悪しく候とて、「らんしやう」と直る由候。

2 一、『玉葛』に、「*かくて都の内とても、浮きたる舟のごとくにて」と源氏にあるを、「我は浮きたる舟の上」と直さるゝ由候。

3 一、*亥年卯月廿八日、坂東(屋)に泊られ候。雑談有。今度京都坂本*にて能。帰、*「竜頭鷁首」の事、竜は水をまゝにし、鷁と言ふは風をまゝにする故なり。*竜が馬、華駕。此謡節の事、*美濃の国が坊の被レ申候とて、「竜頭鷁首」と申節、当麻の*曼荼羅の竜頭鷁首の舟、合ひ候と被レ申候由。則、*来迎引摂の心に合ひ候。「竜頭」は来迎なる故に、*節早く候。「鷁首」は引摂なる故に、節長き也と被レ申候。竜頭鷁首の舟の棹のさしやう、「竜頭」は急にさし、「鷁首」は延べにさし候と被レ申候。

4 一、菩*薩の舞は、足に拍子を踏む。天*女は、虚

1 名詮　名と実。この場合は「らんせい」が乱世に通じること。今も「らんしょう」と謡う。

2 かくて都の…　都が不安な状態にある感を与えるのを憚ったのであろうか。↓補

3 亥年　永正十二年乙亥。

坂本　西坂本。京都市左京区修学院付近。竜頭鷁首『自然居士』の一節。

竜が馬・華駕　天子の乗物を挙げた。

美濃の国が坊　美濃の国の御坊か。能については素人らしい。

曼荼羅　曼荼羅の絵解の調子と、『自然居士』の節が似ているというのであろうか。　来迎引摂　仏が信者を浄土へ導きつれて行くこと。

節早く　来迎は迅速なるをよしとする。知恩院の二十五菩薩来迎図が「迅(はや)来迎」と呼ばれることなど、例となろう。

4 菩薩の舞『当麻』の後シテなど。

天女…　上15にも。

5 二字割字　二音節で一語の語を、間を割って発声すること。

武蔵野は…『小塩』の一節。

ふの字　右の「今日」を「ケ・フ」と発音せず「ケ・ウ」と発音せよ、ということ。「ケウ、あるいはキョウ」(日葡)。

6 誰をかも『高砂』の一節。

くろ「ろく」の誤りであろう。ゆったりと。

7 京がかり　観世座風。

空なる故に、心に拍子ありて、足にはあるべからずと也。

5 一、*二字割字の事。「*上武蔵野は今日は」と言ふ事、間を言いてよしとなり。「*ふ」の字、「う」と言ふやうなるがよし。

6 一、指声、「*誰をかも」など言ふは、まづくろに囃す。かやうの類に心得あるべし。

7 一、鼓、其謡のやうに打つべし。*京が(か)りは、*刻みに力を入て*頭のごとし。又、*程を置き候て後に頭を打つ事、今流行物也。

8 一、京の若衆両三人、鼓を打ち、其やうを文に書きて(と)被レ申候程に、書候て遣候と被レ申候。早き一声が鼓の毒にて候、其やうに何も其御心得をなし候へと書と被レ申候。

*観世弥三良鼓、かり〳〵と▽*ひゝしゝ候。*小二良などのは変わり候。謡を*威徳はよく囃し候由被レ申候。*謡を前へ遣り候事、肝要にて候。

9 一、今度、*中堀の*手能に、『邯鄲』に、輿舁を前へ、*人を一人出だし候て、奏聞申させ候。是もよく候由候。

10 一、「*京」と▽謡い候は、口が窄り候て、舌が上顎につき候間悪く候。「きやう」と澄やかに言い候やうに、*口の内肝要にて候。こぢまわし候へば、「けう」と口の内候。

11 一、『芦刈』(の)能、ことの外謡を*詰められ候。此曲舞、*謡の父母と被レ申候。よく稽古候へと、乾*角屋藤衛門尉方にて、*延べ縮め、受け押し、裏表知れ候やうに被レ申候間、よく心がけ申べき事候。

12 一、*子の年五月八日、大夫坂東屋に来られ候。*七度呼びに遣され候。大雨降り候て、茶湯あり。*弥五同道。大夫は被レ留候。暁、*背戸の亭にて謡あり。*たゞ、謡は、*上手の道歩びが道をする〳〵と歩き候やうなるがよく候。文字の訛の事、「花見」、上が訛れば下も訛る。*我等謡、口にて謡ふ心候也。今少胴にて謡い候はゞよく候由候。是は、我ら料簡に、大夫口つきが、下口びる引き入、窄み候程に、いつもよりも猶口を窄ませ候はんづると仕候間、口に心留まり候てかやうに候と存、それより猶嗜み候。大事〳〵。

刻み・頭 囃子の用語。↓八帖花伝書一32 **程** 間。

8 **観世弥三良** ↓上57 **ひゝしゝ** 不明。 **小二良** 観世信光（一四三五—一五一六）。大鼓にも勝れていた。

威徳 金春座大鼓方。↓補

謡を前へ 「先聞後見」の思想は囃子と謡の場合でも同様であった。

9 **中堀** 地名とも人名とも考えられる。 **手能** 素人能。

人を一人 輿舁のうちの一人とも考えられるが、素人能で少しでも多く舞台に出そうとしたとすれば、ワキの他に今一人ということであろう。

10 **京と…** この条、禅鳳が実際に謡ってみせながらの談話であろう。

口の内 発音。

11 **詰められ候** 短くされた。↓補

謡の父母 ↓上31 **角屋藤衛門尉** 雑談の筆録者の藤右衛門尉とは別人。

延べ縮め… 上73・中40にも同じ考えが見える。

12 **子の年** 永正十三年丙子。

七度呼びに 藤右衛門尉を呼んだのである。「七度半の使」という民俗と関係あるか。

弥五 禅鳳の弟子であろう。

背戸の亭 裏庭の小座敷。

たゞ謡 「只謡」で素謡のことと考えられる。 **上手の道歩び** ↓上75

我等謡… 藤右衛門尉の謡が、知らず知らず大夫禅鳳の口つきを真似ていたことを注意されたのである。

13 一、永正十三年十一月五日、坂東屋に被レ留候。雑談有。謡の内延べ縮め事たとへ、琵琶の左の手にて受け押しのしつらい候也。面白候。受け押し・詰め開きは是にて有。受け押しの物語、言語道断、殊勝〳〵。

14 一、猶千世・松若・弥三など付候て謡ふ也。『好文木』の曲舞を強にて悪く候。東北院の庭の森、其躰を優にやさしく謡いてよく候べく候。

15 一、与四良来り、数寄によそへて能物語候。結構見事申さば、是までにも被レ申候、金の風炉・鑵子・水さし・水こぼしにてあるべく候へ共、泌みはせまじく候。伊勢物・備前物なりとも、面白く工み候はゞ勝り候べく候。

同六日朝、精進とて、これにて飯参り、其間の雑談に、いつも申事なれ共、祝言の謡を我らに謡い候へと申され候。何の曲へも渡りて、強き位よきと申事候。謡弱く候ては曲なく候由、いつも被レ申候。幽玄・哀傷の心の位を、祝言には交へざるがよく候。

遠江の人来候て、『舎利』曲舞、『野ノ宮』の曲舞を、大夫謡い出され候。我等も助音仕候。今の人も被レ付候。是は三年奈良に逗留候て稽古候。被レ帰候後に被レ申候。口内いかにも〳〵ならず候。今の分にては、こなたがゝりの謡にてはあるまじき由候。

16 一、『六浦』の序に、「花葉」、「ふ」の字を「う」と言ふやうなるがよし。座の秘事なりと被レ申候。此義尤に候。何も如レ此候。

17 一、能にも謡にも埒を結い候。まづよく習ひ候ての上の工夫にて候。習ひ候はでは何とか工夫はあるべく候。よく工夫・稽古候て、さて楽屋を出候て埒を破り候。これが、内を真に、場を草にと申事也。歌・連歌を習い候に、一期の間の歌・連歌を習い候ておき候はぬ物にて候へ共、稽古の上にて、よき歌・連歌、当座に出事にて候也。下手の、自然よき句をし候。それは天然物にて候。今一句と申時、得し候まじく候。是になぞらへ知るべく候。兵法稽古候に、長袴に腰を据へなどして、笠負うて、刺し合いの、刀法のと申候。是が稽古にて候。まことの時、

13 **しつらい** 加減。
14 **猶千世…** これらも禅鳳の弟子であろう。　**強にて悪く候** 強吟風に謡ったが、よくなかった、の意か。
15 **与四良** →上62　**数寄によそへて** 茶道と能とを引き較べながらのお話があった。→上84　**伊勢物** 伊勢出来の焼物。　**これ** 藤右衛門尉宅。　**何の曲へも…** (祝言の謡は)いずれの曲にも通じて。　**今の人・是** どちらも遠江の人を指す。　**口の内** 以下禅鳳の言。発音が何としてもなっていない。　**こなたがゝり** 金春風。
16 **序** クリのこと。中5にもここと同様のことが見える。
17 **埒** 規矩。稽古では規矩(真)に従い、舞台では適当にそれを破る(草)ことを勧めたのである。　**稽古の上にて…** 十分に稽古を積んでおけば、晴れの場でよい歌・連歌が作れるのである。　**下手の…** 稽古もしない下手な者が、どうかした拍子によい句を詠んでも、それは偶然のことだ。　**兵法** 剣道。　**長袴に腰を据へ** 笠を負うのもそうだが、わざと不自由な動きの中で稽古するということであろう。　**用** 応用。　**真** 立花の中心に据える花。　**上端** クセの中程で、シテが高音で独唱する部分。　**詰め** テンポを速める。「延び」の反対。
18 **又序になり候** 『百万』のクセには

*其用にて斬られ候はず候。花を立て候も、前より*真や下草を切りなどは候はず候。当座に、結ひたる花を、はらりと切り乱し候心にて候。謡、*上端の後が延び候物にて候。〽序〽破〽急にて候間、上端よりは破の心にて候。其後、急になり*詰め候物にて候。

18 一、『百万』などの、「此寺は尊かりける」は、「かれよりも」と言い候段などは、又*序になり候心にて候。前程は静まり候はず候へ共、*急になり候事、急に成候(と)申候は、細かに行候やうに覚え候べく候。

19 一、『采女』に、「御土器たび〳〵めぐり」を、其段を、*もとの上手は、軽々と、拍子に乗り候はで、*粗相に打ちて候。*心は、曲舞にもあらず、*入端にもなし。是は添へ物にて候。此心面白く候。

20 一、*九日に、南大門にて『老松』せられ候。*仕舞「〽是は老木の神松の、〳〵、千世に八千代にさゞれ石」と砂を見て、「岩尾」と*壇を見られ候。*さきへ遠く行候事にて候。「苔のむすまで」と申て、仕舞に一廻り廻りて、あとへ帰て、又「苔のむすまで」と申果し候。是を、太鼓は心得打ち候へ共、笛が吹き候はず候。笛が吹き候はゞ、近比よき仕合せにて候つる物と申され候。昔、*音阿弥*御社にて『*常陸帯』せられ候時、仕舞ありけるを、*ちがいと申笛吹き、笛を吹き出し、名誉仕候。かやうに油断なく心にかけ候てこそ、上手には候へ。

能は、*三体と申候て、一つに尉、二つ鬘、三つに修羅にて候。*上を行と下を行くと中を行くとにて候。『昭君』の、「*鬼といふもあら道理や」と打ち出し候は、上にて候。「*織姫のかざしの袖」などの*おりこみは中にて候哉。

*弥三良殿鼓の事、六段の刻のこと。二つ打つ頭、前を乗せず候て、年寄り候時打□れ候。是軽き心と被レ申候。*座敷にて入端をそと留められ候事、太鼓など候へば、座敷にては骨を折り打ち留無用にて候。*殊に太鼓賞翫の心也。*禅阿弥は*さりとては上手。されども、癖候て*巧妙にて候間、*似せ事、よき所はならず候、悪き所似

上端が二カ所あることからの注意。「序」は、序破急の序。ゆったりとした導入部。 **急になり候事** 下に「あるまじく候」というような文句を書き落したか。二度目の上端以後は、前よりはややテンポの早い序であれ、というのであろう。

19 **もとの上手** 昔の名人。

粗相に (よい意味で)無造作に。

心は その意味は。 **入端** 終曲部。ノリ地になっていることなどをいうか。

20 **九日** 南大門とあるから薪能の時のことであろう。従って、年は不明だが二月九日。

仕舞 ここは一つの見どころになっている舞の所作という程の意か。

壇 南大門の前面の壇。

さきへ遠く行候 目をだんだん遠くへ流して行く。 **音阿弥** →上46

御社 春日大社。 **常陸帯** 廃曲。

ちがい 観世座笛方。→補

三体 世阿弥の唱えた、老体・女体・軍体に相当する。

上を行と 以下不明。 **鬼といふも…** 下掛りの『昭君』に見える文句。

織姫の… 『呉服』の一節。

おりこみ 不明。 **弥三良** →上57

座敷にて 以下座敷舞における囃子の心得。 **殊に太鼓賞翫の心** 特に太鼓方として心得べきことである。

禅阿弥 金春禅徳か。→中55

さりとては これはまた。まったく。

巧妙 はなはだしく巧緻なこと。

候程に、天下の太鼓、是より悪く成候。

21 一、笛も彦四良上手。是も同心にて候。弥七鼓も同心なり。ぽつと打ち候前後の匂ひなどは、昔も有難く候。昔の上手と申は、此人の悪き所なき物にて候と被レ申候。弥七弟弥六鼓、与五良の申、弥七よりはまたく候間、能にはよく候はんと申候。たゞ、もと我等が内候に、物の多き者にて候。

又大夫被レ申候。今時殊に指声の内、物多に候。是は殊に物少なにてよく候。彦九良太鼓を、一乗院殿にて十日の能、脇に『暮羽』を彦九良早く打ち候程に、はや天女の舞を舞いすまし候まじきと思ひて候由被レ申候。九良が鼓も、しやはり候て、二番目の『忠度』の鼓が切れ候て、し難き事と被レ申候。

囃は、謡と、水に物を浮け候て流し候様なる物にて候。静かに流れ候へば静かに、うち廻り候へば廻り、留まれば留まるやうに也。是を知らず候てこぢ合い候也。

22 一、九良、『松風』を打ち候。足拍子が又風情にて留め候を、早く鼓留候。

23 一、堀江、鼓の頭よく候。威徳もかやうに申候。前に構へ候はぬ頭にて候。

24 一、又三良と申は、京の左藤新六子にて候。十七八若衆の時分、柏屋同道候て上洛候。与四良方にてかやうに鼓・太鼓・笛雑談共候は、又三良賞翫の心にて候。其時分は大鼓器用に打ち候。今中の丁に候又三良事候。

25 一、太鼓、与一などもよく候。

26 一、笛の渡り拍子悪く候間、此間『西王母』をし候はぬと被レ申候。出端、「かゝる天仙き王」など、軽く謡い候てくれ候はぬ程に、仕舞ならず候由候。

27 一、小鼓は大鼓の伴にて候。大鼓の間の物にて候由候。一色稽古し候がよく候。禅竹の被レ申候。平き石を十箇並べては、さして見へず候。十箇重ねて置き候へば、よく見へ申候。稽古を多くしてよく候はんづるは、今生にては知ら(ず)候と被レ申候。

28 一、子二月、薪の能、宮王源四良二番仕候。

似せ事… 似せようにもよいところはなかなか真似出来ず、悪いところばかり似るものだから。
21 **同心** 同じく巧緻に過ぎた。
匂ひ 味わい。 **与五良** 美濃与五郎吉久。弥七・弥六の小鼓の師。
またく まじめ。規矩的。だから能の囃子方に向くのである。
我等が内候 我が金春座付であった。あるいは、「我等が(能を)打ち候」か。
物の多き やり過ぎが多い。以下「物多」「早く打ち」「しやはり候」など、皆一連の傾向である。
一乗院殿 →上90。後日の能の時のこと。 **暮羽** 呉服。
天女の舞 今は中の舞を舞う。
切れ候て 舞の途中で鼓の方が先に終ってしまい、囃子がと切れて。
こぢ合い候 囃子と謡とが競合してしまう。
23 **堀江** 囃子方であろうが不明。
鼓の頭 →八帖花伝書一32
威徳 →中8補。 **前に構へ候はぬ頭** 今の「残り留め」の原初的姿か。
24 **又三良** 以下左藤新六・柏屋、中25の与一、いずれも不明の人物。
与四良 →上62
中の丁 奈良の町名であろう。
26 **渡り拍子** 下り端の囃子のこと。
出端 後シテの登場楽・登場謡。
天仙き王 今は各流「天仙理王」。
27 **間の物** あしらい。伴奏。今も大鼓の方が主導権を持つ。

『放下』『富士太鼓』。つれ女、城戸孫四良也。我等は禅鳳と鞍掛にて見物仕候に、面を着せられ候大夫被レ申候、鞍掛より見ればなをよき面にて候由候。仰きたる、悪く候由候。

29 一、大蔵八良能、廻り過し候て悪く候。皆々若衆も、多分賢く候間、能をし習ひ候はんと思ひ候はゞし候はんを、能はたゞ何ともし候物と心得候程に、皆々得し習ひ候はづ候と被レ申候。

30 一、子年二月十日に、一乗院殿にて立合。一番『相生』。『遊屋』『小町』『西行桜』『野ノ宮』『葵上』『錦木』。「おちば衣の」、「相生のふうふとなるものを」、「同音夫草木」、「そなへて南枝花」、「上たかさごの尾上のかねのおとすなり」、上はての句必ずあり。何の上端も、一切、上ての言いはて字保たずして、直に言い据へるやう也。

31 一、『遊屋』の文「驪山宮」と言所も同音也。「たゞ返々も」、其外何れも下がる所なく候。直ぐ也。『遊屋』、車を後へ降るゝなり。

32 一、『野宮』曲舞に、「秋の花みなおとろへて」、此「お」の字、「な」の字の響に出と也。「松吹く風のひゞきまでも」、此「も」字を、輪廻せず言捨つる也。

「さびしき道すがら、秋の」、此「みちすがら」、此「みち」、「ち」の字へ早く移るやうなり。「秋の悲しみも果てなし」。

33 一、笛市六、二百貫などが笛の調子下がり、悪き也。一切、吹き物・謡、調子下がりて悪きなり。彦四良は、あまり又音上がる也。

34 一、越知殿謡調子、何れも癖にて下がる也。又、古市殿播州の謡調子、一調子上がる也。今脇の藤二良、左様に上がる也。

35 一、次第、「今を初の旅衣、〳〵」と、いかにも上を取り、道行も其心に行き、悪く候。真中なる調子に謡ふ事なき間、笑止なる由候。

いつも〳〵申ごとく、先年、『稲荷』の謡と『源氏』、二つの謡を謡いて申さるゝやうは、一切謡は、其物〳〵のやうに謡い分け候がよく候。『源氏』などは源氏のやうに謡い候。是第一の事にて候。

一色 ある一つをひたすら。
稽古を多くして… あれこれと多方面にわたって稽古して、それでよい結果を生むということは。
28 **子二月** 永正十三年丙子。
宮王源四良 →上84補「宮王大夫」
放下 『放下僧』の別名。 **つれ女** 今は子方で演ずる。 **鞍掛** →上84
面を着せられ候大夫 禅鳳が楽屋で面をつけてやったのである。
29 **大蔵八良** →上84補
廻り過し 舞い過ぎて。
若衆 近頃の若者。 **多分** 大いに。
能をし習ひ候はんと… 本当に能を習おうと思えば十分ものに出来るのに、それをごく安易に何とでもなるものだと思うものだから。
30 **立合** 二座以上の能役者が、一堂に会して競演すること。
上はて 不明。 **上端** 底本「かけは」。
やう也 ようにすべきである。
31 **車を後へ降るゝ** 定式のように前から降りないための注意。
32 **輪廻せず** 執着しないように。勿体づけて謡わないように。
33 **二百貫** 笛の名とも考えられるが人名(仇名)であろう。
彦四良 →中21補
34 **何れも** 何を謡っても。
35 **次第** 前条に続けて脇の藤二良の謡の上がり過ぎることを述べる。
今を初の… 『高砂』の一節。
稲荷 廃曲。

36 一、謡は目出き物也。近き所などに少指合う事あれば、得謡わず候。いかなる哀傷の詠なればとても、謡ふ所が祝言にて候。

37 一、指声、言われぬ物なる由、度々被レ申候。「是に出たる老人は」、「それ世間の無常は旅泊の」、是等也。

38 一、子年五月廿六日に、与四良方へ来臨、五つの小謡、書候て給候。一番、『野守』の小謡、謡いよき謡とて、機嫌よく候。さて又何をと被レ申候。「それ世間の無常」と所望候申候処に、我もそれにてあるべきと思ひ寄り候と被レ申候。さて又五つ目に、祝言を好み候へと被レ申候間、さらば『竜神』の小謡と申候。あら不思議や、是も思ひ寄り候とあり。則、判をと申沙汰候て、給候。やがて其まゝ習ひ申候。よき謡共、是を謡い候はゞ、何もよくあるべき由被レ申候。さて謡雑談あり。是は秘事にて候。人に語るなとて、一切謡、其門其門に入候が秘事にて候。「是に出たる老人」など申ことは、小悪く候。又『当願』の謡、狩人、素襖の上に大口、矢をさし、弓を持ち候也。未我らは見物候はぬ能にて候。「狩場の道に迷はん」など、なびやかに被レ申候。たゞ其門々に声ざしを使い候事、肝要にて候由被レ申候。皆近比有難く候。「月の誘はば自から、舟も漕がれて出づらん」など、悠々と目を見遣りたる有様、面白く候。此心持肝要にて候。小路謡などに然るべく候。又「へん〳〵として」など謡ふ事よく候。座敷謡、似合ひ〳〵なる謡の事、いつも〳〵被レ申候。

守菊、息継の事、謂なき事共、太み細みて息を継ぎ候事、嫌にて候。

39 一、謡の内に、真・草・行あり。真に行所、行に行く所、草に行く所、真、草になり候て、草が真に成候事。いづくまでも大事にて候所真とばかり心得候て悪く候。勧進の四日目、草。座敷能とは草に仕物にて候。

40 一、四日目をば、草・行・真と仕候べく候也。座敷能は、畳取り上げなどし、烏帽子取り、裃着るまでにて、入端などよりも仕上げ候がよく候。金春がゝりの能は草にて候。初中後、上中

源氏 『源氏供養』か、あるいは別の古曲か。→中2補「かくて都の…」

36**近き所** 近い場所とも近親者ともとれる。 **指合う事** 差し障ること。

37**言われぬ** (特に規矩とてないものだから)口では説明出来ないものだ。 **是に出たる…** 『野守』の一節。 **それ世間の…** 曲舞『初瀬六代』の一節。これらも実際に謡い聞かせたのだろう。

38**子年** 永正十三年丙子。 **与四良** →上62 **竜神** 『春日竜神』か。 **判** 署名。 **門** 一つの段階。 **当願** 廃曲。『自家伝抄』によれば禅竹作。 **狩人** 以下『当願』の前シテの扮装。底本「かゝり人」。 **なびやかに** しなやかに。 **其門々に声ざしを使い** その段階段階にかなった声を出すこと。 **月の誘はば…** 『三井寺』の一節。 **小路謡** 道を歩きながらの謡。 **へん〳〵として** 出典不明。 **守菊** 守菊弥七郎。禅鳳の頃の金春座の脇師。

39**いづくまでも…** 大事な場所での演能を常に真(規格通り)に演ずると思い込んでしまうことの非を言う。 **勧進の四日目** 上90の『岩船』『箙』等の演じ方が草なのである。

40**草・行・真** 四日目といえども、最後は真で納めるようにということか。 **烏帽子取り…** 烏帽子を脱ぎ裃を着る程度の扮装で、後場を主に演ずるがよいの意。 **草にて候** 草の味が濃

下など、草が真に成候事、おかしく候也。

大名などの前にて肴謡・座敷謡、こなたよりは謡いかけぬにて候。申せと候時、「甘露もかくやらん」、又は「一張の弓の」など、一口、ゆく〳〵と謡い候也。

又、調子肝要なる物にて候。其一色の調子にて候。上がり下がり候。京の四良大夫謡、拍子下がり候。おかしく候也。

たゞ、謡は、延べ縮め、詰め開き・受け押し、肝要にて候。是は人々知らず候。たゞ、表向きは常の物にて候。なべての表、世間の物、それに優々とやさしく、濃まやかに凍み氷り候て謡い候。ある向きの習いまでにては無レ曲候。

41 一、京がゝりの謡は、つぶ〳〵と、念仏を繰り候様に行候。金春がゝりは、左様にめなり候はで、浅瓜を喰い候やうに、軽く行き候。謡の美しきうちに、からはかりの入候がよく候。「秋の花皆衰へて」など言ふ事は、岩尾などの様に言い候。妙・感・意・見・声、何も忝き物にて候。能の仕舞、東を見、西を見、月・日を見るを褒むる、おかしく候。たゞ能の位を見候。業平、融の大臣などを見たることは候はね共、たゞ其人もかやうにぞ候はんと見候がよく候。紫式部などの、物を着ふくれなどしては、おかしく候。

42 一、一年、薪の能初日に、『紫式部』をせられ候。たゞ烏帽子の風打、入端、白練一つばかりに赤き長絹にて候つる、思ひ合候。
此日、脇の能は『木守』にて候つる。禅珍、太鼓を白く彩み候て、撥まで彩み、入端の果てまでも太鼓打ち候。珍しく候。

43 一、声を聞く謡、悪く候。帯刀に謡左様に候由候。吾謡候て、人に聞かせ候やうに謡ふがよく候。宗筠被レ申候は、構へて〳〵吾藝をよく嗜み候へば、神仏の加護もある由候べく候。名人とばし言われ候な、と申され候由候。
面を着候にも、たゞ常の顔持がよく候。仰き候て(も)俯き候ても悪く候。面着候に、たゞ一目見候に、両方の肩の廻りまで見え候程に着候はねば、成候はず候。是もたゞ心掛にて候。

い。**おかしく候** 以下「おかし」はすべて貶辞。**甘露も…**『邯鄲』の一節。**一張の弓の** 廃曲『八幡弓』の一節。**ゆく〳〵と** ゆったりと。
其一色の調子 その謡のすべてを決するのは調子だ、の意か。
京の四良大夫 京観世座の能役者であろう。**たゞ謡** →中12
延べ縮め… →中11 13
優々とやさしく 以下が表に対する裏の心持である。
凍み氷り しみじみとした感の極致。
ある向きの習い 一方面、つまり表向きの面の習得。
41京がゝり 観世がかり。
つぶ〳〵と 一句一句粒をたてて。
めなり まじめ一方。**浅瓜** →上93
からはかり… 意不明。→補
秋の花…『野宮』の一節。
妙・感・意・見・声 世阿弥の『五位』に見える、芸位の五段階。
東を見… 東に月を見、西に入日を見るポーズをとるような、浅薄な演技。
42紫式部『源氏供養』の別名か。
入端 後場。**木守** 廃曲『吉野』か。
彩み… 彩色し、後シテが揚幕に入るまで太鼓を打ち続けたのである。
43声を聞く謡 美声に頼った謡。聞かせようとする謡。
帯刀 不明。→上48校異
宗筠 →上90 **たゞ一目…** ちょっと見えるだけでよいのに、肩の辺まで見えるように面をつけないと演じられない。これも平素の心掛けによるものだ、の意。
44 幼いの能 年少者の演ずる能。
あひ〳〵と やさしく愛らしく。
能定まり候とも 演技の型として決まっているにしても。 **躰** 時の様子。
花を踏んでは・同じく惜しむ どちらも『西行桜』『俊成忠度』に見える。
45 逢坂盲 廃曲『逢坂物狂』の別名。
公界の節 一般に通用している曲節。主として観世流を指す。→中41
先達 人にぬきんでた人。
はしと はっきりと。きっぱりと。
祝言の声付き… 謡は祝言が基調で、幽玄とか哀傷とかいっても、それは祝言的基調につけ加えるあやである、の意。
46 亥 永正十二年乙亥。
和歌 舞のあとの和歌形式の謡。
ころりちゝり ころり＝浅、ちゝり＝辛に通じる。ころりと、しかもちゝりと、の意。→上87 **ゆふ候** 「言ひ候」か。 **山は鏡を…** 『浮舟』の一節。
地 地拍子。 **火宅の門…** 『野宮』の一節。 **甘へ心に** 「甘へ、心に」とも考えられるが、一語で、よい加減に、という程の意であろう。
しやうし 「正(だだ)し」の誤写か。他に「請じ」「承仕」いろいろ考えられるが、「甘へ心」に対し、謡の文句の意味をよく知って、の意ではあろう。
47 雪 底本「雲」。
二度に入 前シテの入と後シテの入。

44 一、*幼いの能、似合いたる能を、*あひ〳〵とし候てよく候。

能の仕舞、たゞ其時の風情によるべし。前より*能定まり候とも、*躰により変わり候べく候。「*花を踏んでは」と踏み候て、足早く上がり候程に、「*同じく惜しむ」と言ふまで足が待ち候。それは前後相違にて候。「惜しむ」と言ふ前に足を上げ候はゞ、よい程にて候由候。

45 一、「▼返々もうらやましの庭鳥や」、これは『*逢坂盲』と申謡なり。此段、そろ〳〵と行節、▽面白き也。*公界の節は文字が並び候。是は金春節、公界の外にて候。

返々、謡、口にて行候て悪く候。胴にて謡い候てよく候。左様になければ*▽先達に難レ成候。あとに付き候て不レ可レ然候。藤・蔦などのやうなるは嫌にて候。一人立がし候はで物に這いつきたがるは悪しく候。吾力の分にて面白がらせ候がよく候。「是に出たる老人は」と、胴にて*はしと*祝言の声付きにて言ふ事、是よく候。此上にて幽玄・哀傷など謡い候べく候。

46 一、*亥卯月五日夜、坂東屋にて雑談共あり。『千寿』の能稽古。夜明け候て被レ帰候。色々謡共あり。一切*和歌の揺り納め、皆人々覚へ候へ共、*ころりちゝりと、浅辛く、*ゆふ候が大事にて候。又「*山は鏡をかけま雲」など言ふやうの*地、節にては候はず候。かやうの言い事は、「雲」にて拍子を持たせ候。たゞ、地は強く直ぐに、口にては遣らで、心にて遣候。「*火宅の門をや出ぬらん」と申事を、我等口びるにて*甘へ心に遣候て、おかしく候。たゞ口の内よく、文字を*しやうし候て言い候也。

47 一、『葛城』、「*雪にや色をそみかくだの、篠懸も冴へまさる、しもとを」、「柴をたき」、是も直ぐ也。「祈り加持して給候へ」と側へ行く。「岩橋の末かけて、神隠れにぞ成にける、〳〵」、「岩戸にぞ入給ふ、岩戸の内にぞ入給ふ」、*二度に入候也。

48 一、『*碁』の能は、▼左阿弥作候。宗筠、*多武峰にて、空蟬、唐織物にて、*花の帽子にて出られ候。まことの空蟬もかくやと思やられ候。

49 一、謡、「な」「た」「ら」をよく謡ふべし。「おもなの舞の」、此「の」と言字にて返る拍子也。「ともに無常の世となりて」、此「な」の字の節、よく候。

50 一、「中にも蘇武はかいなき」、如レ此宗筠被レ申候。

51 一、『弱法師』、指声「万民のをしゐて」。河内の国の者也。盲目になり候て、天王寺にて親に尋ね逢ふ能也。世阿弥作也。小謡に「此曼荼羅の」と言、「ら」の字に当たらぬなり。『橘姫』曲舞に、「御かげを月にやどせり」。

52 一、『柏崎』に、「常盤の里のゆふべかや」、「しゝて」、此「し」の字の出るやう、「彼昭君」の「か」の字、同辺也。謡を、かりそめにも扇拍子を打ち候べく候。

53 一、「女のうたなれば」、此拍子、中を行候。何共知らぬ拍子なり。

54 一、一切謡には、心を強く持つ。節を言ふ時、行きやうが弱く行くが悪く候。口をば和らぐるにも、心は猶強く行くべき也。

声を使ふにも、寝ても起きても立ちても使ふべきなり。其故は、能にいろ／＼何共働く仕舞のある間、何も用立候也。

55 一、禅徳申とて、太鼓をば椿の花のごとく打ち、音曲は梅の花のごとく謡い、尺八は桃の花のごとく吹きたきと申候。是は近比面白く候由。

伊部屋に御坊様御入候。則、御酒にて謡い出候つる。「天の原ふりさけ見る」とあり。又「東に卅余丈に」などにて御酒過、あれよりも高御門助三良方へ同道申、謡共也。

雑談に、唄、此字を謡と書人もあり。

56 一、謡を謡ふに、節の有所を大事と心得候程に、心留まり候て、重く悪くなり候也。たゞ軽く、するりと、地組よく遣候。我より下の謡い手には、憐愍の心悪く候。先伊呂波を習いて真の文字なり。又伊呂波に帰る心がよく候。修行を尽くして初心に立帰心也。

物のし詰めたきは、俗なる方なり。物が足らずなる方を、尋常なる方に取べし。堺辺にも、稽古に謡数多く候間、悪く候。稽古の方は物少

48 **碁** 廃曲。源氏物語「空蟬」の巻を素材にする。 **多武峰** 談山神社での演能。古い伝統を持ち、各座の新作能競演の場でもあった。 **花の帽子** 主として尼が用いたかぶり物。

49 **な・た・ら** この三文字に気をつけて謡え、ということであろう。 **おもなの舞の・ともに無常の…** どちらも『定家』の一節。

50 **中にも蘇武は…** 曲舞『卒都婆流』の一節。ここも父宗筠の謡いぶりで禅鳳が謡って聞かせたのであろう。

51 **当たらぬ** 鼓を打つ拍子(ここではその音)がその字に当たらないこと。 **橋姫** 廃曲『住吉橋姫』の別名。

52 **彼昭君** 『昭君』の一節。 **同辺** 『柏崎』の場合と出方が同じ、の意。 **かりそめにも** ほんのちょっと謡うというような場合にも。

53 **女の…** 『関寺小町』の一節。

54 **働く** 動く。いろいろのポーズをとる所作のあることをいう。

55 **禅徳** 金春弥次郎。禅竹の弟。金春座太鼓方。 **椿の花のごとく** 以下の、花の譬えは正確にはよくわからないが、椿に潔さ、梅に馥郁、桃に異国的、といったものを感じているのであろうか。→八帖花伝書三11

伊部屋 奈良の商人で禅鳳の後援者か。 **御坊様** 禅鳳を指すか。

天の原… 『野守』の一節。

東に卅余丈に 『邯鄲』の一節。

高御門助三良 高御門は奈良の町名。

これも禅鳳の後援者か。 **唄** →上1

注

56地組 地拍子の基礎。
憐愍 自分以下の者と一緒に謡って、手加減してやること。
伊呂波を… 仮名を習ってから漢字へ移る。
し詰めたきは やり尽くしたがるのは。 **尋常なる方** 普通のあり方。
堺辺 堺地方で謡を習っている人達。
一色草… 秘薬といっても特別なものではなく、ごく平凡なものがよい、という程の意か。
57兵法と鞠 剣術と蹴鞠。
花と 花だといって。
幕打ち上 揚幕をあげ舞台に出ることに相当する。
しほひし 「しほ」(風情)の後退。自然な、時間による枯れをいう。
花と有に擂粉木を付け 俳諧連歌の手法であろう。羽と擂粉木なら付合であるが、この用例は未見。
58脇の能 以下、中62『経政』、中63『杜若』、中66『籠太鼓』は、禅鳳と藤右衛門尉とがある年の春日大社での演能を見ての感想であろう。
七良 金春七郎氏昭。禅鳳の子。
藤二良 →中34補
二人ながら シテとシテヅレ。今はシテだけが箒を持つ。
言い据へて渡す かっちりと謡って地謡へ渡す。
60跪く 片膝をたてて坐すことであ

なる方よく候。一*色草などの、秘薬にて、そと物を吸うやうなるがよく候。いかなるが憎きぞと言へば、黒焼にして利く物にて候か。それは何共知られたるやうなるがよき也。

57 一、*兵法と鞠が能に近く候が、鞠には一つ嫌い所あり。兵法いづれもよく候也。花が能に近く候。*花と毟り枯らし候はで、其まゝに插すやうなるがよく候。結い集めたる花をはらと解き候が、*幕うち上(あげ)候てより埒を破る心にて候。花の*しほひし、池の坊被レ申候。面白く候。枯れ木に苔を続飯にて付けなどする事、嫌にて候。
　連歌に、*花と有(ある)に擂粉木を付け候はんずると思ふ心、面白く候。

58 一、*脇の能、『老松』。つれは*七良。わきは*藤二良。*二人ながら木の葉の箒右にかたぐる。つれ、西に其まゝありて答うる也。大夫さしかゝりて、「おそくも心得給ひたり」といふ、心得あり。「こうばい殿は御覧ぜよ、二人して色も若木」「引かへて」、此「て」字、いかにも*言い据へて渡す。

59 一、一声の句も、この句も、言い据へを詰めて被レ申候。「さかりかな」、「か」に早くかゝる心か。「花垣いざや」とあり。

60 一、指声も曲舞の内も*跪く。いかにも慎んで、「上かゝりてあぐる やうに名たかき松梅の」、是より立(たつ)。正面に向かい、両方の手を取て、「守るべし〳〵」とする。「神はこゝも同じ名の」と右へ廻る。さて左へ幕に入る也。

61 一▽、後の出は彩鳥帽子。面は▼小尉。狩衣は白緞子。「今夜の稀人をば」、「ば」の字、さのみ下がらず。「梅も色めき」と、*右の東を見て、*句をくわつと延べて言(いふか)。「名こそ老木の若緑」と言(いふ)時、▽上へ上がる。両方の袖の緒をとり、「有難や」と言(いふ)時、はや、*達拝をして舞候也。「さす枝の」とやわらかにかゝり言(いふ)。「さゞれ石」と*細殿の方の土を見る。「告を知らする」と、左の袖を捲りて入也。

62 一、二番目に、*『経政』。面は▼童子。赤き長絹に、肩は脱がず。「幻に参りたり」と、脇に向かい蹲い居る。「いや雨にてはなかりけり」と立ち、はやく*きりりあり。「梧竹に飛下り」扇を*捻り

61 **右の東** 春日社頭での演能であれば右手が東に当たる。
句 句切り。
達拝 タッパイ。↓上12
細殿 神社の回廊。
62 **経政** この条の談話、上49と重複する部分も多い。参照のこと。
くきりりあり 「句切りあり」か、「早く、きりりとあり」か。
捻り返し ↓上16
入端 終曲部。
63 **裃着て** 普通は僧姿。↓補
白水衣 『浮舟』や『玉葛』と同じ扮装。『杜若』がもと物狂能であった名残りであろうか。今は唐織と長絹。
64 **奈良の京・狩に往にけり** この二句は注意して謡ぅ、の意であろう。
春日 「春日の里」「春日の」という語を春日大社と指合いがあるので削除。↓上90「一乗」
身を分け 顔はそのままにして身体を半身にひらく。
見分心 左右を見る心持ち。
65 **大蔵八良** ↓上84補
新九良 金春座系の役者であろうが不明。
66 **水衣** これも今は用いないが、物狂能故の扮装である。
織物 縫箔。
籠 牢屋。
狂言 間狂言。松浦某の従者。この間狂言がシテの女を呼び出す時。

返し、「翼を連ねて」と扇を返し候。*入端に、「払ふ剣」と太刀にて払い、やがて捨て、火を吹くごとく、立ながら扇左にかざし、蹲い居なり。太刀払ふ仕舞など、時によりて変へてし候へと被ㇾ申候。前にも委被ㇾ申候。

63 一、三番目、『杜若』。脇、*裃着て、都方の者と名乗。大夫、小袖を脱ぎかけて、*白水衣にて出候。「やがて馴れぬる心かな」と蹲い、「妾が庵の候に立寄り一夜を御明し候へ」と言、立て、上を脱いで冠を着、長絹を着る。色は浅葱。

64 一、指声、「*奈良の京」、「狩に往にけり」、又、「*春日」を除け、「透額の」と一人言出す。地にも同心なり。曲舞もいかにも静かに候ぅべし。「本覚真如の」と、扇左へ、*身を分け候也。「疑わせ給ふな旅人」と、▽前へ行見る。又「色は何れぞ、似たりや〳〵」と*見分心あり。「蟬のから衣」と、たゞ立ちながら、「夜も白々」と東を見、「悟りの心開けて」と扇を使ふ。

65 一、四番目、*大蔵八良。つれ*新九良。

66 一、五番目、『籠太鼓』。*水衣。「咎人を召し籠められ候(ふ)上は」。肌は白練。上は*織物。「涙にむせぶ心かな」と、立て*籠を出時、籠の内にて泣き果てゝ出る。「時こそ移れ」、前を廻りて、後はやがて「鼓」と扇を開き二度打つ。「恥づかしや」と扇かざすなり。「妻琴」と扇左へ、「引きはなれ」と言時、骨を右へ指にて弾くやうにして両方へ分くる。未だ扇左に持ちて、「やはら〳〵打たふよや、〳〵」と、左の手(の)扇持ち上げて一つ打つなり。又「面影に立たり」といふ時、▽籠の前に行、右の手にて籠に取り付き、「此籠出る事あらじ」と廻りて、後ざまに籠に入、前に向き蹲いて泣く。脇やがて立、「とう〳〵出候へ」と言ふ。籠の戸をくわつと開く。女「此上は御偽りは」と急ぎ言ふ〳〵立出る。脇の前に蹲い、「筑前の宰府に知る人あれば、其方へ行てや候らん」、「いしくも隠さず申たり」と論議謡い候て、「弥陀誓願の」と言時立て、「あら有難の」と手を合わせて、「御慈悲や」と蹲ぅ。「やがて時日を移さず、〳〵、隠れし夫を尋ねつゝ、もとのごとくに帰り居て」と言時、もとの所へ廻り合わする。拍子に合いてよし。「結ぶ契りの末久に、松浦の河や二世の縁」と、西を見て扇を使い、「げに有難き心かな、〳〵」。此能、よき能とて、いつも褒め被レ申候。是は虚物狂なり。狂言*呼び出時、

「咎人を召し籠められ候上は、女までの御罪科はあまりに情なき御事にて候はぬか」と、水衣を上にうち掛け、前をそと糸にて*捻り合わせておき候。〽脇「〽いかに女」、「〽御前に候」。籠に入るゝ時、其まゝ押し入られて、後向きに蹲い、其時上の水衣を脱ぎ候。さて*右のその肩を脱ぎ候。*前には扇持ち候はで、こゝにて持ち候。*鼓桶に腰を掛ける前より、小袖の肩をよく綴ぢ候。是は左の肩の事にて候。又、小袖*上交の褄、裾より一尺ばかり上、五六寸内の小袖の裏を綴ぢ候。是も、小袖ばかり着て出る能には*付きたる事にて候。褄、*風吹き上げ候へば見苦しふ候間、是か。

67 一、*子六月十日の夕べ、庚申待ちに御出候へと申候処に、願候て伊勢へ立候間、門出に泊り候べきと、則、日暮に来臨候て泊られ候。色々雑談有。先日謡の所々被レ申候、*三重の事。「*じひかゆふ」「*しづやしづ」三重のこと。『老松』の「是は老木の」、『定家』の「無常の世となりて、あとも」、此「も」の字、又「*雪の古枝の」と申節、同事にて候。『好文木』の*出端、大事の由候。「*なき影の絶へぬも」、此出端。又「*のどけき水の舟橋の、徒らに」、「さして柱」除き候事。

68 一、『芦刈』の仕舞(の)事。此春*大内殿にて『雨月』と『六浦』と仕候が、出立、*肌に練に紅入らずの唐織物ばかりにて仕候へば、出立面白き由被レ仰候。

『西行桜』の男次第、「比待ちえたる花見月、〳〵」。

69 一、堺にて、『野ノ宮』の本を皆々取出され候。十年余りも参会申候て、一万度も申候に、未ならず候由候。「黒木の鳥居の二柱に」、是は*見返りたる拍子にて候。立帰りたる心にて候。

70 ▽一、*一切、地に拍子持ち候。『三輪』『杜若』などの*言事も、たとへば、真中に大きなる柱を立

捻り合わせ 縫い合わせ。
右のその肩 「その右の肩」の誤りか。
前には ここまでは。
鼓桶 現在の葛桶に相当する。
上交 着物のうわまえ。
付きたる事 通じて言えること。
風吹き上げ 戸外での演技が多かったことを思わせる談話。
67子 永正十三年丙子。その年の六月十日が庚申であった。庚申の夜、忌を避けて寝ないで一夜を明かすことを庚申待ちという。
三重 謡の高音の部分か。声明や平曲の用語の流用であろう。
じひかゆふ 慈悲、加祐。『当麻』の一節。　**しづやしづ** 『吉野静』『二人静』の一節。
雪の古枝の 『春栄』『千手』、曲舞『東国下』にこの句が見える。
出端 後シテの登場の謡。
なき影の… 『浮舟』の一節。　**のどけき水の…** 『舟橋』の一節。→補
68大内殿 大内義興(一四七七—一五二八)。永正五年から管領代として入洛、勢威を振っていた。　**肌** 着付。
69見返りたる拍子 不明。現在、この型に、この術語に相当する拍子はない。
70一切地に拍子持ち候 謡にしても仕舞にしてもすべて下地に拍子をおくのだ、の意。以下のたとえで、「柱」がこの拍子に当たる。
言事 セリフ。謡のコトバの部分。

ころり 浅く。軽く。→上87・中46
たやう 「たとへやう」の誤写か。
かい取て 拍子を一つ一つ押えて。
吾親 金春宗筠。
取出 案出。工夫。
違い候まじく候 謡が拍子と違う、つまり調子がはずれることはないだろう。 **祖父** 金春禅竹。
71夫久かたの… 『金札』の一節。
謡口びるにて… →中45
先祝言が植木… 祝言・幽玄・哀傷・恋慕・闌曲(閑曲)という五音を、木の幹・枝・葉・花・実に譬えて、たくみに説明している。
古市播州 →中34補
利根 さかしく巧みに曲節を聞かす。
囚人の指声 →上2
72能登屋 当時の堺の豪商。会合衆の一。
宮王源四良 →上84補「宮王大夫」
一向其わ 「わ」は場であろうか。以下「多く候」までは挿入句で、その場の説明。その場にも入り切れぬ程に聴き手の数は多かったのだが。
付け候へば 同吟してみると。前の「さて謡は」から続く。
越中殿 不明。 **上端** →上7
一向の素人 以下文脈が辿り難い。
天然 生まれつき。
禅珍 →中42補。 **つる** 類。
斟酌のつる 遠慮するタイプ。
73法聞 法門の当て字。以下中庸を重んずべきことを述べる。

てゝおき、其廻りをくるり〱と廻り候て、何と申とも柱を離れ候はで、ころりと詰めて言ひ候物のたやうにて候。離れ候ては別の事にて候。かやうに引つ詰めて、かい取て言ひ候事、未だ聞かぬ事にて候。吾親の時分までも此沙汰はなき由被レ申候。我ら思案の由被レ申候。吾物にして取出候て仕候と、又人の物を預かり候、此違いなどのやうなる事にて候。総じて、拍子を離れずして、かい取て言ひ候。何と言ひ候共違い候まじく候。我親・祖父に申共、是は褒められ候はんと存候由被レ申候。

71
一、祝言の声付、肝要にて候。「夫久方の神代より」が本にて候。謡、口びるにて行き候事、悪く候。胴より何にも〱強く謡い候はでは、先達には成難く候。先祝言が植木のやうなる物にて候。さて幽玄と申は枝などの心にて候。それより出候(が)哀傷・恋慕にて候。是は葉・花などのごとくにて候。さて、花ばかりにて実が候はねば、弱く候て悪く候。閑曲、実にてあるべく哉。哀傷・恋慕を好み過ぎ候て謡い候処にて、謡悪く成申候。又、古市播州など程、節を利根なる人はなく候へ共、何にも哀傷へ傾き候。又、囚人の指声は、別に心得候由候。是は、先年も物語候つる、独り言の心にて候。

72
一、今度、堺能登屋にて、宮王源四良兄弟出、謡い候体見申候へば、いかにも巧みを恐ろしく重ね、拍子を打ち候て、さて謡は、一向其わへも入候はぬ程に、見物・聞人多く候、付け候へば違い候。いや〱無益と存候て、立て帰候由候。越中殿は推量の由被レ申候。『芭蕉』の上端、真似をせられ候。一向の素人と申候はんとすれば、極めて今素人はよく候。彼親も、能音曲押へたる事共にて候。それは、天然主が器用なる事にて候。たゞ人の目を取、耳を掘る志候者にて候はね共、人の許し候事、肝要にて候由被レ申候。総じて、あの宮王・禅珍などがつる、行く先にて物知り顔にて候。我親子、禅竹・宗筠などは、知りても知らず顔にて、万斟酌のつるにて候由候。

73
一、仏法・法聞共、色々被レ申候。音曲一方へ傾き候が悪く候。中なる事がよく候。東へ寄り候へば西へ遠き物にて候。どなたへも寄らず、中に居候へば、四方へ用に立候事、同辺にて候。

一切の物、間がよく候。

74 一、翁面の事、あだにも申まじき事にて候。是、一切仏法の起りにて候。*浄飯大王より起り候。三人の翁、*十しゆと申事を謡い初められ候。神道にて候。釈尊より先にて候。其後、*梁の武帝に伝わり候て、日本に渡候。皆々神道にて候間、祈禱にも成候。*面の頤を釣り候までも謂れ候由被レ申候。

75 一、禅竹に弟の*禅徳不審、『松風』と『遊屋』とは何れが大事にて御座候ぞと被レ申候。禅竹、『遊屋』はまだ*目を取所あると被レ申候。是は、作り物に車などある間、かやうに被レ申候。禅徳、目を取程し候はんずる為手があるまじき事候と被レ申候。誠に『*松風』は秋の暮などのやうなる事にて候。『遊屋』は春の明方などのやうなる心にて候。

76 一、*聞阿弥尺八(の)事。*頓阿弥は生つきたる太息にて、太尺八を吹き候。我は息が足り候はぬ程に、細きにて吹き候。*心は胴に巌石を持ち候やうに強く候て、息を柔かに吹き候。

是、音曲の心得の様にて候。座敷などにて、*時の調子などに謡い候と、人申候へ共、たゞ何調子にてもあれ、我等はたゞ似合いたる*平調にて謡い候由候。

*何の心は知ら(ず)候へ共、折節暇候まゝ、写し申候。されども、悪筆にて候間、わけ知れまじく候。我ながらおかしく候〳〵。

三帖之内

天文廿二癸丑五月廿五日

藤右衛門尉聞書　歳七十六卯刻*入滅

---

74 浄飯大王 釈迦の父。以下の猿楽起源説は他に見えないものであるが、神道と翁を結びつけたものとしては最も早いものである。

十しゆ 不明。

梁の武帝 中国六朝時代の梁の帝王。

面の頤 翁面だけが他の能面と異なり、切顎形式であること。

75 禅徳 →中55

目を取所ある 観客の関心や注意をシテ以外に寄せるところがある。

松風… 禅竹の『歌舞髄脳記』にも同様の記述が見える。

76 聞阿弥 『宗長手記』にも出る。以下「柔かに吹き候」まで聞阿弥の談話である。

頓阿弥 『宗長手記』に頓阿切の名が見える。聞阿とともに尺八の名手であったらしい。

心は 心構えとしては。

時の調子 季節や時刻に合わせて、それにふさわしい調子を用いること。ただし禅鳳はそれを形式的に適用することは無用としている。

平調 比較的低い調子。→上81

何の心 以下識語である。

刻 底本「滅」。

補注

上

月も雲間のなきは嫌にて候（四八〇**4**）　珠光の数奇の精神を表わした言葉。徒然草（一三七段）の「花はさかりに、月は限なきをのみ見るものかは」に通じる。雲一つない月の眺めよりも、翳りのある世界の美を高く評価しており、そこに中世において追求された美の一つの典型が見出せる。

女性舞は…（四八一8）　禅鳳『毛端私珍抄』（舞）の記事が参考になる。「たゞの女の舞は、手を指すもちと窄む也。腰をもさのみ据ゑず、一番の廻る拍子かはる也。天女を窄みて舞ふ心也」。

後の旅寝（四八二**17**）　世阿弥自筆本『盛久』には「後の世の旅寝なるらん」、車屋本には「後の世の旅でなるらん」、金春流はじめ現行各流は「後の世の門出なるらん」で、世阿弥自筆本に近い。

空八形（四八三**22**）　「うとうやすかた」にこのような字を宛てた例には、他に『自家伝抄』があり「洞八人形」とも記している。『運歩色葉集』にも、観世方では「美知鳥悪知鳥（うとうやすかた）」と書き、金春方では「虚八姿（うとうやすかた）」と書いたとあって、金春系では専ら空・洞・虚といった類の字をあてたらしい。

水屋神楽（四八三**30**）　春日大社の摂社水谷神社の鎮花祭に奉納される芸能。水屋神楽能、水屋能、水屋猿楽とも呼ばれ、正応頃から毎年四月に行われ、主として巫女の芸能であったが、後いつか春日の禰宜の猿楽を以てこれに当てることとなった。

余五将軍（四八五**45**）　この曲も『張良』も、余りに鬼女や竜神を働かせ過ぎて、舞台がしっとりとした趣に欠けることを批判している。いずれもが観世小次郎信光の作であることは、あるいは禅鳳が相当に小次郎を意識していたことの現われといえるかも知れない。

兵法の当流（四八六**55**）　永正は塚原卜伝の名がようやく有名になりかけた頃。金春流は慶長頃から柳生家と交渉を持つが、その下地が既にこの頃からあったのかも知れない。兵法のことは上77・中57にも触れている。

姿は菩薩に似て内心は夜叉のごとし（四八六**61**）　この言葉は唯識論や華厳経にあるというが、直接には『現在七面』の「女人は外面は菩薩に似て、内心は夜叉の如し」あたりであろうか。

大事の口伝也（四八七**71**）　これについては『反古裏の書』一に、人差指と中指で袖の端をさかさまに挟み、外へ手を反らせて返せば袖の衣紋が真直ぐになる、と説明している。

皮肉骨（四八七**73**）　外面に現われた美しさ、その裏付け、基本の三つを皮肉骨にたとえるのは、世阿弥の『至花道』以来の考え方。次代の『謡之心得様之事』（天文三年）には「骨と言ふは拍子、肉とは文言、皮とは節」とみえる。

蘇武・白髭・上宮（四八八**74**）　これらの曲舞は当時既に稀曲扱いされていたため、酒や茶の寄合の場では話題にもなり難く、それで敬遠されたというのであろうか。

四良二良（四八九**84**）　当時四郎二郎という名の人は、『四座役者目録』等によれば、幸・金剛・威徳の各氏、それに金春座付の狂言師にもその名が見えている。

大蔵八良（四八九**84**）　金春系の能役者。中29によれば若年であったようだから、大蔵一座の若大夫でもあったろうか。

自然居士（四八九**84**）　この能は当時は直面で演じていたらしく、それだけに若年の者には無理とみたのであろう。

宝生の子（四九〇84）　誰を指すか不明であるが、年代的にみれば、宝生一閑（鼻高宝生）か、その子重勝（古宝生・小宝生）であろう。

宮王大夫（四九〇84）　宮王源四良宗竹。文明から永正頃にかけて活躍した能役者。金春禅竹の外孫。もと日吉氏。金春・観世座を転々とし、最後は金春系の傍流宮王座の大夫となった。大永・天文頃、堺地方で活躍した宮王道三の父。

大蔵大夫（四九〇85）　大蔵は金春系の傍流の一座。文明・明応の頃には殊に勢力さかんで、時には金春の名代を勤める程であった。上84等に出る八良の父であろう。

野ノ宮…（四九〇89）　大蔵大夫が、虫が多く鳴いているのを表わすのに、きき耳をたてる演技をしたことを非難している。宗碩の言は、歌道では的確な表現と程よい象徴性を併せ備えることを裏付けとしているが、禅鳳がそれをとり上げていることは、当時の能の演技が、一方ではショー的な面を残しながらも、ようやく象徴化・様式化の方向に向かいかけていたことを示すと言えよう。

梅（四九一90）　この梅は、作り物に実物の咲き乱れた梅を利用したいということらしい。以下の『岩舟（岩船）』『箙』、上92の『芭蕉』の例からみても、禅鳳が作り物で舞台を飾りたがる傾向のあったことがわかる。

たま（四九一90）　堺市舳松の辺りを「玉の横野」と言ったが、ここか。「雲さそふ讃の木枯吹きなびき玉の横野に霰過ぐなり」（壬二集）。

薪能二座づゝ（四九一90）　南大門の能の翌日と翌々日に二座ずつ、興福寺別当の院で演能する習慣があった。

前を小尉の面（四九一90）　今は、前シテは直面、後シテは「平太」の面が普通。なおここの「童子」は「十六」の面のこと。

禅竹若き時（四九一92）　世阿弥の娘と結婚した時とも考えられるが、それでは少し若過ぎるようである。『自家伝抄』には禅竹作とし「観世又三郎所望」と注記する。それだと「若き時」と言っても中年頃のことになる。

中

かくて都の…（四九二2）　この句は源氏物語には見えない。あるいは『源氏』という題の古曲があって、それを典拠として『玉葛』が作られたか。なお『芭蕉』も『玉葛』も金春禅竹の作と考えられる曲。

威徳（四九三8）　『四座役者目録』に「古威徳」とある金春座大鼓方の人か。

詰められ候（四九三11）　金春系の『芦刈』は、上掛りのものに比べて、サシ・下歌・上歌の部分がない。ここで禅鳳が削除したことと関係があるかも知れぬ。

ちがい（四九五20）　『四座役者目録』に、世阿弥の頃の笛方牛大夫の弟子、とある。

彦四良（四九六21）　観世座笛方、檜垣本彦兵衛尉（?—一五二七頃）の若名。『奇異雑談集』三ノ五に、明応頃の笛の名人として見える。

弥七（四九六21）　宮増弥七。金春座小鼓方。禅鳳と同年代の人。

弥六（四九六21）　宮増弥左衛門親賢（一四八二頃—一五五五）。小鼓方。金春座付から後観世座付に移る。

彦九良（四九六21）　金春彦九郎。金春座太鼓方。禅鳳の頃から孫の喜勝の代まで活躍した。

九良（四九六21）　大蔵九郎能氏（?—一五二〇）。大鼓方。金春座付から後観世座付に移る。

城戸孫四良（四九七28）　奈良市城戸の人か。『自家伝抄』の奥書に永正十三年禅鳳よりその書を相伝されたとある常門（じょうど）孫四郎吉次と同人か。ともかく金春系の能役者であろう。

クナシ（四九七30）　底本の傍記。「句無し」で、息つぎをしないという意味か。

市六（四九七33） 観世座笛方。『四座役者目録』に見える美濃一六。中20に出た「ちがい」の弟子美濃又六の子。

越知殿（四九七34） 大和の豪族。この頃は越智弾正忠家教の代。

古市殿（四九七34） 古市播磨澄胤（一四五九―一五〇八）。興福寺の官符衆徒として戦国時代大和に勢力を振った。越智家教の義兄弟。趣味人としても知られ、連歌・尺八にも堪能し、茶道においては珠光の高弟であった。

藤二良（四九七34） 大永三年高神社文書に「春ノ楽頭ワ、サカキ藤二郎」とみえる人か。『四座役者目録』によれば弟が金春座の狂言方、子が同太鼓方にいる堺藤次郎の名が見える。群小一座の大夫で金春の脇も勤めた者であろう。

からはかり（四九九41） 美しいところではピリリとした味を入れ、花の枯れるような寂しいところは巌のようにがっしりと謡う、一方に偏してしまわないように、というような意か。

禅珍（四九九42） 竹田金春弥次郎。金春座太鼓方。禅鳳の頃の人。中55に見える禅徳の子。『奇異雑談集』三ノ五に、明応頃の太鼓方の名人として、中21の彦四良とともに見える。

名人とばし言われ候な（四九九43） 禅鳳『反古裏の書』一の記事が参考になる。「歌人晴雲、当世は何事も慢じたる者名人になる也。大方、し真似くりて慢ずべし。すなはち上手になる也。昔はこと〴〵く上手なる故に、名（人）は少なし。当世は下手なる故によりて、名人多し。これは慢るず者をば上手と心得る故也。目も耳もきかぬがゆへ也」。

返々もうらやましの庭鳥や（五〇〇45） 閑吟集一九三に大和猿楽の謡として「あの鳥にてもあるならば、君が行き来を泣く〴〵もなどか見ざらん、返す〴〵もうらやましの庭鳥や…」とある。

左阿弥（五〇〇48） 伝不明。この条から察するに、金春座系の人で宗筠・禅鳳時代の人かと思われる。

世阿弥作也（五〇一51） 『弱法師』は、『五音』によれば、クセの部分は世阿弥の作らしいが、全曲の作者は十郎元雅と考うべきである。

小尉（五〇二61） 今は前シテ小尉、後シテは金春は石王尉、観世は皺尉を用いる。ただし面の使用は、前後とも尉の場合などは当時はかなり自由であったと思われる。

童子（五〇二62） 十六の面のこと。今は中将を使う。

裃着て（五〇三63） 『杜若』のワキが裃姿で登場したというのは、神社での演能なるが故に僧姿を避けたのかと思われるが、ワキが観客の代表であった痕跡がこの俗人姿に残っているとも言える。

のどけき水の…（五〇四67） 現在他流では「のどけき水の舟橋に、さして柱もいるまじや、いたづらに朽ちはてんを」と謡うが、金春流では禅鳳の改作した通り、「のどけき水の舟橋の、いたづらに朽ちはてんを」と謡っている。

校異

上

2独りこと—一人こと　9よいほと—「よつほと」と読める。以下一々記さないが、底本「い」と「つ」のまぎらわしい箇所が多い。　11よわくなり—よわく也　17して—しと　とて—して　27わきとふ—さきとふ　30たもとは—たもとゝは　31吟味—吟未　32よりつれかた—よりつれかた　33一さいの和歌—「一さいの□の和哥」とあり、□は「曲」とも見えるが、「□の」で「哥」の書き損じ抹消とみて省いた。　46音阿—傍書「如本」。　の段—傍書「如本」。　48は—とは。「と」は衍か、あるいは『猩々』の前に今一曲あったのを書き落したか。　等—中43の帯刀の下の字と原本では同じ字であったかと思われる。上48は「等」或いは「宗」、中43は「に」と読めるが、意味からすればむしろ逆でありたいところ。　54をは—おは。以下一々記さないが、底本には上77 80等「をは」「をも」とあるべきを「おは」「おも」としていることが多い。　57者—物　64聞付候て—聞付にて　67返るへし—帰るへし　82わるく候—この下に「うたいのふしを」あり。衍。　84舞すこし—舞少　王—主。中28 72も同様。

中

8とひゝしゝ—とひゝしゝ　10と—に　15数寄—傍書「如本」。　24上洛—上落　38方へ—方ハ　こうたい—次に「少」とあるが、見せ消ちらしい。　きけん—気けん　かん要—肝用　39なり候て—也候て　41言い候—ゆふい候　43面を—面てを　うつふき候—うつふく候　45面白き—面白ろき　達—幸　46口ひるにて—口にてひるにて　51なり候て—也候て　52あふきひやうしを—あふきひやうしと　54いふ時—いふと時　57まく—まへ。「く」と「へ」の誤は他にも多い。　61一—「たみゐほし」の前にある。　うへゝ—うつゝ　殿の—殿の。　64まへへ—まへゑ　66籠の—籠を　70一—『三輪』の前にある。　し案—し安　71達—幸　72てい—「い」は、原本補修のため判読し難い。

八帖花伝書

中村保雄校注

*花伝書一巻

（序）それ、*申楽*延年の*事態、その源を尋に、此国に始まるところは、*地神五代天照御神の御時に、天の岩戸の神遊びし給ひし時、八百万の神達、高天原に集まり給ひ、此曲を作り御初めあつて、岩戸の前にて、*神楽といふ事を奏し給ふ。其神楽成就して、天照皇大神宮岩戸を出給ひ、日本明かになるより此方、今にこの*曲繁昌也。されば、目出度曲なればとて、其*風を伝学ぶと云共、代隔たりぬれば、その風を学ぶ事及びがたし。神楽・*管絃は、役者数多なれば、諸人もて遊事なりがたし。*近代、数多の役者を略し、*鳴物の*唱歌を数へ、能といふ事を作初也。その水上を尋るに、*御門より*秦川勝に仰て、天下安全のため、又は万人快楽のために、面白き曲を作り候へと有しかば、川勝承て、其時*三十三番の能を作り初むるなり。然共、今のやうなる能の心もなく、和歌を上、たゞ打囃して、一曲一奏、*一座の遊びまでにてありつるを、中比、天下に竹田・服部とて両人、曲の名人ありつるが、此曲を再興し、其とき、彼両人六十六番の能を作り、色々の曲をそへたるなり。今に*春日の能と申は是なり。竹田は今春大夫なり。服部は*当家の源なり。されば、神代の学び、囃子は*桂男の装ひを似せ、謡は*神歌を表せり。然に、神事に能をすると云も、此儀也。何たる祭・祈禱よりも、神も受け給ふとは、右の子細也。此芸を嗜まん人は、仏神の御恵に叶ふ事、疑ひなし。能なくば、何として*心なき*賤男・賤女までも、

花伝書一巻 底本の題簽。各巻とも同じ。内題はない。

（序）申楽 能。一般には猿楽と書く。→26

延年 申楽延年で延年を願う猿楽の能をさすか。『風姿花伝』冒頭の文を借りていう。 **事態** するわざ。

地神五代 天神七代につづく五代の神で、その最初が天照大神。皇統の祖神。

神楽 神座(かみくら)遊の略。神座で神を祭るに奏する音楽と所作。

曲 ここでは神楽。 **風** おもむき。

管絃 音楽を奏すること。

近代 近頃。 **鳴物** 囃子もの。

唱歌 笛の旋律を、調子をとりながら口でとなえる譜。

御門 天皇。ここでは、聖徳太子。

秦川勝 聖徳太子に仕え仏教容認につくした人で、猿楽の始祖とされる。『風姿花伝』にくわしい。

三十三番 『風姿花伝』では、六十六番。→4

一座の遊び みんなで寄り集った場での遊宴。

春日 奈良の春日神社。

当家 観世をさす。

桂男 月中に住むという仙人。

神歌 神の徳を称える神楽歌。

心なき 思慮のない。

賤男賤女 身分の賤しい男女。ここでは、庶民一般までもといった意。

仏法世法 仏教や俗世間。

此国の始まるよりこの方のことを知らんや。一日の能に、*仏法・世法、神代の始まり、人間の始まり、冥途の有様まで、悉く表はし、*耳近く言葉を*和らげ、*仕舞に現はす。是を見て、いかなる心なき賤しき民までも、能を見たらん人は、有為無常・因果報の有様、儀理・仁義をよび、*邪なる事を去り、何とて善に傾かざらんや。然時は、此芸に心をかくる人は、現世は後世に叶ひ、後世は*仏果に至る事、疑ひなし。然ば、歌道にも昔今の事、世間の有様、*神祇・*釈教・恋・*無常、色々さま〴〵を尽し、昔より読み置く歌の品々を、御門より*紀貫之に仰て撰ぜられ、古今集を作らせ給ふ。則、古今とは、いにしへ今のと書いたり。是も、神代よりこの方の有様、色々の世間の道理を現はし、人間に知らせん為なり。然共、この道も、万民の耳に入事、なりがたし。たゞ、謡に越したる事はなし。先、面白き曲なれば、高きも卑しきも、是を用給ふにより、さながら道に入事早し。仏法にも、*念のつき所は仏なり。能にてもあれ、囃子にてもあれ、此芸あらん時は、する人も見る人も*他念はなし。罪を作らんことも、人の憎き事も、思ひ出さず。*打成一片成所は、さながら仏なり。かくのごとく、威徳多き曲なれば、此道を嗜まん人は、いかにも仮初に心得ず。一大事として、稽古すべし。

1 一　楽屋入りをして、*物の色めも見えざる所は、人の胎内に宿る形也。

2 一　幕を打上げ出づる*風情、是、人間の生るゝ形なり。

3 一　翁といつぱ、釈尊出世の仏法を、弘め給ふ心也。翁の謡、*陀羅尼と*神道をもつて、これを作り、大夫・笛・*大小・太鼓をば、*五躰・五輪に表し、地・水・火・風・空を象る。大夫をば空の字にたとへ、笛をば風の字に象る。小鼓を火の字にたとへ、大鼓を水の字に

耳近く　すぐわかるように。
和らげ　やさしい言葉を用い。
仕舞　現在は能の一部を舞うことをいうが、能の型や舞など全体をさす。本書では、「型」をさす場合が多い。
邪なる事　道に外れたこと。
仏果　仏道修行の結果。成仏。
神祇　天神・地祇。天つ神と国つ神。
釈教　釈迦の教え。仏教。
無常　人生のはかなさ。
紀貫之　平安時代の歌人で、三十六歌仙の一人。
念のつき所　十分に気をつける所。
他念はなし　外の事を思う心は少しもない。一心不乱である。
打成一片　一切のことを忘れて坐禅専心すること。
1 **物の色めも見えざる**　様子のわからない。
2 **風情**　おもむき。
3 **陀羅尼**　陀羅尼呪の略。密教では、梵字一字一字に深い意味があるとして、これを読みあげれば、種々の害を除き功徳を得るといわれる。
神道　わが国固有の神の道。
大小　大鼓と小鼓。
五躰五輪　五躰は五大の誤。一切の物質を生成し、また独立に存在する五種の要素で、地大・水大・火大・風大・空大の五つ。五輪は、五大を円輪に擬していう地輪・水輪・火輪・風輪・空輪のこと。能では、この仏教的要素を随所に利用する。

たとへ、太鼓を地の字にたとへ、大夫を空にたとふ事、空は、天地・陰陽・五躰・五輪・仏法の水上なり。此理、釈尊も述べがたきと、説き給ふ。御歌に、

　*空の字はちゞみがしらにたとへたり　とくもとかれず言ふ〔も〕言はれず

4 一　*能組の事。一日に六番也。子細は、そも〳〵此国を六十六に割る事、*役行者・行基菩薩、国々の水を飲み別け給ひ候へば、六十六色これあり。かるが故に、人の心も国々に変り、声・言葉・訛以下まで、別に分つ事、右の水の変り目の子細なり。この国も六十六、能の始まる所も六十六番なれば、其数を表して、一日に*六番に定むるなり。

5 一　一番に*祝言をする事、*神能に定まりたり。祝言にてあらば、何能にてもあれ、是有べき儀なれ共、神能に定め候こと、子細有。日本は神国なり。神代より伝はる国なれば、今、*仁王の御代に至るまで、我朝の守護神たり。かるが故に、其日〔の〕祈禱として、神を*勧請するといふ心によつて、一番に神能也。

6 一　二番に*修羅をする事。そも〳〵此国は、*弓矢をもつて悪魔を平らげ、治まる国なればとて、*悪魔降伏のために、修羅を用なり。

7 一　三番に*鬘をする事。皆、人ごとに、鬘にてさへあれば、何成共と心得候事、是大き成僻事なり。鬘は、*幽玄の鬘、*本也。其故は、一番に神代の始めをうけ、二番に悪魔降伏の修羅を引、三番には、かやうに国治まり天下泰平の御時は、悉く幽玄なり。かるが故に、三番に幽玄を定む。幽玄、色々有。男の幽玄もあり。さま〴〵の幽玄有といへ共、女能に定むる事、二番の修羅、男能なれば、*陰陽和合と取合はせ、三番に鬘なり。その上、世治まり泰平の御代には、色に染み香に愛で、幽玄つもりて、恋慕の道になる故なり。かるが

空の字…　謡道歌(謡の心得をわかりやすく詠んだ短歌)か。「ちゞみがしら」は、髪が縮んで乱れている頭。「言ふ」は、髪を「結ふ」にかかる。
4能組　組合わされた能の上演番組。
役行者行基菩薩　共に奈良時代の人。前者は、仏教を好み呪術をよくしたという修験道の祖。後者は、諸国を巡遊し池堤設置・寺院建立・道路開拓・橋梁架設の徳行があった。
六　底本「一」。
5祝言　祝の意をこめた祝言能の略。
神能　男体または女体の神をシテ(主人公)とする能。　**仁王**　人王。神代と区別して、神武天皇以降の歴代の天皇。
勧請　神仏の来臨を願うこと。
6修羅　阿修羅道の略。阿修羅道は怒りと争いの絶えない世界。ここでは、戦さの惨状を主題とする修羅能の略。　**弓矢**　弓矢の道。武の道。
悪魔降伏　害を与えたり悪に導く仏敵を、祈禱で払いのけること。
7鬘　頭につける毛髪のかぶりもの。能では、女役は鬘をつけて登場するので、そうした能を鬘能という。ここでは鬘能の略。　**幽玄**　趣が深くて味わいのあること。ここでは、女役の能の中でも、こうした味わいのある能をさす。　**本**　主たるもの。
陰陽和合　陰と陽とがつり合うこと。陰は女性、陽は男性を意味し、男能の次に女能をすると、よく調和する

故に、世間の有様を学びたる物なれば、恋慕幽玄の鬘をするなり。

8 一 四番に*鬼能を定る事。是も鬼なればとて、たゞの鬼能にあらず。*冥土の鬼を本とす。其子細は、此前の能、幽玄の鬘也。*脇能に神祇を学び、二番に悪魔降伏〔の〕修羅、かくのごとく、代を治めて、栄花つもつて、幽玄になる時は、又、冥土の所へ行くなり。かくのごとく、楽しみを極め、栄花盛にてもあれ、*人間の一期は、*一炊の夢、*電光朝露、石の火、幻の間の世なれば、楽しみも頼まれず、たゞ*菩提心の心を起し、後世を願はむ事、*本意なり。然によつて、今日はあれども明日を期せざる*憂世なれば、因果報の冥土の姿を現はし、楽しみ栄花も菩提の頼にはならざるとの、心を知らせんとの儀によつて、四番に冥土の鬼をするなり。又は、漸く*半ばも過ぎぬれば、四番めの時分は、諸人も眠る比なれば、一は、万人の眠をも覚まし、気をもつけん為に、一座のうちにかた〲もつて、鬼を用ゆる也。是、能組の秘事なり。かくのごとく、面白き遊びのうちにも、*後の世の躰を、此世にて作りし罪科に引かれて、それ〲の罪に苦しみを受くる躰を見て、後世を思ひ出し候へば、我人の*発心を起し候へば、仏法も能に有。*説法の場に参るも、同前なり。さるによつて、謡を*無願経と言ふも、この儀なり。

9 一 五番に*儀理を定むる事。世間は、仁・義・礼・智・信の*五常を背かずして、儀理を本とする事、本意なり。右、一番より神能と定め、二番に修羅を定め、三番に鬘を定む。四番に鬼を定む。冥土の有様を表はす事、儀理を表はす。五常に外れたるものは、かくのごとく成ゆくとの理も、儀理を思はんがため也。然によつて、五番に儀理を定むる也。

10 一 六番に祝言を又する事。是は、一座の納めなれば、君を祝ゐ、身を祝ゐ、所を祝ゐ、

ということを意味する。
8鬼能 鬼神・妖怪が登場する能。
冥土の鬼 人の死後、前世の罪によって苦しむ霊魂を鬼とみたてた能。
脇能 番組上「翁」につづく神能。
人間の一期 人間が生まれてから死ぬまでの間。一生涯。 **一炊の夢** 邯鄲の夢とも。人の一生の栄枯盛衰は、夢のように儚いことを意味する。
電光朝露石の火 稲光、あさつゆ、火打石から出る火。共に儚いことのたとえ。 **菩提心** 悟りを意味する菩提を求める心。真の道を求める心。
本意 根本の意味。 **憂世** この世。
半ば 能組の半分。
後の世の躰 死後の様子。
発心 菩提を求める心を起すこと。
説法 仏や神の教えを説き聞かすこと。 **無願経** 三本(大槻・島津・内閣の写本三本)「無尽教」。ともに見あたらない。和歌を陀羅尼と考える考え方と同様で、単に、謡が無尽の経文に相当するということか。
9儀理 儀理を主題とした能。
五常 儒教で、人の常に守るべき父子・君臣・夫婦・長幼・朋友の道。
10楽神楽 舞楽や神楽。ここでは単に舞物をさす。
11翁立の… 翁登場の心得の条々。
精進 身を清め心を慎むこと。
素人 ここでは能を専門としない人。
12緊那羅王 もとインドの俗神、のち仏教守護の八部衆の一。音声美妙、

花は春過ぎつれども、又立返り、春来ぬれば、過ぎにし春のごとくに花咲き栄ふると、其を表し、咲き返りぬる春に又逢ふと、楽しみを祝ゐ重ねて納め、六番に、初め有つる祝言を、又するなり。

右、如レ此、一日の能に、ありとあらゆる世間の有様を、悉く表はし、万民に是を見する能なれば、何として、智慧なき者の、かやうの事を知らんや。能組の条々、かくのごとし。さりながら、これは初日の能組なり。二日目より、また変へ候ても苦しからず。*楽・神楽などを入、番数有べし。前日の能に似たる能をせぬ也。

11 一　*翁立の事条々。これに表はす。これ、申楽の奥々秘事なり。秘密を、是に極まりたる義也。これは、恐ろしき子細ども多し。神道より出たる儀なれば、これを取沙汰する時は、七日の*精進なくば、仮初に申もいたさず。*素人などには、伝ふべからず。

12 一　楽拍子の舞は、*緊那羅王、*〔糸〕竹之調、*迦葉尊者の舞給ひしなり。仏の*大樹緊那羅を説きましませし時の事也。*大衆舞と言ふなり。

13 一　*男舞は、*世親菩薩の作り給へる、倶舎論の*倶舎の舞の手なり。

14 一　鬘は、*上界の月宮、月の宮人、舞ひ給へるは、*霓裳羽衣の曲なり。*唐土にては、*玄宗皇帝、毎夜、月宮に昇り下りて、*楊貴妃に教へ給ひし手也。

15 一　鬼方の舞は、*流砂住*深砂大王と*伯太王舞の手なり。

16 一　神能の手は、*天照大神の、天の岩戸のうちに籠居し給ひ、引出為レ上、八百万諸神等、舞ひ給ふ*曲舞なり。*催馬楽や*加持なんど也。

17 一　*式三番の大事を、信に認給ふ、秘曲なり。

歌舞をよくする天部の楽神。仏の前で瑠璃の琴を弾じたという。 **糸竹** 絃・管の楽器。音楽。 **迦葉尊者** 緊那羅の琴に思わず舞ったという高僧。 **大樹緊那羅** 緊那羅王。底本「大樹舞那緊」。 **大衆舞** 延年舞の一つ。大寺一山の一般僧徒が舞う舞。大衆舞という特別な舞があったのではなく、色々の雑芸を取入れていた。

13 **男舞** 儀理能のシテ(男)が舞う舞。 **世親菩薩** 五世紀頃のインドの人。彼の著した『倶舎論』は、唯識思想として仏教の最重要書。 **倶舎の舞** 『倶舎論』の頌(ほめことば)に合せて舞う舞。延年舞の一つ。

14 **上界の月宮** 天上界の月の中にあるという月宮殿。 **霓裳羽衣の曲** 玄宗が夢に見たという、月宮殿での天人の舞をかたどった舞。 **唐土** 昔、わが国から中国を呼んだ称。 **玄宗皇帝** 唐の第六代の皇帝。 **楊貴妃** 玄宗の寵姫。才色にすぐれ歌舞音曲に長じていたという。

15 **流砂** シルクロードの天山南路タクラマカンの砂漠。 **深砂大王** 深砂大将。仏教守護神の一つ。砂漠での危険を救う善神で、疫病を癒し魔事を遠ざけるという。忿怒の相をし、全身赤色。 **伯太王** 縛多王。インド波羅奈国の王。鬼をとらえて剛勇の神となったという。

16 **曲舞** 宴曲に白拍子舞を付加えた

18 翁の大夫は、天照大神宮なり。

19 *千歳歴(せんざいふる)は、*春日大明神也。

20 *三番申雅久(さるがく)は、*住吉大明神なり。

右、此三番、*法花経の*序分(ぢよぶん)・正宗分(しやうしゆうぶん)・流通分(るつうぶん)の三段也。

21 *皮々〱々、吒囉哩〱囉

吒囉哩囉、雅唎囉、々唎嫛々(とうとう)

底哩耶吒囉哩、吒囉哩囉

22 吒囉哩囉、雅哩囉、々哩嫛々

所、千代まで、御座(おはしませ)、我等も*千秋(さむらは)候。

鶴(つる)と亀(かめ)との齢(よはひ)にて、幸祐(さいはひ)、意(こころ)に任(まかせ)たり。

とふ〱たらり、〱(たらり)ら、かりら、ゝ(ら)りとふ。

ちりやたらり、ゝゝ(たらり)ら、りら、かりら、ゝ(ら)りとふ。

*総角耶(あげまきや)、頓々耶(とんどや)、*比盧婆賀唎(ひろばかり)々、頓々耶。

座して居たれど、参(まゐらふ)、*蓮花利耶、頓々耶。

*千磐破(ちはやぶる)、神の*彦佐(ひこさ)の、久(ひさ)しかれとは、祝(いはふ)。

鶩破(そよや)々、理智耶(い)。以上。

凡諸(およそ)、千年の鶴は、*万歳楽と、謡(うた)ふたり。

又、万代(ばんだい)の池(いけ)の亀(かめ)は、*甲(かふ)に*三極(さんぎよく)を備(そなへ)たり。

渚の沙(いさご)、*颯々と散て、朝の日の色、朧々し。

もの。これを観阿弥が能に取入れた。 ここでは、神楽という意味に使っている。 **催馬楽** 奈良時代の民謡を、平安時代になって雅楽の中に取入れた歌曲。 **加持** 『陀羅尼』を唱え、仏力加護で病気・災難を除くこと。

17式三番 翁猿楽。

19千歳歴 千歳。 **春日大明神** 春日神社の祭神。

20三番申雅久 式三番の三番目に舞う老翁。 **住吉大明神** 住吉神社の祭神。 **法花経** 仏出世の本旨を説いた『妙法蓮華経』の略。

序分正宗分流通分 経文の内容を三部に分けて説明する場合に使う語。序分は、経文の初めの縁起を述べる部分。正宗文は、衆生が仏法に入るように説く部分。流通分は、遠い未来にわたって法門が広く行われるように説く部分。ここでは、この『法華経』の三部を以て、式三番の三番の所演に結びつけている。

21皮々〱々 島津本「嫛々(とうとう)〱々」。『陀羅尼』の文句ともいわれるが、意味不明の翁の謡文句。

22千秋候 千秋楽を舞おう。

総角耶 以下二行、催馬楽「総角」の詞。総角は子供の髪の結い方。その髪形に結った子供。

比盧婆賀唎 尋(ひ)ばかり。両手を左右に広げた時の長さ。 **蓮花利耶** 不明。 **千磐破** 以下「浮だり」までは祝詞。 **彦佐** 不明。

滝の水、冷々と落、夜の月、鮮に、浮だり。

天下泰平、国土安穏の、今日の御祈禱也。

*ありはら耶、*何所の翁ども。

あれは、何所の翁共、そや、何の翁ども、*そよや。

千秋万歳の、慶びの舞なれば、一舞舞 万歳楽、〳〵、*御児耶。

*御願は何所、*小官者殿。釈迦牟尼仏の、小官者殿。父をば、浄飯大王と白。母は是、摩耶婦人、*善学長者の娘なり。生所は、*忉利天。一所は花園、御座つれ。父の尉、*親子と置れ、御祈禱申さん。又もや来らん、官者。*一天、風を収て、民、*五湖の楽〔に〕誇、*玉躰、恙ふ御座して、*麟角無レ傾、天地開闢して、*三皇五帝の従レ昔、伝来る翁〔也〕。そよや、祝々。松をば根ながらこそ取れ、阿哩宇嫠々々。以上、事なき、大事也。

23 一 *国常立尊、*小日枝(の)椙に、栖給へる*初当、「*婆母山(や)小日朶(の)杉(の)自在(は)、嵐も寒し問人もなし」と詠じ御座せしに、*天来下々雑々の、能をたてまつらし慰、是を*曲舞と言ふなり。此、天人の書せる能を、深山の獮見て、是を真似。これ、日吉三座の申楽也。日吉とも云一座、また、*栄田一座、又、〔山〕階一座。以上三座なり。

24 一 *大和四座は、申楽と書ひたり。
近江さるがくをば、猿といふ字を書いたり。日吉の使者、猿なる故に、此を知らすとなり。

大和申楽の次第を申に、

一 第二 天照大神 翁舞 *連ぬし殿

一 第一 八幡大菩薩 千歳 *鈴大夫殿

鶴 底本「鵠」、島津本による。
甲 亀の甲羅。
三極 天・地・人の三才。
颯々 ささという風の吹くさま。
ありはら耶 以下「御児耶」まで万歳楽を舞う心を述べる。 **何所の** どういう。 **そよや** ああそうだ。
御児耶 不明。 **御願** ご祈願。以下この項の終りまで「父尉・延命冠者」についての祝詞。 **小官者** 年の若い冠者。 **善学長者** インド拘利(リー)城の城主善覚。 **忉利天** 須弥山(しゅみせん)の頂上、閻浮提(えんぶだい)の上にある三十三の天界。中央に帝釈天、四方にその眷属である八天ずつ計三十三天が住する所。 **親子と置れ** 父尉と小官者の親子として。
一天 天下全体。 **五湖** 中国の五つの大湖。 **玉躰** 天子のおからだ。
麟角 麒麟の角。極めて珍しいたとえ。 **三皇五帝** 中国古代、最古の三人のすぐれた天子と、五人の名君。
23国常立尊 天地開闢と共に現われ、国土形成をした神世七代の第一の神。
小日枝 小比叡で、比叡山の北東の地。国常立尊の垂迹の地と伝える説がある。 **初当** 底本「初営」、大槻・島津本による。 **婆母山** 比叡山横川の南。以下は、小比叡の神の詠という。
天来下々 天からこの世に下された。
曲舞 底本「曲楽」、大槻・島津本は「田楽」。 **栄田** 坂田。

一　第三　春日大明神　三番　*神楽大夫殿

されば、春日殿に、三千人の宮人の*社家の頭たり。頭の連主殿は*守久神。*本地、釈迦如来なり。春日殿に、七百三十人の舞の頭たり。これをもつて、日本国に、*舞童とて、児たり。次、*申楽は春日明神の*御守たり。其時、御子の舞たり。三番目に定め給ふにより、三番申楽と号す。神楽の大将たり。其以来、秦川勝*安氏の代より、申楽といふ名を書分け、四座と号す。春日の*四所明神に、一人づゝの御守なり。一番、大菩薩。二番、天照大神。三番に春日大明神。又、*若宮の守久神の御事也。守久神は、三人の父母の御神也。若宮を守る御神と言へり。これは、天照大神宮・八幡大菩薩・春日大明神のおかせ給ふ、父母の祝言の面を顔に当て、天長地久の祈禱たり。式三番はいかにも〳〵、謹んで有べき大事なり。*愚かに思へば、其御罰を蒙る也。さて、脇能は春日明神の御守の事なり。*天竺にも、さるみことゝ申守あり。是も、其時の守久の神、天照大神宮の御守たり。其後、脇能の次第有て、是はよき守哉と、褒めたりし故に、能といふ也。

25 一　*多武峯の小鼓は、何に早く打出すを、よしと言へり。上手下手に、よらずとなり。

26 一　*下り松の小鼓の事。大鳥居の方より、笛を「*ひい」と吹く事。是、日吉といふ字なり。小鼓、*たつと〳〵と、三度打つ事、*九曜の星を表す。去によつて、大鼓は、塗り候はねども、小鼓は、*糸目を丸く塗ること、星を象る、其子細也。又、中をそと開け、*そうを黒く塗りたるを、星と云も、この義なり。笛に、日吉と吹やりて、ほしと打つ事、日生まるゝと書きて、星と読めり。天より、彼松下りたる時、*さるひこ・さるひめ二人下りて、今日日吉と、声を立て呼ばはりし*故也、九の星下て、松の枝に下りし故に、星下の松とも

24大和四座　大和猿楽の四座。円満井(金春)・坂戸(金剛)・結崎(観世)・外山(宝生)。**連ぬし・鈴大夫・神楽大夫**　↓補　**社家**　神職。　**守久神**　宿神とも。民間信仰としての諸道諸芸の家における守護神。室町中期頃から、この神が「翁舞」のいわれと結びついた。　**本地**　神は本来、仏が民衆を救うために、この世に迹を垂れたものという本地垂迹説による本来の仏身。　**舞童**　舞楽を舞う児。**申楽**　三番猿楽。**御守たり**　お慰めの役の者である。**安氏**　氏安の誤記。猿楽を始めたと伝えられる秦川勝十九代の裔。『散楽対策』の作者。　**四所明神**　一括して春日大明神と称せられる春日神社の祭神四柱。　**若宮の…**　本宮の御子神を祭る宮の御守。　**愚か**　おろそか。　**天竺**　インドの古称。

25多武峯　奈良県桜井市にある山。藤原鎌足を祀る談山神社がある。大和猿楽の古い根拠地。ここでは、多武峯での翁の小鼓はという意か。

26下り松　星下りの松。春日神社若宮の御祭の際、一の鳥居脇の「影向の松」前で演ずる猿楽についてのことらしい。　**ひい**　笛の音。　**たつと〳〵**　小鼓を打つ音。　**九曜の星**　↓補。　**糸目**　小鼓の皮を金具の輪に取付けるために縫合わす麻糸の筋穴。　**そう**　そと(外)の誤か。

言へり。されば、松の下にて打つ*置鼓の事、天長地久・御願円満と、かやうに打つ。口伝あり。笛も、かくのごとくの手有。委しく書きがたし。口伝有。祝言に、彼の手を定めて、*御祭に打ち、笛も吹くなり。十一月二十七日也。同二十八日に、*馬場にて、四座の*立合有。*弓矢の謡也。観世・宝生は、船の立合なり。されば、能に出て、拍子の位、此*二の位を、胸に持ち候事、習なり。小鼓を*開口に打事、此下り松の心を学ぶ。されば、彼松は、天より天照大神宮、蓮の糸をもつて釣り給へり。かるが故に、笛・小鼓、天長とは、彼神の御名を象れり。*三笠山、もとは木もなく、葉山なりし時、かの松はふれり。その後、*神武御宇二年二月六日に、河内国*枚岡より、春日大明神は、三笠山へ飛び遷らせ給ふ。その佳例をもつて、二月六日より木を植へしは、此佳例によつて、*薪の御祭有。則、二月六日に、四座の*長殿、翁*〔を〕猿沢の前にて勤め申なり。芝の上也。同七日より立合あり。芝を舞台と定め、能をすること、子細あり。春日をば、*忌名をお呪師殿と申。今の大明神、三千七百人の神の頭なり。是を、呪師殿と言へり。右に書置くごとく、これは、春日大明神の御守の神なり。今、其後、人間に渡りて、かくのごとしとなり。同、御守の神、守久神とて、春日に坐す。呪師の御弟、二番に連ぬし殿(の)舞と言ふて、今に、春日にあり。三十六人の、社家の頭たり。是は、二月六日に、春日の御前にて舞あり。六人づゝにて舞有。楽の囃子、笙・篳篥・琵琶・琴あり。是をもつて、祭事を修む。又、呪師走ると云事有。芝の上を、式三番申楽なき時、*寅の刻に出て、彼猿沢の池の上を、三度走る事有。第三番に、*弟猿楽とて、連主の舞の後に能有。三番申楽といふ申楽、是也。*日読〔の〕申也。神楽と云字を象れり。三人の兄弟の流れなるによつて、今に*和国に於ゐて、呪師舞申楽と

さるひこさるひめ　猿楽が神楽の流れを汲むという意味から、神事や神楽の舞に奉仕する猿田彦・猿女の君に擬したか。**故也**　底本「ゆへに」、大槻・島津本による。

置鼓　「翁」つき脇能あるいは三番目能(鬘能)など特別な演能での特殊な囃子事。鼓を前置きに打つ意。前提として、鼓の調子を打ち調べる意味がある。笛と小鼓とが交互に一節ずつ囃しつないで終段まで所定の手順を経る。笛は音取(→七3)を吹く。

御祭　春日神社若宮の祭礼。若宮会。申祭とも。十一月に行われていた。

馬場　春日神社参道わきの影向の松の前の馬場。馬場渡りの行列が、ここで種々の芸能を演ずる。猿楽は以下の立合を行う。

立合　数人の役者が一緒に舞う相舞。

弓矢の謡　「弓矢立合」の謡。**二の位**　二つの立合の謡の位のことか。

開口　「音取置鼓」の最大の事柄。「翁」つきの真の脇能を演ずるに先立って述べる、祝儀の開口文を読み上げるもの。**三笠山**　春日神社東に接した神域。

神武御宇二年　春日神社の創建は神護景雲二年。従って称徳天皇のとき「神護景雲二年」(大槻本)の誤。

枚岡　大阪府の東部、生駒山の西麓。天児屋根命・比売神・武甕槌命を祀った枚岡神社がある。

薪の御祭　興福寺南大門の芝の上で

侍り。又、近江猿楽をば、猿楽と、此字を言ふ。其子細は、*日吉の使者たるによりて、比叡の山より、猿楽と言ふ字を、かくのごとくに書たり。近江猿楽は、日吉の神事を勤むるにより、かくのごときの義なり。惣じて、申楽とあらん者は、此道を徒らになせば、春日の御罰を蒙る。崇めても、猶、大事と思ひ、諸芸を*心づけ、道絶えぬやうに、精を入候て、*春日の御内証に、適ふなり。

27 一 式三番、*座付の次第の事。

第一 翁　第二 千歳　第三 三番　第四 笛　第五 小鼓
第六 大鼓　第七 太鼓　第八 謡衆　第九 狂言

28 一 幕を揚げ、千歳、二間ばかり出づる時、大夫出べし。其次に、右のごとく、何も出べし。扨、翁・千歳は、*座付の間、*して柱の際より、*橋一杯に、*一重並びに、各*つくばう。さて、千歳、舞台の真中にて、面箱を*目八分に構へて、持て畏る。翁、千歳の右の方にて、礼をして座付。其時、*袖を荒々と*直す。其音を聞、千歳、面箱を翁の前に持て行き、前に置く。則、紐を解き、翁の面を取り出し、面箱の蓋に据ゑ、大夫の方へ向けて置く。〔そのまゝ〕立上がり、*脇の座に直る。三番叟は、して柱の脇に直る。其時、何れも座に付く。して柱の際にて、*座付衆、正面へ一礼あり。さて、各 皆座付候てより、笛やがて、*座付きを吹く。小鼓打、*鼓桶の紐を解き、鼓を取り出し、元のごとくに蓋をして、左の方より、寄りて腰を掛け、*素袍の袖を、左より脱ぎ、鼓を左に持、膝に載せ、笛の*ひしぐを待ち、小鼓打出す。翁「座して居たれども」と云時、立上がり、鼓打の前にて〔扇を〕広げ、*左右あり。さて、さまぐの祝言の謡、翁の舞有。常のごとく、舞納めて、舞台の真中にて、

行う神事能。**長殿** 一座を統率する座長。**翁を** 翁の役を。「を」は大槻・島津本による。**忌名を…** 尊んでおすし殿と申上げる。
寅の刻 午前四時前後の頃。
弟猿楽 三番猿楽が翁猿楽の次の猿楽という意味で。
日読の 暦でいう十二支。申を猿と区別するためにいう。「の」は大槻・島津本による。
和国 日本の国。
日吉の使者… 猿が日吉神社の神の使いだから。**心づけ** 大槻本「心がけ」。**春日の御内証** 春日大明神のみ心のうち。
27座付の次第 「翁」に登場する演者の、舞台での座につく順序。
28座付の間 役者の登場の間。**して柱** 舞台の四本柱のうち、橋掛りに接する柱。**橋** 橋掛り。
一重並びに 一列に並んで。
つくばう しゃがむ。
目八分 物を捧げる時に、両手で目より少し低い高さに捧げること。
袖を荒々と 袖を、大きな動作で大ざっぱに整える。**直す** 底本「むらをす」、大槻・島津本による。
脇の座 いわゆる脇座。見所から見て、舞台の向って右手前。
座付衆 翁・千歳・三番叟役を除いた登場者全部。**座付き** 座付の譜。
鼓桶 鼓を入れる桶。いわゆる鬘桶。現在はこの作法なく床几に掛ける。

謹んで礼をして、扨、立上がり、いかにも静かに、楽屋へ入。翁の舞のうちに、*無の段といふ事有。是、大きに習有。秘事。

29 一 千歳の舞。「*鳴滝の水」と謡い、左より左右の*露を取り、鼓打の側より、舞台の中へ出で、「絶えずとふたり。常にとふたり」と言ひて、*退る。拍子有。*達拝をして、扇に目を付け、逆に廻る。さて、扇を差上げ、「君の千年を経ん事は、天津乙女の羽衣よ、万歳ましませ、巌が上、亀や住むなり、らりうとふ〳〵」と云時、足拍子、三つあり、舞い給ふ。常のごとくに舞い、鼓打の前にて、鼓打の方へ向き、又、左へ扇を取り、舞い留る。足拍子あり。さて、元の座に直る。

30 一 三番叟。大鼓もみ出し*打出で、聞合、よき所に、立上がり、橋掛りにて、*三番の謡、謡ひ出し、やがて舞ふなり。三番叟の舞過ぎて、千歳、鈴を取り出し、三番に*問答色々有て、鈴を渡す。三番は、鈴取つて、舞台中程へ出、退りて、扇も鈴も上ぐる。是にも、五所拍子あり。扨、常のごとく舞い、大鼓の前にて、足拍子細かに踏み、三度廻る度毎、*顔を撫づる事、子細ある事なり。舞い留めて、面を脱ぎ、やがて楽屋へ帰る。

31 一 翁(の)笛の吹やうの事。*座付き三つ有。初日は*真、二日は*草、三日は*行、四日は*ひしぎばかりなり。たゞし翁の笛は、初日のごとくに返る。座付吹きて、ひしぎ、*高音のゆりを吹く。「とふ〳〵たらり」と謡ひ出す。「幸ひ、心に任せたり。とふ〳〵」(の)内に、高音のゆり有。さて、此次の舞の段まで、千歳、謡の前に、ひしぎあり。「鳴るは滝の水」と謡ひて、鼓の頭を受けて、高音より*ゆりかけの笛。千歳一巡り。正面に向ひ、「君の千年を経ん事は」と謡ひ出す。「亀や住む也。らりうとふ〳〵」と謡ひて、舞。又、

素袍 直垂。侍の常服であるが、能役者(囃子方・地謡方)も演能の時、これを着用する。 **ひしぐ** 笛が最上音の「ひしぎ」を吹くこと。「ひしぎ」は最高音で「ヒーヤーヒー」と吹くこと。 **左右** 左手をさして左へ左右と二足出し、さらに右手をさして右へ右左と二足出る型。

無の段 翁舞のうちに、舞台三箇所で天・地・人という足拍子を踏むところがあるが、その足拍子と足拍子の間をいう。

29鳴 底本「半」、横山本「なかは」、三本の「なるは」による。

露を取り 「つゆ」は底本「へうち」、大槻・島津本による。着ている素袍の袖のくくりの緒の垂れた端をつかんで。 **退る** あとへ引きさがる。

達拝 両手を高めに大きく前に出し、両こぶしを合せるようにしてする礼拝の型。

30もみ出し… 大鼓をもみ出すようにはげしく強く打つこと。

三番の謡 三番叟のうたう謡。

問答 千歳と三番叟の言葉のやりとり。 **顔を撫づる** 袖を顔の前に、下から上へ顔を撫でるようにする。

31座付き →28 **真・草・行** 漢字書体の名称。転じて諸芸道に利用されるが、真は正格を、草は崩した風雅の形を、行はその中間の形をさす。能では、これ以後頻繁に使われる。大槻本では「真行草」。

笛有。是は、前の舞より早し。*ひしぎ有。さて、翁、「座してゐたれども、参らふ」と謡ひ、立上がり候時、笛の習の吹きやうあり。「久しかれと祝ゐ、そふよや」と謡はせて、又、笛あり。「今日の御祈禱なり」。是よりも、吹きやう有。「そや、いづくの翁共」と謡ひ、一巡の舞有。こゝにても、笛*六下を吹く。「そふよや」と謡ひ、舞あり。笛吹やうあり。さて、翁帰る。*もみ出しの笛ひしぎて、小鼓打ち出す。高音のゆりを吹く。又、ひしぐ事もあり。もみ出しのうちの事なり。三番叟の段々、笛、稽古にあり。*京がゝりは、子細有て、少し静かなり。

32 一　小鼓打出しの事。初日は*乙より打ち出す。二日、*刻より打出す。三日、*頭より打ち出す。四日は、*たつと返す。やがて、「鳴るは滝の水」と言ふ。鼓の手は、千歳の心なり。千歳翁の謡ひ候時、静かに打ちて、よし。地、謡ひ候時は、軽く、音をも強く打つべし。千歳歴、「鳴るは滝の水」の時、前に*たつとゝ打上げて、云出すべきなり。たつとゝは、二度なり。後のたつは、替る舞の手也。其後、打上ぐる。翁に、頭二つづゝ打って、「総角」言わせんとて、*かゝへ手静むる。「座してゐたれども、参らふ」の時、*おこなひのごとくに、小鼓*ちやう〳〵と打つこと、是、祈禱の心也。「今日の御祈禱」の時、*刻かゝゆる。「そよや」の時、舞なり。二つ三つ混ぜ合せて、頭をば打つ。袖を返して、頭をすてゝ刻む。*おもての時分に、*本の打手、頭打つ也。それより、此方へは、三つづゝ打ち、*舞あしらふべき也。翁の習は、たゞ静かに、三色の舞と心得べきなり。能・笛・小鼓、三色の口伝有べきか。又、座敷にて、翁立あらば、頭二にて、打ち出す。これ、*座敷能の習なり。また、*や声の事、打ち出しは、花やかに、声を掛け、又、大夫謡を言ひ出す時は、低く、

ひしぎばかり　「座付の笛」がなくてひしぎ(→28)ばかり。現在は、四日目は初日の手で演じる。

高音　底本「かうしやう」。

高音のゆり　笛の上音の吹き方。

ゆりかけの笛　高音のゆりのうち、指のかけ方が特殊な吹き方。

ひしぎ　留めのひしぎ。

六下　やや低音の吹き方。

もみ出し　三番叟「揉み出し」の段。

京がゝり　観世座風。

32 乙・刻・頭　ともに小鼓の打ち方。乙は調緒(しらべお)を握り皮の中央を打ち、直に握った手を開き緒をゆるめて出す音(ポ)。(これに似て調緒を半開のままで軽く打てば(プ)音)。刻は調緒を握ったまま指先(多くは薬指)で皮の周辺を軽く打つ音(チ)。頭はこれと同様にして指先(多くは中指と薬指)で強く打つ音(タ)。ここでは、それぞれこうした音で打出すことをいっている。

たつと返す　「乙」音で打出す初日の方法に返る。　**たつとゝ**　「乙」音を続けて打った音を表わす。

かゝへ手　「手」は、特殊な囃子の手組。ここは、笛が「のたれ」という低音を吹く。

おこなひ　仏教の修正会に相当する神社の春祭。五穀豊穣を祈禱する年頭行事。

ちやう〳〵　三人の小鼓方が頭(かしら)を早く打つさま。

いかにも真に。口伝。

33 一　式三番の打出、同*勧進の打出の数の事。

初日は、*とつぽ　ぽ　ぽ　●　かしら。二日は、*ち　○　●　かしら。三日は、かしら　●。四日は、たつと返す。やがて、「鳴るは滝の水」と云。鼓の手は、*千歳風流の心。かくのごとくに打分くるなり。大夫の身構を、見合て、*おろし候。翁の舞、過ぎ候はゞ、大夫、楽屋へ入候時、橋掛り半分ばかり入り候とき、鼓も置くべし。此後は、*違頭のとき、小鼓より打ち出し候て、大鼓打ち出し、違頭を打つべし。如此く心掛け、打ち出すべし。

34 一　舞初て後、「たつとつと」と、違頭の前、翁、*楽屋入候ほど、打つなり。三番、大鼓より、頭五つ打ち出す。小鼓、二つ頭あり。是、子細有。*鈴の段、五段目より軽し。翁立、大形かくのごとし。細やかなる事は、筆に及びがたし。口伝。

(結)　以上、三十七箇条。此巻に、書表はす所の条々は、能の始まる所、翁立、大形承り伝へ候通り、書きたて候。この巻には、神道を、専らと書き候間、*精進なき時は、*聊爾に取扱ふ事、あるまじき事也。無沙汰に取沙汰すれば、御罰を蒙る也。翁の地は、法花経*陀羅尼品をもつて作り、神道を交へし也。

35 一　大事にして、よく〳〵崇むべし。抑、花伝書と名付くる事、万、此世界に有とあらふるものゝ中に、花に増したる、面白く見事なる物はなし。又、色々の面白き遊び曲には、能に越したることはなし。然ば、能を教へ、習・大事を伝ふる所は、花を伝るなりとて、花伝書と、是を書いたり。能の*極意、此伝書に残ることはなし。よく〳〵*秘書すべし。仮

刻かゝゆる　刻の手ばかり打つ。
おもての時分　不明。
本の打手　主たる小鼓打(頭取)。
あしらふ　取扱う。舞に取合せて囃す。
座敷能　座敷で演ずる能。
や声　「や」という掛声。
33勧進　寺院の建立・修理・法要などの際に信者に寄進をすすめること。ここでは、そのために催す勧進能。
とつぽ　「乙」の音。
ち　「刻」の音。
千歳風流　風流は翁にともなう特殊な狂言方の演目。一般には、千歳の風流と三番叟の風流とがあるが、前者は翁返りの後に、千歳と他役とのあしらいで演じられるもの。ともに「翁」の祝言をさらに強調する意味がある。ここでは、この千歳風流で打たれる鼓の手組(打ち方の譜)の心持で打つということ。
おろし　囃子を静めること。
違頭　鼓の頭の打ち方の一つ。ここは「揉み出し」の段のところ。
34楽屋　橋掛りにつづく準備のための部屋。屋外能の際は、幕を張り回し設けられる小屋。
鈴の段　三番叟の後段、鈴をもって舞う部分。
(結)精進　精神を打込むこと。
聊爾　軽々しく。そこつに。
陀羅尼品　『妙法蓮華経』の流通分の一つで、菩薩・天・鬼神などが陀

羅尼神呪によって、衆生を守護することを説いた部分。
35 極意 最も深い大切なところ。奥儀。
秘書すべし みだりに人に見せずに秘めて書きおく書物としておきなさい。
沙汰すれば 処置すれば。取扱えば。
反古 書いて不要になった紙。無駄になること。

初(そめ)に沙汰(さた)すれば、習浅(ならひあさ)くなりて、花伝書は、反古(ほうぐ)になり候也。いかにも大事にして、家を継子(つぐ)より外(ほか)、人に見(み)する事なかれ。大事は、秘書(ひしょ)する所をもつて残(のこ)るなり。

花伝書 二巻

(序) 調子の次第の事。先、調子といつぱ、天地開けしより此方、何事も、調子に漏るゝことはなし。取分け、此稽古に限りて、調子を極めずして、謡・*鳴物を取扱ふ事、なりがたし。よく〳〵心得べし。此巻に、大方、書記す所の条々、

*五調子の次第の事

1 一 *双調といつぱ、めでたき調子なり。則、春*三月の調子に定。方角に取る時は、東。人の*五臓に取時は、*肝の臓。其色、青し。味ひは、酸き味也。*木性とこれを定め、*眼に通る調子なり。

2 一 黄鐘と云ぱ、夏三月の調子。方角に取る時は、南なり。五蔵に取るときは、心の臓なり。其色、赤し。味ひ、苦し。火性と是を定め、舌〔に〕通 調子なり。

3 一 平調子と云ぱ、秋三月の調子。方角に取るとき、西。五臓に取るときは、肺蔵。其色、白し。味は、辛し。金性と定、鼻に通づる調子なり。

4 一 盤渉といふは、冬三月の調子也。方角に取るときは、北。五臓には、腎の臓也。その色、黒し。味は、鹹也。水性と是を定、耳に通ずる調子なり。

5 一 一越といつぱ、*土用の調子なり。方角に取時は、中央。五臓に取る時は、脾の蔵。其色、黄也。味は、甘し。土性と是を定。口に通 調子なり。此土用の調子に付て、色々さ

(序) 鳴物 笛・小鼓・大鼓・太鼓。
五調子 中国中世の雅楽・俗楽の音階である宮・商・角・徴・羽の総称。また、わが国での雅楽の調子の基礎である壱越調・平調・双調・黄鐘調・盤渉調の総称にも使われる。
1双調 十二律の一。十二律は五調子を更に変化させて得られる調子。壱越・断金・平調・勝絶・下無・双調・鳧鐘・黄鐘・鸞鏡・盤渉・神仙・上無の順でほぼ一オクターブ分を低音から高音まで配する。 **春三月** 春の季節に当る立春から立夏までの三カ月。陰暦では正月から三月まで。
五臓 漢方で、肺臓・心臓・肝臓・脾臓・腎臓の五つの臓器をいう。
肝の臓 肝臓。 **木性** 五行の一。五行は木火土金水の五要素をいうが、この組合せ、その盛衰とによって、天地・宇宙間の万物が運行するという世界観。ひいては、人の心身も五行からなるという観念がある。
眼に通る調子 以下に舌鼻耳に通るとあるが、この眼舌鼻耳の七つの穴が七星(七曜。→補注「九曜の星」)に相当し、七星の光が天から下って昼夜を分ち、物を生じ、人に宿るとする考えは、室町期の芸道にしばしば利用される。ここでは、おのおのの調子が五臓や方角などに相当させたと同様に、調子のそれぞれが、七つの穴を通して身体から出るとする意。
5土用 暦での立春・立夏・立秋・

まぐの子細の段々多し。委しくは、此巻の末に書記す也。閏月*も土用と同じ調子なり。
又、土用の間日*は、調子違ふ事〔子細〕あり。

6 一 一越より出るは、断吟なり。

7 一 平調より出づるは、勝絶・下無調也。

8 一 双調より出るは、鳧鐘なり。

9 一 黄鐘より出づるは、鸞鏡*なり。

10 一 盤渉より出るは、神仙・上無調也。

十二天*の調子の事

11 一 一越 十一 断吟 十二 平調 正 勝絶 二 下無調 三 双調 四 鳧鐘 五 黄鐘 六 鸞鏡 七 盤渉 八 神仙 九 上無調 十

時の調子*の事

子	呂*	盤渉	陽*、冬(を)定。呂律。	丑		神仙	陰。
刁	呂律*	鸞鏡	陽。	卯	呂律	双調	陰、春を定。
辰	律	鳧鐘	陽。	巳	律	上無調	陰。
午	律	黄鐘	陽、夏(を)定。	未	呂	一越調	陰、土用(を)定。
申	律呂	断吟	陽。	酉	律呂	平調	陰、秋(を)定。
戌	呂	下無調	陽。	亥	呂	勝絶	陰。

12 一 〔一・〕*断・平・勝・下・双調・〔鳧〕・黄・鸞・盤・神・上。

立冬の前十八日間。これについての伝説は、のちに述べてある(→二75)。**閏月** 陰暦は一年を三五四日と定め、五年に二度の割で一年を十三ヵ月とし、その年には或る月を二度繰返す。その繰返される月。 **間日** 陰暦で、壬子(みずのえね)の日から癸亥(みずのとい)までの十二日である八専(はっせん)の中の、丑・辰・午・戌の日。

9 鸞鏡 底本・諸本ともに「鸞鐘」、意により改む。以下同じ。

十二天 降魔のための十二の諸神。ここでは、十二律を一年十二ヵ月に配当し、いずれも一季節と音調の高低の調和を示すもの。各律の下の漢数字は月数を表わす。

11 時の調子 一日の時刻と音調の高低との調和を示す組合せ。一日の時間は、一日二十四時間を午前零時から二時間おきに、十二支であてる。

呂 十二律を陰陽に配当した時の陰の音。漠然と低い音域の音、或いは太い音・強い音にあてられる。これに対して律は、陽の音で高い音域。細い音・弱い音にもあてられる。

陽 陰と共に、流行交感により宇宙の万物が生成・変化・消長するといわれる。ここでは陽の音と陰の音とで、音階全体が生成されることを意味する。 **呂律** 刁の刻は、呂音から律音にわたってふさわしい時間であるということ。

12 一 以下、十二調子の首字のみ。

日入 底本「ひる」、大槻本「昼也」。島津本による。
下図は主として1項から5項までの図示。

13雨は双調 雨の時は調子を双調にするとよい。以下、24項までは、自然物と五調子との調和のこと。

24一越調 底本「盤調」。

25発心 菩提(ぼだい)を求める心を起すこと。出家すること。

26修行 仏の教に従って道を修める。

27菩提 煩悩のない悟り。仏果を得て極楽往生すること。

28涅槃 悟りの境地に入ること。

29方便 仏・菩薩が衆生を救済するために用いる巧みな手段。25から29までは五調子を仏教の言葉で表現したもの。

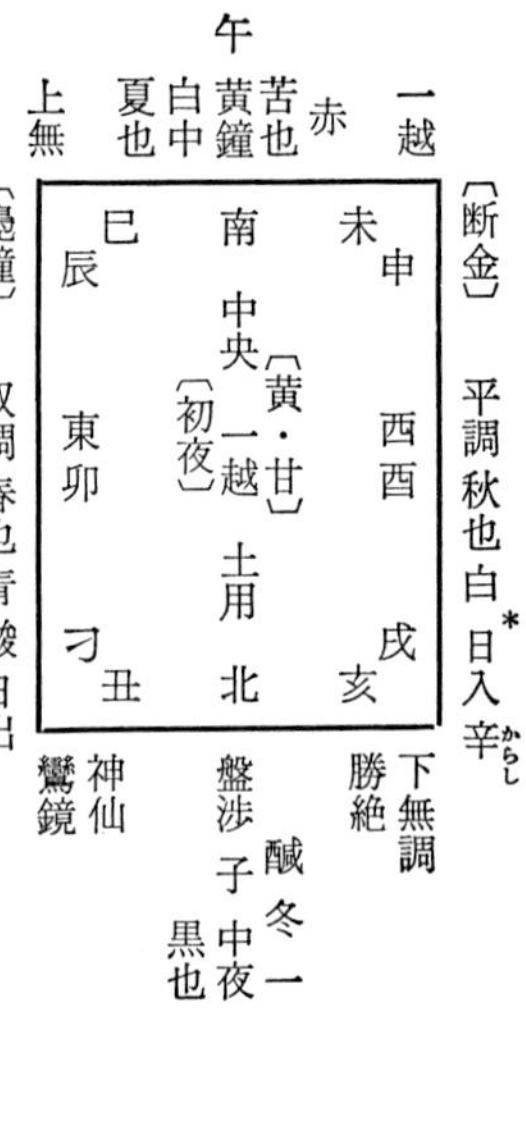

右方角、五調子かくのごとし。

甘・辛・酸・苦・鹹・五味。五色。五時。五季。其如レ此。

13 一 *雨は双調。　14 一 波は盤渉。　15 一 川は盤渉。　16 一 竹は盤渉。

17 一 木は双調。　18 一 石は盤渉。　19 一 鳥は盤渉。　20 一 鐘は黄鐘。

21 一 雷電は盤渉。　22 一 魚は平調。　23 一 風は平調。　24 一 土は*一越調。

25 一 双調は、*発心の調子也。　26 一 黄鐘、*修行の調子也。

27 一 平調、*菩提の調子也。　28 一 盤渉、*涅槃の調子也。

29 一 一越、*方便の調子なり。　30 一 五調子を、宮・商・角・徴・羽。

五音引合する事

31 一 宮は、鼻に当てゝ息を吐き出し、調子に合へば、一越なり。土用に用ゆる也。

32 一 商は、咽喉に当てゝ、息を吐き出せば、平調なり。秋に用なり。

33 一 角は、口に当てゝ、息を吐き出せば、双調なり。春に用なり。

34 一 徴、舌に息を当てゝ、調子に合へば、*盤〔渉〕なり。冬に用也。

35 一 羽は、右の*人差指にて吟ずる時、鼻へ当てゝ*響けば、黄鐘也。夏に用るなり。

十二調子を吟ずるやうの事

36 一 一越より二調子下を吟ずること、*大夫息と云なり。〔口伝あり。〕

37 一 一越より*二重に吟じ上げて、調子に当てゝ吟じ、次第〳〵に、何も、此心に上げて、その当る調子を、一・断・平・勝・下・双・鳧・黄・盤・神・上と、心得べし。

38 一 祝言の調子の事。呂は、祝言より出る息也。生る〔息〕といふ。律は憂い也。引入息也。これは、死息と云。

39 一 双調・黄鐘・一越、この三調子は、呂の音を定、祝言に用ゆるなり。

40 一 双調、上無調子を父とす。下無調子を母と。天地・陽陰和合の調子と、是を言。双調は、並び調ほると読むなり。かるが故に、諸願成就の調子と、名付たり。

41 一 五音*相通の事

42〔一〕あいうへを　43〔一〕かきくけこ　44〔一〕さしすせそ

45〔一〕たちつてと　46〔一〕なにぬねの　47〔一〕はひふへほ

48〔一〕まみむめも　49〔一〕やいゆゐよ　50〔一〕らりるれろ

51〔一〕わゐうゐお

52 一 *喉内

53〔一〕あいうゐ*を　かきくけこ　やいゆゐよ

54 一 唇

---

34 **盤渉** 大槻本による。

35 **人差指にて吟ずる** 口に指を当てることか。

響けば →76～79

36 **大夫息** 底本「太夫舞」。

37 **二重** 重は声明・平曲・雅楽などで用いた術語でオクターブを意味する。三重が最高の音域だから、二重はある程度の高い音域にうたい上げること。

40 11では上無調を陰、下無調を陽としている。

41 **相通** 類似の語形をもった同じ意味の二つの語があって、その中の異なる音節が五十音図の同じ行または同じ段に属する場合に、その二つの音節の相互の関係を相通という。例えば「あめ」と「あまぎり」の「め」と「ま」など。

52 **喉内** 発声を喉からするとよい字。以下「唇」「舌」も同じ意。

53 **ゐ** 大槻本「へ」。

はひふへほ　まみむめも　わゐうゑお

55 一 舌
さしすせそ　たちつてと　なにぬねの
らりるれろ

56 一 四穴*、吹様(ふき)の事
三四*、一二三、断。四穴塞(ふさぐ)、平。
一、下。二、双。一二、鳧。三、黄。一二*、鸞。
四、盤。一四、神仙。二四、上。

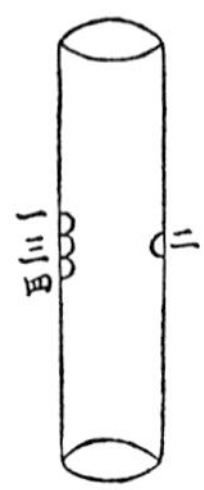

57 一 越* ●●●○○
58 一 断 ●●○●○
59 一 平 ●●○○○
60 一 勝 ●○●●○
61 一 下 ●○●○●
62 一 双 ●○●○○
63 一 鳧 ●○○○○
64 一 黄 ○●●●●
65 一 鸞 ○○○○○
66 一 盤 ○○●●●
67 一 神 ○●●●○
68 一 上 ○●●○○

69 一 座敷にて謡の調子の事。小座敷*にては、平調より謡ひ出し、双調に上げて、謡ひ留むるなり。

70 〔一〕*広間にては、双調より黄鐘に謡ひ上げて留むるなり。もし、囃子長くあらば、十番目程には、盤渉に上げて可レ然候。さりながら、是は、*当座の座敷の、相応の調子なり。是を、時の調子と言ふ。四季の調子・土用の調子、右の取合ひ、口伝にあり。

71 一 春は、双調。

72 一 夏は、黄鐘。

56 四穴　四つの穴のあいた笛。
三四　第三と第四の穴を手で塞いで吹くと断金の調子になる意。以下同じ。
一二　大槻本「一三」。
57 越　以下68項までは、六穴(吹き穴を含めて)の笛の吹き方。黒丸は、手で塞ぐ穴を示すものか。能では現在、四穴・六穴の笛は用いない。
69 小座敷　平常の生活に使う小さな部屋ほどの意。
70 広間　書院など、来客などを招じ入れる客間ほどの意。
当座の　その場その場の。

73 一　秋は、平調。さりながら、平調は、あまり低き調子なれば、平調より謡ひ出して、やがて、双調に移してよし。これ習なり。*惣別、秋はあまりに高き調子をば嫌ふ也。其子細は、秋は物哀にして、心凄き物なれば、あまり調子高きは、*折に相応せず。*五音に取る時は、秋を*恋慕に取るも、此義なり。

74 一　冬は、盤渉也。さりながら、其季の調子なればとて、始より、はや盤渉を謡候へば、座敷に相応せず。声も続かず。*かしましき物に候間、是も、双調か黄鐘にて、謡ひ出し、*一座の過ぎに、盤渉に留むる事、是、習也。とかく、冬は秋に違ひ、調子低き事を嫌ふ也。其子細は、冬になり候へば、風の音も、調子高く、凄じく吹落ち、時雨の声・松風・窓打つ霰の声までも、調子高きものなり。其相応を吟ずるによつて、調子低き事を嫌ふなり。*冬〔の〕座敷の笛、先、盤渉を*そと色へ、さて、双調へ直すべし。

75 一　土用の調子は一越なり。同、閏月も一越なり。たゞし、土用の内成とも、間日の調子は違ふべし。間日には、春ならば春、夏ならば夏、秋ならば秋、冬ならば冬、*季の調子を謡ふべし。右の子細は、昔、天竺に*盤古大王と申王あり。御子五人坐す。一番は太郎の王子、二番は二郎の王子、三番に三良の王子と、これを名付。四番は四良の王子なり。五番は、五郎の王子と申也。彼御兄達四人には、四季を一季づゝ分け給ふ。五郎の王子に*所務分なし。然によつて、*御母君より、五郎の王子*大ほうけんどの、剣を得給ふ。かるが故によつて、七歳の御時、御兄四人の王子達、彼剣を取らむため、軍をばし給ふ。その時、五郎の王子は、天竺*恒河川の水上、*めつの池と申池有。*かれに、めつの池の中に城を拵へ給ひ、彼の城に籠り、御軍を〔初め給ふ。御兄四人の王子達、さま〴〵〕攻め、戦ひ

73 **惣別**　およそ。概して。
折　時節。
五音　第三「謡の巻」にくわしく述べられている、謡の曲の味わいの心得を説いた五種類の語。
恋慕　「五音」のうち、第三番目にあげられている曲味。柔和で哀れみを添えた味わいの曲。

74 **かしましき**　そうぞうしい。
一座の過ぎ　当座の謡の終りの部分。
冬の座敷　島津・内閣本による。
そと色へ　「色へ」は、色を加えて美しくすること。少し色づけに盤渉をそえて。底本「そと色に」。

75 **季**　その折々の季節。
盤古大王　中国の神話に登場する天子。天地開闢のはじめに出てこの世に君臨したという。また、盤古夫妻を陰陽のはじめともいう。
所務分　遺産分配。かたみわけ。
御母君　三本、この下に「百ふくによう」。
大ほうけん　五郎王子の名か。
恒河川　ガンジス河。
めつの池　無熱悩池。ヒマラヤの北にあり、これより四方へ流れ出るが、東方に流れるのが恒河。
かれに　かるが故に。

給ふ。彼の大ほうけんどの、剣を抜き、敵の方へ*向きて振り給へば、四人の王子は悉く負け給ひ、血の河、七日七夜流れける。その時、大王より、*文選博士を勅使に立てられければ、五郎の王子にも、所務御分〔け〕あれと、の給ふ。其時、春三月より十八日、夏三月より十八日、秋三月より十八日、冬三月より十八日、合七十二日を、五郎の王子に参らせければ、それにても御不足とて、又、怒をなし給へば、*滅日・没日・大敗日をもつて、三年に一度の閏月を作り出し、土用七十二日に添へて参らせ給ひければ、五郎の王子、御喜び限りなし。そのとき、御褒美とて、文選博士に、土用の内に、間日といふ日を下し給ふ。其子細にて、土用の内にも、間日〔の〕調子は違ふなり。又、四季に土用の調子の違ふも此義なり。さてこそ、此御代、今に繁昌なり。

76 一　五調子吟ずる様の事。右の手の人指指にて吟ずるとき、鼻へ響けば黄鐘也。

77 一　**鼻筋**へ響けば平調なり。

78 一　額に響けば盤渉也。

79 一　耳へ響けば一越調なり。常に物言ふ声は双調なり。大方、如レ此。

80 一　*移徙の調子、双調なり。昔は盤渉用ゐつれ共、盤渉も水性なれば、移徙に水を用るも、*火事の道具に似りとて、双調に定む。殊さら、双調は木性也。かるが故によつて、家は木をもつて*出来すれば、木性は相応の調子なり。又、曰く、双調は春の調子也。春は四季の始めなれば、家の始め、猶以、めでたき調子なり。

81 一　狂言の調子の事。第一*〔間〕の調子、一大事なり。前の*中入の調子を、よく吟じて、*相応して云出〔すべ〕し。中比より、ちと調子を上げて語り、又、納めの時分に、元の調子に

向きて　底本「ぬきて」。

文選博士　文選は、中国の周から梁時代にいたる文章・詩賦など、細目に分けて選した書。文選にくわしく通じた人。

滅日没日大敗日　ともに陰陽道で凶がある日。滅日は滅門日の略。百事に凶のある日。没日は、一切の事に凶だという日。正・二月の辰・酉・亥、三・四月の未、五月の戌、六・七・八・九月の寅、十月の丑、十一月の巳、十二月の丑の日の総称。大敗日は、大凶日で合戦などに嫌う日。甲辰・乙巳・庚辰・辛巳・壬申・癸亥・丁亥・戊戌・己丑の日。

80 **移徙**　転居の敬称。ここは転居を祝っての能のこと。→三8

用るも　底本「用る也」、大槻・島津本による。

出来すれば　家が木で出来ているから。

81 **間の調子**　島津・内閣本による。間は間狂言。

中入　前後二場面のある曲の、前場が終り前シテが一旦舞台から退場す

ること。
相応して　ふさわしいように。つりあうように。
82早打　間狂言のうち、急を知らせる役の狂言早打。以下84項まで「狂言の調子の事」のつづき。
あひしらひ　シテに対応する仕方。
84乙り　調子を低くすること。
しだるく　しなだれる。物言いが力なげに甘ったるい。
向ひの　対手の。

直し、留むべし。

82 一 早打の部類、『竹の雪』などの*あひしらひ、『道成寺』のあひしらひ、かやうの類は、いかにも〱調子高に言ひてよし。いかにも荒々と云あひしらひなり。謡の調子より、一調子高く言ふあひしらひなり。『葵上』のあひしらひ、同前。

83 一 『鉄輪』『邯鄲』『江口』『松風』、かやうの類は、調子高きを嫌ふなり。其謡の調子、尤に候。かやうの類、多し。是をもつて分別あるべし。

84 一 『西行桜』に、「あの柴垣の戸を開きて、内へ入候へ」と言ふ所、狂言、「此方へ御入り候へ。さら〱〱」と言ふ調子、*乙り候へば、「桜花」と、謡はれず候。又、「さら〱」*しだるく候ても、「桜花」と、謡はれず候。「さら〱」と言ふとき、*向ひの「桜花」の調子と、謡の位を吟じ、「さらさら」と言ふべし。此心掛け、肝要なり。かやうの事、数多有べし。何の謡にも、渡るべし。

85〔一 笛の図の事〕

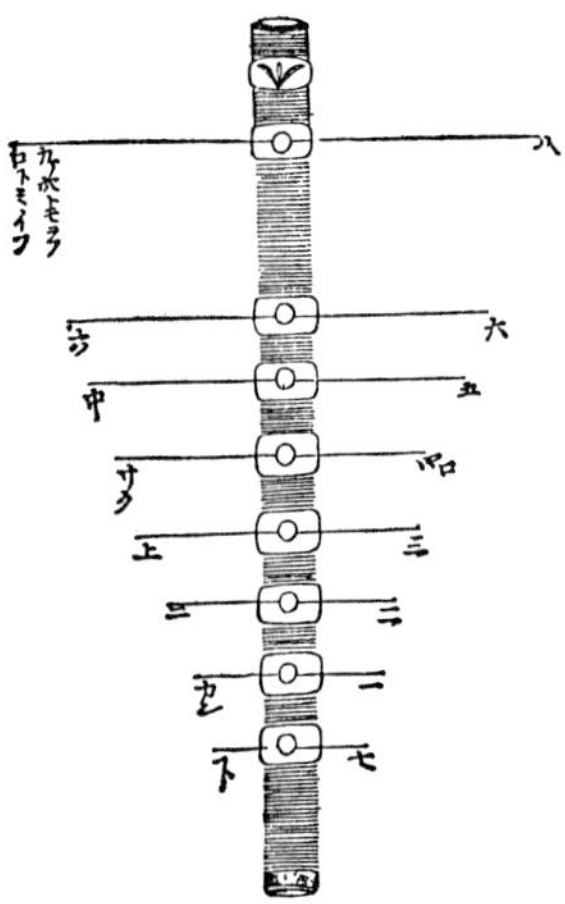

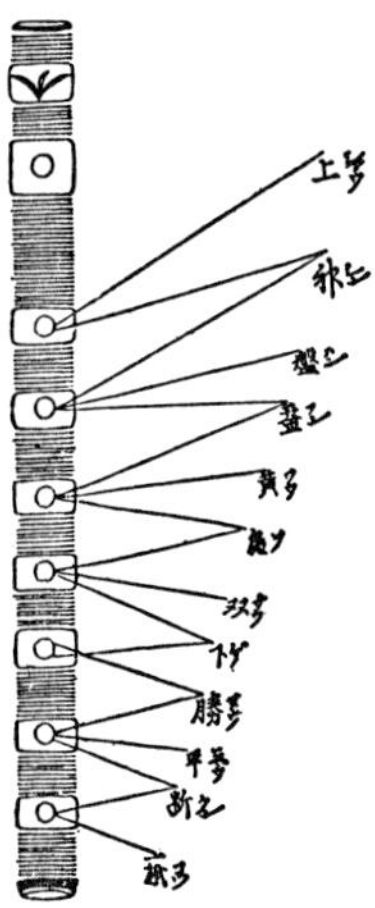

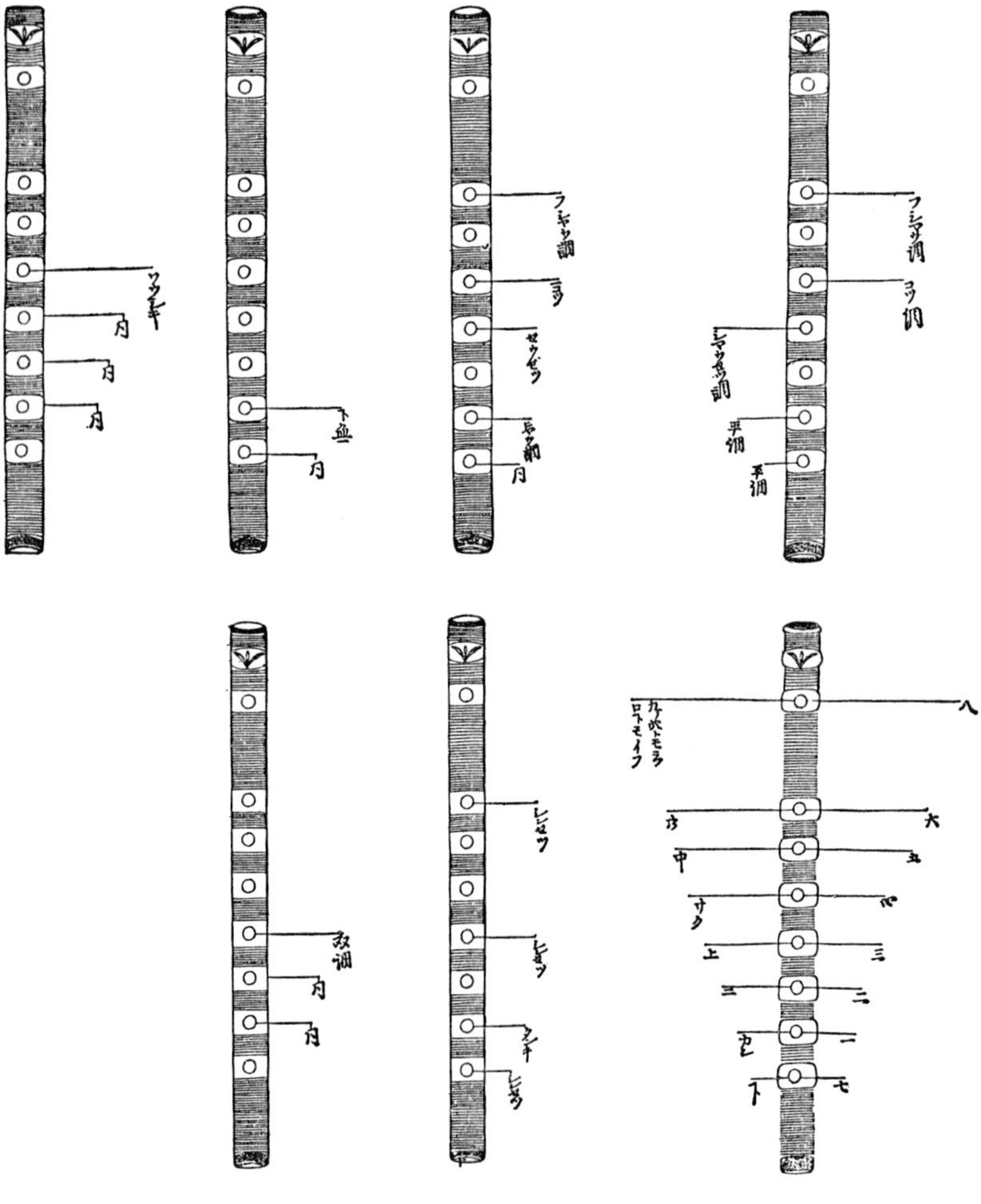
フシヤウ調
ヨウ調
平調
双調
八
大
中
上
下

うつり音色　よく調和(相応)する音色。
合点　承知。納得。
86 **御前の囃子**　御前は貴人に対する敬称。貴人のおん前での囃子。
双調の舞　双調の囃子で舞われる舞。
吹払はぬ　高音には吹ききってしまわない。
87 **座付**　諸役が座につく時に吹く笛の譜。
差合ひ　差しさわり。
88 この項「移徙」のつづき。
89 **候**　底本「候て」。
定規　手本。基本。
乙り甲り　音の高低。音の調子。
しみ　染み。観客の心に感じさせること。
渡し候時　底本「うたひ候所」。
乙らして　低めにして。
90 **音声**　声。ここでは声の出し方。
祝言哀傷　「五音」の中にみえる謡の曲味。
声色　声の調子。
右、笛の図、大形かくのごとし。是を以て、十二調子、吹分て、*うつり音(色)・呂律、分別有べし。さりながら、笛に限り、書物にて*合点ゆきがたし。大方の心までなり。よく〳〵口伝肝要なり。

86 一 *御前の囃子、小座敷などにての囃子、又、移徙などの囃子の時、*双調の舞には*吹払はぬ習也。

87 一 移徙の笛、先々*座付を吹くべし。やがて座付といふ義なり。座付の後、常の能には、ひしぐ。移徙の座付の前には、ひしがぬ者なり。秘書成習也。ひしぐ事、家に*差合ひ也。返す〴〵心得べし。

88 一 調子は双調、然べく候。盤渉も水の調子なれば、よく候へ共、同じくは、木性を本と用ひ、双調尤に候。

89 一 脇の方より、大夫へ謡ひ掛け*候調子のこと。我声出るとて、我調子をば、*定規にせまじきなり。大夫の*乙り甲りを聞分け、其相応、尤に候。もし、大夫の調子、高く出ず候は、広き庭の能は、*しみ候事、有まじく候。其時に、脇の調子の習、大夫より請取る所は、相応の調子請取て、さて、よき調子に上げ、又、大夫へ*渡し候時、調子を*乙らして渡す事、習なり。又、声よく出で候大夫ならば、脇より、大夫へ調子違ひ候事、第一の脇の恥辱たるべし。

90 一 謡に、狂言のあひしらひの調子・*音声の事。謡の*祝言・哀傷の*声色を、よく吟じ、相応にあひしらふべし。

91 一 時の調子を吟ずるやうの事。口を塞ぎ、鼻の息ばかりにて、人の耳に入らぬ程に、唸り候へば、其相応の調子は、*通る物なり。其調子に、やがて謡ひ出す物なり。是を時の調子、座敷相応の調子と言へり。笛、なきときの事也。さりながら、*吹物あり共、その吹物の跡にて、やがて右のごとく吟ずれば、吹物の調子、通づる物なり。

（結）右、調子の*沙汰、九十一箇条、書記す也。何も、天地の間には、調子に漏るゝ事はなし。取分、此芸の肝要なり。調子を浮べずして、謡・鳴物〔の〕扱ひ、及びがたし。よく〳〵、十二調子の沙汰、*鍛練・稽古肝要也。

91 **通る物**　それに適応するものである。
吹物　笛のこと。
（結）**沙汰**　取扱い。事柄。
鍛練　激しい稽古を積むこと。

花伝書 三巻

(序) 抑、謡といつぱ、*歌道より出るなり。先、*難波津の浅香山の*言の葉によそへて、*長歌を続け、それに節を付けて、謡と号せり。然によつて、謡を謡はんと思はん人は、歌道なくては適ふまじ。よく〱歌道を心掛け候事、肝要也。歌道なき人の謡は、皆、*側面なることを言ひ、*片言多くて片腹痛げ成事のみまでなり。まづ、歌道、胸にあれば、月花を見ても、雨の降るも、風の吹くにも、虫の音のすだくを聞ても、あら面白やと、心を付候へば、思ひ合せて、謡一入面白なり。さやうに心掛け候へば、何時によらず、*貴人・高人の御所望の時も、俄〔に〕謡詰らず、折にふれたる謡、口に出る物也。第一に、*字章・開合・文字移り・伸縮め・揺る・振る・ほる・外す・入り・くる・上げ・下げ・一字詰め・二字詰め・三字上り・三字下り・三引・文字送り・並ぶ節・巽上り・ほど拍子・切つて切らず・節訛り・当る・張る、其外、次第・道行・付節・せれふ・かゝる節・指声・指言・一声・小謡・色言葉・曲舞・上端・論議・入端・間の謡・出端・切、かくのごとくの謡ひ分け、皆、人常にこれを謡ふといへども、心を知りて謡ふ人なし。それ〲の*声色を謡ひ分け、*五音正しく謡ふ事、第一の習なり。又、*十躰といふ事有。是、あまりいらざる物也。*高上の前にて、謡分け聞かせ候はでは、筆には書がたし。たゞ、五音といふ事、謡分けねば、面白きと云事なし。謡やうの事、あらく〱、是に表はす所の条々、かくのごとし。

(序) 歌道 和歌の道。和歌の作法。
難波津の浅香山 『古今集』の序に、歌の父母として引用された二つの和歌。「難波津にさくやこの花冬ごもり今は春辺とさくやこの花」「浅香山かげさへ見ゆる山の井の浅き心をわが思はなくに」。
言の葉 和歌。
長歌 和歌の一形式で、五を頭に、七五を交互につらね、最後を七七で結ぶもの。
側面 一方面だけ。
片言 不十分な言葉づかい。
貴人高人 ともに、身分・地位の高い人。
字章…切 →補
声色 それぞれの役にふさわしい音の種類。
五音 後出11に説かれている、謡の五種類の曲味。
十躰 「五音」と同様、十種類の曲味の様式。金春禅竹の『五音十躰』によると、祝言・幽玄・恋慕・哀傷・闌・麗(しき)躰・遠白躰・濃(こま)躰・有心(うし)躰・事可然(ことしかる)躰。あるいは、後半の六種類を田夫野人・神祇・仏所・無常・述懐・仁義礼智信とするもの(『曲淵集』)もある。
高上 身分の高い人。

1 一　*五節句の謡の事。
正月は、『高砂』『難波』を*本とせり。『高砂』は、松を祝ゐたる謡なり。*初春に、*子日の松とて、是を祝ゐ給ふ。万人の家には、松を門に祝ゐ定め候こと。松は千歳の齢を保つ。其上、常盤木にて、枝葉の枯るゝ事もなければ、*飛花落葉の境もなし。さすがに*木立も強く、雨風に負くることもなく、雪霜*(に)も傷まず、雪中には雪間より青葉を若々と、若やぎ見する。かやうに、松は諸木の中にて、目出度名木也。かるが故によつて、正月に万人、門に松を祝ゐ、*御注連を引きて、*年徳の神を勧請し、人間も、松の齢を保つやうにと、年の始めに、これを祝う。然によりて、『高砂』は、松のめでたき威徳を作りたる能なれば、初春にこれを謡初と号す。此ほか、色々の威徳、初春の松に多し。*難波の御子、宇治の王子の、御位争ひありし時、*百済国より、*王仁と言へる*相人、此国に渡り、難波の御子に御代を譲り給はゞ、我朝、いよ〳〵安全なるべき由、奏聞申に付て、則、難波の御子、御位に即き給ふ。其時、御即位あつて、かの難波の梅、冬籠して、咲かざりし花の、今を盛りと咲き乱れ候。かやうに、梅は心有名木也。歌道にも、*花の兄と申て、梅は諸木の*花の惣領なれば、かた〳〵以、初春に是を用ひ候。その上、謡は歌道より出でたるによつて、*難波津の歌を用ひ、『*難波の梅』を謡初に謡ふなり。

2 一　三月三日。桃を祝う祝言なれば、『西王母』『東方朔』なり。何れも、春の調子は、双調也。

3 一　五月五日。『杜若』なり。

4 一　七月七日。『七夕』『朝顔』の曲舞を謡ふべし。其子細は、昔、*唐土に、遊子・伯陽と

1 **五節句**　古くから行われていた、一年のうちの五度の節句。
本　基本。根本。
初春　新年。
子日の松　子の日の遊びに取ってくる松。正月初の子(ね)の日に、野に出て小松を取りそれを持ち帰り、庭に植えて千代を祝福する行事。
飛花落葉の境　花が散ったり葉が落ちたりといった折々。
木立　木の生い立ったさま。
にも　三本「をも」、意により補う。
御注連　注連縄。ここでは、新年に門口にこれを張って禍神(まがみ)が内に入らないようにとの意を示すこと。
年徳の神　陰陽家で、その年を守るという正月に祀る神。
難波の御子宇治の王子　応神天皇の皇子。菟道稚郎子(宇治の皇子)と大鷦鷯(難波の皇子)との御位譲りに、互が固辞したこと。
百済国　古代朝鮮の三国の一。
王仁　応神天皇時代の、百済からの帰化人。太子菟道稚郎子の学問の師。
相人　人相を見る人。
花の兄　梅の雅名。梅は他の花に先だって咲くから。
花の惣領　物領は、すべおさめること。ここでは、梅が花の代表であるという意。
難波津の歌　→序
難波の梅　『難波』のこと。

いふ夫婦の人有。彼の夫婦、月を面白く思ひ、夕には月の出るを待ちかね、暁は入方の月を惜しみて、高き所に上がり、悲しみをなし、かく執心を深く、月を面白く思ひし一念により、二人の者、此世を去りて後、二の星と也、天に生るゝ。二つの七夕、是なり。今も七月七日の夜、年に一度、契をなし給ふと言へり。かるが故に、七月七日には、歌を詠み、詩を作り、色々に、七夕へ手向をなす日なり。然によつて、謡〔も『七夕』を謡ふ。〕又、『朝顔』の曲舞も、遊子・伯陽の事也。さるによりて、『朝顔』の曲舞を謡ふなり。

5 一 九月九日には、『慈童』を謡ふ。是、唐土、周の穆王の御時、慈童といふ人あり。さる子細有て、酈県山に流るゝ時、彼の慈童、観音経の二の偈を、朝夕、読誦する功力により、薬の水、谷に出来り。此水を服し、七百歳を保つ。其水上を尋ぬれば、菊の本より〔流れ出づる。此水、不老不死の薬となる、〕目出度佳例也。九月九日は、菊を祝ふ節句なり。かるが故に、菊のめでたき威徳なればとて、『慈童』を謡ふ。

6 一 門出の謡は、謡ひ返すなり。鼓も打ち返す也。短く打ち返すなり。頓て帰ると云義也。

7 一 船中・婿取・嫁入の謡は、謡返べからず。門出の謡とは裏表なり。是は、返すと言ふ事を嫌ふ也。婿取・嫁取の謡は、第一祝言なり。『高砂』の謡を本とせり。是、相生と言ふ義なり。

8 一 移徙の謡の事。習といつぱ、火事を忌む。されば、其心掛け、肝要なり。謡の内、火事の類のあること、よく考へ、その謡を謡ふまじきなり。調子も双調を用るなり。昔は、盤渉水性なれば用ひ侍りしが、当代は、これも火を消し候へば、火事の道具とて、是を略し、双調に定む。双調は春の調子也。春は四季の始、年の始めなれば、これ、第一の祝言

4 **執心** 一つの事を深く思い込むこと。
一念 専心して思い込むこと。
二つの七夕 牽牛・織女の二星。
手向 神仏に物をそなえること。ここでは、七夕祭のこと。
5 **周の穆王** 中国、周第五代の王。
慈童 穆王の寵愛を受けたという少年。
酈県山 中国河南省鄧州にある山。底本振り仮名「てつけんさん」。
観音経 『法華経』の中の観世音菩薩普門品の一つ。観世音菩薩が衆生の諸難・苦悩を救済することを説く。
二の偈 普門品の二句の偈文。その内容は『菊慈童』にみえる。偈は詩句を以て仏徳を嘆称したり法理を述べたもの。
読誦 声に出して経文を読むこと。
功力 修行によって得られる不思議な力。
佳例 めでたい前例。
6～8 →四153～156
6 **門出** 旅行や戦などの出発。
7 **船中** 船の中。ここでは舟旅。
婿取嫁入 婿や嫁を迎える儀式。
裏表 反対。
相生 同じ根もとから幹が二本伸び育つこと。転じて、夫婦が揃って長生きすること。
8 **移徙** →二80

なり。かるが故に、家の始めに用ゆ。又曰く、双調は木性也。かた〴〵以て、家に相応の調子と、これを号せり。

9 一 船中の舞の祝言は、『自然居士』の曲舞、『養老』の切なり。

10 一 歌の会・連歌の後などに、謡これあらば、『蟻通』の曲舞。是、然るべく候。其謂は、*紀貫之は、世に隠れなき歌の名人にて、*御書所を承はり、古今までの*歌の品を撰み、古今集を作りたり。これ*廿一代集の*頭なり。さるによつて、歌の水上は、古今集に越えたることはなし。かるが故に、歌道の遊びの後は、この曲舞を謡へと有。

11 一 五音の巻。謡の大事。是に極むる所の条々。先、五音とは、祝言・幽玄・恋慕・哀傷・乱曲、此五つの声の分ちなり。よく心得べし。世間に謡手多く有と言ふとも、五音に謡分け候人は、稀也。五音正しく謡はずは、謡面白きと言ふ事有間敷なり。万事を捨てゝ、五音の鍛錬・心掛け、肝要也。先づ、そと謡ひ覚え候へば、はや*身に慢じ、本の道を忘るゝ事有。其子細、人に物を問へば、我芸浅きと心得、問ふ事なければ、*一期の間、物知らで果て候なり。我芸を*押下げ、*初心に帰り、下手にも物を問ふ事、是、上手の業なり。*古歌に曰く、「下手こそは上手の上の飾りなれ返々も*誹りばしすな」。されば、鳴物は、*手の打度を*病とす。謡は、音曲の謡たき事を病とせり。然ば、戒のために、謡とは、先、大竹のごとくにて、真直に節少なかれ。惣じて、道なども、直なる道をよき道と云、山坂有歪みたる道は悪しき道と言へば、謡も道にたとへ、直成が*本意たるべし。第一、*文字大きなれば、謡*しだるし。文字小さければ、謡、必ず軽し。早きと軽きと、〔*しだるきと〕静かなると、是、大き成違ひ也。惣別、謡ひやう、物にたとへば、糸の細きは〔上美しゝ。上〕美し

10 **紀貫之**　三十六歌仙の一。『古今集』の序を著わすとともに、その撰に当った。
御書所　宮中で蔵書を保管する役所。
歌の品　色々の種類の歌。
廿一代集　和歌の勅撰集。『古今集』『新古今集』など八部を含む「八代集」と、『続古今集』『後拾遺集』など十三部を含む「十三代集」の併称。底本「も一代集」。
頭　代表。
11 **身に慢じ**　自らおごりたかぶって。
一期　一生涯。
押下げ　へりくだって。
初心　習いはじめの心持。
古歌　底本「古今」、内閣本「古書」。島津本による。
誹りばしすな　けなすことをするな。「ばし」は意味を強調する語。
手　笛・大小の鼓・太鼓で囃す場合の特殊な手組(譜)。
病　第一の悪いこと。
本意　本来の意味。ここでは、根本。
文字大きなれば　一字一音を大きく謡うと。
しだるし　甘ったるくてきちんとしていないこと。しまりのないこと。
しだるきと　島津・内閣本による。

ければ染色もよし。いかに、紋を色々に好み候ても、下地悪しければ、染色美しからず候。されば、古人の書置かれ候書物に、「謡とは織物」と、御書き候も、かくのごとくの義なり。先づ、謡に心掛けんと思はゞ、歌道の心なくは、謡に面白きと言ふ事を知りがたしと見えたり。其子細は、謡、常に心に持て、風の吹くにも、雨の降るにも、心を掛け、あら面白やと念じ、月花を見ても、思ひ合せ、謡を胸に持候へば、俄に人の御所望の時も、自ら時に似合たる謡、口に出る物也。*古今の序にも、「和歌は、その*根を心につけ、其花を*詞林にひらく」とあり。かやうの言葉も、此謡の心得たるべし。たゞ、一つより十に至らんと思ふ心、常に持ち*申べく候。*一つより、早く百千に至らんと思ふ心にて、*芸は下り候物なり。惣別、謡は、梅の花の様に謡たき物にて候なり。梅は、一段と木*こび候て、枝付も、さらに弱き所なし。花は又細やかに、さすがに美しく、匂勝れたる物にて候へば、かやうに謡ふべき事、たゞ、*大形にては、なりがたく候。かやうの事を聞くにつけても、少々の稽古にては如何に候。能は、善きも悪しきも、我知らざる者にて、人の善悪と云事にて、さら〳〵其身知らず候。又、謡は、*分別ゆき候へば、謡ひ返し〳〵て、鍛い候へば、又なりやすく候。又、五音に、五つの謡は、定まりたる義に候へ共、五つの声を定めず候へば、五音に五つの声の道理はなし。是、*巧者の前にて、細かに謡ひ分け、聞かせ候はでは、成がたく候。但、*末世は、〔五音知りたる者も在間敷候間〕五音、謡分け候ても、いらざる事にて候か。

12 一　第一、祝言。この*曲味は、例へば、年の始めの御喜びと、言へるがごとし。是は、細々しき事もなく、たゞ、祝言と一礼するのみなり。されば、*曲に入り、*外なる事なく、心

古今の序　『古今集』真名序。
根　根本。
詞林　詩文を集めたもの。
申べく候　底本「つゝ」。
一つ　底本「二つ」。
芸は　底本「けいこ」。
こび　一風変って。古色を帯び。

大形にては　およその心持では。

分別ゆき候へば　謡い方のわきまえがついたならば。
巧者　上手。ここでは、謡の上手な人。
末世　末の世。ここでは、これから先。
12 曲味　曲のもつ味わい。
曲に入り　謡をうたい出して。大槻本「此曲更に入」、島津・内閣本「此曲に更に入」。
外なる事なく　外に異なった考えをすることなく。雑念なく。

には祝言を含み、〔声をも〕いらりと字性正しく、する〳〵と謡ふなり。

古歌　万代を松にと君を祝ゐける　千歳の陰に住まんと思へば

「夫、久方の神〔代〕より、天地開けし国のおこり、天の御矛の直成や、名も二柱の神、こゝにはまた、八洲の国を作り〔置〕、統べらぎなれや大君の、みかげ長閑時とかや。青丹よし、奈良の葉守の神慮、〳〵、末暗からぬ都路の、直なるべきか、菅原や、伏見の里〔の〕宮造り、大内山の陰高く、雲の上なる玉殿の、月も光や磨くらん」。

此大小、何も同じ。

13 一　第二、幽玄。此曲味は、余情を本とす。幽玄と言ふことを、人毎に由ばみたると、心得るなり。是、大なる僻事也。「花山に入て日を暮し、黄林に至りて家路を忘るゝ」に似り。幽玄に、此義有べし。一つ玄、一つ遊、この心をよく〳〵分別すべし。此等は又、口伝なくては耳遠なるべし。幽玄と言へばとて、引はへて、長々しく、悠々と謡ふにはあらず。心の内に幽を持、謡ふと言へり。たゞ、祝言の長閑かなる義なり。殊に、幽玄は、物強きを本とす。返す〴〵、幽玄の二字、よく分別有べし。

古歌　またや見ん交野の御野の桜がり　花の雪散る春の曙

「さなきだに、物の寂しき秋の夜の、人目稀成古寺の、庭の松風更過て、月も傾く、軒端の草。忘れて過ぎし古を、忍ぶ顔にて何時までか、待つ事なくて永らへん、実何事も思ひ出の、人には残る世の中かな。たゞ何時となく一筋に、頼む仏の御手の糸、みち引給へ法の声。迷をも、照させ給ふ御誓、〳〵。げにもと見えて有明の、行方は西の山なれど、眺めは四方の秋の空、松の声のみ聞ゆれども、嵐はいづく共、定めなき世の夢心、何の音に

いらりと　はっきりと。
字性　字声。文字を謡に出す声。
古歌　『古今集』素性法師の歌。
夫久方の神代より　以下、『金札』のワキのサシ謡の部分。
天の御矛　伊弉諾・伊弉冉二尊が国土創生の時、あお海原を探ったという鉾。　**直成**　なおく、まがらない。
八洲の国　日本国の古称。
青丹よし　奈良にかかる枕詞。
葉守　樹木の葉を守護する神。柏の木に宿るという。
菅原や　伏見にかかる枕詞。
大内山　皇居。
大小　11項の「五音の巻」の中にみえる、文字についての大小の謡い方。
13余情　名残りの風情(ふぜい)。言外の情趣。　**由ばみたる**　わけがありそうである。　**僻事**　心得ちがい。
花山　花の咲いている山。『泰山府君』のワキの名乗にあるが、この文は金春系『五音』で幽玄の項を説明する場合のパターン。→四146
黄林　紅葉する林。
玄　微妙で深遠な理。底本「その」、大槻・内閣・横山本「其」。島津本による。　**遊**　かすかに奥深いこと。島津本「幽」。
耳遠　よく理解出来ないこと。
謡ふ　島津本、この上に「謡には玄に」とある。
古歌　『新古今集』藤原俊成の歌。
さなきだに　そうでなくてさえ。以

か覚めてまし、〳〵」。

14 一　第三、恋慕の曲味は、以前の幽玄の深くなりたるなり。余情を思ふ曲味、切なり。例へば、宮女の心は、由ありながら、姿は直やかに、おほどか成がごとし。賤しき女の、人に優しく思はれむとて、俄に引きつくろひ候へども、極めて拙し。この恋慕の曲風、相似たり。心の切成事は、遣方なけれ共、風姿は何となく有べし。かやうに何となく、する〳〵とある内に、心の修行現はれて、必ず此風の本意となる也。上を色どり、飾りたるばかりにては、物弱く片腹痛き事在。是、当流の用心也。以前、幽玄の余情には、春の曙のごとく、此恋慕には、秋の夕部を望むがごとし。かやうの事は、耳遠きやうに候へども、よく〳〵謡ひ知れば、極めて物近く、やすき事なり。

古歌　忍ぶれど色に出でけり我恋は　物や思ふと人の問ふまで

「夕の嵐、朝の雲。何れか思のつまならぬ、寂しき夜半の鐘の音。鶏籠の山に響きつゝ、明なんとして、別を催し、せめて閨洩る月だにも、暫し枕に残らずして、又、独寝になりぬるぞや。翠帳紅閨に、枕を並ぶる床の上、馴れし衾の夜すがらも、同穴の跡、夢もなし。よしそれも、同じ世の、命のみをさりともと、いつまで草の露の間も、比翼連理の語らひ、其驪山宮の私言も、誰か聞伝へて、今の世まで洩らすらん。さるにても、我夫の、秋より先に必ずと、夕部の数は重なれど、あだし言葉の人心、頼めて来ぬ夜は積れども、欄干に立つくして、そなたの空よと、眺むれば、夕暮の秋風、嵐、山颪、野分も、あの松をこそは訪るれ、我待つ人よりの、訪れを何時聞かまし。せめて物、形見の扇、手にふれて、風の便と思へども、夏もはや杉の窓の、秋風冷やかに吹落ちて、団雪〔の〕扇も、雪なれ

下『井筒』のサシ謡より上歌まで。
法の声　読経の声。
14切　心がこもって一層適切。　**宮女**　女官。宮仕えの女。底本「宮木」。
由ありながら　風情があって。
直やか　ただしく。
おほどか　おおらか。
引きつくろひ　体裁をととのえ。
拙し　不細工である。
曲風　曲のおもむき。ここでは、上品な味わい。　**風姿**　すがた。風采。
当流　当方の流儀。
用心　注意すべきこと。
耳遠き　聞きなれない。
物近く　なんとなく親しみがあって。
古歌　『拾遺集』平兼盛の歌。
夕の嵐…　『班女』のサシ謡より曲(くせ)の終りまで。
鶏籠の山　中国通城県にある山。形が鶏婁(鼓の一種)に似て、夜静かな時は鼓の音がするという伝説がある。
閨　寝室。
翠帳紅閨　緑のたれ幕と紅色のねや。貴婦人の寝室。　**衾**　夜具のふとん。
同穴の跡　同じ墓穴に葬られること。ひいては夫婦の仲のむつまじいこと。
さりとも　そうであっても。
いつまで草　蔦の別称。ここでは、いつまでも待つということ。
比翼連理　比翼の鳥と連理の枝。夫婦の仲のむつまじいたとえ。
驪山宮　唐の玄宗皇帝が楊貴妃のために設けた華清宮。

ば、名を聞くも凄じくて、秋風恨あり。よしや思へば是も実、逢ふは別れなるべき、その報なれば、今更、世をも人をも恨むまじ、たゞ、思はれぬ身の程を、思ひ続けて、独居の、*班女が閨ぞ寂しき」。

返す〴〵、恋慕は一大事なり。昔の名人達の、この謡などを、*様がま敷申され候。残りの四音は、紛るゝ方候へども、恋慕の儀は紛らかされず〔候〕。其子細は、*思ひ入過し候へば、必ず、*無常の声になりて、更に聞かれず候。思ひ候はねば、又、*恋の道理、薄くなるなり。されば、連歌などにも、恋の句などの面白はなりがたしと、連歌師達も申され候。如此の時分、よく〳〵分別有べきもの也。*此曲は、*乱曲有。秘事なり。

一 第四、哀傷。此曲味は、春の花も皆散り〴〵になり果てゝ、野山も風の物凄き、木々の梢、*浅茅が原の景色を見るがごとし。染め〳〵つる色を尽くし果てゝ、*茅屋の荒れたるに、虫の声、幽かなる心なるべし。されば、恋慕・哀傷の二つは、心得*一円に別成を、人毎に、同じ声に謡ふ事、是、をかしき事なり。よく〳〵分別すべし。

*古歌　浅茅生や袖に朽ちにし秋の霜　忘れぬ夢をとふ嵐かな

「*草虫露に〔声〕しほれ、〳〵、尋ぬるにかたちなく、老松すでに風絶えて、問へども松答へず。実にや何事も、思ひ堪へなん色も香も、終には添はぬ、花紅〔葉〕、何時を何時とか定めん、〳〵。一生は風の前の雲、夢の間に散じ易く、*三界は水の上の泡、光の前に消えむとす。*依爛殿の内には、*有為の悲しみを告げ、翡翠の帳の内には、*有漏の願力あるとかや。栄花は是、春の花。昨日は盛んなれども、今日は衰ふ。願力の秋の光、朝に増し、夕べに滅ずとか。春去り秋来つて、〔花散じ葉落。〕時移り所変じて、楽しみ既に去て、〕悲しみ早

あだし言葉　あてにならない言葉。
団雪の扇　円く白い扇。寵愛が衰えて顧みられなくなった身のたとえ。
班女　漢代の女流詩人、班婕妤(はんしょうよ)。
様がま敷　勿体ぶって。
思ひ入　感情をこめること。
無常　定まりのない。
恋の道理　恋であることの訳合。
此曲　『班女』。
乱曲　のちに述べられる、闌曲風の色あいのある謡い方。
15浅茅が原　茅萱のまばらに生えた野原。
茅屋　かやぶき屋根。あばらや。
一円に　総体に。
古歌　『新古今集』源通光の歌。
草虫…　『鍾馗』の上歌より曲の終りまで。
三界　一切衆生が生死輪廻(りんね)する三種の世界。欲界・色界・無色界。
依爛殿　猗蘭殿。中国、漢の景帝の宮殿。
有為の悲しみ　諸種の因縁によって生ずる生滅無常な現象。
有漏の願力　無漏の誤。漏は煩悩の意。煩悩を離れて仏果を願う心。

夕顔 三本「朝顔」。
四手の田長 四手は死出と同意で、冥土にかよう鳥として忌まれているホトトギスの異名。
冥途 冥土へ行く道。

16 闌けたる曲 闌熟の境地の謡の味わい。
非道 よくないやり方。

古びたる 古めかしく渋くさびのある。

世上 世間。

古歌 『万葉集』鴨君足人の歌。
山は… 『自然居士』の乱曲か。
匡廬山 中国江西省にある名山。廬山。仏教の霊地として有名。
から桃 あんず。
山路 諸本「ろ山」。
西王母 中国上代に信仰された仙女。
我より 島津本による。
大小 謡い方の大きい小さい。↓11
わうじゆの二字 謡う声の幅についての二つの様式。文字の発音や節の高低にはかかわらず、一方が大きく強く、一方は小さく弱く謡うこと(横竪のこと、世阿弥に論あり)。

く来れり。*夕顔の花の上なる露よりも、はかなきものは陽炎の、有か無きかの心地して、世を秋風のうち靡き、群れ入田鶴の、音を鳴きて、*四手の田長の一声も、誰が*冥途をか知らすらん。哀れなりける人界を、何時かは離れ果つべき」。

16 一 第五、乱曲。此曲は、*闌けたる曲なり。謡、未だ至らざるに、我と闌けさせて謡ふは、更に聞かれず。例へば、此姿は、庭の松などを、面白がらせて縮み〔たるを〕引伸べて、又、直なるを引縮めなどするを、物に心得ざる人、是を面白しと思ふ。是、此道の*非道なり。たゞ、かやうなるは、作物と心得候へば、更に面白からず。二葉より自然に育ちたる松の、年を経て色々*古びたるこそ、誠に面白く候へ。是も、前々の四音を勝れて謡ひ候ては、いかでかこの乱曲と成べき。当時の謡は、祝言より、はや乱曲になり候間、古人の申置かれ候事ども、皆反古に成候。ただし、*世上、如レ此候とて、此道を捨つる事も、有間敷事に候。よく〳〵分別肝要なり。

*古歌　いつしかと神さびにけり香久山の　鉾杉が下に苔のむすまで

「*山は、*匡廬山にて、*から桃多〔し〕。浦は、洞裏の梨、下を家と定めて、木蔭に住めり。疲に臨む折々は、*山路の桃を食すれば、西王母をも羨まず。又、〔*我〕より外に主なき、梨の木の下なれば、冠を直すに人咎めず。かくて三歳の春の花、〳〵。二秋の月、雲らぬ御代と楽しみ、其世空しと聞しかば、御別れ悲しさに、磯山の花をも見ず、浦の月をも眺めず。死なん命の松蔭の、草の庵に葦簾、上ぐる事もなく起き臥して、人目も知らず歎きし也」。

右、此五音の事、委しく書記し候なり。又、祝言の謡の節に*大小とつけたるは、*わうじゆの二字也。わうじゆの字は、わうは横也、じゆの字は竪なり。されば、彼二字、心持肝要也。横の声をば太く、竪の声をば細く、謡候也。かくのごとく謡候へば、声を助け、息を助け候なり。此横竪の心にて、何れの謡にも尤なり。又、*声、文をなすと言ふ事あり。これも横竪なり。その謂は、*声の色をもつて、謡に文を付くるなり。*織物、織筋は色々の色を織る物なり。あやの文と言ふ、白き上に文を織り、浅黄の上に同じ浅黄にて文を〔織り、唐茶の色にてまた其上に、同じ色にて紋を〕付くりたれば、此謡も、同声を二つに分けて、竪・横を謡ひ候へば、文を付くる故に、声文をなすと言へり。此心をよく分別して、常に心掛け、謡つけ候はねば、謡はれぬ物にて候。朝夕、心掛け肝用なり。

17 一　謡のゆりに上下と云事あり。是、*連歌の上の句・下の句の心なり。始めを長くゆり、後を詰むる事、十七字・十四字の*つもりなり。惣別、謡は歌道より出たるによりて、諸事に歌を引也。ゆりを十七・十四を合、三十一の数の心をゆると見えたり。*あながちに、其数をゆるにてはなけれども、是、たとへなり。

18 一　節に*矩の位といふ事有。*右の上下の心〔也。〕*文字移りに、前を長く引は、後を詰むる。前を寄すれば、後を長く引くは、四寸六寸〔の位〕と言へり。これは、字積りの、心の矩なるによりて、矩の位と云。例へば、六寸と六寸と合はせ候へば、*尺に外れ候。謡も前を引き、又、面白がらせて後をも引ば、六寸と六寸に成候て、謡*しだるし。此、用心の矩也。然によりて、六寸四寸に謡候へば、尺に合ふ也。かるが故によつてなり。長きを陽とし、短きを陰と定め、陰陽和合の心なり。例へば、春の日長ければ、*冬の日短し。世間も一年の内に、長き季と短き季と合はせて、陰陽和合と見えたり。又曰く、此節を長短の節とも云也。

声文をなす　毛詩大序に基づく句。心が声となっていろいろの感情をあらわす。↓30

声の色　声の色どり。

織物　底本「ほそ物」。

17 連歌　五七五・七七形式の和歌を二人又は多人数で応答しながら交互に作るもの。

つもり　字数の配分のみつもり。

あながちに　むやみに。

18 矩の位　矩は規矩、規準、法則となるもの。ここでは曲尺(かねじゃく)にたとえての位どり。

右の上下の心　前項の連歌の上句・下句の字つもりの心得。

文字　底本「又は」。

尺に外れ　あわせて一尺にならない。

しだるし　しまりがない。だらしない。

冬　大槻本「秋」。

19 つれ　シテに伴ってその助演をする人。
乙らせて　調子を低くして。
付合して　調子が離れないように合せて。
一半分　三本「一つか半分」。
そぐ〳〵に　退々に。離ればなれに。
うかがふて　吟じ方をよく察し聞いて。底本「とりかふて」、大槻・島津本による。
沙汰の限り　言語道断の。
うかがふべし　底本「とりかふべし」。

21 扇をば逆手に　普通、扇の要に近い方を手に持つが、謡の時はその反対に地紙の部分を持つから。
心拍子　形に表わすのではなく、心の中で拍子をとること。
拍子高く打つこと　扇の要で床を打っての拍子とりを、高く大きくすること。

22 一字詰め二字詰め　→序補
寸に延び　長さが延びて。

24 上端　→序補
むら　長短。不揃。
あらせまじき　無いように。
定規　定まった法則。手本。

19 一　*つれに立候者、謡ひやうの事。大夫より調子を*乙らせて謡ふべし。*付合して、謡ひ出すを聞き、文字*一半分ほど、遅く付るなり。大夫と同じやうに謡ひ出し候はんと思ひ候へば、謡出揃はぬ物也。付合、いかにも、*そぐ〳〵になきやうに、一口にて謡ふ様に聞え候やうに嗜むべし。大夫の謡、よく吟じ*うかがふて謡ふべし。もし、大夫より早く謡出す事など、*沙汰の限り恥辱也。たとひ、大夫下手にて、つれ上手成共、大夫〔へ〕付けべし。惣別、つれに限らず、諸役者、共に何と上手の寄合にて、大夫一人下手成共、大夫を*うかがふべし。これ、上手の態なり。仕舞なども、つれと大夫と、二人してする仕舞有時、大夫忘て、文句に外れ、遅く候とも、つれの方よりせまじきなり。

20 一　謡の息つぎのこと。女能などに荒々と息をつぐ事、見苦しき物なり。息のつぎやう、いかにも静かにつぎてよし。

21 一　地謡を謡ひ候時、*扇をば逆手に持、要にて、そと*心拍子を打つべし。*拍子高く打つこと、有べからず。

22 一　謡に*一字詰め・二字詰めと言ふ事は、一字詰めて二字延ぶるを一字詰めと云。又、二字詰めて一字延ぶるを二字詰めと言へり。三ながら延ぶる事、*寸に延び、心の矩に外るゝにより、謡しだるし。返す〴〵嫌ふ也。

23 一　文字送りと云事。長き字、二続き候時は、前の長き字を謡ひ消し、先え早く取付けば、謡、軽し。是を文字送りと言へり。

24 一　*上端二ある曲舞、是を二段曲舞といふ。長き曲舞にあるものなり。其子細は、長き曲舞は、謡に*むら有。そのむらを*あらせまじき為に、上端を二定め、それを*定規にして、曲舞の位を定め、始めの上端、重し。後の上端は、軽く上ぐる。是も陰陽の心也。惣別、上端の位、始、字二三ほど、静々と上げ、後の字、引離しを軽く地へ渡す事。これ、習なり。上端しだるければ、*地までもしだるくなるもの也。その心加減、肝要なり。但、もし、地謡*むさと早くなり候はゞ、又、上端にて押へ候べし。上端、一大事なり。上端、悪しく候へば、惣別の位に背き、むさとしたる物に成なり。

25 一　*和歌の謡ひやう。始めを何となく、拍子に構はず、軽々と、尤に候。舞のうちより*乗る心有て、和歌謡ひ出し、後、二つ三つにて乗するを、よしと言へり。あまりに*むまく乗するは、初心なる物なり。

26 一　*謡据ゑ、打切らする所の事。謡据ゑても、もし、玆*初心にて、打切らぬ事有。其時は謡ひ返さず、直に次へ取り付き、謡ふものなり。これ、習也。

27 一　謡損ひ候所の事。人、付け候はゞ、末へ取付べし。前の忘れ候分を、謡ひ直さぬ物也。謡損ひ候とて、気を失ふまじき也。*当座の怪我と思ひて、先を嗜むべし。怪我を忘れず候へば、後まで不出来成物なり。

28 一　四月朔日、同じく卯月八日などの謡、『賀茂』の小謡、尤に候。

29 一　*小謡の謡ひやう。「歩みを運ぶ宮寺の」より謡ひ出し、「松高き」と謡ふてよし。其まゝ「松高き」とは、*式正の時には、謡はぬ也。何れの小謡も、同前。

30 一　*音曲声出口伝。*一調・二機・三声。調子をば機が持つなり。吹物の調子を*音取りて、機に合はす。まして、目を塞ぎて息を内へ引きて、さて、声を出せば、声先、調子の中より出るなり。調子ばかりを〔音〕取りて、機に合はずして、声を出せば、声先、調子に合ふ事、

地　地謡。

むさと　むやみと。

25 **和歌**　舞の終りの部分にある、シテの謡う和歌。

乗る心　囃子の拍子に乗る心持。

むまく　うまく。

26 **謡据ゑ**　謡の一節の終りを謡い切って。

初心　初心者。

27 **当座の怪我**　その場のあやまち。

29 **小謡**　「歩みを…」は『老松』の下歌。「松高き」は『弓八幡』の上歌。従って誤記か。

式正　本式。正式。

30 **音曲声出口伝**　音曲の謡い方の奥儀を口頭で伝えること。世阿弥の『音曲声出口伝』の第一条とほぼ同じ。

一調二機三声　謡の発声方法の順序に関する教え。「調」は調子、「機」は気で、気合。

音取りて　耳で調子を聞き取って。

*左右なく、調子をば機にこめて声を出す故に、一調子・二機・三声とは定むる也。又、*調子をば機にて持、声をば調子にて出、文字をば*唇にて分つべし。文字にも*か丶らぬほどの曲をば、顔の振りやうをもつて、あひしらふべし。*毛詩曰、「情発二*於声一、声成レ文、謂二之音一」。

31 一 大夫謡候謡、自然、忘るゝ事あり。その時、思ひ出し、次第に地より付け、其付けやうの事。一人早く思ひ出したる人、付け候はば、こゝかしこ〔より〕、口々に付けぬものなり。一人、付候人も、調子の違ひ候はぬやうに、*すかして付けべし。*当声にて付けぬ物なり。かやうの事、目の前に多き事なれども、よく心得て付け候人は、稀に候。かやうの事、肝要なり。悪しく付け候へば、大夫も*気を失ひ、先を、又忘るゝことあり。又聞ても、聞にくき物なり。

32 一 曲を*訛ること。*節訛りは苦しからず。*文字訛りは悪し。節は、大略*てにはにあるものなり。訛りと言ふ事、音曲の内にて、第一の聞きにくき物なり。よく／＼*不断心掛けて嗜むべし。

33 一 謡に祝言・*望憶の声の分ちを知る事。呂律二つより、出たる也。呂と云は、喜ぶ声、出る息の声なり。律と云は、悲しむ声、入息と言ふ也。先づ、根本を心得べきやう、*如レ此。祝言の声は、機を*躰にして、機に声を付けて出す声なり。是、強き*音声なり。これは、呂の*性根也。機を計りて強き声は、息を出す義に当たるべし。是呂の声、祝声なり。然ば、祝言第一也。望憶の声といつぱ、声を躰にして機を緩く持つ。是、柔かに弱き心なり。機を緩く持つは、入息の心なり。これ、律の儀、哀れなる性根也。然ば望憶と名付。

左右なく 「左右なくなし」の誤。なかなか容易でない。
調子 底本および諸本「三てうし」。
唇にて分つ 文字の発声を唇でいい分ける。
か丶らぬ 唇で分ける事の出来ないような。底本「か丶はらぬ」。
毛詩 孔子の編といわれる五経の一『詩経』。毛亨が註を加えてから「毛詩」ともいう。
於声 底本「吟声」。
31**すかして** 間をおいて。
当声 大槻・内閣本「たう声」、島津本「とう声」。胴声。胴間声のことで調子外れの濁って太く下品な声。
気を失ひ 動顚して。びっくりして。
32**訛る** 標準とは違う。→『音曲声出口伝』第三条
節訛り・文字訛り →74
てには 「てにをは」の略。
不断 平常から。
33**望憶** 過去を思い出し、なつかしんで悲しみに沈むこと。ここでは、悲哀の曲の味わい方。→『音曲声出口伝』第五条
如此 底本「かくのごとく」。
躰 体用(ゆう)の体。体は本体、実体。用は作用・応用。
音声 人の声。声。
性根 性格。

さる程に、祝言声には、機をはる故に、調子の*甲る事を癖とし、望憶は機を緩く持故に、調子の*乙るを癖とす。

34 一　謡に、曲舞と申は、*一道より出でたる故、*たゞ謡には、*黒白の変り目有。然れば、文字にも曲にも、舞を添へたり。*惣名を謡といふに、曲舞と言ひたるを以前に〔曲〕有と知るべし。此変りと云は、曲舞は、拍子が躰を持つなり。たゞ謡は、声が躰を持つて、拍子をば用に添へり。然れば、曲舞は拍子が躰を持つ故に、舞と言ふ文字を曲に添へたり。さる程に曲舞と言へり。立て謡ふ態なり。*風躰より出る音声なり。然ば、*昔はをの〳〵*別の事にて、曲舞は曲舞の*当道にて、普く謡ふことはなかりし。*近代、曲舞を和らげて、小謡に節を付て謡へば、殊に〳〵面白く聞ゆる故に、当時、殊更、*曲舞のかゝり、第一の*弄びとなれり。是は、*亡父、申楽の能に、曲舞を謡ひ出したるによりて、此曲〔*舞〕、普く持遊し也。『白鬚』の曲舞の〔曲〕、最初なり。さる程に、曲舞かゝりの曲を、大和謡と*侍り。かゝる程に、曲舞の節の*こわきを和らげ謡。*地に成ゆく所に、曲の道、少づゝ違ふ事を*知らず。曲舞のかゝり有。然共、面白事、肝要なれば、是を僻事とは申さぬなり。さりながら、此変り目を知らざれば、*理るべき道〔を〕、*理るべき導師〔は〕、絶えたる〔に〕成べき事、本意に背くなり。抑、曲舞謡の変り目と言ふは、曲舞、拍子を躰に謡ふ曲なれば、文字をば拍子が持によりて、文字も句移りも*軽し。又、拍子に*引き引るゝによりて、所々訛る*章あり。されども、*ひとかかり聞えて、面白き*風聞、これ、拍子の面白き性根なり。さるによつて、すこし訛る所も、*一躰のかゝりに聞ゆる也。是を曲舞かゝりの風聞とす。たゞ謡と申は、拍子にて飾る事もなく、たゞありのまゝに謡ふ故に、文字の章紛れず。さる程

甲る　調子の高くなること。
乙る　調子の低くなること。
34 一道　一つの芸道。ここでは、曲舞道。→『音曲声出口伝』第六条
たゞ謡　猿楽本来の音曲である謡。
黒白の変り目　非常な違い。
曲　底本「曲舞」。
惣名　総称。
風躰より　舞の風体を根本として。
昔　底本「春」。　**別**　特別。格別。
当道にて　曲舞を専門としている人達のものであって。　**近代**　近頃。
曲舞のかゝり　曲舞風の音曲。「かゝり」は風情。
弄び　慰み興ずるもの。
亡父　世阿弥の父観阿弥。
曲舞　大槻本による。
侍り　言いならわしている。
こわき　節のかたいこと。底本「こわさき」、島津・内閣本による。
地に成ゆく　小歌節に接近してゆく所。
知らず　一般の人は知らない。
理るべき道　道の正しい筋目。
理るべき導師　音曲の正しい筋目をはっきりと認識させることの出来る指導者。
軽し　軽々と謡い進められる。
引き引るゝ　左右される。
章　声。アクセントのこと。大槻本「性」。
ひとかかり　一つの趣があるように。
風聞　耳にひびく音曲の風情や味わ

に、謡の*瑞相現れて、*さしごと・たゞ言ばかりして、一句一曲に至るまで、耳に澄して心を静め、謡ふ人も聞く人も、同心に一曲の肝用に応ず。則、正しき感也。毛詩曰、「正二得失一動二天(地)一感二鬼神一莫レ近二於詩一」。かくと言へるも、此感なり。然れば、直感なるが故に、*得失を現すと言ふ。身心を驚かす感も、天地動かすと言ふ。敵を和らぐる所を、鬼神を感ぜしむると言へり。然ば、誠の*正風をば現さず候故、文字も句移りも*正也。そのうちに、上手の態と云は、〔此正をよく色どる也。正は〕無文なり。されば、声文をなすと云事、是也。

35 一　謡に句つぎ・息つぎといふ事。*一字を言はで、〔一字を〕息にする事有。句つぎと云は、打切る時、息をつかで「*うつ」と言ひて謡ひ出すを、句付と言ふなり。

36 一　大臣脇「只今、参詣仕候」、*下にて。山伏脇、低(く)。同じく、次第・道行のこと、上より。

37 一　僧脇、「思ひ候」、上より。同、次第・道行、下より。

38 一　男脇、中にて。同、次第・道行、中にて。

39 一　為手男、「只今、急候」、下にて。同、次第・道行、中にて。

40 一　『放下僧』為手男、「誰にて渡候ぞ」、上より。

41 一　*尉為手、中より。

42 一　*かへ為手、上より。

43 一　山伏為手、上より。

地、気をあげて
音曲、気をあげて
俄に下へて
文字、細やかにと*ひらり
しほ気を面白く
鼻へ*入て、声
出様、*二重なり

い。

一躰　一種。

瑞相　めでたいしるし。特徴。

さしごとたゞ言　サシ謡と節をつけないで語る言葉。

得失　益と損。ここでは、政治上の得失。底本「はくしつ」、島津本による。

正風　正しい音曲の風情。

正　声。

35 一字を　一字分を。

うつ　息をつめる時の表現。

36 下にて　低い調子で。

▽41項から53項まで、底本では45・46・47・52・51・53・41・42・43・44・48・49・50の順。

41 尉為手　尉(老人)が主人公の曲のその尉役。

42 かへ為手　不明。

▽下の囲みの中の意味不明。

ひらり　島津本「ひとり」。

入て　内閣本「入也」。

二重なり　↓二37。あるいは「声の出し方が二通りである」ことを意味するか。

45 以下51項まで意味不明。

46 底本は46〜51に分けられているが、46 47・48 49・50 51は二項目で一続きの内容であろう。この場合、「一千」は「いつち(一番に、最も)」のことで、「きつく」をさらに強調する副詞。従って、49と51の「一」は衍字か。ここで「一」を三つ除くと、(結)に述べられた「八十五箇条」に合致する。

しゆ 島津・内閣本による。

51 かいこ 「開口」か。

52 くせの所 底本および諸本「くせの戸」。

本声 三本になし。

たしやかに 確かに。

56 直面 面をつけない素顔のままの役。

57 古びて 古(ふる)びて。さびた渋味があって。 **甘くなきよう** きびしく。しっかりと。

59 神祇・仏法 神や仏の登場する能。神祇は、底本「神秘」、島津本による。

60 憑物 人にのりうつった物怪(生霊・死霊)として登場する能。**かたよりて** のりうつって。

44 一 物狂、上より。

45 一 もの字、けすごとくなり。しほへ行く、当時の事。

46 一 ゐんさん〔*しゆ〕の五。「えん」と申は、

47 一 千きつく強く語る。

48 一 「さん」は、〔中〕なる物語。

49 一 「しゆ」は、「さん」の下。

50 一 「の」は「しゆ」の下。

51 一 「五」は、*かいこ。「縁」より上にて。

52 一 *くせの所、*本声、心を*たしやかに持(もつ)べし。

53 一 仕手(して)の語は美しく語るべし。脇の語は強く語るべし。仕手の語に色々有。脇の語にも、色々あり。条々。

54 一 女の語は、いかにも、しなやかに美しく語るべし。但、物狂ならば、心持違ふべし。

55 一 男の語。是も美しく語(かたる)べし。さ〔り〕ながら、弱きは悪しく、これも、物狂は違ふべし。

56 一 *直面(ひためん)の語。第一、顔癖なきやうに嗜むべし。

57 一 尉などの語は、いかにも*古びて、*甘くなきやうに語(かたる)也。

58 一 軍物語などは、いかにも美しがらせず、強味を本と語るべし。声なども、呂を本とし、甲を少く語るなり。

59 一 *神祇など、*仏法などは、いかにも、真に殊勝に語るべし。

60 一 *憑物など、人に*かたよりて、古を語る物語有(あり)。是などは、いかにも弱々と執心をなし、

*心を胸に持ちて、哀に語るなり。又、曰く、物狂も、*妻や夫に離れ、子を失ひなどしたる物思ひの狂乱は、右と同前也。たゞし、仏神の咎め、*魔縁のものなど、魅入て物に狂ふは、各別也。これ、又、いかにも荒々と、強味を本とし、凄じく語るなり。何も、語の品々、心得肝要なり。

61 一 脇、為手に謡ひ掛けやうの事。女の部類・児童の部類などを、いかにもしとやかに、荒々しき事を去り、*しなふ心に問ひ掛け候なり。

62 一 *上人などの脇に、為手、*賤の男ならば、脇への問ひ掛け、其心得あるべし。

63 一 貴人・高人の問ひ掛け候所、常の世間の作法のごとく、心に持つべし。何れも*似せ物なれば、*さあつべし。「句」よく仕似せ候事、肝要也。たゞし、又、あまり似せ過せば、*塩辛き物なり。塩合ひ加減、肝用也。

64 一 鬼神に物言ふ事。是、いかにも弱味なし。強々と面白がらせずに、たしやかに問ひ掛くべし。神には、真に謹んで言葉を交すべし。鬼へは、*下る心なり。

65 一 菩薩などの為手に、脇よりの謡掛け、いかにも真に心を澄まして、貴く謡掛くべし。

66 一 *大内女﨟などの為手に、脇、常の人ならば、謡の言ひ掛け、違ふべし。何も、能と言ふは、世間の物真似なれども、*筋の違ひ候はぬやうに、其躰有べし。

67 一 *家人・家の者などに、物言はすること。是又、世上に常にある作法のごとし。さりながら、其躰、能にてあらば、分別有べし。

68 一 幻・夢中の人などへ、言葉を交す事、*大事也。分別口伝あり。

69 一 関守などの脇、いかにも*萎れぬ心を持、強々と謡ふべし。

心　執心の心。
妻や　三本「妻にをくれ」。
魔縁　悪魔が正道を妨害すること。悪魔そのもの。
61 しなふ心　しなやかに美しい心。
62 上人　位の高い僧侶の敬称。
賤の男　身分の卑しい男。
63 似せ物　似せようと心がけた物。
さあつべし　そのように宛てるべきだ。よく似せるようにすべきだ。
塩辛き物　行き過ぎてよくないこと。
64 下る心　見下げる心持。
66 大内女﨟　御所にいる身分の高い女官。
筋の違ひ　見当ちがい。
67 家人家の者　将軍譜代の家臣や、その家の従者。
68 大事　底本「一事」。
69 萎れぬ心を持　力がぬけぬようにしっかりした心持で。

70 一 人商人、是も、いかにも萎れぬ心を持ち、強く荒々と謡ふべし。

71 一 賤しき木樵・炭焼・山賤*などの為手に、脇、貴僧・高僧・*雲の上人ならば、いかにも気高く、*向を*押下げて、*物問ふべし。これ、心持なり。

72 一 物狂の仕手に問ひ掛けやう。美しがらせずして、たしやかに問ふべし。真に問ひ掛け候へば、似合ぬものにて候。さやうに候へばとて、むさと問ふにあらず。是は心持なり。

73 一 大夫の謡ひ様。右の脇のそれぐの為手に、謡ひ掛けやうの心持、同前。

74 一 曲に訛る事。節訛りは苦しからず。文字訛りは悪し。文字訛りと申は、一切の*文字は、*章違ひ候へば訛るなり。節訛りと申は、てにはの仮名の字の章なり。てにはの字の*章は、*言ひ流す言葉のなびきによりて、*正に違へども、節だにもよければ苦しからず候。よくく心得分けて、口伝すべし。てにをはの文字のこと。てにはをかけ、もし、かやうの終り、仮名の正は違へども、節かゝりよければ苦しからず候。節と申は、大略、てにはの文字の声也。惣じて、謡をば、*いろは読みに謡はぬなり。*真名の文字の内を言ひて、*詰め開きをば、てにはの文字にて、色取べし。節は、大略てにはに有物也。

75 一 *台詞の事。大夫の台詞・脇の台詞、違ふべし。狂言へのあひしらひ〔同前なり。大夫は、*物浅にあひしらひ〕てよし。脇は、いかにも細やかに云てよし。

76 一 鬼の大夫の時は、いかにも、強味を本と、怒れる心に謡ふべし。

77 一 女の大夫の謡。いかにも、*しなやかに謡ふべし。

78 一 尉の謡。いかにも、古びて謡ふべし。

79 一 物狂の大夫。いかにも、音曲に構はず、するくと謡べし。謡、真に謡は、本意にあ

71 山賤　木樵・炭焼役などの山賤のシテはの意。
雲の上人　清涼殿の殿上の間に勤仕する人。殿上人。ここでは高位の人。
向　対手。
押下げ　見下げて。
物問ふ　言葉をかける。

74 文字　言葉。
章　声。発音のアクセント。
章は　底本「しやうの正は」。
言ひ流す言葉のなびき　節をつけて謡い下してゆく、言葉の音楽的なびき具合。
正　章の宛字。
いろは読み　一字一字を同程度の間をとってよむ「ひろい読み」。
真名の文字　漢字。漢語の謡い方についての指示。
詰め開き　文字と文字との間の詰め方や開き方。

75 台詞　言葉の部分。
物浅に　あっさりと。

77 しなやか　底本「しなか」。

らず。

80 一 *歌舞の菩薩などの大夫。いかにも、真に心を*殊勝〔に〕持ちて、謡ふべし。これ、謡ひやう、心持の習なり。よく〳〵、〔それ〴〵〕の能の肝要也。

81 一 惣別の脇、為手へ謡はせ様。いかにも面白がらせず、*音曲がましき事もなく、たゞする〳〵と謡べし。脇、*謡しだるく面白がらせ、謡ひかけ候へば、為手の*曲をなすべきやう、なく候。いかにも脇の謡、*ねばきは悪しき第一なり。*さく〳〵と軽く謡掛け候事、肝要也。大夫と脇との謡、〔水〕際立ち、きらりと、別に分りて聞ゆること、第一の上手の態なり。心得肝用なり。

82 一 一字しほり、二字しほりと言ふことあり。一字しほりは、〔一字謡、〕二字目を*しほるを、一字しほりとて、*くる節の本也。二字しほりと申は、二字謡ひて、三字目をくるを、二字しほりと申て、第一悪しき節なり。

83 一 三字下り・三字上り・三つ引きと申も、皆、並ぶ節の事にて候。*三字上りと申は、三つ続引てくり上ぐるを申なり。声入候て、謡ひ悪う候てより、第一聞悪き物也。是、大きに嫌ふことなり。*三字下りと申は、下ぐる節の、三並べて下げたるを、三字下ぐると申也。是、大きに嫌ふ節なり。三引と申は、引く節を三つ並びたるを、三つ引きと申候。謡のねばくしだるき瑞相なり。殊更、嫌ふ節なり。何も、似る事の並ぶは、聞き候ても、*同名にて聞悪し。其上、謡しだるく候て、囃子の重荷と成候。よく心掛けべし。

84 一 謡ひ止め。*端のてにはの事。「に、けり」、「ぞ、ける」、「こそ、けれ」、「や、らん」と留まる也。

80 **歌舞の菩薩** 極楽浄土で天楽を奏し歌舞して如来を讃歎する菩薩。ここでは、そうした菩薩役。

殊勝に 神妙に。

81 **音曲がましき** 殊更に音曲らしさを強調すること。

謡 底本「のふ」。

曲 曲趣。おもむき。

ねばき ねばって重い謡い方。

さく〳〵 ねばきの反対。軽快な謡の形容。

82 **しほる・くる** ともに節のある部分を高音に上げて謡うこと。

83 **三字上り** 底本「三つあかり」。

三字下り 底本「三つさかり」。

同名 同じ名。ここでは、変化のないこと。

84 **端** 謡い留めの終りの部分。

85 一 座敷謡、鼓なき時の謡やうの事。謡ひ据ゑ候処、大略のところ、謡据ゑ候がよく候。

86 一 *同音の付合のこと。祝言のは、強く付べし。恋慕・哀傷・*述懐などのは、いかにも弱く付べし。取分け、*くどきの末など付けべし。肝腎也。いかにも似合はせ、美しく付けべし。修羅・鬼方の付合、いかにも強くたしやかに付けべし。何も、それ〴〵の付合の心持、肝要なり。

87 一 『女郎花』『源氏供養』などは、脇の謡を聞違へ、早く出す事有。此時〔の〕謡ひやう。脇、やがて心得て、謡を先へ飛び、大夫へ謡ひ掛けべし。是、習なり。かやうの事、*何れへも渡べし。此類の能、多し。

88 一 音曲を謡はんと思はゞ、其前を、いかにもするりと謡ひ、*外れに音曲を謡ふべし。惣躰の、*節がましきことを謡候へば、音曲の威光なきものなり。珍しく曲を謡はんと思はゞ、その前を*ろくに謡ふ事、習也。

（結） 以上、謡の極意、八十五箇条。此巻に表はす所、大形、これより奥深き事、有間敷候か。さりながら、*百様を知りて、一様を分けがたしと言ふときは、奥の終りはなきと聞え候。かやうのことも、人数多知り候て、とり〴〵に*我々と沙汰候へば、右の伝書は、徒らに成候。とかく、秘書と申は、いかにも奥深く隠すをもつて、奥とす。

86 **同音** 合唱。当時は、シテ・ツレ・ワキ・地謡全部での合唱。
述懐 心の中で思いを述べること。ここでは、そうした心持の能の部類。
くどき 怨言・述懐・懺悔などをしめやかに謡う文句。

87 **何れへも渡** どの謡にも通用する。

88 **外れに** 終末部で。
節がましきこと 殊更に節を強調すること。
ろくに ゆがみなく正しく。技巧的でなくすらりと。

（結）**百様** さまざまの状態。
我々と 我も我もと。

花伝書 四巻

(序) 凡、鼓といつぱ、天地・陰陽を象り、大鼓・小鼓と号せり。小鼓は陰なり。大鼓は陽なり。鼓に穴を六つ開くる事、六曜の星を表せり。大鼓は月にたとへ、笛は日を象る。胎蔵界・金剛界と云り。笛と〔いつ〕ぱ天竺にては薬王、大唐にては馬融の作り給ふ。極楽にては薬王菩薩と言へり。竜の姿を学び、水中に竜の鳴く声を聞き、竹に八つの穴を開け、八葉の蓮花と観念して、此声を学ぶ。太鼓といつぱ、尾張の国熱田の宮に住給ふ源太夫の神、岩戸の時、始給ふ。何も、其謂れ数多ありと言へ共、大形、是に書き侍る。拍子の心持、口伝多し。習を本として、序破急・陰陽の分ちを正し、文字〔づもり〕・句移り・謡の乙り甲りを吟じて、面白く嗜み囃し候事、肝要なり。拍子にさへ合はばと思ひ打ち候をば、盲打ちと申也。とかく、稽古わたくしにしては、成がたし。岩尾に花の咲きたるやうに、御囃子あるべく候。面白がらする事ばかりを本にするは、第一の悪しき事にて候。よろづ、囃子の心持、この巻上下に表はす条々〔かくのごとし〕。

四日の能の囃しやうの事

1一 初日は、二日の手を残し、色よき花の蕾みたるやうに、囃すべし。

2一 二日目には、三日目の手を残し、昨日まで咲かざりし花の、今日やうやくかつ咲きたるやうに、囃すべし。

(序)穴を六つ 鼓の革を筒に固定させるために結ぶ緒の穴。
六曜の星 吉凶を定める基準となる六つの星。
胎蔵界金剛界 密教で説く世界。胎蔵・金剛は、それぞれ大日如来を慈悲と智徳の両部面から説いている。併せて一切の諸尊が、この両界におられると考える。
薬王 薬王菩薩。
馬融 中国後漢時代の人。鼓・琴・笛をよくした。底本「馬鳴」。
観念して 心を鎮めて深く思い考えて。
源太夫の神 熱田神宮摂社に祀られている音楽の神。底本「源太夫のしんひ」、三本「源太夫の神かの」。
岩戸 天の岩戸開き。
乙り甲り 低音・高音。
盲打 謡の文句を考えないでむやみに打つこと。
わたくしに 自分勝手に。三本「無沙汰に」。
岩尾に花 花が咲くはずのない巌に花が咲くように、面白く。
かくのごとし 島津・内閣本による。
四日の能 室町期の勧進能は四日が一応の定め。
1手 囃子の手組の譜。やり方。
2かつ やっと。一寸。

3 一　三日目には、四日目の手を残し、昨日までかつ咲きし花の、今日は盛りと見ゆる様に、囃すべし。

4 一　四日目には、春を惜しみて咲き残る花の、皆咲き乱れ、木々の木末、四方の山々も色めきわたり、人の心も浮立やうに、惜しまず残す手を尽し、囃すべし。四日の囃しやう、大形、如レ此、囃すべし。五日目も有らば、その人の*手柄次第に、囃すべし。かく言へばとて、道に許さゞる事、第一の僻事なり。五日の能と言ふ事は、一切なき事にて候。四日の能も、*近代定まり候。昔は、三日より外はなく候。

5 一　万の鳴物、身なり肝用也。身なり構へ悪しければ、醜き物にて候。第一の嗜みとは、身なりの事にて候。

6 一　*音色を忘れて、*味を知れ。

7 一　身なりを忘れて、拍子を知れ。諸々の癖のなきやう、第一の嗜みなり。

8 一　*御前の囃子の事。調子は双調也。謡手は、頭を下げて謹んで謡ふ。*大小、いかにも*真に囃すべし。*や声〔高く〕掛けべからず。太鼓、貴人の御前を少し*峙てゝ打つべし。あまりに、*刻、高く打つべからず。何も、よく祝言を含み囃すべし。

9 一　大夫、*感有仕舞ある時、*大小・太鼓によらず、手を打たぬ物也。是、まぎるゝ手と言ひて、大きに嫌ふ事也。

10 一　*当座の花、*終の花と言ふ事有。当座の花と申は、誉められたき事ばかりを思ひて、謡の*文字の鎖りやうをも知らず。もとより、伸べ縮めをも心掛けず、盲打ちに*沢山に打候へば、知るも知らぬも、是を誉むる。これ、当座の花と言ひて、下手の仕業なり。終の花と

4 手柄次第に　腕前にまかせて。

近代　近頃。

6 音色…　よい音色を出そうとばかりこだわらずに。

味　曲柄の味わい。

8 御前　貴人のおん前。

大小　大鼓と小鼓。

真に　格調正しくしかも重々しく。

や声　鼓方のかける「や」という掛声。「高く」は島津・内閣本による。

峙てゝ　太鼓の撥(ばち)をきわだたせやや高く上げて。

刻　太鼓の打ち方。撥を低く使うのが基本。

9 感有　人を感動させる。

大小　底本「大鼓」。

10 当座の花　その場かぎりの見た目の美しさ。

終の花　奥儀をきわめた者が、持ちつづけることの出来るという美しさ。

文字の鎖りやう　文字のつながりよう。

沢山に　力いっぱいに。

申は、知る人稀なり。習を本とし、道を道に正し、その謡の文字に取合ひたるごとくに、強くするりと打ち候へば、当座は、物寂しきやうに候へども、取寄りて聞けば、解けて、面白し。当座の花は、始面白く聞ゆれども、取寄りて面白からず。是、上手下手の分ちなり。

11 一　知らぬ謡を囃すべからず。人毎に知りたる振をして御囃し候、皆、僻事多し。謡の公案有べく候。但、知らぬ謡を囃しやう〔の〕習は、すぐの拍子を心得、囃すべし。口伝にあり。

12 一　鼓の手に嫌ふ心持の事。しいさりやむ、二ついへをる、たちうほ(は)、鼓にさはらず、〔う〕たふ時の地。

13 一　文ある能・無文の能と言ふ事あり。囃、よく口伝すべし。無文なる能は、見所なし。さる間、囃子までなり。手を砕く囃子也。文ある能は、見所に候間、直〔に〕能を本に囃すなり。

14 一　鼓の手の打ちやう。声を掛くれば、頭の位に成ものなり。手には、声掛けぬ物なり。手と云事は、謡の文字鎖・伸べ縮めを、聞合はせて打べし。こゝに手有とばかり思ひ、うかく〳〵と打ち候へば、手、機に乗り候はぬ物也。よく〳〵謡を吟じ、相応したる手を打つべし。謡の呂より打つ手は、乙より打ち出べし。謡の甲より打つ手は、刻より打ち出すべし。呂・甲に、相応肝要なり。

15 一　座敷の囃子の事。響などなき所にては、手許を本と思ひ、音の事をば忘れ、囃すべし。響有所にては、浮き〳〵と囃すべし。惣別、響の座敷、響かぬ座敷、殊の外、違ひなり。

取合ひ　よく合うこと。
取寄りて　よく耳に入れて。注意して。
解けて　納得がいって。

11 人毎に　誰も彼も。囃す人皆が。
公案　禅宗で、悟道のために与えて工夫させる問題。ここでは、謡についての囃子方の工夫。
すぐの拍子　すぐは「直ぐ」。素直に囃す拍子のこと。

12 しいさりやむ…　意味不明。この項の原典となっていると考えられる宮増親賢の『小鼓口伝集』には「シイサヤム二ツイヘヲルタチウホ(ハ)ツ、ミニサワラズ(ウ)タフトキノテ」とあるから、鼓に関する道歌か。

13 文ある能無文の能　美しい色あいのある能と、そうでない能。
手を砕く囃子　囃子方にいろいろ手段をつくした苦心の囃子。

14 声を　掛声を。
機に　ちょうどよいしおどきに。底本「しなにのり」。
呂　低音。
乙　鼓の音の低めの打ち方。
甲　高音。

15 響などなき所　鼓の音色や響の出せないような場所。
手許　鼓を打つことそれ自体。

稽古の時、その座敷の工夫を分別して、嗜み候へば、よく候。響なき処にて、*手がましく打まじきなり。

16 一 静なる事・早き事、心得有。早き事には、*手を早く、心を静むる。静か成事には、手を静め、心を勇む。か様の心持をも、*大和がゝりには、*女はかせ・男〔は〕かせの位と言へり。陰陽の事也。心持と手とを、二つに分くる義也。

17 一 出端の位に、*沓冠の位といふ事あり。習に云、先の謡を*胸に含み、心の内に吟じて、其位を考へ、打出すべし。*出端・〔一〕声・次第、何も〔同前也。笛のひしぎ同心持也。〕大小・太鼓打出の習、大形、かくのごとし。心、持ち候はねば、*先の謡〔の〕位に背くなり。*間の謡の末の位を、脇、先の出端の位に謡ひ納むる。其位を受け、先の大夫の出端の位を吟じ打つ故に、沓冠の位と言へり。

18 一 *舞のおろす所。能にては、大夫の身構へ、足許を見合せて、おろす。座敷にては笛に従ふべし。殊に、*序のうちに、鼓大事なり。おろし所、笛と大小ともに、おろすなり。舞の間、肝腎なれば、よく心掛けべし。

19 一 鼓に嫌ふ事。第一、癖を自慢する事を、よく〱嗜むべし。いかにも〱*ほけ〱と打ち候へば、然るべく候。*慢ずる所、*一声の越より外は、有まじく候。

20 一 眼は腰にあれ。勢は肩先。*胸に気を持つ事、第一秘事なり。

21 一 思ひ忘れて*打違る心持の事。前の*怪我を取外いて、後にする事を心掛けべし。*前の心を失はずして囃し候へば、後のする態、必ず悪しき物なり。是を、慕ふ囃子・慕はぬ*囃子と言へり。上手下手の分ち也。面白き心持なり。

手がましく…　技巧的な打ち方はせぬことだ。
16 手を早く　打つ手づかいが早く。
大和がゝり　京がかりに対する語。大和地方を根拠地にして活躍した金春座・金剛座など。
女はかせ男はかせ　→23
17 沓冠の位　沓冠は、「沓新しけれど冠とならず」という格言で、物事の始終が顛倒しないとの教訓。謡出しの位と謡留めの位とが同じで、中程を軽々とした位。→七43
胸に含み　心の中に十分におさめて。
出端一声　底本「まへの声」、大槻本「前の一声」、島津・内閣本による。
先の謡　底本「わきのうたひ」。
間の謡　後シテ登場前のワキの待ち謡。
18 舞のおろす所　舞の段の途中で、囃子(特に笛)が低音に囃して静まる所。
序のうちに　舞初めの序の部分か。
19 ほけ〱と　はりきらずのんびりと大様に。
慢ずる所　ほこらしげにはりきって鼓を打つ所。
一声の越　シテが一声の謡をうたい出す時に囃す、越の段という手組。
20 胸に気…　胸の中に気力をもつ。
21 打違る　底本「打返す」。
怪我を取外いて　あやまちを忘れて。
前の心を失はずして　あやまった時の心持を忘れないで。

22 一 諸芸嗜みの事。手に合はぬ道具にてすべからず。芸は半分に聞ゆるものなり。堅く斟酌すべし。

23 一 乙と小音とは、陰陽也。阿吽の二字にも、是をたとへたり。乙・刻を取合はせ、陰陽和合と、是を言ふ。大和がゝりには、女はかせ・男はかせと言ふ。〔陰の〕能なればとて、陰とばかり心得て囃し候へば、能成がたし。陰には陽の心を交へ、手には陰を打ち、心に陽を含む。又、陽の能なればとて、陽の心持ばかりを囃し候へば、鼓強過ぎて卑しく候。手には陽の心を持ち、胸に陰を含む。これ、習なり。女はかせの中の男はかせ、男はかせの中の女はかせと云心持と、同前に候。

24 一 戻る拍子とは、次第の事也。上略・中略・下略、本頭を打。何とて、戻る拍子といふに、打ち返すにより、戻る拍子と名付たり。本の次第の事、下巻に是を表はす。地は突出す心、頭は押す心、口伝。

25 一 舞は、一声の乱れなり。口伝、有レ之。

26 一 羯鼓は、下端の乱れなり。

27 一 乱拍子は、置鼓の乱れなり。繋がぬ囃子とも言へり。

28 一 色の囃子と申事あり。赤・黒、是は早し。濃い浅黄も早し。紫・薄浅黄・白は、静かなり。薄色も、静か也。此心、知らざる大夫、能の位違ひ、囃子なりがたし。昔より申伝へ候。

29 一 色ゑの舞と云事あり。是は、『源氏供養』『熊野』『関寺』のこと也。たゞし『関寺』は、老女の舞なれば、心得あるべし。

囃子 底本「けいこ」。
22手に合はぬ 自分の力に不相応な。手になれない。
斟酌 よくよく熟慮判断すること。
23小音 鼓の音の出し方の一つ。小鼓の緒を堅く締めて軽く打つ音（チ）。
阿吽 阿は口を開いて発する声、吽は口を閉じた声。ここでは、阿が陽に、吽が陰に相当することをいう。
24上略…本頭 鼓の手組の名称。→七4
下巻 この『八帖花伝書』では、巻七。このことから、もとは上下四帖ずつであったことがあったか。あるいは、この項を引用したもとの伝書が上下二巻であったか。
地 本地。拍子の手組の基本。
頭 鼓や太鼓を強く打つ打ち方。
押す心 力を加えるような心持。
25一声の乱れ 本来の一声の応用風。変型。
26羯鼓 羯鼓を身体の前につけて舞う舞。 **下端** 一般には、女神や天女などの登場に用いる囃子。
27乱拍子 小鼓だけで囃す特殊の囃子。
繋がぬ 底本「つかぬ」。→四203
28赤黒 底本「あかしくろし」。
早し 囃子の位が早い。
早し 底本「囃也」。
29色ゑの舞 優艶な女性の演ずる、ごく簡単な舞。閑雅で一曲の色どりとしての効果がある。

30 一　鼓は、*本拍子をもつて、万の囃子を仕出。本拍子と申は、数四つなり。一拍子と申は、声に有。調の拍子と云事也。

31 一　万の鳴物、其座敷によりて、手をも打つべし。狭き所にて、声を高く掛け、大きに打ば、卑しくて、更に聞かれず候。其時は、座敷に似合候やうに、いかにも*尋常に、色よき花の蕾みたるごとくに囃すべし。〔*又、広き座敷にては、大きに囃べし。〕其座敷相応、尤に候。調子も、低き調子は、大座敷にては悪しく候。その座敷の相応、肝要也。

32 一　昔は、舞のうち、*詰り過ぐるを抑へ申候。切も同前に候つる。近代は、これ、悪しき義なりとて、抑へず候。早くなせるを、俄に抑へ候へば、〔位ぬけ〕訳もなき物に成なり。惣別、上手の囃子に、さやうの事はなきものに候。下手の囃子に、必ずある物に候間、そのまゝ、詰り過ぎさせ、留め候は、*増にて候。囃子ばかりならば、さやうに*乗らぬ囃子は、早く打上げ候事、習也。能ならば、大夫心持有べし。

33 一　芸は、心より出ることに候。心柔らかなる人のする態は、芸も*ほけて柔らか也。心の*我意なる人のする態は、必ず芸も*きつし。さるによつて、芸上り候へば、その心も直る物なり。する態、下手なれば、必ずその人の心悪しき事多し。我心を*許すこと有て〔は〕、芸下るものなり。少覚へ候て、人もよきなどゝ誉め候へば、其身に自慢し、稽古*無沙汰なり。とかく*名聞を打捨て、稽古を本とすべし。とかく、万工夫、分別より出る物なり。但、稽古なくては、分別は皆*僻事也。稽古より出たる*思案なり。上手と相手になり、*揉み合ひ囃し候へば、する仕業上る物にて候。下手と出合ひ囃し候へば、下るものにて候。其時の心持、只、我する態を*ろくにすべし。相手の下手なればとて、*ゐい声を*むさと*仕掛け威

30 **本拍子**　本地。謡や囃子を律する一定の長さ(四拍子分)。これを二つ合せると八拍子になる。

31 **尋常に**　殊勝に。素直に。

又広き…　大槻・島津本による。

32 **詰り過ぐるを**　囃子のテンポが縮まり早くなりがちなのを。

増にて候　まだいくらかはよい。

乗らぬ　謡とよく調和しない。

33 **ほけて**　ぼわっとして。

我意…　自己主張の強い人。

きつし　たけだけしい。

許す　底本「ゆるさゝる」。

無沙汰　怠ること。

名聞　世間の評判。

分別　思慮。

僻事　心得ちがい。

思案　考え方。

揉み合ひ　お互に切磋して。

ろく　力まず。たいらかに。

ゐい声　「ゐい」という掛声。

むさと　遠慮なく。むやみに。

仕掛け　働きかける。

し候事、第一の僻事也。諸芸習をば捨て、*拍子に合はゞと思ひ、我儘に色々の事をするを、拍子利とは申なり。それ〔は、上手とは〕言はれざる也。習を本として、大夫の位を弁へ、喧しくなきやうに、面白く囃すを、上手とは言へり。かくは言へ共、未だ至らざるに、上手を真似候へば、*芸弱く小さくなりて、上らぬ物也。初心の時は、いかにも強く、習のごとく囃すべし。されば、上手をば真似て、〔*下手を〕真似べからずとは、如レ此の心持によつてなり。大夫も*上・中の拍子を踏み、習を本として、面白き仕舞をするを、上手と云。踏むまじき所にて拍子を踏み、踏むべき処にて*拍子を略し、むさと*筋なき事を好む大夫を、拍子利とは申なり。是、本意にあらず。

34 一 笛の色*ゐのこと。鼓のなき所*などにて、大夫の仕舞あらば、必ず色ゐべし。例へば、『定家』などに、「今日は志す日にあたり候。墓所に参り候。御供申候はん」「心得申候。此方へ御入候へ」と言ひて、二足三足、物も言はで出る。かやうの所、外し候はで、色ゐ候物なり。同じく、狂言の心得、肝用也。か様の事、『熊野』『錦木』『*宇治頼政』などにもあり。その外、何の能にも多き事なり。笛、抜かすまじきなり。笛、なく候へば、大夫手にはなき物なり。返す〴〵肝要也。

35 一 女はかせ・男はかせ、女〔*はかせの〕中の男はかせ、男はかせの中の女はかせと言ふ事あり。当家には、陰陽と、これを言ふ。〔謡〕にて、分別有べし。陰の能は、女なり。かるが故に、弱〳〵と*たをやかに囃すべし。たゞし、あまり陰に心掛け候へば、囃子弱く候。心に陽を含むべし。手をば、陰に心得候へば、さながら手と心、陰陽和合するによりて、囃子によし。同じ陽の能、是をもつて分別すべし。

拍子に 三本「拍子をさへ」。
芸 三本「するしよさ」。
下手を 島津本による。
上中の拍子 強く弱く色々に踏む足拍子。
拍子を略し 足拍子を弱く踏むこと。
筋なき 道理に合わない。
34色ゐ 色どりのある吹き方。
などにて 底本「などになく」。
宇治頼政 『頼政』。
35はかせの 大槻・内閣本による。
たをやかに しとやかに。
36越刻 刻の手の一つか。意味不明。
張る字 謡で声を張る字。
乙る 低める。ゆるめる。ここでは、乙張(めりはり)の調和をよくする意か。
37三つ地 底本「三つき」。拍子にあわない謡に打つ打ち方。「カン三地」「乙ノ三地」といわれるもの。
38男 底本「女」。
39女 底本「男」。 **地** 底本「気」。
陽 島津・内閣本「陰陽」。
40現在の男 直面の男役が登場する、いわゆる現在物。
41又もし 「又少し」の誤か。
42序の舞 序がかりで舞い始め、あとは序破急の序の位の静かなテンポで、品位高い女性、または老人の舞う端麗な舞。「かゝり」は、舞の冒

36 一　*越刻の事。*張る字は*乙る。乙る字は張る。

37 一　小鼓、*三つ地。張る字は刻み、乙る字おつ。

38 一　*男の幽霊は、陰の中の陽也。

39 一　*女の幽霊は、頭は陰、*地は*陽なり。

40 一　*現在の男、陽の囃子なり。

41 一　草木の精、囃子の事。大略は陰なり。たゞし、陽も*又もしあり。謡により所によりて、陽をするも有。

42 一　*序の舞は、*浮けて、手を静むる。

43 一　*破の舞は、手は浮きて、心を静むる。

44 一　陰の中の陽。『熊野』『千寿』の舞なり。*是によく分別あるべし。

45 一　*鬼の囃子のこと。*力動・砕動とて、*二流有。力動の鬼は、力を働く。砕動の鬼は、*余情ばかりを働く。是を、力動・砕動と名付けたり。*鬼の女、〔女〕の鬼と云事も、同じ心持。これにて分別あるべし。鬼に、冥途の鬼・*現在の鬼の囃子、心持違ふべし。『山姥』などは、砕道。『善界』『葵上』は、力動なり。囃子、是を以心得べし。又、死霊の鬼とて、人などの*悪念にて、鬼になるものあり。かやうに、幾色も鬼の分ち有。大夫、囃子の心持、夫々に違ふべし。よく〳〵稽古すべし。

46 一　小鼓*ほくるは、*しだるき皆式なり。*そことなき習にて候。されども、上手の鼓のほけ候は、中々*天下一にて候。下手のほけ候は、しだるき皆式なり。

47 一　音曲には、調の拍子を知れ。

頭にある手組のこと。

浮けて　心をうきやかにして。

43破の舞　破がかりで舞い始め、あとは序破急の破の位で、多くは女性の舞うやや軽快で優艶な感じの舞。現在の「中の舞」に近い。現在でいう「破の舞」とは違う。

44是によく　底本「あしによく」、三本「是にて」。

45鬼　鬼役の登場する能。

力動砕動　力を主体にして強く荒々しく働くことと、身心に力を入れずこまかに身を動かして働く、二つの鬼の演じ方。　**二流**　ふたとおり。

余情　ここでは、外見ばかりを強く。

鬼の女女の鬼　ともに女性が鬼となって登場する能であるが、前者は力動的で、後者は砕動的であるものをさすか。下の「女」は島津・内閣本による。　**現在の鬼**　生霊としての鬼のことか。　**悪念**　意地の悪い執念。

46ほくる　→19「ほけ〳〵と」。底本「遺る」、大槻・内閣本「送る」。島津本による。　**しだるき**　全く生気がない。じれったい。

そことなき習　はっきりどうとは言い難い習。

天下一　天下に比すべき者のないほどすぐれている。その道の第一人者。

48小謡　大槻本「ふうたひのうち」、島津本「小鼓のうち」。

地　底本「機」。

50男の霊　底本「鬼の霊」。

48 一 座敷にて、*小謡御所望あらば、大小によらず、謡*の地を三つばかり、残して置くべし。習也。

49 一 夜の囃子のこと、大事也。何も陰なり。さるによつて、囃子、憂になる物にて候。さも陰の囃子なれば、陽の心をもつて、眠りをも覚まし候やうに、囃すべし。

50 一 男の*霊の事。『錦木』『通小町』『舟橋』三番が、上々にて候。其外、かやうの類、是にて分別有べし。

51 一 *竜を戴き候能の囃しやう、習有。油断をして、むさと囃し候へば、竜、勢ひ抜け、大夫これを嫌ふ。いかにも、竜の活々と見え候様に、囃すべし。

52 一 *早舞の心持。*早き能には、万の調子、*甲りたがり、*いとゞ、能の早きに調子も甲り、鼓も*きほひ掛けて打ち候へば、立板に水を流すがごとし。よく乗り候へども、位、違ふ事有。〔笛も〕調子を含ませ、謡も*調子も軽く、大小も心に陰を持ち、手には陽を打ち候へば、*をのれとよき加減に早くなり、*本〔の〕位にゆく物なり。

53 一 鼓に、*と声打と言ふ事あり。口伝。

54 一 *と切打と言ふ事あり。口伝。

55 一 *右の囃子は、細やかに、笛も鼓も手を打つ。

56 一 *左の囃子は、盤渉、囃すなり。

57 一 *本の序と言ふは、『江口』に極まり、平調返と言ふは*序也。又、*くまたぎと云ことあり。たゞし、近代、*三番に定む。

58 一 『山姥』の*翔は、盤渉なるべし。*素翔也。

51竜を戴き 竜戴(竜の形の作り物をのせた冠)を頭につけて登場する役の能。『春日竜神』『海人』など。

52早舞 主として身分の高い公家や、成仏得脱した女性の舞う、典雅な舞。破の舞と神舞の中間の位。 **早き能** 位の早い能。 **甲りたがり** 甲の調子になりがちに。 **いとゞ** ますます。 **きほひ掛けて** 気勢をあげて。底本「きをかけて」。 **調子も軽く** 他本「調子をめらし」。 **をのれと** 自然に。 **本の位にゆく** 鼓の位が謡の位と、本来のあるべき位になる。「の」は島津・内閣本による。

53 54と声打・と切打 『小鼓口伝集』には「十声打」「十切打」とある。多くの「掛声」の掛け方の心得や、「打切り方」の心得のことをさすか。→102

55 56右の囃子・左の囃子 「細やか」「盤渉」の表現から考えると、右は陽の囃子、左は陰の囃子を意味するらしい。

57本の序 本格的な序。序の序といわれるもの。 **序** 舞の中の序の部分。 **くまたぎ** →七43

三番 『江口』『野宮』『采女』。

58翔 修羅物や狂女物などで、緩急に富んだ動的な趣のある舞に似た所作。ここでは『山姥』の「山廻り」。

素翔 位の一層重い演出。『山姥』では、これは現在の「白頭のカケリ」と称するもの。

59 一　『猩々』の*乱、大事なり。乱れ足を見合せ、乱れかゝる。習多し。*囃子の下巻に、是を表はす。

60 一　一日の内に、『道成寺』あらば、其前、置鼓打つべからず。笛は、真の音取を吹くべからず。

61 一　『鉢の木』の出端。笛、習あり。口伝。

62 一　大夫、二人三人して舞こと有。つれ、大夫に構はず、其内の上手を目掛け、*本として囃すべし。

63 一　*早笛、又、下端を、*二人して吹く事あり。是、再々はなき事也。*間にかやうのことも、珍しく有てよし。

64 一　切の舞は、*袖の返し・*身持を見べし。習の外に、為手に寄事なれば、声の出し処、肝要なり。気を静めて、声をうくること、第一の習なり。

65 一　第一嫌ふこと。*前押なり。

66 一　*念誦頭・恵日頭の手の中に、習あり。口伝あるべし。

67 一　*はつる留頭、切る心なり。

68 一　*ぐあいの頭、二つながら、同じ味なり。

69 一　留頭は、二つ目を詰むべし。

70 一　拍子の跡を打つと云は、謡をやり、*打つによつてなり。

71 一　*一調鼓の*打ちやう、大事なり。いかにも、細やかに軽く、*文字の跡を打べし。独謡ならば、謡軽くあるべし。文字鎖り聞合はせ、打べし。*謡手数多にて、鼓相手有時は、何

59乱　『猩々』の特殊演出の舞。「乱れ足」は、酒に酔って戯れる様をする足づかい。　**囃子の下巻**　→七60

62本　手本。

63早笛　豪壮で動作の速い後シテの登場に用いる、笛を主とする囃子。

二人して　諸本「笛二人して」。連管と称するが、現在はない。

間に　時には。

64袖の　底本「その」。

身持　身構え。

65前押　鼓を肩から前に押出すように打つこと。

66念誦頭恵日頭　前者は『熊野』の「仏の御前に念誦して母の祈誓を申さん」と謡って合掌する「念誦」に当る鼓の頭。後者は『善知鳥』の「衆罪如霜露慧日の日に照らし給へ御僧」とワキへ合掌する時に打つ頭。

67はつる留頭切る心　「留頭」は、謡の留(終末)に打つ頭。「切る心」は、謡の内容を打切ってしまう心持。従って、その心持が「はつる(削り取る)」という表現になって、「はつる留頭」という。

68ぐあいの頭　頭の打ち方の一つ。意味不明。

70打つに　底本「うちにするに」。

71一調鼓　一調は、謡の中の要所一段を一種類の楽器に合せて演ずること。ここでは、それが鼓であること。

打ちやう　底本「うたひやう」。

文字の跡を　謡われる文字に少しお

とも紛れよく候。一調鼓にて、独謡、囃す事、たゞ、大方にてはなりがたし。相手有ときの、*鼓の鎖りに引換へ、謡の節を聞分け、寂しくなきやうに、*地積りを面白く色ゑ候こと、肝要也。

72 一 *跡へ行く刻のこと。*そゝる地には、跡へ行。

73 一 *前へ行刻のこと。乗る地*の事。但、謡によつて、*しだるく詰つたる、*聞繕ひて、打つべし。

74 一 *諸芸者、共に胸に油断なく、謡を以て第一の秘事なり。

75 一 *立曲舞、心を浮き〳〵と、*そとるべし。早き・遅きは、隔て有べし。心は何もこの心也。

76 一 刻の事。*仕越は隙あり。越は追わるる。一二に交じる。頭、*突き出す。十を四三つ、大略は押す心。是は、金春がゝりなり。当流は、大略、突き出す心なり。

77 一 *次第の地を取る所、又、*鼓を捨つる前、手を打つ時、声を掛けぬ物なり。

78 一 陰の囃子の事。頭・刻、共に*出心なり。

79 一 陽の囃子の事。頭・刻、共に*突き出す心也。たゞし、曲舞一つの中に、二色〔に〕分くる心得あり。右に申つる、陽の中の陰の事なり。

80 一 *天女の舞のおろす所に、三段有。三拍子〔踏〕みて、おろすべし。

81 一 舞の囃子に序破急有。舞留むる時、俄に留むれば、拍子しどろなり。*そり返す手より、拍子を寄せて、詰めて留むれば、*機よきなり。

82 一 舞の内、笛の吹留めは、謡〔の〕移り〔へ〕、長くひしぎ掛けてよし。短きは*失脚成も

くれるように。　**謡手数多**　「一調」の場合、現在、謡手は一人が原則。当時は謡手が一人でないこともあったのであろう。　**鼓の鎖り**　鼓の手の一くさり(八拍子分の打ち方)。　**地積り**　囃子の地の配分。

72 跡へ行く刻　謡の文句の後へ打ち込んでゆく刻の打ち方。　**そゝる地**　心持を刺激するような地。

73 前へ行刻　72の反対。謡より少し先立って打つ刻。　**地**　底本「機」。　**しだるく詰つたる**　三本「したるき、つまつきたる」。　**聞繕ひて**　あれこれと謡い方を先に聞きはからって、その調子を整える。

74 諸芸者　謡い方以外の諸役の者。

75 立曲舞　曲(くせ)の部分を立って舞うこと。　**そとる**　三本「そゝる」。

76 仕越　「越」は刻の中にある「こす手(次の句へかけて打つ)」。「仕越」はその「越」の打ち方か。　**突き出す**　「頭」は気持が積極的である時に打つ音だからか。

77 次第の地を取る所　次第の謡を、役(シテあるいはワキ)の者から受けついで地謡が繰返して謡う、その地謡に渡すところ。　**鼓を捨つる**　鼓を打つことをやめる。

78 出心　頭・刻はともに甲音だから、陰の囃子の中でも、心持の積極的な所に打つことの意か。

79 突き出す心　「出す心」よりさらに積極的な意か。

の也。其上、笛と謡との移り、*そぐ〳〵なる物なり。

83 一 破の舞。切の内に、舞なんどを、破がゝりも有まじ。破急にて留むる間、〔見〕合はせて、留むる也。

84 一 女舞の事。*ふのちんの事、第一の習なり。

85 一 *作り物*ある次第・一声のこと。作り物、舞台へ出ざる間は、頭、数を打たず。一声は越を越さず。これ、口伝多し。

86 一 *大癋見・小癋見の囃子の心持のこと。大癋見は、緩々と豊かに囃すべし。小癋見は、細やかに早く囃すべし。是、*早き鬼なり。

87 一 *悪尉は、乗りて囃すべし。

88 一 鼓に、*我物と言ふ事あり。人毎に、一声を我囃子と御*沙汰候。是は僻事なり。大夫、今出で候か、今出るかの心尽し候へば、更に、我物にてはあるまじく候。我物と囃し候は、居曲舞の事なり。大夫、仕舞もなく、謡までにて候間、*鼓を聞より外はなし。〔去によって〕居曲〔舞〕を、我物と定めたり。

89 一 笛の位。調子の吹き出しは、鶯の鳴き出す心地に似たるを、よしと言へり。松に白玉椿を添へたるやうに、御嗜み肝用に候。松は、さすが木は古び候て、面白く強し。椿の花は、さすが美しく強し。息使ひの心持、*尺蠖の虫の運ぶにたとへたり。第一、喧しくなきやうに、吹度よし、申伝り。

90 一 一声に、*ひしぐ一声・*ひしがぬ一声・*片ひしぎ・*諸ひしぎと言ふ事あり。*仕様、出端・下端、是らは片ひしぎなり。ひしぎの位をもつて、其能の序破急を知るべし。

80 **天女**　底本「天子」、島津・内閣本による。

81 **しどろ**　秩序なく乱れる。

そり返す手　島津・内閣本「そりかへりの(島津本「の」なし)手」。舞留めの近くにある打返し。特殊な手。

機　しおどき。ここでは、打留めの時。

82 **失脚**　しくじり。

そぐ〳〵　それて不調和になること。ばらばら。

84 **ふのちん**　意味不明。

85 **作り物**　舞台に据えておく、舟・山や釣鐘など、象徴的に作った一種の模型的な道具。

ある　底本「あり」、三本「有」。

86 **大癋見小癋見**　大癋見や小癋見の面をつけて登場する能。

早き鬼　位の早い鬼神。

87 **悪尉**　悪尉の面をつける能。

88 **我物と**　底本「我物に」。

沙汰　取扱い。

鼓を聞　底本「鼓の曲」。

89 **尺蠖の虫**　尺とり虫。

90 **ひしぐ一声・ひしがぬ一声**　一声の始めには「ヒー・ヤー・ヒー」という高音の「ひしぎ」があるのがたてまえ。したがって、「ひしぎの一声」は普通の一声。「ひしがぬ一声」はその「ひしぎ」のない一声。これを「陰の一声」ともいう。これはシテが作り物の中にいる場合に多い。

片ひしぎ　「ひしぎ」のうち「ヒー」

91 一 謡の内に、色〻の事。呂・甲の心持を分別すべし。

92 一 *素囃子は、三番にあり。

93 一 *早き一声は、『葦刈』。

94 一 *中の一声は、『角田川』。

95 一 *静かなる一声は、『松風』。

96 一 *真の一声は、『定家』。

97 一 *軽き次第は、『錦木』の大夫、出で候次第也。

98 一 修羅の一声に、*流しあるまじき事なり。

99 一 修羅の置鼓は、頭より打出べし。

100 一 や声の位。「やつ」と云声は、舌を〔打付くる。「あつ」と云声は、舌を〕引入候。「ゑい」と〔云〕声は胸より出る。や声は胴より出る息なり。息込、肝要也。息込により、や声に*たよりあるもの也。息込、肝要なり。今は、や声、あまりに高きは喧しきとて、刻、や声も、低く掛くるなり。但、謡の調子、所によるべし。一声・次第などは、や声*はつきとせねば、*謡にくき物に候間、たよりなく候が、大夫の謡候所、声をも低く、音をも控ゆるなり。

101 一 *面による囃子と云事有。其子細は、大夫上手なれば、*不慮に、珍しき面を掛くる事あり。その時は、習を引かへ、面を囃すべし。是、上手の態なり。

102 一 昔は、小鼓「と声」しげくありける間、よつて、しだるし。たゞし、*当世は軽し。大夫、年寄りぬれば、これを好まず。されば、昔の日記・伝書には、囃子を重く、*小鼓の声しげ

だけしか吹かぬ一声。出端・下端は現在ひしがない。但、下端は『猩々乱』の時は「片ひしぎ」。 **諸ひしぎ** 「ヒー・ヤー・ヒー」と吹く「ひしぎ一声」と同じか。 **仕様** 仕方。「仕様出端」は三本「しゆら(修羅)出陣」。

92 素囃子 序の舞の中で、特に位の重いもの。もとは『杜若』『松風』『三輪』。

93 早き一声 位の早い一声、あるいは時刻が遅れた時出場を早く促す早一声のことか。『葦刈』は、現在、三段の「本越し一声(行の一声)」。

94 中の一声 位が中程度の一声の意か。『隅田川』は、現在「狂女越し」という手の入る「本越し一声」。

95 静かなる一声 静かな位の一声か。『松風』は、現在「真の一声」。これは脇能以外は、『松風』に限る。

96 真の一声 脇能に用いる真の位の一声。「五段一声」。『定家』は現在、待謡ののち「一声代り」で作り物の中で謡う。

97 軽き次第 位の軽い次第の意か。

98 流し 大鼓で、八拍子分を同じ音で流すように数くさり打つこと。

100 たより 掛声をかけるのによいきっかけ。

はつき はっきり。しっかり。

謡にくき 底本「うたひなき」、大槻・島津本による。

101 面による囃子 一曲のシテのつけ

し。老たる時、諸事*撰ぜられたる故に、心の相応に任せ、*しかも重し。少若きときの囃子は、年によつて、心に軽く従ふにより、当世は、囃子軽きと申べき。今は、世間も軽し。歌、*和漢も軽し。扱ひも易し。それに従ひ、囃子も軽し。如此*伝共、今も、上手有て、静かに道を道とせば、*就くべきか。当世も、上手の手より出ることなれば、初心にして、不審をかくべからず。*金春禅竹・*観世音阿弥・*金剛宗説・*宝生連阿弥、かくのごとく定置く上は、悪しとも、『花伝書』の*面に背くべからず。諸芸、其人の年によりて許す事有。年寄りぬれば、万の芸重し。分別にいはく、年寄りたると心掛け、芸を軽くす。若き時は、芸重くすべし。かくのごとく、心得肝用なり。

103 一　貴人の御前にて、笛御所望あらば、呂より吹き出し、*音取を吹くべし。*中人の前にては、草の音取を吹くべし。但、*しきを隔てゝ御所望あらば、中の高音より吹べし。下目なる人の前にては、いかにも草に吹くべし。常の御所望には、必ず*きれをく也。

104 一　小鼓ばかりにて御所望あらば、置鼓を打つべし。

105 一　大鼓ばかりにて御所望ならば、次第を打つなり。

106 一　太鼓ばかりにて御所望ならば、刻より打出し、*打上げ候也。是は、謡なき時の、*一色御所望の時の事なり。

107 一　謡は小謡、その*景気・座敷に似合たる祝言を謡ふなり。常の心掛けなくして、俄に御所望のときは、似合ひたる*小謡、謡はれざる物にて候。常に心掛け肝要なり。貴人の御所望の時は、*指声を出すべし。

108 一　舞は、祝言の切を舞ふべし。座敷舞は、手を少なく、〔謡の文句に、*そゝと心を付べ

る面によって、一応の囃子の位は定まってはいるが、シテによっては常と違った面をつけて登場する。その際の囃子は、その面の位による。
不慮に　思いがけなく。
102当世　近頃。
小鼓の声　三本「小つゝみと声」。
撰ぜられたる故に　書物に書き著わしてあるから。
しかも　底本「しり」、大槻本「しりに」、内閣本「しちに」。島津本による。
和漢　和漢連句のこと。和句と漢句とを交えた形式のうち、発句が和句で始まるもの。
伝共　底本「候き」。
就くべきか　その道につくべきであろうか。
金春禅竹　世阿弥の女婿(一四〇五―一四七〇?)。**観世音阿弥**　世阿弥の甥(一三九八―一四六七)。**金剛宗説**　鼻金剛氏正(一五〇七―一五七六)。**宝生連阿弥**　世阿弥の弟という説がある(―一四六七)。
面　文面。
103音取　→七3　**中人**　貴人と身分の低い下目の人との中間の人。
しき　敷。座敷か。　**きれ**　三本「きれて」。手組の一つか。
106打上げ　打切る。
一色　一種類。
107景気　様子。
小謡　三本「うたひ」。
指声を　三本「さしたる声をうたひ」。

し。」拍子、踏み廻ること、なき事也。

109 一 大鼓、*同輩の人御所望ならば、頭より打出て、打上ぐるなり。

110 一 *児・若衆の前にては、いかにも花やかに打べし。

111 一 *女房衆の御前にては、いかにも気高く打つべし。

112 一 *知識・*長老・*能化の前にては、いかにもほけて、殊勝に打つべし。

113 一 謡の切の心持。前の位を追ふて、いかにも手を少なく打つべし。切には、あまりに手はなき物なり。

114 一 大鼓に、*二段返と言ふ事あり。『海人』と『当麻』にあり。

115 一 『鵜飼』の大鼓、大事の*流し有。習有事、口伝。

116 一 平調返しの笛、*三番より外、吹かぬなり。昔は、『江口』〔一番〕に吹きたり。近代、かくのごとし。

117 一 時により、『檜垣』に*乱拍子ある事あり。

118 一 *法会の舞の事。乱拍子の乗る物也。口伝。

119 一 流す事。女の舞に一つ、*物狂の二句に一つ、入端に一つ、三所には*しかじ。

120 一 当代の鼓は、我位を知らで、*あられぬ手を打ち、*無窮に*巧みて打つ。二三番までは、紛れぬれども、詰めては事繁ければ、*忙しなし。忙しなければ、喧し。喧しければ、聞きにくし。稽古を肝要にすべし。

121 一 『呉服』の大鼓に、*三つ頭と云こと有。口伝。

122 一 舞は五段に定む。座敷にては、〔三段〕然るべく候。昔は、三段にこれを定む。当代、

108 **そゝと**　そっと。
109 **同輩**　同じ地位の仲間。
110 **児若衆**　子供や若者。若衆は元服前の若者。
111 **女房衆**　宮中に奉仕している女官や、貴人の家に仕えている女。
112 **知識**　知と識を具備した名僧。
長老　年を重ねた智徳のすぐれた高僧。
能化　師として他を教化する者。
114 **二段返**　出端の中の特殊な手。弔の有様を鄭重に取扱う意。
115 **流し**　鼓や太鼓にある「流し」という手。→98
116 **三番**　『江口』『野宮』『采女』。
117 **乱拍子**　小鼓だけで囃す特別の舞。『檜垣』のほか、『草紙洗』『道成寺』『住吉詣』などにもある。
118 **法会の舞**　『翁』に舞われる舞。
119 **物狂の二句**　物狂の曲で、二句のある曲についてのことか。
しかじ　及ぶものはない。限る。
120 **あられぬ**　ありえない。よくない。
無窮に　かぎりなく。
巧みて　手ぎわよく。
忙しなし　いそがしい。
121 **三つ頭**　頭を三つ続けて打つ手。

あまり短きとて、五段に是を定め、五七五七〔七〕とて、*五節の舞也。是を九つに分けて、*九品の囃子とも言へり。九つと言へば、序に序破急あり、破に序破急あり、急に序破急有。如此なれば、九つなり。かやうに*崩して打べし。たゞ、「*昨日は薄き四方の紅葉」と、定家の口遊び給ふごとく、是を九品の浄土に象りて、菩薩の舞遊び給ふ事、五節とて五段なり。

123 一　相手より、むつかしきことを打掛けば、*本順を打つべし。順に外れば*非道なり。掛声は、*さつ〱也。極楽の楽の字なり。

124 一　遠近の心持。見物の遠きを遠と言ふ。又、近きを近と云。遠きを近きやうに囃すべし。近きを遠きやうに囃すべし。是、習なり。

125 一　楽屋より、脇・大夫にても、天女・竜神にても、出るを知る事。橋掛りを見候ては、*曲なし。見物衆、*色めく顔を見て、これを知れ。さりながら、衣装・面を見ねば、位を知りがたし。一度、そと見べきなり。

126 一　*踏み留むる一声・踏み留めぬ一声と言ふことあり。「*面白や、月海上に浮かんで」などと云は、〔踏み留ぬ也。『高砂』の一声は〕踏み留むるなり。か様の類多かるべし。是をもつて分別すべし。

127 一　笛・小鼓・大鼓・太鼓・謡、何にても、その内の上手を目掛けて、位を知れ。

128 一　*残りの役者、我程なく、下目の人ならば、我位に任せ、残りを引立つべし。

129 一　我より下目の役者ありと云とも、*打嵩むやうには、*無益なり。笛・大鼓、何れも同前。

130 一　*両座の対の能の事。『浮船』と『玉葛』、『弓八幡』と『高砂』、『白鬚』と『寝覚の床』、『錦木』と『松虫』。

122 **五節の舞**　遅・速・本・末・中声という五つの声を意味する五節の舞。それを舞う五節の舞姫の舞。
九品　九つを、極楽浄土の九等の階級に対応させている。底本「九十」、大槻・島津本「九本」。内閣本による。
崩して　序破急の本格的な緩急を更に分けて。
昨日は…　『続後撰集』藤原定家の歌「小倉山しぐるゝ頃の朝な朝な昨日は薄き四方のもみぢ葉」。この部分、例えば『六浦』の序の舞の前に「昨日は薄きもみぢ葉の」とある。
さつ〱　颯々。
123 **本順**　本来の順序。
非道　道理に外れていること。
125 **曲なし**　趣がない。
色めく顔　いつもとは違って、緊張した様子の見られる顔。
126 **踏み留むる一声**　一声での登場の際、橋掛りで足を踏み止めて一声謡を謡う一声（真の一声）のこと。一方、踏み留めぬ一声は、橋掛りで足を踏み止めないで舞台に入ってから一声謡を謡う一声。
面白や…　『八島』一声のあとのサシ謡。
128 **残りの役者**　自分以外の演者。
129 **打嵩む**　大きく打つこと。
無益　むだ。
130 **両座の対の能**　二つの座が一組となって演ずるにふさわしい能のこと

131 一 祝言の囃*のや声は、呂・甲掛けべし。

132 一 物着*の中。舞にもあらず、一声にも次第にもあらず、みつ〳〵*と乗らで打つなり。結*ぶ手を打たず。*教の頭と云事有。口伝。これにも真・草あり。能により、心持は色々変るべし。

133 一 天気よき時は、笛など調子甲り目になり、囃子も少早く成たがり候。又、天気悪しき時は、調子も乙る。人の心も*湿りわたり、浮立心なし。鼓にて、浮立つやうに囃すべし。天気、好し悪しきの心持なり。

134 一 鼓、打切る間に仕舞あらば、*鼓、其心得をなすべし。鼓の打切りの間に、大夫立事多きもの也。もし、何とぞ取紛れ、大夫遅く立つ事あらば、鼓、又打返すべし。長き短きは、仕舞により見合べし。同じく、二三人出づる脇など、又、間の謡の時、*立廻る所、その内に何とぞ取紛れ、遅く立廻るつれ〔・脇〕あらば、遅きを本に待合はせ、打切るべし。間の謡などは、鼓より打掛け候内に、立並ぶ。そのとき、見合せ打切りて、謡出さするなり。是にも、又、立並び遅く立廻らば、又、打返すべし。かやうの見合せ、肝要也。

135 一 『七騎落』『盛久』『元服曾我』『*虎送り』、何も同前。是、何へもわたるべし。

136 一 『小塩』『西行桜』、次第の心。此類は、何も同意なり。

137 一 太鼓・大鼓・小鼓に、身の*由・心の由と言ふ事有。手を打ち、味ある所に由有。右の由なく候へば、※機に乗らぬ物なり。又、あまり由過ぎ候へば、癖と見え候物也。かやうの心掛け、肝用なり。由のなき鼓は、仏鼓と申て嫌ふこと也。其上、*気のなきものなり。由過ぐれば塩辛く候。加減、かやうの心掛け、肝要なり。

131 **囃** 底本「うたひ」、内閣本による。

132 **物着** 退場せずに舞台で演者に別な装束を着せること。

みつ〳〵と 満つ満つと。たっぷりと。

結ぶ手 「むすび」という鼓の手。

教の頭 次の手順を教える、いわゆる「知らせ頭」。

133 **湿り** 気持がしずみ。

湿りわたり 底本「しめりあたり」。

134 **鼓** 底本「鼓の」。

立廻る 舞台の上で大きく廻りながら所作すること。

135 **虎送り** 廃曲。底本「とうほく」。

137 **由** 趣というほどの意。

機 適当な時機。

気のなき 底本「きりよき」。

138 一　恋慕の祝言は、『*葦刈』。〔恋の〕物狂、『浮舟』『班女』『花筐』なり。これ、いづれへも渡るべし。又、物狂に候とて、『百万』『三井寺』のやう成ことには、中々あらず。これは、心持をあまり真に心得ぬ、習ひまで也。但、又、右の内に、『花筐』は心持変り候なり。

139 一　哀傷の中の哀傷と申は、『角田川』『水無瀬』『昭君』の前、『松の山鏡』の前、これらの類の能にも、分別すべし。

140 一　哀傷の中の祝言の能。『*竹の雪』『*谷行』『*熊野参』『愛染川』也。此類の能、これを以て心得べし。

141 一　真の*乱曲と申は、『*東国下』『西国下』『隠岐院』『嶋廻』也。此等の類の謡、これを以て心得べし。

142 一　幽玄の能、『小塩』『西行桜』『熊野』、是を以て、幽玄の類の能、心得べし。

143 一　草の乱曲、『老松』の曲舞、『東岸居士』の曲舞也。これを以て、此類の囃子、分別すべし。

144 一　行の乱曲、『白鬚』の*曲〔舞〕・『*后揃』『先帝の身投』、此類なり。これを以て、位の能、分別あるべし。

145 一　祝言の能、『相生』『難波の梅』也。これを以て、祝言の能、此能、分別有べし。祝言の第一と申は、声を*いらりと祝言を含み、*競ふて掛くべし。いかにも花やかに、沢山に打べし。去ながら、面白がらせず、*するりと打つべし。

146 一　幽玄は、物にたとへば、「*花山を出て家路を忘れ、広林珍景に至つて、日を暮す」ご

---

138 **葦刈**　底本「あしわい」。

140 **竹の雪**　廃曲。底本「竹の雪は」、島津本による。

谷行　底本「善行」。

熊野参　廃曲。

141 **乱曲**　特殊な謡物。→三16

東国下　以下四曲は、現在も特別な場合に謡われる。

144 **曲**　底本「きよく」。

后揃先帝の身投　それぞれ『美人揃』『先帝』の古名。ともに廃曲。

145〜149　→三12〜16

145 **いらりと**　はっきりと。

競ふて　勢をつけて。

するり　三本「すらり」。

146 **花山…日を暮す**　→三13

とし。いかにも*優に花やかに囃すべし。祝言に少変り候は、競ふて物強き所を和らげ、面白き曲をなすべし。是、幽玄の本意なり。よく心得べし。

147 一 恋慕の囃子の事。以前の幽玄の、深く成たるなり。例へば、幽玄は、春の曙に似たり。此恋慕は、秋の夕部を望むがごとし。月の夜の*隈もなきに、草中に虫の声かすかに物凄く聞え、*深窓に洩り入月影までも、いと凄きやうなる心持なり。いかにも、声なども強く掛けず、面白く心持の相応に囃すべし。手などを細やかに、美しき〔手を〕打つべし。謡に面白き曲は、此恋慕に有べし。よく心得て囃すべし。

148 一 哀傷の囃子の事。例へば、春の花、秋の紅葉、皆散々になり果てゝ、野山の風、物凄き心なり。いかにも憂を本に、*胸に当て囃すべし。や声の位、謡の吟に相応して、哀傷に掛けべし。手などをも、頭沢山に、強き手、又、花やかなる手は打たぬ。位は、陰の位なり。よく心得べし。

149 一 乱曲。この曲は、大事の囃子也。何もと申ながら、取分き、謡を*流通すべし。常の謡に、節・音声・吟・文字移り・句継ぎ、悉く替り、伸べ縮めの寸、むつかしく、よく心持ちて打つべし。乱曲によりて、*本地ゆき候はぬ処多し。よく心掛くべし。後先を*引取、中を*一つ地・送る地、中を引取りて、後先を一つ地くらゐにてやり、控ゆる*所、*程にてやる所、謡の節により、色々のゆきやうあるべし。口伝。手などをも、いかにも枯木に花の咲きたるやうなる手を、打べし。

右、五音の囃子(の)次第、大方、如レ此。細か成義は、口伝なくては、筆に及びがたし。

優に　やさしく。

147 **隈もなき**　くもりなく耿々(こう)と輝く夜。

深窓　奥深い居間。

148 **胸に当て**　心に思いあてて。合点して。

149 **流通**　十分に広く通じていること。

本地　本格的な地。

引取　本地に取扱って。

一つ地送る地　ともに地の一部分を欠く変則的な地。

所　底本「時所」。

程　拍子と拍子のあいだの間(ま)。

150 一 鼓の手の事。我ながらも、手を打、機に乗りたるを思ひ候はゞ、暫くかゝへて、ちと冷ましてよし。

151 一 能なき時の囃子の事。鼓ばかりなれば、猶、一しほ紛るゝ所なく候間、晴がましくて大事なり。よく嗜むべし。囃子ばかり成共、〔位・〕心持、競ひをくれば、能の心持、胸に持つべし。左様に心掛け候へば、囃子に性根有て、たより有物なり。

152 一 小鼓、本手のこと。乙の走り・甲の走り、頭にて流す〔手、刻にて流す〕地、始乙三つ、中の乙を呑ませて後を乙三つおどる。乙三つ地、中の小音を越てのち、三つ打ち、乙頭にて呑むで、越す。頭うけてよする刻、越して三をどる。乙、右、如レ此。本手の数は多くなく候へ共、上略・中略・下略して、手品をそと変へ、謡の文字鎖りに、似合たる所、宛がふべし。伸べ縮めを心掛け、面白く繋ぎ打ちたるを、手と言ふ。手の有所成とも、機に乗らずは、打べからず。鼓、褒められたきばかりを心に思ひ、打ち候へば、手の打ちたき事、限りなし。それを、当座の花と言へり。悪しき事なり。

153 一 門出の囃子。大・小・笛・太鼓・謡、ともに打返し・吹返し・謡返申候こと、習也。やがて帰ると言ふ義なり。

154 一 婿取・嫁取、返す手、打つべからず。大・小・太鼓・笛、共にこれを嫌ふ心持也。結ぶ手を打つべし。

155 一 船中にての心持。太鼓・大・小・笛、共に流す手を打べからず。返す手をも打たず。大鼓しづめ頭、落すべし。笛、吹静む事を、吹くべからず。

156 一 移徙の笛は、調子、双調。「ひ」の声を忌めば、太鼓は流す手を打べし。口伝、習あ

150 **乗りたるを** 他本「のりたるよと」。
かゝへて 持ちかかえたままで。
ちと 三本「あとを」。
151 **なき** 底本「よき」。
一しほ 一段と。
競ひをくれば 意気込みがなくなれば。
胸に持つべし 心にとめておけ。
性根 心根。根性。
たより有… 便宜がある。能の心持を心掛けることによって囃子に一本筋が通り、囃しやすくなるものだ。
152 **本手** 本地の色々の種類の中の本間(本格的な間取り)でない手。
乙の走り甲の走り 「走」は間(ま)を無視して早く打つこと。乙の走は乙音(ポ)で走らせること。甲の走も同様。
呑ませて・呑むで 息を「ム」とつめて。
小音 刻と同じような軽い甲音。
うけて 他本「うくるて」。
文字鎖り 底本「句うつり」。
宛がふ 割りあてる。あてはめる。
153～156 →三6～8
155 **流す手** 「流し」の手。
返す手 小鼓の「打返し」の手。
しづめ頭 謡を静める前に打つ頭。
156 **ひ** 火に通ずる。
忌めば はばかるから。

り。小鼓、乙の手を打つべし。笛ひしぐべからず。

157 一 置鼓の事。名乗る人の位により、打つべし。よく〳〵心得べし。公家・*天上人・平家の一門・源氏の一門などは、頭、三つ四つも苦しからず。又、*御代官の、*御奉行のなどは、二〔つ〕。炭焼・船人・木樵などは、一つなるべし。

158 一 一声の笛に、*四日〔に〕一度吹く手あり。脇能の前の一声に有。口伝。

159 一 『江口』の舟のあひしらひと言ふ事有。*口伝。

160 一 吹返しと言ふこと、笛にあり。是は、*薪の御祭の時、*立合の能あり。その吹返しに似候なり。口伝。

161 一 笛、舞の内の手。初心なる大夫の舞の時は、*段を打ち〔切〕、やがて吹くべし。上手の大夫ならば、大夫の振を見合せ、手の吹き所あるべし。

162 〔一〕 八拍子

○●○●●●●○

○ 軽きにあらず、先立つなり。

○ 中拍子、取なし、落ちつく拍子。

○ 軽き拍子は、つめ拍子、つき出(いだす)拍子とも云。

*次第、三(みつ)に分(わけ)たり。しだるきは、先づ先立つ〔とて〕。

第一のは、しだるし。先立(さきだつ)。落ちつかぬなり。

第二、魂のなきがごとく、無味也。

第三は、軽し。落付(おちつき)、生きたる物のごとし。働く拍子也。第三の拍子は、軽き拍子も、中の拍子も、落付(おちつく)拍子も、*こもり候間、三拍子揃ひ候。上手の拍子也。

157 **天上人** 殿上人。昇殿を許された四位・五位以上の一部、および六位の蔵人。
御代官 守護・地頭の代理役。
御奉行 上命をうけて事務を担当する長官。

158 **四日** 勧進興行の四日間のことか。

159 **口伝** 三本「笛にあり口伝」。

160 **薪の御祭** 薪能。奈良興福寺南大門の芝の上で行う神事能。
立合の能 能一番の中で相舞する場合の能(弓矢立合・船の立合など)や、一座一番ずつでの競演能。

161 **段** 舞の段落の切れめ。

162 **次第** 八拍子の囃し方の順序。
こもり 気合が心にこもる意か。

163 一 能の位の事。いかに急の能なりとも、大夫年寄ならば、囃子の心持*あるべし。いかに*習、此分なりとても、習のごとくには囃さぬ物なり。何もの事も、習は胸に当て、当座の*気転、肝要也。

164 一 貴人の御謡など囃す事あり。その時は、貴人の謡、下手なりとも、それに付くべし。又、拍子・型など*なき人なりとも、此方より初心と見掛け、*押し申やうには、囃し掛けぬ物也。貴人の御謡の囃しやうなり。又、一座の大夫も、*其分なり。*座より宛がふ事なし。惣別、少*早謡をも謡候人〔に〕、鼓より教へ候やうに打事、殊外の不躾なり。

165 一 鼓を*かゝゆる事は、上手の名を取りたる人は、かゝへでも打つべし。是は、顧みて初心を忘れぬ〔心〕なり。面白し。かゝへもせず、手を打たず、強く*ほけて打つ事、成がたきものなり。

166 一 『藤戸』、是は、色々有。此*躰を心得て囃すべし。口伝。

167 一 大臣の名乗、*開口と似たり。

168 一 山伏の名乗、*半俗なれば、〔心得て〕僧の名乗*しどけなし。頭一つ。

169 一 何の能も、大夫の舞処は、軽く、さく／＼と囃すべし。地、謡ふべし。*座敷に〔て〕鼓〔ばかり〕の囃しやうには、囃し謡はぬ物なり。習に、大夫きり／＼と舞候所、謡の内、謡ひ据ゑには、打切りなどせぬもの也。大夫、*急に舞ふ所は、常、二つ打切り候ところ*ならば一つ。〔又一つ〕打切り候所ならば打切らず。*一拍子にてやり候て、尤に候。かやうの心掛け、地謡・囃し手、肝要也。又いはく、大夫急に詰めて舞候て、舞留め、いかにも静むる能あり。『葵上』〔の〕「打乗せ隠れ行かふよ、／＼」、かやうの所、謡静まらねば、大夫の

163 **あるべし** 底本「なるべし」。
習 底本「ならす」。
気転 気のきいたこと。目先の機敏なこと。

164 **なき人** よく知らぬ人。
押し申やうには でしゃばっては。
其分なり 同様である。
座より宛がふ 一座(ここでは囃子方)から、謡いやすいようにあてはめる。
早謡 謡を早めて謡う。

165 **かゝゆる事** 見場よく見せようとすること。
ほけて →19・33・46

166 **躰** かたち。演じ方の様子。

167 **開口** 翁付の真の脇能の特殊な「音取置鼓」。ワキが最初に舞台に出て謡う祝儀の開口文。ここでは、それを読み上げること。

168 **半俗なれば** 正格の僧ではないから。
しどけなし しまりがない。

169 **座敷にて** 島津・内閣本による。
急に 序破急の急の位で。
ならば 底本「ならひ」。
一拍子 舞・早笛のあとの「かへしの手」がなくて、謡い出すこと。

中入ならず。地謡の肝用なり。同じく、『八嶋』の「磯〔の〕波、松風ばかりの音寂しくぞ、なりにける」、かやうの所、*前かど、大夫きり〳〵と*働き、俄〔に〕静むる仕舞あり。此能に限らず、かやうの類多し。是をもつて、分別すべし。何時も、大夫に目を離さず、心掛け候へば、大夫の*身の振にある物にて候。囃子・地謡の見合せ、肝要也。たとひ、常にし〔づ〕めぬ所なりとも、大夫の仕舞、俄に静めば、囃子・謡、*大きに強く静め候物。かやうの心掛け、肝要也。

170　一　『唐船』、初めは儀理。楽は祝言。切も祝言。

171　一　*女の竜の事。破の囃子なり。

172　一　『天鼓』、是は、*破の序なり。

173　一　『佐保山』、祝言。破の破の囃子也。

174　一　『西王母』、祝言なり。破の能也。

175　一　『道明寺』、淑やかに囃すべし。切は破なり。序破急の囃子なり。

176　一　『岩船』『*玉津島』、序の能なり。

177　一　小鼓・大鼓、*張りたる皮にて打時の心持、弛みたる皮にて打つときの心持の事。先、張りたる皮ならば、小鼓は刻みがちに打つべし。*惣様の類、必ず張りたる皮にては、必ず先立つ物也。乗る事有間敷候。其心得、肝要なり。*手がましき事を、打つべからず。又、弛み〔たる〕皮にては、鳴物、必ずしだるきもの也。其心得あるべし。又、よき比の皮も、夏と冬とにて変る物なり。同じく、雨の日、天気よきとき、変り有。かやうの事、よく心掛け、肝要なり。又、古き皮などを、労り候て、外しなどして置き入るゝ時、俄に取出し、

前かど　前の部分。
働き　所作をして。

身の振　身振。

大きに強く　三本「大夫につゐて」。

171 女の竜　『当麻』『海人』などのシテが、竜女になって登場する能。
172 破の序　破の位の中では、もっとも静かな位。→122

176 玉津島　廃曲『玉津島竜神』。

177 張りたる皮　よく乾燥して張りつめている皮。
惣様の類　総体的にこのような場合は。
手がましき事　→15。底本「手がましき…」以下178二行目「堅かるべし」まで、188のあとに入る。三本により訂正。

*仕掛けなどすれば、よき音出ぬ物也。とかく、よき音出る時を失はじと、少々にて外し候はぬ事、尤に候。音の出ざる時、外し候て、色々に*調法をして見るものにて候。とかく、我の道具に、色々心を付け、嗜むべし。手に合はぬ道具にて、*芸をすれば、*手前、常の半分も、聞えぬ物也。返々、鳴物の嗜み、肝用也。

178 一 太鼓の撥、軽き撥・重き撥の事。軽き撥にては、*本の〔音〕出づまじきなり。其上、拍子先立べし。しかるによつて、桐の木などは悪しき也。又、重き撥にて〔は〕、音色堅かるべし。〔拍子しだるく成物也。〕かやうの心掛け、*前かどより分別候て、悪しき道具にて、俄に人の御所望ありとも、其心得あるべし。

179 一 *踏み留むる一声・*真の一声・草の一声・*行の一声・*乗る一声・乗らぬ一声・*中の一声・*静か成一声・*片一声、か様に、幾色も一声の数あり。何れも、*出物により、鬼の出る・神の御出・仏の御出、或は、天人・公家・上臈・中の女・賤しき女・物狂・木樵・炭焼・船頭・侍・公家、それ〴〵の一声〔の〕心持、〔位〕によりて違ふべし。心得べし。よく〳〵口伝稽古候て、細やかに囃し分くべし。祝言の一声・恋慕の一声・幽玄の一声・哀傷の一声・乱曲、右の心付け候て、それ〴〵に心を囃し分べし。や声の音声まで、それ〴〵に分べし。

180 一 『恋の重荷』*右。
181〔一〕『*武文』右。
182〔一〕『楊貴妃』左。
183 一 『綾の鼓』右。
184〔一〕『*高安』右。
185〔一〕『羽衣』左。
186 一 『誓願寺』左。
187〔一〕『二人静』右。
188〔一〕『吉野静』左。
189 一 『采女』右。

仕掛け 皮を筒につけること。
調法 陰陽師の用いる語。法を行うこと。ここでは、工夫をすること。
芸 底本「けいこ」。
手前 腕前。わざ。

178 **本の音** 本格的な音色。
前かど 前の部分。

179 **踏み留むる一声** →126
真の一声草の一声 ともに脇能の前シテ登場楽。五段構成。真・草の違いは、踏み留める・踏み留めぬの違いと同じ。真の一声→96
行の一声 脇能以外のシテの登場楽。三段構成。
乗る一声乗らぬ一声 「乗る」は、本来拍子に乗るものであるが、どちらかといえば、前シテは乗らぬ気持で、後シテは乗る気持で囃される。
中の一声 乗ると乗らぬの中間の位の一声か。→94
静か成一声 位の静かな一声か。→95
片一声 行の一声の本格である「本越し」に対し、「越さず一声」といわれる身分の賤しいシテに用いる一声。
出物 登場人物。

180 **右** 以下189項までの右・左は、その曲の囃し方の陰・陽の区別のこと

190 一 *陽の中の陰は、『熊野』『千寿』の舞也。

191 一 小鼓・大鼓に、頭あまり力を入て、高く付けぬ物なり。小鼓ばかりの頭は、*はきと打つべし。

192 一 大夫の謡の内、喧しき事、悪きなり。乙を控へて、刻低く、真に入れて心を勇め、軽々と囃すべし。音曲を囃すに、謡の文字鎖・伸べ縮めを心掛けて、寄せ〔て〕*謡はで、〔のべて〕*音曲あるべしと心得、又、伸べて*謡はで、鼓を寄すべしと思ひ、少の内にも、序破急の心を掛けて囃すべし。

193 一 作り物(の)*出端。作り物の舞台へ納まり候はぬ間は、*骨をも折らず、手を打ず候。いかにも〳〵心掛けて打べし。*油断の方にて、鼓しだるく成物也。*胸に、習ひたる*坊主の姿を思ひ出し候へば、たよりあるものなり。いかなる物の上手にも、癖は有ものなり。その癖をば似せべからず候。癖にて、はや〳〵似るものなり。但、癖を思ひ出し候へば、そのたよりあるもの也。癖をば、似べからず。

194 一 破の能は、始まるより、心〔に〕破の心を持て、勇む心にて囃すべし。

195 一 謡の拍子にも乗らずして、*うはかふ機にゆき候はゞ、手にては*締めぬなり。心にて締め候なり。又、しだるき謡をも、心を勇め、手にて急候へば、終に、面白き事、有間敷候。いかにも〳〵心を運び候が、肝要なり。早きことをば、心を悠に、静かなることをば、心を勇め囃す也。早き事と思ひて、早く打ち候へば、うはかふ機と言ふ物に成候ものなり。*片拍子とも言へり。静なること、静かなるとばかり思ひ、静かに囃し候へば、*弛む拍子にて候。哀傷と言ふ拍子也。かりそめに〔も〕、油断なふ稽古有べし。「*稽古を晴れとし、

か。

181 **武文** 廃曲。

184 **高安** 廃曲。

190 **陽の中の…** 44では陰の中の陽とある。

191 **はきと** はっきりと。

192 **謡はで** 内閣本「うたは」。

音曲ある 底本「音曲いふ」。

193 **出端** 作り物のある曲の登場。

骨をも折らず 格別の苦労もなく。

油断の方にて 油断した仕方では。

胸に 他本「爰(ここ)に」。

坊主 僧坊の主(あるじ)。ここでは師匠(他の謡伝書に用例がある)。

195 **うはかふ機** 上向う機。謡の調子がはずんでくること。

締めぬ 引きしめない。

片拍子 片ちんばの拍子。

弛む しまりのない。

稽古を晴れとし… 底本「けいこを我とし我をけいこに」。→八序

晴れを稽古に」と言ふ事候へば、何時も嗜み、肝要なり。

196 一　謡の打ち囃す事。文字の跡を囃すべし。いかにも、文字に障らぬやうに囃す事、肝用也。

197 一　下手の謡、*囃す事。是も、一つの習の内。構などの用心、手がましき事を打たず、*ろくに囃して、其相応にして置べし。至らざる鼓打の、無理に乗せたがり、機にも乗らぬ手を打ちたがり候事、第一の僻事なり。

198 一　一切の囃子に、打上げ・舞留め・翔など、大夫も舞留めざるに、鼓打見損ひ、留まる事あり。笛、巧者ならば、*吹通すべし。又、大夫、舞留め候に、見損ひ、打上げぬ事あり。その時は、笛より吹き留むべし。もし、笛も油断して、吹き留めずは、謡より謡ひ出すべし。

199 一　物狂の囃子。草に沢山に囃すべし。但、物狂によるべし。夫に別れ、子を失ひなどしたる、物思ひの狂人は、哀に囃すべし。

200 一　中入に、大夫、橋掛りを戻る時、囃子も謡も過ぎて、帰り悪きものなり。是を、笛にて*色ゑ、大夫を楽屋へ戻すべし。中入の笛、相応の音取、吹くべし。肝要也。

201 一　乙がちに打つも、耳、喧しき物也。*乙を控へ、時々、*らんをんに打べし。いかにも〳〵長き手は嫌ふなり。大鼓の手の、打ちよきやうに心掛け、手を打つべし。こゝに手有とて、大鼓の*鎖りやうをも、心掛けずして、我独と心を掛けて、気を許し打ちては、打たぬに劣るなり。乙がちに囃し、*刻の高きも、能によつて囃すべし。例へば、鬼の能、又は男舞、或は羯鼓の[うち]、脇の能の舞の内など、乙がちに、刻高きも苦しからず候。

197 **囃す事**　底本「はやすべし」。
ろくに　りきまずに。

198 **吹通す**　吹きつづける。

200 **色ゑ**　色どりあしらい。

201 **乙**　底本「越」。以下同じ。
らんをん　三本「らんもん」。羅文。うすぎぬの織り紋。ここでは、その紋のように面白く。
鎖りやう　大鼓の打つ一くさりのさま。
刻の高き　刻の高い調子の打ち方。

心掛け肝要にて候。女能などにも、さのみ、頭に力を*入れず、尋常に、ほけ〳〵と打つべし。

202 一 *表は弱き振をして、芸能の強き事を褒むる也。表をば、*慢じをなし、するわざの弱きこと、返す〴〵も、褒めざることなり。返す〴〵も、しだるきことは、慢ずる所により、油断出来候により、しだるくなる物なり。手の打ちたき事は、当座に思ひ候により、手を打ちたき物也。当座の花を持(もち)て、知るにも知らぬにも、褒められたきもの也。去(さり)ながら、道を知るものは、聞分くるものなり。当座の花はあれども、終の花なき人は、続いて*能事あるまじき也。よく〳〵考案あつて、*末遂げて、人の褒め候やうに、嗜み肝用也。稽古し覚えて、謡の文字の鎖に、似合ひたる手は、同じ手なれども、*そだちて面白く感有(ある)物也。

203 一 乱拍子の事。拍子を*繋がぬ囃子にて候間、乱拍子とも言へり。*和歌をとる前は序なり。*上端よりは乱拍子なり。*拍子の名をば、奥ある鼓とも言へり。

チ〇チ〇〇●〇チ〇〇チ〇〇●〔〇〕チ〇〇

これを繰返し打なり。乱拍子、数の事に候。『道成寺』次第あり、「花の外には松ばか〔り〕」と言ふより、為手心をいかにも〳〵真に、乱拍子の心を持つべし。*同音に、次第を取るときに、〔小〕鼓、乱拍子なり。大夫の一巡り廻りて後は、扇を取上げ候時、打上げ候なり。「道成寺とは名付けたり」と云所にて、本に打上げ候なり。又、山伏、祈りのうち、いかにも、強く沢山に囃すべし。いかにも恐しく、物凄じく囃すべし。*序破急の祈りなり。「*謹請東方」の打上げ、謡出し、脇の仕舞、よく心を付けべし。

（結） 右、以上、二百三箇条の極意、此巻に書記すなり。末世に、習ひ称へ失ひ、人々の中

力を 底本「ことを」。
202**表は** 表面は。
慢じ 慢心。
能事 よくする事。
末遂げて 目的を達して。
そだちて 技術が上達して。
203**繋がぬ** つながらない。
和歌をとる前 和歌を謡って乱拍子の部分に入るから、その和歌を謡う前。
上端 曲(くせ)の中程にあって、上音で謡う部分。三本「あけて」。
拍子 乱拍子。
同音 登場者が一緒に謡う部分。当時は、現在の地謡の部分をシテもワキも地謡と一緒に謡っている。
序破急の祈り 「祈り」に緩急の位の部分があることか。「祈り」は、ワキ僧がシテ鬼女を祈り伏せることを演じる場面。→六64
謹請東方 謹んで東方に勧請。

度まゝに、諸芸の乱れ候はん時の*証文の為、此伝書を書記され候。いかにも秘密して、家を継子の外は、見することなかれ。かやうの秘書と申は、人及ばざるを以て、秘書とす。

古今の名人の申伝へ候習・大事、大方、如レ此。

（結）**証文の為**　証拠となる文書として。

花伝書 五巻

（序） それ、能と云事、大夫を花の*真にたとへ、役者を*下草にかたどる也。大夫は一座の大将、花の真なれば、いかにも〳〵下草より威勢のあるやうに、もてなすべし。又、大夫より下草〔へ〕相応するやうに心得べし。大夫、*諸芸をうかべずして、*一道ばかりにては、花の真とはなりがたし。よく〳〵よろづの道、暗くなきやうに、心掛けべし。先、能と言ふ*本意は、面白きを*本とす。*仕立見苦しければ、見所なし。衣装の着やう、*衣紋悪しければ、その姿見られぬ物也。たとひ上手たりと言ふとも、仕立悪しければ、身躰に花咲きがたし。上中下・序破急の能の位を本として、似合たるやうに、出立候事、肝用也。

1 一 天子の御事は申に及ず、*宮達・公家の御噂を作りたる能の出立、いかにも〳〵気高く出立つべき事、肝要なり。

2 一 *女御・更衣、其外、公家・上臈の*風情作りたる能、出立の事。いかにも〳〵気高く美しく花やかに、*色重に念を入、出立つべし。先づ、上着は、*唐織を本とせり。大内上臈なりとも、*釆女などは、又、位下りたる宮女なり。心得べし。唐織などは、無用なり。『楊貴妃』、取分、唐織本なり。大夫、*三十のうち苦しからず。年寄りたる為手は、是を斟酌すべし。その子細は、年寄りぬれば、*褄外れ・*魅入・身形・姿・*懸りまで、若き時に違ひ、賤しき物なり。堅く、斟酌尤に候。*付、若大夫も、*頃などに外れ、身形悪しき大夫は、

（序）花の真・下草　花を立てる場合、中心にすえられる材料と、花瓶の口近くに生けられる材料。
諸芸…　色々の芸道を知らないで。
一道　猿楽能の道だけ。
本意　本当の意味。
本　根本。
仕立　身ごしらえ。扮装。
衣紋　衣装の襟を胸で合せたところ。ここでは、装束の着方の法式。
1 宮達公家　親王・法親王や関白・太政大臣・左右大臣・中納言・参議。
2 女御更衣　高位の女官。更衣は女御に次ぐ。
風情　様子。
色重　衣装を何枚も重ねて着る場合の色の取合せ。襲（かさね）の色目である色襲におなじ。
唐織　唐織錦の小袖。主として女役の上着に使う。
釆女　後宮の女官。女御・更衣より古い時代の称。
三十のうち　三十歳台までなら。
褄外れ　身のこなし。
魅入　役への執念のかけ方。
懸り　姿などの風情。
付　つけ加えること。
頃　年頃。

此能を斟酌尤に候。

3 一 物狂の出立。近き所より来る物狂、遠国より来る物狂、違ふべし。遠国の物狂の出立〔は〕ちと古き小袖、然るべし。近き物狂の出立は、新しき衣装、苦しからず候。惣別左様の人は、衣装を色取り、飾はきと仕立て、目に立つ小袖、無用也。

4 一 舞候老人の出立。いかにも〳〵、くすみたる色無の小袖、尤に候。去ながら、上、色なくは、下着は少色取るべし。小袖の色により、映合ひ候やうに出立つべし。但、上の装束によるべし。能によるべし。

5 一 直面の出立の事。いかにも〳〵、下を色々と出立ち候て、上をくすみ、下重に取合ひ候やうに、出立ち候事、肝要也。さりながら、人により、其身に似合ひたる小袖有。又、似合はぬ小袖有。其見合肝要也。又、大夫の年の程らひにも寄べし。

6 一 旅僧、白衣にて、少し萎れたる水衣〔尤〕に候。

7 一 一夏を結ぶ僧、或は住所の僧・都方の僧は、いかにも〳〵引繕ひ、衣紋正しく、水衣・小袖、はきとしたるを着すべし。

8 一 僧都・法印・阿闍梨・上人などの僧は、いかにも〔気高く、尋常に引繕ひ、小袖も〕水衣〔も〕はきとしたるを着すべし。時により、大口着る事あり。

9 一 草の精・木の精、その外、変化の物の部類の出立。何と出立ち候ても苦しからず。

10 一 鬼の出立。いかにも〳〵襟多く、重をも厚く出立候事、肝要なり。いかにも〳〵、赤く色々と出立候なり。

11 一 神能、狩衣赤くば、上着、色無。下重は、いかにも〳〵色々と取合い、映合ひ候やう

3小袖 広袖に対する称。袖が小さく袖下を丸く縫った衣服。
はきと はっきりと。
4くすみたる じみな。
色無 紅色の入らない。 **上** 上着。
5下 下着。いわゆる着付。
下重 下に重ねて着る着付。
年の程らひ 年齢具合。
6白衣 能では、袴類をつけない上着ばかりの着流姿を意味する。
萎れたる 糊気のとれた。
水衣 もともと水仕事の時の衣服。能では僧・海人・猟師役などに着る薄絹の上着。シテに用いる時は粗衣、ワキが用いる時は僧衣として扱うことが多い。
7一夏 夏安居(げあご)の略。夏、僧が一定期間外出せずに修行すること。
住所の僧 その所の僧。
引繕ひ 体裁をととのえ。
8僧都… 僧都は僧綱(そうごう)の一つ、僧正に次ぐ僧官。法印は法師大和尚位の略で最高の僧位。阿闍梨は師範となるべき高僧の称。上人は智徳を具備し専念仏道を修する僧、法橋上人位の略。何れも位の高い僧のこと。
などの 底本「其」、大槻・島津本による。
気高く…小袖も 諸本による。ただし内閣・横山本は「小袖も」を「いかにも」とする。
大口 裾が大きく広がる大口袴の略。僧役は、多く白大口を着用する。

に、出立ち肝用也。狩衣色無ならば、上着は、いかにも*色々しき小袖、尤に候。『*花伝第七』囃子の巻にも、色の囃子と書き付るも、此理なり。

12 一 面の掛けやう。『高砂』『弓八幡』など、初めは尉の面。*後は、*目に金の入たる、*早き男の面なり。さりながら、よき囃子揃ひたる時は、*筋の面など着る事有。*筋男のときは、位、なを急なるべし。

13 一 *天冠戴く能は、*増の面なり。たゞし、菩薩の能ならば、*泥眼の女面なるべし。付、謡の位によりて、又、泥眼着ぬ菩薩有。

14 一 『通小町』『藤戸』『阿漕』『善知鳥』『錦木』、何れも*霊の痩男なり。但、右の内にて、『通小町』は、面の心持違ひ候。其子細は公家なり。*深草の少将、恋に窶れたる顔なれば、面、気高きを*用いる也。残りは、賤しき猟師などの、憂世の業に窶れ死たる顔なれば、面に其心得有べし。是は、大きなる違ひ也。何れの能も、位を分別し、上臈・下臈を弁へ、其年比までも、分別を遂げ、似合たる面、然べき也。衣装の着やうも同前なり。又、『錦木』は、少し違ふ。是は、あまり下臈にあらず。其上、恋路にて死たれば、『通小町』『善知鳥』の間也。

15 一 『定家』『檜垣』『卒都婆小町』『海人』、後、何も*痩女なり。去ながら、『定家』は*式子内親王、*姫宮にてまします間、顔ばえ気高く痩せたる面なり。『卒都婆小町』『檜垣』は、少賤しく痩せたる面、然べく候。何も、賤しき能にはあらねども、式子内親王には比べがたし。『檜垣』は、*白拍子也。其上、年寄なり。小町は、始は宮女なれ共、年老て狂乱となり、乞食になれる女なり。『*海人』の後は、*竜を戴き候へば、常の痩女にては、取合ひ

9 部類の 底本「ふる舞」。
10 重 下重。
11 狩衣 狩などの時に用いた衣服。中古は公家の常用略服。能では神役に使う。
色々しき 紅色が適当に入った。
花伝第七 →七31。精しくは→四28
12 後 後シテ。
目に… 瞳の部分に金具を挿入した。この工作は、その面が霊的であることを示す。 **早き男** 早い位の舞に使う男面。三ケ月・怪士(あやかし)・神体など。 **筋の面・筋男** 額や鬢に血脈を彫り出した凄まじい男面。怪士系の面に多い。
13 天冠 女神・天女役が頭につける金色の透彫輪状の冠。
増 増女とも。女神・天女役にふさわしい女面。 **泥眼** 目に金泥を施した菩薩役の女面。
14 霊の痩男 地獄におちて痩せ衰えた男の幽霊の面。
深草の少将 伝説的な人物。一説に左近衛少将良峰宗貞(僧正遍昭)とも。
用いる 底本「もち入」。
15 痩女 女の幽霊の面。
式子内親王 後白河天皇の第三皇女。新古今時代のすぐれた女流歌人。
姫宮 内親王、皇女。
白拍子 平安末期におこった歌舞する遊女。
海人 底本「海士」。
竜… 竜の立物のついた冠をつけて。

候はず候。いかにも物凄じく、目、金入りたる女、然るべく候。此心持、何れへも亘るべし。

16 一 草木の精、其外化物の部類、時により、衣装により、囃し手により、面変るべし。定まらず。

17 一 『道成寺』、*本成の蛇面。『鉄輪』、*生成可レ然候。『葵の上』は、*中成の蛇面、尤に候。

18 一 尉の面の*舞能は、何れも*石王兵衛、然るべし。

19 一 『熊野』は、*小面也。

20 一 『松風』は、*深井面なり。

21 一 『鞍馬天狗』、後、*癋見也。又、*悪尉着る事。*大癋見・*大悪尉の囃し分け、大事也。出立まで違ふべし。

22 一 『鵜飼』『昭君』、後、*大天神なり。又、小癋見着る事もあり。*砕動の鬼なり。大夫の心持、『昭君』に少し変る也。

23 一 竜神の部類、*黒鬚也。

24 一 『藤戸』の*前に、痩女着る事あり。又、姥の面着る時もあり。大夫の心持、そと違ふべし。出立も少し違ふなり。

25 一 『鉄輪』の前、『葵の上』の前の面の、痩せたる女の物思ふ*気色有て、其様凄じ気にて、目元凄き女面を着る。

26 一 物狂の部類。能によりて違ふべし。*大方の通りは、女物狂ならば、少年老けたる顔の、少窶れたる面、尤に候。

---

17 本成の蛇　般若(後出)の面を極端に動物化した蛇あるいは真蛇の面。

生成　般若より嫉妬の程度のやや少ない面。

中成の蛇　般若。女性の嫉妬を象徴化した鬼女の面。

18 舞能　舞を舞う老翁の能。

石王兵衛　石王兵衛が創作したという、舞専用の尉面。石王尉ともいう。

19 20 小面・深井面　王朝の女性を象徴する、年若い女面(小面)と中年の女面(深井)。

21 癋見・大癋見　口をへしんでいる鬼神の面。大癋見は形が大きく天狗物に、小癋見は相貌が引きしまり地獄の鬼神に使用する。

悪尉・大悪尉　恐ろしげな老相の鬼神面。

22 大天神　天上界の鬼神面。ここでは地獄の鬼神に用いる。

砕動の鬼　→四45・六6

23 黒鬚　黒い鬚に特徴ある竜神用面。

24 前　前シテ。

25 気色　様子。

26 大方の通りは…　一般的には。

27 難波の梅　『難波』の古名。

早男　早き男と同じ。

唐冠　唐の冠を模した兜の一種。

27 一『*難波の梅』、京がゝりは*早男にて候。*唐冠にて、*破の舞なり。*余の座は、悪尉を掛くるも有。悪尉の時は、*楽に舞ふなり。出立、違ふべし。

28 一『実盛』、前、尉なり。後、*笑尉なり。

29 一『融』、前、笑尉也。〔後〕*中将なり。

30 一『田村』、前、*童子なり。後、早男か*三ケ月也。*平太は掛けぬなり。『田村』、*祝言の修羅なり。平太は祝言に掛けぬ面なり。脇能などに掛け候事、大なる僻事なり。

31 一『忠度』、前、笑尉なり。〔後〕中将なり。

32 一『女郎花』、同前なり。*若男、苦しからず。

33 一『八嶋』『通盛』、前は笑尉もよし。*小尉も苦しからず。後は、何も早男なり。平太苦しからず。

34 一『経政』、中将也。若男、苦しからず。

35 一『頼政』、初めは笑尉也。後は*入道の面。

36 一『采女』、前は深井面・小面なり。

37 一『敦盛』、*児の面なり。

38 一『春日竜神』、前、小尉なり。又、直面にてする事もあり。*一様に定まらず。後、黒髭なり。

39 一『昭君』の前、小尉。後は*大天神なり。

40 一『遊行柳』、前は小尉。後は*石王。

41 一『*御脳楊貴妃』、前は小尉。後は天神なり。癋見着る事もあり。悪尉もよし。

破の舞　舞の一種。現在の「破の舞」ではなく、初めを破がかりの位で舞う舞。ここでは、現在の「神舞」に相当する。
余の座　ほかの座。ここでは観世座以外。
楽　舞の一種。舞楽を模した舞ともいう。
28 笑尉　いくぶん笑の要素を備えた尉(老人)の面。
29 中将　王朝時代の貴公子を象徴する男面。
30 童子　やや妖精めいた少年の面。大槻・島津本「たうし」、内閣本「童子」。
三ケ月　神霊の面。
平太　鎌倉時代の武将を象徴する男面。
祝言の修羅　修羅能のうち、雄々しい武勇が主題の、いわゆる勝修羅。
32 若男　中将よりやや品位のおとる若い男面。→六33
33 小尉　多くは、神の化身に用いる尉面。
35 入道の面　『頼政』専用の面。頼政はのちに入道したから。
37 児の面　少年の面。→六34
38 一様　底本「小せう」、大槻・島津本による。
39 大天神　底本「いしわう」、大槻・島津本による。
40 石王　石王尉。
41 御脳楊貴妃　『皇帝』の古名。

42 一『白鬚』、前は*阿古父尉。後は悪尉也。

43 一『嵐山』、前、笑尉也。後、大癋見・大天神、然るべく候。

44 一『*竹の雪』、深井面なり。*哀傷の祝言。

45 一『善界』の*後、大癋見。後、『大会』同前。

46 一『定家』の後、深井面なり。

47 一『三輪』、前、深井面なり。〔*後〕小面。

48 一『唐船』、笑尉なり。

49 一『阿漕』の前、小尉なり。〔後〕痩男なり。

50 一『夕顔』、前、*近江の女。後は深井面也。

51 一『籠太鼓』、深井面なり。

52 一『東方朔』、前、笑尉。後、悪尉なり。

53 一『浮舟』、近江の女。後、深井面也。

54 一『玉葛』、前、近江の女。後、小面なり。

55 一『野の宮』、近江の女。後、深井面也。

56 一『江口』、前は深井面。後は増なり。

57 一『紅葉狩』、女面ならば、何にても苦しからず。*泥眼・*十寸髪女は無用なり。後、鬼。

58 一『鵺』、前は痩男。後、*猿飛出也。

59 一『*矢立賀茂』、前は女。後、大天神・黒鬚・*大飛出苦しからず。

60 一『舟弁慶』、前、小面。後は*霊の面也。

---

42 阿古父尉　頰や額に瘤状が目立つ尉面。主として、異邦の老人役に用いる。

44 竹の雪　廃曲。

哀傷の祝言　『竹の雪』は五音の哀傷に相当する曲であるが、終末において親子が安楽の縁を結ぶという祝言性がみられるからであろう。

45 後　底本「まへ」。

47 後小面　大槻・島津本「後こおもて也」。

50 近江の女　近江猿楽特有の女面の意。やや若めの中年の女面である「近江女」のこと。

57 泥眼　底本、これ以下一項を設ける。

十寸髪　女神や巫女役に用いる女面。その表情のきびしさ故、女が菩薩となる役にも使う。

58 猿飛出　猿の相貌に近い飛出。主として妖怪物に。飛出は、眼球を飛び出させたという特徴をもつ鬼神面。

59 矢立賀茂　『賀茂』の古名。

大飛出　飛出のうち大形で、主として天上界の神に用いる面。

60 霊の面　怨霊の面。海中にすむ妖怪である怪士(あやかし)系の面。大槻・島津本「悪れうの面」。

61 一『朝顔』、増の面なり。

62 一『鵜の羽』、前は小面。後は泥眼也。竜を戴く時は、目、金なき面にては、竜戴かれず。囃子も違ふべし。少し凄じき面、よし。

63 一『海人』の前、深井面なり。

64 一『張良』、前は尉。後、大悪尉也。

65 一『当麻』、前は姥。後、泥眼なり。

66 一『井筒』、十寸髪の面なり。

67 一『羽衣』、増なり。

68 一『寝覚の床』、前は〔阿〕古父尉。後、大悪尉。『御裳濯』、同前。

69 一『善知鳥』の前、小尉。後、痩男也。

70 一『姥捨』、前は近江の女。後は*老女の痩女なり。

71 一『*佐藤次信』、平太なり。

72 一『兼平』、前は笑尉。後は平太。

73 一『*軒端の梅』、初めは近江の女。後、小面也。

74 一『自然居士』『東岸居士』、*大喝食也。

75 一『花月』は、小喝食なり。

76 一『千寿』、深井面なり。

77 一『芭蕉』、女面、何れも苦しからず。

78 一『源氏供養』、前、小面。後も小面なり。是は、面*変ず。同じ面、前後着る事、子細あ

70 **老女の痩女**　老けた痩女の面。

71 **佐藤次信**　廃曲。

73 **軒端の梅**　『東北』の古名。

74 **大喝食**　喝食(かつじき)は、禅寺で雑用する半僧半俗の少年。喝食(かつしき)はその少年を表現する男面。額にえがかれた前髪によって大中小の区別がある。どちらかといえば小喝食の方が可憐。

78 **変ず**　底本「返す」。

り。習有。「その面影は、昨日見し、姿に今も、変らねば」と云義也。

79 一 御前〔の〕能の事。大都、貴人の御前の芸は、先づ、*高人の御方へ、心をよく付け候へば、必ず、仕損ひなし。例へば、「我大君の国なれば、いつまでも君が代に」などゝ言ふ所は、貴人を敬ひたる風情、心に持、又、「手向をなして帰りけり」「痛はしの御有様や」などゝ云所は、常には*上面の方へ向き、する仕舞有と云とも、御前などは、是を避け候也。か様の分別、万に渡るべし。是、第一、御前の能の心持也。足拍子、*沢山に踏む事、*慮外也。貴人の方へ後を向け候事、同前なり。惣別、常の能にも、上面へは後をせず。又、御前の能にも、大夫舞台を降りて、御前近く舞事あり。其時の囃子、大事なり。大夫の遠ざかり舞行く程、沢山に囃すべし。位、違ふべし。よく口伝有べし。万、御前の能、諸事心を付け候へば、*時に至て、〔*折に似合ひたる仕舞も〕出来、*感あるもの也。脇・連に至るまで、右の心掛け、御前にて肝用なり。其上、*差合ひのなき能を、よく組合候はんこと、*専なり。二日も三日も前より、〔よく〱〕其能を吟じ、繰返し〱工夫して、差合ひなきやうに、心掛け肝要也。御前の能に限らず、何方にても、処へ〔の〕差合ひ、*亭主への差合を、能組の時、油断無考へ肝腎也。

80 一 『邯鄲』の、「枕に伏にけり」と言ふところ、枕に臥すなり。寝姿、寝入りたる風情、大事なり。其時も目を塞がざれば、寝姿悪し。目を塞ぐ事、習なり。

81 一 『邯鄲』の楽の事。*掛絡を取り候時、*笛の序あり。*畳の台の上にて*序破と舞、台を降りて破急と舞ふ。*盧生、舞姿を知らざる也。*三段を二段に返し、笛の習あり。大夫もその心得あるべし。*十二段の楽の舞所、*絵図、大形かくのごとし。何も、此楽、習多し。大事

79 **高人** 身分の高い人。
上面の方 上面は正面(舞台の正先の方、この方向に貴人がいる)。したがって、このあとは忌む言葉を避けるための作法を述べている。
沢山に踏む ここでは、足拍子を大きく踏むこと。
慮外 思いの外。よくないこと。
時に至て その時になって。
折に似合ひたる仕舞も 大槻・島津本による。
感 感心すること。心に深い感銘を与えること。
差合ひ さしさわり。当りさわり。
専 専一。他の何をおいてもいちずに心を用いること。
亭主 よばれた先のご主人。
81 **掛絡** 簡略な袈裟の一種。底本「まくら」。
笛の序 序がかりの笛。
畳の台 たたみ一畳ほどの広さの台。いわゆる一畳台。『邯鄲』はこの台の上に宮の作り物を組立て、宮殿とみなしてその中で「楽」を舞う。
序破 「楽」の序と破の部分。
盧生 『邯鄲』の主人公。
三段を二段に 三段のオロシ(囃子が静まるところ)のあと、「空下」(空立とも。→89)の所で、笛の譜が二段の譜の部分に返る。
十二段の楽 一般には五段に舞いおさめるのを、舞がかりを入れて十二

の楽也。よく稽古肝用なり。第一、長き楽なれば、*前かど其心得なくば、末弛み候か。又、詰り過ぎ候ことあり。その心掛け、舞ひ出し候時より、分別して舞(まふ)こと、肝要也。幷に、*屋台の内にての舞、大事なり。小さく舞ふては曲*なし。大(おほき)に舞ひ候へば、*作り物に支へ候。その分別、肝要なり。

82 神*舞の事。破の舞、色*は替(かはれ)共

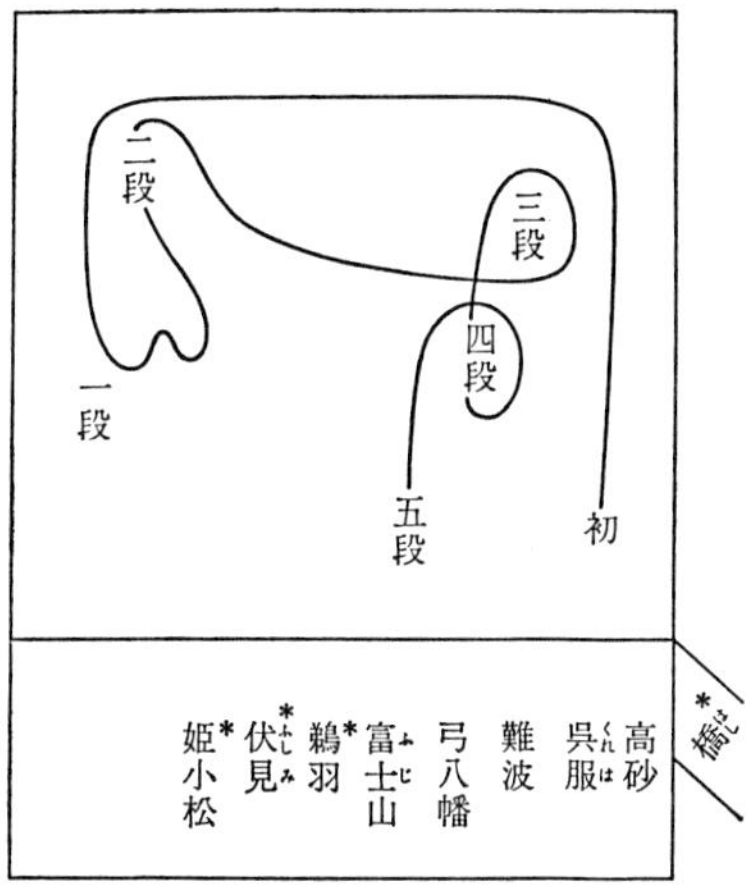

83 序*の舞事。何れも色は替れ共

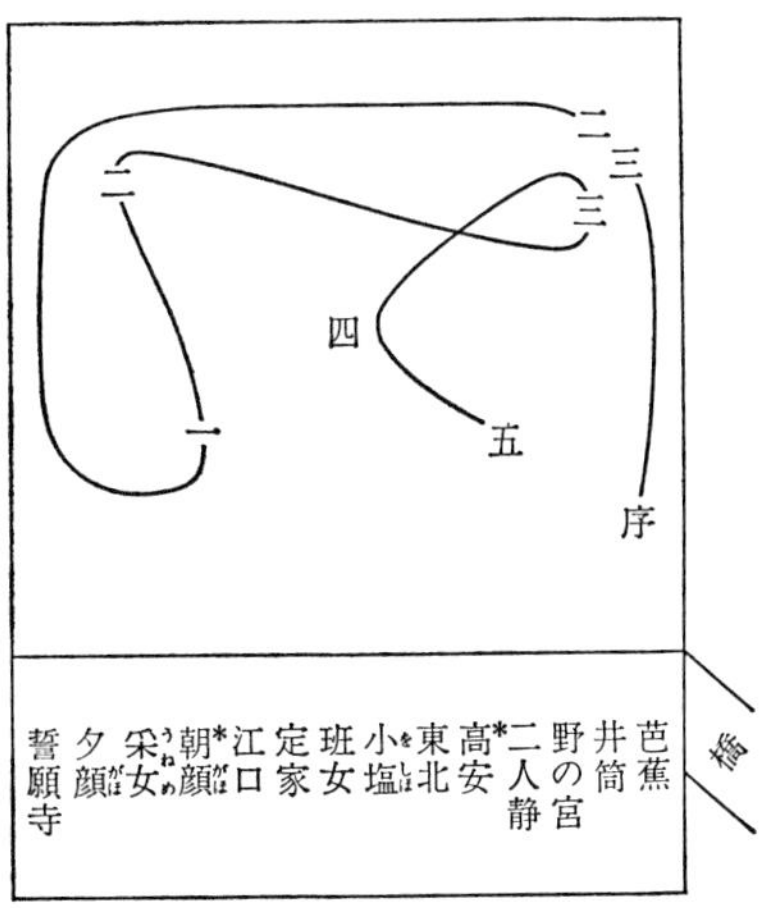

段に舞う。台の上で六段を黄鐘調に、台を下りてから六段を盤渉調に舞う。

絵図 あとにかかげる、舞の所作の順を示す図。

前かど 前の部分。

屋台の内 一畳台の作り物の中で。

曲なし 面白さがない。

作り物 ここでは、宮の作り物。

82**神舞** 男体の神の舞う、位の極めて早い舞。

色 曲の種類。

橋 橋掛り。

鵜羽・伏見・姫小松 いずれも廃曲。

83**序の舞** 舞の一種。序がかりで序の位で舞う舞。品格の高い女性や老人が舞う舞。

高安・朝顔 いずれも廃曲。

84 この図には舞の名称がないが、記載の曲名から考えると、男舞の図のつもりか。ただし、『錦木』『松虫』は、現在「黄鐘早舞」であるが、これは「破がかり男舞」と同じ。

小河・正行 いずれも廃曲。

安宅 底本「安達」。

大聖舞 →七66

85 何の舞の図か不明。

居座 現在の後見座のことか。底本の「居衆」に従えば居座衆の意か。大槻・島津本による。

87 **下端の舞** 下端の囃子(→四26)で舞う舞。

84

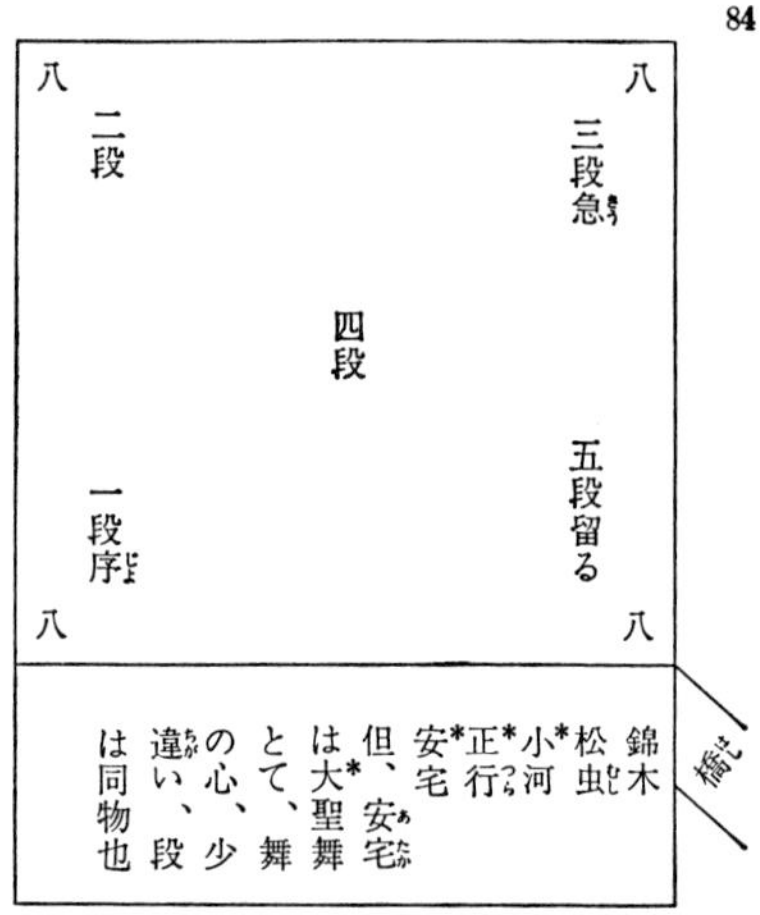

85

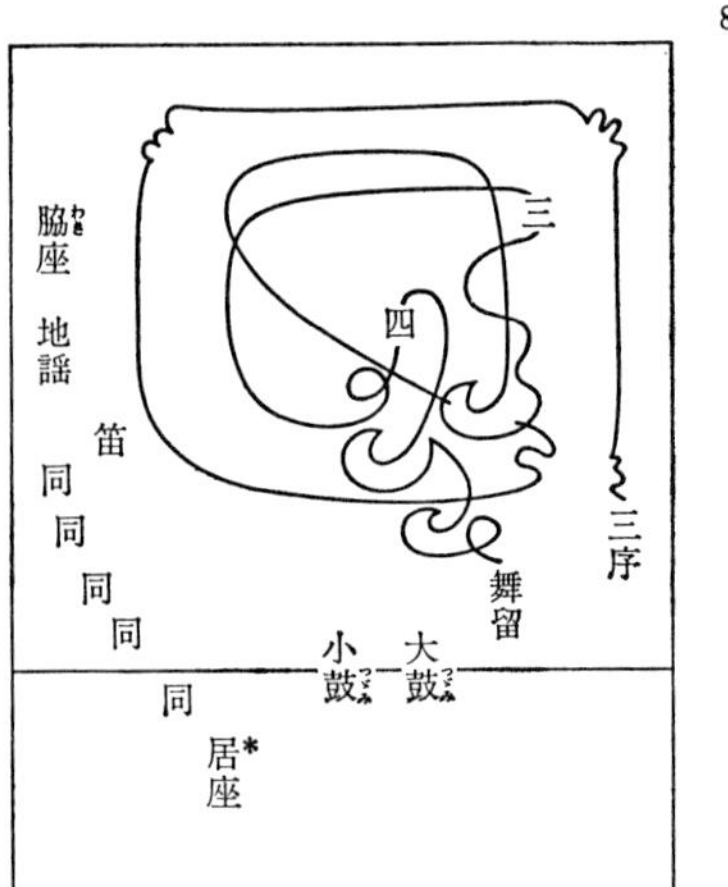

86

邯鄲の楽、十二〔段〕、絵図、かく〔のごとし〕

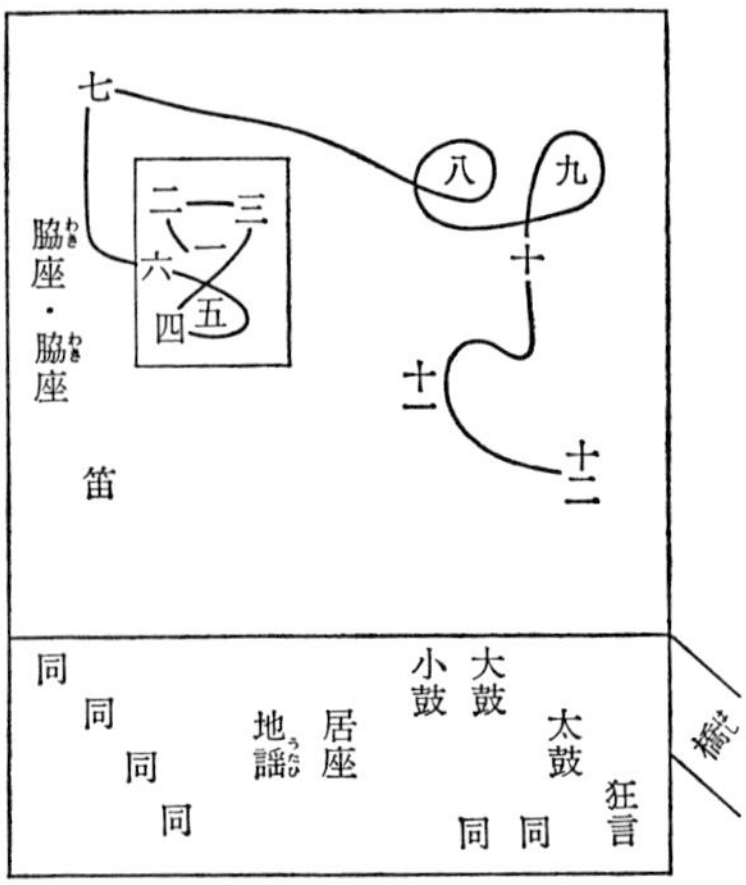

87

*下端の舞、合九段

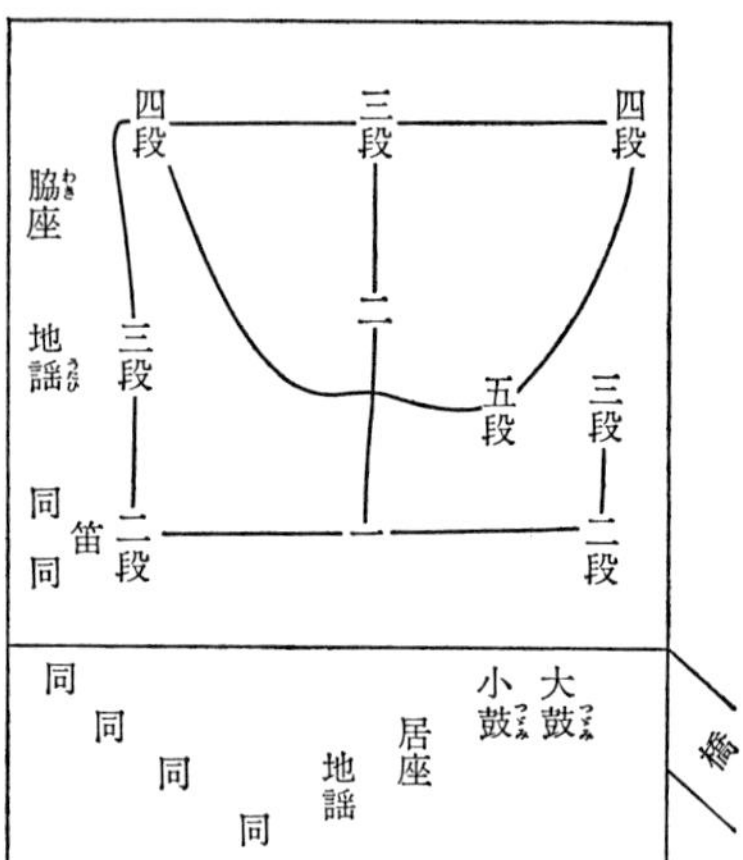

88　常の*草の破の舞

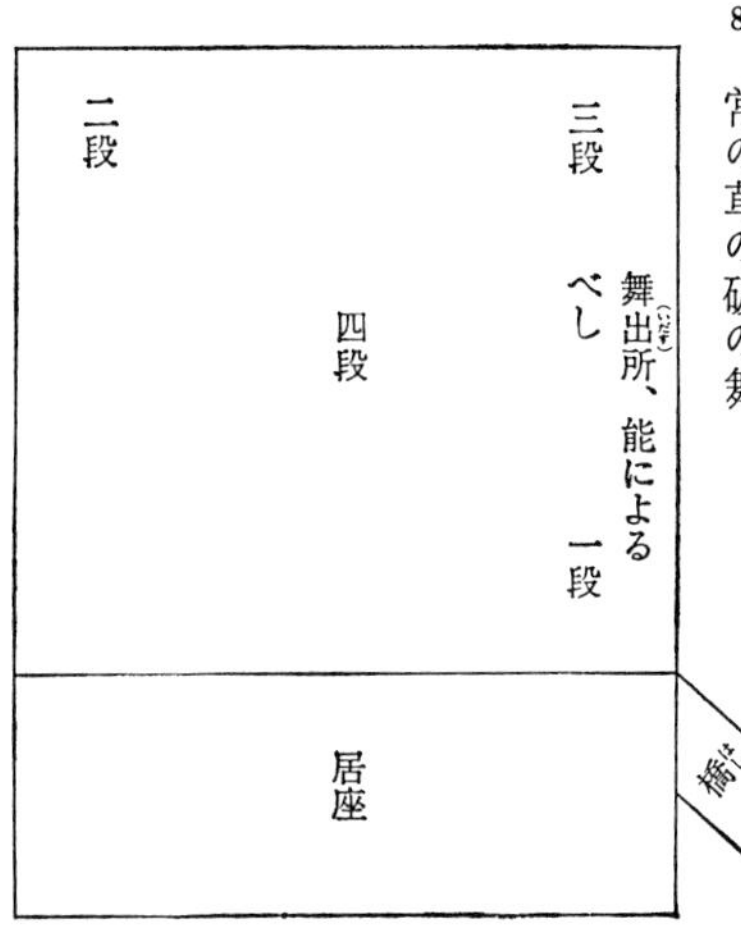

89　一　舞のうちに、*空立といふ事あり。これは、稽古にて成がたし。*自然の功*ふ〔か〕く行なり。大夫の上手、功を蒙らざらん人は、成候はぬ事也。その上、囃子など、下手にて中々なりがたし。上手の揃ひにて、囃子も乗り、仕舞も折に触れたりと、大夫、心面白き時、*立物なり。例へ〔ば〕、柳の春の風に一もみ揉まれて、颯と吹き靡けたるがごとくに、いかにも*たをやかに、*さすが*品をあらせ立つ。其時、囃子も大夫の*振を見て、精を入。猶、*乗立て、*いと心面白げなる折節、眼を塞ぐ物也。目を塞ぎぬれば、心静まり、足下定まり、姿たをやかなる物也。又、目を開け候て立ち候へば、足下定まらず、*腰据はらず、心静まらず、姿も*ぶしほなる物なり。その上、立ちていらぬ物にて候。空立に乗りたると〔き〕、目を塞ぐ事、是、一大事の秘事なり。習なり。

88 草の破の舞　草は、正格の真に対する略格。破の舞は、破がかりの舞。

89 この項80 81 86の続き。
空立　『邯鄲』の「楽」の中の特殊な型所。五段に舞う時は、三段目の囃子が静まったところで、シテが台から足を外すところ。(この項、『邯鄲』についての説明。)
自然…　長い間年功を積んでいれば、自然に出来るものである。
ふかく　大槻・島津本による。
立物　成功すること。
たをやか　しなやか。
さすが　何といっても。
品を…　品位のあるようにしてこそ成功する。
振　身振。動作。
乗立　囃子によく乗って。
いと　極めて。
腰据はらず　腰つきがしっかりしない。
ぶしほ…　しゃんとしてなくてだらけているもの。

90 一　*幕際の習。女の類は、幕際より五尺程も隔て、出で候。*ふかき上﨟ほど、幕際を隔つべし。狂女は、*幕を隔つべからず。序破急によるべし。

91 一　*早男、三尺ばかり隔て候。

92 一　*鬼むきは、幕を上げ候と、*やがて出る也。

93 一　何れにても、*序と申は幕際遠し。破と申は中比。急と申は幕近きなり。

94 一　幕のうちと言ふ事、習あり。是、出る時の顔の持やう也。*出さま*浅まなれば、その能、果てゝまで不出来成能也。出さま*さあつべければ、能、真にして、後まで能出来候物なり。是、第一の習なり。先、幕際に臨みて、さて身形を直し、顔持を定め、腰〔を〕据へ、*胴作りを構へて、衣紋を引繕ひ、さて、幕を上げさせて出で候とき、*天地和合、左右の目遣ひといふ事有。出づるとき、遠々と見渡し候へば、*芝居内見え候なり。又、足下をそと見、さて、やがて左右を見て、目遣ひをし、顔持を定めて出るなり。鬼などは、猶、荒々と、幕のうちをするなり。一声にてもあれ、次第にてもあれ、何ほど行き、何処にて謡ひ出すべしと、その時、*はうし・指し所、胸に定めて出で、謡ひ候へば、仕損ひなき物なり。よく／＼心得べし。短き橋掛り・長き橋掛りの心持積り、肝要也。

95 一　一声・次第なしに出る能。*番ひ抜け候はぬ様に、心掛け肝要也。

96 一　此絵図共、何れも裸に姿を表し、*節の詰めやう、腰膝の折りやう、首の持やう、悉くあらゆる身構へ、胴作り、書記し侍る也。此巻、我子より外、たとひ、一の弟子たりと云とも見すべからず。殊に絵図〔を〕見候ても、*合点ゆき候はず。*かへつて見苦しく候へば、これが秘書かと不審す。隠すをもつて*奥とす。何れも*目の前の事なり。

90幕際の習　鏡の間からシテが登場する直前の、揚幕の前に位置する時の心得。
ふかき　格別の。
幕を…　狂女は役柄上、少しでも早く舞台に登場したい気持があるから。
91早男　早男の面をつけたシテ。
92鬼むき　鬼役のシテ。
やがて　すぐさま。
93序と…　序の位をもったシテは。
94出さま　登場する時の様子。
浅ま　疎略。不注意。底本「あさは」、内閣・横山本による。
さあつべければ　うまく登場することが出来れば。
胴作り　姿勢を正した胴構え。
天地和合　天と地とがやわらぎあうこと。ここでは、上下の目遣いの心得。
芝居内　見物席全体。
はうし指し所　「はうし」は拍子。拍子をとる所や、扇を持った手を指す所。
95番ひ抜け　タイミングのずれぬように。拍子外れにならぬように。
96節　関節。
合点　理解すること。
かへつて　大槻・島津本「けつく(結句)」。
奥　奥儀。秘訣。
目の前…　こんな例は目の前(身近)にいくらでもあることだ。

97 かうかめ張り　「かうかめ」はこめかみ。緊張してこめかみがひきつり。

98 ろく　水平。ここでは正しく正面に向けること。

折て　折りまげて。

ふらめく　ふらふらすること。ふらつく。

開く　あける。

肩さし　肩のいかること。

側様　側面。

真向　正面。

97 胴作りせざる人形

如レ此、胴作りせず候へば、腰浮き、膝も据らず候により、拍子踏む音も悪く、*かうかめ張り、腰浮きて、身形悪しく候なり。

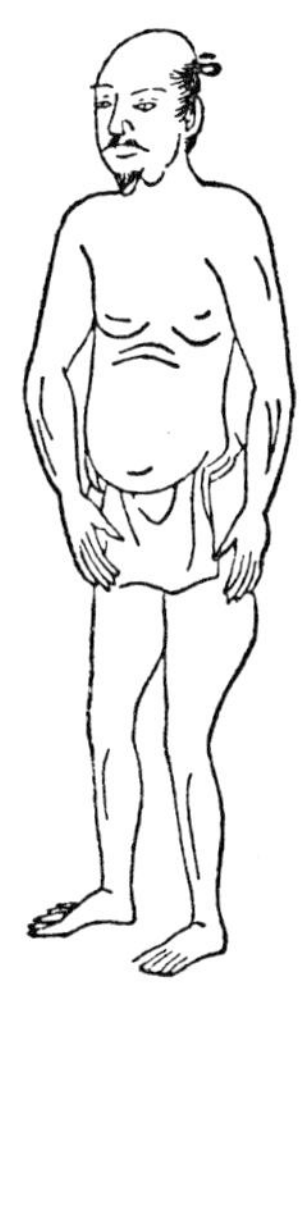

98 此胴作りにては、身形よく、拍子踏みよく、腰据り、足もと定、尤に候。胴作りの次第、かくのごとし。

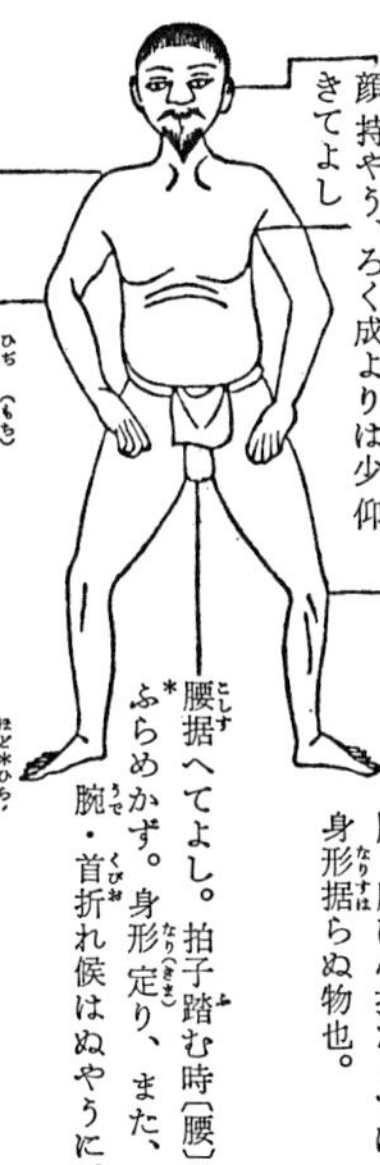

顔持やう、*ろく成よりは少仰きてよし
胸出候はぬやうに
膝少*折てよし。弓の胴作りの心持也。膝、腰に心持なくては、身形据らぬ物也。
腰据へてよし。拍子踏む時［腰］*ふらめかず。身形定り、また、腕・首折れ候はぬやうに。
肘の持やう。身より二寸程*開く。但、鬼の能は、三寸程身よりのけてよく候なり。
*肩さし候はぬやうに、嗜むべし。

此人形と同じ胴作り。但、*側様に見せたる絵図也。中のは*真向の構也。

99 見にくゝ　醜く。
はだかる　ひろがる。
いかゞ敷　感心しない。

100 すんなりと　すらりとして。
見だてなきやうに　見ばえが悪くないように。

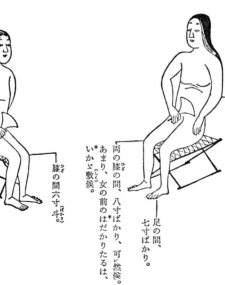

99 『三輪』『楊貴妃』、かやうの類の能、何(いづ)れも此胴(どう)作り可レ然候。

100 此人形(ひとがた)、『定家』の後の、塚(つか)の内より出たる姿也。此胴(どう)作り、秘所(ひしよ)也。いかにも*すんなりと、*見だてなきやうに、心得尤(もつとも)候。「定家葛(かづら)に身を閉(と)ぢられて」と言(い)ふ心持(こころもち)なり。

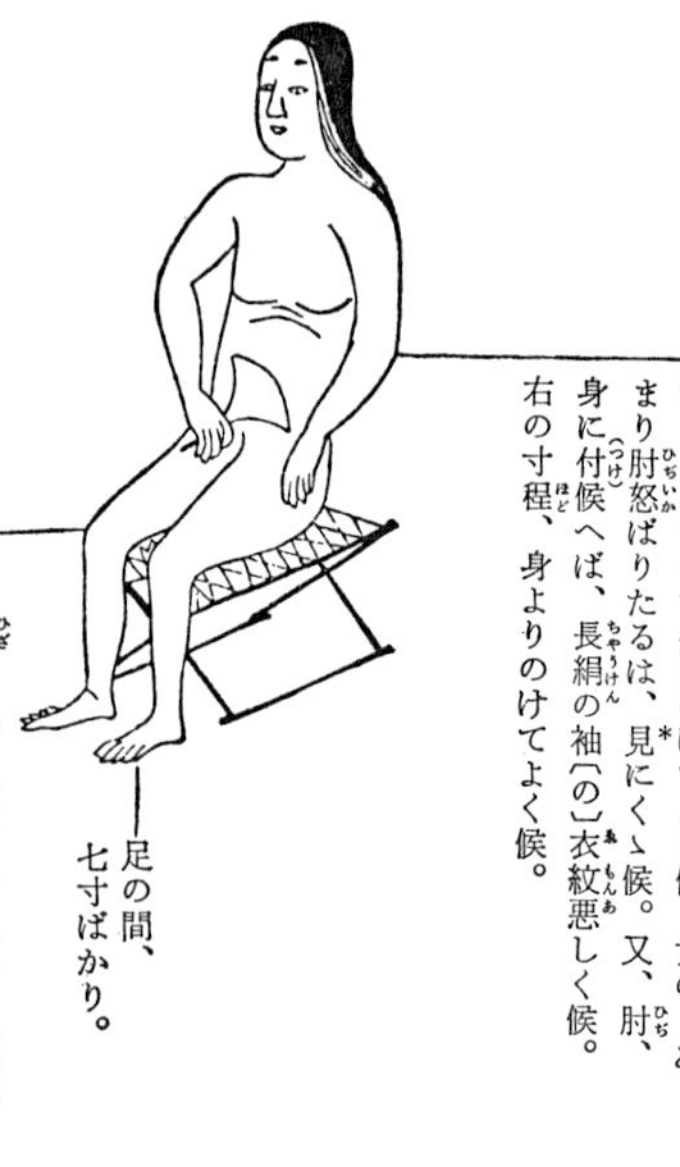

肘(ひぢ)、身より一寸余りのけてよく候。女の、あまり肘怒(ひぢいか)ばりたるは、*見にくゝ候。又、肘(ひぢ)、身に付(つけ)候へば、長絹(ちやうけん)の袖〔の〕衣紋(えもん)悪しく候。右の寸程(ほど)、身よりのけてよく候。
両の膝(ひざ)の間、八寸ばかり、可レ然候。あまり、女の前の*はだかりたるは、*いかゞ敷(しく)候。
足の間、七寸ばかり。

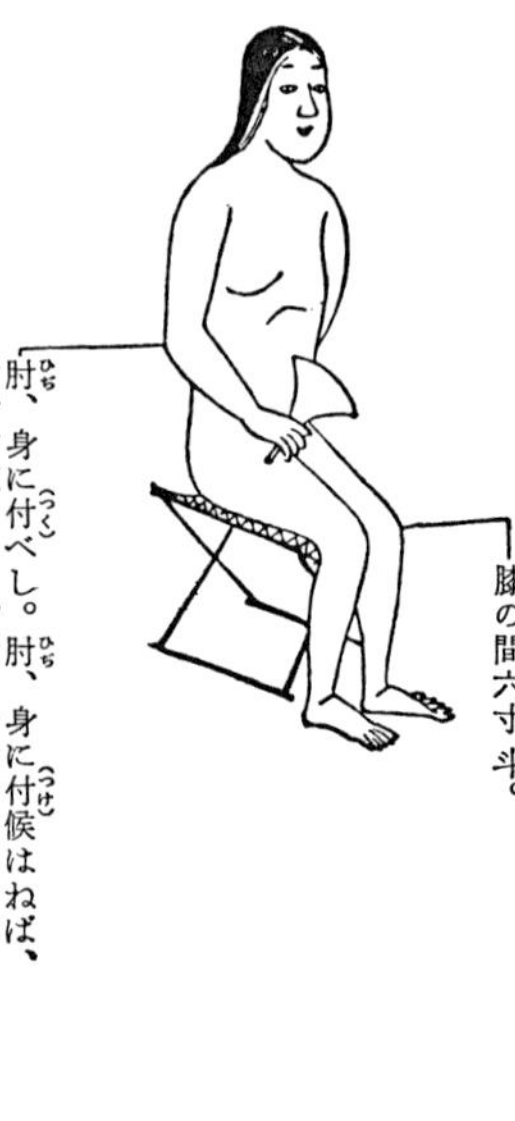

101蔵王　蔵王権現を表現する面。
踏みはだけ　踏んばって開くこと。
いらり　かっきりと。
威勢あり　大槻本、下に「鬼めきてよし」を加える。
ろく…　膝から下をまっすぐにして足を舞台においたのでは。
ぬるく　鈍い。きびしくない。

101　鬼、又は悪尉・癋見・黒鬚・大飛出・*蔵王など掛くる能、腰の掛けやう。胴作り、如レ此。いかにも膝を*踏みはだけ、膝を*いらりと構へ候へば、狩衣に*威勢あり。

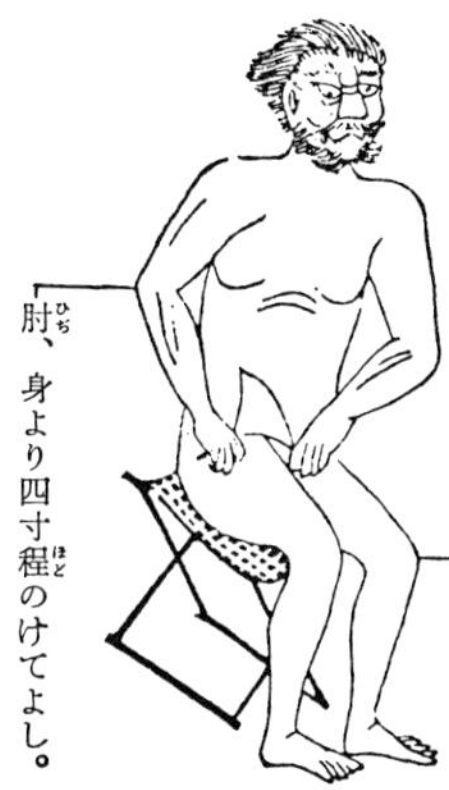

肘、身より四寸程のけてよし。
膝の間、壱尺二三寸程のけてよし。踵は床几〔の〕方へ寄すべし。*ろくに踏みたるは、強みなく、*ぬるく候。

102　男能、腰の掛けやう。

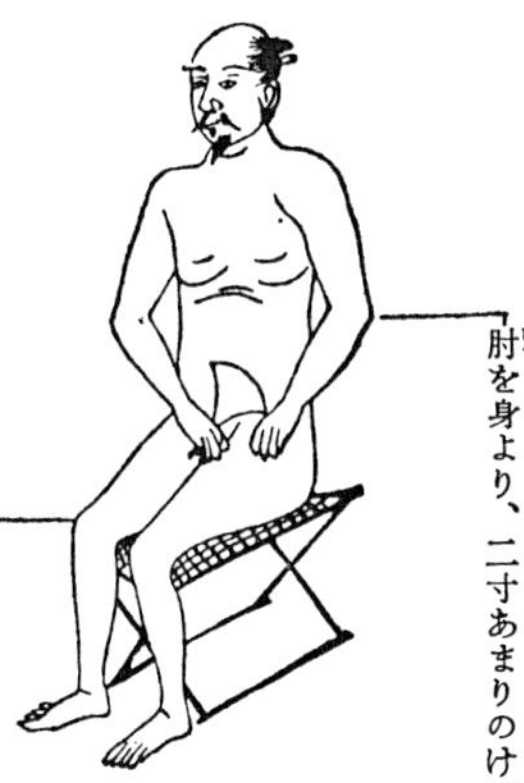

肘を身より、二寸あまりのけてよし。
膝の間、壱尺ばかり。但、白衣ならば、それより狭くてよし。

103 尉の類、腰の掛けやう。胴作り、かくのごとく。

104 何れも白衣にて出候女房の胴作り、かくのごとく。

105 『百万』の胴作り、其外、女物狂の身形、かくのごとし。いかにも引繕はず、腰据へず。膝も定めず、身形を繕はぬ所、物狂の本意也。かくのごとく、*笹の葉を左に持つて出。狂言の後より*やまし、「あら悪念仏の拍子や、*わらは、*音頭を取らふ」と言ひて、笹の葉を右へ取直し、「南無阿弥陀仏」と言ひ出すべし。かや

105 笹の葉　物狂であることを象徴する持物。一種の採物。
やまし　不明。
わらは　私。
音頭　調子を揃えるために、一人が先立って謡い始めること。

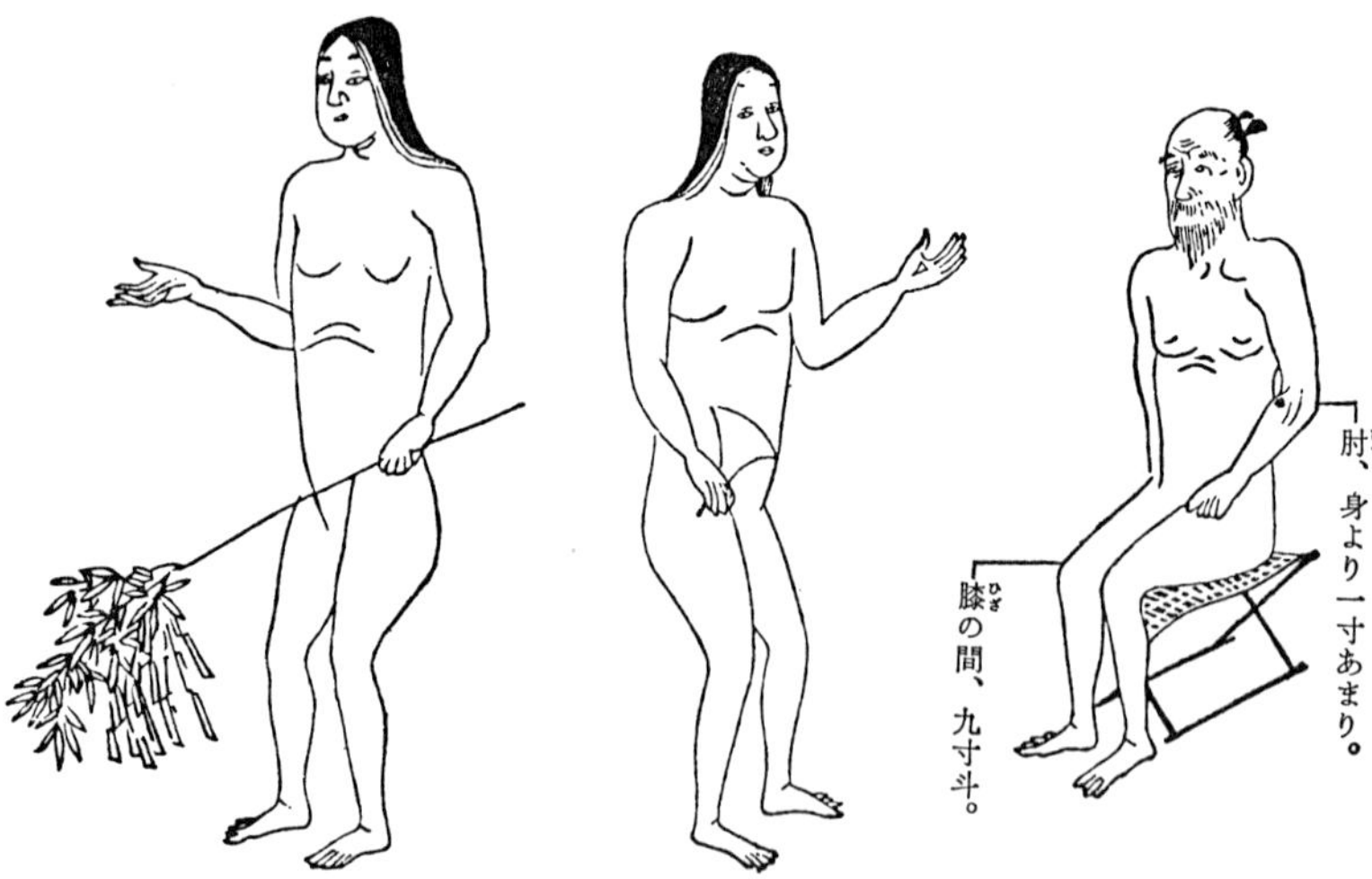

物の左右…　物の道理にかなわない所が。

106 **跡へして**　杖の先端を手前にして（身体に近い方）。

つかみ　にぎりの部分。

手持　手の持ちあつかい。

鹿杖　頭がT字形をなしている杖。撞木杖。

たゞの杖　底本「たけ」、島津・内閣本「たゞの」。大槻本による。

羽団扇　鳥の羽で作ったうちわ。大槻・島津本では、この上に「木の枝にても」の挿入あり。

躰　かたち。

107 **ろくに**　まっすぐに。

老人　ここでは、男の老人。

うの狂女などは、身形にも、幕際にも構はず、*物の左右をも定まらざる所、狂人の本意也。

106 鬼の類、悪尉の類、杖の突きやう、かくのごとし。太き杖を、先を*跡へして、*つかみを本に突くべし。摑まへ候所は、いかにも強く、*手持を本に持べし。能により、*鹿杖突く有。*たゞの杖を突く有。又、右の手に扇にても、*羽団扇にても、持物あらば、左にかくのごとく突くべし。是は杖斗の*躰也。

107 老女、杖の突きやう、かくのごとし。幽霊の杖は、*ろくに突く。盲目の杖は、先を前方へなす。老女は其間也。是は、杖斗の躰也。扇にても花にても、持物あらば、左にかくのごとく突くべし。

*老人、右の老女と同前。

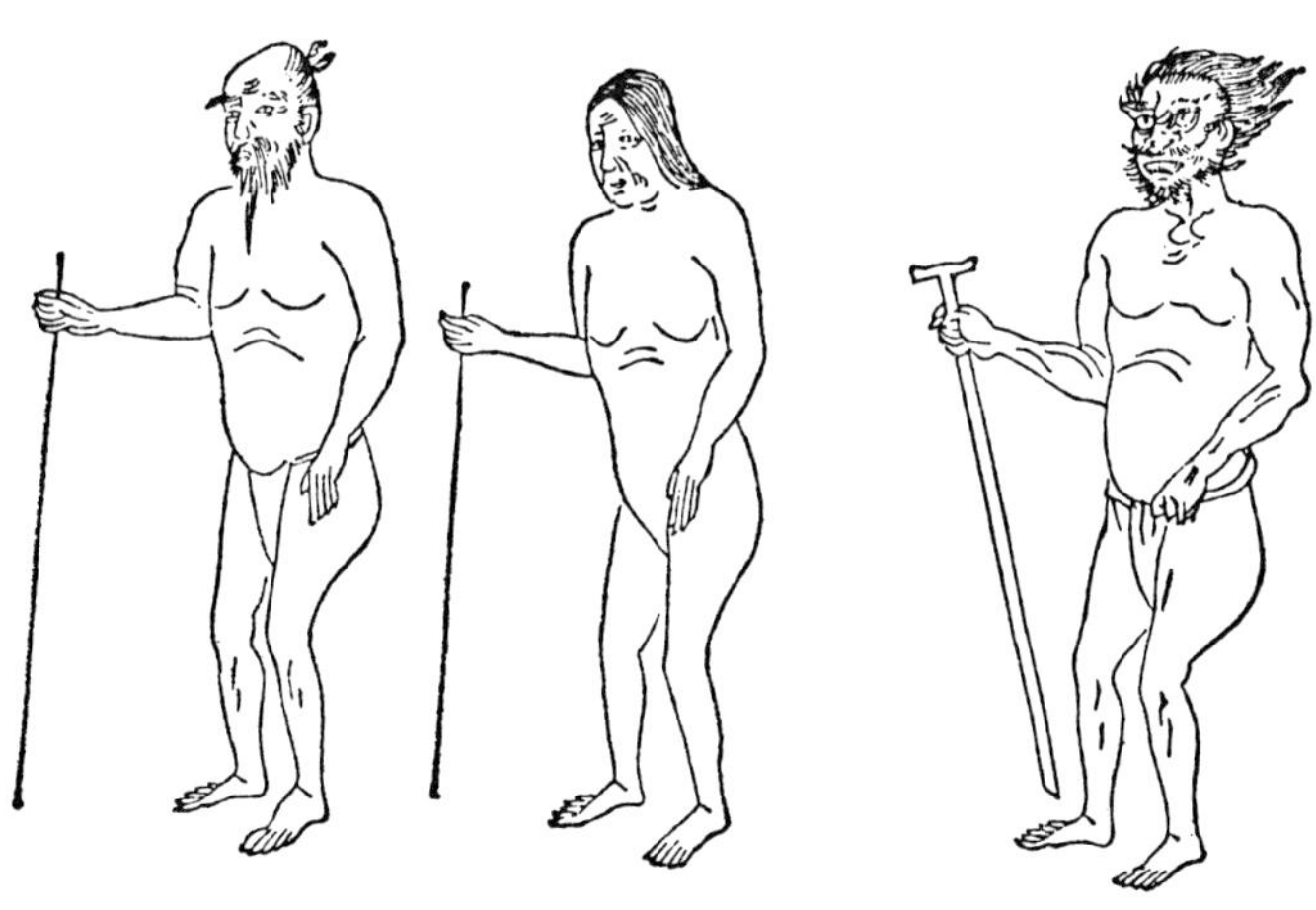

108 盲目の杖の突きやう、かくのごとし。杖の先を前方へ突く也。但、扇にても何にても、右の手に持物あらば、左にかくのごとく突くべし。是は、杖ばかりの時の躰也。

109 杖突く幽霊、かくのごとし。いかにも細き杖を、ろくに突くべし。是は、杖ばかりの時、出る躰也。扇にても数珠にても、右の手に持物あらば、左に如レ此突くべし。

110 尉の類、直面の男、*蹲ひやう、かくのごとし。但、直面は少し変るべし。尉の身形は、老ひたる姿なれば、その心得あるべし。

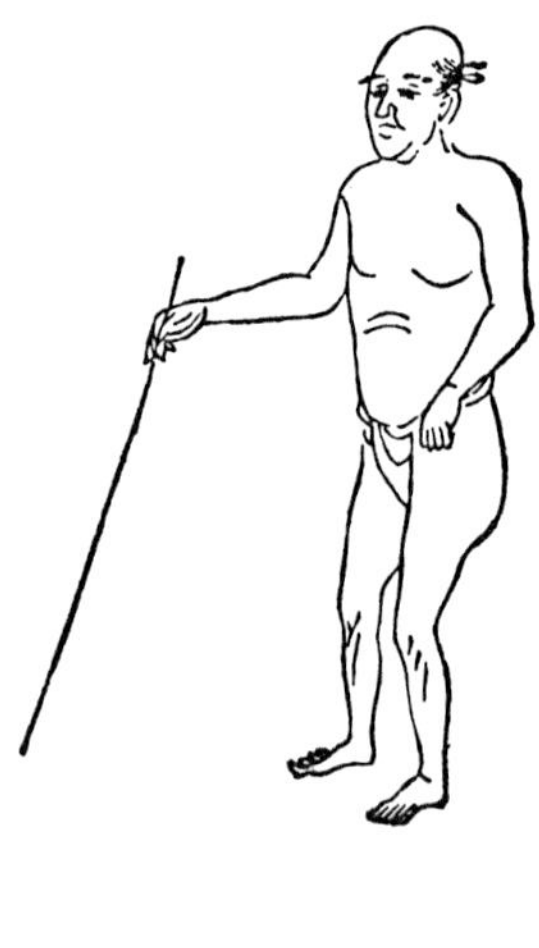

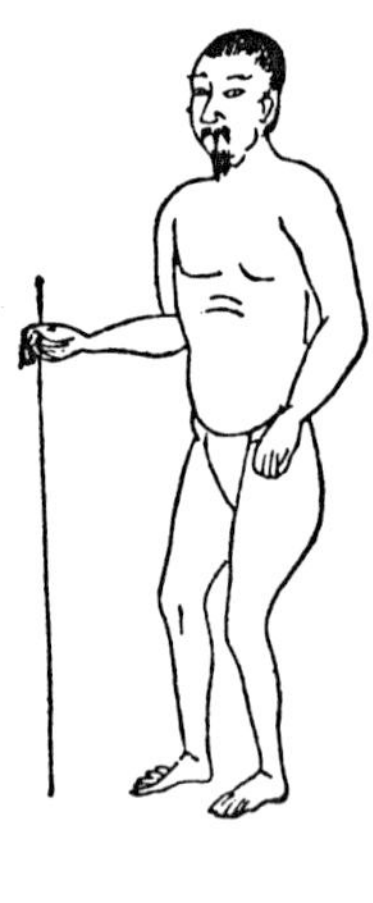

110 蹲ひやう　しゃがみ方。

111 *女房の*下に居る胴作り、如ㇾ此。左の手をば立てたる方の膝の*内へ入て、袖を持て居るなり。右の手は、折りたる膝の上に置く也。いかにも〳〵前を狭く、開き候はぬやうに蹲うべし。

112 『融』の後、幕を揚げ出る時、かやうに扇を竪に持、*笏の心にし、又、左の手をば、前の*たゝみ上たる狩衣の裳裾、*腰帯の*上を捉へ、此絵図のごとくに出、さて謡出し候はん少前に、して柱の際にて、扇を直し、出端〔を〕謡ふ。是、再々珍しからず。時により珍しくせんと思ふ時の義也。又、笏の舞あらん時は、猶以、かくのごとくに構へて出る也。

此絵図ども、大方、身成を書記すなり。然共、口伝なくては、合点行きがたし。*不断、よく心掛け候へば、自から、それ〴〵の身成、自然と出来る物なり。*かりそめにも、下に居とも、顔持などの傾き候はぬやうに、背骨など折れ候はぬやうに心掛け候て、常の座敷にも居候へば、*さながら能の時も、身成よし。又、常にも見よき物也。よく心得べし。

113 一 *仕舞に、上を見ると言ふ事あらば、先、下を見、扨、上を見れば、*きらりと仕舞に*余情ある物也。又、右を見ん時、左へ*開き顔を*やり、*さて、右を見る。左を見る時は、右を見るやうに余情をして、*左を見る。又、下を見る時は、上を見るやうに顔を持ち、下を見

111 **女房**　ここでは、単なる女。
下に居る　しゃがんでいる。
内　内側。下居した時、左膝を立てるのは、現在では上がかり(観世・宝生)の作法。

112 **笏の心**　笏を持っているような心持。笏は文武官が正装着用の時、右手に持つ三〇糎ばかりの板状のもの。
たゝみ上たる　狩衣の前の部分をたたんで重ねた、その裾のこと。
腰帯　腰のあたりで衣服をしめる細い帯。
上を捉へ　上をしっかりとおさえて。
不断　平生。いつも。
かりそめにも　すこしの間でも。
さながら　そのまま。

113 **仕舞**　所作の型。
きらり　明らかに。はっきりと。
余情　名残の風情。情の深いさま。
開き　体を向けて。
やり　移し。
さて　そして。
左　底本「左右」、大槻・島津本による。

れば、目遣ひに余情あり。たゞ、其まゝ上を見るといふ時、上を見、〔*下を見ると云時〕下を見、脇を見ると云とき、そのまゝ脇を見候へば、仕舞に余情なき物也。其上、面〔に〕勢なく、仕舞はきとせずして、見処なき物也。是、習なり。惣別、能と申は、目遣ひに*帰したる事なり。〔*幕の内などゝ申も目遣ひ也。〕何も、目遣ひ*しほらしく見ん事、肝要なり。よく〳〵、不断心掛けべし。目遣ひの沙汰、大形、如レ此。

114 一　廻る仕舞。これも、目遣ひの心に、左へ廻る時〔は〕右へ開き、右へ廻る時は左へ開き廻り候へば、仕舞しほらしく、廻るに余情あり。右へ廻るといふ時、其まゝ廻り、左へ廻るといふ仕舞に、其まゝ廻り候へば、仕舞も謡(も)、あまり余情もなく、仕舞、見苦しきものなり。

115 一　何れの仕舞にも、其*文句にてするは、文句に合はぬ物也。字、二つ三つ程前にすれば、本の文句の時、仕舞合ふもの也。泣く時も、二字・三字程前に泣き候へば、「泣く」といふ〔時〕目に*手当る物なり。「泣く」と謡に云とき、目に手を当て泣き候へば、文句過ぎて、目に手当る物なり。「月を見て」「花を見て」といふ時も、その*字に当り見れば、*跡を見るなり。字二つ三つ前かど見ては、よきころに、謡に合ひ候物也。是、習也。秘事。

116 一　女能に〔拍子を踏む事。高く踏まぬ物也。何の能も〕拍子は*踵にて踏むなり。*脇能、其分なり。腰より上の動き候はぬやうに、身成の崩れ候はぬやうに、踏むべし。*惣身を*揺りかけ荒くなど踏む事、女に似合ず候。是、第一嫌ふなり。心得べし。

117 一　*着く脇・着かぬ脇と言ふ事。是、何も、道行の文句に有べし。脇の仕舞、心得肝用なり。

下を見ると云時　大槻・島津本による。
帰したる　帰着する。つまるところは目遣いだ。
幕の内などゝ…　大槻・島津本による。
しほらしく　殊勝に。うまく。
115 **文句**　謡の文句。
手当る物　手に触れる感じになるもの。
字に当り　謡の文句に相当して。
跡を　所作がおくれて。
116 **踵**　かかと。
脇能　ここでは、女神をシテとする脇能。
惣身　からだ全体。
揺りかけ　揺り動かして。
117 **着く脇着かぬ脇**　ワキ役の「道行」の謡に「着きにけり」という文句のあるワキと、それのないワキ。

118 執心をなして　深く思いをかけて。
119 籬　垣根。
見越の　隔て物を越して見る。
121 深く　心深く。
物凄じき　なんとなくすさまじい。荒涼としている。
山の端の月　山の稜線に上る月。
遠々と　はなはだ遠い心持で。
122 いかにも残り　いかにも名残り多く。底本「いかに見のこり」、諸本による。
123 思ふ夜　物思いにふける夜。
124 残れる月　暁、なお空に残っている月。
127 女の目遣ひ　大槻・島津本による。
真に　自然に。

目付の条々、これ、一大事の秘事也。

118 一　花を見る目、いかにも面白く、*執心をなして、心をとめて見るべし。恋慕の人を見る目遣ひ、同前。

119 一　庭の花・*籬の花などは、近く見るべし。*見越の遠き花、其心得あるべし。口伝。

120 一　蕾みたる花・盛りなる花、散りたるあとの見やう、心付け違ふべし。口伝。

121 一　月を見る目の事。秋の月は、いかにも*深く、面白く見るなり。冬の月は、あまり心を付け、執心をなすべからず。*物凄じき心なり。*山の端の月、いかにも*遠々と眺むる。待ち得て、嬉しく珍しげなる心ばへ也。

122 一　入月は、*いかにも残り多く、慕ふたる風情、心掛け肝要也。

123 一　*思ふ夜の月などは、右の心持に違ひ、怨めしく月を思ひたる、心付也。

124 一　朧の月・雲間の月・三ケ月・有明の月・*残れる月。何れも心付有。口伝。

125 一　曇りたる月は、何処やらんと定めずして、伺ひ見るべし。

126 一　海上に浮かぶ月・水に映る月。先づ、水を見て、さて、月を見る事、習なり。月を見て水をば見ぬものなり。

月・花の見やう、大形、如レ此。

127 一　鬼神の目遣ひ、いかにも強く見てよし。人の目遣ひ〔・*女の目遣ひ〕違ふべし。女などは、いかにも優に*真に見る事、習なり。遠き里・近き里・海より山を見る・山より海を見る、何も、目遣ひ、口伝。

128 一　『熊野』の、「明け行く跡の山見えて」と云処〔の〕仕舞、人毎に、「明行」と、東を見る。是、僻事なり。明け行く跡といふ、*詮なし。西を見れば、明行跡の詮あり。又、「*経書堂は是か」との見やう、何れの時も、上面は何方へもあれかし、左を見るなり。清水へ参り候へば、左也。如レ此の類、多し。能を心掛くる人は、名所・旧跡などの方角、違ひ候はぬやうに心付け、見し所をばよく覚え、又見ぬ所は人に尋ね、よく心掛け肝要也。『老松』に、「左に*火焔の輪塔有」といふ所、大夫の右を見る。「右に*古寺の旧跡あり」といふ所は、大夫の左を見んこと、習也。子細は、*社壇の左右の事なれば、〔大夫の右は社壇の左、〕大夫の左は社壇の右なり。習也。『山姥』の「峯に翔り」といふ所は、下を見、「谷に響き」と云所は、上を見る。皆、人毎に「峯」と言へば上を見る。「谷」と言へば下を見る。習、*行かざる人のする事也。谷にては、又、下を見る所なし。*峯を見〔峯〕にては、下を見るによりて、此見やうなり。か様の類、能毎に、何にもあれども、さやうに書き立て候へば、果もなく候間、是をもつて、百番・二百番をも分別すべし。万に亘るべし。

129 一　悪鬼・竜神・*帝釈などは、*面掛けぬ幼きものなどに、させぬものなり。*真しからで、能*あじやらなる物なり。天女・楊貴妃などは、面掛けぬ*若衆なども、苦しからず。

130 一　『道成寺』、出立の事。前は*なにゝても、蛇面に相応したる小袖、*壺折るべし。後は*壺折を取、面を掛け替へ、当流は*覆鬘の鬘を乱し、*長髢尤に候。*大和がゝりは*赤熊を*被くなり。

131 一　大臣脇・男脇・僧脇・山伏脇・*陰陽師などの脇、人商人・船頭・山賤など、色々の脇あり。それぞれの心持、肝要也。常の心掛け、それぞれの*大躰を〔心付見候へば、時に至り〕思ひ出て、必ずよく*処する物也。但、又曰く、あまりに*過ぎたるも醜き物なり。其加減、肝要也。稽古、油断にしてはなりがたし。稽古、常の嗜みに有。

128 **詮なし**　やりがいがない。詮は、なすべき方法。
経書堂　京都清水寺の西門前にある来迎院の俗称。
火焔の輪塔　塔の上に火焔状にかたどった飾りをつけた五輪塔。
古寺　ここでは大宰府天満宮の西に位置する観世音寺。
社壇　社殿。　**行かざる人**　練習の十分出来ていない人。
峯を見峯　大槻・島津本による。
129 **帝釈**　帝釈天の略。仏法守護神の一つ。
面掛けぬ幼きもの　元服前の少年。この年頃の少年は、面をつけないのが当時の習慣。
真しからで　本当らしくなく。
あじやらなる物なり　おどけた物になってしまう。
若衆　元服前の少年。
130 **なにゝても**　底本「なしても」、大槻・島津本による。
壺折　装束をつぼ折(しめた帯の所で折り重ねる)にはさむような着方。王朝時代、中流以上の婦女が徒歩で外出する時の服装。
覆鬘　かつらの髪。
長髢　髪を結う時の長い添毛。
大和がゝり　→四16
赤熊　白熊の毛を赤く染めて作ったかぶりもの。しゃぐ馬の毛という説もある。　**被く**　頭にかぶる。
131 **陰陽師**　中古、陰陽寮に属して占

132 一　*祈り脇。山伏の祈り、違ふべし。*陰陽〔師〕・貴僧・高僧などの祈り、違ふべし。*陰陽〔師〕の祈り、*俗体なれば、その心得あるべし。山伏の祈りは、強く荒々と、恐しげに祈るべし。貴僧・高僧の祈りは、いかにも真に*〔殊勝に〕*祈るべし。是、習なり。

133 一　僧脇の心持。*座主・阿闍梨・僧都など﹅、*平の僧、違ふべし。出立、心持、それ〳〵の位により、分別有べし。

134 一　常の僧脇、*いろあり。旅僧・住所の僧・*上り下りの僧、各、心持違ふ。取分、始て都に着く僧、心持色々多し。口伝。

135 一　男脇。*鎌倉殿の御代官・御奉行など﹅名乗脇、又、*何の何某など﹅名乗る脇、又、船頭・木樵・炭焼・山賤・里人、かやうの類、何れも心持、大きに変るなり。勿論、仕立大きに替るべし。御代官など﹅名乗るは、幕の内静かに、橋掛り重々しく歩み、気高く名乗るべし。何の何某など﹅名乗るべし。御代官、御奉行より、少*浅く心得べし。里人など、大きに違ふべし。*幕際浅く、軽々と出るなり。船人・木樵・炭焼などは、橋掛り・幕際の構ひもなし。名乗、浅く名乗り、置鼓、打分け、其位々に違ふ。賤しき物の名乗は、頭一つにて打上げ候事、鼓の習也。上高き人・貴僧・高僧の名乗など、頭多く、*はきと真に打上げ候。其時、狂言の声有て、やがて名乗るべし。

136 一　俄の御能、御所望あり共、我身に相応したる*道具持合はせず、人の借道具にて、小袖にてもあれ、装束にてもあれ、其大夫の*頃に似合ざる道具にて、芸をする事、かたく斟酌すべし。其身の芸、*半分に見ゆるもの也。かたく斟酌すべし。さりながら、貴人の御意ならば、是非に及ばず候。左様の所、物を知らざる人、*そと見て、今の能、不出来など申事、

や地相をみたてた人。

大躰　大略。下の「心付見候へば…」は大槻・島津本による。

処する　大槻・島津本「しにする」。

過ぎたるも　似せすぎても。大槻本「似過たるも」。

132 **祈り脇**　「祈り」の所作のあるワキ役の心得。

陰陽師　島津本による。

俗体　俗人。　**殊勝に**　敬虔に。大槻・島津本による。

祈る　底本「なのる」。

133 **座主**　大寺の寺務を総理する首席の僧職。

平の僧　普通の僧。

134 **いろあり**　大槻・島津本「色々あり」。

上り下りの僧　旅僧のうち、地方から都へ上る僧と、都から地方へ下る僧。

135 **鎌倉殿**　源頼朝の敬称。

何の何某　たれそれ。人名がはっきりしないか、わざとぼかしていう時に用いる代名詞。

浅く　簡略に。

幕際浅く　揚幕近くに立って。

はきと　はっきりと。

136 **道具**　装束・楽器を含めての道具。

頃に似合ざる　自分の年頃にふさわしくない。

半分　実力の半分。

そと　ちょっと。

物を知らぬ人の批判也。鳴物、猶以、我道具、*持合は〔せ〕ず、借道具の、*合はぬにて打ち候はゞ、芸は半分にも、聞えまじきなり。

137 一『定家』の後の出立の事。昔は*蔦葛の色を〔表し、萌黄の*長絹を着たりけるを〕、此『花伝書』を作られしより此方、紫の長絹に定む。その子細は、『定家』の大夫は、式子内親王にてましまします。謡の儀に云、「ありし*雲井の花の袖、昔を今に返すなる」と言ふ、*謡の義なり。式子内親王、古、禁中に御入候時の有様をば、僧に、亡霊と仮に変化して、*学ふで御見せ候姿なれば、紫の御衣可レ然候。

138 一『敦盛』の面、児面を掛くると、右に書きたり。世間には、中将の面掛くる。これ、僻事なり。敦盛は、未だ元服し給はざる故に、*無官の大夫と号せり。かるが故によりて、児面を用るなり。

139 一 笛、ひしぎ候てより、次第を打出し候て、その能*過ぐるまで、一番の間、舞台よりも楽屋よりも、一切出入せぬ物なり。楽屋へ舞台より出入、狂言の間にする物也。たゞし、大夫、中入を、作物の*中へ入り、楽屋へ帰らぬ能多し。其時は、大夫の着替る面・衣装など、楽屋より謡のうちに持て、狂言大夫の来る事有。それは苦しからず。その外は、一切、*座衆歩かぬもの也。かりそめの*囃子にも、囃子始まりて過ぐるまで、物言はず、湯茶をも飲まず。夜ならば、蠟燭の心を取、燈火を掻き立つる事まで、囃子以前に*極め、囃子の時は、謹んで真に成り、芸する人も聞人も、それに心を付け候へば、取分き、諸芸に感ある物也。

(結) 右、何も此事、書選び集所、*百五十箇条也。其外、舞台の絵図・裸人形・有とあら

持合はせず 大槻本による。
合はぬ 大槻・島津本「手にあはぬ」。
137 **蔦葛** つたの古称。
長絹 装束の名称の一つ。長絹直垂の変化したもので、主として舞を舞う女性用の上着。時には公達など優美な男性役にも使う。
雲井 宮中。
謡の義 謡の意味。
学ふで 真似して。
138 **無官の大夫** 公卿の子で、まだ元服しないうちに五位に叙せられたもの。大夫は五位の意。
139 **過ぐるまで** 終了するまで。
中へ入り 作り物の中に入って物着をして。
座衆 一座の人々。
囃子 底本「拍子」。
極め ここでは、終らすこと。
(結) **百五十箇条** 条項の区切のつけ違いか、あるいは、もと百五十条あったものか。

ゆる仕舞・習(の)大事、大方、此巻に書記す所は、観世音阿弥・今春善竹・宝生連阿弥・金剛宗説、右四人の定め置は、末代にをゐて、此『花伝書』の外は、皆、私芸たるべし。

後の世に、諸芸、名人絶えて、我々の申度まゝに成候はん間、誡めの為に、大方如レ此。

(序) 品々　色々の種類。
此道　猿楽の道。
嗜む　執心して心掛ける。
残さずにあらせん　一部始終真似る。
風情　おもむき。
職　『風姿花伝』げしょく(下職)。賤しい職。
上の目　貴人のおん目。

1 かゝり　おもむき。
仕立　扮装。
衣　上半身を包む衣。小袖に対する大袖の上着か。
よしとある　それらしく見せる。
插頭　この場合は、手にもつ笹や花の枝。
持定めず　しっかりと持たずふんわりと。
踏み含みて　裾を踏むほど裾長く着て。
見目　顔立ち。
首持　首の据え方。
中帯　小袖の上に結ぶ帯。したひも。

2 やがて　すぐに。そのまま。
余所目　他人の目。
得ぬ人　ものにならない人。
態物　演ずべきわざの多いもの。
しよせぬれば　そのものに似せたならば。
狭き　余裕のない。あやまった。
得たらん人　上手な人。

花伝書　六巻

(序) 物まねの*品々、筆に尽しがたし。さりながら、*此道の肝要なれば、その品々をいかにも*嗜むべし。凡、何事をも*残さずにあらせんが本意なり。然ども、又、事によりて、深き浅きを知るべし。たとひ、木樵・炭焼・塩汲などの、*風情にもなりつべき態をば、すべきか。それより委しからん*職をば、似すまじきなり。*上の目に見ゆべからず。もし見えば、賤しくて、面白き所有べからず。これらを、よく心得べし。

1 一　女躰。凡そ、*かゝりは、若為手の嗜みにて、似合候事也。さりながら、是、一大事也。先づ、*仕立見苦しければ、見所なく、女御・更衣などの、其御振舞、見る事なければ、よく〳〵*衣・袴〔の〕着様はならず。尋べし。たゞ、世の常のかゝりは、常に見馴るゝ事なれば、実は容易かるべし。たゞ衣・小袖の出立は、大形の姿、*よしとあるまでなり。〔舞・〕白拍子には、物狂などのかゝり、扇にてもあれ、*插頭にてもあれ、いかにも弱々と*持定めずして持つべし。衣・袴なども、長々と*踏み含みて、腰膝直に、身はたをやかになるべし。顔の持ちやう、仰けば、*見目悪く見ゆ。俯けば、又、後姿悪く、さて、*首持を強く持て〔ば〕女に似ず。いかにも〳〵、袖の長き物を着て、手先をも見すべからず。帯なども、弱々とすべし。是は、*中帯の〔時の〕事也。されば、仕立を嗜めとは、かゝりを能々見せんとなり。何の物まね成とも、仕立悪くてはよかるべき。なれども、殊更、女がゝりは、仕立をもつて、本とす。

2 一　老人の物まね。此道の奥義なり。能の位、*やがて*余所目に現るゝ事なれば、是、第一の大事也。凡、能をよき程に究めたる為手も、老いたる姿は、*得ぬ人多く候。たとへば、木樵・塩汲などの*態物、翁姿を、*しよせぬれば、やがて上手と申事、是、*狭き批判なり。冠・烏帽子・狩衣〔の〕老人の姿、*得たらん人ならでは、似合

劫入 年功を積んで。
己なりに その物自身に。自然に。
繕ひ 整え装うて。
3 **十方** あらゆる風体。
公案 よく工夫して思うべきこと。
仮令 概して。底本「にあひ」。
生霊死霊 生きた人や死んだ人の怨霊。
狂乱 底本「狂人」。
一通に どれもこれも同じ様に。
物狂をば 物狂であることを原因にして。
手柄 腕前。
無極の上手 極めて上手。
時の花 その季節の花。
插頭 頭髪や冠にさして飾りとする花の枝。
本意 それらしさ。
修羅闘諍 修羅道に落ちて闘争をことする悪霊。修羅は底本「しやう」。
女すがた 底本「女かゝり」。
男物狂 底本「男かゝり」。
寄らん 乗りうつる。
同じ料簡 同様の考え。
得たる所 極意を会得したところ。
二色を一つに 二種類の一大事を一つに融合して。
花 見せ場。
4 **一躰** 物まねにおける一つの種類。

べからず。稽古の*劫入、その物に似すべし。顔気色をば、いかにも〳〵、*己なりに*繕ひて、直に持つべし。

3 一 物狂。此道の、第一の面白き芸能なり。物狂の品々多ければ、此一道の得たらん達者は、*十方へ渡るべし。繰返し〳〵、*公案の入べき嗜みなり。*仮令憑物の品々、神・仏の咎め、*生霊・死霊などは、其憑物の躰を学べば、便り有〔べ〕し。親子の別れ、子を尋、男に捨てられ、妻に後るゝ、か様の思ひに*狂乱する物狂、一大事なり。かやうの思ひの為手も、心に分けずして、たゞ、*一通に働く程に、見る人の感もなし。思ひ故の*物狂をば、いかにも〳〵、物思ふ気色を、本意に当てゝ、狂ふ処を花に当てて、心に入れて狂へば、その感ありて、見所定て有べき也。かやうなる*手柄にて、哀れなる所あらば、*無極の上手と知るべし。是を、よく〳〵思ひ分くべし。凡、物狂の出立、似合ひたるやうに、出立べき事、是非なし。去ながら、物狂に託せて、時によりて、何共花やかに出立つべし。*時の花を*插頭に插すべし。又云、物まねなれども、可二心得一ことあり。物狂は、憑物の*本意を狂ふと言へ共、女物狂などの、或は、*修羅闘諍・鬼神などの憑く事、何よりも悪き事なり。憑物の本意をせんとて、*女すがたにて怒りぬれば、見所似合はず。女がゝりを本意にすれば、憑物の道理なし。又、*男物狂に女などの*寄らん事も、*同じ料簡なるべし。能作る人に料簡なきこと也。然ば、此道に長じたらん書手の、さやうに似合はぬことをば、書く事あるまじ。此公案を持つ事、能作人の秘事なり。直面の物狂、能を極めならひては、十分にあるまじきなり。顔色をそれになさねば、物狂に似ず。*得たる所なくては、顔気色を変ゆれば、見られぬ所有。物まねの奥義とも申つべし。大事の申楽などには、初心の人は、斟酌すべし。直面の大事、物狂の一大事、*二色を一つになして、面白き所の*花に当てんこと、如何ほどの大事ぞや。よく〳〵稽古有べし。

4 一 修羅。是、*一躰のものなり。よく似れども、

花鳥風月… 花鳥風月のような風流のものによって脚本を作って。
態 技術。芸。
手 型。 曲舞がゝり 曲舞風の舞。
手遣ひ 手のはこびよう。
胡籙 矢を盛って背に負う武具。
打物 太刀や長刀。底本「持物」。
飾 よそおい。
持やう 底本「時やう」。
鬼の働き 底本「何はたらき」。
5 鬼がゝり 鬼の風情。底本「女かゝり」。 粧ひあれば 様子をすると。
神躰 神そのもの。神の性格。
はたと 全く。
舞の懸り 舞的な所作。
風情 底本「ふうてい」。
立出で 扮装して。
出物になくては 扮装して登場する物を見る以外には。
詮 方法。しるし。
衣紋… 着付をきちんとしてなさい。
6 便り 手掛り。
あひしらひ 相手役。
学べば 真似をすれば。
大事の態 むずかしいわざ。
とは 底本「言葉」。
黒白の違ひ 甚だしくかけへだたっていること。
鬼ばかり 底本「鬼かゝり」。
花 面白さ。
岩ほに花の… 咲くはずのない巌に花が咲くほどむずかしいことだ。
7 唐 唐人の物真似。

面白き所、稀なり。さのみにすまじきなり。

但、源平などの名のある人の事を、花鳥風月に作り寄せて、態よければ、何よりも又面白く、是、殊に花やかなる所あり。たゞし、是躰成修羅の狂ひ、度々もすれば、鬼の振舞に成なり。又、舞の手にも〔なる也。それも〕曲舞がゝりあらば、少し舞がゝりの手遣ひ、よろしかるべし。弓・胡籙を携へて、打物を持つて、飾とす。その持やう・使ひやう、よく〳〵尋ねて弁へ〔働くべし。相構へ〕て、鬼の働き、又、舞の手になる所を、用心すべし。

5 一 神。凡、此物まねは、鬼がゝり也。何となく怒れる粧ひあれば、神躰によりて、鬼がゝりにならんも苦しかるまじ。たゞし、はたと変れる本意有。神には、舞の懸りの風情よろし。鬼〔には〕、更に舞懸りの便り有まじ。神をば、いかにも、神躰によろしきやうに立出で、気高く、殊更、出物になくては、神と言ふ詮有まじければ、衣装を飾りて、衣紋を繕ひてすべし。

6 一 鬼。是又、殊更大和の物なり。大事也。凡、幽霊・憑物などの鬼は、面白く便りあれば易し。あひしらひを目がけて、細かに〔足〕手を使ひて働けば、面白き便りあり。真の冥途の鬼、よく学べば、恐しき間、面白き所、更になし。真は大事の態なれば、是を強く恐しかるべし。強き〔と〕恐しきと、心に変れり。抑、鬼の物まね、大成大事也。よくせんにつきて、面白〔かるまじ〕き道理あり。恐しき所、本意なり。恐しき心と面白きとは、黒白の違ひ也。されば、鬼の面白き所あらん為手は、極めたる上手共申べきか。去ながら、其も、鬼ばかりをよくせん物は、殊更、花を知らぬ為手なるべし。されば、若き為手の鬼は、よくしたりとは見ゆれども、更に面白からず。鬼ばかりよくせん物は、鬼の面白かる間敷道理あるべきか。〔只、鬼の面白からん嗜み〕委しく習ふべし。岩ほに、花の咲かんがごとし。

7 一 唐の事。是は、凡そ、各別の事なれば、定めて稽古すべき題目なし。たゞ、肝要、出立なるべし。物をも同じ人と申ながら、様の変りたらんを着て、*一やう異様したるやうに、風躰を持つべし。劫入たる為手に、似合ものなり。たゞ、出立を唐様にするならでは、*手立なし。何としても、*音曲・働きも唐様と云事、誠に似せたりとも、面白も有間敷風躰なれば、只、大夫までなり。*異様したる(と)申事など、*かりそめながら、諸事に渡る公案也。何事か異様して、よかるべきなれども、唐様をば、何とか似すべきなれば、常の振舞に、風躰変りて、何となく、*唐びたる*やうこそ、目に見なせば、頓てそれに成なり。

大形、物まねの条々、以上*九箇条、此外、細かなることは、載せがたし。さりながら、凡そ、*此条々、よく〳〵究めたらん人人は、をのづから細成事、知べし。

8 一 問。抑、申楽を始むるに、当日に臨みて、先、*座敷を見て、吉凶を*かねて知ることは、いかなる事ぞや。

答。これ、大事なり。其道に得たらん人ならでは、心得べからず。先、其日の*庭を見るに、今日は、能よく出来べき、悪しく出来べき、*瑞相有べし。是、申難し。然ども、凡その*了簡をもつて見るに、神事、又、貴人の御前などの申楽に、人群集して、座敷いまだ静まらず。さる程に、いかにも〳〵、万人の心一同に、遅しと楽屋を見る所に、*時を得て出で、一声を*上ぐれば、やがて座敷も、*時分の調子移り、万人の心、仕手の心、振舞に和合して、*しみ〳〵となれば、何とするも、其日の申楽は、早よし。去ながら、申楽は、貴人の御出を本とすれば、もし、早々御出ある時は、やがて始めずしては、叶はず。さる程に、見物衆の座敷、いまだ定ず。或は、*遅れ馳せなどにて、人の*立(居)しどろにして、万人の心、いまだ能に*ならず。されば、*左右なく、しみ〳〵と成事なし。左様ならん時の能には、*物になりて出づるとも、日比より、色々と*振をも繕ひ〔声をも強々とつかい、足踏をも少し高く踏み〕、立ち振舞・風情を、人目に立つやうに、生き〳〵とすべし。是は、座敷を静めんがためなり。さやうならんにつき

各別 格別。底本「をの〳〵別」。
題目 条件。基準。
同じ人と 同じく人間でありながら。
様 趣。
手立 方法。
一やう異様したる 一風変った。
音曲働き 謡と所作。
異様 底本「今やう」。
かりそめながら ちょっとしたことであるが。
唐びたる 唐めいている。
やうこそ目に 三本「やうによそ目に」。
九箇条 底本「九十箇条」。『風姿花伝』物学条々より「直面」「法師」の項が抜けている。
条々 底本「通」。
8 **座敷** 見物席。
かねて知る 予知する。
庭 演能の会場。
瑞相 前兆。 **了簡** 見当。
時を得て この好機をとらえて。
上ぐれば 謡い出すと。
時分の調子 その時に調和する調子。
しみ〳〵 しんみりと落着いた気分。
遅れ馳せ 遅れてかけつける。
立居しどろ 立っている者・坐っている者が秩序なく乱れていて。「立居」は島津・内閣本による。
能に 能を見る気分に。
左右なく 容易には。
物になりて 曲中の人物に扮装して。
振をも繕ひ 身振りを引きたてて。

ても、殊更、その貴人の御心に合ひたらん風躰をすべし。されば、かやうなる時の脇能、十分によからん事、返す〴〵有まじき也。然共、貴人の御意に叶へるまでなれば、〔是〕肝要なり。何としても、座敷はや静まつて、*自らしみたるに、悪きことなし。されば、座敷の*勢ひ後れも、考へて見ること、その道に長ぜざらん人は、左右なく知るまじき也。又云、夜の申楽は、はたと替るなり。夜は、遅く始まれば、定めてしめる也。昼は、*二番によき能の躰を、夜の*脇にすべし。脇の申楽、しめり立ちぬれば、其まゝ能は直らず。いかにも〳〵よき能を*利〔く〕すべし。夜は、人*怱々なれば、昼の申楽は後がよく、夜の申楽は、*指寄しめり立ちぬれば、*直る時分、左右なし。秘義〔に〕云、抑、一切は、*〔陰〕陽の和する所の境を、*成就とは知る〔べ〕し。昼の気は、陽の気也。されば、いかにも沈めて、能をせんと思ふ*企みは、〔*陰機なり、〕*陽の時分に、*陰機を生ずる事、陰陽和する心也。是、能のよく出来成就の始なり。〔是〕面白きと見る心なり。夜は陰なれば、いかにも〳〵浮き〳〵と、頓てよき能をすべし。人の心の*花めくは陽なり。是、夜の陰に、陽気を和する成就也。されば、陽機に陽とし、陰機に*陰とせば、和する所有まじければ、成就有まじ。成就なくは、何か面白からん。又、昼のうちにても、時分によりて、何とやらん、座敷もしめりて寂しきやうにあらば、これ、陰の時と心得て、*沈まぬやうに心得てすべし。昼は、か様に時によりて陰機に成事あれ共、夜の機の陽にならん事は、左右なく有まじき也。座敷をかねて見るとは、是なるべし。

9 一 問。能に*序破急を、何とか定むべき。

答。これ、易き事なり。*一切の事に序破急あれば、申楽もこれ同じ。能の*風躰を定むべし。先、脇の能には、*本説正しき事の、しとやかなるが、さのみ細かになく、音曲・懸りと、大方の風躰にて、する〳〵と易くすべし。第一、*祝言成べし。いかにもよき脇能なりとも、祝言欠けては、叶ふべからず。たとひ、能は*少〔次〕なりとも、祝言ならば、苦しかるまじ。是、*序たる故也。

自らしみたる　自然にしんみり落ちついている時には。
勢ひ後れ　気分が高まっているかそうでないか。
二番によき　二番目に演じてもよい。
脇　初番の脇能。
利くす　きりっと効果的にする。島津・内閣本による。
怱々なれば　ざわざわしているので。
指寄　はじめに。　**直る**　底本「猶」。
陰陽の…　陰と陽とがうまく和合する境地。　**成就**　成功すること。
企みは　底本ならびに諸本「たとへは」。
陰機なり　大槻本「陰陽なり」、島津・内閣本による。
陽　底本ならびに諸本「陰陽」。
陰機を生ずる　底本「陰陽機を賞する」。陰機は、陰の気。
花めく　花やかに浮きたつ。
陰　底本「院」。
沈まぬ　気分がめいらぬ。
9序破急　世阿弥の『花鏡』『拾玉得花』参照。
一切の事　この世の中のすべてのこと。　**風躰**　能曲の風情。
本説　典拠になる話。
祝言　祝賀の心のこもった曲。
少次　作品としては少し劣っていても。　**序**　底本「序破急」。
揉み寄せ　身をたたみかけて働かせ。
手数を入て　技巧をこらして。
後日　勧進猿楽などは数日にわたる

二番三番になりては、得たる風躰のよき能をすべし。殊更、急になれば、揉み寄せて、手数を入てすべし。又、後日などの脇の能には、昨日〔の〕脇に変れる風躰をすべし。泣く能をば、後日などの中程に、〔よき時分を〕考へてすべし。

10 一　問。能の勝負の立合の手立は、如何に。

答。是、肝用なり。先づ能数をもつて、敵〔の〕能に変りたる風躰を、違へてすべし。序〔に〕云、歌道を少し嗜めとは、是なり。此芸能の作者、別なれば、いか成上手も心のまゝならず。自作なれば言葉・振舞、案の内也。されば、能をせん程の物の、和才あらば、能を作らん事、安かるべし。此道の命なり。されば、如何なる上手も、能を持たざらん為手は、一騎当千の強者なり共、軍陣にて兵具のなからん、これ、同じ。されば、手柄の精霊、立合に見ゆべし。敵方色めきたる能をすれば、静かに模様変りて、見所のある能をすべし。か様に、敵の能に変へてすれば、いかなる敵方の能よけれども、さのみには負くる事なし。若、〔よく〕出来ぬれば、勝事は治定なるべし。勝負、口伝有レ之。

11 一　問。是、大成不審あり。はや劫入たる為手の、しかも名人なるに、只今、若き仕手の、立合に勝つ事、是あるなり。不審也。

答。是こそ、先に申つる、三十以前の時分の花なれば、古き為手のはや花失せて、古様なる時分に、珍しき花にて、勝事あり。真実の目利は、見分けべし。さあらば、目利・目利かずの、批判の勝負になるべき也。去ながら、様あり。五十以来まで、花の失せざらん為手には、いかなる若き花なりとも、勝つ事有まじ。たゞ、よき程の上手の、花の失せたる故に、負くることあり。いかなる名木なり共、花の咲ぬ時の木をや見ん。犬桜、一重なりとも、初花、色々と咲けるをや見ん。かやうの譬へを思ふ時は、一旦の花なりとも、立合に勝は理也。されば、肝用。此道は、たゞ、花が能の命なるを、花失するをも知らず、もとの名望ばかりを頼む事、古き為手の、返す〴〵誤りなり。物数をば似せたるとも、花の有様をも知らざらむは、花の咲かぬ時

のが通例。その初日でない日。
泣く能　見物人が感動して泣く場面のある人情味のある能。
10立合　他座と芸の優劣を争うこと。
手立　方法。
能数　豊富な種類の能。
序　→三序。　**別**　底本「まへ」。
案の内　思いのまま。
和才　和歌・和文の才能。
一騎…　一騎で千人の敵を相手にすることが出来るほど強い勇士。
手柄　技倆。　**精霊**　精励。精髄。
色めきたる　花やかで人の目を引く。
勝事　底本「秘事」。
治定　決定的。
11是　前項の勝負のことについて。
只今　かけ出しの。
先に　→八4・3
古様　古めかしくなって新鮮さがなくなった頃に。底本「こや木」。
珍しき花　一時の花の珍しさという面白さ。
目利　物の善悪を見分けることの出来る人。
勝負　底本「しやうけん」。
様あり　子細なことがある。
五十以来まで　五十過ぎた後までも。
よき程の　それ相当の。ある程度の。
犬桜　白い小さい花を房状につけるいばら科の喬木。ここでは、犬が賤称だから、みすぼらしい桜ということか。　**一旦の花**　一時の花。
有様　どのようなものであるか。

一躰の　その方面の芸については。
田舎の花　山里の花。
いたづらに　むだに。
重々　色々の芸の段階。
此花　こうした芸の花。
工夫　次々行とも、底本および諸本「大夫」。
一期　一生涯。
為手　底本および諸本「はな」。
12 **得手〳〵**　それぞれ得意とする所。
一向　一方面。ある風体。
叶はぬやらん　出来ないからだろうか。
生得　生れつき。
よき程　普通の程度。
工夫　底本および諸本「大夫」。この二行目、六行目および一八行目も同じ。
などか　どうして。
慢心　おごりたかぶる心。
名を頼み　名声に頼りきって。
達者　達人。
をも　底本「共」。
尋ぬべし　三本「人にたつぬへし」。
工夫　底本「しやうす」。三本「大夫」。
おかしき　拙い。
諍識　情識。慢心による強情。
繋縛せられて　しばられて。
いか様　多分。
似まじき　三本「わろき」。
初心の　底本「初心さの」。

の、草木を集めて見んがごとし。万木千草に於ゐて、花の色も異なれども、面白と見る心は同じ花也。物数は少くとも、一方の花を究たらん為手は、*一躰の名望久しかるべし。されば、主の心には随分花ありと思へども、人の目に見ゆる公案なからんは、*田舎の花の桜の、*いたづらに咲きて匂はんがごとし。又、同じ上手成とも、其内にて*重々有べし。たとひ、随分極めたる上手・名人成とも、*此花の*工夫な〔か〕らん為手〔は、上手〕にては通るとも、〔花、〕後までは有間敷也。*工夫を極めたらん上手は、たとひ能は下るとも花は残るべし。花だに残らば、面白は*一期有べし。されば、誠の花の残りたる為手には、いかなる若き*為手成共、勝つ事あるまじき也。

12 一　問。能に*得手〳〵とて、殊更に劣りたる為手も、*一向は上手に勝りたる処あり。是は、上手のせぬは、*叶はぬやらん。又、すまじきにて、せぬやらん。

答(に)云、一切の事に、得手とて、*生得得たる所有物なり。位は勝りたれども、是は叶はぬ事あり。さりながら、是もたゞ*よき程上手のことにて、料簡也。真に*工夫の極まりたらん上手、*などか何の向をもせざらん。されば、能と*工夫を極めたる為手、万人が中に、一人もなき故也。*工夫はなくて、*慢心はあり。これを見る人も、主も不レ知。上手は*名を頼み、*達者に隠され、悪き処をも知らねば、能所のたま〳〵*有をも弁へず。されば、上手も下手も、互に*尋ぬべし。さりながら、能と*工夫とを極めたらんは、是を知るべし。如何成*おかしき為手成とも、よき所ありと言はゞ、上手も、是を学ぶべし。これ、第一の手立てなり。もし、よき所を見たりとも、我より下手をば似せ間敷き*諍識あらば、その心に*繋縛せられて、我悪き所をも、*いか様知るまじき也。下手も、上手の悪き所若見えば、上手にも*似まじき所あり。いはんや、*初心の我なれば、*さこそ悪き所、多かるらめと思ひて、これを恐れて、人にも尋ね*工夫を致さば、*いよ〳〵稽古になりて、能は早く上るべし。もし、さはなくて、*あれ躰悪き所をばすまじき物をと、慢心あらば、我よき所をも、真実知らぬ為手なるべし。よき所を知らねば、悪き所をもよしと思ふなり。去程に、年は*行とも、能は上らぬ也。是則、下手の心なり。されば上手にだにも、*上慢あらば、能は下るべし。いはんや叶はぬ諍識をや。能に公案して、思へ。上手、下手の手本なりと。大夫少し下手のよき所を取て、上手の物数に入事、無上至極の理りなり。〔人の悪き所を見るにも、我が手本也。いはんや〕人のよき所を〔や〕。「稽古は*強かれ、諍識はなかれ」とは、これ也。

13 一　問。能に*位の差別を知る事、如何。

答。是、目聞の重々の事なれば、不思議に、十ばかりの能者にも、をのれと有風躰あり。但、稽古ならむは、をのれと位ありとも、徒ら事なり。先づ、稽古の劫入て、位あらんは、尤、*望所なり。生得と言ふは*長也。*嵩と云は別の物なり。多く、人、長と嵩とを同じやうに思ふ也。嵩と申は、物々しき勢ひなり。形也。云、嵩は、一切に亘る義なり。*長とは、別の物也。然共、更に、幽玄にはなき為手の、長の〔有も〕あり。是は、幽玄ならぬ長なり。又、初心の人、思ふべし。稽古に位を心掛けんは、返々叶ふまじ。位は弥々叶はで、*剰、稽古しける分も、下るべし。*所詮、位、長とは、生得の事にて、得ずしては、大形叶ふまじ。又、稽古の劫入て、*垢落ぬれば、此位、をのれと出来事有。稽古とは、音曲・働・物まね、かやうの品々ども、極まる*方術なり。よく〳〵〔公〕案して思ふに、幽玄〔の〕位は生得の物か。長けたる位は劫入たる所か。心中に案を廻ら〔すべ〕し。

14 〔一〕* 問。文字に当〔風〕流*とは、何事ぞ。

答。是、*細かなる稽古なり。能に、もろ〳〵の謡とは、これなり。

15 〔一〕　御前にて、上より*御服、大夫に下さるゝことあり。其時は、大夫、烏帽子・上下にてまかり出、舞台の上面にて、拝領し、謹んで戴き、やがて、その御小袖にて、祝言を*中入よりする物なり。是、御前の能の沙汰なり。

さこそ　きっと。
いよ〳〵　底本「いき〳〵」。
あれ躰　あのように。
年は行とも　稽古の年数がたっていても。
上慢　増上慢の略。まだ悟りを得ないのに、慢心して悟り得たと思って誤解すること。底本「なりまん」。
強かれ　きびしくやれ。
13 位　ここでは、質的に高い芸の位。
望所　底本「名望」。
長　品。品格。
嵩　威厳。
長とは　底本「してとは」。
剰　その上。
所詮　結局。
垢落ぬれば　洗練されてくると。
方術　てだて。技術。
14 一　底本および諸本は13に追込んで記載。
風流　振りやしぐさ。
細か　精緻な。
15 御服　貴人から賜わった衣服。
中入　祝言曲の中入より後の部分。

16〔一　*公家衆男女共に、又、神能女躰*ならば、*つま紅の扇たるべし。常の能には、つま紅は持たぬ也。〕

17一　尉の類、たゞし、真の釣人・木樵・炭焼・塩汲・猟師などの、扇の插しやう。あまり新しくなき扇を、右の脇に、先を後へなし、要の方を前へして插すべし。かりそめにも、つま紅などは中々持ぬ〔物〕也。〔又〕云、扇の插しやう、釣人・塩汲などの類〔の外〕は、常のごとくに前へ插すべし。賤しき尉の類〔も〕、*よき人の仮に変化たるは前に扇插すべし。

18一　塩汲む桶の事。銀に*彩び候て〔よし〕。下三分一程、*紺青にて彩色、*嶋を金泥にて、*水など書きてよし。*金薄など、*結構がらせて、*置くべからず。同桶の緒の事。*浅黄・*褐・黒・茶、尤に候。紅・紫・白・黄、中々せぬなり。

19一　『高砂』、当流は、*熊手を持つ。大和がゝり、其外、*余の座に、箒を持こと、不審に候。「掻けども、落葉の尽きせぬは」と言ふ時は、熊手、尤に候。「掃けども」とは、謡になし。謡に「掻けども」と謡はゞ、仕舞する事、第一不審なり。とかく、謡と仕舞と別なるは、*僻事たるべく候か。

20一　『錦木』、曲舞。扇にて舞ふ事有。*錦木にて、舞事あり。本の舞やうは、「男は錦木を運べば」と云所より、錦木にて舞ひ出で、「草の戸ざしは」の時、*つれの前へ行。「夜はすでに明けければ、すご〳〵と立帰りぬ」と云時に、錦木を置て戻る。其時に、扇にて舞ひ、さて、其後、「門に立ち寄り、錦木とともに朽ちぬべき」と言ふ所にて、大夫、つれの前に行き、その時、錦木を取り、*仕舞有。「あら*つれな〳〵や」の時、錦木を、つれの真前にて捨、怨めしさうに、つれを見て、錦木を捨つる。又云、錦木を、つれに投げ付るも有。

16**公家衆**　大槻・内閣本「公家」。
女躰　女。ここでは女神。
つま紅　ふちの部分を雲形に仕切って紅で染めた扇。花やかな女性・童子・公家に用いるが、時には強い神や武将にも使う。

17**よき人**　身分よき人。

18**彩び**　彩色。下の「よし」は内閣本による。
紺青　あざやかな藍色の岩絵具。
嶋　洲浜を模様化した島台の型。
水　底本「天水」。
金薄　金箔。
結構がらせて　むやみに飾り立てて。
置く　押しはること。
浅黄　うすい藍色。みずいろ。
褐　褐色。

19**熊手**　柄の先に竹を曲げたつめをつけた農具。穀物や落葉をかきよせる時に用いる。
余の座　京がかりである観世座以外のことだから、大和がかりや他地方の猿楽座。
僻事　道理にあわないこと。

20**錦木**　五色に色どった三〇糎ほどの木。意味は『錦木』の中にくわしい。
つれ　連役。
仕舞有　底本「しまひを」。
つれな〳〵や　薄情なことだ。

是より扇にて舞ふなり。

21 一『三輪』、当流は神楽の中、*五幣にて舞ひ、五幣を捨てゝ、*舞になす。その時、扇にて舞ふ。是、今春がゝりは、初めより扇にて舞ふ。是、*両座の分かち也。中入の前、女、僧都へ衣所望候時の*仕舞、脇、衣を取出、大夫の前へ、そと投げ出す。其時、大夫、衣の側へ寄り、左の手より、衣を取り上げ、両の手にて戴き、「あら難レ有や候。さらば御暇申候はん」と〔言〕ひて、立ち上がり、一足二足戻る時、「しばらく、扨々御身は何処に住人ぞ」と、脇、問うなり。世間に、衣を手より渡す仕舞あり。これ、いかがあるべきぞや。僧都の御側へ、女〔の〕寄る事、第一似合ず候。其上、*樒、閼伽の水汲みて参りたる女なれば、*明神、*下﨟に御姿化け給ふと見えたり。女、此時は、尚、僧都〔の〕側へ、下﨟の寄り候はん事、及がたし。とかく、衣を投げ出す仕舞、尤に候。

22 一『善知鳥』、大夫、脇へ水衣の袖を解きて渡す仕舞あり。是、習有。大事なり。袖を脇へ渡す時の渡しやう、習あり。*おぼつか〔な〕さうに歩み寄り、*遠よそに差し出し、*ちやくと渡す。世間に、人のするは、生きたる人の言伝をし、物言ふやうに心得候て、*結句、脇に〔大夫〕より、親しき躰あり。幽霊の*詮なし。是、物を細かに心得ざる人の態なり。大きなる僻事なり。同じく、『海人』の御経文渡す所、同前。渡し候て立ち退き、懐かしさうに見する事、習なり。

23 一 かげの仕舞、面の仕舞といふ事あり。かげの仕舞とは、古の〔人の〕噂を聞及び、其人〔の〕まねをする仕舞のことなり。面の仕舞と申は、我身の事を、我とする仕舞の事。人の噂を学ぶ仕舞、現在の我身の仕舞、心持違ふべし。かやうのこと、細かなる沙汰也。*よく

---

21 **五幣**　御幣。神祭用具の一つ。白い紙を榊や竹にはさんだもの。
舞　神楽は女体の神あるいは神がかりの巫女の舞う舞で一般には五段に舞われるが、はじめの三段を神楽の譜で舞い、あとの二段を神舞の譜で舞う。したがってここでは後半の舞をさす。
両座　観世座と金春座。
仕舞　型。
樒閼伽の水　仏前に供える樒の葉や、きよめ水。
明神　神。ここでは、三輪の神。
下﨟　身分の低い者。底本「上らう」。

22 **おぼつかなさうに**　心もとなく。不安そうに。
遠よそ　遠く離れて。
ちやくと　手早く。
結句　かえって。
詮なし　かいがない。効果がない。

23 **よく〳〵**　大槻・内閣本による。

〔〳〵〕口伝すべし。

24 一『海人』の*玉の段、『善知鳥』の切、狂言に*もどきて舞ふ事あり。か様の類、多し。能する人の心掛けに、さやうの狂言に、自然似たる所のなきやうに、嗜むべし。

25 一 鬼能、拍子のこと。いかにも、身を*揺り掛け、荒々と強く踏むべし。

26 一 舞の内、下手の囃子にて、若し*詰り過ぎば、其時の舞ひやうのこと。*段を略して、早く謡出すべし。先立候囃子を、俄に抑へ候へば、位違ひ、*たち候て、猶々、囃子に*斑出で来、*訳もなき物になり候。返す〴〵、さやうの時、舞を短く留ること、習也。惣別、位能くとも、あまり乗らぬ囃子は、早く留めたるが尤に候。

27 一 *鬼方の事。色々有。*現在の鬼・冥途の鬼・女の鬼・死霊の鬼とて、人などの*悪念にて、鬼になりたる有。その外、*蛇体・天狗、是等、色々〔心持・働〕違ふべし。*力動・砕動の位は、何れへも渡るべし。

28 一『熊野』『野の宮』、その外、*車に乗る能、左の足より。同じく、馬に乗事、左の方より、足は右より。

29 一『三輪』の中入の後、「*御影あらたに見え給ふ」にて、大夫、作り物の中より出で、*くり・さしの間、立ちて*居舞、本也。*曲舞にするもあり。又、作物の中に、其まゝ腰を掛けて居、「御影新たに見へ給ふ」にて、*幕を取せ、くり・さしの間、腰掛けて居、「*裳裾に是を綴ぢつけて」の仕舞、腰掛けながら有て、「*跡を控へて慕ひ行く」の時立、〔是〕より舞なり。是は、跡を控へ慕ひ行くといふ義に合せて、面白き心持なり。曲舞の初めより舞ひ候ても、別に面白き仕舞もなく候へば、舞ひ候事、*心労にて、面白〔く〕は候はで、いらざ

24玉の段　玉を海中にさがしにゆく有様を演ずる部分。
もどきて　間狂言の語りの内容を繰返して。
25揺り掛け　ゆらゆらと身をゆり動かして。
26詰り過ぎば　囃子の間(ま)がつまりすぎるならば。
段を略して　舞うべき正式の段数を略すこと。
たち候て　底本「たちまち」。
斑　揃わないこと。
訳もなき物　取りえのないもの。
27鬼方　鬼の登場する能。
現在の鬼　生霊としての鬼のことか。↓四45
悪念にて　悪い執念をもって。
蛇体天狗　蛇や天狗の登場する能。
力動砕動　↓四45
28車に乗る能　車の作り物に乗りこむ場面のある能。
29御影　神霊の尊称。ここでは、三輪明神。
くりさし　曲(くせ)の直前にある謡の節どころの部分。
居舞・曲舞　居曲舞・舞曲舞。
幕を取せ　作り物を覆っている引幕を下におろさせて。
裳裾　衣のすそ。
跡を控へて　その跡を、糸を目あてにして。
心労　気苦労。

る事にて候か。

30 一 面を見るやうのこと。先づ、面の*覆を取り、*面〔の〕内に当て、面の緒をつけ候所を、左の手に取りて、右の手をつき、見べし。これは、貴人の御前にての見様なり。*同達ならば、その心得有べし。

31 一 大臣烏帽子・*上頭懸の事。当流は、前へ二筋、〔後へ一筋〕見ゆるやうに懸くるなり。大和は、〔前へ〕一筋、後へ二筋、見ゆるやうに懸くるなり。

32 一 面の緒の結ひやう。*鬘帯の下へさがりたるを、二筋ながら*除けて、結ふもあり。一筋下へ成たる方の上に、結ふ事、本なり。

33 一 中将の面・若男の面。変りは、*眉のあるとなきとの、変りなり。眉のあるには、*目の毛描有まじ。又、*黛刷かぬには、目の毛描有べし。右の変り目なり。

34 一 児・童子面。*年配同じ比なれども、変り候所は、児は気高き顔ばせにて、これも眉の毛描なし。黛を刷く也。又、童子の面は、顔ばへあまりに気高くなく、乱れ髪にて、眉の毛描あり。

35 一 面の事。あまり新しきは、*煌めきて悪しきなり。又、*新しき醜きとて、あまり古過ぎて、*事剝げたるも、猶、見苦しき物なり。よき程の古き、尤に候。

36 一 面の緒の事。女面は紫。男面は浅黄。尉の面は白し。鬼の類は、何も赤し。

37 一 面の懸けやうの事。其*謡に作りし人の年配、幾つの年比を作りしこと、よく〔*尋て面を似相て懸けべし。卅ばかりの時分〕*卅四五の時のことを作りたる能に、若男なども、似合間敷候。若男は*十八九〔の〕顔也。か様の事、よく心得べし。

30 **覆**　面の上に当てた小ぎれ。面当。
面の内　面の裏側。
同達　同輩。自分と同程度の者。
31 **上頭懸**　頂頭懸。烏帽子の頂から前方にむかってかける飾りの緒。
32 **鬘帯**　鬘の上に鉢巻のように締めて後で結び、その先端を長く垂らす細い帯状のきれ。
除けて　揃えないで二筋の先端が別々に見えるように。
33 **眉**　つくりまゆ。
目の毛描…　目(ま)は目のあたり。その部分の毛だから眉毛。眉毛を描かない。
黛刷かぬには　高眉を(刷毛を使って)描かない時は。黛はかき眉を描くための墨。眉毛を剃り落し、その上側に楕円状の高眉を描く。
34 **年配**　年ごろ。
35 **煌めきて**　彩色がきらきらして。
新しき醜き　新しい面は醜い。島津本「あたらしきかみにくき」。
事剝げ　彩色の剝げた部分のある面。
37 **謡に作りし人**　一曲の主人公に登場する役の人。
尋て…時分　底本「わけ」。
卅四五　底本および大槻本「二十四五」。
十八九の顔　島津・内閣本による。

38 一 『猩々』の乱。三つあり。真草行なり。真の乱は、少々の功にては成がたきことなり。*柄杓挿す事あり、挿さぬことあり。習あり。心持ある事也。付、乱の舞出しのこと。大夫、足を右左に*寄らず、上げ候。*順逆に、急の足を踏む時、乱るゝ。又、大夫、*趺して足を折る時より、乱るゝもあり。又、作り物有時もあり。なき時もあり。真草行によるべし。

39 一 常の僧脇、紫の水衣着る事、あるまじく候。僧の位により、着すべし。壺折の小袖の上に、腰帯する事あり。習・口伝あり。

40 一 紫の水衣、大夫着る事、同前。是も、能に作りし人の位によりて、着るべし。むさとは、紫などは着せぬ物。*長絹・舞衣、同前。

41 一 物狂の出立。*白衣にて、*脱ぎかけたるべし。『百万』などに、烏帽子を着候はゞ、黒き烏帽子、前を折りてか、又は、*静烏帽子、尤に候。*風折などは、中々着ぬ物なり。

42 一 『芭蕉』に、始は白ろき上着、尤に候。「雪の内[の]芭蕉」といふ儀なり。後は、紅梅の長絹、尤に候。謡に、「芭蕉の女の衣、かの薄色の*花染ならんに」といふ義なり。

43 一 *大臣脇、*本脇の名乗。其人の位によりて、もし、大臣などに、御名乗り候公家の脇ならば、烏帽子左へ折べし。是、奥々の大事なり。かやうのこと、細かなる習也。心得べし。

〔つれ脇は御供なれば、何も右へ折るべし。〕

44 一 鬘帯の事。当流は*一重なり。大和がゝりは、下懸けと言ひて、二重するなり。又、つれの鬘帯は、下ぐる所を外へ見せず。但、能によりて、見するも有べし。

45 一 大臣の出立。二人は一対の狩衣、尤に候。本脇は色を変へ、模様気高き狩衣、尤に候。

46 一 僧脇、三人は出る能ならば、二人は同じ色の水衣たるべし。本脇、僧の位によりて色

38 **柄杓** 水・湯・酒などを汲む長い柄のついた道具。
寄らず よせずに。
順逆に 定められた型の順序を逆に。
趺して… 両足を組んですわること。三本「くわつして」。
40 **長絹舞衣** ともに、舞を舞う時にはおる上着。
41 **白衣** 着流。
脱ぎかけたる 狂女役は、一般には唐織など上着の右肩を脱ぎさげて登場する。
静烏帽子 静御前などの白拍子役が用いる立烏帽子(中央部の立った)。
風折 風折烏帽子の略。立烏帽子の頂を筋違(かひ)に折り伏せた烏帽子。
42 **花染** 花で染めたもの。いわゆる草木染。
43 **大臣脇** 大臣として登場するワキ。
本脇 ワキの数が数人の時、その主たるワキ。他はワキヅレになる。
44 **一重** 結んだ先端の二筋を重ねる。
46 **古びたる** 古(ふる)びた。さびた。
47 **大舞衣** 舞衣のうち、仕立の大き

いものか。
金の風折　金泥または金箔を施した風折烏帽子。
黒垂髪　さばけた髪に擬して、顔の左右に垂らす髪。
覆鬘　鬘。
48上下にて　直垂・素襖などの上着と袴の姿で。
49深き女﨟　年をとった女。
古しき　古めかしい。
元結　髪の先端を束ねるもとどり。
50大庭　規模の大きい晴の場所。
三間四方　たてよこ三間ずつの舞台。
恰好　適当な形。
縁の高さ　地上から舞台平面までの高さ。
あさは　浅端。あらわ。奥ゆかしさのない。
近の垣　舞台に近い垣。
時の言事口論　演能中の見物人の言争・口論。
用方　用務を弁ずるための役むき。
かた〱以て　どちらにしても。
51中の舞台　中規模の舞台。
二間まなか四方　二間半四方。
間を結ひきりて　間をあけて作っておくのが。間は三本「垣」。
52小庭　小規模の場所。
四間の舞台　四坪(二間四方)に作った舞台。
居座　いる場所。ここでは、いわゆる脇座。
縁　舞台の外側に添えた細長い板敷。

を変へ、模様古びたる色の水衣、着すべし。

47 一　『三輪』の後の出立。大舞衣・大口・金の風折。黒垂髪、覆鬘の上に懸けべし。舞衣の色は、黄なるか白が本也。

48 一　『百万』の脇。当流は、上下にて男脇なり。大和がかりは僧〔脇〕なり。

49 一　女物狂の覆鬘の懸けやうの事。あまり深き女﨟の、覆鬘のごとくに繕ひて、美しく懸くるにはあらず。大形にして、鬘帯なども、少古しき、尤に候。鬘の元結は、結ひたる先、常の能には、小袖下へ隠し候。〔狂女には、其まゝ髪を下ぐべし。〕

能の舞台の橋掛りの事

50 一　大庭の舞台は、三間四方。廂は、その恰好成べし。縁の高さ、五尺也。舞台の周囲に、間一間あまり置いて、高さ五尺あまりに垣する物なり。左様の高き縁の上にての仕舞は、あまり近く見れば、能、あさはなる物なり。其上、白衣の能などは、下より見上げ候て、悪し。近の垣は、第一、人を寄せまじきため、又は、時の言事、口論などの用方にもよし。其上、さやうに高き舞台にては、あまり近所は、能も見えぬなり。かた〱以て、垣を用るなり。

51 〔二〕中の舞台、二間まなか四方なり。是も、廂は其恰好なるべし。是も、舞台より一間置ゐて、周囲に高さ五尺程の垣あるべし。橋掛りへも、人の寄り付き候はぬやうに、間を結ひきりて、尤に候。縁の高さ、四尺なり。

52 一　小庭の能などは、二間四方の舞台も、よく候。是も、廂は、其恰好、見合なるべし。四間の舞台ならば、脇〔の〕居座は、縁を出すべし。舞台の縁の高さ三尺。

53 十三間十一間　十三間から十一間ぐらいの長さ。
鼻突にては　鼻が突きあたるほど短くては。
橋掛り　内閣本の「はし掛り」による。
板敷　舞台としての板敷。
54 庭へ階　庭へ上り下りする階段。庭は舞台と見物席との間の空地。
階の通り　内閣本による。
55 橋掛り　底本「のかゝり」。
56 仕舞のつもり　型をするところのみつもり。
57 間もなく　数番の能を演ずる場合、番組上であまり近い能に。
59 よすが　夫・妻・かかり子(親の老後に頼りとする子)など、頼みとする相手。源氏物語の帚木巻に「やむごとなきよすが定まり給へるこそ」とあるのをさす。
源氏　源氏物語。
60 当座　その当時。

53 一　橋掛りの長さの事。大庭のは*十三間・十一間也。中のは九間・七間也。短きは五間也。五間より短く候ては、能成がたし。橋掛りに、色々の習・心持あれば、短く*鼻突にては、ならざる事のみ多し。囃子なども、幕際より*橋〔掛り〕の間に、段々打やう有。橋掛り、能の肝用也。

右、何も、常の〔能の〕様子なり。御前の能は、少、様子変るべし。*板敷などの高さ、御見物所の恰好によるべし。

54 一　御前の御能の舞台には、正面に、*庭へ階あり。これは、舞のうちに、大夫御前へ召す事有。その時のためなり。*階〔の〕通りは、見物、置かぬ物なり。

55 一　座敷の前の舞台は、敷板の恰好、少座敷より舞台を高く、板敷を張る也。

右、舞台・*橋掛りの図、大方〔如レ此〕。

56 一　広き舞台・狭き舞台・長き橋掛り・中の橋掛り・短き橋掛り、それ〴〵の恰好、相応の*仕舞のつもり・心持、肝要也。

57 一　*間もなく、似たる仕舞せぬ物なり。よく嗜み、心掛くべし。

58 一　女能に、刀を抜き剣を抜く仕舞、若あらば、心持あるべし。修羅などの余情〔には〕違ふべし。よく分別有べし。但、女の心持、行き過ぎ候はゞ、又、仕舞弱く有べし。心得、肝要也。

59 一　『夕顔』に、「*よすが」といふ事あり。夜の事にあらず。*源氏を見候はゞ合点行くべし。

60 一　「後髪ぞ引かるる」と云こと、『通盛』にあり。*当座のことにあらず。よく、口伝あるべし。

61 一「月待つ程のうたゝね*」と言ふ所、『紅葉狩』にあり。空を見る事、僻事なり。脇を見べし。是は譬にて候。空の月の事にてなく候。かやうの類、何の能にも多きことなり。書尽しがたし。是を以て、何も分別すべし。万へ亘るべし。

62 一 大夫つれに立つ人、大夫より背の高き人、つれに立ぬ物也。恰好悪しきものなり。つれは、大夫と同じ背か、少し低き、尤に候。

63 一 幼き人の大夫に、大人脇に立事。其時の脇の*仕様の事、心持あり。脇の方よりも、大夫を*擬き、*後見を深く過たるは、醜き物也。その心得、肝要なり。又、功者の脇に立ちたるやうに、仕候へば、幼き人は、*便り有間敷候。其見合、肝要也。

64 一 脇の祈りの事。序破急有べし。初めを静かに、数珠をも摺り、いかにも間を遠々と*揉み直すべし。中比を破に寄せて祈り、後を急に祈るべし。急に寄する時、数珠を再々揉み直し〱祈るべし。たゞし、能によるべし。『善界』『船弁慶』などは、祈り出より急也。『道成寺』『葵上』、大形同前。序破急ある祈りなり。此心持、何れへも亘るべし。

万の能の*心持〔の〕事

65 一 神能、心持。*出立して出る時、我身を神と思ふべし。いかにも〔心を強く〕気高く持つべし。

66 一 鬼。我身を鬼と思ふべし。いかにも怒れる心を持ち、出づること、習也。

67 一 修羅の心持。幕を揚げ候時、戦場へ出る時の心持、同前。

68 一 女。我身を*女房と思ふべし。帯などをも、緩々として、心をも、いかにも静かに出で候へば、女躰に*由ある物なり。

---

61 うたゝね かりね。

63 仕様 底本「しゆ」。

擬き 演じようとするものに似せさせようと。

後見を深く過たるは 後見役としての世話をくどくどしすぎると。底本「後見を」。

便り有間敷 不安である。

64 揉み直す 揉みかえす。

心持の 底本「こゝろもつ」。

65 出立して 底本「いて候て」。

68 女房 高位の宮女。ここでは、単に女役のこと。

由ある いわれのある。それらしく見える。

69 一　仏などの能。我身を仏と思ふべし。いかにも、心を*殊勝に持ちて、気高く出べし。

70 一　幽霊。我身を、幽霊と思ふべし。いかにも〳〵、心を弱々と持つてよし。

右、それ〴〵の能、心持大方如レ此。この心持なく候へば、能にそれ〴〵の勢ひなし。右、心持、肝用也。此外、何の能も、是を以て分別あるべし。哀なる所は、心を哀に持ち、物凄き所は、心を凄く、勇む所は〔心を〕勇め、其々の心持、肝要なり。

71 一　*陰の能、心持のこと。*表を陰に、*裏を陽に、心得べし。左様になく候へば、能*しめり過ぎ候なり。

72 一　陽の能の心持の事。表を陽に、裏を陰に当てべし。さやうになく候へば、能強み過ぎ、艶なく候により、右の心得を交へ、陰陽〔和合と、是を云。但、能によるべし。陰の陰、陽の陽〕と、舞も有。『水無瀬』『定家』の後、『松の山鏡』の幽霊の型などは、陰の陰なり。又、『紅葉狩』『羅城門』などは、陽の陽なり。かやうの事をもつて、*此類の能の位、分別有べし。

右、細かに、*陰陽の位分別して、それ〴〵の仕舞〔仕〕分け、肝要也。

（結）大方、能の極意、*七十一箇条、此巻に書記す。末代に於ゐては、古人の申置かれ候事も、人々に知りたる人、有間敷候へば、我々の申度まゝに、*口に任せ申なり。習と云ことも、秘事と云ことも、*徒事に*廃り果てなん事を、悲しみ給ひて、観世音阿弥・今春善竹・宝生連阿弥・金剛宗説、此四人に仰せて、昔今の諸芸の〔習を集め、改め選びて、末代の諸芸の〕*鑑のため、是を書記し、「花伝書」と号し、残し置かれ候こと、*私に非ず。*上意を以てこれを撰し、記す。然ば、天下の御大夫成故に、是を観世に下し給はりぬ。

69殊勝に　心にうたれるさま。心を神妙に。

71陰の能　陰の位になる能。

表　表面。

裏　心の内。底本「浦」。

しめり過ぎ　勢がしずみすぎて。

72此類の　底本「いのる」。

陰陽　底本「陰」。

（結）**七十一箇条**　条数のあわないのは16または51によるのであろう。

口に任せ　口から出るままに。

徒事に　無益に。役に立たなく。

廃り果てなん　使われなくなってしまう。

鑑　手本。いましめ。

私に非ず　自分の一身に関したことではない。

上意　君のおぼしめし。ここでは、猿楽を援助した将軍のことか。

花伝書 七巻

(序)　万、囃子の品々、大方此巻に書記す所の条々。

1 一　先づ、囃子と言つぱ、水に〔物の〕浮きて流る〻がごとくに、早き瀬をば早め、静かなる瀬をば静め、謡の位を分別して、謡の文句に似合たるやうに囃すべし。惣別、謡のうちを囃すに、乙る字・張る字を考へ、又、謡の呂・甲を聞分けて、それに相応するやうに囃すべし。文字移り、程よく聞分、字に障らぬやうに心掛けべし。又、謡に感有節など、打消し候はぬ様に嗜むべし。手を打たんと手の前に、手に似たる地を打たぬなり。是を、手の前〔の手と云。手の前〕をいかにもかすませ囃し候て、手を打てば、手に感ある物也。小鼓ならば、乙より打つ手、打候はゞ、其手の前は、地を刻にてやり、扨、乙より手を打ち出し候へば、手に感あり。又、刻より打つ手を打たむと思はゞ、前の地を乙がちに。さて、手を刻より打ち〔出〕候へば、手と地とに、水際きらりと立ち、手〔に〕感あるものなり。謡の曲ならば、呂の節は乙、甲の節は刻なり。甲の節の所の手は、刻より打つてよし。呂の節より打ち出で〻は、乙より打ちて吉。これ一大事の習也。第一、囃子と申は、大夫を本とせり。大夫は一座の大将、花を掌る真なれば、かけるまじき所にてかけり、かけるべき所にてもかけらず、舞留まる共、常になき手を色々に変へて、舞留まる。謡の短き節を長く引き、長(き)節を短く詰め、難曲を謡ひかけ、打切る所を謡ひ据ゑ、草にして直にやり、

1乙る字張る字　謡の文字で、調子を低くする字と張上げて高くする字。
呂甲　音域の名。呂は基準より低い音域、甲は高い音域。陰陽に当てはめると、呂は陰、甲は陽。
字に障らぬやうに　囃子が謡の文字や文句に邪魔にならないように。
感有　感動する。心に深くしみ入る。
手・地　手は特殊な手組をもった譜。地は囃し方の基本となる譜。
手の前の手　手の前に打つ手。島津・内閣本による。
かすませ　音を小さくすること。
打つ手　底本「うちて」。
刻・乙　刻は小きざみの軽い打ち方。乙は調子の低い打ち方。
水際きらりと　全体にあざやかにきわだって。
乙　底本「乙へ」。
本と　大夫の謡方を根本とする。
真　→五序
かける・かけり　大夫を引立たせるように囃しかけること。
かけ　底本「すへ」。
謡ひ据ゑ　謡いしずめ。
草にして…　草の手のようにすらすらと。

色々様々に、*我儘、振舞ふなり。囃子よく*工面をやり、油断なく心得べし。大夫の働きの、いかにも〳〵よきやうに、囃子より*もてなす事、肝用なり。上手たりといふ共、大夫の働き似合〔ざ〕れば、芸は下手と心得べし。惣別、役者は、大・小・太鼓・笛・地謡・狂言に至るまで、花の*下〔草〕にたとへたり。下草は、花の真の、賑ひ、*威勢あるやうにとばかり心掛くべし。其心持、肝要なり。いかに真の振舞は面白候とも、下草の取合ひ悪しければ、いかにとしてよき花とは申がたし。かやうの事、稽古、大形にて成がたし。よく〳〵不断の嗜・心掛、油断候まじく候。大夫、たとひ下手にして、〔囃〕名人なりとも、囃子は大夫を敬ひ、大夫につくべし。惣別、世間に人の申候、上手と名人とは大きなる違ひにて候を、人、常に同じ様に申候。上手と申は、其芸面白きを上手と申なり。名人と申は、諸芸*暗からず。その芸、*総体*すらりとして、*はづれに、諸人感に堪え、殊勝なる所あるを、名人とは申也。左様に、万人に褒められん事、少々の稽古鍛練にてなるべきや。さるによ〔つ〕て、名人と申事、出来る事稀也。是は、名人の噂。先、囃子の口伝と申は、序破急・陰陽の位をよく鍛練して、囃し分け肝要なり。大和がゝりは、陰陽の位を、女はかせ・男はかせと申也。名こそ変れども、同事なり。能一番の間に、*次第は序にて、破と留むるもあり。又、*序の序と留むるも有。或は破急と留むるもあり。是は、謡の公案を、よく弁へて分別すれば、*聞ゆるもの也。

2一　囃子の、早きと軽きと、しだるきと静かなるとは、大なる変りにて候。軽きと申は、乗りて*よきづにする〳〵と行くを、軽きと申候。*石車に乗り、*片拍子に先立つを、早きと申候。静かなるとは、乗りてよき位に行く、先立ず、後へも退らず、ゆる〳〵と真に幽を

我儘　大夫の思い通りに。
工面をやり　工夫して。
もてなす　とりなす。
下草　→五序
威勢　人を感動させる力強さ。
暗からず　色々の芸道についてわきまえている。
総体　底本「さうならひ」。
すらりと　すらすらと。
はづれに　はしばしに。
次第　始め。
序の序　底本「序としよ」。
聞ゆるもの　訳のわかるもの。

2**よきづに**　よき図に。よい調子に。
石車　石を運ぶ車。動き出すと早くなることのたとえ。
片拍子　本格的な拍子に対して軽めの不十分な拍子の意。
あらせて　有るようにして。
しだるき　囃子方が甘ったるいこと。
謡の跡へ退りたるを　囃子の位が謡のそれに比して劣っているのを。

3**開口**　翁付の脇能の始めに入れる新作の小謡。
音取　笛の音(調子)を聞き取る意で、音律を調べること。笛の音取は「中の高音(たか)」「折る高音」「ゆり」「六の下」「のたれ」の順で、上音から下音にいたる五つの旋律で一式となる。

*あらせて囃すを、静かなると申候。*しだるきと申は、位、*謡の跡へ退りたるを、しだるきと申なり。是、大きなる変りなり。〔か様の分け、よく心得べし。〕

3 一 脇能、*開口の事。笛、真の呂を吹く。真の音取を〔吹〕出す。其後、笛、甲になし候所は、小鼓、刻より打出し候。数は*五つなれども、人の前にては、*中の乙を一つ二つ打ち候。口伝也。五段の*置鼓なり。小鼓の*乙を一つ二つ*かけて、笛吹べし。何とぞ〔取〕紛れ、小鼓、早く打出候事あり。其時、笛、*初段を捨、二段より吹くべし。小鼓、打出し、始は刻より打出で、二番目は乙より打出し、三番目は頭〔一つ〕打出し、四番目はゆりのうちをかけて、*刻みおとす。其後、頭二つ、六下の内に、それより打つをば、*空打と言へり。打上げの頭二つ打ち、つと留むるなり。置鼓過て、幕を打上げ、その時、開口の笛あり。甲の音取を吹出す。*天筆和合楽、地筆より自在楽と〔吹。〕*観念の心持あり。小鼓、置鼓のごとく打。〔但〕*ぐあひはなし。笛も同前なり。笛、調子の位に習・口伝あり。つれ大臣、太鼓打〔の〕そばより橋掛りへ、頭を地につけて畏まり、*脇大夫、舞台の先へ出る時、笛、甲の*ゆりかけ、呂になし候所より、序破急に小鼓*よすべし。扨、舞台先、五足ばかりおき、謹んで礼をし、*袖の露を取り、起上る。その時、小鼓打上げ、頭の数七つにて、ながし上ぐるなり。但、九つ打つ*流も有由候。人打候とも、不審すべからず。笛、其時、ゆりかけて、吹手あり。ゆりの数九つ。*九曜の星を表す。小鼓の頭七つ、七曜の星を象る。笛のゆりをうけて、脇、頭を上ぐる。小鼓、頭につけて立上がる。笛・小鼓・脇大夫、三人の心一道の位なり。さて、脇大夫、開口を言いやりて名乗。さて、名乗過ぎ、つれ脇立ち上がり、*三つ鼎に直り、次第を謡ふ。やがて、道行を謡ふ。「*八幡山にも着きにけり、〱」と、

五つ　打つ手の数が五つ。
中の乙　一くさり（譜の基本の一つづき）のうちの、乙音の中の一。
置鼓　→一26。標準の手順は、笛・呂甲、小鼓・二クサリ、笛・中の高音、小鼓・二クサリ、笛・折る高音。以下は笛の「ゆり」「六の下」「のたれ」に合せて小鼓も同時に打つ。
乙　底本「こし」。
かけて　しかけて。
初段を捨　初段を吹かないで。
刻みおとす　刻みにもどす。
空打　むだ打ちのことか。
天筆和合楽・地筆より自在楽　共に不明。下の「吹」は島津本による。
観念の心持　心を静かにして、法の真理を観察思念する心持。
ぐあひ　鼓の打ち方の一。
脇大夫　ワキのシテ。ワキが数人で登場した場合の主たるワキ。
ゆりかけ　笛の譜のうち、ゆりかけるように吹く「タウ〱」の部分。
よすべし　序の位からだんだん早めて急の位に打ち寄せよ。
袖の露　狩衣の袖のくくり緒の垂れた端。
流　流儀。
九曜の星　→一26補
三つ鼎　鼎の三つの足のように、三人のワキが三角形状に並ぶこと。三は底本「二」、内閣本による。
八幡山…　『弓八幡』道行の着きせりふ。

鼓打の前へ着く。*本脇着かば、つれ脇も*心得べし。扨、脇大夫、*二の脇に向て、台詞を言ひて、さて、脇座に直る。

4 一　脇能、打やうの事。次第の時は、*本の次第也。小鼓より打出だし、五段の次第なり。

*上略・中略・下略・本の頭を打つ也。

本の頭と云　上略と云　中略と云　下略と云

〇〇〇〇　〇〇〇　〇〇　〇〇〇　〔本の頭は、数四つ也。〕

上を残して、中を残し、下を残すを、上略・中略・下略とは申なり。笛の*ひしぎの位を受けて、打ち出すべし。扨、脇、出でゝ、三つ鼎に直る時、脇の振を見合て打切り、さて、「*今を始の旅衣、〳〵、日も行末ぞ久しき」と謡ふ。こゝにて、名乗の笛有。名乗て、鼓、*刻寄する。刻より道行のうち、謡一句、上略の頭打つなり。いかにも賑々と可レ然〔候〕。口伝。頭に、*かけと頭といふ事、口伝。「末はる〴〵の都路を」といふ所にて、笛、吹手あり。高音の調子。「幾日来ぬらん」と云所、是も、鼓打切り、笛あり。甲の調子。「高砂の浦に着きにけり、〳〵」、笛いかにも強々と吹く手あり。六下を悠々と祝言に吹くべし。

5 一　一声の事。笛、ひしぎの位を以、打出すなり。五段の〔一〕声、踏み留むる一声と是を云。大鼓*ながし候はでは叶はざる儀也。楽屋にて、ながし候はんなどゝ、*大小言ひ合する事、初心なる事なり。大鼓、ながし候はんとては、*教の頭と云事有。教の頭を聞き、〔小鼓も〕其覚悟をなす。〔教の頭を一段打つ。是を〕教への頭と名付也。ながしの後、乙六つの外に、*巻の頭といふ事、大鼓にあり。*大ながし、五段の一声に、小鼓は〔*八〕頭打ち候はでは叶はず。口伝。但、*鈴の段に、ながし、もしあらば、脇能にはながすべからず。一声

本脇　ワキのシテ。
心得べし　島津・内閣本「心得有へし」。
二の脇　ワキヅレの中の主な者。
4本の次第　本格的な五段次第。
上略…本の頭　鼓の手。頭は鼓を打つ時の、打つ間(ま)の掛声の間取りと鼓の調子の高い音(タ)(→一32)。本の頭(本頭とも)はその数四つをもって一組とするが、上略は本頭の上の部分を略すこと。以下同じ。→補
ひしぎ　笛の「ヒイ」と高音で吹き始めるところ。
今を始の…　『高砂』次第の文句。以下6から30までの中の文句は、『高砂』一曲のもの。
刻寄する　刻の手を打ちよせる。
かけと頭　頭の打ち方の一つ。第一拍目にかける掛声を、その一つ前の八拍目からかける頭の打ち方。
5ながし　→四98
大小言ひ合する　大鼓方と小鼓方とが申合せをする。
教の頭　現在は「知らせ頭」。
巻の頭　他本「くわへのおつ」。ともに意味不明。
大ながし　大鼓の「ながし」の打ち方の特に長い手。
八頭　小鼓が八拍子分とも頭を打つ手。島津・内閣本による。
鈴の段　脇能に先立つ「翁」の、三番叟の鈴の段。

の打上げ、常のは打上げ候。脇能は打ちとめて、本の頭を打つ。何も、ながしあらば、打留は、かくのごとくなるべし。

6 一「尾上の鐘も響くなり」といふ所にて、下無調より出で、*色ゑ有。

7 一「音こそ潮の満干なれ」、笛、吹きやう有。中の高音、吹返す。大夫、舞台へやがて出る。*あひしらひ〔あり。〕鼓、頭の位も同意なり。

8 一さし声より謡にかゝる所、中略也。其後、*間の頭打也。謡一句、上略を打つ也。それより謡ひ留むる所、今の刻にて頭留むるなり。惣じて、脇能には、鼓を*置ぬ物なり。何の所も、あひしらふ物なり。

9 一「思ひをのぶるばかりなり」と言ふに、吹きやう有。呂なり。「木蔭の塵をかこふよ」と云に、初、*中の呂を返して吹くなり。

10 一「所は高砂」と云笛、*甲の色ゑあり。口伝。

11 一「なるまで命永らへて」、笛、甲より吹く手有。〔口伝。〕

12 一「それも久しき名所かな」といふ所、笛、中より吹く手あり、六下の手あり。祝言に、口伝。

13 一言葉のうちに、「松もろともに、この年まで」と云に、呂の色ゑあり。口伝。

14 一「四海波静にて」といふ処に、笛、一切吹べからず。

15 一「松こそ目出度かりけれ」といふ笛、高音よりひしぎかけて、吹く。口伝。大鼓、頭、賑々と、祝言に打べし。

16 一「住める民とて豊かなる」といふに、甲の高音。

6 **色ゑ** 笛を面白く色どって吹く事。

7 **あひしらひ** 笛が「あしらひ」の譜を吹くこと。

8 **間の頭** 不明。現在は、ここに普通の「本頭」を打つ。

置ぬ物 一曲演能中、鼓を構えたままで下の舞台の板敷には置かないこと。

9 **中の呂** 笛の低音の吹き方の一つ。

10 **甲の色ゑ** 高音で色どる笛の手。現在は、ここで「甲の高音」。

17 〔一〕「猶々、松のいはれ御物語候へ」といふに、大鼓、*頭と心同じき也。ゆりのうちにて越手なり。ゆり留むる所、本の頭、笛*くりあげ、音取を吹く。中の高音まで吹く。

18 一「南枝、花初めて」と言ふに、吹きかけて、*ゆる笛の手あり。口伝。

19 一さし声の内、頭二つ也。後一つは、乗らぬ〔也。〕刻にて、*をす心にて乗。口伝。

20 一「敷嶋の影」と云に、〔笛〕吹きやう有。六下、悠々と。

21 一曲舞にかゝる所の頭、上略なり。*ぐあひの頭、心掛け打べし。謡のうち、祝言に聞分て打べし。*上端の前にては、頭無。

22 一「異国にも本朝にも、万民これを賞翫す」といふ所、笛吹きやう。鼓も打切りて、上端、謡はする事、*本の打ちやうなり。

23 一「立寄かげの朝夕に」と云所にて、笛、甲より吹く手あり。

24 一「中にも名は、高砂の」といふ所にて、*中〔の〕甲、六下。祝言に吹く也。

25 一論議になる所、三つ打返す也。論議の内、*大夫と地との打ちやうあり。張る地は乙る、乙る地は張る心なり。論議過て、楽屋へ入〔前〕、いかにも賑々と打つべし。

26 一「海士の小船に打乗て」といふ所に、大鼓、呂におとし、打つ手あり。笛、高音のひしぎ、一つ吹きかけ。祝言、打やう、口伝有。

27 一「沖の方へ出にけりや」といふ所に、吹様〔有。〕口伝。

28 一狂言大夫、*間の物語を言ひ、*大臣殿、狂言に言葉をかはし給ふ時、笛、吹きやうあり。此笛吹く事は、間、*何ほど過ぎたると、楽屋へ知らせんが為。又、狂言大夫は、初めの論議の末、大夫楽屋へ入時、吹く笛の調子を受け、物語をするなり。され共、狂言の*言葉が、

17 **頭と心同じき也**　三本「かしらところ四つ也」。
くりあげ　くりの謡の調子に合わせて吹く笛の「くりあげ」というあしらい。
18 **ゆる笛の手**　笛がゆりかける特殊の譜。
19 **をす心**　少し早める心持で。
21 **ぐあひの頭**　底本、ここで項目を改めるが、巻末の箇条数に合せるため続けて組んだ。→四68
上端　クセの中程で、シテが高音で独唱する部分。
22 **本**　本の頭。
24 **中の甲**　中(か)の高音。大槻本による。
25 **大夫と地**　シテの謡う所と地謡の謡う所。
28 **間の物語**　間(あい)語り。一曲に前後の二場面がある時、前シテの中入している時に語る狂言方の語り。
大臣殿　『高砂』のワキは神官であるが、扮装が大臣姿であるからか。
何ほど　間語りがどれ程。
言葉が調子　島津・内閣本「言葉は調子」。

調子必ず*かりそめに成ものなれば、脇に調子を知らせんが為に、間過ぎ時分に、音取を吹く也。

29 一「此浦舟に帆をあげて」と云に、高音ひしぎ、かくる手有り。〔口伝。〕

30 一「はや住の江に着きにけり」といふ所、*はね手一つ、吹きやうあり。口伝。やがて*、ひしぐ。いかにも祝言に吹くべし。此ひしぎの位を〔以〕、太鼓〔打〕出る也。太鼓打、心掛けて打べし。笛も〔*出端〕習あり。口伝。京がゝりには、鼓、やがて*越て、太鼓打込む也。大夫の働きを見て、勢ひ候やうに、囃すべし。「夜の鼓の拍子を揃へて」と云所にて、鼓、地*頭に習ひあり。笛の吹きやうあり。「すゞしめ給へ」と云所にて、笛、呂ののたれ*吹。舞は、神舞の*懸り。急の急なり。笛、二段目のおろし*に習有。此手、乗にも非ず、乗らぬでもなし。此おろしを、常に吹くべからず。脇の能に限りて、祝言の手と定め、是を吹く也。口伝、肝用なり。「千秋楽は民を撫で」、高音のひしぎ、はね手一つ。「颯々の声ぞ楽しむ」にて、のび〳〵と吹き、はね手吹き納めに、ひしぎ有。此ひしぎの心持、肝要。一番の納めなれば、ひしぎにて、謡の納めの色をあぐるなり。心得、肝要也。脇能の囃しやう、大形如レ此。一日の能の始まりなれば、脇能、肝腎なり。脇能、*出来候へば、*その日は、*過ぐるまで、出来ものなり。又、脇能、不出来に候へば、其日、納めまで*勢ひ抜け候て、悪しき物なり。返す〴〵、脇能〔嗜むべし。〕第一、次第より、いかにも祝言を含み、賑々と打べし。掛声、*哀傷へ行かず。かやうに心掛くべし。油断候へば、哀傷に成たがり候物也。いかにも〳〵、声に祝言を含ませ、勢ひ候て囃す物なり。惣別、祝言と申に事細かなる事はなき物なり。春の初めの御喜びと、*一礼いへるがごとし。あまりに面白手など打たぬ

かりそめ　その場かぎり。

30 はね手　「六下」の短い吹き方。
やがて　すぐに。
出端　吹き出しは。
やがて…打込む也　底本「うちこす也」。
地頭　頭の打ち方の一つ。このところは、大鼓が「打カヶ五頭」という特殊な手を打つ。
呂ののたれ　「のたれ」は笛の下音の吹き方。したがって、それは当然「呂」に相当する。
懸り　風情。
おろし　笛が地ばかりを吹いている中で、調子が心持静まる所。
出来候へば　立派に出来たならば。
その日は　大槻・島津・横山本「其日の能は」、内閣本「其日能は」。
過ぐるまで　終了するまで。
勢ひ抜け　威勢なく。気力が抜けて。
哀傷　五音の「哀傷」の位。→三15
一礼いへる　内閣本「一舞いつる」。

物也。囃子、面白がらせず、*する〳〵と囃すを祝言と申なり。謡も、面白がらせたる節など謡はず、*すらり〔と〕声に呂を含ませ、胸に祝言を以て謡ふものなり。只、面白きと申は、幽玄・恋慕に深くある物也。返す〴〵、脇能に、細やかなる事はなし。謡のうち、*言葉たりと言ふと〔も〕、*あひしらふべし。脇の能に、鼓を*下に置候事、稀成べし。いかにも〳〵、祝言に、勢ひ抜け候はぬやうに囃し、謡ひかけ、肝要なり。

31 一 『高砂』『弓八幡』、大方、同前の囃子也。『弓八幡』、少静かに候。*惣別、かやうの脇能、位は定りたりと申せ共、冠・烏帽子の替り、面により、又は、*色により、囃子の位、少替るべし。大夫、*筋の面、掛くる事あり。囃子、猶、急なるべし。鬼むきの外、筋の面程、早き面はなし。

32 一 『老松』『放生川』『白楽天』、右三番は、*色は変れ共、大方、同前なり。取分、『老松』静かに候。惣別の脇能の内に、『老松』ほど、静かなる囃子はなく候。古木に花の咲たるごとくに囃すべし。もし、*天女出る事あり。紅梅殿と号す。紅梅殿、舞あらば、静かに、三段の破の舞有。手、少なく、する〳〵と囃すべし。*何も真の序なり。囃子、*大方ならぬ位、習ひ有。本の名は、〔真の〕*達拝と言へり。真の序とは、*平調返しを申也。

33 一 『呉服』、囃子の位の事。『弓八幡』『老松』の間也。静にもなく、急々にもなく、*中の位也。

34 一 『志賀』『*伏見』『老松』『難波』、右何も、色は変れども同前の囃子也。何も祝言也。『難波の梅』は、京がかりは、出立、唐冠・黒垂髪にて、若男・早男・三ケ月などを着て出る。舞は破の舞なり。今春がゝりは、*鳥甲にて、白き垂髪にて、悪尉をかけ、楽に舞ふなり。

する〳〵 するすると滞ることなく。
すらり すらすらと。
言葉 節をつけない言葉の部分。底本「地こと葉」。
あひしらふ きちんと対応させて囃す。
下に置 →8

31 惣別 すべて。おおよそ。
色 装束の色あい。
筋の面 →五12

32 色は変れ共 曲の内容は変っても。
天女出る事 天女がツレに登場すること。
何も いずれも大夫の舞は。
大方ならぬ位 なみなみでない位。重々しい位。
達拝 立って拝むこと。達拝がかりの序の舞という意。
平調返し 序の舞の中の、笛の特殊な手。笛は黄鐘調と盤渉調しか出しえないが、和音として黄鐘の呂が一オクターブ違いで平調の音に気持が返るから。

33 中の位 中間の程度の位。

34 伏見 『金札』の古名。
鳥甲 舞楽に用いる兜の一つ。鳳凰の頭にかたどり、頂が前方にとがり、錏(しころ)が後方へ突き出たもの。能では楽(がく)を舞う役につける。

是、上*がゝり・下がかりの変りなり。天女の舞は、破*の破なり。大夫の舞は、破*急なり。

35 一『御裳濯』『浦*嶋』『白鬚』『大社』『九世戸』『吉野』『寝覚の床』、色は変れども、大方似たる囃子なり。何も祝言(の)脇能也。脇能の囃し様、初めに書*記し候(間)、何れも其心持也。

36 一『八島』『通盛』、かやうの類、一声はさし声に謡ひ出し、「月の(出)潮の」と云所より、乗て囃す故に、一声の中の一声とも言へり。『八島』に「*鉢附の板より引ち切て」と云所より、同*音の間、大夫の(仕*)舞あり。いかにも、仕舞の内、軽々と浮きやかに囃すべし。「*閧の声絶えて磯の波、松風ばかりの」といふ所より、謡も囃子も静むる。爰を前の位に囃し候へば、大夫の(仕)舞、ならず候。心得べし。*翔・切の内、二番ながら、いかにも沢山に、強く勢ひ抜け候はぬやうに、囃すべし。

37 一『田村』『忠度』『経政』『実盛』『清経』、色は変れ共、大方同事也。但、『田村』は心持違ふ。*祝言第一の修羅也。常の修羅に囃して悪し。祝言に囃すべし。『忠度』『経政』『清経』は、公家にてましまず故に、優に尋*常に、気高く囃すべし。『経*政』は、陰の囃子なり。*夢中の囃子なり。『清*経』は愁第一の囃子也。惣別、脇次第、静かに候。さし声・道行、常のごとし。大夫の一声、さし声の一声なり。「海*士の呼声」といふ所、よりかけて、一声に打也。後の一声は、浮々と軽き一声なり。打出しに習あり。「都出でし時なれば」と云、同。此謡の道行なり。軽々と打てよし。「*去程に、一の谷の合戦」といふ処、いかにも賑々と、勢うて打つべし。序破急の囃子なり。位、*抜け候はぬやうに、心掛け肝用なり。油断なき囃子なり。

38 一『箙』の囃子の事。常の修羅の内にて、取分、*勢う修羅也。脇の次第、静かなり。大

上がゝり下がかり　観世座風と金春座風。
破の破　破がかりの舞を破の位で。
破急　破がかりの急の位の舞。
35**浦嶋**　廃曲。
書記し　底本「事しるし」。
36**鉢附の板**　兜の後方が左右に垂れている錏の第一枚目の板。
同音　地謡。当時は地謡の部分を、登場者全部で合唱。
仕舞　型。島津・内閣本による。
閧の声　戦場で大勢の人が、一度に閧を上げて出す声。底本および大槻・内閣本「時の声」。
翔　→四58。合戦の様を表わす型どころ。
37**祝言第一の修羅**　→五30「祝言の修羅」
尋常に　立派に。
経政　底本「よりまさ」。以下、文意により訂正。
夢中の囃子　『経政』のシテは、ワキの夢の中に登場するから。
清経　底本「つねまさ」。
海士の呼声　この文句『清経』にはなく、『忠度』のもの。
去程に　『忠度』の後シテ、上歌のあとの地謡の部分。
抜け候はぬ　外れない。
38**勢う修羅**　威勢のよい修羅物。

夫の次第は軽し。乗らぬなり。心得有べし。口伝有。論議に「花よとて」と云所、頭、打たぬなり。何も、心掛け囃すべし。

39 一　『松風』の囃子の事。習の多き囃子也。脇、次第にて出る時もあり。名乗〔に〕て出づるも有。大和が丶り・京が丶りの分ち也。一声は〔*静なる一声也。踏とむる一声也。いかにも、乗りてよし。〕静成一声は、『松風』より外はなし。一声の後、*当流は頓て、さしを謡ふ。大和が丶りは、一声過ぎ、「秋に馴れたる」と、次第を謡ふ也。「心尽しの秋風に」の謡ひ所、「面白や、馴れても須磨」の謡ひ所、二段、鼓打ちやう、面白き心付け共有。よく、謡の*吟鎖りを聞合、似合ひ候やうに囃すべし。「詠みしも理りや、猶思ひこそは深けれ」と言ふ所にて、大夫、泣く仕舞あらば、鼓打切るべし。か様の所、囃しやう大事也。さやうになく候へば、大夫の仕舞〔ならず候。〕さやうの所囃す人を、よき囃子と申なり。かやうの事、何もの能にも多し。よく心掛け候て、大夫の仕舞、抜かし候はぬやうに、囃し候事、肝用也。*物着の段に、大鼓、頭に習有。笛、*真の物着なり。〔物着の〕笛は、定まりたる笛を心得ざる大夫は、早く*謡〔出〕候事。笛は、物着の音取を吹納めてよりは、*余の事を吹くべからず。さるによつて、大夫、笛を知らざれば、*心得ゆかず。鼓は、次第にあらず、〔一声にもあらず〕舞にてもなき物也。*一拍子に乗らぬ囃子なり。*打結ぶ手、打たぬ也。舞、色〻の舞なり。初段より二段目、静に候。笛に、二段目に*恋の手あり。*文有能といふは、取分、『松風』『野の宮』なり。破の舞の舞留めに、習あり。常には、舞留めて、打上げ候。大夫上手にて、囃子も*気に合ひ、能の位も、よく乗て面白ければ、常のごとく舞留めずして、大夫、懐しき風情をして、松をはる〴〵と、*して柱の際にて、見送る。其時、

39 **静なる一声**　真の一声のことか。→四95・96。これは脇能以外には、現在も『松風』だけにしかない。

当流　ここでは観世流。

吟鎖り　吟じ方のつづき具合。

物着　中入しないで舞台で演者が装束をつけ替えること。

真の物着　物着のあしらい笛の中で、もっとも品格のある静かなあしらい。真の物着は、現在『松風』『富士太鼓』『柏崎』など、本物着といわれるもの。物着、底本「ことき」。

謡出候事　島津・内閣本「うたひ出也」。

余の事　外の吹き方。

心得ゆかず　きっかけがわからない。

一拍子　ヤヲ又はヤアの間で曲を謡い出すことを一拍子というが、ここでは当てはまらない。従って一は衍字か。

打結ぶ手　鼓の「結び」という打ち方。

恋の手　笛の吹き方のうち恋の心持を表わす特殊な譜。現在はない。

文有能　色どりある能。

気に合ひ　気は機。よい時機。

して柱　橋掛りと舞台との接合点の柱。シテの常座に一番近い柱。

〔大小、打上候。是、*奥ある打上といふ。〕大小打上げに、習あり。かくのごとくの、舞留めの時、常のごとく打上げ候へば、*仕舞、抜け候て、*ならず候。珍しく文を付けて舞ひ候時は、常の頭にて、打上げて謡はするなり。かやうのこと、稀成事なれば、よく心掛け候はねば*怪我あり。よく大夫に気を付けべし。笛・大小ともに、上手の囃子に是を舞ふ。かやうの仕舞は、多く候とて、*一代の内に、*三度に過べからず。*前の舞は、色ゐの舞なり。真実の舞にあらず。賤しき*海女なれ共、行平の*思ひ人たりしにより、優にやさしく囃す也。

40 一『熊野』の囃子、*朝顔の次第、静かに候。初めは置鼓。いかにも〔真に〕尋常に打ち、さて、打上〔の〕頭、はつきと三つ程打つべし。「*宗盛御出で候」、置鼓なれば、右のごとくに打てよし。常の某・里人などの出候置鼓には、天と地との違なり。惣別の置鼓〔に〕、脇の位により、真草行有べし。*文の内に、笛の色ゐ候こと、あるべからず。『熊野』の囃子、幽玄の強き位也。曲舞のかゝり、大和がゝ〔り〕は打切らず。京がゝりは打切て謡出だすなり。舞の懸りも、大和がゝりは鼓の*声をうけ、破のかかり也。京がゝりは、初めを色ゐて舞にかかる。色ゐの舞と申なり。*序破の舞也。*習に、*短冊の段、習ひ有。大夫、歌に心を寄すると*見べき時は、いかにも〳〵、真に囃すべし。大夫、短冊を書候てより、仕手の身構を見て、*囃すべし。笛も、心持同前也。大夫〔の〕足の運びを見て、さら〳〵と吹上、「由有げ成」と、謡はすべし。笛も鼓も、打上、*抜かり候へば、仕舞抜け候て、大夫、是を嫌ふ也。祝言に、浮々と囃すべし。何も、『松風』と此能は、習多き囃子なり。よく稽古すべし。陰の中の、陽の舞なり。

41 一『野の宮』の囃子の事。いかにも〳〵真に囃すべし。「あらさびし宮所」と云所など、

奥ある　奥儀のある。
仕舞抜け候て　囃子が終ってしまっているのに型所が残ってしまって。
ならず候　成功しない。
怪我　あやまち。失敗。
一代の内に　一生のうちに。
三度に過べからず　三回以上やってはならない。
前の舞　『松風』には舞が二度あるが、その前の舞。
海女　底本「海士」。
思ひ人　思いをかけた人。愛人。
40 朝顔　『熊野』の連(つれ)役の人名。その朝顔が次第の囃子で登場する。
宗盛　『熊野』のワキ役の名。
文の内　シテが老母からの便りを読んでいる間。文(ふみ)の段。
声をうけ　掛声を聞いてそれにつれて。
序破　底本「序破急」。
習に　大槻本「幷」。
短冊の段　シテが老母を思って、短冊に和歌を書く所作をするところ。
見べき　三本「見えし」。
囃すべし　三本「きり〳〵とたくさんに囃へし」。
抜かり　油断して打上げそこなう。

いかにも寂々と、似相たるやうに、囃すべし。一声は、中の*一声也。舞は、*序の序也。*甲がゝりなり。*文有能と、是を言ふ。『松風』のごとく、*二段にあり。これは、*鳥居を目附とす。*宮〔す〕所にてましませば、いかにも気高く、尋常に囃すべし。『松風』と、大きに〔心〕違ふべし。これも、後の舞に、本に舞留めずば、破の舞、〔常〕のごとくに舞ひ候て、舞留め時分に、鳥居を懐かしげに、はる〴〵と見かくる。其時、打上ぐるもあり。これも稀なる事なり。

42 一『芭蕉』の囃子。大夫(の)次第、*陰也。*一声は、中の一声なり。舞は序の舞、甲のかゝり、*序の〔破の〕能也。舞のうち、真に囃すべし。心持あり。舞過ては、賑やかに、心を物凄く。同じく、一声は物凄く。鼓、*引切る心あり。口伝多き囃子なり。此等は、真の能にあらず、草の能にもあらず、行の囃子なり。

43 一『江口』の囃子の事。いかにも〳〵、*とくりと囃すべし。*沓冠と言ふ事あり。此一声を、沓冠の一声と名付。其子細は、(始)を次第に打出、中を一声に打つ。大夫、出候てより、又、次第に打により、沓冠の一声と、是を云。それは、再々は、左様には打たぬ也。又、曲舞の内、ぐわへ〔の〕頭より前に、*もち越す拍子と云事、小鼓にあり。口伝。「花も雪も、雲〔も〕波も」といふ所に、大夫心持あり。「秋の水、漲り落て」といふ所、鼓、打たぬ子細あり。笛も、真の序也。平調返し共、是を言ふ。*くまたぎのかゝりと言ふこともあり。何も大事多き囃子也。「仮なる宿に」と云所に、〔す〕こし働きあることあり。大夫の振を見て、やがて、*かけりの鼓、打出すべし。笛吹出し、油断候まじく候。*鼓みつけずば、笛より吹出すべし。*手柄次第〔也〕。かやうの類、数多有事なり。よく心掛けべし。鼓の文過ぎ、

41 **中の一声** ↓四94。行の一声か。
序の序 序の舞の中でさらに静かな序の位の舞。
甲がゝり 序がすんでから、笛が甲の高音を吹くこと。現在、特殊な演出の時に入る。
文 底本「文句」、島津・内閣本による。
二段にあり 舞所が二箇所にある。
鳥居 鳥居の作り物。
宮す所 御息所。『野の宮』のシテは六条の御息所。
42 **陰** 脇能五段次第が陽で祝言の心を表わすのに対して、幽霊の登場する次第だから陰。普通の三段次第。
一声 後シテ登場の時の一声。
序の破 序の位のうち破に相当する能。
引切る心 掛声を短くして、あとを長引かないような心がけ。
43 **とくり** とっくり。念を入れて。
沓冠 ↓四17。『江口』の一声は、舟の作り物が出るので、一声の囃子は乗らずに始まり、のち普通の乗った一声になり、又、舟の作り物に入ってからは、乗らずに囃すから。なお、次第は登場楽の一つ。囃子方としては乗らない。
もち越す 三本「もてこす」。四76「仕越」の「こす手」のことか。
くまたぎのかゝり 八拍子の一くさりから次のくさりに変る所を、またぐように目立たずに囃すこと。

同じく乱文に囃すべし。

44 一 『井筒』の囃子。大事なり。中入の前、深敷習もなく候。曲舞のうちに、真に囃す。幽玄の上々なり。後の一声、中の一声也。序破急なり。舞は序の舞なり。序へかゝる前に、鼓、大小習あり。一番のうちの肝心也。「業平の形見の直衣、身にふれて」といふ所より、序へかゝる間のことなり。三段の囃子と言へり。此心持、習なければ、序にかゝられぬ囃子〔也〕。よく口伝有べし。惣別、此能は、習ひ多き囃子なり。少上手、功をも請けざる人の、囃(し)候はん事、誠しからず。一番のうちに、陰陽の多き囃子也。「女共見えず男なりけり」と云より、陽の位なり。前は〔陰の位〕、幽玄の囃子なれば、優に囃すべし。口伝多し。切、真に囃すべし。

45 一 『定家』。次第、静か也。「物凄き夕部なりけり」と云所、文句に合ひて囃すべし。笛も色ゑ有べからず。くり、上、刻の内より、謡出すべし。曲舞、静か也。後の一声に、習あり。この一声、真の一声といふ。越さぬ一声なり。頭をも打たず、刻〔にて〕拍子をよせて、謡ひ出さする也。「夢かとよ」と、謡ふ所は、一声いにあらず。「御覧ぜよ、身はあだ波の」と云所、一声なり。「かゝる苦しみひまなき所に、あら有難の御法」にて、打上げ、習、大事あり。常には、打上ぬ〔也〕。秘事也。舞は序なり。「本のごとく、はひまとはるや、定家かづら」と謡候より、陽の位なり。陰陽の、取合 多き囃子なり。心持分別して、囃すべし。時により、破の舞にも囃すべし。何れも、大夫身構をよく目付所、口伝。

46 一 『夕顔』、序の囃子也。一声は、中の一声なり。序の留なり。序の舞のかゝりに、〔是も井筒の心に習有。大事のかゝり也。真の〕囃子なり。いかにも気高く、尋常に囃すべし。

かけりの鼓 この「かけり」は現在の「色ゑ」。「かけり」の所作に入ることを知らせる鼓の打ち方。
鼓みつけずば 底本「鼓つけとは」。
手柄次第 腕前いかんによる。
乱文 文は色あい。鼓の非常に巧みな打ち方のたとえ。
44 深敷 とりわけ意味の深い。
直衣 高貴な男性の通常服。
少 底本「前」。
功をも請けざる人 少しぐらい上手でも、年功を積んでいない人。
誠しからず 誠によくないことだ。
囃し候 底本「ならひ候」。
陰陽の多き 底本「陰陽をわかつ」。
幽玄の 謡の位が幽玄。
優に 島津・内閣本「ゆうにつよく」。
45 越さぬ一声 一声の手組の構成のうち、越(こ)の段をぬいた一声。
刻にて 島津・内閣本による。
御法 仏法。お経。
はひまとはる 這うようにからみつく。
定家かづら 葛。他の物に這い纏うから、定家にちなんで命名されたという。定家は鎌倉時代の歌人で、『新古今集』『新勅撰集』の撰者。
46 序の留 この曲の一声は橋掛りでの「静め頭」がなく、舞台に入って謡にかかるから。
囃子なり 底本「はやすなり」。

47 一『千寿』の囃子、陰の中の陽なり。但、舞のうちの位の事なり。曲舞、切の囃しやう、*浅々と、颯としたる囃子なり。白拍子の舞なれば、あまり真に、尋常には囃さぬなり。

『江口』同前。

48 一『二人静』、是も白拍子の舞なり。あまり真に、気高くは囃さぬ能なり。曲舞の内、此類の能のうちにて、静かに候。序の舞、呂のかゝり也。さら〱と*嫋やか成囃子也。

49 一『*東北院』。これは*木の精なり。〔囃、〕何となくする〱と囃すべし。是も、気高く尋常に囃すにはあらず。さりながら、花の精なれば、朽木の精などには違ひ候。あまり〔草〕に囃さぬ能也。白拍子の舞より、真に囃すべし。序〔の舞〕は常のごとし。舞過て、今春方には、論議になす。余の座には、いつものごとく也。切、いかにも花やかに囃〔す〕べし。

50 一『楊貴妃』の囃子、次第、陽なり。*さく〱と軽き次第なり。「天にあらば願はくは」といふ所、恋慕の心持。「されども世中の」といふより、哀傷なり。いかにも、真に静かに囃すべし。舞曲舞なれども、『楊貴妃』一番に*期して、*居曲舞の位なり。「あはれ小蝶の舞」といふより、色ゑあり。本の色ゑ也。真の物着なり。『松風』などの、天乙女の物着には、遙に違ふべし。いかにも美しく、*真に囃すべし。「*玉の簪取出し、*方士に与へ給びければ」と*云所、脇の仕舞、習あり。形見の簪を見定め、「*いやとよ是は世中に」と謡ひ出す心持、よく候。いまだ見定めずして、謡出す事、悪しき也。これ、習ひ也。惣別、脇は、習・心付多き脇也。よく〱口伝すべし。楊貴妃、脇に物を仰せ候時、〔脇〕謹んで頭を地に付け、承け給ふべし。又、返事を申時も、同事なり。舞は序の舞なり。甲のかゝり、*真の舞也。この能は、大夫、*背頃など、大きなるは、悪しく候。又、年寄たる大夫など、

47 **浅々と**　軽々として。

48 **嫋やか**　おだやか。

49 **東北院**　『東北』の古名。
木の精　『東北』の後シテが、梅の精。

50 **さく〱と**　軽快なさま。
期して　限って。
居曲舞　曲の謡われている間、舞台中央で下居していること。『楊貴妃』は曲の間舞ういわゆる舞曲であるが、物着の前は床几にかけているからか。→72
真に　底本「はやとよ」。
玉の簪　玉のように美しい簪。
方士　仙術を行う者。道士。ここではワキのこと。
と云所　底本「は云所」。
いやとよ　いやいや。
真の舞　本曲は現在、序の舞であるが、ここでは真の序の舞をさすか。
背頃　背たけ。

堅く斟酌すべし。其子細は、たとひ上手たりと言ふ共、年寄りぬれば、其姿、見苦しき也。*棲外れ、卑しきなり。さるによつて、年寄りぬれば、『楊貴妃』の能は、なりがたき物なり。返々、此能、真の能なり。よく心得べし。

51 一　『采女』の囃子の事。『野の宮』『千寿』の間なるべし*。『野の宮』は、*御息所なり。囃子も、真に*気高く候。『千寿』は白拍子なり。さるによつて、囃子も、草なる囃子なり。『采女』は、右二番の間なりと申は、*采女は宮女なり。宮女にて候へ共、位、*下りたる宮女なり。然によりて、囃子も、其心得有べし。序の舞あり。是、少軽し。和歌の心*を、舞の内より持つべし。口伝。

52 一〔一〕『鞍馬天狗』の囃子のこと。『善界』と、大方似たる囃子なり。去ながら、砕動の鬼也。*太郎房、*舎那王殿へ心を添へられたる、優しき風情*なり。囃子も、其心得、有べし。*早き位は、『善界』より早く候。大夫、もし悪尉をかくることあり。その時、囃子の位違ふべし。

53 一　『善界』、囃子の事。*力動の囃子なり。いかにも豊かに、落付て、大夫働く能なり。其*心得、有べし。

54 一　『鵜飼』『松の山鏡』『野守』、大形、同じ事也。さりながら、何も色は変れども、『鵜飼』、*位至る能也。囃子も、殊に大事也。前の尉、*入端に、謡の内、きり〳〵*と*働く所あり。此働き、大事也。あまりに身軽に働き候へば、年寄りたる尉〔に〕似合ず。又、ゆる〳〵と静かにすれば、鵜を使ふ勢ひなし。分別、肝用也。*後の鬼、*常の鬼にあらず、冥途の鬼也。働き、口伝。『松の山鏡』、後〔の〕鬼、冥途の鬼也。

棲外れ　身のこなし。

51 間なるべし　中間の位であろう。

御息所　シテが六条御息所という高貴の女性だから。

気高く　底本「はやし」。

采女は宮女　宮中の後宮に奉仕する女。

下りたる　品格が低い。

和歌の心　序の舞のあとに五首の和歌が謡われるが、舞っている間にも、その和歌の心持を考えてということ。

52 太郎房　鞍馬山にいたという大天狗の名称。

舎那王　源義経の少年時代の名。

風情　様子。

早き位　位の早さ。

53 力動の囃子　力動風鬼にふさわしい囃子。

其心得　囃し方の心得。

54 位至る　最高の位を必要とするという意か。

入端　前シテ退場の際。この場合はその直前。

きり〳〵　はげしく勢よく。

働く所　所作する所。「鵜の段」といわれる、鵜を使う様をみせる型所。

後の鬼　後シテの鬼の風体。

常の鬼　死んだ人の霊魂がなった鬼。

55 一『昭君』は、類少なし。前の一声は静かなり。指声に、謡の内、哀傷なり。同じく、*小謡の末の謡所、同前なり。指声、曲舞、同前。入端、哀傷の中の哀傷なり。出端、急なり。当流には、出端に太鼓あり。昭君の出づる所、一声なり。若、*乱序にて出るもあり。〔切、〕急の急なり。大事の能・囃子なり。鬼の囃子に、かやうの類、稀なるべし。

56 一『紅葉狩』の囃子の事。大夫の次第、静か也。脇の一声、*早一声なり。曲舞、幽玄の恋慕也。舞のうち、草の囃子なり。女の舞とは申せども、本躰、鬼神なれば、誠の女にあらず。囃子、其心得有べし。*さく〳〵と、すらりとしたる囃子なり。切、力動第一の鬼なり。強く*沢山に囃すべし。

57 一『春日竜神』の囃子の事。*鬼の序、砕動の鬼なり。*幕屋より出づる程の間、五段の囃子。此囃子、大事也。竜神の*働きなれば、*疎かなる囃子にあらず。いかにも沢山に、大夫、勢、抜け候はぬ様に、心付囃すべし。

58 一『春栄』、男舞なり。常の男舞より静かに候。但、『小督』よりは軽し。儀理第一の能也。切は祝言なり。曲舞の*出は、地謡〔に味〕有。「千代の*影添ふ」の*だしは味あり。よく位を分別して謡ふべし。囃子の位は、次第・道行、物哀れに、心を持つべし。さし・曲舞、同前。切、祝言なれば、いかにも沢山に、賑やかに勢うて囃すべし。

59 一『七騎落』の囃子の事。舞は、*御前の舞也。真に囃すべし。「西国の兵、馳せ参ずれば、程なく*御勢二十万騎に成給ひつゝ」と云所より、祝言也。囃子の心持変へて、浮々と囃すべし。初は、儀理第一の能也。囃子、其心得有べし。

60 一『猩々』の囃子のこと。*出は、*下端也。謡のうち、異成事もなく候。舞、破の舞なり。

---

55 **小謡の末**　下歌・上歌の終りの部分。
乱序にて　乱序という囃子で。乱序は獅子物の登場楽。
56 **早一声**　現在、本曲のワキの登場は一声だから、ここでは、位の早い一声という意味のことか。
さく〳〵と　さらっと。
沢山に　十分大きく。
57 **鬼の序**　ここは後シテ登場についての囃子のこと。鬼物の中では序の位。
幕屋　楽屋。当時は、楽屋を幕で張り回して設けることもあったから。
働き　底本「はやし」。
疎かなる　粗略な。
58 **出・だし**　謡出し。
影　底本および諸本「こゑ」。
59 **御前の舞**　貴人の前で舞う心持の舞。ここではその舞が「男舞」のことか。
御勢　底本「御情」。
60 この項六38参照。
出は　シテの登場楽は。

下端 天女や猩々の登場楽。『猩々』の場合は「渡り拍子」ともいう。波間を浮き足面白く渡る意。
乱 『猩々』の舞のうちの特殊舞。
見様 「乱」に入る所の囃子方の見わけ所。
しさりて 後退して。
趺して あぐらをかくように坐って。大槻本「くわつして」、内閣本「くつして」、島津本「くわして」。
擦る すり合せる。
61囃すべし 底本「はやし」。
神舞 神が出現して天下を祝福する心で舞う舞。
62軽き一声 狂女の登場に用いる「狂女越し」の一声のことか。花やかな位。
鐘の段 鐘についての故事を中心に謡い舞う部分。
はき〳〵と はっきりと。
63頭つけぬ 頭を打たない。
きりきり きりっと。
翔 ここでは狂乱のさまを表現する、簡単な舞の所作。
しやつきりと しっかりと。
さら〳〵と さらっと。
64あひしらひ 受け答え。
粘く 位が重く鈍いこと。
古木に… さびてしかも花やかに。
吹くべし 底本「さくべし」。
太鼓過て 太鼓入りの序の舞が終ってのち。
大小 大鼓と小鼓。

*乱あらば、真草行三有(ある)べし。よく大夫の振を見分けて囃すべし。真の乱は、囃し候人も稀なるべし。乱の*見様の事。大夫、酒を酌みて飲み、さて、跡へ二足三足*しさりて、さて、急の足を踏む時、乱。又、大夫、*(ふ)趺して足を折(をる)時、乱るゝもあり。又、作り物なくて、乱れ候事もあり。其時の見やうは、大夫、乱れ候はんとては、腰帯を*擦る物也。是、見所なり。乱の、早さの位は、大夫、謡候(うたひ)位を胸に、分別すべし。

61 一 『小塩』。浮々と静かに*囃すべし。幽玄なり。序の舞(也)。『杜若』よりは、ちと静かに候。悠々と強く囃すべし。業平の舞なれば、いかにも気高く、尋常に囃すべし。こゝに大事の習あり。*神舞の心持有べし。

62 一 『三井寺』の囃子の事。一声は、*軽き一声也。沢山に打(うつ)べし。*鐘の段、浮々と囃すべし。惣別、賤しき狂女なり。*はき〳〵と強く囃すべし。草の囃子なり。

63 一 『百万』。脇の次第、陽也。但、静か也。念仏の内、太鼓に*頭つけぬなり。色ゐあり。草(の)曲舞、*きりきりと囃すべし。賤しき狂女なれば、強く沢山に囃すべし。後の*翔、乗りて囃すべし。翔のうち、乗て沢山に囃すべし。子に逢はぬ先は、*しやつきりと囃すべし。子に逢ふてより、大夫、恨めしき心持なり。切は祝言なり。*さら〳〵と囃すべし。草の囃子なり。

64 『西行桜』。次第、浮々と囃すべし。「あの柴垣の戸を開ひて、内へ入れ候へ」といふ所、狂言の*あひしらひ有。*粘く(あひしらひ)候へば、「桜花咲に(さき)」と謡はれず。さら〳〵とあひしらひ、「桜花咲きに」と謡ふ習也。舞は序有。笛にも習有。*古木に花の咲きたるやうに、*吹くべし。*太鼓過(すぎ)て、*大小の心持、肝用なり。太鼓あるうちは賑やかなり。太鼓過ぬれば寂しき也。大小の心持を以、寂しからず。「*後夜の鐘の音、響きぞする」と云所にて、大鼓・笛、習あり。

65 一『遊行柳』、『小塩』と同じ心持の、舞の位也。同前。『西行桜』に似たり。ちと、静かに。『小塩』は、業平の舞なれば、尋常に囃すべし。序のうち、神舞の心あり。幽玄第一の能也。『遊行柳』は、朽木の精なれば、草に囃すべし。『西行桜』は、*花の精なれば、『遊行柳』より、真に囃すべし。

66 一『安宅』の囃子。次第、賑々と打べし。さりながら、心は愁なり。道行など、さら〱と囃すべし。*勤の内、弁慶が最後の勤なれば、いかにも強く、*健気に囃すべし。*勧進帳の内、よく口伝候はでは、筆に書がたし。くり・さし・曲舞のうち、*述懐の心持なれば、花やかに浮立つ心にあらず。舞は、御前の舞のやうなれ共、御前の舞にあらず。弁慶、関守に心をつけ、油断をせずして舞ひ候へば、*抜かりたる事なし。「是なる*山水の落て、巌に響く」と言ふより、猶、心持、しやつきと持つべし。舞の名は*大聖舞と言へり。*比叡の山、*衆徒の*舞の手也。弁慶、*山門育ちにて、此舞を常に*翫ぶと也。舞の内、破急の位なり。子細あり。切〔の〕囃し様、さら〱と囃すべし。其心持なく候へば、大夫の仕舞、成がたし。大夫、急ぐ仕舞也。囃子、心得有べし。

67 一『*卒都婆小町』の囃子の事。脇の次第、静かに候。大夫の次第、又、位静かに候。何れの能も、それに似たる能ある物にて候。この『卒都婆小町』は、類少なき能也。大夫の働く事もなく、*謡までにて、する〱としたる能なれば、鼓の*打ちやう肝用なり。大夫の足に似合たる様に囃すべし。小町は、優にやさしき女なれ共、年寄りぬれば、〔其形もな

後夜の鐘　夜半から明け方までの間につく鐘。
65 **花の精**　底本「花の声」。
66 **勤の内**　「いで〱最後の勤めを始めん」以下の、山伏のいわれを謡う部分。
健気に　勇ましく。
勧進帳　社寺・仏像の建立・修繕などのために、金品を募集する趣旨を記した帳面。ここでは、それを読みあげる部分。
述懐の心持　心の中のおもむきを述べる気持。
抜かりたる事なし　失敗することがあってはならない。
山水　底本「山道」。
大聖舞　大衆舞のことか。大衆舞は、延年僧の舞う舞の一つ。
比叡の山　比叡山延暦寺。
衆徒　諸大寺に住していた僧徒。平安後期以降は僧兵のことをいう。
舞の手　舞の型。
山門　延暦寺の別称。
翫ぶ　慰みとして愛好する。
67 **卒都婆**　底本「早耶ハ」。
謡までにて　謡を聞かせるだけのもので。
打ちやう　底本「内謡」。

し。」形変り〔ぬれば、心乱るゝ。心乱れ〕ぬれども、さすが拙き狂人にあらず。何れの囃子にも、順にはづる位。此翔に限り、順を外し、さら〳〵と、破に囃すべし。口伝有レ之。

68 一『逆髪』の囃子の事。物狂とはいへ共、余の常の物狂にあらず。延喜第三の御子にてまします。其憑物、死霊などの物狂にてなし。囃子、心得べし。いかにも尋常に、気高く、花やかに囃すべし。

69 一『反魂香』の囃子の事。哀傷の中の哀傷也。いかにも、心持哀れに持ち、物凄く、愁に囃すべし。

70 一『姨捨』の囃子の事。哀れ成囃子也。哀れといつぱ、声をもいからず、ほけて打べし。後、弱成囃子也。老女の舞、大事也。習多し。心付け多き囃子なり。切、真の真なり。

71 一『錦木』の囃子。男の霊と、是を云。恋慕、第一の能也。脇の次第、静かに候。大夫の次第、さく〳〵と軽き次第なり。「狭布の細道わけくらし」と云所より、軽く引立て囃すべし。舞の事、『鈴木』の舞と同前。右二番は、太鼓なき舞の中にての急なり。切、いかにも、舞の位より引はへて、乗りて軽く、花やかに囃すべし。必ず、舞過て、舞に草臥れて弛む物也。よく心掛けべし。切、弛み候へば、能の勢、抜け候て、其能、不出来なる物なり。惣別の能、是にかぎらず、切の位、肝要なり。一番の間の肝心なり。取分、『錦木』『松虫』の切、抜かり候ては、大夫、舞はれぬ能にて候。「鳥〴〵さま〴〵の夜遊の盃」のあたりより、いかにも沢山に囃すべし。切の留り、破に留むる也。

72 一『楊貴妃』『井筒』『夕顔』、静かさ、同じ位也。『楊貴妃』は、立曲舞なれども、右二番の居曲舞の位也。子細あり。能の様子も、右の二番に変り候へ共 位同じ位也。但、『楊

拙き　おろかな。

順にはづる位　順序のきっちりした乗りを外す心持の位。

68逆髪　『蝉丸』。底本「さかひけ」。

延喜第三の御子　「延喜」は醍醐天皇のこと。『蝉丸』で逆髪を第三皇女とするが、事実ではない。

死霊　諸本「おん霊」。

69反魂香　廃曲『不逢森』。

70いからず　いかめしい様子でなく。

ほけて　ぼわっと。

71男の霊　男の幽霊という意味か。

さく〳〵と　軽快なさま。

狭布　東北地方の狭布の里。現在、実在しないという。

引立て　きわだてて。

鈴木　廃曲。

引はへ　舞の位からの延長で。

軽く　底本「かろき」。

草臥れて弛む物　疲れて舞の所作がだれる。

72立曲舞　曲(くせ)を立って舞う舞曲。

居曲舞　→50

貴妃』は、脇の次第軽し。囃子、右二番より気高く打べし。

73 一『葵の上』、舞はなけれども、五段の囃子也。一声は、*乗る一声也。*宮す所にて候へば、尋常に囃すべし。*口説のうち、鼓なし。「思ひ知らずや、思ひ知れ」と云より、地謡・囃子、油断なく*急々に謡囃すべし。扨、「打ち乗せ隠れ行かふよ」にて、謡・囃子、いかにも静むべし。大夫の入端、静めずして、入られぬ能なり。祈りの内、山伏の祈なれば、*神子、*陰陽の祈に替るべし。〔心を〕いかにも恐しく強く持ち、囃すべし。*序破急ある祈なり。*働きの内、いかにも沢山に、強く囃すべし。囃子の勢にて、大夫の働き、なり候物也。囃子悪しければ、働かれず候。切、急に候也。力動の囃子なり。

74 一『海人』の囃子の事。大事也。次第、いかにも浮々と囃すべし。大夫、一声、軽きなり。「これこそ御身の〔母〕海人人」と云所、真に心得てとなり。*玉取の段、軽く囃すべし。*出端、太鼓あり。〔序破急の舞也。太鼓、二段返しと云習有。〕笛のかゝり、大夫、大臣に御経渡し、愁歎候時、*舞にかゝるべし。大夫により色々の仕舞有。心得見定めてかゝるべし。海人人〔の〕舞、囃子也。草の囃子也。去(さり)ながら、竜を戴きたる能に限(かぎ)り、囃子、抜かり候へば、竜の勢失せはて、大夫*働きがたし。よく心得、囃すべし。一切の能、出立、面・*戴物により、囃子の位あり。よく、口伝、稽古すべし。

75 一『三輪』の囃子の事。*陰の次第。脇の名乗も静かに候。いかにも寂しき風躰也。中入、取分け、寂びて囃すべし。くり・さし・曲舞の前は、*殊勝なる位也。曲舞は、舞曲舞也。又、「*緒環に針を付け」と云所まで、*腰を掛くるもあり。曲舞・論議の前は、『杜若』より静かに候。「これぞ神楽の始めなる」と云、太鼓の打出し、習有。乗(のる)にもあらず、乗らぬ

73乗る一声　普通の一声では、サシ謡で謡出してから一声謡になるが、『葵上』ではサシ謡がなくて、はじめから囃子にのって一声謡が謡われる。
宮す所　御息所。
口説のうち　梓の弓の音に引かれて、過去の思出を口説く謡の間。
急々に　底本「急に候やうに」。
神子　ツレ役。神子は呪文をとなえて生霊・死霊を呼びよせる。
陰陽の祈　陰陽師が行う祈りのことか。
序破急ある祈　→六64
働き　「祈」の場面から後の所作。
74玉取の段　玉の段。→六24
出端　後シテの登場楽。
舞にかゝるべし　舞(現在は「早舞」)に入るとよい。
働き　底本「いたたき」。
戴物　シテを象徴する頭にいただくもの。
75陰の次第　登場楽を陰の位に。底本「院の次第」。
殊勝なる位　神々しい位。殊勝は底本「殊情」、次頁九行目も同じ。
緒環　苧(麻)を球形に巻いたもの。
腰を掛くる　曲(くせ)のこの部分まで、床几に腰掛けていること。

にもあらざる位也。*三拍子といふ事、神楽の前にあり。神楽へかゝる所の事なり。太鼓の頭と、大小鼓の頭をうけ、「千早振る」と謡ふ。是、三拍子也。*神楽は三段、舞は一段也。序の内、中の位、いかにも静かに候。但、*末はちと詰めて、打下す時、打出の序の位に静めて、下す事習ひなり。初段、静かに候。二段目より、そろ〳〵とつめて、神楽より舞になり候。一段迄は、神楽の位なり。笛、神楽に似たる手を吹候てより、舞急なり。さて、和歌謡出して、切に太鼓打上げてより、いかにも賑々と囃すべし。油断ありては、寂しく候切也。切の心持、肝用なり。返す〴〵、小鼓、取分大事なり。神楽の打出し、*一番の要なり。小鼓(の)打出しは、*走らかして頭を打ち、*たつとつと〳〵と打出し、いかにも*先立ぬやうに。三輪の明神の御舞なれば、真に殊勝に囃〔す〕べし。扨、次第〳〵に、*つと〳〵と詰めて、舞になすべし。必ず、後に草臥れ、弛む物也。弛まぬ様に、前かどより、心掛け肝用也。舞のかゝり、当流は*五幣にて舞、金春がゝりは扇にて舞ひ候。五幣を捨て候時、*舞なり。舞に成候てよりは、破の舞の心也。急也。〔切に〕「思へば伊勢」の所、当流は太鼓打上げ、其まゝ謡ふ。大和がゝりは、太鼓打上、鼓の頭を受け、謡出す。是、両座の変りなり。

76 一『邯鄲』の楽の事。始めの*かゝりに、序を吹こと。*掛絡をも取らせ、*肌をも脱ぎ、大夫に*舞の拵へをさせん為の*序也。其外、習多き序也。段の数、十二段。何れの段にも、名有。如此に舞ひ候へば、楽、長く候。左やうに候へば、実は、*詰り過たがり候物也。其心掛けなき囃手は、詰め少草臥れ、後、次第に弛む物にて候。さやうに囃し候ては、*曲なく候。前かどより、此楽は長しと心得、いかにも静め、*悠をあらせ候て、*後強に囃し、段

三拍子　以下に説明あり。
神楽は三段舞は一段　現在は神楽を三段舞って、その後に神舞を二段舞う。
末はちと　序の最後の部分は少し。
一番の要　曲のうち一番大切なところ。
走らかして　走るようにして。
たつとつと〳〵　小鼓が、神楽地のプ・ポ、プ・ポを打つ音。
先立ぬやうに　早まらないように。
つと〳〵と詰めて　神楽地を早めて。
五幣にて　御幣をもって。↓六21
舞　↓六21
76この項五81参照。
かゝり　「邯鄲がゝり」と呼ばれる囃子方の手組。
掛絡　僧が胸の前にたらし掛ける、方形の簡単な袈裟の一種。
肌をも脱ぎ　着用している法被(はっぴ)の肩を脱ぎ。
舞の拵へ　舞うための準備。
序　底本「舞」。
詰り過たがり　舞や囃子が縮まろうとすること。
曲なく　面白味がない。
悠をあらせ　悠々とするようにして。
後強に　後になるにつれて力を入れて。

く々に*位をこめ、序破急に詰め*候へば、〔さながら〕よき加減に詰る物なり。畳の〔台の上にて序破と舞〕台を下りて破急と舞なり。笛、常の楽に変り候て、三段目を二段に返し、吹く事〔習〕あり。夢中の舞の心なり。子細あり。太鼓、右の習、同前也。盧生の夢中の舞なれば、心得分別有べし。夢の中、祝言也。いかにも賑々と囃すべし。夢覚めて後、悟を開き候所、*禅法也。心持、真に貴く囃すべし。

77 一『角田川』、賤しき狂女なり。『三井寺』『百万』は、子故に狂乱し、国々を廻り候へ共、子に尋逢ひて、末は目出度き祝言也。『角田川』は、*身を窶し、国々を廻り候へ共、終に逢はずして、*空しくなりたる跡を見、*幽霊に逢ふたるなり。かるが故によつて、哀傷の中の哀傷と名付。物哀れに囃すべし。心付多き能なり。一声の中の一声なり。

78 一『鉄輪』、中入より前は、恨の能なれば、其心得、相応に囃すべし。中入より後は、物凄じく、恐しき躰なれば、其相応に、囃子も、強く沢山に力を添へ、囃すべし。祈は陰陽の祈り〔の心と〕也。小鼓、*つと〱に*斑なきやうに、前かどより心掛け、囃すべし。肝用なり。山伏の祈に違ふべし。祈の末、*鼓を捨て丶、謡を聞くべし。

79 一『通小町』の囃子の事。男の霊と、是を云。初の次第、陰也。恋慕の囃子なり。*翔などの所、いかにも強く、*しやつきと囃すべし。浮きやか成囃子也。油断候へば、大夫働きがたし。いかにも〱、*気立さく〱と囃すべし。地謡、弛み候て、舞はれぬ能なり。返々、地謡肝用なり。

80 一『小督』の囃子の事。男舞の*中の序也。位、中の位也。*小督の局、大内上臈なれば、いかにも気高く、尋常に囃すべし。草のかゝり也。切は、破の留り也。賑々と囃すべし。

位をこめ　位を「楽」のもつ芸の位に集中させて。
候へば　底本「候ては」。
禅法　禅定（ぜんぢやう）の道。禅の道。
77 **身を窶し**　身体が痩せるほど思い悩んで。
空しくなりたる跡　死んだ場所。
幽霊　底本「幽玄」。
78 **つと〱**　とんとんと調子よく。
斑なきやうに　不揃にならぬように。
鼓を捨て丶　「祈り」の最後に大小鼓が囃さない部分がある。それをさすか。
79 **翔**　ここではシテの深草少将が暗夜を百夜通（ももよがよひ）をするさまを示すところ。→四58
しやつきと　しっかりと。
気立　心の持ちよう。
80 **中**　底本「はやし」。
小督の局　桜町中納言成範の女で、高倉院の寵愛を得た。

幽玄の心持なり。

81 一 『源氏供養』の囃子の事。色〳〵の囃子なり。*紫式部の舞なれば、いかにも尋常に囃すべし。一声は、中の一声なり。曲舞の出し*は、当流は*打切らせて出す也。今春がゝりは其まゝ謡ふ也。曲舞の内、大事の囃子なり。*二段曲舞なり。心持、習多き能なり。いかにも〳〵浮きやかに囃すべし。切、真の切なり。後、鼓ならではなく候間、頭を*こませ打べし。小鼓まで也。如レ此の能、何も同前。此外、色々秘曲有べく候。大小、此心持有べし。

82 一 『浮船』『玉葛』、大方、似たる能なり。*源氏にて作りたる能なれば、極めて、いかにも尋常に囃すべし。初の一声は、静かに候。後の一声は、*早き一声なり。『浮舟』は、少狂乱の心あり。『玉葛』より、少草に有べし。是、細かなる習也。浮々と、心を陰に持ち、*さすが弛まず。此類、後に翔などあり。曲舞・小謡・留頭、*切れぬ心、よかるべし。

83 一 『竜田姫*』の囃子の事。是も優なるべし。舞、神楽なり。五幣捨て、舞になる。神楽の詰めやう、『三輪』と同事なり。舞になりてより、破の舞の心也。舞になり候て、笛に*神楽手と云ことあり。切、花やかに、沢山に囃すべし。

84 一 『富士太鼓』、次第、陰也。「寄するや時の声*立て」と云所、賑々と囃すべし。*楽の内、静かに乗〔り〕て打べし。楽、序有。打上げ、刻にて打上げ、「持ちたる撥」とは*いはするなり。序破急有。草の囃子なり。初は恋慕の心持に似たり。中程は哀傷也。後、切に成候て、哀傷を捨てゝ、花やかに、沢山に囃すべし。

85 一 『柏崎』の〔囃。〕次第は陽なり。道行、こと〳〵く口説のうち、打たぬ也。曲舞、口伝有べし。*数のうちの曲舞なり。大事の曲舞なり。哀傷第一の囃子也。物着の段、殊に

81 **紫式部** 平安中期の女流作家。『源氏物語』の作者。
出し 謡だし。
打切らせて 「打切」という手を打って。
二段曲舞 曲(くせ)の中に、シテの上端の二つあるもの。上端は曲の中程にあって上音で謡う役謡(やくうたい)。
こませ打 こきざみにこまかく打つ。

82 **源氏** 源氏物語。
早き一声 狂乱物の位の早い一声。現在の「狂女越の一声」。
さすが そうはいうものの。
切れぬ心 囃子がとぎれないような心持。

83 **竜田姫** 現行の『竜田』。
神楽手 神楽地。神楽調べともいう。神楽特有の笛の譜。

84 **時の声** 鬨の声。
楽 舞楽をかたどった舞。
いはする シテに謡わせる。

85 **数のうちの曲舞** 数ある曲舞の中の大切な曲舞というほどの意。

大事也。次第、舞にてもなき物也。一*拍子に乗らぬ囃子なり。打結ぶ手を打たぬなり。心持、哀に持つべし。

86 一『善知鳥』の囃子の事。後の一声、いかにも浮々と、早くなく、乗らず打つべし。心持、口伝。破の留なり。哀傷の囃子也。陰の位なり。*曲舞の出は心あり。翔の打上、大事なり。大夫によく心を付けべし。

87 一『盛久』の囃子の事。*御前の舞なり。物語、第一の祝言なり。浮きやかに囃すべし。破の留也。曲舞は、御前にての物語なれば、謡を*よく育てゝ打つべし。切、祝言なり。「酒宴なかば」の謡の出しは、難しき*出しはなり。よく心得、出すべし。

88 一『融』の囃子の事。前はいかにも真なる囃子なり。*古びて、老木に花の咲きたる様に囃すべし。大事の囃子也。「あら昔恋しや」と云所に、笛、色ゑあり。大事の色ゑ也。後の出は急なり。太鼓過て、切、大小(に)手柄有囃子也。いかにも沢山に、賑々と囃すべし。公家の御舞なれば、いかにも気高く囃すべし。舞は、急の急なり。

89 一『自然居士』『東岸居士』『花月』『放下僧』、色は変れども、大方似たる囃子なり。草の囃子なり。*羯鼓を打時、大小静むべし。羯鼓の内、あまり手打まじ〔く候〕。

90 一『藤栄』の囃子の事。初は幽玄なり。*鳴尾の出は、下端なり。大夫の舞、男舞也。曲舞、舞曲舞なり。浮々と*囃べし。羯鼓の舞あり。切、祝言也。

91 一『檀風』は、前、儀理也。後、鬼也。留りは、破の留。

92 一『大會』、静かに*悠に、強く囃すべし。

93 一『松虫』の囃子の事。『錦木』と同前。曲舞、さく〱と軽き曲舞なり。大夫の次第、

一拍子　→39

86 **曲舞の出**　曲(せく)の謡い出し。

87 **御前の舞**　鎌倉殿の御前での舞。常の男舞と心持が違うことをいうか。

よく育てゝ　謡をよく引き立つように。

出しは　三本「出は」。

88 **古びて**　閑寂な趣があって。

89 **羯鼓を打**　羯鼓は、左右の手に小さい撥をもって打つ、腰につける小型の鼓。ここは、一曲中の、羯鼓を打ちながら舞う羯鼓舞。

90 **鳴尾の出**　ツレ鳴尾何某の登場。

囃べし　底本「拍子へし」。

92 **悠に**　ゆったりと。

軽し。舞は急の舞なり。同、切、舞の位より、切を弛み候はぬやうに心掛くべし。沢山に、花やかに打つべし。

94 一『羽衣』の囃子の事。天人の舞也。いかにも気高く、尋常に*囃べし。切、祝言なり。いかにも、花やかに沢山に打つべし。

95 一『杜若』、物着あり。*中の物着也。曲舞は、二段曲舞なり。舞、序の舞なり。切、さく〳〵と囃すべし。

96 一『敦盛』の囃子の事。児の修羅なり。囃しやう、心得有べし。常の修羅より静かに、いかにも真なる修羅なり。平家の*公達にて候へば、いかにも気高く、尋常に囃すべし。

97 一『関寺』『檜垣』『姨捨』、何れも似たる囃子也。右の三番は、老女の舞。何れも大事の囃子なり。何も心持・習多き囃子なり。取分、『関寺』、此うちにて、猶、大事の囃子なり。此等は、名人・*劫経ざる人は、囃子候事、誠しからず。*大概の打手ならば、固く*斟酌すべし。囃子の位は、何も陰の位なり。老女の舞なれば、いかにも静かに、古びて真に囃すべし。古木に花の咲かんがごとく、手なども、いかにも枯れたる手の、*甘くなき頭などを、謡の文字鎖りなどの面白く行く所に、*霞ませて打べし。同じく、小鼓の手の事。是も、あまりに花やかなる手をば打たぬ也。いかにも似合たる*手を打べし。取分、何も舞のうち、静かに候。『関寺』の舞、猶、静に候。「百年は」と言ひて、舞にか〻る所、肝心なり。笛・鼓、よく口伝あるべし。色ゐ候て、舞に移り候処、笛いかにも*しほらしく*か〻るべし。鼓、相応に囃[すべ]し。真の真の囃子也。物にたとへば、風の吹くに、朽木に*柱をかうたる心持なり。強く*かう張をかへば、朽木折れ候也。あまり、又、加減過て、弱くかう張をかひ

94 **囃べし** 底本「拍子へし」。

95 **中の物着** 本格的な本物着と簡単な物着との中間の物着という意か(→39)。物着につける物の種類の品格によって、種々の分類があったらしい。

96 **公達** 貴族の子息の称。ここでは貴公子というほどの意。

97 **劫経ざる人** 技術をよく身につけていない人。
大概の 大方の。
斟酌 遠慮。
甘くなき 鋭さのない。てぬるい。
霞ませて はっきりとしてではなく。
手 底本「事」。
しほらしく 風情のあるように。
か〻る 吹きかける。
柱をかうたる 柱を支えて保たせた。
かう張をかへば 家などの倒れるのを防ぐために材木でつっかい棒をすること。かう張は、下の「かう張」とも三本「はり」。

候へば、風に*こたへず候。右の『関寺』の囃子の心持、此たとへなり。声なども、あまり花やかには掛けぬなり。『姨捨』は、『関寺』よりは軽く候。昔の名人も、是らをば、終には囃し済したる事はなきなどと、申され候つる。

（結） 以上、九十七箇条、囃子の奥書、此巻に書証はす也。此伝書の数々、家を継子より外、弟子の事は申に及ばず、*二番目の子といふとも、見する事は中々あるまじきこと也。か様の事、知手多く候へば、秘書といふ事はなし。*伝へぬを以て、大事は残り候。

こたへず　持ちこたえることが出来ない。

（結）二番目の子といふとも　当時、秘伝書は、長子だけに引きつがれた。

伝へぬを以て　長子以外に伝えないからこそ。

花伝書 八巻

(序) 先づ、稽古の条々、大形、此巻に記す。凡、*能芸を嗜まんと思ふ人は、第一の誡めあり。第一に、好色・*博奕・大酒。*三重戒の、古人(の)*伝なり。*稽古は強かれ、*諍識はなかれ。

1 〔一*〕 風姿花伝に於ひて、大方、七歳を以て初めとす。此比の能の稽古、必ず、其物は自然と次第に、*事に得たる風躰有べし。舞・働きの間、〔*音〕曲、若しは、*怒れる事などにも、ふと*しひ出さゞらん〔かゝり〕を任せて、心の儘に、せさすべし。さのみ、善し悪しと、教ゆべからず。あまりにいたく諫むれば、*童は、*気を失ひて、能、*物ぐさく成たちぬれば、やがて、能はとまるなり。たゞ、音曲・動・舞などなくては、せすべからず。*さのみの物まね、たとひ、すべくとも、教へまじきなり。大庭などの申楽には、立つべからず。三番・四番の、時分のよからんずるに、*得たらん風躰さすべし。

十二三歳

2 一 この年の比よりは、はや、やう〳〵声も*調子にかゝり、能も*心づく比なれば、次第〳〵に、物数をも教へ〔べし〕。先づ、*童形なれば、何としたる事も、幽玄なり。声、自在也。*二の便りあれば、悪き事は隠れ、よき事はいよ〳〵花めける。大方、児の申楽に、さのみ細かなる物まねなど、似せさすべからず。*当座も似合ず、能も上らぬ*相也。たゞ、堪能になりぬれば、何としたるも、よかるべし。児と言ひ、声と言ひ、しかも上手ならば、何かは悪かるべき。さりながら、*此花は、誠の花にはあらず。たゞ、*時分の花なり。されば、此時分の稽古、すべて〳〵易き也。さる程に、一期の能の*定めには成まじきなり。能、稽古易き所を花に当てゝ、技を〔ば大事にすべき也。はたらきを〕も確やかに、音曲をも*文字に*さい〳〵と当たり、舞をも*手を定めて、大事にして稽古すべし。

十七八歳

(序) 能芸 猿楽の能の芸。
博奕 ばくち。
三重戒 三つの重い戒。
伝 底・大槻本「持」、内閣本「語」。島津本による。
稽古は強かれ 稽古はきびしくやれ。
諍識はなかれ 勝手な考えはあってはならない。→六12
1 一 諸本になし。→結
事に得たる 特に堂にいった。
音曲 謡。
怒れる事 鬼などのはげしい所作。
しひ出さゞらんかゝりを 自然にやり出すであろう個性的な演じ方。底・横山本「しひいたらさらんを」、大槻本「し」ひいたらさらんかゝりを」、島津・内閣本「しいたらさらんかゝりを」。
いたく ひどく。
気を失ひて やる気を失って。
物ぐさく いやけがさして。
さのみの そのようなこまかな。
得たらん 得意の。
2 調子にかゝり 調子に合うように なり。
心づく 理解が出来てくる。
童形 ちご姿。
二の便り 子供姿と声の自在さの二つのよりどころ。
当座 その場の見た目。
相 すがた。やり方。
此花 芸の美しさ。
時分の花 人をひきつける一時の芸の花。
定め 判定基準。
文字に 謡一字一字に。
さい〳〵 こまやかに。
手 基本の型所。

3 腰高　せいがのびたので。
かゝり　少年としての美しい風情。
はたと　全く。　気を失ふ　意気ごみがくじける。　気色　気配。
退窟　閉口。いやけ。　内にて　うちうちの稽古で。　届かん　自分の出しうる限度の。　調子　底本「拍子」。　かゝれば　(調子に)こだわりすぎると。

4 芸能　底本「けいこ」。
果報　成功するためのよいこと。
年盛りに向い　壮年にふさわしく。
もと　かつての。　立合勝負　→六10。芸の優劣を競うので勝負という。
思ひ上げ　実力以上に評価する。
主も　底本「ぬべし」。
思ひ染むる　思いこむ。
これも　底本「これら」。
一旦の　一時的の。
目利　鑑識眼の高い人。
初心　稽古をはじめたばかりの未熟なもの。
極めたる…　奥まで極めたように思いあがって。
側みたる　脇へそれた。
輪説　故実のない勝手な意見。
いやまし…　ますます励まなければいけない。
人毎に　誰もかれも。
位の程　芸の力の程度。

3 一　此比は、あまりの〔大〕事にて、稽古た〔や〕すからず。先、声変りぬれば、第一の花、失せたり。姿も腰高になりたれば、かゝり失せて、はた〔と〕変りぬれば気を失ふ。結句、見る物も、おかしげなる気色見ぬる事、恥づかしきと申、彼是、退窟するなり。此比の稽古は、たとひ〔指をさして〕人に笑はるゝとも、それをば顧みずして、内にて、声の届かん調子にて、一期の境こゝなりと、生涯にかけて能を捨てぬより外は、稽古あるべからず。惣じて、調子、声によるといへ共、黄鐘を以て用べし。調子にさのみかゝれば、身形、癖出来物なり。又、声も損ずる相なり。

二十四五歳

4 一　此比よりは、一期の芸能、定まる始めなり。去程に、稽古の境なり。声も既に直り、姿も定まる時分也。されば、此道に二つの果報あり。声と身形、此二つは、此時分、定まる也。年盛りに向い、芸能の成就する所なり。さる程に、上手出で来るとて、人も目に立つる也。もと名人などなれども、当座の花に珍しくて、立合勝負にも、一旦勝つ時は、人も思ひ上げ、主も上手と思ひ染むるなり。返す〳〵少しの間也。これも、真実の花にはあらず。年の盛りと見る人の、一旦〔の〕心の珍しき花なり。真実の目利は、見分けべし。この比の花こそ、初心と申比なるを、極めたるやうに、主の思ひて、はや申楽に、側みたる輪説を仕いたしたるなる風躰をするこそ、あさましき事なり。たとへば、人も褒め、名人などゝ言ふとも、是は、一旦珍敷花なりと思ひ悟りて、いよ〳〵、物まねを直ぐにし定め、名を得たらん人に、事を細かに問ひて、稽古いやましにすべし。されば、時分の花〔を誠の花〕と知る心は、真実の花に、猶遠ざかる心なり。只、人毎に、此時分の花に迷ひ、やがて、花の失するをも知らず。初心と申は、この比の事なり。

一、公案して、我位の程を、よく〳〵心得ぬれば、其程の花は、一期散らず。位より上の上手と思へば、元ありつる位の花も失する也。よ

5 **堪能** 巧み。
天下に許され 世間に認められ。
能 底本「花」。
過し方を覚え 過去にやってきたことをはっきりと理解して。
行先の手立 将来のやり方。
6 **得法** 奥儀を会得すること。
脇の為手 棟梁の為手に対する脇の為手。ここでは若年の役者。
能 能の実力。 **年闌けぬれば** 年老いてくると。 **身の花** 自分の身体にもっている美しさ。
余所目の花 見物人の目にうつる美しさ。 **よき程の** 顔立がよい方に入るほどの。
直面の申楽 仮面をつけないで、素面のままで演ずる能。
この一方 みなりの果報。
大方 大体。
あひしらひて つきあって。
すく〱 すくな目に。控え目に。底本「する〱」。
身を砕く 細かなところにまで、ある限りの力を尽す砕動風の。底本「身をくたき」。 **よそ目** 底本「本目」。 **以前** 底本「出来」、島津・内閣本による。 **名望** 名声。
脇の上手を嗜み 座中の若い役者を育てるように心がけ。
難の 難点の。
心得たる人 能の真髄を会得した人。
7 **せぬならでは** 何もしないというやり方でなくては。

〱心得べし。

三十四五歳

5 一 此比の能、盛りの極めなり。こゝにて、この条々極め悟りて、*堪能になりぬれば、定めて*天下に許され、名望を得べし。若、此時〔分〕、天下の許されは不足に、名望も思ふ程もなくは、いかなる上手成とも、未だ誠の花を極めぬ仕手と知べし。〔もし極めずは、四十より能は下るべし。〕其程に上るは三十四五迄の比、下るは四十以来の事也。返すぐ〱、此比、天下の許されを得ずは、*能を極めたるとは思ふべからず。爰にて猶慎しむべし。この比極めずは、此後、天下の許されを得ん事、返々、難かるべし。此比は、*過し方を覚え、又、*行先の手立をも悟る〔時分〕なり。

四十四五歳

6 一 此比よりの、能の手立〔大方〕替るべし。たとひ、天下に許され、能に*得法したり共、それに付ても、よき*脇の為手を持つべし。*能は下らね共、力なく、やう〱*年闌けぬれば、身の*〔花も〕、*余所目の花も、失する也。先づ、勝れたる美男は知らず、*よき程の人も、*直面の申楽、年寄りては、見られぬ物なり。さる程に、*この一方は欠けたり。此比よりは、さのみ細か成物まねは、すまじきなり。*大方、似合たる躰を、安々と、骨を折らで、脇の為手に花を持たせ、*あひしらひて、*すく〱とすべし。たとへば、脇の為手なからんにつきても、いよ〱細かに、*身を砕く能をばすまじき也。何としても、*よそ目の花はなし。もし、此比まで、失せざらむ花こそ、真の花にて有べけれ。それは、五十近くまで、失せざらむ花を持たる為手ならば、四十*以前に、天下の*名望を得つべし。たとひ、天下の許されを得たる為手なりとも、左様の上手は、殊に我身を知つべければ、猶々、*脇の上手を嗜み、さのみに、身を砕きて、*難の見ゆべき能をすまじきなり。かやうに知るは、*心得たる人の心なるべし。

五十歳

7 一 此比よりは、大方、*せぬならでは、手立はあるまじ。「*麒麟も老ぬれば駑馬に劣る」と申事あり。さりながら、まことに得たらん*能者ならば、*物数失せて善悪見所は少なくとも、花は残べし。*亡父にて候ひし者、五十二と申五月十九日に死去せしが、其月の四日、駿河の国*浅間の御前にて、*法楽仕り、その日の申楽、殊に花やかにて、見物の*上下、一同に*褒美せしなり。凡、其比、*物数をば*初心に譲りて、*易き所を少なく色ゑてせしが、其花は、いやましに見えしなり。是、誠に得たる花なるが故に、枝葉も少なく、老木になるまで、花散らで、残りしなり。是、眼のあたりに、老骨に残りし花の*証拠也。

8　一　謡、教ゆる事。先、習ひ候人の、*口つき候はぬ間は、師匠高く調子を*謡ひ、習ひ候人は、低く謡ふ物なり。其子細は、いまだ*合点ゆき候はぬ間は、師匠の謡を耳に聞、それを深く似する也。習ふ人の高くつけ候へば、*師匠の謡に紛れ、師匠の節、耳に入らず候。〔又、習候人の謡も、善き悪しきが、師匠の耳に入らず候。〕さやうに候へば、節を直す事、成らぬものなり。この*心づけ、肝要に候。又、習候人、大方、口つき候にしたがひ、次第〳〵に〔師匠〕低く、習ひ候人に高く謡はするもの也。習ひ候人の謡の善し悪しを聞入、直し候はん為也。

9　一　*音曲の習ひやう、*二色に有べし。謳の本を書く人の曲を*心得て、文字移りをば美しく作るべき事。又、謡ふ人の、節をつけて、文字を分つべき事。文字によりて*かゝりに成て、*五音正しく、句移りの文字鎖の*据ゑ様に、聞よくて*悠々と有様に、節をばつけ候也。さて、謡ふ時、その曲を心得分けて謡へば、*曲の付けやう〔と謡やう〕、相応して善きなり。面白き感あるべし。しかれば、只、節の付やうをもつて、謡の*博士とす。文字移りの美しく、*清濁の、曲に似合たるが、かゝりには成也。節は*形木、かゝりは文字移り、曲は心也。

麒麟：　一日に千里を走るという駿馬も年老いると、力のない歩みののろい駄馬にも劣る。有能な者も年老いては凡人におとることの諺。
能者　達者な役者。
物数　今までに演じてきたいろいろの物まねわざ。
亡父　観阿弥。
浅間の御前　浅間神社の社前。
法楽　神仏に手向ける奉納能。
上下　貴賤にかかわらず。
褒美　ほめたたえること。
物数　数々の曲を演ずること。
初心　初心者。ここでは、世阿弥のことか。
易き所　起伏の少い楽に演じられる曲。
証拠　底本「語粉」。
8口つき候はぬ間は　口に慣れて謡らしくならないうちは。
謡ひ　底本「うかゝひ」。
合点ゆき候はぬ　理解出来ない。
師匠　底本「字章」。
心づけ　三本「心得」。
9音曲　底本及び諸本「立昌」。
二色　二種類。　**曲を心得て**　曲柄を考えて。　**かゝりに成て**　美しい風情になって。　**五音**　→三11
据ゑ様　設け方。おき方。
悠々と　ゆったりと落付いているように。　**曲の付けやう**　節の付けよう。　**博士**　手本。基準。　**清濁**　文字の清音と濁音。　**形木**　基準。

出よき息も、気も同じもの。節・曲と言ふ、同じ文字なれ共、謡ふ時は、習ひやう、別なり。稽古に曰く、「声を忘れて曲を知れ、曲を忘て調子を知れ、調子を忘れて拍子を知れ」と言へり。又、謡を習ふ条々、先づ、文字を覚ゆる事。其後、節を極むる事。其次に、曲を色どる事。其後、声の位を知る事。其後、心、程を持つ事。拍子は、初中後へ渡るべき事、肝用也。

10 一　声を使ふ事。声の向きたる時を失はじと、〔使ふべし。〕声の薬など丶申たるも、使ひたる後に、薬を飲むべし。是、声のよく成嗜み也。声を使ふ事、其声の向きによるべし。又、気力にもよるべし。横の声をば助けて使ひ、竪の声をば抑して使ふべし。声に使はれて、よき声あり。声を使ひて、よき声あるべし。横竪ともにある声を、相音とは申なり。宵暁の事。宵には物数を使ひて、暁にすこし少く使ふべし。殊更、横の声などをば、暁は声に使はれて、声を労りて、おさめて、声を本に使ふべし。返々、声の向きたる時を失はず使ふべき物なり。声を使ふには、宵に曲舞五つばかり〔地声にて謡ひ、おさめに小謡五つばかり〕調子高く謡、暁、又、地声に曲舞三つ四つ謡、おさめに、調子を上げて、小謡三つ程高く謡ひ、さて、何にても食をそと用ゆべし。さなく候へば、使ひ候声、返り候ものなり。食を用るも秘事なり。五十日ばかり続けて使ひ候へば、声涸る丶物也。其時、声を使ひ抜き候へば、能声になり候なり。声の一稽古と申は、夏百日、寒三十日、これを言ふ。取分け、冬のうち、本なり。

11 一　稽古の時、鼓打に誡むること。第一に、身成を嗜め。第二に、〔顔、〕癖のなきやうに嗜むべし。第三に、や声喧しくなきやうに心掛くべし。や声の高きは賤しき物也。や声に

曲は心　曲柄は心持による。
拍子　底本「調子」。
曲を色どる　曲柄にあやをつける。
心程を持つ　曲の心持の程度を知ること。　**初中後**　真行草や序破急と同様の考え方(→一31・六9)。なお、序破急は、もともと舞楽演奏上の時間的展開の三段階を示す語。序は導入部で無拍子、急は結末部で急迫な拍子、破はその中間にあって緩やかな拍子。
10声の向きたる時　声の出し方の適当な時。
薬　底本「くさり」。
声の向き　声の性質。
横の声・竪の声　→三16。竪の声、底本「たてのこゑ」。
抑して　おさえて。
宵暁の事　夜稽古・朝稽古。
物数　さまざまの音の高さのこと。
おさめて　安定させて。
曲舞　一曲の曲(くせ)の部分。
地声　もちまえの声。
おさめ　稽古の終り頃。
そと　少しばかり。
返り候もの　せっかく調子の合った声がもとに戻る。
涸る　かすれて声が出なくなる。底本「か丶る」。
使ひ抜き　使いきって。
11癖…　みにくい恰好にならないように気をつけなさい。顔をゆがめたりすることのないように。

精を入れば、身形崩れ、顔に癖出来、鼓もしだるき物なり。第四に、刻の事。謡の乙り甲り、節によつて高く低く有べし。そうたいの刻は、低く打べし。高きは、頭にも紛るゝ。其うへ、喧しく賤しき物なり。又は、しだるき相なり。返す〲誡むべし。又、小鼓は、乙がちになるは、これも、喧しき也。乙と刻と、陰陽和合・夫婦なり。又は、阿吽の二字にも、これをたとへ候。乙と刻を取合はせ、等分に打つべし。是、陰陽和合と言へり。刻を長く続けたらんには、乙にて色ゑ、〔乙を長く続けたらんには、刻にて色へ、〕「今の乙は何処へ行たるよ」と、人思ふ程、後を冷し候はねば、必ず、喧しきなり。惣別、手の前の手・曲の前の曲とて、手を打たん前には、手に似たる地を打たず。刻の手を打たんと思はゞ、前の地を乙に打べし。又、乙より打つ手を打たんと思はゞ、手の前の地を、刻に打つべし。左様に打分け候へば、手に水際立ち、手の威勢、是あつて、感ある物也。これ秘事也。大小に限らず、太鼓によらず、何れの鳴物にも限らず、此心得、諸芸に亘るべし。此段、鼓の巻に詳しくあり。

12 一　惣じて、諸芸の稽古の心持。稽古を晴とし、公界を常とす。是、諸芸の心持也。

13 一　万、年に従ひ、芸の心持。十七八の比までは、いかにも〲花の蕾むやうに心得べし。二十四五、三十四五の内は、いかにも花の盛り成ごとくに心得べし。四十四五、五十迄は、花の盛り過ぎ、漸く、かつ散る心持也。所々に花の残るがごとくに、古びて芸をすべし。五十四五、六十にならば、又、二十四五に返りて、若く花やかに芸をすべし。はや、其時分は、力も落ち、芸の嵩もなくなり、下る時分なれば、いかにも若やぎ花やかに、心持候はでは、芸、若き時の半分にも聞えぬものなり。六十過ぎ、諸芸、斟酌すべし。それを捨

相　ありさま。
陰陽　底本「院陽」。
夫婦なり　夫婦の間柄のようにうまく和合すべきものである。
阿吽の二字　阿は口を開いた声、吽は口を閉じた声。阿吽、底本「あこ」。
乙　底本「こし」。以下同じ。
冷し候はねば　打ち控えなくては。
打分け　底本「内わけ」。
水際立ち　あざやかにはえばえしく目立って。
鳴物　囃子の楽器。
諸芸　演能に登場する、すべての者の芸。
12 **晴とし**　表向きのことと考え。
公界を常とす　公の場所では、常の心持で演ずるものだ。
13 **かつ散る**　花が次々と散る。
古びて　古(ふ)るびて。渋みのあるように。
聞えぬ　底本「聞え見えぬ」。
14 **仕舞**　能の型。
仕舞の位をこめよ　型に、その能にふさわしい位を教えこめ。

てがたく、七十までも芸をすれば、若き時の覚えまで失ふ物也。返す〴〵心得べし。

14 一 能、教ゆる事。一番に、仕舞を教へよ。さて、やう〳〵仕舞覚えたる時、二番に身形を直せ。〔身形やう〳〵直りたる時、癖を直せ。〕扨、癖の大方直りたる時、仕舞の位をこめよ。か様に、段々をおつて教へる事、師匠する者の秘事也。一番より、百色も取かけ直し候へば、十方暮れ候て、覚えられず、退窟して芸忘るゝ物なり。此心掛、肝用なり。さて、二三番なし候てより、装束・面にて舞はせ、装束扱ひ、面(の)位を教ゆべし。

15 一 笛は、第一、十二唱歌を覚ゐさせよ。第二、手移りを直せ。第三、鼓を覚えさせよ。第四、謡を覚えさせよ。第五、仕舞、心を知せよ。とかく、第一仕舞心なくば、手の吹き所、色ゐ所、側面なるべし。音は、漸々に入べし。返々、細竹にて吹習はぬ物也。縦、しか〴〵鳴らず共、太き竹にて吹き習ふ事、肝要なり。

16 一 大小共に、鼓、教へやうの事。先づ、構へ・癖・手当り・や声にかまはず、数を本に覚えさせて、小鼓、打ち覚ゐたらん時、手当りを直せ。手当りにて、鼓の音違ふ物なり。それにて、一際鼓上がりて、聞ゆる物也。さて、其次に、構へを直すべし。又、構へ直り候へば、抜群、鼓見事に見え候物なり。その次に、癖を直せ。その後に、や声を直すべし。鼓上がり候程、自然とや声は、ひとり上がる物也。さて、如此、段々に直し上げ候てより、味・位を伝ふべし。まづ〳〵、大方の次第、此分なり。初め、初心より何も彼も、一度に直し候へば、それにかゝりて、鼓上がらぬなり。又、遅く直し候へば、癖・身形直らず候。見合はせの時分、肝用なり。

17 一 太鼓、教ゆる事。是も、大方、鼓と同前なり。先、初め、二三番程、覚ゆる内は、万

段々をおつて 順を追って。
一番より百色も 最初から色々沢山に。
取かけ直し あれやこれやと取上げて欠点を直す。
十方暮れ候 手段が尽きて、どうしてよいかわからなくなる。
退窟して 「窟」は屈。やる気をなくして。
15 十二唱歌 十二の唱歌のことか。三本「しやうか」。
手移り 囃し方の譜が「地」から「手」にうつるところ。→17
仕舞心 型のもつ心持。
側面 正面に対する側面。正しい方法ではなく、邪道になること。
音 音色。
漸々に 次第次第に。追い追いに。
細竹 細い竹で作った笛。音が出やすいので力がつかない。
しか〴〵 はっきりと。しっかりと。
16 大小 大鼓・小鼓。
手当り 打つ手の当り具合。
数を本に 打つ数を根本に。あるいは、テクニックの練習を根本に。
鼓上がりて 鼓が上手になって。
抜群 特にすぐれて。
ひとり ひとりでに。
味位 味わいや位どり。
次第 順序。
見合はせの時分 ちょうど頃あいのよい時を知ることが。

を直さずして、打ち覚えさせ、心付候時分に、撥の持やう・構へを直し、さて、其後、掛け声を直し、其次に、癖を直す也。早く癖を直し候へば、それに引かれて、芸は上がらぬ物なり。其後、所々に手を打たすべし。初め、地確かに覚えざる内に、手を教へ候へば、太鼓のかゝり、悪しくなり候。扨、漸々、劫行き候時分に、味を教へ、味大形行きたる折節、位を教ゆべし。かやうの段々、見合、肝要なり。

18 一　狂言、教へる事。先づ、初め、初心なる時は、いかにもおかしく、人の笑ひ候やうに、教へ候ものなり。さて、少々狂言をもし覚ゑ、形のごとく仕候時、あまりおかしき事を、そゝと除き、狂言に身を入、面白き事を交ぜべし。其後、はや、年も行き候て、よき為手と申時は、いかにも物少なふ、喧しくなき様に、真にして、はづれ〔に〕おかしき事を入、どつと云やうにする事。是、上手の態也。稽古の次第、大方、かくのごとし。

19 一　万の稽古の事。いかにも心の向きたる時、習ふべし。気の向かざる時、稽古する事、殊の外、諸芸の毒なり。

20 一　稽古の役者の外、人をば数多、稽古の座敷へ、寄り候はぬ物也。第一晴れがましくて、稽古ならぬ物なり。囃子の稽古よりも、能の稽古、取分け見所なき物也。返々、素人など寄すれば、稽古に面白き事なければ、片脇にて、物語などする物なり。いかにも、稽古、密かにする物なり。第一、雨の内、雪の中など、取分け稽古は染むもの也。地謡、二三人、調子低く謡はせ、鼓・手拍子・口笛にて、稽古すべし。大勢ありては、囃子、〔謡〕に紛れ直されず候。大方、覚え候て、本の囃子にて〔位を〕稽古すべし。

21 一　狂言の間の事。中入の仕手〔の〕出立も考へ、手間の入には、長く語る物なり。手間の

17 **地・手**　囃子の基本的な譜である「地」と、特殊な手組の譜である「手」。
劫行き候　芸の功を積んできた。

18 **そゝと除き**　そっと除いて。
候て　底本「候はん」。
はづれ　身のこなし方。
どつと云やうに　見物が声を上げて笑うように。
態　仕方。

19 **諸芸の毒**　諸芸の上達にとってのわざわい。

20 **役者**　実演者。
見所なき物　見る価値のないもの。
片脇にて　片すみで。
物語　雑談する。
密かに　人目を避けて。
染むもの　深く覚え悟ることの出来るようになるもの。
口笛　旋律の譜を口に唱えること。
本の囃子　正規の囃子で。

21 **手間の入には**　シテが中入して装束を付け直す時間が長い時には。

入り候はぬ大夫の*拵への間は、短く語るもの也。その心掛け、肝用也。

22 一 幼き者に、能教ゆる事。あまりに*古びたる能を、教へまじき事也。又、面掛けずして、威勢のなき能、同前なり。いかにも、仕舞*大きに教ゆべし。あまり細かなる物まねは、せさすまじきなり。

23 一 稽古に、*悪しき役者にて舞ひ候事、殊の外の毒なり。仕舞に限らず、大鼓・小鼓・〔太鼓・〕笛、共に悪き対手と囃し候へば、芸も下り、其上、悪き癖出来もの也。似合たる対手、稽古の時、*夫々にある物にて候。*それと囃すべし。我より、*手上と対手になり候ことは、これ、*第一の薬也。返す〴〵、我より*手下と対手になり囃す事、面白く*おかしく、*外すべし。第一の毒とは、此事也。

24 一 稽古に、調子高く謡はぬ物也。謡稽古ならば、平調尤に候。能稽古ならば、双調可レ然候。

25 一 稽古の内に、能にても謡にても、囃子にてもあれ、其能過ぎざる間、湯茶をも飲まず、側の人とも物をも言はず。夜にて候はゞ、蠟燭の*芯を取、*油火を掻立つる事もせぬ也。其一番過ぎて、重ねて稽古、未だ始まらぬ間に、用をも適へて、湯茶をも飲み、夜ならば、燈火をも掻立て、蠟燭の芯をも取り、*拵へ済して、さて、稽古を始むべし。是、稽古の*法度なり。万の事、*差合へば、心移り、稽古に紛るゝにより、右の法度を定めたり。

26 一 次第に、*地を取る事。*末の能には、取るべからず。

27 一 能の仕舞、稽古の事。小袖を壺折り、舞、習ふべし。又、或時は、長袴にて、舞、習ふべし。さやうに候へば、座敷舞と能との便り、あるものなり。座敷舞には、仕舞を少な

拵へ　身ごしらえ。

22 **古びたる能**　渋い風情のある能。

大きに　こせこせしないで大ように。

23 **悪しき**　芸が悪くて下手な。

夫々にある物　それぞれにぴったりした相手があるものだ。

それと囃す　その相手と囃す。

手上　芸のすぐれている者。

第一の薬　第一のよい効果を得るもの。

手下　芸の程度が下の者。

おかしく　滑稽になって。

外すべし　囃子が合わないようにすることだ。

25 **芯を取**　蠟燭が燃えて長くなった芯を切り取って。

油火を掻立つる　油皿の中の灯心をかき出して、光力を増すようにする。

拵へ済して　準備をしてしまい。

法度　おきて。規律。

差合へば　当りさわりがあると。

26 **地を取る**　ワキあるいはシテ登場の際の「次第謡」を、地謡方がとり代って謡うこと。いわゆる「地取」。

末の能　一日の番組の終末部の能。

く、*そそと其文句に心を付べし。拍子を沢山に踏み、数を廻ること、有間じく候なり。

28 一　稽古の時、装束にて舞ふこと。初めより、装束にて舞ふは、悪しきなり。三番程も覚え候てより、装束にて稽古し、装束扱ひをも習ふべし。又、面を掛け候こと、右と同前。二三番、覚え候てより、面を掛け、その覚えたる能を舞候て、面(の)位覚えべし。又、知らぬ能を初めて稽古するに、面を掛けたるは、かやうの心得、よく心得て稽古すれば、*一際、芸能上がること、早し。

29 一　稽古にて、*劫は自然と行きたるがよし。芸は初心にて、*心の長けて、よき事を聞き損ひ、*芸を古びさせたがること、第一の悪しき事也。たとへば、名人の子などにて、よきことを知りたるとも、其身の芸初心ならば、その芸の*長程に相応して、古びさせべし。相応に外れ、古びたるは、*捨て所なき、悪しき事也。

30 一　座敷能・舞台の能。囃子も大夫も、大きに変りあり。よく稽古すべし。大方は、舞台にてする態は、大きに*いらりと芸をすべし。座敷にては、細かに芸をすべし。

31 一　稽古至らずして、物を心得(ぬ)人の、よき*芸者に、*対手の悪しきにて、芸を所望する事、是、大きなる*不躾也。悪しき道具にて所望する事、同前なり。

32 一　初心成人の、我より上手なる芸を、*褒貶せぬ物なり。

33 一　稽古を極め、何にても*一芸仕る人の、又、あれこれ取合、*余の役に出る事、堅く誡めて、すべからず。我身の本芸迄*浅くなり候。

34 一　鼓、太鼓・笛、共に、*手前稽古は上手にて、*かゝり悪しく候て、人の嫌ひ候*流あり。左様の芸者には、能をば囃さすべからず。其人の芸、習ひ候事、返す〴〵無用なり。よき

27 **そそと**　そっと。
28 **一際**　一段と。一層。
29 **劫は自然と**　芸の功はひとりでに。
芸　底本「けいこ」。
心の長けて　気持は長じているつもりでいても。
芸を古びさせたがる　芸を渋くみせたがる。
長程に　成長の程度に。
捨て所なき　どうしようもない。
30 **いらり**　明確に。
31 **芸者**　芸を身につけた人。
対手の悪しきにて　(物を心得ぬ人の)芸が悪いのにもかかわらず。
不躾　礼儀に欠ける。
32 **褒貶せぬ**　ほめたりけなしたりしない。
33 **一芸仕る**　一とおりの芸が出来る人。
余の役　他の役どころ。
浅くなり候　程度が低くなる。いやしくなる。
34 **手前稽古…**　稽古の方式は上手であっても。島津・内閣本「手前けい」。
かゝり　芸としての風情。
流　仕方。

事はなりがたく、悪しきことはなり候てより、*一世の間、失せかぬる物也。たとへば、芸は少次なり共、よきかゝりを本とし、稽古すべし。

35 一〔幼き人に、初めて教へ候能の事。『小塩』〕『経政』『籠太鼓』『楊貴妃』『誓願寺』『花月』『藤栄』『羽衣』『敦盛』『西王母』、此類、尤に候。

36 一 諸芸至らざる時、*手に任せ仕度こと致す事、殊の外の芸の毒也。かりそめの一座・一生にも、芸を心掛け候人は、仕間敷也。*仕付け候へば、まことの時、出でたがる物也。よき事は必ずなりかね、悪しき事は早く成、よく似せよく候て、失せかぬるものなり。返々、*忌むべし、謹むべし。是によつて、稽古を晴とし、晴を常と思ひ候へとは、古人の申伝へられ候も、此儀なり。何事か、名人の申置かれ候事に、*徒なる儀は候はねども、取分き、かやうの心持、面白く候。晴の時、*爰を先途と嗜み候へば、*心狭く成、*手も竦み、芸ならぬ物にて候。それに依つて、*晴を常と思ひ候へとは、此儀なり。晴成所を常と思ひ候へば、*思ひこなし、芸に嵩あり。其時の所作、出来る物なり。是、初心の人に、面白き教への心持なり。

（結）右、稽古の条々、*三十五箇条、此巻に書記し候。是をもつて、よく心得分け、稽古すべし。稽古なればとて、只、*詰めかけて*習ふまでにては、芸は上がらずし〔て〕、悪き劫行くなり。よく其分を心得て稽古すれば、第一なりやすく、稽古も早く上がる物にて候。

一世の間　一生の間。

36**手に任せ仕度こと致す事**　やたらと手をつけたがることは。

仕付け候へば　慣れてやりつけると。

忌むべし　嫌い避けなさい。

徒なる儀　実のないこと。むだなこと。

爰を先途と　ここを勝負のきまる大事の場合と思って。

心狭く成　気持が小さくなって。底本「心狭く也」。

手も竦み　手さばきも縮んで。

晴　底本「それ」。

思ひこなし　やろうとすることの思いが自由になって。

（結）**三十五箇条**　条数が一つあわないのは、1が底本では序の中に含まれているためである。

詰めかけて　つめこんで。

習ふまでにては　習うだけでは。

補注

一24 連ぬし・鈴大夫・神楽大夫　当時の春日大社の人的構成と翁猿楽の実状から考えると、連ぬし・鈴大夫・神楽大夫は、それぞれ連主(むらじぬし)・呪師(すし)・神楽男(かぐらお)ではないか。連主は春日大社の神主が中臣連であった中臣氏の裔であるからの称、呪師は春日社と関係の深い興福寺翁猿楽を奉仕した呪師、神楽男は巫女とともに春日社の祭祀芸能にたずさわったもの。したがって、大和猿楽のもっとも大切な芸能としての翁猿楽に、神主・神人と呪師猿楽とからあてたのではないか。

一26 九曜の星　日・月と火・水・木・金・土の五星の七曜に、羅睺(らご)・計都(けいと)の二星を加えたもの。陰陽家では、これを人の生年に配して、その運命・吉凶を判じたので、従って猿楽者ももちろんのこと、一切のことにこれをよく利用した。

三(序) 字章…切　文字扱い・節扱いなどの心得や、一曲中の各部についての謡い方に、心得があるということの注意。以下の説明は、内容が発声のことを主としているので、文字に表わすことはむずかしいが、一応の説明を加える。

字章　字声・字性とも。発音の抑揚強弱など、謡う文字のアクセント。

開合　五十音のオ列・ウ列の二種を区別する呼び方。開は開音・開口音ともいい、口の開きの広い音。合は合音・合口音ともいい、口の開きの狭い音。例えば、合音「オー」は現代標準語の「オー」、開音「オー」はそれよりやや口を開いた「オー」。謡の場合、もう少しくわしく口の開き方全般についていう。ア列「歯も唇も開く」、イ列「歯をかみ唇を開く」、ウ列「歯をかみ口をほそむ」、エ列「舌を出し口を中に開く」、オ列「口をすぼむ」。

文字移り　母音をのべて生む字を捨て次の字へ早く取りついたりなど、文字から文字へのつづき具合。例えば「一見せばやと、思ひ候」の「と」の字に生み字をつけないで、次の句頭に早く移ったり、「ふなあそび」と謡うとき「な」の字に生み字がついて「なあ」となって「ふなああそび」と聞えないようにすることなど。↓三18

伸縮め　謡う文字を伸べたり縮めたりすること。

揺る・振る　ともに謡の文句の最後の部分を震わせて、その文の心持を出すこと。

ほる　謡うべき最後の文字をほうり出して謡わないこと。

外す　拍子に合わないで謡う所。あるいは、調子を外すこと。

入り　陰の息でいうべき声を陽の息でいうから、外へ出してはね上がるように聞える。

くる　一つの節を高音(こうおん)に張り上げて謡うこと。弱吟(よわぎん)では上音より二音階、強吟(つよぎん)では一音階上げる。

上げ・下げ　調子の上げ・下げ。

一字詰め・二字詰め　ともに言葉を明瞭にするため、音と音との間を少し詰めて発音すること。前者は一字詰めて二字伸ばし、後者は二字詰めて一字伸ばすこと。↓三22

三字上り・三字下り　謡の末部の三字を並べて上げたり、あるいは下げたりすることで、ともに節扱いとしては嫌われる。↓三83

三引　並んだ三字を三字とも引きのばすこと。これも節扱いとしては嫌われる。↓三83

文字送り　引く文字が二つ続く所で、前の長くのばす文字を少し短く、先の字へ早く取りつくようにする謡い方。これをすると謡いやすい。↓三23

並ぶ節　文字が単に並ぶように聞える節扱い、あるいは同じような節が二つ以上並ぶこと。

巽上り 甲高い。調子外れ。

ほど拍子 「ほど」は拍子と拍子の間。「拍子」を体に「ほど」を用にして拍子の心得を知ることを説く語。拍子の緩急の程あいと考えてよい。

切つて切らず 前の語と後の語との間を少し息を切るごとく、あるいは切らないごとく謡いつぐ謡い方。これによって、謡の文句の示す心持と口に出る謡い方とが、うまく表現出来る。

節訛り 節の付けようによって「てにをは」の発音が、常の発音と違うこと。これに対して「文字訛り」といって、言葉のアクセントやイントネーションの違いのある場合もある。→三32

当る 拍子に当る。

張る 上音に張り上げる。

次第 次第の囃子で登場した人物がその直後に謡う謡。その曲の由来を暗示する三句からなる七五調の部分。

道行 ワキ役が曲の初めの段階で、道々の光景や旅情を五七調で謡う部分。

付節 節の文字のどの部分が、拍子の打出しに付くかということ。

せれふ 節の伴わない言葉の部分。いわゆる「台詞」。

かゝる節 謡本に「カヽル」と指定してある節の謡い方。主として、感情をこめて謡う部分。

指声・指言 ともに、現在はサシと呼ばれる。拍子に合わせないで、節のついた言葉といった趣で謡う部分。もとは区別があったらしい。江戸期にも「乗るはさしごと、乗らぬはさしごえ」といわれていた。乗る乗らぬというのは、囃子に乗る乗らぬということではなく、文字をつなぐ心のあるものと、文字を離れる心のあるものという。

一声 一声の囃子で登場したシテが橋掛り又は舞台で、情景あるいは心持を謡い出す部分。

小謡 曲(くせ)に対する小歌。メロディーの面白さを主とした音曲部分。

色言葉 節と言葉との交ることを「イロ」というが、その時の言葉の部分。

曲舞 節廻しよりリズムの面白さを主とした、いわゆるクセの部分。現在いう曲舞ではない。

上端 クセの中程にあって、上音で多くはシテが独唱する部分。→三24

論議 一曲の終り近くにある、シテまたは他役と地謡、あるいは、シテと他役とが、問答形式に交互に謡う部分。

入端 退場のきわの部分の謡。

間の謡 シテの中入後、後シテ登場直前のワキの謡。いわゆる「待謡」。

出端 普通は、後シテの登場楽。または後シテ出端登場直後に謡い出す部分の謡。

切 一曲の終末をなす謡の部分。

七4 上略…本の頭 『謡考秘集』による図示。片仮名は掛声、●は頭の音。

本の頭　ハヲヤヲハ　●(ヤ)ハヤヲハ●(ヤ)●(エイ)ヤヲハ●(ヤ)
上　略　●(ヤ)●(エイ)ヤヲハヤ●(ヤ)
中　略　●(ヤ)　ハヤヲハ●(ヤ)
下　略　●(ヤ)　ハ●(ヤ)ヲハ●(ヤ)

わらんべ草（狂言昔語）

北川忠彦 校注

〔序〕 事しげきうちにも、我道の事なれば、叶はぬまでも心に懸、聊忘るゝ時なし。*家の書物数々有といへど、若かりしより、人の語り定あひ侍りし事共、書集めてみれば、誠に有難しと思ふこと斗あり。あに*うける事有らんや。此道嗜まん人のため、よしなし事言ひ慰まんより勝ることも有べし。末の世にはよろづ言ひ度まゝになりもて行かん浅ましければ、詞の続き、あと先知らず、後恥づかしからん事を顧みずして筆にまかするのみ。昔の人、*言ひたき事言はぬは、腹ふくるゝわざと言ひしぞかし。まいて聞おきし事言はざらんも、かひなかるべし。

〔一段〕 *昔人云。万のこと草を見るに、浅きに深き事有。深きと思ふに浅き事有。いづれも心をとめて見聞けば面白き事のみ也。*業平の歌は、心余りて言葉足らずと言へるにて知るべし。いづれ筆に及ばざる事多し。心に入れてみるならば、言置し事よりよき事も有ぬべしや。兵法の習ひに、大敵を小敵と心得、小敵を大敵と思ふべしと也。その如く、此道も*稽古を晴とし、晴を稽古にすべしと言へる事同じ。かりそめに稽古するとも、いかにも慎み、貴人高人の前と思ひ、うやまひて大事にすべし。扨舞台へ出ては前の心を忘れ、*やすくすべしとぞ。大敵有る者は彼に勝たん事を思ひ、嗜むものなれど、敵なき者は油断して必不嗜みになる。其時我を相手にして、我に勝たん事を思ふべし。是むつかしき敵也。*君子はその独りを慎むとかや。必めやすき所に*けが有。油断強敵也。*徒然に有る木登りの事を思ふべし。

〔序〕家の書物　家蔵の伝書。抄には「今春・観世の花伝抄、大・小鼓の書物、笛・太鼓の書物共、あまた家に有」とある。

うける事　よい加減なこと。

言ひたき事…　抄には大鏡序を引いている。「思しきこと言はぬは、げにぞ腹ふくるゝ心地」(大鏡)。

〔一〕昔人云　このように各段「昔人云」として、虎明の父虎清をはじめ古人の言を筆記したという形式をとっているが、これは当時の仮名草子などによくある形式である。抄ではすべて「昔人云」が削除されている。

業平の歌は…　古今集序。「浅きに深き事」の例。

稽古を晴とし…　八帖花伝書八12参照。

やすく　緊張感を除いて。固くならないで。

君子はその独りを慎む　大学・中庸に出る。

けが　あやまち。

徒然に有る木登り　徒然草百九段。

〔二〕能狂言組　能・狂言の番組。

いるべき道具　その狂言に必要な装束や小道具類。

書付に有を…　番組に載るすべての狂言についてよく復習をしておけ。

請取役人　それぞれの狂言に予定されている狂言役者。

〔三〕法度　禁制。

不浄負　以上のような不作法なことをすると、その祟りを生ずる、の意。

〔四〕兼て言合有時　演能以前に打合

〔二段〕 昔人云。*能狂言組出、役付を見ると、まづ我々の役々よく合点して、*いるべき道具を詮索し、普段仕付たることなりとも、よくよく工夫すべし。其後その日の*書付に有を復すべし。*請取役人、俄に煩事有て其役手前へあたる事有。又役のかはる事も多し。とかく油断すべからず。惣て役前日は余所へ行べからず。人に会はず、他の用をなすべからず。我々の役工夫のため也。扨能過ぎ、帰りてその日の我役よく工夫すべし。

〔三段〕 昔人云。楽屋にての*法度有。大酒、大食、口論、高声、高笑、爪とらず、刀・脇差・刃物を抜かず。必ず*不浄負する也と。よく慎むべし。

〔四段〕 昔人云。*兼て言合有時、大夫、つれ、脇、笛、小鼓、大鼓、太鼓、*地諷出る也。狂言は出ずとも有なん。別に言合すべし。又楽屋にて言合の作法、*大夫あひしらひならば大夫方へ行て言合をすべし。脇とは、*年、上手次第、互の時宜有べし。さりながら大方狂言より行がよし。若*脇と問答すべしと思はゞ言合をせず。間によりて脇より参る事も有。拍子の衆は此方へ参る也。また舞台へ出る時、大夫を呼び出だす間か、脇を呼び出す間ならば、只今出ると*案内言べし。若拵へならぬを知らず呼び出しては越度也。脇より間を呼び出す事ならば、脇より出づると案内を言ふ、是作法也。

〔五段〕 昔人云。『翁』の有時、拵へて幕際へかゝり、大夫御面に神酒を上る。三宝に土器、盃、洗米、土器に入、錫に酒入、進て、大夫戴き、三番そうに差す。三番そう千歳に差す。それより拍子の衆次第に呑。*昔は御前にも有し。其外いづかたにても有べし。御前の御能始めの御使、其御家の御家老、橋がゝり、幕際へ来り、御能始めよと慇懃に片膝片手をつきて申さるゝ時、*片幕少上ぐる。大夫幕の内にて腰掛より降りて礼有。さて御使

せがある時。 **地諷** 地謡。

大夫あひしらひ シテと間狂言とが舞台で応対する曲。

年上手次第… 年齢・芸力の程度を考えて、下位の者から尋ねて行け。

脇と問答… 間狂言は脇との応対が多い。こうした、いわゆるアシライ間のセリフはこの当時はまだ即興でやっていたらしく、抄にも「言合て問答はなるべからず」とある。

案内言べし 舞台へ出る前に、シテ・脇に挨拶し、同時に彼らの拵えが間に合うかどうかを確かめる。
〔五〕**昔は御前にも…** これから察するに、虎明の時代には、このような『翁』の作法は、興福寺の薪能や春日若宮のおん祭の能など故実を守る社前の演能の場合にしか行なわれなくなっていたらしい。「御前」とは将軍その他貴人の前での演能。
片幕 揚幕の片方を絞ってあげること。本幕の対。
床几 囃子方の腰掛ける床几。
翁帰り 翁の舞が終って翁役者が舞台から退場すること。それから三番そうの舞になる。
脇々 将軍家以外の諸家。
布幕 ここは橋がかりの背後の幕。横長のものを用いたことをいう。
左構へ 当時は橋がかりが今とは逆に、舞台から見て左方に付いた舞台もあった。そうした舞台や薪能、おん祭等、特殊な場での演能の注意。

向ひへ行、下に居ると、幕を上げ、次第に出、地謡まで出はらひて、半間置て幕をおろす。口伝有。出るに習多し。

床几は翁帰りのうち、御能初の御使、向より縁まで出て御許し有と言時に、鼓頭取斗礼有。其外脇々にても、其家々の家老かくの如し。床几許す事は、脇々にては所によるべし。神前仏前は社例有べし。昔は布幕横也。尤習有。口伝。何にても、左構への事、薪、御祭、又舞台によりかはるべし。

〔六段〕　昔人云。『翁』は三国に伝る。此国の初、神道より出づると言へど、『翁』と言事なしと。是御神楽也。『翁』は聖徳太子の御作。秦河勝へ相伝ありしは、数多かりしを、中比式三番に籠めしとぞ。河勝より竹田今春、嫡々今に相承す。我家、中古今春四郎次郎殿、今春子なるゆへ相伝有。我家今に伝はれり。されば仏法よりの伝授也。然ばいかにも精進潔斎すべし。

惣て精進の儀に四つ有。然るを近年精進せざる人有。是よく知れるか知らざるかいぶかし。古八郎殿まで精進せられし事、皆人知れり。我又三番そう舞ひし事も度々有しゆへよく覚る。先祖なを〳〵其通申伝べし。誠に道の冥加、子孫の事もおぼつかなし。尤恐るべし。人いか様の振舞末世に有共、我家には古来より仕付たる古法少しも相違すべからず。いかにも慎みうやまひ、いるがせに思ふ事なかれ。惣て此道の人は、翁の御面一通り守久神とあがめ、余神を信仰せざりし。予仏法は慈眼大師の御相伝にて御印可有。神道は吉田の嫡子の萩原殿より伝授にて是も御印可まで取りし。是を以て彼を思ふに、いよ〳〵殊勝の事有。他は吉田よりの相伝なりと萩原殿仰られし。委　別紙に有。

〔六〕翁は三国に伝る　抄に「翁は天竺より唐土へ渡り、唐土より日本へ渡る。是三国伝通也」。
神道より出づる　抄に「鈴の段は神楽也。是神道也」。以下『翁』について二つ以上の伝承を混伝していて文意が通じ難い。
秦河勝　聖徳太子の頃の人。金春氏の祖と伝う。八帖花伝書一序参照。
今春四郎次郎　金春禅竹の末子と伝える。狂言大蔵流に入って八代目を継ぎ、中興の祖とされる。
四つ有　抄に「一、魚鳥を断つ、二、身を浄め、三、火を忌む、四、心を浄む」。**古八郎**　金春八郎安照。禅曲と号す。古格を守った名人として、虎明が敬慕していた人物。元和七年没、七十三歳。
守久神　宿神。守り神。　**慈眼大師**　天海僧正のこと。寛永二十年没、百八歳。　**萩原殿**　吉田兼従のこと。豊国神社の社務職となり家を萩原と称した。吉川惟足の師。万治三年没、七十三歳。　**他**　金春以外の『翁』。
〔七〕立役　シテ・脇・狂言方。
諸幕　揚幕を上までいっぱいにあげること。本幕。
膝のつき様　橋がかりの場所が左右一定していない時代であるから、登退場の際には正面の貴人に近い側の膝をつくことになっていた。
〔八〕上下　素袍裃。当時は素袍姿による演奏が今よりも多かったらしい。

〔七段〕　昔人云。幕を上ぐるに作法有。*立役の分は*諸幕上げべし。拍子衆(はやしの)は片幕、少上ぐる。地謡(ぢうたひ)は自身幕。常の出入同じからず。出入に*膝のつき様有。

〔八段〕　昔人の云。*上下の染様も定る。立役はいか様にも好き次第。拍子の衆は*小紋か*腰あけの類、*さし出たる紋ならず。地謡は無地に紋所、*もし小紋に紋所有。上下に尤縫様有。地謡は小袖の襟も一つ也。御前の御能には烏帽子かけ緒かけず、舞台に物敷かず。

〔九段〕　昔人云。幕際へ鏡を持たせ衣裳着せ連るゝは立役、斗(ばかり)、拍子の衆はならず。

〔十段〕　昔人云。*式正の御囃子は烏帽子上下にて肩脱がず。然ば、小鼓、大鼓、太鼓、上下の*露のとり様有。近年知らざる人多し。

〔十一段〕　昔人云。狂言はまづ我身の*曲尺をよく知るべし。曲尺外れぬればいたく見苦し。生れつかざる片輪なり。五躰不具にして仏に成がたしと。しからば祝言にも殊に忌むべし。習ふべき事なり。

〔十二段〕　昔人云。*仕舞と*扇子に生死五行有。たゝみ様も有。故実多し。知らざれば、祝言*移徙いづれも分ちなし。第一習べき事也。

〔十三段〕　昔人云。拍子は本(もと)二つ也。天地・陰陽、其中へ人の拍子を入、天地人の三才となる。その三つの間へ一つづゝ入て五拍子となる。それより数々に分るべし。五拍子を手足身口意の五つにあてゝ、身の振舞の拍子に取る。謡(うたひ)に*扇子拍子有。拍子に本末、上中下、裏表、*や声にも受くると受けざると、陰陽順逆有。別紙にあり。

〔十四段〕　昔人云。調子違ひぬれば役に立たずして不出来になるべし。*座敷、舞台、所により、四季、時の吉凶、尤しかるべし。*調子も本は二つ也。*竜吟、*鳳凰吟、是上下律呂。

小紋　細かい模様を織物の地に一面に染め出したもの。
腰あけ　腰の辺を白く染め残し、あるいは色を異にしたもの。
さし出たる紋ならず　抄に「立役に指合はぬやうにするが作法なり」。
もし　あるいは。
〔一〇〕式正　正式。
露のとり様　素袍の袖口の紐を背後で結び、たすき掛のようにして腕を動かし易くすること。
〔一一〕曲尺　規。基準。
〔一二〕仕舞　所作。　**扇子**　扇の使いよう。抄に「扇子俯くは生、仰のくは死也」。　**移徙**　貴人の新築落成、転居のこと。聞書に「扇は…移徙には三本畳むべし、これは三神相応の心なり」とある。
〔一三〕扇子拍子　扇拍子ともいう。扇を打って拍子をとること。
や声　鼓を打つ時の掛声。
〔一四〕座敷舞台…　それぞれの場に合った、時の調子のあることをいう。
調子　いわゆる十二律のこと。
竜吟　十二律中の下無調の別名。
鳳凰吟　同じく上無調の別名。鳳音調ともいう。この二調を基本と考える根拠は不明。　**八つをへだてゝ**　十二律の基調である黄鐘(和名壱越)から数えて八つ目に当たる音を林鐘(和名黄鐘)と名付ける。このような方式で十二律を定めたこと。
順八逆六　右の方法で林鐘から黄鐘

*八つをへだてゝ子を生ずと。是より十二となる。*順八逆六と言なり。*五音にも甲乙有。その二音を父母としてもろ〳〵の音、子を生む。このゆへに調子とは言也。よく尋ぬればつきずと言へど、大方知らでかなはぬ事なれば習ふべし。別紙に有。

〔十五段〕 昔人云。舞台舞、座敷舞、かはるべし。*座敷舞を表舞と言。*三角の習ひ有。一様に舞はんは床しからず。

〔十六段〕 昔人云。狂言の諷は五七五七々也。鼓の地に三つ五つ九つ有。右の地に*余るは送る。足らぬはぬすむ。是を、取る、*片地など言事有。大鼓は父、小鼓は母と心得べし。諷の節は*悉曇知らざればまことの*正を知らず。*声明より出ると。字に*軽き重きあり。*四声を知りぬれば字さへあれば節はつく。外るゝ事なし。右の数に足らぬは*字の響を入るゝ。それを、押す、廻すと言。*余るは拾う。節は法度也。しほる、はると言にかはり侍り。*博士と言に子細有。*躰の字に節なし。*用の字に節有。*五音相通よく覚えず節をつけんはいと佗し。謡に*上がゝり下がゝりと言に習有。いづれも別紙に有べし。

〔十七段〕 昔人云。同じく謡は、文字、由来よく知らざれば*開合悪し。仮名遣歌道を聞べし。*言ひかけ、秀句、枕詞、*上略中略下略、字訛りども多し。*節にて訛るは苦しからず、字にて訛るは悪しと。正と節にかはり侍るべし。

〔十八段〕 昔人云。同じ習にかはる事有。*いづれ悪しきかた有べし。互に詮索して道理のよきかたへ付べし。片意地に言はんはおこがまし。親か師か誤る事もあらん。とかく理のなきかた悪かるべし。

〔十九段〕 昔人云。狂言は天より降りたるものにあらず、地より湧きたるにもあらず。

を数えると六になる。このような十二律の算出法の名称。いわゆる三分損益法を簡略にしたもの。**五音** 東洋音楽における五音階。宮商角徴羽。

〔一五〕座敷舞を表舞と言 八帖花伝書八30参照。抄は「目近き所にては大様なるも細かに見え、舞台にては細かなる事も大様に見ゆる物」として、「座敷舞はさらりと舞ふ。舞台舞は細かなり」と花伝書とは逆の説を唱え、一家言を示している。

三角の習ひ 抄に「舞の形、三角也」として次の図を掲げている。

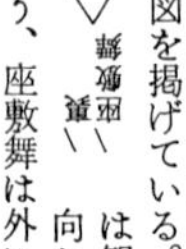

舞台舞は観客席に向かって内にこもるよう、座敷舞は外に開く心持で舞え、の意か。

〔一六〕余るは送る 狂言謡の文句が長過ぎる時はあとへ廻す。**片地** 八拍子のところを六拍子で済ますこと。**悉曇** インド古代の梵語学。我が国の国語学や音声学に大きな影響を与えた。**正** 声のあて字。四声のこと。**声明** 仏教讃歌。**軽き重き** 抑揚。**四声** 漢字の声調の四種の別。大体アクセントに相当する。**字の響を入るゝ** 音を伸ばして二段に謡う。**余るは拾う** 字余りを詰めて謡うこと。**博士** 節を記した記号。**躰の字** 自立語。**用の字** 助動詞・助詞。**五音相通** 五十音の同行内で音声変化すること。底本「五音相道」。**上がゝり** 観世・宝生の二流。他を

たゞ*昔物語・歌一首にても作り、又古事をたよりとしたる事いろ／＼多し。然ば*片言は直すべし。これ古きを知りて新しきを求む。されど世上に流布したる事は是非なし。又*題目違ひたる事もあらんなれど、それも直す事成まじ。よく分別有べし。是、*徒然に、改めて益なき事は改めぬがよしと。

〔二十段〕　昔人云。*狂言は、大和詞、世話に言ひ付たること草、国郷談も有べし。猶以て言葉を改め吟味して、あからさまにも耳にさはらず卑しからざる様に嗜むべき事肝要也。言葉も古へ今かはり侍るにや。源氏物語など耳遠きためしに思へども、其比の詞なりと言へり。

〔二十一段〕　昔人云。*間は能の談義なれば、*文字の声にて言は、*たけくらべとて嫌ふ。皆人の聞やすき様にやはらげて言べし。但間にもよる。能一番の事よく知らざれば、さはやかに言にくし。智者の作りたる物なれば、なみ／＼の学者に問ふては埒あかず。殊に難儀の物也。*間の抄に詳しく有。*大夫あひしらひを、我が手前出来さんとてしたるき気配は、能までおかしくなりて本意なし。名人*八郎殿は*鷺仁右衛門を嫌はれし事皆人知れる事也。昔*幸孫次郎と言し、狂言*しほらしき仕手有。其比の大夫したるきとて嫌ひしと東照大権現宮様仰られし事、我も度々承りし。其仁も先祖の弟子にて其書物ども我家に返りしを見るに、生れ付しほ有し人と見えて深き事なし。書き留めて置かんは後恥づかしからんかは。

〔二十二段〕　昔人云。*習と言は義理の至極したる事也。仏法、*秘法、神道、いづれに〔も〕秘事する事なるべし。此道の習ひに非道なる事あらんや。然るを、我家に仕付たるなどゝ言て理もなきことは心得ぬ事也。先祖の恥までいかゞしく、此道の作者いかで僻事有

「下がかり」という。

〔一七〕**開合悪し**　正しい発音が出来なくなる。

言ひかけ秀句　かけ言葉・洒落。

上略　言葉の上の方を省略すること。「謳曲英華抄」には上略の例として「出舟（デフネ）」、下略の例として「田鶴（タヅ）」の類をあげている。　**節にて訛るは…**　八帖花伝書三32 74等参照。

〔一八〕**いづれ**　どちらかに。

〔一九〕**昔物語…**　狂言の素材が、物語・和歌・説話等にあることを述べる。ただ虎明の場合は、その典拠を出来るだけ高尚なものに求めようとする傾向が伺われる。　**片言**　訛言。

題目違ひたる事　素材のテーマと、それを脚色した狂言のテーマに相違があること。　**徒然に改めて益なき事は…**　徒然草百二十七段。

〔二〇〕**狂言は大和詞…**　狂言の言葉は、漢語を使わず、俗語・方言は用いることをいう。

〔二一〕**間は能の談義なれば**　間狂言はその能の内容を説き聞かせるものだから。　**文字の声**　音読。漢語が多くなることになる。　**たけくらべ**　謡の方では同じ節の重なることをいうが、ここは同音のくり返しが多くなることか。　**間の抄**　虎明筆間の本(寛永十三年成)を指す。　**大夫あひしらひを…**　シテと応対するところで、間の方でしでかそうと思ってやり過ぎて締りのない芸になっては。

ん。末々誤り来るか、不審。習に無理なし。大事と習に違ひあり。大かたは『翁』より出づる。本を知らずして末を知ると言理り侍らんや。

〔二十三段〕　昔人云。面を掛けては*顔持かはる。物の見様、胴の据様、万心持有。面によりてなを心有。面に生死有。よく問ふべし。*ゆがむはゆがまず。ゆがまぬはゆがむ。

〔二十四段〕　昔人云。*床几の上の心持、腰の掛様、胴の据様、足の踏様有。

〔二十五段〕　昔人云。狂言の道具、我身を*曲尺にして寸尺定る。武具に同じと言へど少のかはり有。是も別紙に有。

〔二十六段〕　昔人云。衣裳付の本有と言へど*取合肝要なり。それ〳〵似合たる様尤可レ然。其内少し心持有。とかく同じ色は悪しかるべし。違ひたるよからん。また今様の取合も有べし。昔の道具今はなき事有。惣て衣裳の取合はそのものゝ藝の分際程ならではならぬと見ゆ。年寄幼い、ものゝ年比、相応有べし。初心は*式法を守るべし。*徳たけては格を離るゝ。離れずしては床しからず。是初心にかわるべし。似合たるとて*むさき出立はよからず。結構成かたは勝るべし。

〔二十七段〕　昔人云。狂言の教まち〳〵有と言へど、古は廿余りまで大様に、いかにも*とりひろげたる様にして、廿二三の比、声も調子にかゝりて*心を入るゝと言へど、今の世は人の心も短くして、後よからん事を待たず、人々下手に言なし見なしするゆへ、取直す事成がたし。十二三まではいかにも細かに面白く思ふ様に教、十五六より声かはる時分、主もおもはゆくなき様にこと少く素直にすらりとすべし。声もたち前髪も落て、心を言ふべし。*稽古は強かれ、*情色は弱かれと言。稽古に、あまり*糺明すれば藝すくむ。さは言へ

八郎殿　→六段。**鷺仁右衛門**　宗玄。狂言鷺流の基礎を固めた人物で、その奔放な芸は大いに世に迎えられたが、虎明からはことごとに攻撃されている。慶安四年没、九十余歳。

幸孫次郎　抄によれば、小鼓の幸月軒の叔父、『道成寺』の間狂言で居眠る真似をして見物の失笑を買ったとある。　**しほらしき**　愛嬌備わった。しかしその持味だけで見せる芸に過ぎなかったのである。

〔二二〕習と言は…　芸事の秘伝というものは、その芸能の内容や筋道を辿って行ったその究極点をいうのだ。　**秘法**　密教の呪法などを指す。

〔二三〕顔持　舞台での顔の保ち方。　**ゆがむはゆがまず**　聞書に「面掛けての顔の持ちやう、少しゆがみたるよし」とある。

〔二四〕床几の上の心持　抄に「床几の上にては、少し前へかゝりたるよし」。

〔二五〕曲尺　基準。抄に「槍、長刀、鉾の類は、我身の耳丈に柄を切るべし…物狂の笹の丈は、腕を伸べ、中の指の丈に切るべし」。

〔二六〕取合　配合。　**式法**　正しい作法。　**徳たけて**　年功を積んで。　**むさき…**　抄に「似合ひたるとて、賤しき者の如く似せて着るならば、物によりてむさかるべし」とある。

〔二七〕とりひろげたる　こせこせせず、ごく基本的なことだけを修行す

ど油断すべからず。稽古に精を入、煩とも許すべからず。此道の事にて死なんは本望ならずや。侍は子に*ひけの付く事は死を勧むる。恩愛の道いづれかをろそかならん。生きて恥をさらさんより、*北州の千年も一度〔は〕終るなれば、名をあげんこと思ふべし。惣て狂言は、若時は*相応しがたし。親の油断にて子を下手になすと我家代々申渡す。とかく教大事也。

〔二十八段〕　昔人云。狂言はまづ*業をよく*流通し、詞を自在に覚え、行住坐臥自由にして、大かた我と心の合点行時分に習を教、心を言べし。*業より心の入様にとは是也。業も自由ならず詞も覚えざるに、はや習を教、心を言へば、身すくみまどふて、業も自由ならず心もゆかずして下手になる。とかく〳〵*生付きたる相応・*時分を考、教へべし。*七字の大事に「身の程を知れ」と言も是なるべし。たとへば、*時分の花・時の花と言事有。又幼ひ者に水をよく泳ぐ有。その者は此道理にて水によく浮くと聊心は知らざれども、鍛錬にてよく泳ぐ。よく〳〵泳ぎてより道理を知れば、*世話に、鬼に金撮棒と言如く也。智有人は、水は此道理にて泳ぐと心は知れ共、鍛錬せざれば沈むが如し。出家も、*諸経・誦文・作法、よく学して*得道すればよし。いづれも覚ずして得道すれば諸経は*足代にて得道すべきためと言て無学の僧になると慈眼大師も仰られし。万の道もかく有べしや。*春日岡の僧正の仰られしは、古へは、人学に進めども法学を進めず。今は、学人を進むれど人学に進まずと。この道も同じ。昔は執心する弟子多くあれども師教へず。今の世は師あれども執心する者なし。予若かりし時まで藝する人少なしと言へど弟子に上手ありし。今は人多くて弟子に上手稀なり。師か弟子に咎あり、我身を顧みると言事尤此道に叶ひたるか。

ることをいう。**心** 技(業)に対する心。**稽古は…** 風姿花伝序による。抄によれば、これは喜多七太夫の好みで書付けたとある。
情色 情識。気ままな心。
糺明 びしびし追求して行くこと。
ひけ 気怯れ。**北州** 須弥山の北方。ここに住む者は千年の齢を保つという。**相応しがたし** なかなか身につかないものだ。草稿本には上に「ぬしも恥づかしく思ひ」とある。
〔二八〕業 技のあて字。
流通 我がものとすること。
業より心の入 技術を身につけたその上で、内容的なものに考えを及ぼす。**生付きたる相応** 素質。天分。
時分 時分の相応の意。抄に「時分を考へ教ふべしと言ふは、若き時、年寄つての如くならば相応せず。狂言は、三十五より以後、少しづゝくづしてすべし」。
七字の大事 分に安んぜよという教えを七文字で表わすもの。抄に「身の程を知れ」は山門での教えとある。
時分の花・時の花 一時的な花。若々しさから出る花。誠の花の対。ただし抄には「時の花と言ふはほんの花也」と誤った解釈がなされている。
世話 諺。**諸経・誦文・作法** これらが業に当る。**得道** 心を得ること。
足代 足がかり。**春日岡の僧正** 不明。抄によれば虎明に「はだかの神道」を伝授した人とある。

生れ付かざる事は偽物の偽たるべき。昔より上手あまた有と言へど同じ事にあらず。よき道もあまた有とみえたり。いづれ一様には有まじ。歌に、

　*分登る麓の道は多けれど同じ雲井の月をこそ見れ

この心なるべしや。天地同根万物一躰と。*性に別性なし、器物にかはり有とやらん。広く尋べし。幼ひ時教へたる業は役にたゝず。*声のかはりに顔かたちも違ひぬれば業もかはるべし。廿より内に詞をよく覚ゆべき事肝要也。幼ひ時覚えたる事は年寄りても忘れずと言へり。しか言へど我は年寄りて忘るゝ。老て二度児になる理、尤也。初心に返るべしと。さも侍らん。

〔二十九段〕　昔人云。*文字を少し知り*義理を少わきまへぬれば有がたしと思ひ、*こび過る事有。そも又うるさし。*知つて知らざれと言事心得べし。法の法くさきは悪しゝと言。まして狂言は片言なくてやすらかなる、よからん。

〔三十段〕　昔人云。いづれの道にても、物の上手のする事はよく〳〵心をとめて見聞べし。よき事は我道に入れ、上手のする事にても悪きは捨べし。下手のする事にてもよきはよきなり。

〔三十一段〕　昔人云。*心は腰に有と言。心定まらざれば気あがり、万忘れて我ならず、業もうきたつもの也。*心爰にあらざれば見れ共しかも見ず、聞けどもしかも聞かずと、唐の文にも見えたり。されば心を沈めよと侍り。

　心を沈むるとて*着すれば沈み過る。心は目で使ふ。手は胴にて使ふ。扇子は手足一つ也。腰すはらねば弱く見ゆる。心を入るゝと言を意気込みと思ふゆへ力む。心は其の背中にと

分登る…　仮名草子「為愚痴物語」巻八「目の前」「道得問答」等に出る。道歌として近世流布していた。

性に別性なし　底本には「生」「別生」。

声のかはりに　変声期ともなれば。

〔二九〕**文字**　狂言の中の語句の意味。

義理　曲の意味内容。

こび過る　賢し過ぎる。

知つて知らざれ　よく知っていることも、むやみと知ったふりを見せないのがゆかしい。老子に「知不レ知上、不レ知知病」。

〔三一〕**心は腰に有**　気持をしっかと落着けよ、の意。「腰を入れる」ということにもおのずから通じるのであろう。

心爰にあらざれば…　大学に出る。

着すれば　そのことにこだわり過ぎれば。抄に、「心は腰に有と云て、

ゞまつて其形を得ず。此段むつかしき事多し。紛るゝなり。をろそかに心得べからず。

〔三十二段〕　昔人云。姿かたちに習ひなし。生付きたる身の振舞也。繕事なかれとぞ。生れ付かざる業をするを直す。是教か。立居振舞は、*仕付がた、*四方は正面也と。さもあらんかし。

〔三十三段〕　昔人云。物を習はんとあらば師をよく吟味すべし。*師は針の如く弟子は糸の如しと言へば、悪き師に習はん事勿躰なし。必師の悪しき*癖を能似する物也。よき事はならぬとみえたり。弟子のことざまを見て我誤りを知る。亦弟子の心持第一大事也。我身をたもたん道ならば、*骨髄に入て励むべし。又我藝のたよりにせんと思ふ事は大旨習ひやむべし。その身をもたんと思ふ事怠りて、*いたづがはしく月日を暮さんは愚かならずや。余の藝に手間を入るゝ其暇を我藝又なく鍛錬すべし。寸陰惜むべき理り也。命に限り有、時人を待たず。*人生七十古来稀也と。*大国にさへかくの如し、況や*小国に於てをや。若き時名をとり、*五十以上はせぬより外の手だてなしと言へば取りをくべし。五十の後何の楽しみあらん。*功成名遂而身退天道なりと。第一子孫とりたてん事を願ふべし。五十の内にてとりたてたるは言に足らず。族幼くてならぬ事有べし。*人として後なきは是不孝と言へば、先祖子孫のためなるべし。されど子孫にかこつけんはむげの事也。*徳を取らんより名を取れと。欲深き者は必ず身を失ふ。子孫に金銀を与ふれば家を失ふ。此理は末代までも違ふべからず。

〔三十四段〕　昔人云。人にならざる者は若時より知らぬ*仏法だてを言ひ、あそこ爰を聞きそこなひ、*知識も不思議と言へる事を見たると思ひ、我心にまかせ、欲しきまゝに楽

胃の腑に心をおかんと思はゞ、身固まりすくむ」「腰を据ゑんとすれば、必ず股ひろがるもの也。心得べし」。

〔三二〕**仕付がた**　礼式作法。

四方は正面　どちらから見られてもよいように振舞えるよう仕付けよ、の意。

〔三三〕**師は針の如く弟子は糸の如し**　「長者教」その他に見える諺。

癖　底本「曲」。以下も同様。

骨髄　底本「骨脳」。

いたづがはしく　無意味なことに骨を折って。

人生七十古来稀也　杜甫「曲江詩」に出る。

大国・小国　中国・日本を指す。

五十以上は…　風姿花伝「年来稽古」、八帖花伝書八7参照。

功成名遂而身退天道　老子に出る。

人として後なきは是不孝　孟子に出る。

徳を取らんより名を取れ　金銀利得よりは名誉が大切という諺。

〔三四〕**仏法だて**　仏法について知ったかぶりをすること。

知識も不思議と…　名僧でさえも、はかり知れないことと言っておられるのに、それを自分では悟ったと思い込み。

をせんと*気随をたくむ者、その身の恥は是非なし、先祖のそしりを思はず子孫の恥を顧みず、親に不孝をつくし主君にも不奉公をし、人の心をまどはしそらごと多き人、必ず下手の名取をして人に気圧され、へつらひまはれど、天理に背けば身をもつ事もならず、妻子を路頭にたて後は生道心をおこす。真の道ならねば果ては遂げず。是、分に過ぎたる*過差を好むゆへ也。行きあたりて悔ゆるとも併にはならず。これ*しかじ、親よからぬ物蓄へ置て初富めるゆへなるべし。奢て不礼なるは天罰の轍也。亦*世に従ふを以て人倫とし、世に背くを以て狂人と言へり。*身を隠して長く末葉の一跡を絶つ、朝に仕へて遠く先祖のぶきうを輝かさんと。此語どもよく知るべし。又悪き人に伴はん事、然るべからず。心は鏡の如く映りやすき物なれば、仮にもよき人に*伴ふべしと古き物にも数々見えたり。

〔三十五段〕　昔人云。四十より内にて学文仏法を聞かずと有なん。よく聞なす事稀々にて、若き者は必ず悪しきかたには聞きやすし。されば物の伝受も四十以後といづれも言。身を*たもたん道ならずはいらざる事なり。我が*所作をすまして四十より後は学すべし。身を納めん事学問の力ならでは成がたし。親に不孝なれば子また親に不孝也。主に不奉公なれば奴婢必ず不奉公也。師に不礼なれば弟子亦それに不礼也。爰を以て知るべし。我が心に背くはよし、心にまかする者は身をもたず。万に堪忍は外れず、物知りたる人を見聞に世を捨る人は稀也。世に捨てらるゝ人は多し。唐国の四百余州にも稀なると見えて此国まで*書留てや渡すらん。其賢人の器物に及ばんや。なを疎き事は初よりやむべし。*伊曽保と言物語に、

一、有まじき事をあるべしと思ふ事なかれ

気随　気まま。

過差　不相応なこと。

しかじ　草稿本には「しかしながら」とある。すべて、全く、の意で、その方が意が通じやすい。

世に従ふを以て人倫とし…　源平盛衰記二にも出る。

身を隠して…　諺・成句であろうが用例未見。

伴ふ　底本「友なふ」。

〔三五〕**たもたん**　底本「たゝたん」。

所作　なすべき修行。

書留て　正史中の逸民(隠逸)伝、あるいは皇甫謐撰『高士伝』等を指すか。

伊曽保　巻下第三十一「鳥、人に教化をなす事」に出る。

人として遠き慮り…　論語に見える。

詮　効果。底本「専」。

一、求めがたき物を求め度と思ふ事なかれ

一、去てかへらざる事を悔むことなかれ

わりなく面白し。*人として遠き慮りなき時は必ず近き憂有と。又我が悪を言者は師也、我好むを言者は賊なりと。此事よく心に入れて思ふべし。何事も耳に聞かせたるばかりは*詮なし。見聞事は心に納よ、眼耳鼻舌は心の使物なればよく言つぎ見つぐべしと侍るめり。

〔三十六段〕　昔人云。世に言習はす事に不審有。*物を習ふにまづ下稽古して習はんと言。心得ぬ事也。其手間に上手に習へば一番にても役に立。下手に数習ても一番の役に立たず。悪しく習かためたる事後まで癖になりて直りかぬる。我さへならぬ事を人に教んもまことしからず、習ても益なかるべし。

〔三十七段〕　昔人云。弟子に*嗜むべき事、*大酒、淫乱、万事の勝負すべからず。人となる者身やすからず。身やすき者は人とならず、是幼ひ時聞し。人なみに嗜みては人なみの藝に成がたし。夜を心やすく寝る人、*必人となりがたし。師を思ふ事父母の如し。万心づかひあるべし。

〔三十八段〕　昔人云。師になりては猶大事也。*其身まがらざれば影まがらずと。まづ我身をよく嗜むべし。弟子に侮られては口惜からずや。*一犬偽を鳴けば万犬是を伝ふが如し。源深うしては流れつきず。根まつとうしては枝枯れず。弟子を思ふ事子の如し。掟正しく守るべし。

〔三十九段〕　昔人云。*名人の藝を見て及ばざる事は合点ゆかぬ所と知るべし。夫をむげに思ひ下す人は一代誉有まじ。我心に合はぬ事は問べし。五十歩留る者は百歩に走を

〔三六〕**物を習ふに…**　三十七段の抄に「我と内々にて稽古を致さば、悪しき事を仕固むるなるべし。一番にても師の前にて稽古して、宿にて合点の行くほど舞ひ、成らぬところはまた問ひなどしてはよかるべし」とある。

〔三七〕**嗜むべき事**　注意するよう心掛ねばならぬ事項。

大酒淫乱万事の勝負　風姿花伝序に説くところに同じ。八帖花伝書八序参照。

人となりがたし　上手な人にはなれない。

〔三八〕**其身まがらざれば…**　「古人ノ云ク、其身直ニシテ影曲ラズ」(太平記三十五)。

一犬偽を鳴けば…　一人が誤りを言い出すと、世間の人はそれを本当としてひろめてしまうという諺。潜夫論に出る。

〔三九〕**名人の藝を見て…**　抄に「名人、上手の芸を見て、我心に合はぬ事は必ずあしく言ふもの也。何として下手の心に合はんや。下手の心に合ひたらば下手なるべし。上手の心に合ふたらば上手也。人の芸を謗りて、わが芸をたてんとする者多し。必ずいよ〳〵下手になるべし」。

挨拶　お世辞。

東方朔が言　この話は漢書に出る。

犛牛　尾に剣のある牛。その尾を好んでねぶるうちに舌が破れて死んで

笑ふが如く也。時に遇ひて人こぞつて褒むるとも、まこと〻思ふべからず。皆此類＊挨拶有べし。＊東方朔が言。用る時は鼠も虎となり、用ひざる則は虎も鼠となる。＊犛牛尾を愛する類なるべし。＊江南の橘は江北に移されて枳と成る。国所にて褒められ、他の国にて人の知らぬはこの類なり。

〔四十段〕 昔人云。上手と下手は＊性かはるべしや。さら其儀にあらず。天地仏神、聖人賢人、＊一点も違ひなき本分也。＊一身の主は万の源也。愚なりと言とも性に隔なし。たゞ努むると努めざるとの違ひ。形かはらば我姿の如くすべき事勿論、声の悪しきは使わぬゆへ、不拍子なるは我拍子がたを習はぬゆへ、しからば下手に生付き有べからず。＊早くなると遅きは有べし。下手は師と主の咎也。

〔四十一段〕 昔人云。＊経・緯・文を思ふべし。経はたて、緯〔は〕ぬき、紋はあや、その如く業・言葉をよく覚、鍛錬すればをのづからあやをなす。＊義・理・実も同じ。

〔四十二段〕 昔人云。＊四座と言事、我朝に限らず天竺・唐土にも有。別に記す。

〔四十三段〕 昔人云。器用なる者は頼て必ず油断有。不器用なる者は我身を顧み、遅れじと嗜むゆへ追ひ越す。学文もかくの如くと言へり。器用成者は早合点して根を深く問はず、なほざり也。覚ねば問はぬに同じ。心に入よく覚たる事も忘るゝは常の習ひ、いかに賢く器用成と覚ぬことはなるまじ。不器用なる者の、＊退屈なく精を出したるは＊藝になづまず、後によくなると言へり。拍子も嗜めば二三分上る。拍子知らぬ程のは是非なし。＊梅の木楠木学文と言事思ふべし。

〔四十四段〕 昔人云。藝に自慢をするはいかなるゆへぞや。上手も出来不出来有。＊詞は

しまったという。甲陽軍鑑品第十二には、この話を引いて「其ごとくに当座おもしろき事をやめずして悪しき儀也」とある。

江南の橘… 人も境遇によって評価が異なるという諺。淮南子に見える。

〔四〇〕性 生まれつきの才能。

一点 底本「一天」。**一身の…** すべては自分の努力から発する、の意。

早くなると遅きは有べし 一定の段階に到達するのに早い遅いの違いがあるだけだ。

〔四一〕経緯文 経は基礎、緯は工夫、文(紋)はその結果生ずる文様。

義理実 ほぼ経・緯・文に同じ。抄に「習ふ所を義…、習ひて覚へ工夫するを理…、扨右調ひ、実は出る也」とある。

〔四二〕四座 抄には、仏弟子四部衆の楽、唐の四部の楽の座を、猿楽四座になぞらえるなど、無稽の説を述べている。

〔四三〕退屈なく 気力を持続して。

藝になづまず 芸の上でも少しずつ進歩し。

梅の木楠木学文 抄に「梅の木は一年に一間も伸ぶる物なれど大木無し。楠の木は、一年に一寸伸びて大木ある也。その如く学問も、一度に覚へんと思ふは悪し。絶えず少しづゝ覚ゆべし」とある。

〔四四〕ひとりごとにあらず 狂言は相手のいることだ。

話物なれば、よく覚たる事も時により気により言そこなひ有。亦見物の騒ぐ事有。少しも心にかゝる事あらば不出来になる。*況やひとりごとにあらず。殊に*かたくな也。初心の時は習覚たる事忘れず落さず済ませば、我心に仕済ましたると思ふゆへなるべし。されど*脇から済みたるとは見ず、是まことに初心の時也。上手下手によらず、一番済まずと言事有べからず。済まし様に段々有。とかくならぬ物と知りたるを上手と言はんや。まことにならぬものとは*格別なるべし。上手のならぬと言は、脇からいかにも成と見ゆ。*かたほにて、なると言、思わするは、脇からはならぬと見ゆる。あまねく人のよきと見るはよかるべし。

〔四十五段〕　昔人云。*勧進能に四日の仕様かわり有。*古は三日有しを後四日になる。三日の仕様は定り有。*四日目は初日に還る。詳しく余の本に有。

*楽屋の次第

＼大夫　＼左脇大夫　＼狂言大夫　＼拍子　年上手次第、入こみ
　　　　＼右つれ大夫　＼拍子　年上手次第、入こみ

〔四十六段〕　昔人云。奈良薪能に大夫号を許す褒美有。脇、つれ、狂言、三人は大夫号、拍子の衆は上手名人になすと。然るをおしなべて大夫なりと言事心得られず。昔は*衆徒吟味有。藝出来たる時は幾度もなす事、*尤規模也。*多武峰よりは*補任を出だす。南都には*権頭、見物に披露するゆへ補任に及ばず。その時は烏帽子上下を着て礼に出づる作法なり。許されずして我と大夫の号はならず。薪の由来別紙に有。

〔四十七段〕　昔人云。*拍子狂言の事、上古より拍子の衆、此次の狂言拍子有かと問て出

かたくな也　融通がきかない、自儘にはやれないものである。
脇から　第三者から見れば。
格別　底本「各別」。
かたほにて　不十分な出来なのに。
〔四五〕勧進能　寄付集めのための能興行。底本「観進能」。
古は三日有しを…　勧進能の記録は応永頃から目立ち始めるが、初期のものは応永六年世阿弥の一条竹鼻、永享五年と寛正五年、音阿弥の両度の糺河原等、いずれも三日興行が多い。それが永正二年金春禅鳳の粟田口勧進能の頃から四日興行が普通となり、この傾向は江戸時代にまで続いた。八帖花伝書四4参照。
四日目は初日に還る　四日目の式は、初日の式をそのまま用いる。
楽屋の次第　楽屋における並び方。
〔四六〕衆徒吟味有　興福寺の僧徒が役者の芸を吟味検討して、大夫号を許していた。**尤規模也**　何よりのほまれ、名誉である。
多武峰　毎年十月の維摩八講の際に能が演じられることになっていた。ここでも大夫号を許していたらしい。
補任　大夫号を許す状。抄に「多武峰寺八講之頭、能之事」として「官途成タル猿楽分、寺家ニ来、補任ヲ頂戴ス」とある。**権頭**　一座の大夫の後見的役割をなす長老。
〔四七〕拍子狂言の事　囃子方と狂言との関係について。

しなり。もし問はで能過と其儘楽屋へ入ば、亦出したる例多し。昔は狂言に拍子なくても狂言過るまで楽屋へ入る事ならず。*狂言出づる時、笛*かたひしぎを吹、調子を渡し、狂言果つると又かたひしぎを吹く。其上笛は狂言の*あど也。狂言により笛吹きならではならぬ事有。あどなき時出づるは勿論也。能・狂言を合て一番と言を以て知べし。*調子を声にて渡すに習ひ侍る。

〔四十八段〕　昔人云。狂言は能のくづし、真と草也。たとへば能は連歌、狂言は俳諧の如く俳言を入るゝ。されば狂言の*躰は能也。躰・用・色と言て躰を用て色どる也。その証拠は*能をくづしたる事多し。能の*仕廻は詞をあとか先かにして文句に触らず、狂言は詞にあたりてする、このかはり也。*世間の狂言は、躰もなくあはたゞしうらうがはしく、そゞろごとを言、顔をゆがめ目口を広げ、あらぬ振舞をして笑はするは、下ざまの者喜び、心あらん人はまばゆからん。是世上に〔*はやる〕歌舞伎の内の道化物と言也。能の狂言にあらず、狂言の狂言とも言がたし。たとへ*当時はやるとも、この類は狂言の病と古よりも言伝ひ侍る。又本道にあらざれば学ばんこともいとやすし。是世間をそしるにはあらず。此書物他に見すべきものにあらねば、たゞ子孫、弟子、古法を守り不作法にならざる事を思ひ、古き人の言ひ置きし事を言葉に言はゞ、互に忘れんことを嘆き、思ひ出だし次第かくなるべし。

〔四十九段〕　昔人云。能の狂言は、躰を立、素直に面白く、しほらしく、*魂を入、見事にするを本とす。又真にするは能也。世話に、*下手の能は狂言になり、下手の狂言は能に成と。是金言也。此心をよく〳〵分別すべし。殊に狂言は諸藝のうちにも上手になりが

狂言出づる時　狂言方が登場する時。
かたひしぎ　一声高くヒーと吹く吹き方。
あど　相手役。抄に「笛吹くあどの事は奏者方」とある。百姓狂言は最後が舞になるものが多いが、この頃は奏者役を演ずる者がその笛を吹いていたのであろうか。同じく「其ほか少しづつの事、笛の役なり。『吹取』と云狂言は笛吹ならではならず。是証拠なり」ともある。総じて囃子方と狂言方との関係は非常に深かったらしく、「昔は笛ばかりにかぎらず、小鼓、大鼓、太鼓など呼び出し、(劇中の)酒盛に順の舞所望して舞はせし事あり」という記事も見える。
調子を声にて渡す　まず笛で調子を整え、それに基づいて発声すること。花鏡や音曲声出口伝にも同様の叙述が見える。
〔四八〕　この段については解題八〇五頁も参照のこと。
躰　本体。基本。「用」はその応用をいう。　**能をくづしたる事**　能『頼政』をもじった『通円』、能『恋重荷』をふまえた『文荷』等を指すのであろう。　**仕廻**　仕舞。所作。
世間の狂言　大蔵流以外の狂言、特に鷺流を念頭におく。　**はやる**　定稿本により補う。　**当時**　現在。当座。
〔四九〕魂　底本「玉しゐ」。
下手の能は…　抄に「か様に申すとて、狂言はおかしくするものにあら

ずとて、真にばかりせば能になるべし」。 **大方には早くもなる** ある段階にまでは比較的早く到達する。
虎豹の作り皮… 虎豹の作り皮とても、知らぬ者からみれば犬羊の皮に変わりはない、の意。
〔五〇〕千手千眼 千手千眼観世音の略。その広大にして無礙の徳を讃えたもの。沢庵「不動智神妙録」との関係が考えられる。抄では、能や狂言が四方正面であることと千手千眼の融通無礙さを結びつけて説明している。 **業より心の入たる** まず技を身につけ、その上で心的なものを養え、という。 **着すれば** こだわると。
〔五一〕ゆふ 幽・優・悠などが考えられる。以下は対照的なものや、似て異なるものを並記している。
乗ると乗らざると 草稿本には、上に「拍子に」とある。
そゝる うわつく。浮かれる。
心を取 見物の心を引き入れる。
程と間 禅竹の六輪一露秘注に、「程の中に拍子あり、拍子の中に程あり」、また六十一段の抄に「拍子の間より謡出し、程より拍子に移り」とある。いずれも拍子と拍子の間をいうようであるが、微妙な違いがあるようである。
〔五三〕手前 自身の技。
養由 中国春秋時代楚の弓の名人。
初心には… 初心段階と高次段階では事に処し方を異にする。

たき物と言習はす。尤の事也。亦*大方には早くもなる。いづれの道もとり入りてみれば見聞よりはむつかしき物なれど、とりわき上手になりかぬる物と知るべし。世上にある程の事の物まね也。そのまねに品々あり。似せてよきと悪しきと、偽物の似せ有、笑に上中下〔泣に上中下〕、其ものになるとならざると、むげに卑しきは穢くむさし。上々の御存なき事は御合点まいらず。*虎豹の作り皮は犬羊の作り皮の如し。

〔五十段〕 昔人云。狂言は*千手千眼の理を以てする業なりとよく知べし。*業より心の入たるをよしとす。心より業の出たるは悪しと言。三界広しと言へど一心に納る。然ばいづれ心より出ざる業の有べしや。心を入過、*着すればそれに心を取らるゝ。是及ばざるにはしかじ。思ひ入深過ぐれば身かたまり、すくみてしたるく自由ならず。爰を以て千手の理知べし。

〔五十一段〕 昔人云。艶と匂と*ゆふと、色と品と、強きと卑しきと、美しきと弱きと、*乗ると乗らざると、遅きと静かと、早きと急ぐと、*そゝると先立と、軽きと重きと、*心を取と取らるゝと、心を使ふと使はるゝと、*程と間と。此分分きて知るべし。

〔五十二段〕 昔人云。調子、拍子、物に譬へて覚べからず。譬へたる物違へばともにあたらず。心にてよく覚べし。他の物に非ず。

〔五十三段〕 昔人云。藝を是非出来さんとすれば出来ず。弓射る人の言。必的をあてんと射れば外れやすし、*手前を嗜み心にて射れば、大様はあたる。又*養由が言葉も有。此道もかく有べし。たゞ仕そこなわぬ様にとすべし。但*初心にはかはりあり。高上なり。*業を捨てゝ心を取り、*詞を捨てゝ義理を取る類なるべし。

〔五十四段〕　昔人云。笛の調子大事也。吹出だす時分定りたり。笛は調子の初なれば、能其日の調子失はざる様に、能過ては狂言へ調子を渡し、狂言より能へ返す。*間は猶其通り。笛は調子の司なり。

〔五十五段〕　昔人云。橋がゝり出入に*左右中を通る作法有。是役なしにも習ひ有。まして能狂言は言に及ばず、ことによる。*陰陽有、拍子の衆も習ひ有。

〔五十六段〕　昔人云。*幕の内の習ひ、*幕放れの習ひ、狂言によりてかはる。*幕の物見を開くるに習ひ有。見物の心を、取ると取るゝと。

〔五十七段〕　昔人云。*人のがり行時、覚悟有。まづ亭主客人の名・名字問べし。*指合考へのため也。扨又我は何者ぞとよく思案すべし。藝を役にする者なれば先々にても所望有べし。さあらば内々にてよく分別して、何にてもとあらば是を言はん、亦望あらば大方是かあれかと工夫して行べし。*俄に行きあたりては不出来にしてけがあり。忘れずとそゝる。合点いたる人は不嗜みゆへと思ふべし。

又あれも知らぬ是も知らずといふ事、今は卑下の様に言へども、昔は大きなる恥とす。僧俗によらず、いづれの道にても我役をせざらんはよからんや。第一の恥これに過ぎず。しからば少しも油断すべからず。細工する者は毎日朝より寝ねるまでする*事業を見るべしと、普段我親言われし。今思ひあたりて恥づかし。

〔五十八段〕　昔人云。いづれの道にても広言高慢は聞にくく、気圧さるゝ。よき道にきわまり有らんや。よからぬ人の言事なり。相撲・碁・将棊、勝負の見ゆる物はしかり。藝は上手と言へど、天をも駈けらず、地をも潜らず。*正法に奇特なしと。少しの違ひにて

業を捨てゝ心を取り　聞書に「万事心にてするわざはよかるべし。わざよりするわざはあしかるべし」、抄に「業を捨てゝ心を取り、詞を捨てて義理を取る事も、よく鍛錬しての事也」とある。

詞を捨てゝ義理を取る　詞は狂言の表面的な面、義理は内容・主題の類を指しているようである。

〔五四〕間　間狂言のこと。能の前場から、間狂言の演技を挾んで後場への謡のつながりも、また笛によって調子が定まる。

〔五五〕左右中　抄に「役なし、橋がゝり出入するは左の端を出入すべし、拍子の衆は出る時は真中より少し左、入る時は其者の右の端也。是古法也」。

陰陽　抄には、右を陽、左を陰とし「見物に間近く見えんと思ふ時は右の方。遠くかすかに見えられんと思ふ事は左の方也」という。

〔五六〕幕の内の習ひ　楽屋、特に出演前の心得。

幕放れ　揚幕をあげて舞台へ出ること。

幕の物見　この幕は橋がかりの背後の横幕。その布の縫い合わせを物見という。

〔五七〕人のがり　人のところへ。

指合　差合とも。さしさわり。謡の文句などで不都合が生じないか、を考えるのである。「音阿弥百首」に

奇異なる事のなければ、下様の人聞きし程にはなきと思ひ、見知る人稀々也。勝の当座に見ゆる物さへ、時により仕合のよきと悪しき事有と碁打の*本因坊申されし。是名人也。

〔五十九段〕 昔人云。いかに名人なりと、及ばざる時*やむるを智と言。猶又老ては悪かるべし。第一*見ものなれば、顔形衰へ頭に雪をいただき、又は*きんか頭見苦敷、行歩も自由なるまじければ、たとへ人もて興じ褒むるとも、まことに思ふべからず。年数より若く見え堪能にて人痛う*惜しむとも、身を隠すべき事尤也。飽かれてやむは本意なし。若き時の誉無にしては惜しき事也。『荘子』に命長き者は恥多しと。もし長く生けらん時はよく〳〵分別あるべし。立居を人に見せざる者さへ*心有きははかくの如し。況や数万の人の中に出、恥をさらさん事口惜からずや。人の上をばよく言者あれど我身になりては見えぬと言。されど是程の理、知らぬ程の智恵にては名人の誉有まじ。知らぬにはあらねど浮世を渡らん*よすがならば年月重なるに従ひ猶子孫広ごりて、いよ〳〵*ならぬなるべし。人の嘲まことに悲しき事ならずや。ゆゝしき名人さへかくの如し。況やなみ〳〵の上手は言に足らず。若時より覚悟すべき事也。分に過ぎたる清らをやめ、日暮て道を急がん事を嘆くべし。我藝愚かならば子孫を早くとり立退くべし。我下手なる事を無念に妬く思ひ、子を幼ひ時より油断なく稽古すべし。子の無藝なるは、*いとうしみ深く愛するゆへ也。この理を思ふ人、並の上手にても名人に勝るべし。人は*入り様悪しければ万よくても愚かに成る。よく嗜むべき事也。亦名人の子は、親の勢によりて人用るを我手柄と思ふべからず。親*傍くならばかはるべし。是、狐虎の威を借るなるべし。世渡る業いづれかやすからん。*阿波の鳴門は浪風もなしと読し人もこそあれ。

「初めたる所へ行きて謡ひなば主人の名字名のり問ふべし」。→禅鳳雑談上90

俄に行きあたりては… 心の準備をしないで行き、急に所望されては。

そゝる あわてる。草稿本には「忘れぬと云てもそゝる」とある。

事業を見るべし 抄には、父虎清が細工人の昼夜絶え間なく仕事をするのを見て「あの如く我道もせば上手になるべし」と言ったと記す。

〔五八〕正法に奇特なし 正しい宗教では格別の奇蹟など見せない。それと同じく、ケレンなどを見せる芸は正しい芸ではない、の意。

本因坊 碁の名人、初代本因坊算砂。天和九年没、六十六歳。

〔五九〕やむる 底本「やむ事」。

見もの 人前に姿をさらす職業。

きんか頭 禿頭。

惜しむ 底本「おもしむ」。

心有きは 分別のある程の人。

よすがならば 手だてとして舞台に立ち続けるならば。

ならぬなるべし いさぎよく舞台を退くことなど出来ぬことになろう。

いとうしみ深く 愛情過度に。

入り様 退き際。

傍くならば 死去した後は。

阿波の鳴門は… 「世の中を渡りくらべて今ぞ知る阿波の鳴門は浪風もなし」。世に兼好法師作と伝えて、諸書に引用される。

〔六十段〕　昔人云。名人と呼ばるゝ者疎かに思ふ事なかれ。万調ほらではなりがたし。まづ無病にして長生、生れ付きよく、声よく拍子よく、時に遇ひ、勢ありて*気根よく、物覚早くて忘ず、諸人愛敬、心よく驕らず、いづれも欠けては成がたし。是天道にかなふ人成べし。並々の人と思ふべからず。人の心*さがなく素直ならねば万民*許す事かたし。許さねば我とはならず。一国に一人の上手と言ても六十六人也。是高運冥加にかなふ人なり。されど*万能一心と嗜むべし。

〔六十一段〕　昔人云。上手の藝はわざとならずしてさわやかに、その物々になり興ありて素直に、拍子にあたらず*前か後也。物の十分なるはよからず。越すとのばすとは前か先か。あたる拍子は初心なり。されど気味悪しく、間へ行は聞にくし。是、拍子のきゝ過ぎたるもうるさし。あたるもことによりて用ゆ。万にありぬべしや。

〔六十二段〕　昔人云。狂言の拍子、笛鼓太鼓に習ひありて秘事する事多し。古の上手は狂言の謡よく覚て打たり。地謡と同じ。我祖父*幸月軒、我幼ひ時狂言の諷拍子様を教へられし。今の世の拍子、能の拍子様さへ習疎かなれば狂言の拍子まで習はず。狂言の拍子とて囃さでゐるや。覚えぬゆへに*胡散にて打つを、知らぬ者は*亀相に打つと思ふかと申されし。*打切は一拍子なり。狂言の拍子にても打ちそこなへば恥にあらずやと言はれし。尤のこと也。

〔六十三段〕　昔人云。*翁なしを*あし共言。「な」は「あ」の響同じと言へど、あしとはあらは也。『翁』のなき時脇能により*置鼓にて出る事有。間狂言にも習ひあり。

〔六十四段〕　昔人云。狂言一番の*題目、義理よくわきまへ思案すべし。強く、弛まず、

〔六〇〕**気根**　根気。また悟りの早いことをもいう。
さがなく　とかく意地悪く。
許す　名人と認める。
万能一心　何のわざでも一心こめてはじめてものになることをいう。抄に「一心を絶えず嗜め其上に万能あらば鬼に金棒」。
〔六一〕**前か後也**　所作でも謡でも拍子にべた付けすることは避けて、少し前後にずらすものだ。抄に「よく拍子に合ふは、皆したるき位にて殊の外嫌ふ也」。
〔六二〕**幸月軒**　幸五郎次郎正能。金春座小鼓方。虎明の母方の祖父。寛永三年没、八十八歳。
胡散　よい加減。
亀相に　しそこなって。
打切は一拍子なり　抄には「狂言の謡の打切はいづれも一拍子なり」。
〔六三〕**翁なし**　『翁』を出すかわりに、脇能の脇方が登場の際、シテにかわって翁の式を勤めることをいう。
あし　「翁なし」の別名「翁足」のこと。
置鼓　脇や間狂言の登場楽。笛の音取に続いて奏する小鼓。大曲の上演の際などに用いられる特別の奏法。
〔六四〕**題目義理**　主題と構想。

はなやかに、わさ〳〵と間なく、角なくまる〳〵と、大きにのどやかに、又指合を考ふべし。軽々しからず。ずると、しらるゝと。

〔六十五段〕　昔人云。狂言はひとりわざならねば心のまゝならず、あどの心持肝要也。仕手を育てて我身をたてず、一番出来ぬればあどの手柄也。万人に褒められんより、道知れる者一人に褒められん事思ふべし。されば愚者の喜ばん事をして賢者の嘲を思へとなり。然ば知らぬ人に褒められてもそしられても、ともにあたらじ。亦大勢出る時、人をかたらはず我一人と思ひてすれば越度なし。人を頼めば越度有。少のことも仕そこなひてはよきことあらんや。

〔六十六段〕　昔人云。一番の内に狂言は二所三所ならでは有べからず。初出るより狂言と思ひ、詞をたくみ、歩きを異様にし、かしがましくのゝしり、したるくするゆへに、誠のしどころを外す。是をしそこなふと言。序あり理り有、能にも〔さし〕くせ舞有、いづれ違ふべしや。

〔六十七段〕　昔人云。狂言に酒に酔所有、能に乱有。よろめくに習有。目すはり舌弱く成。余舌萎ゑ過たるは詞聞得ず。万過ぐるは味気なし。足らぬもよからず。よき程がよき也。

〔六十八段〕　昔人云。狂言する者は普段のこと様を嗜むべし。たはれ事言へばその詞舞台にて出づる。人前にておかしく興有んと雑談すればそのまゝ狂言にて面白きと、すゞろに褒むるをよしと思ひ、度々に及ぶ。然ば狂言の時咄程あらずは我藝すたる。普段の衣裳よければ舞台にて出立映へなし。

わさ〳〵と　さわやかに。
するとしらるゝと　抄に「下手は狂言にしらるゝ也」。
〔六五〕**あどの心持**　相手役としての心掛。
大勢出る時…　抄に「人いかに節や拍子を違ゆとも覚え強くば捨てず言ふべし」。
〔六六〕**狂言は**　狂言としてのしどころ、見せどころ。
狂言と思ひ　狂言だから観客を笑わせねばならぬと思い。
かしがましくのゝしり　やかましく大声をあげ。
序　全体的な導入部。
理り　より内容的な詰めの部分。
さしくせ舞　さしが「序」、くせが「理」に当たる。
〔六七〕**乱**　『猩々』の特殊演出。その酔態を表わすという。
舌萎ゑ過たるは　舌がもつれたさまをリアルに演じ過ぎると。
〔六八〕**狂言する者は**　抄に「狂言は世話にて不断の詞也。さるに依て不断むさとしたる事を言ひつくれば、必ず舞台にて出るものなればよく嗜むべし」。
すゞろに　むやみと。
すたる　かえりみられなくなる。抄に「常は狂言師のやうになけれども、狂言になりて面白きと言ふがほん也」。

〔六十九段〕　昔人云。大鏡に、*何事も聞知り見分る人の有は、かひ有ぬべし。なきはいと口惜きわざ也と。是、*子期去て伯牙紘を絶つ類ならずや。名人の業を見て褒め感ずる人のなきは、いと本意なし。業も詞もよく習てするなれば、いづれ違ひあらんなれども、*一毛大山よりかはる所ありぬべし。詞に品有、*仕廻にしほ有。同じ事にあらず。

〔七十段〕　昔人云。万無調法なる人にも物の上手有。夫、生れ付きと藝と相応し、嗜深く、時めき、贔負多して、をのづから上手に成と言へど、其人、子孫、弟子、取たつる事稀也。その身一代にて終る人多し。是素人藝と言。子細は、子も弟子も、師の如く、生れ付かざる事を学ばんとせば偽物也。又無器用なる藝を嗜深くて上手になりたるは、年寄るに従ひ気根衰へなば次第に悪くなるべし。生れ付き器用にて上手に成たるは、教様を知らで、我如くせよと言ひ聞かせ、して見するばかりにては覚束なし。

〔七十一段〕　昔人云。上手と名人にかはり有。上手は*前の理、名人は業をよくし、此道の大事、習、作法よく知、道理をわきまへ才有て*徳たけ、子孫よく取立、弟子をも上手に仕立し人を名人とは言はめ。上手にも上中下有。*其役、人なくして上手並になりたるは、なを床しからず。上手は有とも名人は稀成べしと言置し。

〔七十二段〕　昔人云。狂言は若き時悪しくとも侮る事なかれ。其身ふつゝかなりとも心ざし深く、恥をかき口惜と思ひ、又思ひ入る事有てひしと嗜が、若き時は相応せず年寄るに従ひ、をのづから似相てよく成事も有。若き時よくて、年を重て悪しくなるは*多分也。人も褒めみづからもいみじと思ひ、悪き役を嫌がり、後怠りてすべき手だてなくなり、本の分にてあらんは益なし。悪きはよくなりがたし、よきも悪く成やすし。それをよく嗜む

〔六九〕何事も…　大鏡、昔物語に見える。
子期去て…　列子に出る逸話。春秋時代斉の琴の名手伯牙は、親友鍾子期の死後、再び琴を弾じなかったという。十訓抄五その他にも見える。
一毛大山よりかはる　ほんのわずかなことが、山のような違いとなって現われる、の意。
仕廻にしほ有　しぐさに愛嬌があること。品としほとは、いずれも人柄や芸の力からにじみ出るものであるが、微妙な違いがあることを指摘する。

〔七一〕前の理　七十段を指す。
徳たけ　芸も人柄も円熟して。
其役人なくして　その方面に人材がなくて。

〔七二〕多分　大多数。
かつは　一つには。
上手に許さるゝ事　上手な人として世に許されること。上手の名を得ること。
台徳院　徳川二代将軍秀忠のこと。
皆物は…　この歌、万葉集には見え

べし。其儘にて終らんは口惜き事ならずや。古来より上手有と言へど後続くは稀也。*かつは親の咎。亦親、*上手に許さるゝ事並々の人にあらず。其子、親に等しく露違はずして、二つも三つも親に勝る事のなからざらんは劣り也と*台徳院様仰られし事心にしみてありがたく侍る。万葉に、

*皆物は新しきよしたゞ人はふりにしのみぞよろしかるべき

年寄りて何かはよからんなれども、*功者は捨てられず。藝をよく見ん事もよかるべし。大方嗜て十人並と言へるにはなる物なれども、十一と越ことなりがたし。*其一は十より大義也。古より此道*不堪能にても上手有。達者にても下手有。

〔七十三段〕　昔人云。若き時藝をあまり大事にかけ、控へ〳〵すれば、年寄るに従ひていよ〳〵控へ過るもの也。先若き時は、何にてもよし悪しにかまはず押し放し、したきまゝにし、悪しくても仕そこなひても苦しからず。初より上手には成がたし。名をとりたる人若時の*瑕瑾あまた多し。上手になりては後に*覚えになる。又上手に成て堪能の誉有。*得物有は嫌有。普段よく仕付たる事、をのづから得物になる。得ぬ事は大かたは仕付ぬ事也。是につけても鍛錬肝要也。

上手の名をとりては大事なり。人の目にたつ*行迹は斟酌有べし。初心の時は覚へたる事より他にすべき手だてなし。それを過れば*くつろぐ。又詰まる。必ずそこにて草臥物也。そこを過せば亦ゆるくなる。*我藝のあがりたるを知らんとあらば上手の業を見知を以て知る。是、目耳の明きたるしるし也。亦上手になるまじき物と思ふべからず。我身のならぬ事はそゞろに神の如く思へども、人のする業なればなるまじき事にもあらず。ならぬは我

ない。「万葉」とはあるいは秘伝書の名か。
功者　芸功を積んだ者。
其一　十を越えた一の部分。
不堪能　不達者。抄に「達者にて何の役もすると言ふとも、一番にてもよくする事のならぬ者あり。不達者にても、一番よくする者あり。これ生れつき器用なる者の不嗜故か、不器用なる者の嗜深き故か」。
〔七三〕**瑕瑾**　きず。欠点。
覚え　名声を得ること。
得物有は嫌有　なまじっか若い時に得意な向きを持つのは好ましくないことだ。
行迹　品行。
くつろぐ　安心して芸もゆるむ。
我藝の…　抄に「上手の芸を見て、扨も及ばぬ所有りと見知るはよきもとで也。又上手の芸を侮るは目くら聾なり。殊のほかの初心也。惣じて、よろづ物の講釈もわが智恵々々程ならでは合点せぬもの也」。
〔七四〕**脛巾**　脚絆の類。
弓懸　弓を射る時の手覆い。抄によれば、これは喜多七大夫の言である。
仏の類・神の類　狂言に登場する恵比須・大黒・毘沙門等の神仏の類の扮装について。
〔七五〕**強根**　強いたち。底本「がうきん」。
使はれてよし　草稿本には、上に「声に」とある。

咎、人の咎にあらず。

〔七十四段〕 昔人云。大夫の脛巾は黒き無紋、足袋は白皮也。されども鬼の類に緞子の脚絆穿きたる事も有。『猩々』の乱れに赤き足袋、同じく弓懸を仕たる事も有となん。上の小袖・大口など、赤きは今も多分也。上の赤きより身の赤きは尤也。一様には有まじ。狂言は紋の有黒き脛巾、緞子、足袋は色有。是、陰陽。仏の類に金入、神の類には緞子、色はいづれにても、物々による。

〔七十五段〕 昔人云。声にも使ひ様有。声に使はるゝと使ふと有。生れ付き声の性よく強根の人は声を使ふたるよし。弱き人、声の性悪しきは使はれてよし。余きめて使へば裏声になる。声のかはりめに油断なく使へば早く出づる。少しにても油断すれば遅く出る。宵は高く朝は地声、寒の内勿論なれど朝起き〱絶へず使ふよし。胴より出づるを本とす。出る所に善悪有。

〔七十六段〕 昔人云。狂言に早き所は静に、緩き所は早くせよと。是高上也。心にてすると。あながち仕舞にあらず、仕覚る事かたし。かばかりの事と思ふべからず。

〔七十七段〕 昔人云。狂言の面は能の面をくづしたる也。「笑尉」を「登髭」にし、「曲見」を「ふくれ」に直し、「大癋見」を「武悪」に直す。余は是に同じ。然るを、狂言の面とてをかしく片輪なるはよからず。狂言の面に作あまた有。作にても悪しきは役にたゝず。新しきにても狂言に相応尤然るべし。大方藝の位は、面衣裳の取合にても知べし。面を普段とり出し見て面の心を知るもの也。

〔七十八段〕 昔人云。古よりの作法、法度よく守るべし。我身法度背かば人の事言はれ

きめて 気取って。調子を考え過ぎて。草稿本には「あまりたかく使へば」とある。 **声のかはりめ** 変声期。

〔七六〕早き所は静に… 八帖花伝書四16参照。囃子方の「宮増弥左衛門伝書」小鼓之書に「早き事をば心を悠に持ち、静かなる事をば心をいさめ離す也。早き事也と思ひ早く打ち候へば、うは歌舞伎といふ者也」。

心にてすると この緩急の問題は、外面的技術的なものでなく、心持の上での処理なのだ。

あながち仕舞にあらず 必ずしも狂言の所作に限ったことではない。抄に「万の芸、心に納めざらんは、右の段成るまじき事也。所作をよく覚へ、我ものにして、自由なる所なるべし」。

〔七七〕笑尉・曲見・大癋見 以上能面。**登髭・ふくれ・武悪** 以上狂言面。ここにも虎明の、狂言は能のくずしという考え方がみえる。

よからず 定稿本には「不祝言にてよからず」とある。この辺にも、能と狂言の一体性、その式楽性を重んじた虎明の考え方がうかがわれる。

作 古作。由緒ある作。

藝の位は… 抄に「衣裳は我芸ほどに着るもの也。異風なる心もちたる者は、異風体好く者也。狂言もおかしくする者は、面も片輪なるを好く者也。然らばその心悪くあらはるゝほどに、芸の分際を知るべし」。

じ。殊に我家は狂言の根元也。本乱れて末よからず。我まで十三代也。系図に詳し。年を数へて三百五十年ばかり、絶へず下手の嘲りなし。余人にはかはるべし。

〔七十九段〕　昔人云。狂言に嫌ふ事多し。躰を立てずかしがましく、詞をたくみ行儀乱れ、目口を広げて五躰をくづし、義理を立てず、したるく、たるみ沈み、詞もたれてうきたゝず。調子拍子違ひ、卑しくまばらに道化たる事は、狂言の病也。此類は返々も人の拾はぬかたへ捨つべき也。

〔八十段〕　昔人云。我家の狂言、習ひ有事も、今の世脇々に見とり聞とりすると言へど、習はずして習、心を知る事有べからず。仕様を少替と言へども昔の作者に及べきや。我親の語りしは、鷺は異名にて本名字は長命也。今の次郎大夫祖父の子方になりて名字を貰ふ。鷺と言へるは、仁右衛門親、摂津国磯嶋と言在所に住し、生れ付き首長くして水辺に住程にとて異名に付し名字也。仁右衛門親、叔父の三之丞は宇治の源右衛門弟子也。源右衛門は今春万五郎弟子、万五郎は先祖金春四郎次郎殿弟子也。仁右衛門親下手にて、若くて親に離れしを三之丞取立し事、近き比まで人の知りし事也。夫を我家などゝ言はんは片腹痛き事也と、次郎大夫度々申されし。我又今の親次郎大夫を、仁右衛門、親方殿と言はれし事直談に聞し。さればこそ鷺名字四座になし。是今人の知りたる事なれ共、世隔りては知る人あらじ。

〔八十一段〕　昔人云。鷺の笛・狂言神楽、笛の習ひ〔と〕言ひならはせど、『鷺』は能にありて狂言には舞もなし。然るを仁右衛門親、鷺の舞を舞ひしとてそれより鷺と言と言へどさにはあらず。前に言如く左様に名を取るべき人にてなし。三之丞はよき仕手と聞しか

〔七八〕**我家**　大蔵家。
余人　他家、他流の人々。
〔七九〕**狂言に嫌ふ事多し**　抄に「惣じて能狂言は十の物九つは祝言也」。以下その立場からの発言が続く。
躰を立てず　基本をしっかりさせず。
義理を立てず　義理はここでは筋道という程の意。つまり全体の統一をこわすこと。　**まばらに**　粗雑に。
〔八〇〕八十段・八十一段については解題八〇六頁も参照の事。
脇々　他流。以下その代表として、当時の新興勢力鷺流を攻撃する。
長命　長命座は金春系の一座。しかしこの頃は実体を失っていたらしく、長命を名乗る能役者・狂言師や囃子方は各座に分散している。
今の次郎大夫祖父…　鷺仁右衛門宗玄(→二十一段)の父が、今の長命次郎大夫の祖父の庇護を受けたこと。
仁右衛門親　宗玄の父、三之丞の兄。
摂津国磯嶋　旧河内国交野郡ではあるが、淀川東岸に磯島というところがある。ここか。現在枚方市。
金春四郎次郎　→六段
親次郎大夫　先代の長命大夫。妻は虎明の叔母。　**仁右衛門親方殿と…**　仁右衛門が長命を主筋と立てていたこと。親方は子方の対。親のように頼みとしている人。
〔八一〕**狂言神楽**　狂言の中で奏せられる神楽の舞。『石神』などに用いられる。

ど、是も後は我祖父虎政の弟子になりししるし有。

〔八十二段〕　昔人云。藝の習ひの事など言に、よからぬ人は知らぬ事をも知りたる気色し、鼻の程おごめかし、されば左様の事も有などゝ*ひけらしく言なす人有。名ばかり聞て心も知らず、覚たると言しも有。是亦*知つて知らざれと言に*まぎるゝ。知まじき事をも知りたり顔をする時、言ひあらはし、人にもらさんもおこがましく、猶言散らさんも無下なれば、是亦難儀也。知らざる事は執心して人によらず習ふべし。君子は*下聞に恥ず。*問は一旦の恥、*知らざるは知らざるとせよ、是知れる也。*誤つて改むるに憚る事なかれと。さのみ執心なき人にあからさまに教へん事もよからねば、人の事をそしらず嘲るべからず。

〔八十三段〕　昔人云。古の上手も今の世の上手に増劣りは有まじと言人有。今様の上手昔の人に及ぶべきや。*此道作り出だせる事を学ぶ事さへならず。*同じ口にも勿躰なし。

〔八十四段〕　昔人云。古代の人の心は素直にして、見物するにもよき事を見出し聞出して褒めんとす。*当時は、よき事は感ぜず、上手ならば勿論褒むるに及ばずと言ひ、悪しき事を*あからめもせず見聞出して、上手には似合はぬとそしらんとたくむ人のみ多し。

　*世の中に虎狼は何ならず人の口こそ猶勝りけれ

昔より仕にくゝ有べしや。

〔八十五段〕　昔人云。*心の拍子、身にて踏むと肩にて踏むと、腰にて踏むと膝にて踏むと、爪先にて踏むと踵にて踏むと、切る拍子つなぐ拍子、数によりて陰陽有。

〔八十六段〕　昔人云。狂言に*乗拍子は稀也。されど乗を知らざれば乗らぬを知らず。

〔八二〕**ひけらしく**　自慢たらしく。
知つて知らざれ　→二十九段
まぎるゝ　それと似ているが、実は大変な違いである。
下聞に恥ず　知らないことは、たとえ自分より下の者に教えを乞うても恥としない。論語に出る。
問は一旦の恥…　毛吹草に出る。
知らざるは知らざるとせよ・誤つて改むるに…　どちらも論語に出る。

〔八三〕**此道**　狂言という芸の道。
同じ口にも勿躰なし　抄に「かやうの事言ふ者は、かつて物を知らぬ人なるべし。勿論少しよき事もありもやせんなれども、題目のある事は、のちに綴る事もならんかし。其題目作る事は及びもなき事也」。

〔八四〕**当時**　現在。当世。
あからめもせず　目をそむけもしないで。根掘り葉掘りして。
世の中に…　藤原良経作。秋篠月清集巻一に出る。諺的なものとして諸書に引かれ、抄にも「世の中の歌は『藻塩草』に有」とある。

〔八五〕**心の拍子**　柳生「月之抄」にこの語が見え、「合はずして合ふ拍子」と説明されている。

〔八六〕**乗拍子**　リズムに合う拍子。

〔八十七段〕　昔人云。眼にも*進む目退く目有。尤陰陽有。身の風情、*退くとかゝると、左右へかゝるに陰陽同前也。習は秘するを以よしとす。弘法大師の言、女は隠るゝにあらずよく見えんがため、法は秘するにあらずよく説かんがため。この心得なるべし。

〔八十八段〕　昔人云。さる人*親道倫へ仰せられしは、「其方の狂言、能に近くして、それにつき衣裳なども奇麗過ぎたるやうに人も言ひ、我もまた左様に思ふなり、子細あるや」とおん尋ねありしに、道倫答へて曰、「昔の狂言見たる人今は稀なり。我等狂言、能に近きと御覧ぜらるゝこと尤なり。当世の能、狂言に近くなり、当代世間の狂言、*道外になるゆゑなるべし。それにより能は狂言に近くなり、*世間の狂言遠くなりたるゆゑに左様に見へ申すべし。又衣裳のことは、*理を以て言はゞ、『百万』などに*「肩を結びて裾に下げ、裾を結びて肩に掛け、筵切れ菅薦の」と言へば、筵を被り薦を着ていたすべきや。狂言などにも百性商人卑しき者などの着る物を着ていたしてこそ理にかなふべきに、昔より肩衣・袴を着ていたせば、是法なるべし。*昔今剛又兵衛といふ能の仕手あり。薪の能に『融』をせられしに「持つや田子の浦」と言ふ前にて肩をつきのけ水桶を荷われしを、名人*八郎見物して帰りて申されしは、「あの様なる仕舞はせぬことなり。能は貴人高人の御前にての事なるに、卑しき仕舞は文句に合いたこともせぬ物なり」と申されし」と語られしこと、我も傍にゐて聞きしことなれば書きはべる。

〔八十九段〕　昔人云。

*貴命にも覚えぬ事はすべからず推してするこそ道のけがなれ

家々次ぐ人は心持大事也。人の気に入らんとて道にあらぬことをし、時めきたらんは床し

〔八七〕進む目退く目　抄に「進む目と言ふは左の方を見、下を見るを言ふ。退く目と言ふは右の方見かへり、上を見るを言ふ」。
退くとかゝる　退くと進む。
〔八八〕　この八十八段に相当する条は、他本では四十九段の抄の中に移され、独立したかたちで残っているのは野村本「昔語」のみである。従ってここは同本によって補った。
親道倫　虎清のこと。ただし諸本の抄ではここが「ある人、予に仰せられしは」と変わっている。
道外　虎明の言葉の中に、能→狂言→歌舞伎の順序でくずして行くという筋道が見出せる。↓四十八段
世間の狂言遠くなり　抄では、ここが「世間の狂言、歌舞伎になりて、私狂言に遠くなりたる故」となっていて、この方がわかり易い。
理　写実主義の理。
肩を結びて…　『百万』のシテ狂女の姿を叙した部分。
今剛又兵衛　金剛座の役者。慶長二年没、四十四歳。
八郎　↓六段
〔八九〕貴命にも…　「音阿弥百首」に出るが、「日置吉田流弓術琴玉集」教訓歌にも見え、芸道の教訓歌として当時広く行なわれていたらしい。

すさめては　主君から捨てられてしまうと。

吉凶はあざなへる縄の如し　世の中の吉凶禍福はより合わせた縄のように、一体的なものだという諺。

北の翁　淮南子に見える「塞翁が馬」の物語。

正直は一旦の依怙にあらず…　正直の頭に神宿ると同意。北条氏直時分諺留等に出る。

衆に秀でたる者は…　抄に「芸ある者は必ず誘有り」。

大宋国の翁…　宋の一老翁が子の飢を救うために元王に通じ、千金を得て宋の将軍を陥れるが、その身は車裂にされた話。塵添壒嚢抄六からの引用か。

赴き　底本「そむき」。

幸小左衛門　幸月軒の第二子。幸清五郎月閑。金春座小鼓方。慶安二年没、六十三歳。虎明の母の弟に当たる。この『石橋』の話は抄や「近代四座役者目録」に詳しいが、要するに『石橋』の間狂言の登場楽が早鼓であるか否かという論争。ただし「近代四座役者目録」では、これが幸小左衛門と父虎清との争いになっている。

言分　口論。この結果は狂言方の主張が正しいとされた。

〔奥書〕曾予が心匠にあらず　まったく私の私意による叙述ではありません。

からず。後悪しきもの也。君御寵愛の時は悪しき事もよき事になれど、定まらぬ人の心なれば、すさめては昔の咎を引出だす事有。亦後恥かしからんか。夜の間にかはる飛鳥川、人の心を頼む事なかれとぞ古き本に数見えたり。吉凶はあざなへる縄の如し。北の翁の事思ふべし。一旦主君の気に合はんとて後まばゆき事思はざらんは木石に異ならず。主に是非気に入らんと思ひ奉公すれば、必後恨み出づる。気に違わぬ様にと奉公すべしと言へる事、尤面白し。正直は一旦の依怙にあらずと言へども、遂には日月の憐れみを蒙る。衆に秀でたる者は憂に沈むと。人に知られし者は言に及ばず。

亦家々に生れ、其外もこの道学びて世を渡らん人、たとへ難に逢とも世に遇はずとも、先祖・師の屍を汚さん事不孝の至りならずや。亦は子孫の事をも思ふべし、大宋国の翁千金に身を売、五刑に赴き身をいたづらになしゝも、子を思ふ親の心こそ哀れなり。亦侍の道を見ずや。道に背きたる事は言に足らず。是はたゞ家に疵をつけざる事を嘆くなるべし。我代に幸小左衛門叔父甥の間なるに、『石橋』の間に言分有て家に疵をつけざる事、世間、中間に見及びし事也。人は一代名は末代、埋もれぬ名を残さんこそあらまほしけれ。たゞ幾度も我身を倹やかにして、君をたて、物に争はで世の掟を背かず、子孫に伝ん事を願ふゆへ也。道の冥加有て世々限りあらず。伝るべき事めでたかるべし。

〔奥書〕　右の一冊、曾予が心匠にあらず。先考道倫老翁、常に語置し枢要をあたかも忘ず書侍る。予五歳にして此道を習ひ始め、修心煉行する事年久し。三十の比親より印可感状を取、それより万法唯一心の道理を学ぶと言へど、性不敏にして文字の訓をも知らず。

故に此文、文句ふつゝかにして次第同じからずと言へども、家業の術は代に名人と呼れし*先生の伝受なれば、いかでか是を*容易にせんや。*毫釐も差あらば先祖の誉を汚さん事深く恐ると言へど、予晩歳に及び、子孫のためを思ひひそかに筆端にあらはす。後世自家に英才の人有ば、歴代の書籍を規として予が誤りを改めん事を請ふ者也。

於武州江府書之　于時五十五歳

*慶安二二暦辛卯　*沽洗吉辰日

従元祖十三代　狂言大夫藤原氏大倉弥右衛門

虎明 花押

*松井弥左衛門どのへ

あたかも　そのまま。

先生　父。

容易　かりそめ。ゆるがせ。

毫釐　わずかなこと。

慶安二二　慶安四年。

沽洗　陰暦三月。

松井弥左衛門　大蔵流狂言師。幕府の能係役人も勤めた。同家に弥左衛門を称する人は何代かあるが、ここは虎明の異母妹の夫で、慶安五年家督を相続し喜左衛門を名乗り、元禄十三年没した人であろう。

等伯画説

赤井達郎校注

画説　長谷川等伯物語記之

1 如*説—宗*文(シュブン)—

- 雪舟
  - 等*春　□示レ之
  - 等*玩　出家
  - 小蔵主
- 能*阿弥　芸相続ト次第スル也。知伝　相阿ノ弟子也
- 小*栗宗丹　法眼　狩野元信ガ父ハ宗丹ニ問也　開山ノ御影書タル人也
- 曾*我宗定
- 上手紺屋　六条ニ居也

2 一　如説・宗文ハ唐*ヤウノ開山也。和*尚ニ不レ劣(おとらざる)筆也ト。

3 一　雪舟ハ周防ノ山口ノ人也。山口ニ雲谷*庵トテ有レ之。其寺ノ長老ハ皆絵ヲ被レ書也ト。近年迄当雲谷ノ筆トテ世上ニアリ。等伯、現ニ見タリト物語セリ。生国ハ備中ノイ山*ノ人也。依レ之備陽雪舟ト云也ト。イ山ニ大ナル会*下(ゑげ)有レ之、居レ爰

4 一　是ノ八々*鳥ハ宗文ガ筆也ト。八々鳥ハ唐鳥也。日本ニハ無キ物也ト。世話ニ、カラス

---

1 如説　如拙。室町初期の画僧。ニヨセツとも読む。絶海中津が大巧如拙の義によって名づけたという。

宗文　天章周文。相国寺の画僧。のち、幕府の御用絵師になったと考えられ、日本的な水墨画を描く。彫刻にも長じ、雲居寺四丈阿弥陀像を作る。

等春　等伯の父宗清の師。加賀富樫氏のもとに数年滞留したと考えられ、等伯の号もこれによる。等春の下の文字は紙の欠損のため判読しがたい。

等玩　秋月等観か。

能阿弥　→四四四頁「真相」注

小栗宗丹　宗湛。周文のあとをうけ幕府の御用絵師となる。

曾我宗定　宗丈・蛇足。曾我派の祖。越前朝倉家の家臣の家に生れ、一休宗純に参禅。

2 唐ヤウ　唐様。書道・建築などにももちいられるが、この場合は漢画・水墨画をさす。

和尚　牧渓法常。→四二五頁注

3 雲谷庵　大内氏の城下山口にあった雪舟の居所。近年まで当雲谷の筆とあるのは雪舟の弟子周徳のことと考えられる。

イ山　岡山県総社市井尻野井山か。『本朝画史』は雪舟の出生地について「備中(都窪郡)赤浜の人」と記している。

会下　禅僧などが師の膝下で修業する所。エカとも読む。

ヲ八々鳥トイヘリ。一向別ノ鳥ゾ。

5 一 禅*月大師ト云ハ、人*形書上筆ノ内也。雪舟十六羅漢ハ禅月之ヤウ也ト。

6 雪舟（入唐至二于天*童山一成二座主一也）
　├ 等春（奈良ノ番匠童子也。清僧也、非二俗人一ニ　阿波ノ讃州ニ付居申也）
　│　├ 無文（ブン）
　│　├ 宗*清（道浄ト云也　父 法淳）
　│　└ 等伯
　├ 等玩（グワン）（私云、絵ガ少*弱キト）
　└ 小蔵主

7 一 阿*波讃州之絵事、名筆也。雀ノ串サシハ讃州之筆也。正本（牧渓也）ハウセタリ。而ニ、讃州写レ之給テ能阿弥ニ外*題ヲ令（かかしめ）レ書玉フト。則、天下ニ用レ之也。雀ノ串サシハ真向（マムキ）ノすゞめ也。いばらニとまりたる所也。全躰、すゞめを串ニサシタル様ナレバ尓云（しかいふ）也。
王昭君ガ馬上ニテ琵琶ヲ引画。紹*巴ニアリ。讃州ノ御筆也。現ニ見レ之也

8 一 開*山之御影ヲバ元信（狩野）之父法眼奉レ写レ之。小*幅殿施主也。

9 一 牧渓ノ人目（人の目ニ似タリ）ノ雀トテ、竹ニ三巴とまりて居ル所也。三*好ノ宗三。

10 一 能阿弥事。
慈*勝院殿東山殿也。公方ゾ同*朋也。名仁也。画ノ事ハ自レ元也。香ノ上手。連歌士

11 一 能*ガ鳴鶴事、七*条ノ道場ニ有レ之キ。

---

4 **八々鳥**　叭々鳥。鵲（かささぎ）の異名。「是ノ」は、筆者日通上人または本法寺所蔵のという意味。

5 **禅月大師**　貫休。→四二七頁注

人形書　人物画家。

6 **宗清**　等伯の父。法名道浄。本法寺蔵等伯寄進涅槃図の裏に日通上人が「祖父法淳、慈父道浄、悲母妙相」と記している。

少弱キ　『天王寺屋会記』などにもみられる評語。雄勁なものを好む桃山時代の芸術鑑賞のひとつの視角がうかがわれる。

天童山　寧波の天童山景徳寺。応仁元年桂庵玄樹らと入明した雪舟は天童山に詣でその第一座に任ぜられた。

7 **阿波讃州**　細川成之（永享元―永正八）。法名慈雲院道空。和歌・能楽にも長じ、『本朝画史』は「学二雪舟一者也」という。

外題　鑑識のあかしとして筆者・画題などを書くこと。→28

紹巴　連歌師里村紹巴か。

8 **開山**　本法寺開山日親上人。

小幅殿　小幡殿か。

9 **三好ノ宗三**　越前守政長。三好長慶の一族。堺に住み茶湯を好む。

10 **慈勝院**　慈照院。足利義政。

同朋　将軍に近侍し諸用にあたったもの。阿弥号をもつ時宗の徒で、諸芸能に長ずるものが多い。

11 **能**　能阿弥。

七条ノ道場　金光寺。時宗。

慈照院ヲ御申ノ時、此鶴ヲ事外(ことのほか)御称歎被レ成テ、今よりハ鶴不レ可レ書ト云々。此鶴ヲ等伯祖父ハ被レ見タリト。今ハ無レ之。

12 一 *波ノ絵ハ、岸へ打当テ、カヘル波也。此故ニ岸ニハ波少(すこし)モ无レ之ト。

13 一 *波岸ノ外題斗(ばかり)ハ中正蔵主ガ筆也。余ハ*能与(と)相ガ筆也。

14 一 *八幅ノ玉澗(カン)事。東山殿慈照院殿取ヨセ給也。初ハ巻物ニシテ有タルゾ。是ヲ御切被レ成(おきりなされ)テ軸物ニスル也。外題ノ書付ハ能阿弥ガ筆也。八軸ナガラ自筆自賛也トイヘリ。初(はじめ)ハ*百〆宛ノ画ナレ共、茶湯盛ニナルニ随テ千〆、後ニ三千〆云々。

15 一 *王摩(マ)詰(キツ)ガ画ノ評定ニ、玉磵(カン僧也。西湖ニ玉磵寺ト云有レ之ト)ヲ事外ホメタゾ。依レ之用レ之也。和尚ヲバサノミ不レ讃(ほめざつ)タゾ。夫ハ余リ自由ナ筆ナルニ依テ、図ニ不レ合ト云タゾ。和尚ハ玉ヲバンノ上ニマワスガ如ノ自由也。

16 一 *孟玉磵・瑩(ケイ)玉磵、唯ダ玉澗ト斗ハ八幅ノ歟。

17 一 和尚(牧渓)紙ト云テ、唐紙モ白クブツクリトシテ、さまハ*杉原ノヤウナゾ。和尚ノ画ハ紙ニテ知ル、ト也。又和尚ノゐニ、只ノカタイ唐紙ニカ、レタルモ有レ之。一概ニハ不レ可ニ意(こころう)得一也云々。

18 一 等伯云、*梁階(リウ)ハ上筆也(文叔ト云ゾ)。天下一ノ人形書也。王磨詰ガ称歎之異相者ニテ、内裏ノ事ヲバ余リニ不レ書。但農人(ノウ)ナドノ*ヒヱタル躰、スキ也。

19 一 梁階ガ*鷺(サギ)ノ絵トテ堺ニ有レ之。イカニモ少キ(ちひさ)鷺也。*蜘(くも)ホド也トイヘリ。

12 **波ノ絵**　玉澗筆。永禄十三年十一月十六日の今井宗久の茶会に懸けられ、「なみのくろきすみ一すぢあり。そのほかはうすきすみ也。しほけむりのやうなるものあり。…あまりこび(媚)たるものにては無レ之候」(天王寺屋会記)とある。

13 **波岸**　波の絵と岸の絵。『山上宗二記』に「玉澗筆岸ノ絵　賛無　惣見院(信長)御代ニ滅ス」とある。

能与相　能阿弥と相阿弥。

14 **八幅ノ玉澗**　玉澗筆の瀟湘八景。『山上宗二記』に、「八幅ハ紙地玉澗筆　朱ノ印　讃在リ　皆横絵也」とあり、現在その三幅が伝えられる。

百〆　百貫。

15 **王摩詰**　王維。→四二四頁注

16 **孟玉磵・瑩玉磵**　→四三〇・四二七頁注

17 **杉原**　杉原紙。当時にも料紙による鑑識のあったことを物語る。

18 **梁階**　梁楷。→四二五頁注

ヒヱタル　閑寂な。『申楽談儀』のなかに、増阿の芸を評して「冷えに冷えたり」とある。

19 **鷺ノ絵**　『天王寺屋会記』永禄四年九月廿三日、宗好の茶会に、「丸絵　鷺二ツ在　チヤクシキ(着色)タツ(竪)絵也」とある。

蜘　蜘蛛。

20 一　惣ジテ小花鳥(コばな)トテ、鳥ヲモ木ヲモイカニモ*少ク書事アリ。可レ思レ之。

21 一　*太古石(タイコセキ)トテ土ニテ岩ヲ作テ上ヘ薬ヲカクル也。絵ニ如何程モ有レ之物也。大国ナル故ニ岩ヲ作度(つくりた)イマヽニ面白作ルゾ。

22 一　画を思案工夫シテ書タル人ノ事。
*王宰。家二于西蜀一。後心抄ニ載レ之、可レ見レ之
*五日一石、十日一水矣。一ノ岩ヲバ五日案ジテ書、水一結ヲバ十日案ジテ書タト也。岩ヨリ水ハ大事ノ物ト聞タリ。

23 一　*団扇(ダンセン)ノ事。唐絵名筆ニ多有レ之物也。雪舟ナドノニモ有レ之。□

24 一　鴈ヲ書ニハ、*飛(ヒ)・眠(ミヤウ)・宿(シユク)・食(ジキ)ノ四。番(つがひ)ノ鳥ヲ書事、是古実也ト等伯

25 一　東山殿*インコト云唐鳥ヲ飼給ヘリ。此鳥有時(あるとき)ニゲ失タリ。終日不二食給一。物ニ工夫アル者ヲ呼テ、可レ令レ尋云々。初ニハ大工、次画カキ。能阿弥申サク、醍醐ヲ可レ尋ト。如レ案、醍醐ニ居タルヲ、名人ノトリサシヲ呼、サイテ来タリ。後ニ仰云、何トシテ醍醐ヲ指乎ト。能阿云、醍醐ノ木、*夏珪ガ書ケル唐木ニ似タリ唐鳥ナレバ也、故尓申也。諸人称歎。

26 一　*士廉鶴歟*雪窓 子連ガ蘭トテ大唐一番ノ蘭書也。非二上筆一

27 一　*林和靖(セイ)名人詩作也、*東坡ガ時代也。二人居二于西湖一。天下ノ人称歎シテ云、此二人居(コト)二西湖一如(ニ)二日与(と)マツゲ(トノ)一。是西湖ノカザリ也ト矣。*山谷歟 東坡愛レ蘭、*周モウシクハ愛レ蓮、和セイハ

20 少ク　小さく。
21 太古石　太湖石。穴のあいたふしくれだった石。自然石は少ないので模造品が作られた。→56
22 王宰　唐代の山水画家。
五日一石　杜甫の戯題王宰画山水図歌の「十日画一水　五日画一石」による。
23 団扇　うちわ形の絵。雪舟の作品はいまに伝えられている。この項の最後は紙の欠損のため判読しがたい。
24 飛・眠・宿・食　『続翠詩集』に、「題雁画　飛鳴宿食」とあり、眠は鳴の誤り。
25 インコ　鸚哥。オウムとの厳密な区分はない。
夏珪　→四二六頁注
26 士廉　明の画家。類従本『君台観左右帳記』下の部にあり。「士廉ガ蘭」と書いたが、士廉は鶴、蘭は雪窓であることに気付いて訂正。さらに、「非二上筆一歟」と書いて歟を消している。
雪窓　明雪窓。→四三一頁注
27 林和靖　林逋。宋、銭塘の人。「梅妻鶴子」といわれた。
東坡　蘇軾。→四二七頁注
山谷　黄魯直。底本、「東坡」を見せ消ち。
周モウシク　周茂叔。宋、営道の人。廬山蓮花峯下に住し、宋学の開祖。周敦頤。濂渓先生。

愛レ梅、陶淵明愛レ菊、是ヲ四愛堂ト云也。

28 一 等伯云、少(ちひさ)イ絵ヲバ四方ニ*ライ紙ヲグット置テ表具スベシ。さまハ団扇ヲ表具スルガゴトシ。

*能ガ外題ナド、マタハ左歟右歟ノライ紙ノ上ノ方ニ張付ベシ。張付ルニ可レ有二分別一事ゾ。

得意云、梁階外題ニ是柳鳥左トアリ。是ハ三幅一対ノ時歟。然者(しかれば)鳥ノ向タル方ニ可二張付一歟。人形ナドノ賛ノ意可レ思レ之。又真中ニ歟。但打見タル処ハ、絵ノ左ノライ紙ノ上カド可レ被レ吉歟。

29 一 *顔輝(ガンヒ)、上筆ノ内也。梁階・玉澗ナド同列ノ絵也。

30 *図絵宝鑑歟、卅帖有レ之。天竺・大唐・日本、三国ノ上筆ノ*継図ニ、

┬天竺ハ*因陀羅一人　唐へ来、布袋書之
├大唐ニハ多在レ之　玉澗・梁階・牧渓等多レ之
└日本ニハ*黙菴庵ゾ　黙庵ハ宋朝ノ時(と)キ入唐

31 一 牧谿同時ノ人也。性徳ハ日本人也。、、(日本)一ノ絵也。黙庵ガ筆ハ牧谿ヨリ希(ま)レ有也。御物ノ中ニモ希レ有也。

32 一 (*五位鷺枯木ニトマリタル絵事)能阿モ定写テ可レ被レ置也。外題能ガ筆也。

33 一 黙庵ガ桃之絵トテ*御物ニアリ。イヅクノ所ニアルヲ不レ知ト。上々筆ト可二意得一也。

28 ライ紙　礼紙。書状などの包紙。ここでは台紙のこと。

能ガ外題　能阿弥の外題は非常に高く評価された。『南坊録』には、外題飾りと称し、外題も鑑賞の対象とされたことを記している。

29 顔輝　ガンキ。→四二六頁注

30 図絵宝鑑　元の夏文彦撰、五巻。画論および人伝。室町時代に舶載され、唐絵の鑑識によく利用された。底本「図絵宝藍」。

継図　系図。

因陀羅　→四三一頁注

黙菴　→四三一頁注

32 五位鷺枯木ニトマリタル絵　『槐記』享保十二年五月十八日に略図をのせている。黙庵画、楚石賛。→38

33 御物　東山御物。

私後云…　日通上人が等伯の黙庵評価と『君台観左右帳記』とのちがいを記した部分。

人不レ可レ知レ之ト。*私後云、観台左右帳記ニ下筆ニ入タリ、如何。

34 一 客来一味ト云ハ*菜ノ絵ノ事也。牧渓ノ筆也。（渓ガ自筆ニ書也）牧、（渓）ノ自筆ニ客来一味ト被レ書タルニ依テ尓云也。能ガ外題ニハ菜ノ絵、牧渓筆ト斗有レ之。

35 一 故実云、外題ハイカニモ*真ニ書（カ、）レタルゾ。草ノ字ニハ無レ之。能ガ筆歟、又ハ相歟也。多分ハ能相ノ筆也。

36 一 *牧渓之絵ハ平聞（マ吉カ）云、碁盤ノ上ニ玉ヲコカスガ如ク自由三昧ノ筆ナルニ依テ沢山ニ有レ之。黙庵ハ希（まれ）有也。又御物ノ中ニモマレ也。

37 一 *牧渓ノ竜ヲ書テ印判上ノ方ニ竜吟雲起ト自筆ニ書。又*虎ヲ書テ印判上方ニ虎嘯風生ト自筆ニ被レ書タル也。有レ之也

38 一 黙庵ガ五位鷺ヲ柳ノ古木ニ載テ下ヲ見ル処ヲ書タリ。朱印ノ上ニ（ニツ有レ之）水清魚見ト書ケリ。此等皆鷺ノ意ヲ書タリト。*本光淳ヘヒケイシテ遣也

39 一 黙庵於二大唐一ニ被レ書タル絵多レ之。猿猴ヲ四幅一対ニ書テ日本ヘ渡タルアル也。*能州ノ屋（やかた）堅御所持也キ。

40 一 *四幅一対ト云事、大唐ニハ*丁ヲ用ル故ニ四幅・六幅・八幅一対有レ之。日本ハ三幅ナド半ニ用ル故云也。今時四幅一対ト云ヘバ人笑レ之。不レ知レ物故也。

41 一 禅月大師、人形書也。雪舟ノ人形ニ禅月ヤウ多有レ之。

42 一 *月山大師、馬書（ムマカキ）也。畜類ニ多（おほく）月山アリ。

34 菜ノ絵 杓子菜を画面中央に描いた絵。『山上宗二記』に、「牧渓筆菜ノ絵 自讃客来一味ヨコモノ也 蜂屋出羽守ニ在リ」とみえる。

35 真 楷書。外題は楷書で書くのが故実であり、草書で書いてはならないことをのべている。

36 牧渓之絵 室町時代の諸記録以来、茶会記などに牧渓筆と称するものがおびただしく記されている。

37 牧渓ノ竜・虎 大徳寺に伝牧渓の竜虎図があり、竜図には「竜興而致雲」、虎図には「虎嘯而風烈 咸淳乙巳牧渓」とある。

38 本光淳 本阿弥光淳(光悦の伯父の養子)か。

39 能州ノ屋堅 能州ノ館。畠山氏。

40 四幅一対 鎌倉時代末の『仏日庵公物目録』の対幅はほとんど二・四幅対であり、室町時代の『御物御画目録』には三幅・五幅対がみられる。

41 丁 偶数。半は奇数。

42 月山大師 子明月山。→四二六頁注

43 一　等伯云、波岸ノ絵ヲ懸ル時、*前ガケトテ先絵ヲ被レ懸也。波ノ絵ニハ、雀、月山筆。岸ノ絵ニハ、桃、黙庵筆也。此マヘ懸ヲ々(懸)レバ、サテハ本絵ヲ可レ被レ懸ト意得(こころう)ル也。

44 一　等伯云、*馬麟ガ*すゞめ子ノ絵トテ堺ニアリ。元御物也キ。雀ノ巣ヲ一ツ書テ、子ガ二三疋アリ。一疋巣ヨリ飛落タルアリ。巣ニ一段てまを入て書タリ。巣ニ一段てまヲ入テ書タリト。其巣ノ内ニ赤イ絹キレ・馬ノ尾・物ノ葉ナド、一段てまを入て書タリ。巣ニ雀ノ子ガ二三疋アルガ兄弟ヲ書ワケタリ。スノソバニヲツボノヤウナ物ニ食ヲ入テ置テ、其ノソバニヤウジノヤウナ物有レ之。是雀ノ子ヲカウ所也。巣ヲ一ツ下(お)ロシテカウ所ト見タリ。能阿弥アマリニ面白ガリテ、此写ヲ懐ニ入テ持テアルク所ニテ取出シテ見タリト。

45 一　*馬熙*歟・*馬遠・馬麟事。馬熙ハ馬遠ガ兄也。馬麟ハ遠ガ子也。図絵方監ニ馬遠不レ及ニ馬熙一、馬麟不レ及ニ馬遠一トイヘリ。皆上々筆也。神品ノ内也。

46 一　馬遠我ガ書テ筆者ヲバ馬麟トセリ。子ガ絵ハ不レ如レ我思テ以ニ慈悲一尓カ也。大唐ノ法ニ、諸芸親ニ劣タレバ流罪セル也。而ニ馬遠死シテ、麟ハ被レ流ト也。

47 一　上筆ノ内ニ又*三品ヲ分。能品・妙品・神品ノ三ツ也。能品ハ上手衆、妙品ハ不レ及重也、神品ハ至極也ト云々。馬熙ハ神品ノ内ニ入タリ。

48 *徐熙ガ*鷺本ノ鷺ホド大ナゾ。二疋有レ之水草ノ画ヲ書タト也。外題ニ緑水白鷺図トアリ。*奈良ノ町人所持セリ　鷺ガ二巴アリ。一チヨキ(徐熙)・趙*(昌)セウトテ名筆也。是ハ上古ノ書手ト。神品也

49 一　*伯里奚五羊皮、愚々晋有レ智事、唯用与ニ不用一也。ヒツジノ皮五枚ニ伯里奚ヲカウタゾ。陳

43 前ガケ　茶会では絵の格によって本絵を懸ける前に他の絵をかけておく。『天王寺屋会記』元亀三年十一月十七日道喜宗哲の茶会に「床雀絵始ヨリカケテ…絵、筆月山也、前ニ引拙ノ所持之絵也…玉礀ノ岸ノ絵ノカケカヘ(掛替)也」とある。

44 馬麟　↓四二六頁注

すゞめ子ノ絵　雀の絵。『天王寺屋会記』に月山と馬麟の雀絵がみえ、いずれかわからないが、「御家門様(信長)御拝領之御絵也」とある。

45 馬熙　馬逵。↓四二八頁注

馬遠　宋代の画家。馬家のなかでもっともすぐれた画家。↓四二五頁注

馬興祖─┬─公顕
　　　　└─世栄─┬─逵
　　　　　　　　└─遠─麟

47 三品　『図絵宝鑑』に、絵を神妙能の三段階に格づけしている。

48 徐熙　ヂヨギ。平安後期以降、濁音を示す符号に声点から発達した•• を用い、特に清音を示す場合は。• を付け区別した。後出のヂヨギやパンナンジン等の場合も同じである。

鷺　鷺の絵。『山上宗二記』に「珠光所持ス。彩色ノ絹地（武野）紹鷗・(北向)道陳モ褒美セシ絵也」とあり、古田織部は「利休ヘ数奇之極意ハト尋候得バ休云南京ノ鷺ノ絵ヲ参得スルナラバ天下ノ数奇合点行ベシ」と言う。

奈良ノ町人　転害郷の漆屋。松屋源

国ノ王ガ買テ取テ臣下ニ用ル也

50 一 松江(スンカウ)銭永(*セン)写、舜挙(*キヨ)ガ自筆ニアリ。深山(ミヤマ)ジト、(カシラノ毛ガ黄ナ物ゾ)ガ桜ニトマリタル絵也。堺衆所持也

51 一 ハンナンジン(*范安仁)ガ魚水トテ、大唐一番ノ魚書也。

52 一 キ宗(*徽宗)皇帝モ魚書也。瓢印*有レ之。*トジユツ鶏(ケイ)ノ画。ニシキヲハムト読ト也

53 一 君沢*ハ屋躰書*也。内裏ノ大工ノ子也。此故ニかね*ガ能也ト。

54 一 モウヱキ(*毛益)、四足*ノ物ヲ得タリ。花鳥書也。是ニアルモクセイノ木ニ、レンジヤク*ガ二ハアルガモウヱキ也ト云々。等伯一段称美セリ。モクセイノ葉シゲキ事、不レ成ワザ也。上筆*□

55 一 是ノ牡丹ノ絵*、舜挙(キヨ)也ト云ヘリ。伯、一段称歎セリ。

56 一 太古石ハ造リ物也。官女ナドノ絵ニ大略書ケリト。石ニ青イ薬ヲカケタモアリ。又紫色ノ薬ヲカケタモ有レ之ト。

57 一 卯六月ニ伯云、趙セウ(昌)ガ芙蓉水月ノ絵之事。外題ニ如レ此アリ。能阿弥ガ手也 紙半紙ノ内ニ芙蓉ノ花ト葉ト大ニ書テ、下(し)タニ水月モ本ノ月ホド*ニアリ。ソレニ水ニ芙蓉ノ影ノウツリタル処ヲ書タリ。狭キ紙ノ内ニカヽル大ナル図ヲ書ク事、誠ニ大功ノ至也。是名人ノ所作也。堺ヨリ*への松ノ良心ト云者持タリ *築紫ヘ五十〆ニ買テ行ト云々。今モ在筑紫ニアル歟 通私云、狭キ地形ニ家ノ立ヤウ分別アルベキ事也。半紙ノ芙蓉水月、名誉也。可レ思レ之。

58 一 八幅(*フク)ノ絵モ初ハ巻物ニテ渡ル也。東山殿時、皆能阿・相阿ニ被二仰付一、切テ軸ノ物ニ成也。外題正蔵主也 波岸ノ画ナドモまき物にて渡也。後ニ軸物ニ成申候事。

三郎。久政以下三代の茶会記『松屋会記』がある。

趙昌 →四二五頁注

49 **伯里奚** 百里渓。春秋時代虞国の重臣。虞が晋に攻められたとき捕えられ、秦の繆公が百里渓の賢を聞いて五枚の羊の皮をもって買い、重く用いた。

50 **銭永** 明の画家。

舜挙 銭舜挙。宋末元初の画家。

51 **范安仁** →四二六頁注

52 **徽宗** →四二四頁注

瓢印 浅野家蔵「水仙に鶉」など徽宗の作品とするものに「御書」の印文をもつ瓢箪形の印がみえる。

トジユツ鶏 吐綬鶏。

53 **君沢** 孫君沢。→四二六頁注

屋躰書 建築描写。

かね 矩。定規。

54 **毛益** →四二六頁注

四足 獣畜。

レンジヤク 連雀。

上筆 このあと欠損のため判読しがたい。

55 **牡丹ノ絵** 大徳寺高桐院蔵、伝銭舜挙「牡丹図」をさすと思われる。牡丹は底本「杜丹」、以下同。

57 **本ノ月ホド** 本物ほどの大きさの月。

への松 堺の地名。

築紫 筑紫。この場合は博多。

58 **八幅ノ絵…** 13 14の再出。

59 一 王摩詰ガ画府*ニ、末世ノ絵書古人之跡ヲフメトイヘリ。付レ之、等春(雪舟弟子)云、朽木ノ公方*様ヘ参タリ、其時扇ノ地紙ヲ三枚出シテ是ニ絵書テ可レ被レ参(ラス)ト云々。等春ガ云、絵本*ヲ持て不レ参候間、不レ可レ成ト申也。去(さる)ハ相阿弥ガ所ヘ取ニ遣トテ五十枚来也。其ノ内、夏桂ガ絵本ヲ以、三枚書テ上ル也。此等ハ名人ノ作也。当世ノ人ハ可レ笑。是多賀ノ豊*後ガ妻チヤ者ニ可レ問ト云タ程ノ事也云々。

60 一 紫野*ノ竜源院ノ方丈、等春筆也。梁階ヤウノ大人形。次間ハ和尚ヤウノ猿公也。

61 一 阿波ノ讃州、御扶持*有テ事外御賞翫也。為ニ曰、師匠ノ雪舟ガ広量ヲ不レ可レ似。只、イカニモ真ニ夫々ノヤウヲ可レ写ト被レ仰タリト。

62 一 等春ハ奈良ノ大工ガ子也。雪舟絵修行ノ時、大仏殿ノ番匠童子共、馬ヲ書タリ云々。私云、如三世諸仏弘法之儀式、皆是前仏法文* 祖述堯舜顕彰文武*文 述而不レ作文 此等可レ思也。

63 一 古実云、唐絵ニハほそかね*を使事、一切無レ之事也。ほそかねハ恵心僧都*ガ仕出タル事(マデ無レ之 *たくま法眼 一義アリ)也。唐絵ハ泥*斗也。これ見様也。

64 一 たくまの法眼ハ(ガほそかねヲ仕始ルト云一義モアリ)恵心之時仏像ヲ書タル也。恵心の助筆ニたくまの筆多レ之。非二仏師耳(のみ)一ニ画師ニテモ有レ之。

65 一 能登ニくじし*ト云在所有レ之。惣持寺*ト云寺有レ之。そこニ雪舟ノ十六羅漢アリ。唐紙一枚ヅヽニ墨絵也。眷属モ無シ、又無二別物一竜(ト)猿(ト)アル歟ト 惣持寺ハ日本国の会下ノ本寺也。

59画府 画譜。
朽木ノ公方 近江の朽木にいた将軍足利義晴。
絵本 粉本。
多賀ノ豊後 京都所司代の多賀豊後守高忠か。
60紫野ノ竜源院 大徳寺の塔頭。
61扶持 等春は阿波讃州(細川成之の孫之勝か)から扶持をうけていた。
62文 引用文であることを示す符号。
文武 周の文王と武王をさす。
63ほそかね 截金。仏像・仏画において、金銀箔を細く切って文様をあらわす技法。
恵心僧都 平安中期(九四二—一〇一七)の天台の僧、源信。恵心筆と伝えられる仏画・仏像はきわめて多い。
たくま法眼 託摩(宅間)法眼。託摩派は十二世紀後半の勝賀にはじまり、恵心僧都とはあわない。
泥 金泥。
65くじし 櫛比。能登国鳳至郡櫛比村。濁点、底本のまま。
惣持寺 曹洞宗の大本山。明治四十四年横浜市鶴見に移転。

66 一 馬熙ガ筆、槿(ムクゲ)ニ鶯(ウソ)ガ二巴アリ。是ハ御幸ニ三度カ、リタル絵也。依レ之行幸三カザリノ画ト云也。惣(そうじて)、御幸ニ一度カ、リタル絵ト、二度ト三度懸タルト、絵ニ官ヲナス意也。

67 一 リレウメン(李竜眠)。上筆ノ内、人形書也。津国ノ宗禅寺*五百羅漢リレウメンガ筆、名誉ノ物有レ之。是レノ人形李竜閔正筆、一段出来物ト等伯被レ申也。

68 一 顔輝ガ百猿公*トテ巻物ニシテ渡ス也。東山殿御秘蔵ノ絵也。猿公カキ也。作ノ物ゾ。

69 一 東山殿ニ八百カザリ*有レ之。*マゴ日指迄被レ懸也 一切ノ唐絵ト云唐絵、并見事ナル物ハ、皆東山殿ノ御物也。

70 一 辰卯月廿六日*ニ堺宗恵*来。是ノ梁階ガ柳ニ鳥ノ絵*ヲ見セタレバ、嗚呼しづかな絵*で有二御座一トほめたり。一言ナレ共面白ほめやう也。此絵、枯木ニ雪ノフリテ、小鳥二ハかゞみ居タル所也。雪ハしづかなる物ナレバ尤也。付レ之思ニ、しづかな絵・いそがわしき絵*等心を付而可レ感事也。八軸ノ内、夜雨*・鐘などはしづかナルベシ。市ノ絵ハいそがしかるべし。惣(そうじて)、雨月ナドハしづかなる物ゾ。

71 一 李迪*(テキ)、竹。

72 一 蘆鴈ノ画イ(フ)ハアシニ鴈ノアル所也。蘆ハアシト読故ニ。

73 一 加賀ノ富樫*、絵ニスキ給。雪舟画修行ノ時、等春ヲツレテ到(テ)二彼国(ニ)一、雪舟ハヤガテ上洛、等春ハ三年逗留也。雪舟ノ云、富樫殿ハ馬一段見事ニテ候程ニ、馬バカリ可レ有二御書一候、別ノ物御無用也ト。依レ之馬斗カキ玉フ也。能登ノ大守*ヨリ馬ノ絵十幅所望、書テ被レ遣也。此筆功ノ意ニ、本ノ馬十疋、絵馬ノ毛ヲソロヘテ被レ引也ト。富樫ノ大明神

67 **宗禅寺**　大阪。

68 **百猿公**　百猿図巻。

69 **八百カザリ**　八百飾。義政の非常に多くの唐絵。

マゴ日指　孫庇。

70 この項、底本に「一」なし。

辰卯月廿六日　天正二十年四月。

宗恵　水落宗恵。宗恵の子紹二は千利休の聟。

柳ニ鳥ノ絵　→28

しづかな絵　『君台観左右帳記』の品等分けに対し、桃山時代になると茶の湯の世界で美術品について、媚びぬ絵、ひややかなる絵、さわがしき絵、ぬるき壺といった評語があらわれ、鑑賞の深まりをみせる。なお、『天王寺屋会記』には、徽宗の鴨の絵について、しずかなる絵という評語がある。

いそがわしき絵　ざわざわした感じの絵。

夜雨　瀟湘八景のうち瀟湘夜雨。鐘は煙寺晩鐘。市は山市晴嵐。

71 **李迪**　→四二五頁注

73 **加賀ノ富樫**　富樫泰高。

能登ノ大守　七尾の畠山氏。

今ハ跡无　富樫氏は天正二年にほろびたので跡无とのべている。
74智伝　単庵知伝。画僧。
十三日ノ上人　天文二十二年八月十三日に往生した石山本願寺証如上人。
若道　衆道・男色。
器　御器。漆器の椀。
75雪裏ノ芭蕉　王摩詰の雪裏の芭蕉のことは『事文類聚』などにみえ、能『芭蕉』はこれを題材とする。
森輝元　毛利輝元。
簡斎　宋代の陳与義(簡斎)の炎天の梅水の詩は、雪裏の芭蕉と共にいつわれるもののたとえに引かれる。
77霊昭女　唐の龐蘊居士の娘で禅に参じて悟道に入る。山上宗二は霊昭女の絵を所持し、しばしば茶会にもちいている。
宗味　堺の町人茶人。祐長は堺の湯屋町から名づけられたらしい。
あかねや宗作　茜屋宗左。堺の町人茶人。
78テツカイ仙　鉄拐仙人。三本足の蝦蟇をもつ蝦蟇仙人と対をなし、百万遍知恩寺に顔輝筆の双幅がある。
光悦　本阿弥光悦。従来の読みには若干の疑問がある。
79チントン南　不明。岩によりかかる人物には豊干がある。
被書タノ　「被書タガ」か。
81魚夫せん子画　魚夫と船子和尚の絵。船子は唐の人、修禅三十年ののち呉江で渡船を業とし船子和尚とよ

殿ト云タゾ。ナゼニ大明神トハ云タゾ。不レ知、其時尓云也。富樫ハ代々馬カキニテ有シ也。*今ハ跡无。

74 一　相阿弥ガ弟子ニ*智伝ト云アリキ。本願寺ノ*十三日ノ上人、扶持セリ。*若道事ニテ廿五六ニテ喧嘩シテ死。一段器用ナ筆也。此人ハ尼崎ノ*器(ゴキ)ノ絵カキノ子也。即智伝モ器物ノヱ書也。相見テ所望シテ弟子トセリ。此者相阿ヘ行時親ニ云ヤウ、長びつ一ッサシテ可レ給候、絵本ヲ可レ入ト。初ヨリ名人覚悟也。

75 一　王磨詰ガ筆、*雪裏(せツリ)ノ芭蕉、*森輝元ニアリ。雪ノ時分ばせほハ无物也。雪ノ裏ノ芭蕉ノイツワレル姿ノ、*(簡斎)、詩ノ意也、無キ事也、諸行無常也。然ホドニ如レ此事手柄歟。惣ジテ磨詰ガ筆希有ナル事也。

76 一　磨詰ガ二幅一対ノ波ノ画アリ。是ヲ阿波ノ讃州、屛風一双ニヒロゲ書事。此写、等伯ニアリ。

77 一　顔輝筆ノ*霊昭女半身也、堺祐長ノ*宗味所持セリ。元ハ*あかねや宗作ガ物ナルヲ、討死ノ時宗味ヘ行也。

78 一　大人形四幅一対、臨斎・徳山・*テツカイ仙*光悦写レ之・三足ノ蛙持歟。

79 一　樹下ヤ岩ニヨリカヽリテ眠テ居ル人形(男)ハ*チントン南ト云者也。柴野ニ雪舟ノ*被レ書タノ有レ之ト。是ハ岩ニヨリカヽリタリ。

80 一　堺常旬、菊画、馬麟筆。賛四行、初ニ陶(タウ)菊手自種(テヅカラミヅカラウユ)トアリ。花四ツ有レ之。長キカ

ばれた。天王寺屋宗及所持の絵は牧渓筆、虚堂賛、足利義満の鑑蔵印があり、竪三尺五寸横一尺五分と記す。
宗及　天王寺屋津田宗及。宗達は父。宗達・宗及・宗凡三代の茶会記『天王寺屋会記』がある。
右勝手　画面が右寄の構図。こうした絵は部屋の正面右に作られた床の間に懸ける。
82**賛**　賛は左右両方に書く場がある肖像画の場合、顔のむきによって左向の場合は賛も左から書き起す。
座敷ノ作替　掛物の構図によって座敷を作りかえるほど掛物の鑑賞が重視された。本大系『近世芸道論』所収『南方録』覚書一八項参照。
83**昌蒲**　菖蒲。ここでは石菖のこと。
栢子庭　→四三一頁「子庭」注
ニシガラ　螺殻。ほら貝様の貝殻。
平野勘解由　道是。大阪平野郷にすんでいた茶人。『天王寺屋会記』永禄六年五月三日勘解由の茶会に「床　絵懸　後二　菖(石菖の絵)　筆子庭」とある。
84**枯木**　もと古木(梅の古木)で、木扁は、日通があとから書き加えたものと思われる。
87**思恭**　張思恭。底本、敬を消して恭とする。次行の恭は、底本「敬」。→四二五頁注
シンチウ　宋代の仏画家陸信忠か。寝昼とは解されぬ。
88**思恭**　底本「思敬」。

ケ物也。

81 一　*魚夫せん（舟）子画事。せん（舟）子ハ堺*宗及ニ有レ之。*右勝手ニカクル画也。依レ之、宗達、座敷ヲ右勝手ニ造ト也。せん子和尚舟ニ乗かいをそばニ置テ月ヲ詠ル処也ト。

82 一　第一、画ニ右勝手・左勝手事。*賛ヲ左カラ書クト右カラ書トノ不同也。是ハ人形ノ顔ノムキヤウヲ可レ知。依レ之*座敷ノ作替ル也事。

83 一　*昌蒲ノ画事。筆者師（子）てい［*栢子庭 画ニ枯木菖蒲ニ文］ト云者也ト。石昌蒲ノ*ニシガラニ入タル処ヲ書也。*平野勘解由所ニアリ。

84 一　天下四幅ノ画ト云ハ、*枯木（コボク）・枯木（カレキ）・波・岸也。皆玉磵也。波ハかへる波也。岸ニ打アテ、カヘル処也。波・岸ハ昔ハ一幅ノ巻物ナル故ニ、合テ見レバ丁（ちやう）ト合也。

85 一　八幅ノ玉磵ヲ小玉磵ト云也。私云、画少サキ故歟。

86 一　猿鶴トテ猿公トつるト二幅一対也。如ニ竜虎一ゾ。〻〻（猿鶴）ノ屛風トテ等春ガ筆有レ之。

87 一　*思恭*シンチウ（寝昼歟）ト云事アリ。恭初（はじめ）馬ヲスイテ書タリ。馬ノコトヲ耳（のみ）思テネタレバ生ナガラ馬ニナル。妻見レ之驚テ告レ夫云々。恭思ヘリ、可レ図（ト）ニ仏像一（ヲ）。依レ之得レ名事。

88 一　等伯云、月山トイ(フ)ハ思恭ガコト也ト。難云、図絵宝監ニハ二人別ニ載レ之、如何。去共（されども）昔カラ月山ハ*思恭ガコトト云習ト。私云、月山事、宝鑑云、任仁発、字ハ子明号ニ月山道人一、工（たくみ）ニ画ニ人馬一（ヲ）。文

89 一　*思恭事、宝鑑抜書ニハ无レ之。

90 一 能州クシヾノ惣持寺ニ韓*幹ガ馬四幅一対有レ之。一幅ニ馬四五疋、人モ有レ之ト。能阿弥外題アリト。

91 一 徽宗皇帝ノ瓢*印事。トジユツ(唐鳥)鶏(錦キン ケイ)。ニシキヲハムト書ト云々 此鳥上観之時日本へ渡タリト

92 一 金*鶏山鳥ノヤウナル鳥也 尾ガ長イゾ。

93 一 そ*うし鳥(どり) むねの赤イ、尾ノサキツバメノヤウナル鳥也。夫婦ノかたらひ深キ者也。元信牡丹ノ絵ニ有レ之。

94 一 白頭(とう)鳥唐鳥也 くび毛白シ。腹も白。ほじろニ似タル歟。

95 一 子昭(ズセウ)トハ盛*懋(セイモ)ガ字也。上筆也。善(よく)画ニ山水人物花鳥一。

96 一 常観云、謂ニ狩野元信ニ云、我*ヲ折テ墨ヲ相阿弥ニ問ヘト、元信尤ト領掌セリ。観、事外御機嫌、吉ト時ハ同時ノ人々也。

97 一 窪*田ノ将監トテ土*佐ノ将監ホドノ絵書アリ。法*花経ノ説相廿八品ノ画ヲ書タリ。在本国寺。窪田ハ名筆也ト等伯物語セリ。

89 思恭 底本「思敬」。

90 韓幹 唐代の画家。馬の絵に長ず。

91 瓢印 →52

92 金鶏 錦鶏鳥。

93 そうし鳥 相思鳥。室町時代以来の唐物趣味のひとつとして、インコ・吐綬鶏・錦鶏・相思鳥・白頭鳥などあざやかな色彩の唐鳥が珍重された。

95 盛懋 盛子昭。→四二六頁注

96 我ヲ折テ きびしい周文の伝統をうけつぐ狩野正信の子元信に対し、やわらかな相阿弥の画風を学べと教えたもの。常観は不明。元信と相阿弥とはともに永正十年大徳寺大仙院の襖絵を描き、いまに伝えられる。

97 窪田ノ将監 将監は宮廷絵所預にあたえられた官名。室町時代には窪田とよぶ倭絵の画系があった。本国寺蔵の天文五年『日蓮上人註画讃』五巻には「画工洛陽絵所窪田藤兵衛尉統泰」とある。底本「将藍」。

土佐ノ将監 この場は光信か光茂をさすのであろう。底本「将藍」。

法花経 法華経。説相廿八品とは、法華経廿八品の内容を図解したもので法華経曼荼羅ともよばれる。

解説

解　題

古代中世の芸術思想

林屋辰三郎

序説

一　芸術思想と芸術論

自然の風光に向って美しいと感ずるのと、一つの絵画や陶器をみて美しいと想うのは、同じ「美」の意識であっても、その内容はいうまでもなく大いにちがう。その一番大きなちがいは、人工が加わっているかどうかである。はじめにこのような判りきったことを述べるのは、日本の芸術論は自然と芸術との「さかいをまぎらかす」ことが多いからである。「わび」「さび」などという美意識にしても、自然美についての観賞と芸術美についてのそれが、しばしば混同して理解される典型的な例である。そしてこの自然と芸術との融合ということが、日本芸術の特徴として語られることが多い。

しかし芸術の美という以上は、人工による創造の過程が、最も主要な対象である。そしてもし自然との関係が考えられるとすれば、それは創造に当っていかに自然に適応させたか、いかに自然を利用したかということにとどまるであろう。それにしても日本芸術における自然の牽引力は、古代・中世を通じて圧倒的に強いものであった。わたくしは中世的芸術論の終局を、松尾芭蕉のなかにおいて考えたいのだが、彼は『笈の小文』のなかで、「西行の和歌における、宗祇の連歌における、雪舟の絵における、利休が茶における、其貫道する物は一なり」と喝破し、つづいて「しかも風雅におけるもの、造化にしたがひて四時を友とす。見る処、花にあらずといふ事なし、おもふ所、月にあらずといふ事なし。像（かたち）花にあらざる時は夷狄にひとし、心花にあらざる時は鳥獣に類ス。夷狄を出、鳥獣を離れて、造化にしたがひ造化にかへれとなり」と説いた。自然への帰一をつよく主張しているのだが、自然の月も花もが「造化」としてうけとられている。それは決して単なる自然ではなく、造化というかぎりにおいて、自然もまた神の「芸術」であるとみたのである。自然と芸術との関係は、ここに一つの到達点を得たと云ってもよいであろう。

このような自然と芸術との関係は、日本と中国との関係においてもよく似たことが言える。さきに引いた「さかいをまぎらかす」という一句は、本書に収める『珠光心の文』の一節に、「此道の一大事ハ、和漢のさかいをまぎらかす事、肝要〳〵」といっているもので、実は和漢についてのべているのである。日本と中国の融合を説いたものではあるが、ここで考えられることは、古代・中世の芸術における中国の牽引力である。唐物に対して和物を強調しようとする時に当って、唐風を否定するのではなく和風とのさかいをまぎらかすということを主張しているのである。和漢の漢も漢意(からごころ)といい、唐も唐物(からもの)とよぶように、文化的な中国の呼称は、〈から〉であった。その語源は、朝鮮半島の南端にあった加羅の国名がひろく拡大したものという、いちおうの説明があるが、漢との関係は加羅よりもさらに古いのであり、〈から〉がこれほどひろくかつ長く用いられるようになったのは、海の彼方の国を指す「彼」の転訛ではなかろうか。上宮王(聖徳太子)製という『法華義疏』の巻首に「海彼本に非ず」ということがわざわざ註記されているのは、唐との間に彼我の関係を考えてのことと言えよう。「和漢のさかいをまぎらかす」というのは、さらに言えば、ひろく彼我の関係にも言い及ぼすことのできるものであった。

このようにして、日本の芸術論のなかには、彼我の境あるいは主客の別が明らかでないものが多い。とくに芸能の場合には、役者と観客、個人と社会との相互的連帯の上に成立っているので、いっそうそのことが鮮明である。役者の語る芸談という主体的なものであっても、多くの場合は彼れじしんが文字にあらわしたりすることがなかった。千宗旦は三男宗左に宛てた消息のなかで、「我等ハ申事きらいにて、一言も不レ申候由可レ申候、利休以来如レ此候、おしへ候事なく候」(千宗左編『元伯宗旦文書』）とまで言い切っている。そのようななかから生れる芸術論は、けっきょく茶の間における「聞書」という形をとらざるを得ないのである。そうすれば、それは語り手と聞き手という主客の境をまぎらかしたものとなる。本書に収めた多くの芸術論もまた、そのような過程を経て現われてきている。その場合に、主客のいずれに牽引力があるかと云えば、やはり現実的には、聞き手の牽引力が強いと言わねばならない。それはあまり語りたがらない語り手から、話題を引き出すには、聞き手に主導性があるからである。語り手の個人に対して、聞き手は社会をになっているといってもよいであろう。このようにして成立したのが、文献的史料となった芸術論であると云えよう。

そのように考えると、古代・中世の芸術のなかに宿る思想性と、いわゆる芸術論との間には、自ら大きな径庭を生ずる。それを無視して、芸術論すなわち芸術思想と考えられるときにも、大きな誤解が生れやすい。それは文献的思想と社会的思想との相違であり、芸術思想についても同様のことが云えるであろう。しかしここではともかく十五の文献による芸術論を通して、古代・中世の芸術思想を考察するのが目的である。それはいまのべてきた芸術論へ及ぼす牽引力を一方に考慮すれば、決して不可能のことではない。ことに最後にふれた「聞書」のもつ社会的牽引力は、文献と社会とを結びつける思想の橋渡しにもなると考えられるのである。

二　未然形の芸術論

さて一個人が芸術についての見解をのべるということは、決してそう簡単なことではない。どちらかと云えばいまも述べたような「聞書」という形態をとらざるを得ないのだが、それにしても芸術の理解者としての、つよい自覚が必要である。そのような個性が生れるということじたい、古代においても数多いことではないのである。まして原始の時代においては、まず考えられないことであろう。

しかし原始の時代にも人工による美の創造があって、そこに一定の芸術思想の存在することは否定できない。それは原始人の作品を通して理解するほかはない。彼らの抱懐したと思われる芸術論は、未然形で作品に表現されているのである。そしてこのようにしてさぐられる芸術論は、その後の歴史時代を通じても存在するのであって、わたくしたちが文献的芸術思想に対して、社会的芸術思想とよぶものの史料は、まさにそのような未然形の芸術論であると言ってもよいであろう。

たとえば、原始信仰のなかから生み出されてきた呪術的遺産について、それらは現代美術にも刺戟を与えるものとしてうけとられ、「アニミズムといけばな」といったテーマが、新しい問題としてとりあげられている。[1]おそらく原始人にしても、霊魂・精霊と考えた対象に何らかの美を見出したにちがいないのである。その点は縄文土器といった造型になると、彼らの美意識がいっそう明らかになってくる。縄文人は、土地に定着せず、なお農耕を知らず、狩猟・漁撈の生活を送っていたから、きびしい自然のなかで、つねに獲物を追ってはげしく闘争し、奔放に行動して止むところがなかった。そのような生活から生れる美意識は、隆起と渦巻とからなる曲線や火炎のようにもり上る装飾によって代表される縄文土器の意匠のなかに、力強く表現されることになったと云えよう。自然に順応するのではなく、これに対抗するような人工の強調は自然物とのたたかいのなかから生れたと云わねばならない。「民族の生命力の燃焼」といった評価は、その点で縄文土器をみごとにとらえたものと云えよう。[2]彼らはその生活のなかでの自然物の特徴をたくみにもとらえている。東北地方(青森・秋田・宮城県)にのこる眼鏡をかけたようなとか、遮光器をかけたようなとか云われる顔をもった土偶は、たぶん大きな眼玉をもった蜻蛉に何かの霊魂をみ出したものであろうし、東国地方(群馬・埼玉県)に多くみられるハート形の輪郭のなかに丸い眼をもち、ミミズクのような顔と云われる土偶も、おそらくは夜のしじまになくミミズクに何らかの畏怖感をもったものであろう。そのほか中部地方(長野県)出土の土器の部分にも蛇やいたちの浮彫りがみられる。これらがすべて自然物に呪術的能力を見出した結果の、信仰対象であったとみてよいと思う。しかもその呪能のなかに美的意匠を創造した縄文人は、その作品によって彼らの地方色豊かな芸術論を無意識のうちに語っていると云ってもよいのである。

やがて農耕を知るようになると、日本人の生活は根本的に変わり、狩猟の時代のような奔放な行動と闘争の明暮れではなく、土地に定着した平静な、四季に順応した生活が理想となったのは周知のとおりである。弥生式土器のように均斉のとれた実用的な器形や装飾よりも生地の美に対する配慮などは、静かにくりかえされる生活のなかに生れたというべきであろう。さらにその文化の淵源を、大陸とくに中国の彩陶に求められるものもあることは、きわめて重要であろう。日本ではこの弥生土器の文化的伝統が、正統ないし中心となって後代に影響をもったのであるが、すでに自然や中国からの芸術の牽引力は、弥生時代にはじまったと考えてもよいように思われる。

この原始時代の縄文・弥生の文化の二つは、これを類型的にとらえ、日本文化の「縄文的原型と弥生的原型」を考えることが、日本の美の系譜をたどる一つの論調となっている。(3) それは日本が仏教芸術を受容する以前における美の原型を示すものであって、日本の美はこの二つの系譜のなかに考えることができるというのである。縄文的原型が採集狩猟漁撈の生活から生れ、弥生的原型が農耕の生活から生れた点から、後者が日本の芸術における美の正系と考えられているけれども、前者の生活もまたその間に生きつづけており、二つの原型は歴史を通じて対照を示していたとする。その例証として挙げられるのは、1貞観の仏像彫刻と藤原の仏像彫刻、2桃山の障屏画と初期肉筆浮世絵、3日光と桂、4瀬戸黒・志野・織部の茶陶と柿右衛門・京焼、5白隠と良寛、6北斎と広重、などであり、そのほかに伎楽面と能面など考慮されているのである。

このような美の原型とその系譜は、もとよりそれらの作品の生れた当時に考えられていたことではないが、今日においてはある程度の説得力をもちつつも、適用の拡大されるなかにいろいろの疑問がある。それはこの原型を認めるとしても、その後の歴史時代における芸術生産の体制・環境・条件などが捨象されてはならないことである。原型はあくまでも原型にとどまって、各時代において全く新しい類型を生み出すのであり、それが歴史的特徴として理解さるべきものと考えられる。たとえば縄文的・弥生的と継起的に理解されやすい原型にしても、あるいは日本列島の東と西の空間的な問題かもしれない。狩撈と農耕に関連してながく呪術ののこった世界とはやく周期的なまつりを営むようになった世界との対比からはじまって交通における馬と船、価値における土地と銭貨などの対照は、おそらく芸術美の上にも、影響を与えたであろう。[4] わたくしは歴史の所産をすべて原型に還元することに、必ずしも意味があるとは思わないが、最近の芸術論の一つの視角として注目したい。

I　都城文化の展開

一　都城的美意識

歴史時代に入ると、日本と中国との文化的交渉は、いやおうなくさかんになる。中国の文化は大陸から朝鮮経由、あるいは直接という形で、日本に流れこんでくる。日本はその場合にほとんど受身の状態であった。その状態は、文化的ばかりでなく政治的にも同様であって、日本は古墳時代の三―六世紀を通じてながい間、従属的な状態におかれていたのである。

それにもかかわらず、なお古墳の形状のなかに日本独自の美的主張のあることは、誰しも認めるところであろう。しかしそれは前方後円墳という歴史用語にとらわれ、中国的な円丘と方丘との結合という風にみる限り、古代人のこころをとらえることはできない。実際に前方とみられるものは、時に長方形であり時に梯形でさえもあるのである。これはすでに別に指摘したように楯伏（たたふし）のすがたであり、楯を伏せるという事象のなかに美を見出し、雅楽寮に舞容としてもこれを伝えたことは注意されるべきであろう。これもその美意識のなかに不戦のちかい、換言すれば平和という観点を導入した一つの書かれざる芸術論ということができる。そしてそれは全国の地方豪族から大和の大王に至るまで一貫した意匠によって貫かれており、豪族は大王に、大王は中国の皇帝に対する、共通した芸術的意志表示であったのである。[5]

やがてこの中国との関係は、欽明朝に入っていっそう積極的に理解されるようになってきた。はやく日本に伝えられていたと思われる道教・儒教の上に、仏教が伝えられたのである。すでに古墳の副葬品としての銅鏡には、神仙がえがかれていたが、それが仏像にかわり、さらに欽明朝には公けに微妙の教法と、「相貌端厳」と評される仏像が伝わったのである。この仏教の伝来は、相前後して輸入された官司制とともに、日本の思想界を大きく変化させたものであった。

飛鳥時代は、その点で仏法と律令という二つに支えられて、楯伏よりもいっそうはっきりとした美意識の主張が現われてくる。それは飛鳥寺の遺跡にうかがわれる伽藍配置である。南大門をくぐり中門に入ると、正面に高く仏塔がそびえ立つ。その心柱の礎には仏舎利が安置されており、寺中第一の尊厳をたもつ建築である。その塔を中心に東・西・北の三方に金堂が営まれて、高い塔を守護する形をとり、とくに北の中金堂には、ややおくれて鞍作鳥仏師つくる丈六の仏の銅像を安置した。金堂の戸よりも高く大いなる像を、戸をこぼつことなく納めたというので、鳥はいっそう名を高めたという。中金堂の奥にはさらに講堂があり、それを含んで牆壁がめぐらされていた。そこには、まことに集中的な、また規格的なそして均斉的な美が主張されている。これこそ仏教芸術が主張し、古代国家がうけいれた美の姿であった。従ってその仏教伽藍の配置が、四天王寺のように塔・金堂を一直線上におこうと、法隆寺のように塔を左に金堂を右に並べようと、その逆であろうと、すべて飛鳥寺を古代的仏教的原型として、その一部分を発展させた形をとっているのである。

この美意識は、ひとり伽藍にとどまらず、都城において一般化しかつ完成したのである。大内裏を中心に規格的な条坊をもち、左右相称の均斉美をほこる企画は、律令制という法治国家とふかく結びあったものであるが、この都城が中国においては高く厚い城壁をめぐらしながら、日本においては羅城門はあってもついに羅城は営まれなかった。その理由は、日本においては外敵の襲来が考えられなかったことや、都鄙の間に断絶のなかったことが挙げられるのがふつうである。たしかにそれもそうだが、いっそうたいせつなことはここにも楯伏の伝説が生きつづいていたことであろう。いうならば都城が軍事的なものではなく、その名の文字どおり平和を象徴しているものであったことである。平城京・平安京の名は日本の都城の性格に最もふさわしいものであった。それにしても、都城における意匠じたいが中国のものであることは、どうしようもない。

中国的ないし仏教的な美意識が伝えられる機会は、いうまでもなく遣隋・遣唐使の往来や留学僧の帰朝によってもたらされたものであるが、そのなかでも劃期的なのは、平安時代初期における最澄・空海の請来によるものであった。この二人はともに、現在に当時の『請来目録』が伝えられているのである。最澄は、僅か一年足らずであったが、語学力の豊かな義真を帯同し、帰国に際して在唐三十五年に及ぶ僧永忠を随伴させて、天台の教義を中心としてその目的を充分に果した。この永忠によって唐代の流行であった喫茶の風習も伝わり、音楽の理論などももたらされたと考えられる。空海は二年余にわたってとくに真言密教の書籍を多く伝えたが、『請来目録』にも「真言秘蔵の経疏は隠密にして、図画を仮らざれば相伝する能わず」というように、図画の効用性を主張した。そしてそのなかでも重要な位置を占めるのは、いうまでもなく曼荼羅であろう。

とくに空海は、胎蔵・金剛界等大曼荼羅を一十舗伝えたが、多くの曼荼羅がさまざまな浄土をえがくなかで、胎蔵・金剛両界を一対としてもたらしたところに大きな意味があるように思われる。両者の形式は、胎蔵界は『大日経』によって西南インドで、金剛界は『金剛頂経』によって東南インドで創出されたと考えられ、この二つが一対のものとなったのは、空海が唐で恵果阿闍梨から伝受したころからであるという。このことは、それぞれの曼荼羅の構成の、大日如来や金剛薩埵への集中性、全体の構図の規格性とともに、両界を左右に並べる相対的均斉性を無視することができないように思われる。いうならば、逆に都城じしんが王宮を中心とした曼荼羅ともいいうるような構成をみせているのである。従って曼荼羅の構成は、密教文化全体を蔽うものであるとともに、日本のなかに定着した都城的美意識の反映ということもできるであろう。

なお都城のなかの芸術論については、本書とのかかわりにおいて述べねばならぬが、それぞれのジャンルに重ねて考えて行こう。

二　和歌と音楽と

中国における芸術論の端緒は、「音楽」のなかにはじまった。『礼記』の楽記篇や『荘子』の咸池楽論が知られており、たやすく読解し得るかたちで一般に提供されている。[6]この『楽記』は、戦国時代の末、漢初につくられた中国最古の音楽論ではあるが、同時に儒教の経典として、数千年にわたって尊重されており、それだけに芸術論としてよりも礼楽論としての色彩がつよいものである。このことは『楽記』にとどまらず、中国における芸術論全体について、儒教的・倫理的な出発が考えられるのである。その楽本篇第一に、「凡そ音の起るは人心より生ずるなり」とし、人心の動きは声にあらわれ、その声の変化を音といい、五音を組合せたものに、干戚(たて・おの)羽旄(はね・牛のしりげ)をもって舞踏すれば、そこに楽が生れるという。人心の動き、声の文によって生れる音には、治世・乱世・亡国の音のちがいがあり、いずれも政と深い関係があって、「声音の道は、政と通ず」といって、音楽と政治の関係を説き、さらに声を知って音を知らざるものは禽獣であり、音を知りて楽を知らざるものは衆庶であって、唯だ君子のみは倫理に通じて、楽を知ることが出来る。ここに政治の要諦として楽が成立するとするのである。しかし『楽記』を読みすすむと、音楽の本質に関する多くの問題がとりあげられて、各篇に分って論ぜられるが、とくに楽化篇第七はその教化力を説いて精彩を放ち、そこに「礼楽の道を致し、挙げて之を天下に錯けば、難きこと無し」という、つよい自信に行きあたるのである。しかしこのように先王の楽が強調されるのは、実は他方にすでに乱世の音として排斥された鄭衛の音が流行していた事実がある。魏文侯篇第十一が、その事実を古楽と新楽という時代の差で格付けしているのは、とくに重要である。「夫れ古楽は進みて旅にし退きて旅にし、和正にして広し、弦匏笙簧、拊鼓に会せ守る」といい、「今夫れ新楽は、進んで俯み退いて俯み、姦声にして以て濫れ、溺れて止まらず、優・侏儒を及にして子女に獶雑し、父子を知らず」というのである。ここに一般に芸術論が出現する一つの条件が、いみじくも語られているように思われる。

儒教的な『楽記』に対して、『咸池楽論』は、ほぼ同じころ製作された道教的な音楽論といわれ、咸池楽は黄帝の制作として『楽記』楽施篇第三にも、堯の音楽の大章と並べて「大章は、之を章（あき）らかにするなり、咸池は備わるなり」という讃辞がついているが、いわば仮託の著者伝承をもったものである。この咸池とは、咸（あまね）く池（うるお）すの意といい、黄帝が広大な洞庭の野において自ら奏した咸池楽について、北門成という男のいだいた「懼れ」と「怠り」と「惑い」の気持を解説しながら、その偉大さを説明したのである。偉大な音楽は聴く人のこころをふらふらと不安定なものにするから、その「懼れ」の感情によって日常的な自我が崩れて、真実に目ざめることが出来、また聴く人のこころの緊張をときほぐすから、その「怠り」の感情によって世俗的な葛藤から脱却することが出来、さらに聴く人のこころを無分別という混沌たる状態にひき入れることから、「惑い」の状態に達して無知無欲の愚者になり、無為自然の道と一体となるという。このような精神の覚醒と浄化の作用を、音楽論として主張したのであろう。

この論の結びの一句は、懼れ、怠り、惑いを解き来って、「惑うが故に愚なり、愚なるが故に道あり、道は載せて之を倶にすべきなり」という。愚こそは、道の世界への参入であり、道を友とする境地が生れるという。そしてこの道こそは、日本の芸術論においてもあくこともなく追求されたものであった。日本にあっては、古代末期から中世にかけての社会状勢との深い関係のなかで、道の観念は具体的な体験や行動として現実的に理解されたが、その深奥においてこのような哲学的な理解が秘められていたことはいうまでもない。

そのほか、日本の芸術、とくに詩歌の上に大きな影響をもたらしたものは、『詩経』の大序であった。それは『楽記』にも共通する詞句を多くもっているが、日本においては『古今和歌集』の序のなかに積極的に採用されたのである。

『古今和歌集』は、国風文化の典型と考えられるものであるだけに、興味ふかい事実だが、その仮名序に先立って、真名序が書かれたと考えられている。[7] そのように和歌の集成に当って真名序を附することは、勅撰集の上奏という必要以上に、中国に理想をおく世界が感ぜられる。序の中心思想は『詩経』大序の六義、風・賦・比・興・雅・頌によって、和歌を説明しようとしていることである。とくにそれは仮名序においては、「からのうたにも、かくぞあるべき」として、「そへうた」「かぞへうた」「なずらへうた」「たとへうた」「たゞごとうた」「いはひうた」として、例歌などもあげている。ちょうど和漢朗詠などのように、そのなかに「和漢のさかいをまぎらかす」といった、こころのめばえが見出せる。それはなお明らかになってはいないが、和と漢の対照、漢への関心は蔽うことができない。さらに『古今和歌集』が示した構成は、巻第一より春上下・夏・秋上下・冬・賀・離別・羈旅に物名を付した前半十巻と、巻第十一からの恋一―五・哀傷・雑上下・雑体に大歌所御歌を配した後半十巻との間に、左右に並べてもよいようなみごとな均斉が示されている。まさに引つづく勅撰集の規範ともいうべき規格性である。しかもそれが最後におかれた大歌所御歌(神あそびのうた・東歌を含めて)に向って集約した形をとっている。それは決して附録のごとく軽視すべきではなく、撰上者の精神をここに集中したものであろう。このことはあまり指摘せられていないが、この和歌集の構成じたいが、都城的である。しかも「ちはやぶるかものやしろのひめこまつ　よろづ世ふとも色はかはらじ」という結びの一首は、王城守護の名を負う賀茂社に、宇多天皇の寛平元年に新しく創められた冬祭の歌であって、併せてこの都の永遠を寿ぐものとなっているのである。

和歌集においてさえみられた文化の都城性は、音楽とくに舞楽においては、いっそう顕著であった。律令制の成立とともに、治部省雅楽寮のなかで教習されていた東洋的楽舞には、平安時代とともに新しく左右近衛府の官人が多く参加するようになったこともあって、仁明天皇の第一年である天長十年(八三三)には左右両部制が成立していた。それは雅楽を左に唐楽、右に高麗楽という風に分け、その他の外国楽は左に林邑楽、右に百済・新羅および渤海楽を配し、左右交互に上演せしめるのである。そこにはすでに左右の均斉の形とともに、左右を競合せしめる意図があることはいうまでもないが、都城じたいにみる左右均斉の破綻が示すように、いちおうの体制をととのえることに重点があったように思われる。しかもその場合に注意されることは、雅楽からみれば散楽系ともいえる曲目も、その編成のなかに組織されて、末輩の勤仕ということで、左に猿楽、右に桔槹(きつかん)の曲が配されていた。それは一は猿、一は蛙の褌脱(こだつ)舞(動物の皮ふくろを被る舞)であったので、当時の観客の関心をひいたのである。やがて『鳥獣戯画』に猿と蛙が主役となるのも、おそらくこのような事情が背景にあったので、『鳥獣戯画』はまさに「猿楽絵（さるごうえ）」ともいうべきものであったろう。

それはそれとして、このような舞楽の隆盛を背景として、日本においては平安時代末期から「楽書（がくしょ）」の流行をみた。たとえば、長承二年五月に管絃に関する『竜鳴抄』上下二巻が、大神基政によって作られ、舞楽については応和より安元に至る記事を含む『舞楽要録』があり、文治元年仲冬には北山に住む涼金なるものの『管絃音義』がある。このような楽書の傾向には、各曲目についての実用を主とした解説的なもの、上演に関する史料を抜粋した記録的なもの、それに五音七声に関する理論的なものなどが挙げられる。とくに理論的なものは、五行説などにもとづいて組織されているが、むしろ中国の『楽記』などの方がはるかに明快である。日本の楽理ははなはだ晦渋なところが多い。そのような前史をうけて、本書は、巻頭に『教訓抄』をかかげた。これは、別項解題の示すごとく天福元年に狛近真の撰するところで、鎌倉時代の撰述ではあるが、上にのべた諸傾向の楽書の性格をここに統一的に観察することができる。それとともにこの楽書は、その著述の動機からみても、古楽への愛惜がつよく感ぜられるのだ。芸術論の書かれる条件は、充分に備わっていたのであるが、そこから生れる内容はむしろ解説的・記録的にならざるを得ず、理論的なものは脱落してしまった。そこで『教訓抄』の「教訓」の趣旨は、理論よりも歴史ということになった。さらに云えばその背景に、変革期の文学というべき『今昔物語』いらいの説話文学、とくに『古今著聞集』などの見聞記述を置いて考えるとき、それは雅楽の歴史や楽曲の伝承を通した記録の素材を集成したものとなっており、その見聞のなかに子弟への教訓があると考えたのであろう。その点では、『古今著聞集』巻第六に見える管絃歌舞などが、歴史的見聞を伝えながら、そのなかに起源をかたり効用を示すのと揆を一にしている。ただその内容が『教訓抄』の場合は、史料が楽書としての体系をもって集成され、『著聞集』は文学書として逸話的にとりあげられているというちがいがあるのである。そのなかで『著聞集』管絃歌舞第七の最初に、

　管絃のおこり、そのつたはれる事ひさし。清明天にかたどり、広大地にかたどる。始終四時にかたどり、周旋風雨に

かたどる。宮・商・角・徴・羽の五音あり。或は五行に配し、或は五常に配す。或は五事に配し、或は五色に配す。凡物として通ぜずといふことなし。又変宮・変徴の二声あり、合て七声とす。（下略）

といった記述は、『楽記』楽象篇第八に、「是故清明象レ天、広大象レ地、終始象二四時一、周還象二風雨一」とある和訳であり、音楽思想においては、『楽記』の世界が基礎にながれていたことを如実に示している。

しかしこうした礼楽を基本とした都城的な整序性は、すでに『楽記』においてさえ、鄭衛の音があったように、まして平安京においてはいっそう顕著にこれを打ち破るうごきがあった。それはこの時点で舞楽を古楽ないし貴族のものとするに対して、新しい民衆の楽と考えられるものであった。そしてそれは都城の外にある農村からわき起って京中を圧し、民衆から出て貴族をも含むものとして成長していた。それは田楽の流行でありこれに猿楽をふくめて「新猿楽」とでも称するほかのない芸態の出現であった。これらの田楽・猿楽の隆盛は、もとよりひろい一般人士の支持を背景としてのことではあるが、この時点ではやく藤原明衡が『新猿楽記』をあらわし、いま大江匡房が『洛陽田楽記』を書いたことは、新しくそれらの専業芸能者が輩出して生み出した芸能について、単に偶然の興奮というような観察でなく、都城文化の新しい変化をそのなかに認めてのことであろう。彼はこのような狂騒ともいえる行動のなかに、つぎの時代の到来を察知したものであろう。もしそこに何らかの意義を認めなければ、このような文章をつくることもなかったにちがいないのである。それにしても、彼はこれを鄭衛の音ならぬ霊狐の所為として書きとどめたのであった。

三　葦手様の世界

わたくしは王朝の美を、典型的にとらえるものとして、「葦手絵」というものに興味をもつ。当時の装飾写経の見返しなどにえがかれているもので、すこし下るが『平家納経』序品の見返し絵は、その完成したものと云えよう。そこには王朝の遊楽的な精神が、しずかに伝えられている。すなわち優雅な倭絵（やまとえ）でえがかれた前栽の山水のなかに、文字がかくしち

平 家 納 経　序品見返絵　　　厳島神社蔵

らされているのである。

倭絵の芸術論は、『源氏物語』の帚木の巻に、簡単ながら興趣深く書かれているのが注意される。(8)

絵所に上手多かれど、墨がきに選ばれ、つぎ〳〵に、さらに劣り勝るけぢめ、ふとしも見えわかれず。かゝれど、人の見及ばぬ蓬萊の山、荒海の怒れる魚のすがた、唐国の烈しき獣のかたち、目に見えぬ鬼の顔などの、おどろ〳〵しく作りたる物は、心に任せて、ひときは目驚かして、実には似ざらめど、さて、ありぬべし。世の常の、山のたゝずまひ、水の流れ、目に近き、人の家居有様、「げに」と見え、なつかしく、やはらびたる形などを、しづかにかきまぜて、すくよかならぬ山の景色、木深く、世離れてたゝみなし、けぢかき籬の中をば、その心しらひ・おきてなどをなん、上手は、いと、いきほひ殊に、わるものは、及ばぬ所多かめる。

要するに人間が見たことのないものを、空想で目を驚かすように描くよりも、日常に目にふれる山水家居のさまを、興趣ふかく描くのが、画家の上手というものだというのである。それは唐絵に対する倭絵の在り方を説いて、きわめて数少ない画論といえるであろう。そこにはすでに中国に対置して日本を考える発想が、明白に現われている。

『源氏物語』の帚木の巻は、これについで、つぎのように手跡をも論じている。

手を書きたるにも、深き事はなくて、こゝかしこの、点長に走り書き、そこはかとなく、気色ばめるは、うち見るに、かど〳〵しく、気色だちたれど、猶、まことのすぢを、こまやかに書き得たるは、うはべの筆消えて見ゆれど、今ひとたび、取り並べて見れば、猶、実になむ、よりける。

それは才筆ぶって気がきいた風であるよりも、やっぱり本当の運筆を丁寧に書きこなしている字の方が実直だというのである。

紫式部は、「はかなき事だに、かくこそ侍れ」といって、人の心に論を移したが、式部の眼には、書も画も「はかなき事」として共通するものとしてうけとられた。そしてこの倭絵の山水のなかに、水に洗われる葦の葉のように文字をちらしたものが、葦手絵であった。それはたしかに取るに足らぬものだが、王朝人の心に通うもののあったことは、たしかであろう。

ここでさきの画論のように「山のたゝずまひ、水の流れ、目に近き、人の家居有様」といえば、すぐに想起されるのは、前栽のことである。本書に収めた『作庭記』は、早くは『前栽秘抄』とよばれ、藤原頼通の三男で橘氏を名のった俊綱が作者に擬せられている。王朝も院政期の作品である。当時、王朝貴族たちは京中の生活のなかに、幾つかの町を占めて広大な苑池を営み、邸館や別業をもつのがふつうであった。このような邸館・別業の成立は、いわば都城という公的な条坊のなかにくみこまれながら、しかもその機能を否定するような私的な所領として発展しつつあるものである。

王朝時代には、このように都城の左右均斉の美が競合の美に発達するとともに、公的なもののなかにしだいに私的なものを包含しはじめてくる。院政という時期は、その転換期とも云えた。地方制度においても国司制が知行国制に移りかわる時代である。院の総力を挙げた法勝寺が「国王の氏寺」という公私の二面性を併せてよばれる時代である。作庭の歴史は別にのべるように、はやく蓬萊の山のすがたにはじまっていたが、王朝時代には日常の山水、人の家居有様としてうけとめられていた。発想が私的な観照におかれているのである。わたくしは都城制の実体を空虚にしたものは、さきには平城京の外京であるが、平安京においては実に別業であったという、稍奇嬌の言をのべたことがある。(9) そのこころは、規格を破ることによって新しい自由なうごきが導き出されるということでもある。それは法の解体するなかで、新しい道の模索されていることに通じていた。

『作庭記』によると立石様として、「大海様・大河様・山河様・沼池様」とならんで、最後に「葦手様」というのが挙げてある。前の四つの立石様は、むしろ自然の有様を写すことに眼目があったが、後の葦手様はむしろ芸術の創造につながるものがある。「すべてこのやうハ、ひらゝかなる石を、品文字等にたてわたして、それにとりつき〳〵、いとたかゝらず、しげからぬせんざいどもをうふべきとか」(8) といっているように、絵と文字との結合を苑池の上に再現する意欲さえも見られるのである。そこには王朝の遊楽的精神が、あざやかに浮び上ってくる。

文字については、もともと篆・隷をのぞいて、真・行・草の三体があることは、いまさら云うまでもない。そして安元三年(一一七七)に藤原教長から授けられた口伝を藤原伊経が筆録したという『才葉抄』には、「真の物は第一の大事也、唐人は先是を習ふ也、我朝にもしかるか」というように、先ず規格正しい楷書が学ばれたのであるが、つづいて「近代は皆、行の物を先に習へり」と記している。この点は本書に収めた『入木抄』も同様で、「行は中庸の故也」といい、行が真にも草にも通ずる融通性をよろこんだのであった。『入木抄』は応安二年(一三六九)の写本であるが、すでに『才葉抄』が近代とよんだ六波羅時代には、行書への関心が高まっていたことが知られる。それは『源氏物語』にみる書論を一歩進めたものと考えられよう。そして葦手書のなかでよろこばれたのも、真名・仮名を通じて行書であった。このようにして、中世が「行」の世界としてはじまったことは、芸術における「道」の主張とともに注目しなければならない。『入木抄』は、色紙形や額などの事にふれたあと、

か様の事は、道の大事にて候へども、口伝を受候ぬれば、凡の入木の道を得候ぬる上には、中〳〵やすき事に候。只返々も正路に打むきて稽古を沙汰し候事、第一かたき事にて候也。

と結んだ。こうして芸術は、与えられた「法」ではなく、自らの創る「道」であるという考え方が生れてきた。それは早くも、遊びのこころもめばえていたが、なお宗教がふかくからみ合った道であった。葦手絵がとりわけ写経の見返し絵となった所以である。

Ⅱ 文芸理論の深化

一 判詞の伝統

王朝の都城文化は、左右均斉を一つの美としていたが、やがて都城じたいの解体が予知される平安時代のはじめ、九世紀の末のころから、左右の相称よりも競合が、より大きな意味をもつようになってきていた。その最も早い典型は、仁明天皇の第一年にはじまったという雅楽の左右両部制などに見出される。そして同様のことは和歌においても、左右の歌合がよろこばれるようになっていた。それは和歌の寄合に会衆を左右二座にわけ、作歌を番わせて優劣を競い勝負を定めるのである。起源は正確には明らかでないが、八八〇年代に作られた『在民部卿家歌合』が、現存する最古の作品であり、『寛平御時(八八九―八九七)后宮歌合』が初期の代表作といわれる。その後、延喜十三年(九一三)の亭子院歌合、天徳四年(九六〇)の内裏歌合、長元八年(一〇三五)の頼通家歌合、承暦二年(一〇七八)の内裏歌合などが、とくに著名であるが、質的にも量的にも最も充実したのは、実に平安時代の末から鎌倉時代にかけての変革期であった。

この歌合には、必ず判者があり、判詞をもって勝敗を明らかにした。この事実は和歌の作品に対する批判的精神の高まりを示すものであり、そのような場をもち得たということが、和歌の創作の上でも重大な意味をもっていると思われる。中世になって歌論が発生したということも、実はこの判詞を前提としてはじめて考えられることであった。このさき歌論というべきものは、和歌の分類・撰集などの必要から生れ、さきにふれた紀貫之の『古今和歌集』の仮名序が、一つの典型を示していた。そのあと藤原公任の『新撰髄脳』『和歌九品』などがつづくが、これらも短いものでしかなかった。『九品』が上品上より下々に至る九品に十八首の和歌を分類し、各品の特徴をのべているのが、のちの『君台観左右帳記』の画人品第の源流として重要であるが、積極的に歌論を展開する意図は乏しい。これに対して本書に収めた藤原俊成の『古来風躰抄』は『古今和歌集』の仮名序をふまえ、その後の和歌の歴史的展開を跡づけて、各勅撰集の作歌を抄出して、之を批評しつつ論を具体的に進めている。俊成じしん解題にもみるごとく多くの歌合の跋文を書いたが、本書の評語もまたすこぶる判詞に通ずるところがある。

そのなかにみられる和歌の美意識についても、解題に指摘されているが、詠歌のありようについて、俊成は本書で「艶にもあはれにも」とのべているのが、建久六年(一一九五)の歌合には「艶にもおかしくも」といい、さらに同九年には「艶にも幽玄にも」になっている。俊成の歌論の特徴である幽玄は、早く『古今和歌集』真名序に見え、その後も、忠岑の『和歌体十種』や、基俊の歌合判詞にも見られたが、俊成において言外の余情として用例が安定した。俊成はここにも見るようにかなり複合した美意識としてとらえたのだが、『古来風躰抄』にはなおこの幽玄の文字はみえていない。まさに幽玄の形成過程を示していたともいえよう。その点でも本書は、中世歌論の起点に位置するものであった。

『古来風躰抄』において注目される点は、古歌に関する異様ともいえる関心である。上に『万葉集』、下に『古今集』より『千載集』に至る勅撰集の和歌の抄出も、歌論の展開の必要性からだけでなく、和歌の歴史的展開の結果として、彼れじしん今後に和歌の規準性を提示したとも云うことができる。すでに『新古今集』のなかには、鎌倉時代に顕著となった本歌取の作法が現われてくるのだが、巻第一の後鳥羽院の御製「ほの〴〵と春こそ空に来にけらしあまのかぐ山霞たなびく」の一首は、『古来風躰抄』に抄出された『万葉集』巻十の「久方の天の香具山此のくれに霞たなびく春立ちぬとか」を本歌としているごときである。

この本歌取は、新しい創作に当って先人の詠んだ歌を素材にとりいれることで、本書をうけて南北朝時代に二条良基の著わした『近来風躰抄』(岩波文庫『中世歌論集』所収)に、「本歌をとる事、むかしはまれなり。後鳥羽院のころほひより、殊に人毎に本歌をとり侍るにや」と書いている。本歌取は、決して現在推測されるような剽窃行為ではない。「寄物陳思」(物に寄せて思いを陳ぶる)のこころをもって、物のかわりに古歌をおいて、自らの感情をのべたまでである。それは当時の先例尊重の風にも通うとともに、人々は古歌を学びつつ創作をたのしむことができる。和歌の創作を一般に普及させる上では、きわめて有力な手段であったと思われる。

中世歌論は、和歌がひろく民衆にゆきわたり、普遍的な芸術となり得たときに、最もその必要性が痛感されてくる。それは自由な歌の道に、一定の理論を与えた点で、和歌の道理を示すものであったと云えるだろう。その点で歌論が、判詞から発展したという事実はきわめて重要である。批判的精神のあらわれなのである。したがって歌論ばかりでなく、文学もまた民衆にひろまるときには、批判が生れてきてもよい。建仁元年（一二〇一）のころに成った『無名草子』は、その要望に応えた最初の物語論であった。その作者は定家周辺の人というのが、最も無理のないところであろう。

この『無名草子』に登場する人物が、殆んどすべて説話文学と関係のある事実は、解題にも指摘されたとおりであるが、これもまた物語が大衆のなかに浸透し、その人々の説話が生み出される時点で、はじめて物語論も出現し得たということも言えるであろう。すでに歌合の流行に応じて、物語合という寄合も存在していた。いわゆる物合の一である。物語の書に歌などを添えて出し、その優劣を競うのだが、もとより新作の物語が重んぜられたであろう。『栄花物語』のけぶりの後にも「物語合とて、今新しく作りて、左右方わきて、廿人合などせさせ給て、いとをかしかりけり」ともみえている。天喜三年（一〇五五）五月のことである。そうすると新しい物語の成りたちにも、一定の理論が必要になり、やはり古物語に即しての批評が生れたのであろう。実際にこのころには「物語の心地」というような形容も多く現われていたので、物語に関した月・文・夢・涙・仏といった事象についての、基本的な見方も必要であったし、『無名草子』にも、『浜松中納言物語』にふれて、「言葉遣ひ有様を始め、何事もめづらしく、あはれにも、いみじくも、すべて物語を作るとならばかくこそ思ひよるべけれと覚ゆるものにて侍れ」という讃辞を送っている。物語の新作ということが念頭にあってこそ、このような発言も意味をもつであろう。そうすれば、この草子の特徴である非難点の指摘もやはり、判詞の伝統につながるものと思われる。かれこれ、それは物語合を背景として、物語の道理をのべたものであろう。もとよりそのような背景を考えなくても、文学評論としての意味は大きいが、この時期にとくに理論を求める条件として、判詞の伝統をわたくしは重視したいのである。

このことを考えるのに、『御成敗式目』の成立事情を引き合いに出しては、いかがであろうか。御家人間の所領をめぐる相論が相次ぎ、これを裁判する論理の必要から『式目』は編まれたが、そのなかで規準となったのは右大将家御時の例であり、それは「道理」ともよばれた。過去の判例にてらす心は、古歌や古物語に典拠を見出すことに相通うている。それは判定に独断の入ることをさけるために評定衆を複数にするだけでなく、「道理」という一定の論理を追求して判定の根拠にしたものであった。歌合や物語合においても、勝敗のある以上は、裁判とかわるところがなく、やはり判詞という根拠が必要であったのである。そしてそれはさらに編成されることによって、新しい創作や判定の規準ともなるのであった。

二　寄合と心付と

歌合をもふくめて物合という文芸の発表形式は、いうまでもなく寄合を前提としたものであった。しかしそれらは左右に分れて勝敗を争うという点で、寄合のうちに左右の対立をふくむものであったことはたしかである。そこで、寄合の文芸をさらに深めたものは、連歌会であったといえよう。

連歌会は、和歌の流行がやや下火になったころから、急速に発展してきた。心敬の『老のくりごと』には、「これ二条太閤(良基)、此道の聖におはして、かの御比より盛にもてあそび侍り」(四一三頁)と記しており、南北朝時代を歌と連歌の流行の境界として考えることができよう。多くの好士も輩出したのである。そして著名な建武二年二条河原落書にみられるように、「京鎌倉ヲコキマゼテ、一座ソロハヌエセ連歌、在々所々ノ歌連歌、点者ニナラヌ人ゾナキ」とうたわれる時代が到来したのである。この場合はいうまでもなく寄合であった。『建武式目』が、「或は茶寄合と号し、或は連歌会と称して、莫大の賭に及ぶ。其費勝げて計へ難き者乎」というように、婆娑羅(ばさら)とよばれた過差に通ずるものとして制禁をうけたが、その内容は寄合ということに大きな意味があり、一碗の茶を順次にのみまわしたり、上下両句を鎖形につないだりするたのしみは、まさしく寄合のなかで得られるよろこびであった。

しかしここでいう寄合は、基本的には誰もが点者(判者)になりうる点で、まったく「譜代非成ノ差別ナク、自由狼藉世界也」であった。逆に云えば会衆はすべて平等とはいえ、卓越した指導者はむしろ否定することになる。また寄合の成員にも、名主層を中心とするような一定の封鎖性があって、誰もが参加することは許されなかった。天神講などの講組織をとるものである。このような傾向をとると、連歌じたいもその寄合性を尊重するものとならざるを得ない。句中によみこまれる素材の相互関係が重視されるというわけである。この素材は連歌では同じく寄合という言葉でよばれているが、その寄合を中心に連歌をつくることで、会としての寄合はいちおう成功ということになる。しかしその結果は生硬な句が多くなり芸術性は失われてくることが否定できない。従って連歌そのものを完成させるためには、心をたいせつにしなければならないのである。そこで連歌は寄合の方向とは別に、連歌の文芸性を追求する点からも、心付を重んずる方向があり得たのである。専門家の間で、寄合の句、心付の句といった区別も生れてきたのであろう。もとより、その双方は統一されるべきものであるが、必ずしもそのようには行かなかった。

寄合という現象は、会衆として組織される人々にとっては、親和感もおこり連帯意識も生れて、共同的な文化を生む母胎ともなりうるが、他方会衆に加えられなかった人々にとっては、疎外感をひきおこし孤高意識をつくり出す理由ともなってくる。武家社会の集団制、合議制が採用される状況下に、社会全般が寄合的組織を重視するようになれば、寄合からおちこぼれて、しかも気力を有つ人々は単なる出家以上に遁世という生き方をえらぶことにもなるのである。中世の文芸の大部分がこのような遁世者によって荷なわれたのは、寄合の生み出したひずみであったともいうことができる。その先蹤は、和歌における西行あたりに求めることができよう。

このような遁世者の生活は、一所不住の旅と草庵が基本であり、連歌師たちの多くがその道をたどった。そして一心不乱の修行のなかで、その名を著わし、時には寄合に迎え入れられる場合をつくり出したのであった。連歌における宗祇のごときは、その代表的な人物であろう。

しかしそこへ行く前に、連歌じたいにおいては、流行がすすみ寄合がひろがるにつれて、統一した約束が必要になり、式目が要請されていた。さきにのべた寄合か心付かというところへくると、従来の連歌のいわゆる本式では、心付にまでは充分考え及んでいなかった。ここで二条良基らの新式によって、連歌の綜合をはかる運動が進められてくるのである。『連理秘抄』『筑波問答』(日本古典文学大系『連歌論集・俳論集』所収)などの著述がそれであり、連歌師としては救済が先頭に立った。そのあとをうけた周阿はふたたび技巧的な句風にすすみ、その後の人々はさらに心を失う方向に進んでいた。有心連歌の失意時代である。

その後、ふたたび有心の句風の興ったのは、救済を範とした宗砌によってであるが、その背景には永享のころを中心に歌人正徹の活動があり、宗砌が正徹の歌会にも出て古典にふれたことが、大きな力となったようである。同じくこの正徹の門下として心敬は登場して、宗砌以上に有心連歌の境地をつきつめ、連歌論を展開したのである。彼は新しく再興すべき有心連歌の旗手として、主著『さゝめごと』(前掲『連歌論集・俳論集』所収)のなかに幽玄体の修行を説き、和歌も連歌も心においては同一であることを強調し、その心の修行を仏道の修行によせて述べている。[10]ここには心敬の作品のなかから『老のくりごと』をかかげ、別に『ひとりごと』をも収めておいた。

そのなかで心敬は、大乱をさけた大山の閑居のうちから連歌の歴史をのべ、和歌の風躰にふれ、心付についての主張をくりかえしているのは、まさに老のくりごとにも似ているが、閑居のさまのくわしい叙述は、やがて旅の有心連歌師、宗祇を引き出すようすがともなるであろう。宗祇の『吾妻問答』は、師の心敬の著述をさらに具体的な形で展開しているのである。このあとをうけた宗長の『手記』『日記』は、むしろ紀行的になるが、宗祇の作品はその意味でも有心連歌論の完成をみせたものと云えるであろう。

このような心敬・宗祇の連歌論が、歌論との密接な関係において生れたことは、あるいは連歌には思いも及ばなかった連歌合が出現しはじめたこととも関係があるかも知れぬ。『さゝめごと』に「近比はじめて、連歌を歌のごとく左右に分きて、当座にさまぐ\の褒貶ありて、勝負を付け侍ること、たびく\なるとかや。賢き人のつきてもてはやさば、道のたよりにも成るべくや侍らん」とこれを肯定している。救済と周阿、良基と周阿の『百番連歌合』は、そのなかの古い作品で、応仁二年（一四六八）六月、関東下向中の心敬は、救済と周阿の『百番連歌合』にいたく感服して、自らも二先人に伍して付合をこころみたという。こうした旺盛な意欲こそ、芸術理論の深化の、実は底流をなすものであった。

Ⅲ　生活芸術の誕生

一　書院と室礼

さきにものべた寄合の発展が、かえって遁世をうながすことを、中世文化を考える二つの極として、もう一度考えてみよう。寄合は文化創造の母胎であるが、遁世者もまた芸能の創造者たちなのである。二つは発生的に背反するものであるが、時には遁世者が寄合に迎え入れられて文化創造に役割を果すということも、まったくあり得ぬことではない。しかしそれはあっても、必ずしも基本線ではないであろう。

連歌芸術の上での遁世者のうごきも、在々所々の連歌の寄合に立ちかえるわけではない。彼らのうごきは、在々所々の寄合をふまえて国内統一をはかる守護階級、諸国守護の上に権力を求める幕府や天下をねらう人々の間に往来することであった。従って在々所々の連歌に影響を与えることになっても、一段高い権威をともなうものとならざるを得ないのである。しかしそのようなうごきのなかで、室町時代の連歌師たちの旅の救いは、たとえ武士階級の有勢者であっても、おしなべて「好士（こうじ）」としてうけとっていることであろう。好士は連歌仲間のすべてを含んでいる。天神講の寄合というような、必ず連歌は伴っても寄合の主旨を異にする会衆は、必ずしも好士ではなかった。連歌を愛好する人々は、寄合の有無にかかわらず存在して、同好の親交を深めはじめていたのである。従って連歌師によって守護大名も、戦国大名も、やがては天下人も「好士」として理解することができた。そこに寄合とも政治とも関係のない、趣味をもととした個性が考えられていたのである。

南北朝時代を境に出現した、婆娑羅大名とよばれる京極道誉などは、まったく新しい中世的な個性であり、自由奔放な活動をしたが、同時に芸術にもふかい理解を示していた。この婆娑羅はその語義をこえて、いわば近世のかぶきにも通う、一種の異端ともいうことができるが、茶・花・能にわたって、彼の足跡はまことに顕著なものであった。彼もまた「好士」といわねばならないが、このような好士的個性はその後に急速に現われはじめた。あとでふれる心敬の『ひとりごと』には代々の好士が列挙されているが、彼もまた独語をたのしむ点ではきわめて個性的人間であった。寄合を生活の場とする人々を組織的人間というなら、好士たちは個性的人間といってもよいと思う。

そのような個性を中心とした生活空間が、応仁文明のころに一般化した書院造りである。その構造といえば、床の間・違い棚など特徴を挙げねばならないが、その意味は個人の思索と執筆の場であり、書斎にほかならない。そのような住宅施設が生み出されることによって、個人の自覚が裏づけられ、個性的な思想が意味をもちうるのである。こうして書院が生れたとき、その書院はまた個性的な趣味による装飾が行われることになる。その場合、書院造りがまず禅寺・武家の社会にひろがり、ついで町衆に及んだ事実が注目されよう。当時の武家が公家と合体的関係にあったため、公家じたいの趣味は直ちにはかりかねるが、その書院造りの展開過程が示すように、書院飾の趣味には、共通したものが生れはじめていた。それが唐物である。

唐物は、すでに日宋貿易の開始とともに舶来しており、鎌倉時代には執権北条時宗のもとに数多く収蔵されていたことが貞治二年(一三六三)四月の年記をもつ鎌倉円覚寺の『仏日庵公物目録』によって知ることができるが、それらは書院飾の成立とともに、いっそう展示活用されることになっていた。その場合には室町幕府において唐物奉行という役職が置かれて、「唐物の善悪、上中下の品の目利をする奉行也、是皆御たのむ(憑)の返礼に御使を以、公家大名其他諸家へ被レ遣物也」とみえている。その唐物奉行には遁世者が、阿弥の名をもって唐物の管理に当るのがふつうであったのである。能・芸・相阿弥や千利休の祖父千阿弥がそれである。貴紳の側近に奉仕する同朋でもあったのである。本書に収めた『君台観左右帳記』は、この同朋―阿弥たちの知識の体系化したものである。

この書物の画人伝は、その先蹤を中国に負うている。たとえば元の夏文彦輯する『図絵宝鑑』のごときは、その構成において『君台観左右帳記』の基本になったにまちがいない。しかしそれとともにさきにもふれたように『和歌九品』の品第を唐絵の画家に適用したおもむきがある。一冊の書物のなかに、和漢のさかいはまぎらかされているのである。前篇に上上上より下上まで一五〇余の画家が、字・号・出身地におもな画題を列挙されており、後篇は飾次第として唐物鑑賞の規準を示している。この品第は『図絵宝鑑』には見当らず、日本における当時の室礼としての唐絵に対する関心の在り方が、明快に現われてくる。上上上の最高位は、徽宗皇帝と李竜眠（李公麟）の二人に与えられていた。これらの唐絵は、はじめは座敷飾の室礼絵とよばれて、屏風二双をひきまわした上に、唐絵を二十五幅もかけならべるというような（『看聞日記』永享五年七夕条）、絵画の質的な観賞を無視してむしろ量的な誇示におちいる面がみられたのであった。それが『君台観左右帳記』になると、三幅対の床飾りが定着してくる。それに応じて違い棚についても置き物が書院の機能にふさわしく安定する。

それは要するに書院の思索に焦点を与え、知慧と感覚をみがくために必要な、聞香の道具であるとか、喫茶の具足であるとか、立花の籠や瓶であった。いうならば、生活に密着した芸術をうみ出す素材であった。『喫茶往来』（東洋文庫『日本の茶書』１ 平凡社、所収）はそれらが現実に生動する世界を示してくれるであろう。

さて『君台観左右帳記』は、阿弥たちの手から伝授されて弘められたが、大永三年（一五二三）宗珠（村田珠光の甥）の奥書のある写本によると、能阿弥は村田珠光に対してこの書を伝えている。珠光は、大和に流行した淋汗茶湯という風呂と茶の湯の組み合された猥雑な茶寄合のなかに身を置きながら、東山殿に出でては茶数寄の道をきわめたが、この伝授によって能阿弥との関係もうかがわれるのである。その実否はともかくとして、この伝授によって茶寄合・茶数寄の両伝統の上に立った珠光の位置は、いちおう正統化されることになったのだ。

この村田珠光の茶道論は、『珠光心の文』といわれる一紙のなかに、みごとに表現されている。それは南都で淋汗茶湯の主宰者として知られていた古市胤栄の弟で、珠光一の弟子といわれた播磨守澄胤にあてた文である。それは一に我慢我執をいましめて、初心者を育てることを教え、二に和漢のさかいをなくし、唐物と国焼の物とのとりあわせをのべ、三には初心者が備前物・信楽物をもって、ひとりよがりに冷え枯れた境地を見出そうとすることを批判したのである。そこには我執我慢、唐物偏重をいましめ、むしろ真の冷え枯れた境地を理想としたものと云えるだろう。珠光の芸術論は、『禅鳳雑談』にも見えて著名であるが、そのもとは十数年の年長である連歌の心敬に出でたものが多く、それは花論にもつながるものであった。[11] 心敬は「かすかなる所に心をかけ給ふべし。ひとへ(一重)白梅の竹の中より咲いて、雲間の月を見る如くなる句がおもしろく候」といったが、『禅鳳雑談』に見える「月も雲間のなきは嫌にて候」(上4)という珠光の言葉に通ずることはいうまでもない。また心敬は語って「連歌ハ枯カシケテ寒カレ」と云ったが、武野紹鷗も「茶湯ノ果モ其如ク成タキ」と弟子の辻玄哉に語ったことが、『山上宗二記』に見えている。心敬のこの連歌観が、珠光において「冷え枯るゝ」という境地として表現されたと云えるであろう。連歌と茶はこうして共通の境地をもっていたということができる。しかしそれにとどまらず、珠光の物語は、「月も雲間のなきは嫌にて候」につづいて、「池ノ坊の花の弟子、花のしほ(情趣)つけの事、細々物語り候。是も、得して面白がらせ候はん事、さのみ面白からず候」とつづく。不充分な状態と自然のままの姿を愛するこころが、深くしみとおり、そこには貴族的荘厳の世界とはまったく対蹠的な民衆的な自然の状況への歩みが、はっきりとうかがわれる。

そこには中世的美意識として喧伝される「わび」「さび」は語られていないが、別の言葉での「冷ヱ枯ルル」境地が、それに通ずるものであったと云えよう。

中世の生んだ室内芸能として、茶と花との間には共通の美意識があった。ここにとくにとりあげなかったが、香もそうである。

二　花と戦乱

花の歴史は古い。しかし「いけばな」としての道がひらかれたのは、室町時代になってからである。[12] 婆娑羅の大立物、京極道誉にも、仮託と思われる伝書『立花口伝大事』というのがあったが、その子高秀の招きによって、はじめて池坊専慶が登場する。寛正三年（一四六二）二月に、専慶がそこで金瓶に数十枝を立てたところ、洛中の好事家たちが競ってこれを見物したという。同じ年十月にも、やはり高秀が祖父宗氏の忌日に施食会を催し、席上で専慶が菊を挿したところ、諸僧みなその妙なるに嘆息したという。彼はこうして婆娑羅大名や町の好士たちの間にその姿を現わし、やがて文明十年（一四七八）のころには、御所でしばしば立花をつとめるようになった。専応はそのあとをうけて、六角堂という下京の町なかにあって、しかも「御前の花」を立てる上手でもあった。享禄・天文（一五三〇年前後）のころ、『多胡辰敬家訓』のなかで

池ノ坊（専応）御前ノ花ヲサスナレバ、一瓶ナリトコレヤ学バン

とまで、専応の花は規範視されたのである。しかし同時に

スイニ花タツル文阿弥、当世ノ人ノ心ニカナフナルベシ

という一条は、池坊に対する警鐘でもあって、阿弥の花が〈粋〉の花と考えられ、一般の現代人に適応することをのべていたのであった。粋の花とは、このころ清粋という熟語が流行したように、自然な花の姿をよろこんだものであろう。

その専応の伝書『専応口伝』は、多くの異本をもっているが、ここでは、大永三年本と天文十一年本とを対比的にかかげた。その両者の間にも、前者は「柴の庵のさびしさをもわすれやすると、手すさみに破甕に古枝をすてゝ」とあるところが、「艸の庵の徒然をも云々」と書き改められている（四五〇頁）。花に向う動機としてのさびしさと徒然は、大いにちがう。さびしさは宗教につながるが、徒然は遊楽につながるものであった。

それにしても、題名にたがわず口伝の多いことは一驚に値する。それは口伝のなかのさらに口伝ともいうべきものである。芸術における秘伝の思想は、中世的特徴というべきものである。「秘するが花」というように、顕らかにすれば、実もないものであっても、その一つには家芸の伝承に当って、その権威を保持する手段とすることがある。一代一人、一子相伝というごときである。それは世阿弥において、『風姿花伝』には、「此別紙ノ口伝、当芸ニオイテ、家ノ大事、一代一人ノ相伝ナリ、タトヘ一子タリトイフトモ、ブキリヤウノモノニハツタフベカラズ。『家々ニアラズ、ツヾクヲモテイヘトス、人々ニアラズ、シルヲモテヒト、ス』トイエリ。コレ万徳了達ノ妙花ヲキワムル所ナルベシ」と書きのこしている。このような伝統主義から生れる権威の結晶として、口伝をみることができるであろう。

しかし二つには、そのことからしだいに荘園その他の経済的基盤を失った貴族が、その生計を維持する手段として伝授を利用したことが考えられる。しかしそれを推進するためには、「紙墨にあらはす」ことも必要になってくるのであり、秘伝性がしだいに失われる端緒となる。世阿弥の場合は、『七十以後口伝』に一子元雅の早世によって、座中連人のために口伝を紙墨にあらわすことがのべられている。事情は異なるが、秘伝公開の道は、こうしてひらけてきた。『専応口伝』にしても、この例にもれぬものであったと云えよう。さきの文阿弥における粋の花についても、そうした秘伝によって荘厳されない純粋な自然の花を求める人心の動向を示していたとも云えよう。

『専応口伝』にはなお、花によせて、ひろく王摩詰の輞川図、舜挙の草花軸などが語られ、庭前の築山、垣内の泉水にふれるなど、絵画・作庭をも論じ、ついには書院飾にもふれて、かなり一般的な生活上の注意に及んでいる。その点では生活芸術の教本としての色彩がきわめて強い。その末尾は、「一　南戸には右に長刀、左に太刀、中に具足を置て、其上に甲をかるべし。のふれんをかけて一尺ばかりあげ、かけらるべし」と結んでいる。それは具足飾ということではなく、門戸のなかのたしなみを語っているともいえよう。そこには治にいて乱を忘れずというよりも、戦乱のなかの一ときの花の世界であることを示しているのである。

『ひとりごと』は、すでにかかげた『老のくりごと』と同じく、連歌師心敬の作品であるが、そのなかには今ふれた戦乱が、きわめて生々しく語られている。文中にも引かれているが、まさに『方丈記』の戦国版ともいうことができよう。これこそ、当時の生活の実態にほかならない。都のなかに頼むかげを失った人々が、遁世のように旅に出るのである。「参宮」ということも当時として伊勢信仰の現象であったというよりも、仮初の旅の名目で、東の方の好士たちをたずねての旅であった。その旅と草庵の生活から生れる芸術は、およそ東山山荘から生れる芸術とは対蹠的な存在であった。しかしそれが同じように遁世の人々によって生み出されたという点で、興味ふかくも共通しているのである。

それとともに、連歌はその句の連鎖性のゆえにもっぱら寄合の芸術として理解されるのであるが、ここでは旅と草庵の芸術でもあったことが、みごとに示されている。それは好士たちを結び合せて、このあと『宗長手記』にも共通にみられる、新しい意味で好士の世界をつくり出したといえよう。好士とは、当時の別の言葉で云えば、数寄者にも相通ずるものであった。中世芸術が近世に移る時点は、場もにない手も、ともに転換の時期に当っていたのである。

Ⅳ　伝統意識の成長

一　芸術論の変質

すでに『専応口伝』のところでも、気付かれているはずだが、室町時代、応仁文明の乱あたりをさかいとして、ここにかかげたわずかな作品を通じても、芸術論としての性質の変化が現われてくる。それは応仁文明から戦国にかけての戦乱が、単なる戦乱というだけでなく、歴史の変革であったことにもよるのであろう。すこしく具体的に述べてみよう。

まず本書の前半に位置する芸術論は、雅楽なり作庭なり文学なり、それぞれの芸術についての歴史をのべ、技術をのべ、また作品批評をのべることによって、その芸術を積極的にその当時において記録しようという意図があった。もっとも芸術理論というべきものは、文学については批評を通してうかがい知ることが出来たが、それ以外のものは、だいたい具体的な歴史と技術を内容とするものであったと云える。それは、古代から中世への変革を背景として出現した『著聞集』などにも共通して考えられるのである。

しかし、本書の後半に位置するものは、口伝といい独語といい、雑談といい昔語といい、それぞれが個人に焦点をしぼった聞書の形をとってつくられているのである。この点はさきに本大系の月報でもふれたように、日本的芸術論の一つの型がつくり出されてきたということができるのである。(13) それには、一つには禅における教外別伝とか不立文字といわれるように、芸術論は書物からの知識によってつくり出されるものではなく、自然に会得するものとして理解されていたことがある。従って門人らの手によって、おりにふれての師の言葉を書留め、くつろいだ師の雑話を筆記することがおこったのであった。二つには、そのことによって、芸術論は格式ばった床の間の飾りのようなものではなく、文字どおり「茶の間の聞書」として発展したということができる。従って一ジャンルの芸術論にとどまらず、他のジャンルにも及んで比喩的な説明が現われてくる。能と茶や花の関係が、自由に述べられる機会をつくり出している。さらに三つには、そのような理解の幅広さと同時に、芸能表現の微細な点で一定の慣習がつくり出されてきており、それがやがて「型」として理解される素地と考えられることである。それは聞書の内容としては、体験として大きく打出されてきているのである。いうなれば、それが「道」の具体的な表現とみられていた。

『禅鳳雑談』は、金春座の太夫であった禅鳳についての、永正十年(一五一三)前後の聞書であるが、いまのべたような芸術論の性格を典型的に示したものといえる。その視野はもとより能楽を中心としているが、謡とともに、茶も花も、連歌も鞠も、兵法もそのなかにとりいれられている。そのように視野がひろくなれば、これらの相互の心がまえや表現の類似性を論ずるだけでなく、これらに共通する芸術表現の類型を考えるようにもなって来る。『入木抄』のなかで見てきた、真・行・草の「体」が、ここにたくみに導入されてくる。そして古代から中世へのうつりの間に、真から行へと移った関心が、ついに草にむけられたことが、ここに語られる。「謡の内に、真・草・行あり。真に行所、行に行く所、草に行く所、真、草になり候て、草が真に成候事。いづくまでも大事にて候所真とばかり心得候て悪く候」(中39)とある。ここで真にかわるものとして草があげられるのである。このような主張は、桃山時代の成立とみられる『八帖花伝書』のなかにも見られ、「翁の笛の吹やうの事。座付き三つ有。初日は真、二日は草、三日は行、四日はひしぎばかりなり」(一ノ31)とあるように、草を中心におく考え方がみられてくる。真・行・草としばしば一緒に引き合いに出される序・破・急の考え方は、それぞれが体として独立しているものでなく、本来、継起的な楽の推移を示しているものであるが、それでも重点の置き所をどこにおくかという問題はあるのであって、『八帖花伝書』は「常の草の破の舞」(五ノ88)ということをのべて対応させているのである。「常の」という言葉のなかに、その流行が察せられる。このように草をよろこぶことは、草庵を住みかとする民草のこころにも通うものであった。

こうしたなかに、真と草との関係が基本的なものとして理解されるようにもなる。「それ、能と云事、大夫を花の真にたとへ、役者を下草にかたどる也。大夫は一座の大将、花の真なれば、いかにも〱下草より威勢のあるやうに、もてなすべし。又、大夫より下草へ相応するやうに心得べし」(五ノ序)というように、能を立花にたとえながら、花の真と下草を論じている。この場合も真の威勢を肯定しながら、下草に相応するやうを主張しているのである。この論理は、真・行・草における真・草の関係を、とくに抜き出して考えることにもなっている。寛永時代に入って大蔵虎明の筆録になる『わらんべ草』にも、解題にもふれられる通り、「昔人云。狂言は能のくづし、真と草也。たとへば能は連歌、狂言は俳諧の如く俳言を入るゝ。されば狂言の躰は能也。躰・用・色と言て躰を用て色どる也」(四十八段)とのべて、能と狂言を真と草との関係において説いた。しかしこの場合になると、能を躰すなわち本体とし、狂言を用すなわち応用として理解することになって、真への回帰がみられるのは、やはり近世の封建的時代相を反映しているというべきであろう。

日本の画論としてきわめて稀少価値をもつ『等伯画説』は、これもまた、「長谷川等伯物語記之」というような聞書であった。『君台観左右帳記』をつぐような、中国画人の伝承のなかに、まず日本の唐様として周文(宗文と書く)を開山として、そのあと雪舟をあげ、さらに狩野元信にもふれているのが注目されるし、土佐将監ほどの絵書という表現もみられる。東山殿をめぐる逸話を記すのも興味がある。まさに和漢のさかいをまぎらかして列挙されているのである。そのなかでさきほどからの話題に即して云えば、「故実云、外題ハイカニモ真ニ書レタルゾ。草ノ字ニハ無レ之」(35)という指摘がある。外題は真で書くのが故実であり、草書で書いてはならないとするのである。ここにも真の尊重が故実化して、後世に伝えられようとしていることが考えられよう。

二　芸術的伝統の成立

このように、芸術論がそのジャンルをこえて考えられるとき、新しい美意識も、ジャンルにわたって理解されるようになっていた。真・行・草の草が重んぜられる時点で、利休の世界にはじまった「わび」も美意識として、ひろくとりあげられるようにもなっていた。芭蕉によって完成した「さび」もまた同様である。このような芸術相互間の共通な理解のつくり出されたことは、その理解を「伝統」として近世、さらに近代に伝流することであった。古代・中世に成立した諸芸術を、日本の伝統として後世に伝えるいわば伝統意識が、応仁文明の大乱から戦国時代にかけて、しだいに成長していたのである。近世に伝えられる伝統は何か、という課題である。

その一つは、人間のための芸術が確立することであろう。神仏のためにささげられる祝禱的なものではなく、人間のために人間がつくり人間のものであるということの達成である。とくに能芸においては、それは世阿弥によって「衆人愛敬」という形で主張されたものであったが、それでもなお天下泰平の寿詞的要素はぬぐいきれなかった。美術においても、宗教性はつよくつきまとい、世俗性をかちとるためには時間を要したのだ。『等伯画説』にみられる「嗚呼しづかな絵」「いそがわしき絵」といった批評は、その点で人間の新しい直観的鑑賞のあり方がひらけたことを思わせる。しずかな絵は瀟瀟湘夜雨・煙寺晩鐘などの画題であり、いそがわしき絵のそれは、山市晴嵐であるという。市の絵は、日本について云えば、流行の洛中洛外図なども想起される。いそがわしき絵とは、往来の人間の足音もきこえるような表現である。画論のなかにこのような誰にも納得できる表現が用いられるところにも、理解の深まりが感ぜられる。そのことは、等伯についていえば、若き日仏画をえがいた彼が、水墨も濃彩も自由にこなし、法華にも禅にもかかわりなく、職業人としての活動を示したことにも関係があろう。

その二は、古代・中世の芸術論が、秘伝的なものからしだいに解放され、なお口伝をとどめながらも、筆墨にあらわされつつあることである。この傾向は近世初期に至って啓蒙的な出版によって、いっそう芸術を大衆化することに役立っている。図録・全集という形をとった出版である。これは芸術の大衆化をうながすと同時に、他方では教授者の需要を高め、その養成方法としての家元制度をうみ出す基底にもなったといえよう。

その三に、芸術論の作者には、その家元につながる人々がとくに目立っている。それは聞書という形をとる芸術論の在り方として自然のことであるが、近世に生れる家元制度の二側面、すなわち、伝統性の尊重と創造性の喪失という相背反するものが、芸術論のなかにもかいまみられることである。演技に関する細かな注意事項も、すべてこの二側面につながって理解され、それぞれ相異った受取り方が可能であるからである。さきにのべた「型」はまさにそのようなものである。

このような問題をふくみながら、ここに古代・中世の芸術は伝統として、近世にうけわたしされる。その時点で、この伝統を打破ろうとするうごきもまた、正しく理解されねばなるまい。連歌において無心の反省として生れた有心の伝統も、ふたたび俳諧という形でゆりうごかされはじめていた。利休に対する織部の茶は、ひずみたる茶碗のなかにわびを人工的に示そうとしたし、能の形式をふまえながら阿国は、新しいかぶき(傾き)をつくり出した。伝統とともに異端もまた、この変革期の所産であった。むしろかぶきやひずみこそ、新しい花であったとも云えるであろう。

注

(1) 花の祈り・アニミズムの系譜、小原豊雲展(昭和48・6・14―19　大阪心斎橋大丸)。
(2) 岡本太郎『日本の伝統』(昭和31　光文社)。
(3) 谷川徹三『縄文的原型と弥生的原型』(昭和46　岩波書店)。
(4) 林屋辰三郎「日本文化の東と西」(『世界』昭和46・1)。
(5) 林屋辰三郎『日本の古代文化』二章　前方後円墳(昭和46　岩波書店)。
(6) 福永光司『芸術論集』(中国文明選第14巻、昭和46　朝日新聞社)。その解説に教えられるところが多かった。
(7) 佐伯梅友『古今和歌集』(日本古典文学大系8)。
(8) 家永三郎『上代倭絵全史』(昭和21　高相書院)。
(9) 前掲『日本の古代文化』五章　都城。
(10) 木藤才蔵「連歌論集」解説(日本古典文学大系『連歌論集・俳論集』)。
(11) 村井康彦「花伝書の登場と天文文化」(『いけばなの文化史Ⅱ』昭和45　角川書店、所収)。
(12) 林屋辰三郎「いけばなの流れ」(同右所収)。
(13) 林屋辰三郎「茶の間の聞書」(日本思想大系『近世芸道論』月報)。

解題

教訓抄

植木行宣

狛近真の『教訓抄』はわが国最古の総合的楽書である。雅楽に関する記録・物語の類が、以前にもいろいろあったことは本書からもうかがわれ、いまに伝わるものも少なくない。貞保親王の「南宮琵琶譜」、源博雅の「博雅笛譜」、大神惟季の「懐中譜」、あるいは太政大臣藤原師長の「三五要録」「仁智要録」などがその代表的なものであるが、それらはいずれも譜ないしそれにかかわる限られた内容の楽書であった。こうした流れにあって、古伝をただし実態をおさえ、楽・舞にわたって雅楽を総合的にとらえた『教訓抄』は、独自の位置を占めているといわねばならない。

『教訓抄』は、ではなぜ、このようなものとして成立したのか。近真をめぐる雅楽界とそれがおかれた歴史的位置が問題であろう。

大陸文化の終極点として、わが国には多様な文化が伝来した。雅楽もまたその一つであり、雅楽寮において国家的に教習された。それは当初、異国の興趣にとどまり政治的権威を荘厳するものであったが、しだいに公家社会に定着し日本化への道をたどる。いわゆる仁明朝の楽制改革はそのような雅楽の隆盛と律令体制の変容のなかで行なわれ、ここで雅楽は、唐楽およびインド系の林邑楽は左、高麗楽および百済・新羅楽等は右に分類され、左右両部に編成された。その結果、左右それぞれに専門が固定し楽家の形成がすすんで、やがて大内に楽所も設けられた。左舞が狛氏、右舞が多氏と定められたのは一条院の時であるが、この両氏は豊原・大神などの諸氏とともに楽所を構成し世襲するに至ったのである。

こうして、仁明朝（八三三—八四九）は一大画期となり、雅楽は一条朝（九八六—一〇一〇）にかけて生き生きとした展開期を迎えた。

本書で近真が、「承和御門ノ御時」と言い上古と仰いだのはこの改革期であり、中古と称して規範としたのはその展開期にほかならない。しかし完成は固定への出発でもある。堀河朝（一〇八六—一一〇七）をすぎる頃になると、それはしだいに衰退へと傾いたが、それとともに雅楽界も混迷の度合いをふかめていった。近真が「アナガチニカクシテ、人ニワロクセサセテ、イヒソシリ、ワレ一人シラン」（巻八14）と指摘するのは、そうした混迷の最たるものであり、楽家はそれぞれに家伝の説に固執し、いたずらなる対抗に堕したのである。舞・楽の各パートが競合による緊張をうちにはらみながら、総体として一個の舞台を創造する芸能にとって、これは致命的な現象と言うほかはない。同一舞台でありながら、ある者は舞いある者は全く舞わぬといった例が散見されるが、近真がおかれたのはそのような事態がすすんだ末期的情況であった。それは家の危機をはるかに超えた、道そのものの存亡にかかわる事態を意味するものであった。

　この事態を近真は如何に認識するのか。好むと好まざるとにかかわらず、これこそが家伝の世界から雅楽のありようへと彼を向わせたのであり、本書が総合的な楽書とならざるを得ない最大の理由であろう。

　近真は治承元年（一一七七）狛氏に生まれた。

　狛氏は南都に本拠をおく南京楽人であり、興福寺に属するとともに南都楽所の中核をなし、一方で、大内楽所を構成する重要な一翼をなす楽家である。「楽所系図」によると、大唐・高麗等の舞楽師で大宰府庁舞師である好行を祖とし、右近府生葛古、雅楽属衆古とつづき、雅楽允衆行の代に興福寺雑掌となり、斯高—真高—真行を経て左近将監光高に至って左方舞人になったと伝える。光高は、永承三年（一〇四八）の元日節会の立楽に加わり、八十余歳の高齢で一鼓を打っている。彼は東三条院四十の御賀にあたって十歳の藤原頼通に『陵王』入綾の秘手を教え、その勧賞で、はじめて左方奉行に補されたとされ、楽家狛の事実上の祖であったと考えられる。子則高がその跡をついだが、そののち狛氏は三流に分れた。嫡流をついだ長男光季は名手として聞え、野田とよばれる嫡家の基礎を固めた。二男則季家ははやく衰微したが、三男高季家は嫡家とならんで発展し辻子とよばれた。以後、野田・辻子両流は「トイトブラウ」(続教訓抄)関係、つまり交流をくりかえしつつ互いに表裏となって狛氏をになったのである。

近真はこの野田流光近の娘、青蓮尼を母として生まれた。父の名は知られないが、光近をついだ光真は実兄であり、近真はその嫡となって曾祖父光時以下の秘伝をうけつぐのである。しかし、「母達ノ方ニハ因縁子細侍間、伶楽ノ家ニマジロヒ……」(巻一序)との述懐にみるように、その少年時代は必ずしも恵まれた境遇にはなかった。ここに言う伶楽家は則房のことと考えられるが、この家には高季の嫡子行高が大神惟季から伝えた笛の相伝があった。則房の養子でもあった近真は、こうして辻子流の舞曲ならびに笛を伝えることにもなり、狛二流の家芸を一身に集めて「舞笛絹塵ノ秘曲一事モノコサズ」(同上)相伝するに至ったのである。

元久元年(一二〇四)二十八歳にして左衛門少志に任じられるという、楽所人としてのスタートは決して早くはない。だが昇進は順調で、従五位下左近将監となり仁治元年(一二四〇)一者の地位にもついている(楽所補任)。このようにして狛一門の総帥となった近真は、仁治三年正月二十五日六十六歳で卒するまで、舞・楽二道にわたる多彩な活動をくりひろげた。それは「狛近真舞曲之父也。伶楽之母也。当世之狛氏何輩不レ受二彼与訓一、末代之京客誰人不レ問二其故実一。舞楽符合之説誠異レ他歟。尤可レ存二根元一者哉」(舞楽符合鈔)との評がけっして誇張でないほどのものであった。それだけに、「世ノ末ノ習ヒ、当道ニハカギラズ、諸道モヲトロヘユク次第ナレドモ、此道ハ、身ヲハジメテ、殊ニウタテキコトニナリテ侍ナリ」(巻七1)という実感は誰よりも切実であったにちがいない。道に執して家を守るというような個人の努力を超える、これは事態であり、その認識は安閑と家の世界に閉じこもることを許さなかったであろう。

奥書されるように、本書は天福元年(一二三三)に成った。その序に「齢既ニ六旬ニミチナムトス。口惜カナヤ、一両ノ息男アリトイヘドモ、道ニスカズシテ徒ニアカシクラス事、宝山ニイリテ、手ヲムナシクテイデナムトス。甚愁歎無レ極者ナリ。仍子ヲ思フ道ニハマヨフナル事ナレバ、カタクナハシキ事ドモヲ少々シルシヲキ侍ベシ」と述べられるが、そのとき、長男光継は関東に住して職を棄て、次男光葛は狂して道に執せず、三男近葛(のち真葛)はわずか二歳にすぎなかった(舞楽符合鈔)。この家芸断絶のおそれが『教訓抄』撰述の直接の動機であったけれども、その背後に衰えゆく道への危惧が働いていたのもたしかであろう。子々孫々のほかには見せるなとしながら、「好マム人ニハカクスナヨ」(巻八14)ともいうところにそれはうかがわれるが、「ハバカリ」の多い他氏相伝曲への積極的発言にこそ、道を危ぶむ近真の息づかいがはっきりと読みとれるのである。

『教訓抄』は十巻から成る。近真はそれを二部に分ち、前五巻を歌舞口伝、後五巻を伶楽口伝と名づけた。一・二・三の三巻は狛嫡流が相伝する舞曲、巻四は他家相伝の舞曲、巻五は高麗楽、巻六は楽曲のみ伝わる曲、巻七は舞楽の全般にわたる心得をそれぞれに説き、八・九・十の三巻は楽器・楽曲に関する口伝物語とする。全体としては左舞に詳しく、右舞および楽にかかわるものは記述が粗い。記述の内容も院政期以後にかたよるが、当代まで伝承された雅楽の実際が古伝古説をただして記録され解説されている。

もともと本書は、「スヱノ世ニミルヤウニ侍トキニ、モシ心ユルハシトモナレカシ」(巻一1)という、舞・楽の実技を伝えることを目的とし、芸論は意図しない。したがって論は、各曲解説につく古伝古説の類をとおして間接的断片的に示され、まとまったものは巻四・七・八のそれぞれの序にみられるだけである。しかもそれらは、相伝絶対の時代を反映する秘説の伝授相承をめぐるものが多く、また「イカニモ〳〵ハゲム」べしといった芸人の心得にとどまった。しかしこの心得は「ワレフカネドモ、道ノ秘事ヲバ、サイカクノタメサタスベキ」(巻五巻末)とする才覚とならんで、時処に応じて生きた舞台を創り、芸に花を咲かせる基礎であり、それはやがて稽古の論にいたる萌芽をはらんでいたのである。才覚とは型どおり習いとるだけでなく、習いつくすことによって型以上の何かを自得する力であった。

すでに、道に執せよとするのも、「舞ノ姿、昔ニハ今ハカハリタリト古人申。尤モコトハリニテ侍ナリ。近来ノ若キ舞人等、一切ニゼムシヤヲカフムラズシテ、僅ニ手ヲ移得ヌレバ、ソレニテ、カタノゴトク事ヲナシテ、コマカニ物習フ事ヲバ、物ウキ事ニシテ、道ノフカキ事ヲシラズシテ、サウナクイタレルヨシヲ、申フルマフ」現状において考えられるべきものであったが、器量に劣る者でも「ヨクコウヲダニモイレツレバ、目出タクミユルナリ」といい、そのためには「只人ニヨク〱物ヲ、シユベシ。ソレニスギタル稽古ハナキナリ」「我家ノ中ニテモ、庭立、エム、行道ナムドセムトキモ、足踏、コシヅカヒヲバシツクベキナリ。又フシタルトキニ、中々モノハ案ジツヾケラレ侍ナリ」と断言し、この道が常住坐臥心にかけるべき道であることを主張する。また、「ヨクイタリテ、躰拝モ吉、其骨モ得タリトミエ、人モイワンヲ見テ、其振舞ヲ心ニカクベシ。ソレドモハ鏡ト云コトノ侍ユヘナリ。又ワロカラムヲ見テハ、ワレモアレテイニコソアルラメ、アワレサラレバヤト思フベシ」とも述べるのである（巻七1）。これなどは体験にうらづけられた鏡の論とでもいうべきものであろう。このほかにも、舞曲の躰拝を習うにはその図があるが、その場合何よりも大切なものは心をゆるめないことである。「其身ヲユルベズト云ハ、心ヲユルサズシテ、他ノ事ヲ思ヒマゼヌナリ。楽ヲ耳ニトヾメテ、心ニ拍子ヲ打」ことだとの指摘もある（同）。のちに世阿弥が展開する万能綰一心に通じるものと言ってよい。これらは明らかに心得論から一歩をふみだしたものである。時処対応の論もそうしたなかでとくに注意されるものであろう。

たとえばこういうことである。堀河院の時、多時方が『納蘇利』を「躰ヲ責テイカメシク舞」ったところ、これを見た父資忠が「物荒カラデ、ナツカシキ様ニ舞」うべきだと叱ったが、時方が理解できないので大いにいかって手を授けたあと、「如ㇾ然ノ事云々ハ、我心ニコソ為レ、非ㇾ可ㇾ教事ㇾ申ケル」との古伝がある（巻五19）。雨のため急に殿内で舞うことになったのに、庭上と同じようにしか舞えない才覚のなさが非難されたのであった。多久行が『採桑老』の入舞で、先例にもとづき木によりかかって詠を吟じ、かえって曲趣もなく「カタハライタ」かったとされたのも同じことで（巻四3）、いずれも時・処・人に応じうる舞人の心構えを指摘しているのである。時の音に対する説（巻八2）などはこの論の延長上にある体験論にほかならない。これをさきの万能綰一心に比するなら、まさしく時節感当の論へつながると言うことができよう。

狂言綺語という当代諸道に通じる芸能観にしばられてはいたが、そのなかにもこのような論が育くまれていたのであった。だがそれも、それ以上には展開しえなかった。雅楽が生気を失って久しく守旧一方の立場においこまれていたことがその最大の理由であろう。これはもはや時代の限界というほかはない。

本書の原本は亡佚し現存しない。流布の伝本は、いま知られるものだけでもかなりの数に達するが、二、三を除いていずれも江戸中期以降と認められる書写本である。

完本としては、内閣文庫・京都大学に各二本、東京大学史料編纂所・東北大学狩野文庫・神宮文庫(文化十年写)等に各一本が蔵せられる。いずれも絶対という決め手がないもので誤写も多くともに長短がある。そのなかでは、内閣文庫蔵の冊子本二種が比較的善本であり、書写年代も江戸中期をくだらぬものであろう。

これに対して多数にのぼる零本のなかには、山田孝雄氏がはやく善本と指摘されて日本古典全集・続群書類従に収められた東京大学蔵旧正親町家蔵巻子本(巻一・四・八を欠く)のほか、大阪府立図書館蔵冊子本(巻八・九・十を欠く)、および宮内庁書陵部蔵旧鷹司家蔵巻子本(巻六・七を欠く)がある。後者にはまま錯簡があるが、この二本はともに江戸末期の書写にかかると考えられる同系の善本であり、原本をしのばせるものである。これらに対し、近時重要文化財に指定された神田喜一郎氏蔵の巻子本は屈指の貴重本である。巻末に「文保元年丁巳八月日　以自筆令書写之　兼秋」の奥書を有し、豊原兼秋の自筆本と知られるが、巻十のみで、しかも巻首がかなり欠けている。しかし、現在知られるかぎりの最古の書写本であり、今後の伝本研究に大いに役立つものである。今回、神田喜一郎氏のご快諾を得て、本書『教訓抄』の底本として活用させていただいた。

以上、完本および善本をざっとみたが、内閣文庫にいま一種興味ぶかい伝本がある。「舞楽雑録」と題して収められる上下二軸である。構成その他大きな差があり異本と称するのも躊躇されるが、鎌倉時代の書写本で、注目すべきものである。今後の研究を待ちたい。

本書は内閣文庫蔵の一本（続教訓抄とも十四冊）を底本としたが、巻十に限って神田氏蔵本を用いた。校合には、巻一より巻七までは大阪府立図書館蔵本（大阪本）、巻八・九および巻十の一部（神田本に欠く部分）は宮内庁書陵部蔵旧鷹司家蔵本（書陵本）を用い、本文解釈に必要な限りにおいて、京都大学蔵十冊本（京大本）・五冊本（附補遺一冊、異本京大本）を参照した。

楽書はおびただしい数であるのに、その研究は甚だ立ち遅れている。『教訓抄』すら例外ではなく、『教訓抄』にまっ正面からとりくんだ研究は今のところ皆無である。最大の理由は言うまでもなく東洋音楽の研究者を除いては雅楽の音楽的考察が手に負えないところにあるが、それだけに、研究の進展のためには、その方面の専門家をふくめた諸分野の共同が強くのぞまれる。

参考文献

山田孝雄校訂　教訓抄　続群書類従第19輯上（昭和刊本）所収　続群書類従完成会　昭和2

山田孝雄校訂　教訓抄（日本古典全集（二期））　日本古典全集刊行会　昭和3

東儀信太郎　教訓抄訓読釈解　雅楽界40〜47号　昭和29〜37

小中村清矩　歌舞音楽略史　東京金玉出版社　明治21（岩波文庫　昭和3）

大槻如電編　舞楽図説（故実叢書）　吉川弘文館　明治38

田辺尚雄　日本音楽講話　改造社　大正8

伊庭　孝　日本音楽概論　厚生閣　昭和3

三条商太郎　日本上古音楽史　厚生閣　昭和10

多忠竜述・清水俊二筆録　雅楽　六興商会出版部　昭和17

河竹繁俊　日本演劇全史　岩波書店　昭和34

林屋辰三郎　中世芸能史の研究　岩波書店　昭和35

岸辺成雄　唐代音楽の歴史的研究　楽制篇上下　東京大学出版会　昭和35〜36

井浦芳信　日本演劇史　至文堂　昭和38
芝　裕泰　雅楽通解　楽史篇楽理篇　国立音楽大学出版部　昭和42
増本喜久子　雅楽――伝統音楽への新しいアプローチ　音楽之友社　昭和43
林謙三著（東洋音楽学会編）　雅楽――古楽譜の解読　音楽之友社　昭和44
芸能史研究会編　雅楽（日本の古典芸能2）　平凡社　昭和45

洛陽田楽記

守屋　毅

永長元年（一〇九六）の夏六月、平安京の街衢には、田楽の狂騒が満ちあふれた。謂う所の「永長の大田楽」である。この騒動は強く人々の記憶に刻まれたもののごとくで、後世の史書がこの年のこととして、「おほよそ近日、上下所々、田楽を翫ばざるはなし」と言い（百錬抄）、「六月ころより、天下大田楽、はなはだ奇異なり」と伝える（慶延記）など、いずれも同事件を指す。むろん、当時の公家の日記にも見え、なかんずく、中御門宗忠の『中右記』が精彩に富む記事を残している。すなわち、同書六月十二日条によれば、「此十余日の間、京都の雑人、田楽を作し、互ひに以つて遊興す」云々とあり、昼夜をわかたず、鼓笛の声が高く鳴りひびき、田楽の群れが道路に満盈して人々の往来を妨げ、その様は「時の夭言の致す所歟」と思われるほどであったと言い、折しも事を祇園御霊会に寄せ、為に「制止あたはざる」状況を現出するに至ったと言うのである。これに加わった人々は、『古事談』では諸院・諸宮・大殿・関白・蔵人所以下、郷々村々を挙げ、『中右記』にも「田楽五十村許」とあるから、それは平安京を中心に、近郊の村々をも併呑する大規模な旋風であったと言えよう。

しかもそれは、翌七月の中旬になっても止まなかった。『中右記』七月十三日条には、「去五月より近日に及び、天下貴賤、毎日田楽を作す」と記され、あるいは石清水・賀茂へ参り、あるいは松尾・祇園へ参りとあるごとく、京中を縦横にねり歩いたのである。筆者宗忠はこれを「近代第一の見物」としながらも、「世間の妖言、人々の相好、誠に水火に入る。天のしからしむる所歟」「是非、如何を知らず」と、絶句する。かくいう宗忠自身も、実は七月十二日、多くの殿上の侍臣らにまじって禁中において田楽を行ない、天覧に入れ、また上皇白河院にもこれを御覧に供するまでにたちいたっていたのである。

もっとも、このような田楽の狂態は、この永長大田楽が初めではなかった。永長元年より二年前の寛治八年(一〇九四)五月、少納言源家俊が、青侍十余人を率いて田楽を作り、「あるいは裸形を以つて、あるいは烏帽子を放ちて」京中を横行し、「百鬼夜行」と噂されたこともあった(小右記)。この時、田楽の衆は、関白師通の蔵人所衆と「瓦礫を以つて」闘争におよんでいる。また同じ年の八月、京極寺の祭礼に田楽・獅子が出、鼓笛の喧騒に雑人が群がったとも言う(同上)。

もともと農村にあって田植行事の付随した囃しにすぎなかった田楽が、それ自身、ひとつの芸能として自立した姿が、ここに認められるのである。田楽の形成過程に関する詳述は、いまは省略に従うが、平安京の都市生活における神事の祭礼化と結んで、「新しい猿楽」の成長が見られたと同様、田楽もまた、祇園御霊会ほか祭礼化の傾向を顕著にしつつあった平安京諸社諸寺の祭典に加えられて、「洛陽の田楽」として、その面目を一新させたのであった。

大江匡房が永長大田楽を記すに当って、それを『洛陽田楽記』と名付けたゆえんも、また、藤原明衡が新たなる猿楽の胎動を『新猿楽記』と題して著わしたのと、軌を一にするものであったと言えよう。さらに新しい猿楽が専業的芸能者の手によって演じられていたごとく、洛陽の田楽も、田楽法師と呼ばれた職業的芸人の登場とあいまって、その形成が促進されたと考えられる。彼らの活躍する情景は、「年中行事絵巻」の随所にうかがうことができる。むろん、永長を頂点とする田楽の盛り上りは、それが平安京住民の直接参加に特色が認められること、既述のごとくであるが、その前提には、田楽法師による田楽盛行の事実を想定せざるをえないのである。

現在、「田遊び」「お田植え」などという名称で伝承されている民俗芸能と、「田楽」と呼ばれて伝わるものとの間には、芸態の上で明瞭な一線が引けるという。これまた詳述の余裕がないが、それは前者が発展して後者が生まれたとは考えられぬほどの差異なのである。しかし、その両者の断絶こそ、この時期、平安京の巷間を舞台に活躍した田楽法師の業績であったとせねばならない。彼ら田楽専業の徒は、生産の場における田囃子の伝統と、宮廷人の見捨てた散楽の雑戯とを綜合し、新しい洛陽の田楽を創造したのであった。

以上は、永長大田楽前後の芸能状況であるが、この一連の動向を、当時の社会状況との関連で説明したものに、早くは原勝郎氏の『日本中世史』があり、氏は「世運将動の兆」とこれを評した。近年になっては、より具体的な政治状況を想定する所説が提示されている。戸田芳実氏は、「中世的荘園体制はほぼ前期院政時代に確立した」という前提のもとに、「大田楽運動はまさにそれに直結した前夜に当たっている」点に着目して、「確立期荘園体制を内部から支えた中央神人組織の動態」を詳しく分析して、「永長大田楽運動が一面でかかる在京神人の京都および近郊における新たな活動の条件と場を生み出すことにより、中央神人組織を強化・拡充したことは否定できないであろう」とするのである。

これに対して、井上満郎氏は、「摂関政治の克服と院政の成立という時代での文化」として、この事件を掌握し、田楽に参加した貴族を逐一検討した結果、「永長大田楽とふつう称されるものの政治的帰結は、まさにこのような院庁の勢力拡大ということであり、そのため院庁に集まりまたそれを盛りあげていくことに利益を見た中・下級貴族たちが、新しく登場しつつある村上源氏や摂関家流以外の上級貴族をもまきこんで作り出したひとつのカーオス的な状況が永長大田楽の実体なのではなかろうか」と主張している。

これらの所説について、その当否を論ずるだけの準備はないが、いま一つ、この騒動を近世の「おかげまいり」と等質のマス＝ヒステリアとみて、「古代律令国家の解体が進行する一方に、新しい社会秩序が未成熟であった平安末・院政の時期に、価値の転倒を含む宗教的昂揚が、諸矛盾の鬱積した社会全般の精神的カタルシス(浄化作用)の意味をもってしばしば突発したのは当然であった」ととらえる高取正男氏の評価が、かなり一般化した結論ではあるが、それだけに、説得力を持っているように思われる。

ところで、大江匡房の『洛陽田楽記』は、いうまでもなく、永長大田楽に取材した文章である。ごく短文で一書として単行したものではなく、また匡房の日記『江記』の一節でもなく、おそらく彼の文集類より抄出せられたものかと思われ、古く『朝野群載』に収録されて伝わった。むろん、事実を客観的に述べた「記」のことゆえ、本書から当時の芸能思想と言ったものをひきだすことは、必ずしも当を得たこととは言えないが、「一城の人、みな狂へるが如」き大田楽を、「けだし霊狐の所為なり」と評すところに、伝統的な芸能観の一端をうかがうことが可能である。

すなわち、古代日本では、大衆的な芸能の勃興が、事変の予兆を意味するという観念が強く存在していた。例えば『日本霊異記』下巻第三十八話に、「夫れ善と悪との表相、現はれ将とする時は、彼の善厲の表相に、先づ兼ねて物の形を作し、天の下の国を周り行キて、歌咏ヒて示す。時に天の下の国人、彼の歌音を聞き、出で咏ひて伝通す云々といへり」と見える。そこには、奈良朝の動乱が、いつも不思議な「童謡」によって導かれたとする主張が、逐一具体例を挙げて、展開されているのである。

『洛陽田楽記』では、郁芳門院の急死と田楽蜂起の因果関係を示唆して結語としている。やや後年、嘉承元年(一一〇六)六月にも田楽の大流行があり、「京中の下人ら田楽の興を作し、(中略)数千党をなして道路を横行」、やがて田楽の衆の間に闘争が生じ、命を失う者も出る騒ぎとなった。その時、『中右記』の筆者は、「先年、かくのごとき遊びあり、不吉の事出来する也。(中略)すこぶる穏便ならざる事歟」と感想を記した。ここで言う「先年」が永長元年を指すのは、いうまでもない。匡房と同じく、中御門宗忠もまた、たび重なる田楽の大衆行動を眼前にして、「不吉」を感じずにはおられなかったのである。

そして、芸能の爆発的昂揚に対する支配者の不安の念は、さらに下って、室町時代、幸若舞の盛行を見た一公家が、それを「乱世の声」と聞いたのにまでひきつがれていくのである。

今回の校訂に当っては、神宮文庫蔵旧林崎文庫本「朝野群載」(十三冊本)所収の本文を底本とした。これは、山川真清が天保十二年(一八四一)に伴信友の校訂本を書写し、さらに真清が朱を加えたもので、新訂増補国史大系が底本に使用した一本でもある。その校訂者黒板勝美氏によれば、「現存の全巻を通じての比較的善本」とざれる。しかし何ぶん後代の写本であり、文意不通の箇所もあるので、神宮文庫蔵旧宮崎文庫本・群書類従本、ほかを校合した。

参考文献

高取正男　今様の世界　京都の歴史2所収　学芸書林　昭和46

戸田芳実　荘園体制確立期の宗教的民衆運動――永長大田楽について　歴史学研究378　昭和46・11

井上満郎　永長元年の田楽騒動　藝能史研究36　昭和47・1

井上満郎　洛陽田楽記をめぐって『赤松俊秀教授退官記念国史論集』所収　昭和47

作庭記

林屋辰三郎

日本の庭作りは、飛鳥時代に百済国から能く山岳の形を構く才をもった者が渡来し、須弥山の形や中国風の石橋などを、宮中の南庭でこしらえたというのがはじまりと伝える。その直ぐあとで、蘇我馬子が飛鳥川のほとりに家をつくり、庭中に小池をひらき池中に小島を興したので、馬子は島大臣と伝えられたともいう。このように、そのはじまりは中国・朝鮮からの渡来で、須弥山や蓬萊島といった仏教・道教などの思想性を豊かに具えたものであった。

この『日本書紀』にも記載された事実は、こののちの日本の庭作りにも大きな前提となっていた。王朝に流行する「中島」をもつ林泉は、すでにここに池中の小島として現われている。しかし庭作りの思想と技術を理論的に説明することは、必ずしも容易なことではなかった。本書『作庭記』の意義は、まさに最古の体系的な庭作りの理論書であったことである。

ただ本書を『作庭記』と呼ぶことは、必ずしも古いことではなく、庭作り、作庭という語じたい近世のものであって、本書についても寛文六年(一六六六)の奥書ある写本によって、はじめてその名をあらわすのである。それ以前の本書は、はじめ無題であり、鎌倉時代いらい『前栽秘抄』として「本朝書籍目録」(永仁年間、三条実冬撰か)に著録されていたという。秘抄の文字の示すように、本文中にも「口伝アリ」などとあって、一種の秘伝書として伝えられたものであろう。

そこに特徴的な点は、当時の王城の相地に当って最も重視された四神相応観が、庭作りの上でも重要視されており、さらに陰陽五行説にもとづく理論化が、きわめて顕著にうかがわれることとともに、王朝の住宅建築様式である寝殿造を前提とした説明であることである。この特徴は、本書の時代的背景をさながらに物語っているといえよう。

本書の著作年代と撰者は、古くより鎌倉時代初期の後京極良経と伝えられてきた。その理由は、本書の底本となった最古の写本の、現在金沢市谷村庄平氏蔵本の奥書に、

正応第二夏林鐘廿七朝徒然之余披見訖　　愚老(花押)
後京極殿御書重宝也可ㇾ秘々々　　(花押)

と見えることである。このことは古くから注目されて、群書類従本のごとく直ちに後京極良経を著者として表記して疑われることがなかった。

これに対して昭和に入ってのち、その年代を室町時代に下し、「後京極殿御書」というのも擬作とする時期があった。外山英策氏著『室町時代庭園史』の説である。その主要な論拠は、本書の内容が一条兼良の撰という『尺素往来』のなかの庭園論と酷似することや、書中に見える「枯山水」の手法による庭園が、とくに室町時代に盛行した事実によって、年代を逆推したものであるが、本書の作庭理論として中世的に体系化された論述もその推測を支えて、本書はしばらく疑問の書とみられていたのである。

しかるにその後、本書はその内容の厳密な検討を経て、「後京極殿御書」というのも単に良経所蔵本の意であるにすぎ

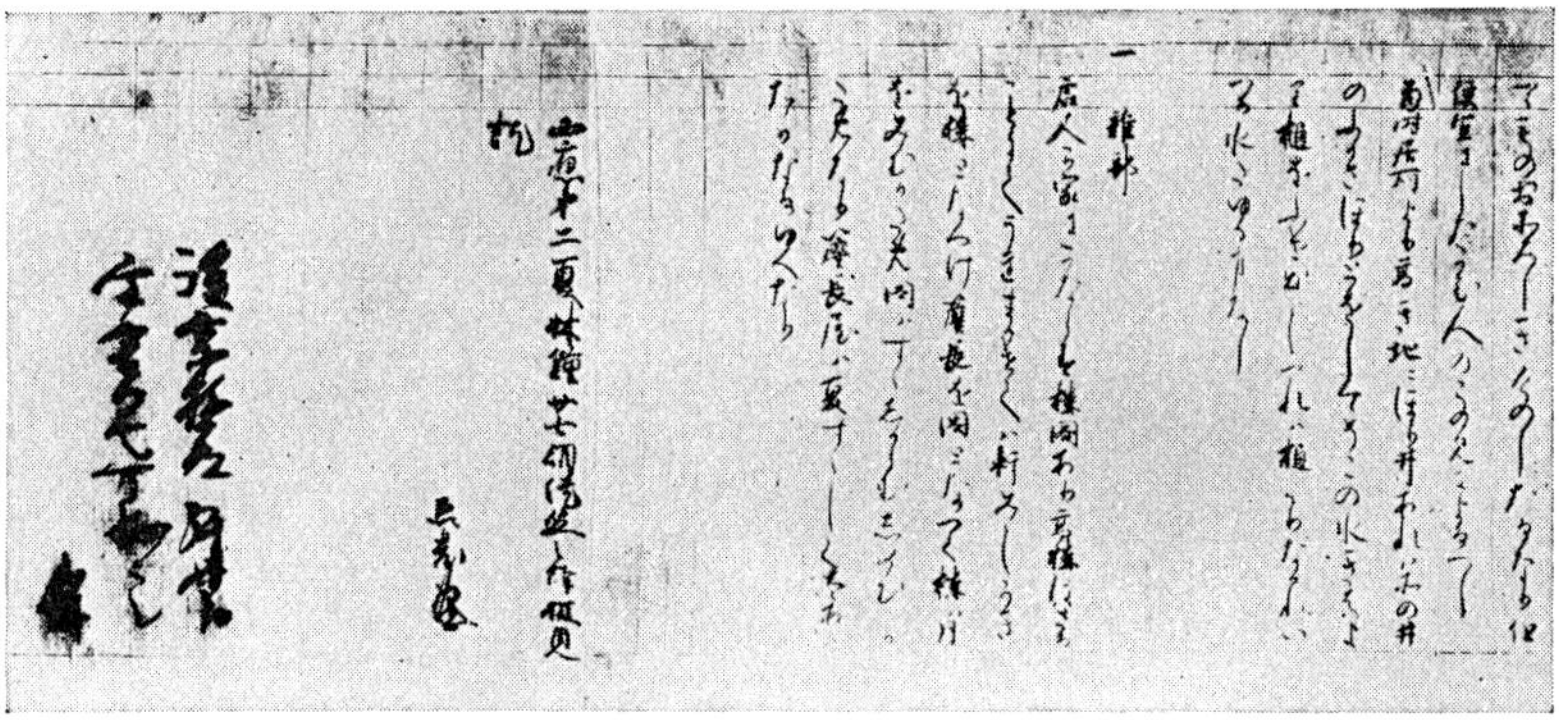

作庭記　巻尾　　　谷村庄平氏蔵

ず、著作年代は院政期にさかのぼることが明らかにされるようになった。その場合諸家の研究の手がかりとなったのは、本文中に、

高陽院殿修造の時も、石をたつる人みなうせて、たま〳〵さもやとて、めしつけられたりしものも、いと御心にかなはずとて、それをバさる事にて宇治殿御みづから御沙汰ありき。其時には常参て、石を立る事能々見きゝ侍りき。

とある一条である。この一条から、藤原頼通による高陽院修造の前後三回を比較検討して、長久元年（一〇四〇）十二月再建の時と推定するとともに、この前後における作庭現場の見聞者として、頼通の三男で橘俊遠の養子となった橘俊綱を浮び上らせたのである。

俊綱は、尾張守修理大夫に任じ、伏見に住んで伏見修理大夫と称せられ、その邸宅は景勝をもって知られ、『尊卑分脈』にも「水石風骨を得たる人也」とされた人物で、本書の作者としては、最も適(ふさ)わしく思われる。もっとも俊綱一人の書下しに帰するには、やや問題があり、これに先行する知識を吸収し、ことに巨勢弘高などの大和絵風の山水描法や、延円阿闍梨の伝えた立石の伝書などを参考としたことは、本文によっても推察にかたくない。

このように著作年代を白河院政期におき、著者を俊綱に擬することは、すでに昭和二十年七月、森蘊氏がその著『平安時代庭園の研究』において、『作庭記』の旧名『前栽秘抄』に関して解明せられたところであるが、さらに昭和三十九年五月には、田村剛氏はその著『作庭記』において、森氏、さらに太田静六氏などの研究を綜合して、その由来と伝承を明快に論じ、田村氏の場合はほぼ橘俊綱一人にしぼってその著者を比定した。これが現在の学界の到達した定説である。

本書の内容は、田村剛氏の『作庭記』において、上下を通じ三十七の項目に分類して解説されている。本書の書中に一々掲出する数は、はるかに多いが、その段落区分においても大体妥当と考えられる上、検出対象の便宜も考えて、本書の内容項目は、完全にこれを踏襲することとした。新たな項目番号を付することは容易ではあるが、先学の配慮を継承することも重要であり、且つ既出の刊本との混乱を避けたいと考慮するからである。

まず前半に当る1—21は、立石の概要にはじまり、島・池・河などの様々について論じ、滝を立てる次第、遣水の次第を詳述し、後半の22—37においては、立石の口伝にはじまり、その禁忌を具体的に論じ、ついで樹・泉について述べ、最後に雑部として楼閣に触れている。もと一巻であったものを、本書の底本とした谷村家蔵本は二巻としているのであるが、この分割は必ずしも無造作に行われたのではなく、両者にはおのずから内容の記述において重複や相違があり、とくに、後半にはやや覚書風な未整理の印象がある。高陽院修造の時の記述もまた、そのなかに含まれているのであり、雑部というしめくくりにも、やや物足らぬものが感ぜられる。その点では、本書はなお未整理、未完のために、無題のままに遺稿となったものではなかろうか。

本書は、さいわいに最古ともいうべき前田綱利公収蔵の写本が、金沢市谷村庄平氏のもとに保存されて、貴重図書複製会によって複製せられ、昭和十一年五月には国宝にも指定されたので、ほとんど疑問なくこれを底本とし刊行することにした。すでに前述の、森氏、田村氏の著書においても、谷村氏蔵本によってこれを収録している。ただ、これ以外には、寛文丙午（六年＝一六六六）柳谷（野間三竹）の奥書のある写本、貞享二年（一六八五）吉弘元常の奥書ある彰考館本、更に塙保己一の群書類従本などの写本があって、とくに得やすい群書類従本と対校することによって、谷村氏蔵本の欠損部分を若干補うことができる。この点は、複製本の刊行に当っても、山田孝雄博士がその解説においてとくに力点を置いて試みられたところであるが、本書においてもこれに倣って対校に心を用いた。

なおこのうち寛文六年の写本は、その奥書に、

北州刺史松平綱利公、蔵二後京極良経之自書之作庭記一久矣、（中略）刺史之侍読木下順庵与レ余相識旧。亦蔵二庭記一。

とあって、はじめに述べたように『作庭記』の名をはじめて現わすと同時に、その所蔵者を松平綱利即ち前田綱利としているので、現谷村家本の称呼は、たぶん前田家収蔵に当って、その当時の感覚によって名付けられたものと考えられるのである。

前田家には『山水并野形図』なる一書が、本書と同じく綱利公蔵本として伝承され、これは現在なお所蔵されている。これは仁和寺心蓮院の信厳なるものの、文正元年（一四六六）の書写にかかるものであるが、その内容は『作庭記』と時代を同じくしながら、所説は方向を異にする別系統の書と考えられている。これもまた、森蘊氏著『平安時代庭園の研究』に収録されており、本書の参考文献として重要なものである。

なおこれらを中世の著述として、近世とくにその中期以後になると、享保二十年（一七三五）北村援琴の著『築山庭造伝』をはじめとしてその数を加える。作庭が貴族より庶民へと一般化した結果であるが、この場合には、『作庭記』にはなお見られない、真行草などの価値観が新たな問題として登場している。これらを対比することも興味があろう。

参考文献

山田孝雄解説　作庭記　貴重図書複製会　昭和15　斎藤勝雄　図解作庭記　技報堂　昭和41

森　蘊　平安時代庭園の研究　桑名文星堂　昭和20　上原敬二　解説山水並に野形図・作庭記　加島書店　昭和47

田村　剛　作庭記　相模書房　昭和39

入木抄

赤井達郎

『入木抄』は、『体源鈔』のなかにふくまれたものの奥書に、文和元年(一三五二)十一月十五日、尊円親王がみずから主上(後光厳天皇)のために手習の要を撰進するものである、とその成立の事情を記している。『群書類従』におさめられたものの奥書に延文元年(一三五六)卯月廿九日勅命によって記し奉った、とあるところから延文元年に成立したとする説もあるが、『続史愚抄』に文和元年の同日、御年十五の主上が清涼殿の昼御座(ひのおまし)において読書始(ふみはじめ)を行ったとあり、『入木抄』はこの日のために撰進されたものと考えられる。本書はわが国の書道史上もっとも大きな影響を与えた尊円親王の著作であり、もっともまとまった書論としてはやくから尊重され、いくたの伝本がある。今回底本としたものは、文和元年より十七年後の応安二年(一三六九)釈義室によって写された前田育徳会本で諸伝本中書写年代のもっとも古いものである。なお、底本の表紙には「入木秘書」と朱書されており、『体源鈔』には「手習稽古次第　青蓮院二品親王御撰」として収録されており、はじめから『入木抄』と名づけられたものではないと考えられる。

尊円親王は能書としてしられる伏見天皇の第六皇子として生れ、兄の後伏見天皇・花園天皇も能書として名高く、書家としてもめぐまれた環境に育った。『入木抄』と同じ文和元年十一月十四日の年記のある『入木口伝抄』の跋文によれば、尊円親王は十四歳の暮(応長元年・一三一一)、書の道に志して世尊寺経尹(つねただ)に入門しようとしたが、老齢の故に実現せず、経尹の第四子行尹に指南をうけることとなり、二年間行尹に書を学んだが十七歳のとき九条坊に蟄居して真言の学にはげみ手習にもおよばなかったという。その後の資料によれば尊円親王は、行尹の兄行房に色紙形の書法や写経のことなどを学んでおり、父の伏見院流ではなく、行成以来の伝統をもち当時の書道界の中心であった世尊寺流を学んだことがしられる。

延慶四年(一三一一)出家し青蓮院門跡となった尊円親王は、元弘元年(一三三一)天台座主となり、その後三たび座主に補せられた。その間、手本や額の揮毫や花園天皇の『風雅和歌集』の清書など能書として活躍するとともに、慈円の歌集『拾玉集』の編集、壱越調以下神楽にいたる楽書『左右楽目録』、青蓮院門跡の事歴や法会をまとめた百三十巻におよぶ『門葉記』などの著作にしたがった。尊円親王の書風はさきにのべたように世尊寺流を学ぶ和様であり、「大覚寺結夏衆僧名単」(一巻、御物)にもっともよくあらわれている。これは建武二年(一三三五)尊円親王三十八歳のとき書かれたものであり、和様にはまれなゆたかな量感と充実した筆力が感じられる。遺墨には和歌懐紙や『白氏文集』を書写したもの(本文2・14参照)などがあり、「雲州消息」「十二月往来」など一群の往来物のあることが注目される。尊円親王は、上古の手本はみな『白氏文集』などであり、消息を手本として安易に流れることをいましめている。「雲州消息」などの往来物は「近日手本所望の輩、多分消息也。所存に違ふといへども、人の所望に随て多以書与候也」(14)と、やむを得ず筆を執ったものであろう。

なお、『正徹物語』はその書風を座敷飾りになぞらえて父伏見院と比較し、伏見院の書風は「床押板に和尚(牧渓)の三鋪一対、古銅の三具足置きて、みがきつけの(銀箔などを押した)屏風など立てたる座敷の躰の様に、和漢の兼ねたる」ものであるのに対し、尊円親王の書風は「みすすだれかけわたしてみがきつけの屏風障子に、何も日本の物計り置きたる躰也」とその和様をたたえている。尊円親王の書風は「青蓮院流」「粟田流」などと呼ばれ、江戸時代には実用書として、いわゆる「御家流」として展開したことは周知の通りである。

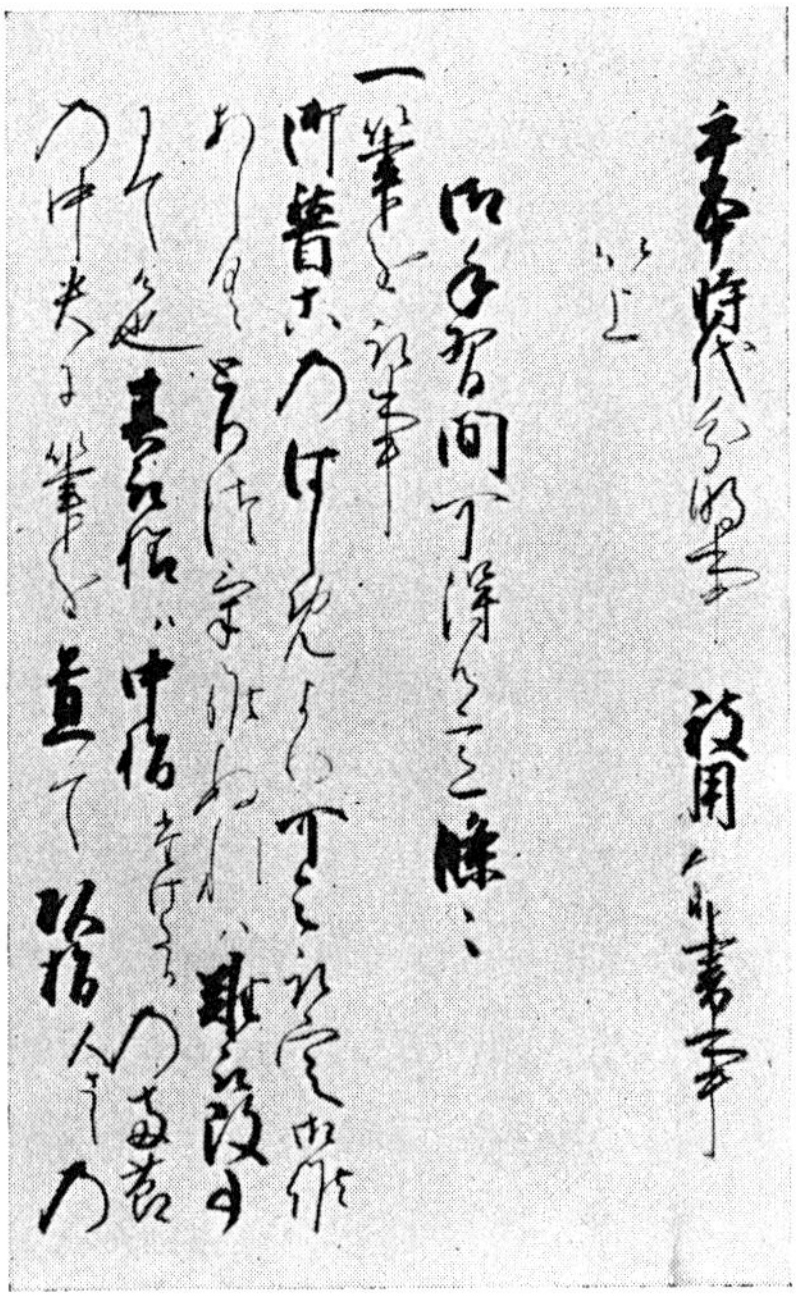

入木秘書　　尊経閣文庫蔵

書についての故実や心得を述べたものは、平安時代の諸書に散見するが、書論としては藤原伊行の『夜鶴庭訓抄』がもっともはやい。これは筆道重代の家として重きをなしてきた世尊寺流の伊行が、能書としても知られた娘の右京大夫に書き与えたもので、高倉天皇の在位中(一一六八―八〇)に成立したものと考えられる。これは和歌、上表文、色紙形、額などの書様の故実を中心に、硯・墨・筆など文房具について注記するもので、いずれも書式・故実に重きがおかれ、書法や手習の実際面にはほとんど触れていない。これとほぼ同じころ成立した『才葉抄』は学書態度や書法などにかなりくわしく、『入木抄』もこれによるところが大きい。『才葉抄』は伊行の子伊経が安元三年(一一七七)七月、高野山の庵室に藤原教長をたずねて書の秘伝を授けられたときのもので、「異様に不レ可レ書」「手本を習には、まづ本の筆づかひを可ニ心得一也」「手本をおほく可レ見也」などの数項は、あきらかに『入木抄』の7・4・13などに大きな影響を与えている。これらの書論は『才葉抄』が高野山庵において密談というかたちで成立したように、秘事口伝として伝授されるもので、世尊寺流ではその後も伊経の子行能によって『夜鶴書札抄』が作られ、その奥書にも「条々我家之秘本也、穴賢(あなかしこ)後覧輩可レ秘々々」と記されている。すなわち、わが国の書論の多くは、能楽や立花の伝書と同じように、家の芸として伝えられる書法の書であり、秘伝として作られてきたものであった。

『入木抄』はその奥書(体源鈔本)に行房朝臣・行尹卿ら世尊寺流口伝の肝要篇目の要をとって記したものである、と述べているが、その口伝をまとめた『入木口伝抄』とはかなり異なるものである。たしかに「唐墨枝葉也、布ニハ木筆也」など筆墨の用法・故実などはほとんどそのままとりいれられているが(15・16)、弘法大師執筆の法について行房が強いてこれを取らずと否定しているのに対し、尊円親王はいささかも今の取様にたがわず(1)と肯定的態度をしめしている。また、真行草三体の稽古についても前者が草を中心にすることは「当家ノ説ニ非ズ」とのみ述べているのに対し、後者は「行は中庸の故也」という理論的根拠をしめし、行の真・行の草など具体的な手習の方法に触れており(8)、これまでの世尊寺流口伝の世界に、書の本質にもかかわる新しい領域をひらいていくものであった。

尊円親王の書論の中心は、「筆勢は人の心操行跡にて候」(4)というように、書を単なる技術・技法としてとらえるのではなく、精神的な高みにまでひきあげた点にある。したがって手習も「心の上の所作」(4)であり、書は「いきたる物にて候」(5)とみるのである。書が心の所作である以上、「邪僻を離て正(まさ)しき姿を専すべき事」(6)が要求され、左字・倒字・うつほ字など異様の事に流れることや(7)、達者の筆勢を振い、眼前の風流をもとめることをきびしくいましめている(6)。書はあくまでも「極てなびやかにうつくしき」(6)こと、うるわしく書くことが要求された。この「うるはし」は王朝以来の伝統的な美意識であり、書について言えばいわゆる上代様の尊重となり、当時流行する宋朝の筆体に対する非難となってもあらわれる(18)。なお、その国風は毎事跡を追ってかわらないものであるが(18)、書風の時代的特色を明らかにしようとする歴史意識のみられることも注目される(19)。

参考文献

岡麓校訂　入木道三部集　岩波文庫　昭和6

入木秘書(複製本)解説　前田家育徳財団　昭和14

伊藤緑苔(彰茂)　入木抄の研究　中部日本新聞社　昭和40

小松茂美　尊円親王の「入木抄」と青蓮院流『日本書流全史』所収　講談社　昭和45

古来風躰抄

島津忠夫

日本文学の評論において最初に成立し、それ以後も中心的位置を占めて来た歌論は、芸術論の展開においても、やはり主軸として、歌論で生み出された理念が、他の芸術論に大きな影響を与えた。

歌論は、平安初期の漢詩文の隆盛のあとを承けて、和歌に対する自覚が高まり、撰進せられた最初の勅撰集『古今和歌集』の序に、その成立を見たと言えよう。「やまとうたは人の心をたねとして、よろづの言の葉とぞなれりける」で始まる紀貫之の仮名序が示すように、「からうた」(漢詩)に対する「やまとうた」(和歌)の本質から先ず問うてかかる姿勢を示している。歌論の展開は、この貫之の序が、真名序と表裏をなしていることからも知られるように、なお詩論の意識のもとに構成されているのに対して、いっそう和歌自体にそくしてうちたてようとする方向にあったことは当然で、藤原公任の『新撰髄脳』『和歌九品』には、その後の歌論の中心理念となった余情の論が芽生えている。しかし、平安中期から末期にかけて、数多く作られてくる歌学書には、歌の本質を追究することよりは、もっぱら知識・故実・逸話を書きとめるという形のものが中心を占めていた。特に院政期に入って、伝統的な文学としての和歌に対する再認識がうながされ、歌合の判者としての専門歌人の知識が尊重せられたことにもよる。そういった潮流の中で、歌学の知識にかかずらわることなく、『古今集』序の精神にかえって、再び和歌の本質に迫ろうとしたのが、藤原俊成であり、その歌論書が『古来風躰抄』であった。

俊成は、永久二年(一一一四)御子左家権中納言藤原俊忠の子として生まれ、はじめ藤原顕頼の養子となって顕広と言い、仁安二年(一一六七)本流に復して俊成と改めた。安元二年(一一七六)従三位皇太后宮大夫を最後に出家、釈阿覚と称する。和歌を藤原基俊に学んだが、一方源俊頼に私淑し、独自の歌風を創りあげてゆく。早く崇徳院の知遇を受け、久安六年(一一五〇)の『久安百首』の作者に加えられたばかりか、その百首の部類を命じられたほどで、その後、保元の乱による崇徳院の配流、歌壇では藤原清輔ら六条藤家の隆盛が続くが、やがて藤原兼実歌壇の中に迎えられ、治承元年(一一七七)清輔没後には多くの歌合に判者となって活躍、文治四年(一一八八)『千載和歌集』を撰進、定家・家隆・寂蓮ら若くすぐれた歌人を育て、俊成の御子左家は、六条藤家にかわって歌壇の中核を占めるようになり、『六百番歌合』『千五百番歌合』などを経て、いわゆる新古今歌壇が醸成されてゆく中で、元久元年(一二〇四)九十一歳、まさしく歌壇の長老としての世を卒えるのである。

建久八年(一一九七)七月二十日、式子内親王の求めに応じて書かれた『古来風躰抄』は、その晩年の円熟した境地で、度重なる歌合の判詞によって形成せられて来た俊成歌論の一つの集大成であった。その執筆の動機は、上巻の冒頭の序に当る部分に詳しく述べられている。その依頼主の「ある高きみ山」を式子内親王と見ることについては、この書の成立にかかわる初撰本と再撰本との関係をめぐって、考証を必要とすることであるが、松野陽一氏らの論考にゆずって省略する。ただ、当時の書物の執筆が、必ず特定の読者を予想して書かれるものであるだけに、すでに俊成に師事して、その歌風によき理解を示していた式子内親王の依頼であったということが、このすぐれた歌論を書かせたとも言えよう。

上下二巻より成るこの書は、上巻の序に、まさしく俊成歌論の真髄を語っている。『古今集』序をふまえつつ、それをも一つ超えた深い思索を示し、和歌の本質と展開を主体的にとらえて、その詩観を端的に格調の高い表現で述べている。ただちに歌の姿・詞のよしあしを説き、その本質に迫ろうとして、その深奥にして説き述べがたいということを、『天台止観』によそえ、『止観』に相承次第を説くように、『万葉集』以来の和歌の変遷の相を説くことが、和歌の深奥をつかむことになるとして、本論としての和歌の歴史的把握、具体的には、上巻には『万葉集』より、下巻には『古今集』から『千載集』に至る和歌抄出という、この歌論書の形態を正しく意義づけているのである。『止観』の影響が、この歌論の重要な柱となっている和歌史観の根底にあり、少なくとも公任らの従来の歌論とも、また清輔らの六条藤家の歌論とも一線を劃した体系的思索的な文学論となっている。その詩観は、「歌はたゞよみあげもし、詠じもしたるに、何となく艶にもあはれにも聞ゆる事のあるなるべし」という、俊成歌論を論じて常に引用せられる一節に、やはりもっとも端的に示されている。建久六年(一一九五)の『民部卿経房家歌合』の跋文には「艶にもをかしくも」といい、建久九年

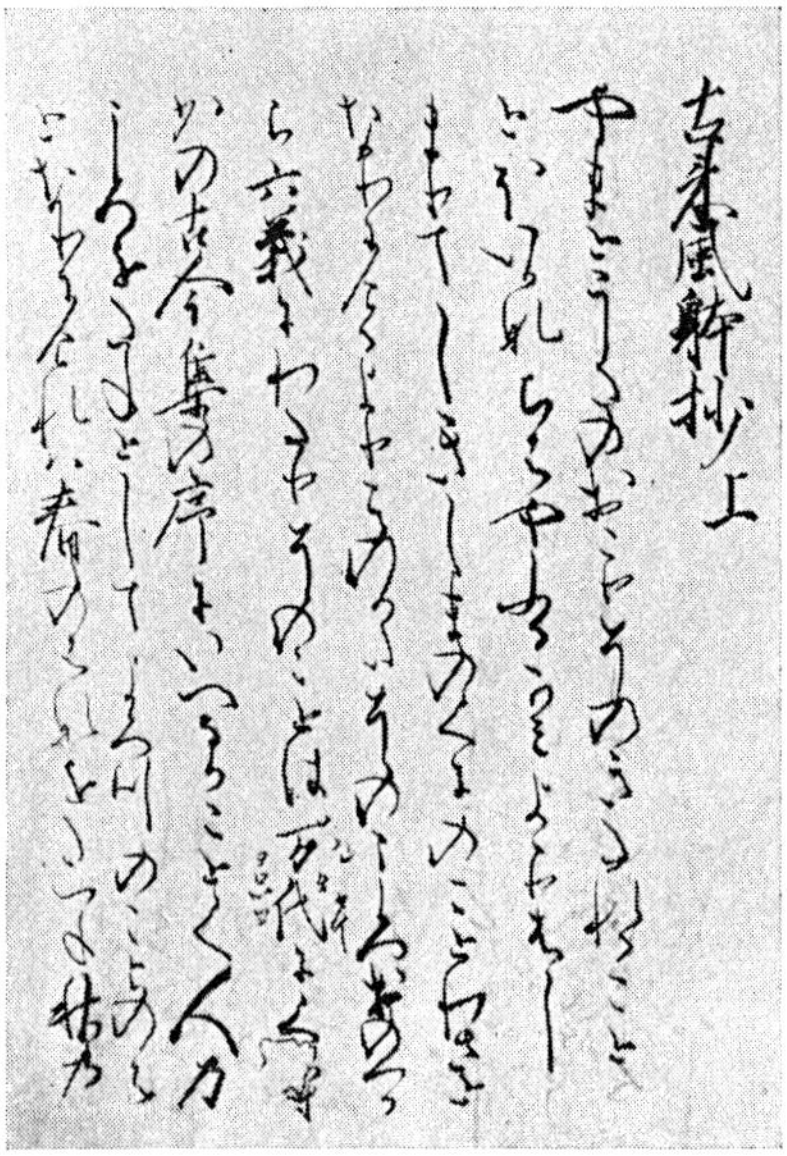
古来風躰抄上

古来風躰抄　巻首　　穂久邇文庫蔵

頃の『慈鎮和尚自歌合』の十禅師の跋文には、「艶にも幽玄にも」とおきかえているが、俊成の歌論が、この時点でまさしく自覚された上での言葉であった。その本質を幽玄という言葉でとらえることには問題があるが、たしかに従来幽玄という言葉で考えられて来た独特の歌風の形成と、その自覚があった。それは、いかにも中世の美意識の先駆でもあり、根源ともなっているのである。

『古来風躰抄』には、初撰本と再撰本とがある。建久八年七月、式子内親王の依頼によって献上した初撰本に対して、再撰本(高松宮家蔵本による)は、

　この草紙の本躰は、かの宮より大きなる草紙をたまひて、かやうの事書きて奉れと侍しかば、たゞその御草紙に書きみてんと許にて、何となきよしなし事を多く記しつけ侍しなり。その上に、生年巳八十四の年、人にも見せだにあはせ侍らず。たゞ浅き水茎の跡にまかせて記しつけ侍にしかば、いかばかりひが事も多く侍らんとおぼえ侍を、又御覧ぜんと侍れば、今更に直すべきにあらで、又同じ事を記しつけ侍る心のはかなさ、申かぎりなくこそ、かたはらいたく侍れ。これ書き記しいで侍し事も、又五年にまかりなりにけり。

　　建仁元年五月日

の識語をもち、その成立が知られる。「五月日」は、書陵部蔵本(二六五・一一五〇)・彰考館本に「正月日」とあるように、草体の類似による誤写と考えられ、再び式子内親王の依頼により、急ぎ上巻の本文と下巻の抄出歌、評語にほんのわずかの手を加え、内親王の病床に奉られたと考えられる(内親王は、その正月二十五日に薨ぜられる)。

本書の底本に用いた穂久邇文庫蔵本は、俊成自筆本を影写した近世初期写本二冊で、再撰本の識語にいう「大きなる草紙」に相当する縦三〇・一センチメートル、横二一・四センチメートルの大本で、初撰本の原初の形をそのままに想定させてくれる。

現存諸本を以下に分類整理して掲げる。

一　初撰本

穂久邇文庫本　　本書の底本。『日本歌学大系』第二巻（風間書房、昭和三十一年）にも翻刻。

天理図書館蔵本　　二冊。室町末期写。西荘文庫旧蔵。

陽明文庫蔵本　　一冊。上巻のみ。室町末期写。

国会図書館蔵本　　一冊。上巻のみ。続群書類従原本。

二　中間本（初撰本から再撰本への過程にある草稿的な性格の本）

(イ)宮内庁書陵部蔵本（一五四・五五二）　　二冊。江戸初期写。阿波国文庫旧蔵。『歌論集一』（三弥井書店、昭和四十六年、松野陽一担当）に翻刻。

(ロ)肥前島原松平文庫蔵本　　二冊。江戸初期写。

宮城県立図書館伊達文庫蔵本　　二冊。田村宗永本。

竜門文庫蔵本　　二冊。伊達本と姉妹本。

三　再撰本

(イ)宮内庁書陵部蔵本（四〇五・一二〇）　　二冊。江戸初期写。『日本歌学大系』第二巻（文明社、昭和十五年・風間書房、昭和三十一年）に翻刻。

高松宮家蔵本　　一冊。江戸期写。『類聚詠歌抄』の下冊に相当する。

竜門文庫蔵本　　二冊。江戸初期写。

(ロ)静嘉堂文庫蔵本　　一冊。江戸初中期写。清水浜臣旧蔵。

宮内庁書陵部蔵本（一五四・一四）　　一冊。江戸中期写。禁裏本。

板本　　大本五冊。元禄三年刊。

四　混合本（上巻は初撰本、下巻は再撰本）

(イ)天理図書館古義堂文庫蔵本　二冊。元禄五年写。

久松潜一氏蔵本　岩波文庫『中世歌論集』(昭和九年、久松潜一編)に翻刻。

(ロ)宮内庁書陵部蔵本(二六五・一一五〇)　一冊。日野資矩(文政十三年没)写。

穂久邇文庫蔵本　一冊。室町末期写。阿波国文庫旧蔵。

(ハ)彰考館本　二冊。江戸中期写。

参考文献

谷山　茂　幽玄の研究　教育図書　昭和18

藤平春男　新古今歌風の形成　明治書院　昭和44

田中　裕　中世文学論研究　塙書房　昭和44

松野陽一　藤原俊成の研究　笠間書院　昭和48

久曾神昇　古来風体抄の成立　書誌学十四巻六号

小西甚一　俊成の幽玄風と止観　文学　昭和27・2

無名草子

北川忠彦

源氏物語を頂点とする王朝の物語がようやく下降線を辿り、狭衣・寝覚・浜松中納言物語等を経て中世のいわゆる擬古物語の時代に入り、物語作者たちの創作力の衰退をまざまざと見せつけられるようになった鎌倉時代初頭に、我が国物語文学評論書の嚆矢たる『無名草子』の出現を見たことは、いささか皮肉な感じがしないでもない。

五月十日の夕べ、東山最勝光院の西の方、古らかな檜皮屋を訪ねる八十三歳の老尼、そこに集う数人の女房、彼女らの「この世にとりて第一に捨て難き」ものは何かという話から、月・文・夢・涙・仏についての論議を導入部として文学論へと話は展開して行く。もちろんその中心は源氏物語で、分量にして物語論の三分の一以上を占める。続いて狭衣物語・

夜の寝覚・浜松中納言物語を論じ、今は散逸したものも含む群小の物語二十余種に触れ、勅撰和歌集・私家集に及び、小野小町から小野皇太后宮に至る女性達を評し、男性論に移ったところで筆をおいている。大鏡や今鏡、宝物集等にならった方式で、この間老尼は、会話は専ら女房達に譲り、黙って一隅に臥って聞いているのみであるが、文学に堪能な女房のほかに、物語に馴染み始めたばかりの「若き声」の女房を聞き出し役として一座に加えたり、作中人物に対する異なった批判を二人の女房に述べさせるなど、対話体による評論の効果はある程度あげていると言えそうである。

『無名草子』の著作年代については、古く山岸徳平氏が、(1)定家が少将であった時代、(2)新古今集成立以前、(3)建久七年の語が見える、(4)建久四年左大将家歌合に近い時期という線を出されて以来、建久七年(一一九六)以後、定家が権中将に昇進した建仁二年(一二〇二)閏十月までの六年間と考えられているが、最近樋口芳麻呂氏によって、九条良経が左大将であった時期や、藤原隆信が散位であった期間から、上限を建久九年一月十九日以降、更に絞って正治二年(一二〇〇)七・八月頃から建仁元年十一月までの間と推定された。

また作者についても、山岸徳平・杉山敬一郎・石田吉貞・久松潜一氏らによって、藤原俊成・同女・式子内親王あるいはその周辺などがそれに擬せられている。もとより誰と明確に定めることは現在のところでは不可能であろうが、文中、俊成・定家や定家の異父兄隆信については特に名を挙げ、それもかなりたち入った書き方をしていること、また新古今集成立以前になったと考えられるにもかかわらず、本書に引用された「月待ちて」(三五九頁)、「朧月夜にしくものぞなき」(三六七頁)、「浦より彼方に漕ぐ舟の」(三六九頁)といった部分が

夕闇は道たど〳〵し月待ちて帰れ我が背子その間にも見む　（万葉集→新勅撰集）

照りもせず曇りもはてぬ春の夜の朧月夜に*しくものぞなき　（俊頼髄脳→新古今集）

*源氏本文は結句「似るものぞなき」

御熊野の浦より彼方（をち）に漕ぐ船の我をばよそに隔てつるかな　（古今和歌六帖→新古今集）

という風に、本来の出典はさておいて、後に新古今・新勅撰集にもとられる和歌を引用した部分であること、また「卯の花垣根など、まことに郭公蔭に寄られぬべく(ィ隠れぬべし)山里めきて見ゆ。前栽むら〱いと多く見ゆれど」(「いとぐち」)の辺りは、同じく新古今集の

鳴く声をえやは忍ばぬ郭公はつ卯の花の影に隠れて

卯の花のむら〱咲ける垣根をば雲間の月の影かとぞ見る

といった和歌を踏まえて書かれているかの感があるなど、あれこれ考え合わせると『無名草子』の文章の中に、やがて成立する新古今—新勅撰につながる線は、既に相当色濃く滲出しているように思われるのである。そういった諸点を考えてみれば、作者は定家と親しく歌論・文学論を交し得るような、その周辺にいた人という辺りまでは絞ってよいのではあるまいか。

この『無名草子』は、古代の文学を中世において批評したものであるから、そこにはいろいろな意味において古代的なものと中世的なものとの交錯がみられる。

一つには仏教的なものとのかかわりである。冒頭の、月・文・夢・涙が、それぞれ前の条に代わるものとして次の条項を引き出している感があるのに対し、仏から物語へは、両者併存のかたちでごくなだらかに移行している。源氏物語の創作については「仏に申請ひたりける験にや」と言い、和泉式部の歌才についても、「しかるべき前（さき）の世の事にこそあむめれ」と言う。「凡夫のしわざとも覚えぬこと」はすべて仏の力によるとするのが作者の素朴な考え方であった。

だが一方また説話の時代中世にふさわしく、その人物評論は、殆どすべて今昔物語・古事談その他の説話集と関係があり、小野小町にしても和泉式部にしても、そこに紹介されているのは、王朝の歌人像というよりも、中世説話の主人公としての小町であり式部であることは注目される。

その他、源氏物語において本篇よりも宇治十帖の部分を高く評価していること、源氏・狭衣と称された狭衣よりも寝覚のよさを指摘していること、また多くの女性について盛りの時を過ぎてもなおたしなみを失わぬことをさかんに褒め称えていること、これらすべて兼好の言う「花はさかりに、月は隈なきをのみ見るものかは」や、珠光の「月も雲間のなきは嫌にて候」にも通じる、かげりの美ともいうべき中世的な精神構造の現われと言えるであろう。ともあれ『無名草子』は、単に文学評論の書というだけでなく、古代思潮と中世思潮の潮合に浮かぶ、一つの座標軸をなす作品と言えるのである。

『無名草子』の諸本の主要なものには

彰考館本(題・建久物語)　水戸彰考館蔵＝笠間影印叢刊

紫影本(題・無名物語)　天理図書館蔵(藤井乙男氏旧蔵)＝岩波文庫

群書類従系本

がある。彰考館本と紫影本は、いずれも建武二年奥書の本を転写したものであり、本文には小異があって、あい補うものであるが、大局的には同一系統に属するものと言えよう。類従系本は、全体として整理されたあとがあり、他の二本に比べると後代のものと思われる。本書においては、本文は彰考館本を底本として紫影本で校合し、類従系本は宮内庁書陵部八洲文藻本を用いて校異欄にそれを示すにとどめた。他に成簣堂文庫本、無窮会神習文庫本の存在が知られているが、今回は利用出来なかった。

本書を成すにあたっては、冨倉徳次郎・鈴木弘道両氏の業績、中西健治氏の助力に負うところが多い。記して謝意を表する。

参考文献

野村八良　国文学研究史　原久書店　大正15
久松潜一　日本文学評論史　古代中世編　至文堂　昭和11
久松潜一　日本文学評論史　形態論篇　至文堂　昭和22
今井卓爾　源氏物語批評史の研究　鮎沢書店　昭和23
松尾　聡　平安時代物語の研究　東宝書房　昭和30
小木　喬　鎌倉時代物語の研究　東宝書房　昭和36
鈴木弘道　平安末期物語論　塙選書62　昭和43
山岸徳平　源氏物語研究の初期　国語と国文学　大正14・10（山岸徳平著作集 III に収録）
杉山敬一郎　無名草紙考㈠㈡㈢　国語国文の研究　昭和4・8　9　11
石田吉貞　無名草子作者考　国語と国文学　昭和19・3（『新古今世界と中世文学 上』に収録）
田中新一　中世における物語論――源氏評論の基底をなすもの　国語と国文学　昭和28・4
寺本直彦　無名草子における源氏物語論――その歌論的性格について　国語と国文学　昭和30・3（『源氏物語受容史論考』に収録）
久松潜一　無名草子作者考――俊成女をめぐって　史学・文学　昭和33・4
鈴木弘道　無名草子序文雑考――檜皮葺の邸の叙述に関して　園田学園女子大論文集1所収　昭和42・2
樋口芳麻呂　袋草紙・無名草子の成立時期について――付、藤原範永の没年　国語と国文学　昭和45・4
桑原博史　無名草子の女性論　中古文学8　昭和46・9
中西健治　無名草子の平安末期物語評言について　篠山文化論叢1　昭和47・11
野村一三　無名草子の作者と成立　平安文学研究49　昭和47・12

老のくりごと

島津忠夫

『古来風躰抄』に一つの完成の姿を見た中世の歌論は、定家の歌論にうけつがれてゆくのであるが、その後の歌論書の展開をたどってみるならば、『為兼卿和歌抄』や『耕雲口伝』『正徹物語』といった必ずしも中世歌論書の主流に位置していない書に、部分的にすぐれた見解が見られるだけで、必ずしも深化されてゆくとは言えない。かえって、『三五記』『愚秘抄』など定家仮託の歌書群を経、歌人正徹の影響を強く受けて形成せられた心敬による『ささめごと』の連歌論に、中世文学論の結実を見る。

連歌論は、二条良基の『筑波問答』『十問最秘抄』などに、花の下連歌の作風の中から救済をとりあげ、その救済との協力のもとに連歌文芸の方向を見出し、やがて、歌論や詩論によって裏打ちされたすぐれた論の形成が見られ、それが、今川了俊や梵灯庵を経て継承せられてゆくのである。だが、心敬の連歌論はその連歌の流れよりも、その師正徹を通して得た中世歌学に立脚し、和歌・連歌一体の説を徹底させて、両者を究極において統一する一体としての詩の観念に到達させるとともに、中世隠者たちの志向しつづけて来た文学と仏教とを一元的にとらえ、すぐれた一つの文学論を形成しているのである。その心敬の主著が『ささめごと』であり、その主張を更に深めて、晩年の到達した境地を示したのが『老のくりごと』である。

心敬は、応永十三年(一四〇六)紀伊国名草郡田井庄に生まれ、三歳の時上洛して僧となり権大僧都に至る。蓮海法師とも称した。音羽山麓の十住心院に住したが、寛正四年(一四六三)三月荒廃した寺を去り、故郷紀伊に下り、田井庄の宮に参籠し、五月上旬『ささめごと』を著わした。帰洛し、文正元年(一四六六)四月には、自撰句集『心玉集』を編んだが、翌応仁元年四月、都を出て、伊勢大神宮に参籠、鈴木長敏の招きに応じて、そのまま海路武蔵品川におもむく。かりそめの旅のつもりであったが、応仁の乱により、帰洛の思いにかられながら、その方途を失って、以後関東に流寓することとなる。文明二年(一四七〇)春、太田道真の川越館での千句に臨み、日光・会津・白河などを旅行、翌三年夏、関東の騒乱を避けて、大山山麓の古寺に入った。その後、文明六年には、江戸城においての太田道灌主催の歌合に判者をつとめているが、翌文明七年四月十六日、七十歳の生涯をおえるまで、おおむねは、この草庵にいたものかと思われる。

『老のくりごと』は、文明三年(一四七一)夏、相模大山山麓に隠栖した心敬が、寺の和尚の求めに応じて記した書で、前半は、その閑居のさまを描写し、後半は、心敬連歌論の極致を示している。『ひとりごと』などには、ひたすらに都の生活を懐古しているのに対し、この『老のくりごと』では、自ら大山閑居の有様を、筆をつくして讃美しており、永住の地を得た喜びでみちみちている。『ひとりごと』が、『方丈記』の天変地異の章をふまえているのに対し、この書は、明らかに日野山閑居のくだりを下に据え、頭注に示したように『和漢朗詠集』の詩句等を典拠とする文飾を施して、格調のある作品を作りあげているが、また実際の光景にも極めて忠実であることが、近年その居跡地の調査から知られる。早く金子金治郎・伊地知鉄男両氏は「塔の坊山東隣、補陀禅寺の旧趾」を指摘せられたが、近年、神宮文庫蔵『苔莚』本にのみ見える「石蔵とて」の語をよりどころに、心敬居跡を、伊勢原市三の宮竹の内石蔵山浄業寺(廃寺)と考証せられている(安達久雄「心敬居蹟と浄業寺跡について」『いせはら史話』第四号、兼子道弘「心敬晩年の居跡について」『中央大学国文』十三号等)。

この寺の和尚との法語のついでに、歌・連歌の問に応じて展開した連歌論は、自己の追憶から始まり、和歌の変遷から説き来って、歌の道が廃れて連歌が興ったさま、救済のころは盛んで、中頃すたれたという彼独自の連歌史観を述べたあと、連歌・和歌同一論を説き、歌の規範とすべきものとして、『新古今』・正徹におよび、歌の道はさながら衰えてしまったので、せめて連歌の道をと志した動機を述べる。特に連歌の本質を付合に求めて、親句・疎句の如何にかかわらず、心付によるべきことを説くのであるが、心敬自らも末尾に認めているように、『ささめごと』二冊の説と、根本的には少しも異なっていない。

諸本は、神宮文庫蔵『苔莚』本・書陵部蔵本・群書類従本の三本と、『三十幅』所収「心敬紀行」がある。書陵部本と類従本とは近く、かえってととのっているると見られる点もあるが、書写年代が古い神宮文庫本を底本とした。

神宮文庫本は、左肩に「苔莚共二」と題簽のある大本二冊のうち。上巻は『老のくりごと』に『十躰和歌』、下巻は巻末に「寛正五季五月日花洛東地音羽山麓十住心院　心敬」とある下巻のみの『ささめごと』の異本。室町末期写。『老のくりごと』の部分は、横山重・野口英一『心敬集論集』(吉昌社、昭和二十三年)に翻刻がある。書陵部蔵本は、左肩に「老のくりごと」と題簽のある半紙本一冊。江戸中期写。伊地知鉄男『連歌論新集三』(古典文庫、昭和三十八年)に翻刻がある。

参考文献

伊藤　敬　心敬『老のくりごと』私注　藤女子大学国文学雑誌　十二号　昭和47・10
島津忠夫　晩年の心敬(改稿)　説林二十一号　昭和47・12

君台観左右帳記

赤井達郎
村井康彦

鎌倉時代以来、彼我禅僧により高僧の頂相画をはじめとする導場荘厳具としての唐絵唐物の盛んな将来は、たとえば鎌倉円覚寺『仏日庵公物目録』に見られるところであり、それによる唐物趣味の昂揚は『徒然草』第百二十段での指摘をまつまでもない。金沢貞顕が六波羅探題であった子の貞将にあてた元徳元年(一三二九)六月の書状(金沢文庫蔵)にも、「又から物、茶のはやり候事、なおいよいよまさり候云々」といった文言がみられる。なかでも唐絵に対する関心は、その後室町時代にかけて「似せ絵」すなわち唐絵の画題や筆様を真似た絵の盛行をもたらしている。それにともない唐絵や唐物をもってする部屋飾に関心が向けられていった事情は、南北朝室町初期の成立になると推定される『喫茶往来』をはじめ当時の記録類からもうかがわれる。加えて同じ時期に進行した住宅建築の構造的変化がその傾向をいっそう促進した。「座敷」の出現がそれである。この場合の座敷とは『喫茶往来』の段階ではまだ存在しなかった生活の場、すなわち書院・押板および違棚が結合していわゆる床の間が構成され、また部屋に畳が敷きつめられるようになった、新しい生活空間のことをいう。こうした建築様式、いわゆる書院造は室町将軍家を中心とする武家社会において本格的に展開し、唐物器物をもってする座敷飾――それは当時しばしば「唐物荘厳の世界」などと称された(看聞御記など)――が同朋衆の主要な職掌とされるに至った。なかでも有名なのが、歴代将軍に唐物奉行として仕えた三阿弥(能阿弥・芸阿弥・相阿弥の三代)や千阿弥などであろう。かれらは将軍家の倉に納められた唐物唐絵の管理出納に当たり、またそれをもってする座敷飾に奉仕した。

その職掌を通じて代々絵画をよくし、また連歌に長じて宗匠と称されている。座敷飾はすでに『喫茶往来』からでも喫茶の亭の室礼にある程度の法式のあったことがうかがわれるが、それが座敷の発展に応じて洗練化された背後には、これに関与した同朋衆の果した役割が大きい。『君台観左右帳記』はそうした同朋衆によって編まれた座敷飾の規式書である。

『君台観左右帳記』には原本はない。写本としては何本かの存在が知られているが、大別して能阿弥本系と相阿弥本系とに分けられる。能阿弥本系には文明八年三月十二日の日付をもって能阿弥が大内左京大夫あてに書き進めたという『群書類従』巻三六一所収のものが一般に流布しており、また東京国立博物館の所蔵にかかる徳川宗敬本は、その奥書によれば、大永三年(一五二三)癸未二月吉日、村田宗珠が何者(不明)かに書き進めたものであるが、能阿弥から村田珠光、珠光からその後嗣宗珠へと相伝されたものという。ただし現存の一本は江戸時代の写本で宗珠の自筆ではない。一方、相阿弥本としては、永正八年(一五一一)辛未十月十六日、真相こと相阿弥が源次吉継なるものに書き与えた自筆本を大永六年(一五二六)十二月円深なるものが源次に乞うて書写し、さらに永禄二年(一五五九)孟春(一月)吉日に(何者かが)転写したという、東北大学所蔵本に代表される。そしてこれが両系統本を通じて写本としてはもっとも古い。本書にもこれを収録した。

このように両系統本とも原本はなく転写本しか存在しないが、知られるところでは能阿弥本系の方が多い。もっとも文明八年の日付をもつ群書類従本は、能阿弥自身がそれ以前、文明三年七月に大和の長谷寺で死亡しているから(大乗院寺社雑事記)、その年紀は信じがたく、ひいては成立事情にも疑問が抱かれて来るが、しかしその疑問は能阿弥本系のすべてに及ぼされるというわけのものではない。また内容的にみても古拙な文章、未整序な文脈などには明らかに相阿弥本系に先行すると判断されるものがある。会所同朋衆として将軍家の座敷飾を奉行した能阿弥によってその規式書が編まれる可能性は十分にあったし、もともとこうした規式書は特定人物によって創作されるという類のものではなく何人もの手によってつくり出されたであろうことなどを考え合わせると、いちがいに偽書と断ずることはあるまい。同様の意味において相阿弥本というも、もとより相阿弥独自のものというより、それまでのものを継承しつつ時代性を加味したものである。

本書の内容は大別して二部よりなる。すなわち前半が宋元を中心とする中国画家約一五〇名を品等分けした画人録であり、後半が座敷飾と器物についての記述である。絵も器物も座敷飾の構成要素であるから、結局本書は唐絵や唐物器物をもってする座敷飾の規式書・秘伝書ということになる。『君台観左右帳記』という名称も、君台＝将軍楼台の飾り方に関する左右＝侍臣(同朋衆)の帳記、メモといったほどの意と解せられる。ただし現在の形が最初からのものであったかどうかについては必ずしも明らかでない。能阿弥作という『御物御画目録』といったものの存在から、そうした絵画(画人録)あるいは器物に関する個々の記録があり、それらが集大成されて『君台観左右帳記』となったことは十分考えられる筋道であるが、逆に現在の形になって以後、必要に応じて部分的な抄出と伝授が行なわれたこともたしかである。最も実用性の高かった画人録だけからなる『君台観左右帳記』(光明院実暁筆『習見聴諺集』第三所収、興福寺蔵)とか、座敷飾のなかの花に関する口伝を中心に記述した『花伝』(慈照寺蔵)などは、その好例であろう。

いずれにせよ『君台観左右帳記』は、かれら同朋衆により経験的につくり出された規式書であり、いわば唐物荘厳の美意識の表現形態であったといえる。しかも茶でいえばこうした座敷飾のなされた書院での茶湯が真の茶とされ、花でいえばそこでの三具足の花(立て花)が真の花とされたように、その後に展開する草庵茶湯や立華(りっか)の母胎であった。逆にいえば、茶や花という日本的な室内芸能は『君台観左右帳記』の世界を共通の母胎とし、そこから離脱する過程でそれぞれ独自の芸能として自立・発展して行ったのである。その意味において『君台観左右帳記』は中世的美学の書ともいえるであろう。

(以上、村井)

*

『君台観左右帳記』とほぼ時を同じくし、宋元の画家を集録したものに『撮壌集』と『御物御画目録』がある。『撮壌集』は続群書類従におさめられた一種の辞典で、その最後に「絵部、書師(時代不同)」として宋元を中心に三二六名の画家を載せている。これはあくまで名数辞典として編集されたものであり、もちろん品等別けをするものではないが、最初から一四六名だけに『君台観左右帳記』と同じような簡単な注記が付せられており、著名度の高いものがふくまれていることが注目される。なお、本書には能阿弥が没するより十七年前の享徳三年(一四五四)という年紀がある。『御物御画目録』は、その末尾に「右目録者従　鹿薗院殿已来御物御絵注文也　能阿弥撰之」とあるように、室町幕府将軍家の所蔵にかかる宋元画の蔵品目録である。宋元書画の蔵品目録はすでに『仏日庵公物目録』もあるが、本書は紙、大、四幅、横絵、二幅、独幅、小二幅、四幅など画面の大小や連幅の数によって分類されており、能阿弥ら相府書庫をあずかって座敷飾りを担当するものにふさわしい目録である。なお、以上の分類のなかで、最初の紙の前の分類項目のないものは絹と考えられ、絹・紙はともにもっとも多く用いられた三幅対であり、記載された九〇点は幅数では二八〇幅となる。

『君台観左右帳記』が前二者ともっとも異なるのは、画家を上中下に品等別けし、東北大学所蔵本など相阿弥系本では、品等別けしたものをさらに時代別けして記載されていることである。収載画家数やその品等別けは伝本によって異なり、主要なものは次の通りである。

	上	中	下	雑	計
東北大学本	四九	四一	八七	〇	一七七
静嘉堂文庫本	四七	三九	六四	一三	一六三
東京博物館本	五〇	三七	六七	〇	一五四
群書類従本	五〇	三八	六八	〇	一五六
花伝(慈照寺本)	二四	四一	六七	〇	一三二
君台観左右帳記(興福寺本)	五九	五一	〇	三	一一三

これらの品等別けは、当時舶載されていた『宣和画譜』『図絵宝鑑』らの画人伝類を参考に行なわれたものであろうが、

これら中国の画人伝にもみられない啞子・西金居士・李万七郎などが記載されていることや、款記印章を人名と誤認したと思われる点のあることなど、相府書庫を中心とする多くの作品を実際に鑑賞した能阿弥、相阿弥らの見識によっていることが知られる。異本による掲載画家数の差は、能阿弥とされる『君台観左帳記』、群書類従本、相阿弥とされる東北大学本と次第に増加しており、舶載される宋元画が蓄積されるにしたがって掲載量も増加したものとも考えられる。すなわち、『君台観左右帳記』は唐物尊重の風潮のなかで、宋元画の知識、鑑賞の基準などを伝えることを目的にして作られたものであり、必要に応じてその画家数も増加してきたものとみることができよう。宋元画に関する実際的な専門知識は唐物奉行として相府書庫をあずかる能阿弥・相阿弥らがもっとも高いことはいうまでもなく、『君台観左右帳記』の前半は、その権威にうらづけられた知識が、当時流行の秘伝書という形をとって選述されたものと考えられる。この点が辞典的な『撮壌集』や、蔵帳的な『御物御画目録』と異なるところでもある。（以上、赤井）

参考文献

松島宗衛　君台観左右帳記研究　中央美術社　昭和6

谷　信一　御物御画目録　美術研究五八「室町時代美術史論」　昭和17

谷　信一　君台観左右帳記　茶道古典全集第二巻所収　淡交社　昭和37

藤田経世　君台観左右帳記集　校刊美術史料第一一四〜六輯　昭和37〜38

野地修左　日本中世住宅史研究　学術振興会

淡交(一二二〜一五〇巻)掲載座談会(二十五回)　昭和33・6〜35・6

珠光心の文

村井康彦

「心の師の一紙」とも称され、村田珠光がその「一の弟子」といわれた古市播磨法師こと古市播磨守澄胤に与えた茶湯の心得である。京都市平瀬家の所蔵にかかるが、しかし現物は昭和十一年八月に刊行された創元社版『茶道』巻五に、西堀一三氏の解説を付して写真版で紹介された以外、研究者の目にふれることなく今日に至っており、残念ながら本書での校訂も右の写真に基づいて行なった。

平瀬家の「心の文」には、本文のあとの余白に次のような紫野大徳寺前住江雪宗立の識語が付されている。

臨済鋤レ茶、潙山摘レ茶、趙老喫レ茶、雲岩煎レ茶、古徳因レ茶商ニ量這(この)事一、太多生也、珠光老人曽参ニ吾竜宝山裏之禅一、而専ニ著茶之道一、縦雖レ到ニ著茶道之奥一、不レ会ニ得教外之心一、豈得レ作ニ這般語話一乎、可レ謂下知ニ禅味一而嘗ニ茶味一漢上也

紫野下閑衲破草鞋子　乱道　印　印

その主旨は、中国の臨済和尚(義玄)・潙山和尚(霊祐)・趙州和尚(従諗)・雲岩和尚(紹隆)らの高徳は、茶を栽培しこれを喫し嗜むことによって禅旨を商量することが多かった。珠光老人もかつて大徳寺に参禅し茶の道をもっぱらにしたが、たとえ茶道の奥儀に到達しても教外の心すなわち禅の奥旨を悟らなければ、このような語話(心の文のこと)をつくることはできないであろう。珠光こそは禅味と茶味とが同じであることを知る人物というべきである、と。

江雪和尚がこのような識語を記したいきさつは、『松屋筆記』の甫公伝(小堀遠州宗甫伝)にみえる。それによれば、この「心の文」は奈良の塗師屋松屋に伝えられていたが、正保三年(一六四六)、当主久重が小堀遠州に識語と表装のことを請うたところ、遠州は識語については辞退し大徳寺の高徳に斡旋した。そこで江雪和尚がこれに当たることになった。一方表装については、江雪の着賛後遠州が装潢師の宗由に命じて行なわせた。そして久重に対し、珠光の文は稀有であるから家宝として伝え、松屋名物の鷺絵と交互に掛けるようにしたらよい、と諭した。表装ができ上り、遠州は久重の請によりその年の暮箱書をした——。

以上の経緯からすると、その後松屋を流出し転々としたのちその有に帰したという平瀬家蔵の「心の文」は、『松屋筆記』にいう松屋伝来の「珠光心の文」そのものであろう。そして遠州の目利を信ずる限りこれが珠光の自筆ということに

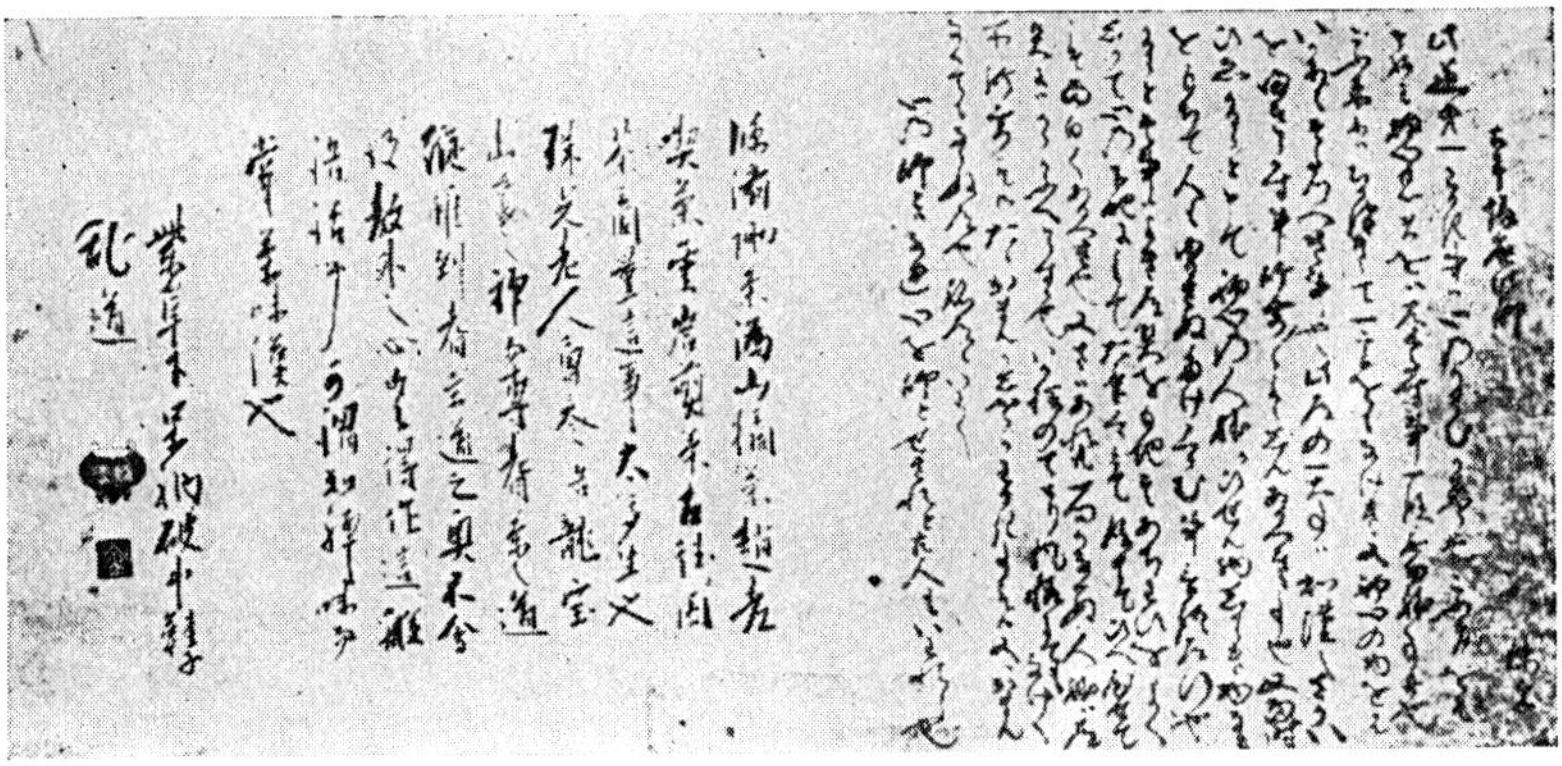

珠光心の文　　京都 平瀬家蔵

なる。この点については、先述のような事情でこんにち現物について検討する機会がないことから、ここでは判断を保留せざるを得ない。

なお最近今日庵文庫の有に帰した松屋源三郎宛金森宗和書状には、宗和が「珠光古市への状の写し」を受け取り感謝している文面が見える（熊倉功夫・筒井紘一両氏の御教示による）。「心の文」のこととみてよいであろう。卯月十五日の日付があるのみで年号は不詳であるが、この時点ではなお松屋家に「心の文」は所蔵されていたのである。

「心の文」には、右の例からも想像されるように、当然いくつかの写しがつくられたと思われる。宮内庁書陵部にある一本もそれであろう。江戸後期の写本と推定される『御覚書并殊光』と題する小冊子のなかに、四十八項にわたる茶湯の作法を記したあとに「心の文」が収められている。

ところがこの「心の文」は、語句の細部において平瀬家本とはいくつかの点で異同があり、しかもそれはこれを書写した者のさかしらによる変更とも、まして単純な誤写ともいえないところがある。仮名と漢字のちがいだけの部分はともかくとしても、平瀬家本に「人もゆるさぬたけくらむ事、言語道断也」とあるところが書陵部本では「……たけくらむ事、振参（舞カ）、言語道断の次第也」とあり、同じく「いか様のてとり風情にても、なげく所、肝要にて候。たゞがまんがしやうがわろき事にて候」が「……風情ニテモ、なけく所、肝要〱なり。かまんかしやうわるき也」とあるごとき、かなりの差異と見なければなるまい。この事実は、「心の文」に平瀬家本とは別系統のものがあったのではないか、といったことを推測せしめる。たとえば栄西の『喫茶養生記』に初治本と再治本とがあり、語句の上で多少の差異があるように。しかし「心の文」の場合与えられた者が同一人とすればその理解は必ずしも合理的とはいえないようだ。両本とも署名を「殊」光としていることをふくめて、こんごの検討にゆだねたい。

このように「心の文」には疑問な点が少なくないが、しかしこの一文が珠光と澄胤にかかわる文書である点については信じてよいと思う。

まずこれを与えられた古市澄胤について。澄胤は文明のころ淋汗(夏風呂)茶湯を興行したことで知られる胤栄の弟で、『禅鳳雑談』(本書所収)によれば謡に趣味を有したがその節は哀傷に傾きがちであったと言い、久保利世の『長闇堂記』にも、珠光の弟子で尺八や謡など万の名人であったが、とくに謡は京より南にはいない名手であったという伝えをのせており、文芸に秀でていたことがうかがわれる。しかも澄胤は長享二年(一四八八)正月、連歌師心敬の弟子兼載を通じて『心敬僧都庭訓』を与えられているが、それは「連歌心もちのやう」を記したもので、まさに茶における「心の文」に対応する。「心の文」は澄胤がその師(三十九歳年長)から受けた、いわば「珠光茶湯庭訓」であった。

その内容について。澄胤が私淑あるいは師事した心敬と珠光とは、きわめて近い位置にいた。先の『禅鳳雑談』に、「珠光の物語とて、月も雲間のなきは嫌にて候。これ面白く候」とある話は、そのまま、「連歌ハ枯カジケテ寒カレ」という「心敬法師連歌ノ語」の世界に通ずるものがあり、じじつ珠光は心敬の弟子宗祇と親交があったから、それを通じて得た連歌の数奇論を自身の茶湯理念のなかに吸収したことは十分考えられるところであった。その意味で澄胤が得た二つの「庭訓」は共通する内容をもっていたわけである。

「心の文」は茶湯者の心掛として我慢我執を戒め、巧者には謙虚に教えを乞うべきことを諭すとともに、「和漢のさかいをまぎらかす事」の大事を説いたものである。それは茶道具における和(国)物と漢(唐)物との区別をなくすることであり、これまでが唐物中心であったことを考えるならば、和物の重視であり、唐物から和物への美意識や価値観の転換に他ならない。もっとも珠光は、道具はそれぞれの持ち味をよく知るのが大切で、初心者が「冷え枯れる」ために、いたずらに和物の備前焼・信楽焼をもてはやすことの愚を批判してはいるが、それだけに当時、十五世紀後半、唐物にかわる和物への関心の昂揚を示している。珠光によって推進された草庵茶湯、わび茶湯の心を述べたものというにとどまらず、日本的な芸能の理念と美意識とを表明したものがこの「心の文」といえよう。

参考文献

永島福太郎　珠光古市播磨法師宛一紙　茶道古典全集第三巻所収　淡交社　昭和35
芳賀幸四郎　珠光、古市播磨法師宛一紙　日本の思想7『芸道思想集』所収　筑摩書房　昭和46

専応口伝

村井康彦

生没年は不詳であるが、十六世紀前半に活躍した池坊専応が門弟に書き与えた伝書を専応口伝といい、写本の形で何本かが伝わっている。池坊ではこれを「大巻(おおまき)」と称し根本花伝書の扱いをしている。こんにちまで知られるところでは、年紀のちがう次の四種がある。

①大永三年（一五二三）十二月吉日（受伝者不詳）
②享禄三年（一五三〇）二月吉日（同前）
③天文六年（一五三七）五月二日（受伝者清侃老）
④天文十一年（一五四二）四月廿一日（受伝者不詳）

なお、岡田幸三氏によれば、池坊家に文明十八年五月十三日付の一本が所蔵されているとのことであるが確認していない。そこで本書では、①（東京国立博物館蔵『君台観』所収）を底本とし、参考のためもっとも新しい④（『続群書類従』遊戯部第五五三に収められもっとも流布している一本）も収録した。

ところで池坊専応にはこれら一連の口伝書の他に、『仙伝抄』という名のものが古来知られている。この本は慶長年間にはじめて板行されたが、その奥書によれば文安二年（一四四五）三月廿五日、三条家の秘本を足利義政の所望によって富阿弥が相伝して以後、寛正六年（一四六五）二月武部三位法印—文明四年（一四七二）九月住友蔵人宣嗣—同八年九月道簡斎—同九年正月宝感院栄得—同十七年九月禅喜庵寿亭—永正元年（一五〇四）四月山岡玉田翁—大永七年（一五二七）五月讃首座と相伝され、天文五年（一五三六）正月十七日に池坊専応に受けつがれたものという。これに従えば本書の原型はすでに十五世紀半ばには生れていたことになるが、こんにちの形——「本文」「谷川流」および「奥輝（おくてる）之別紙」の三部からなる——に仕立てられたのは内容からいって比較的新しい時期のことと推定される。大まかにいって「本文」の内容は池坊系、「奥輝之別紙」は阿弥系で、「谷川流」はその中間的存在と考えてよく、つまりは十五世紀から十六世紀にかけて形成された立て花論の集大成がこの『仙伝抄』であったといえよう。

これに対して『専応口伝』は、『仙伝抄』でいえば「本文」（特にそのような見出しがあるわけではないが『仙伝抄』の地の文と考えられるので、仮にそう称している）の部分に相当し、それよりは簡単である。全体の構成は諸本ともほぼ同一で、「花瓶に花をさす事云々」ではじまる、いわば序文、総論の部分、ついで三具足の花をはじめとする書院座敷の立て花について（37以下もこれに含まれる）、および節供や祝言などにおいて好む花・嫌う花など、特に禁忌の花について記し、本によっては結文的な部分（大永本で35、天文十一年本で52）も含んでいる。

これら諸本を通じて言える内容的特徴は（それは必ずしも『専応口伝』に限るものではなく、他の花伝書でも言える点があるが）、第一に、三具足の花をはじめとする書院の座敷飾における花について言及されるところが多く、またそれに付随して、一見花とは無関係の他の器物による座敷飾のことも記されていて、その点では『君台観左右帳記』(本書所収)の世界がそのまま生きていること。その二、右と表裏の関係にあるが、立て花の構成理論も「本尊」すなわち元来は壁に掛けられた仏画を中心に組み立てられていることで、それは右長左短・主居客居の枝ぶり(1)や面(おもて)についての理解(3)などにうかがわれる。

この間の事情を理解するには、花の歴史における『君台観左右帳記』の位置をみておく必要があろう。本書はその項で述べたように、文明八年の年紀をもつ能阿弥本系を初見とするが、同種のものはそれ以前から歴代同朋衆によって形成されていたであろうこと、それは書院座敷の出現に対応して作り出された座敷飾の規式書であったこと、を指摘しうるが、そこでは、押板床におかれる三具足の花が真の花、同じく脇花が行の花、そして棚の下や柱・天井の釣花などが草の花といった形で認識され、特に三具足の花を中心に構成理論がつくられていた。草庵茶湯を大成した千利休でもこうした座敷飾の施された書院茶湯を真の茶と考えていたように、花の場合も、座敷飾の殿中瓶花が立て花の母胎であった。その意味ではそのことを素朴な形で示す『君台観左右帳記』は、こののち出現・展開する花伝書の原型であったと言ってよい。じじつ『君台観左右帳記』のうち「座敷の飾花の子細」について詳しく述べた相阿弥作の「花伝」(慈照寺蔵)なるものがあり、唐物奉行の相阿弥が立て花にかかわっていたことが想像されるが、小葉田淳氏の御教示によれば、北野社家日記の『禅予記』明応二年(一四九三)四月十九日条には、

一、相阿方へ押板置物事相尋様、三幅之時三具足斗にて脇花瓶雖レ無レ之不レ苦哉由申遣処、不レ可レ叶由返答也。一向ニ持立なと一花瓶者不レ苦候由、自筆返事在レ之、為ニ後証一注レ之。

という記事があって、そのことが確かめられる。『仙伝抄』の「奥輝之別紙」をはじめ諸種花伝書のなかに『君台観左右帳記』の座敷飾の記事や図がのちのちまで収録されるのは、これが『専応口伝』を含めて花伝書の母胎であったからに他ならない。花伝書の歴史は、そこから瓶花に関する部分が自立化する過程であったと言ってよい。本尊中心の構成理論は

その痕跡であった。

第三は、そうした立て花構成理論展開のなかで、真と下草との関係において下草・役枝に対する関心がたかまり、そこに作為を傾注するようになったことである。初期の段階では枝の役割は単純であったが、さまざまな姿形が創作され、小真・副・見越・差枝・前置などいわゆる立花の「七つ道具(役枝)」へと整理されて行く。

花伝書は、応安元年(一三六八)二月の奥付をもつ『立花口伝之大事』は佐々木道誉に仮託された書であろうから別として、文明十八年(一四八六)五月、池坊より宰相公なるものに相伝したという『花王以来の花伝書』をはじめ、享禄二年(一五二九)霜月五日奥付の『宗清花伝書』、天文十三年(一五四四)奥書の『唯心軒花伝書』など、一般的には十六世紀に入って登場する。特に天文年間に至って多数出現することから天文花伝書と総称しているが、こうした花伝書の登場は、なによりもこの時期における花論成立の指標であった。その花論—構成理論は、こののち専好とくに二代専好の時代に至って大成され、そこでこれを従来の「立て花」にかえて「立華(りっか)」と称している。『専応口伝』に代表される花伝書が多数登場した十六世紀前期は、まさに「たてばな」から「りっか」への過渡期であり、その花論展開の所産であった。

こうした花論の自律的展開とともに、花伝書登場の外的条件として、立花を求める受容層のひろがりがあげられよう。『専応口伝』の大永三年本では徒然の「手すさみ」といった表現があるだけであるが、天文十一年本には、立花を「先祖さし初しより一道世にひろまりて、都鄙のもてあそびとなれる也」といい、立花が「床のたのしみ」として普及していた事情を想像せしめる。そういう傾向のなかで花伝書が執心者に求められて行った。

『専応口伝』に認められる特徴の第四は、そのような立花の普及の過程で生活の習俗が立花に反映されて行った事情が知られる点である。五節供の花をはじめ、聟取・嫁取の花、移徙の花、出陣の花など、好ましい花、しからざる花(禁花)など、惣じて花の禁忌について記される。これが『仙伝抄』の本文になると、これまでの座敷飾には出て来なかったなげしの花、はしの花、えんの花、位牌前の花、などの座敷の花も加わってくる。そこに述べられている禁忌は陰陽五行説などに基づくたあいないものであるが、花が従来より身近な生活の空間あるいは生活の折り目で求められるようになったことが、人々の生活を実際に規制していた故実やタブーを花にとり込むに至った原因に他ならない。その意味でも花は生活芸術、座敷芸能という要素を濃厚にもつものであった。

第五。序論に「破甕に古枝をすてゝ是に向て云々」とあるように、ここでは従来の唐物花瓶に立てられた花が否定され、破瓶古枝に象徴される花の世界が求められている点である。「心の文」(本書収録)に認められた唐物から和物への美意識の転換は花の世界でも進行していたわけである。なお右の文中古枝を「すて」るとある部分は、『続群書類従』本はじめ諸本とも「拾ひ立て」とし、宮内庁書陵部本(天文十一年本)には「指立て」とある。この場合は後二者の方が妥当であろう。

花伝書とは『日葡辞書』がいみじくも定義しているように、「花の立てやう(様)をしるしたる書」である。そして本来それは公開をはばかる秘事であり、相伝は口授によった。口伝(書)と呼ばれるゆえんであり、専応口伝という呼称もそれである。そして現在のところ『専応口伝』には、すでに見て来たように、少なくとも四本(『仙伝抄』を加えれば五本)の所在がたしかめられており、散逸したものも少なくなかったろう。けだし『専応口伝』(のみならずこうした花伝書)には、専応が門弟や執心者に与えた数ほどのものがあったはずであり、またその都度、専応自身あるいは受伝者の立場などによって、書かれる内容あるいは文章表現は同一でないのがむしろ普通であった。また『専応口伝』といっても実際には専応によってはじめて書かれたのではなく、池坊家歴代によって形成された花論がその継承者によって適宜取捨選択されあるいは加減剰除が行なわれたのであって、専応という特定個人の作品と見るのは正しくない。『専応口伝』は大別して序論と各論とに分けられるが、場合によっては各論部分のみ、さらには各論の中の一部、たとえば祝言に嫌う花、といった部分だけを抄出して授与することもあり、その場合でも『専応口伝』と称している。したがって同じ名で呼ばれても内容の量あるいは字句・事項の前後関係など多少とも異なるのが当然で、その差異を細部にわたって詮索することには余り意味はない。

とはいうものの、大永三年本と天文十一年本とでは明らかに後者の方が古さが脱落して啓蒙的・説明的となっている。

先にも述べたように、それだけ立花が普及して来たことの反映に他ならない。

参考文献

岡田幸三編　いけばなの伝書（図説いけばな大系第六巻）　角川書店　昭和47
吉村貞司　花伝書、その美意識　伝統と現代9『花』所収　学芸書林　昭和44
伊藤正義　花と中世思想　図説いけばな大系第二巻『いけばなの文化史Ⅰ』所収　角川書店　昭和45

ひとりごと

島津忠夫

足利将軍家ならびに、管領畠山・斯波両家の継嗣問題に端を発した争いが、細川勝元（東軍）・山名宗全（西軍）両有力守護大名の勢力争いとからみあい、ついに応仁元年（一四六七）天下を二分する応仁の大乱に発展した。以後十一年もの長期にわたる戦乱に、京都はすっかり荒廃してゆく。心敬の『ひとりごと』は、応仁二年四月、心敬がある人の求めに応じて、関東流寓中に書いた書で、冒頭に、応仁の乱の惨状を述べ、乱を避けて関東に下向するに至った事情を語ったのち、永享ごろまでの歌・連歌の会や、名匠についての回顧から、連歌論におよび、救済・周阿の比較から、付合重視の論の展開、更に和歌・連歌同一論に至り、最後に詩・聯句以下諸道の達人について回想している。

応仁元年四月、伊勢参籠の途から、鈴木長敏の招きに応じて、かりそめの旅のつもりで、海路武蔵の品川におもむいたまま、応仁の乱のために海上陸路の便を失い、いたずらに関東辺に滞留したわびしさから、ひたすら都を慕う気持が一篇をおおっている。特に前半の世の乱れを叙したところには、正長元年（一四二八）の土一揆による徳政、寛正二年（一四六一）の旱魃による飢饉を記して餓鬼道に比し、応仁の大乱のことを述べて修羅・地獄にたとえているなど、明らかに長明の『方丈記』の天変地異のくだりをふまえた文飾とともに、応仁の大乱を、まさしくその遠因からとらえた眼が、この大乱をあつかった文学として、『応仁記』などよりもかえって鋭いところを見せているし、また、連歌論の部分にも、『ささめごと』から『老のくりごと』へ一貫して見られる心敬の持論が展開せられている。しかし、この書の特色は、永享前後の詩・聯句・和歌・連歌はもとより、絵画・碁・早歌うたい・猿楽等の諸道にわたって、その道の名匠をあげ、それぞれ適格な短評を付していて、芸能界の動きをつぶさに知ることができるところにある。

諸本には、続群書類従所収本と、大阪天満宮蔵の「芝艸抄増補」所収のものと、大阪大学土橋文庫蔵の「菅家御記・宇佐宮奉納五十首御製歌・三勇和歌百首・心敬芝草奥書」の合綴本の最後の部分があるに過ぎない。三本の比較と、その異同から考えられる諸問題については、「心敬僧都比登理言おぼえがき」に詳しく述べておいたが、類従本に対して、天満宮本・土橋文庫本が異本で、いずれも成立時代よりはるかに下った江戸末期の写本であるから、相互に誤写・誤脱が多い。類従本の末尾に、「応仁二年仲呂(四月)晦日」とあるのが、天満宮本および土橋文庫本に「応仁二年八月」とあるのは、心敬がこの時点で改めて誰かに書き与えたものに源を発しているものかと思われる。

本書の底本とした天満宮本は、文化十一年三月滋岡長松写の横本一冊。心敬の和歌・連歌の作品よりの抜書自注『芝草』の一本で、奥書によれば、天満宮文庫にもう一本現存する『芝草』に対して、平野の中瀬常住所持の本を比較して、新たに重複しない句や文を抄出した一本で、その『ひとりごと』に相当する部分は、中瀬常住本に「芝草奥書」の形で写されていたものである。校合に使用した土橋文庫本は、寛延元年(一七四八)十二月、平野の土橋良慶写の本で、その所拠本は同一本か極めて近い一本と考えられるが、土橋文庫本には、かなり大きな欠脱が存する。類従本は、その原本である書陵部蔵写本を用いた。

参考文献

島津忠夫　心敬僧都比登理言おぼえがき　説林十九号　昭和45・12

禅鳳雑談

守屋　毅

『禅鳳雑談』は、その冒頭に「禅鳳能謳音曲雑談」云々とあるごとく、金春禅鳳の談話を書き留めた書である。本文に「三帖之内」と見えるが、上・中二巻のみの写本が現在奈良県生駒郡宝山寺に伝わっている。その筆録者は、各巻奥書に「藤右衛門尉聞書」とあるが、藤右衛門尉なる人物は、本書の内容から、奈良在住の素人弟子の一人であったらしいことがうかがえる以外、その経歴を詳らかにしない。話し手の禅鳳は、世阿弥の女婿禅竹の孫に当り、享徳三年(一四五四)の生まれ、没年は天文元年(一五三二)という。金春座太夫として演能に活躍するかたわら、能作にも見るべき業績を残し、また理論面でも、『毛端私珍抄』以下、『禅鳳雑談』を含めて八部の伝書を伝えている。

本書の書誌・伝来等については、表章・伊藤正義校注『金春古伝書集成』解説に詳述されているので、ここでは、その聞書としての特色に注目して、若干の解説を試みる。

日本の芸術論、なかんずく芸能論の場合、伝書という形式で、それが表明されることが多い。言うまでもなく伝書は、伝授・相伝の機会に、印可の証明として、師より弟子に対して授与されるもので、必ずしも芸能を論ずることを直接的な目的として成立するものではないが、今日の眼から見れば、その伝書中に、豊かな芸術論の結実を見ることが、しばしばである。もっとも、伝授が秘伝を前提としていた中世にあっては、伝書は、その相伝を受けた者以外はむやみに他見の許されぬのが原則であり、しかも重要な事項には、別に文章化されざる口伝が付帯するのが通例であった。現存する伝書にも、師が自らしたためた本篇に、相伝者が口伝の聞書を付録として添えている場合が、まま見受けられるのである。

そうした別紙の口伝類は、簡単な覚書風のもので、あくまで主体は師の著述した部分にあるが、いっぽう、全篇を聞書で終始する伝書も、また少なくない。すなわち、師の言葉を門人が筆記して、師がそれに奥書・加判することによって成立した伝書群である。

芸能論として代表的な聞書体伝書としては、千利休の言行録『南方録』がつとに知られており、また世阿弥の教えを次男元能が書き残した『申楽談儀』なども、その早い時期のものに属する。江戸時代に入ると、伝書的機能を捨てた芸談聞書集『役者論語』のごとき世界が開かれるが、聞書体伝書の型式だけは『音曲口伝書』など近世の板本劇書にも踏襲された。

もっとも、この『禅鳳雑談』は聞書には相違ないが、末尾には「藤右衛門尉聞書」とのみ記入されていて、正式な伝授関係の裏付となる禅鳳の奥書を欠くものであるから、厳密には、伝書としての体裁は不備と言わねばならない。内容は、永正十年(一五一三)前後の禅鳳語録であるが、最初に「前後不同」と断わってあるように、必ずしも年次を追った記述ではなく、さりとて、関連する話題ごとにまとめるといった編序のあとがうかがえるわけでもない。その雑然たる現状は、未定稿といった印象を与えるのであり、成稿して聞書体伝書の体裁を整える機会を得ぬまま放置され、伝来したものであったと考えることもできよう。この点について、『古伝書集成』の解説では、「折々の記録に基づいて、後年に、本人あるいは別人が、体系的な整理をさほど意識せずに集録したものらしい」としている。

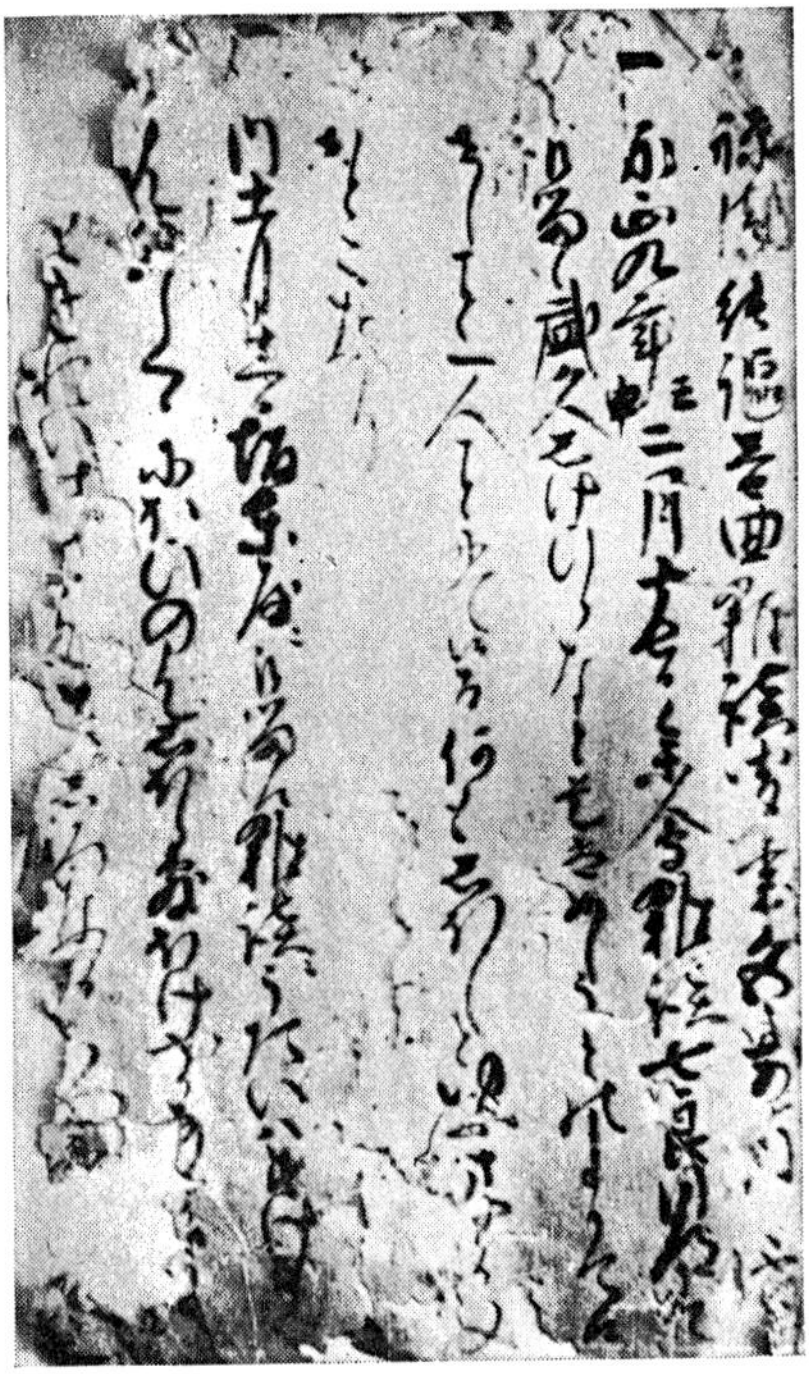

禅鳳雑談 巻首　　宝山寺蔵

次いで、ここに収録された禅鳳の雑談が、「坂東屋に被㆑留候。雑談に……」(上3)、あるいは「中市坂東屋に被㆑留候時、『好文木』一番稽古也」(上

5)といった記載からもうかがえるごとく、奈良中市の商人、坂東屋の座敷を中心にして行なわれている点が注目される。と言っても、この坂東屋に関しても、禅鳳の後援者であったらしいことのほかには、素性が知れないのであるが、こうした町家に素人弟子が寄合い、専門家から稽古を受け、また師匠を囲んで座談の一時を持つところに、室町時代後期の芸能界の状況が、よくうかがえるのである。

京をはじめ奈良や堺といった都市を中心に、能ないし謡・囃子を愛好するアマチュア人口が形成されつつあったことは、手猿楽や謡講の盛行などを通して推察されるところであり、すでに周知の事柄でもあるが、それまで家や限られた継承者の間にのみ伝えられてきた秘伝的伝承が、日常の稽古や対話を仲介に、より広がりを持ってしだいに普及しつつあったことを、禅鳳の雑談は如実に物語ってくれる。また禅鳳自身、『音曲五音』のごとく、こうした素人に対して伝書を授与してもいるのである。『禅鳳雑談』のなかに、鼓の打ちようについての教授を求めた「京の若衆両三人」に対して、禅鳳が「早き一声が鼓の毒にて候」云々と書き遣わした由が語られている(中8)。ちなみに、禅鳳の現存する伝書中に、『五音之次第』以下、世阿弥・禅竹の場合には見られない候文体の書状形式のものが見受けられるという指摘があり、秘伝の流出の表徴とされるのであるが、この一条などは、その間の経緯を具体的に示す史料となしえよう。

そしてこのことは、禅鳳の伝書に、兵法・馬術・尺八・琵琶・琴・花・鞠など、能楽以外の諸芸道にわたるエピソードを多く引用する傾向とも不可分のものである。『禅鳳雑談』では、茶湯に関する記事が豊富で、また、和歌や連歌にも言及するところがある。例えば、「月も雲間のなきは嫌にて候」という「珠光の物語」を紹介して、「これ面白く候」と感想を付したり(上4)、連歌師宗砌の言として、「練貫によき刀を包み候やうに」という、鋭利を柔かく包む連歌の境地を引用し、音曲もかくあるべきかと談ずる(上51・52)などが、それである。こうした多彩な用例について、従来はこれを禅鳳個人の素養に帰し、彼が風雅の道に嗜み深かったとか、和歌・連歌に堪能であったとかの説明を加えるのが一般的である。しかし、都市住民(いわゆる町衆)の生活のなかで、遊芸が多様に展開し、これまでの個別の文芸・芸能ジャンルを横断して、生活芸術とでも称しうる幅広い領域が成立していた当時の文化的環境を想起するならば、しばしば素人の町衆と場をともにした禅鳳の芸道感のなかに、隣接する諸分野の理論の援用が混入していても、さして異とするには当らない。それは、当代の芸能にジャンルを問わず共通する現象であったにちがいなく、他の部門の芸能論においても、同様の時代的反映を読みとることは、さほど困難ではないはずである。就中、聞書にあっては、多岐にわたる話題の提供は、素人を対象とする座談の場に、いっそうの興を添えることにもなったのである。

最後にもう一点。これが稽古場ないしそれに引きつづいた席での談話であったことから、能の演出・演技の実際面に関する多くの記事を留めていることを忘れるわけにはいかない。本書が〃生きた能楽史料〃と称されるゆえんでもある。

ともあれ、この『禅鳳雑談』は、記述の雑然たる状態にもかかわらず、聞書としての特色・利点をよく発揮し、禅鳳の言葉を生々しく伝えるとともに、それを介して、当時の能の芸態、さらに生活文化を貫く芸能論の在りようにまで思いをいたすことのできる文献であり、今回の収録を機に、能楽史料としての範囲をこえて、多方面よりの検討がまたれるものと思われるのである。

参考文献

野々村戒三校注　金春十七部集　春陽堂　昭和7

表章・伊藤正義校注　金春古伝書集成　わんや書店　昭和44

八帖花伝書

中村保雄

『八帖花伝書』各巻の奥書にみえる秘事・極意・誠という語句から推察すれば、そこに意図されているものは、能芸存続を庶う心とみることが出来よう。伝書の本来的意義は、その芸道のため、またそれを伝える家のためのものである。能の道でそれを意識的に進めたのは、世阿弥をもって嚆矢とする。ところが、応仁・文明期にいたると、能は創造と成長の時代をすぎ、守成と固定の時代に向う。それは、幕府の経済的困窮とあいまって、すぐれた猿楽者たちが京都・奈良にふみとどまり、あるいは演能のみに専念することが出来にくくなり、時には公家衆たちに謡を教え、あるいは地方の豪族に頼って、生活を支えてゆかなくてはならなかったことも、その原因の一つである。以後、能は専ら享受の姿をとることにより、観賞者としての能の知識、素人衆が自ら謡い舞うことを楽しむための心得、といったものが必然的に要求されてくる。早くも永正・大永年間にいたると、謡本の節付・囃子事などの相伝の書がにわかに現れはじめるが、このことは引きつづき天文期を経て慶長期にいたるまで、増加の一途をたどった。ただ、これらの相伝の書は、世阿弥・禅竹のそれにみられるような、能の在り方そのものについて真正面から取り組むといった意欲的なものではなく、専ら実技的な事柄がその中心であり、中にはこじつけや先行伝書の歪曲など、かなり荒唐無稽の説も多い。もはや能芸道のためあるいは能の家のためのものではなく、あくまでその対象が素人であるための、単なる権威づけにすぎないものもあったことは確かである。

黄金の桃山期を迎えると、謡は貴族や豪族たちの必須の教養であったばかりでなく、武家や町家の上層階級の間でも、謡を楽しむための謡講と呼ばれる集りも一層多く組織されてくる。しかるに、それまでの相伝の書が、写本を中心に、せまい範囲の人々に読まれていたにすぎないため、とてもその要望に応えることが出来ない。たまたま、当時実用段階に入っていた活字版によって、それを満たそうとする動きが現れて生まれたのが、『八帖花伝書』と考えてよい。

本書の内容は、世阿弥の所伝である『風姿花伝』や『音曲声出口伝』の一部、そのほか猿楽起源説や謡・調子・囃子・鼓・舞台上などの心得といった技術的なものが多い。しかし、この内容は、一般に室町末期謡関係伝書の大半がそうであったように、多くの諸伝書が不統一のままに寄せ集められていて、一個の性格をはっきりと、貫き通した伝書とは言いがたい。恐らく本書も、すべての巻が初めから一人の著者によって、一時期に書きあげられたものではなさそうである。謡や囃子事の、室町中末期に成立した諸伝書などを中心に、そのままあるいは改変を試み、さらに口伝・聞書などを付加して次第に増加させ、ある時期に編著者的態度で、八巻一部としてまとめたというのが実情であったのであろう。しかも、その編著にあたった者は、とても四座の大夫級の人とは思えない。観世方に所属していたらしい者で、かつ金春方の人たちとも交渉の深い人であるらしい。

では、本書の成立期はというと、刊記銘がないだけに、その決定はむずかしい。慶長年間(一五九六—一六一五)にはすでに古活字版として開板されていることから、一応桃山期の成立と考えられる。さらに精しく検討すれば、本書にみえる曲名の中には、天正末期以降には存在しないものもあげられており、型付・衣裳付の中には室町中期頃の感覚に共通するものがみえている。その上、天正四年(一五七六)没の金剛宗説の名を記していることから考えると、本書の成立期は、およそ天正年間の後半と推定してよいであろう。

本書に盛られた思想性について述べると、

巻一、翁伝説。翁の発生については、『風姿花伝』にも触れられているが、それは仏教的解釈であった。本書では当時盛行をきわめていた神道とのかかわりあいにおいて、翁・千歳・三番を三社託宣の形をとらせ、それを統一する神として守久神をあげる。この神は猿楽のみならず、当時の諸芸道の家における守護神として崇められていた。

巻二、調子。中世の雅楽の書や辞書類に解くところと必ずしも一致しないが、調子そのものを陰陽五行説によって理解させようとしている。

巻三、『音曲声出口伝』や『五音』からの転載。謡音曲についての心得が主であるが、他に五節句はじめ祝言の場における謡様をあげている。後者の内容は能にかぎらず、当時の立花伝書などにも類似の心得がみられる。専ら野外での舞台芸能であった能が、室町中期以降、武家屋敷における生活空間の拡張にともなって、座敷能としての一面を確立してゆく中でのものだけに、座敷の場で育った諸芸道に共通する中世思想の一端を知る事が出来る。

巻四、囃子全般の実技に関する心得。陰陽・序破急を中心にしてそれを説く。しかもそれらをさらに、陰の陰・陰の陽・陽の陰・陽の陽の四種と、序の序・序の破・序の急などの九種に分化して表現する発想は、本書以降の諸芸道の伝書に影響を与えているだけに、興味深い。

巻五・六、扮装・面・舞・型・舞台などの心得。能は室町初期に大成したといわれるが、必ずしも当時から今の形をとっていない。現在の能はむしろ江戸初中期の幕藩体制の中で固定していく。この巻は、能の創成期と固定期との中間に位する動揺期の、演出およびその思想を知ることが出来る。ここにも陰陽・序破急・真草行の思想が随所にみられる。

巻七、囃子の心得。一曲全体の囃様のみならず、登場楽・舞を陰陽・序破急・真草行およびそれらの分化によって説く。特に巻三と同様、立花伝書とのかかわりが深い。

巻八、『風姿花伝』の「年来稽古」を中心とした年齢順による稽古論。他に謡・能・楽器・狂言などの教え様を説く。役者階梯論の一つとして、以後の他の演劇人にとっても貴重といえる。

室町末期にいたって、謡の普及・盛行が著しいだけに、本書が刊行されるに及んで、能の啓蒙性という点からみても十分にその目的を達しており、と同時に本書を抜きにしては、以後の能の歴史を語ることが出来ない。そのためにも本書が他に及ぼした影響について、少し触れておく必要があろう。能の秘伝書としては慶安以降にも多く出現するが、それも本書より程度が低く、他に比肩すべき伝書がなかったため、本書は江戸期を通じて権威があったらしい。その影響が能の伝書としてばかりでなく、狂言の世界・浄瑠璃の世界にまで及んだことが、これをよく示している。狂言の唯一の芸論である大蔵虎明の『わらんべ草』(万治三年)に、かなりの量にわたってその投影がみられ、また浄瑠璃では、加賀掾の『竹子集』(延宝六年)をはじめ多くの浄瑠璃芸論集に、本書からの引用がみられる。

『八帖花伝書』の諸本については、写本と版本とに大きく分けることが出来る。なお、版本はさらに慶長・元和頃刊行と推定される古活字版と、寛文五年(一六六五)の刊記をもつ整版の二種類がある。古活字版については、川瀬一馬氏は刊行の前後関係・活字の様式の差異により、第一種本・第二種本の両種に分けられた。いずれも美濃型八冊の無刊記本で、第一種本は慶長・元和頃、第二種本は元和・寛永頃の刊行と推定されている。又、整版本の初印は「寛文五年乙巳九月吉日平野屋佐兵衛開板」の奥付を有する美濃型八冊本で、これはその後江戸末期まで版を重ね、かなり流布したらしい。一方、写本の方は、現在かなり多数の存在が知られるようになったが、残念ながら識語を有するものが少ない。従って、それらの前後関係は不明である。

さて、写本のうち完本としては最古と推定されている大槻本『花伝書』(早大演博蔵)は、その書風・紙質からみて室町末期頃書写と考えられているが、その記述中に桃山期にいたらないと使用しない用語など含まれていて、現在の研究段階では、古活字版本との前後関係も必ずしも明らかでない。従って今回の翻刻に当っては、その底本として、桃山期に流布したことの明らかな古活字版本を使用することにした。ただ、明治三十一年わんや書店より活字版として刊行された『花伝書』が、古活字版第二種本を底本として句読点なしに翻刻されているので、今回は早大演博蔵の第一種本を使用した。なお対校本としては、写本では、もっとも善本と思われる大槻本、宇土細川家旧蔵本と伝えられる島津本『花伝書』(島津忠夫氏蔵)と、伝来は明らかでないが内閣文庫に所蔵されている内閣本『華伝抄』を、又、版本では古活字版第二種本(横山重氏蔵。第二種本としてはもっとも善本)と、整版本(早大演博蔵。整版本としては保存状態がもっとも良い)を使用して、底本の不備を補った。

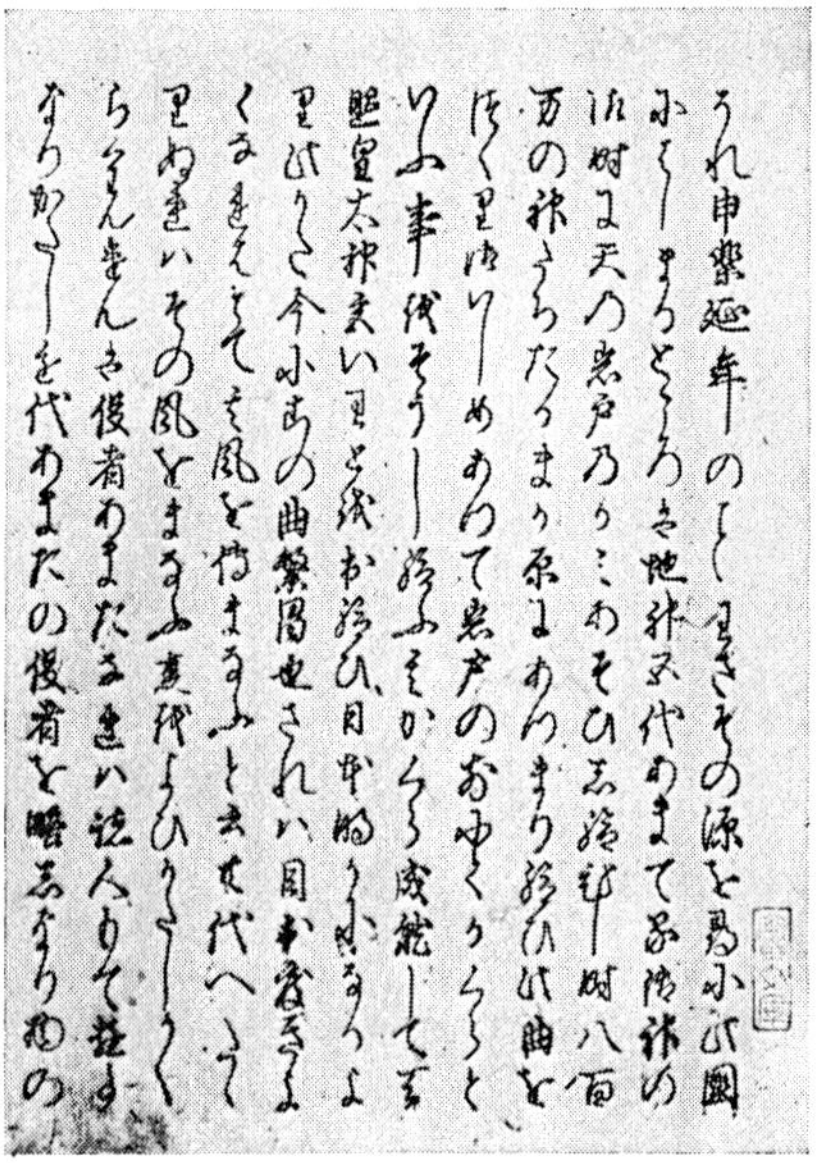

八帖花伝書 巻首
早稲田大学演劇博物館蔵

参考文献

川瀬一馬　花伝書 八巻 八冊　古活字版之研究　昭和12・10

野々村戒三　八帖花伝書考　能苑日渉　檜書店　昭和13・5

中村　格　八巻本花伝書の成立　跡見学園国語科紀要第3号　昭和29・12

表　章　異本八帖花伝書について　金剛　昭和33・9

米倉利昭　八帖本花伝書とわらんべ草　国文学攷第五十二号　昭和45・3

中村　格　八帖本花伝書の諸本について　国語・国文学第七号　昭和47・11

中村　格　八帖本花伝書の研究(その一)　東京学芸大学紀要第24号　昭和48・3

わらんべ草(狂言昔語)

北川忠彦

能とともに中世を代表する舞台芸能たる狂言は、もともと当時の庶民の日常生活を喜劇的に描いた当代劇であった。従ってその発生した南北朝から室町時代においては、それは現代のように完成された内容・表現方法を持った〝古典芸能〟ではなく、大体の筋だけ決めておいてあとは即興的なせりふと演技でことを運ぶ、台本さえも必要としない、多分に流動性を残したごく素朴な民衆芸能だったのである。この流動性が薄れ、内容にようやく定着の兆(きざし)を見せたのが近世初頭のことであるが、大蔵流・鷺流・和泉流という狂言の三大流儀が確立したこの時期においても、実は狂言界に群小の流派はまだ数多く存在していたのであった。その中にはこうした狂言の組織化に飽き足らず、折から発生した新興の歌舞伎の中に入り込んで行った狂言師もあれば、また時流に乗ることが出来ないで泡沫のように消えて行った人たちも少なくなかったのである。それというのも、狂言という芸能の中に能などとは比較にならない自由で奔放で融通性に富んだ性格があって、古典化・固定化・整備化が容易でなかったからであり、それがこの時期にこのような狂言界の多様な動きとなって現われたと言えよう。だがこうした一大変動期にあって、毅然として、狂言が伝統的な古典芸能であり、能の一環であることを主張し、狂言道ともいうべきものを確立しようとした人があった。それがこの『わらんべ草』の著者、大蔵虎明だったのである。

虎明は大蔵流十三代を称する。系譜によれば、南北朝時代の学僧、玄恵法印を流祖とし、以後、日吉弥右衛門ら日吉を名乗る者六代、金春禅竹の子と伝える金春四郎次郎を間に挟み、大蔵弥太郎以下大蔵を名乗る者虎明に至る五代とあるが、もとよりその実態は確かでない。その祖父虎政、父虎清のあたりからようやく事蹟も明らかとなって来て、信長・秀吉・家康らに仕えたことが知られている。

虎明は慶長二年(一五九七)に生まれ、寛文二年(一六六二)に世を去った。これはちょうど右に述べた狂言の定着期に当たる。虎明の志向した狂言の古典化とは、とりもなおさず、狂言の固定化であり、整備化であり、そして式楽化であった。今まで流動性の強かったせりふや演技も次第に定着の兆をみせて来た。虎明が寛永十二年から十九年にかけて書き記した間(あい)狂言・本狂言の計十二冊に及ぶ狂言台本の書き留め(後、万治三年に「風流の本」一冊が書き加えられる)は、その定着ぶりの一つの大きなしるしと言える。

そうした台本の書き留めとともに、今一つ虎明の力を尽くした仕事が『わらんべ草』の執筆であった。その目指すところは、狂言道を確立せんがための理論的裏付けであったろう。

『わらんべ草』は「昔語(むかしがたり)」(本文)八十九段(但し八十八段を欠く本文が多い)と、その各段に自ら抄(評注)を加えた「昔語抄」の部分からなる。まず「昔語」の部分だけが成ったようで、それのみを一冊にまとめた本も

草稿本(山本東次郎氏蔵)　　乾坤本　乾之巻(山本東次郎氏蔵)
京大本(京都大学文学部閲覧室蔵)　　野村本(野村万蔵氏蔵)
松平文庫本(島原公民館蔵)

等が伝えられている（京大本・野村本は「狂言昔語抄」の別冊として。他に鴻山文庫にも蔵せられているが、それは京大本と同系のものの由である）。内容的には右に並べた順序で少しずつ推敲加筆の跡がみられるが、それらの中で注目すべきは野村本「昔語」で、他の諸本がいずれも〃慶安四年三月〃の奥書を持つのに対し、これはひとり〃慶安四暦林鐘（六月）〃の奥書を持ち、また他本に欠けている八十八段に相当する本文を持っている。そしてそれから五ヵ月の後、虎明は同年十一月、北七太夫に本書を見せて加判を乞い、「昔語」は一応の完成を見たと言えるようであるが、更に七年後の明暦四年に朝山意林庵から序を得ているから、〃定稿本〃ともいうべきもの（現在では「昔語抄」に吸収されたかたちでしか伝わっていない）の成立はこの頃とみなければならないようである。

　これらの諸本を比較検討してみると、後のもの程論調も補強され整備される反面、虎明特有の衒学的考証癖の兆が見られ、却って晦渋化を来たした面がある。それで、本書においては〃定稿本〃とは多少の距離があるが、松平文庫本を底本とし、それに欠けた八十八段は野村本によることにした。なお前記の諸本を適宜参照した。

　こうして「昔語」を一応執筆し終えたところで、虎明は更に「抄」の執筆にかかる。既に「乾坤本」段階で、その坤の巻に、後に「抄」に発展する事項の書き留めが相当量みられるし、別に記した『聞書并笛集』という名の伝書にも「抄」の資料となる下地が認められるが、ともかく慶安から万治にかけての十年程の間に着々執筆は進み、万治二年九月の『秘蛮（ママ）録』（広島大学蔵）その他を経て、その〃定稿本〃ともいうべきものが、万治三年十二月に出来上がる（古本能狂言集五・岩波文庫に収める）。「わらんべ草」の名は厳密にはこの書にのみ冠するのが当を得ているであろう。これに記された「昔語」の部分をみるに、その八十八段は再び削除されて、四十九段の「抄」の中に吸収されている。ただ八十八段が欠脱したままのかたちになっているのは、あるいはまだこれに更に手を加える心づもりであったかとも考えられるが、虎明はそれをなすことなく、それから満一年後の寛文二年（一六六二）正月、六十六歳で没した。

「昔語」及びその「抄」を読んで感じるのは、虎明の、〃古典芸能としての狂言〃〃能の狂言〃道確立にかけた強い執念である。虎明の狂言観は、「昔語」四十八段の

狂言は能のくづし、真と草也。たとへば能は連歌、狂言は俳諧の如く俳言を入るゝ。されば狂言の躰は能也。躰・用・色と言て躰を用て色どる也。

に示されている。同段の「抄」に、

能は虚を実にし、狂言は実を虚にする也。能は表、狂言は裏也。互ひに知らずんばあしかるべし。狂言は真なる事をかしくして、じやけら(滑稽)なる事を真にすべし。これ上手也。

とあるのも、同じ趣旨に発すると言えよう。この能―真―連歌―躰、狂言―草―俳諧―用という考え方は、当時の俳人斎藤徳元の『俳諧初学抄』(寛永十八年刊)に「連歌は能、俳諧は狂言たるべし。いかに狂言たりといふとも、当世はやる歌舞伎の座の狂言などは本の道にあらず」とあるのに一致するが、滑稽な演技を旨とするといっても、それはあくまで能を本体としての滑稽であらねばならなかった。ところが当時の狂言の実情はどうであったか。

世間の狂言は、躰もなくあはたゞしうらうがはしく、そゞろごとを言、顔をゆがめ目口を広げ、あらぬ振舞をして笑はするは、下ざまの者喜び、心あらん人はまばゆからん。是世上にはやる歌舞伎の内の道化物と言也。能の狂言にあらず、狂言の狂言とも言がたし。(四十八段)

この「世間の狂言」が、虎明の属する大蔵流にとっては当面の敵であった鷺流を指しているのはいうまでもない。つまり、虎明をして「昔語」をまとめさせ、「抄」を記させ、狂言道確立にこれだけの執念を燃え立たせたのは、うがって言えば、当時いちはやく狂言の式楽化・古典化の道を辿ろうとしていた虎明の大蔵流に対し、依然として当代性・流動性を保ち、奔放な芸で世の評判を得ていた鷺流の存在、殊に鷺仁右衛門宗玄の活躍であったのである。

従って虎明はことごとに鷺流を攻撃し「我が家」を称揚する。

鷺と言へるは、仁右衛門親、摂津国磯嶋と言在所に住し、生れ付き首長くして水辺に住程にとて異名に付し名字也。仁右衛門親、叔父の三之丞は宇治の源右衛門弟子也。源右衛門は今(金)春万五郎弟子、万五郎は先祖金春四郎次郎殿弟子也。仁右衛門親下手にて、若くて(仁右衛門が)親に離れしを三之丞取立し事、近き比まで人の知りし事也。(八十段)

金春四郎次郎は大蔵家の伝承によれば禅竹氏信の子で大蔵流に入って中興の祖とされている人。その四郎次郎から万五郎、宇治源右衛門、鷺三之丞、同仁右衛門と師弟関係を辿ると、結局鷺は大蔵の門流であるということを虎明は言いたいのである。大蔵は金春の姻戚、すなわち大和猿楽四座と関係を持つ。鷺にはそれだけのものがない。それを、いかにも一家を立てたという風に、「我家などと言はんは片腹痛」いのである。

三之丞はよき仕手と聞しかど、是も後は我祖父虎政の弟子になりししるし有。(八十一段)

三之丞が虎政の指導を受けたかどうかは不明であるが、本書中、この鷺流関係者に対する唯一の褒詞も、「弟子になりししるし有」った者に対してであることを注意すべきであろう。

このように、虎明の論の拠るところといえば、まず伝統であり、家であり、そして習(ならい)であった。そしてその習の正当化のために役立つのが、虎明の衒学的なまでに感じられるその博識である。八十九段の「抄」によれば、虎明の得た印可は、武術・軍法・古典・神道・仏道に亙る十九ヵ条に及ぶが、「昔語」六段において、神道系・仏教系、幾種類かの伝承が交錯して甚だ難解となった『翁』の由来について、強引に金春系のそれを他にすぐれたものだときめつけてしまうのも、神仏二道にわたって印可を受けたその自信がさせるのであり、また、

仕舞と扇子に生死五行有。(十二段)

とか、

拍子はもと二つ也。天地・陰陽、其中へ人の拍子を入、天地人の三才となる。(十三段)

といった風に、何かといえば陰陽・五行になぞらえて説明しようとするのも、その博識のなせるわざである。そのほか和漢の書籍の引用や古名人や将軍等の権威者の言葉による自説の裏付けによって我が家を守ろうとする気持が感じられる。この傾向は、稿を改め「抄」に至るにつれていよいよ甚しくなる。

だが、

鷺の笛・狂言神楽、笛の習ひと言ひならはせど、『鷺』は能にありて狂言には舞もなし。然るを仁右衛門親、鷺の舞を舞ひしとてそれより鷺と言と言へどさにはあらず。（八十一段）

と言っても、実は能だけでなく、狂言にも「鷺の舞」があったことは、『天正狂言本』目録や、広大本宮増伝書『笛の本』によって知られるのであり、これは虎明が鷺を貶しめるための立論と考えざるを得ず、ひいては先に引用した仁右衛門親が首が長くて水辺に住んだが故に鷺という異名が付いたという説さえも、その出自を賤しくみせんがための捏造説ではないかと疑わしくなって来る結果となる。このように、虎明の博引傍証ぶりは時に却って彼にマイナスとなる場合もあるのであるが、虎明としては何としても守らねばならぬ大蔵家のために、また彼の樹立した狂言道のために、ありとあらゆる自分の持つ知識を投げ出したということなのであろう。

そして近世封建社会が進むにつれて、狂言は虎明の思惑通り、〝能の狂言〟として見事に固定した。和泉流においても鷺流においても台本は書き留められ、演出・演技も奔放な芸は影をひそめ抜き差しならぬ古典芸能としての道を歩み始める。狂言も武家の式楽の一つであり、祝言第一の上品な笑いを専らとすることになった。中世庶民芸能として発生しながら近世封建社会体制の中での展開をみせたのである。ただそれがはたして狂言にとってプラスであったかどうかは軽々しく判断出来ないであろう。『わらんべ草』の歴史的位置についても、また同じことが言えるのである。

本書を成すにあたっては、池田広司・米倉利昭両氏の著書より教示を得たところが多い。記して謝意を表する。

参考文献

池田広司他　謡曲狂言（国語国文学研究史大成8）　三省堂　昭36

米倉利昭　わらんべ草（狂言昔語抄）研究　風間書房　昭48

米倉利昭　わらんべ草　日本古典鑑賞講座15『謡曲狂言花伝書』所収　角川書店　昭33

杉森美代子　江戸初期刊本による『わらんべ草』成立過程の考察『狂言研究――考察と鑑賞』所収　桜楓社　昭44

松田　修『わらんべ草』の世界　日本の古典芸能4『狂言』所収　平凡社　昭45

春日順治　能狂言小考――虎明の芸道精神　国語と国文学　昭19・11

米倉利昭　狂言昔語抄の世界　能楽思潮12 13　昭35・7

池田広司　大蔵虎明著『昔語』享受の一様相　未定稿9　昭36・9

等伯画説

赤井達郎

本書は本法寺第十世日通上人が、画家長谷川等伯との間に交わした画事に関する談話を書きとどめたもので、日通上人はこれを『画説』と名づけ、「長谷川等伯物語記之」としている。この書は京都本法寺に伝えられた日通上人自筆本のみで写本もなく、『等伯画説』と呼ばれたのは明治以後のことと思われる。

『等伯画説』は、主題である宋元画のこと以外に外題や掛物の鑑賞などを述べ、必ずしも整然とした組織を持っていないが、周文・雪舟・等春の画系に関する話題にはじまり、ついで宋元画とその画人について語られ、最後に中国の珍鳥のことなどを記するという三部に大別される。九十七の事項のうち十二項に「等伯云」と書きこまれ、他はわずかな日通上人の意見や見聞を記した「私云」というもの以外、特別のことわり書きは記されていないが、そのほとんどは等伯の所説を記したものと考えられる。

日通上人は天文二十年（一五五一）泉州堺に生れ、父を油屋常金と言い、天正十四年（一五八六）京都の本法寺に入ってその第十世となり、同寺の興隆に尽し中興上人としてあがめられている。堺における油屋一門は、有名な油屋肩衝(かたつき)を所持していた油屋常悦、本能寺の変のとき堺にいた徳川家康を無事大和路から遠州におくった油屋常言ら富裕な町人として、また茶の湯者としても隠れもなきひとびとであった。したがって日通上人は、はやくから茶の湯者たちと密接な関係を持ち、諸道具や茶席の掛物についても深い関心と理解をもっていたことがうかがわれる。油屋常金の子は、その一門油屋常言が次男日珖上人のため巨財をもって独力で建てた堺の妙国寺に入り、日珖上人に学んで日通と称した。日珖上人の兄油屋常祐は、織田信長に懇望された柑子口の肩衝、家康が早勝とよろこんだ灰被(はいかつぎ)の茶碗など唐物蒐集で知られ、当時油屋一門の中心的存在であった。

　長谷川等伯が能登から上洛した年代は明らかでないが、元亀三年(一五七二)本法寺第八世日堯上人の画像を描いており、そのころ日通上人は堺の妙国寺にいたはずである。日堯上人は日珖上人の弟子であり、日通上人の兄弟子にあたる。上洛した等伯はおのが芸術のよるべきものとして宋元の名画をもとめ、足しげく堺におもむき、ときにはかなり長期間堺に住んだのではないかと思われるふしがある。というのは、『等伯画説』に書かれたことの多くが堺での見聞にもとづいていると考えられるからである。たとえば、顔輝の霊昭女の絵はもと堺宿屋町の茜屋(あかね)宗作の所持品でいまは宗味が所持していること(77)、天王寺屋宗及所持の漁夫船子の絵は右勝手の絵であり、父の宗達はそのために座敷を右勝手に作ったこと(81)など、堺に関することがらがかなり多い。宋元画を学

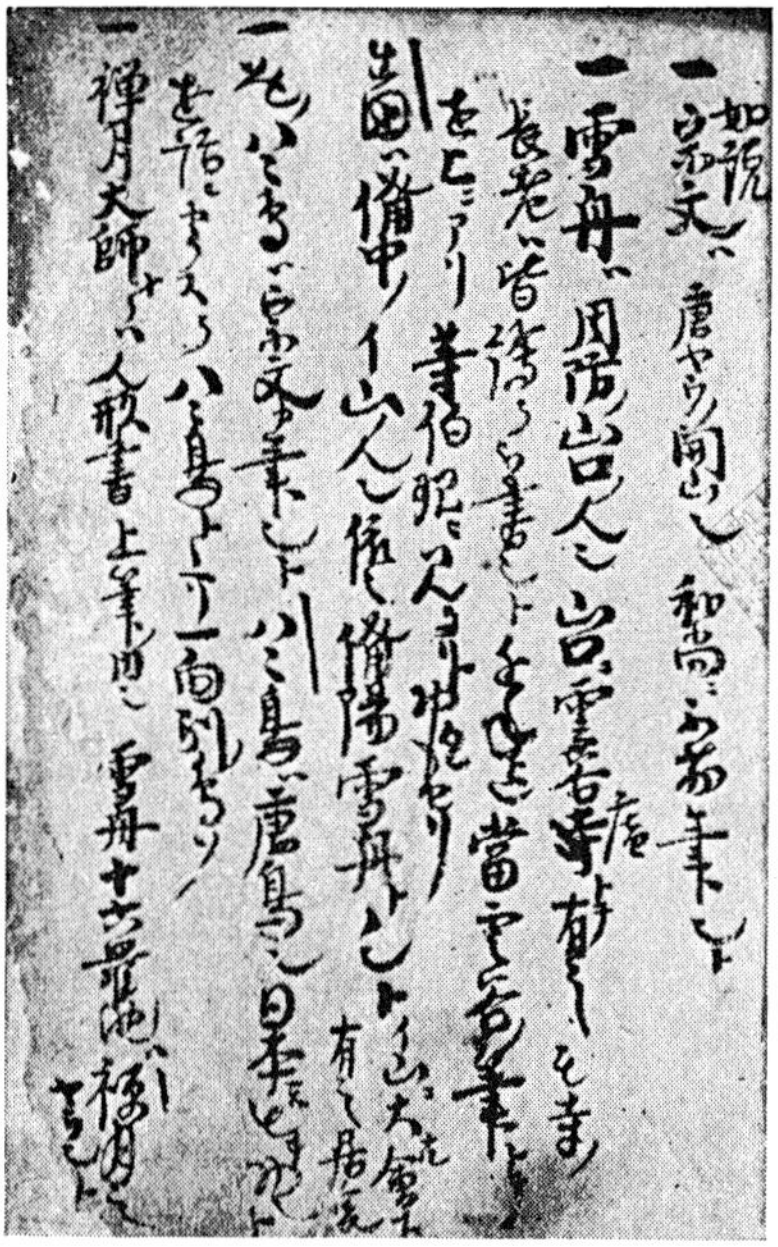

等伯画説　巻首　　本法寺蔵

ぼうとする等伯にとって堺は恰好の場であった。堺のおもだった町衆はみな茶の湯をこのみ、それぞれ宋元画など唐物の蒐集家でもある。等伯は本法寺を通じて堺へのつてを求め、その町衆たちと親しい交渉を持ったものと考えられる。

数多い堺衆のうち、天王寺屋津田宗及と千利休は等伯の宋元画の鑑賞や画作にとって少なからぬ影響をあたえている。『等伯画説』で有名な「嗚呼しづかな絵」という批評の言葉は(70)、水落宗恵が日通上人に語ったものであるが、それは同所にみられる「いそがわしき絵」とともに天王寺屋宗及の評語であった。こうした批評の言葉は当時茶の湯の世界で慣用されていたとも考えられるが、『天王寺屋会記』以外にはほとんどみられず、宗及のするどい観照体験から生れたもののようである。同会記には、にぎやかな絵(玉澗筆山市晴嵐)、一段媚びたるやうにて媚びぬ絵(同瀟湘夜雨)、ひややかなる絵(馬麟筆朝山ノ絵)などの評語がみえ、静かなる絵という評語も天正九年(一五八一)十月宗及が宗恵の茶会にまねかれて徽宗の鴨絵について「絵一段静ナル絵也」と語ったことによるものであり、宗恵は日通上人の柳鳥の絵についてその言葉を援用したのであろう。等伯が梁楷の絵について「農人ナドノヒヱタル躰」(18)といった批評をこころみ、『君台観左右帳記』で下の部に位置づけられた黙庵について「上々筆ト可ニ意得一也」(33)といった独自のすぐれた鑑識をし得たのは、宗及を中心とする堺の町衆に学ぶところが多かったと考えられる。

等伯は天文八年(一五三九)能登の七尾に生れた。等伯の語るところによれば、父宗清は雪舟の門人等春に学び(6)、祖父法淳も絵に深い関心を寄せていたという(11)。なお、等伯の号が雪舟等楊に因むことはいうまでもなく、その作品に「自雪舟五代長谷川法眼等伯筆」という落款がみられる。等伯は曾我紹祥に学んだともいわれるが(丹青若木集)、曾我一派は隣国の越前朝倉氏に絵をもって仕えており、能登という僻遠の地ではあったが、雲舟・等春・曾我などの絵に接することができ、はやくから本格的な画風を学ぶことができたと考えられる。七尾における等伯は又四郎と称し、その遺作には日蓮上人像、釈迦・多宝仏図(高岡市大法寺蔵)など法華宗関係の仏画が多く、信春の印をもちいている。等伯が七尾をあとにした時期はあきらかでないが、さきに触れたように元亀三年(一五七二)三十四歳のとき本法寺の日堯上人像を描いており、その数年前には上洛していたことがうかがわれる。本法寺は長谷川家の檀那寺である七尾本延寺の本山であり、等伯は本延寺からのつてを求めて本山である本法寺教行院を宿坊とすることができたのである。

上洛した等伯は、堺におもむいて日通上人、天王寺屋宗及らを知り、芸術の鑑識に関する知識や感覚をやしなうとともに、千利休を通して大徳寺に近づき、その多量な宋元の名画に接することができた。等伯の芸術、ことに枯木猿猴図(竜泉庵蔵)、猿猴竹林図(相国寺蔵)にとって大徳寺に伝えられる牧渓筆観音猿鶴図は決定的な役割をはたしている。すなわち、前者は後者の観照体験なくして生れ得ないものであり、『等伯画説』のなかにも大徳寺の宋元画を見たことを記している(37)。等伯と大徳寺の関係は、天正十七年(一五八九)大徳寺三門金毛閣の天井画によっても知られる。これは千利休の寄進するところであり、それより前、秀吉が信長のためにたてた総見院に襖絵を描いたとも伝えられ(宝山誌抄)、これも利休の推挙によるものと考えられる。なお、等伯と千利休との関係については『本朝画史』に、等伯は狩野家が画師の長たるをにくみ、茶人千利休も狩野家とよくなかったので、共に交りをむすんで狩野家を誹謗したと伝えており、等伯筆春屋宗園賛の不審庵蔵利休居士像は両者の密接な関係をものがたっている。

さて、本書の成立の時期であるが、宗恵が日通上人をたずねたのが「辰卯月」と記され(70)、文禄元年(一五九二・辰年)かあるいはその前年に没した天王寺屋宗及のことをまだ在世中のように語っていることから(81)、文禄年間かおそくとも慶長初年ころまでの談話をもとにするものと考えられる。これまでの絵画についての見聞や意見を記したものは、物語類のなかに散見されるものや、『君台観左右帳記』のように絵画の品等わけを行なうもののみであり、まとまって語られた画論と呼びうるものはなく、『等伯画説』はそのもっともはやいものとして注目される。しかも、狩野一渓の『後素集』(元和九年)などその前後の時期の絵画についての記載が『図絵宝鑑』『三才図絵』など中国の画論につよく影響されているのに対し、この書は長谷川等伯という画家の、すぐれた独自の芸術観を述べているという点でもきわめて貴重な資料である。

参考文献

松下隆章　嗚呼しづかなる絵——等伯画説の一句　美術史一　便利堂　昭和25

山根有三　等伯研究序説　美術史一　便利堂　昭和25

源豊宗考註　等伯画説　和光出版社　昭和39発売(文華堂書店)

土居次義　長谷川等伯・信春同人説　文華堂書店　昭和39

日本思想大系 23
古代中世芸術論

1973年10月25日 第1刷発行
1986年5月12日 第7-2刷発行
1995年10月13日 新装版第1刷発行
2016年10月12日 オンデマンド版発行

校注者 林屋辰三郎（はやしやたつさぶろう）

発行者 岡本 厚

発行所 株式会社 岩波書店
〒101-8002 東京都千代田区一ツ橋2-5-5
電話案内 03-5210-4000
http://www.iwanami.co.jp/

印刷／製本・法令印刷

ISBN 978-4-00-730514-6 Printed in Japan